大鱼

有爱的青春陪伴者

悍将

上册

水怀珠·著

贵州出版集团
贵州人民出版社

图书在版编目（CIP）数据

悍将：上、下 / 水怀珠著. -- 贵阳：贵州人民出版社，2022.12
ISBN 978-7-221-17246-4

Ⅰ. ①悍… Ⅱ. ①水… Ⅲ. ①长篇小说－中国－当代
Ⅳ. ①I247.5

中国版本图书馆CIP数据核字(2022)第163726号

悍将：上、下

HANJIANG：SHANG/XIA

水怀珠 / 著

出版统筹：陈继光
选题策划：大鱼文化
责任编辑：严　娇
特约编辑：周　贝
装帧设计：Insect　Cain酱
封面绘制：明　溯
出版发行：贵州人民出版社（贵阳市观山湖区会展东路SOHO办公区A座　邮编：550081）
印　　刷：长沙鸿发印务实业有限公司
开　　本：880毫米×1230毫米　1/32
字　　数：849千字
印　　张：23
版　　次：2022年12月第1版
印　　次：2022年12月第1次印刷
书　　号：ISBN 978-7-221-17246-4
定　　价：65.80元

贵州人民出版社微信

上册
目录

下册
目录

第一章

清明雨上

（1）采桑子

“正月灯，二月鹞，三月上坟，船里看姣姣。”

清明。

朝霞泛金，皇家林苑金明池外，翘首以盼的士庶摩肩接踵。晨钟敲过以后，林苑放行，意味着从此刻起的一整个春天，金明池对外开放，不再是盛京城中那一幅束之高阁的画卷。一时欢声雷动，万数车马、如织游人鱼贯而入。

喧嚣中，有人唱起那首热腾腾的童谣：“正月灯，二月鹞，三月上坟，船里看姣姣……”

有人便起哄：“今日官家领着后宫和百官入园访春，有嘉仪帝姬在，还去看什么船里的姣姣？”

有人很兴奋：“嘉仪帝姬就是盛京城里最美的姣姣！”

刹那间，深红浅绿里哄声如潮，有附和，有调侃，也有沮丧：“可那最美的姣姣，眨眼就该成别人的娇娇喽！”

正所谓，金屋藏娇。

日跌，金明池内已然人满为患。

盛京城中最美的姣姣此刻正黯然神伤，愁眉锁眼地向同胞弟弟吐苦水，诉衷肠。

金明池分东、西两岸，东岸最热闹，西岸最冷清。做这种掏心掏肺的事，自然得选在屋宇寥落、游人罕至的西岸。

赵彭坐在小虹桥上垂钓，闻言头也没抬："你那眼光，不是一直都这样差？"

垂杨绿荫里，红衣绿鬓的少女泫然欲泣，楚楚怜人。侍女荼白于心不忍，上前劝道："王公子用情不专，帝姬已是肝肠寸断，三殿下就莫再火上浇油了……"

赵彭双眉终于一动，眸子里写满惊疑："肝肠寸断？！"

帝姬凝望云天："有过之，无不及。"

赵彭嘴角一抽。

嘉仪帝姬赵容央年十六，蕙质兰心，国色天香，除眼神不大好，浑身上下处处是宝。

赵彭回想她这一年来相中过的人，诚恳道："以我之见，这驸马，你还是交给爹爹钦定吧。"

嘉仪帝姬及笄那日，官家龙颜大悦，承诺帝姬可以亲选驸马，并且不必顾及门第，只管寻个两情相悦之人长相厮守。寻常人家待字闺中的小娘子尚且没有权利决定终身，向来用以联姻的一国帝姬却能自定姻缘，不管最后能不能落实，于当事人而言，都是一份极大的尊荣和体面。要舍弃这份尊荣和体面，并非容易的事。

果然，容央道："不。"

赵彭也不急，手上抛竿微抬："那不妨选回上次那方公子，处处留情的宋玉潘安，总比处处留情的歪瓜裂枣强。"

水中天光云影被钓线划开，那位处处留情的"宋玉潘安"的脸紧跟着浮现在眼前，容央眸底泪雾凝冰，漫开寒气。

"其实，我也没亲眼瞧见他用情不专。"

有道是"两害相权取其轻"，有名副其实的风流公子方仲云珠玉在前，那罪名尚未坐实的"歪瓜裂枣"不免可爱起来。

容央袒护道："只一些闲言碎语罢了。"

闻言，赵彭皮笑肉不笑。

容央抹去眼角寥寥无几的泪点儿，道："再者，他身为王家的嫡长子，已经是败絮其外，总不能还败絮其中。所谓'易求无价宝，难得有情郎'，这世间的男儿，多半徒有其表，只要他王忱能矢忠不二，一心待我，便是歪瓜裂枣，又有何妨？"

赵彭实在是很不解女人的心思，她前来找他吐苦水，言之凿凿地责备一个男人"这这不行，那那不好"，他不过附和一句，她便又开始为那男人辩护了，还什么歪瓜裂枣又何妨……

赵彭又道："那生出来的孩子，恐怕是不好看。"

容央蹙眉，深想下去，眉头越发蹙紧："目睫之论！"

被直讽眼光浅，赵彭也不恼，仍是专心注视着水下情形，慢声道："无风不起浪。你要是这样看好他，那就趁早命人去多方考察，万一是个败絮其外、败絮其中的，还有时间另择良婿。眼下北边刚吃了败仗，大鄞要和谈，难保不波及内廷帝姬，届时契王指定要帝姬和亲，你该如何是好？"

大鄞毗邻大契、大娄诸国，打太祖皇帝问鼎天下起，大小战事就没停过，而朝中重文，虽然民殷国富，但兵力并不强大，加上前朝丢失的幽云十六州至今尚未收复，这些年来一逢战事，多半是胜少败多。

照理说，就这形势，年前那一役吃了亏也算不上什么震天动地的事情，然而症结就在这次败北于外敌蹄下的不是普通边防军，而是大鄞最能打的忠义侯府。

忠义侯府褚氏一族镇守河北边境，抗敌卫国六十余年，堪称中原北方最坚固的一道铜墙铁壁。可这回金坡关一役，褚家军非但大败亏输，还差点儿连丢三城，狼狈之状，前所未有，很是吓坏了朝中一贯"从容不迫""荣辱不惊"的肱骨大臣。

和亲的风声不是没有。

赵彭提起这茬，是想劝赵容央尽快落实婚事，莫再朝三暮四、挑挑拣拣，哪想当事人听完，比那肱骨大臣还有大臣风范，气定神闲地道："就算要帝姬和亲，也绝对轮不上我，我只管选我的驸马就是，何必杞人忧天？"

赵彭张口结舌。

当事人这样有恃无恐也是有缘由的。官家一生挚爱的皇后齐氏留在世上的血脉就她和赵彭这对龙凤胎，因对齐氏思慕甚深，官家连皇后都不肯再立，又哪里舍得拿自己和齐氏唯一的女儿去和亲？

何况在此之前，大鄞还从来没有把帝女下嫁邻国的先例。

赵彭想了想，道："可四姐倾城倾国，盛名在外，我实在忧心。"

容央狐疑。

赵彭瞄她一眼："不信？"

容央本来是不大信的，可是想到自己确实"倾城倾国，盛名在外"，一时又有点拿不准。

赵彭看她蹙眉，哈哈一笑。

容央心知被戏弄了，双眸燃火。

赵彭立刻正襟危坐："不过，即便真有那一日，就算是牺牲色相替你，我也绝对不会让你受那和亲之苦的。"

浓荫匝地，少年郎精致的脸上洒落着两点金辉，一处在眼梢，一处在下颌。言语间，墨睫眨动，丹唇翕合，矜贵之态，昳丽之色，与边上的嘉仪帝姬如出一辙。

对着这样美的一张脸，容央到底发不出脾气："我是姐姐，你是弟弟，从来只有我护你的道理。和亲大契既是苦事一桩，我又哪里舍得让你来替？"

赵彭道："无妨，也不是头回替你受苦受难。"

容央上前，赵彭忙喝止："嘘，别惊着我的鱼。"

容央不耐烦地朝桥底下瞪一眼，赵彭趁势道："言归正传，选驸马一事，还是尽快落实为好，不说夜长梦多，就你如今这挑法，不是跳入火坑，就是把自己挑成个半老徐娘。'红颜留不住，春风道薄情'，天生丽质的嘉仪帝姬若是年老色衰了，还有哪个翩翩公子愿意矢忠不二、一心相待？"

和风拂动河岸垂柳，条条绿绦拖着碎金在水波里飘来荡去，如梦似幻，很有一番白驹过隙、岁月无痕的惘然。

容央却无比清明地盯着赵彭："胡言乱语。"

赵彭侧头一瞥。

容央皓腕微抬，荼白立刻扶上去，那边雪青撑开罗伞，替容央遮住树外艳阳。

白生生的小虹桥上，美人玉立，风韵无双。

"天生丽质的嘉仪帝姬就是年老色衰了，也一样是大鄞男儿心中的洛神，愿矢忠不二、一心相待的翩翩公子，只会多，不会少。"

容央宣告完，迤迤然走下虹桥。

赵彭盯着那抹倨傲倩影，哑然一笑。

桥下，垂柳铺堤，绿影如屏，一艘画舫静静泊于小虹桥畔。荼白的小心脏还在因容央的慷慨豪言突动不休，由衷夸道："殿下神气，放眼盛京，能把刚刚那番话说得人心服口服的，也就只有您了！"

雪青不同于荼白的跳脱，闻言却也笑："能把阿谀奉承之辞说得如此让人心服口服的，放眼盛京，也只有你了。"

荼白扬眉："哪有奉承？殿下本就容色无双，美丽动人，大鄞男儿无人不爱！"扭头朝容央，"是也不是？"

容央意气风发："是！"

荼白笑声如铃，喜滋滋地扶人上船。

容央脚下一顿。

有风从湖上吹来，哗然穿岸而过，容央扭头，定睛望向虹桥底下的一丛绿草。

一根抛竿从草丛里探出，钓线如银丝，抛入桥底水下，在湖光反射里忽隐忽现。

草丛外，一双男人的小腿扎入眼帘。

"那儿……有个人？！"荼白一惊。

容央双眸一眯，上前两步，登上画舫。视野移动，那人的形象从垂柳绿草里显出。

长手长脚，枕臂平躺，脸盖一顶笠帽，嘴叼一根春草，腰边一根鱼竿深扎入土，竿下一个鱼篓水光潋滟。

不声不言，嚣张又内敛。

“哪儿来的莽汉，竟一声不吭地躲在桥底下偷听……”茶白小脸臊红，回想先前所言，心跳慌乱。不及谇完，雪青示意噤声。

斑驳碎金铺陈四周，桥底愈显晦暗模糊，容央眼神冷然，视线自男人唇间移开，定格在那双被斜阳照射的黑靴上。

一双紧扎的、漆黑云纹长筒软靴。

“走。”

湖风阵阵，珠帘翠幕的画舫渐行渐远。

雪青端来一杯刚沏好的香茗，容央接过，垂眸轻抿一口，回想先前所遇，脸上依然微热。

幸而舱内光线昏暗，一如那男人模糊的轮廓，并不至于令人无所遁形。

容央搁下茶盅，扭头朝窗外。春水潋滟，烟草铺堤，东岸的如雷欢声已近在耳畔了。

“今日开园，上午有博彩节目，下午有龙舟争标，士庶商民都在东岸争看，对吗？”容央望着丛丛绿柳后的雕甍画栋，声音低低，如自言自语。

然雪青知道这不是自言自语，她顺着答：“是。如非三殿下这般不爱热闹，又被迫入园的，恐怕不会钻到那冷冷清清的西岸去。”

舱内一时沉默。少顷，容央转回头来，鬓边珠钗光华流转，衬得一双水灵灵的大眼暗室生辉。

“是吧？”语调上扬，倨傲，娇俏。

雪青浅笑。

容央敛眸，继续凝神。

那男人穿的是官靴，武官的黑革云纹长靴，紧紧地裹着一双小腿，把那肌肉轮廓突显得流畅而硬朗，即便一动不动，也散发着贲张的、令人不敢冒犯的力量。

“除护驾的金、银枪班直，今日都来了哪些武官？”班直各司其职，不可能有空至西岸垂钓，容央捋着思绪，补充，“年轻的。”

虽没有看到男人的脸，但就是有种直觉，那是个年轻的。

“三衙中六品以上的官员，冯太尉家中的大小公子，还有近日刚回京的忠义侯府褚四爷及大郎君，据说今日都有来的。”雪青一一道来，细察容央神色，知道没有再藏着的必要了，直言道，“殿下可要去查那人身份？”

平白被一人听去那么多私房话，多少有些难堪，何况容央还大剌剌地应了茶白的那句“是也不是”。

如遇上个不知分寸的流传出去，再给人夸大其词，恣意编派，必然有损帝姬风评，找出来叮嘱一二，总是保险的。

容央欲言又止，不快道：“走都走了，再折回去，像什么样子。”

欲盖弥彰。

湖上金波晃在眼底，晃得人有些晕，容央歪头支颐，懒洋洋地阖目：“再者，我也没说错什么。”

嘉仪帝姬赵容央本就是大鄞首屈一指的皇室美人，她应一声“是”，有什么错？

雪青忍俊不禁，连连称“是”，又宽慰：“我瞧那人一动不动地躺在岸上，八成早已梦游天外，殿下倒也不必多心。”

容央闻言，纤长的睫毛底下，瞳仁一黯。

那男人并没有睡。

金辉下，他嘴里叼着的那根狗尾巴草明显动过，平直的唇线也明显上扬过。

他在取笑她。

她看得很清楚。

（2）临江仙

一片白浪卷来，画舫微微晃动，茶白从舱外撩开帘幔，欣喜道：“殿下，王公子来了。”

容央睁开眼睛，船窗外，斜晖脉脉，一艘画舫正披着薄暮溯流而来。船头一人临风玉立，青衫佩囊，羽扇缁冠，不是王忱是谁？

想起先前所闻，容央又生不快，移开眼道：“来就来，高兴个什么劲儿？”

茶白知她嘴硬心软：“王公子来，定是有话要对殿下说，奴婢吩咐船家把船停一停？”

容央没应。茶白便知这是默认的意思，喜笑颜开地去了。

舱内，雪青给容央斟茶：“殿下可要派人去查一查那事是否属实？”

问的是王忱前日私会其表妹之事。

容央意态冷淡，睨着那盏白烟氤氲的花茶，没有作声。

认识王忱，是三个月前的事。

那会儿方仲云流连烟花巷，为歌姬一掷千金的事刚传入玉芙殿，容央便急匆匆地赶往垂拱殿，阻止官家下笔赐婚。本以为是良缘一桩，哪想又成丑事一则，阖宫上下笑她有眼无珠，就连一贯视她如宝的官家也开始责备她心粗气浮，这才屡次遇人不淑。

王忱便是那时出现的，在年初最后的那场雪下，她从垂拱殿往回走，他在内侍的引领下前往垂拱殿。

漫天都是雪，他一袭水青色圆领官袍，从雪里走来。如不看那张确乎不扬的脸，“萧萧肃肃”“长身玉立”这类美好的词都未必能描绘他当时的风采与气度，可是脸不美，便是满盘皆输。

她只匆匆一瞥，便傲然离去。他却脚下一停，静立在她必经的雪径边。

他看她，眼神平静而汹涌。她不满，回视。他垂眸，颔首行礼，须臾后，唇边缓缓扬起一抹笑，一片雪恰从他唇边飘落。

容央心里一撞，越过那雪，盯着那笑，不知不觉也驻足在了他必经的雪径边。

他分明不美，甚至于丑，可这垂眸颔首的微微一笑，却如春风化雪，一点一点，不知不觉地化开在她心间。

耳畔水声哗然，又一片白浪卷来，是对面那艘画舫近了。

容央敛神，指尖拨弄着茶盏上繁复的彩绘牡丹花纹，静静道：“查。”

因为是他，因为还是希望最后能是他，所以，必须要查。

雪青领命。

外面一阵喧哗，少顷，荼白眉欢眼笑打帘而入：“殿下，瞧瞧王公子给您送来了什么！”

船外有微风，随着她打帘而入，一股香气弥漫舱内。容央狐疑，盯着荼白捧在手里的红木镂雕食盒。

荼白麻溜地端上来，揭开盒盖，浓郁鲜香扑鼻而至，一盘色香味浓的糖醋鲤鱼映入眼帘。

容央一愣。

“知道殿下爱吃鱼，这是王公子今日晌午亲自在湖边所钓，钓完后，又亲自下厨烹饪的。”

酸甜的味儿包裹四周，容央心里一动，转头看窗外。

漫天彩霞倒映于潋滟碧波里，王忱颀长身形外镀着一层金辉红晕，眼底唇边一抹笑，似远又近。

“还是殿下最爱的口味呢……”

耳畔，又落下荼白的偷笑声，容央敛目，故作淡然看回那鱼。

他便是最会如此，拿别人最想不到、也瞧不上的方式撞她的心。不像金玉珍宝那样冷，也不像风花雪月那样虚。

“君子远庖厨”，而他一出招，非但没折损那谦谦之气，反而增添一分这人间最质朴、赤诚的气息。

雪青照惯例先试毒，无碍后，把双箸呈给容央。

容央顺着她剖开的地方落箸，夹起一块品尝后，嘴角忍不住上扬。

鱼虽是糖醋，然因她爱酸更胜一筹，故而酸味较甜味更地道浓重，分明是码着她的口味做的。

容央腹诽狡猾，忍不住又尝一口，再落箸时，眼前一亮。

酱汁浇淋的鱼肚里，一小卷尺素半隐半现，容央用双箸把尺素夹出来。雪青掏出丝巾包着接过，打开后，呈给容央。

——千秋无绝色，悦目是佳人。

容央脸上瞬间一热，心脏紧跟着急跃，她抿紧唇，再次朝窗外看去。

余晖西斜，水光潋滟，王忱意态闲闲地站在那儿，笑意分明很浅，却又直逼眼底，把一双细长的吊梢眼衬得风华流转。只是那下半截还是粗制滥造，扁塌鼻，短人中，嘴唇大而瘪，衬着并不算白皙光滑的皮肤，平心而论，很有几分癞蛤蟆的神韵。

依旧难看，可那气度也依旧萧肃、矜贵。

于是，容央心底出现了一个意象——一只高贵的癞蛤蟆。

“无事献殷勤。”容央唇语，故作不豫。

王忱也唇语，只一字：“是。”

容央绷着小脸，“啪”的一声把竹帘落下，故意不再看他，也不再给他看她。

雪青询问：“殿下，这尺素……”

容央纤睫微垂，倨傲地道：“收下吧。”

画舫复行，与对面那艘相错而过。

雪青把那盘吃过的糖醋鲤鱼收回食盒，刚一走出船舱，守在外边的茶白立刻凑上来：“怎么样，殿下是不是乐坏了？”

雪青扭头示意茶白噤声，走开两步把食盒塞回她手里，方道：“殿下金枝玉叶，不过区区一盘鱼，何至于就乐坏了？”

茶白瞪眼：“能一样吗？‘鱼传尺素’……这可不是一道热乎乎的菜，而是一份热乎乎的情！”

雪青蹙眉：“人品如何暂且未定，万一是个表里不一的，这情便是再热乎，殿下也不屑一顾。”

茶白明白过来，压低声：“你还在怀疑王公子和那表妹有私情？殿下先前不都说了，只是些闲言碎语吗？”

雪青道：“三殿下也说了，无风不起浪。”

茶白黑溜溜的眼珠微转，道：“可这王公子毕竟是大理寺卿王大人的嫡长子，家教严明，人也聪明，既然有意尚主，又怎还会私通表妹？如果东窗事发，岂不是……”

“你怎知他有意尚主？”雪青反诘，把茶白彻底问住。

雪青眼睛明亮：“他是对殿下很好，也的确屡献殷勤，可这三个月来，他也没有直言向殿下表示过，他有意尚主啊。”

荼白张嘴，怔怔转头，那艘画舫荡在潋滟金波里，也不知是朝什么方向，风一般地去了。

（3）水龙吟

入夜，华灯初上，金明池内一派火树银花，人声鼎沸的宝津楼正觥筹交错，各层各殿里急管繁弦，载歌载舞。

偏殿一盏宫灯下，容央默然静坐，看着殿中翩跹的舞影走神。

御宴刚开始不久，小案上只摆了些春藕、缠梨等时兴蔬果，并无一样合她口味，反倒是先前在船上尝的那两口糖醋鲤鱼还隐约留香齿间，不腻，不绝。

容央回味着，眼前不禁浮现出王忱的模样。许是灯火映照的缘故，他那张没滋没味的脸突然变得深刻隽永，越想越顺眼起来了。

正舒欣，耳畔传来一道温软声音："嘉仪，在笑什么呢？"

容央一震，忙把那无意间的笑收起，循声看去。

主座上，吕贵妃眉目含笑，薄施粉黛的脸在光影里愈显温柔脱俗。

"我瞧你案上的水果动也不动，想是不合口味，这儿有一盘你素日爱吃的芙蓉糕，且尝尝看。"

当下一名小宫女捧着那盘芙蓉糕呈上来，容央按捺心底抵触，起身行礼："谢吕娘子美意。"

吕贵妃微微含笑的声音更沁人心脾："快坐，不必多礼。"

容央坐下，这时一名命妇给吕贵妃敬酒。吕贵妃赧然一笑，拈袖执起案上杯盏，笑称身体不适，以茶代酒，又是一番谦和的歉辞。

一言一行，皆像极了先皇后齐氏，就连对座下人口味的了解，都准确得如出一辙。这样入木三分的相似，实在令身为先皇后血脉的赵容央无所适从。

看回那盘芙蓉糕，容央拿起又放下，想起已故的母亲，情绪低落下来，越发提不起食欲。

余光里，有衣袂轻动，一人关切道："四姐怎么不吃？闷闷不乐的样子，难道是有心事？"

容央转头。

灯辉荧荧，照亮六帝姬贤懿一双微弯杏目。粲然而笑的小圆脸上，处处是吕贵妃的痕迹。只不过，后者的眉目间流转的是沉静典雅，前者依旧是娇嫣无邪。

容央微笑："没有。"

贤懿眼底笑影不变："还以为四姐又在为选婿一事烦恼呢。"

容央一怔。

琴音清越，贤懿声音如蜜，甜丝丝地黏入耳中："说起来，方公子那事也过去三个多月了，像四姐这样国色天香的人，求娶者应该多如过江之鲫才是，怎么这么久了，都还没有新人来吗？”

有一口气憋在胸口，不住地膨胀，容央忍耐道：“没有。”

贤懿“啊”一声，眉尖微蹙，欲言又止，一副等人上钩的神态。

容央保持微笑，成人之美：“怎么，难道你要引荐不成？”

贤懿比嘉仪略小一岁，眼下刚及笄，也正是谈婚论嫁的时候，只不过并无那自作主张的特权，自然就没有多少接触外男的机会。

容央这一问，本是绵里藏针，专戳痛处，示意其闭嘴，哪想贤懿脸红过后，竟然一笑：“妹妹还真有一位公子想要引荐给四姐，且料定四姐一定会喜欢的。”

容央意外。

这时门外内侍传膳，重头戏下酒十五盏终于上席，一盏花炊鹌子，一盏三脆羹鱼贯被人捧上……

不多时，小案上珍馐堆叠，第六盏沙鱼脍鲜香四溢。

贤懿一指那菜道：“四姐且先尝尝这鱼。”

容央看她故弄玄虚，又不耐烦，又心疑，淡漠吃下一口。

贤懿：“如何？”

容央懒散搁箸：“尚可。”

贤懿笑：“四姐最爱吃鱼，品鉴起来，口味自然极刁，吃惯了这宫中御膳，改尝一下私厨，或会别有滋味。妹妹今日给四姐引荐的这位公子，便是个深谙烹饪之道的，且最擅长的，就是四姐爱吃的鱼。不知……四姐可有意一见？”

竟然要给她推荐擅于烹鱼的公子，这倒是有备而来，有的放矢了。

不过，这世上还会有比王忱更擅长烹鱼，擅长用鱼来讨她欢心的公子吗？

容央恹恹道：“何人啊？”

贤懿放低声音：“大理寺卿王大人的公子，王忱。”

容央缓缓掀眼，眸光凛然，紧盯贤懿半晌：“你怎么知道，王忱擅长烹鱼？”

贤懿仿佛不曾看到对方眸中的冷光，弯着眼道：“自然是有亲自尝过，才敢向四姐引荐啦。”

容央盯着那亮晶晶的笑眼，胸口渐有寒流侵入。

偏贤懿懵懵懂懂，依旧一脸天真烂漫，脆生生道：“说来也巧，今日游湖时，王公子突然求见，却并不登船，只吩咐仆从送来了一盘糖醋鲤鱼。四姐知道，我本来不爱吃鱼的，可那仆从说，此鱼乃是王公子亲手所钓，亲手所烹。我心里好奇，又想盛情难却，就命人呈上来尝了一箸。没想到，还真是色味俱佳，鲜美爽口。

“更有意思的是，王公子还在那鱼肚里藏了一卷尺素，上书一行小诗，竟是夸我……”

还是雪青离得稍远，率先回神：“大胆！见到嘉仪帝姬，还不行礼？”

夜风至，撩动檐边灯笼，如雨流光下，男人散漫垂眸，敛去一半肃杀冷气，继而闲闲站直，高如山屹。

“忠义侯府褚怿，见过帝姬。”

声沉，音稳，既有金戈之气，又显漫不经心，而更呛人的，则是酒气。

容央掩鼻后退一步，心头火气更盛，便欲发作。定睛看时，却见橘黄灯光里，男人深邃五官清晰如刻，英朗轮廓精致如雕，一时不由得怔住。

盛京……竟有这样相貌标致的郎君？怎么这一年来从没人跟她举荐过？

神飞天外的刹那，荼白送来一句嘲弄“原来是褚家的人”，及时召回嘉仪帝姬的魂魄。

忠义侯府，褚家的人，哦，便是那丢盔弃甲，灰溜溜奉命回京的边关败将了。

容央醒神，腹诽此人无能至此，这一身气质，倒还格外嚣张。又想起下午在桥下被他取笑的事，她心中更感不快。

审视片刻后，容央冷然开口：“将军今日，可曾听到什么？”

是问刚刚门外，也是问先前桥下。

褚怿对上那故作威严的眼神，声音平直：“不曾。”

哼，倒是识相。容央挑眉，心里忖度顷刻，视线又一次从他脸上掠过。

心里的不快并没有完全消散，但不知为何，在他不声不言的注视下，她竟有种无处发作、无法发作的局促感，甚至，脸颊、耳根都快要烫起来了。

见鬼！

定是这酒气实在太呛人，太令人窒息的缘故。

容央如此断定，扬颔道：“如此甚好。”

扔完这一句，她便领上人扬长而去，去时，纤纤玉手仍抵在鼻端。

夜风徘徊廊里，一地光痕纷乱，褚怿盯着那傲然的背影，唇微扯，靠回栏杆。

殿里欢声不衰，远处游人哄闹，前去吩咐御厨加餐的小内侍急匆匆赶回……褚怿闭着眼靠在原处，扬起脖子，吹着这浸满了欢声笑语的风。眼皮上时有不知从何而来的光斑掠过，或稳稳静静，或跌跌撞撞，耳畔也是。倏而如沉烽静柝，冷冷清清；倏而如穿云裂石，撼天震地。

周遭酒气忽重一分。

褚怿掀眼。

廊柱边，双颊微红的殿前司诸直都虞侯谢京往他肩上一拍，笑弯腰道：“你是属鹰的吧，警惕性这么强？”

褚怿盯着他，笑而不语。

谢京靠在柱上，扬眉：“酒还没散完？”又拿下巴指指殿内，“都在嚷着寻你了。”

褚怿转身，改为面朝廊外而站，一只胳膊搭在栏杆上，语气懒散：“没。”

谢京知他烦郁，“啧”一声，凑近道：“那姓孙的就是个嘴欠的蠢货，你又何必理他。”

褚怿凝望廊外夜景，想起先前殿里的不愉快，探手往衣襟里一掏。谢京盯过去：“什么东西？”

褚怿把纸包里的东西咬走一块，剩余的丢给他。谢京接过来，打开一看，啼笑皆非：“不是吧，褚悦卿，都这么大了你居然还没戒掉这东西？”

褚怿叼着一块饴糖，没应。

谢京捏着那包糖忍笑：“十五岁领兵破阵，十八岁三立奇功，如今名震疆场的定远将军，居然还没能戒掉小时候一哭就要吃糖的习惯，这要是传出去，恐怕连鬼都不信吧？”

褚怿一边腮帮鼓起，糖已在嘴里，闻言答：“你可试试。”

谢京识趣道：“不敢自取其辱。”

褚怿笑。

谢京也往栏杆上靠来，想了想，还是拿了块糖吃下。他自幼跟褚怿相交，知道这人有个鲜为人知的怪癖——一哭起来，便要吃糖。后来慢慢长大，就发展为郁闷的时候、走神的时候，乃至思考问题的时候也要嚼块糖在嘴里。

十年前，褚怿随褚四爷赴边关抗敌，他这老友便是送了包饴糖以作饯别。原以为在疆场摔打十年后，吃糖的习惯早成了这铁血男儿的一桩旧癖，没想到非但没好，反而还像变本加厉了。

念及此，谢京想笑，可嘴角刚咧开，又不禁皱了眉头。

饴糖化在嘴里，是丝丝绒绒的甜，然而如不是心里苦，这糖于褚怿而言也无用武之地。

心念一转，谢京开口道：“这些年，大内形势不比以往，自韩相下台后，朝中明争暗斗，范申分朋树党，如今已位极人臣，大半朝臣唯他马首是瞻。每回跟大契、大娄交锋，这帮人不是胡乱掺和，就是打着‘劳民伤财’‘兵久生变’的名号想方设法给军方拖后腿。大鄞打的败仗多了去了，你那一仗，实在算不上什么。”

夜风吹动檐灯，褚怿眸底明灭。

谢京又往他肩上一搭，笑道：“别想了，败仗虽多，可我大鄞国富民强，纵然求和，也无外乎是多交些岁币。花钱消灾，于边关将士而言，未必是一桩坏事。倒是你，十年没回来，可得好好看一看这盛京繁华。”

他一面说，一面指向底下灿如白昼、鼓乐齐鸣的金明池夜景。

夜色很浓了，然苑内依旧人欢马叫，东边搭台唱曲，西边聚众相扑，张灯结彩，红飞翠舞，丝毫不输宝津楼里各场夜宴的繁华。

褚怿看在眼里，没作声。

谢京似又想起什么，便道："对了，刚有内侍来传话，说一会儿嘉仪帝姬要给王忱赏一道珍馐，算算时辰，差不多了。嘉仪帝姬可不是寻常人物，咱大鄞的第一美人哪，能得她赏赐，不亚于得官家青眼。所幸这王忱也是个大方的，咱一起去瞅瞅，指不定能分一杯羹！"

提及这茬，褚怿眉梢微动，想起灯下那个娇蛮的少女，他扯唇一笑，然后拉开谢京的胳膊："你们慢慢享用吧。"

谢京"欸"一声，瞪着往外的男人："去哪儿啊你？"

褚怿不回头，朝后摆手："楼外逛逛，看一看这盛京繁华。"

（4）西江月

夜色朦胧，喧阗欢声与这边一水之隔，褚怿爬上山丘，走进一座六角亭。

亭里无灯，倒是树影层层，幽幽惨惨。廊柱间有长椅，褚怿上前坐下，屈起一条腿，胳膊搭在膝盖上，目光往亭外望。

湖对岸，垂柳铺堤，五光十色的灯影、人影熙熙攘攘，依旧是那个令人沉醉的金明池，令人沉醉的春日，无论白天，还是黑夜。

这样热腾腾的景象，的确是十年没见了。

边关只有大雪、风沙，纵然是最温柔的夜，热闹的也不过是天上闷不吭声的星。倒是交战时的人声最鼎沸，震天的战鼓，震天的厮杀，以及苍茫荒坡下震天的悲号和叱骂……

褚怿敛神，眉峰本能地轻轻一蹙，视线往近处收，倏而眼一虚。

湖水寂静，一轮明月倒映水里，小虹桥上，静静立着一道人影，圆圆的脑袋，纤细的脖颈，颈下衣袂翩翩，臂弯间的披帛飘飘荡荡。脸虽然藏在黑夜里，但褚怿还是一眼认了出来。

大鄞第一美人，嘉仪帝姬。

他唇间又无声扯开一笑，准备将视线移开，眨下眼，又挪了回去。

夜风静谧，自她身后轻轻拂过，撩动那月影一样缥缈的青丝、衣袂。两名宫女都退在桥外，没有近身。月如水泄的小桥上，只站着、仿佛也只该站着她这个人。

褚怿顺着她的目光看过去——

也是人海，声浪。

是他刚刚沉浸的场景。

一声尖啸划破夜幕，然后是噼里啪啦、此起彼伏的爆裂声。褚怿仰头，沉黑的一片天被姹紫嫣红的华彩点亮，一簇簇烟花绽放，凋零，又绽放……

对岸欢声沸腾。

褚怿静静看了一会儿，低头。

天上烟火璀璨，湖里烟火璀璨，小桥上的人仰头静望，一双被烟火点亮的眸，也如在绽放一般。

此一刻，夺目，璀璨。

一场烟花燃尽，一场夜宴也就此谢幕。

宝津楼外，喧哗人海彻底散去，骖骓俨然，华盖如云，官家正起驾回宫。

容央坐在后方马车里，支颐假寐。荼白从外揭开车帘，禀道：“殿下……贤懿帝姬称自己的马车借给宴上喝醉的赵三姑娘先回府了，问此刻可否与您同行。”

容央眼皮撩开一条缝，底下是显而易见的不愿意，然而唇还没动，车外已传来动静，贤懿提着襦裙踩上杌凳，气定神闲地走入车里：“叨扰四姐了。”

容央无语。

荼白在外青着一张小脸，悻悻放下车帘。

车里空间并不宽敞，贤懿在边上坐下，容央立刻往外挪，扭头，佯装朝车外看。

贤懿跟着挪过来：“先前四姐拂袖而去，就再也没回来，可是那道沙鱼脍不合口味？”

容央面无表情：“赵三姑娘是走来的吗？”

贤懿一愣，反应过来后，笑道：“怎么会。只是马车只有一辆，而赵公子又还在席间，左右我不急，就派人先送她回去罢了。”又把话转回来，“四姐今夜兴致索然，想是有什么烦心事吧？”

车里静默片刻，容央转脸去看她，似是而非地一笑：“是。”

贤懿一双眼眨了眨：“什么人这样不识好歹，竟敢惹四姐烦心？”

容央：“你。”

贤懿一愣。

外边内侍扬声喊“起驾”，一辆辆马车往前驶去，辚辚车轮声里，容央对着贤懿那张泛白的小圆脸，微笑：“让我吃的那条鱼，实在太令人恶心了。”

容央缓缓一指喉间：“到现在味儿还哽在这儿，你说，烦不烦心？”

贤懿嘴角微动，一脸赧然干笑，终于不复多言。

容央胸口郁气舒散，转回脸，隔着窗格看车外夜景。林苑里的老百姓都走了，道边明暗交织的光影下，只有护驾的队伍徐徐前进。

世家公子的车驾跟在最后，不知道此刻坐在车里的王忱，是否也有感到一丝丝的恶心？

心念浮沉，过往纷沓，各种滋味起起落落，竟没有意想之中的快慰，反似更添一分无端惘然。

容央蹙眉，敛神坐正，视线投在晦暗虚空里，忽然感觉身边异常安静，不禁侧头一睹。

贤懿不知何时挪到了那边的车窗下，半张脸映在朦胧光线里，鬓边微红，一双眼动也不动地凝在窗外。

容央狐疑，视线顺着往外投去。

窗格后，光晕斑驳，肃穆队伍里，一人背影高大笔挺，打马行于斜前方，乌黑垂脚幞头下，双肩宽平，腰身紧束，一身凛冽之气，瞧着竟有几分眼熟。

容央思忖，片刻后，终于想起来，可不就是今日听了她两次墙脚的忠义侯府大郎君——褚怿吗？

第二章

闺中时光

（1）春光好

内廷里的日子最是干瘪、冗长。

自清明游湖后，容央在玉芙殿里一坐就是三天，天天怏怏不乐。

王忱那边始终没回应，没有预想中的愤恼、怨怼、心虚或羞愧。

石沉大海的报复是最令人不甘的报复。

于是人一静下来，便又开始不自觉地去回忆他最初垂眸浅笑的模样，回忆那一幕幕本以为可以是一生的相处，忽而生恨，忽而生幸，忽而生怅。

“想什么呢，墨都给你研桌上了。”

耳畔落入一道低醇声音，容央一个激灵，低头，砚里浓墨果然已经溢出，忙掏出丝帕去擦拭。

官家蹙着眉拦下，示意边上的内侍崔全海处理。

崔全海立刻上前，麻溜地把溢出来的墨汁擦净。官家细看容央的脸色，知女莫若父：“又看走眼了？”

容央一怔，赧然：“爹爹！”

官家笑，提笔蘸墨，在素白宣纸上铺开一道墨痕：“还不承认。朕上回就跟你说过了，这挑男人，最不能挑的就是脸。可你呢，从小到大就是个眼皮浅的，看人只知看皮相，连近身伺候的都非得要小脸盘、大眼睛。上回那方仲云的亏，还没吃够？”

容央心道：这回可不就是照着您指点的方向挑嘛，挑回来一个连方仲云都不如的。

“那爹爹的意思是，生得丑的人，心就会格外美些？”想起王忱，容央心里烦躁，故意呛声。

官家笔走龙蛇，分毫不怠：“自然。”

容央气结：“那爹爹又何必广纳美人充盈后宫？”

官家心虚，故作严肃：“胡言乱语，你自己睁大眼睛瞧瞧，这后宫里的娘子们，有几个能及你娘亲当年半分风姿？”

提及先皇后，容央心里一软，继而眼珠转动：“那也就是说，这么多娘子里，爹爹至今最爱的还是娘亲？”

官家搁笔，忍不住深看容央一眼，点头。

自先皇后齐氏殁后，整整十年，无论前朝大臣如何劝谏，他硬是没再册立过皇后。一则是为大婚那日所给之承诺；二则是的的确确没能再如年轻时那般，真真切切、彻彻底底地爱上一人。

殿里一时寂静，淡淡龙涎香飘过鼻端，容央声音似也被熏过，变得飘飘的：“因为后宫娘子们不如娘亲美，便始终最爱娘亲一人……这么说来，爹爹也是个重皮相的嘛。”

官家一怔，心知着了她的道，啼笑皆非：“强词夺理！”

容央扬眉。

官家无可奈何，一指案上墨画，开始撵人：“画好了，赶紧给你姑姑送去。”

每月初十是前往兴国寺后山探望长帝姬的日子，今日恰巧便是。

容央轻哼，待崔全海把风干后的画收入木匣，冷傲地留下一句“我偏也要学爹爹，挑一个他人难及半分风姿的”，这方款步去了。

官家在后直摆头。

谢京领着一批禁卫候在宣德门外，等候前往兴国寺的嘉仪帝姬。

护卫皇城多年，这还是头一回有幸能为大名鼎鼎的嘉仪帝姬护驾，谢京暗暗生喜，然而想到金明池那夜王忱的遭遇，又不免忧从中来。

那夜褚怿前脚刚走，就有内侍后脚把那一道万众瞩目的珍馐呈上，众人垂涎欲滴，硬是把春风满面的王忱围了个里三层外三层。

嘉仪帝姬选婿一事满朝皆知，明面送菜，实则芳心暗许。一众世家公子或羡或妒，目不转睛地盯着王忱揭盖，七嘴八舌地嚷着要分羹一杯，直至那一时恩宠万千的东西“水落石出”。

谢京回想当时所见，汗毛倒竖。

瞧着风华绝代的美人，整蛊起人来，竟也是这般“盖世无双”，饶是那王忱气度非凡，当场也险些失态。稍后自个儿这场护驾若有差池，指不定会遭遇何等磨难呢。

念及此，也不知是否因紧张过度，谢京眉头一皱，肚子竟开始隐隐作痛起来。

偏不巧，甬道那头传来齐整马蹄声，一辆朱轮华毂、珠钿翠盖的马车在内侍引领下行来，车前坐着一名鲜眉亮眼的小宫女，正是伺候嘉仪帝姬的荼白。

谢京深吸口气，压下腹中不畅，硬着头皮发号施令。

一行人自宣德门右拐，浩浩荡荡行于大街。

正是午后，内城百姓最是多，即便有禁军开道，车行速度也很勉强。谢京打马在前，瞅着这拥挤人潮，额头细汗越来越多。

边上一名禁卫眼尖，悄声上前："虞侯，您没事吧？"

谢京白着脸，扭头往身后车驾看一眼，喉头微动："无碍。"

禁卫迟疑退下。

谢京又盯回人潮，"驾"一声，冷不丁腹中一阵绞痛，扯得他险些失声。

谢京呼吸一窒，目光四转，忽一招手，掉头往东侧大街而去。

身后禁卫们一怔，面面相觑，只能跟上。

容央懒懒坐在马车里，正听荼白、雪青闲聊，忽然间马车停下，三人俱是怔然。

荼白掀帘，车外，禁军肃立，一座守卫森严的巍峨府邸映入眼帘，朱漆牌匾上刻着三颗鎏金大字，赫然便是"枢密院"。

荼白不禁蹙眉："怎么到这儿来了？"

刚问完，前边谢京下马，一脸扭曲地赶来。

荼白往后。

谢京弓着腰，讪笑着在车前停下，艰难地朝帘内抱拳道："殿下恕罪……卑职突然内急，进府衙里方便则个，稍后便来。"

少顷，一道少女声音从车里幽幽传来："你让本帝姬坐在这里，等你出恭？"

谢京脸上汗珠渐大："实是疼痛难挨，情非得已……"

车中静默，荼白往内看一眼，板起脸来，回头直斥谢京失职。

谢京心焦如焚："那……那请殿下先走一程，卑职解决完后，立刻快马追来！"

荼白简直无语，横眉道："那如果这一路上殿下有所不测，你可又担待得起？！"

谢京满头是汗，看看车帘，又扭头看看府衙，便在走投无路刹那，突然眼前一亮。

褚怿前来枢密院报到，被同知院事何定堃硬留着用了午膳，话别后，刚一走出府衙大门，就见谢京把腰勾得跟个六旬老翁一样，火急火燎地朝自己奔来。

"快快快，救人一命胜造七级浮屠……"谢京龇牙咧嘴，话没讲完，突然"嘭"地放出一声巨响。

褚怿脚下生风，退至门边石狮旁，食指抵鼻，双眸阴沉。

谢京自知失礼，抱着肚、红着脸吐出后半句："帝姬便交给你了……"

褚怿一脸蒙。

衙外有风，悄无声息散开谢京的"巨响"，看守门前的两名护卫脸色渐渐发青。谢京一张脸越发烫得火烧一样，伸手往街边车驾一指，留下两声"护送""兴国寺"后，脚打后脑勺地跑了。

风卷土尘，墙边两棵参天松柏涛声起伏，褚怿转头。

大街上，一队甲胄肃整的禁军严立车前，车中有人凭窗而坐，纤白玉指正撩在帘上，一双冷然美目朝这边看来。

两人视线交汇在虚空里。

风势峻急，地上的树叶簌动起伏。

车窗外，男人的脚步声沉稳有力，分明是踩在盛京的青石板上，却给人一种兵临城下的压迫感。

容央端坐车内，不由得蹙起眉头。

俄而，脚步声停，一抹高大阴影落在帘上，男人声音随之响起："侍卫马军都指挥使褚怿，代谢虞侯前为护送。"

相较上回，略多一分世家贵气。

容央留意到他名号的变化，转头。

日影倾斜，帘上阴影沉压。

不过是一名战败的武将，灰头土脸地回来后，不改这一身冷硬之气也就罢了，而今在仕途上非但没遭贬黜，反而官至指挥使，忠义侯府的荫庇，果然非同一般。

容央鄙薄，素指一勾，又把帘幔撩起来。

日照荧荧，褚怿逆着光，低眉沉眸地站立在车前，并未着那日的官服，只一袭玄色如意纹圆领窄袖便袍，乌黑长发用鸦玉簪紧束，暗影里的五官更显精致、深邃。上回只灯下匆匆一瞥，此刻细细一瞅，方不得不承认，这气势凌人的男人，确乎是生了张极好看、也耐看的脸。

哼。

容央故作淡漠地放下帘幔："有劳了。"

窗外人眼微眯。

车幔落下的那一刻，他清晰地捕捉到了车里人上扬的嘴角。

她在笑，笑什么？

褚怿不明所以，转身上马。

号令声响，一行人重新朝兴国寺而去。

（2）女冠子

长帝姬封号明昭，乃官家一母同胞之妹，年少时下嫁原礼部侍郎之子周弘应，后因婚姻不睦，身心俱损，恳请官家应允和离。和离后，长帝姬回宫居住，不到一月，突然病倒榻上。各大御医轮流问诊，然不知为何，长达半年，都始终不能缓解其病症。

有人道，帝姬是心病。心病还须心药医。

于是官家忙里抽闲，亲自慰问，每回问及周弘应，长帝姬不是三缄其口，就是闪烁其词。官家无功而返，便命令内廷众娘子上阵，一拨人前仆后继，锲而不舍。

可众人越是缠问，长帝姬就越有精神崩溃之势。

直至后来机缘巧合，周府中一名伺候过长帝姬的侍女在后宅碎嘴，传至大内，官家才知明昭婚后三年多来，周弘应待之甚苛，非但极少温情流露，还酗酒后拳脚相向，更有一回酩酊中，当着明昭的面与其屋中侍女奸淫……

官家震怒，立刻把周家人下狱，敕大理寺严审。水落石出后，官家罢免周侍郎官职，并将周弘应杖责六十，流放燕川。

一时轰动朝野。

此事终了后，许是长帝姬心结终解，在御医诊疗、亲友劝慰下，渐渐恢复神志，康健如常，却不再肯留居皇宫一日，执意请旨削发为尼，遁入空门。

堂堂大鄞帝姬竟要弃俗出家，消息一经传开，又闹得前朝后庭沸反盈天。官家又气又急，责令各殿娘子轮番去劝，哪想这回还是去一个，溃败一个，倒是明昭心愿难遂，失心疯又有复发之势。

官家无可奈何，思来想去，只得在离皇城最近的兴国寺后山修筑院落一间，供明昭潜心修行，唯一条件是：绝不剃度，永为帝姬。

四月风暖，前来寺中上香礼佛的百姓络绎不绝，嘉仪帝姬一行抵达时，寺庙正门外正是行人如织，不少小贩开摊道边，摊上小吃古玩，鸟虫花草，应有尽有。因着是古刹边上，小贩们并不吆喝，兜着手静坐树下，也自有妇孺上前光顾。

容央隔窗看着，很是心动，然而念及那些刻板的规矩礼仪，终究没有下车，仍旧吩咐从东边角门入寺。

每月初十，宫中派人前来探望长帝姬乃是惯例，故绿柳掩映的角门边早有小沙弥等候。褚怿打马在前，一眼瞥见后，抬手示意车驾止步。

马车停稳后，容央下车。

申时刚过，日头从绿柳上斜照下来，撒落一地细而密的光。容央一件雪白的荷边短袖外衣，罩着深褚百团花裙袍，刚一下地，雪青便撑着一把绯色小伞过来，替她遮去了那早已被柳树遮去一半的春晖。

褚怿静静看着。

平生只闻阴间艳鬼怕被光照，想不到堂堂大鄞帝姬，也是如此。

褚怿转头哂笑，少顷后，又定睛朝那白得晃眼的人看去。

伞红，少女肤白，外衣白，而唇红，内裙也红。红白相映之下，愈冶丽得直逼人眼底。

嗯，艳，倒真是挺艳的。

一队禁卫整齐上前，分成两列，按刀立于角门两侧。容央款步走至门前，蓦然止步。

余光里，那男人依旧端坐马上，一双眼虽看着这边，但就是没有半分下马的意思。

容央回头。

褚怿对上那明显有三分不满的目光。

春晖明亮，他大剌剌地晒在太阳底下，小麦色的脸泛着光泽，平而薄的唇，直而挺的鼻，凌厉又深邃的眼神里清清楚楚地写着一行字：送到这里，还不够？

容央贝齿咬紧，一股倔劲上来，扬声道：“褚将军既是代替谢虞侯护卫，在他回来之前，便该恪尽职守。”

褚怿眼微动。

容央又道：“周密保护，寸步不离。”

褚怿这回改为唇微动，最后嘴角一扬，似笑了。

这一笑，容央反倒愣了，反应过来时，脸上竟然微微发热。她扭回头去，暗骂一声“冤家”。

褚怿咧着嘴角，翻身下马，把马鞭交给一名禁卫，默然跟上。

走进角门，是一座古树蔽日、鸟语花香的小院，小沙弥在前引路，熟稔地与容央聊起长帝姬近况。

褚怿谨遵旨意，寸步不离，就跟在她那团小小的影子边上，抱着臂，不时环目四看。

正走神，耳底传来小沙弥的笑声：“先前听闻殿下广择佳婿，今日见这位贵人玉质金相，器宇不凡，与您形影相伴，莫非便是……”

褚怿转头。

小沙弥正偷看褚怿，冷不防撞上这个眼神，后背发凉。

那边容央更是面红过耳，嘴角抽动：“小师父误会了，这位是新上任的侍卫马军都指挥使褚怿褚将军，今日护送我前来贵寺而已，与我并无私交。”

小沙弥赧然，忙致歉道：“得罪得罪，原先禁军护卫殿下，皆是一身官服，今日这位只着便袍，是以冒犯，还望二位海涵。”

容央笑答“无碍”，一派端庄贤淑的风度。

笑完，她扭头：“远一点。”

褚怿无奈。

穿过院落，走出寺庙后门，一座绿影蓊蓊的小山隔溪相望，黛瓦白墙的小院坐落山中，藏于郁郁葱葱的梧桐树后，古朴岑寂，若隐若现，正是长帝姬明昭的修行之处。

寺中有令，如无贵人吩咐，任何僧人不可越溪。小沙弥在山前驻足，双手合十道：“小僧便送到此处了。”

容央笑道“有劳”，走下青石板铺就的小径，往溪边而去。

溪流水面颇宽，正值春日，水流也相较湍急，一座圆木小桥架于其上，载着灿烂春光。容央步履款款，行至桥上，倏而缓缓停下，待褚怿上桥后，回头道：“将军在这桥上等着便行了。”

褚怿眉峰微挑。

桥那边便是一棵遮天榕树，绿荫充足，不让他去桥边等，偏让他在桥上等，这心思，未免坏得有些太稚气了。

褚怿不动声色，点头。

容央满意，在雪青、荼白簇拥下往前而去。

前脚刚动，褚怿后脚跟来，径自走到榕树下，抱臂，闲闲地往树上一倚。

容央一顿。

雪青在旁低声劝：“殿下，时辰不早了。”

容央盯着树下的男人，强压怒火微微一笑，扭头离去。

褚怿回味着那抹笑，冲身边禁卫道：“去探探，你们头儿到哪儿了？”

那禁卫虽不识他，却对其名如雷贯耳，当下恭恭敬敬地领命而去。

褚怿扫一眼山上小院，继而瞥回枝叶繁茂的大榕树，脚下轻点，不等周遭禁卫反应过来，人已躺在树上阖目睡下了。

咚咚木鱼声回荡耳畔，斜阳映照的室内，青烟缕缕。

容央在窗前案头边坐下，把雪青呈上来的画卷在案上展开，对跪在佛像前打坐的长帝姬道：“爹爹今日给姑姑画了一幅画，姑姑猜猜，这画上乃是何物。”

金辉斜映，檀香氤氲，长帝姬眉目不动：“俗物。”

伺候明昭的宫女敛秋急忙上前圆场：“官家御笔，栩栩如生，超凡入圣，自是寻常俗物不可比的！”

敛秋一面笑，一面把画拿起来，呈至长帝姬面前去：“殿下，您看。”

长帝姬眼皮微掀，看清画上笔酣墨饱的一株湘妃竹后，冰冷神情微微一动。

这当口，拂冬上前来，在容央耳畔低语几句。

容央这才知道，原来昨夜姑姑梦魇了，既是梦魇，则八成是又梦到姓周的那混账了。

容央心念一转，道："两相枯坐，实在无趣。拂冬嬷嬷，劳驾取我那把箜篌来。"

拂冬"欸"一声，笑着往外走。

长帝姬年轻时爱音律，尤爱音色柔美、空灵清澈的箜篌，据说少时曾学艺于名满京都的芳斋先生，一曲《湘妃竹》弹得出神入化。后因婚姻变故，再不碰琴，只在痴痴惘惘时，常吩咐底下人奏上一曲。

说来也是巧，容央天生一副好嗓子，且在箜篌方面，造诣更甚明昭，只是身为一国之嫡出帝女，不能如坊间歌姬那般耽于声色，是以在宫内，容央很少摆弄器乐，及笄后，更是连唱上一曲也成了奢侈。如此一来，每月前来兴国寺探望的这一晌午，倒成她释放天性的难得时机，如逢明昭心情不错，还能得她一开金口，指点一二。

少顷，拂冬捧着那把凤尾小箜篌入内，摆在案上。容央正襟跪坐，把箜篌竖抱于怀，纤纤素手在铜弦上轻轻抚过，对长帝姬笑道："今日给姑姑唱一曲《苏幕遮》，如不入耳，还盼姑姑不吝赐教。"

日薄西山，天上传来倦鸟归林的清啸，倏而一声清越琴音自山中小院里传出，继而畅如流水，淙淙而至。

层层密叶下，褚怿眉峰一动。

耳畔，涓涓溪水叮咚不绝，也是耳畔，空灵琴音悠扬婉转。

须臾，一道妙曼歌声隐约响起，如珠落玉盘，声出金石，霎时天地一晃，万籁俱寂。

褚怿睁开眼。

前去查探谢京下落的那名禁卫自小桥那边匆匆赶来，四下张望，方发现褚怿人在树上，箭步上前，便欲回禀，褚怿手一抬，示意噤声。

禁卫一愣，顺着褚怿视线所在的方向看去。

小山静立，风吹梧桐，一片歌声缥缥缈缈，如云开霰霁，如春水化雪……

（3）菩萨蛮

容央下山来时，褚怿人在树下，屈着一条长腿大剌剌坐着，垂在地上的手勾扯着纤纤细草。日影西斜，绿荫后挪，一片金辉打在他身上，映得那轮廓半明半昧，散漫又粗糙。

容央看一眼那脸，越看越觉暴殄天物，目光四转，发现周遭并无谢京人影。

心念起伏，容央上前道："谢虞侯这病症，看来不轻啊。"

褚怿早知她来，此刻一双眼放在她脸上，似是而非："的确不轻。"

容央对上那黑沉沉的眼，鬼使神差，心跳竟猛漏一拍，别开脸道："那只能又劳驾褚将军一回了。"

褚怿目光还在那伞荫里的侧脸上，闻言不多答，只起身，拍去手上草屑尘土。"谢虞侯在枢密院恭候，在此之前，褚某定恪尽职守。"

至于后两句，倒不说了。

容央一下反应过来，脸颊发烫，心里越发恼火，偏脸斜去一眼，冷冷傲傲地往前而去。

褚怿唇微挑，垂眸跟上。

恭迎进寺的那小沙弥还等候在后院墙下，一袭藏蓝色僧袍映着黄墙绿树，愈衬得眉清目秀，笑容舒朗。

见容央一行返回，他立刻上前见礼，寒暄道："长帝姬殿下精神可还好？"

容央对他态度一向不错，收敛先前愠色，蔼然道："不错。"

小沙弥念了声"阿弥陀佛"，又道："先前有贵客求见，称是殿下友人，小僧不敢贸然通报，便让客人在前院等候，不知殿下可要一见？"

容央琢磨着"友人"二字，狐疑道："何人？"

小沙弥道："大理寺卿王大人公子，宣德郎王忱。"

容央一震，心绪骤然乱开。残阳里，竟是神色难辨。

荼白、雪青面面相觑。

褚怿从后走来，听到这也算有几分熟悉的名字，剑眉一扬。

寂寂晚风吹过院外，窸窸窣窣，须臾，一声冷清回应响在耳畔："见。"

残阳似血，一截树影映在偏院黄墙上，王忱一袭水绿色圆领长袍临树而立，平和目光落在那随风曳动的树影间。

仆从捧着一个雕花檀木漆盒，候在边上道："少爷，嘉仪帝姬这么久都还不露面，只怕是不肯来相见了吧？"

风势转急，王忱髻上发带被吹扬，人却岿然不动："不会。"

仆从愁眉不展，叹道："您那日就不该应承贤懿帝姬，也做那一盘糖醋鲤鱼，这下好了，两边不讨好，白惹一身骚。还有这嘉仪帝姬也是，平日里和和气气的，发起脾气来却比那贤懿帝姬还刁蛮，竟敢……"

"说够没有？"王忱转头，素来清冷的眉目间终于显露一丝厉色。

仆从一凛，悻悻然低下头去："小的这也是替您打抱不平……"

王氏一族在盛京虽不比皇亲贵胄金尊玉贵，可也是三代簪缨。王忱辞采华茂，少年及第，早在两年前就已名盛京都。平心而论，就算皮相平平，尚一位帝姬，也是资格妥妥的。可那夜宴上，嘉仪帝姬竟用一盘清蒸的癞蛤蟆对其当众羞辱，心思之毒，实在令人齿冷。如不是他家公子素来冷静自持，及时谈笑风生，圆场化解，当晚只怕会在那些戏谑的目光下名誉损尽，溃不成军。

想到这里，仆从依旧愤愤不平。

王忱欲言又止，收敛眉间愠色，一张脸笼罩在余晖里，重又平静无波。

如此静默大约一炷香后，月洞门那边传来脚步声。王忱转头，横斜树影后，一人在小沙弥的引领下自绿叶零落的石径上走来，朝天髻上金钿夺目，底下一双精心描过的眉眼灿如春华，正是嘉仪帝姬赵容央。

王忱嘴角微动，脚下先跨开一步，便欲迎去，视线往后时，蓦然一顿。

容央身后，一人玄袍凛冽，双臂环胸，自暮帐里垂眉走来，虽也一身世家公子装扮，然那冷硬戾气却尽刻于深深眉目间，赫然便是忠义侯府中那位声名"煊赫"的大郎君——褚怿。

王忱始料不及，唇边笑意不禁隐没，紧随上来的仆从亦脸色一僵。

容央尽收眼底，也视若无睹，迤迤然走上前来，在王忱一丈开外停下，并不开口，只荼白道："听闻王公子求见殿下，不知有何贵干？"

王忱面色略冷，目光自褚怿脸上撤开，回看容央，沉默一瞬后，方道："近日可好？"

容央唇线紧抿。

斜阳里，王忱肃肃如松，不行礼，不解释，更不道歉，只一声低沉而缠绵的问候，跟往日一般无二，仿佛那些龌龊的片段，都是无中生有。

嗯，很符合他那不惊不惧、不劝不沮的做派。

容央漠然道："很不错，不知王公子近来又如何？"

王忱迎着那冰冷注视，下颌微绷，片刻过去，方低低答："不太好。"

容央一声嗤笑。

大抵是头一回被她这样厌恶冷落，王忱心如被刺，垂眸调息，压下那些令人不安的预感和猜忌，侧头向仆从示意。

仆从急忙上前，双手把那个漆盒捧上。王忱接过，扳开漆金锁扣："知道你今日会来兴国寺，所以做了点东西带来，仍是照你的口味做的。"

漆盒打开，一样什物就那样赤裸裸地露于睽睽众目之下，容央偏着脸，没有去看。

王忱便把漆盒向雪青送去。

雪青蹙着眉上前接过，呈给容央。

容央这方垂眸。

一串色泽莹亮的糖葫芦躺在小巧玲珑的漆盒里，底下，还隐约掖着一张素白信笺。

说不清这一刻心里究竟是什么滋味，容央小脸绷着，想着这三个月来他一次次献上的殷勤。

那时候还太天真，还不知道这些裹满烟火气的殷勤也可以很冷，可以很虚，甚至也可以和任何一种俗烂的讨好一样，即便再尽心尽力，也仍旧那么廉价，那么地令人寒心、恶心。

容央深吸口气，重看王忱一眼，思忖少顷后，皓腕微抬，拿起那串糖葫芦，默不作声咬下一颗。

众人看她如此，意外的意外，放松的放松。

却听容央曼声道："嗯，滋味是很不错。"

下一刻，她又出声："褚将军——"

褚怿正抱臂一边，垂着眉默默走神，冷不丁听到这一声意味深长的轻唤，抬眸。

嫩绿春枝下，明眸善睐的少女拿着一串红彤彤的糖葫芦，半边腮帮还鼓着，却咧嘴朝自己盈盈一笑："你也来尝一颗。"

她将糖葫芦递过来。

褚怿一愣。

现场气氛瞬间一变，荼白、雪青不觉睁大双眼，王忱那名仆从更是面色铁青，纵然一度风轻云淡的王公子本人，此刻脸上也终于冷意隐约，一双眼也自然敌意分明地对准褚怿。

褚怿感受清楚，啼笑皆非，心念微动后，把那糖葫芦接过，也咬下一颗，继而，掀眼。

王忱一震，双拳在袖中暗暗收紧。

褚怿眼神淡淡，腮帮微动，把糖葫芦咬开，不咬不要紧，这一咬下去，眉峰赫然一蹙。

下一刻，他匆匆偏了下头。

容央在他面前，恰巧瞥见，正奇怪，褚怿重又恢复那抹冷硬之态，伸手把糖葫芦还来。

不知是否是错觉，容央竟从这动作里捕捉出一丝极其明显的嫌恶，她倒也没多想，把糖葫芦接回来后，转身看回王忱，道："独乐乐，不如众乐乐。王公子，你也尝一颗吧。"

王忱站在原地，一动不动。

容央不管他，糖葫芦往前递。雪青领会，接下那被咬了两颗的小串放回漆盒里，原封不动还给王忱。

王忱目光依旧落在容央脸上："里面的东西，你不看了？"

容央淡然："不看了。"

金乌西坠，天边颜色又黯一寸，王忱目不转睛地盯着少女被薄暮笼罩的脸，自嘲一笑。下一刻，他接过漆盒后退一步，恭恭敬敬、冷冰冰地让开了那条道。

容央扬起下颌，阔步而前。

走出东边角门，留守寺外的两列禁卫精神一肃，褚怿接过其中一人递来的马鞭，眼却还盯着前边预备上车的背影。

薄暮冥冥，寺外已是人影寥寥，暮钟訇然，悠长钟声从层层黄墙里传来。

这回探望确乎耗时太长了，等回宫，八成已是夜幕四合。雪青心里算着时辰，在车前扶容央上车后，便欲登车，突然被一条马鞭拦下。

她转头，见男人高高大大逆光站于残阳底下，仅一双眼黑亮逼人。

“先前院中的歌，是何人所唱？”褚怿出声，声儿较平常低而沉，像有意不给人听。

雪青一怔，反应过来后，欲言而止。

褚怿静候。

雪青想起先前容央的叮嘱，垂眼道：“是奴婢所唱。”

褚怿眼神质疑：“那箜篌……”

“也是奴婢所奏。”雪青一条道走到黑。

褚怿眼微凝，唇边浮起一抹若有似无的笑，头一点，走了。

（4）蝶恋花

是夜，玉芙殿。

错金博山炉青烟氤氲，内室弥漫着细腻熏香，容央身着雪白中衣，静静端坐在金漆浮雕五屏风镜台前，任茶白、雪青取去鬓上珠钗。光可鉴人的镜面里，美人肌肤胜雪，五官映丽，头上花钿愈少，愈显天然动人，风流明媚。

容央默默看着，眼前浮现的却是今日兴国寺里的一幕幕。走神间，雪青低低道：“殿下与王忱如今算是分道扬镳了，不知这选驸马一事，可有何打算？”

容央眼睫一动，被迫收神：“没有打算。”

雪青自知这回跟王忱不成，无论有情无情，对容央而言都是个不小的打击，想了想，道：“有道是好事多磨，况殿下天人之姿，世间能够与您相配的，本就寥寥可数，碰些坎坷在所难免，殿下不必放在心上。”

容央脸上郁色稍缓，然而还是没有多言。

雪青观察她镜中模样，弯腰去摘那双金一把莲耳环，趁势道：“不知殿下觉得，今日护送的褚将军如何？”

提及褚怿，容央心微跳，边上的茶白更是意外：“褚怿？就那位打了败仗还盛气凌人的定远将军？”

单听这一串修饰，便可知很不待见了。

雪青把那只金耳环搁在镜台上，笑道：“胜败乃兵家常事，褚家军今朝虽败，可过往的赫赫军功却不是大风吹来的，不然，又怎能传下这‘忠义侯’的封荫？”

荼白蹙眉，道：“可我听说，这一仗可败得不轻，金坡关一役，足足折了六万多人，大契差点就破了樊关城。官家一向对战事不太看重，这回兵败，却把参知政事上官大人都派去北边和谈了，可见非同小可。”

雪青道：“金坡关一役的主帅是褚四爷，而非褚大郎君。”

荼白领会过来，蓦然间福至心灵，促狭道：“真是想方设法替人家开脱。怎么，问殿下人家如何，难不成是今日看上了这位大郎君，想让殿下替你撮合？”

座上容央蛾眉一颦，雪青上前去打荼白，饶是素来沉静，也不由得恼道：“就你一天到晚最会瞎猜搬弄，唯恐天下不乱！”

荼白跳开两步，拿着刚摘下来的一支银鎏金莲花鸳鸯顶锥脚簪，冲雪青扮鬼脸。

雪青懒得理她，朝容央正色道：“奴婢今日跟殿下提及这位褚将军，是觉着，他或许对殿下有意。”

容央心一震，纷然思绪彻底从王忱一事上收回，镜中一双大眼晶亮。

他对她有意？！

然而她声音还是平平静静的：“说来听听。”

雪青道：“这位褚将军自与殿下相遇以来，每逢相处，眼神十次有八次在殿下身上，不知殿下可有感觉？”

容央想起那男人黑而深的一双眼，抬手轻抚自己脸颊：“的确。”

雪青莞尔，又道：“更有意思的是，今日离开兴国寺时，他特意拦下奴婢，问了一个问题。”

容央扬眉，荼白也忍不住瞪大眼凑近来。

雪青道：“他问，长帝姬院中的歌，乃何人所唱。”

这一问，另外两人心里立刻雪亮了。

大鄞不比前朝拘谨刻板，勾栏瓦舍乃是前所未有的繁盛，为博恩客一笑，无论文房四艺还是轻歌曼舞，那些个美人都是无一不通、无有不精的。男人们整日厮混其间，贪声逐色，在某些方面自然就格外敏感，最受不住的，就是那润得能滴水的歌喉。

嘉仪帝姬自认声动梁尘，喉清韵雅，且又自矜身份尊贵，非坊间歌姬可比，二者相兼，实乃音如天籁。想那离京十年的乡巴佬一听之下被勾了魂，也是情有可原。

于是，容央握起镜台上的嵌螺细骨梳，对镜梳起垂在胸前的乌黑秀发，淡淡道："你如何回的？"

雪青道："照殿下往日立的规矩，谎称为奴婢所唱，可奴婢瞧褚将军当时的神情，似是不信的。"

虽然坊间盛行音律，但一国帝姬在寺庙后山里唱靡靡之音确非什么上得来台面的事。容央以往就立过规矩，如外人问起，全谎称为雪青所唱。两人气质迥异，然音色还是十分相似的。

只是没想到，竟没瞒过那男人的耳。

倒是精明。

容央唇微动，半天不闻雪青下文，不禁道："还有呢？"

雪青略略怔了一下，方道："还有……就是那糖葫芦。照理说，褚将军应该知道殿下的用意。他刚刚回京，跟王公子无冤无仇，却不惜为全殿下颜面得罪对方，可见是把殿下放在心上的。"

雪青心念急转，又道："况且他一个铁血男儿，如果不是为殿下，又怎会去吃那黏糊糊的糖葫芦呢？"

这倒是。

那男人一看就是个钢筋铁骨、枯燥无趣的，如果不是对她上心，怎么可能会去吃糖？

再者，她清楚地记得，他把那串糖葫芦还来时，可是一副很嫌恶的模样呢。

容央嘴角笑意盈盈。

茶白后知后觉："还别说，照雪青这么一理，这褚将军在殿下面前是有点儿不对劲，那眼神，老是直勾勾的。"

雪青笑，看回镜中："所以，就看殿下的意思了。"

茶白素来最爱起哄，立刻挤眉弄眼："殿下，这褚将军如何啊？"

容央垂眸，明面上认真梳头，实则满脑子全是那男人的模样——

他叼着根草躺在桥下的样子，他满身酒气倚靠在廊柱后的样子，他闲闲站立车窗外的样子，还有今日在小山坡下，他屈着一条腿席坐树下的样子……

最后，她道："一个糙汉罢了。"

茶白脸上笑容一僵，撇眉："差点儿忘了，殿下不喜欢武夫。"

非只嘉仪帝姬，整个盛京都没几个倾慕武官的人。本朝尚文，各家姑娘喜爱的都是谦谦有礼、温润如玉的少年郎，便如王忱那其貌不扬的，爱慕者都多得数不胜数。

雪青脸上淡笑倒是不变，果不然，只一眨眼，容央又道："也就那张脸还凑合吧。"

茶白越听越糊涂，拿不准这是个什么态度。雪青道："无妨，大鄞的好儿郎千千万万，缘分来时，殿下总能挑到称心如意的。”

这话还算让人熨帖。

容央满意微笑，搁下梳篦：“不错，时间还长，慢慢挑吧。”

这一夜，容央酣然入梦，睡眠竟比前些时日好上许多。

只是此后几天，除吕贵妃那边隔三岔五叫人来请，玉芙殿简直门可罗雀。

容央不喜欢去吕贵妃那里看对方模仿先皇后，又惯来闲不住，想跟官家求个恩典出宫逛逛，前朝却正忙着殿试的事，别说求恩典，就是前去请安都十回有八回扑空。这样一来，人就只能在玉芙殿里窝着。庭院里窝完，搁殿里窝；殿里窝完，又挪到庭院来。

这日午后，熏风泛暖，容央窝在庭院里插花解闷，止不住地想，如果能早些成婚，哪怕官家不给开府，住在夫家，也比囚在这禁庭里自在有趣百倍吧？转念想到这一年来在婚事上的种种坎坷，默然长叹。再想到前些天说的那句“时间还长，慢慢挑”，心上便开始生生地痛起来。

荼白把新摘来的一篮鲜花呈上，容央郁郁寡欢，信手抽出一束黄灿灿的金雀儿插入石桌上的竹篮里。

叠叠碧绿映衬着点点金波，给春晖一照，潋滟晃目。

荼白正要夸，容央又恹恹地把那金雀儿扯出来，扔走。

“取石榴花来。”容央曼声道。

荼白忙依言而动。

“白水仙。”

“萱草。”

时人有插花的风尚，并将插花同烧香、点茶、挂画列为“文人四艺”。宫闱之中，更盛行此风，每至春夏，各座宫殿无一不是香气袭人，随处可见意趣盎然的点缀。

容央把那热热闹闹的竹篮打扮好，满意一笑，托腮看了一会儿，又开始无聊了。

片刻，她又道：“去取镜子来。”

荼白不知道殿下好端端地赏着花，怎么突然要镜子，一时有点茫然，被瞪一眼后，忙放下怀里的半篮花转身进殿里去。少顷，荼白取了那块菱花形的飞仙镜来呈上。容央举镜自照，径自摘去髻上珠钗，然后抽来花篮里的石榴花、白水仙……一一往头上插去。

荼白一愣。

时人爱插花，也爱簪花，但如嘉仪帝姬此刻这般把一个花篮搬上头去的，实属开天辟地。

“好看吗？”

春晖灿灿，石桌前的小美人凝眸而笑，巫山般浓黑茂密的云髻上花开如锦，把那小小的、白净的脸庞，反衬得如五指山下压着的孙猴儿一样。

不不不，怎能把殿下比作猴儿呢……

荼白小手攥紧，觍颜道："好看！"

容央勾唇。

外边有脚步声近，是个模样熟悉的小内侍前来传话，打一瞧见桃花树下的嘉仪帝姬起，就开始舌灿莲花。

如此这般脸不红心不跳地一顿夸过后，小内侍方道："三殿下今日得了个宝贝，正放在重华殿里，特命奴婢来请帝姬过去赏光呢。"

这小内侍正是伺候赵彭的钱小令。

容央道："他终于想起来，这世上还有一个姐姐了？"

钱小令赔笑道："今年殿试，官家责令三殿下一块监考，三殿下也是忙得脚不沾地，怠慢的地方，还望帝姬莫怪。"

容央冷哼，意兴索然的样子："什么宝贝啊？"

钱小令讳莫如深："三殿下不让奴婢多嘴，非要您亲自去看。"

容央挑眸。

钱小令满脸堆笑："真是个宝贝，连那探花郎都两眼放光，赞不绝口呢。"

容央眉一扬，荼白道："探花郎？"

"可不是。"钱小令两眼烁亮，"就是昨日官家在殿试上相中的宋家六郎宋淮然，因其姿容出众，辞采不俗，于是当场钦点为探花。那会儿正巧三殿下也在，对这宋公子一见如故。这不，今日得了个宝贝，巴巴地就把人请进宫来了。"

容央眨巴眼，精神一振。

想她苦恼婚事多时，竟然灯下黑，险些忘了往今年的"三鼎甲"身上撒网！且还是那皮相最是拔尖的探花郎！

大鄞以文治国，对文试的重视程度不言而喻。及第者，非但策名就列，平步青霄，更倍受坊间追捧，"榜下捉婿"四字绝无一丝夸张，非常时期，甚至可用"抢"来形容。

容央心如擂鼓："这探花郎……果然姿容出众？"

钱小令笑眯眯："谢庭兰玉，龙章凤姿。"

容央小手在胸口一按。

荼白试探道："殿下……可要去看看？"

容央："是要去看看。"

"我说那宝贝。"容央避开两人投来的眼神，执起石桌上的小团扇往脸上扇了扇，最后抵在鼻尖上，"走吧。"

钱小令大功告成，殷勤地上前引路。荼白却急道："殿下！那探花郎既然也在，这妆发……是否需重新梳理？”

容央驻足，侧眸看来，眸底隐有质疑。

质疑的内容大概是：都美成这样了，还需要重新梳理？

茶白讪笑：“奴婢的意思是，殿下此刻花……容月貌，相映之下，这身衣裳不免黯然失色，不如把头上的花取下来，戴回先前的头面去？”

容央服饰妆发这块，向来是由茶白负责的。今日配的乃是一袭淡黄底小白花窄薄罗衫，浅石青色软纱披帛，因着素雅，云髻上只点缀一套金穿玉荷叶头面。

眼下容央把头面取去，换成一片大红大紫的花圃，整体看来，实在头重脚轻，难以下眼。

容央重新拿起飞仙镜，自上而下一照后，点头：“的确不相称。”

茶白欣慰，上前要铲除那片花圃。

容央搁镜：“那就换身衣裳吧。”

茶白无奈。

（5）苏幕遮

对探花郎宋淮然“一见如故”的三皇子赵彭，此刻正坐在重华殿里的一把交椅上，口干舌燥，焦头烂额。

对面，锦衣华服的少年眉眼清傲，气定神闲，更无一丝惹恼权贵后的心虚、愧怍之色。

赵彭暗暗咬牙。

父亲究竟是怎么看上这人的？

一副目下无尘的清高做派也就算了，还张口就跟人抬杠，政论能杠，鉴宝能杠，风花雪月还是能杠，合着他是“杠神”降世吗？

赵彭拿起茶盅一饮而尽。

官家想在殿试上给容央招驸马的心思，赵彭是老早就有察觉的。昨日在崇政殿，宋淮然文不加点，气质超然，回禀官家提问时，非但沉着自如，更慧心妙舌，敢于直谏。坦白说，当时赵彭的确有那么几分钦佩、赏识。

不然，也不会在官家吩咐他设局让容央跟宋淮然一见时，他想也不想就满口应下。

可今日一会，满怀着相交愿景的赵彭在跟这位探花郎的交流中，却是越聊越烦、越聊越恼，聊到最后，几度想要捶案板。

可对方倒好，依旧是一副冷冷淡淡的姿态，间或还朝你眨一个眼，仿佛在提醒你继续同他“聊”下文，好给他再杠一把。

赵彭简直要冒烟。

赵容央可不是个好脾气的主儿，一会儿来后，如果也给这宋淮然杠上，肩负圣命的他该如何收场?

正愁肠百结，殿门外传来内侍通传，人竟然这么快就到了。

赵彭百般无奈，冲对面提醒道："四姐来了。"

宋淮然："嗯。"

面不改色。

宋淮然起身，骨节分明的修长手指抚平衣褶，上前两步，敛容候驾。

赵彭窝着火，搁下茶盅朝外看，神色蓦然一震。

大殿门外，春色撩人，一人云鬓堆花，春衫铺红叠翠，自盎然春光里款步而来，花枝招展，步步生莲，简直……

亮瞎人眼。

赵彭额头青筋直突，为这惊世骇俗的装扮无地自厝，忙去看宋淮然反应，却见大殿之内，少年如竹玉立，清肃卓然，被春晖照得微微透明的耳郭……

居然……红了?

赵彭忙上前，扭头定睛一看，岂止是耳郭，探花郎那冷了一下午的脸，此刻竟也粉如桃红了!

赵彭匪夷所思。

顿挫间，嘉仪帝姬赵容央入殿。她为一睹探花郎尊容而来，自然是从一眼瞧着宋淮然起，目光就定在了他脸上。乍看之下，确有郎艳独绝之感，特别是那双清清冷冷、如山涧冬雪似的眉目，在这灿烂春日里，格外抓人目光。

然而不知为何，这本该拒人于千里之外的一双眼，此刻竟亮如火烛似的，笨而痴地定在那儿。

容央略觉失望。

赵彭上前寒暄，特意拉开嗓子咳嗽一声。宋淮然灵魂回窍，颔首作揖。

容央免礼，视线掠过他淡粉依旧的侧脸，有意想晾他一晾。于是，她走至赵彭身畔，小团扇抵在唇边："宝贝在哪儿啊?"

眼波流曳，顾盼神飞。

宋淮然抬头时，恰看到这一幕，霎时脸颊愈烫，那绯红，这回一径往脖颈去了。

钱小令随行在边上，立刻赔笑解围，示意容央往一座云龙纹漆座屏后走。容央走进去后，脸上神采一黯。

屏风后，光线淡一些，一幅博古图摊开在剔红龙纹香几上，边上还摆着个颇有些年头的器皿，像鼎却有盖，两耳为饕餮，足为蚩尤，鼎腹则刻着大大小小的各类生灵。

容央兴致大减："就这?"

赵彭自知她对古玩一向没什么兴趣，可到底是自己把人叫来的，当下硬着头皮夸道：“别光只瞧个皮毛，这东西，少说也是六百年前的物件，可比爹爹搁垂拱殿里的那方宝鼎资格还老。”

容央瞧那东西破破旧旧，虽然还能立着，可一足都明显蚀损了，嫌弃不语。

赵彭被这反应所激，上前来仔细解说。

他虽然刚入古玩这行不久，可正是痴迷的时候，一开起口来，登时眉飞色舞，滔滔不绝，先前因宋淮然而生的阴霾一扫而空。

正说到兴头上，一个声音清清冷冷地道：“那这鼎面的锈蚀又该如何解释？”

赵彭一愣，容央也一愣。

姐弟二人同时侧头朝边上一瞥，锦衣少年眉如春山，目含秋水，肃然沉静地立在屏风边上，拱手一揖：“还请三殿下赐教。”

来了，又来了。

赵彭强压火气，吸取前车之鉴，冷笑道：“不敢。探花郎师从保和殿大学士，想是这方面的行家，依我看，还是你来解释罢。”

宋淮然道：“殿下过誉。此器精巧绝伦，殿下的解说恰如其分，只是对‘六百年’之语，臣不敢苟同。”

赵彭心道你对什么不是不敢苟同，仍是笑道：“哦，愿闻探花郎高见。”

宋淮然从善如流：“陈年自然锈蚀，一般从外到内纵向分为三层，而大多数赝品通常只有一层浮锈，且颜色单一，附着较差，如果去掉浮锈，新鲜的铜体就会败露。殿下的这方器皿虽然并非假造，但缺乏油泽，说是六百年前的老东西，不免有些夸诞了。”

赵彭嘴角一抽。

宋淮然上前半步，从那器皿的饕餮双耳指至蚩尤断足，从锈蚀的硬度谈至纹路，无一处不是理据确凿，字字铿锵，明面说着仅对一语不敢苟同，实则还是把赵彭先前掷地有声的结论驳得个面目全非。

赵彭脸色越来越沉，反倒是原本毫无兴趣的赵容央在少年金玉相击般动人的声音里眸光渐亮，盯着少年闪动的长睫、专注的双眼，小团扇缓缓往鼻尖挡去。

暗影里，嘴角微挑。

反应过来时，那笑已漫至眸心，粲然生光。

一个时辰后，宋淮然请辞，赵彭如蒙大赦。

容央顺道回玉芙殿，赵彭顾及圣意，兼以解脱之快，送宋淮然出宫。

三人一并走出重华殿，及至岔路口，一名内侍自垂拱殿的方向匆匆而来，扬声道：“三殿下留步！”

赵彭驻足，见来人乃是御前的一名小内侍，微怔之后，眉头一皱。

果然小内侍站稳，使着眼色笑道："官家传您往垂拱殿去一趟，像是有急事吩咐。哟，这位是探花郎吧，果然丰神俊朗，这是……准备要出宫吗？"

宋淮然颔首称是。

赵彭自知这是父亲派人来支开他，好给宋淮然同容央单独相处的机会，一时脸色如铁，万般不情愿。

小内侍只好又使眼色。

赵彭不理。

小内侍眼皮抽筋："三殿下？"

赵彭："我正要送探花郎出宫，左右就一盏茶的工夫，你不妨等一等。"

"这……"小内侍犯难，眼神从三人脸上擦过。

赵彭视若无睹，转身要走，忽给一把馨香氤氲的小团扇拦下。

"都说了是急事，哪还容你一盏茶，回头给爹爹知道，指不定怎么骂你。"容央美目流波，在汉白玉雕栏前微微一笑，"人，我替你送就是。"

赵彭无语。

宋淮然眼睫微垂，一袭锦衣在春风里微微拂动，听完容央的提议后，默不作声。

呵，这会儿倒是没"不敢苟同"了。

赵彭咬牙切齿，又看容央眼底有笑，更是恨铁不成钢。

倒是那小内侍长松口气，催促赵彭道："三殿下……"

赵彭终是冷哼一声，拂袖去了。

容央看着他怒气冲冲的背影，莫名其妙，转头看回宋淮然。

暮色四合，金辉如泄，少年郎静立长阶之上，低垂的长睫在晚风里簌动，青丝拂过的耳鬓，依旧是一派绯红，只那一双红唇紧收，似喜非喜，似恼非恼。

越看越有味道。

容央展颜道："宋公子，请吧。"

宋淮然双手一拱，声如珠玉："如此，便麻烦殿下了。"

"不麻烦。"容央以扇遮面，双眸微弯，迤迤然上前。

当下二人并肩走下玉阶，荼白及钱小令随行在后，各怀心事，不敢吭声。宋淮然亦是一路默然，低垂的眼睫自始至终没有撩起，只那心脏急如擂鼓，一下下撞击在胸骨上。

倏而暮风起伏，吹动影壁前苍翠欲滴的松柏，少女甜美软糯的声音落在窸窸窣窣的树叶声里："宋公子今年贵庚？"

宋淮然微震，心如被滚石砸中的湖，涟漪泛涌。

"十八。"声音倒还算平静。

容央侧头瞥过他涨红的脖颈，又道："可曾婚配？"

宋淮然喉结一动，声音哑下三分："不曾。"

容央勾唇，看出他故作淡然，蓦生促狭之意："哦，不过今时不同往日，宋公子如今高中，只怕愿意结亲的人，是多得连贵府门槛都要踩破了罢？"

宋淮然眉尖微蹙，心想其实就算在及第以前，登门想与他结亲的人也是多得连他家门槛也要踩破的。然而这种自夸之话似乎不便直言，于是他道："倒也没有多大变化。"

容央扬眉，准确地曲解其意，暗暗庆幸自己下手还早，一笑道："那是因为今日才刚刚放榜，且看着，不出三日，盛京城里的权贵巨贾必对宋公子趋之若鹜，毕竟'榜下捉婿'这四字，可不是闹着玩的。届时，宋公子鲜花簇拥，可别挑花眼去才好。"

红霞铺染层层宫阙，容央春衫胜锦，笑容鲜妍明媚，一双神飞明眸在花鬓映衬之下，美得惊心动魄。

宋淮然喉间一紧。

珠围翠绕的宋家六郎，怎可能因为一次高中就在鲜花堆里挑花眼去？他本就是在花圃里长大的人。

他反诘这番劝告的理由千千万万，然而这一次，宋家六郎没有。

暮色渐浓，微风吹过少年漆黑瞳眸，赧红双颊。

宋淮然乖乖道："嗯……"

容央摇扇一笑，满意至极。

（6）天香引

褚怿站在东华门前，玄袍凛凛，眼神沉定。

谢京在耳边言辞恳切地致谢。

自上回枢密院前一别后，因各自忙于公务，两人还是头回碰面。谢京对其慷慨襄助、雪中送炭之恩铭感五内，这厢一会，就是一个劲儿地感恩涕零。

"你就屈尊在这儿陪我站完这班岗，稍后金浆玉醴任你喝，山珍海味任你点。你不是最爱听曲儿吗？云梦斋的百灵姑娘，那歌喉是全盛京数一数二的润，我亲自请来给你助兴，还有凝香居最善解人意的楚楚，我也亲自给你包下……"

谢京如数家珍，想着自个儿这老友八成在边关吃了十年的素，这回无论如何都得给他好生"补一补"，于是又道："你且看够不够，不够的话，你尽管开口。"

褚怿抱臂，冷冷看他一眼。

谢京却越发兴致勃勃，嘴唇一抿，凑近道："话说回来，你这十年，可有开过荤？"

褚怿眯眼。

谢京嘿笑，压低声儿："我的意思是，尽量给你挑个合心的。你如果开过，我就寻些带劲儿的姐们儿；如果没有……"眼梢上挑，眸光促狭。

褚怿唇边轻勾，一脚朝底下踢去，谢京猝不及防，抱着膝盖嗷嗷大叫。

正骂骂咧咧，林立宫门两侧偷笑的禁卫突然神色一凛，不住地朝谢京使眼色。

谢京转头。

褚怿咧着嘴，也跟着转眼，唇边笑意一隐。

丹霞烂漫，金辉浮动，褚红宫墙底下，琼姿花貌的嘉仪帝姬正陪伴在一名锦衣少年身畔，谈笑风生，款款而来。

容央小扇摇香，不知不觉把人送至东华门前，正恋恋不舍，忽觉一道凌厉视线射来，循着看去，脸上笑容一僵。

金钉闪烁的朱红宫门如山耸立，男人一袭彩绣褚红官袍，按刀站于门下，双眸藏在脉脉余晖里，深如无底之渊。

正是阔别数日的忠义侯府大郎君，褚怿。

容央心底莫名一虚，不自觉同宋淮然拉开一分距离，反应过来后，又羞又恼，立刻靠回去。

这时，谢京麻溜地上前来，点头哈腰，生怕再次惹恼贵人。容央心神慌乱，不耐烦地打断他的寒暄，吩咐道："送探花郎出宫。"

谢京称是，抬头看宋淮然一眼，心底啧啧称奇。

到底是官家的眼中珠、心头肉，这前脚刚踹了才气斐然的宣德郎，后脚就跟风头正盛的探花郎搭上了。

厉害，实在是厉害哪。

然他面上毕竟不敢显露，仍是笑呵呵的："探花郎，请。"

宋淮然点头，临行前，复朝容央拱手一揖，红着脸温声辞别。

容央握着小团扇，心不在焉，因感觉那道目光仍旧鹰隼似的盯在自己身上，不禁有些愠怒，抬眼看到宋淮然如玉润泽的面孔时，方福至心灵地一悟。

是了，自己和宋淮然璧人并肩，言笑晏晏，他是心仪自己的人，瞧在眼里，可不得打翻醋坛，七窍生烟吗？且又是那粗鄙狷介的性子，哪里会加以掩饰？只怕此刻已是妒火中烧、心如刀绞了罢？

唉……又一个可怜的痴汉哪。

容央心肠软下，一面为自己的绝色魅力深感无奈，一面为那男人的深情错付暗觉惋惜。

也是个皮相一流的郎君，如果不是那身军人气质太过冷硬，不会哄人，不会逗人，瞧着也不像会低头服软，不然，试着处上一处也未尝不可的……

想到这里，容央无声长叹，眼神里不禁带了几分可惜，几分安慰。

褚怿对上那怜悯十足的目光有点莫名其妙。

谢京检验过宋淮然腰牌，把人送离宫门，外边自有等候的宋府马车。回来时，花枝招展的嘉仪帝姬已打道回府了。

落日余晖笼罩皇城，美人倩影袅娜，如一抹彩霞自天际流下，又慢慢回至云端。谢京感叹道："不愧是大鄞第一美人哪。"

褚怿道："你回头顶一盆花在头上，也能不相上下。"

谢京张口结舌。当朝的确不太时兴富丽之美，而青睐雅怀素态，但嘉仪帝姬五官本就生得明艳精致，这样一装扮，乍看用力过猛，细看还是十分惊艳的。

不过谢京哪里是要跟褚怿品评人家的妆容相貌。

"我是说人家的桃花运……"谢京低声，回想着刚刚宋淮然那副标准的小白脸长相，绘声绘色地聊起这半年来嘉仪帝姬的情郎。

褚怿眼神晦暗，并不接茬，只道："近年来没少去窑子里厮混吧？"

"啊？"谢京茫然。

褚怿："够娘们儿了。"

谢京一愣，反应过来褚怿是在讥讽自己背后学那长舌妇人，忙道："我不是背后嚼人舌根……我……我就是羡慕人家红鸾星动，不像我……"

他支支吾吾，到底编不下去，于是灵机一动，岔开："那个，倒是你，听说，好事将近了？"

褚怿语气散漫："大概吧。"

谢京凑近："我还听说，就是打小天天跟在你屁股后头的那小丫头？"

褚怿收回视线，眉峰微压。谢京知他这是被问及私事，不大乐意了，适可而止："别恼，没打探小嫂子的意思，就是馋你那杯喜酒。不过我也知道，你这婚事怎么着也得等四爷剿匪回来才有着落，我再忍忍，忍忍。"

侯府四爷褚晏刚一回京，就给官家打发至山西平定匪乱去了，少说也得两三个月。谢京嘿嘿笑着，明面上说自己忍，实则也不知是让谁忍。

褚怿："你这班岗还站不站？"

谢京："站啊，这不是站着的嘛？"

褚怿不回，只看他一眼。

谢京痞笑渐渐收敛。

行，官大一级压死人。

谢京蔫头耷脑地返回岗位，褚怿倒也不全驳他面子，仍旧按刀等在城墙下，只是想着谢京刚刚提到的四爷，眸中渐渐泛起郁色。

四爷启程前，特意交代了一桩事。

褚怿想着那桩事，便又想起刚刚从云霞下走来、再走去的少女，摸着下颌，眉头一蹙。

（7）试罗香

却说容央回到玉芙殿后，想着宋淮然那羞怯又矜贵的模样，满心欢喜。然而这夜一梦，竟是梦到那在宫墙下孑然肃立的定远将军褚怿，梦到那双沉沦在残阳里的、黑沉沉的眼睛。

那眼睛锐亮、深邃，是一如往日的黑冷，兼不同往日的阴森，容央陷在其中，如被野兽窥伺，一时心惊胆战，四顾茫然。

这时地崩山摧，雷奔云谲，容央魂飞魄散，正在无措刹那，耳畔滚入一声粗吼，扭头看时，那野兽竟不知何时化作恶鬼，正张着生满獠牙的血盆大口，朝自己扑来……

容央惊醒，脸色苍白，罗衫浸汗，把守夜的雪青吓得不轻。

“殿下这是梦魇了？”雪青给她拭汗，心有余悸。

容央湿睫颤动，烛火照亮的瞳眸蒙着一层氤氲水雾，整个人蜷在雪青怀里簌簌发抖，一时竟没能作声。

怎么会做这样的梦？

难道是那男人怨气太重，所以特意入梦来报复自己吗？！

容央胡思乱想，惊怒之外，委屈顿生——自己对他一没招惹，二没暗示，不过就是为气一气王忱赏了他一颗糖葫芦吃，且他又不是不知道自己的用意，就算情意萌动，也是咎由自取，何至于此！

容央欲哭无泪，突然抓紧雪青道：“明日……仔细去查一查宋淮然，如无不妥，我便去向爹爹请婚了。”

雪青骇然：“这么快？”

是很快，前所未有的快，毕竟是终身大事，哪能这样仓促抉择？

然而一想刚刚的那场梦，想到那双也不知是不是褚怿的，直勾勾、冷森森的眼睛，以及那如蛆附骨、无处可逃的恐惧，容央总有种道不明的预感——这件事，无法不快了。

次日，容央还来不及彻底从那荒唐的噩梦中解脱，一个震惊全京的消息就证实了她的预感。

她的婚事的确是该尽量从快。

只是，纵然她歪打正着，风驰电掣，也到底还是来不及了。

卯时一刻，北上和谈的使臣风尘仆仆返回盛京，打一上御道起，就开始两股战战。进入崇政殿后，那溜在后头的小使臣更是头重脚轻，险些一个跟头栽在官家眼皮底下。还是带队的上官岫饱经风雨，一拜之后，慨然道：“罪臣无能，请陛下降罪！”

满殿哗然。

众位大臣面面相觑，茫然不知所措。官家霜眉冷目，不安预感猛至心头：“爱卿何出此言？”

契兵此回来势汹汹，大有把褚家军一举歼灭之势，然两国毗邻多年，此类战事并非没有先例。契兵虽悍，却极少把攻城略地作为作战目标，而是借此向大鄞讹取钱粮。通常情形下，只要大鄞大方开口，适当提高每年岁币金额，对方都能尽兴而去，彼此“重修旧好”。

怎么这回堂堂参知政事出马，竟还换来个“罪臣无能”？

官家心思沉重，正在隐忧之际，上官岫回禀道：“此番和谈，于钱帛方面，契王并无附加条件，大鄞仍是每年送给契国银五十万两，绢二十万匹，然……”

“然什么？”边上丞相范申急道。

上官岫头又埋低，沉声道：“然，大鄞需以嫡帝姬嘉仪殿下和亲大契，与契王共结连理！”

此言一出，殿内更是平地惊雷，官家惊道：“你，你再说一遍？！”

上官岫双眼一闭，似孤注一掷般，字字铿锵道：“臣恳请陛下以大鄞万民为重，允嘉仪帝姬和亲大契，与契王缔结姻亲，保大鄞千秋太平！”

第三章

和亲风波

（1）雨霖铃

这一天，正巧下了入春以来最磅礴的一场雨。

和亲的消息从前朝传至内廷时，容央正坐在窗前，看檐边的一串雨水如何锲而不舍地往地砖缝隙里砸。

许是殿里宫人打扫时不够细致，又许是春天的力量太过强大，那砖缝里的一根绿芽昂着头、挺着胸，无论雨水如何倾轧，都固执地不肯低头。

雪青候立在旁，看着淡薄日影里那张愈显苍白的脸，不安道：“殿下……”

容央不动，视线仍在窗外，只是漠然出声：“无妨，如此，倒省得我去挑了。”

方仲云也好，王忱也罢，回回挑，回回错，回回受人白眼，自尝苦果。至于这个宋淮然……

哈，也不过蜻蜓点水。再者，赵彭早说过她眼光一向不行，如今看这宋淮然不错，指不定一查，又是个金玉其外，败絮其内的呢？

嗯，定然也是个败絮其内的……

容央深深吸气，借着眨眼的动作逼回眶边泪意，敛回视线，改去拨弄玉壶春瓶里新摘的一簇玉绣球。

“那契丹……”她指下用力，竭力稳住声音，“多大年纪啊？”

雪青如鲠在喉，荼白更是心酸至极：“殿下，您别这样……”

雨声喧天，室内哭哭啼啼。

容央蓦然一阵烦躁，扬声：“问你话呢！”

荼白跪下，心痛如割，哽咽道：“能多大年纪，比您年长的儿子都不下三个，更不必提那些都能做您奶奶的后妃……老天，您是皇后留给官家唯一的帝姬，官家怎么舍得……”

说及此处，已是泣不成声。

容央掐着指腹间柔嫩的淡白花瓣，也不知是被哪一字触动，面颊上蓦然泪滚如线，簌簌砸落。

“对，不错……”容央冷若冰霜，强迫自己镇静，“我是娘亲留给他唯一的女儿，是大鄞唯一的嫡帝姬。他承诺过除娘亲，大鄞再无皇后，所以除我以外，大鄞无人能前往大契和亲。”

她又自我激励道：“和亲又不是送死，以一人之力，便可换万民太平，多么了不起的事。横竖都是嫁人，都是要离开他，离开这大鄞的皇宫，嫁契王，指不定还能名垂青史呢……”

雪青、荼白听及此处，更是心酸难遏。雪青一偏头，泪也夺眶而出。

这时外间人声起伏，一人风风火火，不等通传便进了殿来，竟是三皇子赵彭。

容央忙偷偷拂去脸上泪水，吐出一口郁气：“乌鸦嘴，你来了。”

赵彭似来得匆忙，此刻衣袍鞋履上都是水渍。进殿后，他脸色冷凝，双眼自边上垂泪的两人一掠，恼道：“官家又还没下旨同意和亲，你俩在这儿哭什么，也不嫌晦气！”

雪青、荼白闻声瑟瑟，容央呛声：“你自己心情不好，找你自己的人撒气去，来我这里骂骂咧咧的，算什么？”

赵彭胸口起伏，重又看她一会儿，肃然道：“我问你，那忠义侯府的褚怿，同你是什么关系？”

室内三人听这一句，皆是怔然。容央想起对方偷偷爱慕自己的事，眼神闪开，蹙眉道：“他是他的忠义侯府，我是我的玉芙殿，我们能有什么关系？”

赵彭眼神如炬，看她目光飘开，越发肯定心中所想，就近撩袍坐下，道：“你可知，今日和亲的消息传开后，这褚怿做了什么事？”

他越是如此讳莫如深，容央越是心如擂鼓，声音不禁低下：“什……什么事？”

赵彭仍目不转睛盯着她，又是沉默半晌，方凛然道：“反对和亲，请命出战！到现在，人还在崇政殿外跪着呢！”

大雨滂沱。

褚怿直挺挺跪在冷冰冰的石砖上，一袭湿透的官袍紧贴，勾勒着精壮的身躯。豆大雨珠砸在上面，一触即碎，仿佛砸中的不是血肉之躯，而是铜墙铁壁。

三丈开外的禁军侧头看着，惊心之余，自惭形秽。

自御前请命无果后，这位指挥使在殿外一跪就是一上午，任凭风雨吹打，皆岿然不动。

契王点名道姓要官家牺牲挚爱成全两国外交，究其祸源，的确算褚家军作战不力。可是，守将在外，大体攻防皆由朝廷定夺；和亲结果，自是上官大人出使所得。他褚家人就算内疚自责，也……

不至于此吧？

难不成，这背后还另有隐情？

众禁卫绞尽脑汁，蓦然抬眼对视，恍然大悟。

雨声喧嚣，褚怿长睫微垂，尽可能心无旁骛。

然“嘉仪帝姬”四个字却像长了翅膀似的，成群结队地从众禁卫口中向他飞来，不消几时，即把耳畔堵得水泄不通。接踵而来的，则是带着他褚怿大名的“情深义重”，以及紧挨着嘉仪帝姬大名的“苍天无眼”“棒打鸳鸯”。

发展到后来，有人忍不住吟诗道：“他生莫作有情痴，人间无地着相思……”

褚怿无语。

昨日在东华门前，那姑娘满怀怜悯的目光又一次浮上脑海，褚怿伸手把脸上雨渍抹了一把，扯开嘴角。

昨夜回味那目光时，尚且还有三分疑惑，今日“听君一席话”，可算是茅塞顿开了。

那姑娘应该是觉着自己爱上她了。

哦，不止，经今日这一跪，估计大半个皇城，乃至盛京城的人都该觉着自己成个痴汉了。

褚怿啼笑皆非，长颈微扬，黑沉双眸朝重重雨幕后的大殿凝去。

行，痴汉就痴汉吧。

瓢泼大雨浇在殿外，崇政殿内一派嘈杂。

官家在桌前来回踱步，怫然道：“这个褚怿，究竟是怎么回事？！”

内侍崔全海紧随在后，便欲出声宽慰，人群中站出一人，紫色圆领宽袖长袍，乌黑直脚硬幞头，白面美髯，鼻直口方，眉间一道“川”字，正是知枢密院事吴缙。

“褚将军少年成名，血气方刚，对金坡关一役一直耿耿于怀，如非官家诏令，恐不会如期返京。今日闻和亲一事，新仇旧恨一并，难免自责过甚，意气用事。陛下宽仁，权当是竖子无知，无须理会。”

话音甫落，乌泱泱的人影里又是一人站出，反诘道：“这是什么话？他褚怿再如何年轻，也是堂堂一方守将，御封的定远将军！先前抗敌不力，兵败如山倒也就罢了，而今陛下不计前嫌，仍提携他为侍卫马军都指挥使，他不安分务职，勤恳练兵，反来这里指手画脚，胡说一气！他当打仗是什么？如一仗打去，就可改天换地，那他褚家军先前又为何在敌军面前丢盔弃甲，一败涂地？！”

另一人应和道："正是！这褚家儿郎心高气盛，平生头回败北，只怕是心有不甘，想借此机会一雪前耻。然事关国祚，岂可容他这般胡来？！"

"说到底，都是他忠义侯府软弱无能，力不胜任，方至如此局面。他褚怿倒还有脸来请战出兵，就不怕重蹈覆辙，再折一位帝姬出去……"

殿内嘈嘈切切，无数张嘴皮子上下翻飞，尽是在责难褚家人如何作战不力，如何错失良机。

吴缙蓦然一声冷笑："想不到诸位弱不禁风的翰林学士、散骑常侍，竟比在疆场上长大的一方守将更精通战事。既如此，当初褚家军受困金坡关内外无援的时候，怎未曾听得各位高论？"

众人一凛，被点名的几位文官脸上泛白，不及反唇，吴缙又朗然道："褚家军护卫北境六十多年，自忠义侯褚训起，哪个褚家男人不是一身虎胆，勇冠三军？金坡关一役前，褚晏、褚怿戍守樊关、天岩、陵光三城，又有哪次跟外敌交战时损兵折将过？

"此番契人挑衅，褚晏顾及岐州之围未解，本意按兵不动，固城防守，可一力主战的是你们，等三军上阵后，瞻前顾后、畏首畏尾的也是你们！前方将士要粮不给，要人也不给！前脚让人家咬牙苦撑，后脚又下令撤军谈和！本末不分，朝令夕改，如此打法，只怕是天兵天将降世，也难转圜局面！"

这一番慷慨之辞，喝得一众文官面色铁青，然到底还是有人不忿，立刻驳道："契人挑衅，国军出战，乃是全大鄞尊严；既知不敌，知难而退，则是及时止损，保全实力！"

"一国边防都需靠帝姬去护了，我堂堂大鄞男儿还有何实力？谈何尊严？"

"你！"

"够了！"

官家一声断喝，刹那间满殿皆惊，人人面色青白，噤若寒蝉。

丞相范申静观官家神色，终于缓缓踱出一步，出声道："败局已定，争来争去，又有何用？当务之急，一则是如何应对外边那位一心请战的定远将军；二则，是如何答复契王的求亲。"

话题重被拉回和亲一事上，原本雀喧鸠聚的崇政殿内越发静得针落可闻，众位大臣颔首垂眉，目光闪避，再无一人高谈阔论。

官家驻足桌前，沉声道："定远将军褚怿贪功冒进，御前失仪，杖五十，撵回府去。"

崔全海得令，紧绷的一根弦松开，似怕官家又追罚一般，赶紧领命往外传旨。

后边几位文官得此结果，不满褚怿所行无忌，在职务上却分毫不受影响，有意抒发己见，然一看同僚无人动作，又不禁把脚收回。

这时，官家转过身来，一双眼沉沉地放在范申身上，肃然道："边关不可再有战事，嘉仪，也不可前去和亲。此事，由你解决！"

满殿官员心神俱震，不约而同为丞相范申猛捏把汗，抬眼偷看时，却见范申泰然自若，拱手道："幸不辱命，微臣心中已有一计。"

大雨如注，天边落下一声春雷。

赭红宫墙后，一行人自内廷方向匆匆而来。容央被赵彭拽着手腕，火急火燎间一脚踩进砖缝积水里，冰冷湿意自脚尖一蹿而上，霎时激得她瞪大双眼，下一刻，终于敛回神思，把赵彭挣开。

滂沱雨水浇淋在外，顷刻溅湿少女双肩，赵彭忙把伞送过去，恼道："你干什么？！"

容央急喘，竟也顾不上这一身凌乱，冷脸道："我倒想问，你干什么？"

先前在玉芙殿说完褚怿的事后，一名小内侍又火烧眉毛一样地赶来，用一副天塌般的口吻嚷嚷着"大事不好，褚将军出事了"，嚷得她嘉仪帝姬尚不及反应，浑浑噩噩地，就给赵彭一下拽至此处来。

此刻一回味，不免越想越荒唐。

褚怿为保全她长跪请缨，固然令人动容，可无论结果是成是败，皆属前朝之事，她一个禁庭女眷，如何能贸然出面?

再者，他连自己的意见问都不问，就这样大张旗鼓地跑去请命，说得不好听些，就是一厢情愿。

如果官家不理，自己不理，众人闹一闹、议一议也就过去了，可眼下自己这样上心地赶来，岂不是像刻意去回应他似的?

也不知是不是那噩梦作祟，一想到那人黑如深渊，又炽如烈风的一双眼，容央就止不住地头皮发麻，心生抗拒。沉吟中，荼白、雪青自后追来，匆匆把伞给帝姬撑上，又捏着丝帕小心翼翼拭去她眉目、耳鬓边的雨渍。

容央压下心中慌促，瞪着赵彭，色厉内荏道："人家不过是挨个板子，你就着急上火成这样。照我看，是你看上这褚怿了吧？"

赵彭一双眼瞪得更大："我满心满眼为你前程盘算，你竟如此作践我？"

容央扬眉："看上褚怿就是作践你，那你先前把我和他硬扯一块儿是什么意思？"

赵彭被她一噎，索性道："今日便是要把你和他硬扯一块儿，如此，你方有希望不去和那劳什子亲！"说罢，拽着容央又开始奔走。

容央挣扎："你等会儿，把话说清楚，什么叫……"

"边走边说！"赵彭斩钉截铁，"一会儿到崇政殿，你就只管抹着泪去跟爹爹求情，为褚怿求，也为你自己求。眼下怀疑褚怿请命出战另有其因，也就是你俩私下有情的远不止我一个。先前荼白也说了，这褚怿回京不到半个月，就跟你独处了两回，还为你当面打了那王忱的脸，要说你俩真没什么，估计也没几人相信！”

“自古帝姬和亲，关乎国颜，最看重贞洁品性。咱眼下只需把这份私情坐实，如实禀明爹爹，请求赐婚，和亲的事，自然就跟你再无关联！”

赵彭滔滔不绝，气势如虹，一时竟把容央说得蒙住，半天回过神来：“你，你要我求爹爹把我赐给他？！”

赵彭道：“褚怿年少有为，英俊潇洒，又是忠义侯府大郎君，做你的驸马，有何不好？”

容央惊道：“我看就很不好！”

赵彭道：“那便对了，你看着不好的，才有可能好。”

风雨如晦，一座金瓦朱甍的大殿近在眼前，两人脚下愈急，哗然水花不住盛放，便在这时，赵彭突然一顿。

容央猝不及防，险些撞在他肩上，便要发作，抬头也是一震。

崇政殿外，长天大地一派混浊，重重雨幕后，一人轮廓孤决，步履艰沉，走在内侍高高撑起的一把青伞下。

与他们同时，停下了步伐。

千万雨丝横亘于咫尺。

褚怿缓缓抬头，天光里，面容苍白，眼睫湿尽，却依旧是黑眸定定，傲气凛凛。

（2）鹧鸪天

大雨浇泼在小内侍用力举高的青伞上，也浇泼在褚怿袒露在外的肩臂上，冰冷雨水顺着紧贴的衣袖簌簌滴落，溅入涟漪跌宕的积水里，极快洇开一圈圈血痕。

容央盯着他脚下那摊晕开的血迹，心惊肉跳，再看回那双眼时，心脏竟有一瞬间的收缩。

护送褚怿的那个小内侍垂头行礼，褚怿敛眸，也微一颔首。

赵彭上下看他一遍，双眉紧蹙，有些懊恼还是晚来一步，人家都挨完刑了。且看那一地血迹，还不是一般的惨。于是懊恼完，他紧跟着就有些尴尬——他们是为救人来的，可眼下人都惨完了，还救个什么救？

另外，这么面对面杵着，又是什么意思呢？

赵彭咳嗽一声，准备解围，肩后人突然上前一步，小手攥着，微微发抖。

赵彭一怔。

雨丝密织，风撩起衣袂青丝，容央站在雪青所撑的伞下，盯着褚怿腿后溢下的血，越看越骇然：“你……”

褚怿没动。

容央克制心中后知后觉的震惊和愧疚：“这……是何苦……”

褚怿没忍住，抬眼了。

伞荫下，少女小脸泛白，一双灿晶晶的大眼睛里是明显的难以置信，而难以置信的背后，又有几分似曾相识的怜悯。

褚怿抬手抹过下颌，抹去那不合时宜的笑，抿唇：“不苦。”

容央心底愧疚更甚，暗骂：这傻子！

褚怿移开眼。

赵彭看这二人一个“忧心如惔”，一个“故作淡然”，脸上表情一时十分精彩，为替容央保住这位夫婿，立刻吩咐身边的钱小令：“速去御药院给褚将军拿瓶伤药来！”

钱小令那是最机灵的，当下应声而去，褚怿忙道：“不必麻烦，褚某奉旨离宫，即刻便要走了。”

赵彭微笑：“无妨，我派人送去府上。”

褚怿一怔。

赵彭越看褚怿这荣辱不惊、岿然不乱的气派，越心生欢喜，于是又为其今日“挺身而出”“仗义执言”慨然致谢。

褚怿：“褚某也有私心……”

赵彭：“我知道将军的私心！”

褚怿一愣。

行，合着是解释不通了。

雨还在下，唰唰地溅得人心烦，兼一点心乱。褚怿调整心绪，看回那依旧面色黯然的少女，想了想，还是斟酌地开口：“和亲一事，全系忠义侯府抗敌不力，褚某已尽己所能，如天不遂人愿，还望帝姬珍重。”

这话很诚恳，也很残忍。

容央胸口一涩，避开他的注视，心道这糟心的局面，的确是赖你们败仗在先，可想到他眼下这副可怜模样，又不忍再去苛责，恨恨道：“先管好你自己吧……”

声音很低，但褚怿还是听到了。

他嘴角一咧，走前，亦低声：“遵命。”

春雨潇潇，一抹挺拔背影彻底被雨雾湮没。赵彭敛回视线，看容央：“眼下如何？”

崇政殿就在眼前，便是不打算进，也不得不进了。

容央挺胸朝前行去，赵彭跟上，仍不忘那番筹谋："人虽然不用再救，但情还是可以求。记得刚刚我交代给你的话。"

承认和褚怿的私情，求官家成全，是眼下唯一能避开和亲的办法。

容央想也不想："谎认私情，乃是欺君之罪，我没这胆，你有，你去认吧。"

赵彭急她还不开窍："褚怿都替你扛到这份上了，这一地的血，你没瞧见？"

提起血迹，容央百感交集，别扭地道："我跟他本来就没有私情，没有……那种事！如果就为了不嫁给契王指皂为白，回头水落石出，爹爹不但会罚我，指不定还连着他一块罚。你……是嫌他还不够惨吗？"

赵彭听及后半截，立刻领会到一片深情，细想后，略感汗颜，但又哪里甘心容央就这样被嫁去大契，坚持道："痛失所爱，于他而言，远比被爹爹责罚惨上百倍！"

容央头皮一麻，竟是无言以对，恼道："不跟你说了！"

一刻钟后，崇政殿。

议事的肱骨大臣已尽数被屏退，官家一袭红底淡黄色团龙窄衫，斜坐在龙椅上，一只手扶着太阳穴。门外雨声依旧不绝于耳畔，间或春雷滚滚。垂幔下，绿釉龙柄博山炉里熏香缭绕，如殿外雨雾，寒凉朦胧。

青烟后，嘉仪帝姬被崔全海领入。

官家胸膛微微起伏。

殿中空荡且岑寂，容央整顿心神，上前行礼。官家缓缓坐直，道完"平身"后，温声："你心仪的驸马，选好了？"

容央显然不料他开口会是这样一问，一怔后方道："没有……"

官家点头，一双眼微垂。因天阴大雨，殿中虽然点有灯，但光线并不明亮，容央一时竟看不清父亲的脸。

"你今日来，是为和亲的事？"

容央垂下眼，攥着的掌心微湿："嗯。"

官家单刀直入："不想去？"

容央蹙眉，大抵是被他问得太直白，那些深埋在心底的、自认为极隐秘的委屈、害怕、茫然顷刻间蠢蠢欲动。

可又哪里敢让那些情绪破土呢？

急急把心绪一理，容央凛然答："和亲大契，关乎爹爹社稷，大鄞万民，孩儿身为一国帝姬，能为爹爹分忧，为百姓避难，责无旁贷，与有荣焉，不敢提'不想'二字，只是……"

只是——

紫光划入殿里，顷刻点亮一切，撕开一切，天外雷声跌宕，远而真。

容央深吸口气，缓缓抬起双睫，氤氲薄烟里，眼微红，也微亮：“爹爹本是应允我大鄞郎君随便挑，不必顾及门第，无须牵扯利益，只管选心中所爱，相守到老。而今，却要把我嫁给一个比您还大的契王，从此弃国离乡，无依无靠……孩儿想问，做此决定，您心里，愿吗？”

风雨如暗流涌入，周遭光线一点点被吞噬。十六岁的嘉仪帝姬孤零零、静悄悄地站在玉阶下，青烟里，眼瞳湿漉，唇畔却有笑。

有那么一瞬间，官家清晰地看到了很多年前站在那里的齐皇后。

那一次，她也没答不想，或不敢，只是问他——

你，愿吗？

殿外轰鸣，又一道春雷跌入人间。

半晌，官家开口：“不愿。”

风里，那双遁在暗影里的丹凤眼重新亮起来：“也不会。”

容央一震，注视着父亲的眼，眶边热泪打转儿，疑心听错。

官家坐在灿金龙椅上，微微笑起来，只眼底依旧晦暗低迷：“和亲之事，朕会另作安排。这儿没你的事了，回去吧。”

容央走出崇政殿时，这场春雨终于有了消歇之势。

赵彭一直候在外边，奈何先前雨声太大，竟是贴在门上也没能听清里面所言，等容央出来，拔腿上去便问：“如何？”

容央对上他焦灼眼神，脑海里却还浮现着父亲刚刚略显苦涩的一笑，摇摇头。

赵彭一颗心瞬间冰凉：“爹爹还是执意要你去和亲？”

容央忙又摇头。

赵彭恼火：“说句话！”

容央抿唇，缓缓道：“爹爹说，和亲之事会另作安排。”

赵彭登时又欣喜如狂，把人拉住：“那意思便是不会让你去了！”

容央挣开他的手，都拉一路了，还没拉够，心里想着殿里的事，总有些心绪难宁。

赵彭却不放，只管把人拉着上路：“走走走，去我那儿喝两盅，庆贺庆贺！”

两人自小形影不离，高兴时一处喝酒，倒也不是什么稀罕事。容央没拒绝，荼白、雪青两人便继续跟着。刚一掉头，却见蒙蒙细雨后，一人在宫墙边下辇，随后劈手夺过侍女手里的伞，急匆匆往这边赶来，伞檐底下的小圆脸柳眉紧蹙，杏眸含忧，竟是贤懿。

赵彭驻足：“她来干什么？”

说话间，那把小伞飘飘曳曳，底下人提着鲜亮的百迭裙，一双翘头珠履飒飒地踩在积水里，浸湿鞋袜也不顾及。及至二人跟前，贤懿略施一礼后，张口便道："先前听宫人们说，褚将军冒犯官家，被罚杖刑，不知眼下情形如何了？"

赵彭脸色越发古怪，盯着这位六妹妹，信手往宫外方向一指："早挨完板子走了。"

他又道："你来干什么？"

贤懿听得"走了"二字，脸色已变，突然被问及来意，顿时又张口结舌。

贤懿眼珠一转，反朝容央笑道：

"先前听闻和亲一事，我正五雷轰顶，不知所措，后又得知褚将军为四姐长跪于崇政殿外请命出征，想着素昧平生的将军都能如此，我又怎能对四姐之事坐视不管，是以急急赶来……

"只是，四姐是什么时候结交的褚将军，二人情分……竟是如此之深了吗？"

（3）行路难

——二人情分，竟是如此之深了吗？

低压的云翳后有微光渗开，斜飞雨丝飘上脸颊，贤懿深深吸气，不敢放过容央脸上的任何表情，素日里清澈澄净的杏目，彻底被焦灼、不安侵占。

容央看在眼中，突然想起那夜从金明池回宫时，贤懿坐在马车窗边往外看的那一幕——灯火明灭，车厢逼仄，少女红着耳鬓，一动不动地朝外望着，所望的，可不正是那打马在前的褚怿？

霎时灵光一闪，憬悟过来。

天，她的这位六妹妹，莫不是喜欢上了褚怿吗？！

可是，褚怿喜欢的却是自己啊！

容央心内翻江倒海，震惊中又掺杂一丝说不清、道不明的心虚，眼睫眨动几下，避开贤懿道："清明那日结交的，如今情分……"心念辗转，还是不忍太打击对方，"尚……尚可吧。"

贤懿双瞳震颤。

——尚可？

那就是果然有点交情的意思了？

贤懿脸色惨淡，容央看她这就被打击得不大行了，唏嘘之外，心虚更甚。

这位妹妹虽然总是爱来探自己的私事，戳自己心窝，但到底没做过什么真正伤害自己的事。毕竟是皇家姊妹一场，既然眼下自己对那褚怿无心，不如……

就撮合他们一下？

不然那男人总觊觎着自己，也不便于日后择婿哪。

容央便厚着脸皮道："你不是问他情形吗？先前瞧着似不大好，循着这一地血去，八成还能追上，你……要不要去看看？"

贤懿心头正发苦泛酸，闻言朝远处积水一看，不由得脑中轰开一声雷："这……这血……是他的？！"

雨下得久，其实那些血迹早被冲淡了，可偏是洇开后，大片大片的淡红更令人心惊。容央顺势瞥去一眼，胸口也没来由地一窒，心虚道："嗯。"

贤懿胆战心惊，下一刻，竟是话也不回便跑开了。

赵彭握着伞柄，目送那有几分仓皇的背影，大感不妙："这贤懿……看上褚怿了？"

容央无端地有点烦闷，垂眸道："你也就在这些事情上脑子还算好使吧。"

赵彭无言，思及这两人本就岌岌可危的姊妹情，"啧"一声道："你俩平日里争些圣宠也就罢了，这一回，连夫婿也要争？"

容央瞪他一眼："我可没想要同她争。"

赵彭讪笑："自小到大，她想要的样样你都有，你自是无须去争的。可越是如此，她就越是心里记恨不是？"

容央蹙眉，颇有些不以为然，可仔细一想，又找不到反驳的地方。

因为是先皇后所生，打一落地起，容央就是官家最疼爱、最看重的女儿，哪怕后来先皇后撒手人寰，齐氏一族在朝中日薄西山，内廷也无一人敢怠慢她分毫。

容央依稀记得很小的时候，自己被官家抱在大腿上，陪他坐在垂拱殿里审批札子，前来请安的贤懿只能低眉顺眼地站在殿下，怯怯地往上面喊一声"父亲"，然后被官家眼也不抬地、客客气气、不冷不热地屏退下去。

或许打那时起，妒忌就开始在贤懿心底发了芽。

等到后来吕贵妃一而再、再而三地向自己示好，贤懿心里那份恼恨不平，就更是难以遏制了吧。

如此一想，吕贵妃那张娴静的笑脸又一次浮至眼前。那位像极自己母亲，却又终究不是自己母亲的母亲啊……

容央无甚表情，往前走："可她有的，也是我求而不得的。"

赵彭一怔，忙撑着伞跟上去，回味过来这话的意味后，脸上神情也不禁一黯。

却说贤懿循着一地血迹，提心吊胆地追至东华门时，所寻之人早就不见踪影。

此刻暮色四合，滂沱大雨转为绵绵细丝，越发像一张密不透风的网，和巍峨宫墙一并封锁着少女心事。

侍女灵玉眼看贤懿半边肩膀都已被雨水浇湿，不由得心疼道："殿下，褚将军身经百战，不是寻常男儿，区区杖刑，于他而言算不上什么的！眼下人已走远，咱们等在这里也是无用，还是赶紧回宫更衣吧！”

阴云低压，金钉耀目的朱红宫门前禁军肃立，贤懿怔然收回视线，重新看回地上已经被冲刷得寥寥无几的血痕，满脑海回荡的仍旧是容央那微微含羞的回应：

——清明结交的，如今情分，尚可吧。

初闻褚怿长跪垂拱殿外时的震惊、恐惧又一次席卷全身，那种细密如针扎的刺痛，强烈得险些令人窒息。贤懿突然抓紧灵玉的手，哑声道：“查。”

灵玉怔道：“殿下说什么？”

贤懿深吸口气，四肢百骸全是冰冷气流：“褚怿和赵容央的关系，一丝线索不可放过，一查到底！”

亥时，金桂殿。

灵玉把今日傍晚查获的消息逐一道来，大至褚怿返京的确切时间，小至兴国寺内褚怿吃下嘉仪亲自递去的糖葫芦……贤懿披散着一头还水汽氤氲的墨发，绷着脸静默听着，半晌过去，眼睫都不曾一动。

灵玉不安道：“殿下……”

明亮烛光下，少女眼波终于微微一转，眉间惆怅随之蔓延：“那日，我明明也在的。”低如喃喃自语。

灵玉知她所言为何——清明的金明池，褚怿、嘉仪相遇的那一日，她，明明是在的。甚至于，是比嘉仪还早遇上那位褚将军的。

可是，世事便是如此难料，于感情这块，更是无先后之分，道理可言。

思及这两位殿下近年来的汹涌暗流，灵玉心中一叹，开解道：

“只是匆匆见过两面，或许便像嘉仪殿下所言，交情不过尚可而已，还没到两相情愿的程度。

“今日褚将军为和亲一事冒犯官家，未必就是为护全嘉仪帝姬。和亲一果，乃因他褚家军战败而起，在此之前，大鄞从无把帝姬下嫁邻国的先例。忠义侯府声名煊赫，战功累累，而今却成这先例的罪魁祸首，褚将军血气方刚，如何能忍受？”

贤懿茫然的视野渐渐聚焦，心思转动：“你的意思是，如果和亲的人是我，他……也会像今日这般做？”

灵玉笑着点头。

崇政殿外氤氲的血水又一次浮在眼前，即便没有见面，那男人刚毅、英武的形象也依然鲜明深刻。想着那人同样可以为自己而跪，那血也同样可以为自己而流，贤懿胸口怦然，脸颊泛红，心底愁闷云消雾散。

“我明白了。”贤懿笑起来，“忠义侯府满门忠烈，褚将军豪放粗犷，想来也瞧不上她那嚣张又矜贵的性子。何况，还是一个要远嫁大契的人。”

灵玉唇边笑意却是无声一敛，思忖片刻，低声道：“嘉仪帝姬和亲一事，恐怕有些变数……”

贤懿蹙眉：“什么意思？”

灵玉如实答：“今日崇政殿里传了个消息出来，称是官家应允嘉仪殿下，不会让她前往大契和亲了。”

贤懿先前窃喜烟消云散，不由得坐直：“是不和亲，还是不让她去和亲？”

灵玉道：“是……不让嘉仪殿下和亲。”

贤懿心中更乱，惊疑中交织着愤恼、不甘：“她不和亲，那谁和亲？契王可是点名道姓要大鄞嫡出的帝姬，难不成为保住她，爹爹又要与大契开战？！”

灵玉忙又安抚：“那倒也没有此类消息，想来是官家到底心有不舍，所以责令范大人他们另想对策……”

后面的话，贤懿已听不进去了，满脑回荡着那句“官家到底心有不舍”，一时呆呆坐在镜台前，颓然冷笑。

“是，这是他最宝贝的女儿，他怎么能舍……”

贤懿抓住镜台上的一枚银鎏金如意簪，纤细的手指微颤：“自小到大，他对她就是百般地疼、千般地护。她喜欢荷花，他就给她的玉芙殿建荷塘；她爱往宫外跑，他就对她睁一只眼闭一只眼，随她假扮成赵彭溜去京中看灯赏花；就连驸马，他都可以放权任她去挑……他恨不能把世上最好的东西都给了她去，又怎么忍心把她嫁去大契！”

同为女儿，就因为嘉仪是先皇后所出，所以可以坐在他腿上恣意嬉笑；而她，只能规规矩矩地候在殿下，偷偷瞥一眼这位自称是自己“父亲”的官家。

同为帝姬，就因为嘉仪占了一个“嫡”字，所以无论自己如何贤淑可爱，温顺知礼，在世人眼中，也遮掩不住她的半分光华。

就连自己的母亲为博得圣宠，也要一一记下嘉仪的喜好伺机讨好，越是在自己跟前，越是要撇开自己去亲近她、关切她……

如果这次不是契王点名要嫡帝姬，情形会如何？

只怕那位所谓的父亲，是眼也不眨地就同意了罢！

冰冷泪珠砸入虚空，溅湿在膝前的襦裙上，贤懿霍然拂袖，镜前成堆的金玉珠钗稀里哗啦砸落在地。

激响震耳，灵玉等一行宫女大惊失色，忙不迭跪下：“殿下！”

贤懿深喘，瞪红一双泛湿的眼盯回镜里。灵玉抬头瞥见她滴血的掌侧，惊呼一声，忙不迭招呼人拿药箱来处理伤口。

然而贤懿却只漠然坐着，任人摆弄着，盯着镜中人影咬牙道：“不公平，太不公平了！”

“殿下……”灵玉揪心。

贤懿不动，她静静地回忆着这十五年来的委屈、辛酸，静静地控诉着苍天的不公、不平，却还不知道，有些时候，苍天待人会远比人想象中的更为刻薄、残忍，更令人不忿、不甘。

次日，三道圣旨从崇政殿内颁出。

其一，忠义侯府大郎君褚怿尚嘉仪帝姬，月内完婚。

其二，册封吕贵妃为皇后。

其三，册封贤懿帝姬为恭穆帝姬，择日和亲大契。

（4）感皇恩

消息传至忠义侯府时，皮开肉绽的褚怿正奉文老太君之命在屋里卧榻休养。

一个檀木八卦锁在手里翻转了不下千回，开了锁，锁上又开，正厌恶之际，屋外传来急促的脚步声。小厮百顺脚打后脑勺地冲进屋里来，道：“郎君，天……天大的消息啊！”

褚怿趴在床上，眼没动，只眉微蹙，声儿淡漠：“有屁就放。”

百顺激动万分，气喘如牛，一时竟是“放”不出来，上前扶着圆桌又喘一阵，方道：“一好的，一坏的，您先听哪个？”

褚怿：“坏的。”

百顺吞口唾沫，上前半步：“大契的和亲请求，官家应了！”

手里八卦锁“啪”的一声，再度锁上，褚怿沉默，暗影里，一双眼盯着手里那紫褐色的物件，静如山伏。

百顺：“郎君？”

八卦锁又响，声音钝闷，褚怿双眼幽沉，把那抹艳影从心里抽走。

不算什么意外的决定，不然，也不必让他挨这五十杖了。

心里却还有点儿莫名的躁，褚怿蹙眉，想起另一截：“好的。”

百顺嘿笑一声，这回上前来一大步，弯腰道：“官家让您尚主呢。”

褚怿眉峰一时蹙得更紧，手不再动。

百顺笑呵呵道：“大鄞第一美人嘉仪帝姬！郎君，您这回回京，可是脚踩狗屎，走大运来咯！”

褚怿脸色低沉，一双斜飞入鬓的剑眉蹙了又松，松了又蹙。百顺这才想起来其中关键没有点明，忙一股脑补充。

“呃，是这样的，官家今日下了三道圣旨，大概意思就是，册封吕贵妃为皇后，如此一来，贤懿帝姬便也成了嫡帝姬，正好代替嘉仪帝姬往大契和亲去。至于嘉仪帝姬嘛，为免东窗事发，契王反悔，务必得趁早成婚。这不，官家在众多世家公子中挑来挑去，最后便挑中了气宇轩昂、前途无量的您！”

百顺一口气儿道来，眉梢眼角尽是灿烂笑意。褚怿冷冷盯着他，半晌没动，最后，松开的眉头又狠狠往一块绞去。

偏百顺不识时务，“啧”一声，拍大腿道：“郎君，喜事儿！笑一个啊，您不是乐傻了吧？”

褚怿侧头，朝他勾一勾手指。

百顺笑嘻嘻探身过去。

下一刻，一串号叫爆出窗外，天崩地坼，惊心动魄。

不同于忠义侯府的喜忧参半，这一日的玉芙殿、金桂殿只有晴天霹雳、狂风暴雨。

嘉仪、贤懿两位帝姬平生头回心有灵犀，不约而同赶至官家朝后小憩的文德殿，对着紧紧封闭的殿门放声陈情。

一个喊：“请父亲收回成命，孩儿愿去大契和亲！”

一个也喊“请父亲收回成命”，喊完愣一下，接一句：“孩儿……孩儿来嫁褚将军！”

侍立殿外的两个小内侍满头冷汗，簇拥边上的几个宫女也终于无地自厝，开始上前来各拉各的主子，各发各的劝辞。

喊“孩儿来嫁褚将军”的那位痛叱一声“滚开”，踉踉跄跄扑回门槛前，满脸泪痕地继续朝那冷冰冰、硬邦邦的殿门内控诉。喊到一句“您怎能如此”时，殿门“吱”一声响，一人自暗影里走来，迈开的一只脚险些踩在贤懿脸上。

贤懿两眼发亮，匍匐过去把那只脚抱住：“崔内侍！我求求你，求求你让我见见官家……我不要去和亲，我不要……”

崔全海头大如斗，使眼神示意边上那俩小内侍上前拉开贤懿，急急关上殿门，黯然叹一口气后，方敛容朝两位帝姬道：“二位殿下，官家心意已决，还请速回宫去，各自备嫁。如此放声喧哗，言行无状，实在有损皇家颜面。”

贤懿被两名小内侍拉着，闻言眼已红如火烛，声泪俱下：“颜面……什么颜面？我不要颜面了，我只要不嫁去大契！”

崔全海脸色铁青：“殿下慎言！”

贤懿神情冰冷，突然挣开那两名小内侍朝殿门扑去。众人大惊，立刻追的追，拦的拦，劝的劝。

贤懿瞪着殿门，濒临失控：“凭什么是我？凭什么要我替她去？凭什么让我来全这颜面？！”

崔全海立刻沉声：“殿下累了，还不快扶回宫去！”

他伺候御前多年，此刻放话，分量自不必提。灵玉、巧佩也不敢让贤懿继续在此造次，不然下一个口无遮拦时，便很可能成了大祸降临之日，当下在两名小内侍的帮衬下，半拉半拽着贤懿离去。

去时，少女嘶哑的声音依旧盘桓四周，一声声从乞求到怨怼，从怨怼到绝望——

“哪怕不做大鄞的帝姬，不做他的女儿，我也再不要什么颜面了！”

回音凛凛，殿外一时阒寂。

崔全海心中郁结，看向丹陛下默然无声的嘉仪帝姬，调整少顷，缓步上前。

“殿下冰雪聪明，官家为何、为谁颁发这三道圣旨，您应该心如明镜。有道是‘鱼与熊掌不可得兼’，世间两难之事，不可枚举，情急之下，只能两害相权取其轻。望殿下能体谅官家的不易。”

正是午时，分明春光一片，暖风扑在身上却是砭人肌骨的寒。容央先擦去脸上的泪，然后道：“谢崔内侍提点，我……我正是因体谅官家的不易，才冒昧前来请求他收回圣命的。”

崔全海皱眉。

“您刚刚也看到了，贤懿对和亲一事深恶痛绝，强迫行事，必然弄巧成拙。爹爹自幼教我‘急人所急，想人所想’，教我‘己所不欲，勿施于人’，而今却要我龟缩人后看人替我受难，我……”

“殿下，”崔全海打断，“您若如此想，那还是没有体察到官家的苦心啊！”

容央遽然抬头，还待再辨，崔全海斩钉截铁道：“圣旨已颁，时局已定！还请殿下用心思量，万万不要辜负了官家！”

语毕，竟不再多留，就此拂袖而去。

“崔内侍！”容央大喊，被荼白、雪青从后拉住，盯着那扇决绝关闭的门，悲恨交集。

赵彭来到玉芙殿时，容央正顶着一双又红又肿的眼坐在桃树下走神。小石桌上沏有香气袅袅的花坞茶，一杯被容央双手捧着，动都不曾动过。

赵彭上前坐下，想着今日的那三道圣旨，也是神情黯然，顾自倒了一杯茶润口后，盯着近处的一地落花，第一次这样久久不开口。

最后，还是容央先出声，声音淡淡的，听不出悲喜：“这荒唐的主意是谁出的？”

赵彭默了默，答：“范相公。”

容央冷哂："就是那位号称国士无双的范大丞相？"

赵彭点头，知她此刻对范申很不待见，开解道："因褚家军大败，契军这回在关外士气大振，对中原已是虎视眈眈，可大鄞刚经历几场大战，朝中又要推行新政，实在不能再在军事上有所折腾。爹爹舍不下你，又不得不答应和亲，只能听从范申的下下之策。荒唐……是荒唐些，可就当下的情形来看，已是最明智的抉择了。"

明智？

把她的幸福凌驾于那么多人的牺牲和痛苦之上，就是所谓的明智吗？

用贤懿的一生为代价换来的自由，用吕氏的牺牲来成全的自由，用父亲背叛对母亲的承诺铺就的自由，就是那所谓的幸福吗？

容央胸口如被一块巨大的石头压覆，抬头道："都是偷来的，损人利己，苟且偷生，算什么明智的抉择。"

赵彭张口结舌，因为知道她说得对，所以一时间找不出话来反驳，也就再找不出话来开解劝慰。于是，他索性就不劝了，改回往日的做派："福祸相依，得失有数，你也就别得了便宜还卖乖了。"

这一招果然还是奏效，容央心头立刻火起，三分低迷被恼怒占去，肃然道："你以为对你而言，这抉择又算明智吗？"

赵彭淡哂，一副不以为意的模样："和我有何相干？"

容央不知是该恼他自负，还是恨他无知："贵妃虽然痛失爱女，但终究获利最大。爹爹为守住对娘亲的承诺，这十年来，无论大臣们怎么劝、怎么逼，就是没动过一丝立后的念头，你这唯一之嫡子、板上钉钉的皇太子身份方能守到现在。可眼下贵妃晋升，禁庭里任何一个皇子，她都可以收至膝下抚养，指不定哪一天，还能自己生下一个，到那时，你，又会是什么？"

赵彭喝茶的动作一怔。

容央一双黑黢黢的大眼直直盯着他，说："大哥早夭，二哥虽被封王，但一无封地，二无兵权，如果贵妃不做皇后，朝中根本无人可撼动你的前程。可眼下她借机上位，日后一旦扶持他人，你该如何自处？"

在禁庭，没有母亲照拂庇护的孩子，从来都是势单力薄的。赵彭和她能平安恣意地成长至今，除官家的偏爱，一份最正统的血脉也功不可没。

可如果真的有那么一天，这世上有了另一个和他们同样尊贵甚至于更尊贵的血脉，赵彭触手可及的东宫之位会怎样？

攫金不见人。

届时，只怕就算他不去争，不去抢，也会成为某些人必拔的一根刺吧……

容央越想越感后怕，心头的三分火再度化为沮丧茫然。赵彭看在眼中，静默半晌，还是明亮一笑：“你这杞人忧天的本事，是越发见长了，别说现在还是风平浪静，就算日后暗流汹涌，风雨如磐，你又怎知我无力自处，无力披荆斩棘？难道我在你眼中，就如此庸懦无能，不堪一击？”

春晖烨烨，他坐在灿然桃花下，十六岁的少年，眼神第一次这样锐而亮，倔强又温暖。

容央眼眶一热。

赵彭便朝她一眨眼，坏笑：“再者，也得她生得出来儿子不是？”

容央眼边打转的泪顷刻被逼回去，闷声：“你又知道她生不出来了？”

赵彭：“能生早生了。”

吕氏进宫至今，膝下仅贤懿一女，纵然最近这些年靠着和先皇后越发神似的脾性从四妃中脱颖而出，圣宠不断，也并没有再妊娠过。照理说，就吕氏如今的年龄，再度生产的可能性并不大，可正所谓世事难料，事在人为……

能生早生？

当人家不懂似的，指不定此刻就在预备着了。

容央道：“你就乌鸦嘴吧。”

赵彭扬眉：“我这嘴可没你那双眼睛灵光。”

容央怔忡，反应过来他是在揶揄自己眼光不好后，一脚踢去。

赵彭忙躲，手里茶杯溅开茶渍，烫在白嫩嫩的手背上，立刻红开一片。

“啊……你！”

他掏出丝帕来擦，一边碎碎念：“好在那褚怿是个皮糙肉厚的……”

容央正心虚兼心疼，闻言一怔。

玉芙殿里云销雨霁，吕氏所居的元禧殿里仍然悲声震天。

斜阳穿过槛窗，洒在吕氏单薄的双肩上，云鬓凌乱的贤懿跪在她膝前吞声饮泪，一口一声“姐姐（古代庶出子女对生母的称呼）”，一声一次“我该怎么办”……

吕氏低头，精心描过的一张脸也已被泪痕洇湿，侍立边上的大宫女暗暗揪心，开口再劝：“殿下，圣旨已下，天命难违，您在这儿苦求娘子，也是于事无补啊。”

贤懿哪里肯听，紧紧抓住吕氏裙裾，挪动膝盖上前：“姐姐，娘子，贵妃……您只有我一个孩子，您一定不忍心把我嫁去大契，您……”

话声未完，那双颤抖的手突然被吕氏抓住，恍惚中，竟也是如溺水之人抓浮木一样，紧紧的、死死的。

贤懿愣住。

霞影映窗，满室残阳，吕氏泪蒙蒙的双眸中似有金辉浮动，又似有寒流暗涌。

“我不忍，但这一回，你必须依旨照做。”

贤懿双瞳渐渐放大。

吕氏噙着泪，把她的手一寸寸拉近，拉至腹上，按住，声颤如断珠砸地：“明白吗？”

贤懿眶边热泪滚落，一脸茫然，继而满眼错愕。

吕氏含泪而笑：“这一回，不是为她，是为你，为我。”

第四章

新婚宴尔

（1）好事近

因褚怿“奉命”卧榻，这日送往忠义侯府的赐婚圣旨，乃是文老太君亲自领着一众家眷接的。

文老太君年登花甲，庞眉皓发，心宽体胖，历来是阖府最自在旷达的那一个，然今日接下这一封圣旨后，素日眉开眼笑的一张脸竟像霜打的茄子似的，皱巴巴，冷冰冰，再没展颜。

屏退一众家眷后，文老太君左思右想，越想越气血上涌，一踅身，风风火火就朝褚怿所住的闻汀小筑奔去。

这位老太君自幼习武，乃是和老侯爷褚训一并上过战场的巾帼女将，故而即便年迈，一把骨头仍是硬朗得响当当。拄着拐健步如飞的模样，轻快如船夫撑篙，甩得身后一溜大小丫鬟东倒西歪，望尘莫及。

午后，绿意葱茏的庭院里熏风送香，一派静谧。

褚怿趴在床上盯着手里的八卦锁走神，百顺坐在床边殷勤地给他换药。

“这宫里头的东西就是不一样哪，昨天才擦上，今天就开始结痂了，郎君这屁股算是保住咯。”

光线柔和，男人袒露在外的背臀上疤痕嶙峋，被杖开的伤口虽然有点结痂的势头，但瞧着依旧是骇人得很。

百顺小心地擦完药，替他拉上裤子，对着手里的瓷瓶感慨：“要是咱褚家军也能用上这么好的伤药，一个个钢筋铁骨、龙腾虎跃的，还怕他大契……”

褚怿没应。

百顺侧头，褚怿看着手里的物件，一副神游太虚的模样。

百顺贼眉鼠眼地凑过去："郎君，想帝姬呢？"

褚怿眼锋一凛。

百顺权当看不见，笑嘿嘿："'月内完婚'……今儿初六，没几日了，不急，不急！"

褚怿阴着脸，正要说话，窗外突然传来急匆匆的脚步声，间杂拐杖砸在地面的咚咚声响。

两人面色齐齐一变。

下一刻，屋门"嘭"一声被撞开，文老太君气冲斗牛："闲杂人等，退下！"

百顺的小身板一颤，心知喝退"闲杂人等"，便是"家丑不可外扬"的时候，一时骇然兼茫然，直愣愣地盯着褚怿。

褚怿摆下巴，示意他退下。

百顺捏着一把汗，畏首畏尾地放下药膏，并指一下当作提醒褚怿有伤，请老太君从轻发落后，讪讪退下。

春光粲然，屋外偶有鸟啼啾啾，文老太君板着脸瞪着床上人，挥起拐杖便要打去。

褚怿一偏头。

气流凝滞，一根御赐的紫檀木鸠杖上光泽反射，停在了半空。

褚怿转回头来，冲着气鼓鼓的老太太一挑嘴角，摊开手掌："不忍心的话，打这儿吧。"

文老太君眼眶微湿，放下拐杖，一巴掌朝那掌心扇去。褚怿眉微敛，心道居然还是这么疼。

"你说，你到底为什么去那崇政殿外跪着？！"打完人，文老太君拐杖砸地，开始训话。

褚怿面不改色："为请战，以功赎罪。"

文老太君冷笑："是，请战的机会没跪到，活活跪回来一个祖宗！"

听得"祖宗"二字，褚怿眼底又不禁掠过那一抹艳影，唇边泛起自嘲的笑："是，的确是位祖宗。"

文老太君一口气憋在胸口，要不是自小捧在手心的亲生孙儿，就这油盐不进、漫不经心的脾性，真恨不得打烂了去！

文老太君深吸一口气，在圆桌边坐下，沉吟片刻，开始动之以情：

"自去年昊儿上前线后，咱府上就只剩些老弱妇孺。你爹去前，膝下只留有你一个，你二叔、三叔也去得早，一个香火断尽，一个子嗣绵薄，更不必提你四叔，混到现在还是和尚一个。这一回，我东奔西跑，寻遍熟人，好不容易求得圣命把你俩弄回京来，就是为解决这婚姻大事！

“表舅家的二姑娘，那么耐看的模样、讨喜的性子，又是自小跟你一块长大的，求来给你做夫人，难道不好？这些时日，我忙里忙外，费尽心思，连下聘的日子都跟你表舅谈妥了，你可倒好，给我整这样一出！”

提及那位错失的二姑娘，文老太君捶着胸口直叹气，间隙朝床上瞄去一眼，当事人却跟个听书的似的，把弄着手里的物件，恍若未闻。

文老太君只得又深吸一口气，压下火苗，开始晓之以理：

“边防国事虽然紧要，但绵延香火更是迫在眉睫。你如今二十有二，因长在边关，又是给你那和尚四叔带大的，身边至今连个晓事的丫鬟都没有，长此以往，何时能传下你父亲忠义侯的血脉？

“雁玉不单为人贤惠，更是个心有大局的，非但不介意你成婚后多纳些妾，还准备把贴身的两个丫鬟一块带过来伺候你，为的就是能尽快替你、替咱侯府开枝散叶……”

“雁玉”正是那二姑娘的闺名，文老太君越说越贴心，又越伤心。

“再说我给你备着的那些小娘子——楚楚动人的，有；俏皮泼辣的，有；连那狐媚子一样会勾人撩人的，也……也有！本想着雁玉一进门后，你妻妾成群，左拥右抱，指不定半年就能有三五个种儿了，可现在呢？

“你跪回来一祖宗做娘子！那些个可人的姑娘，我还如何给你抬入府来？我那些重孙儿，还如何到咱府上投胎……”

言语间，只觉那些呱呱坠地的重孙儿都在眼前化为泡影，文老太君痛心疾首，不住地骂骂咧咧。

褚怿眉微动，大抵是终于从尚帝姬这事儿里咂出点甜头来了，难得主动地道：“奶奶既然是为子嗣考虑，不如操心一下四叔的婚事。”

文老太君的骂声戛然而止。

褚怿顺势往后背一指：“挺疼的，总不能为了拒婚，再去挨一遍。”

官家赐婚，抗旨不遵，哪里还是挨一遍杖刑的事？

文老太君一腔愤懑被堵，又看他似笑非笑，仿佛对此事很是满意一般，不由得气闷道：“依我看，你小子就是成心的，色迷心窍！”

褚怿懒得再争辩，点头。

文老太君一窒：“你……”

气急之下，她还想再训，可刚刚被他一岔，此刻满脑子都是那个最不着边际的四儿子，竟是越想越心慌神乱。

毕竟这边好歹是有着落了，那一个还八字没一撇呢。

稍一权衡，文老太君只能暂时熄火，改放狠话：“一年内给我生个重孙儿，不然，哪怕是那小殿下闹到御前去，那几房妾我也一定要抬！”

褚怿听得脑袋发胀。

目送文老太君离开后，褚怿把八卦锁一扔，疲惫地捏住眉心。

百顺溜回来时，瞧见的便是自家郎君这副黯然神伤的模样，忙上前安抚：“郎君别怕，以你的本事，一年内生个娃儿算个啥啊！”又诚恳鼓励，“必然是百发百中，弹无虚发！”

褚怿无奈。

这脑袋怎么更胀了？

礼部这两日忙得脚不沾地，先是册封皇后，后是帝姬出降。

因为必须在这个月内把嘉仪帝姬的婚事办完，时间急迫，封后、出降两样大典只能侧重其中一样。官家二话不说选择后者，以至于吕氏的封后大典竟成了大鄞有史以来最潦草的一场册封。

这日上午，尚服局刚派人过来给容央试嫁衣，赵彭后脚就到，上下把凤冠霞帔、国色天香的美人打量一遍后，由衷道：“褚怿那日挨的五十杖，大抵是大鄞史册上最有价值的五十杖了。”

容央白他一眼，随荼白、雪青去内殿换回常服。

此刻尚服局的人已去，赵彭很是不把自己当外人，正斜斜坐在容央最爱的那张美人榻上品茶。

容央也很不客气地走过去：“起开。”

赵彭“啧”一声，腾开些位置：“马上就要做人家的夫人了，也不温柔些。”

容央接过雪青递来的一杯茶，轻掀茶盖，眼底清冷：“你隔一日不来替他说话会死不成？”

赵彭：“我是觉着，这位褚将军也挺可怜的。”

容央点头：“打了那么惨的一场败仗，可不是可怜吗？”

赵彭把茶杯放下，皱着眉一摇头：“还真不是因为这个。”

容央斜斜睨他一眼，依旧懒得搭理。

赵彭便顾自道：“不瞒你，这两日我命人去查了褚怿的身世，才发现这外表光鲜的忠义侯府……”

这些时日，容央没一天自在过，吕氏封后带来的烦恼自不必提，贤懿那边亦是困扰一大堆。

同是帝女，同为血脉，人生境遇云泥之别，搁谁能承受得住？遑论和亲之外，自己还被赐给了她钟情的郎君，替嫁之仇，夺夫之恨，桩桩件件清清楚楚，恩怨至此，如何能休？

于是每每想起褚怿来，容央就不可遏制地感到愧怍、忐忑，又兼以深深的无奈、纠结、痛苦，发展到后来，便是一提此人就百爪挠心，莫名烦躁，流露的态度也就格外刻薄。

直至此时听得忠义侯府的前尘往事，她方微微一怔，特别是听到那句“自幼父母双亡”时，心头更是无端一凛。

“云夫人去世那年，褚怿不过六岁；后来六年不到，其父忠义侯也在疆场上为国捐躯。正儿八经算起来，契人和他可谓是国恨兼家仇。

“自忠义侯殉职后，府上的二爷、三爷也相继战死疆场，阖府上下，全靠四爷褚晏一力支撑。十年前，褚怿刚满十二岁，照这年纪，大鄞的郎君都还在学堂苦读呢，可褚四爷一不做二不休，竟在出征时让褚怿披甲上马，随他一道北上抗敌，且这一走，就是整整十年。

“这一回，要不是侯府里的老太君亲自求到梁太尉那儿，梁太尉又在爹爹跟前反复说情，恐怕这位褚大郎君此刻都还在北边吞风饮雪呢！”

赵彭一气呵成，细观容央神色，柔和春晖下，少女一双纤睫微垂，眉间冷色正如雪融化。

先皇后仙逝那年，容央和赵彭也正是六岁。

六岁的孩子，还不太能准确而深刻地认知死亡，只是感觉一夜之间，周围布满了刺目的白幡。一眼望不到头、一走也走不到头的苍白世界里，全是令人胆战心惊的哭号，父亲在哭，祖母在哭，内侍宫女在哭，就连平日里最不喜欢母亲的各宫娘子也在竭诚洒泪。

于是，她也就哭了，这样的情形，不哭太不像话。坐着哭，走两步哭，跪到父亲身边去哭。哭到一半想起来还没到母亲那儿去哭，于是晕头转向地找，找了一圈下来发现找不到，就又挪回父亲那儿去。

“爹爹，娘亲呢？”

六岁的褚怿在失去母亲时，会不会也是这样？

容央心潮起伏，反应过来自己竟在与那人共情后，不由得眉头一蹙，胸口突突乱跳。

幸而荼白、雪青听得入迷，正在就着话茬跟赵彭攀谈，没有留意她的异样。

“难怪这位褚将军总给人一种盛气凌人的感觉，仿佛不大知礼数，原来竟是十年都没回过京城的，那倒也不奇怪了。”荼白感慨，关注点倒不在父母早亡上，而是为褚怿在容央面前不够谦卑恭敬找源头。

赵彭看容央神色转变，心知目的已达到，多提反而弄巧成拙，遂顺着荼白的话感慨道：“那是自然，自古武将本就缺乏谦谦之气，更何况这又是位在战场上长大的，那种地方，向来只认拳头，哪管你什么皇亲贵胄。”

荼白撇嘴，想着素来金尊玉贵的嘉仪殿下在褚怿面前竟无法享受往日尊荣，仍有些不大解气。

雪青道："总归日后殿下和褚将军夫妻同体，一荣俱荣，一损俱损，那些繁缛礼节，省些也无伤大雅，反更显亲密恩爱些。"

听及日后褚怿对自己继续"盛气凌人""不知礼数"竟还成了"亲密恩爱"，容央小脸一绷。

这时，赵彭又把话题一引，深入到这十年来褚怿的边关生活去。什么虽然"屡立奇功"，却也是"九死一生"。据说有一回倒在战场上，险些被契人的铁蹄踏成肉浆。又据说有一回身负三箭，其中一箭扎在肩胛那儿，拔出来时都成个肉窟窿了。

荼白惊道："老天，那这位爷身上得有多少道疤啊……"

容央又是一震，小脸如被霜打。赵彭本是想借此一展褚怿雄姿，不想竟给荼白拐到这处去，知道这是容央历来憎恶害怕的，忙力挽狂澜："军中男儿，哪个身上没几块疤？况且这单只是疤吗？那都是一道道的功勋，寻常人求都求不来！"

荼白撇嘴，不敢苟同，容央更是濒临极限，立刻撵人："得了，这又不是茶馆子，闲话多得跟个说书的一样。今日的功课做完了吗？朝中那么忙，爹爹就没给你派些差事？"

赵彭张口结舌。

容央："走吧。"

眨眼婚期仅剩三天。这日夜里，吕氏派来两名女官给容央做婚前教习。

宫灯烨烨，女官王氏在外间教导陪嫁的荼白、雪青，女官李氏在内室教导帝姬本人。

容央一袭雪白中衣并膝跪坐案前，听完最基本的为妇之道后，李氏把一方匣子打开，取出一本装潢精美的画册呈上。

容央翻开来一看之后，大惊失色。

李氏见怪不怪，继续声情并茂，一丝不苟。

容央盯着那一页页从眼前翻过的画面，眼睛大得能从眶里砸出——果然言语再怎么绘声绘色，也难敌活色生香的图像生动逼人。

手一掖，容央把"虎步"那页压住，李氏耳聪目明，立刻解释画上内容。

容央眼盯着画上人物，联想到褚怿那锐亮的眼、宽阔的肩、修长的腿……耳边蓦然如有虎啸，再一想他身体上那些恐怖的疤痕。

容央探手往袖里摸去。

果然，全是一层层的鸡皮疙瘩了。

（2）贺新郎

四月二十三日，宜祈福，采纳，嫁娶。

卯时一刻，褚怿珠冠凫舄，衣锦佩玉，自忠义侯府前打马往和宁门而去。

张灯结彩的侯府门外，里三层外三层地站着大小家眷，远近亲戚。文老太君拄着鸠杖往马背上轩眉朗目的孙儿端详，小声慰问："屁股不疼了吧？"

褚怿黑着脸，握着缰绳朝下扯唇："托奶奶的福，结实得很。"

"那便好，那便好。"文老太君恢复昔日神采，眉开眼笑，"今晚的洞房不愁啦。"

褚怿窘。

一记马嘶伴着爆竹声炸开人潮，色彩鲜盛的迎亲仪仗在内侍引领下往前行去。天还没有亮透，雾蒙蒙的大街上已是人头攒动，鼓乐喧天。

褚怿眉目沉定，静静驱马走过。

依照大鄞尚主礼仪，驸马都尉入宫前，得先抵达和宁门换上繁复的官服，从头到脚彻底拾掇一番之后，再上马往东华门走。

褚怿在边疆磋磨十年，早不是当年那个矩步方行、彬彬知礼的褚大郎君，对宫中这套繁文缛节实在有点不胜其烦，耐着性子给大小内侍们折腾近一个时辰后，眉间就开始流露倦色，前往东华门路上，一个哈欠险些脱口。

马下的内侍眼尖，因担心稍后出错，忙给驸马爷唠嗑提神："驸马爷昨夜没睡好吗？"

褚怿绷着脸，尽量提起几分精神来，不及答，那内侍又道："可是想着大婚，心里紧张了些？"

褚怿无言以对，点头："是，紧张得很。"

内侍体恤地一笑，立刻开始开解，什么皇家规矩向来如此，什么礼仪之多，乃情意之重……褚怿薄唇一抿，定定望着长街尽头，开始神游天外。

一炷香后，迎亲队伍在肃穆庄严的东华门前驻足。

掌事捧着作聘的大雁上前，褚怿下马，扭扭脖子提了几分神后，跟着礼直官阔步往大内迈去。

辰时一刻，玉芙殿。

吕皇后把梳篦搁回镜台，看茶白把九翚四凤冠给嘉仪帝姬戴上。

灿烂晨晖洒入窗棂，在少女薄瓷一样细腻的皮肤上镀上一层柔光。雪青弯腰，给嘉仪最后点一点唇脂，满意一笑："殿下，妥了。"

茶白自衣架上取来五彩翚纹翟衣兼大袖霞帔，容央起身，展开双臂。礼服上身，映衬衔珠点翠的凤冠，明眸丹唇的少女灿如春华，美艳不可方物。

吕皇后道：“莺莺果然国色天香。”

“莺莺”是嘉仪帝姬的乳名，自齐皇后仙逝，宫中已有很多年没有妇人这样唤过她了。

容央微微怔忡，回神后，胸口一涩。

吕皇后目中蕴笑，温柔敦厚地站在窗前，凤冠，袆衣。

应该是错觉，这一刻，竟然连嘉仪帝姬都开始觉得她和先后相像，而越相像，那种道不明的惘然、抵触就越嚣张。

容央垂眸：“皇后娘娘谬赞。”

吕皇后听着那声“皇后娘娘”，眸底黯然一刹而逝。

此时有女官自外来传话：“禀娘娘、殿下，吉时已到，驸马爷在殿外候着了。”

金辉如泄，衔珠坠玉的华盖如云耸立。

大殿前，仪仗、行幕、步障一丝不苟，数百名紫衫卷脚幞头的天武官抬着檐床整齐肃立，往后是衣鬓鲜亮、眉开眼笑的宫嫔数十。仪仗中间，红罗销金掌扇重重叠叠，一座金铜檐子四维垂珠帘，白藤间花，气定神闲地等在那儿，正是恭候帝姬驾临的凤辇。

褚怿在礼直官身后驻足，视线往那辇上一落。

此时，内侍的一声通传响彻禁庭。

褚怿展眼，红墙如画卷铺开，流动青瓦下，一人嫁衣曳地，珠履生莲，在皇后亲扶下款步走下玉阶。

褚怿视线上移。

鼓吹喧阗，天地熠熠，她走在喧嚣中、鲜盛里，团扇遮面，鲜眉灿眼。

脑海里突然很不合时宜地响起一句话——

“天生丽质的嘉仪帝姬就是年老色衰了，也一样是大鄞男儿心中的洛神，愿意矢忠不二、一心相待的翩翩公子，只会多，不会少。”

僵直一大早的嘴角终于绽了丝浅浅笑意，褚怿凝眸又细看，承认，她的确是般般入画，洛神风华。

褚怿长腿一迈，阔步走入仪仗，穿过层层翠幕，在那一座金铜檐子前驻足。

下一刻，他伸手扶帝姬上辇。

帝姬侧头一瞥。

男人手臂修长，一看就很粗粝的掌心摊在面前，往上，是大红官袍上精细的织金暗纹，映着日照，雀跃如湖中金鲤。

她目光止不住地再度上移，对上一双黑而深的眼。

那眼底有一丝十分细微的、不同往日的笑意。

是了，他在崇政殿外一跪就把她跪回了家，可是美梦成真，得偿所愿，怎会没有笑意？

被赶鸭子上架的，不过只有自己罢了。

心头蓦感不平，帝姬扭头上辇，纤纤玉手在那粗糙温热的掌心上象征性地一放，如蜻蜓点水，春梦无痕。

褚怿眉微动，垂眸，捕捉到那点染着丹蔻的指甲，一颗颗如珠圆润，鲜红夺目似枪尖滴下的血……

此一刻竟有些恍神。

礼直官的礼赞声高高颂起，褚怿敛神，勾唇一笑，后退一步，撩袍在辇前拜下。

少顷，禁军洒水开路，褚怿翻身上马，领着这世上最热闹的喧阗金鼓、急管繁弦，领着这世上最尊贵的仪仗、新娘，走出禁庭，走入盛京。

大婚宴设在官家御赐的帝姬府。

入府后，先是叩拜帝后，后是驸马、帝姬行同食之礼。因褚怿双亲不在，帝姬侍奉公婆盥洗进膳之礼由文老太君领受。

一系列烦琐礼仪结束后，帝姬入洞房。

褚怿打着精神，把府上前前后后、里里外外的一众宾客应酬完，繁星明灭，天终于黑了。

耳后仍旧是不散的欢喝声，前庭后院，处处人影幢幢。

百顺单枪匹马冲入阵营，把两颊酡红的褚怿领回一间偏房时，犹自惊心动魄。

“郎君，老太君千叮咛万嘱咐过，今晚您可不能醉啊！”

褚怿仰着头坐在梨花木圈椅上，闭着眼，手搭在额前，闻言“嗯”一声，低低的，哑哑的，听着更像醉后呢喃。

主屋那边已派了人来催，百顺心焦如焚，恨不能去后院提桶冷水来把人浇醒，然而到底不敢，只是在屋里打转儿。

褚怿眉微蹙，一脚踹去，百顺一个趔趄趴倒在地，惨声震天。

“安静点儿。”

百顺涕泗横流：“我说驸马爷，不是小的不肯安静，是主屋那位殿下盼您盼得望穿秋水啊……”

大殿外那张耀如春华的脸自脑海里掠过，褚怿双眼微微睁开一缝，眸光映烛光，昏昏沉沉，轰轰烈烈。

下一刻，人竟如旱地拔葱般，猛一下起来，径自推门而去了。

百顺目瞪口呆，匍匐几步，踉跄跟上。

主屋。

百顺口中盼人盼得“望穿秋水”的嘉仪帝姬，此刻正端坐在铺彩叠锦的漆金三屏床榻上，对着一片红艳艳的空气神驰八荒。

满屋帐幔垂帘都是红的，满台的蜡烛灯罩也都是红的，红光红绸交相辉映，以至于嘉仪帝姬那剪水双瞳都如被火燃着一样，空洞又炙热，寂静也喧嚣。

外间大门被推开时，容央本能地一个战栗，竖耳听，竟果然是那人如期而至，一时胸口更急如擂鼓，一双眼不知该往哪儿放。

扭头，窗外除影影绰绰的灯火外，黑漆漆一片。

时辰确实是到了。

容央吞下一口唾沫，后知后觉，这滋味居然有点像上刑场。

不及缓神，外间低低切切的交代声散去，伴随一声“吱”，男人的脚步声自外而来，一声一声，一下一下，又是那种让人难以反抗的压迫感。

容央蹙眉，低着的眼睫开始打战。

织金地衣上，只有自己一个小小的黑影，容央攥紧小手，静等那人的影子映上来。

等半天，没等着。

抬头，男人不知何时坐在了对面那张坐榻上，此刻，正目不转睛地盯着自己。

他不是第一次用这样的眼神，可那眼，又仿佛是第一次这样地亮，这样地深。

容央百爪挠心，打量片刻后，试探开口：“将军……醉了？”

光影旖旎，褚怿那双眼终于微动了下，喉间“嗯”一声。可那眼神分明那样清明，哪里像有醉意？

容央心中越发七上八下。

什么意思哪？这洞房究竟还洞不洞了？

不洞最好。

容央压下那点愤愤，顺水推舟：“那就早些歇息吧？”

既然醉了，想来也该是乏力了，躺下一觉睡去便最好了。

褚怿却不起身，人往后靠，大马金刀地倚坐在那儿，整个人愈显散漫慵懒。

“头上的东西不取吗？”声音倒还稳得很。

容央此刻自然还是盛装华服的，闻言一怔，心道“还怕我赖着你是吗”，面上却笑：“这便去，将军若乏了，不妨先歇下。”生怕对方跟自己客气，又补充，“不必等我。”

褚怿眉峰微挑。

床上人迤迤往外走去，褚怿垂眸，视野里，大红裙裾飘飘曳曳，金丝繁复的一截裙角从他靴上一掠而过。和今日她放在自己掌心的那只小手一样，若有似无，令人本能地想要攥住。

屏风外，漆绘十五连枝灯上仍旧燃着红烛，一簇簇火苗在黑夜里跃动。容央对镜取下沉甸甸的凤冠，摘去两靥及额心点缀的珠钿。

失去金玉珍宝的映衬，仅绿鬓如云，肌肤胜雪，那精心描过的五官一时越发摄人心魄。

容央侧首，去摘右耳的金镶珠耳环，如潮酒气蓦然涌来，下一刻，纤细手腕被人从后抓住。

容央一震。

镜中烛光烨烨，褚怿站在身后，滚烫的体热从两人相贴的地方极快蔓延，容央慌忙撤手。

褚怿却不撤，反而顺势握住那只摘到一半的耳环，低着头，把那金钩从她耳洞里轻轻地、慢慢地取走。

他分明没有碰她的耳，容央却感觉耳郭全是火烧一样热。

镜中，他眉眼低垂，长身玉立，视线专注地投在她耳上，赫然是个专心致志的模样。

容央意外之余，僵着身体坐直。果不其然，这只顺利取下后，褚怿又如法炮制地去取另一只。

大抵是喜服金冠的缘故，此刻看他，那些平日里难得一见的世家贵气竟格外浓烈起来，特别是那垂下眉目的侧脸，深深的卧蚕，纤长的眼尾，斜飞入鬓的漆黑剑眉……

恍惚中，竟有了几分“陌上人如玉”的温润清贵。

容央不觉走神。

蓦然一声轻响，一对耳环被褚怿搁在镜台上，利落的动作，恍如战后搁刀。

容央立刻敛住遐思，静默半晌后，起身。

褚怿依旧站在绣墩后。

容央娇小，螓首微垂地站在他跟前，实在是小小一个。褚怿眼神深邃，不动声色地打量着。

容央深吸一口气，然后抬起头来，伸长手去摘他髻上的衔珠金冠。

褚怿眸一深，显然意外。

男人的视线是那样直露而炽热，鼻间的气息也那样滚烫，因为距离近，仿佛就拂在自己鼻间，连同自己的，牵牵扯扯，如藕丝连。

容央一颗心乱如鹿撞，金冠在手里越拆越紧，慌乱中，踮脚去看。

褚怿头一低，亲了上去。

唇上一重，脑中如有惊雷炸开，容央大惊失色，后退，腰却被握得死紧，不由得瞪大眼睛。

咫尺间，烛光明灭，男人一双黑眸似阖似睁。

下一刻，唇瓣微痛，是被他转头时用齿咬过。

容央一瞬间从头皮麻至脚心！

“哐当”一声，金冠从一双小手上砸落，两道红影交缠在一块，前前后后，踉踉跄跄，自屏风外进来。

浓烈酒气涌入肺腑，涌入四肢百骸，麻痹着每一条神经、每一寸肌肤……容央如被浪卷入水底，窒息中贝齿一松，被他攻城略地。起先还是小心试探，浅尝辄止，而后越来越恣意嚣张，唇开合，碾压，像要把她生吞活剥，又像要吸走吸干她的魂、她的魄。

容央双颊如沸，完全不知自己是如何倒进床帐里的，也完全不知为何仅仅一双唇，一双那样薄的唇，会在此时爆发出如此可怕的力量。

震愕中，双手不知摸到什么，滚烫而微凸的触感，一条一条，一块一块，脑海里蓦然划过一幕幕应景又不合时宜的画面——

是疤。

容央瞳孔赫缩，铆足力气朝前一踹。

褚怿眼锋骤凛，抓住那脚，眸底火焰烨烨。

（3）烛影摇红

罗帐昏红，红烛晃动，彼此气息一进一出，急促，沉重。

褚怿单膝跪在床边，赤着胸膛，鲜红喜袍已袒在臂弯间，古铜色的双肩在灯光映衬下，隐约有薄汗氤氲。

容央一双唇鲜红欲滴，亦是酥胸半露，曲线起伏，骇然地瞪着面前那片赤裸的胸膛，脸色惨白如浆。

褚怿垂眸瞥过胸前狰狞的疤痕，立刻把衣袍拉上，下一刻，松开那只莹白小脚。

容央重获自由，骨碌碌爬起来坐在床头，抱着膝，喘着气，仿佛一只刚从虎口逃生的兔儿。

褚怿看在眼中，眸底深沉。

他拢上衣袍穿好后，趸身往外走，走到一半，又蓦然想起什么，低着头把脚步收住。

容央惊魂甫定，正扶着床边屏风怔怔坐着，看那背影停住，不由得心一凛。

这时，褚怿后退一步，拉过一张圈椅并在坐榻边上，和衣往榻上躺去。

容央疑惑。

坐榻小巧，他躺在上面，一双露在外的长腿就大剌剌地放在圈椅扶手上，分明是个能硌死人的姿势，他却仿佛躺得很悠然。

容央心梗，平静下来后，慢慢渗开几分心虚愧怍：“你……”

“睡。”褚怿一只手搭在眼前，截去她后面的话。

窗外夜风起伏，吹动庭院里的梧桐树，窸窸窣窣。容央心潮涌动，一面为他“放过”自己而庆幸，一面又有点忐忑不安。目光四转间，掠过床内侧叠得高高的几床喜被，容央想，就那么任他在对面躺着也不是办法，于是道：“这儿有多的被褥，要不你……”

“不用。”

这一次，依旧话没完又给他截断，附加一句懒懒散散的：“热着呢。”

也不知是真是假，是故意，还是无心。

容央又气又羞，又后悔自己竟然跟他说软话，登时耐心丧尽，穿好中衣躺进被褥里，心想睡就睡，你不过来，我更乐意睡。

然而，她闭着眼睛静躺片刻，竟是半分睡意也无，脑海里时而是刚刚那场令人窒息的亲吻，时而是镜前短暂缱绻的遐思。时而又是那男人咫尺间半开半阖的一双眼，那烫如烈火、重如千钧的一双唇……

容央辗转反侧。

窗外风声渐大，床幔里，被褥开合声、中衣在榻上的碾压声越来越急。

容央越睡越烦，越翻越躁，恨恨地睁开眼。

月光倾泻一地，男人依旧一动不动地躺在对面，手背抵着眉骨，一张脸浸在如晦光线里，只有鼻梁至人中，人中至嘴唇，嘴唇至下颌这一路起伏的线条清晰可辨。

容央盯着那条线发呆，盯着，盯着，不知为何，突然就想起了川泽绵亘，山壑万里，想起八千里路云和月，大漠孤烟，铁衣披雪。

手指不由自主地伸出，顺着那条线描摹起来，如此玩了一会儿，缓缓一怔。

脑海里再次出现烛光中男人胸前大大小小的疤，那些骇人的痕迹，烙人的触感……

紧跟着，是那日在玉芙殿里赵彭滔滔不绝的讲述。

荒芜的边关，砭骨的风雪，契人的践踏，劲敌的利箭……

胸口不可抑制地一涩，容央蹙紧眉，扭过身去。

窗外铮铮枞枞，一时间分不出是峻急的风，还是突如其来的雨。容央抠着一叠喜被，视线匿在黑暗里，心如被屋外的声音裹卷，踉踉跄跄，起起落落。

梧桐树倏然一震，那声音更近了，是一场夜雨。

褚怿平躺在榻上，脑后就枕着一截胳膊，另一只手搭在眉骨上，遮着那些红得撩人、恼人的光。

床上反反复复的辗转声终于消停，那根撩在他心上的羽翅随之撤退，褚怿深吸一口气，开始尝试入眠。

今夜喝得太多，先前没觉着什么，此刻脑仁却开始胀痛，兼以身上那股始终散不去的热，实在磨人。他耐着性子睡了一会儿，耳畔又传来细微动静，有点像掀被褥，继而，是一双小脚踩在地衣上……

褚怿眼皮微动。

那刻意放轻的脚步声渐渐靠近，在身边停下。

褚怿把手拿下来，睁眼。

昏红烛光影影绰绰，中衣胜雪的小美人抱着一叠大大的喜被，见自己醒来，一时睁大了那双晶亮的眼。

褚怿一怔。

眼前一黑，褚怿伸手把砸来的喜被抱住，再抬眼时，那小小的人儿已落荒而逃，“嗖”一下钻回了床上去。

褚怿盯着那一小坨凸起无声笑了。

（4）醉花阴

大婚次日晨，要给侯府老太君敬茶。

卯时三刻，沐浴后的嘉仪帝姬坐在镜台前由茶白、雪青梳妆绾发，视线无意间落在那一对金镶珠耳环上，耳鬓迅速一热。

昨夜褚怿给她摘耳环的情形历历在目，后面的那些旖旎激烈亦烙印一样地烙在心间，越想越叫人神慌意乱。所幸人刚从热水里出来，脸上绯红也并不惹人奇怪。容央赶紧借口把婚礼首饰收回妆奁里妥善保管，眼不见心不烦。

早晨醒来时，那男人已不在屋中，倒是那叠喜被又规规矩矩地躺回了床内侧。

据守夜的茶白说，褚怿下半夜就往书斋方向去了，去时身上酒气还很重，精神瞧着也不像很足。

侯府的小厮百顺也是候在外边的，当场就有些蒙，本能地以为一对新人闹了矛盾，可看屋里又无甚动静，且褚怿边走边吩咐他“备水”，这方把一颗悬着的心缓缓放回肚里。

等走至书斋院外，那颗心方又腾一下悬起来：洞房之夜跑来书斋命人备水是为哪般？

和百顺的起落相反，茶白、雪青今晨进屋伺候时，往床上一拾掇，就取来了那方染了血的事帕交给侯府派来的喜婆，各自胸口心一定。又一看殿下雪白的脖颈处竟有那样嚣张的痕迹，更是安心落意。

等双眼惺忪的殿下懒洋洋要往净室走的一瞬，两人才后知后觉既然圆了房，怎么昨夜主屋里半点叫水的动静也没有，反是那位驸马爷风风火火地要水去书斋？

毕竟事后不洗漱，怎么想也不像平日里动辄就沐浴，一沐浴就动辄两三个时辰的嘉仪帝姬……

两人登时又百思不解，相顾茫然。

总归这事奇奇怪怪，疑点重重，似真似假，叫人越想越头大。

一支花钿式金簪插入云鬓，勾扯发丝，疼得容央"嘶"一声，茶白大惊回神，忙不迭跪下请罪。

容央揉揉头皮，斜眼看去。

这人一双手素来是最巧的，怎么今日竟犯起这样蠢的错来？

"你想什么呢？"

茶白正要答，撞上雪青使来的眼神，忙把那蹿到嘴边的疑惑吞回去："昨晚……守一夜，有点儿困，殿下别恼，是奴婢太不中用了。"

容央无奈，挥手让她起来，盯回镜中自己的脸，重又陷入沉思。

和茶白、雪青一样，此刻的嘉仪帝姬也在为同一桩事烦恼。

不过嘉仪帝姬所苦恼的细节只有一处——便是那方莫名其妙带了血的事帕。

承蒙那日在玉芙殿里李女官讲得生动又仔细，嘉仪帝姬很明白那一方事帕究竟用作何用，也很明白要如何方能使其染上该有的痕迹。

只是昨夜两人分明一定程度上清清白白，今日的事帕如何能"功成身退"？

唯一讲得通的可能便是，那男人趁她睡熟时自个儿弄的。

想想平日里那狷狂又冷淡的男人竟然背着众人，偷偷摸摸地在一方事帕上动手脚，容央"扑哧"一笑。笑完突然感觉两道目光直直落在自己脸上，她忙又抿唇，正色催："快些，时辰该到了。"

刚催完，一小丫鬟入内禀报，称是驸马爷在外等候了。

容央挑眉，心道倒是快，等雪青最后替自己把妆容检查完后，起身，迤迤然往外。

庭院里有一棵参天的梧桐，于春日里冒着嫩绿的小叶子，大小绿影相叠下，一人内着雪白斜领上衣，外罩石青色大袖襕衫，眉目轩然，临风而立。

容央一眼看去，心神微震。

晨曦洒在树上，底下薄荫斑驳，褚怿站在光线明暗交界处，一双眼亮如曜石，昨夜的醉态、懒态、痞态统统荡然无存，浑身只余一袭疏冷之气。他不动声色地站在那儿，亦如一棵凛然不可侵犯的、高贵的梧桐。

容央蹙眉，别开眼。

褚怿上前。

主持事宜的礼赞官已在院外恭候。两人双双往外，默契地各不吭声，直至临近前厅礼堂，容央方道："床上的事帕是将军弄的吗？"

红绸交错的礼堂里，云鬓华服的文老太君已拄杖落座，一双细眯眯却亮晶晶的眼正朝这边寻来。

褚怿敛眉，立刻反应过来身边人是故意的，心里一哂，平声道："殿下那时睡得太沉，想来是累极了，臣也是不忍打扰。"

容央本是成心捉弄，不想对方回得这样快而巧，非但无一丝赧然窘迫，字里行间还像在坐实他们昨夜确乎有过什么一样……

容央登时就有些气恼："倒是不知，将军是这般体贴之人。"

褚怿眉目不动："如今知，也不迟。"

容央一怔。

震愕间，男人手掌在腰后轻轻一扶，容央一怔，被他揽入前厅。

堂上，文老太君起身朝容央行礼，候立四周的一溜礼官仆人紧跟着跪拜。

褚怿携容央由东侧上堂，在文老太君座前的蒲团上双双跪下。

"孙儿给奶奶请安。"

"孙媳给奶奶请安。"

文老太君自是一番推让，目光自褚怿脸上一略后，立刻朝容央脸上定去。

春风暖，春光媚，底下美人丹唇微翘，粲眸轻弯，浓密纤睫下，莹亮如有清波流转。

文老太君定睛细看，忙弯腰扶人，口中不住"殿下美人""殿下美人"地夸，哪里还是那日在褚怿面前百般嫌恶的模样？

褚怿用余光淡淡看着。

这时，礼赞官捧着铺红绸的绘金漆盘把茶呈上，容央敬茶，太君笑纳，喝完后，立刻拉着容央喜滋滋入座。

"我这孙儿啊，自小就是个不着调的，给他四叔带去那军营里厮混过后，更是放诞粗痞了，浑身上下，没半点世家公子该有的气度，要是哪里怠慢疏忽了殿下，还望多多包涵。"

容央听得"放诞粗痞""怠慢疏忽"等词，深以为然，又想起刚刚在厅外的事，立刻道："怎么会，刚刚将军还说，自今日起，我便会发现他有多体贴的。"

褚怿眉峰一挑，立刻看过来。

文老太君意外："此话当真？"

容央对上男人微冷的眼神，心中顿感一丝快意，笑道："将军一言既出，驷马难追，想来是假不了的。”

褚怿眼瞬间一眯，文老太君又忙去看他，一副“你终于成材”的模样。

褚怿勾唇，静静看回容央：“殿下可人，令人想不体贴也难。”

容央小脸微红，眼神却不甘示弱，定定直视回去，心道：别的不怎么样，这张脸皮倒真是令人稀罕，不光好看，还如此厚哪。

文老太君看二人眉目传情，胸口热流阵阵，只觉先前那些化作泡影的重孙儿又开始重新向自己奔来，霎时欢欣不已，舌灿莲花。

祖孙三人言笑晏晏，甚是“和睦”地聊过一阵后，这敬茶的礼方是结束了。

目送完两位新人，文老太君身心熨帖，碰巧侯府里的喜婆也来了，遂决议一道回府。

刚上马车，喜婆沉着脸把一样什物呈上来，文老太君此刻脑海里还是刚刚孙儿孙媳恩恩爱爱的模样，不曾留意喜婆的异样，只是欢欢喜喜地把那东西打开。

文老太君一看，隐隐感觉有点不大对，搓搓眼，再挪至车窗边借着光细看。

文老太君嘴唇绷直，那荡漾于满脸褶皱里的笑意顷刻间烟消云散。

此刻，逢场作戏的两人正返回后院。

容央因在堂上成功借机反击，心情正佳，一面走，一面欣赏着府中景致，曼声道：“奶奶很疼你啊。”

身边人“嗯”一声，衣袍飒飒而动，没有多搭茬。

容央仰头看，日照下，他一张脸冷冷淡淡，漆黑的眼直视前方，一副不大高兴的样子。

容央扬眉，腹诽小气，不过是捉弄了他几句而已，不明白有什么好气恼的。

他不是心仪自己吗？被自己的心上人调侃，不应该是心满意足、欢天喜地？

念及此，她突然后知后觉，这人至今还没跟自己表白过呢……

“将军在生气吗？”容央故意放慢脚步，气定神闲地漫步庭中，逼得褚怿也只能把速度放下来。

他低头看去一眼，脸上表情颇有些费解：“没有。”

容央：“那为何不说话？”

褚怿：“臣一向少话。”

容央眉微蹙，不以为然：“对我也少话？”

那可不成啊。

她可不是来焐冰山的，相反，她向来是要别人焐着的。

褚怿把她的情绪尽收眼底，脚下停住。

疏风卷过，两人站在花叶簌动的小径上，身畔一树梨花落英翩然，少顷，彼此肩头皆是点点雪白。

褚怿主动道："殿下想听什么？"

容央略感欣慰，又隐约更气恼，这问的是什么话……

她耐着性子，谆谆善诱："我想听什么，你便会说什么吗？"

褚怿眼神微深，唇边似有笑，点头。

容央便是最忌讳他这种似是而非的坏样，一时脸又烫起来，转开眼，往前走："我想听让我高兴的话。"

褚怿跟上："比如？"

"比如……"

容央一怔。

这种话，还能让人比如的？

容央回头瞪去，双目里小小火苗跳蹿。

褚怿不应，也不动，镇定自若地站着，眼神直而亮。

容央登时气也不是，不气也不是，目光四闪，终是恨铁不成钢道："陪我逛逛！"

闹庭深院，春风习习，一行人走在盎然绿影里。

容央走在最前，耷拉着眼，四下一扫，越看越烦心。

本是想借着赏景的由头给身边这木鱼疙瘩点拨一下，可没承想这府中景致竟是这样的寡淡枯燥。一律的白墙黛瓦也就算了，走廊外、水榭边、筑山里……点缀的也全是一径的绿。

深的绿，浅的绿，微微泛黄的绿……

绿得简直让人心惊。

容央驻足："这府邸是谁设计的？"

雪青跟在后，一听这语气，就知道殿下对这府邸很不满意了，忙答："大婚办得仓促，宫中只是派人来里外清扫了一遍，还没来得及设计什么……"

容央往前指："那就来得及捯饬这些树？"

从东至西，松柏、建木、白槐、常青树……

雪青咽唾沫："可能……是考虑到驸马常住府中，兴许会喜欢这些绿树。"

容央便看向身边人："你喜欢吗？"

褚怿一愣。

容央等半天等不到他回答，意识到这人八成是喜欢的了，忙斩钉截铁道："我不喜欢。"

她又道："派人把那边的树全部砍掉，修一座花圃，里面种牡丹，日后这院子，就改叫'天香园'。"

雪青在后领命："是！"

容央淡淡看回褚怿："将军可有意见？"

褚怿这回很爽快："没有。"

容央意外地满意，忍不住翘起嘴角。

行吧，既然他知道迁就自己，那自己也就礼尚往来一下。

"布置这宅子的宫人实在不够尽心，且缺乏眼光、情趣。休沐太长，闲着也是无事，不如，将军就与我聊聊如何重新改造这府邸吧？"

褚怿："行。"

当下两人并肩往前行去，边走边看，边看边聊。

容央实在是很不中意四周这一片片随处可见的黛、白、绿，当下大刀阔斧地指点起来。一会儿吩咐把抄手游廊的栏杆廊柱刷上彩漆，檐角挂上花灯；一会儿下令把那座花厅改建成浴室……

雪青在后仔细记下，心知这府中是要"翻天覆地"了，正默默感慨，队伍忽然停下。

雪青抬头，容央正对着一处假山蹙眉，几度欲言又止，最后道："将军有何见解？"

栏杆外，垂柳丝丝，底下一座六角亭，亭外假山环绕，浮萍依绿水。

褚怿的确瞧不出来哪里不好，答："依殿下就好。"

容央便是不知道如何改才问他，得这一句，自然失望，可承认自己无法定然是不行的，于是硬生生地改："那就把水填平，假山再多砌几圈，嗯……直接砌成个假山迷宫吧。对，迷宫，那样才有趣。"又硬生生补充，"有本事进，没本事出的人，就到那亭子里待着去。"

褚怿挑眉，复看一眼栏外，想象那个场面，五体投地。

一行人继续往前走，容央兴致勃勃，指点江山，对一砖一瓦、一草一木倾尽热情、心力。阔论之间，也不忘考虑身边人的感受、态度。平心而论，实乃耐心体贴之至，然而每回问过去，所得只是"可以""不错""都行"……

容央渐渐有点不快，考虑到他素来少话，或许是真的感觉"都行"，而非不耐烦的搪塞，便也忍了。

毕竟提改造府邸的事，本意就是为增进彼此的感情，如果因此争执起来，岂不是得不偿失？

容央自认英明大度，继续在所有难点上绞尽脑汁。

那边屡被"理解""宽恕"的人，自然也就求之不得，顾自看风景去了。

临到最后，终于有点大功告成的意思时，褚怿已彻底神飞天外，连所谓点头都没有了。

容央口干舌燥地把改建荷塘的计划跟雪青提完，回头一看，被那满脸的心不在焉所震，压抑在心底的火终于腾地燃将起来。

“将军？”

“将军！”

褚怿回神，看过去。

容央胸膛起伏，最后给他一次机会：“改建荷塘的事，将军可有其他想法？”

褚怿立刻道：“没有。”

周遭氛围瞬间一变，分明无风，却隐约有寒气钻入毛孔，雪青、百顺等一溜仆人暗道不妙，垂首噤声，只褚怿眉轩目朗，气定神闲站立水榭上，一脸泰然，哪里有半点心虚、愧怍的模样？

容央深吸一口气。

自己这一大早殚精竭虑图什么？就图他眼下这副冷脸吗？

容央气急攻心，回味这一路上他的诸多冷淡、敷衍，终是忍无可忍：“这就是将军对待新婚夫人的态度？”

褚怿一脸蒙。

这，这是个什么表情？

容央骇然，盯着他那双盛满不解的眼，匪夷所思。

难道他不知道自己错在哪里？或者，不知道她为何而生气？

容央大脑炸开，下一刻，不可避免地想起那心思玲珑的王忱来。后者固然滥情可恶，但就解人心意、讨人欢心的本事来说，实在是胜他十倍百倍之多。

刹那间，她又气又恨：“褚将军，你以前是不是从来没有过心上人？从来不知道如何讨姑娘的欢心？”

褚怿蹙眉，默默打量着面前这张盛满怒意的小脸，压下心里那点小烦躁，回答：“是。”

容央被他的坦然气得一窒。

“好……那就算以前没有，不会，如今有了，怎么就不能改一改，学一学？如果婚后仍是我行我素，如果不肯对我用心、尽心，那当初又何必求娶？”

褚怿眼一眯，把前面一大截尽数掠过，落在最后两个字上：“求……娶？”

容央气极：“难不成你在崇政殿外跪一早上就只是为了请命回北方吗？！”

水榭边，三两只小鸟被惊飞，扑打翅膀掠过水面，在场仆从听帝姬这样一喝，纷纷噤若寒蝉。

褚怿看着雪腮薄红的小帝姬，亦半天没作声。

容央被他看得发怵，对峙中，蓦然间想到什么，双眼一点点瞪大起来。

通常他不回应的时候，多半……就表示默认了。

容央转开头，耳中如有惊雷跌入。

怎么可能？！

自金明池相遇至今的一幕幕从眼前纷沓而过，容央仔细审视着、研究着，脸越来越红，身体越来越冷。

榭外突然有风吹来，撩乱帝姬鬓边细细的绒发。褚怿凝眸，看那柔软发丝贴在她涨红的颊上飞扬，其中一缕，飞入她唇间。

他心中一动，便伸手去理。

肌肤相触的瞬间，容央极快避开。

褚怿手僵在半空。

容央后退一步，垂着眼，语气极冷："我，我突然有点累，先回去了。"

不等雪青一行反应过来，人已衣裙飘曳，拂袖而去。

"殿下！"

水榭外，脚步声飒飒沓沓，乱成一团。

百顺呆在原地，看着那决然离开的背影，一时有点傻眼，忙对褚怿道："郎君，帝姬是不是生气了？"

褚怿收回手，拇指擦过那根本没有触及对方的指腹，淡声："大概是。"

百顺焦急："那，那您还不赶紧追过去哄哄？"

褚怿走下水榭，阔步往反方向走，闻言，便想起那人刚刚责备自己的话。

"不会。"

百顺操碎心："不会可以学啊！"

褚怿："不学。"

百顺头大如斗，焦心地跟在后面，正要问郎君去哪儿，前边人下令："别跟着我。"

百顺立刻领悟过来这人八成是要出府，当下更急："帝姬正在气头上，您这个时候……"

褚怿回头，眼神冷冽。

百顺认㞞："那，那小的还有一个问题请教您。"

褚怿："说。"

百顺小心翼翼："您……发了没有？"

"发什么？"

百顺捧着心中那个大大的疑惑，竭诚提醒："'百发百中，弹无虚发'……您，发了吗？"

褚怿一张脸冷如玄铁，直勾勾地瞪视过来，百顺立刻后退一步，再想退一步，已来不及了。

（5）杏花天

褚怿回书斋换上一身轻便常服后，大步流星地往府外而去。

大鄞京官成亲后有休沐十日，褚怿想着今天逛府的境况，心中惶恐，实在有点不知道该如何挨过这十日。

因回京后大大小小的意外，侍卫马军都指挥使一职褚怿统共就去就任过三天，眼下一想，惭愧之余，颇感庆幸。稍一合计后，当下大义凛然地吩咐车夫往署衙走。

抵达时刚过巳时二刻，衙里大小官员正忙得不可开交，眼睛只在各份卷宗上，抬也不抬。褚怿负手而入，一时竟如入无人之地，直至穿过庭院，走入后方练兵场时，方被一名浓眉大眼的青年叫住："将军！"

褚怿停下，朝他点一下头。

场上开阔，栏杆边高耸的旌旗猎猎翻飞，那青年一袭窄袖玄衣，两步并作一步赶过来，抬肘一抹头上的汗。

此人名叫李业思，是褚怿这回从边关一块带入京来的副将，如今随他在马军司里任职，仍旧听他差遣。

"您昨儿刚大婚，怎么今天就过来了？"李业思衣领汗透，颈边还有汗在淌，整个人冒着热气儿，应是刚从场上训练下来。

褚怿淡淡道："过来看看。"又拿下巴指场上，"如何？"

问的是这些时日的练兵情况。

李业思闻言一哂，朝练兵场上正列队搏击的人群道："大多都是京中子弟，细皮嫩肉的，跟咱那边吃糠咽菜、风吹雪淋的兵比不得。"

褚怿没有回应。

李业思看他神色，请示道："将军可要检阅？"

侍卫马军司是京中马军的大本营，换而言之，即是大鄞装备最精、素质最高的骑兵本部。都指挥使作为统兵长官，除负责司中番卫、戍守、迁补、赏罚等政事外，平日里的第一要务就是练兵。

褚怿仟职匆匆，那三日只是大概熟悉了办公流程，还不曾亲自验过这批马军的实力。

李业思等在一边，想着他抛下新婚宴尔的帝姬不理，火急火燎赶到这练兵场来，应是惦记验兵的事，可等半天，硬是没等着下文。

"将军？"

褚怿眼盯着场上："先不验。"

继而，他话锋一转："让你查的事呢？"

李业思一怔，显然没料褚怿突然问起这茬，神情略变：“您是说赐婚的事，还是……”

“都是。”

李业思眼观四周，低头上前半步。

回京以后，褚怿私下吩咐了他诸多事情，其中两件最紧要的，一是调查赐婚背后有无内情，二是彻查褚家军被困金坡关时朝廷中是何局势。

李业思压低声道：“用三道圣旨保住嘉仪帝姬，的确是丞相范大人给官家的提议，您做驸马，也是他力谏的结果。本来，官家是想让今年的探花郎宋淮然尚主的，可范大人说，皇室和将门通婚乃是惯例，一则可笼络军心，二则可方便日后牵制。且那日您……”

李业思略一停顿：“又为帝姬长跪殿外，范大人以此断言您对帝姬有情，是以……”

褚怿眉头一蹙。

李业思停下。

沉吟片刻，把那点情绪消化下后，褚怿道：“接着说。”

再往下便是褚家军的事了。李业思正色道：

“自去年韩相下台后，朝中政局大改，不少文官在范大人的提携下崭露头角，以朝中冗兵、冗费为由，多次建议官家裁军。更有甚者，重提三年前关南节度使叛国之事，意图劝官家削减各方守将实权。

“樊关城被围时，正是朝中就裁军、收权等事争辩得最凶猛的时候，对于是否出战，也是吵得不可开交。范大人是一力主战的，就是咱们被困金坡关时，也一直没松口过，只是官家架不住参知政事上官岫多次犯颜进谏，又看岐州之围迟迟不解，这才最终决定撤军……”

褚怿静默听着，眸底渐渐被严霜覆盖。

外族土地贫瘠，每至入冬就开始物资匮乏，所以每年冬天，都是边关最吃紧的时候。

去年入冬，契人大肆骚扰边境，岐州告急。节度使梁桓生屡屡上奏朝廷，请求援军。官家二话不说，命驻守天岩、陵光的褚家军各派三万精锐驰援。四叔褚晏不疑有他，慨然命五叔、六叔分别率军前往。不想半月后，大拨契军猛攻樊关。

驻守河北的褚家军总共有二十万，抛去驰援的六万精锐外，余下十四万，再各留有两万守天岩、陵光，精打细算起来，樊关能应敌的是十万人。

当时挑衅于城外的契军，是整整十五万。

五万之差，于兵家而言并不算什么大数目，可此刻天岩、陵光皆虚，一旦樊关失守，相当于褚家军连丢三城。

褚晏一向是个慎而又慎之人，当即下令，固城严守，绝不出兵。

不想数日后，朝中一封军令送达，洋洋洒洒六七页。先是拐弯抹角责备堂堂忠义侯府不该如此无能软弱，令大鄞蒙羞；后是大放厥词称岐州大捷将近，前去驰援的六万褚家军顷刻可回，写尽理由逼迫褚晏出兵。

褚晏焦头烂额，无法抗命，被迫率七万人与契军交锋，陷于金坡关。

九日九夜。

军令里承诺的"顷刻可回"的六万褚家军没有回，褚晏一再恳求的雄州、莫州、霸州等地援军没有到。七万人成三万，三万人成一万……

第十天，最后一封军令抵达，只一字：撤。

褚怿清楚地记得，四叔看完那一字军令后，抖着双手，绷着下颌，硬把那张浸满血水和风沙的纸团起来吃了。

忠义侯府戍守边关六十余年，头一回，败得这样可怜，可笑，可悲。

练兵场上呼喝声震耳，褚怿敛神，把袖中不觉攥紧的双拳松开，沉声："你再去查岐州节度使梁桓生的履历，以及自去年入冬以来，他和范申有无暗中来往。"

李业思闻言一惊，越想越难以置信："将军难道怀疑……"话音戛然而止，到底不敢往下说完。

范申新官上任三把火，想借裁军、收权等事大刀阔斧推行新政，或有意或无意地误导官家错下军令，尚且可以理解成专攻有异、政见偏差；可如果此人在大战前私通梁桓生，岂不就意味着褚家军金坡关一难，很有可能系这二人暗中推波助澜？

李业思毛骨悚然。

"查出来不就知道了。"褚怿眸冷如刀，语毕，大步往练兵场内去了。

花开两朵，各表一枝。

却说一个时辰前的帝姬府内，雪青带着两个小丫鬟追在树木山石间，形色张皇地朝前呼唤。

前边容央充耳不闻，脚下生风，满脑子全是刚刚那男人亮而深的一双眼。

一双雪亮的、隐约透着戏谑的眼。

——求……娶？

——难不成你在崇政殿外跪一早上就只是为了请命回北方？！

哗然雨声闯入耳畔，崇政殿外，他低沉的声音比雨声更坚决、清晰。

——褚某也有私心。

——我知道将军的私心。

所以那私心其实并不是……

急促的叫唤声砸在耳后，容央脸上爆红，近乎于逃地回到院中，刚一踏进主屋，只感觉处处是障碍，哪儿哪儿都看不顺眼。

镜台前，那男人在那里激烈地吻过她；坐榻上，那男人衣衫不整地躺过；床帐中，床帐中……他们差一点点就巫山云雨，颠鸾倒凤。

容央呆呆地站在屋内，刹那间如火煎，如冰覆，无地自厝。

雪青自后追来："殿下，这是怎么了？！"

容央深深吸气，平复后道："我收藏的那些画，可都带来了？"

雪青忙道："殿下素日里喜欢的东西，昨日都放在嫁妆里，一并带过来了。"

容央一指墙壁："换掉。"

雪青点头，又跟着往内室走。

一座三扇松柏梅兰纹屏风隔断里外，外边是镜台，里面是坐榻，再往里，便是那红纱帐层层叠叠的三屏风床……

容央一一指过去："换掉，换掉……全部换掉！"

雪青战战兢兢，迭声应是，还没从这突如其来的盛怒中醒过神来，容央突然转头瞪向她："当初是你说他对我有意的？"

雪青一震。

容央一个"换掉"挤在牙关，费尽力气方吞咽回去，把人冷冷怒视片刻后，拂衣往外。

雪青大惊失色，便要跟去，容央蓦然踅身，一张小脸铁青，吓得雪青险些跪下。

容央一口气不上不下地卡在胸口，森然道："我——饿——了。"

雪青立刻垂首："是，这就给殿下传膳！"

雪青吩咐下人把午膳摆在主院唯一幸存的西厢房。

大小丫鬟、小厮还在外边忙来忙去，一会儿搬桌椅板凳，一会儿抬妆奁木箱，间或还有管家亲自带人进来修整树下的花圃……容央坐在八仙桌前，耷拉着眼皮看下人布菜。

雪青候立边上，一颗心七上八下，还在研究殿下无缘无故发火的原因。

正想到先前水榭那一截，上菜的丫鬟垂首退下，容央拾箸，轻飘飘道："那男人呢？"

这"男人"指的自然就是驸马爷褚怿了。

雪青敛神，越发断定殿下的气就是因驸马而起，当下小心翼翼地答："刚刚驸马跟前的小厮百顺来传了话，称驸马有事出门，今日就不回来用午膳了。"

果然，容央眉尖一蹙，不满尽在脸上，仔细看，还不只是不满。

雪青斟酌道：“驸马刚回京不久，先前又在府中养伤，想来许多故友都还不曾一会，眼下大婚休沐，恐是出府应酬了。”

容央却道：“不是。”

雪青不解。

容央故作淡然地拾箸夹菜：“他是为躲我出去的。”

雪青一惊，几分不安浮上心头：“怎么会……”

“怎么不会？”容央眼睫一垂，声调冷峭，“你当真以为他对我有意，当真以为他在崇政殿外冒雨长跪，是因为对我有情？”

提起这茬，越想越火冒三丈，容央盯着那盘山海兜半晌，突然把双箸往桌上一拍。

屋中众人一震，雪青更不寒而栗，心念疾转之下，终于幡然大悟——原来殿下这一肚子的火，是因怀疑驸马爷并没有对她钟情啊！

可是，怎么会呢？

雪青惊骇交集，饶是素来聪慧镇定，此刻也有点茫然无措，吞吐道：“驸马军中悍将，行事一贯粗直，于感情……感情方面，定然不会如文人雅士那般甜言软语，温情蜜意。先前在水榭边，恐是言语笨拙……词不达意，让殿下误会了。”

褚怿那会儿的走神状态，雪青等人也是看在眼里的。说认真，肯定不可能；可说不耐烦吧，又确乎谈不上。

毕竟是个直来直去、落落寡合的人，哪里会如王忱那般舌灿莲花，随随便便就哄得人眉欢眼笑？

真要深究哪里不够对劲，也不过就是对帝姬最后关于“求娶”的质问默不吭声……

等等，默不吭声？

雪青一个激灵，把当时情形极快回放一遍。

因震慑于帝姬的余威，那会儿她跟一众随从皆是颔首低眉的，任心中如何震动，都不敢去窥视二位主子的脸色，故而那时驸马在帝姬的责问下究竟是何表情，是何反应……雪青可谓是全然不知。

此刻联想帝姬这一早迟迟不消的怒火，终于大彻大悟。

难道当时驸马的反应并不是自己以为的忍让无奈，而是……

雪青直咽唾沫。

八仙桌前，容央还在对着一桌佳肴蹙额，雪青提心吊胆，低低道：“那……退一万步说，就算先前驸马的确对殿下……没有那方面的意思，是奴婢有眼无珠，多嘴献浅，可殿下毕竟是这样天下无双的人物，成婚后朝夕相对，驸马不可能对您无动于衷。”

攘往、语笑喧阗的人海。

褚怿隔窗闲望，目光在一座座似曾相识的屋舍间流连，在一条条物是人非的街巷里盘桓，忽而出声：“停车。”

车夫应声而停。

车窗外，绿柳垂荫，一间三开店铺前正人来人往，漆红牌匾上映着三颗烫金大字：百味斋。

褚怿目光停在那儿，默默走神一会儿，下车。

百味斋里卖点心小吃，是盛京的老字号，眼下快至饭点，店里正是最忙碌的时候。店家应接不暇，一边应承着客人的催促，一边在柜台前同小伙计一块打算盘，忽然感觉柜前叫嚷着“快些快些”的声音弱下去，不由得抬头。

店家眼前顿时一亮。

青年高高大大立于店内，正抱着双臂环目打量，殊不知，因他这一进门，店里所有妇孺的目光顷刻间全去了他身上。

店家阅人无数，单只一眼，就知来人非富即贵，细看之下，更觉那眉目格外地熟悉，沉思片刻，恍然道：“大……大郎君？！”

褚怿循声看去，店家一袭青布长衫，头裹软巾，长方的脸较十年前多了不少皱纹，只那一双铜钱似的眼依旧烁亮圆润。

这大概是这家店于褚怿而言，唯一没变的痕迹了。

褚怿朝他点头。

店家又惊又喜，走出柜台迎上前去，激动道：“先前便闻郎君回京，不想今日竟能在鄙店一见，幸会幸会，快请入座！”

碰上熟客中的贵客，店家哪还有心去招呼其他客人。褚怿却摆手，淡淡一笑：“内人尚在家中等候，挑些糕点便走。”

店家听得“内人”二字，想起昨日那场轰动京城的大婚，更是眉开眼笑，迭声应：“好说好说，郎君且这边来！”

隔间后，壁柜上各色糕点琳琅满目，空气里黏腻的味儿似乎较小时候更为浓稠了些，褚怿一点点地看过去，许多沉寂多年的声音、画面渐渐在眼前苏醒……

——蜜糕虽甜，吃多却是要坏牙的。越是喜爱，越该节制。你可能记着？

——今日功课做得不错，奖你一盒糕点，可自己挑。切记，只一盒。

——卿卿，来尝一块这山楂糕，别怕，不很酸的。人间百味，没有只吃甜的道理，你要都会尝……

暮光穿过窗格，在眼前朦胧地勾勒着那人的轮廓，继而又幻灭，根本不等人去分辨，去捕捉。

褚怿低头，压下胸口细密的微痛。

不多时，店家把两包用油纸裹着的糕点送上，逐一在窗边小案上打开："这是郎君自小就爱的蜜糕，这一份是献糍糕，都是原来的口味儿，如假包换！"

褚怿拈起一块蜜糕吃了，手指微动，示意店家用绳包好，倏道："再拿份山楂糕来。"

"啊？"店家瞪大眼，"那东西酸啊！"

褚怿一侧腮帮还鼓着，唇微动，似笑了一下，点头。

店家惊疑不定，然看他点名要，自然便也去取了。

临结账时，店家坚称褚怿刚刚大婚，这三份糕点权当自己随礼，横竖不肯收钱。褚怿笑，把碎银收回，继而一个鼓囊囊的钱袋抛过去："今日入店之人，人人一份，算我发的喜糖。"

马车刚在帝姬府前停下，门前翘首以盼的百顺一个箭步冲来，先是殷勤地把褚怿勾在手上的三份糕点接走，然后开始絮絮叨叨："郎君您可回来了，殿下这回是真的望穿秋水……"

褚怿："望穿秋水的是你吧。"

百顺百口莫辩，跟在褚怿后头，进府后，一瞅他又要往书斋走，忙舍命去拦。

褚怿蹙眉："我去换衣。"

在练兵场里练了一天，此刻身上汗水虽干，但汗气仍在，回头给那位祖宗嗅着，指不定又要如何。

百顺理直气壮："不巧，您今日那身衣服全被拿回主屋了。"

一看面前人沉脸，他忙撇清："不是我干的，殿下跟前的雪青姑娘亲自过来拿的！"

褚怿眼神冷冷，自百顺脸上一略，转身往主院走。

夜幕渐临，府中丫鬟正在各处院落里上灯，褚怿大步流星，穿过点点灯火，及至主院外，一股若有似无的香气飘来。

褚怿脚步微顿，定睛往四下一看，眼神开始狐疑。

百顺在边上催："郎君？"

褚怿敛神，存着警惕迈入院中，顿时瞪大双眼。

灯火绵亘墙垣，院内一派银辉，除墙角那棵参天的梧桐树，院里的绿植尽数被换成了五彩斑斓的杜鹃、海棠、芍药、牡丹……东边一大簇，西边一大簇，开得红红火火，咋咋呼呼。

至于西厢房边上的那座花厅，已给夷为了平地，此刻还是一派狼藉，尚不知意欲何为。

再一看主屋门前，两个红裙翠袖的小丫鬟一人捧漆金铜盆，一人捧方巾，正规规矩矩、垂眉敛目地恭候在那儿。

褚怿上前，捧盆那个立刻屈膝："请驸马爷盥手。"

褚怿低头，一瞥那盆中飘飘荡荡的彩色花瓣一愣。

小丫鬟见褚怿久久不动，有些着急。

百顺将仨纸包往怀里一揣，体贴地赶来解围，先是小心地捧起褚怿一只手放进去，后舀起水来替他擦洗，嘿嘿笑："殿下可真贴心，照顾起人来，竟如此事无巨细，不过这种小事日后我来就好，驸马爷自小就是由我伺候着，得心应手的，麻溜些。"

他又扭头："来，郎君，咱洗另一只。"

褚怿的脸有些冷，任百顺给自己那双手洗完擦净后，抬眉瞥一眼烛火煌煌的主屋，已经不想进去了。

"臣刚从署衙回来，身上不整，就不进来妨碍殿下了。"

门外看不到那人在何处，只一个声音悠悠传来，如蜜里拔开的丝，甜甜软软，绵而不断："已为将军备水沐浴，将军且去，我等着。"

褚怿蹙眉，舌尖暗暗舔过后牙槽。

当下百顺十分殷勤地上来引导："来，郎君，这边。"

褚怿淡漠斜他一眼，转身后，凉凉道："还记得自个儿姓什么吗？"

百顺手往后，赶去背上寒气，赔笑道："您先前去书斋不也是想着沐浴更衣嘛，横竖都一样，一样一样……"

褚怿"呵"一声，手往百顺后颈上一搭。百顺脸上的笑容霎时僵硬。

褚怿声儿响在耳边："一样吗？"

百顺吞唾沫："那……那自然还是……以……以您的心意为准。"

厢房净室，毫无意外，又是一场花瓣浴。

褚怿脑仁疼，在屏风内站了片刻，皱着眉解开腰带。

刚脱下外袍，屏风外有细碎脚步声靠近，褚怿余光一扫，捕捉到一截红裙角，立刻沉声："出去。"

两个小丫鬟驻足于外，一个壮胆道："回驸马……奴婢是奉殿下之命前来伺候的。"

褚怿上前一步，径自把外袍挂在衣架上，语气不容置喙："出去。"

壮胆回禀那人脸色涨红，和同伴对视一眼，到底不敢再忤逆，悻悻地出去了。

褚怿脱完衣服躺进浴桶，双臂搭上桶沿，头往后一仰。

先前在院里嗅到的香气仍旧萦绕鼻端，虽然淡，威力却不容小觑，此刻人浸在热水中，回味着，竟然有点晕。

再一想屋里那尚未露面的人，想着那一句"我等着"，褚怿伸手往太阳穴按去，眸心渐渐浮上疑惑。

早上不是拂袖而去的吗？难道并不需要哄，也能自愈？

还是说，这女人的脸，本就是“一日三变天”？

褚怿眉心深锁，盯着胸前欢欢喜喜的花瓣，把眼睛一闭。

令人费解。

洗尽一身疲惫后，褚怿穿上干净的中衣走至外间唤百顺。

百顺捧来干净的衣裳，伺候他更衣。

衣服一上身，褚怿就察觉到了不对：“什么味儿？”

百顺讪笑，替他抚平肩线：“凤髓香。听说是宫里特供的熏香，殿下今日身上熏的也是这一款。”

褚怿唇线深抿，嗅着那直往鼻孔里钻的香气，忍耐至此，终于有点不耐烦了，径自把腰带系好，也不等百顺检查，大步朝主屋走去。

此刻夜浓如墨，宵风渐起，檐前的灯笼红光曳地，褚怿长腿阔步，迈入主屋，大有一番深入虎穴一探究竟的架势。

相比屋外影影绰绰的光影，屋内实在可称得上亮如白昼，褚怿一眼扫去，立刻发现里里外外的家具差不多全部换过，跟院外手笔一样，亦是花团锦簇，咋咋呼呼，且那浓郁香气，较之外边实担得上“汹涌”之名。

褚怿吸了两口，自认不敌，脚下一动，正准备走，绛红纱幔后，一抹婀娜倩影自灿灿灯辉里走来。

褚怿抬眼。

她又换了套衣服，准确来说，是从头到尾地换了副装束——

如云墨发不再盘髻，就那样半随意、半刻意地披在肩后，没有金钗玉簪，只一朵刚采撷下的牡丹别在耳边。鲜艳娇嫩的牡丹映衬着素黑的发、雪白的脸，令她于这寂静而明艳的夜里，焕发着惊心动魄、勾魂摄骨的美丽。

褚怿眼一眯。

然而这还不够，视线往下，只一袭曳地的丝质藕色单衫罗衣，双腿半隐半现，细腰不盈一握，胸前兜肚模模糊糊。

更为致命的是，那袒露的、白生生的锁骨上、脖颈上，还留有他昨夜吮吸过的、嚣张的痕迹……

褚怿下颌微动，眼皮掀起来，对上那双晶亮的眸，如审视林里的猎物，又如审视阵上的劲敌。

“将军喜欢吗？”似乎是许久，也似乎只是须臾，容央脆生生开口，眉梢眼角笑意无邪。

不知问的是这屋里屋外，还是眼前。

褚怿声儿哑而低：“我若不喜，你会换吗？”

她自然不会。

暧昧光影里，她笑得天真又妩媚："我会让你喜欢的呀。"

（7）眼儿媚

夜风撩拨，艳香浮动，眼前美人眼波流转，丹唇外朗，余音绕梁。

——我会让你喜欢的呀。

褚怿眸底暗流涌过，薄薄的唇轻勾，继而答："恭候。"

容央嘴角笑意微僵，对着面前这双深邃的眸子，恍惚中，竟有被一眼看穿的恐惧。

褚怿往后走，在檀木交椅上坐下。容央稳住心神，玉步款款，走至他跟前。

她提壶斟茶时，广袖有意无意拂在他膝边。

褚怿垂眸，其时，耳畔又是甜丝丝的声音滑入："将军可知我闺名？"

褚怿不动声色："容央。"

身边人笑，嫩白双手捧一盏茶过来："音错了。"

褚怿视线落在那手上，没应。

"'央'念'莺'，取自《诗经·小雅》'出车彭彭，旂旐央央'。'央央'乃鲜明艳丽之貌，所以'容央'之意，即是……"

"长得美。"

容央一怔。

如昼灯火下，男人深黑眸底映着烈烈烛苗，炽热，坦荡。

容央心口被擂了一下，耳后腾腾生热。

他怎么能把话说得这样糙，又这样……让人脸红心跳？

容央暗中吸气，不甘示弱："那，小名呢？"

褚怿没作声。

容央得意地笑，摩挲着微热的茶盏，曼声：

"官家说，我自小歌声动人，便如'黄莺树上鸣'，所以，我的小名叫'莺莺'。

"将军……你可喜欢我的声音？"

夜风拂动灯台上的烛，容央目不转睛地盯着面前人的表情，正等他情动，手上一轻。

茶盏被他拿了过去。

褚怿长指扣住茶托，就唇饮下。容央看到他微微仰起头，看到他藏在暗影里上下滚动的喉结，那么明显，隐约也那么激烈……

容央自得之外，又感惊奇，情不自禁想去摸一下自己的脖颈，才刚碰上，褚怿把喝完的茶盏往案上一放。

“用过膳了？”

就这样轻描淡写地把话题揭走了。

容央眉心一蹙，显然不满他用这种方式跳过自己刚刚的撩拨，气恼之下，脸不免更红，可转念想到此行的目的，又硬是不能发作，便皮笑肉不笑：“还未。”

褚怿点头，看一眼她泛红的脸，朝门外道：“百顺。”

百顺应声进屋，容央转开身，手掩在胸前，走至另一张交椅前端坐下来。褚怿余光瞥见，等百顺把那三包糕点放在案上后，手一挥，把人屏退。

“杨楼街百味斋的糕点，殿下如不嫌弃，可先尝尝。”

容央眉微挑，转眸看过去，脸上渐渐荡开意外之色。

他竟然会给自己买这个？

容央狐疑，细看他两眼，心念起落。

难道……是半道上突然觉悟，知道今日在府中惹自己生气了？

容央冷哂，伸出葱根一样的手指去拆油纸包上的细绳，故意道：“怎么突然想起买这个？”

到底是个粗人，买点心哄人，都不知道换个精美些的包装。

不过，能做到这个份上，也算不错了，如果能顺势说句贴心话，那就放过他吧。

褚怿道：“回府路上有些饿，碰巧路过。”

容央无语。

细绳解开，一包甜丝丝的蜜糕映入眼帘，果然是缺了一块的。容央沉着脸，用指尖将这一包东西推开，再去拆另一包。

褚怿垂眼看着。

另一包拆开，面貌还没露全，软甜香气就直往鼻端扑，是外酥里嫩的献糍糕。

容央再次推开。

眼瞅着只剩最后一包了，容央停顿片刻，破罐破摔地把那细绳一扯，撒着薄薄白砂糖的山楂糕露开一角，在烛火映照下，愈鲜红诱人。

容央眼一亮，立刻拈来一块吃下，雪腮微鼓：“嗯，还不错。”

褚怿盯着她灯下的脸，看那双玉羽眉一蹙都不曾蹙过，深深地佩服她嗜酸的能力。

正啧啧称奇，对面人舔一舔指尖砂糖，忽然又拈起一块，朝自己送来，竟是个赐他一块、有福同享的架势。

褚怿心念极快，唇动了动，欲言又止，把那块山楂糕接下后，反略略倾身，喂至她唇边。

容央一愣。

烛灯下，他双肩宽平，脖颈颀长，倾身过来，立刻在她小脸上投落一片淡淡的影。

容央瞳仁微放大，看他咫尺间低垂的纤长的睫，看他深而静的眸，看他的卧蚕、他的眼尾……猛然发现，他生的居然是一双卧蚕分明、顾盼生情的桃花眼。

耳鬓又一热，容央低眉把那块山楂糕咬住，因为走神，唇瓣在褚怿指尖上蹭过。

此一刻，两人心尖俱是一颤，如电划过，如火烫过。

须臾，褚怿收手，瞥过指尖残留的糖渣，用拇指搓开，连带那一丝不住蔓延的柔软触感。

下一刻，他声儿微哑道：“传膳吧。”

一个时辰后，雕花槛窗内烛火熄灭，百顺、雪青一行候在院里，瞧这情形，各自一颗心方安安稳稳地放回肚子里。

雪青上前，把外间喧闹的灯盏灭去一半，合上门退出来后，朝百顺小声道：“百顺哥也回屋歇下吧，这里有我守着就好。”

眼瞧着自家郎君今夜安安稳稳地在主屋歇下，百顺功德圆满，兜着手笑得合不拢嘴：“我再看两眼……”

雪青一愣。

百顺低咳一声：“那个，我的意思是再看两眼郎君还有其他吩咐不……不过既然雪青姑娘这么说，那我就先行退下了……”他讪笑着，抱拳一揖。

走时还一步三回头。

雪青啼笑皆非，又看一眼那排漆黑的窗，想着午间宽慰殿下的话，长松一口气。有道是“床头吵架床尾和”，这一下，殿下心里郁悒算是烟消云散了罢？

却不知，自古以来跟“床”沾边的，有道是除去“床头吵架床尾和”，还有“捶床捣枕”“同床各梦”。

而此一刻，躺在主屋里的二人正是最最后者——同床各梦。

乳白色月光自槛窗雕格中泄入，熏香氤氲的床幔里，幽幽惨惨。黑暗中，两个人的气息一起一伏，互不搅扰，各不相干。

近一刻钟后，躺在里侧那人终于再也忍耐不住，微微转头，盯着枕边一动不动的男人，陷入深深的沉思。

自晚膳开始，这人的话就一次较一次少，反倒是蹙眉的时间一次较一次长，后来虽然留下就寝，却一丝半点碰她的意思也无，跟昨夜的孟浪形状一比，简直安静本分得如在挺尸。

为何？

她今夜分明极尽美丽、温柔，无论是妆容气质，还是言谈举止，都绝无一丝差池，就是他当面越过自己的撩拨，不答那句喜不喜欢，自己都忍着没有发作，贤惠至此，他凭什么还无动于衷？

难道，他还觉得自己哪里做得不够？

容央在黑夜里睁大眼，越想，越有“捶床捣枕”的冲动。

长夜如水，耳畔气息越来越匀长，容央憋着口气，愤愤然瞪视过去，到底忍不住，翻过身来，如藕手臂有意无意地往褚怿胸前一搭。

刹那间，男人起伏的胸膛绷紧。

那搭在上面、半握着的小手，亦微微一颤。

居然……是这么硬的？

容央深吸一口气，压下心底那点慌促，低头往他臂膀靠去，小拳握拢，指尖在他胸前一划，隔着薄薄中衣，男人坚硬的胸隐约往上一升，继而，是腾腾热气直往外蹿。

容央用指触着，那热便从指尖沿着血脉往上蔓延，须臾，就烫至脸上，把耳鬓烧得一片滚烫。

褚怿躺着，半晌不动，恍如沉睡。

容央气急败坏，偏不信这个邪，胸微挺，大腿往前送，在男人腿侧一贴。

褚怿浑身一僵。

夜风撩拨纱幔，幔中，少女半贴半抱地挂在男人身上，瞪着一双晶亮的眼，浑然如个壁虎一般。

褚怿喉结动了几动，终于，撩开眼皮。

容央立刻一声冷哼。

黑夜中，她双眼格外灿亮，褚怿对上，清楚无误地从那里头分辨出一行小字：就知道你在装。

褚怿喉头一动，低声：“殿下睡姿一贯如此？”

容央后知后觉，黏在他身上的手脚一时僵住，偏不肯认怂。反正乌漆墨黑的，脸红他也看不见，她遂扬声：“怎样？”

褚怿看着她，半晌没话。

脸都红成个猴儿屁股了，还敢这样嚣张？

“昨晚的事，忘了？”

黑暗中，他声音更沉一分，一双眼也似乎更黯一点。容央盯着，昨夜情形蓦然跃至眼前，登时一个战栗，下一刻，手脚很没出息地往后缩了缩。

褚怿看着她很想不动声色抽回去的手，极体贴地握住，替她放回原位。

容央：“……”

褚怿拢着眉心，深吸一口气想调整调整，不想一吸之后，脸色更沉，思来想去，还是下床了。

容央蓦地坐起来：“你干什么？”

褚怿把鞋穿好，闻言略顿一顿：“起夜。”

容央狐疑，眼盯着他站起，把衣架上的外袍扯下来披上，信步往外去了。

褚怿走至院中，在最为素净的梧桐树下猛换几口新鲜空气后，昏沉沉的大脑总算恢复了几分清明。

月悬中天，繁星闪烁，檐前宫灯照着岑寂的小院，几分清寒，几分静谧。

褚怿双臂环胸，倚在梧桐树下，眼盯着主屋里那扇树影横斜的窗棂。

床帐里，那姑娘红着脸、瞪着眼的模样仍在眼前，分明是个稚嫩的羞臊样儿，又偏要故作镇定老成。

因为不服气，不甘心，就故意来勾他。

要他服软，要他臣服，然后再要他求之不得，寤寐思服。

褚怿想着她往自个儿身上蹭的那样子，嘴角微微一扬。

下一刻，他又想起提及昨晚时她明显的抵触畏怯，笑意终又散去。

身上的疤大多是陈年旧疤了，就是最瘆人的肩胛那块也差不多愈合了三年，照理说，夜里看着应该不吓人了才是。

怎么偏就能把她吓成那样？

褚怿纳闷，转念想想，也是，就她那副软得跟春水似的身子，哪一块都是娇皮嫩肉、吹弹可破。

这样美好的身体，又哪愿意跟一副千疮百孔的躯壳相融呢？

褚怿对着地上剪影自嘲一笑，少顷后，终是恋恋不舍地离开树下，视死如归般回屋去了。

外间的小案上还摆着今夜剩下的糕点，改用三个彩绘瓷盘分别盛着的，褚怿看过去，视线定格在那盘所剩无几的山楂糕上，倏而上前。

灯火晦暗，一盘红彤彤的山楂糕被照得色泽黑沉，褚怿手指几次抬起又放落，终于还是先吃了一块蜜糕垫底，然后才拈了块山楂糕极快地往嘴里一塞。咬开后，酸意如潮冲击四肢百骸，褚怿眼皮抽筋，闭着眼吞完后，大脑一片清爽。

如此，方迎着那盘桓不散的香气往里走去。

月华如水，重纱叠帐里半明半暗，小小的人朝里躺着，被衾掖在胸下，如墨的发散得满床。

褚怿把外袍挂回原处，放轻脚步走至床边，里面的人依旧背对着他，毫无动静。

睡了？

褚怿扬眉，便欲脱鞋上床，低头一看枕边那一撮撮散乱的长发。

再一细看那唯我独尊的睡姿。

他的脑仁又有点开始发胀了。

褚怿五体投地，静默片刻后，弯下腰把那些青丝一撮撮地捡走，最后就着一小截被衾在床边勉强躺下。

躺完后想——

这是图什么啊？

（8）懒画眉

婚后第三日，驸马都尉携帝姬回宫谢恩。

一早，盛衣严妆的嘉仪帝姬坐在镜台前，一而再再而三地“审视”镜中的脸。

茶白、雪青伺候在边上，屏气噤声。

自前夜“同床各梦”后，嘉仪帝姬和驸马都尉的“误会”“恩怨”非但没解，反而呈越演越烈之势。究其缘由，除次日帝姬醒后发现枕边空无一人外，还包括当天整整一日，驸马再度不知所终。

导火线，则是夜阑更深后，书斋那边传来的一则消息——

今夜，驸马就不来主屋就寝了。

茶白至今还记得当时帝姬在主屋里大发雷霆的场面。

荧煌灯火下，青衫透玉肌的美人寒着眸，扬着唇，一字字道：“自今日起，谁敢让那人踏入主屋一步，便是与我为敌。”

重温这一幕，茶白背后一凛，正心焦，耳畔忽然有人轻飘飘道：“美吗？”

茶白回神，同雪青一块点头如捣蒜：“美，美极！”

点点碎金照亮镜面，美人云鬓峨峨，修眉联娟，两边笑靥珠钿点缀，衬着一双丰满丹唇，于端丽之外，平添一分鲜美。

容央满意一笑，把目光自镜中敛回，闲闲投往窗外：“他等多久了？”

茶白吞口唾沫，想起那位被晾在外边的驸马爷，同情地道：“回殿下，驸马已在院里候了一个多时辰了。”

褚怿一贯早起，今日照旧卯时刚至就在书斋小院里练了拳，因回宫谢恩之故，辰时一刻就衣冠周正地入了主院来，哪想在屋外一等，就等到了眼下。

茶白看一眼窗外日头，这八成都快日中了。

虽然官家今日不罢朝，入宫后，八成也是午膳时方能一见，可这样地怠慢拖延，多少还是会给人留下诟病之处。

难道为气一气那不解风情的驸马，殿下都不惜折腾自己的声誉了？

茶白匪夷所思，再度为这二人紧张的关系猛捏一把汗。

殊不知，这刻意的拖延，于嘉仪帝姬而言，实在是个万般无奈之下的一石二鸟——既气一气屋外那不识好歹的男人，又避开吕氏那装模作样的关心慰问。

因而听得目的达到，当事人心中半是心虚，又半是痛快，最终还是痛快压过心虚，懒洋洋起身道：“那便走吧。”

此刻，梧桐树下，心焦如焚的百顺正在褚怿跟前“汇报军情”。

听得“都放话从此以后不让您进主屋”一句，褚怿眉微扬，目光投至半开的轩窗内，唇边似有一抹笑。

百顺急得拍大腿：“您还有心思笑！”

褚怿伸手在他脑袋上一按，上前，放话那人已从屋里出来了。

时辰已是日上三竿，浓艳春光铺洒庭院，嘉仪帝姬盛装艳艳，依旧走在雪青所撑的那把绯色小伞下。

褚怿止步，两人相对而立。

春晖里，男人眼神依旧直截，因为光线照射，眼微眯，那漆黑的瞳仁里隐约像有焰火涌动。

容央一瞬间想起那一夜，又想起他眼神从来如此嚣张，不知敬畏，不会服软，心底火气渐渐燃将起来。

“很好看吗？”她忍不住冷脸怼去。

褚怿眸微凝，点头。

容央气结，别开微红的脸，阴阳怪气：“那也不用一直盯着看吧？”

容央翻完白眼，挺胸走开。褚怿无声一哂，上前，突然伸手在雪青所撑的那把伞柄上一抓。

雪青一震，下一刻，伞被褚怿拿走。

风卷花叶，晨光炎炎，高高大大的男人一手负在腰后，一手倾斜伞面，替身边小美人遮着艳阳。

雪青、荼白怔忪在后，一时竟蒙了。

彼时，福宁殿内。

吕皇后仍旧如平日蛾眉淡扫，端端静静地坐在罗汉床上，剥着刚从陕西临潼进贡上来的天红蛋石榴。

官家还在崇政殿里上朝，估摸至少得半时辰方散，这石榴是他最爱吃的水果，也是吃起来最麻烦的。

记得头回给他剥时，还是十多年前的一个午后。春过夏至，殿外日头晃眼，他从齐皇后那儿负气而来，忍气吞声的模样，像极一个被母亲训斥后的孩子。

“你竟也会剥这个？”入殿后，他指着她手边刚剥了一碗的红石榴，眼底冒光。

“石榴罢了，妾既爱吃，又怎么不会剥呢？”

他哼哼，抓起一把塞进嘴里，往边上一坐，孩子气一贯到底：“朕就不会。”

她忍不住笑，笑完又忙噤声。

他却已瞥见了，很是得意地扬眉："笑？日后，这活计就交给你了。"

话虽如此，却到底只给他剥了那一回。

齐皇后气消，愿意亲手给他剥石榴了，他屁颠屁颠地跑过去，又哪里还记得，偏远的长秋殿里，烂掉了多少碗红灿灿的石榴肉呢？

渺远思绪被一股恶心截断，吕皇后干呕起来，伺候边上的剪彤忙上前抚她后背，蹙眉劝道："娘娘怀这一胎不易，眼下正是该仔细将养的时候，这些琐事交给奴婢就好，又何必亲力亲为？"

吕皇后捂着胸平复下来，微笑着推开剪彤："如果事事都可替代，世间又还有什么情意可言？"

剪彤欲言又止，吕皇后笑，看那一碗石榴粒也差不多了，揩了手，道："罢，一会儿嘉仪和驸马就该到了，去把我备着的礼取来吧。"

剪彤眉心更一蹙，犹豫道："娘娘，您当真要把那物件送给嘉仪殿下？那可是夫人留给您唯一的念想了。"

吕皇后初入宫时，父亲吕政和不过是八品太常博士，母亲崔氏更是寻常商贾之女，和所谓权贵半点沾不上边。剪彤口中的"物件"，乃是入宫前夜崔氏给吕皇后戴上的一个翡翠玉镯，乃崔氏祖传之物，虽不比宫中玉器价值连城，却是母亲对女儿一片最诚挚的不舍和祝愿。

如今六帝姬也大婚在即，这样意义非常的东西，不留给亲生血脉，却送给一个十多年来连正眼也极少给自己一次的帝姬，实在让人心中难平。

吕皇后神态蔼然："我家境平平，入宫这些年来，虽颇有些体面的赏赐，但跟官家捧在手心的嘉仪比起来，岂不是小巫见大巫？况她自小锦衣玉食，珠环翠绕，又哪里是个缺奇珍异宝的？也只有那东西有点分量，能聊表心意了。"

剪彤担忧："可如果给六姐知道，只怕是会彻底寒了心啊……"

因为和亲大闹，六帝姬贤懿已经被官家罚了禁足，如果再得知母亲竟连祖传的信物都不愿留给自己，岂不是要万念俱灰去？

吕皇后眼睫微垂，眉间也有郁色，语气却不容置喙："'不受苦中苦，难为人上人'，她本不是安富尊荣的命，既注定受苦受难，那就一受到底吧。"

今日朝堂上政事颇多，官家从崇政殿下朝时，嘉仪帝姬和驸马都尉已在福宁殿里恭候多时。

想着嘉仪跟吕皇后素来不亲近——尽管多年来吕皇后一直在努力亲近她，官家步伐不由得放快，大步流星赶至福宁殿时，额头都渗了一层薄薄细汗。

挥手示意众人平身，官家大步至吕皇后身边坐下，本来是要习惯性地握住她一只手，袖袍一动时又忍住，只把人深看一眼，便扭头朝座下的容央道："进来时都不曾听见你们说话，怎么，成婚几日，性子都变文静了？”

大殿内，一对璧人成双并肩。容央闻言眉微动，自知官家话后何意，无外乎是委婉指摘她不卖吕皇后面子，因是意料之中，遂也不恼，顺着道：“那可不，再如以往那般聒噪，只怕是要被人嫌弃了。”

褚怿端坐在旁，无辜中枪，唇扯开后，只能顺势挑起个笑来，歪头贴近她：“岂敢，殿下不嫌臣粗鄙，便是臣三生之幸了。”

这一挑唇，一歪头，亲昵之态溢于言表。官家看在眼里，那点怕她婚姻不睦的忧虑彻底消散，朗声一笑：“回门头一天就这样坑自个儿夫婿，照朕看，还是褚卿的话可信，你这魔王不欺负他，便是万事大吉了！”

座上吕皇后跟着笑，伺候周遭的内侍宫女偷偷笑，容央脸颊泛红，一则因被官家当众戏谑成“魔王”，二则因某人那再次爆发的、炉火纯青的演技。

那日当着老太君的面，他就这样虚伪做作过一回，原本只当是他在府中惯来如此，没想到在天子眼皮底下，亦能这样镇定自若。

于是，容央也开始对枕边人产生五体投地之情，在大庭广众之下回视过去，故意一嗔，现学现卖。

官家把一对新人的细微互动尽收眼底，愈感欣慰，扬声道：“要打情骂俏回家去，赶紧来给朕敬茶！”

容央垂眉颔首，小手从褚怿袖口撤开。少顷，内侍捧着描金漆盘把刚刚沏好的茶呈上来，两人双双接过，先后叩谢官家和吕皇后。

官家喜笑颜开，大手一挥，赏赐如云，什么金雕彩罗，什么珊瑚珍珠，果如先前吕皇后所言，任何皇亲贵胄与之相媲，都是小巫见大巫。

待新人回座后，吕皇后微笑道：“官家富有天下，论起赏赐，实在令我相形见绌。古人说‘戴金保富贵，戴玉保平安’，眼下金器既有官家送过，我便拣个便宜，送殿下一枚玉镯，祝二位平安顺遂、花好月圆吧。”

边上剪彤捧着匣装的玉镯上前，檀木的小匣子外镶嵌玉石螺钿，内垫一方红绸，上躺着一枚鲜翠欲滴的翡翠玉镯。

容央是看遍珍宝之人，一眼就瞧出这东西不像宫中之物，因着困惑，不由得微蹙眉心。

官家却误会她心里嫌弃，忙解释道：“你可别瞧这玉镯品质区区，这可是你娘亲入宫前，她母亲亲自给她戴上的传家之宝，至今已陪伴她十八年之久，究其心意，可比朕赐的那一堆金银珠宝都要贵重哪！”

容央闻言，简直匪夷所思，完全不明白吕皇后为何要送自己这样意义非凡的礼物。回宫谢恩是形式，赏赐也不过还是形式，吕皇后随便挑些珍宝相送便是，何必这样掏心掏肺？再者，她吕家的传家之物，就是要送，不也该是送给和亲在即的贤懿吗？

容央莫名其妙，回味着那所谓的“心意”二字，越品越惶恐别扭，当下起身回绝：“既是皇后传家之宝，嘉仪怎敢横刀夺爱，还请娘娘收回。”

被这样当众拒绝，饶是吕皇后素有修养，也不由得面露尴尬，便欲开口，官家蓦然道：“你叫皇后什么？”

声音不重，也并不轻。像调侃，也像质疑。

容央深吸一口气。

按大鄞礼法，吕氏为后，则内廷所有皇子帝姬无论嫡庶，皆该称之“娘亲”。容央心知肚明，然这一声，在这一刻，却如悬在喉咙里的一块巨石，无论如何也唤不出口。

于是，她纤睫一垂，倔强道：“皇后娘娘。”

大殿内气氛顿变。

候立四周的内侍宫女不约而同垂低脑袋。官家双眉紧皱，目不转睛地盯着底下颔首施礼的嘉仪。

吕皇后自知不妙，及时解围道：“只一称呼罢了，自然是哪个顺口便叫哪个，无妨的。”

官家脸色越发低沉，撇开眼，沉声道：“把玉镯接下。”

嘉仪和吕氏有隙，不愿改口，虽然确乎有悖礼法，但也多少是在他意料之内，想着到底也是自己违背对先皇后的承诺在先，官家隐忍着岔开话题，准备日后再劝。

熟料话声甫毕，底下少女回的竟是：“我不接。”

斩钉截铁。

殿中众人霎时又倒抽口气，吕皇后脸色发白，官家一双凤眸怒视过去。

“你……”

发作刹那，一人自座上起立，把剪彤捧在手里的镶玉匣子一拿，朝吕皇后微微笑道：“谢娘娘美意。”

不消说，此人正是沉默多时的驸马都尉——褚怿。

官家一句怒叱卡在喉中，褚怿谢完吕皇后，又朝他颔首致意，继而不动声色地把容央揽回座上。

直至此刻，大殿内一触即发的紧张气氛方有所缓和，吕皇后忙道：“想着有官家重赏，我便只为嘉仪备了这份薄礼，还望驸马莫要见怪才是。”

她又看一眼身边天颜，斟酌道：“时候不早，那便传膳吧？”

官家唇线紧抿，视线落在仍旧霜眉冷目的嘉仪身上，忍耐道：“传吧。”

这大概是嘉仪帝姬有生以来，和官家用过的最沉重的一次午膳。

未时二刻，膳毕，官家道："皇后回宫歇着吧。嘉仪、褚怿，陪朕去御花园走走。"

日影荧荧，金波潋滟的小湖边垂柳拖丝，铺青叠翠，倏而一片微风吹来，掠动岸边绿叶窸窣。容央跟在那抹赭红背影后，默默走了一段，低声对身边人道："你在这儿等我吧。"

褚怿脚步微停，低头看她眉间神色不似寻常，想了想，点头。

伺候的内侍宫女都在十丈开外，官家身周也并无旁人，容央跟上去，父女二人相继在一棵浓郁苍翠的绿松前停下。

官家道："你把他支开做什么？"

绿松如伞，浓荫匝地，容央垂眉立在树下，坦然道："女儿不想当着新婚夫婿的面被爹爹责骂。"

官家似笑非笑："朕若要责骂你，早该责骂了，何必等到这时？"

容央欲言又止，自知先前在福宁殿内确乎是自己任性放肆，不觉放低声儿道："那……爹爹叫我来干什么？"

官家眉目微凝，望着涟漪荡漾的湖面，深吸一口气道："有些事，朕不想瞒你，因为也知道终究瞒不住你。你不喜欢皇后，不愿认她这位皇后，所以既不开口叫'娘亲'，也不肯接受她送的礼。这些，朕都理解。

"可是，自和亲一事以来，你可曾理解过朕？或者说，理解过那位为保全你而牺牲了自己女儿的母亲？"

容央一震。

官家言辞逐渐严厉："自你娘亲去后，她便开始视你如己出，只要是你所钟爱的，无论人事，无论大小，她都记得比宫中任何一个人清楚。哪怕明知做这些会伤贤懿的心，她也从来没有怠慢过对你的关心疼爱。你扪心自问，凡是你和贤懿同在的场合，她哪一次不是以你为先？每回你生病，哪一次的药不是她亲自所熬，乃至亲手所喂？亲生母亲也不过如此，何况你们之间还并无血缘？这些情分，这些恩义，你便是不感动，不记念，又怎能这样冷若冰霜，以怨报德呢？！"

在官家心里，吕氏就像一棵默默无闻的草，扎在这花团锦簇的深宫里，平心而论，毫不起眼。如果不是这些年来她对嘉仪始终如一的悉心照顾，他或许根本不会留意到似锦繁花里的这棵温柔小草。

因为深感亏欠，他一直希望能有个人真心实意地去爱嘉仪，去弥补他这块心头肉被上天剥夺的母爱，去尽可能地替代那位故去的人陪伴她、呵护她成长。

所以，哪怕明知嘉仪并不十分乐意，他也还是给吕氏机会接近嘉仪，关爱嘉仪。后宫有人嘲讽她不自量力，他就提她位分；朝中有声音非议她出身低微，他就予她尊荣。

他无法把失去的人还给嘉仪，就只能还一个相似的身份，相似的感情，只是，这个相似的身份、相似的感情在嘉仪那里，又究竟是什么呢？

容央被他那一吼吼得发蒙，半晌才回过神来：“冷若冰霜，以怨报德……”

身上骤然感觉有点冷，容央尽量克制着情绪，轻笑道：“那在爹爹看来，我该如何对她呢？”

点点金辉漾在湖中，令人恍神，以至于官家竟没能听出容央笑里的讥讽。他想起吕氏来，想起她平日里淡淡的笑，想起她今日黯然的眼，想起她……

官家心里一疼，恳切道：“纵然不能推心置腹，该有的礼数、敬重，都是缺一不可！如今朕既已封她为后，她便不只是你名分上的母亲，还是朕的妻子，大鄞的国母，更何况……”说及此处，戛然而止，眉间尽是复杂之色。

容央不由得抬头：“更何况什么？”

官家看她一眼，终究又扭开头去，低声道：“更何况，她还怀了龙嗣。”

容央双眸赫睁，耳边如有古钟震响，头皮发麻：“爹爹说什么？！”

官家定定地看着水中浮萍，说：“朕说，她已怀有身孕，这种时候，你更不该冒犯她！”

容央惊骇交集，唇张开，喉咙却如被掐住一般，什么话也说不出。

刹那之间，一幕幕情景自眼前掠过——

内廷中，她一日比一日素净的妆容；和亲一事传开后，不足一日，就闹得沸反盈天的三道圣旨；乃至于清明那日的宝津楼内，她前脚赏赐完自己芙蓉糕，后脚对那敬酒的诰命夫人以茶代酒……

容央震惊茫然，扯唇一笑，像冷笑，像自嘲之笑。

“那……那真是要恭喜爹爹了。”

官家皱眉：“你并不诚心，这……”

“所以那三道圣旨，到底是为我，还是为她呢？”容央冷然截断，树荫里，泛红的双眼里泪如霜覆。

官家震了震，怫然变色：“你这话何意？”

容央字字颤抖：“我问，您究竟是为救我而无奈封她做皇后，还是为封她做皇后，而……而顺便……救了我呢？”

官家既惊且怒，只觉不可理喻：“你，你怎会有如此想法？！”

容央含恨不语，官家越想越怒不可遏：“朕为你，不惜辜负对你母亲的承诺；她为你，不惜抛舍自己的亲生女儿；贤懿为你，吞声忍泪，痛不欲生！人人为你掏心掏肺，你不知满足，还反过来东怨西怒，百般责难！你，你简直……”

容央瞪大通红的眼。

“不识好歹——”

四周风声凝滞，天子掷地有声的四个字响亮如一记掌掴，容央目眦尽裂，嘴唇战栗，一张小脸惨白如浆。

官家怒容不减，伸手指在她眉间：“朕，怎会把你娇惯到如此是非不明、自私自利的地步！”

心脏遽然一窒，如被无数无形大手捏压。容央瞪着面前横眉怒目的父亲，崩溃吼道：“她对我好，我就必须要接受吗？！她想弥补别人的爱，就真的可以弥补吗？！对！她作为皇后，作为妻子，或可替代一国之母，替代伉俪之情！但于儿女而言，母亲，是任何人都无法替代的！”

容央热泪夺眶：“什么视我如己出，什么为我不惜抛舍亲生女儿……依我看，我也好，贤懿也罢，都不过是她攀登凤位的垫脚石……”

“啪——”

面颊一辣，容央头偏开，泪水蒙住视野，蒙眬中，烈阳如刃，直直刺入肺腑。

（9）一斛珠

炎炎日光洒在湖面，苍翠浓郁处，有蝉声在低低起伏，沉缓脚步声自后而来，容央攥紧袖口，寒声道：“别过来。”

褚怿驻足，看着绿荫里那不住颤抖的小小背影，长腿迈开。

官家一行已扬长而去，小湖边上，仅余那一抹哀戚倩影倒映湖中。褚怿走过去，视线从少女白皙的脖颈移至红肿的脸颊，双眉一敛。

“我说了不要过来……你听不懂吗？”

容央站在树影里，泪水还在往下淌，一半红肿、一半苍白的小脸上全是被洇开的泪痕和胭脂痕。

褚怿静了静，道：“妆花了。”

褚怿又语气平平：“脸也肿了。”

容央恨极，抬头瞪住眼前人，二话不说朝他胸膛挥拳打去。

褚怿并不躲，任她那气愤的小拳头一下一下地砸着自己胸口，直至她砸得累了，砸得又开始淌泪了，方把那一截皓腕握住。

容央噙着泪，仍旧狠狠地把人瞪着，仿佛那让她痛彻心扉的不是别人，而是眼前的这一个。

褚怿扣着她的手腕不动，另一只手在腰间一解，取下随身佩戴的玉佩，轻轻贴至她红肿的脸颊上。

玉佩润泽沁冷，在火辣辣的颊上蔓延开丝丝冰凉，痛而麻的触感骤然减散。容央本能地闭了闭眼，再睁开时，眼眶蓦然一热。

树荫里，褚怿眉眼沉定，目光专注地落于玉佩和脸颊的交接处，敷了一会儿后，又换另一面，声音平淡如常："临时止痛，如果不想留痕迹，早点回殿里处理为好。"

酸涩顷刻间卷涌胸口，兼以淡淡的温暖和窘蹙，容央倔强地别开眼，哑声："我不走……"

褚怿眉微挑，视线落回那双湿漉漉的大眼上："怕被人看到？"

容央把下唇一咬，绷着脸没有回答，但显然是了。

褚怿忽然有点想笑。

"拿着。"他头微抬，示意容央拿玉。

容央抬手按住，正不明所以，视野突然天旋地转，反应过来时，整个人竟已被他打横抱在胸前，往外而去。

翠树欲流，小山重叠，侍立在湖外的人影隐约晃入眼帘，依稀还有其他内侍经过，或内廷里的某位娘子携宫女在园中散步。

容央忙把脸埋入褚怿胸膛，慌道："你干什么？！你，你这样是不合规矩的……"

褚怿阔步，目光在外，"嗯"一声："你男人本也不懂什么规矩。"

"你男人"三字入耳，容央心如被撞，刹那间更是面红过耳。

莹白假山后，荼白、雪青惶恐地上前询问，褚怿扔下一句"玉芙殿，带路"后，脚步飒飒。

不多时，周遭景致一换。

脸颊上的火辣渐渐褪去，那枚沁凉的玉佩也开始被敷热，焐热。

黏湿凌乱的几丝鬓发遮挡视线，容央用手拂开，丝丝春晖射下，暗影处，男人喉结突兀，下颌微绷，往上，一张轮廓分明的侧脸如镀金辉。

容央默默看着。

"有人。"

褚怿突然出声，容央立刻偏脸躲回去，紧张地躲了一阵，周遭却无一人经过。

侧头一看，哪里有什么人？

"你骗我！"

日影里，褚怿眉目不动："嗯。"

"你……"

容央气结，愤愤地靠回去，把那块温热的玉佩从脸上拿下来，是一块圆形的上品羊脂玉，外边精细的一圈忍冬纹，簇拥着两颗浮雕小篆。

容央狐疑，定睛去看，一边摸一边辨认。

半晌，她低低道："悦卿……"

恍如错觉，脚下生风的男人似停了一下。

容央抬头，一切又如常。

赭红宫墙自两边往后，金檐横斜，白云舒卷。容央在变幻的光影里微眯着眼，盯着男人漆黑的眉睫："是你的字吗？"

褚怿没应。

容央便转转眼珠："还是说，这玉佩是你心上人给你的？"

借"悦卿"二字来传情达意？

褚怿薄唇终于一动，目光在前："你觉着呢？"

容央握着那玉佩，想到后一种可能，心里竟突然有点窒闷，不悦道："与我何干，反正不是我的。"

褚怿笑，转身踩上玉芙殿前的石阶，荼白、雪青极快入殿准备。

寝殿内，褚怿把怀中人放在窗边的方榻上，其时外边脚步声来来去去，荼白、雪青已各捧着水盆药膏来了。

容央冷眉冷眼，把那银穗凌乱的玉佩朝身边人一扬："拿去。"

褚怿把玉佩接下后，对正准备给容央冷敷的二人道："退下吧。"

二人一怔，容央亦愕然。

还是雪青最先领会过来，她应声后，使着眼神拉荼白退下，并不动声色地关上殿门。

褚怿把玉佩在手里转了一转，并不戴回，就势往榻中小案上一放后，利落地撸起双袖，去拧铜盆里用冷水浸泡着的帕子。

容央听着那泠泠水声，静静地看窗外。

褚怿把帕子拧干，包几块冰进去，递给榻上人。

榻上人淡漠瞥一眼，挪开视线："我惯来是要人伺候的。"

褚怿扯唇，盯着那张倨傲的小花脸："脸转过来。"

容央闭眼，高傲地转来那半边红肿的脸，先前点缀在靥上的两颗珠钿已不知何时被她哭没了，胭脂被泪水晕开，衬着那块巴掌印，真真是一派狼藉。

褚怿看着，把裹着冰块的帕子敷上去。

她的脸太小，而他的手太大，拇指掖在上，其余托在下，最后两根指头若有似无地抵着她下颌，是个很暧昧的姿势，便如……成婚那夜，他掌着她脸亲下去的样子。

不知为何会联想到那一幕，褚怿把视线移开，道："玉佩的确是送给心上人的。"

容央不料他突然回这一句，一怔之后，脸色越沉。

褚怿道："不过，那心上人并不是我。"

容央蹙眉，不由得睁开了眼：“那玉佩为何会在你这儿？”

褚怿目光宁静：“因为‘悦卿’是我。”

日光自窗棂外漫射而入，丝丝春光横亘在彼此眼前，容央对着咫尺间这双深黑的眼，突然间竟感觉天地一静。

“玉佩原是我爹送给我娘的。”他补充。

容央回神，胸口突跳，如不是冰敷还在，真怀疑脸又涨红了。

原来是……忠义侯送给云氏的？

容央垂睫敛回视线，心跳依旧怦然：“那你以后……”猛地又刹住。

褚怿看过来：“以后什么？”

容央眼神闪开，闷声：“没什么。”

天老爷，她刚刚竟然脱口想问，那你以后，是不是也要送给我？

疯了不成！

褚怿眼神狐疑，缓缓看至她另半边脸，见也是粉红的一片，不由得伸指去碰：“这边也挨了？”

那一碰如沸水烫过心尖，容央战栗，想也不想拂手打开：“干什么，你会不会伺候？！”

褚怿沉眉。

容央再把他另一只手挤走，自己按住那方冷冰冰的锦帕，顺势转开脸，色厉内荏地道：“果然是笨手笨脚的，不用你了，去把茶白、雪青叫回来！”

褚怿脸上表情有点丰富，定睛把窗下发怒的小美人看了又看。

容央再把脸转开一点。

褚怿目光便落在那薄薄的耳朵上，嘴角微挑。

“好。”

褚怿起身，拿过小案上的玉佩，最后看一眼那被春光照得红透的小耳朵，大步往外去了。

赵彭闻讯赶来时，茶白、雪青正在殿里给容央净面擦药。

清清静静的庭院里，先前那一树灿烂的桃花已经开尽，翠色欲滴的树叶下，一人玄袍凛凛，侧坐在石桌前，手里把玩着一块玉佩。

赵彭的角度尚且看不到那人的脸，只见他坐姿不羁，下颌微扬，一只手肘抵在石桌上，掌下一截银色流苏静静飘曳。

不过，虽然见不着庐山面目，单这一身气质，也可想而知是谁了。

“褚……”赵彭及时改口，“姐夫！”

褚怿转头，眼神对上迎面而来的华服少年，微怔。

四周繁花围簇，深浅间布，少年行走其中，金冠乌发，唇红齿白，一双眉眼灿如星聚，简直和刚刚朝自己发火的那人一般无二，并不是第一次见面了，但冷不丁一眼看去，还是会有些恍神。

褚怿敛眸，起身见礼，赵彭无暇寒暄，上前便道："我姐姐如何？"

他是从太傅那儿散学后才得知容央被父亲掌掴的消息的，初闻时，实乃五雷轰顶，完全无法置信。

自小到大，父亲对容央都是疼爱至极，别说动手，就是动口责备的次数也少得寥寥，如今却为一个无奈而封的皇后对其严辞叱骂，动手掌掴，这让人如何敢信？

如不是那小内侍口口声声嚷着亲眼所见，他只怕是要直接把那所谓的一巴掌径自扇回去的。

"无碍，养养即可。"

褚怿所言不假，官家今日虽然动了手，但那一巴掌的力道并不算重，只是那小美人的皮肤太鲜太嫩，又实在哭得太凶，所以看起来格外惨不忍睹。

赵彭听得这句，一颗突突乱跳的心稍微安定下来，便要入殿探视，又回头道："你……姐夫如何在这里，不在内陪着姐姐吗？"

褚怿笑笑："伺候不周，被撵出来了。"

赵彭张口结舌，眼睛往殿里瞟瞟，心念急转之下，突然坐回褚怿身边。

褚怿一怔。

赵彭蹙眉，把石桌上的茶给褚怿倒上一杯，开解道："姐夫莫怪罪，我姐姐素来如此，越是喜欢谁，便越爱折磨谁，都是些小性子，你别放在心上。"

褚怿缓缓挑眉。

赵彭放下茶壶，做了个"请喝"的手势。

褚怿不便拂他的面子，举杯就唇。

赵彭暗暗措辞，想着如何先纾解一下褚怿心中的烦郁，以免这件事波及他二人的感情，略一思忖，预备采用"戴高帽"法。

于是，赵彭道："不过我也知道，姐夫定然不会因这点小事心生怨怼，毕竟姐夫对姐姐的一片深情，实乃天地可鉴，日月可昭！"

褚怿一口茶刚要咽下，听得这句，立刻呛开了。

（10）醉蓬莱

却说官家一气之下，在御花园失手打完嘉仪帝姬后，返回途中，痛心疾首。

于是人还没回到文德殿，就坐在御辇上朝着额心拍打起来，底下崔全海忙不迭上前劝谏："官家万万使不得啊！"

官家一气打完，垂下头，捏着太阳穴郁郁不语。

崔全海心焦如焚：“帝姬打小就是官家的掌上珠、心头肉，这一巴掌打在她脸上，却是疼在您心里！都说父女连心，您这样折磨自己，帝姬又岂会无动于衷？回头知晓了，只怕又是一番伤心难过！”

镏金华盖下，官家长叹不言，回想先前在湖边的一幕幕，实在又痛又悔。

他当时也不知是为何，分明是想循循善诱，尽量自然地让嘉仪理解吕氏的心，理解自己的意，以免日后吕氏有孕的消息传开后，她一时之间难以承受，胡思乱想。

谁料最后会这样弄巧成拙！

大抵是怎么也没有料到，她对吕氏的偏见误会，竟会扭曲偏执到这种地步吧！

居然……

回想那决绝的一声控诉，官家脸色发青，脑仁又开始突突作痛。

崔全海见状不妙，忙催促抬辇内侍加快步伐，又即刻打发一人先去宣召御医。

一行人风风火火，急匆匆赶往文德殿，抵达时，却有一人恭候在外。

崔全海展眼一望，神色微变，因顾念龙体，有意劝官家暂时屏退此人，孰料官家看过之后，却是强打精神，坚持把人宣入殿中。

来人乃是丞相范申。

殿内，官家喝过崔全海呈上的热茶，稍稍提起几分神后，示意范申开口。

范申先是仔细分辨了一眼官家神态，察觉其精神不济，便撇去铺垫，直入主题，铿然道：“臣恳请陛下下旨罢免驸马都尉侍卫马军都指挥使一职！”

这一单刀直入果然奏效，官家听罢，登时一个激灵，头痛都弱去三分：“你说什么？！”

范申泰然自若地重复一遍。

官家大怒：“胡闹！褚卿就任指挥使一职还不足一月，上任不过三天，无缘无故的，朕为何要革他的职？！”

范申不惊不乱，道：“因褚将军如今已不再是陛下之臣，而是陛下之婿了。”

官家一怔，反应过来后，面色僵凝。

大鄞帝姬不同前朝，就权势而言，是相当薄弱的，称是和政治绝缘也不为过。究其缘由，除礼教对妇人的要求更严苛，还包括皇家近年来一项不成文的规矩——

通过弱化乃至架空驸马都尉职权来防止外戚专权。

官家膝下的女儿不算少，在嘉仪前出降的两位帝姬，所婚配之人无一不是闲鸥野鹭般的世家公子，就是大长帝姬那一辈偶有破例者，驸马都尉也最多官至使相，空享名誉，而基本不主政事。

因为这层缘故，在和亲一讯传来，众人决定紧急落实嘉仪婚事时，官家首先想到的人选就是暂且还没有步入仕途的探花郎宋淮然，可对于这个提议，范申分明是第一个否定的。

甚至于，让褚怿来尚主的方案，也是他范申所提的。

既然害怕皇权旁落，又何必推出一名战功彪炳、家世煊赫的青年将军来尚主呢？

官家费解，底下范申又道："驸马都尉这回虽然是以败将的身份归京，但其过往战绩，天纵之才，朝野内外有目共睹。况，驸马都尉系忠义侯府大郎君，日后早晚承爵，如不趁早剥其实职，恐会……埋下祸患。"

官家蓦然有点气恼。

"可金坡关一事，朕失言在先，没有及时调回岐州的褚家军前去解围，造成褚家损兵六万，已是问心有愧。何况帝姬也并非褚卿主动求娶，如以此罢其职务，断其前程，岂不彻底寒了忠义侯府，乃至边关众将士的心？"

范申恳切道："陛下言重，褚家军兵败金坡关，乃主帅褚晏延误战机、指挥不力所致，陛下不计前嫌，非但不罚，反而允其回京休养，已足见宽仁大度，何须问心有愧？倒是褚家人心高气盛，为雪己之耻，竟胆敢冲撞御前，贸然请兵，置社稷江山于不顾，满心只有褚氏威名，而今又尚了陛下最疼爱的嘉仪殿下，如不趁早打压，日后必然居功自傲，遗祸无穷！"

范申一气呵成，铿然余音回荡殿内，官家沉眉敛目地坐在桌前，突然缄默不语。

许久后，他似笑非笑："述明……你莫不是早就想打压忠义侯府，所以才想到用那三道圣旨化解和亲危机？"

范申一震，抬头对上那双怒意勃然的龙目，忙不迭伏地跪下："陛下！"

官家攥紧龙椅扶手，不知为何，此刻脑海里竟不住盘桓嘉仪先前在湖边的质问——

究竟是为救她而无奈封吕氏做皇后，还是为封吕氏做皇后，而顺便救一救她呢？

崇政殿内，范申慨然献计的情形随之在眼前重现：一声又一声的附和、赞颂，几乎全来自昔日那些想方设法逼他封后的人的嘴脸……

官家深吸一口气，寒意透彻四肢百骸，怒目道："此事，朕日后再不想听到只言片语。朕也警告你，任何人、任何事，都不可利用嘉仪！"

殿中如有雷霆滚落，范申匍匐在地，闭紧双眼："臣……遵旨！"

官家颓然往后一靠："滚。"

氤氲熏香缭绕殿内，分明是往日最能安神定气的，此刻却丝毫不能抚平龙椅上那人躁乱的思绪。

范申走后，崔全海小心地走近，在龙椅边低声禀道：“官家，刚有内侍来传话，帝姬已被驸马送回玉芙殿了，据说，还是打横抱着回去的，想是帝姬哭了个梨花带雨，羞于见人……”

官家脸色稍霁，想着此刻还能有个男人在护着她，陪着她……心中那股因范申而起的恼怒终于有点缓解之意。

崔全海双眼如炬，看他脸色好转，方又道：“另外，御医已在殿外恭候，可要宣召？”

经刚刚范申那一气，所谓以毒攻毒，故而眼下头倒是不怎么疼了，只是心里还堵得厉害，官家想了想，道：“宣到玉芙殿去吧。”

崔全海点头，去前又道：“要不……就由老奴领着过去？”

官家先是微怔，领会过来后，不由得失笑，心底郁悒散一半：“还是你老奸巨猾，去吧。”

玉芙殿。

褚怿被赵彭一呛，偏开脸，咳嗽连连。

赵彭慌得半起身：“姐夫可还好？”眉头打结，深深自省，“可是……我刚刚说错话了？”

褚怿握拳抵在唇边咳了一会儿，回头，勾唇：“没有。”

可那声音分明是半丝笑意也无的。

赵彭盯着面前男人，回味着他刚刚那一抹意味不明的笑，正捉摸不透，后边钱小令上前来，提醒道：“殿下，崔内侍来了。”

赵彭抬眸一看，花圃后，两个人影前后走来，果然是伺候官家跟前的崔全海，至于后面跟着的那个，赫然是一名御医。

桌前，两人相继起身。

崔全海领着御医上前见礼，说明来意后，赵彭大喜，暗道父亲果然不会对容央如此绝情，当下催着二人进殿。

褚怿照旧等在殿外。

不多时，崔全海自殿内走出来，眼中含笑，竟是一副有话要对自己说的模样。

褚怿也不客套，开门见山：“崔内侍有话请讲。”

春树垂荫，荫里青年人眉目冷然，一派磊落潇洒，毫无做作扭捏，崔全海心中赞赏，怀捧拂尘上前半步，在其耳畔低语片刻。

褚怿皱眉，少顷道：“崔内侍为何对我说这些？”

崔全海微笑道：“老奴伺候御前，一心只愿官家顺遂，嘉仪帝姬于官家而言，意义绝非寻常。人都道‘最是无情帝王家’，却不知咱这位官家乃是旷古罕见的重情重义，宁抱恨终天，受人责难，也不愿先后血脉损伤丝毫。如今帝姬虽为侯府妇，却依然是官家心头血，驸马聪明英毅，应知老奴方才所言何意。”

话说到这份上，便只一层窗户纸捅不捅的问题了。

褚怿轻笑：“明白，如不想前程尽毁，讨好帝姬便是。”

崔全海显然不料他就这样把那窗户纸捅了，对上那不羁眼神，一时竟有点芒刺在背之感。

褚怿嘴角弧度不变：“然，褚某生性粗鄙，任达不拘，惯来不擅溜须拍马。帝姬虽为官家心头血，但如今已是侯府妇，褚某护她、爱她，只凭责任所在、心意使然，无关旁余。”

崔全海心念起伏，在青年坦荡目光逼视之下，惭愧低头：“驸马光明磊落，襟怀坦白，老奴自惭形秽。”

褚怿虚扶，语气放缓：“崔内侍不必自谦，您如‘自惭形秽’，又何必冒险把御前之事告知在下？于官家，您尽心尽力；于帝姬，亦是一片丹心。相较之下，褚某才是自愧弗如。”

崔全海喟然而叹，不禁又深看青年一眼，由衷笑道：“帝姬有驸马相护，老奴和官家已然放心。”

褚怿浅笑不语。

一刻钟后，御医提着药箱自内而来，崔全海告辞，褚怿点头，把人目送走后，眸底暗流涌动。

先前崔全海在耳边所语，正是范申请奏罢免自己指挥使一职之事，念及那日让李业思所查的内情，褚怿心中疑思渐重。

自己尚未还手，他就这么迫不及待想展开后招了吗？

庭中风声飒飒卷过，满树落蕊飘零，褚怿敛眸，把襟前残红掸落。

依照惯例，帝姬归宁这日夜里，官家会在延和殿内宴请前朝三品以上官员共同庆贺。

是夜，熙熙攘攘的大殿中莺歌燕舞，觥筹交错，嘉仪帝姬坐在席间，虽然已得崔全海致歉、赵彭开导，但此刻还是郁郁寡欢，自始至终没朝主座上的那双人看去一眼。

案上一壶酒被彻底倒干，容央醉眼蒙眬，伸手去够边上人的酒壶，被对方牢牢把手腕抓住。

“我，要。”容央一字一顿，眼神放狠。

褚怿不为所动：“回家给你。”

容央耷拉眼皮，见他不肯给，立刻掉头吩咐边上宫女取酒来。

宫女自然不敢不从，应声而去。褚怿眼神微沉，看回身边似醉非醉的人：“殿下酒量如何？”

“甚好。”

“酒品呢？”

容央听出弦外之音，拍着胸脯冷笑：“放心，比本殿下人品都好！”

褚怿唇微动，点头。

少顷，宫女捧上酒来，容央挣开男人的禁锢，闷不吭声提壶斟酒。那边尚书大人跟中书舍人喝一杯，她也喝一杯；这边少傅大人跟太尉大人干一口，她也干一口……

忙忙碌碌地，也不知是什么时候彻底醉的，只记得最后倒在一人怀里，蒙眬的视野里光影混乱。

主座上，官家和吕皇后各执酒盏，相视而笑，恍惚中，竟回到了小时候爹爹娘亲给自己和赵彭举办生日宴的时候……

可是，怎么可能还能回到那个时候呢？

亥时，宫宴散，漫天星辰如锦。

宣德门外，夜风瑟瑟，内侍在前打着灯笼，褚怿抱着烂醉如泥的容央走在后。

及至车前，低低交谈声顺风而至，褚怿侧目，十丈开外，车影幢幢，重帷默幕，丞相范申正准备登车。

边上还有两位——翰林学士王靖之、参知政事上官岫，一面窃窃私语，一面前后进了范申的马车。

褚怿眼微眯，把容央抱入车内，屏退荼白、雪青，招来今日随行的百顺：“斥候教的侦查术还记得吗？”

百顺“啊”一声，丈二和尚摸不着头脑：“郎君突然问这个干啥？”

百顺十年前与他同去的边关，虽然只是伺候起居，不曾上过战场，但闲来无事时的确跟些斥候讨教过侦查之术。

褚怿吩咐：“离开宫城后，跟着前面那辆车。”

百顺瞪眼，掀开车帘朝前确认一眼，震惊道：“那是范丞相的车啊？！”

褚怿：“嗯，你声音还可再大一点。”

百顺忙捂嘴。

褚怿道：“地点，人员，谈话内容。回府后上报。”

百顺紧张：“不是吧郎君，那是范……”

“办不到自想办法联系李副将，我只要结果。”褚怿不留讨价还价的余地，下巴一扬，示意人出去。

百顺叫苦不迭，又到底不敢忤逆，如丧考妣地去了。

少顷，茶白、雪青掀帘入车伺候，马车向前驶去。

车窗外宫灯飘曳，光影溢动，怀中人闷哼一声，挣扎了下。褚怿低头，流光如水，少女枕在他臂弯，酡红的小脸上泛起憨笑，舌尖自唇上舔过，一双眼竟睁开来了，盯着他，不动。

褚怿看了半晌，发现她仍是醉的。

他不由得好笑。

还以为酒量能有多大，两壶就飘成这样了。

“她酒品如何？”褚怿敛回目光，随口一问。

边上两人正揪心观察，闻言不约而同：“嗯……这个……”

回到玉芙殿，褚怿坐在窗边的圈椅上，抵着太阳穴一侧，静看床帐内的女人撒酒疯。

茶白、雪青手忙脚乱，一个摁着那手，一人去抓那脚，然那嘴便无人捂了，咿咿呀呀地唱道：“我事事村，他般般丑。丑则丑，村则村，意相投……”

声儿越唱越高。

“则为他丑心儿真，唔……”

茶白自告奋勇，抽出一只手把那小嘴捂住。褚怿眉眼不动，静静把这一幕盯着：“让她唱。”

“唔……似这般丑眷属，村配偶，只除天上有！”

茶白没眼看。

外间脚步声响，小丫鬟终于送上熬好的解酒汤来，雪青、茶白不及去拿，床上人蓦然唱调拔高：“你把奴抛弃，皮脸没仁义！”继而是声泪俱下，“不上我门来，倒去寻别的……”

小丫鬟双手瑟瑟发抖，眼看那一碗汤药要泼下，褚怿起身，把瓷碗拿过，下令道：“都出去。”

床上一派狼藉，那人正唱得尽兴，声情并茂，手舞足蹈。茶白勉强抱着容央的一双腿，闻言心有余悸：“驸马爷，您……”扭头，灯下男人眼神深黑，“行吗”二字被硬生生吞回喉咙，茶白舌头打转，“……有需要就叫我们。”说罢松开双手，拉上雪青跟剩下那小丫鬟，竟是逃命似的去了。

“负了奴情千万里……”

烛光跃动，床上人音调缓缓降低，最后一句，如冬夜凛风刮过，七零八落。

褚怿握着瓷碗站在边上，耷拉眼皮淡淡打量，等了一会儿，没有下文，确认：“没了？”

容央四仰八叉地躺在床上，一双黑溜溜的眸子对着他，没了歌，也没了话。

褚怿撩袍在床边坐了，把人拉起来。容央动手，双臂瞬间被箍住，动脚，又立刻被一条腿压住。

那腿也不知为何，竟是前所未遇的紧实有力，磐石似的，压得人动弹不得。

容央恼火，扭头瞪住面前人，脸色极是凶狠，然冒出来的声音又极是软糯："你干什么……"

褚怿无奈。

身上如有百蚁爬过，一阵酥麻，褚怿骇然，下颌绷了绷，敛神盯回这张再度乌七八糟的小脸："我喂你喝解酒汤，你别乱动，明白吗？"

男人的声音很沉，隐约带一分哑，容央只觉自己如堕在云雾中，坦诚："不，不明白啊……"

褚怿闻言也不再多讲，举碗就唇尝过一口，确认温度无误后，送去她唇边。

容央蹙紧蛾眉，抿唇。

褚怿："张口。"

容央不动。

褚怿耐心等候片刻后，扯唇。

"你刚刚唱什么？"褚怿把碗拿开，神色显然开始不耐烦，"负了奴情千万里……"声儿一冷，"谁负你？"

像是被他骤变的声调所慑，容央小脸一凛，雾蒙蒙的双眸泛起抵触之色，铆足力气开始挣扎，然而在男人近乎禁锢的约束下，只如蚍蜉撼树。

专注反抗而无果中，唇上被瓷碗一压，一口解酒汤就这样灌了进来。

容央皱鼻尖，本能要吐走，然那暖热汤汁浸入口中后，竟是受用至极，不由得惊喜地吞下。

"噫，酸酸的……"

笑得如个痴儿。

褚怿险些忍不住，薄唇紧抿，平复片刻，又开始"灌"第二口。

如此半灌半喂，一碗解酒汤终于功成身退。褚怿把空碗搁在床边坐墩上，回头，蹙眉沉吟片刻，探手摸入她衣襟里。

怀中人动，那两团香软登时碰上来，褚怿如被火烫，把一方丝帕掏出来时，气息竟有些沉了。

容央微扬着脸，任他擦去嘴角下颌的汤汁后，心身熨帖，也不闹腾了，乖溜溜地软成一团。

褚怿把人放平，转身走，手腕突然被抓住。

褚怿转头。

"娘亲……"床帐里，小美人一双灿如繁星的眸子载着笑，也载着泪，"是他负了娘亲。”

这是在回应他先前的问。

褚怿默然。

沉默里，那莹然的光自她眼角滑落，一滴一滴，浸入鬓角。

褚怿一时竟不知她是醉的，还是醒了。

今日在小湖边，他离得远，并不清楚他们父女前面的交谈，直至后来她带着哭腔的声音越来越大，声嘶力竭地喊出一句反诘时，才扭头去留心。

而下一刻，便是一记令所有人都猝不及防的掌掴响起。

说不清当时是什么感受，就感觉那一巴掌也像打着自己似的，无端地有点痛。

大概因为被打的不单单是那个人，还有那一句——“于儿女而言，母亲，是任何人都无法替代的。”

父亲再慈爱，也终究只是父亲；祖母再疼人，也到底只能是祖母。十月怀胎生下自己的那个人，不分昼夜养大自己的那个人，哪怕舍弃一切，也必定陪伴自己、保护自己的那个人……的确，是任何人、事都无法替代的。

窗外有夜风寂寂吹过，这一次，屋里没有熏香，只有她唇齿间淡淡的酒气在心头萦绕，褚怿驻足床边，低声道：“朝堂之上，身不由己。”

床上人似不信，声音里带着茫然：“一国之君，也会身不由己吗？”

一些惨烈的画面自眼前掠过，有人的身影屹立如山，有人的身影在顷刻间崩塌……褚怿敛眉，声音沉哑：“会。”

任何人都会。

手上的力道松了些，将放未放，带着最后一丝不甘或执念。

褚怿低头，不知是出于什么念头，反应过来时，已把那双小手给握住。

容央感受到他的回应，扑哧一笑，一双水盈盈的眸子渴盼地看他，说：“你躺上来，陪我说会儿话……”

褚怿后知后觉，静默中，却又把那双小手松开，退回那把圈椅前坐下：“在这儿说，一样。”

他退开，高大的身形模糊在昏黄的烛光里，如星辉在大海中沉没下去，容央视野渺茫，思绪也渺茫。

“你娘亲不在的时候，你知道她不在了吗？”

“知道。”

“我都不知道……我还去爹爹跟前找人呢。”

她又憨憨地笑起来。

“我找啊找，问啊问……那时候，爹爹一定更难过了。他肯定在想，天哪，我该怎么办，我该怎么赔她一个娘亲……”

月凉如水，万籁俱寂，褚怿坐在窗前，静静听着床上人的呓语，低头抚过腰前的佩玉。

他的拇指抵在那两颗冰冷的字上。

他分明是答应要和她一块说话，可此一刻后，再无一声回答。

回到书斋，已是夜阑更深。

屋中一灯如豆，窗纸上映着个蔫头耷脑的人影，褚怿推门而入，走至书桌前，往撑着桌角打盹的人脑袋上一拍。

百顺一个激灵醒过神来，抹去嘴边口水，讪笑："还以为您今晚上不过来了……"

褚怿在桌前坐下，屈指在桌上一敲："情况。"

百顺脸又一变，这回竟是义愤填膺的："他们仨去了琼林苑边上的入云楼，在雅间里招着歌姬听着曲儿，喝着小酒编派您呢！"

褚怿眉峰微动。

百顺把今夜所探一一道来。

大鄞市井繁华，朝中大臣和士庶商民一样，都是各大勾栏瓦舍、茶馆酒楼的常客。范申今夜离席后，并未直接回府，而是同幕僚翰林学士王靖之、参知政事上官岫一道去了入云楼赴宴。

宴会乃是御史中丞刘石旌所设，此外，还有不少三品以下、最近刚被范申提拔上去的后生。

一行人热热闹闹，推杯换盏，本是踌躇满志，静候佳音，不想范申三人来后，一个赛一个地脸色阴沉。

因三人带来的消息，是提议革除褚怿实职之事非但没成，反而触怒龙颜，被迫"滚"出了文德殿。

刘石旌脾性最是暴躁，当下拍案而起，直叱官家忠奸不分；王靖之紧随其后，冷讽驸马都尉狐媚惑主；后边一群后生唯恐落伍，纷纷拿出科考时的满腹经纶争先攻讦；一场私宴，简直成了对忠义侯府的笔诛口伐。

百顺大惑不解："郎君，这嘉仪帝姬分明是范丞相提议让您尚的，在这件事上，您一没主动，二也没见着自愿，怎么到头来还成'狐媚惑主'了！再说您这样儿也不……"

褚怿一眼扫去，百顺忙捂嘴。

褚怿冷声："你在窗外边趴一晚上就听到这些？"

"您怎么知道我是趴外窗边的？"百顺瞪眼，比着手势，"我险些掉下江去三回！"

褚怿蹙眉，百顺滔滔不绝："您是不知道，这帮文人骂起人来可太刻毒了，一个脏字儿不带，照样气得人七窍生烟。尤其是那个王靖之，真不愧为翰林学士，下回咱再跟契人开战，直接把他请到前阵去，冲着契人大骂三天三夜，保管兵不血刃啊！”

褚怿：“届时请你去做翻译？”

百顺张口结舌，细看他脸色，心知他此刻心情不佳，遂不敢再应，小心翼翼道：“郎君还有其他吩咐不？”

褚怿敛眸，片刻道：“明日通知李副将，日落后，东宣化门，云骑桥边农舍等我。”

“是！”百顺点头。

（11）踏莎行

许是那碗解酒汤的功效不错，容央次日醒来，竟不感觉有多头痛，只是精神还有些恍惚。

她坐在床上定神一想，昨夜情形乱如碎片，忽而安安静静，忽而吵吵嚷嚷，竟全然无法分辨真假。

容央于是叫来荼白，仔细审问。

荼白早有准备，抛去回府撒酒疯一茬，其余尽数娓娓道来，提及褚怿屏退下人，亲自给她喂解酒汤时，有意无意拉长语调。

容央注意力果然瞬间集中过来，正襟危坐：“那他没趁机对我做什么吧？”

荼白诚恳道：“驸马爷把我们撵走后，屋里发生何事，奴婢可就不得而知了。不过，他既是驸马，就算对殿下做什么……也不碍事吧？”

容央对上那澄澈眼神，无语至极。

荼白小心确认：“殿下真的，什么都想不起来了？”

容央立刻反诘：“那怎么可能？”中气不足地补充，“只是不大记得清顺序罢了。”

仅指喝完解酒汤后的顺序。

依稀有个十分深刻的印象——那男人转身走，自己突然，伸出双手把他抓住了。

为何竟要抓住？

容央百思不解，低头看一眼自己双手，越想越硌硬尴尬，便欲吩咐荼白备水沐浴。外间脚步声响，沓沓有力，她抬头一看，赫然便是褚怿。

容央莫名心慌，往后：“你进来干什么？”又迅速想起一事，瞪荼白，“我不是放过话，此人以后不许入我屋吗？！”

荼白呆立一旁。

褚怿恍如不闻，闲闲在屋中站定，一双眸子黑亮依旧："游湖，去吗？"

容央一怔，思及外出，喜色顿涌，嘴角一牵又忍住，佯装不屑："和谁啊？"

褚怿："你，我。"

容央心跳蓦然更快，盯着那男人的眼，刹那间，竟无端有点局促。

他竟然主动邀请自己去游湖？

容央长睫闪动，半信半疑："你，我？"

褚怿似不解她为何多此一问，没再回应，可那眼神分明是了。

容央便挪开视线，略作姿态："等我沐浴梳妆吧。"

褚怿点头，走前又想起什么，确认："多久？"

容央沉默，昨夜醉后似乎是没有洗漱就睡过去了，到现在颈边胸前都还是腾腾酒气，她惯来最受不得这气味的，思索片刻，道："三个时辰吧。"

褚怿本都打算走了，闻言脸一黑："什么？"

因为不喜欢湿漉漉的发丝黏在皮肤上的黏腻感，嘉仪帝姬沐浴时从来都是"沐""浴"分开的。换而言之，即先洗净那一头如云乌发，等擦干或晾干后，盘成云髻，这方可入池浴身，而人在花瓣浴中，又还要兼以采耳、修足、按摩、护肤乃至美甲等诸多工序，再加选衣、换衣、梳头、化妆……林林总总算下来，确乎是需要三个时辰之久。

褚怿手握一卷兵书坐在书桌前，一边等，一边匪夷所思。

百顺给他倒茶，贴心地道："殿下毕竟是个金尊玉贵的人物，跟咱这帮糙老爷们万万比不得，您可不能用军中那套去要求人家，用寻常贵女的那套也不成，这品级差得远呢。再说了，殿下把自个儿拾掇得美滋滋、香喷喷的，到头来享受的不还是您吗？"

褚怿瞬间想起婚后第二天夜里的"不幸遭遇"，斜去一眼："你以为那味道很好闻？"

百顺难得与之心有灵犀，放下茶壶，压低声道："是不是有点儿冲，闻久了，脑袋发昏？"

那日百顺虽然只进主屋送了回糕点，但候在外边，也还是"沾光"不少，思及当时情形，顿有种土了惺惺相惜之感。

褚怿不想他一言戳中要害，欲言又止。

所以他为什么要在这里跟一个仆人讨论自家夫人身上的香气究竟是不是很冲鼻呢？

褚怿绷紧脸，恼怒道："出去。"

百顺很茫然："啊？！"

褚怿往椅背靠去，下颌往门口一扬。

百顺无辜地咽口唾沫，心道大郎君自成婚后，是越发地阴晴不定了。

“那，那小的去吩咐管事备车……”

待嘉仪帝姬更衣梳妆完毕，怡然自得地登上马车时，果然已经是三个时辰之后。

时节已快入夏，午后的天正是炎日晒人，嘉仪帝姬照旧走在雪青所撑的小伞下，肌肤胜雪，绛唇映日，耳边两串金穿水晶瓜实耳环一步一晃，溢彩流光。衣着亦别出心裁，修长的纤颈下，抹胸圆挺，裙裾曳地，至于外面，就只罩一件绢纱金丝绣花褙子，颜色低调，质地奢华，越发把整个人衬得傲然端丽，只可远观，不可亵玩。

褚怿等在车内，隔窗看着这一幕。

“你就穿这个？”

容央走近，看到窗后他一件石青色交领上衣，有点不满。

褚怿假装看不懂她眼中的嫌弃：“嗯。”

容央恨铁不成钢，心知这人是劝不动的，低叹一声，转身登车。

车厢宽敞，雪青、茶白跪坐帘边的茵褥上，容央上前，在窗边和褚怿并肩坐下：“去游什么湖？”

馨香缱绻，自美人身上散开，褚怿本能地避了避，后发现香气并不浓烈，甚至较寻常多一分清冽之感，意外之余，心安下来。

他回道：“去后便知。”

“故弄玄虚……”容央小声嘟囔，倒也谈不上恼，甚至越发期待起来。

不过这份期待是不能被他窥知的，容央撩开车帘往外看。

帝姬府周围都是高门大户，主道上必然是行人罕至，除墙垣内外的一些花藤、大树，并无什么看头。

不过，等马车驶入闹市后，就大不一样了。

午后，大街上人来人往，摊铺店面鳞次栉比，间有货郎推着花花绿绿的货车穿行人海，车顶插羽扇，底下摆陶人，周围则挂满各式各样的小玩意，彩色丝绦映着日影，五彩斑斓。

倏而又是一身挂满大小乐器的中年男人拍着腰间圆鼓大摇大摆走过，一边哼着曲儿，一边朝行人展示身上乐器。

吆喝声，唱曲声，交谈声，欢笑声，以及无数双脚、无数车轮碾压在盛京大地上的沓沓声……高高低低，起起伏伏，响彻都城。

“喜欢？”身后有人开口。

容央回头，褚怿双臂环胸，气定神闲坐于身侧，一双眼阖着，根本不在看任何人、任何景。

他也并没有问是喜欢什么，然而鬼使神差地，容央竟懂了。

不但懂，还倨傲地应了。

“嗯，喜欢。”

贩夫走卒，市井声浪。车水马龙，人间烟火。

都是她喜欢的。

窗外嘈杂渐渐褪去，马车驶出内城朱雀门，继续朝东南方向而行。

大概半个时辰后，百顺的声音自外传来：“郎君，到了。”

褚怿睁开双眼，示意荼白、雪青伺候身边人下车。

容央倚在窗边小憩，被荼白唤醒后，略略整理妆容，正想着那男人会带自己来游个怎样的湖，下车后一看，不禁傻了。

马车停在一条烟尘四起的官道上。

往外看，日照荧荧，一条大河映入眼帘，水平如镜。

对面山岭绵亘，苍翠茫茫。

再转头环顾，河边野蔓横生，村舍俨然，间或有樵夫农人前后而过，如不是垂柳后那一座还有点盛京风貌的虹桥，容央真怀疑自己被拐出了京城。

“这是什么地方？！”容央又惊又恼。

“东宣化门外，云骑桥。”褚怿一指那桥，又往河对面的山岭一指，“山对面即五岳观。仍是盛京界内，殿下不必惶恐。”

容央被他戳穿，越发不忿，在雪青替她把帷帽戴上后，立刻上前：“你又骗我！”葱根似的一根食指，狠狠朝他胸口戳去。

这一下，褚怿是真有点儿猝不及防。

垂眸，那一截莹白从视野里退去，可被戳中的触感却还留在胸膛，甚至沿着血涌的方向不住漫开。

褚怿不觉微退一步，盯着面前人藏在白纱里的脸，唇边一勾，似是而非：“不敢。”

他知道她为何要加那个“又”，无外乎是昨日抱她回玉芙殿时，他正大光明地骗她“有人”。

那一刻，是不想她那样肆无忌惮地盯着自己看，却忘了，其实自己也经常那样肆无忌惮地盯着她。

比如，眼下。

赤日炎炎，光线滚烫，大概是气温的确升高的缘故，容央只觉他眼神也越发炙热起来，哪怕隔一层白纱，对上时也依旧令人心慌意乱。

胸口咚咚，反诘功力一时顿减，容央扭头往河边看去：“好，那就算‘游河’和‘游湖’……也不相上下，船又在何处？”

褚怿目光从她脸上移开，抱着臂上前两步，朝河边偏偏下颌。

容央顺着定睛一看，更是五雷轰顶。

垂水绿柳下，一艘小小的渔船泊在岸边，显然恭候多时。

容央彻底恼火：“你，你就让我坐那个？”

精心沐浴、梳妆三个多时辰，就为了去坐一艘又小又旧的渔船吗？！

褚怿眉目不动：“只你我二人，要那么大的船做什么？”

容央气极反笑：“驸马倒是节俭。”

褚怿回头，嘴角又挑起那抹笑：“叫我什么？”

容央脸上爆红。

她刚刚居然脱口叫他“驸马”了！

因为并不满意这桩婚事，从成婚至今，嘉仪帝姬都在刻意避开“驸马”这个称谓，无论什么心情，什么场合，都只对褚怿以“将军”相称。

在她自我的认知中，叫“将军”，是情非得已，无可奈何；叫“驸马”，则是浓情蜜意，心甘情愿。

她是不可能对这个男人心甘情愿的，故而这些时日，都在用情非得已的“将军”来暗暗表达心中不满，希望这男人有朝一日能明白自己的“苦心”。

不承想刚刚一气之下，前功尽弃……

容央羞愤，定在原地不肯动，白纱后的小脸鼓起来，越来越像一只河豚。

褚怿抿去唇边笑，默默看她一会儿，大抵是头一回见她这样有气而无处发的模样，居然还是想笑，甚至，还有点想去捏一捏帷帽里那张鼓胀的小脸。

不过到底只是一念间，褚怿摒去遐思，催道：“走吧。”

容央仍不动：“我若偏不走呢？”

褚怿低头：“抱你。”

容央双眸蓦然睁大，瞪着他促狭的一双眼。

他不是开玩笑或威胁，他是真的会这样做。容央吸取前车之鉴，把人推开，阔步往前。

河边灌木丛生，小径上全是泥土，容央衣袂飞扬，潇洒两步后，立刻步履维艰。

碰巧有风卷上岸来，树枝草丛飒飒曳动，嘉仪帝姬高高提起裙裾，小脚慢挪，倏而臂弯披帛被荆棘一勾，倏而髻上流苏被垂柳一拂……

褚怿在后盯着那双小心翼翼朝前试探的小脚，唇边笑意又漫开，大步上前，自后把人拦腰一抱。

一记低呼响在耳畔，兼以温热气息黏上脖颈，褚怿定神，目视前方，横抱怀中人径直往船边走去。

容央勾住他后颈，愕然地看着他日影下的脸。

一如昨日，轮廓如雕，眉目英挺。

水声哗然，小小渔船摆动，褚怿把人放在船头坐下，转身去解木桩上的麻绳。

容央撩开白纱，看到船中整整齐齐摆放的各类渔具，外加两个笠帽。

金明池那日相遇的情形蓦然浮至眼前，容央耳鬓泛红，又羞又恼——原来这男人故弄玄虚的邀请，不过是让自己来陪他钓鱼！

渔船又动，顺着潺潺流水往下，离岸越来越远。褚怿在船头坐下，仍旧是那大剌剌的坐姿，一手搭膝上，一手去拿船中央的一顶笠帽。

抬头时，对上面前人特意掀开白纱，朝自己送来的恼怒眼神。

褚怿笑。

“你会喜欢的。”日光下，他丝毫不谦虚，也丝毫不客气地这么说。

容央不屑地瞥那些渔具一眼：“我若偏不呢？”

褚怿扬手戴笠帽，帽檐往下一压，暗影里，仅一双薄唇上扬：“我会让你喜欢的。”

（12）渔家傲

水声潺潺，天幕浸入河中，一抹抹流云在粼粼水波里流淌。

渔船漂荡在大河中央，岸边垂柳掩映的农舍已渺小成一截小指。高贵的嘉仪帝姬端坐在小船一侧，神容冷肃，从离岸至今，只有帷帽白纱被风吹动。

另一头，男人笠帽遮脸，鱼竿在手，颇为诚恳又敬佩地开口：“这种坐姿，不累？”

嘉仪帝姬下颌扬起，白纱里，容颜愈显尊贵冷傲：“你以为人人都是你这等粗鄙之人？”

“粗鄙之人”唇微扯，点头，下一刻道：“我事事村，他般般丑。丑则丑，村则村，意相投……”

容央警惕道：“你怎么知道这个？”

男人帽檐压得低，暗光中，依旧神色难辨：“有幸听人唱起过。”

容央盯着那双薄唇，心潮涌动，一些片段不知是真是假，开始在脑海里翻涌……

这时男人侧头，望着远处，忽然慢声道：“一川何绮丽，尽目穷壮观。山色远寂寞，江光夕滋漫……”

容央扬眉。

哟，刚刚还说他粗鄙，这会儿就吟起诗来了？

容央轻嗤，朝着他所望方向看去。

金乌西坠，水面余霞成绮，倒映着翡翠苍山，斑斓如画，间或有水鹜成群飞过，洒下片片雪白痕迹，三两渔船漂泊其下，有人垂钓，有人收网……

倒还真是“江光夕滋漫”。

容央心神一动，不觉撩开白纱要去细看，刚掀起一角，蓦然一震。

对面，男人眼神自笠帽暗处投来，也怪，分明看不清，可就是感觉那眼神充满戏谑，乃至挑衅。

——他是故意的。

容央深吸一口气，按捺住赏景的冲动，放开手，帷帽白纱重新遮住面容。

偏不让他得逞。

褚怿无声一哂，视线落回水面，专注水下情形，此后再无一言。

容央百无聊赖，也跟着盯了水面一会儿，再朝岸边望去，留候农舍外的荼白、雪青等人已彻底渺小如粟，再无法分辨了。

无趣，太无趣了。

不是大放厥词会让她喜欢的吗？

木桩一样地定在这儿都快半个时辰了，倒是钓一条活物上来给她开开眼哪！

容央心浮气躁，那一簇小小的火苗又在心底燃烧起来。

当下朝对面瞪去，便欲讥讽，船外哗然一声，水花四溅，一条足有小臂长的鲤鱼腾跃而起。

“鱼……”

鱼尾摇曳空中，洒落潋滟金辉，容央两眼放光，情不自禁倾身上前，惊觉喜色外显，又忙敛容。

对面，褚怿嘴角已挑，握着钓竿把上钩的鲤鱼送至她面前，淡然吩咐：“取一下。”

高贵的嘉仪帝姬目瞪口呆：“你说什么？”

褚怿重复：“取一下。”

高贵的嘉仪帝姬不动。

褚怿下颌微偏，示意周围。

周围是什么呢？

三三两两的渔船漂泊在大河上，展眼望去，几乎全是夫妇同船。或一人钓鱼，一人取鱼；或两人并肩撒网，收网……

他这个示意，很是准确生动，也其心可诛了。

容央依旧冷着眼，便欲反诘他们结伴捕鱼与我何干，对面人轻飘飘送来一声：“怕？”

容央瞬间被激怒：“这有什么可怕的？！”

褚怿体贴地把鱼再往她面前一送。

容央无语。

猎物颇大，求生欲更强，在两人对峙的当口，已渐有脱钩之势。褚怿却仍不紧不慢，指点道："一手拿鱼，一手取钩，鱼篓在你面前。"

那慢条斯理的语气反倒把容央弄得心焦。

眼瞅着那肥美的鲤鱼确乎要逃生成功，扬长而去了，容央又气又急，千钧一发间，终是狠下心肠，朝前扑去。

然而，双手一触鱼身，竟是黏湿阴冷至极，容央厌恶地瞪大双眼，撤开手，又强压恶心覆回去。

一时鱼尾狂曳，水珠乱溅，容央一双小手在上面抓抓放放，滑来滑去，整个人抖如筛糠。

褚怿笑，笑声低低，前所未有地刺耳恼人。容央恨极，双手用力一掐，抱着取下鱼后扔过去打爆他头的决心钳住鱼肚。

下一刻，铁钩脱嘴，容央和鲤鱼双双大喜。

于是，前一个往下使劲，后一个往外使劲；前一个初生牛犊，后一个狗急跳墙。较量到最后，还是后一个略胜一筹。

"啪"一声，鲤鱼尾巴一挣，在帷帽白纱前潇洒摆过，伴随一声惊叫，飘逸地跃回水里。

容央愤然撩开白纱，抓住船沿俯身去追踪，然而除开几圈涟漪外，水里哪里还有那东西的半丝痕迹？

容央怒火中烧，坐回原位："你重新钓！"

褚怿格外爽快："好。"

日影西斜，丝丝余晖洒落水面，容央趴在船边，透过白纱细看水下情形。

不多时，零零星星的水泡在河面冒开，潋滟金波里，一条肥鱼极快从眼底游过。容央双眸顿亮，不自觉把帷帽白纱往耳后掖去，全神贯注地盯着水面，一动不动。

褚怿坐在对面，握着钓竿，静静看她浸在暮光里的侧脸。

少女的脸还没有完全脱去稚气，浅浅卧蚕下，面颊分外丰满，嘴角咧开时，脸蛋耸起，两个圆圆的起伏，如冬日捏成的雪团，又或是冬夜时吃下的浮圆子……

褚怿口中略干，想，大抵是从她的脸颊联想到那甜滋滋的浮圆子的缘故，便有意不再看。

这时，容央扭过头来，压低声责备："鱼都快跑完了，你怎么还没钓上来？"

褚怿只得又把视线转回去，对上那微恼的目光："如果殿下是鱼，会咬那钩吗？"

容央张口结舌，自知说不过他，愤愤转回脸去，越想越莫名其妙："我为何要咬你的钩……"又碎碎念，"我有的是吃的……"

这批人，有的因战功加官晋爵，如今已深入朝堂，位居高位；有的因伤残退伍，看似沦落市井，实则眼观四方，耳听八面，情报如网。

有这些耳目在，褚家人想要查清金坡关一役背后究竟有没有人捣鬼，不算什么难事。

只是四爷……

褚怿神色微变。

这次回京，四爷褚晏本是和褚怿一块儿的，然因山西爆发匪乱，褚宴回京不足三日，便又匆匆领命启程，因而连褚怿大婚都不曾到场。

算起来，这会儿他人应该还在山西前线，怎么会对自己暗查梁桓生的事这样清楚？

褚怿道："四叔也在查此事？"

李业思点头。

褚家平白无故折损六万兵，褚晏作为主帅，的确没有生吃这哑巴亏的道理。况如今褚怿尚未袭爵，府中大小事务多半还是由他做主。

李业思道："昨日，四爷命人给卑职传话，称此事他自有安排，将军往后……不可再碰。"

褚怿一哂，把手里信笺扔入火中："我若偏要碰呢？"

夜风吹过，火舌顷刻把那泛黄的纸卷成灰烬，李业思忐忑："将军……"

褚怿盯着那些灰烬在篝火里融成点点金红。

上官岫三次联络梁桓生，继而，岐州被困。

梁桓生前后两次回应上官岫，其间，朝中下旨，派遣褚家军前去支援。

樊关被围，褚家军被迫出战，朝中军令无常，褚家军六万人命殒金坡关。

不日，主帅褚晏、副帅褚怿应诏回京，上官岫出使前线，在明知官家不可能舍弃嘉仪帝姬的情况下，硬谈成和亲之约。

范申出马，用三道圣旨解官家之围，其中一道，令他褚怿尚主。

最后，是以驸马不宜参政为由，提议革他官职，绝他前程。

哦不，这或许都还不是最后……

褚怿眸底被火光映红，冷峭一笑。

李业思候在一边，正悬着心，不知该不该继续劝。褚怿坐姿微变，散漫道："今日不留你饭了。"

李业思一愣，回神后，心中惶恐。

这逐客令下得……

他今天借着和帝姬外出的机会偷偷把自己约来，应该是为掩人耳目，既然如此，理应在帝姬回来前屏退自己。

李业思自认很有自知之明，是不敢肖想这餐饭的，虽然将军亲手烤的鱼，的确冠绝三军。

咽完唾沫，李业思道：“那，卑职告退。”

褚怿朝百顺示意。

百顺便把捧着的半包糖递给李业思：“将军路上充饥。”

李业思无奈。

容央更衣梳妆完毕，走入农舍小院时，褚怿正在篝火前烤鱼。

百顺往返于小院和庖厨间，在帮老翁上菜，火光明亮的一间小院里饭菜飘香。

容央走过去，先是看一眼篝火边还没有上齐的一桌农家小菜，后把目光挪至褚怿面前：“就只烤两条？”

烤架上，两条被剥去鳞片、剔除内脏的鲤鱼色泽金黄，褚怿把酱汁刷上，酱香的汁渗入切开的鱼肉里，被火一烤，刹那间刺刺生响，香气四溢。

容央默默地咽唾沫。

褚怿：“不够？”

容央骄矜地把目光挪开：“还以为将军会顺道犒劳下旁人罢了。”

这“旁人”指的自然是百顺和荼白、雪青两个，换个角度想，竟是把她自己划入“自己人”的圈里了。

褚怿勾唇。

不多时，小方桌上菜品上齐，容央看过去，想是今日耗尽心力之故，对着这样平平无奇的小菜，竟然越看越饥肠辘辘。

褚怿这边的两条烤鱼亦功成在即，容央被包裹在糖醋鱼的鲜香和烤鱼的焦香之中，左右为难。

褚怿欣赏了一会儿她躁动不安的眉，把一条烤鱼递过去，助她解脱。

容央定睛看一眼，扬着下巴往小桌前走。

褚怿心底偷笑。

这地儿虽然偏僻，农舍也简陋，然一张小桌却擦得干净亮堂，盛着六道色香俱全的小菜、两碗颗粒饱满的米饭，格外地温馨诱人。

容央折腾一下午，已然饿极，此刻也顾不得挑三拣四了，在桌前一屁股坐下后，就示意荼白给自己布菜。

第一口自然是尝糖醋鱼的，大概是他事先交代过，这次的糖醋亦是酸胜于甜，因肉质鲜美，火候到位，滋味竟跟宫中御膳不遑多让。容央一口气吃下小半条鱼，略感果腹后，便欲去夹那盘莼菜笋下饭，隔壁的烤鱼酱香突然顺风飘来。

容央的双箸在半空凝住。

篝火前，滋滋声不绝，是酱汁和鱼油相继滴入火中的声音，烤架上，外皮香脆的两条烤鱼，目前已仅剩一条了。

容央抿了抿嘴，煎熬片刻后，放下双箸往褚怿走。

褚怿抬眼看她，面露不解。

容央诚恳道："你该去吃饭了。"

褚怿把烤鱼翻了个身，若无其事："不用，我吃点烤鱼就行。"

容央因那个"点"而蹙眉，提醒："你刚刚已吃过一条了。"

褚怿点头："太香了，不管饱。"

容央深吸一口气，终于不"劝"了，径自在他身边的杌凳上坐下，伸手去抢鱼。

褚怿把她手腕抓住。

"这条是我的！"容央扭头争辩。

褚怿："殿下那条不是不要，被臣刚刚吃下了？"

容央张口结舌，为刚刚的高傲后悔不已："桌上还有大半条糖醋鱼，大半条，比你这一条大，我可以跟你换的。"

褚怿琢磨着那个"可以"，唇微动："听着很勉强。罢，到底是殿下的最爱，臣怎忍心强夺？"

说罢，他把人松开，拿起烤鱼便要吃了，容央忙把他小臂抱住："不勉强，不勉强！我很情愿的！"

褚怿垂眼，视线从她抱住自己的那双小手上移，低声："情愿什么？"

——情愿什么？

烈火映照在彼此眸心深处，莫名的悸动在黑夜里无声奔涌。

容央瞪着两颗黑溜溜的眼珠，下意识要松开双手，却又不甘心，嗫嚅道："我情愿……跟你换的。"

褚怿静静地看着她，没作声。

容央便又道："老伯做的糖醋鱼很好吃的，你不跟我换，吃亏的是你哦。"

褚怿哂笑，这一次，没有再藏掖："我不吃酸的。"

容央意外，大眼眨几下，继续哄："那是糖醋鱼，甜的，不酸的！"

褚怿佩服她这睁眼说瞎话的本领，扯着唇把小臂抽回来，继而把那烤鱼递给她。

容央大喜，捧着烤鱼就朝小桌前跑去，坐下后，开始大快朵颐，吃了两口，扭头一看，那人坐在篝火边，漆黑的眸里笑意深静。

容央把吃相放端正，清清嗓子，扬声唤道："荼白！"

正在墙角听百顺插诨打科的荼白一个激灵，赶紧奉命前去。

容央道："替我把做饭的老伯请来。"

茶白立刻去办，少顷，领着一老翁至院中来。

这老翁年过六旬，一头花白糙发，精气神却还矍铄。他一人守着这破旧小院，生计本是十分困难，直至上月某日，褚怿莅临院中向他租船垂钓，垂钓完，又雇他准备晚膳，此后一来二去，赍发了他不少钱财。

这回，又事先派人来送食材、餐具、小费，称是要准备一餐地道的农家菜给新婚的夫人尝鲜，折算下来，工钱比他往年在城中酒馆后厨干一年都丰厚，精打细算地过，足够他后几年无忧。

虽然不知恩人究竟是何身份，但恩德至此，实在没有不感恩涕零的理由。老翁是本分人，眼下把伺候好二位贵人看得比什么都重，听得差遣，立刻扔下抹布随茶白赶来。

容央坐在桌前，指着那盘糖醋鱼，微笑道："老伯的鱼做得很不错，但我夫君吃不惯，能劳驾您重做一条口味清淡的吗？"

篝火那边，听得"夫君"二字的人抬头。

老翁笑呵呵应是，问做一道清供鲤鱼拂儿怎么样，怕贵人不了解，又热情地把这菜的做法口味介绍一遍。

容央点头，老翁当下往庖厨赶。

褚怿却道："不必麻烦，老伯给我烤条鱼吧。"

烤鱼的确要比那清供鲤鱼拂儿快上许多，容央不反对，倒是老翁笑："那论起烤鱼的手艺，老汉可就不及贵人了！"

褚怿淡答："无妨。"

这样好说话的贵人实在难求，老翁喜笑颜开，中气十足地"欸"一声，风风火火而去。

容央低头，继续捯饬手中的烤鱼，这回不直接上口了，而是用双箸先把皮焦肉嫩的鱼肉一小块、一小块地剥入碗里。

褚怿走过来，在小桌对面坐下。

"你和老伯认识？"容央仍旧低着头，寒暄。

褚怿看着她剥在碗里的鱼："不认识。"

容央瞟他一眼："那你怎么知道这个地方？"

敢把她都领来，可见不会是寻常的地儿。

褚怿淡声："老伯的儿子在褚家军里待过。"

容央恍然，又茫然："那你还说你们不认识？"

褚怿笑，垂眸拾箸："褚家军一共二十万。"

容央一愣。

暮春的月攀上墙头，褚怿低头吃饭，容央低头吃鱼。不多时，老翁把清理干净的鱼提出来，坐在篝火前烤，一面烤，一面同众人唠嗑。

大抵是因为多年鳏居，老翁今夜的话实在多得聒噪，可是这样聒噪的话，在这静悄悄的春夜里、小院中，又别有一番热腾腾的烟火气。

哪怕是说起一些并不美好的往事，老翁的脸上也仍带着恬淡而满足的笑。

容央吃鱼的动作慢下来，听老翁提及他二十年前从戎的大儿子，听他大儿子在一年春夜传来的死讯。听他说他给继续参军的二儿子送行，从此开始对每一个冬天和春夜悬心。

他的儿子总是在冬天死去，死去的消息则在某个春天的夜晚传来，第二天，官府会派人来送些微薄的抚恤金，他的老大、老二就变成那份文书上的三两点墨，和那些硌得他掌心疼的旧铜钱。

他说那几年大鄞总打仗，跟契人打完，跟西夏打，跟西夏还没打完，娄人又开始趁势作乱。那会儿的先帝不甘心，每次逢战都想一雪前耻，可越雪，那耻就越深，就越把国人的脊梁压得沉。

汉人的疆土被掠夺，汉人的尊严被践踏，这耻，怎么就雪不了呢？

老翁想不通，想不通北边的大地为何要吃掉那么多汉人的性命，想不通那十六州的地下分明埋着汉人的祖先，为何当汉人去收复时，下场会比那贪婪的侵略者还惨烈。

他想先帝也想不通吧，官家也想不通吧。想到这里，就想到刚刚大败的忠义侯府，想到那位和亲在即的帝姬。

“唉，也是六万人哪……”

六万人，是多少人的儿子，多少人的夫君或阿爹，是多少人提心吊胆、徒劳无功的盼望，多少人被冬天和春夜一起埋葬的念想。

做百姓的保不住自己的儿子，而今，做官家的也开始保不住自己的女儿。

是大鄞越来越弱、越来越不行了吗？

可转头看去，这汴梁、这盛京又还是一如既往的繁华热闹。市井还是那么深，歌声还是那么高，清明夜晚，金明池的烟花也还是那么璀璨绚烂……

老翁越想越茫然，这一回，是真想不通了，便烤着鱼，叹一叹，笑一笑。

或许官家同意和亲，只是换个方式外交罢了，毕竟汉唐时也是有帝女外嫁的，化干戈为玉帛，总好过穷兵黩武，连年烽火。

老翁便道：“也好，舍帝姬，换太平。官家大公无私，这是用自己的孩子，来保咱老百姓的孩子了！”

胼手胝足的老百姓不图啥，就图个天下太平，海晏河清，既然打也打不来幽云失地，既然不打也还是盛世太平，那又何必再往那外敌的铁蹄下送人命呢？

老翁迭声道“也好”，沉默许久的褚怿静静道：“老伯真觉得，用帝姬能换来大鄞的太平吗？”

老翁笑：“老汉就是个大字不识的粗人，不敢在贵人面前班门弄斧，只是想那昭君出塞，能换来汉匈两家其乐融融，而今帝姬和亲大契，想必也能让北边安定安定，至少那些将士……不必再冲锋陷阵，他们的家人，也不必日日悬心。”

褚怿道：“可北边的敌寇，并不只是一个大契。”

老翁道：“贵人这往深里问，就是存心难为老汉了。边境形势，哪里是老汉一张破嘴能说得清的？不过官家仁爱，朝廷富庶，盛京随便一坊一里，就能当他西夏、大娄半座都城，便是花钱买太平，也足够安闲百年了。”

褚怿垂眸，不再回应。

老翁利落地把外焦里嫩的烤鱼起架：“齐活儿，来，贵人尝尝！”

明月爬上树梢，小院里银辉溶溶，风一吹，遍地剪影曳动。

吃完烤鱼后，褚怿去往院外吹风，容央坐在小桌前，盯着那盘再也没动过的糖醋鱼，起箸默吃一口，又吃一口。

最后把双箸放下。

荼白悬心：“是不是……凉了？”

容央垂睫：“没有，挺好的。”

她道：“收拾吧。”

荼白一怔，还没再问缘故，殿下已起身往外去了。

一片星辉照耀在大河之上，褚怿坐在那棵参天的柳树下，背影茕茕。

小小的渔船就系在旁边，流水一波一波，船身便一荡一荡，在夜里嚣张又落寞地响。容央走过去，在他身后停下，随口道：“你在看什么？”

褚怿没回头，目光仍在河里：“星星。”

水里的星星。

容央仰头往天上看：“我还是更喜欢天上的星星。”

褚怿道：“天上的星星太远了。”

容央道：“可天上的星星是真的。”

夜风静静地从彼此间吹过，半空柳枝飘舞，半空繁星闪烁，褚怿把目光收下来，看回水面繁盛的星海。

“若我说，如今的盛京，便是这水里的星呢？”

容央蹙眉。

“罢。”褚怿自嘲一笑，笑自己竟会跟她提这些，起身，“回吧。”

哗然水声响在耳畔，把身边人的脚步声压得微不可闻，容央突然上前，把褚怿拉住。

褚怿回头。

容央对上他深黑的眼，赧然松手。

褚怿低头，看到她一截广袖从眼前滑落。

“外寇仍在，一味求和，便如抱薪救火，无论舍多少帝姬，交多少岁币，都换不来百年的安宁太平。我虽然不知道如今的盛京是不是这水里的星，但我想，只要夜空还在，那，不管星星是近的远的，真的假的，应该……都不会消失的。”

容央抬头：“你说呢？”

褚怿盯着面前人澄净的眼，那里面的亮光那样美，美得和那水里的星一样，都令人眷恋又忧虑。

“那夜空是什么？”

容央愣了愣，答：“那自然是你……们了。”

说到“你”时，到底顿了一下，很明显不想让他太嚣张。褚怿勾唇，提醒她：“褚家军兵败如山倒。”

容央心梗，蹙眉道：“所以，你更要争气啊。”

褚怿一怔。

容央道：“我本来，是并不想嫁给一个粗野鲁莽的武夫的，虽然你名声很大，据说以前也很了不起，可你到底还是……”偷偷瞟一眼，把那点不太好的词吞回去，“不过，既然眼下都嫁了，那你我也算是一荣俱荣，一损俱损了。

“我是很要强，很不能容人小觑的。既然嫁了个将军，那我就希望他是这世上最能征善战的将领，所率的，是能定风波、平四海、保家卫国的悍军。你刚刚也说了，北边的贼寇并不止大契，多少外敌对大鄞虎视眈眈，多少座关城还会遭受侵犯，你如因金坡关一战垂头丧气，从此一蹶不振，届时那摧坚殪敌的赫赫之功，岂不是统统被别人占去了？”

说到这里，她语气加重，一双大眼也越发灿亮：“那可是万万不行的，我既然做了将军夫人，那就要做最风光、最得意的那一个，如果日后你只是个碌碌之辈，那我碰着那位最风光、最得意的大英雄时，八成是要移情别恋的，到那时候，你可别又来怪我薄情寡义。”

月照清明，她一双眼盛着细密的光，那样生动，那样狡黠，用着最稚嫩又最有效的方式来激他。

褚怿哑然失笑，开口时，声音倏而低哑：“那，若我能做定风波、平四海、保家卫国的悍将，殿下就会心甘情愿地跟着我吗？”

容央心微震，话虽然是这个意思，可怎么从他嘴里说出来，就又仿佛像变了个意思呢？

容央压下那份微妙的慌乱，转开脸：“你先做成再说，别动不动信口开河。”

褚怿笑，这一笑，越低沉暗哑。

夜风吹在脸上，大抵是真要入夏了，竟略感燥热难当。容央挽发道：“该回府了。”

褚怿点头，微微侧身，容央走过去，发现他没并肩跟来，又回头。

褚怿道：“有点黑，你先走，我看着。”

容央眨眨眼，看回月影斑驳的一条夜路，迈开脚往前走。褚怿果然很快跟来，沉缓的脚步声离开水声，安静地跟在身后。

风很清，月很明，容央走在前，褚怿走在后，前面的人影子很小，被光拉得长长的，拉入后面人的影子之中。

容央知道他为何要留在后面了，腹诽：这蠢人，怕我摔倒，直接上来牵住不就行了吗？

第五章

风雨同舟

（1）如梦令

十日休沐悄然而逝，盛京的春也彻底告罄，炎炎夏日来临。

清晨的庭院里尚且还有几分清爽之意，微风不燥，檐下树影清澈不深，容央拿着盛放鱼食的白釉褐花小瓷碟，静立树下，对着水缸中一条默默游动的鲤鱼走神。

这是那日褚怿钓的最后一条鱼。

钓鱼那天，是大婚后的第四天，这条鱼被带回帝姬府后，一养就养了六日，眼下瞅着，似是更肥美了。

荼白道：“殿下，可以杀了。”

容央斜她一眼。

荼白不解，把这玩意儿养着，难道不就是等肥了再杀来吃的意思吗？

容央把小瓷碟递给她：“是该杀了。”

荼白捧过小瓷碟。

容央扭头吩咐：“来人，吩咐后厨清蒸此鱼，用提盒盛好后给我。”

荼白闻言欣喜：“殿下这是准备给驸马爷送午膳去？”

大婚休沐结束，今日天还没亮，褚怿就前往署衙应卯去了，荼白想当然认为这鱼是殿下特意为驸马所养，又为驸马所烹的，一时欣慰而感动。

容央瞪来一眼。

荼白一怔。

半个时辰后，厨娘把盛着鲜鱼的红木提盒呈上。

容央道：“备车，我要入宫。”

文德殿。

朝后，官家躺在内殿里的坐榻上小憩，一名小内侍垂低头自外而入，在守候帘外的崔全海耳边低语片刻。

崔全海眼中一亮，屏退小内侍，喜笑颜开地上前道："官家，帝姬入宫求见。"

官家并未入眠，闻言眼皮一动，眸底几分茫然。

崔全海提醒道："嘉仪帝姬！"

官家震了震，脸上神色一时焕然，坐直道："莺莺？"

崔全海点头。

官家心潮澎湃，从坐榻上站起，便欲往外，忽又定住："她一人，还是……"

崔全海忙道："今日大婚休沐已过，驸马都尉眼下正在署衙上值，殿外只帝姬一人，听传话的内侍说，手里还提着东西的。"

其实崔全海知道那是装吃食的提盒，但为给官家留两分惊喜，因而刻意略过。以往这对天家父女闹矛盾后，帝姬多半都会捧些小东西来主动和解，或是古玩，或是小吃，或是珍禽，总之五花八门，令人叹为观止……

原本以为这次帝姬不会再主动来示好了，毕竟官家那一巴掌，实乃前所未有，崔全海想着都感觉狠心，更何况帝姬亲身所历？

没想到八日后，这位最心高气傲、骄矜自尊的帝姬还是来了。

崔全海是看着这小帝姬长大的，此刻一想，蓦然就有点心疼。

而心疼的，又何止是内侍崔全海呢？

官家站在帘幔后，百感交集，暗自悔恨一番，方命人把帝姬宣召入内。

那日派崔全海携太医前去玉芙殿慰问后，官家就再没向嘉仪表示过任何。一则是政务太忙，实在无暇顾及；二则是最近吕氏常来探望，每次一跟她碰面，就促使他不可避免地想起那日嘉仪激烈的言辞。

平心而论，对于那些话，官家多少还是不满的。

而吕氏又最是体贴贤惠，不止一次给嘉仪说情过，只是越是如此，官家就越感觉嘉仪品性欠缺，里里外外都对不住吕氏的一片苦心，两相对比之下，便生出刻意晾她一晾的心思来。

这一晾，眨眼就过去近八天。

八天。

又是他们父女之间的一次"最"——不欢而散后，最漫长的一次僵持。

官家黯然，回味崔全海刚刚的话，想到此刻捧着东西前来求见的女儿，欣慰之余，实在是惭愧和悔恨交汇。

不多时，嘉仪帝姬从一重又一重飘拂的垂幔后走来，官家端坐坐榻上，一时竟略感局促。

待人行完礼后，开口的第一个字竟是哑的。

咳嗽一声，官家低声道：“今日，怎么想起回宫了？”

容央双手拿着那小小的红木提盒，低着眉顺着眼答：“驸马上值去了，府中无人陪我，闷得慌。”依旧是往日那娇憨恣意的口吻，仿佛那天的事情并没发生过。

官家胸口一酸。

容央纤睫眨动，又道：“前几天，我跟驸马去钓了鱼，一共钓了六条，其中最肥的一条，我吃了，留下第二肥的，养了六天。这六天，我每天都去给它喂食，喂得很勤，它也吃得很好。今天瞧着差不多了，应该是比当初我吃下的那条更肥了，便命人宰来烹了。”

说及此处，容央也不请示，扭头就吩咐外间的内侍把小案搬来，在官家旁边摆下，然后把手里的小提盒呈放上去。

官家默不作声地看着这一切，眼神几次偷偷地往她左脸上瞥。容央恍如不觉，低着头把提盒打开：“这一次，最肥的鱼我不吃了，给爹爹吧。”

柔光如线，鲜香扑鼻而至，官家定定看着那双被睫毛遮挡的大眼睛，心脏突然像被什么东西捏住。

——这一次，最肥的鱼我不吃了，给爹爹吧。

一大股酸涩蓦然在胸口漫开，官家低下头，敛着眉深吸口气，再抬眼时，恰对上面前那双明亮的眼。

光线里，那双眼睛红红的，官家一震，自己的眼也开始变得红红的。

官家唇线紧抿，神情愧疚。

短暂相视后，容央垂落眼睫，把外露的委屈藏去，恭谨地捧上玉箸。官家接过，略尴尬，也略激动地把鱼尝了一口。

清蒸的鲤鱼松软细嫩，并不算什么惊艳的珍馐，可此刻于官家而言，无异于世间至美之味。

“这鱼……真是你们钓的？”官家搁下玉箸，声音明显变温和。

容央点头，很知趣地在对面坐下来，道：“他亲自用抛竿钓的，我亲自从钓钩上取下来的。”

官家心潮起伏，有点意外：“褚怿一个武将，竟也喜欢钓鱼？”

国朝有垂钓之风，但附庸的多半是些文人墨客，武官里喜欢这项娱乐的并不多，遑论还是个年纪轻轻、本该沉浸于勾栏瓦舍的将领。

容央瓮声：“他大概是心里苦闷吧。”

官家一怔，瞬间明白过来，脸色不由得复杂。

朝中崇文抑武，但边防毕竟还得靠武将来守，且褚怿这样天赋异禀、少年成名的将才又着实凤毛麟角，对于这样的人物，官家其实是打心底欣赏的。

也正是缘此，这回召褚怿回京，他并没有对其追究惩治，反而给予四品官位供其历练，而范申提出让褚怿尚主时，也只是一念之后，便点头同意了这门婚事。

金坡关大败的症结在于朝廷，而不在将帅，这一点，官家一直很清楚。

短暂沉吟，官家道："金坡关战败，他也是受害者，当时如果不是朕误判敌情，错下军令，褚家军不至于到如此局面……你既已和他成家，往后便是他身边最亲近、最知心的那一个，有空时，便多宽慰他些。"

这时崔全海已悄悄吩咐内侍送了果盘上来，容央拈起一个小芦橘，闻言道："我已经宽慰过他了。我跟他说，我素来是最要强、最爱出风头的，他如果做不到一雪前耻，做不成骁勇大将，那我日后可就找别人去了。"

官家啼笑皆非："你这是什么宽慰法？"

容央不以为意："本来就是，难不成不去激励，反倒劝他安于现状吗？"

官家笑容微滞，容央把那颗芦橘剥好，笑嘻嘻地给他送过去："爹爹，我的驸马，是可以做大将军的吧？"

官家看着那橙黄的果肉，欲言又止。

容央假装看不见他的迟疑："您那时说，我可以不用顾虑国朝的规矩，只管去挑内心最喜欢、最中意的那一个，哪怕是看上想要在仕途上有所作为的人也无不可。现在，这话还作数吗？"

她又道："不过不作数也不要紧，反正驸马都尉一生也不愁吃喝，只是您得早些告诉我，我好对他另作打算，不然等他知道我这辈子嫁不成大英雄、大人物时，八成就有恃无恐，对我爱搭不理了。"

官家蹙眉："又说气话……"

容央扬脸，示意手里的小芦橘。

官家无奈，把那东西拿过来吃了，重又看她两眼，认真道："朕答应你，不会因为驸马的身份在仕途上对他有所克扣。"

容央眼睛微亮。

官家开诚布公："驸马都尉不能掌权是惯例，皇室同将门联姻，借此收拢军心也是惯例。褚怿是忠义侯之后，又是万里挑一的将才，这样的人不去征战疆场，卫国安民，不单是你的损失，亦是大鄞的损失。朕不会刻意去阻挠他，但也不会因为你去偏帮他，能有多大成就，全由他自己的本事说了算……"

这一日，嘉仪帝姬离开文德殿时，已是日影西斜，官家小憩榻上，望着那盘被二人吃得干干净净的小芦橘，回想帝姬提及新婚生活时的生动情态，脸上带着欣慰笑意。

这些天，范申那几个老东西不止一次地提到革褚怿职的问题，各式各样的利弊分析层出不穷，差点就让他动摇了原本的决定。

幸而嘉仪来得巧，让那份动摇被及时扼杀在了摇篮之中。

大鄞最能打的忠义侯府已经不能再受波及了，而没有母族庇护的嘉仪，正需要一个强有力的后盾，就让那位英武耿介的青年将军，来做这后盾吧。

拿定主意后，官家释然，便欲昏昏入眠，殿外突然传来急切的嘈杂声。

“何人在外聒噪？”

崔全海忙来应道：“……御史中丞刘大人，称有十万火急之事要启奏官家。”

十万火急？

官家狐疑，生怕又是为革驸马职务一事，这时殿外人声渐高，一句“公然抗旨，杀降八千”传入耳中。

官家脸色一凛。

崔全海小声道：“似乎是骠骑大将军褚晏在山西剿匪的事……”

官家闻言，脸色愈沉，思忖片刻道：“传。”

申时，署衙马场。

炎炎赤日灼烧大地，甲胄齐整的方阵中，是鸦雀静默、唇揭齿寒的冷。

军都指挥使管辖五营，每营五都，每都一百人。今日受检阅的二千五百余人中，不合格者逾六成。

枪打出头鸟，刀砍地头蛇。军都指挥使来罚，自然是罚级别最高的主官和副官。

五个指挥营的正副指挥使低头出列，脱去甲胄，赤膊站立于烈阳之下。边上已有准备笞刑的禁军在瑟瑟等候。

褚怿声音平直：“行刑。”

语毕，一声笞响兼皮肉破裂声和闷哼声划破场上的死寂，继而是两声、三声……

一片一片，此起彼伏，间杂队列里的倒抽冷气之声。

褚怿抬头，把受刑的十人一一巡视过去，对上一双阴冷的眼。

他记得这双眼，那日来马场寻人切磋，在人潮里朝他射来冷光的，正是这一双眼。

褚怿眼不动，唤来李业思，直接伸指示意。

那人神情明显一震，被鞭条笞中时，强撑的表情绷垮。

李业思看过去，立刻回答：“三营副指挥使刘纲。”

褚怿：“家世。”

李业思因这一问而略意外：“……御史中丞刘石旌之子，翰林学士王靖之的外孙儿。”

刘石旌，王靖之。

俱是回宫谢恩那夜，入云楼赴宴之人。

褚怿笑。

这一家人对忠义侯府的反感憎恶，看来已是出奇地统一了。

半个时辰后，褚怿离开署衙，刚上马车，一人一骑自大街尽头匆匆而来，口中高喊“大郎君”。

褚怿吩咐车夫稍后。

那人翻身下马，上前急喘片刻，禀道：“大郎君，刚刚宫里有消息传来，四爷被人弹劾了！”

褚怿皱眉：“因何事？”

那人脸色难堪：“四爷在山西平乱，把投降的八千山匪全杀了……”

李业思正在车下相送，闻言悚然：“大将军杀降？！”

朝中平定匪乱素有章程，大致以招安为主，剿灭为辅，无故杀降，无异于抗旨。

褚怿：“四叔如今人在何处？”

那人回道：“已在回京路上，快的话，不出六日便可入京。”

李业思焦急地看向车上：“谏官都已入宫弹劾，待大将军回来，只怕形势于我等已然不利。”

褚怿眉目沉静，并无一丝慌乱：“何人所弹？”

报信人道：“御史中丞刘石旌。”

李业思一震。

褚怿冷笑。

“来而不往非礼也。”褚怿泰然入车，隔窗对二人道，“传信吴大人，安排言官弹劾参知政事，上官岫。”

李业思瞪大双目，报信那人怔忡之后，领命而去。

这时，褚怿朝窗外勾手。

李业思靠近。

褚怿低头轻语片刻，交代完后，在李业思的惊疑中合窗而去。

炎日西颓，从宫中大功告成的嘉仪帝姬此刻正坐在水声潺潺的水榭里歇凉。

雪青在边上摇扇，茶白在桌前剥着新鲜亮泽的玉石榴，时而暮风吹过，微燥的空气里散开淡淡花香。

雪青忽低声道：“殿下，驸马爷回来了。”

容央转头。

树影横斜，假山起伏，回廊内，一道玄影飒飒然行走其中。容央看过去，碰巧那人也侧头看过来，隔着脉脉余晖，两人目光在空中交汇，心头怦然一下，容央移开眼。

少顷，褚怿走至水榭中。

容央故意不看他，曼声："这就回来了？"

褚怿："殿下不欢迎？"

容央依旧淡淡地答："刚结束休沐就这样归心似箭，日后在公务上如何能有建树？"

褚怿琢磨着这个"归心似箭"，继而一瞥西边日头："是该殚精竭虑，披星戴月。"

容央也看见那西沉的日头了，脸色怔住。

他是成心的吗？

容央眉间一蹙，正声道："殚精竭虑是应该的，披星戴月……倒也不必。"

褚怿笑。

这一声笑很低，但还是被心虚的当事人捕捉到了，容央冷下脸，便欲"力挽狂澜"，百顺突然自廊上赶来，神色凝重地在褚怿耳后低语片刻。

容央蹙眉。

褚怿听完，头一点，把人屏退。

容央道："有事？"

褚怿走入亭中，面上并无异样："衙中有人延请，今夜戌时漱玉居小聚。"

夜里去外面小聚？

容央眼神当场就跟着脸一并冷了冷，若不是想到京中官员多半是这德行，而他刚刚回京，又是新官上任，是该在交际方面多费些功夫，只怕是要发作一二了。

不过理解归理解，心里的不爽快还是要略略表示的。

于是，她似笑非笑道："将军人缘倒是不错。"

褚怿在小桌前坐下，回道："承蒙殿下垂爱，衙中不少同僚对臣心怀羡意，引颈欲交。"

容央显然对这份恭维并不太满意："说得像是很多人都想尚主似的。"

褚怿便顺水推舟："那是自然。"

容央拈起琉璃碗里的一颗红石榴："那是癞蛤蟆想吃天鹅肉。"

水榭外湖光流转，丝丝斜晖铺陈在两人之间的小石桌上，褚怿视线从那拈着石榴的指头上移，对上那双促狭的眼。

他很体贴，也很有自知之明地回以一笑："殿下是想说臣吧？"

容央万没想到他会反诘这样一问来，一时又窘又喜。

窘的是他一针见血，喜的是他还是很懂得在自己面前放一放身段的。

于是，她这回是真的展颜了，把那颗准备自吃的石榴送过去，哄："癞蛤蟆是吃不到天鹅肉的，将军已经吃到了，不是癞蛤蟆。"

褚怿盯着她拈在指间，朝自己送来的红石榴，掀眼："我吃到了？"

暮风习习，他深黑瞳仁里微芒涌动，一如大婚那夜，无数小小火焰跃动其中。

相关情形蓦然涌至眼前。

——我吃到了？

容央呼吸一窒，夹在指间的石榴肉顷刻间烫如火石。容央撤手，刚动，手腕被对面人擒住。

褚怿低头，再抬起来时，石榴肉已被他吃入嘴里。

容央迅速把手往身后收。

褚怿笑，随后起身："臣有约在身，就不叨扰殿下了。"

小石桌上还摆着一盘荔枝，褚怿顺手拿走两颗，大剌剌往外而去。容央回味着刚刚那一幕，恼也不是，不恼也不是，侧头喝雪青："把风扇大一些！"

是夜，嘉仪帝姬薄衫乌发，静静躺在床帐里走神。

幢幢烛火燃烧在花青色床帐外，一红一青交相辉映，在夜里弥漫开诡谲色彩，帐幔中人乌发逶迤，大张旗鼓地侵占着整一张床榻。

这一夜，枕边那人依旧没来。

自上回色诱不成，褚怿主动搬入书斋后，两人分房而居便成了个既定事实。容央不会在夜里召幸褚怿，褚怿也绝不在就寝时分跨入主屋。

哪怕是那日垂钓后，彼此关系颇有些增进，这份"默契"也从没被打破过。

想来也是，褚怿心中对她并无爱意，成婚不过和她一样谨遵圣旨，既然不爱，又怎么会有心思上来求爱呢？

且就容央的观察，褚怿无论休沐与否，整日一有空就往外溜达，就算回府，最多也就跟她一块用个晚膳，分明是十分满意这种"相敬如宾"的相处模式的。

那为什么今日在水榭里说那句话时，又隐约像是欲求不满似的？

——我吃到了？

呵，那哀怨的口气，倒像是她刻意冷落辜负了他。

等等。

容央翻了个身，勾住罗衾一角细想：难道他一直在等我召幸的？

大婚那夜的一场亲吻再度跃然眼前，铺天盖地的红绸红光中，他把她的衣裙一件件扯落，那粗粝的手，滚烫的唇，湿濡的舌，那恨不能把她生吞下去的炽热的眼……至今想起，仍旧令人不寒而栗。

容央慢慢拢住双臂，脑海里突然产生一个破天荒的认知。

——他是想要她的。

不管那夜是不是醉后动情，是不是应时应景，当他在亲吻她的时候，他的欲望都是露骨而蓬勃的。

他做那种事情，似乎是并不需要有爱来做前提的。

认知到这一点，容央发烫的肉体之下，蓦然又涌上一大股冷意。

他竟然想不动感情，就夺走她最美好的东西？还恬不知耻地来她面前含沙射影，他没能把天鹅彻头彻尾地“吃”进肚子里？

容央放声冷笑。

再翻身时，突然想起今日被迫喂他吃那颗石榴时，他的唇是在自己指尖上蹭过的，容央硌硬至极，伸指在褥上戳来戳去……

值夜的荼白候在外间，正准备去灭烛灯，忽听得“哈”一声冷然大笑。

屏息入内察看，只见重重床幔内，帝姬小小的背影微蜷着，一条手臂正在被褥里极快起伏。

荼白：“……殿下？”

幔中人影一僵，片刻，声音幽幽：“指尖有点抽筋，过来给我按按。”

荼白忙应声上前。

可是……指尖抽筋？

（2）陌上桑

褚怿这两日忙着派人收集上官岫等人的劣迹，在朝中大造声势，以压下四叔褚晏杀降带来的恶劣影响，诚如嘉仪帝姬所愿，很是殚精竭虑。

殚精竭虑的后果，总免不了披星戴月，无暇他顾，等褚怿猛然间惊觉府上那位小祖宗的情绪不太对时，已是五日之后。

这日，弹劾上官岫之事暂且告一段落。

傍晚离开署衙时，忠义侯府派人传来消息，称明日端午，老太君希望褚怿能带着帝姬一块回侯府，一家人团团圆圆地过一个节日。

褚怿自然是应下，进帝姬府后，径直就去主屋寻人。

不寻不要紧，一寻后，头大如斗。

夜幕刚刚垂落，因入夏，云间还铺着一层淡淡丹霞，褚怿由丫鬟领入庭院里的一座六角亭前。

亭外残阳暗淡，亭内烛火烨然，嘉仪帝姬静坐在圆桌后，铺垫彩缎、点缀鲜花的桌面上，已摆满大大小小的各类珍馐。

她没等他，已径自开始用晚膳了。

褚怿眉微动，后知后觉，自己的确是有段时间没跟她一起用过膳了。

褚怿拱手，在亭外行礼。

亭中无任何回应。

伺候桌边的荼白低声提醒：“殿下，驸马爷回来了。”

嘉仪帝姬夹菜，眉不抬，唇不应。

亭外风声渐急，地上斑驳光影飒然簌动，褚怿抬头，视线定格在那双低垂且冰冷的眉眼上，举步上前。

荼白忙示意外边那带路的小丫鬟去准备碗筷。

褚怿入内，看一眼桌上菜品——麻饮小鸡头、五味杏酪鹅、酥骨鱼、茭白鲊、金山咸豉、蜜汁豆腐……桌不大，人不多，菜品倒齐而复杂。

褚怿又看一眼对面那双冷冰冰的眼，在桌前坐下。

这时，小丫鬟急匆匆把餐具备上来，褚怿拾箸，朝那盘蜜汁豆腐夹去。

对面人终于出声：“这盘蜜汁豆腐该是凉了，撤下吧。”

褚怿一愣。

荼白硬着头皮，上前把那盘一动都没动过的豆腐端走。

褚怿撩眼皮，又垂落，僵在空中的双箸改去夹鹅肉。

容央：“鹅肉也撤了。”

荼白：“……是。”

褚怿下颌微动。

亭外天色一寸寸暗下，对面人端坐在烛光中，一双半垂的冷漠眉目愈显傲然冶丽。褚怿敛眸，再次伸箸，去夹那盘酥骨鱼。

刚一碰上，对面人欲言又止。

容央盯着那双箸夹着的鱼片，愤然朝前一瞪。

褚怿神色不动，慢慢把那鱼片夹起，继而放入她碗中。

容央怔然。

“明日端午，侯府给殿下准备了长命缕、赤白囊，席间还有白团、筒粽、菖蒲酒，酒是奶奶亲自所酿，香甜爽口，细腻醇厚，殿下如有意，可随臣同往。”

褚怿单刀直入，开篇点名题意，一则完成老太君交代的任务，二则暗示明日自己可全程陪伴于她左右，聊赔近日冷落之罪。

然而对面人听完，并无半分动容之色，只差将“无意”二字写脸上。

褚怿讨了个无趣。

容央霜眉冷眼，继续低头用膳。褚怿耐着性子，看她要往那盘茭白鲊里夹，便又主动再给她夹了一箸。

容央默了默，然后一声冷哼。

褚怿知道，这一哼，就意味着火气并不是那么旺盛了。

于是，他微微噙笑：“臣还未曾跟殿下共饮过，愿明日能如愿以偿。”

容央阴阳怪气：“醉翁之意不在酒吧。”

褚怿似懂非懂，想到喝酒的目的的确是为陪一陪她，便点头：“嗯，在殿下。”

容央心道果然，往日里暗戳戳觊觎她也就罢了，而今竟想借着端午的由头把她灌醉后欲行不轨……

呵！

容央冷嗤：“其实癞蛤蟆吃了天鹅肉后，也一样还是癞蛤蟆。”

褚怿一愣。

容央皮笑肉不笑：“将军说是吗？”

褚怿对上那双狡黠的眼，大脑飞速运转片刻后，终于若有所悟，嘴角弧度继续上挑。这一笑，三分散漫，三分讥诮：“那也是吃过天鹅肉的癞蛤蟆。”有样学样，“殿下说，是吗？”

容央愤然瞪大眼睛。

烛火颤动，褚怿大剌剌地夹菜用膳。

容央怒极，内心痛骂数声无赖至极、卑鄙无耻，把双箸往桌上一拍，怒而往外。

褚怿吃饭的动作被迫停下，略蹙眉峰，舌尖暗暗舔过腮帮。

这气性……还真是大哪。

褚怿叹气，一时间无奈至极，然想到明日之约，到底还是放下碗筷，起身去了。

容央回屋，转头不见侍女跟来，反而是那男人步履沉健，如入无人之境，立刻心惊兼火大：“我允许你进来了吗？！”

“没允。”

褚怿气定神闲，撩开垂幔阔步走入内室，站定后，双手往胸前一拱，颔首行礼。

容央杵在床前，被这架势微微唬住：“你……干什么？”

褚怿抬眼：“赔罪。”

眼神亮而清。

内室的烛火燃得不多，寥寥微光环绕周遭，被他凛冽气场一压，愈呈黯然之势，容央蓦然就感觉他格外地英武起来，反应过来后，又惊又恼。

他分明是在低头行礼，凭什么还这样高大？

转念又一怔。噫，他竟知道来低头了？

容央嘴角情不自禁咧开，忙别开脸去，平复片刻后，扬声道：“哦，你有何罪啊？”

褚怿双眼如炬，早把那一笑收入眼底，一时越感啼笑皆非，站直道：“侍君不周，兼……痴心妄想之罪。”

侍君不周这认识倒是很到位的，只是痴心妄想……

说得这么直白，他就不害臊？

容央继续绷着小脸，缓缓在床上坐下，勾住一截披帛把玩：“你对我又无意，哪里来的痴心妄想？”

褚怿盯着那绞弄披帛的小手，答：“不能说无意。”

容央一震，眼盯过去，晶亮。

褚怿对上，刹那间竟也震了震，便垂睫。

容央目不转睛，不放过他一丝表情，越看越惊奇兴奋。

什么意思？

不能说无意，那竟是有意的？

只是这意……

容央又板脸：“是‘见色起意’的意吧？”

褚怿扬眉，眼顺势抬起，表情越发精彩。容央也自知言语太直露，别开脸。

褚怿眼神深邃，沉吟片刻，终还是坦然回：“一半吧。”

容央疑惑地看回去。

褚怿道：“一半见色起意，也有一半，日久生情。”

夜风拂动，室内烛火仿佛更暗了，褚怿一双眼黑如大海：“殿下对臣有意吗？”

容央尚且沉浸在他刚刚低而斩钉截铁的“日久生情”中，回神后，立刻反驳：“没有。”

褚怿笑。

容央脸红，倏然从他这笑里解读出几分悲怆意味，便安慰：“我不是那么容易见色起意的。”

至于另一样，倒不说了。

褚怿笑容更明朗：“是，褚某肤浅，不比殿下深刻。”

容央安抚：“那倒也不全然怪你，我毕竟是国色无双的。”

褚怿低了低头，伸手在唇边抹过：“那明日……”

容央此刻心情已很舒畅了，端坐道：“既然要去，那便早些去吧。我一会儿吩咐雪青备些薄礼，一并给姑嫂们带去。”

大婚至今，容央只拜见了侯府里的老太君，至于其他女眷，都是还没有正式见面过的，这一回入府，意味自非寻常。

褚怿点头，回顾今夜，颇有种久违的征伐之感，甚至相较应对铁蹄更感艰难险阻，是以功成时，颇有股道不明的酣然快意，只是这快意是不可被窥破的。褚怿此刻深知“敌人”的诡谲难缠，致谢后，便欲告退，床上人忽噙着笑走过来。

褚怿一愣。

容央上前，到底还是有几分怜惜他被自己回绝爱意，便慷慨地在他衣袖上拉了拉，柔声道：“干脆，你陪我去选礼物吧？”

（3）点绛唇

五月五，又曰浴兰令节，朝中休沐三日。

虽然府上的家主要到别处过节，但天一亮，帝姬府还是里里外外地忙开了去，钉赤口，挂菖蒲，焚药晒书……热热闹闹，忙忙碌碌。

辰时，褚怿衣冠周整走入主院，照例在梧桐树下先等过一刻钟后，缓步入内。

昨夜陪那小祖宗选礼物，很是折腾了一阵，精力充沛如他者尚且沾床就睡，屋中那位只怕情况更糟，这会儿可别还没起床。

刚入外间，却见已有丫鬟自内捧着用过的水盆出来，屈膝朝他行礼。褚怿点头，眼往屏风后望：“帝姬起了？”

丫鬟禀道：“回驸马，殿下一个时辰前便起身了，此刻正在梳妆。”

褚怿意外，示意丫鬟退下后，有意退回屋外继续等，可不知为何，脚下竟不肯动。

重重屏风后，依稀有少女声音飘来，褚怿眼神微动，循声而去。

明媚晨光自窗棂外斜倾而入，洒落在层层屏风及半卷的垂幔间，褚怿一步步往内，穿过灿阳，内室中，那人娇憨的声音越发真切，一点一点，近至耳边。

“哎哟，这唇脂颜色不行……”

“簪子怎么挑的，换一个……”

晨晖铺陈的镜台上，各种质地的首饰琳琅满目，一只玉手辗转其间，挑来拣去，无一满意。荼白忙去抽屉里取来另一盒金镶玉的头面。

刚打开给座上人看，一道薄薄暗影落下，荼白抬头：“驸，驸马爷……”

容央一惊，不及转头，那人的脸已被镜面映出。

褚怿目光在前，两人视线交汇于镜中。

容央立刻垂眼。

褚怿唇微挑，往下看，片刻，从那堆花花绿绿的金银首饰里挑出一支金穿玉满池娇荷叶簪。

容央看过去，眼一亮。

那金簪虽为金质，然卷曲的荷面却是翡翠制成，其上镶嵌六朵金莲花，中间两朵大的含苞待放，外边四朵小的羞颜正开，被斜曦一照，金碧交辉，在他手中流转光华，这样集典雅与冶丽一体的首饰，正是容央心头之爱。

可怎么她刚刚就没能拣出来？

容央郁郁，隐约又有一丝窃喜，这人看着粗糙，仔细相处下来却也不乏可取之处，至少能准确分辨她的喜恶这点，就是许多伺候多时的宫人也难做到的。

想来是的确对她上心的缘故吧。

容央脸色渐霁，褚怿看她不否决，一笑，把金簪递给荼白。

荼白忙放下手里的那套头面，接过来，给帝姬插上。

“唇脂还换吗？”褚怿开口。

容央想起这茬，又慌忙起来，低头去挑选唇脂的颜色，一口气抓来三盒给褚怿看。褚怿这回除了看出都很红，没能看出其他差别，但知道不表态又不行，便随手一指。

容央大喜：“我也正是想用这一款。”

一时，她对眼前人更为刮目，颇有点知心知意、相识恨晚之感。

褚怿笑笑。

那边雪青用容央挑中的唇脂给她上妆，褚怿看着，视线不可避免地落往那双逐渐被染红的唇。

容央是很惊艳人的长相，脸小肤白，五官精致，无论是灵动的大眼还是小巧的琼鼻，都极具古典美感。只那一双唇，虽不大，却丰满，于妍丽之外，另增几分娇憨。

古人向来是青睐所谓樱桃小嘴的，但到她这儿就变了数，一眼看毕，最勾人“起意”并不是那蛴首蛾眉、善睐明眸，而是这双并不合时人审美的唇。

风流婉转，可媚可憨。

至少于褚怿而言，是这样。

思绪沿着这条线一飘，某夜初尝这唇的滋味又涌上心头，褚怿立刻撤开视线。

走神间，袖子被人拉了拉，褚怿低头。

容央仰着头朝他一笑，那双丹唇扬起，性感的弧度，如划在他胸口。

“如何？”朱唇贝齿，呵气如兰。

褚怿喉微紧，屏息：“不错。”

盛京城中多权贵，然权贵之中积代衣缨、鸣钟食鼎者并不多，建府逾六十年的忠义侯府，即是这“并不多”中的一个。

巳时二刻，容央跟在褚怿身后，走进长戟高门的侯府，忙碌周遭的丫鬟仆人不迭上前行礼，数量之多，级别之繁，竟较帝姬府更胜一筹。

因是过节，府中焚香不断，间或有人在庭中晒书，间或有孩童聚在树下打闹，一路走去，竟如深入市井，别样的生机意趣和巍峨皇宫迥然不同。容央原先还十分矜持，到后来，眼睛直被那人那声那景劫了去，一径骨碌碌转动，忙个不停。

褚怿哑然失笑。

“这边。”手在她腰后虚虚一扶，褚怿领着走神的人儿往北面回廊上走。

容央的注意力还在墙外铿然起落的声音中，踏入廊中后，用眼睛示意对方解答。

褚怿顺着瞟一眼，答：“练武场，眼下应该是褚恒、褚睿在练功。”

这府里竟然还专门设有练武场?

容央舌挢不下，又忍不住往身边人瞄一眼，褚怿淡淡：“看什么？”

容央敛眸：“你们家的人，是不是都喜欢打打杀杀的？”

褚怿无声一哂：“是。”

容央倒抽口气，腰后又被他一扶，这一回，则是往右边拐去了。

不多时，一行人终于抵达文老太君居住的云澜苑，在丫鬟的通传声里走入上房。

此刻的上房正盛况空前，整整六房的大小女眷或坐或站，或问或猜，鲜亮的倩影、热烈的声音把每个旮旯都挤得满满的，甫一听得通传，那坐着的忙着起身，站着的忙着探头，东边的声音往西边倒，西边的人又朝东边倾。

文老太君气道：“都收敛些，没个规矩！”

老祖宗发话，各房的太太忙去管自个儿屋头的人，静是好歹静了，可那黑溜溜的眼珠儿却还激动得很，一双双直盯屋外，呼之欲出。

是以容央入内时，乍然间如被日灼，硬是眨了两下眼，方恢复清明视线。

定睛看去，更是一震。

往日在官家宫宴上都没能见着的盛况，今天竟在这世代执戟的忠义侯府里见着了——这满满当当的一屋女眷，可真是……怎一个“多”字了得哪！

走神间，文老太君领着一众女眷行君臣之礼，容央忙谦让，回以孙媳之礼。

短暂寒暄后，文老太君笑拉容央上前，亲自把备在茶几上的长命缕给她系在手臂上。

头一个捧场的是二太太吴氏：“我先前说老祖宗偏心你们还不信，瞧瞧，全屋里头，就帝姬跟悦卿这长命缕是她老人家亲自编的，且编的还是那最烦琐的龙凤呈祥！”

三太太周氏最眼尖：“可不是，那彩丝绳都是缀玉连珠的，哎，竟只帝姬的有玉珠，悦卿的没有？”

此刻文老太君正拿另一个长命缕给褚怿系上，闻言道：“一个糙老爷们，用得着我给他费那功夫？”

众人失笑，褚怿看一眼臂上彩缕，又用余光瞟一眼身边人的，也笑。

到底是小媳妇头回入夫门，众人越笑，容央脸越红，忙召唤雪青把昨夜精挑细选的礼物奉上。

一来二去，屋中氛围活络不少，文老太君笑容可掬，拉着容央的手道：“难得回府一趟，要我说，干脆就多住几日，要不然那些小辈单只知道自家大嫂是个天仙，却不知天仙究竟是何模样！”

容央想不到老太君夸起人来也是这样炉火纯青，一时对忠义侯府的措辞水平格外刮目相看，笑回道：“容央听奶奶的。”

国朝重妇德，能开府外住的帝姬并不多，便是长居帝姬府，该给夫家全的礼数也仍是要全，容央的应承在众人意料之中，只是那甜丝丝的笑乃意料之外。

能娶着这样体贴甜美的帝姬做娘子，可真是褚怿八辈子修来的福分了。

屋中气氛一时越发热烈，众人或恭维或打趣地聊了开来。小半刻钟后，屋外有丫鬟进来传话，称是褚恒、褚睿两个在练武场上练得十分挫败，听闻大哥褚怿回府，便嚷嚷着要请他前去指导。

褚恒、褚睿分别是三房周氏及五房施氏所出，两位太太闻言，立刻心有灵犀地把自家孩子一贬，轮番给座上的褚怿戴高帽，当着帝姬的面，把人夸得英明神武，天上有地下无。

容央且惊且疑，频频扭头去看身边人。褚怿受不住，伸指在她袖口一勾：“我去了。”

容央略有点失落，看一眼他从自己袖口边收回的手，故作大度：“去吧。”

当下褚怿起身往外，众人便顺势把话题转到褚怿身上来，二太太吴氏提一桩他三岁的事，三太太周氏讲一件他五岁的事，容央初时还听得颇有滋味，可不知为何，越到后面越有点走神。

这时，文老太君突然放话，让小辈们自去外面游戏。容央坐在席间，看各房的大小姑娘一个个往外，实在蠢蠢欲动。

吴氏十分贴心，立刻笑道：“佳节难得，自当在外尽情嬉戏的，老祖宗就别把殿下拘在这屋里跟咱们一块受闷了，不如让蕙姐儿带着去府中逛逛去？”

高卷的垂幔底下，一道倩影闻声驻足，瘦高个，鹅蛋脸。容央看过去，正对上她一双英气内蕴的眼，乍然竟觉跟褚怿有几分神似。

这人便是吴氏口中的“蕙姐儿”——二房嫡出的大姑娘褚蕙了。

许是那一眼令自己想起褚怿之故，容央对面前这位年纪和自己相仿的姑娘十分中意，便不放过机会，巴巴地朝文老太君看去。

文老太君哼道："本来就是把人叫回来供我仔细多看两眼的，你倒好，竟拆我台，罢，左右明儿还在。"

她转脸来对容央一笑："去罢。"

出得云澜苑，先前走的那几个姑娘已一哄而散，葳蕤古木下，只褚蕙、容央并肩穿过月洞门，行走于廊台间。

容央并无参观府邸的兴致，一心走着神，不多时，褚蕙道："殿下可想去找大哥？"

容央被戳中心事，扭开头，佯装随意："也行。"

褚蕙抿唇，仔细看，眼底竟有笑意，当下领着容央往练武场方向走。

容央起初不觉如何，越走越感觉身边人似比自己还兴奋，不由得侧头多看两眼。

褚蕙对上，坦然道："其实是我想去看大哥耍枪，没能带殿下看成府中景致，还望殿下莫怪，他日定当赔罪。"

容央怔然，直被她堵得没话说，这姑娘眉宇暗藏几分英气也就罢了，怎么讲起话来也跟褚怿那汉子一样，直来直去，豪气干云的？

心中默默震惊过，容央笑回不必："刚刚进府时，许多景致我已看过，倒是那练武场上是何风光还不曾一见，你带我去，正圆了我先前的遗憾。"

褚蕙闻言，意气风发："练武场是府中最宽敞自在的去处，可看的东西实在很多，单只兵器架，就是足足二十八排整，其中短兵六排，软兵、暗器三排，弓弩、标枪三排，剩下的长兵器中，大哥和四叔最爱的长枪有八排，五叔惯用的长戟两排，其余大刀长斧狼筅……"

容央头大，这些个东西……究竟有什么可看的？

但还是要保持微笑。

褚蕙便越发热情洋溢，从那兵器谈及忠义侯府名震疆场的褚氏枪法，又从枪法谈及这一辈后生之中，最得其精髓、所向披靡的褚怿。

容央听了半晌，终于忍不住道："他枪法真有那么厉害吗？"

褚蕙闻言，竟驻足下来，惊讶道："殿下……不知道吗？"

（4）霜天晓角

却说褚蕙领着容央离开后，上房中荡漾着的欢喜氛围一收，三太太周氏敛容道："母亲，悦卿当真没跟殿下圆房吗？"

首座上，文老太君愁眉锁眼，满腹忧伤。

二太太吴氏道："先前那方事帕就有问题，明眼人一瞧就知道是作假的，前日悦卿回府来办事，母亲特意揪百顺过来问过，两人到现在都还是分房睡的。"

周氏骇然。

五太太施氏道："可看刚刚席间他二人的模样，倒也不像感情不睦的样子，会不会……是百顺弄错了？"

吴氏道："那是在悦卿跟前伺候了十多年的小厮，怎么可能弄错？"

周氏斟酌道："可五妹说得也有道理，这小两口不像是那等看不对眼的夫妇，且殿下天人之姿，悦卿一个血气方刚的男人，日日对着这样的美人，不可能全然忍得住，便是分房，想来也只是暂时的。这不是刚留了他二人在府上小住吗？悦卿是知道他奶奶对重孙儿有多惦记的，说不定借着这次机会……"

周氏点到即止，在场众人再度爆发高度默契，不约而同地双眼一亮，那厢愁肠百结的文老太君亦抖擞起来："那得去盯着。"

众人一愣，六太太谢氏讪笑："这种事，不好盯吧……"

文老太君不以为然："那不盯着，回头又给那小子糊弄过去呢？"

周氏忙圆场："是是，这个机会若还放过，那日后悦卿再想圆房，可就难上加难了。只是新妇毕竟是帝姬，悦卿那耳目又是一等一的，要想神不知鬼不觉地去盯一回，倒还真是件难办的事。"

这话是很实在的，在场众人一时又绞尽脑汁起来，片刻，文老太君那细长双眼朝吴氏一盯。

吴氏正拈来一块枣糕欲吃，霎时定住。

文老太君微笑："你应是宝刀未老的。"

吴氏一怔。

长空澄碧，蓦然一道银光冲天而起，练武场上，褚怿枪走如龙，赤红枪缨飒飒飘舞。

褚恒、褚睿双双定睛在侧，脸上神情倏而激动，倏而紧张，倏而又惭愧无色。

远处，褚蕙精神振奋："这一招名叫'燎原百击'，交战之时，只要一招击中，便如燎原之火，顷刻烧得敌营片甲不留！"

接着，她又道："这一招是褚家枪里的第一路枪，名唤'勾枪'，待敌械进犯时趁机取之，可以虚引实，一击毙命。这是'中平枪'，枪诀云：中平枪，枪中王，高低远近都不防。大哥使这一招，果然是所向披靡，枪中霸王！"

飒飒气流声震荡空中，枪头上那一抹红影疾如星火，直看得人眼花缭乱，容央只好敛眸，改去看那耍枪的人。

这一看，更是目眩神摇。

伴随枪镦扎地，不住震颤的枪尖在空中一阵嗡然激鸣，褚怿收势，重达六十斤的一杆红缨枪在掌中唰唰一转，再扎地时，头微微侧开，朝场外看去。

额头热汗随他转头的动作一洒，堪堪自睫前荡过。

练武场外，一人衣袂飘扬，眸底繁星尽在他眼中。

褚怿挑唇。

褚恒、褚睿意犹未尽，纷纷上前来讨教，褚怿逐一讲解，余光中，那抹倩影走近。

最先过来的却是褚蕙，一样是张口就问枪法，褚怿简单讲完，吩咐他三人自去练习。

午间的风有点燥热，容央走入一片浓郁绿荫，对着树下长枪齐整的一排兵器架打量，便欲去碰其中一把，一杆红缨枪从头而降。

铿一声，掼回面前的兵器架上。

容央抖如筛糠。

耳畔有低笑坠落，容央愤然抬头，对上树荫下那双深邃的眼，气急败坏。

褚怿致歉：“对不住。”

眼中依旧似笑非笑。

容央腹诽：死冤家！

树上有蝉声起伏，间或也有小鸟三三两两结伴掠过，褚怿慢慢敛去痞笑，低头：“怎么过来了？”

容央不看他，语气仍带三分愠恼：“有人夸你枪法好，硬要带我过来见识一下。”

褚怿挑眉，声骤然压低：“真想见识一下？”

容央乜斜，眼神不耐烦，什么叫真想见识，刚刚不是已经见识过了？

褚怿薄唇又勾起个微小弧度，片刻退开半步，抬肘抹去脸上热汗。容央半耷眼皮，注意到他被风吹敞的衣襟，豆大热汗顺着脖颈下滑，淌过那喉结，一径往底下流去，随着他抬臂动作，衣襟敞得更大，半边肌理匀称的胸肌在暗影里起伏，上面还缠着半条旧疤……

目光蓦然像被烫了烫，容央闪开。

褚怿擦完汗，潦草地把衣襟拉拢，转头时，看到小美人冷傲的侧脸，和浓荫里泛红的耳垂。

场上，褚睿三人的声音传来，似在争论什么。褚怿没留心，看容央往前走，便跟过去。

长兵边上是三排短兵，头排齐齐整整地摆放着各种款式的剑，容央抚过一把双剑剑墩上垂挂的金黄丝绦。褚怿道：“想学吗？”

容央漠声：“不想。”

被拒绝得这样干脆，褚怿也不恼，仍是淡淡笑着：“必要时可防身。”

容央勾着那丝绦："不是有你？"

褚怿扬眉，眸色更深一寸。

风吹下一片飒然轻响，悄然跃动的心跳声沉入其中，褚怿眸深如海。

不可否认，这话于男人而言，是十分受用的。

"是。"那受用的男人勾唇。

（5）沁园春

夜里，一场家宴热热闹闹，欢声沸腾。

文老太君爱看杂技，酒过三巡，便有吴氏精挑细选的戏班子在庭中登场，先是趁着锣声缘竿而上，后又弄刀跳丸，吞刀吐火，名目之多，丝毫不输城中勾栏，直勾得席上众人鼓睛暴眼，膝不移处。

然容央到底是眼高于顶的，趁着酒兴看了半晌，便有点腻味起来，目光开始在人群里逡巡。

这仔细一环视，方发现阖府上下除褚怿外，竟再无一成年男人赴宴，各房里的小郎君都还年幼，年纪最大的不过是堪堪束发之年的褚恒，小的则还是襁褓稚婴，东一个西一个地散落在各房女眷之中，实是阴盛阳衰得很。

容央骇然，心想就是在禁庭参加宫宴，也没有过男性成员这么少的场面，这忠义侯府看着六房之多，各房的妻妾也不算少，可香火这块，似乎比后宫还令人堪忧哪……

正唏嘘，一场戏罢，吴氏带头祝酒，容央忙把案上酒盏端起，同众人一道朝文老太君敬去。

亥时一刻，端午家宴临近尾声，容央三分微醺，借口疲乏先行离席。

褚怿的别院在东南角，入院后，尽是蓊蓊绿影。容央不识路，由府上的小丫鬟领着进了寝屋，展眼一看，眉头便蹙起来。

这一派硬生生的家具，可真是那人的风格哪，继而后知后觉，府里没给她准备就寝的寝屋吗？

正不满，外间脚步跫然，候立帘外的小丫鬟忙颔首行礼，容央转头，便欲开口质问，来人突然隔空对她比了个噤声的手势。

容央憋住。

褚怿示意那丫鬟退下，屋内顿时仅剩二人。

"干什么？"容央眉尖轻蹙。这人分明刚刚还在席间的，怎么一下就跟到这儿来了？

褚怿上前，目光在屋里扫了一圈，最后竟像颇局促似的，在离容央最远的一把交椅前坐下。

容央越发狐疑。

“刚刚的晚膳，可还合胃口？”褚怿思来想去，还是决定谈迂回些。

可对方并不领情：“你到底想说什么？”

褚怿嘴角收紧，大马金刀地坐着，微微俯身，双手交握着往膝盖上一放：“今夜不分房，行吗？”

夜还不深，可他声音已分外沉，容央一个激颤，定住神后，抬眉：“你昨夜还说，不该痴心妄想的。”

褚怿讪笑：“只求同衾共枕，绝不越雷池一步。”

容央便也笑：“你自己信吗？”

褚怿一怔。

容央迤迤然上前，径自在他旁边坐下，侧身去提案上茶壶：“怕给外人知道我们分房的事，有损你褚大郎君的威名？”

褚怿看过去，视线先停在她手上，后往上移：“难道不会损殿下的威名？”

容央一怔。

褚怿把茶壶从她手里拿走，径自给自己倒了一杯喝。容央默默看着，想着他刚刚的话，后知后觉的懊恼气闷蔓延胸口。

忠义侯府到底不同帝姬府，头一次回夫家就跟夫婿分房睡，传出去后，定然会有些不安分的嘴在背后瞎编派。如是说帝姬不待见驸马，那就免不了扣一顶无礼跋扈、不守妇德的帽子下来；如是说帝姬不被驸马待见……

容央简直不能往下细想。

她脸一冷，瞪向褚怿，怀疑之色十分明显。

褚怿撇清：“臣没答应过要留下来过夜。”

容央气极，合着他反倒很无辜了？

“那你在床下打地铺睡！”

褚怿这回并不让步：“不行。”

容央：“？！”

褚怿偷偷往窗外瞟一眼，把杯里剩下的茶喝完，蓦然扬声吩咐外间的丫鬟备水。容央目瞪口呆，不及反驳，边上人已开始解外袍：“殿下先，还是一起？”

容央这回简直暴跳如雷。

夜幕浓黑，层层青瓦上，两条纤细黑影潜伏在斑驳树影里，隐秘无声。

当首那个生着一双带有皱纹的丹凤眼，四肢纤长，气息尤为匀稳，正是今夜“临危受命”的吴氏。至于她边上的那个，则是一并给文老太君揪来的又一个“见习斥候”——六太太谢氏了。

吴氏、谢氏二人皆行伍出身，其中吴氏从戎前，曾于江湖中辗转数年，一身轻功踏雪无痕，素有“夜雁”之称。谢氏将门之后，虽然不如吴氏身经百战，但一双耳目极是聪明，最适用于入夜探听。

此刻，夜风缓缓吹拂树影，夜行衣护体的两人趴在屋脊上，默默对视一眼，彼此内心俱是无奈。

吴氏作为如今的长嫂，虽然郁闷，但还是要身先士卒，短暂颓丧后，立刻重操旧业，悄无声息揭开一块青瓦。

谢氏背负着那份大材小用的屈辱感，心不甘情不愿地瞄过去。

正在此时，底下床榻一声震动，吴氏手上青瓦险些滑脱。

谢氏眼睛瞪圆，二话不说把脖子朝前一探。

夜风在耳边徘徊，低迷的树叶摩挲声中，间或有少女被压制的呻吟声断续从底下传来，谢氏、吴氏双目大睁，透过那半个巴掌大的缝隙朝里细窥，然而除那点不时震颤的帐顶外，别无所见。

谢氏抬头，用眼神反馈：你这地方选得不太对。

吴氏尚有三分理智：你想干啥？

谢氏忙敛目。

这时，又是一声低吟在床帐里响起，继而是少女半羞半恼的声音：“再来一次！”

屋上两人一惊。

一个胆战心惊：还……还要一次？

一个忧心忡忡：这……这就一次了？

不多时，底下动静又起，依稀藏有男人的低笑，屋上两人老脸骤红，再无勇气细听。

吴氏匆匆把瓦片盖回，在谢氏臂上一拍，拎着人落荒而去了。

青瓦盖上之后，褚怿把手中纤细白嫩的脚踝松开。

容央正攥紧被褥做着被他挠脚心的准备，冷不丁得到解脱，一时茫然地睁开双眼。

床帐中，褚怿一袭雪白中衣屈膝而坐，容央往上一瞄，反应过来：“走了？”

褚怿点头。

室内烛火熄了一半，影影绰绰的帐幔内，对面人的小脸因憋过笑而泛着妍丽的潮红，褚怿默默把视线撤开，掀开被褥平躺下去。

容央缩在里侧，余光瞄到他躺下，本意想再往里挪一挪，然身体竟半天没听使唤。

于是，她轻咳一声，道：“你往外一点。”

褚怿抱着双臂，一动不动："殿下不妨看看自己那边还富余多少。"

容央扭头，惊见床里侧空着一臂多长的区域，眉头一蹙，愤愤不平地往里挪去。

片刻，她又道："总共玩四回，回回都是我输，不公平。"

褚怿这回没吱声，也不知是不是在那儿暗暗地笑。

先前沐浴完后，容央本是三令五申不准他在床上越界的，奈何刚一上床，褚怿就又朝她做了个噤声的手势，继而用眼神示意上方。

容央在某些方面的确很冰雪聪明，当下领会过来，一时且惊且怒，且怒且无奈。

究竟是出于怎样的不信任，内宅里的老祖宗才会派人来听孙儿的床帏？

容央匪夷所思，却又知道这种事偏偏强硬不得，否则越是撵，对方越疑上加疑，来势汹汹，因而再如何愤懑，也只能生生咽下。

只是，单这样挺尸一样地睡着，又如何能打消屋外人的疑心呢？

容央对大婚前宫中两位女官的教导很是刻骨铭心，思来想去，只得蹈锋饮血，为尽快把"敌人"逼走着想，很有牺牲精神地跟褚怿偷偷提议："我跟你玩猜枚，谁输，谁被挠痒痒。"

褚怿当时眼神很静，沉默一刹，便点头，继而乖乖地坐起来跟她猜枚。

这一猜，便是她足足被挠了四回脚心。

想她嘉仪帝姬也曾是各种酒令里的一员常胜大将，怎么今夜到了他褚怿这里，就败得这样丢盔弃甲，惨不忍睹？

容央愤恨不甘，越想越痛彻心髓。

这时，枕边人淡然地道："殿下若是想挠人，直接上手便是，臣保证不躲、不恼。"

容央心道谁想挠你，人却抱着被衾坐起来了。

褚怿双眼微开一条缝，对上那双滚圆的大眼。

容央上下把人一扫，坚决地公布："我不挠你脚心，我要挠胳肢窝。"

褚怿大义凛然："随意。"

容央哼道："那你倒是把手拿开啊。"

褚怿这回眼睛全睁了开来，看着对面人，把环在胸前的双臂往两边一放。

容央窃笑，立刻俯身朝那觊觎已久的地方偷袭过去，不攻不知道，一攻，才知这碉堡竟是这样的坚硬如铁，而更气人的是，攻了半天，那人还浑然没有反应。

容央瞠目，又用力顺着他胳肢窝往下挠了挠。褚怿平躺着，眉都没动一下。

容央怒道："你为什么不笑？！"

褚怿镇定自若："并不想笑。"

容央：“？！”

这算什么回答？！

容央偏不信这个邪，目中精光一聚，复又顺着他侧腰往下袭去，继而越界至小腹。

便在这时，手腕突然被他擒住。

容央冷笑抬头：“你干什么？是你说不躲、不恼的！”

暗夜里，他一双眼深沉如晦，闻言似笑非笑：“再往下，怕你恼。”

容央懵然，顺着两人交触的地方看去，脸上顿时如水沸腾，险些冒起烟来。

褚怿松开手，容央立刻转身钻回被衾里去，背对着他佯装无事发生。褚怿笑，双臂抱回胸前，调整气息压下旖念，继续入眠。

不多时，身侧又一阵窸窣声。

褚怿转头，果然对上一双晶亮的、丝毫睡意也无的眼。

“你家里人为何连你的床帏之事都要管？”她突然来这么一句，愤愤不平、气势汹汹的样子。

褚怿欲言又止。

容央恼火：“眼下是监督床帏之事，那日后是不是连何时有孕，何时生产，乃至所生是男是女，总共会生几个她们都要来管？”

褚怿一愣。

容央一股脑轰炸完后，又后悔起来。论理说，上述一串的事的确是夫家要管的，不过她毕竟是一国帝姬，且有独立的帝姬府在外，应该可以有点自治权、隐私权吧？

褚怿静静看着她，还是没有回应，容央在这沉默中感受到一股不安来，再次抱被坐起。

褚怿唇深抿，跟着坐起来。

帐幔里，两人四目交接，暗流涌动。

“父亲只我一点血脉，奶奶的确盼子心切。”

褚怿顿了下，直言：“侯府缺子嗣，缺男人。”

他坦然告知，平直的语调里听不出什么态度，反倒是容央怔了怔，想起今夜在席间所见——

人头攒动、座无隙地的厅堂里，能为忠义侯府挣功名、传封荫的血脉，的确寥寥无几。

可是……

容央颦眉：“她们没生儿子吗？”

褚怿知道她问的是什么，答：“生了。”

容央便更费解府中缺男人一说：“那人都到哪儿去了？”

褚怿敛容，静默地答：“死了。”

烛火昏暗的床幔里蓦然一片阒寂，仿佛一切声息都沉入了他那双平静的眼睛里。容央骇然垂落眼睫，一些被搁置的片段涌上心头。

“庆义十一年冬，关南高阳一役，父亲命丧降将韩德晖刀下。庆义十二年开春，官家下令攻契夺城，二叔身先士卒，就义于云中山。三叔领兵前往支援，穿越赤溪涧时，逢大雾，被埋伏四周的贼兵截杀。

“平熙二年夏，居庸关告急，褚家军奉旨驰援，二叔长子在战中殉国，半年后的大捷中，又重伤去了一个。三叔共四个儿子，已从军的有两个，一人殁于前年的陵光之围，一人殁于今年的金坡关。四叔还没成家，亦无妾室，膝下至今一无所有。五叔六叔的儿子尚且年幼，最年长的就是今夜宴上的褚恒。

“褚家有规矩，最晚弱冠、最早束发便须前往关城参军，我这一辈，在关城戍守的共六人，而今已故四人。四人之中，无一人年过弱冠，无一人成家，无一人有后。”

长夜如封，褚怿平静道来，低哑的声音里裹挟着滔天的浪，一下一下地卷落在容央耳边。

——四人之中，无一人年过弱冠，无一人成家，无一人有后。那意思便是还不到二十岁，他的堂弟们就已殒命于疆场？

心脏登时像被什么东西紧紧攥住，容央几次如鲠在喉，最后心虚气弱，小声支吾：“那，那你倒是，还挺厉害的……”

褚怿看过去，盯着那双颤抖不安的睫毛，扯唇一笑。

容央更加尴尬，突然想起刚刚他说从军的年龄最早是束发，便岔开话题道：“可我听说，你参军时才十二岁的？”

褚怿沉默了下：“嗯。”

容央不解：“怎么会那么早？”

十二岁，还远远不及束发。

褚怿道：“想去看看，那地方究竟长什么样。”

那让他父亲一去不回的地方，那把褚家男儿一个个埋葬的地方。

帐外烛灯似乎又熄了一盏，里面光线昏黑下来，褚怿眸中的光也随之一黯，只那声音里依旧有笑，几分冷然，几分自嘲。

容央更有一种苦不堪言之感。

时辰应该很晚了，窗外的风都走了，容央抱着被衾躺下来，褚怿也躺下来，两人望着帐顶，一时无话。

不知多久，容央突然道：“你回京，是特意回来成亲的？”

褚怿手臂习惯性地往脑后一搭："嗯。"

容央吞口唾沫，嗫嚅道："那你……是不是也很想要一个孩子？"

褚怿闭上眼："不重要。"

容央扭头。

怎么会不重要？

"十月怀胎是你，辛苦生产是你，日后陪伴养育，多半也还是你，所以生不生，何时生，也都在你。"

茫然中，他声音落入耳里，语气之笃定，态度之温和，让容央愕然。

他明明很需要子嗣，明明有很重的担子，可是这一刻，他却说他的想法并不重要，重要的是她愿不愿，她想不想……

容央胸口又酸涩起来，缓缓侧过身，在他衣袖上拉了拉。

褚怿睁开眼，不知是不是错觉，这一刻，面前这双明眸竟有几分温柔。

"我会给你生孩子的……"

夜里，她突然极小声地向他承诺，却又话锋一转："但现在还不成。"

褚怿眉峰挑起。

容央郑重地道："我还没喜欢上你呢。我只会和我喜欢的人生儿育女的。"

褚怿哑然，想起在农舍小院外的那个夜晚，低低一笑："是，还没一将功成，一雪前耻。"

他这一次是真的笑了，眉眼舒展，眸底的冷气在弥散。

容央看痴一瞬，反应过来后，又不迭腹诽：笑什么，说得好像只要你一将功成，就一定能得我芳心似的。

心念转动间，思绪飘开，容央勾住一撮发丝，曼声道："不过要是日后我们有了孩子，那定是这天下最招人喜欢、最受人仰慕的孩子。男的呢，一定最英俊；女的呢，一定最可人。毕竟我这么美，而你……"偷偷瞟过去，"也还是不赖的。"

褚怿勾唇："听着似不如你。"

"本来就不如我。"

"哦？"

容央看着他的睡颜，欲言又止。

月光幽淡，他闭着眼，安静地躺在枕边，一张英俊的脸就近在眼前。容央蓦然想起大婚那夜，她偷偷看他侧脸轮廓的情形，想起自己在月光下，隔空去描摹他的脸……

那一夜，她想到的是八千里路云和月，大漠孤烟，铁衣披雪。

这一刻，她想起华灯璀璨，烟火人间。

褚怿倏然睁开眼。

月照朦胧，两人的目光就这样毫无防备，也无须防备地交汇了。

容央脸骤红，腾一下背过身去，瓮声："不许越界。"

褚怿的心在怦动，垂眸，提醒对方："头发越界了。"

容央把散在身后的头发捞回去，小身板倔强地侧卧着。

褚怿笑，转回头去入睡。

他睡不着，可他第一次觉着，其实睡不着的夜，也可以很美。

（6）广寒枝

夜阑人静，褚怿披上一件外袍，信步往府中湖心亭散心。

忠义侯府建府多年，庭院各处的草木都十分繁茂，褚怿形影茕茕，漫步在重重树影下，听着起伏在暗处的蝉声、蛐蛐声、蟋蟀声，思绪冗长而繁杂。

临近湖边时，心神一敛。

如钩银月倒映水中，清辉粼粼，树影婆娑的湖心亭内，一人背对岸边独坐，桌上两盘小菜，一壶小酒。

岑寂的夜色中，有低低曲调顺风传来，是那人在亭中哼着小曲。

褚怿压下心中震愕，定睛又把那身影辨了片刻，确定的确是那人后，哑然一笑。

下一刻，阔步上前。

檐角灯笼被夜风吹动，亭中人膝上的婆娑剪影跟着摇曳不休，伴随他敲打在石桌上的节拍，身后传来青年的调侃："四叔还是一如既往会赶时间。"

不早不晚，偏偏等端午家宴结束后赶回府来。

那悠扬的曲调一顿，亭中人哼笑："那不然，再给她们轮番逼一回婚？"

灯影绰绰，四爷褚晏一张侧脸映在月中，鬓黑如漆，眉目分明，笑起来时，胡子拉碴的嘴角展开浅浅的笑纹，其中一条里，藏着个圆而深的酒窝。

他今年三十有二，于普通男子而言，早已是为人慈父的年纪，而他孑然一身，落拓潇洒，眼角眉梢依旧留存着少年时的明朗热烈。

便如此刻，分明是一副披星戴月、餐风宿雨的不修边幅之态，可那一言一笑里，却无半丝奔波的疲惫和被弹劾的惶然，甚至还小菜备着，小酒喝着，在所有人为他悬心的时刻，坐在这儿曼声轻歌。

褚怿苦笑，上前道："是劫躲不过。"

褚晏正提壶倒酒，闻言长叹："果然姜还是老的辣，我养了十年的狼崽子，给她老太太用美人计一使，转头就倒戈了。"

褚怿很自觉地拿一个酒杯送过去，不答。

褚晏斜他一眼，一面给他把酒满上，一面道："不过看来小狼崽过得不大好，不然怎么软玉温香在怀，不在那儿春宵一梦，反来这儿同我一糙汉乞酒喝？"

褚怿回味"软玉温香"四字，淡哂，然琢磨着"小狼崽过得不大好"那句，又忍不住反驳："没有。"

说罢，把酒一口饮下。

褚晏抬眼："哦？"

怀疑态度不言而喻。

褚怿笑而不语，搁杯道："朝中已有近半言官就上官岫假公济私、党同伐异、酒后失言等罪上书弹劾，但山西杀降一事还是沸沸扬扬，四叔准备如何应对？"

上官岫官至正二品参知政事，人在高位，牵一发而动全身，照理说，发动大量言官对其进行弹劾，足以在朝中掀起一层骇浪，然这份影响力跟打着戴罪立功的名号前往山西平乱，却擅自改变招安军令大肆屠戮的褚晏相比，还是有点小巫见大巫。

更何况，后者还是从一品的骠骑大将军。

端午休沐只三日，三日后一上朝，褚晏必成众矢之的。

话题转至公事，褚晏眼底那抹痞笑依旧不减："能怎么应对？自然是老老实实负荆请罪去，争取能落个宽大处理了。倒是你，明明派人三令五申别咸吃萝卜淡操心，怎么偏还插手进来？不知道你自己是老太太的心肝肉，侯府的命根子？"

褚怿道："覆巢之下无完卵，正是知道，才不得不插手干预。"

褚晏扯唇，这话听着怎么这样刺耳？

"是，老四叔办事不力，让你小子操心了。"

褚怿又倒酒："举手之劳。"

褚晏额头青筋跳动，按捺住揍人的冲动。

自己养大的崽，活该，活该……

"四叔为何杀降？"酒壶放下，褚怿切入正题，亭中氛围悄然肃静。

褚晏把手里的一杯酒灌下，扬眉："若是你小子在，只怕还不只是杀降那么简单。"

大鄞虽然繁荣，民间暴乱却屡禁不止，至今时，已成稀松平常之态，究其根本，除少数地区的确有贪官污吏、官府压榨，迫使大批难民不得已走入绿林，所谓招安的平乱政策亦是暴乱的诱因之一。

所谓招安，即朝廷用钱帛、官位对起义、作乱的暴民进行劝降，以令其归顺朝廷，化干戈为玉帛，在最短时间内解决暴乱。

于领命平乱的官员而言，动用国库化解恩怨，进而功德圆满，加官进禄，自然是一桩美事。而于被招抚的绿林，何尝不也是因祸得福？

容央不由得止步，展眼望去。

湖心一座两层高的阁楼上，有鬓影衣香起伏，一时彩袖翩跹，歌声绕梁，琴音不绝如缕。

前面引路的大丫鬟看她对着那处走神，解释道："那边是采星阁，眼下应是老太太给四爷安排的娘子们在向四爷献艺。"

容央扬眉，细听那乐音片刻，赞道："箜篌弹得不错。"

大丫鬟笑道："四爷爱听箜篌，那位是老太太专门派人从江南寻来的乐姬，八音之中，最擅长的便是这门乐器。"

容央了然之余，颇感意外。

原本以为这位年逾三十还没成家的大将军只是个专攻军事、不解风情的战痴，没想到私下里也还这么有闲情逸致。

可是，既是好乐之人，那想来身边一直是不缺美人相伴的，怎么都这把年纪了，还会孑然一身呢？

容央费解，走神间，阁中乐曲戛然而止，少顷，换曲而奏。

所换曲目，竟是《湘妃竹》。

容央缓缓蹙眉："弹这首，就太一般了。"

离开水榭，眼瞅着日头渐高，该到用午膳的时辰了，容央便吩咐打道回府。

那大丫鬟便又忙领着三人往褚怿的别苑闻汀小筑走。午膳只在各房屋里自用，晚膳时，方一并去前厅赴宴，今日是给四爷褚晏接风。

转入后院，树影葳蕤的墙垣那头传来少女低低私语声，一行人想当然认为又是下人在议论四爷的事，静默走着，没放在心上。

正当穿过月洞门进去时，那压低的窃语里突然爆发一记扼腕长叹，一人道："只可惜了大哥哥，奶奶费尽心思把他弄回来，贤惠夫人娇美妾，样样都替他选得妥当了，就等着成事后挨个地抱重孙，没想到竟然……唉！"

这一叹，实乃情真意切，苦恨绵绵。

墙外四人齐齐变色，领路的大丫鬟十分尴尬，随行的雪青、荼白相继蹙眉，容央神色冷凝，一动不动站在原地。

可惜？他褚怿尚主还可惜？

贤惠夫人娇美妾？什么东西？！

还"唉"？唉什么啊？！

容央无语，皱眉压下一肚子火，便欲上前去一探究竟，那墙下又传来一人声音。

"要我说，那三个妾室倒也还罢了，最让人不舍的还是雁玉姐姐，那样好的性子，又是自小跟大哥青梅竹马，一块长大，盼了他那么多年，眼看就要修成正果了，哪知给……横空插足，这一生的姻缘幸福，就这样葬送了……"

墙外，那侯府的大丫鬟越发诚惶诚恐，“被插足”的当事人更是不消多说，险些气倒。

可越是这种时候，越是不能在情绪上受制于人，当事人自认常年混迹于宫闱之中，很是明白这个道理。

于是，容央小脸紧绷，生生咽下那一口恶气，下一刻，挺胸敛容，强行挤出一抹笑容，阔步往前行去。

松树下，绿荫如墨泼，三房的褚琬和六房的褚苓坐在长椅上，正一唱一和地为那没能过门的雁玉姑娘大鸣不平，耳后突然传来一声低笑：“雁玉是谁啊？”

两人转头一看，瞬间花容失色。

浓荫里，嘉仪帝姬美目流波，笑容可掬，曼声道：“是府上原本定给大郎的夫人吗？”

褚琬、褚苓两人脸色越发难看。

还是年纪较长的褚琬回神得快，拉着褚苓行礼告罪后，讪笑道：“回殿下，那是大哥哥表舅家的姑娘，姓林，闺名雁玉，比我们几个姊妹略大一些，因平日里多有往来，所以奶奶先前的确有意让大哥哥上门去求娶。”又忙转折，“不过后来官家赐婚，这事就再没人过问了，毕竟殿下金尊玉贵，倾国倾城，大哥哥能够尚主，又哪还有心思去想别的呢？”

容央“哦”一声，道：“那他都没心思了，你们又还想什么呢？”

褚琬一震，脸乍然涨红。

容央视若无睹，继续慢条斯理地道：“刚刚听你们说，他们是青梅竹马呢？”

褚琬深吸一口气，咽下心里那点委屈：“是。”

“六礼都到哪一步了？”

这问的便是议亲的细节了。

褚琬越听这高高在上的口气，越感气闷不甘，想到此刻站在自己面前的，本该是那温顺体贴、同她知心知意的林家姐姐，一时更愤然难平，遂心一横，硬声道：“其实，都已经开始纳彩了。”

言外之意，如果不是你这半路杀出来的程咬金，人家小两口早就把婚事定下，比翼双飞了。

却听容央道：“哦，那就是八字都还没一撇嘛。”

褚琬：“？！”

六礼之中，纳彩只是第一步礼，问名是第二步礼，其中包括取双方八字占卜问吉。

容央微笑：“既然只是些没影的事，日后就不要再提。大郎如今有我了，可林家的表姑娘还待字闺中哪，你们在这儿多嘴多舌的，虽然并无坏心，可若被有心人听去胡乱编派，岂不是平白损坏人家的名誉，耽误人家的姻缘了？”

她极和蔼地看着褚琬：“多不好的事，对吧？”

褚琬匪夷所思，平生简直头一回遇上这样脸皮厚的人，分明是她拦截插足在先，害林姐姐芳心碎尽，痛不欲生，怎么倒还有脸这样理直气壮？

还有，什么叫“被有心人听去胡乱编排”？这里除了她，还有哪个“有心人”吗？！

褚琬嘴唇抽动，几次张口结舌，奈何修为尚低，硬是没能反诘回去。

容央此刻极为体贴，断然不再为难褚琬，留下一笑后，领上人迤迤然去了。

走开两步，她倏地转头：“那三个妾……”

这一回，不劳褚琬回答，领路的那大丫鬟已上前道：“回禀殿下，那是老太太为子嗣考虑，在大郎君回京前准备的，但大郎君平日里忙，尚主前，老太太一直没寻着机会把人抬入府，只安置在外边的偏宅里养着，尚主后，因怕殿下多心，就遣人私下里把人送走了。”

容央神色缓和，继而轻叹：“那真是可惜了。”

众人一愣。

褚怿在练武场带完褚恒、褚睿及褚蕙三人，低头轻嗅身上气味，眉间微拢。

天到底是热起来了，明明也没怎么动，汗气就直往鼻孔里钻，想到屋里那位娇祖宗，褚怿心里叹气，站在练武场上吹了会儿风后，方往闻汀小筑走。

刚一进院，有个大丫鬟面色颇凝重地赶来，低头朝他禀告了几句。

褚怿听完，挥手把人屏退，径直入主屋。

日照荧荧，那人长裙曳地，正坐在一方榻上，一手支颐，一手拨弄花瓶里新鲜的八仙花。

她的指甲今日是花青色，映衬在一片丁香色的八仙花里，深深浅浅，比花更鲜妍。

褚怿在坐榻前站定。

容央拈下一瓣花，朝他道：“听说老太太一早就给将军准备了三位姬妾，因为要尚主，怕我不同意，所以最终没有抬入府？”

褚怿看她一眼，镇定自若地在小案对面坐下，声音无起伏：“嗯。”

容央细辨他脸上神色，什么都没看出来，只那一声没有情绪的“嗯”干巴巴的，越品越令人不畅快。

他就不解释解释，比如打一开始起，他对那三位姬妾就没有任何兴趣；比如就算她会同意，他也不会因为缺子嗣去宠幸他人？！

容央不悦道：“那我若是同意呢？”

她眼睛更亮了，直如镣铐一般把对面人锁着。

褚怿心里明白得很，扯唇：“没那力气。”

没那力气？

容央蹙眉，愠恼以外，另一股疑惑又在心底升起：“很……费力气？”

室内静得针落有声，彼此大眼对小眼，看似平静的眼波底下，俱是惊涛骇浪。

容央抿一抿唇，强笑道：“我的意思是，妾室而已，又不用循规蹈矩，相待如宾，处起来，也会费力气吗？”

花瓶旁边，沏有一盏半温的花茶，褚怿不管，拿起来就喝了，喝完笑道：“会。”

容央盯着那盏茶，瞪大眼，那是她刚刚被烫了一口后，特意晾凉的啊。

还有，他怎么直接拿嘴往自己用过的茶具上凑啊！

容央又羞又恼，反应过来后，意识到根本没听到他刚刚的回答，眼睛眨了几下：“什么？”

褚怿从容：“会累。”

容央这回反应很快：“是因为跟我相处累，所以觉得跟其他女人相处也会累吗？”

褚怿意外，这回居然觉悟这样高？

容央看他这表情，立刻就明白了，霎时一声冷笑：“是，我这样任性，哪里比得上人家表舅家的姑娘，那样好的性子，又是自小和你一块长大的青梅竹马，你随便一个眼神，人家就能知心解语，若是同那样的夫人相处，你定然就不会感觉累了。”

褚怿听完这一番酸溜溜的话，眼睛眯起来。前面那些倒也罢了，后面这一大串“知心解语”的东西，她都是从哪儿搬来的？

难道也是褚琬、褚苓那两个讲的？

褚怿定神，心里突然冒出个促狭的念头，语气淡淡地回：“是吗？”

——是吗？

容央一愣之下，更气得冒火。

还反问？什么意思啊！

褚怿笑：“说起来，成婚前，奶奶的确属意于林表妹，不过到底是有缘无分，便如……殿下和宣德郎，以及，探花郎。”

容央双眼立刻瞪得如铜铃一样。

好生厉害的家伙！

非但用一个“奶奶属意”把自己摘了个干干净净，还拿“有缘无分”反杀到她头上来！

“还有帝姬和亲一事，在此之前，大鄞从无帝姬下嫁邻国的先例，前去和谈的副相大人难道不清楚？嘉仪殿下于陛下而言意味着什么，他上官大人会不明白？可偏是如此，他还擅自应承契王，回京极力怂恿陛下同意和亲。这份耻，究竟是拜褚家军所赐，还是拜他上官岫、拜你们这批所谓能臣所赐？！”

被点名痛批的上官岫一个激灵，满腔愤懑喷发在即，又念及此刻敏感的身份，生生吞咽回去。

这时，大殿上方传来震耳拍案声，官家把一方白铜鎏金镇纸扔开：“就事论事！不要再翻那些旧账、烂账！”

底下众人噤声，吴缙慨然上前，手执象笏跪地道：“骠骑大将军褚晏一心向民，平乱有功，恳请陛下明鉴！”

王靖之一行不甘示弱：“无故杀降，视为抗旨，恳请陛下秉公执法，以儆效尤！”

官家头痛欲裂，双手交握抵在额前沉吟，想起褚晏这事最先是御史中丞刘石旌那厮告发的，遂扬声唤道：“刘石旌！”

大殿鸦雀静默，乌泱泱的人群里，半晌无一人应声。

众人面面相觑，开始躁动。

官家拧眉，目光在底下巡视片刻，恼火道：“人呢？！”

丞相范申眸色暗变，上前道：“刘御史近日旧疾复发，今日恐是病情加重，前来告假的小厮应该正在宫前传话了。”

吴缙立刻道：“传话？这都上朝快一个时辰了，他刘府的小厮是从天边来的吗？”

复又有人嘀咕道：“明明昨日还瞧见刘御史在入云楼中同人宴饮的，李兄，是吧？”

“这监察之首、状告之人都不出面，褚大将军一事，还怎么审啊……”

“倒是弹劾上官大人的几位侍御史都在，难不成，先把上官大人给审了？”

大殿内私语窃窃，相较刚刚的鸦雀无声，更显凝重肃杀。范申岿然站立，虽然面上不显山露水，但内里已然心焦。

今日上朝，就是等着他刘石旌呈上罪状，率众给皇帝施压，把褚晏前前后后所犯之罪一并严惩，以弥补革褚怿实职不成的损失，把打压忠义侯府、收夺兵权的计划往前推进一大步。

怎么一到关键时刻，这人就掉链子了？

不，不可能，刘石旌身居要位多年，绝对不是那等不分轻重之辈，今日之事何其紧要，他比任何人都清楚，纵然突发疾病，也绝不会至今尚无一丝消息。

除非……

范申心念电转，眼底蓦然迸射一道寒光。

一个时辰前，盛京城东。

苍茫天幕上点缀着寥寥晨星，夏日昼长，氤氲晨雾已散开大半，御史中丞刘石旌的马车便从这片薄雾中行来，一如往常穿过拱辰大街，朝皇城东华门驶去。

昨夜刘石旌在入云楼中邀友宴饮，喝得颇上头，今晨起床的时辰较往日略晚了些，念及今日大事，穿过拱辰大街后，刘石旌吩咐车夫抄小甜水巷走。

车夫应是，刚拐入巷中，马车蓦然一停。

刘石旌不悦道："怎么不走了？"

车帘外风声微弱，偶有狗吠隔墙传来，响在空阒的街巷里，回音杳杳。

车夫、护卫皆没有回应。

刘石旌心头骤然一凛，便欲掀帘察看，一只骨节分明的手自外把车帘撩开。

青年玄衣凛凛，一低头钻入车中，噙笑道："刘大人，久仰。"

车内光线一明一灭，褚怿唇梢噙笑，一双深邃瞳眸随光黯下，蛰伏其中的凛然戾气越显嚣张。

刘石旌整个人立刻被一股森冷寒气裹挟，胡须发颤："你，你想干什么？！"

青天白日，拦截朝廷重臣上朝的车驾乃是重罪，刘石旌惊怒交集，错愕地瞪着面前人如雕如刻的脸，想到此人来意，脸色越发惨白。

褚怿屈膝在他对面坐下："下官侍卫马军都指挥使褚怿，忠义侯府大郎君，听闻刘大人今日入朝，欲就下官叔父在山西杀降一事传达圣听，请求正法，为确保刘大人秉公执政，不辱御史台肃正之风，下官特来尽绵薄之力。"

刘石旌瞠目结舌，这口吻和架势，哪里是来"尽力"，分明是大张旗鼓威胁恐吓！

刘石旌怒极反笑："本官在乌台执法二十多年，岂还用得着你一个无知刁儿前来指手画脚？别以为我不知你今日意欲何为！"

褚怿面不改色："那更好，彼此心意相通，更便于行事。听闻六日前，朔州刺史派人快马加鞭把一封检举信送入京中，信上所述，皆褚大将军在山西平乱之劣迹，现如今，此信已被作为褚大将军抗旨渎职的一大罪证，被大人握于手中。下官斗胆请大人一示，让我看看那信上所列，可还有什么不妥的地方。"

刘石旌七窍生烟。

把抢夺证物之行美化得如此义正词严、冠冕堂皇，实在是猖狂至极，欺人太甚！

"你……"刘石旌咬牙切齿，"我奉劝你适可而止，莫要太过嚣张！"

官家最宠爱的帝姬夫婿又如何，公然威逼重臣，抢夺罪证，便是跟朝廷、跟天子兵戈相向，如此目无纲纪、以下犯上、胆大妄为之行，随便参上一本，就足够他人头落地！

刘石旌怒发冲冠，狠狠瞪着面前之人，却见其人眉目轩然，扬唇一笑道：“我若偏是要嚣张呢？”

崇政殿，低压氛围里，范申强压心中不安，提议道：“御史中丞不在，由其他侍御史出面纠察，也是一样的。”

周遭有低低议论声，官家霜眉冷眼，道：“传褚晏，朕亲自审问。”

范申眉峰一敛，不动声色低头掩去，退回队列中。

不多时，内侍通传声响彻大殿，汉白玉铺砌的地砖上，一双麒麟金纹皂皮履逆光踏来，一步一声。众人视线上移，晨曦里，褚晏袒胸露臂，被长年累月晒黑的上身疤痕嶙峋，或长或短，或新或旧，赫然如一条条正在啃噬他血肉的蜈蚣。

在场众人不约而同地倒吸一口气，那等平日里连庖厨都不敢一下者，涨青着脸险些作呕。

官家亦眉间微蹙，不知是恼是惊。

众人骇然间，褚晏跪地行礼，官家赐平身。

王靖之按捺不住，冷嗤道：“堂堂一品大臣，衣冠不整，边幅不修，成何体统！”

褚晏笑回：“古有廉颇妒蔺相如德不配位，屡次刁难，明晓其先国家之急而后私仇的良苦用心后，肉袒负荆，登门谢罪。今晏斗胆以廉将自比，为一己之浅陋无知，负荆向陛下告罪，并不觉有辱斯文。还是说，王大人连这‘负荆请罪’的典故都不知？”

“你！”王靖之气得跳脚。

范申及时调解，把王靖之劝下后，对褚晏道：“为将军杀降一事，殿内已快闹成菜市场，将军就莫再火上浇油，径直陈情罢。”

说是“陈情”，可那眼神、语气分明是“低头认罪”。褚晏冷哂，目光投向正上方岿然而坐的帝王。

一眼之后，他后退半步，伏地跪拜。

“臣褚晏粗蠢无能，有负圣恩，金坡关抗敌不力在先，朔州无故杀降在后，恳请陛下降罪！”

一言毕，座下阒然，官家脸色铁青，似没有想到他在殿外长跪一个时辰后，入殿没有任何辩白，直接就把罪认下。官家郁声道：“无故杀降，视同抗旨，其罪当诛，你确定没有一句辩解？”

褚晏道：“诚如各位御史所奏，臣的确下令招安在先，无故杀无罪八千降匪在后，斧钺汤镬，臣皆无怨怼，只有一腔肺腑之言，愿能在赴死前得陛下垂听。”

官家沉默片刻，正声道：“讲。”

褚晏道：

“国朝外敌强劲，内寇奸猾，为以应对，军队之庞大前所未有，每年国库十分之八、六分之五皆用以养兵，百姓赋税繁重，苦不堪言。然纵使如此，边关将士依旧艰辛贫窘：逢战时，所食米饭粗糙稀糜，不足抵一役；所佩衣甲软脆破败，不足当矢石。偶有捷报，全靠置己于死地求生。

“再说各地厢军，招募者有之，发配者有之，受降者有之，编制庞杂，良莠不齐，每年消耗军饷数以百万计。然因军中将校不肃，敛掠乞取，士卒备受盘剥，轻者未尝得一温饱，重者采薪织屦，掇拾粪壤，以度朝夕。臣此番入朔州，亲眼看见有军人之妻女涂脂抹粉，倚靠市门，名曰乞食，实则是变卖肉体填补家用，荒唐至斯，冗兵问题之大可见一斑。

“可就是在这种情形之下，各地镇压乱民依旧动辄招安，一以重金劝降暴民首领，二以本就捉襟见肘的军饷供养大批降匪，美其名曰‘以弥内乱’‘以御外敌’，实则养虎留患，促使他地无知难民争相效仿，以至于各地叛乱屡禁不止，冗兵之弊雪上加霜。

“臣深知，招安之策自先帝始，不敢妄下雌黄，然时过境迁，今非昔比，对如今的大鄞而言，招安乱民已是弊远大于利。臣只悔朔州之行，优柔寡断，不能坚定己志把暴民屠于城外，反引狼入室，至无辜百姓蒙难受辱。种种恶果，皆系臣三番四复，首鼠两端，臣死而无恨，只求陛下以臣为鉴，自今以后，慎用招安之法！”

话声甫毕，大殿之内久久静默，官家攥着那块冰冷的白铜鎏金镇纸，指节泛白。

“你说的……都是真的？”

边关将士食不果腹，各地厢军变法乞食，他大鄞呕心沥血养着的百万士兵，竟是贫窘潦倒到这种地步？！

褚晏轻笑：“都说‘将死之人，其言也善’，臣戴罪受刑在即，又何必再欺瞒陛下呢？”

大殿内一派阒寂，官家悲怒交集，绷紧脸色几次动唇，却根本发不出声音。

使欲去审问范申，范申已主动出列，道：“‘冰冻三尺，非一日之寒’，国朝冗兵之现状，确乎已是迫在眉睫，不过究其根源，恐怕还并不只是褚大将军提及的招安罢？”

众人齐刷刷注目过去，褚晏微微侧目，淡哂不答。

范申道：

“先帝有言：世之危乱，民之失业，此所以各地盗贼横行。诛之不可胜诛，且同胞相残，有违天道，与其赶尽杀绝，不如招纳之以为我用。除大将军刚刚颇为不屑的两大利，招抚的暴民，善良胁从者，可散而归田亩；强猾勇敢者，可驱而攻寇仇。胜，则朝廷享其功；败，穷凶之徒，亦不足惜也。

“朝廷之所以下令让大将军劝降朔州暴民，除以宽仁体恤为本外，更欲假大将军之能，收服驯化，教其本性，健其体格，以便遣至淮南路，平蕲州之乱，救百姓于水火。朔州暴民既降，便与大将军麾下亲兵无异，士卒酗酒犯法，将帅难辞其咎，众文官弹劾，其因便在于此。

“退一步讲，如诛灭暴民首领当夜，大将军仅是杀鸡儆猴，待他日蕲州之乱平定后，大将军将功补过，招抚所产生的费用亦可因降匪之伤亡而削减大半。相比边关连年征伐，穷兵黩武，招安所费之钱财，实在九牛一毛。且西、北两条边防线上，屯兵共一百二十万余，单只忠义侯府，就手握重兵二十万整，此等数目，堪比两省之厢军，冗兵现象，远胜于内地。

“再者，边防固然军队庞大，可军力羸弱，胜少败多，上不能收失地，下不能安关城，就连大将军最能打的褚家军，这回也得靠和谈善后。平心而论，求和所费，远在征伐之下，百姓之负担，亦远轻于战时。故臣以为，冗兵之弊，招抚暴民只是末，边关战火不休，挥金如土，令百姓赋税无止，不堪其重，方是本！”

把冗兵之祸根气势汹汹地从招安转移至戍边，顺道再一提褚家军金坡关之耻，在场的寥寥几位武官直气得怒火中烧。

一国边防，重于泰山，可因朝廷缺钱，边疆将士饮食不饱，装备不利，战败后，用事者不思考如何改善解决，反而认为屯兵戍守逼穷百姓，抵御侵略不如奴颜婢膝……

知枢密院事吴缙浑身发抖，便欲破口大斥，却听褚晏一声冷笑。

褚晏像是终于等来这一句般，头一昂，道：“边关战火不休，挥金如土，不比求和经济实惠……所以，范丞相解决冗兵、为百姓造福的方法，就是不择手段坑害忠良，亲手把六万国军葬送在关外吗？”

声如雷滚，大殿内一阵轰动！

嘈嘈非议声烈如油锅煮沸，众人骇然相觑，议论不休。

范申怒喝：“崇政殿内，你在胡言乱语什么？！”

褚晏不应，目眦尽裂，直面御前放声道：“臣——忠义侯府褚晏，状告丞相范申及参知政事上官岫勾结边将，谋害国军！”

邻墙狗吠声此起彼伏，往日畅通无阻的小甜水巷内一派阒寂，便衣装束的褚家军扣押着马车外战战兢兢的小厮、护卫，看似平静无波的眼底，俱是刀锋凛凛。

车内，蓦然一记惨叫。

褚怿抖开那封从刘石旌怀里夺来的举报函，草草过目一眼后，慢吞吞撕毁。

刘石旌攥着脱臼的手腕，气得呼天抢地，嘶号叱骂间，差点儿背过气去。

褚怿面不改色心不乱，把信撕干净后，自衣襟里抽出一封密函，慢条斯理道：

“此乃参知政事上官岫私通岐州节度使梁桓生，命其在契军进犯时假意战败，继而向朝廷请旨，要求褚家军派兵前往支援的证据。刘大人是聪明人，执掌乌台二十多年，应该明白此事背后，绝不止假意战败和借兵那么简单。

“另外，褚家军大战期间，上官岫和范申一人主和，一人主战，人前针锋相对，人后朋比为奸，多次煽动幕僚搅乱应敌战略，致使官家错下军令，六万褚家军葬身金坡关的罪证，以及战败后，上官岫请缨前往北边和谈，在会上以嘉仪帝姬美色相诱，怂恿契王向国朝下聘的罪证俱在其中。

“烦请大人拿好，稍后上朝，便于检举揭发，一濯乾坤。”

朔州刺史提供的举报函被毁，刘石旌便已脸青筋暴，这厢再闻褚怿让自己拿着他所谓之罪证前去反咬上官岫，饶是手腕剧痛难当，也不由得骂道：“你……简直痴心妄想，丧心病狂！”

褚怿一笑，并不恼火：“大人如今年知天命，但膝下公子，似乎只马军司三营副指挥使刘纲一人？”

刘石旌蓦然听得儿子姓名，瞳孔一缩：“你想干什么？！”

褚怿仍旧是气势十足地坐在那儿，往外打一个响指，片刻，便有沉甸甸的脚步声近。

刘石旌不敢越过他下车，扑至窗前朝外看去，只见晨曦映照的墙垣下，两个壮汉抬着不省人事的刘纲往地上一扔。

刘石旌心惊胆裂：“纲儿！”

褚怿淡然：“令郎惯来眠花宿柳，昨夜在前街的凝香居放歌纵酒，眼下只是宿醉不醒，大人不必心慌。”

不等刘石旌心落回胸口，他又话锋一转：“不过这种烟花之地，向来最耗人精元，令郎虽然年纪轻轻，但如长期这般纵欲过度，哪一次精尽人亡，也不是没有可能的事。大人，您说呢？”

刘石旌悚然而栗，瞪着面前这个气度轩昂的青年，切齿道：“你不过是区区都指挥使，早晚被降职褫权的驸马都尉！盛京城中，天子脚下，怎敢如此嚣张？”

褚怿静默注视刘石旌，倏然道：“大人见过边关的战场吗？”

刘石旌一愣。

褚怿道：“不嚣张的人，是活不下来的。”

刘石旌愕然瞪大眼睛，便在这时，小巷口传来低低训斥声，依稀是有人想要驾车闯入，却被褚怿的人阻拦。

刘石旌急中生智，电光石火间夺窗而出，他体格瘦长，竟堪堪从那半臂大小的车窗跌落下去，摔倒在地后，也顾不上浑身疼痛，匍匐往前。

“来人！来人……”

刘石旌舍命奔逃，不出两步，被一个褚家军撂倒在地。这时，巷口不知为何，竟没能拦下那驾马车，伴随辘辘车轮声，一辆玉轮金鞍的华贵马车驶入巷内。

继而停下。

刘石旌大喊：“我乃朝廷命官御史中丞刘石旌，现有歹人欲行凶于我！烦请阁下速速报官！”

一名鲜衣亮眼的侍女从里把车帘拉开，车内，嘉仪帝姬赵容央蹙着眉、冷着脸，困惑地注视车外情形。

刘石旌一看是她，又惊又喜：“殿下！救臣……”也顾不上被人押着，声嘶力竭，“驸马都尉褚怿欲当街谋杀老臣，殿下英明，速替臣杀此奸贼——”

巷中死寂，刘石旌蓦然反应过来什么，脸上狂喜渐渐凝固。

与此同时，赵容央一双眼睛慢慢瞪大，目不转睛地盯着面前一幕，脑海里雷电交鸣。

——表情怪异的一众侍从，狼狈不堪的当朝重臣，还有对面，撩起车帘朝自己看来的驸马都尉……

当街，行凶，老臣？

容央心中天崩地裂。

这……都是些什么鬼？

她不过是想避开嘈杂的大街，抄个近路去阔别多时的漱玉斋吃个早点，刚刚在巷口被恶意拦截时，还以为是哪个地痞泼皮在这里面为非作歹。

合着那泼皮，是她新婚宴尔的夫婿？

所作之歹，乃是青天白日下截杀当朝命官……

容央默默把视线从罪魁祸首那双深黑烁亮的眼睛里挪开，刹那间，天旋地转。

静默中，底下的刘石旌嘴唇翕动，容央蓦然福至心灵，当机立断往后一仰。

茶白、雪青立刻接住，车帘放落瞬间，其中一个大喊：“快往医馆去，殿下又昏过去了！”

一时兵荒马乱，车夫扯拽缰绳，两驾规模相当的马车在街巷之中急速地擦肩而过。

辘辘车轮声顷刻滚远。

刘石旌心中一万匹马奔腾而过，僵硬地扭头，看回那辆被鸠占的马车。

褚怿屈膝坐于帘下，双眸黑沉，眉峰一耸。

“你放肆——”

一声厉喝震动大殿，范申青筋毕露，立刻对褚晏的状告反唇相驳，队列中被点名的上官岫亦再按捺不住，率领大批言官，紧随其后大张挞伐。

攻击之靶心，自然是褚晏破罐破摔，拉人下水，空口白牙诬告朝廷忠良，此等恶劣行径，必须罪加一等！

王靖之高声：“忠义侯褚训一生精忠报国，其后人却猖獗歹毒至此，非但战败辱国，杀降误国，更妄图在御前推诿栽赃，谋害忠良！臣惶恐几十年过去，所谓忠义侯之后已尽成居功自傲、无法无天之徒！今日不加惩戒，来日必成大祸！”

一语激起千层浪。

“臣恳请陛下严惩忠义侯府！”

“臣恳请陛下褫夺忠义侯府封荫，以儆效尤！”

“臣恳请陛下收回褚家人兵权，三州之地，改由其他将领戍守……”

刹那之间，一座肃穆庄严的大殿刀锋毕露。

什么所谓战败，什么无故杀降，什么御前推诿栽赃……不过是弄权之人精心搭建的台阶，巧妙设置的屏障。

他们要的，从来就不仅仅是一场败仗，一次羞辱，一份污名。

他们要的，从一开始就是兵权，是功勋，是他忠义侯府六十年来用无数条人命换来的基业。

褚晏昂然跪着，一双血丝贲张的眼依旧坚毅地注视前方。

官家双手指节泛白，几次想下令处决此人，然怒焰喷发之际，又想到忠义侯府今非昔比——

大郎君褚怿是嘉仪的驸马都尉，是他择定来庇护嘉仪一生的良人，如真因言官攻讦就地处决褚晏，甚至加罪于侯府，那嘉仪在褚怿面前该如何自处？

失去侯府的依仗后，嘉仪在京中又会是何地位处境？

官家深吸一口气，生生把怒火压住：“你凭什么说二相谋害国军？”

褚晏道：“自有铁证。”

这一回，不须范申等人反诘，官家兀自气笑：“好，铁证……朕倒要看看，你究竟如何把朕亲自栽培提拔的国之栋梁证成攘权夺利的祸国奸佞！你若证得成，不用你开口，朕亲自将他二人人头斩下，若证不成……

“若证不成，臣立刻自刎谢罪！”褚晏斩钉截铁地下注。

官家凤眸中冷光汇聚，便在这时，大殿外响起一声通传，众人闻这一声，皆是神色突变。

殿外内侍所报之人，正是缺席了足足一个时辰的御史中丞——刘石旌。

官家龙眉敛起，虽不知刘石旌何故姗姗来迟，却基本能料定其为何而来，心情一时越发沉郁，恨声道：“传！”

底下众人窃窃私议，俱知刘石旌来意之重，原本站在褚家这边的，相继惨然失色，为范申、上官岫二人鼎力声援的，则一瞬之间精神倍增。

哪想刘石旌一入殿内，竟是如丧考妣，看也不看范申等人，失魂落魄地走至御前，伏地一拜，继而颤声：“臣……有本启奏！”

范申眉峰微蹙，眼神藏疑。

上官岫目迸精光，耷拉的嘴角渐渐上扬。

官家交握双手抵在额前：“奏！”

刘石旌脸上冷汗淋淋，直着眼把一封密函高举过头，哽着嗓子：“臣……检举丞相范申、参知政事上官岫里勾外结，谋害国军！”

上官岫扬起的嘴角一僵。

范申眼底寒芒聚拢。

众人骇然相顾。

一座大殿之内，平地惊雷。

（9）玉楼春

小甜水巷东去一射之地的回春馆内，褚怿候在屏风外的圈椅上坐着，侧头观赏窗外的熙攘人潮。

大约巳时三刻，李业思小声推门而入，在褚怿耳边禀道：“将军，宫里的消息来了。”

褚怿敛眸，示意他往下讲。

李业思道：

“刘大人在崇政殿把罪状呈上后，官家气急攻心，当场头疾发作，差点儿被抬回文德殿就诊，幸而吴大人机敏，老早就提醒过崔内侍在今日上朝时把丹药备着。官家服下药后，趁着精力恢复，立刻把范申、上官岫二人下狱，并下诏将梁桓生缉捕归案，一并交由三堂严审。

“那时朝中一派混乱，大批官员下跪为二相求情，可官家硬是一字没听，在禁军把范申、上官岫二人拽离大殿后，当场就罢了朝，至今仍歇在文德殿内，任何人都不见。现如今，整个大内人心惶惶，不少原隶属范申的幕僚在背后鸡飞狗跳，马脚尽露，吴大人已照大将军的吩咐，开始着手下一步棋了。”

褚怿点头，道：“刘纲送回去了？”

李业思答：“范申二人被下狱的消息传出来后，卑职就已把刘纲送回凝香居，伺候跟前的云叶姑娘是我们的人，会妥善善后，将军不必多虑。”

刘纲昏迷中被押来做人质，又在昏迷中被送回销魂窟，对今日发生之事分毫不知。

不知情，便少一分威胁，少一分被灭口的危险，刘石旌最后肯答应合作，大概也是顾着这一点。

褚怿微笑："看紧刘家父子，下去吧。"

李业思应是，悄声阖门离开。褚怿慢慢把目光从窗外敛回，看向小案上盛放的一碗汤药。

都快半刻钟了，这药也该温了罢。

褚怿在瓷碗外一摸，确定温度无误后，端起碗走入屏风内。

靠墙的一方坐榻上，美人安宁地躺着，睡颜略苍白，但丰唇依旧水润妍丽。

褚怿在边上坐下，想着她今日在车中装晕的那一幕，忍俊不禁。

许是感受到他的靠近，床上人眉尖微动。褚怿看一眼那双很想睁开，又硬是不肯睁开的眼，抿去嘴角笑意，慢声道："这家的大夫不大行，开的药一闻就苦得很，也不知殿下能不能喝下。"

容央不动。

褚怿便亲自舀一口来尝了，情感很饱满地惊叹一声，然后又舀一勺往榻上人唇边送去。

容央如临大敌，咬紧贝齿抵抗，然饶是如此，仍是有汤汁从齿缝渗入，果然是苦涩至极！

容央再次当机立断，愤然把眼睛睁开。

褚怿的脸逆在光中，眸心深邃，似笑非笑。

容央恼怒地抓起引枕朝他扔去。

褚怿单手截下，放至一边，顺势把药碗也搁下后，指指嘴角，提醒她。

容央往嘴上一抹，瞪着手上的褐色汤渍，又是火冒三丈，又是手足无措。褚怿便拿下巴示意她胸口。

——衣襟里有丝帕。

容央看他眼睛往自己胸前放，脸上烧红："转过去！"

褚怿嘴角咧着，心道也不是没看过，没碰过，但到底没当面呛，识趣地把脸转开。

容央急匆匆把丝帕掏出来，擦拭干净嘴角和手心的汤渍后，嫌恶地把丝帕往榻下一扔。

恰有微风吹入，卷着丝帕飘至褚怿膝前，最终落在他皂靴上。

褚怿捡起来，丝帕一角绣着并蒂莲，是上回她醉酒时，他掏出来的那一方。

"刚刚李副将的话，想来殿下都听到了。"褚怿把丝帕把玩在手里，单刀直入。

容央脸上重现凝重冷肃之色。

当街欲截杀朝廷命官，已是板上钉钉的大罪，更不必提那嚣张做派背后的诡谲阴谋。

一国之君最忌讳朝臣玩弄权术，最憎恨在一无所知的情形下被卷入一场场的尔虞我诈之中，策反御史中丞成功反咬又如何？一旦今日巷中之举被揭发，就算他褚家军在金坡关一役中的确惨遭算计，也一样是把天家蒙于鼓中、玩于掌内的狂妄之举。

再者，他凭什么就那么笃定刘石旌不会再次反水？

范申、上官岫何许人也，会那么容易就给他褚家人一把扳倒吗？

容央越想越胆寒："你们简直胆大包天！"

嚣张自大，不知天高地厚。

褚怿笑："我以为殿下会喜欢胆大的。"

容央羞恼地瞪大眼，褚怿噙笑，把叠好的丝帕放回榻上："谢殿下今日襄助。"

提起这一茬容央就气，不给她闯着倒也罢了，眼下可好，平白无故地上了他这条贼船，往后是福是祸都得跟他绑在一块，甘不甘愿都得替他祈福求安。

容央愤恨："谁帮你，我可没那本事帮你，我什么都不知道的！"

褚怿不应。

悍将

容央郑重申明："你是你的阳关道，我是我的独木桥，你那道上是何风光，有何谋划，我可统统都不知道，统统都没参与，到时候发生何事，可跟我全不相干！"

褚怿盯着面前这张气鼓鼓的小脸，提醒："夫妻本是同林鸟。"

容央立刻道："大难临头各自飞！"

褚怿眯眼，静默片刻后，低头："我不会让你飞的。"

雪青从漱玉斋把午膳送来，三荤一素，俱是容央往日青睐的菜品。

褚怿迁就着，一同在回春堂二楼雅间用完膳。

照容央以往的习惯，未时过后要小憩一会儿，今日受惊晕厥，估计要休息更长时间。可医馆临街，窗外喧嚣不断，雪青便提议干脆回府去歇。

容央摆手，对着窗外走了会儿神后，把人屏退。

褚怿顺着她的目光往窗外人潮看："逛逛？"

容央侧头看他。

褚怿道："此时不宜进宫。"

被戳中心事，容央冷下脸转开。褚怿走过去，在对面圈椅坐下来，大手在她面前一晃。

容央看到一样彩色的什物极快掠过，定睛时，那东西已被他藏入掌中。

容央心里一时很痒，质问："什么东西？"

褚怿唇边有笑，不卖关子，摊开来给她看，是一个着乾红背心、系青纱裙儿的木雕摩睺罗。

小人儿并不算很小，可躺在他掌心里，却是被藏得半点不露。容央视线在那极宽大的手掌上掠过，故作冷淡地把那摩睺罗拿起来。

“幼稚。”

褚怿笑而不言。

隔窗把人家小贩的货车盯得都要起窟窿了，他去买来给她，反被嘲讽幼稚。

到底是谁幼稚？

对面的人仔仔细细地把玩片刻后，开口：“你买的这个不行。这是什么装束，都前年时兴的妆容和衣裳了，啧……”

满满是嫌弃。

褚怿眉微挑，静等后文。

容央放下那摩睺罗，端庄地起身：“还是我自己去挑一回罢。”

褚怿点头，抱臂上前开路，临近门口，身后脚步声又停下。

“你先下去等我一会儿。”

褚怿回头，容央驻足在屏风边，一副煞有介事的模样。念及上回邀她去游湖的经验，褚怿很谨慎地确认：“一会儿？”

容央自然知道他怕的是什么，脸上飞起片薄红：“一会儿！”

褚怿等在回春堂外。

今日并不是什么节令，但盛京城仍是热闹得很。

贩夫走卒，引车卖浆；妇孺相携，欲买还休。处处是熙攘人影，喧阗人声。

褚怿目光徘徊其中，每隔一会儿朝回春堂大门看一眼，最后一次看时，堂内依旧无那抹倩影。

倒是衣袖被人从后拉了一下。

褚怿转头。

货车前，来人一袭长袖罗青色褙子，内搭极朴素的鹅黄色碎花襦裙，金钿映衬的朝天髻变成了双平髻，大至金钗，小至耳环，一应的名贵首饰也全被替换成了极普通的玉制品。

从头至脚，里里外外，实打实一副丫鬟装束。

如果褚怿没有记错，这身行头……应该是，雪青的？

褚怿蹙眉。

容央低头把一丝绒发挽至耳后，申明道：“我不喜欢太招摇，换成这样，方便行动些。”

褚怿一边眉挑高，显然对其中某一句有点不敢苟同。

容央转开脸，顾自道："从此刻起，我是丫鬟，你是少爷。"

褚怿领会，帝姬的身份在那儿，无论环境如何换，该端的架子还是要端，该戴的枷锁自然也就还是要戴。

谈自在，那自然是不比一个小丫鬟自在的。

褚怿点头："明白。"

他答应得痛快，容央满意地笑起来，拿眼神示意对面街上摆着的货车。褚怿了然，领着她穿过人群，上前去看。

货郎正在向一妇人抱着的孩童兜售千千车，容央顾自去挑选那架上的摩睺罗。

这货车虽然不大，东西倒很是叫人眼花缭乱，三四排各式各样的摩睺罗挤挤挨挨地站着，用土陶做的、用木块雕的，个个面目手足毛发皆是栩栩如生，所穿所戴亦大有不同。

容央选中一个戴短檐珠子帽、披小缕金衣的小人儿，后又抓来个嗔眉笑眼、长发彩衣的，左看右看，爱不释手。

褚怿在边上看着，任她挑，最后结账时，货郎足给她打包了四五袋。

应付完货郎的恭维，容央乐呵呵地抱着一大堆纸袋，示意褚怿赶紧来拿。

褚怿淡声："你是丫鬟，我是少爷。"

容央灿烂笑容一僵。

褚怿的笑潇洒自如，往大街前面一指："那边有卖糖人的，随我去看看。"

容央无语。

甜水巷口的金粉斋内，正有官府小姐在挑选胭脂水粉。

林雁玉打开掌柜送来的一盒妆粉，正要抹开来试色，店外突然掠过一道极脆而亮的嗔骂声。

大街车水马龙，人声本来鼎沸，然这一记嗔骂却极是夺人双耳，哪怕是骂着人，也自有一股动人的甜美在内。林雁玉循声看去，熙攘大街上，两道人影一前一后，从金粉斋门口经过。

林雁玉睁大眼睛。

伺候在旁的丫鬟惊道："那……那不是大郎君吗？"

林雁玉不应。

丫鬟骇然，眼睁睁瞅着那英俊的青年被一个小丫鬟追着打骂，然他非但不恼，还气定神闲地笑，仔细看，笑里还有三分宠溺。

丫鬟目瞪口呆。

平素里少见这位郎君展颜也就罢了，如今笑就笑，但怎么能是对着一个小丫鬟这样笑呢？要是她没记错的话，他可是刚刚尚主吧？

跟官家最宠爱的帝姬大婚不过月余，就敢当街跟个小丫鬟这样打情骂俏，这……这真是！

丫鬟朝林雁玉悄声道："姑娘，这大郎君前脚刚跟帝姬大婚，后脚就跟个小丫鬟搅在了一块，光天化日之下，这般没规没矩的，看来传说中那位倾国倾城的殿下，也没能拴住大郎君的心嘛。"

林雁玉双眼盯着店外，静默不语。

跟个小丫鬟没规没矩？

这天下，哪有这样明媚冶丽、张扬放肆的小丫鬟呢？

店外景象切换，那一幕却如烙铁似的烙在心头，疼得人十指蜷缩。

林雁玉紧抿的唇泛起一丝苍白，敛眸看回柜台上的妆粉，吩咐掌柜的包起来。

丫鬟偏不识趣道："姑娘你看，那小丫鬟居然还敢动手去捶大郎君，这……"

林雁玉冷声："住口！"

丫鬟一震，头回在自家姑娘脸上看到这样严厉的神色。

幸而只一刹，林雁玉收敛怒容，微笑道："静坐常思己过，闲谈莫论人非。平日教你的东西，都忘了？"

丫鬟悻悻："奴婢知错了。"

林雁玉不再苛责，眼底却依旧掖有忧愁。丫鬟看在眼中，心里越发酸涩。

姑娘这样好的人，怎么偏就跟那位大郎君有缘无分呢……

日日夜夜盼了十年哪，好不容易把人盼来，结果就因为所谓圣旨，所谓命运，拱手把爱人让与他人了。

这滋味，说是摧心剖肝也不为过吧？

丫鬟叹气，重又朝人海看去。

所幸老天还算公平，那位殿下抢了人又如何，不也照旧得不到心吗？

日影西斜，长街一隅。

"得不到心"的帝姬殿下坐在一张干净的小方桌前，双手托腮，专注地看摆摊的老翁如何娴熟地揉面成团，等锅中汤沸后，再把砧上的菜刀一握，风驰电掣地把拔刀面入汤。

刹那间，金辉斜洒的汤锅上面片齐飞，精彩之至，犹如蛟龙卸鳞入海。容央直看得目不转睛，膝不移处。

褚怿笑。

方桌上齐齐整整地码着这一路来的战利品，褚怿把横亘在两人间的一大盒糕点拿开，问道："宫里没有做拔刀面的御厨？"

容央依旧不眨眼："没这家做得好吃。"

褚怿意外。

先前被她拉到这间小摊铺来坐下，还只当是临时起意，原来蓄谋已久？

不过，她一个长在禁庭里的帝姬，怎么会知道民间的一方小铺是何味道？

许是感应到他的困惑，等面片彻底下锅后，容央敛回视线朝他一笑，小手遮在唇边做喇叭状："以前我常常假扮成赵彭，带着内侍偷溜到城里来玩。"

声音低低的，映衬着她三分狡黠、三分得意的笑，竟无端地挠人心。

褚怿嘴角微动，垂眸倒茶水："哦？"

容央蹙眉——哦什么哦？

似怕他不信，容央往周围一瞟，确认没人偷听后，郑重道："真的！"

然后说起每一回在盛京城中的见闻，不同的大街，不同的节令，不同的风物人情。

有一次，是混在嘈杂的人群里看上元节的花灯，花灯那么亮，人海那么深，各式各样的悲欢爱恨都沉沦其中，炽热又敞亮，和皇宫的冷清肃穆分外不同。

有一次，是去相国寺内的黄墙底下听雨声，酣畅的秋雨浇在墙角的芭蕉上，檐下有避雨的青衣书生黯然相看，念着什么"潇潇"，什么"遥遥"……

还有一次……

落日在长街尽头西沉，一抹抹残阳融入云霞，融入城下。容央提起那桩最惊心、最狼狈的事，小脸因激动而泛起微红。

"冬日的天黑得最快，大概戌时不到，那条胡同里就已是伸手不见五指了。我只能借着月光无头苍蝇一样地往外钻，一路上，生怕遇上歹人，等钻回大街去时，人都急哭了。"

褚怿拨弄着盛茶水的陶碗，闻言道："是城西广聚轩外的那条街吗？"

容央瞪大眼睛："你怎么知道？"

褚怿道："有一回去过，回来时，碰上一个泪眼婆娑的小姑娘。"

容央心如擂鼓，确认道："那小姑娘好看吗？"

褚怿含糊："尚可吧。"

"啊……"容央颇为遗憾，"那就不是我了。"

褚怿哑然失笑。那自然不是她，那年她十岁，他十六岁。她在繁盛的盛京，而他在荒凉的边关。

夕阳西下，街市上行人渐寥，老翁把两碗拔刀面端上桌，邻桌坐着的是老翁的老伴，正唱着童谣、哄着襁褓中的孙儿喝米汤。

"灵山卫，灵山卫，一草一木皆憔悴。闻说灵山高千尺，难觅一朵红蔷薇……"

褚怿吃面的动作一顿，容央吃面的动作也一顿。

长街空杳，老妪的歌声里也有空而杳的温暖和柔情。

褚怿敛神，把面搅拌两下，低头吃起来。容央努嘴道："好久没听人唱起这首歌了。"

褚怿吞下一口面，道："以前听过？"

容央道："小时候，娘亲唱给我听过。"

褚怿垂睫，继续低头吃面，没再多问什么。

容央默默听了会儿，也开始低头吃面。

余晖宁谧，两人静静地吃着面，听着歌。

"我要去瓦子里看戏！"

夜幕笼罩鳞次栉比的盛京城，一家家的灯火如川蔓延，褚怿把大袋小袋交给百顺，再转眼时，容央已钻入人海不见。

褚怿忙往前去追。

人海汹涌，欢声鼎沸，容央流连在五光十色的灯影里，手臂突然被人从后抓住，转头，对上一双颇藏愠意的黑眸。

褚怿蹙眉："不怕再把自己弄丢？"

容央眨下眼："你又不是那个没用的小内侍。"

褚怿一时不知该恼还是该笑，手往下滑，就势把那只小小的手牵住："的确不是。"

掌心一热，是他宽大的掌心贴上来，十指交握，掌心相抵，容央一震，别开头试图挣开，却反被握得更紧。

"看什么戏？"褚怿镇定自若，"南戏、傀儡、皮影，还是杂技？"

容央被他牵着往前走，不知是不是自己太敏感，此刻只感觉周围人的目光都在他俩身上，脑海里嗡嗡的。

"都……都行。"

褚怿目光在前，闻言笑："那就去看皮影，看《三英战吕布》。"

容央一看竟要去看那些打打杀杀的，立刻回神："不不，不看那个，看杂技吧，城中不是有什么象棚吗？"

褚怿噙笑："棚里除象以外，还有黑熊、长蛇，不怕？"

容央眼神闪烁："都是笼中困兽，有什么可怕的。"

街市喧哗，两人穿过人潮，走入锣鼓喧天的象棚中。城东这座象棚乃阖京最大，足能容纳数千人。入内后，外围是小商小贩探博卖卦，内围则设置大小勾栏，栏内有锣鼓各数队，彩旗三四十面，正借着如昼彩灯，上演各式节目。

此刻人声最鼎沸处，乃是一队人驾象登场，招展旌旗下，六头大象头尾相连，昂首阔步走入场中，象背上各坐一人，底下一众紫衫仆从，敲鼓鸣锣。

容央心神沸腾，不由得定睛细看，然而人墙太高，一时竟看不痛快，当下便有些懊恼，没事先吩咐底下人来置办座位。

仰头去看褚怿时，对方一脸云淡风轻：“摩肩探颈，跂踵相望，也是在高位时体会不到的滋味乐趣。”

容央蹙眉，心道你那么高，连个眼皮都不用多抬，自然是无她这等“矮人”之扰。

还什么也是滋味乐趣……那他倒是也探个脖、踮个脚乐一乐去啊！

容央赌气不看了，要去外面装潢精美、服务齐全的云梦斋听伶人唱曲儿。褚怿不挪脚，淡淡道：“哪有少爷领着自家丫鬟去那烟花之地听曲儿的。”

容央扬声：“你还真拿我当你丫鬟了？！”

褚怿勾唇：“那就更不敢领着夫人去了。”

容央被“夫人”二字弄得脸上一热，便在这时，人潮突然骚动，场上骑象的艺人开始往场下抛彩球，抢中者，能入场内同大象嬉戏互动。

一片人海刹那间追逐着彩球东起西伏，容央眼看被挤走，褚怿横臂一揽，把人紧紧搂至胸前。

两人胸腹相贴，彼此的心跳几乎撞在一起。

耳畔的喧嚣仿佛一瞬间消失。

容央看着对方近在咫尺的脸，挣扎无果后，含羞斥道：“你抱我！”

彩灯里，褚怿一双瞳眸黑亮：“嗯。”

话声甫毕，人海又是一波浪涌，褚怿把人抱紧，突然一转身朝外而去。

象棚外，残光斑驳，人声寥落。

光线昏暗的角落里，旌旗飘舞，褚怿抱着人抵在木柱下，低头：“那日兴国寺后山的歌，是你所唱。”

容央人被他搂着，耳畔被他低热的声音侵占着，一颗心咚咚急跃：“是……又如何？”

褚怿：“我想听。”

容央纤睫乱扇：“听什么？”

褚怿头更低一寸，声音也低下来：“你的歌。”

象棚里，欢声如潮起落，间杂锣鼓嘈嘈，丝竹寥寥。容央心慌神乱，突然间想起傍晚在小摊上听到的童谣，便敷衍地唱道：

“灵山卫，灵山卫，几度梦里空相会。未曾忍心搁下笔，满纸都是血和泪……

“灵山卫，灵山卫，多少情系天涯内？日日空见雁南飞，不见故人心已碎……

“灵山卫，灵山卫，一年一度寒星坠。遥望去年星在北，今年寒星又是谁……”

一曲唱罢，万籁俱寂。

褚怿的视线往下移，之后，一双唇也缓缓地往下落。

容央忙偏开脸。

褚怿笑，把人搂紧，就着那已然红透的脸颊用力亲了一口。

“啵——”

象棚之内，焰火喷薄。

第六章

契国来使

（1）小重山

五月十五，兴国寺后山。

今日有雨，绵绵小雨洒在窗外，把一山碧绿罩得雾蒙蒙的。

容央把弹完的小箜篌还给拂冬，对跪坐在佛像前打坐的明昭长帝姬道：“这是小时候娘亲常唱给我听的童谣，姑姑还记得吗？”

明昭长帝姬声音淡漠：“哪有工夫记那些事。”

容央惯来被她怼，早已经习惯了，闻言并不恼，仍是兴致勃勃道：“那日褚怿带我逛街，我们在一家卖拔刀面的小摊铺上听一位老妪唱起这歌，我原本以为只有我听过，后来才知道，他小时候也是听过的。”

蒲团上，跪着的明昭长帝姬缓缓睁开双眸，乜斜坐榻上那人一眼，淡淡道：“他待你如何？”

容央神采焕然，拨弄着如意耳尊里的紫薇，回道：“还不错。”

明昭长帝姬盯着她脸上春色，冷笑。

容央不解。

明昭长帝姬道：“侯府缺人吧？”

容央眨眼。

明昭长帝姬补充：“我是说，缺后人。”

容央明白过来了，脸上笑意渐褪。

明昭长帝姬道：“这种人家的男人，从来都把子嗣看得比天还重，你们眼下刚刚大婚，他又是尚主，不便纳妾，自然是要先哄着你、疼着你，好诓你尽早把孩子生下来的。”

明昭长帝姬素来冷眉冷眼、冷腔冷调，但这样刺耳的话，容央仿佛还是头一回听，恼道：“姑姑说什么呢？他可从来没有诓我生孩子过。”

她忍不住又道：“他反而是说，孩子生与不生，生多生少，都是由我自己做主。因为担惊受苦的人是我，所以在这件事上，他是绝对不会逼迫我的。”

明昭长帝姬便扬眉，语气讥诮：“好一招以退为进。小小年纪便有这等心机，我可真是低估他了。”

拂冬把一盘刚刚洗净的林檎果端上来，容央愤愤不平地拿来一颗最红的咬下，颇不屑于继续就此争论。

明昭长帝姬却道：“他今日会来接你吧？”

容央鼓着一边腮帮：“他最近很忙的。”

明昭长帝姬有点意外，又有点不满。容央看她一眼，知道她又要大做文章了，解释道：“骠骑大将军褚四爷刚把丞相范申、参知政事上官岫给告了，罪名是攘夺军权，谋害六万褚家军。眼下两位相公正给三堂审着，朝堂上风声鹤唳，草木皆兵，他忙着褚家的事，都三日没回帝姬府了，哪还有空来接我？”

明昭长帝姬狭长的凤眸冷光凝聚：“告范申和上官岫？”

容央点头。

明昭长帝姬道：“范申和上官岫是官家这两年刚提拔上来的重臣，他褚家人……也敢告？”

容央道：“整整六万条人命，岂能不告？”

明昭长帝姬眸色渐深，最后嗤道：“只怕告也是白告吧。”

容央一怔。

明昭长帝姬泰然：“那两位是你爹爹费尽心力拔掉韩相公后，亲自栽培上去的常青树，给人认出其中一棵枯枝烂叶也就罢了，如两棵都成了枯木朽株，那栽树之人该作何感想？”

容央闻言一凛，蹙眉：“姑姑的意思是，爹爹为顾及颜面，不会秉公执法？”

明昭长帝姬道：“皇家哪有什么公法？”

这一句可就呛得比容央的质疑放肆太多，拂冬忙去案前拿了个最大的林檎果给明昭长帝姬送去：“四姐今日送来的林檎果，又香又脆，殿下快尝一颗。”

明昭长帝姬拿着那果儿，“咔嚓”咬下一口，微光里的侧影傲慢而冷淡。

容央的心情给她弄得郁闷至极，把那吃了一半的果子丢在小案上，不快道：“我不信爹爹是那样的君王。”

窗外雨未停，容央却嚷嚷着要走了，明昭长帝姬也不留，只道：“果子不错，下回多带两篮。”

细雨蒙蒙，淙淙流水自桥下淌过，容央在桥上驻足，抬头看一眼雨幕外高耸的庙宇。

雪青知她心结所在，提议道：“反正都来了，不如顺道去寺里一拜，等雨彻底停后再回府吧？”

这提议确合容央心意，当下一行人往寺中行去，在小沙弥的带领下前往普贤殿敬香礼佛。

普贤殿坐落于地势最高的小山上，松深径幽，专供京中贵人礼拜。大抵是因雨久不歇，今日入寺的香客很少，容央去时，殿中并无外人。

雪青把点燃的三炷香奉上，容央持香在菩萨像前跪下，阖上双目，诚心祷告完后，礼拜，上香。

此时殿外雨势转小，主仆三人便前去偏殿等候，荼白倒上寺中的热茶给容央驱寒，感慨道：“上回来时，殿下还是待字闺中的小姑娘，今日来，便成了初为人妻的新妇，真是令人意想不到。”

雪青笑道：“更意想不到的是，殿下的良人竟然就是上回护送的褚将军。”

荼白直点头：“可见这兴国寺乃是殿下的福地，缺什么来什么。由此观之，殿下刚刚向佛祖许的愿望，定然也能得偿所愿。”

雪青揶揄她嘴甜。容央喝了口热茶，道：“这么虔诚，你不妨也去许一个愿。”

荼白立刻道：“那奴婢就许一个让佛祖保佑殿下心想事成的愿。”

容央笑，把茶盅放下：“亏得你不是个男人，不然就凭这张嘴，不知要祸害多少小姑娘。”

荼白连道不敢，容央看一眼窗外雨景，蓦然叹道：“要是那人也能有这样甜的一张嘴，也就不枉我今日替他敬香礼佛了。”

边上两人相继领会，殿下刚刚所许之愿，果然是跟驸马相关，一时欣慰不已。

自上次端午回侯府小住后，两人明显感觉殿下和驸马的关系有所改善，特别是初八那天夜里，驸马把殿下领回府时，二人并肩慢行的情形实在是璧人一对，令人悦目赏心。

虽然分居的事实暂时没有改变，但照这个势头发展下去，冰释前嫌、相亲相爱绝对不成问题。

雪青因道：“男人嘴太甜，多少就会拈花惹草，要奴婢说，还是驸马这样行胜于言的，更长情可靠。”

容央哼道：“就知道你们会替他说话，天天胳膊肘往外拐。”

二人啼笑皆非。

不多时，窗外云销雨霁，主仆三人离开普贤殿，正欲往山下行去，倏而一阵疾风吹来，小径上松叶残雨簌簌。容央忙驻足，示意雪青撑伞，目光转动间，定格在殿前东侧的六角亭内。

大殿前石基开阔，那座六角亭临山而建，有古松遮掩。先前来时，因雨幕重重，三人并未留意那亭中有人在内，此刻定睛，不由得一怔。

微光自云隙间漫射而下，松影薄薄的小亭内，有人茕茕孤坐，其挺拔侧影，轩然眉目，竟跟褚怿有六分神似。

荼白道："殿下，那不是侯府的四爷吗？"

容央眨眼，终于明白为何对亭中人有似曾相识之感，正惊讶，褚晏看过来，扬唇一笑。

他似早知道三人在那儿，意态从容地起身，向容央遥遥行了一礼。

容央忙回礼，蓦地想到什么，向六角亭走去。

褚晏对她的前来颇感意外。

"四叔也来寺中祈福？"容央止步亭外，眼神莹澈，笑容灿烂。

褚晏淡笑："不是，闲得慌，随意逛逛。"

容央微微扬眉，目光自亭外掠过。普贤殿是兴国寺内地势最高的殿堂，这六角亭临山而砌，展眼瞻去，阖寺群山尽在眼下，就连明昭长帝姬建在后山的别院都可领略一二，视野开阔如此，的确是个消遣时光的好地方。

不过……

容央曼声道："四叔有闲，那看来朝中之事，已大半尘埃落定了？"

褚晏明白她的来意了，嘴角弧度越大："大局已定，只是内侄尚有些琐碎之事亟待处理，所以仍在奔走。"

容央眼珠微转，褚晏体贴地给她解惑："不过也就这一两日了，他若想快，今夜办完也是有的。"

微光中，那双清莹妙目一亮，容央点头道："那倒也不必如此匆忙，毕竟是朝中大事，忙中出错可不好。"

褚晏笑道："殿下果然贤内助，悦卿能有殿下相伴，他日定能有所成就。"

容央对这份恭维颇为受用，微微一笑后，颔首告辞。

这一场夏雨来得痛快，走时也十分潇洒，帝姬的车驾驶入城区时，天上又是彩云灿日，熙攘人潮再次把京中嚷得热气腾腾的。

容央特意吩咐拐去杨楼街的百味斋一趟，买了一盒蜜糕回府。

晚膳时，褚怿没回来，容央对着那盒糕点发了一小通脾气，在荼白的伺候下前往新修葺的浴室沐浴。

这浴室是大婚后第二日容央下令修建的，规模风格皆搬自禁庭的玉芙殿，并无一处不合她心意，然今夜这场"首浴"的效果似乎并不大理想，不过半个多时辰，容央便嚷嚷着回了主屋。

回去后，燃灯如昼，容央坐在内室靠窗的贵妃榻上，手执一本小书就灯浏览。伺候的小丫鬟看她兴致如此，水果凉水轮流地呈上。

容央把眼睛从书页里挪开，朝小案上那一包原封不动的蜜糕看去一眼，扬声：“几时了？”

小丫鬟道：“回殿下，刚刚戌时二刻。”

容央蹙眉。

怎么才戌时二刻？

容央又把眼睛挪回书页里，看了一眼后，把小案上那杯金橘团拿过来喝了一大口，浇熄火气。

一个时辰后。

容央“啪”一声把书本摔在榻上：“下去，我要睡了。”

底下人悻悻然，鱼贯而退。容央起来又坐下，最后瞪着小案上那包蜜糕，气咻咻地拆开。

一碟蜜糕在烛灯下码得整整齐齐，块块金红诱人，容央拿来一块咬下一口，咀嚼两下后，嫌恶地道：“腻腻歪歪，有什么好吃的！”

刚骂完，耳后一道声音低低落下：“什么腻腻歪歪？”

容央转头，来人一袭深绯曲领窄袖公服，佩鱼袋，踏皂靴，虽目藏惫色，然整个人依旧英俊挺拔，薄唇微微勾着，一脸坏样，可不正是她等了一晚上的那人吗？

容央握着那半块蜜糕，冷哼一声，不应。

褚怿双眼把她和蜜糕一扫，最后定格在那沾着糕屑的嘴上。

这模样……怎么有点像只偷腥的小猫？且还是被逮着后，理直气壮、面不改色的那种猫。

褚怿嘴角扬起来：“殿下吃我爱吃的蜜糕。”

容央立刻把手里那半块丢回小案上：“当我稀罕吗？”

啧，果然是理直气壮。

褚怿上前就座，把那半块拿过来吃了。

容央看得一怔，转开眼：“朝中的事忙完了？”

褚怿点头，半块吃完，又去纸包里拿：“二相下狱，该过的程序、该搜的罪证都已办妥，只等梁桓生抵京后一并审判。”

朝中一下垮掉两位肱骨，风浪之大可想而知，想要在朝夕之间解决是绝对不可能的事。更何况，这二位背后又不知暗藏着多少盘根错节的朝堂势力，明是金坡关一案，暗是武官在夹缝中的负隅抗争，最大的对手，从来就不单单是范申和上官岫。

容央想起下午明昭长帝姬在兴国寺后山质疑父亲的话，试探道：“如果梁桓生回京后如实招供，范申和上官岫的确设计戕害国军，攘夺军权，官家会如何处置他二人呢？”

褚怿似有些意外她会把这种朝堂事问得这样细，嘴角勾一下，不答反问：“殿下希望官家如何处置？”

容央被问住，直愣愣地答：“什么希不希望……自然是该怎么处置，就怎么处置了。”

她慢慢回过味来：哼，还想探我口风，看我是不是向着你褚家人是吗？

褚怿淡哂：“看最终定的罪名，轻则褫权革职，刺配边疆；重则枭首株连，满门抄斩。”

容央骇然，这一轻一重之间，差距还真是天壤之别，不过转念想到褚家军整整六万人葬送金坡关，大鄞因战败而被迫答应和亲，又深觉就算是后者，也似乎不足以平息人心中的怒气。

但是，那二位的确是父亲最青睐、最倚重的朝臣，被从轻发落的可能性不是没有。

容央抿唇：“如果到时候只判了最轻的……你心里，是不是会很难过？”

褚怿正咬着一块蜜糕，闻言长睫垂落，“嗯”一声，声音静无波澜。

容央心里却被搅得乱糟糟的，托腮而叹。

褚怿看她一眼：“叹什么气？”

容央抠着油纸：“我也会很难过。”

褚怿瞳仁微亮，容央坐直，申明：“别误会，不是因为你难过，所以我难过。我是为正义而难过。”

褚怿咽下嘴里甜滋滋的蜜糕，笑。

容央看回他：“四叔呢？杀降的事，官家可有责罚？”

褚怿答：“罚俸半年，降职三级。”

骠骑大将军是从一品武官职，降三级，那便成正三品怀化大将军。这处罚，可不算轻了。

难怪今日会在兴国寺里碰上无所事事的褚晏，分明是受人算计迫害在前，折腾到最后，反成了第一个被处分的那个，他心中的苦闷郁悒，一定是很难以排遣了……

容央叹息，便欲劝慰一二，抬眼见对面人又往纸包里掏，不由得恼道：“你怎么还在吃？”

褚怿：“？”

容央看那一碟蜜糕都见底了，匪夷所思，他一个大男人一口气吃这么多甜腻腻的东西，就不嫌腻味、不觉害臊吗？

容央立刻把剩下的一小摞包起来，振振有词："不能一下吃那么多甜食。"

这话很熟悉，褚怿恍了下神，嘴角笑意渐暖，偏又在她系绳时伸指压住。

容央怒视过去。

褚怿道："有人曾跟我说，越是喜欢，越该放肆。"

容央对上他深黑的眼，极快反应过来，所谓的"有人曾说"，可不就是那次泛舟垂钓后她对他说的？

心里顿时虚了三分，容央嘴硬道："我倒认为另一人说得更有道理，越是喜欢，越该节制。"

褚怿哑然失笑，眼神更深。

容央有点招架不住，强行把蜜糕包上了，想起什么，道："明日起，你就不那么忙了吧？"

褚怿道："看情况。"

容央不满，什么叫"看情况"？

褚怿解释："迎亲的契使这两日进京，城中布防须从严安排。另，宫中可能随时有派遣。"

容央恍然，想起和亲，想起贤懿，胸口蓦然一窒。

原来……已经那么快了吗？

本来还想趁他有空，约他去大相国寺看万姓交易，可眼下，别说是时间，就连心思都不怎么有了……

褚怿看着容央，只当是因自己没空而失望，便欲安抚，容央忽然冷冷地道："你还不走吗？"

褚怿扬眉，复把人深看一眼，搭在小案上的手伸过去，把她微蜷的小指钩住。

求欢的意味已然十分明显。

容央一悸，心虚地把手撤开，复又起身走至床边："快走，我要睡了。"

褚怿转头去看那抹背影，沉默了下，起身走过去。

到底还是有点不甘，褚怿从后把人抱住。

容央一下被他臂弯围拢，颈侧，他的下颌抵过来，不大干净的胡楂摩挲在她皮肤上，热而痒。

容央僵住，登时不敢动了。

褚怿一声闷笑。

"还怕？"褚怿嗓音低哑。

容央的喉咙动了动，瓮声："听不懂……"

褚怿笑声更低。

她说不懂，但他却明白了。

没关系，对于正确的味道，他一向多的是耐心。

褚怿低头，用拇指把她嘴角的糕屑一点一点揩去。容央本能想躲，却被他箍得更紧起来。

“谢谢殿下的蜜糕，很甜。”褚怿声音缱绻，意味深长，把那柔软的唇揩完后，终于恋恋不舍地把人放开。

容央转头，他人影已消失在屏风后。

（2）宴琼林

前来迎亲的大契使臣果然很快，不过三日，便已下榻京中国宾馆。又三日后，容央接到宫中旨意，次日戌时和驸马都尉褚怿一并出席宫宴。

前来传旨的，乃是阔别数日的赵彭。

五月底的盛京正是酷暑难挨，容央吩咐丫鬟把人领至荷花池边上的水榭，在榭中备着冰镇凉水等候。

赵彭来时，两眼仍在四周流连，入榭后，开口第一句便是：“你把这帝姬府弄得跟玉芙殿一样聒噪，姐夫就不介意吗？”

容央耷拉眼皮，暂且忽略“聒噪”二字：“为什么每次你我见面，你张口第一句就是问他呢？”

赵彭微笑：“问他，不也就是问你吗？”

容央不能理解这个思维。

赵彭入座后，十分不客气地把一碗冰镇漉梨浆端来喝了，消去三分暑气后，方把明日宫中设宴款待契使的事道来。

容央默默听完，问起近日来耿耿于怀的一桩事：“贤懿她……最近还好吗？”

赵彭道：“自你大婚后，禁足便解了，她也没再去爹爹跟前闹，就是整日整日地把自己关在金桂殿里，具体情形，也不知如何。”

容央颦眉，道：“你就没去看看？”

赵彭知道要被训了，立刻答：“我若没去看，又怎知道她整日憋在屋里不出来？就这个月，闭门羹我就吃了三回，亏我还通宵达旦地为她大婚操心出力，忙前忙后。”

这次和大契和亲，官家责令赵彭协助礼部，这两日接待契使一事，便是由他挑大梁。

容央摩挲着冰凉的白釉瓷碗，没作声。赵彭哼道：“姐夫休沐结束后，你也进宫过一回，怎么那次就没去看看她？”

赵彭所说的那一次，正是容央带着褚怿所钓的鱼进宫跟官家和解的那一次。其实，那回是可以顺道去看看贤懿的，可是……

容央眼神闪烁，一脸别扭，不及回答，赵彭已大剌剌道：“我知道，你心虚，虽然刚开始瞧不上人家褚将军，也觉着自己委屈了，可人家到底是青年俊杰一个，要皮相有皮相，要能力有能力，这么朝夕相处的，哪可能不动心动情？而你既已动心动情，就更感觉愧对贤懿，没底气去登她的门了，对不对？”

这一番话实在讲得太直白、太准确，直白、准确中又实在耳熟得很，边上雪青望着天挠腮回忆，座上容央百口莫辩，小脸极快憋红。

半天后，容央干巴巴飘出一句：“胡言乱语。”

赵彭扬眉，一脸“你就装吧”，显然没把这又干又飘的一句放在眼里。

容央胸脯起伏，转开脸深思片刻，避重就轻地道：“我没有动心动情。”

赵彭便把眉毛扬得更高。

容央感觉自己找对论点了，径自道：“我是对贤懿有愧，但这愧，跟褚怿有什么关系？他俩在我大婚之前，一无情愫，二无婚约，别说我对褚怿无意，就算我将来喜欢上他，又何须对贤懿心虚？”

赵彭提醒：“不是说贤懿喜欢褚怿？”

容央一震，发现论点有漏洞，扬高声音来填补：“那是她的事，褚怿又不喜欢她。”

话虽然是没错，不过既然是这种思路——

“那替你和亲大契也是爹爹的意思，该争取的你也都争取了，又还愧疚什么？”赵彭道。

容央被噎住，发现论点彻底崩盘，瞪大双眼。

赵彭忙摆手：“我不是跟你抬杠啊，我就是……”

容央：“你闭嘴。”

赵彭无奈。

容央把自己那碗漉梨浆一股脑喝下，发现这个事情在他这里是说不通了，愤愤然岔开：“皇后近来如何？”

问及皇后吕氏，赵彭脸色略严肃了些，咳了声道：“挺好的，前两日看着都开始显怀了，爹爹常陪着，她心情应该不错。”

容央黯然，这才多久，竟然就开始显怀了。

那怀上，八成是去年年底的事了？

容央郁闷，又不知如何表达，最后只恨恨地道：“乌鸦嘴。”

“是男是女还……”

容央立刻一眼瞪去。

赵彭忙刹车，然后急急转弯：“姐夫怎么还没回来？马军司不是就早上一轮班吗？新婚宴尔的，就这么不着家了？”

可惜这弯转得不如意，容央蹙眉：“你以为就你自己忙？他也是有很多正经事要干的。”

赵彭把唇抿住。

容央放缓语气，半安抚、半提醒：“你别当着我的面说他的不好。”

赵彭抽嘴角：就这，还叫“没动心动情”？

次日，金乌西斜后，帝姬府的马车朝着皇宫出发。

车内，容央心事重重，间或看一眼身侧敛目端坐的青年，终于还是忍不住道：“我有个问题想问你。”

褚怿点头。

容央不想让他太得意，便先迂回地道：“你觉得自己是很招姑娘喜欢的那种郎君吗？”

褚怿看过来，眼睛黑亮。

容央故意避开，佯装随意地打量窗外景致。褚怿沉吟少顷，道：“如果是殿下这种姑娘，那臣似乎不怎么招。”

容央心道倒是有自知之明，嘴角扬起，又拉下去，绷住，道：“不是我，就是寻常的……当然了，也是很美丽、可爱的姑娘。”

褚怿把她表情变化尽收眼底，淡道：“国朝尚文，臣这种粗鄙之人，应该不会有什么姑娘喜欢。”

容央蹙眉，把脸转过来：“可你长得俊啊。”

褚怿垂眸：“是吗？”

容央心知着了他的道了，朝他臂膀一捶。

褚怿笑，顺势把那小拳头握住：“殿下想问什么，直问就好。”

容央看一眼被他抓住的手，本是想抽回来的，可看他眼神真挚，想到前两日已拒绝过他，便慷慨地由他去了。

因为的确是很困扰，想找个人诚心倾诉，容央略微思索后，摊牌道：“有姑娘在背后偷偷倾慕你，你是不是很骄傲啊？”

褚怿摩挲着她软如无骨的小手，闻言也不问是谁，只道：“非心仪之人倾慕，何来骄傲？”

容央挑眸，发现他跟往日比似乎不大一样了。

非心仪之人倾慕就不会骄傲，那意思是只有自己倾慕他，他才会觉得骄傲？

嗯，不错。

容央挺满意，便换个角度切入，问得更直接了：“那，如果你和你的兄弟喜欢上同一个人，因机缘巧合，你抢先一步和那个人喜结连理，等日后面对兄弟时，你会不会心虚不安？”

褚怿抚摸在她手背上的大拇指微顿，抬眸看她一眼。这前后两个问题有点风马牛不相及，但核心是一样的，褚怿长睫底下瞳仁微动，答：“不会。”

容央立刻问：“为什么？”

褚怿不动声色：“合理合法，为何要心虚不安？”

容央欲言又止，追究道：“可在兄弟看来，你抢了他的心上人呀。”

褚怿摸着她小手，有恃无恐：“那又如何？”

容央一愣，品味着他的嚣张倨傲，蓦然间竟找不出话来反驳。

褚怿嘴角微挑，终于捅破窗纱：“殿下为何问这个？”

容央就知道他会起疑，极快地把准备妥当的说辞搬出来：“昨日荼白、雪青看话本子，里面记着这么个故事。”

褚怿扬眉，信疑参半。

容央反客为主：“怎么，难不成你怀疑那故事里的人是我？”

褚怿微笑：“不会。”又补充，“殿下不喜欢我。”

容央一愣。

辚辚的车轮声突然格外大起来，把车厢里衬得针落有声，容央转开眼：“近水楼台先得月，你……还是很有机会的。”

褚怿嘴角上扬的弧度更大，五指和她小手交握：“那就借殿下吉言了。”

大鄞立足中原，在邻国面前向来自诩尊贵，接待使臣是最便于展示这份尊贵的，因而跟此相关的一系列礼节大多繁缛。

譬如契使来访，刚入大鄞疆界便会有朝廷特派的接伴使接待，等至京郊后，改为开封府判官迎接，迎接完，再由官家从台省官员或诸司中选调组成的馆伴使负责其在京期间的陪伴。

这次事关和亲，方方面面的规制自然不同以往。容央和褚怿今日所赴之宴，不过是契使在京中生活的序幕，然饶是如此，设宴的长春殿里里外外已极尽奢华，赴宴之人除皇亲国戚，更包括朝中三品以上的官员，其规模之大，景况之盛，可见一斑。

女眷的宴厅在长春殿后的东侧偏殿，不和朝臣同处。同褚怿分开后，容央径直往偏殿行去。

戌时将至，大内宫灯齐上，行走在光影重重的廊室里，如穿梭于昼夜之间。

容央行至殿前，对面飘来一阵悦耳的环佩声，展眼看去，如水流延开的宫灯下，珠翠罗绮溢目，一人盛装曳地，钗佩丁当，自冥冥薄暮中走来，在场诸人为之一怔。

贤懿灿丽如瑰，明媚张扬，在容央面前昂首站定。

两人相对立于殿门前，风一卷，彼此裙裾几乎相贴。

贤懿道：“让开。”

暮风卷动檐角宫灯，飒飒曳动的光影里，容央眼盯着面前少女，没动。

有宫女在贤懿耳后低低劝谏：“殿下……”

贤懿冷然：“怎么，我不能叫她让开吗？”

在场众人齐齐倒抽口气，茶白简直疑心听错，也顾不得规矩，只是错愕地把贤懿瞪着——

不过是月余不见，这位素来温驯乖巧、伏低做小的六帝姬，怎么眨眼就嚣张跋扈成这样了？

打扮得跟只山鸡一样也就罢了，居然还敢趾高气扬地吩咐她家殿下让路，这，这真是……

疯了吗？！

贤懿那边的情况亦没好到哪儿去，惯来谨慎的宫女灵玉慌忙低劝：“殿下，嘉仪帝姬毕竟年长于您，又的确比您先到，这样……只怕不妥吧？”

贤懿一双杏眸冷漠，眼皮半奄，她身量相较容央而言本就颀长，此刻实乃居高临下地把人审着：“自古以来，礼法都是教人尊老爱幼，怎么在官家礼宴外宾的长春殿内，倒还要小的去让大的呢？”

宫女巧佩附和：“就是，这要传出去，岂不是给官家、给大鄞丢脸吗？”

灵玉深深蹙眉，不及去劝，对面茶白已反诘道：“果然是士别三日，当刮目相看，我们殿下不过离宫月余，某些人眼中便只有长幼，而不知尊卑了吗？”

巧佩笑道：“茶白姐姐是想提醒我，嘉仪帝姬乃先皇后所出，是官家正儿八经的嫡女，身份不同寻常吧？可不巧，如今国朝的一国之母，并非是嘉仪帝姬的母亲齐皇后，而是我们殿下的娘亲。同为嫡女，一位是先后遗孤，一位是今后爱女，若真是去论‘尊卑’二字，倒是不知谁更胜一筹呢？”

“你！”

“巧佩！”

灵玉心惊肉跳，便欲替巧佩的失礼向贤懿、嘉仪二位帝姬赔罪，贤懿却蓦然一笑。

此刻残阳殆尽，冷然灯辉如泄，贤懿嫣红的唇边笑意冷峭冶丽，锋利夺目如反复擦拭过的箭镞。

容央霜眉冷目，片刻后，默不作声地后退一步。

众人屏息。

荼白瞪大双眼，不及反应，贤懿已昂首挺胸走入殿中。

“殿下，您何必让她！”荼白大感羞愤，气得跺脚。

容央脸色冷淡，低头把被贤懿裙裾甩乱的百迭裙一理，敛容入殿。

“这……”荼白难以置信，雪青示意她噤声。

荼白憋着一大包气，悻悻跟上。

女眷之宴，端坐主座之人自然是而今最尊贵的皇后吕氏。

容央坐在左下首，满耳丝竹乱飞，聒噪的欢笑声此起彼伏。

今夜的主角——盛装出席的贤懿在对面接受着自四面八方送来的祝福，容央不视、不看、不听，只专注于眼皮底下的“一亩三分地”。

喝酒，一杯又一杯。

一壶将尽时，雪青把酒壶按住。

容央侧头一瞥。

雪青低声劝慰：“驸马交代过，不能让您喝那么多酒。”

提及褚怿，容央也不知想到什么，静静敛眸回去，盯着一案珍馐。雪青看她神情寂冷，自知其郁结所在，便又道：“殿下若是不舒服，我们便先去玉芙殿里休憩吧？”

荼白闻言也道：“就是，省得在这儿受那些莫名其妙的气。”

容央却不应允，抬眸往前看。前方，贤懿坐在席间，正侧首和一名命妇敬酒。

如果没有那三道圣旨，今夜坐在那里的人就是她，这里不会有什么吕皇后，不会有什么比嘉仪帝姬更尊贵的嫡帝姬。

但同样，也就不会有忠义侯府大郎君的发妻嘉仪，不会有一个可以置身事外、冷眼旁观的赵容央。

今夜这些喜滋滋、甜蜜蜜的“祝福”就得由她来领受，一场欢宴后，去往大契的路就得由她来走。

后悔吗？还是庆幸？

容央五味杂陈，深吸一口气后，把酒壶从雪青手里夺过来，倒满最后一杯酒，起身往前走去。

贤懿和枢密使夫人敬完酒，回头看到容央，脸上笑容微凝。

容央送酒上前，低声道：“敬你。”

贤懿直勾勾地盯着她，冷笑道：“你的确该敬我。”

容央不作声，抬袖把杯中酒一饮而尽。

贤懿眼神阴冷，漠然举杯就唇。

容央回到案前就座，荼白想着刚刚看到的那一幕，胸口郁结难当。这时，一名内侍自殿外而来，称是前边官家传召恭穆（贤懿）帝姬。

吕皇后点头，致意贤懿。贤懿撑在脸上的笑明显僵硬了一瞬，下一刻，又松开，低头吩咐灵玉、巧佩带上事先准备的箜篌，在众人或期待、或忐忑的目光中前往长春殿。

荼白探头看完，悄声道："贤懿帝姬还要去前面献曲啊？"

容央垂着眼不应。

雪青道："大契点名要我们殿下和亲，应是耳闻殿下人美声美的盛名，可官家换人替嫁，理亏在前，今夜应是想让贤懿帝姬一展仙姿，以示换人和亲，契王也并不吃亏。"

荼白恍然。

不多时，却闻殿外嘈嘈杂杂，复又有小内侍入内来，相较上次，这次脸色竟是十分难看。

吕皇后在座上听完小内侍的禀告，笑容可掬的脸也随之一僵，下一刻，竟是招呼也不打，便在剪彤的搀扶下悄悄往殿外去了。

歌舞依旧，底下众人面面相觑。

荼白壮着胆儿去殿前打探了一番，回来后，眉飞色舞地道："殿下，前面果然出事了。"

雪青示意她放低声，荼白便伸手挡在嘴边，小声道："原来这次和契使一同来的，除负责和亲一事的礼官外，还有皇室的一位小王爷。这小王爷也不知打哪儿弄来一幅咱们殿下的画像，打贤懿帝姬一进殿起，就开始板脸，等贤懿帝姬献曲完后，更直称平平。现在，契使那边愤愤不平，正嚷嚷着官家骗人呢！"

雪青闻言，面色顿变，容央亦眉心一锁。

（3）生查子

长春殿内，烛火如昼。

吕皇后挺着孕肚，在剪彤的搀扶下款款步至御前，行过礼后，转身把怔坐在箜篌前脸色惨白的贤懿拉起来，朝众契使笑道："小女不谙音律，让诸位见笑了。"

大殿一片阒然，东侧筵席后，契国使团气氛低压，不掩愤慨。

吕皇后微笑："昔闻契王爱乐如痴，只可惜我朝帝姬自幼研习诗书礼仪，对音律，向来只品鉴，而不专攻，故，大鄞最动人的歌声，并不在这宫城之内，而在民间瓦舍勾栏。贵客如果嫌弃小女歌喉平平，不配和契王成双作对，敬请直言，我们自去坊间为契王择选国朝最美的歌姬，如此，倒也不必我割舍爱女，来成两国秦晋了。”

契使闻言，勃然大怒。

大鄞替换和亲之人，偷梁换柱在前，而今非但不低头致歉，反而尖嘴利舌，拿契王爱乐一事大做文章，妄图用那最下等的歌姬来成和亲大事，岂是大国之风、仁义之举？

一名契使脸色铁青，便将发作，使团中央敛眉端坐的小王爷耶律齐挥手打断，开口道：“皇后娘娘，两国和亲，兹事体大，您真的认为，一个坊间的歌姬就足以撑起贵国的颜面，替陛下定边疆、安社稷吗？”

吕皇后蹙眉，不及反诘，官家沉声截断她：“上来坐下。”语气显然不豫。

吕皇后白着脸把话吞回肚中，示意灵玉、巧佩撤退箜篌，又让剪彤去拉贤懿，母女二人一并退至官家身边入座。

大鄞这边，暂代相位的知枢密院事吴缙道：“小王爷息怒，我们换人和亲，绝无半丝轻侮怠慢之意，恰是因尊重契王，看重此次联姻，方行此无奈之举。”

耶律齐挑眉，有契使冷嗤：“无奈之举！”

吴缙道：“实不相瞒，前去和谈的使臣把贵国的联姻之意禀告陛下后，陛下虽然不舍，但还是决定慨然割爱。只是，旨意传达至内廷时，我等突然获悉嘉仪帝姬早在清明节金明池游春时，便已和朝中名门之后私订终身。便如小王爷所言，和亲事关国颜，嘉仪帝姬虽然尊贵，但如非完璧，恐也难当和亲重任，即便勉强，折辱的，也是契王。您说老朽所言，可有几分道理？”

耶律齐沉默。

契使道：“嘉仪帝姬之事，当真？”

吴缙道：“千真万确。”

契使不满道：“既然帝姬早就芳心暗许，那他上官岫为何还要力荐我们陛下联姻？！”

吴缙低叹道：“上官岫贪功起衅，欺上瞒下，的确罪该万死。如今，人已下狱大理寺中，等候发落了。”

契使一噎，万料不到当初把联姻之盟吹得天花乱坠的当事人竟然已身陷囹圄，一时又惊又气。

这时，缄默多时的耶律齐道：“敢问嘉仪帝姬心仪之人，是贵国哪家郎君？”

众人闻言，眼神微妙变化，吴缙道：“忠义侯府大郎君，褚怿。”

耶律齐眉峰微拧，展眼看去，幢幢灯影后，一人提壶浅斟，意态闲适，仿佛置身局外，可偏是那事不关己的散漫态度，愈衬得他整个人孤高桀骜，令人看在眼中，如被芒刺扎中，分外不爽。

耶律齐沉眉。

吴缙趁势道：“忠义侯府世代戍守边疆，褚大郎君又是金坡关一役的副帅，嘉仪帝姬到底只是内廷妇人，既心仪于他，对贵国恐心存芥蒂，如强硬行事，只怕弄巧成拙。”

耶律齐的下颌线渐渐收紧。

吴缙又道：“恭穆帝姬虽然姿容略逊于嘉仪帝姬，但一样是天家嫡女，且年纪更比嘉仪帝姬小上一岁，正是天真烂漫之时。两国联姻，重在诚意，陛下反复斟酌，最后以吕皇后唯一爱女相嫁，已足见对贵国的看重和信任，小王爷又何必舍本逐末，一叶障目，不见泰山呢？”

耶律齐一声冷笑：“倒不是小王舍本逐末，只是上官岫前来和谈时，实在把嘉仪帝姬夸得天上有地下无，否则，我父皇也不会放着千载难逢的战机不要，同意和贵国联姻止戈。于大鄞而言，和亲在于诚意，但在我父皇眼中，和亲的意义只在于嘉仪帝姬，此行若不能如约把嘉仪帝姬迎娶回国，小王只怕是不能向父皇交差的。”

这一番回绝，强硬态度尽在字里行间，满座官员齐齐倒吸口气，吴缙的脸亦冷肃起来，缓缓道：“嘉仪帝姬已是侯府妇。”

耶律齐一哂，目光往前，盯着斜对面垂眸斟酒的一人，道：“若我们不介意呢？”

大殿之内针落有声，褚怿举杯就饮，一双黑湛湛的眸子懒懒散散地望过去，暗影之下，流水浮冰。

耶律齐看在眼中，嗤笑道：“我们乞塔向来不拘小节，并不看重贵国所谓的妇人名节，既然和谈时明确是嘉仪帝姬和亲，那小王此行，就必须把嘉仪帝姬带回鄙国去。当然，夺人妻室，并非正当之举，故，小王愿以十位乞塔皇室美人和忠义侯府相换，不知大郎君意下如何？”

话声甫毕，本就气氛紧张的大殿内愈呈剑拔弩张之势。

众大臣骇然相觑，忧心如惔。

灯下，褚怿铿然落杯，也嗤笑，道：“不换。”

耶律齐眯眼。

吴缙肃然道：“亡国之耻，杀父之仇，夺妻之恨。此乃我汉人一生难容之三大仇恨，若是老朽没有记错，贵国和褚大郎君本就有着杀父之仇，小王爷确定还要在这一笔血债之上，添上夺妻之恨吗？”

耶律齐面色一变，盯向吴缙的一双虎目中寒意凝聚，契使团中开始有人辩护，称用十名美人相换，并不算夺妻。

只是大鄞这边哪里还肯给这份面子？

眼看局势一触即发，有朝臣打圆场道："婚礼者，上以事宗庙，下以继后世，自古为国祚所依，君臣所重。贵国虽然风俗和鄞朝迥异，但对婚姻之看重，想来并无二致，岂可为成一桩婚，强拆另一桩婚？再者，两国联姻，'和'为根本，如因此生隙，岂不是功亏一篑，得不偿失了？"

耶律齐冷讥："的确是'和'为根本，可是，说好的皇室第一美人，转眼就换成了……这么一个，这让吾等如何能'和'呢？"

贤懿垂着脸僵坐殿上，耳闻那充满鄙薄的"这么一个"，浑身一震，鲜红的指甲抠入掌肉里。

众朝臣听他如此轻蔑讽刺，亦相继变色，耶律齐看时机已熟，耸眉道："当然了，如果贵国执意不肯换回嘉仪帝姬，非要吾等把这一位娶回大契，也不是不可以。不过，既然是大鄞反悔在先，以至现在交易改变，那我们的合约，是不是也得变一下呢？"

在场众人闻言一凛，听至此处，终于后知后觉其狼子野心——

明面上把替嫁之事一斥再斥，甚至把恭穆帝姬一损再损，原来竟是想乘间抵隙，坐地起价，篡改合约！

满座朝臣义愤填膺，耶律齐视若无睹，斩钉截铁道："要么履行原约，送嘉仪帝姬出嫁；要么，再给我们三座关城。"

偏殿，一众舞姬伴乐登台，一名小内侍跨入殿门，沿着人后悄声探至容央身边，行礼后，低语片刻。

容央听完，脸色一冷。

小内侍也是一脸凝重："殿下，迟则生变，您还是尽快动身吧。"

长春殿内事态胶着，无论大鄞这边如何解释，大契都无一丝让步之意，言辞激烈处，竟还放言要把嘉仪帝姬一并请出来跟贤懿帝姬相媲，看看大鄞是不是滥竽充数，鱼目混珠。

猖獗至此，官家自然忍无可忍，但筵席之上，顾及两国外交，又着实不便发作，思来想去，只好先遣人来把容央送回帝姬府去，以免那耶律齐看到她真人之后，越发漫天要价，胡搅蛮缠。

容央闻言，一时又惊又恼，想到褚怿也在席上，更是心忧如焚。

"驸马如何？"

小内侍道："那小王爷咄咄逼人，几次三番要驸马爷把您让出去，换做寻常人，要么战战兢兢，要么早就气急败坏，御前失态了。可驸马毕竟是一方守将，经多见广，任那小王挑衅，自谈笑自若，临危不乱，殿下不必忧心。"

容央心下稍安，小内侍又劝道："殿下，事不宜迟，咱们出宫吧。"

容央无奈，自也知这个敏感时刻留在此处，对贤懿和父亲都是一份隐患和负担，略一思忖后，随他往外而去，及至石基下，庭中一行人自夜幕中迎面走来，竟是先前被召去的贤懿一行去而复返。

长夜深静，双方脚步声格外明显，容央和贤懿遥遥对视一眼，垂眼默行，便将擦肩而过，手臂突然被抓住。

容央回头，赫然瞪大双瞳。

“殿下！”

一记惊叫炸开夜幕，容央偏着脸，捂住被扇中的侧颈，不及回神，整个人又给一股力量往地上掼去。

“殿下！”

茶白、雪青上前护主，那小内侍大惊失色，亦撒开手上前去拉。灵玉、巧佩两个瞠目结舌，反应过来时，两位扭打在一处的帝姬已给前三人硬生生拉开。

巧佩赶紧去把贤懿扶住：“殿下，您没事吧？！”

碰巧灵玉提了灯笼来，借着光照一看，大喊：“天哪！殿下的手心怎么有那么多血口子！”

茶白那边更是怒不可遏，上下把云鬓凌乱、脸沾灰尘的容央打量一遍，破口大骂：“皇宫之内对帝姬大打出手，还有没有王法了？！”

巧佩眼神闪烁，极快回嘴：“既知王法，你还敢以下犯上！”又把贤懿那血淋淋的手摊开，“嘉仪帝姬好狠的心，我们殿下不过不小心将她绊倒，她便把人伤成这样！”

茶白气得呕血，巧佩还待再骂，灵玉看不下去，把她拽住，挺身往前的茶白亦被容央拉回。

夜风肃肃，两位帝姬相对而立，彼此俱是气喘吁吁，狼狈至极。

贤懿红着眼瞪着面前人：“你记着，从今以后，我所有的屈辱，都是替你而受的。”

容央愕然相视，喉咙如被扼住。

贤懿冷笑，一股从未体会过的快意在胸膛中荡开。

长春殿里的一幕幕无声湮灭，什么嘲讽，什么不屑；什么规矩，什么尊严……

我不好洁，谁能污我？我不好名，谁能毁我？

既有人要她入深渊，那她便彻底做阎罗。

贤懿转身，决绝地走入黑夜。

茶白气得浑身发抖，瞠目道：“和亲大契，分明是官家的决断，与殿下何干！”

一次羞辱挑衅也就罢了，这次竟然敢直接上手打人，倘若再有下次，岂不是要把人往死里整？！

茶白震怒之余，胆寒心惊，再去看容央脸上、脖子上的伤，眼泪瞬间淌出。

“把殿下按在地上折磨成这样，倒还有脸来反咬一口……她手上那些伤分明就是自己掐的，居然也算在我们头上！”

雪青揪着心替容央把凌乱的鬓发理好，也是气急攻心，强忍道：“先别说了，快扶殿下回府擦药！”

夜阑人静，容央身着中衣，坐在榻前任雪青给自己上药。

右额角因被蹭在地上，破了点皮，左侧脖颈是闪躲贤懿那一巴掌时被打中的，连带下颌线那一小截，红得骇人，手肘和膝盖也被磕了几下，所幸有衣服遮挡，都是些轻伤。雪青细心地把药上擦完，郁声道：“这事儿，殿下就真不追究了？”

十丈之隔，便是天子大宴外宾的长春殿，巡逻的侍卫、值班的内侍一拨又一拨，就算这边不追究，也势必会传至官家耳中去。

她既敢在那种情形下公然出手，又哪里还会在意后果？

而皇室要用她跟大契缔结姻亲，即便真的辨明是非，又岂会为自己抱不平而惩戒一位即将被契使迎走的大契皇后？

容央把菱花镜举高，就着烛灯把脸看了又看，淡淡道：“会留疤吗？”

雪青道：“擦的是御药院特制的生肌膏，疤倒是不会留，只是……”

只是咽不下这口气哪。

容央听不会留疤，双睫一垂，搁镜道：“那就得了。”

雪青抿唇，茶白更是气结，却又知无可奈何，便气汹汹道：“下回再碰上，我非把巧佩那张嘴给撕了！”

不能“以下犯上”，那还不能“恃强凌弱”吗？论撒泼发狠，她绝对比那小蹄子强一百倍！

雪青示意茶白小声些，别恼得殿下心烦，茶白悻悻住嘴，雪青道：“那殿下早些休息吧。”

容央唇动了动，道：“驸马还没回来？”

雪青意外她会在此时问起驸马，不过想想也是，这个节骨眼上，正是需要枕边人疼惜的时候，雪青忙柔声答：“应该快了，殿下先躺着，奴婢这便去府前等候，等驸马回府，便立刻将人请过来。”

容央眨两下眼，躺下后，又忽然一骨碌坐起来。

雪青、茶白俱是一怔。

容央道：“我去书斋等他。”

夜半，人去楼空。

褚怿从空荡荡的长春殿走出来，抬头一望，宫阙深深，月已悬至中天。

身上酒气又重又烈，如一团吹不灭的火烧在胸口，褚怿低头摁了摁太阳穴，拾级而下时，被人从后把肩膀一拍。

褚怿回头。

来人亦是一身浓烈酒气，褚晏站在灯下，眼睑处暗影堆叠："这回玩得有点大了。"

褚怿把酒宴上的赌约略略在心里一过，淡声："玩得起。"

褚晏盯他一眼，欲言又止，最后在他肩上重重一拍，离去。

抵达帝姬府，已是夜阑更深，四下里黑漆漆一片，就连主院那边也没有半盏灯火。虽然事先有小内侍来告知容央回了府，但瞅着这一团团的黑，心里还是有点空落。

褚怿屏退下人，径自提了灯笼往书斋走，及至门前，眸底被一点如豆灯火映亮。

轩窗内，有一片微微烛光。

百顺有急事禀告？

褚怿蹙眉，强打起几分精神，推门入内后，把灯笼往灯架上一挂，转头看时，神情一怔。

雕云纹龙的紫檀木长桌上，一盏烛火静谧燃烧，烛灯旁，一人趴在桌前酣然入睡，圆圆的小脑袋正有一下、没一下地往胳膊下掉。

容央……

胸膛瞬间被一股热流卷过，所有空落的地方都给填得满满的，褚怿笑，放缓脚步走过去。

鼻端有一丝淡酸气味涌来，褚怿低头，看到一碗解酒汤。

手往瓷碗上一摸，已经凉了。

这是等多久了？

褚怿唇线收直，把灯下酣睡的人深看着，刚想绕过去，容央眼皮一动，醒了过来。

褚怿便撑在桌前，低头看她。

容央睁开眼，蒙眬的视野里，出现一张格外英俊的脸，起先还以为是梦，不由得痴痴一笑，笑完，那张脸跟着笑，容央后知后觉，一个激灵坐直起来。

褚怿指指嘴角。

容央顺着摸过去，居然有口水，刹那间羞赧至极。

褚怿声音低哑："在等我？"

容央用袖口把嘴角揩完，撇开眼，故作淡定："有事问你。"

褚怿无声"哦"了下，眼神不变。

容央不入正题，先去摸那碗解酒汤，颦眉："都凉了。"

拐弯抹角地责他一句。

褚怿二话不说把那碗解酒汤端起来。

容央提醒："酸的哦。"

褚怿笑，仰头，一口气饮尽，放碗后，拇指从嘴角抹过，抹时，眼仍盯着她，像吃的不是那汤似的……

容央全身蓦然酥了一下，目光乱瞟："有人说，契使在长春殿内为难官家。"

褚怿"嗯"一声，没有往下接。

容央便继续问："情形很严重吗？"

褚怿沉默了下，答："不会。"

不是"不是"，而是"不会"，容央心念辗转一下，又问："贤懿是不是被羞辱了？"

褚怿看着她澄亮双目，头微低，下一刻，转入长桌内侧把她抱起来。

容央不及拒绝，已被他揽至他大腿坐下，慌乱中，把他双肩盘攀住。

褚怿扶着她后腰："不会。"

还是"不会"。

容央的心渐渐往下沉去，她突然明白他口中的"不会"是什么意思了——被为难吗？是，被为难了；被羞辱吗？是，被羞辱了。只不过，一切还尚存几分转机，有几分可以尽人力去扭转的余地。

褚怿看面前人情绪低落下去，有意哄一哄，靠近时，突然眼锋一凛。

褚怿把容央下巴捏住，转脸过来："怎么回事？"

容央心知额角的伤痕被他发现了，倒也不躲，反大剌剌地道："我被人打了。"

黑夜里，褚怿眼神顷刻间锋锐如刀，容央知道他会生气，但没想到他生起气来会是这样可怕的样子，一时震了震。

褚怿尽量收敛愠色，低声："谁？"

容央便不敢再直言了："……反正你不能打回去。"

褚怿好不容易收敛的怒容又展露开来——什么意思？

容央搪塞："上次你不也没能打回去吗？"

上次，是官家在御花园掌掴她的那一次。褚怿脸更阴沉："你激我。"

容央冤枉："我没有！"

褚怿眉峰压低，突然解她衣带，容央大惊："你干什么？！"

褚怿低着头："验伤。"

容央避之不及，抓他的手："没什么伤，就是被挠了几下！"

褚怿停下，重新把人揽正，双眸锐亮："女人打的？"

容央一震，这敏锐力……

褚怿："贤懿？"

这一回，不告状也得告状了，容央吞吞吐吐："就……就是抓了几把头发，我把脸护得挺好的，额头是个意外。"

褚怿绷紧的下颌没松。

容央道："她恨我，我能理解的。"

褚怿冷声："那与你何干？"

"不单只是和亲的事。"容央把视线挪开，神情郁郁。

褚怿再次把她的脸扳过来。

容央被迫对上他的注视："我跟你说过，有个姑娘在背后偷偷喜欢你。"

褚怿眉一敛，想起今日两人在马车里的对话，极快明白过来。

当时就觉得她藏藏掖掖，话里有话，没想到真相居然是这样？

褚怿目中生寒，眉间暗影愈深。

容央道："我以前也没觉得有多亏欠她，就像你们说的，她替我和亲，是官家的决定，我没有怂恿过，甚至还曾竭力反对，所以对于她，我并不需过分地内疚什么，可是最近……"

可是最近，却总有个声音在心底喊——你的确是亏欠了。

如果不是诏书改换和亲人选，今夜在长春殿中献曲的、受辱的人就是她；不日后，被那群使臣接往外域，嫁给一个糟老头的人就是她。

她或许会认命，会自勉，会有和贤懿不同的境遇和结局。

她或许会有很多的不一定。

但一定的是，她……不会再成为面前人的妻。

不会再有人在她生气时给她夹菜，明明高傲，却肯低下头来跟她致歉服软；不会再有人躺在她枕边听她胡言乱语，明明渴望需要，却肯压抑自己来成全她的私心；更不会再有人牵她去逛盛京最热闹的瓦舍勾栏，陪她去巷口的小摊铺吃面，和她一起走入人海，畅想未来……

烛影沉静，褚怿的脸也随之变柔和，容央静静看着，忽然低下头。

褚怿看她戛然而止，不肯罢休："最近什么？"

容央的脸在暗影里烧红，瓮声："非要问那么彻底吗？"

褚怿不解。

容央扭着腰要下来，褚怿本来就喝得烈，身上燥热，给她动几下，反应立刻就起来了。

“别动。”褚怿把她腰箍紧，身体微往后仰，靠上椅背。

容央坐在他大腿上，仍旧垂着脑袋。

褚怿道：“我不会让大鄞的帝姬再受辱。”继而又道，“也绝不会让人再有机会伤你分毫。”

容央的双眸亮起来。

烛火在她身后，黑夜也在她身后，她双眸在这明暗交织的世界里亮起来，装着他，只有他。

褚怿没忍住，伸手在她后脑勺一按，吻上去了。

攀在他肩膀的小手一紧，衣帛相触声窸窣。

今夜的月光有些重，他唇齿间的酒气也重，容央承受着，紧张着，攀在他肩上的手越攥越紧。

褚怿的唇压着她，鼻尖抵着她，这一次，没有嚣张地掠夺，只是深而静、重而长的一吻。

吻毕，撤离。

容央气喘，又惊又羞，一巴掌打落在他胸口上。

褚怿把那小手压住，偏头一笑，餍足又不满足：“我忍很久了。”

（4）少年游

三日后，官家诚邀大契使团前往艮岳避暑。

长春殿内的一场争执尚悬而未决，所谓避暑，不过是换个场景继续角逐。

背地换人替嫁是大鄞之弊，人在主场则是利，为此，朝廷势必要把主场的优势——人多势众发挥个淋漓尽致，打着盛情相陪的旗号，把整个皇城里能发动的人全都发动了。

容央避而不得，只能再次和褚怿登上马车，一并往皇城外的皇家园林艮岳赶去。

艮岳原叫万寿山，在盛京内城东北角，被建造成皇家园林后，占地方十余里，山中古树参天，怪石林立，园内植奇花美木，养珍禽异兽，处处极尽国朝工匠之能、建筑之妙，堪称大鄞林苑之最。

此次要在园中礼宴外宾，艮岳风采自然更胜往昔，容央、褚怿抵达时，山脚已被各大世家的雕鞍绣毂、重帷黕幕围得水泄不通，待借着帝姬的身份先行入山，双眼双耳又开始被各色风景、各类珍禽侵占。

容央不是头一回来，对这些精雕细琢的景兴致不大，一径行至今日的主场——八仙馆。

稍后是朝廷和契使的一场击鞠赛，原本用以藏书的八仙馆已被改建成观赛阁，馆前一望无垠的草坪则被栅栏、旌旗、钟鼓等物划分成各个区域，最大的是赛场，场外环绕的一圈是供官宦贵族等观众观赛所用的露天看台。

按照品级，容央可入馆在偏间就座，也可在馆前自选靠中央的座位，考虑到贤懿十之八九是会入馆的，容央实在不想去再触霉头，碰巧此刻时辰尚早，八仙馆前人气不盛，便往馆前正中央的看台寻座位。

她一寻，蓦然惊喜道："姑姑？"

褚怿听得这一声，眉微动，循着看去。

彩色旌旗后，空荡荡的看台上静静坐着一人，紫灰绉纱滚边窄袖褙子，褚红金丝暗花纹裙袄，形容端方，仪态清贵，正是多年屏居兴国寺后山的长帝姬明昭。

褚怿视线在明昭身上定格一瞬，移开，跟容央上前。

明昭茕茕静坐，正望着场外徘徊的流云走神，拂冬在耳边禀道："殿下，您瞧瞧谁来了？"

明昭敛目，飞扬彩旗底下，一对璧人并肩而立，小的那个正一脸灿烂笑意，朝她行礼。

褚怿跟着拱手。

明昭目光审度，自褚怿眉眼间看过。容央主动道："早知道姑姑今天会来，我就和驸马先去兴国寺接您啦。"

这嘴是真甜，一面捧了面前这个，一面捧了身边那个。明昭笑，懒得拆穿，示意身边的座位："坐。"

容央从善如流，和褚怿上前，挨着明昭坐下。

明昭道："稍后和契使的击鞠赛，驸马都准备好了？"

褚怿道："差不多了。"

明昭点头："如此胸有成竹，难怪官家敢跟契使打那样的赌。"

容央云里雾里："什么赌？"

明昭望着辽阔的赛场："这么大的事，盛京都尽人皆知了，你的驸马竟没告诉你吗？"

褚怿小臂搭在木扶手上，闻言眉峰微动，继而淡哂："百闻不如一见，比起耳闻，臣更希望帝姬能亲眼所见。"

明昭不语。

场外，行人络绎而至，褚怿把身边人蜷在膝前的小手勾一下："我去准备了。"

褚怿去后，容央扭头瞪明昭："你故意为难他。"

明昭面不改色："我不能故意为难一下？"

容央气结，不明白为什么姑姑总是要带着偏见去看褚怿，申明道："他很好的，不该被姑姑故意为难。”

明昭乜斜她一眼，哼道：“你就不生气他把事瞒着你？”

容央想这也是得分情况看的，如果是褚怿想给她留一份惊喜，那又有什么可生气的呢？

她冷淡地接话：“什么事啊？”

明昭听她语气寥落，立刻不搭茬了。

拂冬忙道：

“殿下，是这样的。三日前，契国的小王爷在长春殿内要求大鄞另外割让三座关城作为替嫁的补偿，官家不愿，朝臣也直呼欺人太甚。那小王爷看威逼不成，便暂退一步，提出跟大鄞打一场马球。如果大鄞胜，则大契如期迎娶帝姬，不再有其他要求；如果大鄞败，则先前上官岫所谈的合约作废，该如何赔偿，全由大契说了算。

“这打马球本是我朝风靡的把戏，论理说，并不该怯场，可大契毕竟尽是悍勇骑兵，敢提这样的要求，必定是有备而来。官家听完后，一时不便决议，正跋前疐后，底下有人率然请缨，说，赌可以，但小王爷下的赌注太过寒碜，让人浑身没劲。那小王爷被激，便问如何才有劲。此人便答，久闻小王爷骑术过人，昔日未能在战场上一领风采，实属遗憾，此次愿借球赛的机会，和小王爷一较高下。如大鄞胜，则一切由大鄞说了算；如大鄞败，则在大契所求之外，此人甘愿再奉上一颗项上人头。”

容央听及此处，眉头一蹙。

拂冬低声：“此人，便是殿下的驸马。”

（5）六州歌头

山风卷翻场外旌旗，猎猎风声回荡耳畔。

褚怿站在旗帜下，低头束紧小臂上的臂褠，谢京突然把他胳膊撞了一下。褚怿抬头，顺着他示意的方向看过去，唇微抿。

容央从一座座钟鼓后走来，赤金的裙裾穿梭在赭红的鼓架间，冶丽炫目。

褚怿上前。

两人在一座鼓架前相会，褚怿低下头看她，眉眼逆光，深邃迷人，干净利落的战袍勾勒精壮身形，无一处不凛然英俊。

容央的心却像被密刺碾扎。

“好威风。”容央冷冷怼道。

褚怿淡淡一笑：“一会儿会更威风。”

容央愤然抬头，日照下的眼眶泛起红潮，如果不是在外面，真想上去痛快地打他一场。

褚怿看明白了，把手掌递给她。

容央恨声："干什么？"

褚怿："给你掐一下。"

容央一震，泪水瞬间涌至眶边，气愤地把那只大手抓过来，刚掐上，褚怿就势把人往怀里一拉。

"念着我。"褚怿低声在容央耳边交代完，极快把人放开，潇洒地走入赛场。

一声号角冲天而起，喧哗的场外为之一静。

贤懿驻足在八仙馆前，瞪直眼睛盯着鼓架前的那一幕，抿成一线的嘴唇微微颤抖。

灵玉垂眼蹙眉，低声道："殿下，官家和娘娘该到了。"

贤懿恍如不闻。

灵玉不敢再催，再抬眼时，留在鼓架前的那人已趸身离去。

贤懿突然迈步上前。

"殿下！"灵玉大惊，同巧佩一并追上去。

赛场上的各类人员正在集中，场外的一圈看台上亦渐渐座无隙地，贤懿大步流星，径直往容央所在的方向走，便欲往容央身边空着的那张圈椅坐下。一道人影极快挡至面前，抢先一步占领了那把椅子。

"哎哟，这天热得！"

赵彭"唰"一声抖开折扇，一边扇，一边喝令钱小令去捧冰镇果盘来消暑，七七八八嘀咕一大串后，方朝贤懿瞥去："哟，六姐怎么到这儿来了？"

贤懿一张脸铁青，抿紧唇沉默不语。

赵彭道："你今日是主角儿啊，怎么屈尊来这地方受累，回头一马球飞过来把你整破相了，在场的可没人能担得起责哪。"

边上，明昭、容央各自缄默，前者吃果，后者走神。贤懿冷冷把三人环视一眼，拂袖而去。

赵彭"啪"一声把折扇关上，扭头："你说她是不是有病了？"

容央没应。

赵彭便探身去问另一人："姑姑？"

明昭道："有病又如何，这世上有病的人多了。"

场外，又一声号角声直遏云霄，大鄞这边的球员聚在东侧球门前，全神贯注地听褚怿讲解战略。

契使那边的人数也差不多到齐，聚集在西侧，个个牛高马大，威势赫赫。

容央的心悬着，眼睛直直定在褚怿身上，看他低头讲话，看他摆手势，看他拿过旁人手里的哥舒棒在地上画着什么，继而下颌一扬，朝某处示意。

他扬下颌的动作真漂亮，利落的弧线，颀长的脖颈，烈日下，身如山屹，轮廓孤凛。

可是这样漂亮的动作，孤凛的轮廓，她居然有可能再也看不到了？

容央一瞬间感觉窒息。

不多时，前去捧果盘的钱小令急匆匆赶来，把正冒着冷气的一大盘时令鲜果往赵彭和容央中间的小案上摆。

赵彭就近拿起一颗小芦橘，剥好后，给身边人送去："也不看看自己嫁的是什么人，十拿九稳的事，犯得着这样忧心？"

身边人没理会，赵彭蹙眉，依稀听到她在不住地念叨什么，定睛看，那嘴唇果然是在极快地动着的。

赵彭把耳朵靠过去："你念什么呢？"

容央一僵，严肃道："别吵我！"

风卷旌旗，偌大的草坪上一派肃静。

赛场入口，御龙官把手里的绣旗用力一挥，屏息等待于外的鼓乐刹那间声撼天地。九鼓之后，教坊大合《凉州曲》，官家一骑绝尘，率先驰入场中。

照惯例，礼宴外宾的击鞠赛必须由皇帝先打一球，聊作开场后，两队才正式开赛。

沓沓蹄声回荡四野，官家乘马驻足西南角，随行的内侍把朱漆球捧至御前，通事舍人朗声奏唱道："御朋打东门——"

话声甫毕，官家挥臂一棒，炎日下，一条弧线快如流光。

伴随球进，教坊作乐奏鼓，场外欢声雷动。

官家一手勒缰，把哥舒棒扔给近旁侍臣后，策马往外。

东西两侧入口，大鄞、大契的赛队分别入场，官家在褚怿跟前驻马。

"赐酒。"

语毕，内侍们手捧漆盘把壮行酒呈至一队战员面前，褚怿拿过酒杯一饮而尽。

官家道："莺莺在等你。"

褚怿抹嘴的动作微顿，抬眸对上那双凤目，继而往场外一看，点头。

风卷流云，旗下擂鼓又起，及至两队人马在赛场中央相会，鼓声愈急如骤雨。

容央的心被鼓槌重重击打，目不转睛地盯着场上，突然道："为何契人的马跟我们的不一样？"

两国决赛，大契服黄，大鄞服紫，黄色那一队人所骑之马匹匹高大，且俱是光泽锃亮的枣红毛发。

赵彭道：“那是契使自备的河曲马。”

容央变色：“凭什么他们可以自己备马？！”

既然要参赛，那一切就该跟对方统一，这样自备赛马，还有何公平可言！

赵彭朝场上细看一眼，安抚道：“耶律齐怕咱们在马匹上做手脚，坚持要自备赛马。没事，姐夫的那一匹是他自己的战马，名叫‘影杀’，不比大契那些畜生差。”

容央忧心不减，这打马球是极其看重赛马素养的一项竞技，契人本就深谙骑术，如今再骑上自己的宝马，岂不是如虎添翼？

那褚怿不就吃大亏了？

正心焦如焚，一记哨声划破虚空，赵彭正色道：“开球了。”

容央屏息，直直瞪向赛场中央，蓦然间想起什么，赶紧双手交握至胸前，压低声念。

赵彭一愣。

马蹄四翻，尘土飞扬，谢京一骑杀出重围，朝前喝道：“悦卿！”

音落，球起，褚怿策马趱身，一击而中，后续队员紧随而上，驰马追球。

耶律齐手攥缰绳，龙眉虚虚一拧，猛然大喝一声，率领部下围攻上去。

场上一时蹄声如雷，一颗朱漆球被击起、截落，再击起、截落……速度之快，变化之频，令场外众人根本难以追踪。眼看两队人马渐渐逼近大契的西侧球门，众人齐齐心悬至喉，静等褚怿发力攻门，却在传球刹那，一抹枣红如箭驰出，横空把球截下。下一刻，契使那边哄声大作。

耶律齐风驰电掣，一马当先，褚怿奋起疾追，不及半场，已至耶律齐一丈开外，场外鼓声大振，轰轰隆隆。

褚怿奋进，攥紧缰绳，一脚踏稳马镫侧身截球。耶律齐一惊，反棍去挡，两人长棍交锋于草上，火光四溅。

鼓声愈急。

耶律齐霍然绷紧缰绳，趱转如电，褚怿预判不及，眨眼与之错开数丈，球自棍下消失。

耶律齐横臂疾挥，朱漆球在半空一闪而没。

东侧球门前，大鄞守门者纵身朝前一扑，全场屏气噤声，起身看时，一颗圆球“铿”一声砸落门竿下，堪堪落入网内。

众人心跌至谷底。

御龙官挥旗，示意侍从把获胜的彩旗插至大契方的虚架上，继而高声唱筹：“大契胜一筹——”

场外嘘声如潮，起起伏伏，半晌不息。

大赛一共三筹，契国如再胜一筹，则大鄞必败无疑。

耶律齐策马返回褚怿跟前，悠然道："你倒不如直接把嘉仪帝姬让出来。"

褚怿揉着手腕，低睫不应，耶律齐道："你现在点头，我或可卖你个面子，同你和了今日的赛局。"

褚怿嘴角弧线微挑，掀眼："只怕王爷卖不起。"

耶律齐眼中瞬间戾气凝聚。

褚怿策马驰回队伍，目不斜视，背影凛凛。

赛场外，容央木着一张脸，杳无生趣。

赵彭那飞扬的神色也黯了两分，讪笑道："没事，还有两局呢。"

荼白、雪青在边上给容央掌扇，各自心里却也是惴惴难安。

有道是"一鼓作气，再而衰，三而竭"，驸马这边一开场就给那契国的小王爷铩羽而归，大鄞士气定然受挫，稍后反杀，怕是不易。

三人之中，只有明昭帝姬泰然自若，浑然无事地取茶就饮。

容央看去一眼，出乎意料地竟不发表不满，反而也跟着取来一盏冰镇的杨梅渴水饮下。

不多时，场上第二局开球，底下看台重又喝声滚动。

容央握着茶盏，间隙朝场上瞄去一眼，又极快把视线撤回。

赵彭直着脖子看了半晌，倏而感觉耳边少了点什么，侧脸看容央："你不念了？"

容央漠声："不念了。"

念什么，有个鬼用？

赵彭眨眨眼，无暇同她深究，继续观看场上情形。

容央几次把瞟往赛场的目光抽回来，局促不安地盯着膝前台阶，一双小手捧着瓷盏，僵硬不动。

耳边不时传来众多观众的反馈声，或喝彩，或唏嘘，或窃语长叹……容央每听一次，心就被猛揪一次，整个人如反反复复被人拿捏的蝼蚁，痛苦至极。

正坚持不住，场外突然一片阒静，下一刻，爆发式的欢呼声平地而起，赵彭霍然起身，容央大惊，一盏汤汁泼在膝盖上，吓得也赶紧站起来。

"赢了赢了！殿下，驸马这局赢了！"

荼白、雪青兴奋大叫，等发现容央裙裾被泼湿时，那洇湿痕迹都已漫至脚下。雪青慌道："奴婢该死，这就陪殿下去换衣裳！"

"不不！"容央推开她，一双眼定在赛场上搜寻着，"不去，不去……"

赛场上，人群拥来，褚怿被簇在中央，往外看时，那个位置已被阻挡。

"褚悦卿可以啊！不愧是跟我谢京穿一条裤子长大的兄……啊！"谢京一句

话没讲完，给褚怿往外一推。

谢京委屈：“你干什么？！”

褚怿展眼看，华盖下，容央坐在圈椅上，垂着眼不知在捣鼓着什么。

激动的心蓦然就往下沉了沉，褚怿抿住唇，黑眸深定，谢京策马回来把他往面前一拉，褚怿被迫对上他怒冲冲的眼神。

“我看我夫人。”

谢京精心准备的一番训斥卡在喉中。

一炷香后，最后一局开赛，容央左顾右盼，坐立难安，倏地一把把赵彭的手抓过来。

赵彭一惊。

容央紧紧握着：“给我抓一下。”

赵彭目光在场上场下来回几次，严肃道：“姐夫看到……会不会吃醋啊？”

虽然是同胞，但毕竟是光天化日的，还一抓就抓这么紧，这么久。

容央想也不想：“不管他，他看不到。”

赵彭于是又朝场上看了一下，再回头，用表情反问：你确定吗？

容央瞪大眼睛：“你别看我，你看场上啊！”

她又道：“不到最后什么都不要告诉我！”

赵彭看她紧张的那样子，嘴角抽动两下，有意想安抚安抚，可场上最后一局已经拉开帷幕，环坐场外的大鄞权贵喝彩震耳，日月旗下鼓声撼天，一声一声地也撞得他血脉偾张。

赛场中央的看台是仅次于八仙馆的最佳观赛地点，赵彭定睛追逐褚怿，眼珠跟着那颗朱漆球飞来转去，倏而叩指敲案念念有词，倏而攥紧拳头一动不动，倏而又一巴掌打在案上，震得一盏茶险些落地。

容央给他那一巴掌吓得三魂去了七魄，极快朝场上看去一眼，却是炎日刺目，蓦然眩晕。

惊怔中，耳边又是各式各样的吵闹声、鼓乐声包围过来，容央脑袋一片空白，嗡嗡的轰鸣声里，竟只能听见自己咚咚大作的心跳。

不知过去多久，便在容央几乎支撑不住时，赵彭突然被电击似的跳将起来。

容央大震，瞪直眼睛一扭头，赛场上，一队紫色骑兵逼近西门，球传得比霹声还急还快，一次又一次朝大契的球门迸射，又一次次给大契拦截。

便在这时，突然横空跃下一匹枣红大马，所过之处，烟尘四起，随后形势大改，一队紫色骑兵迅疾掉头，大喝着往前追去。

全场顿时倒抽口气，突然间不知是谁大喊一声“褚郎快追”，场外很快有人附和，“褚郎”“褚郎”的助威响成声浪，一波一波，越来越大，越来越急。

容央额头一片冷汗，一刹间都不知自己到底还在不在呼吸，眼看那匹枣红大马距大鄞球门已不过一射之远，而褚怿还一次次被拦截在后，顿时心惊胆寒，双手抖得无法控制。

“稳着！”赵彭转身把她拉住。

容央咬紧嘴唇，闭紧双眼，再睁开时，战栗的瞳仁深处突然一亮。

烈日破云，一匹黑黢黢的战马突破重围，沿着赛场边角朝前方极速包抄过去，浑然如闪电一般，前面那人似有所惊，赶紧弯腰掷球。

球飞刹那，蹄声撼天，褚怿霍然一脚踩过马镫，腾空跃起，翻身时，一杆在半空把球截下。

一条倾斜直线掠过空中。

下一刻，战马前奔，褚怿身形翻转，稳稳落回马背。

全场鸦雀静默。

西侧球门处，大契的守门员半屈膝盖，蓄势待发，蓦然间憬悟什么，震惊回头。

钱小令反复擦拭眼睛：“殿下，那球……球去哪儿了？”

场外看台亦陆续响起类似疑问，无数脑袋朝前挤探。

这时，场内御龙官旗帜一挥，高声唱道：“球进！大鄞，再胜一筹——”

一静之后，全场欢声如洪。

钱小令手舞足蹈，赵彭憋在喉咙里的那一口气亦畅然松开，回头拉紧容央：“赢了赢了，这回是真赢了！”

容央茫然地被他拉着，目光定在场上，热泪盈眶。

荼白、雪青二人亦喜不自胜，正欲去慰身边人，容央突然提起裙裾朝前跑去。

“殿下！”二人大惊，不迭去追。

欢声不绝，胜利的战鼓被擂响。

咚——

咚——

一声声，如自肺腑间撞来。

容央穿过那片震动人心的声音，喘着气，在二人分别的那架大鼓前停下。

金辉漫射大地，褚怿坐在马上，看过来。

咚——

咚——

鼓声不绝，彼此的心跳被擂响。

一声声，撞入灵魂之最深处。

赛场上的队友向褚怿拥去，赛场外的亲友向胜利者拥去，褚怿挑唇笑着，突然一策马缰，飒飒奔来。

众人大惊，容央大惊。

彩旗翻飞，褚怿纵马跨越栏杆，迫至鼓前，极尽霸道地把容央掳至马上。

躁动的场外再度爆发惊天哄声，荼白、雪青骇然失色，回神时，褚怿竟已掳着容央消失在草坪尽头。

喝彩声冲天而去。

赛场上，耶律齐眼神阴鸷，目不转睛地瞪着那匹战马消失的方向，眼眶瞪得通红。

“小王爷……”

耶律齐猛然趄身，扬鞭抽去。

被打那人忍痛低头。

耶律齐胸膛起伏，复扭头往外一看。

风吹绿海，万物无痕，唯一抹艳影在脑海里挥之不去。

耶律齐冷然道：“那女人，就是嘉仪帝姬？”

（6）踏青游

八仙馆内，欢声笑语荡漾四周。吕皇后眉眼舒展，对坐在漆金罗圈椅上的官家道：“莺莺的夫婿果然神勇。”

官家眼神明亮，有意把自豪之情收敛一些，但唇边还是难掩喜色。

褚怿今日这一战，赌的远远不只是他一人的项上人头，而是整个大鄞在外敌前的尊严和筹码。

胜，则一雪前耻，谈和也好，外战也好，都有望重睹天日。

败，则一败涂地，无论是和是战，他日都再难抬头。

场外的欢呼依旧在沸腾，每一声都呼入人心坎里，官家望着那匹驰入林中的战马，轻笑道：“嚣张！”

人刚下赛场，不来面圣复命倒罢了，居然敢在大庭广众下把容央掳去，他拿自己这个心肝宝贝当什么？当他的战利品了？

官家又气又想笑，这一幕要给那叫耶律齐的小王爷看着，只怕是要气得七窍生烟了。

哼，气死也好。

吕皇后顺着他的视线看去一眼，也笑道：“年少有为，傲骨嶙嶙，多少便会有些狂放不羁。幸而是尚了莺莺，不然这盛京城内，哪个姑娘能降得住他？”

这句话深得官家的心，像褚怿这种集天资、门第于一身，又桀骜不驯的青年将领，如不是容央这样的天之骄女，的确是难以收服。

念及此，舒畅的心情倏又一滞，官家扭头朝侧间看去，栏杆前，贤懿盛装端坐，一动不动地望着栏外，日照里的侧影冰冷孤绝。

其实，照身份而言，贤懿和嘉仪一样，也该是大鄞的天之骄女的，奈何……

“官家。”

正惆怅，耳边传来吕皇后亲切的唤声，官家回头，对上吕皇后的眼睛。

这双眼和刚刚一样，依然带着笑意，但也和他此刻的心情一样，蒙着一层淡淡的灰暗。

“褚怿大胜，那和谈的事，便可由我们说了算了，既然如此，那您还打算……”吕皇后尽量保持笑容，低声，“还打算，让慧妍去和亲吗？”

“慧妍”是贤懿的名。官家听后一怔，猛地反应过来，自己竟很久没有接触过这个名字了。

往日里想起这位女儿，脑海里对应的都是封号，先是“贤懿”，后是“恭穆”，封号可以变，至于那一直不变的，反倒日渐被人搁置了。

官家欲言又止，低头在吕皇后手背上轻拍两下，微笑道：“合约之事，朝臣会和大契细谈，必定不会再吃哑巴亏，至于慧妍，朕会也尽己所能的。”

吕皇后琢磨着那个“也”，脸颊肌肉僵硬一瞬，却仍是激动地站起身来，要行礼谢恩。

官家忙把人拉着：“打住打住，你累得，朕的孩子可累不得！”

吕皇后失笑，摸着隆起的肚皮，垂眼道：“是妾冒失了。早上这孩子还老在妾的肚子里踢，刚刚大概是被驸马唬住，让妾都把他给忘了。”

官家眼睛一亮：“开始踢人了？”

吕皇后笑着点头。

官家忙俯身，把耳朵贴过去：“快让朕听听……”

吕皇后把官家肩头扶住，眉眼低垂，柔情脉脉。

八仙馆外，众人络绎散场。

明昭站在看台上，望着四散的人潮，蓦地有种不知归处的茫然。

敛秋道：“后山珍禽园新进了一批猫犬，殿下先前不是念叨着想养个宠物吗？何不趁这机会去看看，碰上合眼缘的，这一趟也就不白来了。”

自打入兴国寺后山静养后，明昭在大众面前露面的次数可谓寥寥无几，这回被迫来一次，一住就是三天，要不寻些事做，还真是无聊至极。

明昭点头，低头走下看台，及至地面，视野里蓦然随风掠来一截藏青袍角，明昭抬头，看入一双褚褐色的眼睛里。

夏风燥暖，日光炽热。

褚晏站在台下，扬唇道："哟，这不是明昭殿下吗？"

风穿林而过，铿然有力的马蹄声在干燥的泥地上慢下来，褚怿勒住缰绳，低头去看怀中人涨红的小脸。

容央被他圈在胸前，一双澄净的眼睛大睁，猫儿似的，静静地看着他，头一回没有脾气发作。

褚怿噙笑："不骂我？"

容央眨眼，终于挪开视线："骂你什么？"

褚怿看前方："目无礼法、胆大妄为之类的。"

容央哼一声，轻飘飘："这有什么的……"

褚怿扬眉。

容央看着四周，静默不语。

先前被他掳离赛场的情形仍跃然在目，那样多的人，那样大的声音，万众瞩目的他就那样无所顾忌地朝她奔来。

踏着鼓乐，踏着声浪，踏着所有人的目光……

天哪，所有的人一定都知道，今日的英雄是她赵容央的驸马了吧？

就算不知道是赵容央的驸马，也该知道这男人是心所属、人有主的了。

心口一时咚咚急跃，风吹不去脸上的红，容央环着褚怿精瘦的腰，嘴角翘起来，蓦然感应到什么，抬头，对上一双深黑的眼。

上扬的嘴角立刻僵硬了，容央耷拉下眼皮，瓮声道："去哪里？"

褚怿噙笑把人看着："不知道。"

容央眼神闪烁，掌心处抵着他的腰，登时就感觉有点烫："那你带我来做什么？"

腰上的手有意要撤离，褚怿按回去："给我唱首歌吧。"

容央被迫按紧那腰，感受到他紧实的肌肉，心跳猛漏一拍。

片刻，她问："什么？"

褚怿眼神黑亮："赛场大捷，想请殿下为臣唱一首凯歌。"

"大捷"二字入耳，他在赛场上一招绝杀的情景又跃至眼前，容央越发心如鹿撞，细声细气："不是给你唱过……"

指上回跟他一块去象棚看戏的那次。

褚怿："不一样。"

容央无言以对，突然间竟扭捏起来："场外又不是没有凯歌，教坊那么多人在，鼓声敲得那样响，你没……"

"没。"褚怿打断，声音愈低沉。

容央噤声。

空荡的树林里风声窸窣，蹄声嘚嘚，褚怿把马拉停在一棵梧桐树前。

绿荫如伞，丝丝清光洒落彼此肩头，容央小手拢紧，知道他是用这种方式来逼自己点头了。

风在树上响，树叶一片片。

风在树下响，落叶一片片。

容央蓦然仰起头一看。

褚怿循着她的目光往上看去。

梧桐耸立，绿意点染天空，白云在树叶缝隙间浮动，风吹过，鸟飞过，微光明灭过……

容央似想到什么，狡黠地道："'莺莺'是'黄莺树上鸣'的'莺'，如果你能带我去树上，那我就给你唱。"

褚怿二话不说："可以。"

话声甫落，大大小小挤挨在一块的绿叶颤动起来，容央惊呼，回过神时，人已坐在褚怿怀里，身边是层层叠叠的梧桐叶。

褚怿人靠在树干上，毫不顾虑地把她往面前一拉，容央就坐在他胯上，隔着夏季纤薄的衣料，几乎能感觉到彼此身体的不同。

容央脸颊登时烧起来，羞赧："你……"

褚怿勾唇："这个坐姿最稳妥，别的，你会害怕。"

容央语塞，刹那间竟有"骑虎难下"之感，手抓在他胸前，松也不是，抓紧也不是。

褚怿把她腰搂着，笑。

容央开始后悔了。

"下去。"

褚怿："唱歌。"

容央瞪大眼睛，褚怿不妥协。

容央气恼："你这样……我唱不了！"

她越动越感觉不对劲，越想不在意越在意，是真的唱不出口。

褚怿嘴角上扬的弧度越大，少顷，把人掉了头，改为从后抱她。

容央侧坐在他大腿上，那份异样感好歹是没了，褚怿的声音在耳后响起："现在可以了吗？"

风似乎越来越小了，脸上实在是热得很，耳朵被他声音碰过的地方更是滚成一片，容央抿了抿唇："凯歌有很多的，你……要听哪一曲？"

褚怿眼睫微垂，答："'山西十二州'那一曲。"

容央这次是真不懂："那是什么？我没听过。"

她所会的，不过是关城捷报传来时，教坊在宫宴上奏唱的颂歌，至于边关将士在班师回营时究竟唱的什么，那她可真是无从得知了。

褚怿很快也想到这一点了，道："我教你。"

容央意外。

褚怿低头，把她一只小手握住，五指穿入她指缝，扣起来。

"先取山西十二州，别分子将打衙头。回看秦塞低如马，渐见黄河直北流……"

夏蝉在树下低唱，褚怿在耳边低唱，低醇的声音里藏一丝喑哑，一丝欢愉，千军万马驰骋风中，驰骋于他的歌声里，欢愉里。

风雪，烈酒，壮志，豪情……

容央的血脉蓦然热起来，手划过他粗粝的指腹，低低地跟着哼唱：

"天威卷地过黄河，万里羌人尽汉歌。莫堰横山倒流水，从教西去作恩波……"

哗——

梧桐林被长风吹响，激颤的树叶深处，两人一低一高的歌声被风声湮没。

褚怿长睫垂着，静静凝视着怀中人，挑唇："亲一个？"

容央一震，不及答应，唇已被他攫住。

一簇簇梧桐叶无风而颤，褚怿重新把人拉至胯前坐下，低头含着那唇，从温柔触碰，到恣意咬弄，长驱掠夺。

容央的呼吸一下下地被他碾去，头被迫高高地扬起，不是没有承受过他这样霸道的吻，但是第一次这样真切地感受到被亲吻的愉悦和振奋。

容央把褚怿的脖颈环紧，尝试着回应，树更颤，风更急。一吻毕，彼此头抵头，鼻碰鼻，唇间气喘吁吁。

褚怿脚踩树干，大手把容央细腰搂着，扬唇道："我就说，这个姿势是最稳妥的。"

溪水淙淙，树影在水波间摇曳，容央坐在溪边，低头把百迭裙上被酸梅汁洇脏的痕迹搓了又搓。褚怿走过来，把她抱到石头上，弯腰帮她弄。

容央瞪着那一大片顽固的痕迹，拦住他，绝望地道："算了。"

平日里就听雪青唠叨过，这梅汁水是最麻烦的，一旦沾上，再难洗净，所以喝的时候一定要小心。当时还觉得就算沾上也是下人们去洗，不干她的事，没承想今日就遭报应了。

褚怿看她一眼，给她把裙裾拧干，展平："怎么弄的？"

容央去抚那些细微的小褶皱，胡编道："赵彭太激动了，动不动就抽风一样地跳起来，把我案上的茶盏打翻了。”

褚怿眯眼，把那团痕迹又看一遍——不偏不倚的膝盖正中央，这茶泼得倒是有水平。

褚怿语调上扬：“哦？那么激动？”

容央：“可不是。”

身边一时没回应，容央仰头看过去，脸一热，心虚地把眼珠挪开。

战马在溪边悠闲地喝着水，容央从石头上站起来，把洇湿的百迭裙转到后面，褚怿道：“不晒晒？”

容央：“不好看。”

褚怿啼笑皆非：“那可不方便骑马了。”

容央领会过来，有点尴尬，挺着胸走开：“不骑就不骑。”

褚怿笑，倏地上前一步，脱下外袍把她从后包住。

容央愣住。

褚怿低头把外袍系在她颈前，挡住底下：“脱了吧。”

——脱了吧。

容央脸迅速涨红，虽然知道他不是那个意思，但还是心悸得厉害，一时都忘了答。

褚怿便低笑：“要臣效劳吗？”

容央忙扭开头，闷声：“不用。”

褚怿噙着笑。

洗后的裙裾凉沁沁的，贴在后面，的确很不舒适。容央抿紧嘴唇，低头去解腰带，褚怿没回避，垂着眼看着。

她今日穿的是大袖衫，解罗带的时候，织金大袖一下一下地动，那双腿还没来得及露什么，便又给挡回去了。

褚怿的眼神暗下来。

容央匆匆把百迭裙解下后，一只大袖挡在面前，探手去抓外袍。褚怿体贴地替她把衣袍拢起来，彻底裹住她，声音倏然哑下：“臣能跟殿下讨个赏吗？”

赛场大捷，替国雪耻，是该有个像样的赏赐。

容央眼珠微转，不疑有他：“你想要什么啊？”

褚怿径直：“你。”

容央一怔。

褚怿低笑：“给吗？”

——给吗？

这人，这种时候这种话，都还是这么直露的吗？

容央腹诽，色厉内荏地道：“看你能耐了。”

褚怿勾唇，把人往身上拉近一寸，紧紧贴着：“应该不会让殿下失望。”

容央一怔，反应过来后，脸颊顿时爆红了。

百迭裙晾晒干后，容央重新穿上，褚怿把酣饮的战马牵来，抱她上马。

官家还在八仙馆那边等着褚怿前去复命领赏，两人不能在外逗留太久，但匆匆回去，又总不甘心，容央故意指错路，绕着圈。褚怿握着缰绳听令，不戳穿，不紧不慢。

“赵彭说，你的马叫‘影杀’？”

容央低头去摸战马黑亮的鬃毛，想起观赛时赵彭的介绍，往后问。

褚怿“嗯”一声，尽量策马走在树荫里。

容央又道：“为什么叫这个名字？”

褚怿答：“追上影子，就能杀。”

容央恍然，回忆他之前策马去截杀耶律齐的那一幕，犹自心潮澎湃。

一场击鞠赛尚且如此，那真在战场上，他持枪杀敌的场面一定更惊心动魄吧？追上影子，就能杀……那该是怎样的速度和枪法呀！

正神游，褚怿倏道：“刚刚殿下怎么念我的？”

容央一怔，回神后，板起脸来。

不提这茬还好，一提就气人，念什么念，一念就输，最后不念，反倒让他连赢两场。

容央赌气不答。褚怿在后道：“殿下好像都没有往赛场上看，是不是也把念我的事给忘了？”

头一局战败，他没敢去看她。后来扳回一局，他几次去看都没能跟她有个对视。最后一局更是，他就没见她往场上看来一眼过。

老实说，当时挺气闷的。

容央百口莫辩，自然不会把自己当时的紧张慌乱全盘托出，便半真半假地道：“谁说我没念？我一念你就输，一看你你就输，那我还敢念、还敢看吗？”

这责任实在推卸得完美，褚怿啼笑皆非：“所以，你怎么念的？”

容央抿唇，别扭地回答。

褚怿：“没听清。”

容央颦眉，扬声道：“褚怿！”

就知道……

“念错了。”褚怿马鞭一抽，加速穿过炎日曝晒的小山坡，容央面颊被夏风吹过，清醒起来，又微醺起来。

她明白他为什么说念错了。

她不该念“褚怿”，她念他，应该是念“悦卿”。

哼，悦卿？

平白讨她一个……哦不，无数个表白吗？

蹄声飒飒，风里传来容央扬高的反抗：“没有错，就是褚怿！”

当事人笑而不答。

容央便在风里任性地喊：“褚怿，褚怿……”

树林一隅，烈阳炙烤大地，蝉叫声不息。

一人的声音穿过蝉声，散漫而讥诮地道：“这临清狮猫本就性情孤傲，非熟人不亲近，那珍禽园里的小家伙那么多，殿下养什么不好，怎么非得去养一只跟自己一样凛若冰霜的猫儿呢？”

“褚四爷，您这话什么意思？”

被唤“褚四爷”那人一笑：“没什么意思，就觉得，像你们殿下这样清高出尘、简傲绝俗的人物，要养宠物，怎么也该养只热气腾腾的哈巴狗，弄只一样冷冰冰的猫儿来，那主仆两个不是整天在家干瞪眼吗？”

拂冬被堵得语塞，对面人又道：“再有这猫儿的爪子又利，回头因为认生把人伤着，可就弄巧成拙了。”

夏风寂静吹拂树林，明昭站在浓荫里，神色冷寂：“养只狗儿，它就不会反咬了？”

蝉声初歇，褚晏脸上笑意微敛。

拂冬、敛秋相继一凛，不再敢搭茬。

明昭把目光移回树上，绿叶后，那只通身雪白的狮猫气定神闲地趴在那儿，一脸睥睨众生的傲慢。

她今天是定要把这猫儿带走。

“敛秋。”明昭开口，便欲吩咐她去找内侍来抓猫，远处突然迫来一阵马蹄声。

树上狮猫被蹄声所惊，弓背竖毛，“嗖”一声朝下扑去，褚晏眼疾手快，上前把明昭拉开。

明昭被他护在胸前，瞪大眼睛。与此同时，那匹不速之马在对面停下。

褚晏一只手虚拢在明昭肩头，一只手按紧怀里作乱的猫儿，眉头微不可察地蹙了一下。

转头时，正跟马上的二人打了个照面。

容央黑溜溜的眼珠反复在褚晏的手和明昭的肩之间盯来盯去，一脸震惊。

明昭把褚晏推开。

“四叔，姑姑。”褚怿勒停战马，向底下二人颔首致意。

褚晏朗声：“幽会回来了？”

容央因这“幽会”二字回神，一时眼珠更不知道该往哪儿放，倒是褚怿云淡风轻：“嗯。”

褚晏笑：“准备去哪儿？”

褚怿答：“八仙馆面圣。”

褚晏点头，向一边的拂冬示意。拂冬领会，忙上前把那只狮猫抱走，低头时，瞥见褚晏小臂上刺目的三道血痕，一时惊住。

“顺道，一块儿走，碍事吗？”松了猫，褚晏去树下牵回自己的马，问褚怿。

褚怿没直接答，低头看容央，容央很有眼色地道：“我就在这儿陪陪姑姑，你们去吧。”

她的裙裾还是脏的，就这样随他去面圣也不大方便，跟着姑姑一块回行宫去倒是不错的选择。

褚怿领会，把容央抱下马来，理了理她被风吹乱的鬓发后，低头去她耳边提醒：“晚上等我。”

容央极快想起他在溪边讨赏的事，脸一红，就势朝他胸口打去。

褚怿笑，把她小手拿下来，捏一下，方同褚晏一道策马去了。

嘚嘚蹄声消失在树林尽头，明昭把那只狮猫从拂冬那里抱过来，垂眸抚弄。

容央整顿衣裳，走过去，伸手要去摸猫额头，被猫耷拉着眼皮躲开。

眼神厌恶。

容央一怔。

拂冬上前：“殿下，这猫儿脾性乖张，还是先关进笼子里，等奴婢驯养两日后您再抱吧。”

褚晏小臂上的血痕实在有点触目惊心，拂冬担心这猫儿发作起来，一下伤了两位殿下。好在明昭这次没回绝，拂冬、敛秋两个立刻上前来，提心吊胆地把那狮猫关进木笼去了。

明昭掸去袖上的猫毛，容央道：“姑姑要养这猫儿？”

林外就是艮岳的珍禽园，如果容央没猜错，这狮猫应该是姑姑从园里要来的。

明昭：“怎么？”

容央看着那笼子：“我觉得哈巴狗会更适合姑姑呢。”

要不是确定褚四爷说那话时容央还没来，拂冬和敛秋真要怀疑这位殿下是不是故意的。

明昭乜斜过去：“你是要在这里等你的婢女来接，还是跟我走？”

容央只能人在屋檐下，谄媚地低头：“那自然是陪着姑姑了。”

当下一行人往林外走，登入马车后，容央看着窗外移动的景色，终于还是按捺不住道：“姑姑和侯府的四爷……像是认识的？”

车帘边，跪坐的拂冬、敛秋二人不约而同地倒吸一口气。

容央眼波微变。

明昭淡漠：“不认识。”

“哦……”容央悻悻住口，目光掠过拂冬、敛秋二人，很识趣地不再问了。

（7）风波恶

艮岳的行宫名唤“华阳”，这三日，皇亲国戚、大契外宾都歇在这一处。

夜里，前殿有庆功宴，褚怿作为今日大胜的主角，自然要前去应酬。

容央径自沐浴完，吩咐荼白留灯，躺上床后，想起白日褚怿在溪边所求的东西，一颗心在夜里怦然疾撞，根本无法入眠。

在珍禽园外分别时，他嘱咐的等他，应该是沿着他求的那样东西讲的吧？

容央把脸埋入罗衾里，双眸亮得逼人。

算起来，两个人也大婚快两个月了，婚后两个月还不圆房，无论在皇家还是坊间都是令人费解的事。

更何况忠义侯府情况特殊，如果她一直不和褚怿有夫妻之实，一直不给他子嗣，就算他忍得、等得，侯府里的那位老太太也定然是忍不得、等不得的。

想到那些差点被抬入侯府来伺候褚怿的姬妾，容央既无语至极，又妒火攻心。

这是同她三媒六礼拜过天地的驸马，是她赵容央一心相护、一生相伴的郎君，无论是什么样的理由，她都是绝对不可能把褚怿分享给其他任何一个女人的。

辗转反侧一炷香后，容央摸住胸口，拿定主意——

今夜，她要跟褚怿圆房。

夜深人静，窗外的蝉声越喧嚣起来，容央聚精会神，望着帐顶竭力回想和房事相关的一应事项。

她依稀记得大婚前夜翻开那本画册时，有看到一页名叫“虎步”的图，褚怿最近忙着应对大契，想来是很殚精竭虑的，也不知这一式届时能不能派上用场。

又想，今夜毕竟是初次承欢，褚怿也应该是头一回，是不是该选个简单些的样式好？

容央犹豫难决，正后悔没把那本画册随身携带，以供复习挑选，外间突然响起一声闷响。

像是什么东西倒地。

容央唤在外守夜的荼白，没回应，惊疑之下，撩帐去看。

一大股幽香扑鼻而至，容央眼前一黑。

行宫一隅，烨烨烛火照亮寝殿，一名模样俊俏的小内侍低声禀道："殿下，缀锦阁那边，已经办妥了。"

贤懿坐在镜台前挑选首饰，低垂的脸藏在暗影里："前边的宫宴呢？"

小内侍答："大契今日战败，兴致寥寥，现在这个点儿，大概准备离席了。"

一抹流光从贤懿掌心淌出，贤懿注视着那支金镶绿松石蝴蝶蔓草钗，语气淡漠："知道了，你去吧。"

小内侍笑应一声，颔首而退，灵玉侍立边上，突然"嘭"一声跪下地去。

贤懿眸光暗冷，灵玉颤声："殿下，奴婢求您悬崖勒马……"

室中寂静，一团团光影厚重沉郁，贤懿道："灵玉，我待你不好吗？"

灵玉眸中噙泪，额头贴紧地砖："殿下待奴婢……恩重如山。"

贤懿扬颔："那你为什么不向着我呢？"

灵玉听着这冰冷至极的声音，心如刀绞："殿下，不是奴婢不向着您，而是此事实在……一旦被发现，就是皇后娘娘出面，也绝对保不住您啊！"

贤懿如听笑话："原来在你们看来，她竟是能保我的……"

灵玉凛然，抬头把镜台前的人看一眼："皇后是殿下的母亲，自然会想尽一切办法庇护殿下，今日褚驸马不是赢了比赛吗？按照赌约，和谈一事该由大鄞说了算，皇后一定会竭力说服官家，不再让您去大契和亲了！"

贤懿低头把玩着那把蝴蝶蔓草钗，用钗尖在掌心处结痂的伤口上来回划弄："这已经不是和不和亲的事了。"

灵玉一震。

贤懿慢慢道："我知道我现在很坏，很恶毒，很无法无天。可是，我就是想坏一次，恶毒一次，无法无天一次。灵玉，你知道这些年来，我最后悔的是什么吗？"

灵玉骇然。

莹润的血珠从被撬开的血痂底下冒大，顺着那狰狞的纹路往下流淌，贤懿把手掌竖起来，让那血一次淌个够。

"我最后悔的就是，当我明白我可以作恶的时候，一切都来不及了。"

戌时三刻，前殿宴散。

今夜契使兴致的确很低，筵席上，除推杯换盏，从头到尾一字不提合约相关。官家因褚怿大捷龙颜大悦，十分给面子地也对合约一事暂避不提，一场筵席结束时，时辰尚早，但契使这边的闷酒已喝老高。

耶律齐算是一群人里难得清明的，离开大殿后，屏退左右，径自去花园里散心。

剩余几个契使见状，知道主子心情差极，万万不宜再去触霉头，留下一个在外等候后，便各自回屋去。

素月悬空，清辉如水，花园外，无数夏蝉蛰伏在婆娑树影里放声大叫，那名留下的契使本就喝得有六分醉，给四周聒噪的蝉声一吵，脑袋越发胀痛欲裂。

契使正低着头拼命地往太阳穴两侧按，耳后突然响起个声音："请问阁下可是契国的贵宾？"

那契使转头，皎白月色里，一身量瘦小的小内侍正朝他行礼。

契使甩了下头，视线略清晰后，板脸道："作甚？"

小内侍道："小的奉贵国小王爷之命前来请贵宾去绛云轩中一叙。"

契使一听是奉耶律齐之命，脸色稍霁几分，转念又感觉有点古怪——小主人分明刚刚入园不久，怎么一下就到那什么轩去了？

难不成是花园里的轩？

契使云里雾里，不及深思，小内侍已上前带路，契使只得跟上，乍一抬脚，酒气上涌，脚步竟十分虚浮，一个趔趄往前栽去。

小内侍下意识来扶，契使抓住他手臂，只觉纤细无比。这大鄞的人就是这样，一个个瞧着都菜鸡似的弱不禁风，就连那褚大郎君也不过有他们乞塔壮士的半边大，可偏是如此，还让他赢了今日的赛局……

契使想起这茬，痛心疾首，厌恶地把那条小胳膊一扔，闷着头往前走。

小内侍暗暗揉着胳膊，领人往前，目光转动时，脸色骤然一白。

花园斜对角，一人从大殿石基上走下来，小内侍极快偏开脸，脚步加快。

褚怿站在殿前石基上，眯着眼往前方一看，眉峰微蹙。

花园外，一名醉意酩酊的契使跟着个大鄞的小内侍往东而去。褚怿眼神审度，从契使看到小内侍，视线下移时，在小内侍那双匆忙的小脚上定住。

身后是宾客四散的宴厅，喧哗声此起彼伏，褚怿拾级而下。

缀锦阁亦在东，容央此刻应该快歇下了，褚怿心念起伏，循着前面两人跟过去，及至拐角处，被一名等候在树下的宫女截下。

"参见驸马。"树影浓重，宫女颔首屈膝。

褚怿缓缓驻足，乜去一眼："何事？"

宫女垂着头："嘉仪帝姬在绛云轩内备了薄酒，特命奴婢前来延请。"

缀锦阁。

阒静的墙角传来微弱猫叫，一声胜一声哀怨凄凉，守在屋外的宫女探头张望，不明白这行宫中怎会有夜猫。

难不成是从珍禽园里跑出来的？

正纳闷，那声音越叫越大，越叫越惨，宫女往屋内看一眼，惴惴不安地循声而去。

与此同时，一前一后的两道脚步声穿过树影，闷头而行的契使越走越晕，恍惚感觉四周似乎并不是什么花园时，人已被领至一扇门前。

契使抬头，注视着这扇灯火昏黄、雕花精美的门，越看越蒙。

小内侍上前把门打开，微微侧身："小王爷在里面等候，贵宾请。"

胃里突然一阵翻涌，契使捂嘴按捺住呕吐的冲动，皱紧眉头，抬脚跨入屋中。

小内侍扇去空气里恶臭的酒气，冷笑着把屋门关上，转头往四下打量两眼，极快离去。

贤懿把那支蝴蝶蔓草钗插入云鬟，对镜观看两眼，开口道："确定人没走？"

小内侍笑道："帐中那么绝色的一个美人在，换哪个男人能挪得动脚？何况酒壮怂人胆，那契使又不知帐中的是帝姬，只怕眼下已经……"

灵玉侍立旁边，绝望地闭了闭眼。贤懿挑唇一笑，眸中却极尽冰寒。

"去把衣服换了，该我们登场了。"

小内侍应声而下。

贤懿的住所和缀锦阁就相隔一座庭院，因是内眷的居所，巡逻的禁卫统一布防在外围。一刻钟后，贤懿领着人大张旗鼓步入缀锦阁，先前被支开的宫女急匆匆上前来行礼。

贤懿道："近来总失眠，今夜实在睡不着，我来找姐姐聊聊天。"

宫女朝一灯如豆的屋内看去一眼，赧然："回禀帝姬，这个时辰，我们殿下大概是睡了。"

贤懿举步入内："没关系，姐姐疼我，知道我来，一定会起来陪我的。"

宫女骇然，下意识去拦，又被贤懿气场所震，畏首畏尾，犹豫间，贤懿脚下生风，眨眼迫至门前。

"帝姬……不可！"

眼看贤懿要破门而入，宫女挺身去拦，却被巧佩一把拉开："你干什么？冲撞了帝姬，可担待得起？"

"不是……"

宫女神慌意乱，巧佩尖牙利嘴："不过是跟嘉仪帝姬叙叙话，你怎么这般阻拦？难不成是嘉仪帝姬屋里藏了什么见不得人的事情吗？！"

巧佩把声音扬高，替贤懿上前把屋门推开，宫女大惊失色。

贤懿高声道："姐姐，叨扰了！"

一行人风风火火闯入屋内，夜风冲卷，满地凌乱的外袍、绫裤不堪入目。贤懿眸中生芒，大步走至床前，噙着冷笑，伸手把帐幔一拉。

一阵阴风卷高纱幔，帐中人一袭松松垮垮的雪白中衣屈膝席坐，掀起眼皮。

贤懿大震，整个人如被雷电劈中。

灵玉、巧佩魂飞魄散，惨白着脸跪倒下去。

赶入室内的一众宫人噤声屏息。

褚怿散漫地把中衣拉好，挡住大片胸肌，对上贤懿那双震愕的眼，冷然："帝姬好教养。"

贤懿面无人色，难以置信地瞪着面前一幕，从头到脚如被严冰封冻。

褚怿的眼神便是那九尺寒冰，一刀一刀，把人剜得体无完肤。

贤懿浑身颤抖，惊恐中，雪青自外赶来，大喝道："你们这是做什么？就算是官家和皇后驾临，也该先由宫人通报，恭穆殿下不过是帝姬，凭什么深夜私闯我们殿下和驸马的寝阁？！"

贤懿三人百口莫辩，巧佩惯来伶俐，然此刻在褚怿的威压之下，喉咙直如被人扼住一般，半天发不出任何声音。

还是灵玉磕头道："驸马恕罪！我们殿下本无意冲撞，只是以为嘉仪帝姬尚未就寝，急于求见，是以冒犯……一切都是奴婢的错，奴婢这便把帝姬带走！"

贤懿绷紧的下颌不住发抖，瞪红着眼，突然掉头四看。灵玉自知她在寻找什么，再不敢任其放肆，上前把她拉住："殿下，快走罢！"

贤懿目眦欲裂，看回帐中那双冰冷的眼，在灵玉、巧佩的拉拽之下愤然不甘地去了。

三人去后，雪青驱散室内宫人，继而跪倒在褚怿面前："奴婢护主不力，请驸马责罚！"

今夜乃荼白当值，伺候容央沐浴完后，雪青便回屋休憩了，如不是被褚怿派人来叫醒，根本不知道今夜阁中竟会发生如此惊心动魄的事！

血浓于水的姊妹，就因为替嫁，朝夕间变得如此凶残恶毒，雪青越想越恨。

褚怿坐在帐中，声音依旧没有温度："去把李将军请来。"

"是！"雪青应声而下。

缀锦阁外，一行人步履匆匆，贤懿突然挣开二人，大步流星往外而去，灵玉、巧佩慌忙去追。

及至小湖边，贤懿急急收住脚步，对着月下湖波急喘。

巧佩上前："殿下……"

"啪！"

贤懿反身一个耳光，打得巧佩眼冒金星。巧佩跪下后，捂着脸，眼泪迸出：

“殿下！”

贤懿怒瞪着她，森然道：“人呢？那契人呢？”

信誓旦旦地来跟她禀告，什么人已入屋，什么绝不会走，而等她信心十足地赶过去抓奸时，那契国使臣就变成了赵容央的驸马，成了一对正儿八经的夫妇在帐中颠鸾倒凤……

烛灯后，褚怿那件松垮雪白的中衣、那双锋利的眸子再一次浮至目前，贤懿只感觉通身血液冰冷，又感觉所有的气血都在一阵阵地往上激涌，直顶脑门。

巧佩含着泪迭声请罪：“奴婢真的是亲自把契使送进嘉仪帝姬屋中的，奴婢也不知道为何褚驸马会……殿下，这真的不是奴婢的错，这……”

“别说了！”灵玉紧张地环目四看，劝谏贤懿，“殿下，外面人多眼杂，我们还是回去吧！”

贤懿胸脯起伏，吩咐道：“你去查一下，我们派去拦截褚怿的那个宫女去哪儿了？”

灵玉犹豫，放心不下巧佩在这里伺候。

贤懿从牙缝里挤出两个字：“快去。”

灵玉闭眼，终是无法违逆，领命去了。

灵玉去后，巧佩依旧伏跪在地，不敢动弹。贤懿站在湖边，对着水中波光粼粼的月影沉默。

树丛里，一道人影从石径上走来，金丝缠绣的鹿皮靴掠过绿草，动静飒响。

贤懿遽然回头。

耶律齐双眼微眯，环胸在湖边站定。

圣驾莅临艮岳行宫，布防必须从严，李业思是从侍卫马军司抽调过来的禁军，今夜恰巧值守。

得知消息后，李业思即刻赶往缀锦阁。

雪青一面带路，一面低声禀告情况。

“今夜殿下就寝后，吩咐荼白留灯守夜，没过多久，有人潜入阁中偷放迷香。而后来，守在廊下的宫女被人支开，一名内侍趁机把喝醉的契使领入了殿下的寝屋。

“驸马赶来时，荼白和殿下都已被迷香迷晕，但室中尚无外人，驸马于是将计就计，待那契使入内后，把人打晕藏于室内，再脱下衣袍入帐，等设下诡计的真凶自投罗网。

“果不其然，一刻钟后，恭穆帝姬带着人大张旗鼓闯入阁中，不顾阻拦破门而入，待发现帐中人乃是驸马而非契使后，又骇然失色，仓皇而去了。”

李业思听罢，肃着脸道：“所以，设局谋害夫人的是恭穆帝姬？”

雪青点头。

李业思脸色越沉。

命人把喝醉的契使送入一国帝姬的寝屋，其中心思，显然令人发指，但如果幕后主使不是内廷女眷，不是眼下备受关注的和亲帝姬，褚怿在前朝便有的是机会一报还一报。

然现实是，和亲一事事态不明，贤懿之阴谋又把契国拉入局中，如状告御前，一会波及两国外交大局，令那小王爷再度有空可钻；二会引发舆论，损坏嘉仪帝姬清誉……对方今夜这一招，实在是有恃无恐，令人恨极。

李业思越想心越沉重。

不多时，二人抵达缀锦阁，李业思入内。

帘幔后，褚怿披着外袍临窗而坐，床榻帐幔低垂，把里面遮掩得严严实实。

李业思低头行礼，目不斜视。

褚怿道：“人在床底下。”

李业思转头去看，果然在床底瞥到一角衣袍，低声：“如何处置？”

褚怿摩挲着紫砂茶杯，声音冷淡：“抬到湖边，弄醒后，扔下去。”

契使入内时，尚未清楚是何状况，如此处理，应是借酒醉坠湖之名抹去其和缀锦阁有关的痕迹，保住帝姬的声誉。

李业思点头，便欲去办，褚怿又道：“贤懿身边的宫女，查一下。”

李业思凝神。

褚怿薄唇微动。

夜色浓重，褚怿的侧脸隐在窗下，声音也如沉入黑夜，无一丝波澜。李业思喉结滚动，低头肃然领命。

屋门开合，室内重新遁入悄寂，褚怿坐在窗下，抬头喝完最后一口茶，放落茶杯，起身把外袍挂回衣架上，撩开床幔躺进去。

容央睡在里侧，被迷香熏过的脸颊依旧泛着微微红晕，不描而黛的眉颦着，鼻息匀长，丰唇微开，睡得酣然而自在。

褚怿心里有气，但看她这模样又发不出，绷着脸把人揽至胸前，伸指去抚平那眉心的褶皱。

在前殿把契使领走的那个小内侍不对劲，他是一眼就看出来的。一则是其形态鬼祟，匆匆回避他的注视；二则是禁庭内侍再如何瘦小，也绝不可能长一双那样小的脚。

宫女扮成内侍把喝醉的契使领走，不管意欲何为，都必然逾矩越轨，更何况两人所行的方向还是容央所住的缀锦阁。

至于半途来截他的那名宫女，就更是此地无银三百两，不打自招了。

坦白来讲，拆解这样漏洞百出的调虎离山之计并不是什么特别费力的事，但，如果今夜偏偏就那么巧的，没能让他目睹契使被领走的那一幕呢？

如果，偏偏就那么不幸的，让幕后之人得逞了呢？

来时，守夜在外的荼白已被熏晕，容央亦软趴趴地倒在帐中，一分人事不省。

褚怿无法想象，如果自己压根儿没来，或迟来一步，如果那契使抢先一步看到她此刻的样子……

粗粝的拇指摩过那鲜妍的唇，褚怿褪散下去的戾气再次汇聚眸中。

有些时候，德是没有办法化怨的，这个道理，他的小帝姬究竟懂不懂呢？

褚怿低头，温柔蹭上那唇，一点一点，一厘一厘压覆，继而握紧怀中人肩头……

容央的这一夜实在是睡得十分香甜，只是后来做了个十分憋屈，或者说是憋闷的梦。

醒过来时，织金帐幔外已有灿烂晨光，有条手臂沉甸甸地压在她胸上，容央心道难怪，愤然推开，转头时，一怔。

褚怿的睡颜映入眼中，微光里，眉睫漆黑，轮廓深致，因为离得近，那睫毛几乎根根分明。

容央暗暗一惊。

尽管一直知道他模样生得英俊，但还是头回注意到，他居然连眼睫毛都能长得如此浓密纤长……

等等，他是什么时候睡过来的？

容央怔然，下意识要起身，褚怿一把把人捞回胸前。

容央震惊——他醒着的？

"醒着的。"褚怿像是有读心术，淡然回答，容央一颗心更乱得厉害。

被他捞回去后，容央贴在他胸膛上，沉思片刻后，小心翼翼扬起脸庞："我们……圆房了？"

至此，褚怿那双眼总算是睁开了，黑眸深深，笑意沉沉。

容央小脸顿时爆红起来——这表情，那看来是真的了？

褚怿低笑："想圆了？"

容央："？"

褚怿眯眼，看过她脖颈处的吻痕，再往下，看过她略微不整的寝衣。

他大手抚过，替她把寝衣拉起来，遮住半袒的酥胸。

褚怿对上她茫然的眼神："等着你的。"

容央一时更茫然，反应过来后，一骨碌坐起来。

褚怿对上她烁亮的大眼，静默不语。

容央质问：“昨天晚上到底怎么回事？”随之而来的是一系列疑惑，“你究竟是什么时候回来的？为什么我什么都不知道？”

褚怿依旧不言。

容央看着他，片刻后，凛然道：“我昨晚怎么了？”

褚怿寥寥答：“醉了。”

容央：“我没喝酒。”

褚怿：“被我熏的。”

昨夜之事，褚怿还是决定先瞒一瞒，等李业思那边全部处理完毕后，再对容央和盘托出。

稍稍敛神，褚怿跟着坐起来，探手去理容央蓬乱的头发，这时，帘幔外传来雪青的声音：“殿下和驸马起了吗？”

褚怿淡道：“起了，进来伺候吧。”

盥洗毕，褚怿衣冠周整，坐在窗前等容央沐浴梳妆。

今日是个很好的天气，微风清爽，日暖而不炎，褚怿把玩着那盏紫砂茶杯，把窗外景致静静看着。

许久后，一人从绢纱屏风后走来，褚怿敛眸，看过去。

容央披帛半挽，裙裾曳地，朝天髻上戴着金累丝嵌绿松石头面，衬着精致妆容，无一处不美丽高贵。

只是……

容央伸手往雪白脖颈上的那一排嚣张痕迹指去，横眉怒目。

褚怿坦然：“我亲的。”

容央无语。

窗棂下，男人大剌剌地坐着，脸上更无一丝愧疚。容央又气又无奈，忍耐着道：“怎么见人？”

每次都把她弄成这个样子，这人是属狗的吗？

褚怿暂且还不知道自己在对方那里突然有了狗的嫌疑，闻言只淡哂：“那就不见了。”

容央：“？”

褚怿笑：“四叔说艮岳附近有座小松山，山上的寺庙特别灵，殿下可愿赏光，陪臣去看看？”

容央听他提起褚晏，心念一转，突然敛容在他身边坐下。

褚怿眉微挑。

容央微笑道：“四叔对这艮岳的风景很熟悉。”

褚怿缓缓点头："十多年前，四叔也是京中有名的少年郎，任职于御前，随驾时来过几次。"

容央"哦"一声，意味深长："那四叔认识的皇亲国戚，应该是很多的了。"

褚怿双眸微动，没有顺着往下接。

容央便继续推进一步："只是我们两个人去吗？那地方你我都没去过，就这么过去，会不会迷了路，竹篮打水一场空啊？"

褚怿掀眼，对上她探究的一双大眼，唇挑起来："那，把四叔请上？"

容央托腮，眨眼："那……我把我姑姑也请上吧？"

褚怿："……"

（8）风入松

未时三刻，两辆马车在艮岳东去五里外的小松山下会合。

今天的确是个还不错的天气，云铺千里，和风畅爽，碧如翡翠的小松山静谧深远，一看就给人润澈清凉之感。

明昭在拂冬的搀扶下走下马车，看着后面缓缓停稳的一辆，突然眸色一变。

褚晏大手撩开车帘，潇洒利落地下车，转头，两人四目交接。

明昭一行一愣，褚晏那边亦是默然。

双方人相对而立，相顾无言。

少顷，明昭拂袖踅身。

褚晏唇微动，扬声："怕？"

明昭驻足。

径边青松被风吹动，细碎的光掠过他肩头。

明昭冷声："怕什么？"

褚晏大剌剌地笑："怕我啊。"

敛秋、拂冬各自低头，不敢作声，明昭冷冷地把人看着。褚晏道："不怕我，躲我做什么？"

明昭漠然不应，褚晏缓缓解释："嘉仪帝姬和悦卿想去这山里的寺庙逛一逛，因不认得路，便请我来做个向导。估计是怕我一人别扭，又考虑到殿下无人陪伴，所以一并请来。总归是小辈们的一片心意，辜负……似不大好，殿下以为呢？"

明昭不答，褚晏也知道她不会答，不过不答也没关系了，山道那边已传来辘辘车轮声，褚晏看过去，最后一辆马车如期而至。

褚怿揽着容央下车，上前与二人寒暄后，容央体贴地把明昭挽住："差点儿怕姑姑不肯过来。"

明昭嫌恶地斜睨过去。

容央便把她挽得更紧，笑嘻嘻。

褚怿审时度势，开口："寺庙离这儿可远？"

褚晏答："路有两条，看怎么走吧。"

容央先前倒是不知道去往寺庙会有两条路，因道："有什么区别吗？"

褚晏展眼往山上望，回忆着答："若是论路程，区别倒也不大，但若是论风景，那区别可就大了。"

容央微微挑眉，兴致更浓起来。褚晏倏道："不如这样吧。"

众人看向他。

褚晏道："单只登山访寺，趣味着实寥寥，既然路有两条，咱们不妨组队各选一条路走，不许仆从、车马跟随，看哪一队能先到寺中。如何？"

褚怿默默把脸转开，容央震惊地瞪大眼，挽明昭的手略微僵硬起来，讪笑道："可四叔都知道路，这么比，是不是不公平啊？"

褚晏蹙眉："十年没来，坦白说，也忘得差不多了。"

"……"

褚晏正色："但为公平起见，自然先由殿下来选。"

容央便继续讪笑："那这队……又是怎么个组法？"

褚晏认认真真把三人环视一眼，笑："你和悦卿新婚宴尔，我自然是不忍拆散的，我就跟明昭帝姬一组吧，都是一辈人，路上也有些话聊。"

容央这回连嘴角也开始僵硬了。

褚晏无视某处投来的森冷目光，举步走至山脚岔路口，把一陡一平的两条路打量两眼，回头道："就这儿了，殿下选吧。"

容央却没办法做到像他那样忽略那森冷一视，扭头："姑姑……来过吗？"

明昭："没有。"

容央识时务地说："那不如……姑姑来选吧？"

松径上，两个男人默不作声，明昭傲然袖手而立，沉吟片刻后，阔步往最陡的那一条小径走去。

褚晏扬唇，日照里，一个酒窝深深："回见。"

语毕，立刻拔腿去了。

容央留在岔路口，目送那两人的背影消失在葳蕤青松后。

褚怿走过来，对上她烁亮的一双大眼，薄唇微扯："问。"

容央斩钉截铁："你四叔对我姑姑有企图。"

昨日在珍禽园外碰上他二人时，她就已经很怀疑了，奈何姑姑不承认，今日一会，褚晏的种种心思昭然若揭，要还说他俩没什么，容央是死也不信的。

仆从还留在马车边，褚怿手往容央后腰放，揽着她朝平坦些的那条小径走，语气平静："哪方面？"

容央一怔。

——哪方面？

他这是承认，还是想跟自己打太极？

容央气咻咻瞪过去。

褚怿招架着："四叔离京前一直常伴官家左右，那时明昭帝姬尚未出阁，两人在宫内，多少有过来往。何况少年时，帝姬也是名动京城的美人，四叔对她……有点倾慕之情，也是情理之中。"

容央哼道："只怕不只是'有点倾慕之情'吧？"

褚怿不作声。

容央边走边道："你四叔喜欢听箜篌，最爱听的一曲是我姑姑最喜欢的《湘妃竹》；被降职处分后，你四叔去兴国寺，根本不是什么无聊散心，而是特意去普贤殿外看我姑姑的院庐；还有昨日在珍禽园外，他拉我姑姑拉得那么娴熟，脸都不红一下；还有刚刚的提议……"

褚怿低头，容央刹住，对上他黑澈的眼，也不逐一例证了，径直道："四叔这么多年不肯成婚，是不是也是因为姑姑？"

午后的风穿梭在山林间，小径被漫天的松涛声笼罩，褚怿把脚步放慢下来，声音也低下来："就算是，又能如何？"

容央一愣。

褚怿把她小手牵住，继续往前走："四叔戍守边关十年不肯回京，的确有帝姬的缘故，但情随事迁，他如今心境已非少年，何况帝姬既选择离宫修行，可见也无红尘之心了。"

他说得这样轻松而决绝，实在是令容央揪心："姑姑入佛门，是因为被周弘应伤得太深，他对姑姑真的一点儿都不好。如果当年是四叔和姑姑在一起，姑姑绝对不可能变成今日这样！"

褚怿欲言又止，最后道："没有如果。"

容央还待再争，被褚怿用指把她唇封住。

松涛声如潮水褪去，褚怿站在野花烂漫的小径上，半认真、半玩笑："说点我们的事吧。"

容央嘟囔："我们有什么事啊？"

褚怿暗暗咬牙，她竟然觉得他们之间没有事……

"殿下不觉得，你我夫妻之间，少了点什么？"

容央的大眼极快眨巴两下，自以为反应过来，把他手腕握住，推开。

她明眸流波，声音变小："你，是不是想要我……亲亲你呀？"

面前景美，人俊，风沁凉，草也清香，要她亲上一口，也不是不可以。

褚怿眼却眯起来，心想怕是不够。

容央暂且不懂，慷慨地朝他招招手。

褚怿俯身。

容央踮脚，在他脸颊“吧唧”一口，亲完就跑，头也不回。

褚怿勾唇，不及品味，前面一声尖叫。

褚怿极快转眼，完美地把前面那人崴倒在地的丑态收入眼中。

流云浮动，一束灿阳射入山里，三三两两的鸟雀从翁翁松影间掠过。

褚怿道：“我要动了。”

容央忐忑道：“你轻些。”又急匆匆交代，“慢一点慢一点……”

褚怿一头的汗，把她那皱巴巴的小脸盯着，再往下看回那只脱臼的脚踝，心一横，“咔嚓”一声把关节复位回去。

于是又一记惨叫响彻空山。

容央惊魂不定：“太疼了！”

褚怿替她把珠履穿上：“是你怕疼。”

容央不服：“是本来就很疼！”

虽然脚踝被他弄回去后，不像刚刚那样一动都不敢动了，但先前被崴和后来“咔嚓”的那一下，是真的钻心一样的疼痛。

她这辈子都不会忘记这种疼痛！

褚怿淡哂：“回头还有疼的时候。”

容央大惊：“你咒我？”

褚怿笑而不答，把人背起来往回走，容央抗拒：“我不回去！”

褚怿只能把脚步收住，容央发号施令：“我还没去庙里呢，我要去，你背我去。”

褚怿无奈，转头把松海深处的那半面黄墙瞟一眼，严肃道：“有点远。”

容央自然知道这是揶揄她重，环住他：“你不是挺有能耐？”

褚怿立刻想起昨日二人在溪边的对话，唇边一声笑：“深山老林，殿下慎言。”

这二者间本没有什么关联，但局中人还是很快领会了其中奥义，容央默默把目光飘开，小声：“本殿下一直很慎言。”

小松山虽然毗邻艮岳，但山中这座寺庙却鲜有人问津。二人抵达时，黄墙外安安静静，松树下，只有小沙弥在石阶上打扫落叶。

石阶下恰巧是两条小径的交汇口，褚怿背着容央等在松荫里，始终不见对面那条路后有人前来。

容央环着他，哼一声，道：“走吧。”

褚怿道：“不等他们了？”

容央心道那两位又不是不认得路，如果想来，想赢，八成早就来了，何至于如此缓慢？

“醉翁之意不在酒。”容央扬眉，低下头去扯扯他衣襟，“我们拜佛去。”

褚怿笑，背着人拾级而上。

小寺人少，设的佛堂也不多，但据说菩萨都很灵，容央跪在大雄宝殿里的蒲团上，向三尊佛像磕了头，求了签。解签时，慈眉善目的僧人道：“贵人所中为上签，逢凶化吉，遇难成祥，诸事皆顺也。”

容央心里熨帖，致谢后，转头去看褚怿：“你中的是什么？”

褚怿把地上的竹签捡起来，交给她，容央去抓，又被他躲过。

容央气鼓鼓。

褚怿勾唇，把竹签递给僧人。

僧人本是默默看二人打闹，回神后，忙去接过来，一看过后，展笑道：“恭喜贵人，亦是上签。”

容央哼道：“你们这寺里的签文，不会都是上签吧？”

僧人笑道：“出家人不打诳语，并非鄙寺签文吉利，而是二位贵人吉人天相。”

容央看着褚怿侧脸，道：“他的签文是什么？”

僧人道：“‘浑舍集成千岁会，子孙三世庭闱。’此签主后嗣，贵人夫君长眉入鬓，耳垂朝海，日后必多子多福。”

容央惊讶，一时把褚怿看得眼直，褚怿转头对上她那又亮又大的眼，无奈一哂，起身把她拉起来。

谢别僧人、捐过香火钱后，褚怿背着容央离开寺庙。

青石板铺就的台阶已被小沙弥清扫干净，日暮的松荫里，蝉鸣寂寂，疏风习习，容央环着褚怿脖颈，歪头把他漆黑的剑眉一点一点看过去。

“多子多福……”

容央眼盯着他，狡黠地笑。

褚怿目光在前，声音平静：“怎么？”

哟，还挺淡定？

容央腹诽，目光收回时，突然定住。

暮光从松树间斜倾下来，照亮他绯红的一只耳朵。

他话说得那样稳，人装得那样淡定，可是，他红了一只大耳朵。

容央盯着那耳朵，心念一动，低头咬了上去。

褚怿脚下一停。

风吹松海，一片片涛声铺天盖地，褚晏展望山外泛着金辉的绿影，道：“我以为，如果重来一次，殿下会选不同的路。”

小径上，明昭飞扬的裙裾掠过绿草，淡漠道：“我提个要求。”

褚晏看过来：“嗯？”

明昭：“把嘴巴闭上。”

褚晏一怔。

漫天云层被落日染红，褚晏拾级走上石阶，向僧人打探过后，返回树下，对明昭指了指自己的嘴。

明昭道：“说。”

褚晏先舒了一口气，叉腰：“两人半个时辰前就来过，现在已经下山了。”

明昭立刻转身。

褚晏霍然把人拉住。

暮风吹扬二人衣袂，明昭回头，双眸不怒而威。

褚晏赧然松手。

“来都来了，去求个签吧。”褚晏扯扯唇，一笑，“挺灵的，不是吗？”

小松山入口，一辆珠钿翠盖的马车静立于暮帐中，车檐处的红缨不时簌动。

褚怿把人抵在车壁上亲着，亲够了唇，亲下巴，缓缓往下，缠着那雪白而纤细的脖颈一下又一下地弄。

容央蓦然低嘤一声，小手在他胸前用力一抓。

“你咬人！”容央闷声。

褚怿埋在她颈窝处，低哑的声音传上来：“难道不是殿下先咬的？”

容央瞪大眼睛，想起先前在寺庙外咬他耳朵的事，悔得肠青。

不及反诘，胸前蓦地被抓住，激颤传至全身，容央哼了一声，扬高头。

褚怿头更低，一只大手抄开褙子，探入后背，试图去解那繁杂的缨绳。

车厢昏暗，帘幔上的光影晃得人眼花，容央抱住褚怿的头，屏息噤声，不多时，兜肚滑落。

褚怿缓缓掀眼，先是看了一眼容央羞红的脸，而后掌住她腰，低头，温柔地压覆上去，另一只手探上来，慢慢揉弄。

落日熔金，暮云合璧，帘幔上浓重的一抹金色无声西斜，倏而风又起，一山松涛声自四面八方奔涌而来，车窗边垂挂着的红缨在风中起舞，橘红的残阳把车厢内部照得色泽旖旎，容央脸颊滚烫，额头抵在他肩膀上，胸脯一下一下地起伏。

褚怿的胸膛也在动，喉结一滚，探臂把她后背的缨绳系回去，修长的手指动了几下，放下来。

容央困惑地抬头。

褚怿薄唇红润，坏笑："断了，不好系。"

容央反应过来后，气得直捶他胸口。

她就说他刚刚怎么解那样快！

褚怿笑，拉下她罩在外面的褙子，低头继续去系。

车外有脚步声响，不多时，是侍女雪青回来隔窗禀报："殿下，长帝姬和褚四爷回来了。"

褚怿把面前人的衣服整理妥当，替她答："知道了。"

整顿完，容央立刻挪开原位，靠窗把耳边鬓发一挽，正襟危坐，凛然不可侵犯的模样。

褚怿目光跟过去，勾着唇道："生气了？"

这是头一回这样亲她。

容央仪态冷傲："懒得跟你计较。"

褚怿唇边弧度更大，打开窗朝外看一眼，掀帘下车。

褚晏和明昭并肩从松径上走来，前者手上握着一大把红绸条，后者袖手而行，依旧一脸冷淡。及至三辆马车前，褚晏止步，把手里的一条红绸抽出来。

"'花好月圆，早生贵子'……喏，给你俩了。"

褚怿接过，揶揄："四叔不给自己留一个？"

褚晏："我不求这个。"

褚怿暗暗挑眉，余光扫过明昭的反应，这时一众仆从被褚晏喊至跟前。

"百事顺心，吉祥如意。"

"福星高照，前程似锦。"

"……"

褚晏把一大把的红绸逐一分发出去，众人不迭谢恩。褚晏淡笑着，看一眼手里的最后两条，抽出一条给明昭送去。

晚风起伏，卷动红绸一角，八颗漆金小楷在暮光里明灭。

明昭看过去，眸心被那细碎的光芒刺过，心脏悄然收缩。

褚晏笑："愿殿下平安喜乐，百岁无忧。"

（9）剔银灯

夜幕低垂时，一记惨叫声在华阳宫雁池边炸开，紧接着，各处宫人七慌八乱，无数双脚在苍茫夜色里飒飒疾奔。

前往小松山的一行人返回艮岳时，恰巧碰上一批御前禁卫急匆匆往雁池赶去，褚晏变色，开窗审视少顷后，径自撩帘下车。

明昭的马车在后方缓缓停住，褚晏上前，吩咐驾车的小厮绕开雁池，护送明昭帝姬返回住所。

转身时，前边一抹玄影飒然落地，褚怿下车，低头在小厮百顺耳边交代片刻，不多时，百顺掉头往西南方向跑去。

褚晏眉峰微蹙，上前。

“等在这儿做什么？”四周仍然不时有宫人提着灯笼匆匆经过，褚晏在褚怿身边站定，目光掠过古树下那辆华贵的马车。

褚怿淡然：“殿下脚崴了，我等百顺把影杀牵来，带殿下骑马回去。”

褚晏“哦”一声，又看车窗一眼：“严重吗？”

褚怿答：“不严重。”

褚晏点头。这时，头一拨赶去雁池的宫人络绎返回，褚晏拦下一名内侍，询问：“前面怎么回事？”

那内侍一看是他，忙先行了个礼，继而劝道：“大将军，您且绕道走罢，前边出人命了！”

褚怿看过来。

内侍绘声绘色：“是个小宫女，刚从湖里面打捞上来，脸都肿得跟发胀的面团一样了，也不知道怎么掉进去的！总归晦气得很，二位身份尊贵，能避且避，千万别去触那霉头！”

褚晏目光往雁池方向投去，慢声：“哪儿的宫女？”

内侍答：“尸体肿得厉害，不大好认，但眉眼瞅着很像……”

蓦然噤声。

褚晏看回他：“很像什么？”

内侍眼往四周扫一下，上前半步，小声道：“很像恭穆帝姬身边的巧佩姑娘……”

褚晏眉一挑。

内侍续道：“其实这巧佩姑娘失踪一天了，恭穆帝姬午间还在阁里发脾气，吩咐下人里里外外地寻，没承想人会进那雁池里去……小的还听说，昨夜里尚宫局也丢了个小宫女，至今还下落不明，也不知是和巧佩姑娘一样遭了意外，还是……”

还是跟巧佩之死相关。

内侍点到为止，内里深意不言而喻，大契使臣还在行宫避暑，国朝一言一行皆在其眼中，这要真是场意外也就罢了，要是一桩蓄意谋杀的命案，八成是要成为笑柄，给那帮契人背地里编派揶揄了。

褚晏领会，点头道：“知道了，退下吧。”

“欸。”

内侍应声，转头时，蓦地和一双烁亮威仪的大眼相视，一震之后，慌忙低头行礼。

古树下，容央坐在车窗后，神色冷肃。内侍悬着颗心，半晌不闻召唤，心知无事，垂低头匆匆去了。

褚晏负手而立，推算道：“这个点浮上来，那八成是昨夜里落的水了。”

褚怿抬头看一眼天色，不置可否。

褚晏感慨：“但愿不是个真霉头。”

耳畔有嘚嘚马蹄声迫近，是百顺从夜幕尽头策马而来，褚晏对身边人道：“走了。”

夜风渐起，墙垣周遭的宫灯一盏盏暗放银光，褚怿把容央抱上马，握缰绕道而行。

容央眼望着雁池的方向，随着褚怿掉转马头敛回视线，展眼看去时，有一行人自夜色里疾步赶来。

贤懿步履急乱，穿行于两排绵亘的宫灯之中，止步时，脸被银辉映得惨白。

缀锦阁内，雪青把一盆热水呈上。

褚怿把人屏退，上前拧干巾帕，低头给容央热敷扭伤的脚踝。

帐幔低垂，拖曳在织金地茵上随夜风飘拂，容央坐在帐中，静静地道：“今天早上，你为什么要骗我？”

褚怿按压巾帕的动作微顿，不言。

容央转头看他。

“巧佩是你派人杀的吧？”

烛灯在盏里发出“噗”一声响，褚怿偏着头，淡声道：“是。”

容央眸心里烛火猛颤，静默片刻，道：“我昨晚，是被人迷晕的。”

褚怿依旧垂着眼：“是。”

容央下颌绷着：“贤懿……设计害我？”

褚怿：“嗯。”

容央眼圈骤然泛红，眸中寒芒聚拢。褚怿放开巾帕，起身对外道：“雪青。”

雪青闻言入内，敛眉在床帐前跪下。

褚怿道：“禀吧。”

华灯如昼，茶香氤氲的明德殿内，官家正坐在上首，听底下两溜交椅上的大臣就和谈一事抒发己见。

“这耶律齐毕竟只是契王派来迎亲的使臣，虽然贵为王爷，但对一国外交并无决策之权，那日在长春殿上所下的赌注，多半是作不得数的。如果我等当真把合约作废，不给予大契像样的补偿，就算他耶律齐迫于压力点得下头，契王那边也势必不会答应。”

耶律齐在长春殿里提出以球赛定乾坤时，开的最低条件是——大契输则心服口服娶恭穆帝姬。

换而言之，对于耶律齐而言，所能承受的最大损失是保证有一位嫡帝姬和亲大契。

至于后来答应褚怿的挑战——败则一切条件由大鄞来开，不过是顾及脸面，骑虎难下，如果大鄞真的顺水推舟，把恭穆和亲一诺都撤回，甚至三言两语把契使打发回去，那结果可想而知。

朝中刚垮掉两位相公，边关又是一方守将被缉捕回京，亟待审判，大鄞内政繁乱，这种时候，边境绝对不能再有烽火。

官家沉吟道：“耶律齐现在是什么态度？”

礼部尚书余敬英道：“自然是希望陛下给他留点颜面，不把事情做得太绝。臣今日同他去珍禽园散心，几次听他夸起恭穆帝姬之贤淑温柔，烂漫可爱，言外之意应该十分明了了。”

众人闻言一哂。

前两日还在长春殿里把恭穆帝姬一贬再贬，如今眼瞧着连恭穆都要还回来，就开始马不停蹄地抬高吹捧，这小王爷人不见得多大，脸皮倒是够厚了。

吴缙道：“褚驸马在赛场大捷，令耶律齐铩羽而归，已算为陛下争回颜面，为大局考虑，这和亲一事，还是就照常进行吧。”

其他几位大臣闻言，相继点头附和。官家摩挲着桌案上的茶盅，欲言又止。

照这种局势，慧妍是必然不可能再保的，可是那天在八仙馆内……

吕皇后所求一声声在耳畔响起，官家长叹一声，对余敬英道：“原定的嫁妆规格如何？”

余敬英照实回答。

官家道：“在此之上，再翻一倍，另外，尽量把婚礼弄得盛大些。”

众人微微一怔。

嫁妆再翻一倍固然能体现大鄞的民殷国富，但那不也是给大契占便宜了吗？

何况原定的数额就不算小的，这翻一倍下来，可是国朝史无前例之奢侈了……

余敬英神色复杂，朝对面的吴缙示意，吴缙领会，便欲进言，官家道：“今夜先如此，其余事项，明日再议，散了罢。”

一众官员退下后，大殿空空荡荡，官家靠在椅背上阖目沉吟，越想越心烦意乱，揭开茶盖大喝了两口。刚放下，崔全海从外入内，面色肃然。

这表情一看就教人发怵，官家郁声道："死人了？"

整这副模样！

崔全海眼皮抽跳，在御前行了礼，恭敬禀道："恭穆帝姬跟前的宫女巧佩，刚从雁池里面打捞上来，人已经没了。"

官家愕然。

崔全海道："禁卫已验过尸，估算是昨夜里失足掉进去的。另外，尚宫局昨夜丢了个在花园值守的小宫女，眼下还在寻。"

官家凤眸生寒，目不转睛地把人盯着。

崔全海微低头。

官家冷然："这二人有关联？"

崔全海道："有人怀疑，是这二人生了罅隙，尚宫局的宫女把巧佩推坠湖中，因怕事情败露，便畏罪潜逃，目前禁军正在搜捕。"

官家疑信参半。

崔全海犹豫少顷，又道："也有人怀疑，是巧佩昨夜受了责罚，夜中在外散心时，郁郁惚惚，失足落下去的。"

官家疑窦更深："受责罚？谁责罚她？"

崔全海轻笑道："巧佩是恭穆帝姬跟前的老人，能责罚她的，自然是帝姬本人了。"

官家眉峰敛起，崔全海道："昨天深夜，恭穆帝姬前往缀锦阁，因去得不凑巧，把阁里折腾得鸡飞狗跳，走时行色仓皇。后来，有内侍目睹帝姬在雁池边打了巧佩一大耳光，巧佩随后跪下嚷嚷着什么不是奴婢的错，故有人认为，巧佩是被责罚后心中郁郁，在雁池边不慎失足溺亡的。"

官家的疑团却集中在另一处，眸心渐冷："昨天深夜……她去莺莺的缀锦阁干什么？"

还折腾得鸡飞狗跳？

崔全海垂眸道："据宫人的口供，昨天夜里，恭穆帝姬因失眠想去找嘉仪帝姬叙话，被宫女以帝姬就寝为由阻拦。恭穆帝姬想是心焦如焚，不顾阻拦执意闯入，结果没想到进屋时，正巧碰上嘉仪帝姬和驸马在帐中……

崔全海适时一顿，放低声音："恭穆帝姬毕竟是还没有出阁的姑娘，又曾经心仪于驸马，面对这样的场面，自然不能泰然自处，当场就羞愤难当，仓皇而去了。"

官家脸色铁青，转过头看着桌上的茶盅，突然"嘭"一声把茶盅拂下地去。

崔全海忙跪下："官家！"

官家愤然道："她不知道如今嘉仪和褚怿已经做了夫妻，大半夜的，定然是睡在一处的吗？！”

官家越想越气：“还找人叙话，执意闯入……她这究竟是什么行径！还懂不懂礼数，知不知廉耻了？”

崔全海噤着声不敢应。

官家胸口起伏，板着脸道：“莺莺呢？莺莺可有什么反应？”

崔全海道：“殿下没有外传此事，只是今日一早，就跟驸马外出，前往小松山里的寺庙礼佛去了。”

官家痛心道：“她这是在尽量避让着她……”

什么失眠，什么叙话，八成是看不过嘉仪嫁了她心仪的郎君，又不用前去和亲，所以心生怨怼，屡次刁难！

上回是在长春殿外滋事，这回是在缀锦阁大闹，难道非要把嘉仪逼得退无可退，她心里那口恶气方能咽下吗？！

官家又恨又悲，自知于慧妍有愧，然事态发展至今，竟不知是该心疼这位自小就不得他关怀的小女，还是心疼对她一避再避，三番五次礼让的嘉仪。

本来决议让她替嘉仪去大契和亲，官家一度是心存愧怍的，故而哪怕她大闹御前，哪怕她先后两次对嘉仪不敬，他也没有对她有过任何实质性的惩治，只想着毕竟处事不公，而今就纵容一些，权当弥补亏欠，谁知……

竟是越纵容越无法无天！

官家失望至极，正在烦躁之时，有内侍进来禀道：“官家，嘉仪帝姬跟前的雪青姑娘求见，称是受帝姬所托，给官家送一样东西。”

官家一怔，沉默了下，用眼神示意崔全海收拾地上的残局，敛容道：“传。”

不多时，雪青垂首入内，行礼后，禀明来意，把一条烫着经文的红绸呈上：“这是殿下今日在寺中为官家求来的祈福红绸带，恭祝官家百事顺心，吉祥如意。”

崔全海上前把红绸接过来，捧至御前。官家看着那暖融融的八颗小字，胸口蓦然一酸。

——百事顺心，吉祥如意……

现如今，前朝忙着要他费心劳力，后宫忙着要他体贴呵护，就连慧妍那边，都忙着要他补偿隐忍，哪里还有谁来在意他究竟顺不顺心？

官家深吸一口气，把那条红绸紧紧握在手中，蓦地想起什么，抬头道：“莺莺怎么没自己来？”

雪青道：“今日登山时，殿下不慎崴了脚，此刻正在阁中休憩。”

官家立刻蹙眉：“严不严重？可曾传召御医？”

雪青忙答：“官家放心，御医已看过，只是小伤，养养便好。”

官家一颗心落回去，又站起来，吩咐崔全海道：“摆驾，朕过去看看她。”

崔全海应是，雪青起身候至一边，和崔全海对视一眼后，一并随官家往殿外而去。

不想刚一至门外，恰逢一行人自廊室拐角处迤迤然行来，吕皇后在前给官家行了礼，目光掠过其身后的雪青，微笑道："官家去哪里？"

官家欲言又止，此刻如提嘉仪受伤一事，吕皇后必定是要跟着去探望的，但依照嘉仪的脾性，恐怕并不乐意被她探视。

官家心念一转，道："刚同大臣议完国事，有点憋闷，朕去外边转转。"

吕皇后便笑："妾给官家准备了清热消暑的莲子百合蜜豆糖水，官家喝了再去罢。"

官家沉默少顷，点头，把剪彤捧上来的白釉瓷碗端起来，喝了一口便放下，笑笑："那朕去了。"

"官……"吕皇后张口结舌，看着极快消失在转角处的那抹赭红背影，眸色渐黯。

夏夜的蝉声空而大，把一座本就安静的阁楼衬得越发深幽，伴随内侍的通传，官家大步流星越过低头行礼的一众宫人，一径入内。

绢纱屏风后，容央披着墨发躺在床上，素日里昳丽夺目的一张小脸被昏黄烛光映得憔悴不堪。

官家心里一揪，上前道："怎么脸色难看成这样？"

坐在床边的褚怿起来行了礼，官家都无暇理会，在容央身边一屁股坐下，探头把人瞧了又瞧。

容央摸了摸自己的脸颊，懵懂地道："有那么难看吗？"

官家沉眉道："两眼无神，唇色苍白，不及往日十之一二。"

十之一二都不及，自然是有夸张的成分，但在官家看来，眼前的莺莺的确是不如往日有神采了。

想想也是，因为和亲的事，被人一欺再欺，如何还能风采依旧？

何况自打她大婚过后，自己对她就很少关爱了。

官家叹息一声，掀开被衾去看她崴伤的脚踝，越看越心疼难受，便欲推心置腹聊一聊，突然想起身边还有人。

幸而这人是个十分懂眼色的，同他一视之后，立即颔首而下，官家点头致意，等众人屏退后，看回容央。

"悦卿待你，可有苛刻？"官家低声。

容央立刻摇头，坦诚答："今日爬山的时候，我的脚就崴了，是他背着我去寺里礼的佛。回来后，他还亲自给我热敷，给我擦药了。"

官家欣慰："那就好。"

容央眨着眼，道："爹爹看到我给你求的红绸带了吗？"

官家一笑，把那条红绸从怀里拿出来，在她眼前晃了晃。

容央便也笑："那我脚上的疼也就值了。"

官家一怔，看着面前这张笑脸，蓦然满腹心酸。

"傻孩子……"官家低头，笑，把那条红绸默默折起来。

容央看着烛光里的父亲，看着他垂下的眉眼，默默不语。

官家道："给自己求了什么？"

容央静了静，答："平安，喜乐。"

官家听得这短短的两个词，想是听明白了，心里又一次揪疼。

"有朕护着你，悦卿爱着你，你的平安喜乐不用求。"

容央努努嘴，声音轻飘飘的，没有力量："是吗？"

官家抬头，对上她难掩悲伤的眼神，心头猛地一颤。

容央避开他的注视。

窗外的夏蝉还在放声大叫，一声一声，叫得人头皮发麻，官家敛笑道："怎么了？"

容央把脸转开，声音闷闷的："没怎么。"

官家神色越凝重。

容央脸庞略扬了扬，似是个吞泪的动作："爹爹，我心里有个问题，很想问问你。"

官家下颌绷起来，声音变沉："你说。"

容央道："小时候，你教我读《论语》，读过《宪问》里的一则。有人问夫子：'以德报怨，何如？'夫子反问他：'何以报德？以直报怨，以德报德。'我记得那时你并不十分赞同夫子的话，你说，人总是会犯错的，在力所能及的范围之内，还是应当积善行德、宽宏大量一些。我以前，一直照爹爹所说的那样做，可是最近突然很困惑，如果积善行德并不能感化人心，如果一忍再忍的结果是一错再错，那，还应该再忍吗？"

官家皱眉，眸心的暗影一重重压覆下去。

容央的声音低而清晰："如果我的德并不能化解仇怨，那，还应该以德报怨吗？"

官家缄默良久，哑声："可，以直报怨。"

容央把脸转回来，莹澈的眸中微波暗涌。

官家低头，把她放在床边的小手握住："说吧，是谁欺负你了？"

容央目光岑寂，看着他蹙紧的眉心，低笑："算啦。"

官家眉峰更沉。

容央淡淡一笑："我今日求得的是上签，签文是'逢凶化吉，遇难成祥'，大家说那家寺庙很灵的。"

——很灵的。

官家心头一震。

容央莞尔："所以，爹爹不用替我忧心了。"

缀锦阁外，夜风袭人，官家走在窸窸窣窣的树影里，崔全海等一应内侍默默跟随在后，不敢前去叨扰。

夏天的夜因这不敢而越显空阒起来，令脑海里盘旋着的声音来来回回，挥之不去。

——我今日求得的是上签。

——逢凶化吉，遇难成祥。

——很灵的。

灵……了什么？

胸口遽然蔓延开一股巨大的不安，官家驻足，垂头立于浓重的一片墨影里。

"崔全海。"

崔全海应声上前："官家。"

官家喉结滚动，声音冰冷："昨夜缀锦阁一事，彻查。"

（10）子夜歌

雪青捧着一盆清水走入内室，拧干巾帕给容央洗净脸上的粉脂，唇上的苍白一点点褪去，恢复原本的血色来，肌白唇红的美人重新在烛光里焕发光彩。

容央摆手把雪青屏退，和衣平躺下去，对窗边静坐的男人道："有什么瞧不起我的话，直说吧。"

烛灯后，褚怿摩挲茶杯，挑唇答："没有。"

容央沉默了下，哼："巧言令色。"

褚怿扯着唇，不多解释了，起身往衣架边走，开始宽衣。

容央眼跟过去，紧张起来："你，洗了没有？"

横裥一解，外袍从肩后滑落，褚怿偏头："殿下要检查吗？"

容央盯着他这副衣裳半解的模样，脸一红，默默撤回视线："没那功夫。"

褚怿笑，把外袍挂上去，整理完后，走至床榻边来。

容央因等候官家探视，睡得靠外，后来躺下也没往里面挪，褚怿肯定是不会爬去里面睡的，便等在那儿。

容央极快反应过来了，心念急转，装死不挪。

褚怿嘴角微动，低头把她整个往里一抱。

容央大惊兼大窘，给他放回里面去后，脸涨得更红了。

褚怿半跪在床上，低着头看她："殿下睡觉不老实，放里面，臣安心些。"

帐里逼仄，他靠得又近，身上沐浴后的清香就萦绕在鼻端，兼一丝男性特有的气息。容央眼神闪烁，乖乖地躺住不动了，褚怿唇边有笑，掀开被衾躺下，两人并肩而睡，头一回在榻上保持这样近的距离。

"那个……"

两人同时开口，又同时噤声。

褚怿默了默，道："脚还疼吗？"

容央支吾："还行吧。"

褚怿道："这两日少走动，消肿后便好了。"

容央"嗯"一声。

帐中陷入沉默，褚怿一条胳膊往脑后放，容央望着被烛光照得昏红的重纱叠帐走神。

不知静了多久，容央道："你爹爹有纳妾吗？"

褚怿似有点意外她突然问这个，一怔后方道："没有。"

容央转头看过来，昏暗里双眸清亮："你爹爹是忠义侯，就只娶一个？"

褚怿淡声："娶那么多干什么？"

容央："侯府不是缺子嗣？"

褚怿："长房有我一个，够了。"

"那是你爹娘相爱，不然，你庶出的兄弟姊妹不知有多少。"容央哼哼，转念想起他常年佩戴的那块玉佩，越发肯定自己的观点。

玉佩原是忠义侯褚泰送给云氏的定情之物，刻字"悦卿"，是传情达意，后来给褚怿取名定字，更是足见情意之坚。

褚悦卿——

那不就是褚泰悦于卿之意？

心中蓦然有歆羡之感蔓延，容央默默抑住，道："其实，我爹爹也是很爱娘亲的，只是……"

只是，他到底是一国之君。

一国之君，就必须先是君王，后是丈夫，再往后才是父亲。

他必须要把后嗣看得跟社稷一样重，必须要和并不知心知意的女人同衾共枕，生儿育女。

官家如今有多少个孩子呢？

在大鄞，他并不算瓜瓞绵绵的君王，但如今也前后和不知多少位娘子生育过八位皇子，十一位帝姬。

他的头几个孩子甚至都不是和齐皇后生的，大皇子是做王爷时身边的侍妾所出，大帝姬的母亲是他登基后第一位侍寝的周娘子，至于其他的……

容央怅然，脑海里浮过那些模糊不清的面孔，都不耐烦逐一去数了。

那么多的孩子，那么多的母亲，却只有一位父亲。而这位父亲，又必须先是君王，先是丈夫，最后才是父亲。

他做父亲时，还能有多少精力，倾注多少爱？分摊下来后，每一个孩子又能得到多少温暖和关怀？

母亲们为得丈夫的垂怜明争暗斗，孩子们为得父亲的疼爱，何尝不也是绞尽脑汁。

被偏爱的要被不被偏爱的妒恨，被重视的要被不被重视的根除。各人有各人的悲欢，怎样的阴谋诡计都自有一套说辞。

尔虞我诈，波云诡谲；你来我往，口蜜腹剑。

皇家要天下的家庭和睦融洽，可皇家，大概是天下最不和睦、最不融洽、最不像家的家了。

“在想什么？”

褚怿不知何时侧躺了过来，声音低低的，但有一种绵长坚定的温暖。

容央的心动了动，由衷地答：“我在想，以后，我想要一个不一样的家。”

褚怿蹙眉，在被衾里把她的小手找到，握住。容央扭过头来跟他对视，长夜寂静，他们的对视也深长，寂静。

“会有的。”

褚怿亲上去，先亲她的眼睛，然后往下，亲她的脸颊。

容央闭上双眼，在黑暗中感受他轻而细密的亲吻，最后找到他的唇，和他一起触碰，辗转，然后探寻，侵占。

床帐里窸窣声起伏，两人抱在一起，动情深吻，缠缠绵绵，分分合合，最后，情动的热化作细汗，蒙在额头，蒙在鼻尖。

褚怿眸深如海，把咫尺间的人看着，再低头去吻时，倾身压覆下来……

长夜如水，大聒一日的蝉声终于消歇，风静谧，月静谧，一室旖旎的烛光也无声无息。

只有帐中动荡，有人躺着，有人坐起来，坐着的被躺着的揽住往下，剪影重重，叠满帐幔。

守夜的雪青听得吩咐后，把干净的热水提进内室里来，退下后，褚怿坐在床边，给容央洗手。

容央靠着床柱，红着小脸细细端详他，烛光里，他的脸也绯红。

如果贴上去，一定还是烫的吧？

就像刚刚最后那一下时，他拿脸颊贴着她脸颊喘息时那样。

突然又想到另一事，容央小声求证：“像你刚刚那样，如果真来，我是不是会很疼？”

褚怿给她擦手的动作微顿：“头一回会有点。”

容央眨眼：“那往后呢？”

褚怿看她一眼，容央忙收场：“算啦，你也不知道。”

“先睡。”

褚怿给她擦洗完，留话后，径自把水桶提了，和衣往外，回来时，换了身干净的亵衣。

容央躺在帐里，朝他笑。

褚怿躺上去，一把把人搂入怀里。

“妖精。”

缀锦阁中，一对璧人相拥入睡，朝凤阁帐内的那一位却正孤枕难眠。

吕皇后撑着床榻坐起来，撩开帐幔唤来剪彤，再次询问：“官家还没有回来？”

剪彤似没想到皇后竟还醒着，歉疚地答：“官家刚刚差人来传了话，明德殿内还有些政事着急处理，让娘娘不必等他。奴婢那会儿看娘娘帐中无声，还以为是睡熟了，故而不曾禀报……”

吕皇后示意她不必多解释，满心装着官家今夜的形态，越想心里越七上八下。

在明德殿外撞上时，官家口称是心里烦闷，要去外边散散心，可那会儿除崔全海以外，他身后明明还跟着个雪青。

是雪青面圣完后顺道回缀锦阁，还是……

吕皇后心头突跳，想起巧佩在雁池溺亡一事，蓦地凛声道：“去把灵玉叫来。”

剪彤一愣：“娘娘，眼下不早了，且六姐刚没了巧佩，灵玉想必正在劝着，这时候，当真要去叫吗？”

吕皇后坚持道：“要去，越快越好。”

剪彤劝不住，只能听令，往外吩咐守夜的内侍快快去跑一趟。

不多时，前去传人的内侍只身一个匆匆回来，在外间给剪彤回话。

剪彤听罢，眉头一皱，肃着脸入内禀道：“娘娘，半个时辰前，灵玉……就被官家叫去明德殿了。”

一桌卷宗被怫然掀翻在地，兼玉器砸碎，乒乒乓乓，一众宫人齐刷刷伏跪下去，脸色惨白，噤若寒蝉。

灵玉的头磕在地砖上，抖如筛糠。

官家撑着书桌，眼眶通红：“如此丧尽天良、残暴歹毒之事……你们竟敢！”

喉头一甜，官家猛地低下头去。

崔全海脸色大变：“官家！”

崔全海冲将上前，掏出巾帕给官家擦拭嘴角的血，扭头吩咐内侍传唤御医。官家捂着巾帕把他推开，一双阴鸷的眼狠狠地盯着地上之人。

灵玉万念俱灰，伏跪地上，只等发落。

官家哽着喉咙，森然：“传恭穆。”

崔全海劝道：“官家龙体要紧，不如……改日再审！”

官家斩钉截铁地道：“今日必须审清楚！”

一声喝罢，大殿鸦雀静默，无一人再敢吭声。

不多时，一内侍领着仪容冷然的帝姬步入殿中。

灯火一重又一重，贤懿浓妆冶丽，衣裙曳金，脚踩一双步步生香的缀珠凤头履，迤迤然穿过灯火，袖手入殿，如常行礼后，坦然跪于灵玉身侧。

官家盯着她那波澜不惊、涂脂抹粉的一张脸，一口气差点堵死在喉咙中。

“主意是我出的，灵玉是被我逼的，巧佩已经死了，再死一个，我有点舍不得，官家把她的罪并在我身上，罚我一个吧。”

贤懿双眸空寂，声音亦冷无一丝温度。官家怒极冷笑，把嘴边的巾帕愤然扔在地上。

贤懿的余光掠过那上面的一摊血，绷着的下颌收紧。

“你母亲，就是如此教育你的？”官家哑声，声声戳人，“死一个宫女，你知道心疼，把你的亲姐姐置于那般险恶的境地，你就不会良心不安？因为妒恨，就藐视王法为所欲为！因为不甘心，就费尽心机害人害己！你母亲也是个和善温蔼之人，怎么会生出你这样愚蠢又歹毒的东西！”

外勾使臣奸污国朝帝姬，一旦事情败露，后果不堪设想，官家怒火攻心，把人骂了又骂，贤懿漠然跪着，不动一下，不吭一声。

不知骂了多久，官家疲惫地坐倒在圈椅上，应召而来的御医已在殿外恭候多时，官家却始终不肯传召。

贤懿耷拉的眼皮突然往上一抬，头往上扬，看着大殿顶端晦暗又繁丽的藻井走神。

大殿内一时阒静，父女二人沉浸在互不相干的悲愤里，各自困顿，各自煎熬。

官家突然听到有人唤“爹爹”。

官家抬头。

贤懿跪在地上，看向他：“您赐死我吧。”

次日，大鄞和大契的合约在明德殿内一锤定音——

大鄞以嫡帝姬恭穆和亲大契，保两国互不侵犯，辅车相依，择定于六月初六出降。

为备嫁，恭穆帝姬即日返回皇宫，其余皇亲国戚继续留居艮岳，陪同大契使团。

晨间，荼白、雪青伺候容央在镜台前梳妆，前一个绘声绘色地道：“听说，昨夜里明德殿的灯火亮了整整一宿。自官家拂袖而去后，恭穆帝姬就一直跪在殿中，至今晨，又给崔内侍领着人亲自送往宫内，连寝阁都来不及回。那架势，与其说是护送回宫，倒更像是羁押软禁。还有灵玉，打昨天半夜被内侍领出去后，就再没消息，也不知是被官家处决了，还是旁的什么。这回要不是必须跟大契和亲，禁庭又无帝姬再能出阁，我估计恭穆帝姬还有的是罪受！”

和亲之策不宜动，于大局而言，自然是照旧派恭穆和亲最便宜妥当。

荼白一股脑把“喜”道完，低叹一声，又开始忧从中来：“现在奴婢就担心恭穆帝姬仍旧不知悔改，嫁去大契做皇后后，卧薪尝胆，十年磨剑，他日再杀回来时，头一个遭殃的必定是殿下了！”

雪青握着玳瑁梳绾发，啼笑皆非：“你平日里话本子看多了罢。”

荼白瞪眼：“你当我所言不实？勾践卧薪尝胆总是真的罢？”

雪青道：“首先，恭穆帝姬不是勾践；其次，除非夫国灭亡，否则，和亲帝姬永生不能回归母国；再者，就算老天给恭穆帝姬开眼，真让她有回来的那一日，一个夫国沦丧、无名无权的帝姬，如何能撼动得我们殿下呢？”

荼白细细一想，点头：“也是。”复歪头去问容央，“殿下今日想戴哪支簪呢？”

容央眨了下眼，随手把妆奁里的一支金摩羯托玉凤簪交给她。

荼白讶道：“今日这么素？”

雪青瞄一眼容央脸色，应道：“殿下脚踝还肿着，不能外出走动，今日只在阁中歇着，素一些轻便自在一点。”

装扮完后，容央对镜观照两眼，然后在两人的搀扶下走至外间靠窗的那方楠木坐榻前坐下。

夏日的天亮得早，此刻，窗下浓郁的晨光已铺陈得满满当当，照得榻案上的一瓶鲜花格外妍美，粉粉白白，青青绿绿，叠得雅致而不失生趣。

容央默默看着，突然道：“我的驸马呢？”

雪青上来答：“三哥自前日看了驸马打马球后，就一直心驰神往，嚷嚷要拜驸马为师，今日一早，就来阁里把驸马请去了。”

容央转头：“他不来看看我？”

崴脚后，赵彭还一次没来探望过，今日人都到阁中了，竟然只顾着褚怿，不顾着自己？

容央不快，也不知是恼他无情，还是恼他在自己最无聊烦闷的时候掳走了驸马。

正走着神，雪青笑道："殿下，那会儿您还没醒呢，驸马体贴，特意不让三哥惊扰的。"

这一笑，意味明显就有点深，再一琢磨那"体贴"二字，背后的内涵不言而喻。

容央立刻想起昨夜给褚怿那样以后，是雪青把热水提进屋里来的，这一笑，必定是以为他们昨夜不只是那样而已了。

念及此，当时的场面不禁浮上脑海，分明灯火昏暗，夜色朦胧，什么也瞧不真切——当然也没敢去瞧，然回忆起来时，竟清晰深刻得很。

容央抄起净瓶边的小团扇开始扇凉。

这当口，窗外正对的庭院那端走来一群人影，容央下意识望过去，眉心一颦。

同时，一声通传响彻庭院，屋中荼白意外道："皇后怎么来了？"

晨风习习，花瓣上的一颗露珠顺势跌落，容央在荼白的搀扶下往前行礼，吕皇后松开剪彤，急急上来阻拦："你脚还肿着，快不必了。"

容央坚持屈膝把礼施完，垂眸时，目光掠过吕皇后微隆的肚皮。

吕皇后一只手搭在上面，另一只手往前，也坚持着把人拉起。

两人各自坚持完，就近在窗边的楠木坐榻入座，一溜内侍紧跟着把各式各样的礼品呈上，吃的穿的，玩的摆的，目不暇接。

容央道："娘娘这是做什么？"

吕皇后把那些赏赐看一眼，无声叹息，低声道："我今日，是替慧妍来向你道歉的。"

容央面色微变，吕皇后示意底下内侍把赏赐放下，蔼然地看向容央："我虽不知此次慧妍具体错在何处，但既让官家气成那个样子，其所行之恶劣可想而知。你是齐姐姐留给官家的心头肉，照顾妥你，是后宫每一位娘子的职责。打小，我就一再叮嘱慧妍，务必要敬你重你，爱你护你。往日，她都做得很好，你的生辰礼物，年年她都是亲手做；所有和你相关的场合，她也都争着露脸，抢着陪伴在你身边。那时，我只当她是把我的话听进去了，谁知今日一看……"

吕皇后黯然而止，恨铁不成钢道："阳奉阴违，朽木难雕！"

容央斜睨过去，吕皇后道："作为一国帝姬，能为天下安危和亲大契，本是义不容辞，留名千古的光荣之事，她却因一己私心，一再冲撞御前，横生祸事，同你相比，心胸格局不知相差多少。更令人失望的是，她因和亲生怨后，屡次对你不恭，上一回，甚至敢在长春殿对你大打出手。那次，要不是官家拦着，我非要狠狠把她揍上一顿。至于此次，也实是官家把人送得匆忙，又不准我回去探视，不然……就是绑，我也要把她绑到你跟前来磕头认错！”

容央默默看着吕皇后，良久，道：“娘娘都不知道这一次的真相究竟如何，就这么断定，一定是慧妍的过错吗？”

吕皇后一怔。

容央道：“娘娘难道就不会怀疑，是我或者是官家冤枉了她吗？”

吕皇后明白过来，苦笑道：“我是她的母亲，是这天下最懂她的人，她品性如此，犯下什么出格的错，我都不惊奇了，你也不必再替她说情。”

容央恍然，由衷地道：“娘娘果然公正无私，如果我娘亲还在，哪怕是我犯错，估计她都还是要多少包庇着我的。”

吕皇后眼角笑痕微凝。

容央微笑：“谢娘娘今日过来探望，只是这两日我屋里全是药气，恐怕对娘娘腹中的龙嗣不好，就不留久了。”

剪彤听说屋里有药气，当场就有点紧张，要上前来扶人，却被吕皇后一个眼神制止。

“芙蕖园里的荷花开得正好，都是你最喜欢的品种，明日，我先叫人采些新鲜的来送你，等你脚好后，我们再一起去园中赏景，吃糕。”

容央撑在嘴角的微笑立刻就笨重起来，生生把上扬的嘴角拉垮下去。

吕皇后如同不见，笑着道来，在剪彤的伺候下往外而去。

“谢谢娘娘这么多年的爱。”

刚及帘外，身后一道诚恳的致谢传来，吕皇后颇为惊喜地回头。

容央屈膝在半卷的竹帘后行着礼，眉眼不抬：“但需要娘娘爱的人不是我，是您的女儿。”

送走皇后，荼白、雪青把人扶回坐榻上歇着，一个扇着凉，唏嘘道：“这吕皇后可真是够狠心的，女儿都被关在宫里面不知是何情形了，她居然还有心思来请我们殿下去赏荷花。还有这道歉，左一个不知情，右一个不清楚，这哪里是来道歉，分明是想把自己摘干净，再秀个温柔可怜的模样给官家看的罢了。”

雪青低叹：“那有什么办法，她也不是头一回如此了。这次，只怕殿下这脚一日不好，她就还会再来。”

荼白悚然。

容央默不作声地拨弄着净瓶里的鲜花，待两人停后，坐正。

两人看过去。

容央眼神烁亮：“收拾东西，回家。”

（11）巫山一段云

日头渐高，马场上，赵彭金冠华服，策着一匹通身雪白的骏马飒飒奔来，半披在脑后的青丝和翩然广袖一起在空中恣意飘舞。

“姐夫，我刚刚那一球，你看如何？”栏杆边，赵彭勒止骏马，意气风发。

褚怿瞄一眼他头上微微松垮的金冠、鬓角打着结的头发丝，以及沾着泥的金丝如意纹广袖，再次建议：“殿下去换身行头吧。”

赵彭坚持：“不可，这身装束是我昨夜精挑细选的。”

又不是规定穿襕衫不能骑马，怎么偏要他去换，提一次就算了，还提，这真是……

算了，估计只是他穿不惯，因而也看不大惯罢了。

赵彭翻身下马，把哥舒棒交给钱小令，因道：“姐夫，其实这襕衫吧，日常穿起来还是很自在的，何况比起你这窄袖，更美观不止一二。姐姐素日里就常夸文人雅士们临风玉立，衣袂翩然，姐夫容姿出众，身形挺拔，如果也穿上一身襕衫，定会叫姐姐挪不开眼的。”

褚怿眼皮本是耷着的，等他道完，撩起来，剑眉也缓缓往上一扬：“哦？”

赵彭笑嘻嘻：“嗯。”

褚怿扯唇，目光转动间，眸心一凝。

招展的旌旗底下，一辆华贵的马车不知何时停在了场外，车窗半开，里面的人正朝自己望来。

赵彭认出那马车里的主人是谁了，又惊又喜：“姐姐来了！”

褚怿默然和车中人对视，不应。

赵彭激动道：“定是来看我学得如何，姐夫，我先去了！”

容央行动不便都还肯乘车而来，看重之意不言而喻，赵彭备受鼓舞，当下策马而去。

褚怿抱着臂，慢步走至车窗前。

奔腾的蹄声震荡在马场上，不时有队员传球的号令声传至耳边，容央静静看着窗外人，傲然道：“上来。”

褚怿噙笑，眼往车厢里瞄一眼：“做什么？”

这眼神和口吻都太坏，让容央立刻想起上次他在马车里做过的事情，小脸绯红起来，色厉内荏。

褚怿不逗她了，偏头朝场上示意：“三殿下在打球，一起看看？”

容央淡漠：“有什么好看的。”

褚怿答：“临风策马，衣袂翩然，不好看？”

容央抬眸。

褚怿抱着臂倚车而立，目光从她脸上挪开，投往马场，容央顺着望过去，极快在人群里找到处处飞扬的赵彭来。

容央颦眉：“跟个疯子一样……”

明明褚怿打马球时是很飒的，怎么到赵彭那儿就成这样子了？

容央一时还没能找出根源，面前突然有人靠近：“那怎样好看？”

容央对上他一双黑亮的眼，被他压低的声音弄得耳热。

“你上来，我跟你讲。”容央骄矜地把眼挪开。

褚怿把人盯着，勾勾唇，点头。

车身一沉，是他掀帘而入，容央不等他坐下，立刻吩咐启程。褚怿眉峰微微一蹙，意识到大概是中计了。

“拐人？”褚怿坐下，眼往窗外，这方向显然是往山下去的。

容央喜欢“拐”这个词，扬眉：“对，拐你跟本殿下回家。”

马车驶离艮岳，往东而去时，顺便去了一趟小松山上的寺庙。

那日拿给官家的祈福红绸带是褚晏分发给雪青的，今日，容央想专门给官家重求一条。

求来的这条就不再派人送去了，让褚怿帮着系在了寺中的那棵梧桐树上，在树下诚心祷告完后，上车下山。

马车一路往内城方向而去，褚怿道：“怎么突然想回去？”

炎日晒人，容央把撑起的车窗往下拉，挡去烈日，闻言道：“总有人觊觎我，待不下去了。”

褚怿：“？”

容央看他一眼：“不信？”

褚怿嘴角微动：“皇后？”

容央震惊于他一猜就猜这么准，不甘地反诘：“你为什么不猜耶律齐？”

褚怿淡然：“因为他不敢。”

容央一愣。

褚怿笑着敛回目光，道：“皇后借殿下上位，城府深沉，殿下走前，该提醒一下仍留在行宫的三殿下才是。”

提及赵彭，容央心绪凛然，道：“他和我一母同胞，虽然看着天真，但都是多谋善虑、精明强干之人，大可不必为他忧心。”

褚怿想着赵彭今日那样子，实在有点难把他跟“多谋善虑”“精明强干”搭上关系。

容央盯着他的脸色，强调：“你不要怀疑。你怀疑他，就是怀疑我。”

褚怿笑着点头。

是日午后，一行人返回帝姬府，容央不等底下人送上午膳来，支开褚怿后，径直吩咐茶白、雪青研磨铺纸。

一封书信写写停停，修修改改，总言不尽意，唯恐有失。茶白在边上看着都于心不忍，有意支援："殿下写什么，这般艰难？"

容央咬唇："给赵彭提几个醒。"

茶白恍然又茫然："不是说怀疑三哥，那就是怀……"

噤声时，为时已晚，茶白悻悻："奴婢失言，请殿下恕罪。"

容央斜她一眼："去外面给我盯着驸马，信没送出去前，不许他进屋！"

褚怿一只脚踩上石阶时，正巧听到这气势汹汹的一句，以至于茶白出来时，两人都各有一番不能言表之苦。

茶白先是用眼神恳求：驸马……

褚怿随后也用眼神成全：你守，我走了。

是夜，伺候着帝姬沐浴完的茶白报恩道："殿下，一会儿要去把驸马请来吗？"

容央懒洋洋地捧着书，明知故问："请来做什么？"

茶白讪笑："自然是同殿下共枕，伴殿下入眠了……"

缀锦阁里的两夜，两人都是同着房的，且听雪青说，半夜里还叫过水了，这回来后再分，怎么都说不过去。

容央藏在书页里的眼睛微微亮起来，手把书翻一页，矜贵道："为什么偏要我去请，他就不会自己来吗？"

茶白不能眼睁睁看着报恩的机会白白错过："可大婚后殿下不是下过令，没有您的允许，驸马不可入主屋一步吗？"

容央眉微扬："可也没见我这命令被人执行过啊。"

茶白一愣。

容央把书搁下，作势起身："睡了。"

茶白忙来扶："殿下，这……时辰还早，你不如再看些书？"又瞥一眼案上那书的封皮，失望，"殿下这个时候还看《素书》，这真是……不如，去拿些画册来看，奴婢以为……更派得上用场呢。"

话说到这个份上，可谓是拼死暗示了，容央乜斜过去，沉默了下："你说的画册是……"

茶白谄媚地道："就是大婚前，李女官夸殿下悟性极佳的那一本。"

片刻，主仆二人在灯下看画册。

灯辉昏黄，把画上的小人儿照得朦朦胧胧，使那各式各样的姿势越发地栩栩如生起来……

屋外夜风起伏，容央突然“啪”一声把画册合上，吓得荼白一震。

“没意思。”容央把画册扔回案上，起来用脚走了两步，感觉脚踝也不那么疼了。

荼白在边上看着。

容央淡淡：“驸马在哪里？”

荼白：“先前去浴室了，这会儿应该快出来了。”

容央点头：“我去看看。”

荼白目瞪口呆，急急跟去。

画没意思，要去看人，那意思莫不就是假的没真的有意思？

荼白立刻振奋起来。

浴室内，水汽氤氲，褚怿光着脚离开浴池，脚踩过沁凉的大理石地砖，水顺着他肌肉线条流淌一地。

丫鬟都被屏退在外，褚怿只身走至衣架前，信手把浴巾拿过来，刚披上身，突然眼锋一凛。

褚怿转头，视线定在屏风外那一双踩着翘头珠履的小脚上，再三辨认后，确定是那人的鞋，那人的脚。

薄唇边勾起一丝笑，褚怿把浴巾扯下来，往腰上系：“把人拐回来不够，还要占点便宜是吗？”

话声甫毕，屏风后人影一动，有人仰着下巴走出来。

褚怿喝止：“就站那儿，地上滑。”

容央定在原地，也不敢动了。

灯火烨烨，一室水雾如被镀上金辉，褚怿袒着上身、光着双脚站在雾里，宽胸长腿，猿臂蜂腰，每一块肌肉都如雕如琢，在金辉里焕发着光泽与力量。

容央的双眸一点点大起来，屏息时，清楚听到耳膜处有心跳声激撞。

褚怿迈开腿走过来，每走一下，浴巾上的腹肌也跟着动一下。容央定睛看着，注意力慢慢从那块块分明的肌肉转移到那些嶙峋的、残酷的疤上。

褚怿没遮掩，低头在她面前站定。

容央人被他身上的热气笼罩住，脑海里种种情形掠过，脸极快涨红。

“能走了？”褚怿目光在底下，看到她把小脚收进裙裾里。

“嗯。”容央瓮声应，眼盯着他胸肌上一条半尺长的旧疤。

那次在侯府的练兵场看他擦汗，他衣襟里露出来的应该就是这条疤，昨夜在帐中，隔着亵衣摸到的第一处痕迹，也应该就是这条疤。

这么深、这么长的一条疤，该是被什么兵器弄出来的？就在胸口，就在离心脏那么近的地方，倘若再偏一点点，这世上是不是就没这个人了？

容央眼眶发酸，咬住唇，伸手覆上那疤。

褚怿眸色转深。

“疼吗？”容央小声问，明明知道不会再疼，但就是想问。

褚怿眼神晦暗，把人盯着：“疼过。”

容央更有难以言表的酸涩感。

褚怿声音微哑：“怕吗？”

容央默了默，坦然：“怕过。”

褚怿笑，把她小手压在那里，低头吻下来。

容央脸一扬，小手下意识地蜷起来，被他拉着往腰后一带。他身上的水渍还没有干完，容央环着他精壮的腰，掌心抵着他硬而湿的肌肉，随着他深吻，手开始往上攀。

褚怿后背被她抚过，如一团火从底下燃起，忍不住朝她一撞。

容央闷哼了声，和他嘴唇分离不过一瞬，又给攫住。

两人抱在一起，缓缓后退，越吻越深，容央罩在外面的云纱罗衫被剥去，抹胸后的缨绳也被扯落。

褚怿头往下，容央环他脖颈，目眩神迷时，又给撞了一下，反握在他肩头的一只手攥紧，紧跟着被拉下来，又是往那里面放。

容央一瞬间醒神，又一瞬间沉沦。

画册里的内容在眼前纷至沓来，然而画是死的，她面前的却是活的，滚烫的。

“敢看吗？”褚怿把人吻着，偏头，黢黑的瞳深如渊海。

容央气喘得急，澄净的大眼里蒙着氤氲水雾，点头。

褚怿在她唇上啄一口，抓着她小手把结解开。

一大片雪白坠地，容央低头，瞳仁如波颤动。

褚怿扳起她下巴吻回去。

最后竟是容央先支撑不住，长喘一声，头往他胸膛上靠。褚怿就势把人抱住，声音遂格外低哑：“回屋，还是在这儿？”

容央胸脯起伏：“回屋……”

这一夜，主屋里要了三回水。

下半夜后，守夜的荼白本来想着该安分了，谁知道快天亮时又是一回。

进去时，满屋的烛灯早就灭了，荼白一只手掌着灯，一只手提着水桶，所经之处，一派狼藉。

坐榻，圆桌，交椅……就没一处能下眼的地方。

床榻更过分，半边帐幔都给拉了下来，茶白瞠目结舌，红着脸把热水放下后，溜得比贼还快。

殿下这是头一回吗？给驸马爷这样折磨，那不得把命搭进去半条啊？

茶白回忆今夜跟容央在灯下所看的那本画册，越想越悬心——

这不会是把那上面的东西都挨个试了吧？

想想殿下那又软又娇的小身板，又想想今夜里那一声比一声微弱的叫声，茶白悔恨：

早知如此，就不该回报驸马了！

（12）海棠春

如茶白所料，第二天早上，容央压根儿就没起来。

褚怿倒是按点就往侍卫马军司署衙点卯去了，去时衣冠楚楚，神采奕奕，哪有半点折腾过后的惫态，浑然跟个吸人精魄的老狐狸似的，越把对方折腾得狠，他越雄姿英发，意气飞扬。

茶白想到这个比喻，一个激灵。

不不不，不能这么想的。

这日一大早，茶白、雪青就忙着两样事——一样是号令底下的小丫鬟蹑手蹑脚把主屋尽量地恢复原样；另一样是吩咐后厨把各自的看家本领拿出来，变着花样给容央熬补羹。

躺在床榻上一动不动的容央，便是被一碗香气腾腾的十全大补汤熏醒来的。

睁开眼时，帐外有两颗小脑袋挨在一处探来探去，其中一个大喜，喜至欲泣般：“殿下！”

容央眨眨眼，颇有点不知今夕何夕的茫然。

茶白把那碗羹汤捧着，内疚而欣慰：“您可算是醒了！”

容央目光一转，慢慢醒过神来，虽然屋里已没剩多少昨夜的痕迹，但床帐里的“罪证”还是不少，特别是被褥里的那气味，根本就散不掉。

容央板着脸，故作严肃地吩咐两人过来伺候，一坐起来又躺回去——

老天爷，怎么身上酸成这样！还有，怎么身上啥穿的都没有！

容央瞪大眼睛，盯着帐幔不吱声，边上两人更是缄默。

还是雪青最先回神：“殿……殿下不如先撑着些，去泡个热水澡，泡完后奴婢再拿药来擦，应该会好上许多。”

容央听得半懂不懂：“擦药，擦什么？”

脚踝吗？

雪青只能觍着脸：“殿下和驸马昨日巫山云雨……想必，十分激烈……那药是大婚时宫人从御药院里置办的，每日涂擦三次，对那处……会大有缓解。”

容央领会过来了，脸越板越红。

被褥底下，那双如藕的腿试探着动了一下，容央登时如被巨石碾住，面色大变。

腰酸，腿酸，更重要的是……是真的疼！怎么还会疼？

最后那两回时，分明是很舒服的啊！

容央大惑不解，只是茫然地僵躺在那儿，把边上两人愁得心焦如焚，茶白立刻舀起一大勺补羹过去："殿下，快先喝点！"

容央在心里叹口气。

未时二刻，热辣辣的炎日曝晒着庭中葱茏的绿植，蝉噪声聒聒不休。

沐浴后的嘉仪帝姬小脚慢挪，被两个侍女搀扶着在坐榻上侧躺下来，茶白体贴地把小团扇拿来打凉，雪青去取膳食。

内室里，自有小丫鬟继续打扫剩下的战场。

茶白苦口婆心地劝道："殿下，往后可再不能任驸马这样弄了！"

刚刚在浴室里擦药，实在是又把二人的小心脏狠狠地揪了一揪，茶白越想越后怕。

亏得那些话本里大言不惭地写什么骨软筋酥、飘飘欲仙……简直……无良文人！

容央拈来一颗冰镇杨梅吃下，闻言道："没有你想得那么可怕。"

茶白显然不信。

雪青还没回来，容央往大门外瞟一眼，继续对茶白道："头一回，是有点疼，但只要后面……嗯，反正到时候你就知道了。"

茶白心道：我可万万不想知道。

容央纠正："当然，也看人。"

茶白心想：那可不是，换个温柔点的，哪里会把您折磨成这样。

容央："我觉得……我们还是很契合的。"

茶白："？！"

容央把那颗酸梅抵在贝齿间咬着，陷入昨夜的回忆。

头一回，是真的进行得很不顺利，两个人忙忙乱乱，弄得一塌糊涂，还不得要领。

后来，大概是把他恼着了，他心一横，一鼓作气，她不住地叫停也没用，打他也没用，严重时，差点哭出声来……

幸而慢慢地，她承受下来后，便也习惯了，再往后，竟还得了几分快意。

至于最后那两回，则自然是越发顺风顺水，酣然快慰了，容央默默想着，弄着贝齿间的那颗酸梅。

褚怿肌肉上的汗，褚怿胸膛前的发，褚怿压在她脸边绷紧的胳膊，褚怿在她掌心里起伏的肩头……

突然一片疾风卷来，卷得容央一个激灵。

荼白盯着容央爆红的小脸，把团扇扇得卖力。

容央沉默了下，一把将团扇抢过来。

“我自己扇！”

侍卫马军司练武场外。

被紧急召回来一并上值的李业思候在树荫底下，把在场上巡视的褚怿看了一遍又一遍，越看越感觉将军今日很是不同以往。

百顺道：“是不是总感觉格外威武，每一步，每一个手势，乃至每一个眼神，都焕发着前所未有的力量。”

李业思扭头，对上百顺一双贼亮的眼，若有所思。

百顺拍拍他的胸膛，说：“李将军，恭喜你，和我一起见证了一个全新的褚家大郎。”

李业思：“？”

什么鬼？

一声号令声起，场上各队解散休息，褚怿低头跟一营指挥使交代几句后，走下场来，百顺忙屁颠屁颠恭迎上去。

“郎君喝水。”百顺把水囊的盖拔开，捧过去，“多喝点，多喝点。”

褚怿瞄他一眼。

百顺微笑。

褚怿拿过水囊仰头灌了两口，扔回去，走至树下。李业思行礼，道：“部中刚刚传了消息过来，梁桓生已出顺昌地界，预计在三日后抵京。”

褚怿道：“途中可有变数？”

李业思答：“诚如将军所料，抵达大名时，遭了一次夜袭，大火烧毁了整整一座官驿，押解队伍中死伤共计六人，如不是我们提前有所准备，趁乱把人救下，梁桓生此刻只怕已葬身火海了。”

梁桓生回京，二相候审，一旦前者如实招供，后二者再难翻身。

都是老谋深算的朝堂人，怎么可能那么轻易地认栽呢？

况且，眼下为那二人奔走的喽啰还不知凡几。

“该交代的都交代了？”

李业思点头：“梁桓生亲口承诺，只要能想方设法护住他的家人，愿在御前坦白。”

褚怿“嗯”一声，吩咐：“继续护着。”

李业思应是，又问起最近两日署衙中的事务。

褚怿寥寥交代完，看一眼天边日头。

还不到西斜，不过……

“你留下来盯一会儿。”褚怿把目光敛回，等李业思反应过来时，人已大步走远了。

从署衙返回帝姬府要途经杨楼街，褚怿在百味斋店前把马车喊停，吩咐百顺去里面买两盒糕点。

百顺苦口婆心：“郎君，不是我偷懒，这讨夫人欢心的事情得自己亲自做。”

褚怿瞄过去。

百顺坚持：“真的。”又斗着胆，“何况上回献殷勤时您就送过糕点了，这回……就不整点别的？”

褚怿眼皮微微耷着：“比如？”

百顺笑：“比如首饰啊，胭脂水粉啊，殿下中意的一些小玩意儿啊，总之得是个能长存的定情之物。您瞧瞧您腰上那玉佩，可不就是当初侯爷送给老夫人定情的吗？”

也不学着点！

褚怿默然，眼往车窗外看，百顺把窗户大大地推开。

“字画馆，胭脂斋，布帛铺，金玉堂……”百顺照着顺序逐一道来。

褚怿乜他一眼，下车。

午后的大街又挤又热，褚怿顺着街头走至街尾，最后又掉头，走入最前头的那家字画馆里去，就数这家清静些。

“客官看画？”

店铺不大，统共就里外两间，来个客人是很扎眼的事，更不必提褚怿这样本来就扎眼的客人。

百顺生怕郎君被这热情的店家冲撞到，箭步把人挡下来，讪笑：“随便看看，随便看看。”

店家大笑：“且看且看！”

褚怿把墙壁上悬挂的字画扫过一眼，径直往里走。

百顺悬心：后面那些铺席哪个不比这儿好，怎么跑来买字画，买回去接灰的吗？

再者，帝姬那是禁庭里多少名家名画涵养出来的金枝玉叶，能瞧得上这旮旯里的东西？

百顺越想越感觉不妥，猛地把褚怿拉住。

褚怿回头，盯一眼胳膊上那双手。

百顺默默地使眼色：走，走。

褚怿把他的手拉下来，继续往内，不由分说。

里间，轩窗半开，铺着宣纸的束腰长桌上洒落着浓郁的光，褚怿走过去，捡起笔架里的一支雪峰兼毫，向店家道："三倍价钱，用一用阁下的笔墨纸砚，如何？"

店家一愣之后，领悟过来："客官……自己画？"

褚怿点头。

店家再次大笑："且画且画！"

笑得百顺简直想捂耳。

往后的一个时辰，百顺就守在长桌边上，一会儿研墨，一会儿往宣纸上那一大摊水墨瞟。

画的是个啥？

"郎君，"百顺研着墨，坦然奉告，"不是小的冒犯，您那双手，实在不是舞文弄墨的料。"

褚怿正撑着脑袋，对着画作中央的一处空白绞尽脑汁，闻言眼皮一撩。

百顺微微笑："自然，大山大河您还是很擅长的。"低声，"画来标记布防什么的……"

半个时辰后，暮色四合，店家把晾干的画作小心翼翼地卷收起来，装入赠送的精美锦盒里。

"二位客官，慢走慢走！"

百顺揉着脑门上的包，丧着脸把锦盒捧出店铺去，眼瞅着要赶不上车，赶忙又撒开两脚。

斜晖脉脉，缥缈纱帘在暮风里无声飘拂。

容央躺在坐榻上，美丽的脸被纱幔遮挡着。

"还没回来吗？"

雪青答："应该快了。"

容央表示理解，换个方向来躺，眼仍旧盯着帘外，日影在西斜，一点，又一点……

侍卫马军司里有那么多公务要忙吗？

应该是，大多权贵都还在艮岳避暑偷闲，少不得要扔下许多事务，他一回来，必然得一个顶俩……唉，早知如此，就不把他匆匆拉回来了。

在行宫里日夜厮磨着，不美吗？

荼白候在边上，眼瞅着殿下又开始望穿秋水，恨铁不成钢地打着扇。

容央一愣后："你不要再扇了！"惊觉口气严厉了点，又缓和，"你的手不酸吗？"

荼白悻悻地叹气，欲言又止。

这时，雪青道："殿下，回来了。"

褚怿走入屋中，一转头，即和帘幔后侧躺的那人相视了。

满屋镀着残阳的金红，她躺在金波潋滟的坐榻上，如躺在湖水里，大海里，浑身散发着慵懒又妩媚的气息。

褚怿笑。

她也不挪眼，他也不挪。

褚怿走过去，撩开纱幔，在坐榻前停下。

她脸上的金辉被他挡去，一双眼在暗影里越灿亮勾人。

褚怿低着头，唇微动："殿下在看什么？"

容央依旧躺着，眼对着他的眼，曼声道："叫我夫人。"

——叫我夫人。

褚怿双眸一深，把人静静看着。

这神情，这语气，她有胆，怎么不在昨夜里提呢？

褚怿咧着唇，把人揽至怀里坐下，喊了声"夫人"后，去她耳后低低问："还疼吗？"

容央耳鬓一热，人一下就软在他胸膛前，一双大眼巴巴地看着他，不讲话，模样实在是很楚楚可怜了。

褚怿心软，摒去那些坏心思，低头在她额心一吻。

容央趁势把他脖颈环住，唇寻上去，覆住他。

褚怿猝不及防，被她香软的唇压住，睁开眼时，恰捕捉到她眸底的得逞和狡黠。

这妖精——

亏他刚还在想昨夜是他孟浪了。

到底，谁孟浪？

褚怿回吻过去，两人纠缠在一起，就着坐榻，就着残阳。

一吻毕后，容央衣衫半褪，褚怿眸底压着蓄积的云雨。

"殿下最好别再勾我。"褚怿正儿八经地叮嘱。

容央抱着他脖颈，提醒："叫夫人。"

褚怿瞳眸更深黯一寸。

让别勾，偏还勾。

容央咯咯地笑起来，食指压在他唇上，满足道："知道啦。"

荼白、雪青从帘幔外把晚膳端上来，一份紧跟一份，不是大滋大补，就是清汤寡水，泾渭分明得令人齿寒。

把人屏退后，容央解释："荼白说我太辛苦了，让我好生补补，至于驸马，本就身强力壮，用清汤消几分暑气，正是合适的。"又坏坏地征求他意见，"是吧？"

褚怿眼神冷峭，默不作声地把一碗首乌蒸鹿鞭拿过来，勾唇答："不是。"特意强调，"我很累的。"

容央憋着笑，蹙眉："是吗？"

褚怿暗暗咬牙。

泠泠声音响起，是他拿瓷勺在搅拌碗里的汤，容央胳膊撑在几案边，托着腮，看他把一勺羹汤舀起，喂过来。

容央展颜，凑上去喝了。

如此喂了两口后，褚怿道："还要吗？"

毕竟是大补的东西，入口很容易腻，容央坦诚道："不要了。"

褚怿点头，把瓷勺放下，端起碗径直往嘴边一凑，仰头饮尽了。喝时，眼还盯着她。

容央羞窘。

入夜后，褚怿把人请去书斋，称为"请"，有三分客气的意思，毕竟有半截路得算是褚怿抱着人走完的。

百顺提前在屋里燃了灯，那盛着褚怿大作的锦盒就放在桌案上，敬候帝姬亲启。

"带我来这儿做什么？"下地后，容央环视四周，除他二人，整座书斋就剩一柜柜的藏书和一座座的灯火。

榻都没一张……

褚怿看一眼容央的表情，啼笑皆非，最后还是等人走去书桌那儿了，方跟过去，把人揽在怀里坐下。

"看看。"褚怿示意桌上的锦盒。

容央瞄过去，表情显然有一点点失望。

褚怿笑也不是，不笑也不是，耐着心替她把锦盒打开。

容央把那卷着的画取出来，在桌上铺开来后，神情逐渐困惑："这画的是什么？"

画功、画风也谈不上多入流，很基础的水墨笔法，在纸上铺就重湖叠巘，铺堤垂柳，柳内人潮熙攘，银花火树，柳外虹桥卧波，桥上一人……

容央盯过去。

有一人裙裾曳地，披帛飞扬，正仰着头，不知是望天，还是望天上那一条条跟剑雨一样的……

容央蓦地憬悟过来。

“烟火。”

容央扭头去看身后人：“你画的是金明池那晚的烟火？”

褚怿唇边有笑。

容央反应很快，指着那连脸孔都没有的小人儿：“这是我！”

褚怿：“是。”

容央且惊且喜，反复去细辨数次，纳罕：“你怎么知道那晚我在桥上看烟火？”

那一夜，她因王忱一事伤神，屏退荼白、雪青，茕茕一人站在小虹桥上吹风。

夜幕就在那时被一场烟火点亮，一簇又一簇，盛开又盛开，灿烂得像整片星河朝她奔涌而来。

褚怿很愉悦，低下头，指腹顺着画作边界往外一划：“桥这边有小山，山中有亭，亭中人是我。”

容央更惊喜，小手顺着他指的方向描摹：“在这儿？”

她记得，那座桥边是有一座小山丘的。

褚怿食指和她食指挨在一起，指着同一个地方，笑：“嗯，这儿。”

容央的心脏扑通扑通的，眼波促狭：“你偷看我啊。”又道，“你那时候不是不喜欢我吗？”

褚怿一时语塞，容央仿佛发现什么惊天的秘密般，雀跃起来：“你把当时的场景还原得这样完整，你一定是记得很清楚，你是不是骗我？你是不是从一开始就喜欢我，就对我有企图的？”

褚怿张口结舌，被她轰得快没还嘴的余地。

“不是。”

容央瞪眼。

褚怿微微笑着，坐直回来：“就，记得。”

容央哼哼：“那你记性倒真是好。”

褚怿：“我以为会先被夸眼力好。”

容央撇嘴道：“那，你是什么时候喜欢上我的啊？”

褚怿垂着眼，答：“不知道。”

容央怒目。

褚怿本来以为要挨打，没想到只是被怒视，颇有点自得。

“情不知所起，一往而深。”

容央嗤一声。

褚怿：“难道夫人不是？”

容央被问住。

如果也要回答这个问题，那容央似乎还真是不知道从哪里答起的。

或许是那夜在象棚外被他亲脸，或许是那天在侯府里看他耍枪，也或许是更早，比如在农舍小院里烤鱼，在日暮的河上垂钓。

比如在镏金的宫墙底下，他抱着涕泗横流、狼狈不堪的她离开人潮……

不知道具体从何而起，但知道，有那么一些时刻，他于她而言是不一样的了。

容央看着褚怿，认真道：“那你知道，是从什么时候开始，我对你来说有点不一样的吗？”

褚怿对上她澄澈而明亮的眼睛，答：“归宁。”

这次答得很明确。

容央意外。

褚怿补充：“你跟官家争执，说了一句话。”

容央等那一句话。

褚怿答：“‘于儿女而言，母亲是任何人都无法替代的。’”

容央一愣。

褚怿笑笑：“同是天涯沦落人。”

容央眼眶蓦然一酸，目光转开。

褚怿抱紧她：“我明白你，并想，你也应该会明白我。那是我第一次想跟殿下、跟夫人走近。”

斋内的灯火温暖静谧，他的声音也像一盏灯火，带着人间的暖意。容央看回他，瞳眸深处有涌动的泪意，褚怿抚上她脸颊。

“不哭。”

褚怿道：“我们长大了。”

容央胸口一热，想哭的冲动更强烈。

褚怿无奈，提前去摸她微微上扬的眼尾。

容央澎湃的心潮在他温柔耐心的抚摸中平静下去，最后握住他的手，低头，在他掌心里画圈。

“你娘亲……会喜欢我吗？”

褚怿有点意外于这个问题，笑了笑：“会。”

容央较真：“为什么？”

褚怿便也认真答：“可爱，聪明，善良。”

这答案不错，容央盯着他，脸上重新展露出笑来：“我娘亲也会喜欢你的。”

褚怿：“哦？”

容央眼波澄亮：“英俊，潇洒……”

最后一个词，被刻意压得很低。

褚怿啼笑皆非：“什么？”

能干？

容央笑，转开脸，吩咐他去取宣纸来，她要作画。

褚怿不知道她又要玩哪一出，笑着，顺着，去橱柜里取来宣纸铺开，后又为她研墨。

月上窗纱，灯影朦胧，容央坐在书桌前挥毫，铺开湖水，铺开小山，铺开一片瑰丽的夜空，最后，勾勒那山，勾勒那亭，勾勒那人。

“是这样吗？”容央歪头，一双眼在灯火映照里灿亮起来。

一如那夜，夺目，璀璨。

褚怿静静看着：“是。”

容央脸莫名地红了红，把笔搁回笔山上，严肃地把画纸铺展开，用镇纸压住四角。

桌上，两幅画紧挨在一起，是他眼中的烟火烂漫，是她心中的在水一方。

“以后这画，我也要传给我们的孩子。”容央突发奇想。

褚怿哑然失笑：“算了吧。”

容央知道他是羞于自己的作画水平，安慰：“自家孩子，有什么的。”

褚怿琢磨着前面那四颗字，唇边勾起，人走过来。

容央重新被他抱回大腿上，耳郭被他唇贴住。

“说得跟有了似的。”

六月初六，皇亲国戚、文武百官盛装出席恭穆帝姬赵慧妍的和亲大典。

同样一座大殿，同样一级丹陛，同样的一批送亲之人，只是这回被吕皇后扶下殿阶的换成了她的亲生女儿，被赵彭策马相护走出皇城的不再是他的孪生姐姐，雕鞍绣轭的[illegible]队仪仗亦不再仅仅是从禁庭走入盛京，而是走过禁庭，走过盛京，走过大鄞。

这一天，满城的百姓都在观礼，观和亲仪仗里那格外浩荡漫长的车辆，观直遏云霄的礼乐如何把人送往远方。

这一场婚礼，似乎总不如嘉仪帝姬的那一场来得热闹，又似乎哪儿哪儿都比嘉仪帝姬的那一场喧嚣。

礼散后，簇拥在御道两边的百姓们仍迟迟不肯回去，男人们三五成群、勾肩搭背地拐入就近的茶坊、酒肆，女人们挽手并肩、交头接耳地逛游在大街上。

他们继续聊这一场大婚，聊大鄞史册上这场史无前例的和亲。

前者聊大契的都城，大鄞的关城，聊耶律齐的这一去，灰头土脸，仓皇退遁。

后者聊大契的冬夜，大鄞的春夜，聊恭穆帝姬的这一走，没有流泪，没有回头。

第七章

山雨欲来

（1）解连环

这两日的雨下得有点频繁，不下时，天也是阴沉沉的，风一刮，大殿里全是凉沁沁的黏湿之意。

午后，官家坐在文德殿里小憩，被前来禀事的吴缙提醒，梁桓生已抵京十五日了。

国朝重犯入京，囚于大理寺，一审由大理寺卿责令验明正身，核定证据，录下口供，是为“推勘”。二审由御史台派人执卷宗从头到尾重新审问一遍，是为“录问”。

吴缙总结，梁桓生在两次严审中直言不讳，前后一致，把去年上官岫修书勾结他谋害褚家军一事尽数道来，桩桩件件，均已登记在册。

现，只待提审上官岫及范申，就金坡关一案终审。

一位是参知政事，一位是国朝相爷，在牢狱中关上整整两个月之久，受其波及而被提审关押的官员不知凡几。

金坡关一案没审得怎样明白，倒是把以前的那些腌臜事纠出来不少。

官家想着近日那一封更比一封详细的罪状，疲惫地阖上双目。

“审吧。”官家慢慢道，“责令刑部尚书卢云直、大理寺卿王仁章、御史台……”

国朝御史台不设大夫一职，御史中丞即为一台主官，但御史中丞……

吴缙垂眸：“御史中丞刘石旌系此案告发之人，论理，不宜再参与三司终审。为确保结果公正，臣建议，换一人。”

官家：“换何人？”

吴缙：“那就看，陛下想要的是什么了。”

官家缓缓撩起眼皮。

吴缙道："二位相公在朝堂中人脉广如树根，牵一发而动全身，落一子而满盘活。如陛下仅想敲打震慑，换成哪位官员，倒是无多大妨碍；但如陛下想要真相……"

官家截断："朕自然是要真相。"

吴缙对上那双薄怒的龙目，惭然低头。

"那臣以为，此人不宜在朝中择选。"

官家蹙眉。

国朝崇文抑武，文臣武将间天然有着隔阂，范申、上官岫的势力尽管不能侵入全局，但其试图靠削弱将门权势以巩固皇权、减少军费、缓解二冗的思路还是很受一大部分文官认同的。在这种情形之下，多数作壁上观者并不愿意看到褚家大捷，而倾向于两败俱伤，或是保全前者。

更遑论，朝堂中除开褚家等几个将门，本就没几个有胆量、决心和其抗衡之人。

官家皱眉沉思，郁声道："不择选朝中人，那选什么？皇室出人？赵彭？那是褚怿的小舅子，换他去，旁人又能服吗？"

吴缙笑道："三殿下如今的确已到了为陛下分忧的年纪，不过臣想举荐之人，并非出自皇室。"

官家狐疑。

吴缙道："春时殿试，陛下觅得不少英才，其中探花郎宋淮然耿介直率，心思缜密，又是开国功臣宋氏之后，家风蔚然。如今国中簪缨世胄数宋氏一族最树大根深，非范申、上官岫二人能撼，故臣以为，如陛下想要金坡关一案的真相，不妨试一试这初生牛犊、又有泰山可倚的宋家六郎。"

官家一愣之后，眼睛亮起来。

因国朝冗官严重，殿试及第后的大批后生并没有机会立刻入职朝堂，往往还需要继续深造一段时间，直至朝中有空缺时，再由吏部点名补上。

在这段时间内，他们的确算不上正儿八经的朝中人。

不是朝中人，那就很大概率不是局中人，不在局中，方有守住清白公允的底气和资本。

宋淮然，官家是有印象，甚至于有深刻印象的。殿试那天，这少年郎答时行云流水，驳时从容不迫，的确不是那等趋炎附势的碌碌之辈，高兴得他当场就把人钦点为探花，后来更授意赵彭给宋淮然和容央牵线搭桥，有意让宋淮然尚主做驸马。

如不是后来出了褚怿长跪请命、范申换人和亲那些事，此人现在八成已经是他的女婿了。

思绪一收，官家顾虑道："他曾和莺莺接触过，但最终未能尚主，会不会因此事迁怒褚怿，从而不能平心持正，甚至……以公报私？"

吴缙啼笑皆非："陛下爱女之心，臣十分理解，但如以此作为宋六郎徇私的证据，臣恐怕要替他叫屈了。"

官家恍然过来，一时语塞。

也是，人家又不是那穷乡僻壤、没见过世面的土包子，还不至于那一面就深陷情网，因爱生恨去。

官家咳了一声，道："那，就定他罢。"

吴缙点头应是，又道："至于三殿下，如果陛下有意历练，不如令其监审。"

"监审？"

话题突然又绕到赵彭身上，官家斟酌片刻，道："跟你一块？"

吴缙答是。

官家笑："行，那就练练他罢。"

也该是时候练练了。

次日，三司主审及监审名单公布，褚怿得知消息时，眉峰微微一蹙。

"宋淮然。"褚怿念一遍这个名字，向李业思确认，"探花郎？"

李业思答："是。"

褚怿脚下生风，径直往署衙外走："何人举荐的？"

李业思匆匆跟上："吴大人。"

褚怿沉默。

李业思看一眼褚怿脸色，敏感地道："将军觉得，有什么不妥吗？"

宋淮然代替刘石旌参与终审，于褚家而言，算是最有胜算的一步棋，吴缙这一荐，应是功不可没。

褚怿："没有。"

李业思不解。

总还是感觉哪里怪怪的。

百顺等候在马车前，把褚怿盼出来后，扬声便嚷道："郎君，今日殿下请您去广聚轩快活快活！"

这一嗓子实在嚷得扎实，署衙外守门的、路过的齐刷刷注目过来，李业思都臊得脸热。

褚怿上前把百顺脑袋一拍，唇边倒是有笑，上车。

百顺很受用地承受下这一拍，往车里问："是现在就过去，还是先回去换身衣裳？"

褚怿："回一趟侯府，完事后过去。"

百顺料想是有事要找四爷商议，"欸"一声，辞别李业思后，立刻也爬上车去，吩咐车夫扬鞭走了。

刘石旌是终审的最大隐患，这一患，务必要赶在三司开堂前解决。

抵达忠义侯府后，褚怿径直往四爷褚晏的住所走，及至院外，突然跟一人打了个照面。

这人实在不该出现在侯府。

褚怿停下，表情显然有点意外。

那人亦猝不及防，赧然地垂低了头。

"悦卿哥哥。"

有风吹过墙外的一丛幽篁，天是阴的，沙沙竹声如秋雨骤至，林雁玉颔首在竹下行礼，形容憔悴，弱不胜衣。

褚怿看着她紧颦的眉心，点头致意，越过她走入院中。

林雁玉愣了愣，回头时，他人已飒然走远，拐入走廊不见。

"林姑娘……"护送她出府的丫鬟低声道，"时候不早，我们走吧。"

褚怿屏退百顺，走入褚晏书房。

褚晏性情落拓，素来极少在书房度日，今日却破天荒地端坐于桌案后，手执书卷，一派端庄肃然。

褚怿进来时，褚晏一双眼从书后挪出来，见是他，挺直的肩背明显耷拉下去几分，声音懒散而讥诮："这个点进来，那八成是碰上了。"

褚怿也不遮掩："是，碰上了。"语毕，就着一把圈椅坐下，索性敞开来问，"她来找四叔做什么？"

褚晏淡声："放心，不是对不起你的那档子事。"

褚怿乜斜过去。

褚晏把书扔开，笑笑。

褚怿推测："林府出事了？"

两家曾经有过定亲的意思，如果不是正事、大事，林雁玉不可能只身造访侯府，且还是造访四爷。

褚晏一叹："林大老爷贿赂上官岫，金额巨大，半月前被逮走的，人现在还刑拘在台狱。照林雁玉的说法，素日里就多病，只怕撑不了几日了。"

褚怿默然。

褚晏意味深长地看着他："摊上这么个表舅，亏得是没把亲成成，不然，可有你受的了。"

褚怿面无表情，显然不愿就着这个话题往下聊。褚晏识趣地收住："得，帮总还是要帮的，不然老太太那边不好交代。看在你为府上开枝散叶费心费力的份上，这点事，老四叔就替你料理了。”

褚怿抠最后那一句的字眼：“替我？”

褚晏不耐烦了：“那难不成是我老舅？”

褚怿无奈。

行吧。

薄暮笼罩盛京时，嘉仪帝姬赵容央正坐在广聚轩雅间的廊室里等人，赏景。

广聚轩临大街，日暮时的街市最是繁华熙攘，容央吹着暮风，默默观人间烟火，听雪青在耳边汇报今日朝中的大事。

官家这次让赵彭跟着吴缙一起监审，在众人意料之外，但细细一想，又着实是情理之中。

往些年赵彭就一直被当作默认的储君栽培，今年则先是跟官家一并主考殿试，后是全权负责接待大契使团，眼下参与这桩朝堂大案，看似破格重用，实则水到渠成。

毕竟只要吕皇后还诞不下龙嗣，那赵彭就是官家唯一的嫡子。

作为唯一的嫡子，为父亲分忧国事有什么不可的？

容央欣慰，复又问起主审分别是哪三人，当得知御史台的主审官员竟是春闱时一惊四座的探花郎时，惊诧得眼睛瞪得浑圆。

“他！”

容央一声惊呼。

雪青只道是那少年郎一下蹦得太高，吓坏了殿下，忙也先附和着那可不是，然后开始阐述他之所以能担此重任的种种缘由。

而容央所想的却是——

赵彭监审，宋淮然主审……那三司会审的场面……

不知是谁气惨了谁呢？

正唏嘘，廊室底下突然一阵喧哗，间杂不堪入耳的叱骂声，容央眉一蹙，循声看去，脸色越发冷然。

车水马龙的大街上，一少年郎被三五个牛高马大的汉子拽出一间店铺，踹倒在地。

残阳斜铺，不偏不倚铺在少年因疼痛而扭曲的脸庞上，素白如玉，眉睫黑如黛山，精致而虚弱，令人望之惘然。

余晖流金，照在少年美丽的脸庞上，突然，一只脚朝他脸上狠狠踹去。

刹那间，众人惊呼，少年的脸蹭过地砖，再抬起来时，已是鼻青脸肿，灰尘扑扑。

容央大怒："那是在干什么？！"

雪青、荼白二人已然也被底下的骚乱惊动，雪青立刻屈膝："奴婢下去看看。"

容央拂袖："我亲自下去！"

说话间，人已气势汹汹站起来，阔步往外。

南山堂前，一众看客围起里外三层的人墙，把三五个壮汉和那被打的少年郎圈在其中。

踹人的壮汉收回脚后，一把将少年郎衣领揪起，目眦欲裂，粗声恶气："谋财害命的狗东西，也配在这盛京城内标榜悬壶济世，妙手回春，老子今日非要扒了你这臭皮、砸了你这破店，替我惨死的妻儿报仇雪恨！"

话声甫毕，拽起少年便朝店铺里拖去，另外几个壮汉跟着抡起长棍，簇拥进去。

一众看客哄声大作，间或有知情的邻里挺身而出，直呼不公，猛斥那行人强盗行径，然到底势单力薄，根本不及挤进店中，就给那伙壮汉粗暴地推搡开去。

顿挫之间，南山堂内翻砸橱柜声此起彼伏，少年的惨叫喝止不绝于耳，众人或提心吊胆，或跂踵相望。正在紧张时刻，一道威严至极的叱声破空而来，吓得众人虎躯震颤，回神时，人墙破裂，一批训练有素的护卫雷霆般冲入店中。

下一刻，惨叫声换了批声色，入店行凶的几个壮汉相继给制伏在地，哀号不止。

人墙外，一位少女鲜眉灿眼，衣锦履金，在两位俏丽侍女的簇拥下走至店铺前来。

众人目光立刻齐刷刷聚焦于这个不知从何而降的美丽少女身上，定睛，屏息。

嘉仪帝姬赵容央驻足店前，展眼把里面情形看过一遍后，压下怒火，开口道："把人带上来。"

一名护卫把带头砸店打人的那名壮汉拉至前边来押住。

那人本来正在店中打砸得痛快，冷不丁给人劈头盖脸地撂倒在地，浑身气血骤然上涌，这厢再给押至一少女面前跪下，怒火自然更往上冲。

"你是什么人？！"

容央眸中寒光聚拢。

荼白怒喝："放肆！"

她人虽小，这一喝却极为狠辣老练，硬生生喝得那壮汉脸上横肉微抖，定神过后，神色越发不忿。

容央漠声："我是能让你趴在地上向我求饶的人。"

壮汉瞠目，余光掠过四周甲胄齐全的护卫，眉头紧拧。

容央眼皮耷下来，漫不经心："怎么，拳头不是很厉害吗？不需要报官，不需要查证，只需要比谁人多，比谁力气大，就可以无法无天，为所欲为……喏，我的人比你的多，力气也比你的大，那现在，我是不是也可以把你这张脸狠狠地踩在脚下，或者冲入你府上，砸烂你的家呢？"

店外众人窃窃私语，不少人知晓这壮汉素来在这一带横行霸道，风评实在不佳，纷纷附和点头。

壮汉冷嗤一声，翻白眼道："我给妻儿报仇，虽死无憾，就算来日被官府羁押，又干你何事！"

应得还挺有骨气。

容央往南山堂里被打趴在柜台下的少年看去一眼，冷声："你凭什么说他害你妻儿？"

壮汉扬声："我妻子怀胎五月，因频繁腹痛，便来他店中寻医问药，结果喝完他开的安胎药后，没两天就横死家中，一尸两命！他不是杀人凶手，何人是凶手？！"

人群里，一位邻里反驳道："你休得胡言！那日我同你家娘子一块在奚大夫这儿看的诊，你娘子胎动不安，阴虚阳搏，大夫说极可能是胎结宫外，随时有血崩之危，为保全大人性命，一再建议针灸堕胎，是你娘子百般不肯，夺门而去，谁知后来又去哪里弄了服安胎药来！"

壮汉闻言更怒："什么针灸堕胎？我婆娘要的是安胎，他凭什么不安反堕！这是什么狗屁大夫！这还不算谋财害命？！"

人群躁动，非议声沸如油开，容央平生也是头一回听人提及大夫要孕妇堕胎，目光朝那发言的人寻去。

两步开外，一位三十上下的妇人浓眉圆眼，叉着腰指着那壮汉回道："你又不是大夫，你怎么知道该安还是该堕？如果那是个能顺利生产的，哪个大夫愿意干那缺德事情？倒是你，这些年隔三岔五就在家里打骂老婆，怨人家没给你传宗接代，这回怀上后，又天天恐吓人家必须生个大胖儿子，不然就要把人休掉，另娶他人！照我看，如不是你这般步步紧逼，不给人留条后路，你娘子也不会为保那孩子冥顽不灵，最后白白送了性命！"

"你放屁！"壮汉挣头猛斥，一大口唾沫朝那妇人喷溅过去。

众人唏嘘，议论声越发汹涌。

容央被裹在其中，脸色十分难看，给护卫使去眼色，护卫立刻把佩刀一拔，抵住壮汉脖颈。

边上几个被押之人色变震恐，壮汉脸被刀锋反射，一瞬惨白，围观众人亦随之噤声。

周遭安静下来，容央道：“我听明白了，你妻子这一胎怀得不理想，如果要保命，就必须舍弃腹中胎儿，因怕被你休弃，故铤而走险，一尸两命。这结果，怨不得这位……”

沉默了下，她看回妇人：“姓什么来着？”

妇人蓦然被她注视，一愣后方答：“奚，奚长生！”

奚长生……

啧，名字也很美哪。

容央敛神，字字分明道：“怨不得奚长生。”

壮汉满腹怨怼，自知面前人明显向着那姓奚的，按照平日作风，定然是要放开手脚打上去的，然因此刻被长刀扣押，遂只冷哼道：“他说要不得就要不得？既然打着招牌要悬壶济世，就合该替人排忧解难，强迫人打掉孩子，算什么妙手回春的大夫？”

容央蹙眉，道：“你不要搅乱视听。照你先前的话，你妻子是喝了安胎药后在家没的，现如今有人证实，安胎药并非奚长生所开，换而言之，你妻子之死跟奚长生没有关系。”

壮汉反诘：“怎么没关系？要不是他逼着我娘子堕胎，我娘子会去别处开安胎药吗？”

容央无语，这是什么逻辑！

壮汉冷笑道：“既然他接了诊，就该负责到底，保我娘子平平安安地把孩子生下，结果别说小的没保住，就连大的也一并去了，明摆着医术不精，招摇撞骗，只识诊金，不识人命。这等庸医，亏也有人维护，就不怕来日老天开眼，把你们这些助纣为虐的狗东西天打雷劈？”

容央匪夷所思，平生头一回闻此惊世骇俗、臭不要脸之诡辩，瞪大眼睛半晌无言。

便在气极之际，忽听得人群里一人道：“是该遭天打雷劈。”

众人骇然，循声看去，一紫衣少年负手静立，仪容昳丽，气质端肃，翩翩然如谪仙临世。

容央怔然。

宋淮然双眸清冷，上前两步，在容央身边站定，对壮汉道：“就是不知阁下准备如何处理那罪魁祸首呢？”

壮汉冷不丁收获志同道合之人，一愣后，痛快道：“自然是要血债血偿，以消心头之恨的！”

宋淮然道：“那便请这位护卫给他一把刀吧。”

众人一震，那护卫更是惶恐。

容央：“宋公子，你……”

宋淮然示意容央少安毋躁，把近旁一名护卫的佩刀取下，在交给那壮汉前，又好心提醒道：“会很疼，下手的时候切记要快，阁下可记住了？”

壮汉慢慢反应过来：“你……你什么意思？”

宋淮然道：“阁下不是要自裁，为九泉之下的夫人报仇雪恨吗？”

壮汉惊怒：“你在胡言乱语什么？！”

宋淮然坦然：“要不是阁下非要尊夫人为府上传宗接代，尊夫人又岂会有孕？要不是有孕，又怎么会胎象不稳？要不是胎象不稳，又怎么会寻医问药，结果事与愿违，两命呜呼？这么算下来，阁下不就是罪魁祸首吗？”

壮汉满脸横肉扭曲：“你这是什么理论！我要我老婆给我传宗接代，难不成还错了？”

宋淮然眉微扬：“自然没错，但，既然让人家怀了孕，就该负责到底，让人把孩子平平安安地生下来，结果别说小的没保住，就连大的也一并去了，这不是明摆着夺人性命，伤天害理吗？想必尊夫人泉下有知，也会为怀上阁下孩子一事悔恨万分吧？”

人群里爆发低低窃笑，壮汉气得发抖，屡屡张口结舌。

宋淮然把佩刀还给护卫，道：“转送官府吧。”

护卫用眼神征询容央的意见，得首肯后，当下和其他几名护卫一并押着人往外而去，人墙分开，目送着破口乱骂的一行人被押走。

雪青、荼白驱散围观群众，宋淮然垂眸敛容，静吸一口气后，转身对容央行礼道：“殿下。”

容央把人上下打量一眼：“探花郎果然慧心妙舌，令人叹服。”

宋淮然低声：“殿下过誉了。”

此刻残阳如血，照在宋淮然绣着银丝的紫袍上，渲开瑰丽色彩，愈衬他不食烟火，眉目如画，只那脸……

容央狐疑。

他怎么又脸红了？

记忆猛然回到初见那日，容央慢慢想起来，是了，他在她面前，本就是个极爱脸红的少年郎啊。

这样爱对她脸红，多半还是动心于她的缘故吧？

容央登时一阵惭愧，脚下本能地退开半步，轻咳一声道：“我进去看看奚大夫。”

宋淮然抬头，容央已步入南山堂中。

荼白、雪青跟着入内，进去时，被一派狼藉的店铺吓了一跳。

这家医馆虽然不大，但显然很新，处处装潢都是极讲究的，被打砸成这样，店主的心只怕是要碎成一瓣瓣了。

忽然一阵窸窣声传来，柜台一处旮旯里，倒在满地药材上的人正试图爬起来。容央使眼色，荼白忙去扶，定睛一瞧，心揪得厉害。

余晖里，奚长生的脸皮破血流，乌七八糟，哪里还有半分美少年的模样？

而更令人揪心的是……

奚长生别过脸，抬袖从眼前极快擦过。

他竟然……还哭了。

容央上前来："奚大夫？"

奚长生红着眼眶不敢抬头，平复两下后，扶着柜台一鼓作气强站起来，目光掠过地上凌乱的抽屉、药材时，眼泪差点又一次夺眶。

容央眼睁睁看着他又抬袖从眼前一擦，擦得血泪和在一起，脸上越发精彩。

奚长生缓缓站稳，松开柜台，要给容央行礼。

容央忙道："不必不必，你有伤，你先治伤要紧！"

奚长生却在荼白的搀扶下坚持把揖做完了，哑声："贵人救命之恩，长生结草衔环，没齿不忘……"

容央盯着他又破又肿又红又青的脸："不必的不必的……"又安慰，"那些欺负你的恶人已被我派人送去官府，不需多久，便会还你公道，眼下你还是先把自己的伤处理了，你……"

奚长生袖口又往眼前凑，容央大惊："啊，你，你别哭了……"

奚长生低声："忍不住……"

容央无奈。

离开南山堂，外面已有夜幕笼罩，宋淮然依旧站在街边，旁边跟着宋府的小书童。

容央刚因解决完奚长生的事而松一口气，看着这幕，心又提起来，缓缓走过去。

"宋公子……怎么还在这里？"

宋淮然垂眸："等殿下出来，给殿下告辞。"

容央哦一声，心慢慢放回："那……就告吧。"

宋淮然偷偷看她一眼，情绪明显低落下去。

作揖时，宋淮然道："天黑了，外面不安全，殿下早些回府。"

容央点头，随口："谢公子关心。"

宋淮然唇边露开一点笑。

容央走后，宋淮然站在人海里，望着她离开的方向，发现她走进广聚轩，不由得抬头。

视线上移时，与一双锋利的眸子交锋。

容央上楼，一边走，一边叹气，及至进入雅间，往摆筵的廊室而去时，突然一震。

雪青、荼白亦相继一愣。

廊外华灯初上，五光十色的灯辉和渐褪的残阳混在一处，褚怿黑袍凛凛，轮廓肃肃，屈膝坐于案前，正把玩着一盏空酒杯观看廊外夜景。

夜风习习，飘来醇香酒气，不知他的酒已喝过几杯。

耳畔传来脚步声，褚怿把目光从底下转开，对上一双圆溜溜的大眼。

被重重夜光映着，大得无辜又惊诧，大得令他就算有脾气也没法发。

“你……什么时候来的？”容央开口，有意保持镇定。

褚怿把酒杯搁在案上，淡声：“刚刚。”

容央点头，在筵前席坐下来，又道：“刚刚，我在下面碰到了宋淮然。”

褚怿“嗯”一声：“看到了。”

容央偷偷看他一眼，有意想分辨他的表情，然不知是灯火不够亮，还是自己看得不够清楚，总感觉他像平淡得很，没什么表情。

应该……也不至于就生气吧？

容央心念辗转，趁雪青、荼白布菜的当口，解释道：“你来前，我还在下面救了一个美少年。”

褚怿眼皮撩起来：“美少年。”

容央赶紧笑笑，补救：“一个特别倒霉的少年。”

褚怿眯着眼，点点头。

容央继续：“他是南山堂里的一位大夫，前两日给一怀胎五月的妇人看诊，因确诊她那一胎怀得不理想，故建议弃小的保大的，结果那妇人不听，自去别处买来安胎药，回家吃两日后，竟血崩而亡了……”

容央绘声绘色，把那妇人之如何凄惨，壮汉之如何粗暴，以及那少年大夫之如何可怜娓娓道来，提及最后者，悯然之色溢于言表。

“最后我进去看他时，他都哭了……”

褚怿耷着眼皮看着，片刻：“哭了？”

声音懒懒散散，依稀还有一分嘲弄。

容央有点不高兴：“哭怎么了？人被打得那么疼，店被砸得那么惨，还不许人家哭一下呀？”

褚怿不接茬。

容央嘟囔："你以为人人都像你这样……"

褚怿："我怎样？"

容央欲言又止，眼从他脸上挪开，突然道："你以前哭过吗？"

褚怿："？"

容央补充："比如，头一回上战场受伤的时候。"

褚怿立刻道："没有。"

容央狐疑。

他身上那么多骇人的疤，当真就一回都没哭过？

褚怿看明白了，小臂搭在膝盖上，手指把玩着那只酒盏："不信？"

容央眉微扬："我又不能亲眼所见，自然是由着你说了。"

褚怿一声笑。

这时候，菜已布齐，雪青把双箸给两位主子摆上，躬身退下。

容央提箸，把案上珍馐看过一遍，朗然道："知道为什么我要把你请来广聚轩吗？"

褚怿有意无意："看殿下英雄救美。"

什么鬼！

容央瞪过去，突然间福至心灵，哼笑一声，道："怪不得从一进来就感觉一大股酸味，吃醋了，就直说呀。"

褚怿眯眼。

容央笑着，把一块蜜煎梅花脯夹到褚怿碗里去，曼声道："早知道我的驸马这样爱吃醋，我就不点这么多甜食了。"

褚怿眼盯着她，沉声："过来。"

容央心微跳："干什么？"

褚怿："不敢？"

容央不上钩："你激我。"

褚怿静默少顷，答："你爱吃的菜在这边。"

容央看过去，果然，糖醋鱼条、枨醋洗手蟹、五味杏酪鹅都摆在他眼皮底下。真是，这雪青、荼白是怎么布菜的！

容央不动："那你夹给我不就得了。"

褚怿也不动。

容央便示范，又给他夹一块自己面前的枣箍荷叶饼过去，笑："你看，我给你夹，你给我夹，我们夫妻两个多恩爱呀。"

褚怿唇微动，没忍住，扯开一边嘴角笑了。

一餐晚膳由此开始，容央果然很殷勤地给对面夹菜，生怕喂不饱他。褚怿默默看着，去盘里拣来一只蟹给她剥。

廊外灯火绵亘，随着入夜，来来往往的人渐多，各式各样的吆喝声伴着缥缈的乐曲声，飘荡在喧嚣夜景里，此起彼伏。

容央吃着褚怿剥来的蟹肉，回忆道：“你还记得那天你说，你在广聚轩外看到一个泪眼婆娑的小姑娘不？”

褚怿想起来，是上回两人在小摊铺前吃拔刀面的那一次。

“记得。”

容央腮帮动着：“那时候你多大？”

褚怿：“十二岁。”

容央：“那不就是你离开盛京的那一年？”

褚怿点头。

十年前，京中权贵给褚晏饯行，褚晏把他拎去，美其名曰开眼见世面，实则就是拿他去灌酒。喝到一半，他受不住，径自走了，刚走过大街，便在一条小巷口看到个小姑娘蹲在那儿吞声饮泪。

容央：“那你去安慰她了吗？”

褚怿：“没有。”

容央心道果然，哼哼：“没有爱心，万一人家被坏人拐走怎么办？”

褚怿果断回道：“不会。”

容央扬声：“你又知道？”

褚怿：“她娘在边上骂着呢。”

容央气咻咻，嘴硬：“那就更没爱心了！”

看到人家小姑娘被骂哭了也不去帮帮忙。

褚怿但笑不语，拿巾帕来揩手，听得对面嘀咕道：“冷冰冰的，要不是有副好皮囊，哪个看得上……”

褚怿挑眸，慢慢道：“所以殿下看上的，只是臣的皮囊？”

“是你说的，我没有这样讲。”

“是，殿下的原话是，能干。”

容央脸立刻涨红，对上他嚣张的眼神，越涨越红。

褚怿笑着，看一眼自己满满当当的碗，提起双箸，开始解决。

看他点到为止，没有再往深处撩拨，容央稍稍心安，跟着岔开话题：“下个月就是乞巧节了。”

褚怿淡淡：“想过？”

容央：“当然要过！”

乞巧即七夕，牛郎织女相会之日，有情之人怎能不过，更何况……

"你知不知道那天到底是什么日子啊？"容央盯着他，有点不满。

褚怿从这不同寻常的眼神和语气里琢磨出点东西来，静静看着她，求答案。

容央就知道他当初没留心过，哼一声，道："你夫人和你小舅子的生辰。"

褚怿恍然，把双箸放下，认真地道："十七了。"

容央转开眼，矜傲不答。

褚怿笑笑，承诺："那是该过。白天过一个，夜里过一个，正好。"

容央起初没听出什么，后来蓦地一震，瞪过来。

褚怿坦然迎上。

容央招架不住他那坏眼神，去看他的碗，还有大半没动过，嚷嚷："你到底还吃不吃？"

褚怿漫不经心："不怎么饿。"

容央无语。哼，这会儿嚷嚷着不饿，一会儿可别又……

惊觉自己竟也跟着他往那事上想去，容央大窘，轻咳一声，掉头吩咐雪青来撤菜，不多时，荼白把漱盂、巾帕、茶盅端进来。

漱过口、用过茶后，容央捡回刚刚没聊完的话题："你的生辰是什么时候？"

褚怿似料到她会问，很平静地答："不过。"

容央一愣："为什么？"

筵上佳肴被撤去，便是美酒的天下了，褚怿从容倒酒："不必过。"

容央眨眨眼，蓦地起身至他身边坐下，小声道："有秘密？"

褚怿正喝着酒，闻言一哂，放下空杯，避而不答："肯过来了？"

容央大眼澄灿，突然意识到什么，忙要跑，后腰却已给褚怿拦住，继而一声惊叫，跌入他怀里。

褚怿把人抱在腿上，勾起一抹笑，眼神因酒意微醺而更显炙热。

廊外人声喧嚣，对面的窗内不时传来伶人的唱曲声，客官的喝彩声，间或有人推窗散酒，放眼四望……

容央心口急撞，警告道："你别乱来。"

褚怿偏道："我会乱来的。"

一语甫毕，唇被他覆住，吮弄时，还挑衅地咬了一口。

容央大脑如同炸开，全然不知在这众目睽睽之下该如何应付，小手往他后肩打，根本如蚍蜉撼树。

褚怿头微转，含着她唇恣意地尝，等被她打得狠了，就挑起双眸来看她。

眼神像愠恼，像委屈，像求欢……

对面的哄闹声终于传来，捎带着口哨，继而是楼下，是隔壁……排山倒海。

容央脸爆红，体温滚烫，褚怿却根本不停，大手压着她后脑勺，一遍又一遍地吻，碾得她气息都快没了。

“别……”

容央拼命地躲他的唇，脸贴到他的脸，发现他也是滚烫。

“不要在这里……”

终于能有个稍微完整的句子从嘴里蹦出来，换来的是他低低的一声闷笑，下一刻，脖颈被他用力吮了一下。

珠帘拂动，候于内室的荼白、雪青相继垂眸屈膝，被褚怿一声“退下”喝走。

帘幔内有床榻，褚怿偏不去，等门关上后，把容央罗带一解，抵在窗户边的墙上，一边亲，一边解自己的。

容央撼不动他，双腿发软，褚怿便又把人抱起来。

她又哼了一下，那声音被他吃去了，他今夜并不饱，他就是要留着肚子来吃她。

窗外依旧是那片喧嚣的人海，小贩的吆喝声，行人的嬉笑声，各扇窗户里的乐曲声、祝酒声……吵吵嚷嚷地包裹着他们，吞没着他们。

褚怿的唇贴去容央耳边：“叫。”

容央正攀着他，神魂颠倒，闻言茫然。

褚怿往前，再次：“叫。”

容央一刹领会过来，勾在他脖颈上的手臂绷紧，咬紧下唇，眼神空蒙，急喘着叫了一声“悦卿”。

男人瞬间像被点燃的烈火。

容央被烧着，掠着，他不停，她便也不能停，一声一声的“悦卿”，混入窗外那嘈杂的世界里。

褚怿突然把她下颌捏住。

容央对上他如炬的眼，全身一麻。

褚怿放缓动作，声音也放低：“喜欢美少年？”

容央心里“咯噔”一下，矢口否认：“不是……”

褚怿微笑：“那喜欢什么？”

容央这种时候通常都很识趣：“喜欢褚家大郎君……”

褚怿笑，这回是真满意了，低头去她耳边：“大郎君也喜欢你，喜欢莺莺。”

（2）满庭芳

七月流火，盘踞盛京足足两个月的暑气终于散去，晌午小眠后，容央坐在天香园里吹微瑟的风。

雪青在耳边汇报今晨头一场终审的情形，提及大体局势于褚家而言还是有利的——梁桓生当场指控上官岫，上官岫在诸多铁证之下，点头认了罪，只范申还铜墙铁壁一样的硬，坚称对前二人设计谋害褚家军一事分毫不知。

梁桓生不曾和范申有过正面往来，物证、人证都提交不出。上官岫想是打算保住范申以备他日再战，整个审讯过程竟也把范申摘得个干干净净，令观者慨叹，闻者动容。

然不认归不认、袒护归袒护，三司各自搜罗到的一些蛛丝马迹却是糊弄不得人的。最后，大理寺卿王仁章主张继续收押三人，择日再审，另外二位主审、监审皆无异议，今日这一审便暂且落幕。

“赵彭和宋淮然，没有在堂上起争执吧？”

褚家那边无大事，容央便问起赵彭来。上回在重华殿鉴宝，容央是亲眼看着赵彭的脸如何被宋淮然越说越黑的，这种事，私下里倒也罢，但在公开场合则不行。赵彭是皇子，是日后要争取做储君的龙嗣，不能当众受人那样的反诘，不然，多少于威望有损。

雪青回道：“倒是不曾听说三哥和探花郎有争执，倒是探花郎在审讯时，两次问过三哥的意见，结果都不谋而合，当时吴大人还赞了一句‘英雄所见略同’呢。”

容央显然十分意外：“当真？”

雪青点头，这件事她是亲自跟赵彭确认过的，总不可能赵彭为标榜自己，特意胡诌吧？

容央睁大眼：“这个宋淮然……”

倒是挺会识时务的嘛。

眼看殿下念着宋淮然的名字走神，雪青想起上回在广聚轩的事，低低咳一声，提醒道：“殿下，这两日驸马都在外面忙，昨夜还歇在了侯府，奴婢看，终审的事不结束，估计还是待在那边的多，您要不要……抽空去看看他？”

三司在终审金坡关一案，褚怿自然有很多事要跟四爷褚晏商议，昨天是开堂前一天，歇在那边在所难免。

容央不解：“他既然在忙，那我去看什么？”

不过是走两天，自己就巴巴地跟过去，还要不要面子咯？

容央哼一声，对雪青这个提议十分不赞同。

雪青赧然，提起另一事：“其实，奴婢今日还打探到一个消息，但就怕说出来，让殿下不高兴。”

容央掀眼，表情明显在讲：你这话已经让我不大高兴了。

雪青抿唇，知道早晚还是要禀告的，鼓起勇气道：“殿下，您还记得驸马有一位名叫雁玉的表妹吗？”

容央脸色果然一瞬间变了。

那厢在玩头发的荼白亦看过来，双眸锃亮。

雪青道：“驸马的表舅是从四品的权六曹侍郎，因往年重金贿赂上官岫一事被查，本来是该抄家杀头的，但想是侯府从中周旋的缘故，最后只判了流放陵光。这林老爷早年丧妻，膝下只雁玉一女，服刑后，林家便只孤女一人，侯府的老太太放心不下，又兼之前悔婚之愧，心一软，便把人接去了侯府，据说，是打算认成干孙女儿了。”

容央目瞪口呆。

荼白反应极快：“那这个雁玉……昨夜也是住在侯府的？”

雪青点头。

初秋的风骤然增加了寒意，容央一骨碌从石凳上站起来，给冷风一吹，沸腾的火气又平复了几分下去。

容央重新坐下：“那又如何？”

总不可能昨晚上他俩就搞到一块去了吧？

容央鄙薄，理智上根本不信，然而怪的是思路顺着这个可能性一展开，就越想越硌硬。

硌硬得心里像窒息。

雪青眼瞅着容央那张脸一寸寸地冷凝起来，忙安抚：“殿下息怒，驸马束身自爱，定然不会就跟那雁玉有点什么，奴婢提起这事，也只是想让殿下多留个心，毕竟侯府重子嗣，大婚前老太太就明确表示过要给驸马纳妾……”

雪青越说声越低，猛地反应过来自己哪里是在安抚……活生生火上浇油！荼白看不下眼，上前来捞她，赔笑道：“殿下，驸马日日夜夜看着你，如今，是断然无法再让那雁玉入眼的。”

得亏这一句，把当事人顶在脑门上的气血往回压了压。

容央板着脸，目中小火燃向荼白，荼白竭力扑着：“常言道‘由俭入奢易，由奢入俭难’，驸马本来眼光品位就不低，经殿下熏陶过后，已然眼高于顶，哪里还是那等庸脂俗粉能拿得下来的？谅她十个百个雁玉一块上，也不过是白费力气，自取其辱罢了。”

容央目光审度，最后哼一声，去拈小石桌上的梅干肉：“那是人家的小青梅竹马，可不是什么庸脂俗粉。”

荼白立刻答：“跟国色天香相比，小小青梅竹马可不就是庸脂俗粉吗？”

容央乜她一眼，把梅干肉放进嘴里咬开，清冽的酸香萦绕贝齿，驱去不少郁气。

“谄媚。”容央半真半假地斥一声，心情明显好转起来，“人家也是清清白白的姑娘，日后这种话，就不要再提了，更不要传到驸马耳朵里去。”

荼白明白，应得大声。

容央看朝雪青：“驸马最近疲累，吩咐后厨把晚膳弄丰盛些，多做两道他爱吃的菜。还有，夜里的熏香不要挑气味太重的，他不喜欢。”

雪青绝处逢生，以戴罪立功般的口吻应下，又确认：“上回殿下和驸马启封的那坛神仙醉还没喝完，今夜可要继续一饮？箜篌需要备着吗？”

上一回，立秋那夜，容央、褚怿二人坐在廊下饮酒，微醺后，容央吩咐雪青取来小箜篌，半醉不醉地给褚怿奏了一曲。

奏完后……

容央把笑意从嘴角抿去，曼声：“备着吧。”

刚交代完，一小丫鬟脚步匆匆，入内来禀道：“启禀殿下，刚刚侯府送消息过来，驸马今日有要事和四爷商议，就不过来休息了。”

容央抿去笑意的嘴角明显僵住，片刻后，又拉开，硬生生拉起一抹笑来，蔼然称知道，把人打发了。

荼白、雪青二人候在边上，忧心如惔。

然而沉默也不是办法，最后还是荼白大着胆把一碟梅干肉捧来：“殿下……再吃一块吧？”

容央盯着那碟东西，眼皮一撩：“吃什么？不酸吗？”

忠义侯府，云澜苑。

褚怿站定在窗下，半边肩膀浸在金红余晖里，越把那素来冷峻的双眸衬得有薄情之感。

躺在坐榻上的文老太君看着，越看越替刚刚被屏退下去的那一位委屈。

“雁玉的事，奶奶是怎么个想法？”

褚怿单刀直入，显然没有在这个问题上多花时间的意思。

昨日忙着应对终审，他没工夫理会后宅，今天一回来就听闻老太太认了个干孙女儿，多少意外。

原本，侯府不缺一副碗筷，认个孙女儿倒也不算什么大事，平日里陪老太太唠唠嗑、解解闷，挺好。但——

把自己差点要娶的林雁玉认过来，那意图可就耐人寻味了。

褚怿实在很清楚自家这位祖母一天到晚都在家里念叨着什么。

屋内寂静，褚怿眼神炯炯。

文老太君被他看得发毛，压着火气，反诘道：“是你有什么想法吧。”

褚怿：“？”

文老太君长叹一声，先发制人道：“你都是尚主的人了，就不要再存着那些花花心思，那三房妾，我不会给你抬，同样，雁玉也绝对不会给你肖想。”

褚怿眉峰缓缓耸起，张口欲言，被文老太君截住。

“我知道你同雁玉从小一块长大，说没点情分，定然是不可能的，毕竟你这样倔的性子，要真对她半点心都没有，当初也不会默许我去议亲。但现在，亲悔了，也毁了，你万不能眼看她落魄，就乘人之危，想让她委身给你做小……你先别讲，听我讲。

“我如今认她做干孙女儿，一则是想重新给她个身份，替她物色一桩真正般配的姻缘；二则也是想断了你心里头的那些残念。帝姬是个好姑娘，对你，也是真的上心，你就别身在福中不知福，猴儿搬苞谷似的，看一个爱一个了。”

文老太君一口气道完，重重吐出口浊气，抬眼道：“你可还有话？”

褚怿眉头打结，大手抹过下颔，点点头。

半晌，他蹦出两颗字：“挺好。”

文老太君看着他，欣慰道：“你懂我苦心就好。”

褚怿脸绷着，似笑非笑，缄默少顷后，复过问几句最近身体如何，得回应后，便预备走了。

文老太君叫住他：“帝姬那里，可有消息了？”

褚怿回头，对上她藏都藏不住的晶亮眼神，很不想明白，但还是明白了。

文老太君还生怕他不懂，把肚子指了一下。

褚怿闷声：“快了。”

这一夜，同褚晏商议完正事，褚怿径直回闻汀小筑。入主屋时，看小桌上摆着一盘糕点，信手就拈起一块来吃了，刚咬开一口，一大股酸味直袭味蕾，褚怿低下头把眉峰按住，平复后，唤来百顺。

“糕点是哪儿来的？”

很明显的兴师问罪的口吻。

百顺一怔，灯火里，无辜地答：“刚刚……帝姬府派人送过来的啊。”

褚怿一怔。

次日散职，褚怿吩咐车夫把马车驾去帝姬府前停住，然后阔步入内，百顺在后面跟得脚打后脑勺。

庭院里有桂花飘香，底下是开得正盛的金花茶，一簇簇晶莹灿烂，把廊下同样灿烂的少女围拢着。

微风袭人，吹开幽香，金花茶曳开一束束金辉，像潋滟的小河淌过她裙下。

褚怿在月洞门前驻足，把这一幕静静看了一会儿，走过去，依旧是大步流星。

容央抱着一小碟红糖坐在廊下发呆，惊觉到脚步声时，褚怿已经在给茶白、雪青二人发号施令："收拾东西。"

容央懵然，还不及适应他突然回来的复杂情绪，又被他拉起来，往外。

走前，他又停一下，拈走她碟里的一块红糖。

容央几分踉跄地跟着他："干……干什么？"

这么没头没脑的！

褚怿一边腮帮鼓着，回头看她一眼："请你去喝醋。"

今日文老太君的心情很不错，三太太周氏前去请安时，明显感觉到老太太每一根眉毛都在得意地飞扬。

五太太施氏素来是最谨慎持重的，对这份得意很持几分保守的看法："母亲，雁玉留在府中的事，悦卿当真没意见？"

二太太吴氏、六太太谢氏闻言注目过来，眼中都十分默契地写着：其实我也不信。

那夜那小两口的闹腾，两人可是亲耳在屋顶上听着的，就那黏糊劲儿，她俩不信褚怿那么快就能从蜜缸里爬上来。

当然，念旧情就另当别论。

但褚怿那脾性，如果真有旧情不甘，当初又会按部就班地去尚主吗？

文老太君一副"你们还是太愚蠢"的表情，语气悠然："你直直地去跟他讲，雁玉是留在府中给他做小的，他自然要板着脸在那儿跟你对着干。他就是喜欢跟人对着干，你越要他往东，他越要往西去，等你叫他到西边来吧，他就打算往东了。所以呀，要让他乖乖听话，就得反其道而行之。"

四位太太幡然大悟，吴氏探寻："那母亲……是如何'反其道而行之'的？"

文老太君便把昨日给褚怿讲的那一大套说辞重复一遍，重复时，每一根眉毛又在得意地飞扬。

褚怿昨日的那样子，那几次三番想动都给喝止的嘴，那一点点往眉心挤去的眉，那只最后在下颌上抹来抹去的手……

以及那声无奈的"挺好"。

文老太君回忆着，讲述着，要比较努力地克制，才能不失声大笑。

四位太太听罢，很难不五体投地。周氏拍着手赞道："姜还是老的辣，悦卿固然聪明，但在母亲面前，到底还是稚嫩了。"

吴氏也跟着拍手，拍完后，问出一句良心话来："那如果这事给帝姬知道，不会设法干预吗？"

文老太君白她一眼，显然又是在嫌弃她"愚蠢"了。

明面上打的是认干孙女儿、安排婚事的旗号，无论悦卿还是帝姬都该喜闻乐见。人在没有防备的情况下，是最容易被攻克的。有金坡关一案终审的这场东风在，褚怿就得十天半月地留在侯府，这么近水楼台地处着，跟雁玉破镜重圆是早晚的事，而等帝姬发觉时，这边多半都是木已成舟了。

待到那时，再赔个罪，诉诉苦——侯府实在缺子嗣哪，有雁玉帮忙分担着，帝姬也能少受些苦头不是？

何况前一个自养在侯府里，横竖也碍不着后者的眼嘛。

文老太君声情并茂，把心中宏图讲完后，去取小案上的茶水来喝，喝完，示意边上的丫鬟去换茶。

底下四人神思各异，谢氏低声："那母亲这计划要成功，得确保雁玉必须能在这十天半月内打动悦卿的心哪。"

不说彻底把人拿下，但至少得勾起对方的一丝旖旎心思，不然等终审过去，褚怿住回帝姬府，不就竹篮打水一场空啦。

文老太君笑得高深莫测，不答。资格较老的三太太周氏道："你怕是没见过雁玉吧？"

谢氏的确没有见过。

周氏解释道："这雁玉是悦卿母亲那边的姑娘，虽然是表亲，但眉眼、性情都和悦卿的母亲有两分相像……"

谢氏一凛。

周氏虽然只是一点，但谢氏却通了。

阖府上下谁人不知，在大郎君褚悦卿的眼中，无人的分量能重过故去的大太太云氏。

林雁玉既是其表兄之后，又和其本人有那么两分神似，那褚悦卿就算没有纳她的想法，八成也是不会抗拒和她走近的了。

谢氏恍然，心情一时十分微妙。

这时换茶的丫鬟捧着漆盘入内，文老太君坐在上首，优哉游哉地哼起小曲来。

丫鬟把茶盅放去小案上，脸色不佳地打断她："老太太，大郎君回来了。"

文老太君端茶揭盖："近水楼台先得月，叫雁玉过去吧。"

丫鬟恨不能把声音埋进地里去般："大郎君把帝姬带回来了……"

底下四位太太不约而同以手支额，把脸转开，文老太君一脸皱纹绷直了一半，默不作声把端在手上的茶喝了一口。

丢开。

"什么茶！专烧来烫人嘴的吗？"

风声萧飒，鹅卵石铺就的小径上落叶簌动，容央被褚怿拉着一路往前，瞧四周变幻的景致，应该是径直往闻汀小筑去的。

容央心头不由得一跳，放慢脚步："不先去给奶奶请个安吗？"

褚怿脚下不停，大手一用力，把她往前带："不必。"

容央险些一个趔趄栽住，褚怿就势把人后腰一揽，低头时，撞上她半分茫然半分窃喜的眼神，笑了。

容央板脸："不许笑。"

褚怿偏笑，眼往后，行迹鬼祟的丫鬟小厮正经过。

褚怿收住脚步，唇似是而非地往容央额头前贴："一会儿你先在屋里休息，等荼白、雪青把东西搬过来。我去找四叔。晚膳前，我再带你去上房里见一见。"

这样的安排自然是最好，容央不置可否，但想到就这样被他拎到侯府里来住下，还是有点愤愤。

小径外，假装路过的丫鬟把这一幕看在眼里，怎么看怎么像大郎君把持不住，当众亲帝姬额头，心里又臊又急，着急忙慌地跑去报信。

褚怿唇撤开，垂眸对上咫尺间的两团小火苗，勾唇："怎么，不满意？"

容央哼哼，故意不答。

褚怿知道这是有小脾气，要哄一哄，便低笑着征求："回屋，成吗？"

意思是回屋再细细哄。

容央想到他平日里的哄法，脸热，斜他一眼，暂且把那点不忿按下，继续往前走，但这回不忙乱了，气定神闲，走出大郎君夫人该有的气度。

褚怿跟过去，把人揽回身侧，双双行至回廊入口，顿足。

林雁玉提着漆盒、领着小丫鬟行于廊中，蓦然一震。

四人——确切地讲是三人，就那么毫无预兆地撞上了。

廊中的那一位显然行色匆匆，方向也很明显是从闻汀小筑而来，褚怿眼神微变，大手在容央腰上用了分力，走过去。

林雁玉看着，哪里还能不明白这是什么暗示。

等二人走近，林雁玉立刻屈膝："参见殿下。"

沉默了下，她方唤："悦卿哥哥。"

容央原本只是目光审度，耳闻这一声缠绵悱恻的"悦卿哥哥"，就算脑袋被酸水泡过，也该明白面前的是何许人了。

——悦卿哥哥？

容央一口气堵在胸口。

褚怿依旧点头致意，同上回一样，点完头便欲走，奈何这一回，身边多了个秤砣。

容央两只脚死死地扎在原地，不动。

褚怿大手推了两下，无果后，表情一时复杂。

不及解围，身边娇妻已朝着前边曼声开口道："你是表舅家的雁玉姐姐罢？"

林雁玉仍然规矩地垂着眉眼，答："殿下是悦卿哥哥的夫人，论辈分，该是雁玉的嫂嫂，'姐姐'二字实为折煞，殿下若不嫌弃，就唤我一声'雁玉'吧。"

容央默默把那声"悦卿哥哥"碾成齑粉，然后做出了然的神色，微笑道："好啊。"

这娇俏的一声"好啊"，则把边上的褚怿应得有点头皮发麻。

容央继续道："那你也不能再叫我'殿下'，要叫我'嫂嫂'哦。"

林雁玉垂着的眼睫微抖，两腮明显僵硬了下，但还是笑笑："嫂嫂。"

容央满意地点头，又道："这两日驸马总闹失眠，硬要拉我过来做伴，可他又忙，白日里，估计也就是我一人守窗独坐了。听说奶奶最近认了雁玉你做干孙女儿，要为你物色夫婿，我在这方面眼光一向不错，你要是不介意的话，我也来尽一份绵薄之力吧？"

林雁玉一动不动，片刻，声音微哑："那自然，是雁玉的福分了。"

容央笑答不必，复又把人细细剖析两眼，抓在地上的脚趾总算松开，给褚怿成功地"搀"走了。

二人去后，廊中秋风瑟瑟，候立一边的小丫鬟愤愤不平道："这帝姬，真是笑里藏刀，话里话外不就是在提醒您别对大郎君动心思吗？也不睁大眼睛看看，大郎君的心早被他身边的小丫鬟勾走了。"

这丫鬟所揶揄的，乃是上回在金粉斋目睹褚怿被一小丫鬟追着打闹之事。

林雁玉听罢，眼神冷淡："小丫鬟就是殿下。"

丫鬟一时没反应过来，跟上去两步后，才猛地憬悟——

那日在街上跟大郎君嬉闹的，原来就是嘉仪帝姬本尊？！

刚刚因为受惊吓，丫鬟一直没敢抬眼去细瞧，只隐约感觉帝姬的声音有那么两分熟悉，想不到……

丫鬟心惊又心凉，如果那人就是帝姬，那褚大郎君的心，还能被自家姑娘拢过来吗？

廊外的风似更肃冷了，真真是应景，丫鬟默然跟上林雁玉，把她提着的漆盒接过来。盒里面装的是林雁玉亲手给褚怿做的糕点，她说要自己提、自己送才有意义，可是现在，大概是怎样都没有意义了。

丫鬟不由得一叹。

前面，林雁玉道："不要叹气。"

丫鬟一怔。

林雁玉步履如常，声音已然恢复往日的镇静："柳暗花明。"

闻汀小筑，主屋。

容央把褚怿箍在自己后腰上的大手挣开，扭头质问："你刚刚推我做什么？"

褚怿对上那双大眼，但笑不语。

容央严肃："我刚刚站在那儿，你为什么要推我？"

先前在廊中，林雁玉明显是自闻汀小筑的方向匆匆而来，缘由何故，不言而喻。

容央当时虽然气恼，但并没有要刨根究底的意图，但褚怿点完头就想把她拉走的反应，实在令她有点恼火。

怎么，她要是没主动把林雁玉认出来，他就打算把这一页揭过去是吗？

容央越想越气，冷脸，扬声："你是不是怕我跟她说话，怕我为难她？"

大概是日头西斜的缘故，褚怿此刻的脸显然较刚刚黑得多。

容央定定看着，颇有一丝心虚，便把胸脯挺起来补充气势。褚怿垂眸瞄去一眼，嘴角动了动，似是而非的一抹笑："夫人有为难她吗？"

容央蹙眉，对这份回应半信半疑。

褚怿低头，重新把她小手牵起，很恩爱地领着人走过落地罩，来到内室。

"我以为夫人所言，句句在理。"

及至床榻前，容央被他按着坐下。帐中气味清清爽爽，没有一丝黏腻的胭脂味或熏香味，是仅属于他的气息。她脑袋瞬间就有点蒙，不知道他刚刚是在真心地评价还是违心地安抚。

褚怿："只一句……"

容央立刻问："哪一句？"

褚怿盯着她，低声："眼光不错？"

容央一怔，反应过来是被他揶揄以前选婿总是看走眼后，刚顺下去的毛又奓起来。

褚怿笑，把大手摊开给她。

容央打了一下，又"啪啪"打了两下，还是不解气，再想打第三下时，被他反手握住了。

"打那么多下，不心疼？"褚怿站在床边，头低着，五官被日光烘得格外深致，容央猛地就恍了下神。

然后，她又想起林雁玉来。

这样俊美无俦的一张脸，自己看着都频频失神，那更何况是林雁玉呢……

褚怿眼睁睁看着床边人的嘴又瘪起来，眉头又绞起来，十分无奈，正准备再哄哄，外边百顺急忙赶进来："郎君，四爷那边催您过去了。"

褚怿欲言而止。

容央坐在床边，情绪显然低沉，但偏道："去吧。"

褚怿没动。

容央把被他握住的小手抽回来，大度道："去吧，悦卿哥哥。"

褚怿一怔。

百顺也急，壮着胆在外边催："郎君，四爷说那边挺急的。"

褚怿眼盯着容央，应："你跟他说，我这边也挺急的。"

百顺去后，容央心虚地垂着眼，不言，不动。

褚怿把人看着，走到她身边坐下，弯腰去脱她的鞋履，然后拥着人躺进帐中。

"小醋精。"褚怿在她耳边低低喊。

容央全身霎时一麻，更不敢动弹，只嘴上不甘示弱："你不是？"

褚怿答："是，我是大的。"

容央忍俊不禁，又憋住。

褚怿无声一哂，拣要点解释：

"十岁那年，表舅被调回京中任职，遣人先把林雁玉送来侯府探亲。她在府中大概待了两个月，常跟在我身后，看我练武。后来，两家时有走动，我跟她虽然不熟络，但交情多少是有一些，所谓青梅竹马，谈得上，也谈不上，毕竟认识的时间也就那一两年。

"这次回京，奶奶打定主意要我成家，如果没有和殿下结缘，我是会娶她为妻，但无关情爱，只是成一个家而已。回京后，我只和她见过两面，一面是半个月前她来府上求四叔帮忙，一面便是今日。至于'悦卿哥哥'……"

容央突然把他薄唇捂住。

褚怿静静地看着她。

容央心潮起伏，显然没有想到他会把他和林雁玉的前尘往事这样开诚布公地道来，道得越诚恳，越仔细，倒越显得她无理取闹、小肚鸡肠了。

容央瓮声："你就说，你心里有没有她就是了。"

褚怿把她小手拿开："没有。"又补充，"没有过，不会有。"

不仅仅是此刻没有，而是过去没有，以后也不会有。

容央默然。

这个人哪，说不解风情吧，每次正儿八经承诺起来，又比一切的风花雪月、甜言蜜语都要令人心暖，暖得人恨不能变作一团蜜化开来给他看。

容央哼哼两声，火气明显熄下去，转念道："那奶奶呢？奶奶认她做干孙女儿，真只是字面上的意思？"

褚怿："那不清楚了。"

容央这回反应很快："哼，不清楚，不清楚你把我拉来，心虚。"

打着什么怕自己吃醋的旗号，其实不就是也怀疑老太太"居心不良"，拉自己来做挡箭牌的吗？

容央腹诽着，听得褚怿一笑："有道是'夫妻同心，其利断金'。"

言外之意，则是铁定要拉她入局了。

容央冷哼，但气好歹是彻底消了，盯着他，突然奖励地亲了他一大口。

啵——

褚怿勾唇，不急着亲回去，定定看着："今日格外甜些？"

虽然淡，但的确有甜香。

容央："我刚刚吃了红糖。"

褚怿想起来了，去帝姬府拉她时，她手里是捧着一小碟红糖的，自己当时还顺便拿了一块。

"怎么突然想起吃那个？"褚怿笑问，难不成是这两日酸过头了？

容央眸光微黯，把他一只大手拉至自己小腹上盖住："我癸水来了。"语气有几分失落、惭愧，以及小小的试探。

来癸水，就意味着这次又没有怀孕，同房以来的第二次癸水了。

褚怿只是笑笑，垂眸，给她按摩着："这次还疼吗？"

容央："不怎么疼了。"

褚怿点头："奶奶那边，明日去也可以，一会儿就休息吧。"

容央仍直直地盯着他，不敢相信他真的一点失望的表情都没有："你……"

褚怿显然知道她的小心思："急什么？"然后唇一扬，"不是说怀上后，就碰不得了？"

碰不得了……

容央无语。

行吧，跟她心焦的根本不是一件事嘛。

容央推他："走了。"

褚怿笑，把她脑袋揉了一把，去前，又吩咐屋外的丫鬟把姜茶备上，回头看容央时，想起什么，把唇上的唇脂抹干净，这方阔步去了。

容央躺在帐中，回味他最后抹嘴的动作，偷笑。

不多时，丫鬟把姜茶送上，在后面搬东西的荼白、雪青也赶过来了。容央喝着茶，便欲吩咐雪青去云澜苑告个罪，屋外的丫鬟趋步进来禀告，竟是说文老太君身体不适，精神困乏，刚刚特派人来传话，让帝姬不必过去请安了。

容央闻言，挥手屏退丫鬟，自言自语般道："这病生得，也太有不打自招的意味了……"

茶白懵懂地探头：“什么不打自招？”

容央叹息，一副老母鸡护小鸡的架势：“这种事，也只能是我替他料理了。”

（3）念奴娇

素心斋——褚四爷书房处。

褚怿推门入内时，屋中谈话声戛然而止，一群人齐刷刷朝他注目过来，眼神表情整齐划一，无不是在传达沉迷于温柔乡的褚家大郎总算来了之意。

褚怿目不斜视，径直走至褚晏右下首边就座，端茶就饮。

褚晏目光如隼，上下把他打量两遍，看无碍，便轻咳一声，示意刚刚讲话的一名部下继续。

那人依令开口，汇报的是褚家三座关城的军务。

褚怿静静听着。

一刻钟后，关城事务解决，褚晏交代了几项朝中的军务，屏退一部分部属后，对褚怿道：“宋淮然去查刘石旌了。”

屋中气氛登时一变，余下的几位部属神色肃然。

金坡关案终审，宋淮然代替刘石旌行御史台主审之职，本来不该返回去查检举之人。然宋淮然行事实在诡谲，心细程度更令人发指，在一审无果后，立刻入大理寺牢狱私审上官岫，从其口中套出刘石旌反水一事。

本来，刘、范、上官三人一丘之貉，对于刘的临阵倒戈，后二者一度义愤填膺，然因许多旧把柄被其攥在手中，尘埃尚未落定前，不宜轻举妄动，故虽明知刘石旌被褚家胁迫，也一直忍而不发。

毕竟，刘石旌不可能诚心实意归顺褚家，只要范申最后能全身而退，他日就还能借刘石旌反杀忠义侯府。

对于这样一把随时会被重启的刀，褚怿这边自然不曾懈怠，早在开审前，就一直派人秘密紧盯刘石旌行踪，并继续拿捏着他的命脉——刘纲。

只要刘纲的生死被攥在褚家手里，刘石旌就必须继续做褚家这条船上的蚂蚱。“置身局外”“作壁上观”是他眼下最稳妥的一条出路，褚怿相信，混迹乌台二十余年的御史中丞大人，不至于这点判断力都没有。

当然，除开一点——

宋淮然假调查之名，给上官岫、刘石旌牵线搭桥。

屋中众人相顾噤声，褚怿搁落茶盅，回应：“我解决。”

褚晏看他一眼，倒不是质疑他的能力，而是颇有一点顾虑：“人要留着，其他随你。”

褚怿故意怼他：“你说哪一个？”

解决后患最彻底的方式，理该是灭口，照褚怿的脾气，早在梁桓生抵达京城的那段时间，刘石旌就应该被秘密解决的。

但褚晏偏不放他走那条路。

“怎么，你还想弄哪一个？”褚晏对上他深黑双眸，深知他话后的不满之意。

关于刘石旌存留一事，两人不是没有争执过，眼下，褚晏显然不想再旧话重提，强调一声“善刀而藏”后，便继续谈起后续二审的跟进去了。

褚怿默默在边上听。

一场议事从军务谈及终审，从范申、上官岫谈及其背后盘根错节的儒臣势力，屋外天光悄然黯淡，等余下部属逐一汇报结束，褚晏这边拍板时，已然夜阑更深。

“总之，猢狲可留，树必须倒，范申和上官岫这回不死，下一个死的是谁，应该不用我多说了。”

朝堂之争，看似唇枪舌剑，实则硝云弹雨，自褚晏、褚怿和范申、上官岫宣战的那天起，就意味着不是你死，便是我亡。

众人肃然应声，片刻不敢耽误，得褚晏点头后，立刻各赴各位。

褚怿默然起身，便欲往外，被褚晏叫住：“你等会儿。”

褚怿回头。

褚晏本来正去端茶缓解口干舌燥，一看他那眼神，气不打一处来：“你那什么眼神？”

褚怿走回来，顺着答：“洗耳恭听。”

褚晏火气稍减，一股脑喝完一杯茶后，示意道：“桌上有封军情，看一看。”

褚怿顺着看过去，从屏风后的书桌上把那封信函拿起来，拆开。

看过两行后，褚怿眼神明显转黯。

褚晏道：“娄、契两国在东北的纠纷由来已久，但这么大规模的冲突还是头一回，如果这次娄国大捷，继续对大契全境扩张，契王势必会向陛下求援，届时，无论出战的是否是褚家军，樊关、天岩、陵光三城都必须加强防守，你要做好随时回去的准备。”

褚怿唇线深抿，把信函看完过后，放回去。

褚晏观察他侧脸神情，似笑非笑：“前三个月还在为回战场去垂拱殿外长跪请命，今天一听说要回去，脸就黑成这样，能征惯战、金刀铁马的褚家大郎，果然是陷进温柔乡里爬不上来了？”

褚怿这方把脸转过来，灯下，依旧是一脸散漫淡然：“不冲突。”

褚晏挑眉。

不冲突……护大国和护小家，当真能不冲突吗？

褚晏一哂，顺势道：“帝姬可有身孕了？”

褚怿："没有。"

褚晏建议："趁早怀一个吧，做了母亲，有孩子守着，到时候总不至于太寂寞。"

前线告急，将帅上阵，短则离家一年半载，长则三年五载，守候家中的妻子如果没个孩子做伴，等待之煎熬可想而知，更不必提，这份等待里还要包含无数次的惊心、悬心。

褚怿喉结微动，避而不答："听四叔这话的口气，倒像是自己那边有好消息了？"

褚晏显然没料到他突然把话题扯回自己头上，脸上明显掠过一丝心虚之色，口气随之外强中干："说你的事儿呢，别给我打岔！"

褚怿笑："也是，我就帝姬一个，不像四叔有六位小婶婶候着，当爹也就早晚间的事。"

褚晏脸一瞬间黑如包公。

褚怿垂眸，视线掠过书桌上用来压纸的那把匕首，匕首小巧精致，花纹典雅，鞘上缠着一圈红绸，是褚晏常年傍身之物。

只是以往，那鞘上并无任何修饰。

"七夕那日正巧是帝姬的生辰，四叔记得备份礼。生辰宴应该就摆在侯府，届时帝姬会有些亲友前来相贺，人多眼杂，终审的事，那日就尽量少提罢。"褚怿敛回目光，有意无意地道。

褚晏听着，眸色微变。

褚怿勾唇，心知他领会了，挥手打完招呼，信步去了。

离开素心斋，百顺候在外边，模样瞧着有几分为难。

褚怿此刻心情实在有点沉郁，懒得问，及至大院外，总算明白他这副憋屎一样的表情是为哪般了。

墙外的小径两侧立有灯笼架，烨烨灯辉里，林雁玉裙裾随风飘曳，娉婷地站在之前两人相遇过的那片幽篁边上，展颜笑起来时，一双明眸里映出月光。

"悦卿哥哥。"

照例是先唤一声，但不同前两回，这一回乃是带笑的，依稀又回到小时候。

褚怿点头。

林雁玉把手里的食盒提起来，再自然不过的语气："我给哥哥和殿下做了些夜宵，听闻哥哥在四叔这边议事，就送过来了。"

褚怿朝那食盒看过去，淡声："怎么不送到帝姬那儿？"

林雁玉努努嘴，小声答："我怕殿下不想看到我。"

夜风拂面，拂灭那双明眸里荡漾的月色，林雁玉黯然垂眸，但嘴角弧度还是往上扬着，温柔又脆弱，令人生怜。

百顺抿嘴望天。

褚怿默默看着，没有反驳。

“做的什么？”片刻，褚怿开口，似很随意的口吻。

林雁玉很快答：“蜜枣糕、糖蒸酥酪、香薷饮，还有一盘七巧点心，都是悦卿哥哥爱吃的。”说着，便又把食盒提了起来，笑意重新绽开在脸上。

褚怿“嗯”一声，示意百顺去拿。

百顺仍在望天，褚怿板脸，上前半步，一脚朝他膝盖窝踢去。

百顺一个踉跄扑至林雁玉面前，两个都吓了一跳。

还是百顺机灵，把那食盒径直从林雁玉手里拿过来，赔笑道：“多谢表姑娘，表姑娘费心了！”

林雁玉嘴角抽动，笑而不语。

褚怿道：“帝姬嗜酸，下次可照着多做点。”

林雁玉微微张唇，眼往褚怿脸上看去，似要分辨出什么情绪来，然终究又分辨不出什么，遂只笑笑：“哥哥和殿下的口味竟然差那么多啊。”

褚怿不以为意：“殊途同归。”

林雁玉笑一僵，如鲠在喉。

褚怿眼盯着她：“还有别的事吗？”

林雁玉似招架不住他的目光，眼睫极快垂下，温言答：“就不耽搁悦卿哥哥了，以免殿下知道后误会。”

褚怿这回多看了她一会儿，缓缓点头，阔步往前，走两步后又停下来，回头看。

林雁玉按住乱跳的心，迎上他的注视。

褚怿：“称呼改一下吧。”

林雁玉：“？”

褚怿：“既然已是一家人，叫大哥就好。”

林雁玉张口结舌，不及回应，他人已飒然远去，隐没于月色尽头。

夜风拂动曳地床幔，一人脚步无声，撩开帐幔入内，把里面酣眠的小人儿揽入怀中。

睡梦中的容央很快被蹭醒过来。

她睁开眼时，褚怿的脸遁在暗处，独一双眸子烁亮，像极一只蓄势待发的野狼。

容央心“咯噔”一下，目光四转，心虚于自己竟然在他回来前就这样睡着了。

果然，褚怿开口：“不等我。”

语气里很有埋怨的意味。

容央小声：“等着的呀，一直在这里等的。”一面解释，一面眨巴着大眼，浓密的眼睫扇下来，简直像有风。

褚怿啼笑皆非，把人拉起来：“陪我用膳。”

外间，丫鬟从后厨把热气腾腾的一碗桐皮面送上来，褚怿拉容央在室中的小圆桌前坐下，提箸吃面。

容央托腮看他狼吞虎咽一样，揶揄：“四叔都不管你一餐饭的？”

一去去那么久也就罢了，还把人饿成这样回来，实在是……

褚怿眉眼不抬：“殿下心疼了？”

容央自然乖乖应：“心疼呀。”

褚怿看她一眼，唇边微挑：“那怎么不给我提前备些吃的？”

这碗面都还是他自己吩咐底下人去后厨做的。

这个嘛……

容央心虚更甚，目光闪动，突然看到小桌上摆着一个白木涂漆的提盒，立刻道：“谁说我没给你备吃的？”把提盒拿过来，急中生智，“你看看，这都是我提前吩咐人给你准备的……”

褚怿挑起一边眉，静静看着。

容央抽开盒屉，按捺住心里的惊喜，尽量平静地演绎：“蜜枣糕、糖蒸酥酪、香薷饮，还有一盘七巧点心……哪一样不是你喜欢的？”

哼，还敢兴师问罪，这下可是打脸咯？

亏得雪青、荼白机灵，知道提前在这里备一些点心。

褚怿唇微动，把双箸搁下，朝那一堆吃食看去，试探：“真是殿下给我准备的？”

容央底气很足地点头，拈起一块糖蒸酥酪给他喂过去：“尝尝。”

褚怿笑：“不敢。”

容央蹙眉。

这有什么不敢的？

行吧，不吃就不吃，八成是还生着小气呢。

容央瞧瞧那酥酪，大概是今日吃红糖吃得顺嘴，咬了一口上去。褚怿看她腮帮子鼓着，问：“如何？”

容央吞下去，舔舔嘴唇，似还想再咬一口，但终究又放弃了。

“唉，腻腻歪歪的。”

放下酥酪，容央看回褚怿，总感觉他眼神坏得很，一副要笑不笑的模样，似不止揶揄她吃不惯甜食那么简单。

毕竟还是心虚，容央错开目光："怎么了？"

褚怿："雪青、茶白准备夜宵，都不顺便准备两样殿下爱吃的？"

容央拿丝帕擦着指腹上的残滓，闻言一凛。

褚怿但笑不语。

容央心念电转，蓦地睁大双瞳，表情直如见鬼一般。

"雪青！"

侍立外间的雪青一个激灵，不及入内，已听得殿下放声下令："漱口！"

容央"噗"一声把茶水吐掉，揩干净嘴后，极其厌恶地盯了那提盒一眼，再瞪向褚怿。

褚怿心平气和地受着。

容央大声："你故意的！"

褚怿仍是笑："是吗？"

容央越看他这副坏样越羞恼，指着那提盒兴师问罪："你把它拿回来做什么？"

要不是他拿回来，还闷着不提，她哪里会自作多情，自讨恶心！

太尴尬、太气人了！

褚怿咧着嘴，眼下是斥责他把东西拿回来，可他要真不拿回来，明日知晓消息后，八成又该怀疑他是不是背地里拿去偷吃了吧？

褚怿答："充公。"

容央喝着茶，似信非信，等那股黏腻的甜味彻底从味蕾上消失后，脸色方平复一些。

褚怿也不逗她了，起身，欲把那提盒拿走。

容央瞪大眼："你不许拿！"复扭头唤雪青来，手摆得像抽筋，"拿走拿走。"

褚怿忍不住，笑了。

醋精哪。

次日辰时，云澜苑上房处，文老太君平躺在坐榻上，忧心忡忡。

前来"侍疾"的三太太周氏坐在床头靠墙的圈椅上，林雁玉跪在坐榻前给老太君揉腿，一屋的丫鬟婆子屏气噤声，半晌大气不出。

自打昨日嘉仪帝姬被大郎君领回府后，文老太君就一径地这样躺着。说病吧，探头一凑过去，老太太眼睛瞪得比烛火还亮；说不病吧，又时不时地长吁短叹，翻着身嘟嘟囔囔。

周氏是最知道老太太心结的，奈何林雁玉在这里，话不能太直地讲，于是绕着圈道："看昨日闻汀小筑搬东西那动静，帝姬这回怕是要在府上长住一段时日了，雁玉这边，母亲可有什么新的打算？”

所谓什么“近水楼台先得月”是不要想了，帝姬既然风风火火地来，定然就是对褚怿纳妾一事不同意，有正主儿在这儿坐着镇，林雁玉怕是连那“月”的身都“近”不得。

更不必提悦卿此举，分明就是参悟了老太太的醉翁之意，态度立场都摆得清清楚楚，人家夫妇同心，又哪里还是旁人插足得了的？

文老太君本就心烦意乱，闻言更是灰心丧气，根本讲不出话来。

周氏便又去看林雁玉：“雁玉，你呢？”

林雁玉低头给老太太揉着腿，闻言只是笑笑：“雁玉罪臣之女，蒲柳之姿，能有老太太收容，已是大幸。虽然做不成悦卿哥哥的枕边人，但能看着他和殿下恩恩爱爱，也就知足了。往后，雁玉也别无所求，只盼能长守在奶奶膝前尽孝，就当，是替我父亲给侯府报恩了。”

文老太君听得心里一酸，立刻坐起来道：“莫说这话，悦卿的枕边人，本来就该是你，是我们侯府对不住你。至于你父亲的事，说到底，也还是因他叔侄二人而起的，要不然，你哪至于……”

哪至于放下身段来府上承欢献媚，只为给褚怿做个小呢！

文老太君越想越过意不去，又恨于褚怿在这件事上眼界之狭隘，满心只有情爱，没有家族大局。

她心一横，便道：“你就说，你心里还有没有悦卿？”

林雁玉抿着唇犹豫不言。

文老太君把她的手抓过来握住，一副铁定要给她做主的口吻：“说！”

林雁玉点点头。

文老太君深吸一口气，便去看周氏：“你想个法子！”

周氏正默默地看着戏，闻言一个激灵。

文老太君肃然道：“悦卿狡猾，想是把我的心思都摸透了，换个人出主意，估计能多些效果。”

周氏无奈又无语，暗里又深深佩服老太太的心计——这明面上是要旁人出主意，实则不就是提前找个垫背的吗？

周氏舌头打结，讪笑道：“悦卿自小就最听您的话，您都奈何不了的事，儿媳又哪还有什么锦囊妙计？”

文老太君显然很失望，瞪她一眼，沉吟少顷后，转而去看林雁玉。

周氏也跟着看了过去。

林雁玉跪坐榻前，白皙的脸被晨光照着，虽然不明艳，但自有小家碧玉的文静之美。

周氏看着，斟酌地道：“雁玉，悦卿在我们面前，终究只是个小辈，在感情上喜欢什么，偏爱什么，我们大概是摸不透的。你和他同龄，又是两小无猜，懂的应该要比我们多，要是有什么想法，大可提出来，我们能有个帮衬的方向。”

林雁玉脸色微变，似没想到最后这烫手的山芋竟会落到自己这儿来，看着文老太君，欲言又止。

文老太君依旧握着她的手，鼓励地道：“你三婶婶说得对，你懂悦卿，人又聪明，该怎么去俘获他的心，你定然比我们主意多。”

林雁玉白着脸：“我……”

文老太君把人看着：“嗯？”

林雁玉眼神闪烁，心里急如火焚，七上八下地实在煎熬。答有主意吧，吃相实在太难看；可答没有吧，老太太又叹着气往下一躺，后续该会怎样？

林雁玉如坐针毡：“雁玉愚钝，能想的……恐怕不是什么好主意。”

周氏微笑：“不试试怎么知道好不好，你且说来便是。”

林雁玉咬着唇，挣扎过后，低声道：“悦卿哥哥聪颖绝伦，多谋善断，雁玉不敢去他面前班门弄斧。或许……帝姬那边可以一试。”

周氏立刻：“怎么试？”

林雁玉低下头：“昨日我见过帝姬了，她……许是很不喜欢我的，也不知有没有因为我和悦卿哥哥争执过。如果有，那悦卿哥哥只怕是很烦闷的……”

到最后，声音慢慢细如蚊蚋，然周氏和文老太君何许人也，只这一句点拨，立刻也就恍然大悟了。

所谓“夫妻同心，其利断金”，重在“同心”二字，褚怿之所以把帝姬接过来，目的就是防止被纳妾一事影响夫妻情谊。文老太君整日地唉声叹气，原因也是在于二人的同心协力，固若金汤。

然，一旦褚怿弄巧成拙，规避不成，反促生矛盾，那林雁玉自然就能在他夫妇二人大吵之际，乘虚而入了。

毕竟，以嘉仪帝姬那样骄傲跋扈的性情，怎么可能百依百顺，不为纳妾一事跟褚怿有半点口角。

而褚怿亦是侯府里的小祖宗，打小我行我素，桀骜难驯，被逼急后，翻脸是板上钉钉的事。

周氏眸光一凛，看林雁玉的眼神多了两分意外，文老太君亦是眸色悄变：“你的意思是，把帝姬气一气，回头等他俩大吵后，你便有机会去安抚悦卿了？”

林雁玉低着头不作声，显然是默认了。

文老太君眼睛一眯，这时，帘外有丫鬟进来禀告：“老太太，嘉仪帝姬过来请安了。”

初秋的晨风卷着沁人心脾的凉爽，容央珠履款款，领着雪青、荼白步入上房。后二者手里各捧着厚礼，俱是大滋大补的造化珍馐、八珍魁首，屋里周氏一看，赞许之色浮上眉梢，坐榻上的文老太君则面色一窘，越发心虚赧然。

两厢行礼过后，容央示意雪青、荼白上前来，乖巧道：“昨日听人说奶奶身体有恙，我和驸马一夜都没睡好，今日一起来，驸马就催我赶紧过来探望。这些燕窝海参是我刚派人去帝姬府取来的，都是大婚时官家所赐，想来能给奶奶滋补一二。”

文老太君眼瞅着那两份厚礼，哪能不知道俱是价值连城的珍品，讪笑道：“殿下太费心了……”

容央笑着屏退雪青、荼白，上前在文老太君膝前的另一个蒲团上跪坐下来，看着对面人道：“这算什么，跟雁玉一比，我到底还是怠慢了。”

屋中一时尴尬，林雁玉本就僵跪着，闻言身体更僵。文老太君笑着，弯腰去把容央拉上来，硬拉在身边坐住了，方道：“不一样，你俩不一样。”

容央便眨巴眼：“哪里不一样？”

文老太君拍着她的手：“你是悦卿之妻，吾辈之君，她只是妹妹，是臣民，方方面面都是不一样的。”

容央看着抿唇不动的林雁玉，笑答：“但总归是一家人，奶奶强调这些虚礼，倒是见外了。”继而话锋一转，看回文老太君，“奶奶最近忙着雁玉的婚事，想是殚精竭虑了罢？”

文老太君一震。

容央道：“碰巧我熟悉京中权贵，哪家的公子品性如何，才貌如何，是不是适婚的年龄，我都能数出一二的，奶奶要是相看不过来，或相不中合适的，不妨问问我。”

屋中三人脸色悄变。文老太君讪笑两声，把话茬抛给林雁玉：“那雁玉你说说看，心里大概喜欢哪样的，让殿下给你物色一个。”

林雁玉垂眉低眼地跪坐着，低声道：“我可能和京中的贵女们不一样，我喜欢能领兵打仗、保家卫国的。”

容央脸上笑容冷峭，偏得忍着，答：“哦，那不就是武臣吗？冯太尉家中有个在燕川戍守的外甥，也就是贺家军的后人，如今刚及弱冠，据说生得浓眉大眼，器宇轩昂，和雁玉你这样温顺可人的，正是相配呢。”

林雁玉赧然一笑：“那这贺将军的年龄，只怕是有点小了，我……还是喜欢比自己年长一些的。”

文老太君给容央解释：“雁玉今年也二十了。”

容央抽抽嘴角，心道倒是看不出来这样专情，等褚怿等到二十了都还不肯嫁。

她撑着笑，又道："那还有兵部尚书家的二公子，眼下虽然在京中任职，但也是在战场上冲锋陷阵过的，如今年纪二十有八，正是年富力强之时，你看如何呢？"

林雁玉蹙眉："这一个，年纪又有些太大了。"

容央忍无可忍："是不是长两岁最好？"

林雁玉点头。

容央气得险些倒地——这是什么脸皮！她怎么不直接点名要褚怿啊！

这时倏听得文老太君叹道："说到底，这京中能征善战的郎君，又有哪一个比得上咱们悦卿呢？"

容央浑身毛发一竖，瞪大眼看过去——

什么意思！

文老太君避开她的审视，顾自感慨："这悦卿呀，打小就是个做大将军的苗，别人会走时他就会跑，等别人跑起来，他已开始拿着木棍跟着小叔叔们在练武场上比画了。哦对，我记得小时候，雁玉就常在练武场外看他耍枪吧？"

林雁玉很识趣地把这话茬捧过来："是啊，那时候悦卿哥哥才十岁，但一手褚氏枪法已使得滚瓜烂熟，六叔叔赞不绝口，直夸他前途无量，侯府后继有人呢。"

文老太君欣慰一笑："要我说，也是那会儿知道你在外边看，他爱面子，所以就发了狠地练枪，想要老六夸，也是想要你夸哪。"

林雁玉羞涩低头，红着面颊的样子，把边上的容央看得火冒三丈。

偏文老太君不停，又开始回味林雁玉和褚怿小时候的种种趣事，什么中秋一起放灯拜月，什么重阳一起逛斋会、吃花糕，什么有年冬天林雁玉不慎坠湖，褚怿疯也似的跳入湖去，把人救了上来后，朝着照顾林雁玉的丫鬟狠狠发了回飙……

容央脸色铁青，听得耳朵直冒热气，活生生一只要煮炸的双耳壶。

茶白、雪青两个候在屏风外，听得里面那嬉嬉笑笑，亦是面沉如水，心如火煎。

半个时辰后。

嘉仪帝姬领着两名侍女，气势汹汹离开云澜苑，所及之处，火光四溅。

上房中，周氏隔窗看着那一行背影，悬心道："这一遭，怕是气得不轻，毕竟是官家最疼爱的姑娘，母亲就不怕这事情闹大了，被官家追究吗？"

文老太君又躺回了坐榻上，一只手摸着突突乱跳的心口："不至于吧。"

林雁玉跪在蒲团上，默不作声。文老太君把那跳蹿到喉咙的心脏压回去后，宽慰道："悦卿是个有分寸的，就算吵，也不会由着帝姬闹到官家那儿去。"

也不知是宽慰周氏，还是宽慰自己。

周氏坐在那儿，欲言又止。

“这也是无奈之举。”文老太君继续解释，解释完，去看林雁玉，“只此一次，往后，就看你造化了。”

林雁玉抿着唇，睁大眼睛：“奶奶放心，雁玉一定不负所望。”

云澜苑外，容央裙裾飒飒，走得处处生风。

茶白、雪青在后追着，一个比一个提心吊胆：“殿下，您慢点，殿下！”

容央走过夹松小径，在一片白石环绕的小湖前驻足，湖心有六角亭，亭外碧波广阔，瞧规模，应该就是当年冬天褚怿跳下去救林雁玉的那一个……

容央怒焰冲天，随手折下一截花枝就朝湖里砸去，雪青生怕她白嫩嫩的小手被划破，忙去拉：“殿下！使不得使不得！”

茶白亦赶紧把人拉住：“殿下息怒，莫要伤了自己呀！”

容央胸脯极快起伏，深吸一口气压下怒火：“驸马人在哪里？”

茶白正低头检查她的手，闻言一愣：“驸马……不是一早就去马军司上值了吗？”

容央：“去给我把他叫回来！”

什么青梅竹马谈得上，也谈不上，都亲密成那个样子了，还不是恩恩爱爱的小青梅竹马吗？！

难怪一开始就肯答应娶人家，归根结底，就是心里有人家的一席之地！

容央越想越气，挣开二人直朝侯府大门走。茶白看她似要亲自上阵，忙劝道：“殿下不急，奴婢去叫，奴婢这就去把驸马叫来！”说罢，给雪青递去一个安抚的眼神，当下便朝前面拔腿跑去。

容央刹住脚步，看她马撒蹄一样地跑开，突然又大声道：“站住！”

茶白刹得险些一个趔趄，回头时，容央站在嶙峋的白石边，一腔怒火强敛不发的模样。

茶白小心翼翼地溜回来：“殿下？”

容央蹙眉深喘，片刻道：“你准备用什么理由把他叫回来？”

茶白一怔，讪讪答：“帝姬在老太太那边受了气……”

容央一双刀眼丢过去。

茶白忙噤声垂眼。

容央训道：“他现在一有军务要忙，二有金坡关的事情要顾，哪有闲心听这些后宅琐事？”

茶白点头：“是是是，殿下教训的是，那现在……我们还要不要去找驸马？”

容央调整气息，视线掠过四周，倏然举步往前。

后二者急忙跟上。

"你们说，刚刚在上房，老太太是不是联合林雁玉故意恶心我、气我？"

茶白立刻同仇敌忾，头点得捣蒜一样："是啊，那一唱一和的，可不就是在故意硌硬人嘛！"

容央眼皮耷着，眸色冷然："那她们为什么要故意硌硬我？"

明明上回来侯府，文老太君还是盛情相待，一个长命缕戴得兴师动众，一口一个"殿下"的叫得比谁都甜。

等这回一来，就变成了阳奉阴违，先是告病谢客，后是言语相激。

原因，不就是想把林雁玉塞进褚怿的院里吗？

雪青道："诱秦诓楚，乘间投隙。老太太这是在给林雁玉造时机呢。"

容央不置可否，茶白恍然后，毛发悚然："这老太太……"

竟然为了驸马爷瞧都懒得瞧的一个林雁玉，存心来算计帝姬，破坏帝姬和驸马爷的感情吗？

茶白匪夷所思，不明白府上这位老祖宗怎么会糊涂成这个样子，雪青看容央走得急，掏出丝帕来给她揩汗："那殿下准备如何应付？"

容央放缓脚步，沉吟不语。

便在这时，古树掩映的白墙外传来兵刃交接之声，容央循声看去，反应过来那边就是府上的练武场。

心念悄然一动，一人身影自脑海里掠过，容央道："跟我走。"

练武场上，褚蕙和褚恒、褚睿二人刚切磋完一招枪法，忽听得场外有人相唤，展眼看去，大槐树下的那一排兵器架前，容央领着一位侍女袖手而立。

褚蕙十分惊喜，当下把红缨枪抛给褚恒，阔步赶去。

"殿下！"

容央示意雪青，雪青立刻把一方干净的丝帕呈给褚蕙，褚蕙一怔后，接过来，擦干净脸上热汗后，耸耸鼻尖："好香。"继而把丝帕叠好后放进衣襟里，"洗干净后还给殿下。"

容央勉强一笑，道："我在对面的水榭里备了些汤饮，你要不要去坐一坐，解解渴？"

褚蕙看容央一眼，知道对方应是有话要对自己说，爽快地道："好！"

茶白侍立小石桌前，给两位把木瓜渴水呈上，褚蕙捧起一杯先饮尽，解渴后，朝容央一笑，道："殿下是有什么心事吗？"

容央被看穿，便也不打算瞒了，垂眉道："是有一些，不知道该找谁去说，想到在这府里也就跟你聊天过，所以，只能来找你了。"

褚蕙显然对这份信任十分珍惜，豪爽道："能为殿下解忧，是我的荣幸。殿下有什么苦恼和难处，敬请直言，但凡是我褚蕙能帮上的，一定在所不辞。"

头一回感受她这豪气干云的气势时，容央尚感局促，眼下只觉亲切至极，暖心至极，动容道："那，我就说了。"

褚蕙笑着点头。

容央握着杯盏，抿一抿唇，先道："蕙蕙，你今年多大了？"

褚蕙道："十八。"

容央意外，竟然比自己还年长一岁多，不过多一些自然更好。

"那十年前，你应该也和林雁玉相处过吧？"

褚蕙神色微变，联系昨日夜里母亲吴氏在屋里的八卦，很快领会过来容央心中之结，便也不等她一圈圈绕过来了，径直道："殿下是想问林雁玉和大哥的事吧？"

容央一愣，脸上泛起赧然之色。

褚蕙忙道："殿下别误会，我能猜中，不是因为窥探殿下的私事，而是……"

"我知道。"容央截断，冷然道，"司马昭之心，路人皆知罢了。"

褚蕙默然。

容央端坐道："既然你都猜中，那我也就不绕圈子了。我想问，十多年前，驸马和林雁玉的情分是不是很深？比如，中秋在一起放灯拜月，重阳在一起逛斋会、吃花糕；再比如，从早到晚形影不离，一个耍枪，一个看枪……"

褚蕙不及听完，哭笑不得道："这都是谁跟殿下说的呀？"

容央眸底立刻一亮："怎么，有问题吗？"

褚蕙道："放灯拜月，逛斋会，吃花糕，那都是府上一大帮孩子同去同回的，怎么能刻意说成他俩一起呢？至于早晚不离守大哥耍枪的，就更不止林雁玉一个，至少，我守的时间远比她要长，要他俩就算形影不离，那我跟大哥岂不成如胶似漆了？"

褚蕙说罢，后知后觉最后一个词似用得不妥，忙道："打个比方，打个比方。"

容央显然已无暇去计较那一处了，探近道："当真都是一大帮人在一块儿，而不是他俩独处的吗？"

褚蕙坚定地摆手。

容央暗直，又道："那有一年冬天，林雁玉不慎坠湖……"

褚蕙不须她多讲，立刻澄清道："林雁玉自己走路不当心，大哥就在湖对面，眼睁睁看她落水，总不能不救。不过，他也不是立马就跳下去，而是先把百顺踹下去救人的，奈何百顺不争气，救人不成，反把自己溺进去了，大哥只好亲力亲为，把这两人一块给捞上来了。"

容央眼瞪得极圆，表情实在相当之精彩，把褚蕙看得一怔，继而笑："殿下，你吃惊的样子，实在太可爱了。"

容央更是一震："啊？"

褚蕙真诚道："其实，殿下大可不必担心大哥对林雁玉有什么想法，从我见殿下的第一眼起就知道，这世上能拴住大哥心的，只会是殿下了。"

容央一颗心被她讲得扑通扑通："你……为什么这么觉得啊？"

褚蕙道："因为殿下一看就很甜，而大哥，是最喜欢吃甜的人啊。"

"……"

空中的风蓦然静止一般，漫步水榭里的桂花香也一并驻足在鼻端，缭绕于心间亘古不散。

榭中气氛前所未有之温馨宁谧。

容央静静把褚蕙看着，片刻，道："你，再多讲两句吧。"

（4）凤栖梧

这一日，褚怿从外面回来，已是夜深人静时分。

闻汀小筑里留着灯，但四下静悄悄的，显然大多数人都已睡去，褚怿揉着眉心，心想容央八成也是窝在帐里梦会周公去了，径自去厢房那边沐浴后，方披着外袍跨入主屋。

及至床前，撩开帐幔，褚怿手腕被一双小手抓住，紧跟着跌入帐中。

大床咯吱咯吱地响起来，褚怿披在肩上的那件外袍滑落帐外，侍立外间的荼白瞧见，红着脸吹灭落地罩边的烛灯。

重重纱帐里，光线更黯一寸，肌肤相触时的战栗随之更敏感一厘，褚怿掌着容央的后脑勺，含着她唇用力索取，另一只大手不停，抄开寝衣，侵城略地。

容央气息急促，偏开脸，他滚烫的唇顺势从嘴角至耳鬓，从耳鬓至脖颈。

容央任他埋在那儿吮了一会儿，低低窃笑，褚怿蓦然从她这促狭的笑声中憬悟什么，头抬起来。

咫尺间，一双眸子暗沉如雷霆蓄压。

容央这次丝毫不惧，反明目张胆地问："甜吗？"

褚怿眼瞬间眯起，犹如锋芒出鞘。

"成心的？"褚怿哑着声。

容央一悸，乖巧道："亲一亲你都不成？"

褚怿喉结动了动，低头，朝着她耳朵问："还有几天？"

容央大概算了算，答："至少三天吧。"

褚怿声音低郁："那不就是七夕那日？"

容央反应过来，癸水最后一天还真就是七夕，且保不准七夕那日都不一定彻底走，一时赧然又郁闷。

这时脸被褚怿拨过来，唇又给他深深含住，容央抱着他后背，能明显感受到他的忍耐。

“我帮你弄……”唇分开时，容央喘着向他提议。

褚怿绷着的下颌线明显更紧了一下，撑在她上面，亲着她脸：“怎么弄？”

容央闭着眼睛：“听你的。”

褚怿唇蹭过她脸颊，含住她耳垂尝了会儿，开口道：“上来。”

夜风吹响树叶，飒飒冷响宛如雨声骤至，闻汀小筑外的湖心亭内，林雁玉坐在小石桌前，纤长的手指抚过桌上的一支玉屏笛。

前去探风的丫鬟跑回来，林雁玉听闻动静，转头看去，不及人近跟前，便道：“来了吗？”

丫鬟颦着眉，上前道：“这都一个时辰了，别说吵架，就是大声说话的动静都没有，照奴婢看，今夜多半是不会再吵了。”

林雁玉眉心深锁，沉吟道：“不会。”

丫鬟不解。

林雁玉道：“帝姬今日走时，明显怒火攻心，势必会就我和悦卿哥哥的往事闹上一闹，你再去盯一会儿。”

丫鬟无奈，只能应声而去。

林雁玉按捺心中疑惑，看回石桌上的玉屏笛。

褚怿此刻还不出来，未必就是真的跟嘉仪帝姬风平浪静，或许，两人已经有了龃龉，只是褚怿顾及几分皇家颜面强行忍着，暂时没有同她吵开。

他现在会在干什么呢？

照他孤傲的性情，一定不会安然无事地和嘉仪帝姬共寝入眠，应该是拿了壶酒，独坐在院中闷饮罢？

林雁玉心念一动，把玉屏笛拿起来，横至唇边。

山不就我，我便就山。

清越的笛声悠然飘荡开来，顷刻笼罩亭外，顺着秋夜凉风越飘越远。

林雁玉知道褚怿爱乐，尤其爱听人唱曲儿，但她歌喉条件区区，纵然苦练多年，也并不能黄莺绕梁，故而今夜只能凭借一曲哀婉笛声相唤，希望能把他的人、他的心都唤来身边。

月铺千里，笛声踏水越墙，极快和无边的月色融为一体。

褚晏今日实在疲惫，沐浴后，先是费尽心神地打发了三位变着法来求恩宠的小妾，后是强打精神看完一份军情，等万事办妥，打着哈欠要往床上倒时，一声笛音蓦然破窗而入，震得他一个激灵。

什么破笛，吹得跟哭丧一样。

褚晏皱着眉头忍了会儿，忍不下去，放声叫来小厮："外面是谁在吹丧？"

小厮："？"

褚晏纠正："……吹笛。"

小厮领会过来，忙道："四爷稍等，估计是后院的哪位小娘子，小的这就去解决了！"

林雁玉一曲吹罢，闻汀小筑外还是无甚动静，想了想，铆足力气又开始重吹一曲。

这一曲，较之先前更低迷哀怨，黯然销魂，实在把她这十年来，尤其是这小半年来的心事倾吐得淋漓尽致，以至于乐曲不及过半，人便已潸然泪下。

明月皎皎，秋风萧萧，亭中美人垂泪吹笛，正在楚楚可怜之处，却听一人喝道："那边那边，干什么呢！"

林雁玉一震，笛音骤停。

转头看去，一小厮提着灯笼火急火燎地赶来。两人打过照面后，小厮撇着眉道："哎哟，我说表姑娘，这大半夜的您不睡觉，跑来这儿吹笛干什么？"

林雁玉脸上一热，不及回答，小厮往后面指去："墙那边就是四爷的院子，这两日他忙得焦头烂额，披星戴月，刚刚好不容易能歇下，又给您这……唉！"

小厮越想越匪夷所思，实在不明白这表姑娘今夜唱的到底是哪一出，就算是心中有愁，夜不能寐，要寄情于声，也该自去她那后院里吹去，跑来这地段折腾人，那不是存心找碴儿嘛！

林雁玉面红耳赤，热泪还挂在脸上，更显狼狈至极："对不住，我……"

小厮瞧她这模样，也是感觉可怜，摆摆手，解释道："这个湖心亭，一边住着府上的四爷，一边住着大郎君，眼下还有帝姬也歇在那儿，寻常时候，外人都不该来的，更何况是大半夜，这万一冲撞了，我们这些小的也担待不起啊。"

林雁玉张口结舌，越听越有颜面扫地之感，所谓"外人不该来""小的担待不起"，话里话外不就是影射她不是府上人，寄人篱下，不守规矩吗？

林雁玉无地自厝，用力把脸上泪痕揩去，哽声道："我知道，你不用说了，我这就走。"

小厮重又看她一眼，然而终究没有多言，"欸"一声，掉头便去了。

亭外湖风沁凉入骨，细密如针，再无一丝清爽之意，林雁玉攥着玉屏笛，压着怒火，含恨朝闻汀小筑的方向看去。

碰巧前去探风的丫鬟再次返回。

"姑娘，你……"

丫鬟被林雁玉此刻的表情所惊，然而还没问完，便给林雁玉打断："有动静了吗？"

丫鬟沉默了下，道："有了。"

林雁玉唇边泛起一丝冷笑，便欲赶去截人，丫鬟忙不迭把她拦住："姑娘，姑娘，我话还没说完，那动静是……"

林雁玉不耐烦道："是什么？"

丫鬟道："是主屋里……叫水了。"

林雁玉驻足，蹙眉道："叫水？什么意思？"

丫鬟尴尬道："就是……大郎君和帝姬刚刚，那个了呀……"

次日，云澜苑上房。

林雁玉依旧跪坐在文老太君榻前的那块蒲团上给她揉腿，但这一次，揉得漫不经心。

文老太君默不作声地把自个儿那条腿抽回来，笑着道："怎么今日瞧着，很是憔悴哪？"

林雁玉有苦难言，强笑道："没有……"

文老太君端详着她，欲言又止。

昨夜闻汀小筑那边，她自然也有眼线盯着的，叫水一事不提，林雁玉跑去湖心亭里吹笛，最后被褚晏派小厮喝退的细节，亦有人给她汇报得清清楚楚。

原本以为是个八面玲珑、心思细腻的姑娘，怎么实际行动起来，就像缺根弦了一样？

文老太君心中叹息，看林雁玉的眼神多了两分遗憾，便欲宽慰一二，丫鬟打帘来报，嘉仪帝姬又来请安了。

这日陪在上房的仍旧是周氏。

一行人互相见礼过后，容央照旧去文老太君身边坐下，林雁玉跪坐在斜对面，眼一抬，脸色顿时一变。

容央今日绾着高高的朝天髻，纤长白皙的脖颈无一丝头发遮挡，银镶琉璃珠耳环摇曳的地方，正贴着下颌底下，而下颌底下，赫然是一块暗红的瘀青。

有劳昨夜丫鬟顺着"叫水"一事提点，林雁玉现在十分明白，眼前的这块瘀青，绝非彼瘀青。

心脏蓦然像被尖利的爪挠过，林雁玉绷紧脸，僵硬地转开视线。

文老太君何其眼尖，自然也早把这一处细节看进了眼中去，笑着跟容央东拉西扯，有意避开昨夜的话题。

容央任她拉扯，等她拉得差不多了，方慢慢道："奶奶今日再给我说一些驸马小时候的事吧。”

文老太君愣了愣：“嗯？”

容央微笑：“就是小时候驸马和雁玉的事呀。我原本一直觉得，驸马是一个特别无趣、特别不解风情的人，昨天听你们聊，才知道他原来有那么多可爱的地方。回去后，越想越有意思，可惜呢，到底没有听够，所以今天来，还想再多听一些。”

文老太君显然意外，把细细的双眼尽量瞪大起来，容央歪头，一副天真烂漫的模样，洗耳恭听。

文老太君敛神：“哦，那个……”

她眼神闪烁，把嘴张开，话至喉间，猛地惊觉根本没料——就褚怿和林雁玉那屈指可数的事儿，早在昨天就给她俩边讲边编地掰扯完了，这当口还从哪儿讲去？

文老太君心念电转，把林雁玉捕入网里：“雁玉，你来说。”

林雁玉正黯然地走着神，闻言明显一愣。

文老太君笑着提醒：“殿下想听你和悦卿小时候的事，你……再说说呗。”

林雁玉难以置信地看向容央，容央蔼然笑着，静等她开口。林雁玉局促地敛回视线，想了想，重整旗鼓道：“十岁生辰那天，悦卿哥哥来我家中做客，在后院玩时，陪我一起投壶，但是我太笨，怎么投也投不进去，后来……”

“后来，驸马就从后面握住你的手，低着头，手把手地教你投。最后，你明明投中了，他却还笑你傻气，边上的那些小孩都说他是故意的，越说你傻，他就越有机会再教你投……”容央笑眯眯道，“这个昨天说过了。”

周氏和文老太君眼看别处，林雁玉白着脸愣在那儿，缓过神后，继续道：“十一岁那年夏天，我来府上玩，碰巧悦卿哥哥的朋友也在，有一个一看见我，就……”

“就上来跟你搭讪，把驸马气得不轻，练武场上切磋时，打得那位朋友满地找牙的……这个昨天也说过了。”

容央颦眉，不满意道：“雁玉，你要认真地讲，不能敷衍我呀。”

“噗——”

坐榻边上，周氏忍俊不禁，笑完忙把嘴掩住，作势喝茶。

容央气定神闲地坐在榻边，眼盯着底下的林雁玉，唇边有笑，眸中有刀：“讲吧。”

又半个时辰后，嘉仪帝姬领着两名侍女离开云澜苑，这一回，走得眉欢眼笑，意气风发。

一炷香后，面色铁青的林雁玉跟着告辞。

上房里安静下来，文老太君缓缓又躺倒下去，手再次往噗噗乱跳的心口上摸，自言自语般道："这帝姬，倒挺聪明。"

周氏坐在一边，闻言道："毕竟是打小在禁庭里长大的，眼界、肚量、城府都绝非雁玉这样的寻常姑娘能比，何况又还是十多年来最圣宠不衰的嘉仪殿下，被偏爱，总是有缘由的。"

文老太君不反驳，回味着刚刚帝姬和林雁玉交锋的一幕幕，越品越有刮目之感。

这帝姬人前瞧着，不过就是个天真烂漫的小丫头，脸蛋虽甜，但骨头里的傲气根本遮不住，原本以为一点就能烧起来，没想到弄来弄去，倒是把点火那人给烧得光溜溜咯。

文老太君心中郁结，偏巧这时周氏道："雁玉的事，母亲还打算帮吗？"

文老太君沉默了下："你问这话，是什么意思？"

周氏笑道："我记得母亲以前说过，褚家选儿媳，不怕顶聪明的，也不怕顶不聪明的，就怕半斤八两，还自作聪明的。雁玉想靠离间悦卿和帝姬来上位，虽然下作些，但也是一条能走通的路，只是这条路走得如何，母亲也亲眼瞧见了。"

周氏点到为止，深意已不言而喻。文老太君脸拉下来，想起林雁玉，全是恨铁不成钢。

周氏继续道："其实，悦卿和帝姬也才大婚三月，纳妾一事，并不着急。当初母亲跟悦卿谈的不是一年吗？再者，帝姬是龙凤胎，我以前听专攻孕育的大夫提过，双胎、多胎的孩子，生育双胎的机会也是很大的，指不定来年春天，帝姬一下就给你生下两个、三个重孙儿了。"

文老太君听罢，脸上依旧并无喜色，反闷声道："不弄那个，那不好生，弄不好，是要出人命的。"

周氏微怔，继而笑意更暖，就差把"刀子嘴，豆腐心"写在脸上。文老太君躺在榻上，叹息一声："大契和大娄在东北交战了，这事儿，你知道吗？"

周氏顿了下，答："昨夜里听恒哥儿提了两句。"

文老太君道："那你就该知道，为什么我不能再给悦卿一年时间了。"

周氏默然。

城门失火，殃及池鱼，契、娄、鄞三国接壤，无论其中哪一国发生战事，各国的边关都必须严防。

更何况，大鄞和大契眼下还是秦晋之邦。

周氏沉吟片刻，道："悦卿是帝姬的夫婿，官家就算要褚家人回三州戍守，应该也会顾及帝姬，留下悦卿的。"

文老太君道："褚家人就该去褚家人该去的地方。"

屋中氛围悄变，周氏垂下眼，张口结舌。

文老太君默默看着窗棂上的一截树影，倏地道：“老四那边怎么样了？”

周氏回神，答道：“这两日忙着金坡关终审的事，没什么时间和精力顾及后院，不过晚膳时，多半还是会叫秦小娘子陪着。至于上回留宿过的陶小娘子，最近总不大出门，大概是……”

文老太君眼转过来，顷刻间炯炯有神：“那还愣着干什么，还不请大夫去看看？”

周氏哑然失笑：“来给母亲请安前，我就已派人去请了。”

文老太君点点头，转念又开始愁道：“上回相中的那两家也不知道怎么回事，一听老四被降职，就成咱侯府热脸去贴他冷屁股了。这种人家的姑娘，不娶也罢。你再留意留意，京中还有哪些个适合老四的人家。”

却说嘉仪帝姬赵容央意气风发地离开云澜苑后，一径前往练武场，要把此刻这澎湃的喜悦分享给褚蕙。

不承想，一去竟扑了个空。

心念一转，不甘心的容央立刻打道往褚蕙的杏雨阁而去，及至小院口，险些被一连串鸡飞狗跳之声吓得丢魂失魄。

雪青、荼白两个把帝姬护着，探头进去，亦是大惊。

庭院北边是一大间重檐九脊顶正房，东西厢房相贴，交接处各种着一大棵杏树，此刻，一大帮丫鬟婆子或围拢树下，或东奔西跑，正齐刷刷地仰着脑袋大喊大叫。

至于那喊叫的对象，则自然是在檐上、树上飞来飞去的吴氏和褚蕙了。

容央拨开面前的两颗脑袋，瞪大眼睛去看，只见吴氏手里甩着条长鞭，鞭鞭朝褚蕙屁股抽去，褚蕙则脚踩风火轮一样，辗转于小小一座院落上空，躲得游刃有余。

吴氏气不过，一边追一边骂，每骂一次，褚蕙便朗声回一句“不嫁不嫁，死也不嫁”，气得吴氏天灵盖上的火苗越蹿越高。

这时，眼看褚蕙钻入树叶里，吴氏立刻放臂抽去一鞭，藤鞭快如紫电，劈得一大棵杏树轰然震颤，片片树叶腾空飞舞。

褚蕙矫捷如脱兔，跃下树去，朝着小院外溜之大吉。

吴氏目中精光一迸，反手再甩一鞭，漫舞空中的树叶被鞭上内力一灌，立刻旋转如飞刀激射。

探头出来观战的容央瞳孔一缩。

褚蕙本来打算朝东边躲开，见得此景，旋至一半的脚掌骤回，朝容央所在的方向飞扑过去。

容央瞠大双目，不及回神，整个人被褚蕙抱起来跃至半空，电光石火间，飕飕破空之声自周身掠过。

雪青、荼白二人缩在墙下抱头大叫，院中一众丫鬟婆子忙不迭追赶出来，吴氏定睛一看，蓦然色变。

小院门口外两丈开处，两人衣袂凌空翻飞，褚蕙抱着容央落回地面，关切道："大嫂，没事吧？"

容央惊魂未定，双手在褚蕙胸前越抓越紧。褚蕙被揪得一疼，把她手腕拿住："大嫂，你要不……轻些？"

容央回神，忙撒开手来，眼神又惭愧又钦佩。

褚蕙笑笑，把她放开。

这时，吴氏已卷起长鞭匆匆赶来："殿下！"

容央整理衣裳，闻言转头："二婶婶……"

吴氏赶紧上前一个劲赔罪，脸色自然十分之难堪。容央讪笑着摆摆手，示意自己没事，静了静，还是忍不住道："二婶婶这么追着蕙姐儿打，可是……她犯什么错了？"

吴氏口呿舌挢，褚蕙灵机一动，过来打圆场道："没有没有，我没犯错，娘亲也没打我，这是我们家例行的特训，她在练我呢！"

容央一怔。

转眼朝一片狼藉的小院里看去。

照这个练法，也不知一年要重葺多少次庭院哦。

褚蕙极快看吴氏一眼，趁势而为道："大嫂是有事来找我的吧？"

容央点头。

褚蕙便立刻把她手腕握住，朝吴氏道："那我先去陪陪大嫂，晚些再来给娘亲请安！"

容央再次猝不及防，吴氏则是防不胜防，一声"欸"尚未唤出，就眼睁睁看着褚蕙拉纸鸢似的把容央给拉走了。

一炷香后，练武场外水榭。

取来提盒的雪青、荼白把水果、糕点、热茶、凉饮一一端上小石桌，容央捧来一盏碧螺春饮下，缓过来后，蹙眉道："所以，二婶婶是在逼着你成亲？"

把前因后果一口气倾吐完的褚蕙长叹一声，点点头，取来那盏清凉的木瓜汁饮下。

容央又理解，又不能理解。

理解的是像褚蕙这个年纪，的确是该谈婚论嫁了；不理解的是催婚就催婚，哪有人家催出这阵仗来的？

容央心念微转，小声道：“你，是不是不满意二婶婶给你选的郎君呀？”

褚蕙长眉一蹙，思索道：“倒不是不满意，斯斯文文、白白净净的一个，应该是个值得托付的人。”

容央不解：“那你为什么不肯嫁？”

斯斯文文、白白净净的郎君，那不是蛮好的郎君吗？

褚蕙看向她，莞尔一笑：“因为我不想嫁人。”

容央哑然。

褚蕙握着杯盏，看向水榭外练武场的方向。天高云淡，一杆杆长枪掠过，耀眼的红缨舞动，喝令声洪亮，交锋声铿锵。

“我想上战场，像叔叔伯伯、大哥二哥们那样。斩敌寇，卫关城，像一个真正的褚家人那样。”褚蕙缓缓道。

容央一震，顺着她视线望过去：“你们褚家的姑娘，也有上阵杀敌的吗？”

褚蕙笑着，眼神发亮：“当然。”

容央显然意外，静默片刻，又转回脸来：“那二婶婶为什么不让你去？”

褚怿曾说过，褚家男儿最晚弱冠、最早束发就要去前线，如果姑娘们也能去，那年龄应该也不至于太晚吧？

褚蕙脸上笑容微滞，低声：“我娘就剩我一个了。”

容央怔然。

褚蕙道：“我原本还有两个哥哥，很多年前，都不在了。就是居庸关告急的那一年。我爹去得就更早，是庆义十二年春天在关南云中山里没的。那年，我还很小，我娘听到我爹的死讯，说什么都要去云中山里找人——她年轻时是做飞贼的，有回不知道怎么地偷进军营里去，被我爹逮了个正着，后来逃跑时出意外，差点丧命，又被我爹从鬼门关前救了回来。我爹说，她太折腾人，要娶了她这祸害造福人间，我娘不答应，就被他一路绑回京城，按着脑袋成了亲。”

褚蕙笑着，回忆道：

“我娘是个暴脾气，整日里跟我爹打打闹闹，但其实，心里一直把他看得比命还重要。那一年，如果不是因为我还太小，她一定会追去关南，不说带回我爹的尸骨，至少也要报个仇，杀几个契兵，打一场胜仗。她本来可以做吴兰桡，但为了我和两个哥哥，她只做了母亲，只做了褚家二爷的遗孀。

“打那以后，她的念想就全在我和两位哥哥身上，天天督促我们练枪法，学兵法，催着两个哥哥去前线，去守城，去打仗。可是两位哥哥一个接一个地去了，轮到我时，她就慌了，怕了，后悔了，拿着姑娘的身份说事儿，一回又一回地把我入伍的事往后拖，拖到今年，就开始安排大婚了。”

褚蕙苦笑两声，垂眸道：“其实我能理解她，但是，不去北关骑一次战马，上一次疆场，我这辈子都不会甘心的。我苦练那么多年的枪法，就是想替我爹、替我两位哥哥打一场他们没能打完的仗，要我就这样不明不白地嫁人，我是绝不会点头的。”

容央默然，其实褚蕙父兄的事，早在上回来侯府时她便听褚怿提过了，但这一回听，又是不一样的无奈和酸楚，总感觉每个字都像一把刀，刀刀都扎在人心窝上。

“就没有比较折中的办法了吗？”容央试探着问。母亲不敢再放手，女儿不甘就此罢手，硬对硬拉锯着，结果只能是两败俱伤。

褚蕙愁眉锁眼，显然十分为难。

容央心念悄动，探近道：“其实，你可以找一个像你大哥那样的夫婿，同你一起上阵杀敌呀。”

褚蕙撩起眼皮，目光意外。

容央偷笑着，静等她恍然大悟，然后猛夸自己聪慧机智。

然而，褚蕙却只摆手，坚决地道：“我只喜欢斯斯文文、白白净净的。”

容央无奈。

风吹动两位少女细软的鬓发，褚蕙认真说着，英气飞扬的一双凤眼前发丝拂过。

容央看她一会儿，把唇边的一根绒发挽去耳后，沉吟道：“其实，我以前也是喜欢白净斯文的。”

比如方仲云，比如宋淮然。

王忱虽然算不上白净，但至少跟“斯文”十分沾边。

至于褚怿，除了有一张不错的脸蛋，一来冷傲，二来粗糙，三来更不像有什么文采的模样，哪里符合自己对未来夫婿设置的标准？

谁又能知道，兜兜转转下来，竟是越看越顺心合意，郎艳独绝，世无其二。

容央因道：“但缘分呢，就是个很奇妙的东西，人合不合适，还是要多多相处才能知道。既然现在二婶婶给你挑的郎君本就是你喜欢的类型，那你大可跟他多处处，找机会提一提你想去北边的事，指不定他理解后，会鼎力支持呢？”

褚蕙一怔，敛神深思片刻，答：“那……他要是不支持呢？”

容央道：“车到山前必有路，他不支持，你自然就会有不支持的应对之策，只是眼下倒不必把条条后路都备妥，像那淮阴侯韩大将军，不就是斩断后路，方能有背水一战之功吗？”

褚蕙听她竟跟自己聊起韩信来，会心一笑后，又抱拳道：“多谢大嫂开解。”

容央展颜摆手。

褚蕙笑着又道："听说后天的七夕，就是大嫂的生辰了？"

容央"嗯"一声，倏地想起什么，道："蕙蕙你是哪天生的？"

褚蕙答："十月初三。"

容央心中有数了，凑近："那，你大哥又是哪一天的呀？"

褚蕙表情微怔，似意料不到容央会困于这个问题，握着杯盏静了静，答道："冬至。"

容央扬眉："那是很好的日子啊。"

冬至是大鄞的三大节日之一，素有"亚岁""冬除""二除夜"之称，可见国人对其的重视。

容央不解："他为什么从来都不过？"

还不肯告诉她到底是哪一天。

褚蕙微微低头，沉吟少顷后，低声道："这件事，本来不该我来说，但大嫂既然问了，我也不能藏着掖着。六岁前，大哥的生辰还是每年都过的，而且年年都办得比除夕还盛大热闹，但六岁以后……"

褚蕙黯然而止，几次尝试措辞，屡屡哽住喉咙。

最后只道："大伯母，是在大哥六岁生辰那天去的。"

容央大震，骇然睁大双眸。

褚蕙解释："那时候我还不记事，后来听府上人说，大伯母是带大哥去看南戏时遭的意外，动手的是大契潜伏在京中的密探。那两年，大鄞和大契隔三岔五就交战，大伯率领褚家军雄踞三州，屡立奇功，成了大契的眼中钉肉中刺。据说那天夜里，大契的密探是想绑架大伯母和大哥来威胁大伯交出三州布防图的，但是……"

但是……

褚蕙再次戛然而止，脸色较之刚刚，竟像凝重许多，容央的心悬在这片沉默和凝重里，煎熬得如被凌迟。

"忠义侯，当时在吗？"容央紧张地问。

"在。"褚蕙缓声，"大伯母的尸首，是他亲自抱回来的。"

栏杆外，醮水的垂柳在秋风里飒响，开始枯败的草丛里藏有寒蝉低嘶。褚蕙道："大家说，大伯母是自戕的——因为不想让大伯去抉择。褚家人在家国之间，只能选国，不能选家，所以那时候的大伯是不能抉择的。后来，大哥的生辰就再也没有办过，那一天，大伯也基本不会回府，久而久之，生日就只剩下忌日，等大伯再一去，对大多数活着的人而言，冬至这天，也就只是一个节日了。"

容央愕然地垂着眼，反复回忆上次问褚怿生辰时的情形，纤长的手指在瓷盏外越压越紧。

褚蕙感慨道："大伯和大伯母的感情也是很深的，在大伯母生前，大伯就一直不肯纳妾，哪怕多年来两人只有大哥一个孩子，也一直坚持一生一世一双人。大伯母死后，大伯也没有续弦，最后捐躯疆场，一生就只大哥这一点血脉，以至于大哥每次出战，奶奶在家都紧张得夜不能眠，生怕他像我那两位哥哥……还有其他的哥哥、弟弟那样。"

褚蕙苦笑两声，转头去果盘里拿了个林檎果来吃，香脆的果肉在嘴里化开水滋滋的甘甜，褚蕙忽然间像是明白为什么褚怿那么爱吃甜食了。

"所以，老太太很急切地想要长房开枝散叶，哪怕褚怿娶的是我，明知会冒犯我，也还是要想方设法地把其他女人塞进他房里……对吗？"

褚蕙因容央这一句诘问愣住。

容央以手支颐，垂眸晃着瓷盏里凉下来的碧螺春，脸上神情冷寂下来，落寞下来。

"我明白了，理解了。"容央缓而低地道，"也不快乐了。"

褚蕙："大嫂……"

容央扯唇笑笑，把那半盏凉茶喝下去。她突然间想起上回去兴国寺探望明昭长帝姬的事来，青烟缭绕的内室里，姑姑背影孑然地跪在佛像前，用着最冷漠最讥诮的话谈起忠义侯府：

——这种人家的男人，从来都把子嗣看得比天还重，你们眼下刚刚大婚，他又是尚主，不便纳妾，自然是要先哄着你，疼着你，好诓你尽早把孩子生下来的……

所以，那或许并不是姑姑的戏谑和成见，而是成为侯府的新妇后必须要去面对的现实，对吧？

容央的心蓦然像被一大片冷水淹住，横竖都喘不上气来，她惊愕于这种处境，但又揪不出这处境的错。

忠义侯府征战疆场，一代代为国尽忠捐躯，于家而言，唯一能尽力保留的就只那一点血脉，有什么错？

她堂堂一国帝姬，不给予这保卫家国的将门支持，反而要把褚怿据为己有，归根结底，是哪一方不够明事理，识大体？

容央不能强说前者错，也做不到承认后者的错。

"大嫂。"褚蕙又唤一声。容央抠着瓷盏外的青花纹，恍如不闻。

褚蕙赧然一笑："大嫂难道忘了我刚刚说的，大伯和大伯母的事了？"

容央依旧不应。

褚蕙便道："既然大伯能为大伯母做到择一而终，大嫂为何就不能多给大哥两分信任呢？"

容央终于撩起眼皮，淡淡地看过去。褚蕙展颜道：“大哥和大伯一样，都是用情专一之人。”

容央反诘：“可他连生辰都不肯告诉我。”

说什么喜欢，什么中意，最后却还是不愿意跟她交心，不肯把内心最隐秘的创痛袒露给自己。

这样的喜欢，又能维系多长时间呢？

褚蕙怔然，不及回复，容央又道：“他前两日跟我说，如果没有和我结缘，他的确是会娶林雁玉的。”

褚蕙蹙眉。

容央道：“可见对他来说，有情无情也并不是那么重要，至少，没有成家和生育重要。”

申时三刻，一众部属自四爷书房离开，小厮把重沏的热茶送进去。

褚晏端起茶盏喝了两口，朝下首翻开军情的人道：“后天，帝姬的亲友确定会来府上赴宴？”

褚怿眉眼不抬，径直答：“明昭长帝姬不会来。”

小厮还候在一边待命，似有话要汇报的模样，褚晏不耐烦地把人屏退。

小厮犹豫道：“四爷，早上后院来了大夫，是去给陶小娘子诊脉的，诊脉的结果，您要不要听一下？”

褚晏在脑海里把“陶小娘子”大概对应了一下，皱眉：“讲。”

小厮看褚怿一眼，略微思忖，还是上前悄声给褚晏汇报。

褚晏听罢，点一个头后，挥手把人打发。

小厮去后，褚怿翻开一页军情：“四叔要做爹了？”

褚晏咽下口中茶水，朝褚怿瞪去：“不急，等你。”

褚怿哂笑：“四叔这边群英荟萃，怕是想等也等不住。”

褚晏冷嗤：“你眼馋，点一个头，你那闻汀小筑保准济济一堂。”

褚怿嘴角微动：“那得刀光剑影，硝烟弥漫。”

褚晏欲言而止，眼盯着褚怿端详片刻，扯唇一笑：“照你们年轻人这种玩法，那是得处处见血，性命攸关。”

褚怿总感觉他眼神古怪，话里也显然另外有话，但一时参悟不过来，便笑一声，由他去了。

离开素心斋，褚怿径直往闻汀小筑走，及至前院厢房前，倏地脚下一转。

百顺跟着他转入厢房里，疑窦重重。

厢房里设有镜台，褚怿走过去，弯腰撑在台面上，脸一偏。

百顺盯着镜中，尚不觉什么，直至褚怿又缓缓把脸扬起来。

一束暮光斜倾而过，褚怿眯眼，再睁开，线条冷硬的下颌底部，一块瘀痕被镜面映出。

百顺在后看得虎躯一震。

褚怿眼睫半垂，拇指反复摸过那痕迹，片刻，薄唇一勾。

“走。”

容央今日显然兴致寥寥，褚怿来时，人在圈椅上坐着，眼都没有动一下。

褚怿在落地罩边驻足，看雪青，雪青很敬业地使眼色。

褚怿领会，吩咐“传膳”，示意她退下，容央眼微动，但到底没有去拦。

褚怿上前，把容央拉起来，而后抱着人坐下。

容央转开脸，不情愿看他。

褚怿捏住她下巴，先去看她脖颈处的吻痕，看了一会儿后，再把她脸转回来。

他的眼盯着她眼：“咱俩是对狗儿吗？”

容央一震，反应过来后，猛捶他肩膀。

褚怿笑，任她捶。

容央一腔郁气被他整得不上不下，拳拳如捶打在棉花上般，恼道：“你才是狗，你才是狗……”

狗男人，狗男人！

回回嘴上抹蜜，却根本口不对心！

褚怿把她的小拳头握住，也不管边上丫鬟在小圆桌前上菜，就着她嘟着的唇吻下去。

起先只是浅尝辄止，你追我逐的，碰一碰，躲一躲……后来也不知什么时候原形毕露，咬她的唇，勾她的舌，纠缠不休，恣意厮磨。

丫鬟上菜的动静就在耳后，越小心翼翼，越令人局促难安。

容央又气又羞，被亲得脸红耳热，推开他时，只感觉自己快熟透了。

褚怿额头抵着她额头，一双黑眸烁亮，嚣张又炙热。

容央百感并至，也不知是哪一种情绪作祟，眼眶突然就酸得湿了。

褚怿一惊。

他欲拨她小脸来细看，容央扑进他怀里，用力把他抱住。

褚怿一愣。

“我觉得，我是很喜欢你的。”容央瓮声开口，眼泪砸在他颈上，“不管你心里究竟怎么想，究竟……是不是真的有我，我都不准你有其他女人，要不然，要不然……”

褚怿把人抱着，听得蹙眉，却也有点想笑，哑声：“要不然什么？”

容央吞声饮泪，凶道：“要不然……我就不要你了！”

褚怿哑然失笑。

“不准笑！”容央更凶。

褚怿迭声应是，把坏笑敛去，哄小孩似的，大手在她抽动的肩膀上一下一下地轻拍。

等她稍稍平复下来，他方低声道：“别不要我。”

容央本来不抽泣了，红着眼圈趴在他肩膀上，闻言又差点哭起来。

褚怿沉默了下，把人从胸前拉开，去抹那小脸上的泪痕。

容央噙着泪、咬着唇、可怜巴巴地看着他。

褚怿拇指抵在她眼睑处，承诺：“忠义侯府褚怿，此生不纳妾。”

容央眸光一颤，哽咽：“……外室呢？”

褚怿：“不养。”

容央：“通房？”

褚怿：“……不整。”

容央信心慢慢起来，但还有最后一问：“……嫖不嫖妓？”

褚怿啼笑皆非，叫她：“赵容央。”

容央小脸又皱起来：“你叫我全名是什么意思……”

褚怿头大，悔得想咬舌头，一面重新哄，一面佩服自己竟然也能有这样的耐心和毅力。

他仔细想想，好像全是给她训练起来的，一回生，二回熟，如今简直是信手拈来，老马识途了。

容央在他的安抚下渐渐恢复，提点他：“你照着我的重讲一遍。”

褚怿求之不得，点头。

容央：“忠义侯府褚怿，此生绝不碰除赵容央以外的任何女人，也绝不让除赵容央以外的任何女人碰。”

她字斟句酌完，吩咐：“你讲一遍。”

褚怿忍着笑，认认真真给她重复一遍，语毕：“否则……”

容央立刻把他嘴巴捂住，大眼里包着泪：“不要否则。”

褚怿一静。

夜幕四合，窗前残余的暮光、烨烨的烛光交汇在彼此双眸深处，容央道：“你肯答应我，我就很高兴了，不用否则了。”

家族的压力他愿意去扛，一生一世一双人的承诺他愿意来给，她就已经很满足了。

她愿意给他留一分余地，留一点后悔的底气。

褚怿看着她，静默着，多年来坚不可撼的心蓦然像给什么东西攥住。

或许，就是给她攥住的。

这骄傲又温柔的小帝姬，勾人还不自知的小妖精。

褚怿把她小手拉下来，放在唇前亲了一下，郑重："没有否则。"

容央掌心被他亲得有点痒，缩回来，对上他抬起的双眼，笑了。

褚怿便也笑了。

"我会给你生儿育女的。"容央投桃报李，小声地对他承诺，"一定不止一个。"

褚怿笑着："依你。"又道，"过完生辰后，我们回帝姬府。"

容央眨巴眼，显然对这一提议有点意外，转念一想后，怔然。

他是猜中自己这两日敏感多愁的缘由了？

容央不禁五味杂陈，心里欢喜也不是，不欢喜也不是。她垂眸抠他的衣领："那你跟四叔议事，岂不是很不方便？"

褚怿淡然："差不多收尾了。"

容央眸底亮起来，看他一眼，又道："其实住在侯府也还不错的，至少你白天忙时，我还能找别人解解闷。"

褚怿笑："褚蕙？"

这倒不难猜，府里跟容央年纪相仿的姑娘也就褚蕙、褚琬、褚苓三人，后两个一看就知道跟容央不对付，也就褚蕙那直来直去、赤诚爽气的性情能得堂堂嘉仪帝姬青眼。

"怎么？"容央心念转动，试探着，"怕你有什么小秘密，被蕙蕙告诉我？"

"若真是秘密，她又如何会知晓？"褚怿噙笑反诘，一派坦然之色。

容央看他两眼，最后还是把生辰一事咽回去了。

"再说吧。"容央扬扬眉，松开他衣领，催他去用膳。

褚怿揽她上前就坐。

侯府里的吃穿用度不比帝姬府，晚膳还是简单许多的，不过菜品虽少，滋味倒是照着二人的偏好来做，故而吃起来也还十分合口。

褚怿坐下，亲自给容央夹菜，容央吃了两箸后，问起后天他的安排。

照大鄞律法，七夕这日，官员都是有休沐的，容央想既然那天要顺便办生辰宴，那褚怿大可把他的同僚朋友们一并请来，大家热热闹闹地聚一聚，一则给褚怿解解压，二则也便于她掌握一下他的人脉。

褚怿从善如流，笑着应完，确认道："夫人真不打算请明昭长帝姬了？"

容央一怔后，很快反应过来他话后何意，哼道："以前在宫里过，姑姑都不肯来，更不用说是现在。"越想越有点愤愤难平，"请她来领略四叔那六位小娘子的风采吗？”

这些时日住在府里，褚晏那边的动静，容央多少是有所耳闻的。譬如前天傍晚散步，碰上三位吹拉弹唱的在摘星阁里编派什么秦小娘子；今天早上回来，又撞上前去给什么陶小娘子诊脉的大夫。

七夕本就是郎情妾意的佳节，一刻不容耽误，六个女人争一个男人，不知道会有多少精彩的戏码，把姑姑请来，那不是存心硌硬人吗？

容央申明道：“我决定再也不帮你四叔追求我姑姑了。”

褚怿啼笑皆非，赶紧先给她夹一块酒炸石首消气：“眼见未必为实。”

容央挑眸。

褚怿道：“四叔在边疆十年，三州中所有乐坊的伶人都给他奏过箜篌，但从无一人被他幸过。诚如夫人上回在小松山上所言，四叔十年不娶，是因为明昭殿下。十年，他都愿等，何况眼下呢？”

容央半信半疑，顺着他的话往后一想，揣度道：“你的意思是，四叔跟他院里的六位小娘子，是清清白白的？”

褚怿：“至少，感情上一定是。”

容央蹙眉，听得想摔箸——

什么鬼话！

褚怿笑：“就那么重要？”

容央很神奇地立刻就领会了，反诘：“不重要，那你大郎君干什么二十二岁还是个童子？”

褚晏既然把三州的伶人都请过，那他大郎君想必也不会缺红袖添香，前者守身是因为心有所属，那他又是图个什么？

褚怿嘴角咧着，似笑非笑：“四叔管得严，说头一回，得跟喜欢的姑娘做才有意思。”

雪青等一众丫鬟还侍立在一边，他就这样露骨地把“做”字讲出来，弄得容央又惊又羞，恨不能寻个地洞钻进去。

片刻后，她蓦地又反应过来一茬事：“四叔说？”

褚怿夹来一块蜜煎豆腐吃下，默认。

容央脑海里乍然灵光闪过，压低声儿：“四叔的头一回，是跟他喜欢的姑娘……”后半截，蓦然就不敢再说了。

褚晏当年——乃至现在喜欢的姑娘，那不就是……

屋中蓦然静得针落有声，容央心内惊涛骇浪，扭头喝令雪青和其余丫鬟退下，等屋中仅剩二人后，方瞪大眼睛小声向褚怿求证：“真的？”

褚怿被她那激动的八卦样弄得一笑。

容央急道：“你快说啊！”

褚怿偏慢条斯理道：“话是真的，至于夫人所猜的……”

容央：“啊啊啊，你快说，你急死我了！”

褚怿唇边弧度更大：“我不清楚。”

褚怿把笑敛去，重新给她夹菜。

容央气咻咻地夹开丢到一边，褚怿恼道：“欸。”

容央恨恨道：“流氓。”

褚怿：“什么？”

容央一双箸捣在碗里：“卑鄙小人，始乱终弃！”

褚怿无奈。

容央恶狠狠道：“我绝对不会再帮着你四叔去祸害我姑姑了！”

难怪明昭长帝姬每次提及忠义侯府都有那样重的怨气，难怪上次在小松山上，她那么排斥和褚晏在一起……容央越想越气，也越想越悔，自己当初怎么就那么没眼力，竟然把褚晏这个大浑蛋亲手送到姑姑跟前去呢！

褚怿看着她义愤填膺的模样，苦笑：“就那么确定，始乱终弃的是四叔？”

容央捣箸的动作一顿，回想明昭长帝姬的婚姻，气势倏而弱下来。

褚怿笑笑，重新给她夹一箸小菜过去。

容央这回没敢再撒泼，捧起碗乖乖去接。

褚怿：“嘴。”

容央默然，乖乖再往前凑，把嘴张开。

褚怿一箸给她塞进去。

“唔……”容央闷声，对此粗暴表示不满。

褚怿挑眉：“手误。”

容央瞪眼。

哼，睚眦必究，就是狗男人一个！

（5）鹊桥仙

七月七，谓之“七夕”，又名“乞巧”“小儿节”。

因佳节与嘉仪帝姬生辰相重，忠义侯府这一日，盛况空前。

早间，文老太君领着一众女眷在云澜苑里祭完牛女，小一辈的各房姑娘立刻上前来，簇拥着寿星往搭仙桥仙楼的摘星阁种生乞巧去。

褚怿来云澜苑时，文老太君在庭院里监督底下人侍弄花圃里的金菊，一看他来，不由得取笑：“牛郎不去陪着织女，倒巴巴地来看我这老婆子了？”

褚怿也笑，打量四周，看无外人，上前请安后，从百顺那里拿来一封文书，交给伺候文老太君的大丫鬟。

大丫鬟低头看了一眼，脸色顿变。

文老太君眼尖，扬眉："什么东西？"

褚怿淡声："京中适婚郎君的概况，全是行伍中人，年龄二十有二，奶奶挑一个，把雁玉的婚事办了吧。"

文老太君遽然掀眼。

褚怿人站在松树下，脸孔逆在光里，静默泰然。

晨风习习，华丽侈靡的一座摘星阁彩幔飘舞，一大群女眷簇拥着容央走入阁内，倏而招呼去看昨夜里种的五生，忽而又嚷嚷去栏杆前立巧竿，叽叽喳喳，闹成一片。

容央分身乏术，被推至一方长案前，茶白惊道："天哪，那么多摩睺罗！"

眼皮底下，一方长案铺陈有祭祀牛女的花果酒炙，此外全是一列列排得齐齐整整的摩睺罗，或大或小，或男或女，或用象牙镂雕，或用龙涎佛手香制造，全部缕金珠翠，护以五色镂金纱橱。

摩睺罗乃梵语音译，在佛经里，属天龙八部神之一，据说当年曾贵为一国之王，后因罪堕入地狱，经六万年脱身成胎，又六万年出世为人，再六年晨钟暮鼓，终成佛作祖，法号"摩睺罗"。

大鄞百姓喜爱这个人物，希望也能生出这样一个孩子，于是便用泥、木、象牙等各式材质做成一个个摩睺罗来，放于七夕佳节，用作送子之祥物。

茶白眼花缭乱，看过两圈后，朝容央道："殿下要哪一个？"

既然是求子祥物，而容央又是今日的寿星，自然要讨个头彩，茶白都打算好了，殿下不动手前，哪个都别想把手往这些摩睺罗上沾。

容央定睛瞅着，缓缓道："要最漂亮的……两个吧。"

众人闻言，相视而笑，有人道："大哥大嫂的孩子，那自然该是最最漂亮的！"

有人则道："当真只要两个？照殿下和大郎这恩爱模样，怕是三五个都不一定够哪！"

耳畔笑声渐盛，容央双颊生热，用胳膊撞了茶白一下，眼神朝右上方使。茶白顺势看去，忙去取来那个坐金马、舞长枪的玉面小郎君，生怕给人抢走似的，拿来便往容央手里塞。

众人看这架势，不由得又一阵起哄。容央把那小郎君握着，眼又往左边瞟去。茶白心领意会，麻溜地去把那红纱碧笼里衣荷叶半臂、手持荷叶的小女郎拿来。

五房的钱小娘子急道："别别别，前两个，还是拿小郎君为好！"

三房的何小娘子也劝道："打仗亲兄弟，上阵父子兵！快换小郎君，就边上扛长枪那小郎君！"

茶白一时犯难，转眼朝容央请示，这时褚蕙径自把她拿住的摩睺罗拿过来，扬声道："小女郎怎么了？褚家的女郎，一样能领兵上阵，横扫疆场！"

众人或笑或叹，褚蕙不理会，同容央对视一眼，把摩睺罗拿给她。容央笑着接过，高兴地朝褚蕙一眨眼。

边上五太太施氏笑道："瞧把我们蕙姐儿给急的，等殿下选完，且先让蕙姐儿选一个女兵营来，届时母女上阵，什么大契大娄，统统杀它个铩羽而归！"

人潮里笑声鼎沸，饶是褚蕙大大咧咧，也不由得红了脸皮，道："选什么选，我又不是成家的小媳妇，我才不选！"

立刻便有人起哄："眼下不是，年底不就是了！"

五房的钱小娘子推她上前："早选着早如意不是！"

褚蕙如临大敌，脚底抹油，掉头就溜。

施氏大笑："你要溜走，那你这女兵营我可就替你选去咯？"

日照渐高，摘星阁里欢声雷动，林雁玉默默站在人群里，见众星捧月的嘉仪帝姬把俩最精致美丽的摩睺罗捧在怀里，扭头朝褚蕙离开的方向追去。

众人跟着嘉仪帝姬，或恭维，或说笑，忙忙乱乱，热热闹闹。

长案前，人气寥落，林雁玉看回那一列列无人问津的摩睺罗，手不由自主朝那扛长枪的小郎君伸去。

快碰上时，耳后突然有人唤道："表姑娘。"

林雁玉一震，手仓促地缩回身后，回头看时，对上云澜苑大丫鬟丹心的一双善目。

丹心温温一笑，道："老太太请你过去一趟。"

飒爽秋风穿苑而过，鹅卵石铺就的小径上落红起伏，林雁玉跟在丹心身后，扭头望一眼欢声渐远的摘星阁。

"表姑娘。"丹心驻足，在前边低声催促。

林雁玉敛神，随她步入云澜苑。

此刻的云澜苑和刚刚祭牛女时迥然不同，静得简直像无人之境。林雁玉调整气息，袖手默行，隔着松影捕捉到那抹玄色身影时，自以为足够沉寂的心湖还是怦然一震

如滚石坠入，血脉里全是涟漪。

"表姑娘，请。"丹心示意林雁玉上前。

松下石桌前，文老太君和褚怿相对而坐，各自面前摆着一盏茶，又凉又静。

林雁玉深吸一口气，上前给二人行礼，及至褚怿时，垂眉低眼，柔柔唤："大哥。"

褚怿眉目不动，文老太君一边眉毛微挑，显然意外于这突然变更的称呼。

“坐。”文老太君发话后，也不拐弯抹角，示意石桌上的那份名册，慢慢道，“你……大哥这两日忙前忙后，替你物色了不少京中郎君，都是照你喜欢的样子来选的，行伍中人，二十有二……可见很是贴心，费心。”

说及此处，她冷然朝褚怿乜去一眼，继而方道：“你要不看一看有无中意的，要是有，这婚事我便亲自替你办了，也不劳你大哥日后殚精竭虑，操劳朝堂的事不够，还要为这后宅之事分忧。”

这一番夹枪带棒，唬得边上伺候的丫鬟小厮大气不敢出，褚怿仍旧冷着一张俊脸，长睫垂着，一身戾气敛而不发。

林雁玉盯着石桌上那份名册，脸上紧绷的肌肉微微颤抖，片刻道：“不必看了。”

文老太君道：“不看看，错过有缘之人，岂不是可惜了？”

林雁玉苦笑道：“雁玉的有缘之人，已经错过了。”

庭中蓦然一静，林雁玉默默起身，后退一步后，在文老太君面前跪下来。文老太君愕然道：“你这是做什么？”

林雁玉叩首，决然道：“雁玉家中蒙难，能得太君收容，已是万幸之至，不敢再有非分之想。雁玉自知鄙贱，此生已无缘与心悦之人同路并肩，往后余生，只愿与青灯为伴，长斋礼佛，为家父和太君祈福。”

边上数人闻言色变，文老太君板脸道：“什么叫‘与青灯为伴，长斋礼佛’？你是要遁入空门，去做个半路出家的尼姑？”

林雁玉眸中噙泪，道：“雁玉尘缘已尽，除佛门以外，已无路可走……”

“胡闹！”文老太君怫然喝断，扭头朝褚怿，“这就是你想要的结果了？！”

褚怿耷着眼皮打量地上人，片刻，大手在石桌上一按，起身道：“三思而后行。”说罢，竟头也不回，整襟往外。

文老太君猝不及防，放声也叫不回他，一时又惊又恼，再看回跪在地上的林雁玉时，只觉头大如斗。

“唉！”

褚怿拉拉衣领，阔步穿行于廊内。百顺急匆匆地跟上，悬心道：“郎君，今天这事儿，咱算成了还是没成啊？”

为填满那一份名册，他这两天算是把腿都跑断了，要还送不成林雁玉走，岂不是竹篮打水一场空？

褚怿目视前方，声音淡漠：“无所谓。”

百顺当头棒喝，转念一想后，方慢慢领会过来。

今日褚怿带着名册前去找文老太君“催婚”，其实也就是表明了不会纳林雁玉做妾。有当年忠义侯对抗文老太君的前例在，后者应该很明白这种事情只能软来，不能硬碰，故短期之内，文老太君应该不会再提林雁玉入府之事。

至于林雁玉今天这一出要遁入空门的戏，虽然楚楚可怜，令人不忍，但打动不了褚怿本尊，那就是白费力气，反而平白给文老太君增添压力。

归根结底，文老太君要的只是长房开枝散叶，只要有人能够给褚怿传宗接代，那就是老太太的座上宾，既如此，她又何必在区区一个林雁玉身上大费心力？

百顺恍然，佩服过自家郎君的狠心和魄力，又略微替那位表姑娘唏嘘。

落花有意，流水无情，人生十之八九罢了，错过一段姻缘，再成下一段便是，何至于就心灰意冷，哀哀戚戚地要遁迹空门？

想他那份名册上，才貌双全的京中郎君也不知凡几，以她如今太君干孙的身份，还怕成不了一桩像样的姻缘吗？

只盼还是早日醒悟，慎做抉择，便如刚刚褚怿所言——三思而后行！

走神间，两人前后走下长廊，褚怿突然道："潘楼街那边怎么样了？"

百顺立刻回神，喜滋滋道："郎君放心，进展得妥妥的，保准今晚上帝姬被您感动得芳心大动，涕泗横流！"

褚怿斜他一眼，薄唇到底还是一挑，扬起抹得意的笑。

"要不哭，算你的。"

百顺"啊"一声，诚惶诚恐追上去："这，这怎么算啊？"又壮着胆、压着声儿，"那……那帝姬不哭，我给您哭成吗？"

褚怿："……滚吧。"

（6）两同心

暮色四合时分，盛大的生辰宴开席，悬灯结彩的忠义侯府被噼噼啪啪的爆竹声笼罩，继而又是喧阗金鼓齐声而奏，满座高朋争相敬贺，欢声不绝。

跟上回端午家宴不同，这次摘星阁内摆筵款待一众女眷，由文老太君携寿星嘉仪帝姬做东，前边的宴客厅则由褚怿撑场，负责同前来赴宴的男客应酬。

阁前的小湖岸上搭建有高高的戏台，唱赚、合生、杂办，爬杆、幻术、踏索……一样一样展尽花样，轮番登场，精彩得阁里喝彩声此起彼伏，一众女眷目不转睛，膝不移处。

容央坐在席间，灯辉映照的一张脸上兴致寡淡，眼虽然也是朝前面看的，但心思显然并不在那一场场表演上。

不多时，阁外有一列内侍打扮的人提灯行来。文老太君眼尖，忙吩咐人去把戏台上的表演叫停，继而领着一众女眷起身准备——原是宫内给帝姬送的赏赐到了。

官家给最疼爱的帝姬贺生辰，那赏赐自然是叫人心驰神遥，目不暇接——头一拨翠羽明珰，再一拨绸缎绫罗，往后还有一大批夏鼎商彝、和璧隋珠……也不管平日里是不是能用上，总之是极尽富贵，展尽尊荣。

然而这一大批赏赐下来以后，帝姬被变幻彩灯照着的脸依旧是淡淡的，甚至相较之前，越见得沉闷了。

席间很快有人窃窃私语，议论起帝姬这郁郁寡欢的模样是为哪般来。褚苓天真直率，想着那一大堆的礼，歆羡道："该不会是愁今夜收了这许多礼物，不知该如何搬回帝姬府去吧？"

除开官家刚刚的赏赐，阖府上下、府外亲友亦齐齐送了礼物上去，据刚刚搬礼的丫鬟小厮讲，闻汀小筑都快装不下了。

褚琬白她一眼，冷峭道："集万千宠爱于一身的帝姬殿下，还缺人给她搬东西？照我说，八成是因为大哥现在还在前厅宴客，没能来给她献礼。"

褚苓恍然，意外道："说起来，好像是还没看到大哥给她送礼物呢。"

褚怿是帝姬之驸马，他今日给帝姬送什么做生辰礼物，自然是万众瞩目的，众人此刻虽然面上不显，但内心多少都是在等着褚怿的大礼登场。

褚琬因曾经私下议论容央，被其当场训斥过，心里一直耿耿于怀，故相较他人，更关心送礼一事。

前厅越是没动静，她便越安心，容央越是不高兴，她便越窃喜，只巴不得褚怿在前边喝个烂醉，彻底把送礼一事抛之脑后去。

"大哥平日里对殿下那么好，不该现在还没来献礼的，是不是憋着什么大招，预备一会儿给她一个惊喜呢？"

褚琬冷笑一声，鄙薄道："这筵席眼看就要散了，还能憋什么大招？再说了，大哥是那种肯为送礼挖空心思的人吗？"

褚苓哑然，想想褚怿素日里那直来直去的军汉作风，也感觉他摆弄惊喜的可能性不大，努努嘴，不再多问了。

这时，有丫鬟上来传话，说是大街上人声鼎沸，赏花灯、猜灯谜的良辰已至，问各位女眷可要前去赏玩。

褚苓心里偷笑，自知这摘星阁是不会再有什么羡煞人的惊喜了，对褚琬道："走，叫上雁玉姐姐，我们去看花灯。"

她扭头朝主座，语调慢而长："这里，没看头了。"

宅邸东南角门外，一辆阔大的漆红马车稳稳地停在白墙下，百顺提着一盏六角灯笼候在车前，一看金柱大门被打开，立刻颔首行礼。

灯光泄开，雪青、茶白簇拥着严妆盛服的容央走出来，百顺朗声道："小的给殿下请安，恭祝殿下金桂生辉，萱草长春！”

荼白道：“那是人家贺七十大寿的词儿。”

百顺面红耳赤，忙赔着笑掌嘴，转身示意容央上车：“小的才疏学浅，请殿下恕罪，驸马爷在车内候着，好的词儿，由驸马爷给殿下说。”

容央眼神冷淡，盯着马车看了一会儿，暂且按捺下心里的火气，踩上杌凳登车。

百顺麻溜地把杌凳一收，请雪青、荼白二人去坐后面那一辆小车。

这边，容央掀帘，定睛环视厢内。

车壁两侧燃有暖雪灯，一盏盏清辉荧然，褚怿大马金刀地坐在窗边，膝前的小案上只放着一壶小酒、两碟糕点。

容央视线再往别处放，一个个旮旯地搜寻过去，无果后，缓缓挪至褚怿身上。

他今日穿的是右衽的交领窄袖玄袍，衣襟处用银丝绣着忍冬纹，平整地顺着脖颈压至腰侧，整个胸膛前全是平的，半点东西也藏不住的平。

褚怿双眸一深，勾唇：“看什么呢？”

容央彻底拉下脸，漠然在另一侧窗边坐下。

褚怿一下把人拉至怀里。

“你！”容央撞在他胸膛上，浓烈的酒气冲入鼻中，前前后后的恼怒瞬间齐涌上来，“你放开！”

褚怿慢慢道：“没来由地，生什么气？”

容央气咻咻：“你明知故问！”

褚怿一笑：“都收了一天的礼了，还没收到手软？”

容央瞪他：“你别避重就轻，你欠我的，跟别人送多少没干系！”

褚怿头低下来：“这才到哪儿，就知道我定会欠着你了？”

他眼睫半垂，一双黑眸又深又亮，唇间呵出来的酒气就缭绕于彼此鼻端。容央脸颊生热，错开眼不去看他，板着脸：“那你倒是拿出来啊。”

褚怿静静把人凝视着：“不急。”

容央心道你是不急，可把我急一天了，忍耐道：“哼，缓兵之计，你就是拿不出来罢了。”

褚怿并不中她的激将法，淡淡笑着，转头吩咐外面的百顺驾车，继而道：“就那么喜欢收礼？”

辚辚车轮声起伏在耳畔，容央怼道：“俗人眼中见礼，雅人眼中见情。”

“俗人”薄唇一扯，点点头：“是，受教了。”

不多时，大街上喧嚣的声浪一波波卷来，马车已不能再往前行驶了。褚怿吩咐百顺把车交给后面的车夫，领雪青、荼白过来随行。五人主在前、仆在后，步行着没入人潮。

七夕之夜，城中照例是张灯的，只是不如元宵那么盛大，山楼影灯只集中在御道两侧的主街，倒是勾栏瓦舍十分繁华，其中关扑的摊铺最是人头攒动，欢声如雷。褚怿一行还没走多久，就给层层人墙堵在关扑的摊前。

所谓“关扑”，其实就是一种赌博，最常见的玩法是掷铜钱——把一枚或几枚铜钱掷入摊主摆放的瓦盆里，掷出背面的便算赢。

赢吧，那自然要有所表示，故而大多摊主原本就是卖些小货物的，顾客如感觉原价购下货物吃亏，就可自掏腰包，拿铜钱在关扑上一搏，赢，就挑一个中意的货物走。

大鄞律法明面上是禁赌的，像关扑这样的活动并不是时时都有，就只新春、元宵、七夕、冬至等重要的节日时公开开放，所谓“物以稀为贵”，这一开，那前来关顾者当然趋之若鹜。

容央被堵在原地，进，进不成，退，退不了，心里又还惦记着褚怿是不是领自己去收生辰礼物的，一时急起来，便嚷嚷道：“这是在干什么？”

雪青、茶白一听这语调，就知道殿下是要发脾气了，忙挤上前来，作势要撵开人群。褚怿这时把容央一揽，眼朝那摊铺看去：“挺有意思的，扑一个？”

雪青、茶白听他这样开口，撵人的动作便顿住了，用眼神朝容央请示。

容央心道“扑什么扑”，白眼还没翻开，霍然被褚怿推至一大张摊铺前。

褚怿把一锭银子放在摊上，对摊主道：“劳驾，换一袋铜钱。”

摊主正应酬着其他客人关扑，一瞅这茬，眼立刻就亮了，招呼着他老婆赶紧给贵人拿铜钱。

摊主老婆是个厚道的妇人。

容央盯着面前的一盆铜钱，脸色一时很不好看——

这是要扑到猴年马月？

褚怿拈起一枚给她，笑：“小寿星，拨个头筹。”

容央腹诽“拨你个头”，拿起那枚铜钱朝摊铺内一丈开外的瓦盆里信手一丢。

“哐当”一声，铜钱入盆，摊主高声唱道：“扑中！”

容央一愣。

扑中，那就是可以挑选礼品了，容央两眼立刻朝琳琅满目的货车上看，摊主老婆却提醒道：“夫人夫人，您只是扑中一钱，兑换的礼品只是摊前这些。”

容央垂眼看下去，眉头便一拧。

歪歪扭扭的一堆泥巴玩意儿，都是些什么东西！

褚怿笑着又拈起两枚铜钱来，递给她：“下注越多，回本才能越大，敢赌吗？”

摊主夫妇看褚怿熟悉行情，很是附和，热情地鼓励容央再来一把。

容央哼一声，把那两枚铜钱拿过来，定睛估算距离后，放手一掷。

摊外众人探脖看去，摊主把瓦盆拿过来，展示道："可惜可惜，这回只扑中一钱，既扑两钱，那就得两钱都是背面方能算数。夫人，您要不再来一把？"

围观众人起哄："来一把，来一把！"

"要来就来把大的！"

容央眉微挑，心里一念闪过，看回满当当的一盆铜钱，抓起一大把去褚怿面前，眼往货车最上层瞟："你来扑，我要那个。"

褚怿看过去，货车顶层，放着最精致的一个摩睺罗——雕木彩装栏座里，一位集衣帽、金钱、钗镯、环佩、珍珠、头须及手中所执戏具等七宝为一体的小美人儿。

褚怿一笑，倒不急着接钱，而是先问扑那座摩睺罗需要多少铜钱，摊主答"十个"，褚怿便把容央小手里多余的铜钱一枚枚捡去，继而握托住她手背，把人拉至胸前。

"来。"

容央一怔，不及回神，一掌心铜钱在他带动下往外一掷。

围观众人聚精会神，只见灯下十枚铜钱成群掠过，一个个跟生了翅一样，齐齐整整地往那瓦盆里一跃，继而各自转上两圈，"当"一声躺倒下去。

众人探脖跂踵，双双眼睛瞪得比铜钱还圆，摊主夫妇上前去看，"呀"一声，捧着瓦盆过来。

"神了神了，二位贵人，这夫妻同心，比翼齐飞，效果的确不一般哪！"

褚怿对这赞词颇为满意，头一点，示意摊主去取那摩睺罗。

摊主脸上带笑，但到底还是有些不舍，把摩睺罗深看两眼后，方送至褚怿面前。

褚怿拿来，递给容央。

"生辰快乐。"顺道捎上一句祝福，听得容央笑容僵住。

"就……这？"容央心往下沉。

褚怿："礼轻情意重。"

容央坚决反对："这东西我都快有一百个了！"

褚怿扬眉："俗人眼中见礼，雅人眼中见情。殿下有的再多，这也是我对你的一片情不是？"

容央恼羞成怒："你故意的！"

褚怿唇微动，不及回应，百顺突然挤至他身后，在他耳边低语。

褚怿眉峰一点点蹙起来。

容央蓦然有一种不妙的预感。

果然，百顺汇报完后，褚怿立刻朝尾随附近的护卫打手势，继而看回容央。

容央压住不安，悬着心："你……要走？"

褚怿答："去去就回。"

容央眼眶骤然一红，倔强地把脸转开。

褚怿长睫垂下，低头去她耳边哄慰，容央根本不听，一把推开他："走走走，赶紧走，不要再来陪我了！"说罢，竟没头苍蝇似的冲入人群里去。

雪青、茶白二人大惊失色，赶忙去追。

褚怿眉峰紧敛，瞄向百顺。

百顺打包票道："郎君放心，前面就是潘楼街，保准一切都妥妥的！"

人潮前端，雪青、茶白拔腿追上容央，把人拉住时，容央怫然把那摩睺罗丢开——却是看准了朝雪青怀里丢的。

雪青抱住，极力劝道："殿下息怒，驸马爷想是有重要的急事要办，只是去去，很快就能回来的！"

容央抬袖往脸颊上抹，委屈嚷道："谁还稀罕他回来啊！"

一天不给礼物，一提就岔开话题，现在又随随便便拿东西来糊弄她，拿话来呛她，折腾到最后，竟然还把她丢在大街上……哪里有一丝一毫看重她、看重她生辰的意思？！

这样的男人，还要他来干什么啊！

容央越想越气，越气越伤心。茶白心疼地掏来丝帕给她揩泪，嘴里也不住地骂着褚怿没良心，正骂至激情澎湃处，一行人突然顿住脚步。

大街前方，一幢幢灯楼鳞次栉比，宛如一条银河在长夜里绵亘开去，又或是天幕星光倒倾而来，熙熙攘攘的人流穿梭其中，梦幻之至，竟不知是烟火在人间，还是天上燃烟火。

茶白呆呆道："天哪，好美啊……"

容央被突如其来的美景所震慑，热泪汪在眼里，忘了落下。

这时人潮涌动，三人被推搡着往前，步入灯海里后，越发有不知身在何处、今夕何夕的入梦之感。

只听得耳畔喧嚣四起，尽是在赞叹灯景之绝妙。茶白展眼四看，惊讶道："这些花灯上，怎么都画着……"

茶白越看越惊，蓦然一个激灵，把一爿店铺前悬挂的花灯拿过来，扯容央道："殿下殿下，这花灯上画着的人，怎么那么像你呀？"

绢纱灯罩上，一位美人立于小虹桥上，臻首娥眉，顾盼生辉，那眉眼，那神态，可不就是当日在金明池的嘉仪帝姬吗？

容央一震，雪青亦一凛，环目看去，整整一条街的花灯俱是美人如画。

“娘亲，娘亲，灯上的仙女下凡来啦！”

“娘亲，那些花灯上的灯谜是不是可以解开啦？”

“快走快走，带仙女去解灯谜、领礼物，大哥哥说天亮后仙女是要飞走的，可不能再多等了！”

震惊中，不知是哪家孩童嚷嚷起来，簇拥过来，拉着、推着、扯着容央往前而去。

雪青、荼白也被推搡着跟上，及至一家卖糕点的店铺前，孩童们叫道：“店家店家，仙女来解灯谜啦！”

立刻便有店家眉欢眼笑地迎出来，指着门口最大最亮的一盏花灯道：“灯谜便在画上，贵人请猜罢。”

这一盏灯不同其他，画上乃是两人，一个是刚刚那如画美人，一个是如松肃肃的英俊郎君。

画上所处乃是一座寺庙里的庭院，小美人站在嫩绿春枝下，手里握着一串红彤彤的糖葫芦，倨傲地朝那郎君送去。

谜面是：糖葫芦滋味如何？

容央扑哧一笑，眼泪竟然跌出，忙抬袖擦去，瓮声道：“酸。”

店家抚掌点头，从伙计手里捧过一个精美的锦盒送给容央，荼白要去接，店家笑着摆手道：“不可不可，送礼之人特意交代过，礼物只能收礼之人亲自接的。”

荼白怔然，容央爽快地把那锦盒抢过来抱住，一众孩童哄笑，又簇拥着她前往下一间店铺。

这一次的花灯上画的乃是瓢泼大雨天，英俊的郎君一身湿漉，疲惫又傲然地站在雨里，漆黑的衣袍底下洇开鲜红的血。

小美人在他对面，瞠目结舌，茫然无措。

谜面是：苦不苦？

容央胸口遽然一酸，想起当初褚怿抵抗和亲而被杖打的情形，想起他那天在大雨里的回应，含泪重复：“不苦……”

店家一笑，取来礼物送上。

容央低头抱住，再次被孩童们推往下一处所，灯谜一一解开。

——湛蓝的云天、赭红的宫墙，小美人被英俊的郎君横抱在怀，握着一块羊脂玉佩抵在红肿的脸颊上。

玉佩上所刻何字？

“悦卿。”

——落日熔金，大河如镜，戴帷帽的小美人和戴斗笠英俊郎君在舟中垂钓。

一共钓上来几条？

“六条。”

——长街寥落，摊铺人稀，小美人一身丫鬟装扮，坐在长桌对面和英俊郎君埋头吃面。

吃的是什么面？

“拨刀面。”

……

“呀，这姑娘，怎么灯谜一猜一个准呀？”

“你懂什么，那都是她家郎君专门给她制定的灯谜，夫妇间的私密事，这世上，自然只有她能猜上来了！”

“……”

一街的花灯河流一般，一盏盏、一幕幕掠过——他们在盛京里大婚，他们在宅邸里拌嘴，他们在落日熔金的大河上嬉戏，他们在人影寥落的象棚外呢喃……

长街走尽，花灯看尽，容央艰难地抱着一大堆礼物，驻足在华彩尽头。

褚怿提着一盏六角莲花宫灯，静静地站在那里。

“礼物拿到手软了吗？”

容央把往下掉的礼物一搂，哼地一笑，别开眼，又默默看回去。

“你手上那盏花灯，也是能猜的吗？”

“能。”

“猜中送什么？”

灯火阑珊，彼此脸孔却更鲜明温暖。

褚怿一笑：“我。”

（7）绮罗香

入云楼外，彩灯如昼，人间繁荣。

一辆朱漆马车悄然在街口停下，明昭长帝姬头戴帷帽，在拂冬、敛秋的搀扶下下车。

前方的潘楼街流光溢彩，鼎沸人声潮涌一样，一波波地卷过来，敛秋看了两眼，笑道：“瞧前面那景致，四姐八成是请殿下来观灯的了。”

拂冬也道：“听闻入云楼顶层的雅间是京中最适宜观景的去处，既视野开阔，又幽雅清静，四姐本是喜爱热闹之人，今夜却相邀于此处，可见是特意为殿下考虑的。”

明昭长帝姬仰头，揭开帷纱朝入云楼最高处的栈窗看去一眼。

烨烨灯火悬挂窗外，伴以无数人的喜怒悲欢，只那一扇窗内，灯和人，都静得空空荡荡。

“殿下？”拂冬低唤。

明昭长帝姬敛眸，默然向大门行去。

及至雅间前，拂冬、敛秋上前推门，躬身请明昭长帝姬入内，等其跨入门槛后，便欲跟去，走廊上蓦然走来一人。

二人看去，俱是一凛。

室内，明昭长帝姬默默把帷帽摘下，环视四周——盏盏火凤衔珠灯静放清辉，外间的长案上摆着珍馐酒炙，蒲团上空无一人；垂幔后，靠墙放着一张三屏床榻，目之所及，亦无一分人影。

身后半晌仍无拂冬、敛秋跟上来的动静，明昭转身。

与此同时，屋门被人从外推开，褚晏跨入室内，反手掩上门。

明昭驻足。

夜风从半开的窗棂处吹来，撩动室内纱幔，送来人海声浪，褚晏靠在门上扬唇一笑：“兵不厌诈，对不住了。”

明昭眸色冷淡：“让开。”

褚晏笑笑，不动。

明昭冷声：“让开。”

褚晏眼盯着她，缄默片刻，漫不经心地让开一步。

明昭上前，褚晏一把把人拉入怀中。

烛影重重的茵褥上人影晃动，明昭后背撞在门上，愕然抬眸时，对上褚晏一双深如渊海的眼。

“你唔……”

下一声，被他堵在唇中。

潘楼街花灯一隅，人头攒动，熙来攘往。

褚琬瞪红着眼盯着前方猜灯谜、抱礼物的赵容央，回想先前在摘星阁里的得意，只感觉无地自厝，羞恼交集。

偏褚苓惊叹地道：“老天爷，这一条街的花灯上都画着大嫂，笑着的大嫂，生气的大嫂，偷哭的大嫂，发呆的大嫂……还有那些藏着灯谜的画……天哪，大哥什么时候竟成这样浪漫的人了！”

林雁玉站在二人身后，僵直的目光从赵容央背影收回，再看向这四面八方如海的花灯时，竟有天昏地暗、头晕目眩之感。

“大……大哥哪有这些心思，八成是被人赶鸭子上架的罢了！”褚琬怫然转身，把林雁玉一拉，“雁玉姐姐，我们走！”

“欸，这么美的花灯你们不看啦？”

褚苓大感可惜，奈何年纪太小，不敢一个人留下，只能任由两个丫鬟推着跟上去。

三人心情各异地离开大街，及至街口，褚琬蓦地一顿。

入云楼外一条长巷内，静停墙下的一辆马车前旌旗飘舞，借着寥寥灯火定睛分辨，那旌旗上，赫然写着“忠义”二字。

褚琬眯眼：“那不是四叔的马车吗？”

褚苓跟着看过去：“是四伯的马车又如何？”

这七夕之夜，还不让人家来大街上逛一逛、玩一玩吗？

褚琬却显然有些不以为然，转头观察四下，最后把视线定格于街口最繁盛的入云楼，顺着各座雅间窗户缓缓往上。

“砰——”

摆放在红木竹节花几上的一瓶插花被撞落在地，瓷瓶碎成片片，清莹的水泼洒在脚边。

明昭手掌抵着褚晏胸膛用力去推，反被扣住手腕拉下来，压在灯影婆娑的墙面上。

褚晏皂靴踩过瓷片，头埋入明昭颈间。明昭偏开头，警告：“放开……”

瓷片咔嚓咔嚓碎于脚下，褚晏恍如不闻，明昭奋力挣扎，再次被褚晏把唇封住。

咫尺间，男人的气息滚烫又清冽，似乎有一丝微醺的酒，又或是来自远方的萧飒的风。

酒是最烈的酒，风是最冷的风。

是她熟悉的酒，是她陌生的风。

胸口遽然有一大股难以言状的悲恸和空寂弥漫，明昭闭紧双眼，咬破褚晏的唇。

褚晏退开，晦暗里，两人眼对着眼，黯然深喘。

“放开……”

明昭眼眶泛红，褚晏眼眶也泛红。

粗糙的拇指在洇血的嘴唇上一抹，褚晏盯着明昭，吻回去，不顾她的推阻去吻，不顾她的犹疑去吻。

他吻她，他抚慰她，他恳求她、告诉她：

“我不想再放开了。”

三屏床榻前，随风飘拂的垂幔在茵褥上曳开重影，一件薄衫、一条玉带相继坠落……

楼外灯海沉寂下去时，七夕的月色越窗而入，明昭掀开肩上的罗衾，不及起身，被褚晏从后抱回去。

他身上依然很热，像十年前那样，无论何时，都燃着少年的火。

“别回去了。”褚晏眼闭着，唇抵在明昭耳鬓，声音、神态都还残留着欢爱后的散漫和餍足。

明昭没有推他，她躺在他怀里，隔纱去看窗前倾斜的月：“我想去看今夜的月亮。”

褚晏眼睁开来，看过去，挑唇一笑。

简单穿戴后，褚晏陪人立于窗下，推开窗户。

沁凉的夜风拂面而来，吹扬明昭散开的鬓发，褚晏喜欢看她云雨后凌乱的模样，而明昭爱看月，看每一次欢爱后的阴晴圆缺。

“牛郎织女相会之时，就不该是今夜。”褚晏目光邈远，把人圈在臂弯里，调侃，“都不花好月圆。”

明昭望着天幕那轮残缺的月，淡漠：“本来就是要分别。”

褚晏眸中一黯，唇线慢慢收紧，片刻，低头把人紧紧拥住。

明昭没动。

褚晏垂着眼斟酌许久，哑着声：“十年前没能走完的路，十年后……”

——十年后，能一起走吗？

褚晏如鲠在喉，那么迫切，又那么恐惧于这一渴求。

“十年后什么？”

明昭追问，这一追问，给了褚晏莫大的慰勉。

褚晏笑：“十年后……”

“嘭”一声，屋门被人粗暴地撞开，褚晏护住明昭的脸，愤然回头。

来人为室内情景所震，仓皇地退至屋外，隔门道：“四爷，出事儿了！”

褚晏气压一瞬间低下来，眼神恨不能把那扇门戳穿，“何事？”

门外人显然不便直言，沉吟片刻，丢来三个字：“大理寺。”

褚晏一震。

明昭把目光从天幕收回，推开他，默然走回内室。

长街尽头，临湖水榭内。

容央坐在小石桌前拆礼物，褚怿坐在对面，以手支颐，看她拆礼物。

灯辉、月光被湖水反射入榭中，照亮小美人脸上阑干的泪痕，明显一副花猫样儿，拆礼物时，嘴角又恨不能翘上天般。

褚怿静静看着，笑起来。

容央于百忙中抽闲看他一眼："笑什么？"

褚怿不回，示意她专心拆，容央把繁复的绸带拆开后，迫不及待揭开盒盖。

"啊！"

容央一声惊呼，瞪大眼把嘴巴捂住，表情精彩得褚怿又笑起来。

"《广陵散》！天哪！你从哪里弄来的？是真的吗？你怎么知道我最近在找这个？！"容央急切地把曲谱翻开，翻至第二页又忙把速度放慢下来，小心翼翼地压住纸页，一双大眼恨不能跳入谱文里去。

褚怿淡淡："上个月大相国寺万姓交易时有人展售，我命人买来的。"

容央心如鹿撞："是真品吗？"

自当年嵇康被司马昭所杀后，旷世名曲《广陵散》遂成绝唱，千百年来，无数相关曲谱流传民间，但都无从辨别真伪。

如这一份是真品，那称是价值连城也不为过。

褚怿："假的吧。"

容央一震。

褚怿笑着："也或是真的，大概，弹过方能知晓。"

容央很是丧气地白他一眼，放下曲谱后，又开始奋战下一份礼物。

褚怿继续观赏。

"这是个什么东西？"

这一份倒是好拆，不过是个巴掌大的檀木盒子，打开后，里面盛放着一颗熠熠生辉的……

"夜明珠？"容央捡出来，向褚怿确认。

"不是，"褚怿否认，"就是个石头。"

褚怿盯着她："看看里面有什么。"

容央蹙眉，很勉强地去分辨，掌心大小的一颗圆石头，光泽金黄，内里点缀着一抹幽绿。

容央举起来，看得十分费力："有什么？"

褚怿勾勾手，示意她过来。

容央看看他，握着石头走过去，很自觉地在他大腿上坐下。

褚怿把人搂着，握住她小手举至一定高度，对着榭外明月："看到了？"

容央不应，把视线从石头转至他脸上，看他月照下的眉眼，灯辉里的鼻梁，答："没看到。"

褚怿薄唇微微勾起来：“那看到什么了？”

容央心蓦然一动，像那明月、像那颗莹亮的石头坠入湖中。

容央不答，脸靠过去。

褚怿眼望着和明月重叠的石头，等她吻来。

一串急促的脚步声突然从榭外冲入，随之是百顺被雷劈过一样的破嗓：“郎君，郎君！大事不妙！”

容央慌忙撤开，被褚怿按回去，百顺一溜烟奔至桌前，被褚怿一记刀眼杀得半死。

百顺忙跪下，也不铺垫了：“范申和上官岫在大理寺狱中自尽，留下血书，称数月来被酷刑逼供，屈打成招，并把四爷和您策反刘石旌的事告发了！”

百顺一口气禀完，顶着如山压力，根本不敢抬头去看褚怿的脸色。

这半个月来，忠义侯府上下忙忙碌碌，褚晏、褚怿二人呕心沥血，眼看大局已定，就等明日二审开堂后盖棺定论，谁知今夜竟会发生这等横事。

终审定罪，是为还原金坡关大败之真相，更是为告慰六万褚家军之亡灵，罪魁祸首如就这样命丧黄泉，非但忠义侯府平反的意义荡然无存，更会给范申党羽借题发挥、诬告褚家逼死忠良的机会。

更何况……

百顺恨声：“其中，上官岫当场身亡，范申被狱卒截住后，自尽未遂……”

小石桌后，褚怿、容央二人脸色俱是冷凝。

褚怿：“范申人在何处？”

百顺：“连同那两份血书，一并被官家传旨召入宫去了。”

官家宣召，那便是范申这两个月来日思夜想、求之而不得的面圣“鸣冤”了……

褚怿眉峰低压，把那颗幽光粼粼的石头还给容央。容央蓦然有种不祥的预感，拉住他道：“宫门入亥时后便会下匙，如无圣诏，任何人不能入宫！”

大鄞对皇宫门禁管得尤为严苛，入夜擅闯者，轻则杖六十至九十不等，重则以谋逆大罪论处。褚怿心思被她看穿，声音越沉：“何时解禁？”

容央道：“最早……四更。”

百顺皱眉道：“四更……那官家不是在睡着，就是在预备早朝了。”

褚怿不应，吩咐百顺送容央回府，容央看他要走，又一次把他拉住。

“爹爹是重情之人，吃软不吃硬，既然下旨宣召范申入宫，八成是动了恻隐之心，这个时候，你千万不要去硬碰硬！还有……”

褚怿回头，注视容央。

容央眼神烁烁，低声道：“你查一查吕皇后。”

褚怿眸底寒芒微拢，抚过容央脸颊，定定看她一眼后，终于离去。

百顺目送褚怿走远，极力压下心中惶恐，转头去收小石桌上的一堆礼物，又问起雪青、荼白二人何在。

容央心神显然不在这一处，望着水榭外沉吟良久，蓦地道：“备车，去兴国寺。”

百顺一惊，看容央已往外而去，忙抱着一大堆礼物去追，及至榭外，呼来周遭的两名护卫帮忙。

雪青、荼白候在街口，尚不知榭中有要事发生，只是齐刷刷盯着入云楼外的一辆马车，耳闻百顺召唤，转头看去，又齐刷刷怔然。

“快伺候殿下登车，去一趟兴国寺！”

雪青、荼白一听，虽然不知道百顺为何仓皇变色，但很快领会过来容央前往兴国寺是去找明昭长帝姬，于是又对视一眼。

“还愣着干什么？！”百顺急道。

荼白瞪他：“凶什么凶？”又把那辆马车一指，“喏，明昭长帝姬尊驾就在那儿呢。”

一炷香后，入云楼雅间的门被推开，容央疾步走进去，越过飘舞的一层纱幔，看到在长案前静坐的明昭。

雅间共内外两室，内室被垂落的帘幔遮挡，使家具齐全、珍馐满席的外间越显逼仄。容央按捺心慌，先给明昭行了礼，而后在案前跪坐下来。

长案上摆着一动都没有动过的糕点、小菜、水果，以及一壶醇香飘然的酒。

明昭长帝姬入兴国寺后山修行后，再不碰酒，这酒，显然不是其本人准备，也更不会是为其本人而准备的。

容央那句“姑姑怎么会在此处”登时就卡在喉中，深知不必再问了。

饶是了然，内心也还是震动不少，容央把明昭看了两眼，方道：“我想请姑姑帮个忙。”

明昭眼神静默，看至那一壶酒，自嘲一笑，示意边上的敛秋去换成茶来。

等热茶至，明昭道：“你的忙，我帮不了。”

容央心急如焚：“姑姑！”

明昭揭开茶盖，看氤氲的白烟穿过指间。容央调整心绪，低头道：“姑姑既然都不问是什么忙，那想必对今夜之事，已经有所耳闻了。”

明昭不应。

容央缓声道：“斩草不除根，后患必无穷。爹爹是怎样的性情，您比我更明白，如果今夜范申的苦肉计得逞，下一个被三堂会审的，一定是褚家叔侄。便是退上一步，爹爹顾及我三分薄面，没有对褚怿策反刘石旌一事深究，只要范申不倒，日后势必会将褚家视作仇敌，想方设法除之而后快。朝中文臣对武将的成见已经够深，褚家也已经被逼得退无可退，如这次再败，那在朝堂之上，就真是日暮途穷了……”

容央一口气讲完，不知为何，眼眶突然就湿了。

忠义侯府褚氏一族戍守北疆，六十年来，一辈一辈地战死，又一人一人地策马而上。褚怿的爹娘死，褚怿上；褚蕙的父兄死，哪怕是被亲娘拿藤鞭抽着、拿孝道压着，她也还是要替侯府、替大鄞征战疆场……

褚家还有哪个人是跟战场无关的吗？没有了吧。所有人的丈夫、父亲、儿子、兄弟……所有人，都统统把一生葬入了边关的风沙。

难道这一个又一个的一生，最终换来的就是群臣排挤，君王离心，以至于无路可退，身名俱毁吗？

容央的眼泪流下来，明昭拿丝帕替她揩去泪水，道：“我明白，但我帮不了，你也帮不了。”

容央摇头，道：“姑姑可以刻手抄一份佛经，以为皇嗣祈福为由，等天亮以后，和我一起进宫探望皇后。爹爹一直因我和皇后不睦一事心存芥蒂，如果这时我……”

“你真的以为这些小伎俩，可以撼动朝局吗？”

容央一震。

明昭静静地看着她，眼神清亮又冷冽，像一盆冰雪覆下来，浇在容央残喘的希望上。

“就算撼不动，我也要奋力一试。”容央噙泪，眼里全是不甘和倔强。

明昭的心被刺痛：“若适得其反呢？”

容央眼泪流下，目光坚定：“我担。”

灯火烨烨，泼在一块块冰冷的大理石地砖上，崔全海从其上走过，对龙椅上的人道：“回禀官家，范大人已被送至集英殿休憩，御医看过以后，称没有大碍，休养半月便可大愈了。”

官家斜靠椅背，摁着太阳穴，目光凝在桌上一份摊开的血书上。

“上官岫……真的没了？”

崔全海低头，答：“上官大人一头撞在狱中石墙上，狱卒没能拦住，大理寺卿王大人赶去时，人就已经没气儿了。”

官家脸部肌肉绷着，藏在掌后的双眸一动不动。崔全海沉吟道：“三皇子是金坡关一案的监审，二位大人在扣押、受审期间有无被酷刑逼供，他应该大致清楚，官家可要把人召进来问问情况？”

官家闻言，凉薄一笑：“你也以为，他二人的血书是在给自己鸣冤？”

崔全海怔然。

官家抬头，把那两片血迹斑斑的布帛扔下去，崔全海不敢动。

官家下令：“看。”

崔全海这方捡起来，垂眼过目后，脸色大变。

“该认的，他们都认了。”官家惫声，语调里藏着一丝自嘲的冷，“但他们说，他们所犯的每一桩罪，都是替朕、替大鄞的社稷而犯的，他们说他们犯得问心无愧，死有所值……你说，面对这样的遗言，朕该当如何？”

崔全海目光从上官岫那封绝命书上巡过，越看越有心惊之感。

诚如官家所言，两份血书上，根本没有提及“冤枉”二字，洋洋洒洒，俱是在陈述冗兵之弊、养兵之患，甚至于……

“家六合者以天下为心，岂止争尺寸之事，角强弱之势？故圣人先本而后末，安内以养外。人民，本也；疆土，末也。五帝三王，未尝不先根本者也……”

官家开口，一句句重复上官岫和范申的绝命谏言：

“欲理外，先理内，内既理则外自安。

“内患之首，褚家兵权。

“褚氏好战，事成则获利于身，不成则贻忧于国。簪缨六十载，名盛三州，一倡百和，应者识枪不识符……”

官家一步步踱至崔全海跟前。

“兵久则生变。”

（8）醉公子

皇城，福宁殿内。

窗棂外晨光渐浓，嘉仪、明昭二位帝姬等候于偏殿圈椅上，脸上覆压的阴影越来越重。

外间有脚步声传来，容央立刻循声看去，来人却只是吕皇后跟前的大宫女剪彤。

剪彤给二位帝姬行礼，淡淡道：“皇后近日身子越来越重，夜里难有好眠，刚刚大概醒来一会儿，便又受不住疲乏睡下去了，劳驾二位殿下再多候一候。”

室内气压骤低，荼白气急道：“这都等了一个时辰了，还让我们等？”

剪彤看都不看她一眼，道：“荼白姑娘这是什么话，皇后娘娘身怀六甲，千金贵体，眼下正是需要静养之时，如果不是尔等执意求见，何至于一再被叨扰睡眠？二位殿下要是等不住，改日再来便是了，何必在这里满腹牢骚呢？”

“你！”荼白气结，被容央喝令住嘴。

室内众人屏息噤声，容央道："我们等得住。"

剪彤笑笑，并不多言，颔首而退。

荼白愤懑难消，对容央道："殿下，皇后明摆着就是故意把我们晾在这儿的！"

什么疲乏困倦，需要静养，这都日上三竿的时辰了，又不是养猪，哪至于爬不起床来！

雪青示意荼白闭嘴，莫要给人留下口舌上的把柄，但心里也是十分气闷。

如果放在以往，吕皇后是无论如何都不可能对容央如此怠慢的，更何况今日还有官家素来看重的长帝姬明昭出山。推来想去，八成是其趁着昨夜事变，知道容央来有所求，故而推三阻四，故意拿乔，以一泄昔日之愤——

毕竟上回在艮岳，容央那句"需要娘娘爱的人不是我，而是您的女儿"可是狠狠地打了这位皇后的脸了。

容央端坐在窗前圈椅上，取来茶水喝下一大口，道："再坐半个时辰就走。"

其实，吕皇后来不来也并不是那么重要，容央今天拉着明昭入宫来探望，主要是想做一场乖顺懂事的戏给官家看，告诉他，只要他愿意在褚家的事情上多一分公正，自己就愿意放下多年来的成见，和他的皇后冰释前嫌。

她也知道这个办法很可能收效甚微，甚至于大局毫无影响，但除此以外，她实在没有别的办法跻入这场政局里，竭力为褚家一战。

她只能赌，赌她的父亲依然视她如珍宝，会顾及她，因而顾及褚氏。

赌她的父亲并不是那么糊涂，会再次被范申那张伪善的面孔所惑，放弃是非曲直。

及至案上茶水彻底凉下时，外间终于传来吕皇后驾临的通传，不多不少，恰恰是半个时辰之后。

"刚刚听剪彤说明昭来了，我只当是在做梦，没承想竟是真的，看来我这腹中的孩子确乎是个有福气的。"

寒暄入座后，吕皇后细细端详明昭，上一次两人这样面对面坐着会谈，还是多年以前——她只是小小的妃嫔，在那场宫宴里卑微又谨慎地唤她"殿下"，而今，终于能居高临下地，叫上一声"明昭"了。

然明昭并不看她，只示意拂冬把那份誊抄的佛经送上去，客套恭维的话亦是由拂冬来讲。吕皇后眸底笑意冷下去，偏开脸，唤剪彤来接下，继而便朝容央道："嘉仪今天是为褚家人进宫的吧？"

许是不料她这样单刀直入，半点面具不戴，半句铺垫不讲，甚至连那声亲昵的"莺莺"也终于不再喊了，容央愣了一下，方答："是。"

吕皇后道："那你来晚了。"

容央颦眉。

吕皇后缓缓道："昨夜亥时，官家便已下旨结案——上官岫、范申二人对谋害褚家军一事供认不讳，主犯上官岫戴罪伏诛，褫夺其生前所有官衔、封号，罢从犯范申丞相之位，降为从三品银青光禄大夫，罚俸三年。眼下，圣旨应该在崇政殿颁下去了。"

容央愕然起立："他二人害死褚家军六万将士，就只这点惩治？！"

吕皇后看她一眼："什么叫'这点惩治'？"

吕皇后道："褚家军损兵六万，其主帅、副将难道就没有一丝责任吗？便是要血债血偿，罪魁祸首上官岫也已经伏法受诛，协助其谋划的梁桓生也将不日问斩，难道非要再纠出六万人来一一处决，方能算公正公平？嘉仪，你虽然是褚家大郎君之妇，但终究是帝王之女，该知道国事在前，家事在后，要是一味偏袒夫家，那可就太令你父亲失望了。"

"皇后娘娘，范申二人谋害国军，致使金坡关大败，所害之人岂止褚氏？我们殿下不过是想讨个公道，怎么能叫偏袒？"

荼白忍耐不住，愤然反诘，被吕皇后一眼瞪来，剪彤立刻上前，"啪"一声朝荼白脸上掌掴下去。

"你干什么？！"场面骤然大乱，容央把荼白护在身后，勃然大怒，"你竟敢命人打她？！"

吕皇后静坐上首，泰然道："我是皇后，命人掌掴一个口无遮拦的宫女，有何不敢？"

容央瞪大双目。

吕皇后仪容威严："嘉仪，郑庄公和共叔段的故事，你小时候应当听过。多行不义必自毙。今日，我如果再不替你管教一下这无法无天的奴婢，等火势烧身时，可就来不及了。"

容央面色铁青，看着荼白红肿的脸颊，不及发作，静坐多时的明昭突然一笑，笑声冷峭森然。

吕皇后看过去，眉心微蹙。

"莺莺若是多行不义的共叔段，那对她一再宠溺的官家，莫非就是皇后口中心机叵测的郑庄公吗？"

在场众人耸然一惊，剪彤喝道："明昭殿下，你这是在胡言乱语什么？"

明昭冷然："究竟是我胡言乱语，还是你家主子含沙射影，佛口蛇心？"

"你！"

"退下！"吕皇后喝退剪彤，目不转睛地盯着明昭。

明昭意态淡漠，依旧没有把她放在眼里，起身去拉容央，扬声道："你爹爹这一位皇后实在好大的威风，又是晾人，又是打人，眼下连他都敢骂，你我还留着，只怕是要有来无回了。”

“明昭，你……”

“走吧。”

明昭无视吕皇后，拉着容央漠然走出大殿。吕皇后气得险些动了胎气，便欲去送，到底又坐了回去。

剪彤当机立断，即刻吩咐人去传召御医，回来后，对吕皇后道：“娘娘，您没事吧？”

吕皇后摇头，额头上蒙着一层薄汗，不知是气出来的，还是惊出来的。

剪彤懊悔：“早知明昭长帝姬是这样泼辣的脾性，今日就不该去激怒嘉仪帝姬了。”

吕皇后回想刚刚那一幕，亦颇为不甘。

如果没有明昭从中作梗，此刻的赵容央必然已是不管不顾地在这福宁殿里闹开了，且非但要在这里闹，八成还会为褚家鸣不平而闯至御前闹……

兵久则生变。官家对褚氏戒心已起，只要这位最受宠的帝姬再放下身段去为褚家奔走，去一步步践行上官岫和范申二人在绝命书中的预言，那圣王之心最终会偏向何方，也就不言而喻了。

吕皇后心念辗转，吩咐道：“派人去盯着，及时与我汇报。”

福宁殿外，容央一行刚出甬道，便被钱小令截下：“殿下，您可算是出来了！哟，这是……”

钱小令被半边脸高肿的茶白所吓，明昭脚下不停，边走边道：“赵彭让你来的？”

钱小令快步跟上，点头道：“是。殿下还在崇政殿上朝，特命小的给嘉仪帝姬带句话。”

“讲。”

钱小令眼往后看，确认无人，方低声答：“千万不要为褚家的事去找官家。”

明昭神色不变，替容央回：“知道了，我现在带她出宫，你回去吧。”

钱小令点头，复看一眼容央脸色，似仍然放心不下，又压低声道：“昨夜三殿下一直等在文德殿外，但官家始终不肯宣召，多半是猜中三殿下有意为褚家争取，如果这时候帝姬再去出面，结果恐怕会适得其反，故请殿下暂时回避。”

钱小令解释完，看容央不反驳，这方心情沉重地去了。

钱小令去后，容央挣开明昭的手，明昭喝道：“你站住！”

容央背对着她，双肩在日照里起伏。明昭道：“你如果嫌褚家气数太长，你就尽管去。”

容央嘴唇颤抖，抬手抹去眼泪，回头道：“褚家三代蹈锋饮血，赤胆忠心，凭什么换来的就是这样的结局？”

明昭看着她红肿的眼，半晌无言，最后道：“还没到结局。”

长风萧飒，穿梭在寂静幽深的甬道里，卷落一片片苍黄的梧桐叶，容央站立在漫天落叶里，仰头，吞回眼中的泪。

入夜。

雪青从夜色深处提灯返回，容央坐在廊下，低低道：“还没回来吗？”

雪青黯然摇头。

廊上的一盏莲花灯已添过两回灯油，寒凉的夜风一下下扑在人身上，不把灯扑灭，就要把人扑灭了，雪青劝道：“殿下，不如您先休息吧。”

容央不动。

雪青叹气，跟着等在一旁。

天幕寒星闪烁，一颗颗也困倦得如人惺忪的眼了，容央头靠着廊柱，双眼直直地盯着小院门口的方向，忽然一凛。

雪青完全还没反应，容央抢过她手里的灯笼，撒腿朝院外奔去。

褚怿醉眼蒙眬地跨入院中，“嘭”一声，被一人砸得个满怀，脚下一趔趄，怀中人摔倒在地上。

“殿下！”

“郎君！”

雪青、百顺二人忙去救驾，被褚怿一声喝退：“滚开。”

漫天星辉如水，大大的灯笼滚在褚怿脚边，容央趴在他胸膛上，看着他寥无生机的一双眸子，胸口痛得像窒息一样。

褚怿也看着她，大手抚过她脸颊。

“我醉了。”

容央眼眶泛湿，捧起他滚烫的脸。

“我陪你啊。”

褚怿一动不动，蓦然低笑：“我输了。”

容央心如被刺，一颗泪砸下，也笑：“我陪你啊。”

褚怿笑容僵凝，眸心暗下去，像无尽的夜幕覆压，像漫天的星辰融化。

容央低头吻落，含住他冰凉的唇，暖他，慰他，点亮他。

五更时，容央在潺潺雨声里醒来，先前的香汗已化作附骨的冷，黏腻地附在躯体上，沁得人打战。

褚怿还沉睡在枕边，浓烈的酒气和残留的欢爱气息掺杂在一起，使他依然像散着腾腾的热气。容央摸上他胸膛，来不及确认他的温度，先碰到了他硌人的长疤。

夜已经不黑了，但她不敢去看。

小手攀上去，容央抬头，去拂开他散乱在脸庞上的一绺绺黑发，他大概是头一回这样迷乱吧，不着片缕，长发披散。

以往翻云覆雨时，乱的人从来都只是她，可是今夜，他也终于丢盔弃甲。

容央把他脸上的发拂干净，屈指往下，就着他薄唇抚摸，抚过人中时，碰到他青青的胡楂。

“糙汉。”

她低低骂他，温柔抚摸他，这一身烈酒兼臭汗的男人，她赤胆忠心、金刀铁马的驸马。

雪青听闻传唤，从外间把热水提进来，容央擦洗后，屏退她，拧干巾帕回床上去，给褚怿仔仔细细地擦。

他身上酒味真重，汗气也是，掺在一起，闻起来真是呛人，也不知道刚刚自己是怎样受住的。

容央腹诽，拨开他头发，擦过他鬓角、下颌、脖颈，擦至胸膛，手腕被他扣住。

容央抬头，幽幽惨惨的帐幔里，他双眸微睁，不知是醉是醒。

“臭了，擦一擦。”容央挣开他的手，继续往下擦。

褚怿似笑一声，声儿低低的，他粗粝的指腹抚在她后腰上。

容央垂着的脸庞微红起来，褚怿静静地看她，任她擦。

片刻，容央拿开巾帕坐直。

褚怿：“底下不擦了？”

容央羞恼，瞪他一眼，把臭烘烘的巾帕丢去他脸上。

褚怿拿开，往床外一扔，揽她入怀。

窗外秋雨潇潇，交织成寂冷的网，褚怿把容央拥在怀里，在这张寂冷的网里取暖。

耳畔雨声绵长，彼此呼吸也绵长，容央把脸从褚怿胸膛前抬起来，对上他静默的眼。

“你会后悔和我大婚吗？”

容央突然这样一问，褚怿唇轻扯，笑得冷峭，也不哄了，径自答：“蠢。”

容央颦眉，“噌”一下蹿起来咬他下巴。

褚怿闷哼一声，偏开头，眼皮耷拉下来后，眼神更显无辜散漫。

容央坚持："会后悔吗？"

褚怿闷声："不。"

他又讲完："不悔。"

容央笑起来，认真："那我就为你赴汤蹈火，像你，为大鄞一样。"

帐中一寂，帐外秋雨也沉寂，褚怿黢黑的双眸里终于有星火燎燎，燎过这黑夜，燎过这苦雨。

容央伸指压在他被咬红的下巴上，倨傲："不要太感动了。"

褚怿盯着她，蓦地拿开她的手腕欺身而上，容央哼都来不及哼，便已被他覆压。

悍将

下册

水怀珠 著

贵州出版集团
贵州人民出版社

第八章

刀光剑影

（1）永遇乐

京中入秋后便多雨，下一场秋雨笼罩下来时，赵彭在帝姬府里的水榭赏景。

一湖残荷凋零殆尽，泛黄的荷叶、耷拉的莲蓬在风雨里飘摇，赵彭道：“今日宫里又送赏赐过来了？”

容央坐在石桌前点头，赵彭冷哂：“爹爹这些安抚人心的手段，是越来越像吕氏了。”

金坡关一案结案后，官家又陆续处理了一批涉案的官员，重的有判处砍头流放，轻的大多就降职贬黜。世人都讲，官家还是明公正义的，还了褚家一个公道，给了这盛世一个说法，然而局中谁人不知，那些身首异地、颠沛流离的，终究不过是帝王为保住范申而丢弃的废棋罢了。

帝王的朝局要稳，就要讲掣肘，讲权衡。他要朝臣同心戮力，也要朝臣在必要时能够同室操戈，自相鱼肉。

边疆还有发生战事的可能，他便不能彻底舍弃忠义侯府；战功彪炳的褚氏危及皇权，他便要留下范申这一把匕首，以备压制。

局中人不服怎么办?

帝王的决策，本来也并不需要人人都服的。稳如泰山的皇位底下，注定得垫着一些人的尸骨，哪怕衔冤负屈，哪怕忠臣良将。

容央漠然敛回神思，拈来盘中一块梅干入口，片刻后，询问赵彭：“昨日刘石旌在回家途中遇害一事，爹爹可下令彻查了？”

赵彭闻言一默，思忖后道：“查也不过是走个形式。范申最大的把柄被他捏着，他又自己犯傻，看范申没死，便跑去御前跟爹爹坦白被姐夫逼着反水一事，这种首鼠两端的，无论被哪一方弄掉，都正中爹爹下怀。既是君王默许该死之人，谁又敢把真相彻查出来呢？”

官家既然选择在褚家和范申之间取平衡，就绝不会再容许人破坏目前的这份定局。想他刘石旌在乌台风生水起二十余年，大概做了鬼都想不通，自己呕心沥血经营一生，换来的竟是这个结局吧？

赵彭深看容央一眼，蓦然走回小桌前坐下，压低声儿道：“刘石旌之死，不会是姐夫的手笔吧？”

容央把盛放着莲蓬的竹篮勾过来，挑出一颗最成熟饱满的，淡然道：“被刘石旌揪着一大堆把柄的人自是范申，你姐夫又不是他范家供奉的菩萨，犯得着这样成人之美？”

赵彭笑，淡看她剥莲蓬、抠莲子：“但刘石旌一死，御史中丞一位可就空出来了啊。”

容央挑眸看他一眼。

赵彭继续笑：“御史中丞，朝中监察之首，言官之长，这样一个香饽饽，只要抢着，日后还怕他言官七嘴八舌，胡乱弹劾？金坡关一案，褚家之所以只能吞声忍气，就是因为朝堂上打压武将、袒护范申的言官太多，如果褚家这次能把心腹弄上这个位置，那日后跟范申对峙的路，不就顺脚多了？”

容央哼地一笑，道：“既然是香饽饽，那盯着的人不都得跟饿狼似的？褚家想抢，他范申就不想抢吗？”

赵彭双眼如炬，也不拆穿她：“那就得看这刘石旌到底是谁弄掉的了。”

水榭里秋风沁沁，散开莲蓬微涩的香气，赵彭微微笑道：“要是没信心抢着，自然也就不会去杀了。”

容央摊开手掌，把剥落的莲子倒入瓷碗里，曼声道：“那若是没信心抢着，也还是杀了呢？”

赵彭眸心一凛，笑在唇边僵住。

容央眼神烁烁，与他对视。

赵彭福至心灵，哑然失笑：“杀前没有不要紧，杀后有，一样也成了。”

容央满意，把那一小碗莲子端起来，递给雪青：“回头做了莲子酥，给你送去。”

赵彭哼一声，拈来盘中一瓣柑橘，却不吃，只是道：“爹爹也不是任人摆布的，这一个心腹，最好要藏得够深。”

上回在文德殿外吃闭门羹，就是官家给他提的一个醒。褚怿驸马归驸马，但归根结底还是忠义侯府的大郎君，在眼下这个敏感时期，他私下与之亲近，可以，但如果在这份亲近上失去分寸，那就相当于犯了君王的大忌。

朝臣调职，类御史中丞之位者，官家必然会过问他的意见，如他所举之人，一查——甚至一听就知道是褚家的故交，那这事必然就是弄巧成拙了。

“你放心，不会为难你的。”容央拿丝帕揩干净手，朝他一笑，“一会儿驸马回来，你留下来一块用个膳吧。”

赵彭盯着她那得意的笑，又哼：“人家都是黄鼠狼给鸡拜年，我这是鸡拜到黄鼠狼门上来了。”

说罢，他把那瓣柑橘塞进嘴里。

容央笑眯眯。

十日后，一大批人事调动在崇政殿内敲定——原知枢密院事吴缙因在范申、上官岫入狱期间辅政有功，擢至相位；原礼部尚书余敬英任参知政事，辅佐吴缙处理朝务；原保和殿大学士于鉴升任知枢密院事、兼御史中丞。

圣旨一经宣告，朝野阒静。

此外，另有一人的任职在散朝后极快地成为全京焦点——

原保和殿大学士于鉴之关门弟子——探花郎宋淮然入御史台，成为大鄞史上最年轻的一位侍御史。

（2）天净沙

八月的天正是天高云淡，爽气怡人，容央漫步回廊里，听得消息后，扬眉一笑：“这个任命十分不错，像宋淮然这样刚直不阿又铜唇铁舌的人，去做侍御史，实在是再适合不过了。”

提及宋淮然，容央便想起上次在南山堂前的那一遇，想起他字字珠玑驳斥那闹事的壮汉的情形，忍不住拍起掌来，不料刚拍没两下，一条手腕倏地被人从后拉开。

“探花郎这官路该怎么走，夫人倒是了然于胸。”

容央转头，褚怿驻足廊中，侧脸被一抹残阳映照，眉飞入鬓，点漆似的黑眸前蒙着层金辉。

容央没来由地心虚，讪讪：“你……什么时候来的呀？”

褚怿眯眼：“怎么，来得不是时候？”

容央更赧然，捶他胸口。

褚怿挑唇，顺势把她的小手交握住，继续往前走。

“官家之前既然让宋淮然代替刘石旌去主审金坡关一案，就等同于默许他进御史台，何况眼下御史之长是他的老师于鉴，师徒同心，办起事情来，总是更得圣心一些的。”

容央哼道：“所以你这一招移花接木，不单单是把刘石旌换成于鉴，还顺带赚了一个宋淮然了？”

要不是这次调职成功，容央真是做梦也想不到，素来落落寡合、洁清自矢的大学士于鉴，竟然会是褚怿、褚晏最终敲定的那位“心腹”。

褚怿却笑：“于鉴是两朝旧臣，襟怀坦白，直内方外，从来不参与朝中党争，这些年，也正是因为不肯入范申之幕，一直暗牖空梁，备受冷落。褚家在朝中的旧人虽然不少，但显然还不包括于鉴这样的老臣，所以今日之局，与其说是我赚，倒不如说，是三殿下赚了。”

容央驻足：“赵彭？”

褚怿但笑不语，揽她在回廊尽头的美人靠坐下。容央坐在他大腿上，环住他脖颈，目中生喜：“你的意思是，爹爹如今提拔不涉党争的于鉴，是有给赵彭铺路的意思？”

褚怿伸指在她脑门上一点：“我以为铺这条路的人是我？”

容央把他手握住，讨巧地笑：“爹爹是不是有立储的意思了？”

褚怿本来是想邀功，看她一激动，就把自己抛去了九霄云外，满脑子想着赵彭去了，眼微沉，答：“不清楚。”

容央又急又气，瞪他一眼，转头去吩咐雪青赶紧去施咒。

褚怿蹙眉：“咒什么？”

容央：“咒吕氏生个帝姬。”

那样，犯不着谁给赵彭铺路，他也是板上钉钉的太子了。

褚怿啼笑皆非，戏谑地盯着她：“都是掉脑袋的罪了，还咒个这么轻的？”

容央乜斜他一眼，很瞧不起他的狠辣般：“毕竟是一条活生生的性命，哪能胡乱下咒的？你不积德，我还要积德呢。”说罢，小手一飘，盈盈往腹上摸去。

褚怿唇边的痞笑登时一怔。

容央单手掌着他脖颈，定定地看他的反应。

褚怿掀眼，大手覆去她小手上，把那肚子压着，眸底烁然。

容央窃声：“这个月，我癸水没来了。”

褚怿胸膛里“咚”地狠撞了一下，撞得热血上涌，全身发麻。容央笑，欣赏他分明欢喜却又偏故作镇定的表情，将小手抽出来，反把他大手压住，引导他摸。

“来，摸摸你的大胖儿子，啊……”

容央叫一声，把褚怿吓得脸一下就白了，动都不敢动。

容央也不敢动，瞪着他，默默感受着腿间那一大股熟悉的暖流。继而，褚怿也感受到了一大股暖流，只不过，是陌生的暖流。

廊外疏风习习，金桂飘香，廊中霎时阒静无声。

容央躺在床帐内，两眼无神，面容哀戚。

褚怿在床边看她，低头把自己仍挂着彩的官服打量一眼，趔身出去换了干净的便袍回来。

雪青送来后厨刚熬好的红糖姜茶，褚怿拿过来，搅拌两下，径自尝了一口，温度正好，滋味也还不错。

褚怿捧碗，送去床边喂床上人喝。

床上的人小脸一皱，转开去，双眉颦蹙，泫然欲泣。

褚怿大着头哄：“喝。”

容央万念俱灰：“你凶我……”

褚怿舌尖默默舔过牙槽，探手把人拉起来，挤出一个标准的笑：“乖，喝。”

容央蔫头耷脑，半怨半怯地瞋他一眼，低头就着碗沿把姜茶喝下，喝完长长一叹：“唉！”又一骨碌倒去床上了。

褚怿笑也不是，不笑也不是，把空碗交给雪青后，转头去看她那颗怏怏不乐的后脑勺。

“是我还不够卖力，不怨你。”褚怿很识趣地把罪名主动认下来。

床上那颗怏怏不乐的后脑勺一转，转来双楚楚动人的大眼睛，容央浓睫扑闪，小声道：“是吗？”

褚怿唇咧着：“是。”

容央瞅着他，手抠在被褥上：“那怎么办？”

褚怿头低下来：“再卖力点，疼你。”

容央咬唇，盯着他深黑的一双眼，哼一声，害羞地转过身去。

褚怿笑，跟着躺上来，掀开被衾。

容央紧张，生怕他就要来疼了。褚怿看她那表情，一边唇扯着。

褚怿把人一搂，大手覆去她小腹上，道：“给你暖暖。”

癸水虽然会晚，但终究还是会到，经褚怿一番安抚后，容央郁悒稍减。

然此夜大梦之中，却是梦得孤家寡人，茕茕孑立，举目四望中，只有褚怿大马金刀坐于一棵苍松下，身畔美妾成群，儿孙绕膝……

“爹爹！”

“爹爹！”

爹爹……”

一声声娇儿呼唤，唤得入梦之人五雷轰顶，魂飞魄散，醒来时，枕边已空，容央往头上一摸，满手冷汗涔涔。

“雪青！

“荼白！

“来人哪！”

容央一通瞎唤，把一座主院唤得人仰马翻，大小丫鬟手忙脚乱地在内室集中后，瞧着帐中人那难看至极的脸色，俱是悬心吊胆。

“殿下……”还是荼白胆量最大，当机立断挪去床边坐着，用手擦过容央的额头，心疼又心惊，“这么多汗……可是梦魇了？”

容央深深喘息，犹自沉陷在那噩梦里，毛骨悚然，冷汗如雨，半晌方低低道：“驸马近日可有回侯府？”

自金坡关一案结束后，两人便搬回了帝姬府住，看似朝夕不离，如胶似漆，然因策划于鉴执掌御史台一事，褚怿除每日去侍卫马军司署衙上值，还要忙于应酬，故而也有那么一两次，是在她入睡后方回来的。

想想侯府里那位盼重孙盼得望穿秋水的老太君，再想想那位阴魂不散的小青梅竹马、小表妹林雁玉，容央头昏脑涨，一大口郁气堵在胸口，一颗心都快蹦跳不动。

更重要的是，她突然想起了另一件被搁浅多时的事来——

那日去小松山里的寺庙求签时，她求得的签文是“逢凶化吉，遇难成祥”，而褚怿的则是“浑舍集成千岁会，子孙三世庭闱”，僧人的注解是：主子嗣，多子多福。

那时，她还偷偷地笑，在他背她下山时，还低低切切，揶揄他的“耳垂朝海”。

那时还本能地认为是他俩日后会儿女成群，瓜瓞绵绵，却原来，竟很可能只是他一人的“多子多福”吗？

意识到这一点，梦中情形再度跃然眼前，画面、声音……俱是冷箭一样地迸射而来。

容央猛地捂住胸口，痛吟一声，吓得荼白胆战心惊：“殿下！”

雪青也慌得赶过来，把人扶住，定睛去看她那丰嫩的唇，生怕冷不丁地呕出一口血来。

荼白心念电转，极快明白事态，安抚：“殿下放心，驸马自搬回帝姬府后，夜夜都是在您身边留宿，从来没有去过侯府的！”又补充，“就算是在外边应酬，也没有叫什么歌女舞女来陪过，这些都是百顺主动汇报过的！”

容央满目金星稍稍灭去，缓和一会儿后，屏退外面不相干的一堆小丫鬟，继而深思熟虑，定定道：“我得请个大夫来看看。”

这话更把两人吓得不轻，雪青道：“殿下是哪里不舒服？奴婢这便去宫里把御医请来。”

容央却斩钉截铁道：“不，不可请御医！”

怀不上孕这种私密之事，绝对不可轻易被外人知晓，尤其是侯府里伺机而动的老太太。

要是给那尊大佛知道自己私下里请大夫来看关于孕育的诊，那十有八九是要狠狠地作上一回妖了。

容央思忖道：“给我去坊间访一位医术高明、德高望重，且最好是遁迹藏名、鲜为人知的大夫，找个驸马不在的时候，悄悄地请进府里来。”

雪青、茶白两人听得云里雾里，这究竟是生的什么病，居然不能去皇宫里请医术高明、德高望重的御医，偏要跑到坊间去寻？且既是要遁迹藏名、鲜为人知的，那又还有多大可能会留在京城呢？

两人一时茫然相觑，到底雪青心思灵巧一些，看一眼容央小腹，揣度道：“殿下可是要请大夫来问一问孕育之事？”

容央脸上涨红，倒不反驳。茶白恍然大悟，一时张大了嘴，原来殿下今日这一大身冷汗，是被这桩烦心事整出来的？

茶白又惊又心疼，转念想想，又是理解兼沮丧。这三个月来，驸马爷跟殿下欢爱的次数那真是多得跟数头发一样，根本数不清，照理说，早就该有好消息传来才是，可殿下那月信偏就跟甩不走的穷亲戚一样，气得人牙痒痒。

这边茶白垂头丧气，那边雪青倒是会心一笑，道：“那这事，就交给奴婢来办吧，也不用特意去寻个驸马不在的时候，择日不如撞日，不如等稍后伺候完殿下梳洗，奴婢便去把这位大夫请来吧？”

茶白一怔，不想雪青脑袋瓜转得如此之快，容央亦是半信半疑：“你……知道该去请谁了？”

雪青笑笑：“殿下果然贵人多忘事，都忘了上回在南山堂救下的那位奚大夫了吗？”

“奚大夫”三字入耳，容央蓦然一震，脑海里，慢慢铺展开那张被余晖照得精致而虚弱的脸。

“奚长生！”容央坐直，精神抖擞。

雪青点头，茶白后知后觉：“对对对，那次奚大夫还说，殿下救命之恩，他定当结草衔环，没齿不忘，眼下，还真就是他报恩的时候了！”

容央一双眼睛更亮起来，转动两下，却又迟疑道：“他年纪轻轻的……医术能行吗？”

雪青笑道：“就凭他能诊出那恶汉夫人所怀之胎儿不可留，便知不会庸碌。再者，殿下身体一向康健，就算是寻医看诊，也至多调理调理，依奴婢看，奚大夫是完全能胜任的。”

茶白附和道：“最重要的是殿下对他有恩，既是对恩人，那还不得尽心尽力，言听计从吗？”

容央心里一动，被彻底说服。

分开那日，奚长生在堂中狼狈擦泪的模样越来越清晰，如今过去月余，他那张乌七八糟的脸想来是全然恢复了，不知再看的话，是不是还会和当日在楼上惊鸿一瞥那样，令人心悦神怡呢？

容央敛神，正经道：“那，就给他一个报恩的机会吧。”

（3）鬓云松

萧风吹过墙角的古树，半空黄叶簌簌飘舞，奚长生穿过回廊，转头时，髻上发带从脸庞前拂过，秋日照亮他澄澈的一双眼，那雪一样的发带又把那双眼蒙住，明暗间，落木萧萧，廊外空空杳杳。

“奚大夫在看什么？”

奚长生敛神，把渺然目光收回，赧然道：“没，没什么。”

雪青看他片刻，示意道：“这边，请。”

回廊尽头，一座小小阁楼矗立，奚长生提着药箱，跟在雪青身后颔首入内，这一回，不再敢东张西望。

阁中三面皆开着大大的栈窗，视野开阔，湖光反射在重重纱幔后，随风明明灭灭，起起伏伏，候在落地罩两侧的丫鬟挽起帘幔。奚长生跟着雪青走进去，垂着眼，在织金地衣上下跪行礼。

“草民奚长生，拜见嘉仪殿下。”

容央侧卧在上首的楠木美人榻上，以手支颐，静静地端详他。

阁中日照不浓不淡，铺在他那簌簌微抖的眼睫上，像冬夜的月铺过树下残雪，他的声音也清清泠泠的，像初春的水淌过一池碎玉。

容央脑海里蓦然就浮现起那日褚蕙的话来——斯斯文文、白白净净。

嗯，眼前的这一个，可不就是这盛京城内最典型的斯文白净小郎君吗？

容央胸口郁气散去几分，漫声道：“你脸上的伤都好了？”

许是没料到她会先问及自己的伤势，奚长生愣了一愣，动容道：“承蒙殿下照拂，长生已无大碍。”

容央便道：“抬起来我看看。”

奚长生身体似僵硬一瞬，继而缓缓抬头。

容央看过去，眸底慢慢浮开潋滟碎金。

奚长生生着一张十分讨人喜欢的脸，雪团一样白而细腻的肌肤，曜石一样黑而深澈的双眸，鼻梁不像褚怿那样高挺至给人凌厉之感，衬着那不点而红的唇，实在是一副标准至极的美少年长相。

特别是——

容央视线最后定格在他左眼眼尾处。

那里生着一颗红痣，不冶而妖，令他这张本该人畜无害的脸更添一抹别样风华。

奚长生直愣愣地跪在底下，等被榻上人看了半晌后，忽然脸往左边转，定住片刻，再将脸往右边转，定住片刻。

容央的遐思被打断，蹙眉：“……你在干什么？”

奚长生继续转着：“给殿下检查。”

容央纤睫眨动两下，敛回神思：“嗯，是痊愈了，不错，不错得很。”

奚长生于是终于不再转脸，只是跪在那儿。

容央切入正题：“今日为何请你来，刚刚雪青已经相告了吧？”

奚长生道：“是，长生定当为殿下效犬马之劳，且对给殿下看诊一事，一定守口如瓶，绝不外泄。”

容央看他言辞间目光坚定，不似那等阳奉阴违的小人，平躺下去，一只柔荑往外一放：“那便来诊吧。”

当下雪青上前，把一方丝帕搭在容央腕上，茶白搬来绣墩放在榻前给奚长生坐，奚长生放下药箱，入座看诊。

雪青、茶白候在边上，定睛细看，聚精会神。

不多时，奚长生松手起身，袖手退回原位，容央目光追随着他，紧张道：“如何？”

奚长生恭谨道：“殿下玉体康健，并无大碍，只是气血略有亏虚，故并非易孕之体，如要调理，可在平日饮食中多加些红枣、红豆、阿胶、枸杞等滋补之物，假以时日，定当大喜。”

茶白道：“不需要喝药？”

奚长生笑道：“妇人气血亏虚，乃是常症，谈不上什么病，且殿下症状很轻，用些药膳调理即可，是药三分毒，胡乱猛吃，反而不好。”

茶白点头。

榻上，容央狐疑地道：“你确定我真的没有大碍？”

奚长生看出她的不信任，倒也不恼，仍是笑着：“殿下如不放心，大可以疲乏头晕为由，请宫中御医来诊个平安脉。长生虽然只是一家医馆的小小大夫，但自认在妇、产、稚儿等三科上造诣不浅，对于如何求嗣，更一直深有研究，窃以为，还是能给殿下排忧解难的。”

容央听罢，态度果然松动道：“你对求嗣深有研究？”

奚长生点头，想是被问及看家本领，容光焕发道：“这孕育一事，看似只阴阳交合，实则内中门道甚多，如不懂遵循利用，便是身强体壮的一对夫妇，成婚后半年乃至一年不孕的，也都是常有之事。”

容央不知不觉地坐起来：“那这些门道都是什么？”

奚长生也不知不觉坐回榻边的绣墩上去，道：“其一，要看癸水，从癸水周期推算受孕之日；其二，要看体位，云收雨歇前，择取最易受孕的体位一泻千里；其三，如想要确保怀男，则还需谨记交会之日避开丙丁及弦望晦朔、大风大雨大雾、大寒大暑、雷电霹雳、天地昏冥、日月无光、虹霓地动、日月薄蚀……”

阁外湖风送来缥缈幽香，纱幔飘拂的阁内光晕变幻，容央侧耳听着奚长生的话，脸越涨越红，一颗心却跳得越来越激动。

原来这受孕之事，内中竟然还有这么多的讲究！

想她和褚怿二人折腾这三个月，回回都是胡乱而起，胡乱而终，哪里去考虑过什么周期，什么体位，乃至什么禁忌……

掰着指头大概算算，上个月最容易有孕的那两日褚怿都在外应酬，回来时，自己早就梦会周公去了，反倒是两回彻夜雷雨时跟他狠狠地欢爱了数次。

眼下想想，幸而也是没有怀上，要是怀上后，不但很难生下嫡子，更十有八九生个体质羸弱、早夭早殁的。

容央越想越后怕，一时且惊且喜，再次看回奚长生，只觉这少年全身都镀上了一层金辉。

她不由得信任至极："那我眼下该如何做？"

奚长生道："殿下如果很迫切想要怀上一胎，可用一用草民的助孕药膳方。"

容央立刻道："用，用。"

当下吩咐荼白、雪青去研磨铺纸。

奚长生移步案前，一挥而就，垂眸认真检查两遍后，方把方子拿给容央过目。

容央细看，所开果然都是些平日里入膳的滋补食材，且还有自己十分喜爱的山楂，更是满意至极，把方子交给荼白，命令日后的午膳就照着上面的做。她继而问奚长生："我照这方子上的药膳吃一个月，是不是下个月便能有喜了？"

奚长生这下是真看出她的急迫了，讪然笑笑，不敢欺瞒："长生只敢保证能增加殿下有喜的概率，至于是否必然成功，还是要看两分天运的。"

容央听及此处，自然颇为失落，但转念想想奚长生所言的确在理，遂也点头道："那倒也是。"

奚长生却端详着她，小心翼翼道："殿下……真的那么急吗？"

容央心头一跳，敛容道："倒也不是很急，只是没想到这里面门道那么多，有些好奇罢了。"一面说着，一面很淡然地转开了目光。

奚长生这回的目光却不转了，微抿着唇，鼓起勇气唤道："殿下！"

容央给他唤得一震。

奚长生恳切道："如果殿下的确十分紧迫，想尽快怀上，不如，不如……"

容央一颗心被他"不如"得高高地悬起来："不如什么？"

奚长生眼巴巴道："不如，让我诊一下将军吧？"

容央："？！"

啥？！

阁中众人五雷轰顶，奚长生忙解释道："这孕育一事，其实关乎夫妇二人，但古往今来，众多医者只知治女，不知诊男，然则多数妇人不孕，并非在己，而是男方有问题……”

容央大惊：“男方有问题？！”

她又勃然大怒：“你知道他……你你，你懂什么呀！”

容央面红耳赤，怒火中烧，吓得奚长生仓皇跪下：“殿下恕罪，长生并非说将军有问题，将军魁梧奇伟，天赋异禀，多年来驰骋疆场，战功赫赫，自然威猛无双，天下无人能及，然而……”

“够了！不要再说了！”

什么然而！

容央怫然打断，厌恶地摆手，示意雪青把人屏退。

雪青那边亦是心惊肉跳，不知为何奚长生突然硬要给驸马爷看诊，这不是明摆着怀疑人家身体有毛病吗？

雪青心焦如焚，看奚长生急得满脸通红，还欲辩解，忙对他猛使眼神，拉着人、抓起药箱，极快地走了。

奚长生去后，容央捂着胸口喘气，茶白捧着那一纸刚刚还被奉如圣旨的药膳方，诚惶诚恐地请示：“殿下，这方子……咱还用吗？”

容央一凛，侧目看去，暴跳如雷：“用什么用！庸医！烧掉烧掉！”

这次午间，容央气得食欲不振，恹恹不乐地躺在主屋里，任凭雪青、茶白怎么哄，都是意兴寥寥。

想想也是，本来指望着这奚长生知恩图报，拿一身医术来解一解殿下的燃眉之急，没承想急没解成，反倒平白多了一肚子气。

驸马爷是何人？

忠义侯府的大郎君，战功彪炳的定远将军，那孔武有力、拔山扛鼎的体魄，那折腾时天翻地覆一样的动静，怎么可能是身体上有那等毛病之人？

这奚长生……委实是太毛躁、太大胆、太令人失望了！

雪青、茶白这边腹诽完，忽听得榻上人幽幽开口道：“男人不能生育的事情，你们有听说过吗？”

二人一愣。

茶白脑海里无数话本极快翻过，吞吐道：“殿下是指……坊间一些男人因为不举，以至于夫人久久不能有孕的事？”

特意把“坊间”和“不举”两个词咬得重重的，以示这类事情绝对跟驸马爷沾不上关系。

容央探究地看向她，却道：“能举，就一定没有问题？”

这一问实在超出了茶白的认知范围，这都能举了，那还能有男人的什么问题？

茶白张口结舌，想想自己一个黄花小姑娘，竟然要给殿下解这样的人生大惑，深感力不能支，十分痛苦。

容央便看向雪青：“你说。”

雪青一个头两个大。

但到底是延请奚长生的“主谋”，内心多少还保留有对他的两分信任，雪青思来想去，谨慎地答：“这能举和不能举，是一番差别，能举之中，具体程度如何，想必也还是各有差异。且纵使是同一人，在不同年纪、时日、环境之中，身体状况应该都不尽相同。故奴婢以为，就算是能举之人，不能有后的情况，也还是在所难免的。”

容央听罢，默默不语。

雪青：“不过……”

容央极快瞄过去：“不过什么？”

雪青讪笑，提醒道：“不过到底是举起来了，比起前者，调理起来，总是要简单多的。”

容央眼神深深，兀自沉吟片刻，转开眼去，不再往下提了。

（4）虞美人

这一日，褚怿是日影西斜时回来的，及至主屋，容央从屏风内迤迤然迎来，近时，耸耸鼻尖：“你又喝酒了？”

褚怿把人拉回内室里去更衣，解盘扣时，淡淡答：“小酌两杯。”然后把容央小手往腰上一搭，示意她给自己脱。

容央瞄一眼他三分微醺、似笑非笑的双眸，微咬着唇，欲言又止。

褚怿低头，唇边噙着笑，看那双软如无骨的小手在他腰上动，拆鱼袋、解玉佩、松横襕……

是很娴熟、很日常的动作了，但每回看着，都仍撩人得紧。

褚怿喉结一滚，等官袍脱下后，吻过去。

容央“唔”一声，被迫扬起脸来，双手抵在他胸膛上，根本推不动。

褚怿喜欢咬她的唇，喜欢用齿、用舌在那里一下一下地蹭。她的嘴唇本来就较他的厚，他还咬，以至于每回亲完，她都肿得像喝了一大碗胡辣汤。

内室里气喘声起伏，亲完时，气氛明显就变了。

脉脉余晖穿过窗棂，容央抵着床柱，绯红的小脸逆在暮照里，灵动的大眼里蒙着漉漉水雾，一双丰唇又红又肿，又肿又润。

褚怿眼神越来越深，越来越暗。

容央突然用力把他往外一推。

褚怿蹙眉。

容央喘着气，眼睛往下看，他外袍褪去，仅一袭雪白里衣，一缕残阳照在腹下，那里的反应已经很明显了。

容央吞下一口唾沫，盯着那处看了半晌，想摸上去，又不大敢摸上去。

褚怿顺着垂眸，看到后，勾唇，抓起她小手，助她一臂之力。

容央罩上去，倒抽口气。

褚怿微微往前挺，嗓音低哑："嗯？"

容央脸上热气腾腾，感受着掌心里缓慢的冲撞，又"咕咚"一声吞了口唾沫。

她怎么觉得，今天摸着，似乎没有以往那么威武了……

意识到这一点，容央心蓦然凉去一截，心慌中，又嗅得他身上未散的酒气，更是七上八下。

他最近喝酒的次数越来越多了，晚归晚睡的次数也是，该不会……

容央的心"咯噔"一下，小心翼翼："你最近……有没有觉得身体不太舒服？"

褚怿正嗅着她，转着头，闻言动作停住。

容央慌忙道："我的意思是，有没有感觉比较疲惫、乏力……"

褚怿盯着她："没有。"

容央又"咕咚"一声，睫毛乱扇，都不敢看他："那……啊！"

褚怿大手用力，握着她一按，容央震惊地瞪大双眼。

一抹残阳晒在脸颊上，分明并没多少温度，却把本就燥热的脸烫得如同火烧。

容央惊得忙要缩手，却被硬生生按着不能动弹，而就在这拉扯之下，只感觉那家伙越发地嚣张起来，带着一股报复性的气势，要把先前那瞧不起自己的蠢人狠狠凌虐一下般。容央胆战心惊，委屈巴巴喊道："悦卿……"

褚怿眯着的双眸一深，唇边冷峭的弧度在她泪眼蒙眬的求饶目光里褪去，松开手，低哼一声，又看一眼她的脑袋，也不大，一天到晚瞎想的东西怎么就那么多？

"今日在家里干什么了？"

褚怿转身取来衣架上的便袍穿上，容央本来沉浸在乍悲乍喜之中，脑袋蒙蒙的，耳闻这一拷问，更是心头一悸："没，没干什么啊。"

褚怿盯她一眼，半信半疑。

容央忙给他整理衣袍，双眸垂落，避开他鹰隼一样的审视。

褚怿打量她，知道她明显就是心里有事，但又不愿意讲。

她不讲，他就得猜，不然压着压着，指不定哪天就得压出岔子来。

褚怿便猜："你感觉我身体不行了？"

果然，容央系横襕的动作一震，褚怿眼睛重又眯起，知道自己是猜对了。

室内气氛瞬间一变，褚怿心中那个五味杂陈、翻江倒海，下颌动着，憋着气压住胸膛里一股股上蹿的火，然开口时，声音里的喑哑还是压不住的，在当事人听来，像极刚刚出鞘的刀摩在指腹上，随时等待嗜血。

“我哪里让你觉得不行了？”

容央神魂俱颤，一双小手哆哆嗦嗦，脸上肌肉也明显僵硬得不能自控：“没，我……”

褚怿眼神里的深和冷半点不褪，就那么等着她答。

他审视一个人时的气场实在太强大，容央欲哭无泪，这一刻恨极那挨千刀的奚长生，闲着没事胡言乱语些什么，害得她自己都跟着魔怔了！

容央心念飞转，颦眉咬唇，嗔道：“谁，谁说你不行了？明明上次还天翻地覆的，把我折腾得命都去了半条……”

褚怿静静看她颊上飞霞，羞人答答，眸底情绪越深。

容央趁热打铁，摸着他讲：“你看看你这胸，你这肩，你这手臂……哪一块地方不是扎扎实实的，怎么可能不行？你真是，一天到晚净瞎想的……”

褚怿挑眉：“我瞎想？”

容央摸完，埋头去给他系横襕，一双卷曲的睫毛扇得飞快，偏不应声。

褚怿扯唇一笑，知道她这是什么招数了，倒打一耙嘛。

“不系了。”褚怿撇开她的小手，把那条横襕又松开，作势往床边去。

容央云里雾里，转头看时，他已脱下外袍躺去床上，手背往眉骨上一搭，挡着眼睛，一副困倦的模样。

容央一颗心七上八下，扑过去：“怎么了？”

褚怿闷声：“累。”

容央上下扫视他，最后决定去扒开他挡在眼前的手，扒不动。

容央气咻咻：“你装的！”

褚怿纹丝不动，正儿八经：“没装。”

容央继续拽他：“那你还那么大力气！”

褚怿便松力，任她把胳膊拉开，顺势一翻身，改成趴在床上，容央于是又看不到他的脸了。

容央爬进去，小手摁过他的腰，褚怿立刻“嘶”一声，似极痛苦。

容央似信非信地撤开手：“压疼你了？”

褚怿脸埋着，不答。

容央心一揪，忙蹑手蹑脚地爬到床里侧去跪着，开始研究他的腰：“你腰疼了？”

褚怿仍旧不答，把容央整得越发忐忑，想解开他衣袍来看，却又反应过来那里就算是劳损，外观也是看不出什么来的。

正紧张，褚怿倏地开口：“按会儿吧。”

容央："啊？"

褚怿调整了下姿势，重复："是有点儿疼，给我按会儿。"

容央听他承认腰疼，心口"嘭"地一撞，一双小手按上去，小心翼翼地动起来。

片刻，她求证："只是有点儿疼吧？"

她又道："是被我刚刚压疼的吧？"

褚怿轻咳一声，答："不清楚，也可能是累的吧。"

"累的？"容央眉头紧蹙，替他分析，"是最近在马军司骑马累的吗？"

褚怿答："最近在马军司没骑马。"

容央一颗心拔凉拔凉。

褚怿："怎么不按了？"

身后半晌没回应，只是那双小手终于按了回去，按得缓慢又沉重。

褚怿偏头，朝后瞄去一眼，容央坐在里侧，半边脸庞被薄薄暮色照着，果然是愁云惨雾，悲戚难言。

唇边露出一笑，褚怿忙转回脸去，又咳一声，吩咐："用点力。"

容央愣一下，继而很乖顺、很认真地用起力来，像模像样地按摩一会儿后，闷闷道："应该是旧伤太多，积久成疾了。"

褚怿在暗处扬眉，心想这个时候倒是觉悟高了？

又听得身后人道："你从十二岁就开始骑马上战场，每挥一次长枪，腰就要承力一次，更不用说被敌人用刀枪压制的时候，不小心摔下马的时候，还有那一回差点被大契的骑兵踏成重伤的时候……"

容央蓦地停住，鼻头一酸，蹙紧眉忍着道："你虽然年轻，外伤恢复得快，但毕竟不是铁打的，遭了那么多的罪，哪可能一点基础都不伤？"

褚怿唇边坏笑凝住，眸光黯下来："你怎么知道我被大契的骑兵踏过？"

容央自然不会说是大婚前赵彭特意给她讲的，避重就轻地答："你那些糗事，以为瞒得过我？"

褚怿哑然，喉咙像给什么东西哽住。

容央哼道："你不要总仗着自己年轻，看起来所向无敌的，就真的以为自己无敌了。你现在不过是个指挥使，一个小将军，往后不知道还要多少仗要打，多少伤要挨。你可是答应了我要做定风波、平四海的悍将，做扬名四海的大英雄的，要是在那之前把身体先废了，便是侥幸做成，下半辈子也多半成了个废物，那我……"

容央哽住，双手也停住，褚怿回头："那你就不要了？"

容央对上他深黑的眼，一震，那句关于"不要"的威胁蓦然就卡在喉中，怎么都无法再开口。

她怎么会不要呢？她怎么舍得不要他？

但如果真的有那么一天，甚至还没能等到那一天，他就真的永远地倒下了，那她……

容央眼圈一热，豆大的眼泪啪嗒啪嗒地就砸下来了。褚怿猝不及防，根本想不到情形最后会发展成这样。

他翻身坐起，去拉人入怀："我骗你的，我没疼。"

容央已然顾不上他装不装、骗不骗的问题了，只是垂泪："但总有一天会疼的……"

"……"褚怿头大如斗，后悔莫及。

"那，总有一天还会死呢？"褚怿尝试这么来哄。

容央哭声更大。

行吧，先不哄了。

褚怿把人抱着，静静等她哭完。所幸也只是情之所至，悲从中来，动情的哭，待情去之后，那哭便也消歇了。

容央抽抽鼻子，平静下来，撩起眼皮，定定地盯着罪魁祸首看。

褚怿承受着。

"你骗我。"秋后算账。

"要如何？"悉听尊便。

容央鼻尖红红的，眼圈也红红的。

褚怿恭候她发难，最后，等来她眼睛一闭，嘴唇一嘟，很勉强般地吩咐："亲一下吧。"

褚怿哑然勾唇，把人看着，亲前，强调："就一下啊。"

也很是勉强一般。

容央愤然睁眼，不及去打，褚怿猛地亲来，把她亲倒。

（5）凤求凰

三日后，中秋佳节至，宫里传来谕旨，是夜，于长春殿宴请所有皇亲国戚欢饮。

容央许久没有回宫里跟父亲和赵彭聚过了，跟褚怿提过后，两人决议当天早上回侯府一趟，午憩后，再入宫赴宴。

既然要回侯府，那自然就得去云澜苑拜见老太君。而拜见老太君，就十有八九要被或含蓄或直接地问起这个月是否有喜，便是人多嘴杂，稀里糊涂地把这一茬糊弄过去，那厢又还杵着一个死活也不肯走的林雁玉，人前一个"大哥"，人后一口"悦卿哥哥"的，光是想，就足够硌硬得人胀气。

是以这日一早，等候在梧桐树下的褚怿一展眼时，看到的就是一个雍容华贵的、气鼓鼓的嘉仪帝姬。

褚怿眉微敛，踱步上前。

院中的两大片花圃里盛开着鲜妍娇艳的秋海棠，容央随风飘曳的百迭裙上亦有一簇簇苏绣海棠流光溢彩，褚怿行至她跟前停下，先是静静看她，而后摸摸她鼓胀的脸颊，很满意地评价：“胖了。”

容央瞠目。

褚怿点头：“嗯，眼睛也大了。”

俨然一副“我养得真好”的口吻。

容央气急败坏，又要捶人。褚怿接住那小拳头，顺势拉过来，大拇指在上面摸一摸，抚平她小小的怒火。

容央哼一声，任他，不再发气了，只是提醒：“我癸水还没走，脾气是很大的，今天可不能受委屈。”

褚怿会意，答：“今日吃月饼，不吃醋，殿下不会委屈。”

容央又瞪过去，什么叫不吃醋，你才吃醋，明明就是你最爱吃醋！

褚怿的读心术再次登台，坦然承认：“是，我最爱吃醋。”

容央“啊”一声，大惊。

褚怿笑，拉上她，并肩往外而去。

中秋乃国朝三大节日之一，忠义侯府又逢四爷褚晏和大郎君褚怿在家，欢闹程度可想而知。

容央随褚怿入府，走哪儿都是仆从成行，稚童嬉戏，去往云澜苑的路竟足足走了小半时辰。

及至上房，又是人墙里外三层，容央眼观四路，耳听八方，很是戒备地跟褚怿一道给文老太君行了礼。

文老太君今日心情似有些恹恹，虽然全程笑着，但眼底明显少了几分往日的神采。

容央自认是十分能察言观色之人，因而越发揪心，直觉这老太太定然又是憋着什么大事在愁，三言两语寒暄完后，也顾不上去寻林雁玉在不在屋里，一听外面有人招呼褚怿，立刻就壁虎一样地“爬”着人去了。

云澜苑外，褚恒看一眼趴在自家大哥手臂上的帝姬，赧然垂眼，八岁的褚睿还在半惊奇、半歆羡地看，给褚恒一拽。

褚怿脚下不停，余光把这两人的反应瞅着。

褚恒咳一声：“大哥要是没时间亲自去示范，就在这儿给我们提点一下就好。”

褚怿眉目不动：“示范一次，不比提点你俩快？”

褚恒给他噎得。

容央这会儿神思已回，听得这句，眼往褚怿瞄。

褚怿对上："怎么？"

容央低声训斥："你也太傲慢了。"

褚怿唇咧开，要拿开胳膊，容央不撒手。

褚怿便偏头，低声："你倒是挺喜欢傲慢的。"

容央脸涨红，心知中他计了，忙推开他。

褚怿一笑，大手抚平衣袖上的褶皱。

容央袖手而行，转开眼，哼道："蕙蕙也在练武场吗？"

这回答的是褚睿，八岁的孩童，声音里还带一丝软糯的奶气："二姐最近心情很不好，从早到晚都在练武场的。"

容央蹙眉："心情很不好？"

褚恒去按褚睿的头，示意他别再多嘴，回头对容央笑道："殿下若是想见二姐，便随我们一块过去吧。"

练武场上，一树树木叶被枪风卷落，飒飒然震舞空中，容央驻足在场外，果然看到褚蕙在场中发狠似的耍着枪，一招一式，狠辣十足。

褚怿信步走至兵器架前，拔起一杆红缨枪。

褚蕙踅身出枪，舞至"中平枪"一式时，后背突然有阴风骤至。

回头，一杆红缨枪快如紫电，卷得落叶冲天，眨眼迫至眉睫，褚蕙忙软腰一让，枪尖在地面一点，腾空跃开，抬头时，对上一双黢黑眸子。

深吸一口气后，褚蕙定神杀来。

褚怿左手收于腰后，右手把那杆红缨枪一转，格开褚蕙的一记勾枪，继而臂膀微斜，一让之间，红缨枪快如龙蛇飞动，撩得褚蕙枪尖火光四射。

褚蕙枪尖一沉，如被缠住，顿感负力非常，忙咬紧牙关，蓄力攻上。

褚怿脚下后退，眼神沉淀不变，接下褚蕙这一套变幻无常的连环枪，及至末招，蓦地反枪刺出，既快又准地在她枪尖下三寸处一点。褚蕙瞳仁一震，刹那间虎口俱麻，咬紧嘴唇后退三步，褚蕙把不住激颤的长枪握紧，再抬头时，额头冷汗簌簌而下。

褚怿淡然收枪："过刚易折，一招制敌可靠孤勇，连环进攻要敛锋藏芒，静水深流。"

褚蕙汗颜，调整气息，持枪握拳道："谢大哥赐教。"

褚怿看她一眼，往场外示意："去歇会儿吧。"

褚蕙眼往场外，看到容央，一愣，再看回褚怿，领会后，心中动容。

容央把提前准备着的丝帕拿给褚蕙，褚蕙看一眼，赧然地拿过来，道："这回，就欠着大嫂两条了。"

容央不以为意，逗她："你要是想还，就绣一条还我。"

褚蕙果然打战。

容央忍俊不禁，等她把汗擦完，转头往水榭那边曲径通幽的风景看，道："我第一次来时，你没能带我看成府中景致，今日就补上吧。"

褚蕙看过去，沉吟片刻，点头。

昨夜刚下过一场雨，此刻日光淡淡，石径两侧的树叶上还坠着大大小小的水珠，风吹来，簌簌而落。

褚蕙低头踢开小径上的一颗石头，闷闷道："三天前，他来府上下聘了。"

容央极快反应过来这位"他"便是吴氏给褚蕙择定的夫婿，想起上回褚蕙倾吐之事，激动道："你把从军的想法告诉他了？"

褚蕙点头。

容央道："他怎么说？"

褚蕙恹恹地朝容央一努嘴，容央一看这表情，再联系先前褚睿所言，顿时也就明白结果了。

褚睿说她这两日心情都很不好，那缘由，大概便是这个了。

容央跟着蹙眉，想了想，宽慰道："或许是头一回提，他还没个准备，下次再找个机会谈一谈，他应该会理解的。"

褚蕙却摇头，苦笑道："不会了。"

容央怔然。

褚蕙道："他跟我说了一句话——三军之帅，纵然将兵数十万恢复幽蓟，凯歌劳还，献捷太庙，其荣亦不及状元登第。褚家如果想要荣誉，等他日后在殿试中一鸣惊人便是，何须我去疆场摸爬滚打？"

容央听罢，一大股火气蓦地冲将上来："什么叫'褚家想要荣誉，等他一鸣惊人便是'？"越想越恼火，"他是谁啊？"

褚蕙无奈一笑，答："端明殿学士程晋奉家中的小郎君，据说从小天资聪颖，善谈辩，有容止，是被程家上下给予厚望的后生。"

容央冷笑："那程家算是个什么东西？他又才到哪儿？既然瞧不上三军之帅，干什么又来登门求娶？"

她一时越说越气，越想越气。褚晏、褚怿都还在这儿，那赫赫战功全是实打实拿血拿命换来的荣耀，怎么到他那儿，就成了这不及那不及？他又算个老几，也配给褚家人争颜面争荣誉？！

褚蕙目光放空，静了静，道："武臣在朝中地位的确不高，他又是大学士的小公子，会那样想，无可厚非。"

容央立刻火冒三丈之高："你还帮他讲话？！"

容央气得驻足，放声："你不许嫁给他了！"

褚蕙看着她这副怒火中烧的模样，苦笑："他瞧不起的人是我，大嫂怎么比我还气啊？”

容央肃然道：“他不是瞧不起你，他是瞧不起褚家人，瞧不起所有为大鄞冲锋陷阵、出生入死的将士。他一个不愁吃穿、不知疾苦的世家公子，于私不能自食其力，于公不能安邦定国，他也配瞧不起这，瞧不起那吗？”

褚蕙因她激昂的呵斥一振，胸中热流涌起。

容央看褚蕙眼眶微红，心知作为当事人，她必然最是委屈难受的，便放软语气，安慰道：“幸而这是在大婚前，既然知道是这种德行，那这亲不成也罢。你如果不便出面，那二婶那边，便由我来替你想办法，你只需记着，往后选夫婿时，无论如何都不能选一个打心底里瞧不上自己的。”

褚蕙胸口热流更深，动容一笑，道：“谢大嫂忠告，程家的事我会三思，不过我娘脸皮薄，就不劳烦大嫂出面了。”

容央深吸一口气，把她的双手握住，认真道：“你记着，凡事还有你大哥和我。”

褚蕙眸光柔软，低头把被容央握住的手看一眼，挣脱一只出来。

“记着了。”褚蕙大剌剌的，径直把容央抱至胸前，又在她后肩一拍。

容央愣得，竟像突然间给个男人轻薄了似的。

“对了。”褚蕙把人松开，展颜道，“有个好消息，不知大嫂可听得了？”

容央抬眸：“什么好消息？”

褚蕙看容央这反应，就知多半是还不知晓了，继续往前走，道：“林雁玉的婚事敲定了，兵部刘侍郎家中的六公子，听说是她自己选的，过两日刘家人就来府上下聘，如果没意外，多半也是年底成亲了。”

容央那双大眼一瞬间光彩流溢，有如万丈星辉落入，把褚蕙狠狠地震了一震。

原来姑娘家的眼神，竟是可以这么美的？

“当真？”容央又把褚蕙的手抓来，一双大眼凑近，“老太太点头了的？”

褚蕙把神思从她那片星海里抽回来，怔怔点头。容央喜不自禁，恍然道：“难怪老太太今天怏怏不乐的……”

声音虽低，但褚蕙还是听见了，哑然失笑：“奶奶哪是因为这个愁的。”

容央于是又紧张，狐疑道：“那是愁什么？”

愁她的小肚皮还没有动静？

噢，不要不要。

褚蕙把她脸上的小表情尽收眼底，越来越明白为什么那样孤傲的大哥会陷在她这罐蜜里了，笑道：“大嫂放心，往后这小半年，奶奶多半是没精力来愁你跟大哥了。”

容央闻言，自然越发狐疑：“为何？”

褚蕙叹一声，答：“具体我也不大清楚，反正就是四叔那边，六个小娘子一直没喜脉不说，四叔还一而再再而三地拒绝奶奶相中的婚事。前一次，更是在上房一通大吵，听底下人讲，好像是什么四叔的老情人，给奶奶发现了。”

容央登时一震。

四叔的老情人……

那不就是！

此时秋风肃肃，小径外重重叠叠的树影曳动，前方的岔口一条通往摘星阁，一条是更狭小曲折的幽径，终端是一座古树掩映、白墙毗邻的六角亭。

容央忙把褚蕙推进那僻静的小亭里去，压低声：“四叔的老情人……是谁啊？”

褚蕙不疑有他，跟着在亭中石凳坐下，道：“不知道啊。”

容央眼神微变，故作出八卦的模样，道：“那，府中有其他的人知道吗？”

褚蕙摇摇头，道：“四叔是十年前离开京城的，所以这位老情人，应该也是十年前的旧人。十年前没能娶，十年后依旧不能如愿，那这个人，一定就是府里的忌讳，就算是娘亲婶婶当中有知情者，估计也不会外泄的。”

容央听及此处，心不由得一揪：“忌讳？”

褚蕙点头：“四叔当年离京情况特殊，如果这一位旧人是寻常人家的姑娘，奶奶一定会先让四叔成家再放他走。可当年四叔走时，孑然一人，此后更是整整十年不成家、不回家，可见当年必然是发生了什么事……要我来猜的话，八成就是四叔爱上不该爱的人了。”

容央心里“咯噔”一下。

褚晏为明昭守身十年不假，但照上次褚怿的话来看，一个是帝王最疼爱的妹妹，一个是御前最风光的侍卫，两人无论年龄还是身份，都应该是十分登对的，怎么会有“不该爱”一说呢？

褚蕙对上她愕然的眼神，蓦地一笑，道：“其实，我心里有一个人，只是不敢跟别人提罢了。”

容央心跳更快起来：“谁……啊？”

褚蕙以手掩唇，压低声道：“长帝姬明昭殿下。”

（6）玉覃秋

车轮徐徐碾过闹市，行人谈话声、小贩吆喝声如潮涌来，容央坐在车厢里，满脑子回荡褚蕙的话，神思恍惚。

——爱上了不该爱的人。

——府里的忌讳。

——在上房一通大吵……旧情人，给奶奶发现了。

一块石头梗过车轮，车身震颤，容央往窗边倒去，给褚怿一把拎回来。转头，男人眼神深而静，那看破而不道破的目光，显然是盯着她研究多时了。

容央咳一声，坐直后，也不遮掩，径直道："四叔当年为什么没有尚姑姑为妻？"

褚怿眼微眯，确定她的确是在纠结于此事后，目光转开："鱼与熊掌不可得兼。"

容央蹙眉："熊掌是什么？"

褚怿目光在窗外，脸上意态寥寥："责任。"

责任？

容央心念一转，沉默。

褚怿的父亲忠义侯是在庆义十一年冬天牺牲的，半年没到，府上的二爷、三爷又跟着在云中山就义，算起来，大概就是在十年前。忠义侯府六位男儿，丢去三个后，老四褚晏便成了老大，理当撑起门楣，重整旗鼓。

褚怿口中不能得兼的"责任"，大概指的就是这个了吧。

毕竟那些年，言官们对所有帝姬夫婿的督查的确很严，如果做驸马，十有八九就很难再领兵打仗，但是……

容央想起姑姑这些年来青灯古佛的枯寂生活，低低埋怨："难道，我姑姑不愿等他吗？"

话里的意思是，难道就不能等打完胜仗后，风风光光地回来尚主吗？

皇室对驸马都尉一职固然有所限制，但也并非一点打破的可能都没有，如果足够坚定，足够相爱，为什么不能放手去争取一回？

窗棂外，丝丝余晖无声淌动，褚怿声音冷淡："等不到了。"

容央转头。

褚怿道："四叔出征前，明昭长帝姬已经大婚了。"

马车拐入一条深巷，斑驳白墙遮去残照，褚怿侧脸一瞬间遁入暗影。容央怔怔地看着他，张口结舌，最后把脸默默转回。

褚怿道："褚蕙今天就跟你聊这些？"

容央咬唇，恹恹道："不是。"

想起褚蕙的烦恼，亦是感同身受，算算此处离皇宫还要一大趟车程，便也原原本本地跟褚怿讲了。

褚怿听至那程家小公子回绝褚蕙的那一句，冷然一笑。

容央看他这笑，就知道他的态度了，趁热打铁道："要不，你寻个机会跟二婶提提这事儿，趁早把程家的婚事给退了。这盛京城中值得一嫁的好郎君多得是，单我认识的，就能数他个五六只手，这里面，随便蕙蕙选哪一个，都比眼下这个强一百倍。"

褚怿听至后面，眼睫慢慢垂落，思绪俨然落去"五六只手"那去了，最后挑眉："那你准备引荐哪一个？"

容央歪头："嗯？"

褚怿淡淡：“开国郡公家的贺三郎，光禄大夫家的小郎君，还是去年重阳在相国寺竹林里，跟你合奏过一曲《凤求凰》的宁小公子？”

容央瞪大眼睛，盯着褚怿那双深深黑眸，恼羞成怒道：“那都是曾经属意过我的公子，我怎么可能引荐给蕙蕙！”

把喜欢过自己的郎君介绍给小姐妹算个什么事？这简直是在贬低她的人格！

容央气咻咻。

褚怿也气咻咻，偏生还得忍着，于是扯唇笑，不应了。

容央气完后，后知后觉，眼睛蓦地晶亮起来，挨上前戳褚怿胸口：“你原来是吃醋了啊，你怎么又……”

容央对上他的眼神，乖乖噤声，心里面却窃喜得打鼓，让你那个小青梅竹马隔三岔五地来硌硬我，哼，这下可快活了？

褚怿把她的窃喜尽收眼底，拿开她那只嚣张的小手，慢慢道：“照你这五六只手的数，我只怕是吃不过来的。”

容央笑嘻嘻：“那有何妨？一天一个，一月一个，再不济一年一个，这辈子总是能吃完的。”

深巷走尽，墙外一束暮光打来，褚怿双眼被反衬得幽黑无底。

容央讪讪住嘴，心知一时得意之下，也是略有些失言了，于是抱住他的胳膊，小声哄：“你真吃醋啦？”

褚怿看着她，蓦地把眼转开：“给你三位数小郎君，你敢碰吗？”

容央一愣，这是个什么问题？还有，不是她在问他吃没吃醋吗？怎么话锋一转，就把问题转到她这儿来了？

容央不及回神，褚怿又道：“碰吗？”

寥寥两个字，愈给人千钧之感。

容央弱弱道：“不碰啊……”

小郎君再多，也不及他英武无双，碰来干吗？

褚怿终于回头，勾唇笑：“那就是了。”

容央一震，霍然反应过来他的意思了——问给她三位数的小郎君她敢不敢碰，她答不碰，那就是说她没胆量真去外面拈花惹草，是以他根本不必费心去吃味吃醋嘛。

容央心里火起，很不满意他这一招乾坤大转，愤然挪去窗边。

那条被扔开的胳膊顺势落回膝盖上，褚怿淡哂，目光跟着她，喊她火气冲冲的后脑勺：“欸。”

欸？

叫谁呢？叫摊边抠脚的大爷吗？

容央的后脑勺火气更旺。

褚怿笑着，又喊：“那边的，头发丝儿都美得人挪不开眼的小娘子。”

容央急速起伏的胸脯慢下来，然还是趴在窗边，盯着车外景致，不肯回应。

褚怿便再喊：“天生丽质、倾城倾国的嘉仪殿下。”

容央依旧不动。

褚怿坐过去，把车窗推大，低头，笼罩着她。

容央卷曲的睫毛在金晖里扇动，雪肌细嫩的脸转至一边。

褚怿胳膊撑在窗边，支颐，喊：“小心肝。”

（7）人月圆

戌时三刻，长春殿中的宫宴开场，因是家宴，没什么外臣，不必像上次宴请大契使臣那样分前殿、偏殿两处筵席，容央于是很难得地跟褚怿同坐一筵，赏舞品乐，斟酒酌饮，都能并肩颔首，低低切切。

中秋之夜，歌舞以祝颂团圆铺开，官家和吕皇后同坐上首，营造的亦是一派和睦景象，底下的皇亲很快放下包袱，觥筹交错间，探头探脑，聊成一片。

容央边上坐着的分别是大帝姬端敏及驸马许晋合、三帝姬静淑及驸马吴嵘。前者人如其名，端方敏慧，跟其驸马的感情亦是以“合”著称；后者则跟其封号截然相反，非但人是个泼辣爽直的，夫妻感情亦是磕磕绊绊得很。

单就容央所知，三姐静淑在婚后一年内就跟吴嵘大闹过三次。究其缘由，大概是吴嵘在风月场里流连惯了，尚了主都还收不回心，三番五次偷腥后为帝姬所不容，因而屡屡闹得家中雷霆大作。

吴家是盛京城内排得上号的贵胄，吴嵘的堂叔就是而今的一国之相吴缙。官家那时顾及吴氏根基，没有对吴嵘有实质性的惩处，召来呵斥两句后，便也睁一只眼闭一只眼由他去了，以至于静淑最后心灰意冷，在明确留不住吴嵘的心后，索性就此把人撵回吴府去，酣畅自在地在帝姬府里养起了面首。

大鄞重女德，便是帝王之女也难逃那些压得人喘不过气的规矩礼仪，静淑当初这一举动自然惹怒不少言官，官家也是费了很大一番心力，方把事态压平。

但无论如何，这两人貌合神离的婚姻还是就此成定局了，硬要谈区别，也无外乎是一人的外室小妾宠得低调，一人的面首美男开始收敛着养。

容央大婚前，一直十分佩服这位三姐姐在婚姻中的魄力，有时甚至还破天荒地幻想着，要真嫁人，还不如就在自己的府中养上他一百来号才情各异的小郎君，一不用看公婆脸色，二不用担心夫婿在外偷腥，那日子光是想想也够人美得笑酸脸去。

然而鉴于今日在马车里惹恼大醋精褚怿一事，容央此刻再看静淑，原本的钦佩之情便很是有些心虚气弱。

褚怿是打娘胎里就带着一股傲气的人，别看现在对她百依百顺的，讲不纳妾就不纳妾，一撒气就肯低头来哄，但真要触及他底线吧，他只怕是寸步不让，半点情分都不肯留。

不然怎么今日拿五六只手都数不过来的小郎君逗他，他就非要话锋一转，丁点亏都不肯吃呢？

容央想着，哼一声，径自去倒了一杯酒，便欲去敬一敬静淑和端敏，面前人影一晃，竟是吴嵘提着酒壶，大大咧咧地跑褚怿身边去了。

容央一凛。

吴嵘在褚怿身边坐下，寒暄都不寒暄，拿着酒壶就跟他手里的半杯酒一碰，仿佛熟络得自小穿一条裤子长大的哥们儿。

褚怿眉峰微敛，倒也不言，只是淡淡地把酒喝下。

吴嵘面颊醉红，两眼盯着大殿中央翩跹起舞的一众彩衣宫女，嘿笑道："依悦卿你看，这台上的舞女何人最妙曼？"

褚怿懒得看，答："都差不多。"

吴嵘很不以为然，"啧"一声，道："此言差矣。你瞧瞧中央那位，虽然给簇拥得众星捧月似的，但也就那双眼媚几分，至于旁的，根本没法下眼。倒是离你最近的这位，对，就是这个，瞧瞧那身段，那晃得人抓心挠肝的哟……"

吴嵘直勾勾盯着那彩衣宫女随舞步晃动的身段，笑得眼睛都快成了缝儿。褚怿默不作声，垂眸倒酒，突然脚下被一物砸中，低头，筵案底下骨碌碌滚来一颗龙眼，褚怿顺势抬眸，坐于静淑、端敏中间的容央瞪过来，大眼如炬。

褚怿唇语：干什么？

容央便欲做警告状，不巧静淑倒完酒去跟她碰杯，忙又拉开嘴角灿烂地笑起，笑至一半又继续朝着这边横眉竖目。

褚怿静静欣赏，只觉得这变脸比边上舞蹈精彩太多。

偏巧吴嵘又在耳边缠问："悦卿，人间尤物，你看到没有？"

褚怿便笑，答："看到了。"

酒宴后，官家组织众人前往御花园赏月。

离开长春殿，大半人都已有几分微醺，及至御花园内，队伍早就乱得不成横样，所幸官家也没苛求众人按照原本的位次规规矩矩地排，围绕御湖的楼阁亭台俱张灯结彩，摆筵置酒，处处可供人娱乐休憩。

容央怕素来不与人交际的明昭落单尴尬，离开大殿时，交代褚怿几句后，便跟静淑、端敏一块陪明昭入园去了。

月影婆娑的一座阁楼上，视野开阔，夜风爽凉，赵彭坐在美人靠上吹着凉风，听得吴嵘又在那边大吐婚后之苦水，不由得眉头打结。

褚怿静坐一隅，本就给人凛冽之感的侧脸轮廓被月光一照，更显冷傲孤决。然眼下这一分冷，在赵彭看来只觉亲切温暖至极，他当下挪至其身畔，喊：“姐夫。”

褚怿回头看他一眼，算是回应。

廊柱前的垂幔高高卷着，展望过去，漫步湖边的帝姬们尽在幢幢灯火之中，或丰腴端方，或玲珑烂漫，容央走在其间，无论何等神态、何等动作，都始终是夜色里最璀璨、最夺目的那一个。

赵彭道：“姐夫别听吴嵘在那边胡扯，他自己不拿真心待三姐，也怨不得三姐不肯给他好脸色。”

吴嵘今夜是真醉了，在后头抱着许晋合的一条胳膊，一把鼻涕一把泪地诉说静淑的狠心决绝，什么日日夜夜地伺候着、供奉着，什么当着他面跟那些个面首卿卿我我，伤他尊严……

褚怿淡淡一哂，不予置评，只道：“近来和宋淮然处得怎么样？”

赵彭听他提及宋淮然，眉头又开始打结，嘴巴像给烫着似的，翕动半晌方道：“挺好。”

这明显便是敷衍的辞令，褚怿偏道：“怎么个好法？”

赵彭开始后悔挪到他这儿来了，硬着头皮答：“宋御史心细如发，洞察秋毫，又敢于直谏，回回都能从我这儿抠出错来，助我修正，长此以往，我必能大有长进，日臻完善。”

褚怿白他一眼，想讲点什么又忍住。一盏灯笼挂在廊柱外，洒下暖融融的光，从这个角度看过去，赵彭那撇眉瘪嘴的小模样实在太像容央。

褚怿转开眼：“金无足赤，人无完人，择善而从便可。”

赵彭“呵”一声：“就他那张嘴，能讲出‘不善’的？”

哪样不能给你讲出花来？

褚怿不应，赵彭顾自哼哼两声，倏地想起一事，坐直道：“这两日总听到东北那边有军情传来，大契和大娄还没打完？”

契、娄二国交壤于大鄞东北方位，以往是没多大战事的，但自今年入春后，一度烽火连天。朝中人分析，除大娄地产匮乏，亟需扩张领土外，怕大契、大鄞联姻后形成合力，戮力北伐，亦是其此次大肆进攻契国的原因之一。

褚怿道：“努鲁尔虎山一战刚败，兴中府丢了。”

赵彭闻言大惊：“兴中府都丢了？那大契皇帝还坐得住？”一时又心有戚戚，“娄兵竟然如此凶猛？”

去年年底，大契骑兵把驻守边关的国军打得落花流水的情形尚且历历在目，赵彭实在难以置信，上半年还叱咤风云的大契铁蹄军，会在娄兵面前受挫成这番模样。

褚怿眸光沉沉，神思也俨然沉浸于娄兵之凶悍中去，没有回应。

赵彭后知后觉有点失言，咳一声道：“不过，也可能是大契刚跟我们打完没多久，虽然赢是赢了，但到底还是伤了元气，娄人这回也是乘虚而入，不然，哪那么容易就打进努鲁尔虎山？”

褚怿自然知道他这是悬崖勒马式的宽慰，回以一笑，道：“殿下有空，多去三司转转。”

赵彭不疑有他，爽快地答应：“行啊，那就从你的马军司转起。”

褚怿点头：“马场上比一圈，敢吗？”

赵彭真是给他逼得……哪怕是烂泥都要被硬扶上墙了：“敢。一圈算什么，只要你肯陪，十圈我都没在怕的。”

沿着御湖漫步一圈，湖心的小岛上传来缥缈乐声，拜月仪式要开始了。

容央探头去寻褚怿，被端敏打趣：“到底是新婚宴尔，一炷香都分开不得。”

容央脸微红，袖手解释：“他不懂规矩，我怕一会儿出错，寻来交代几句罢了。”

端敏闻言笑：“嘴上嚷嚷着人家不懂规矩，眼睛里却全是思念担心，原本只认翩翩少年郎的小嘉仪，看来还是被她以往最讨厌的大将军收服了。”

侍立周围的宫女们窃笑，容央脸上更红，扬颔道：“我才没有被他收服！”

端敏看着她这色厉内荏的小模样，也不继续拆穿了，只笑着道是。静淑在树下默默不语，眼往湖外一展，绿影蓊蓊的小径上，吴嵘勾着许晋合的肩，踉踉跄跄地走过来，边走边拿手掰着一二三四，显然又是罗列他的苦楚。

静淑冷笑一声，转开视线。

容央目光紧随而至，待发现后方和赵彭走在一起的褚怿后，暗松口气。

褚怿把她那小眼神捕捉着，负手而笑，默默走至她身前，捏了把她的脸。

容央眼珠立刻往四下转，低声呵斥：“规矩点！”

褚怿垂眸，又把她另一边脸颊一捏，这次直捏得红了。

“你！”容央捂着脸，眼泪都快掉出来了。

褚怿也吃了一惊，分明都没用什么力，这么不禁捏的？

褚怿低头：“再揉揉？”

容央咬牙切齿，要不是大庭广众的，真恨不能把他的脸抓烂去，气哼哼地往前走开。

褚怿笑着跟上，走在她那团小小的影子边，伸手去给她揉脸，被她打开，又伸，要被打中时，躲。

容央一巴掌打空，恼恨地侧头看他。

另外两位帝姬及驸马相继跟在后，看在眼中，笑的笑，鄙薄的鄙薄。

赵彭自去陪落单的明昭，乖巧地唤完一声“姑姑”后，把手里一个纸折的小物件送过去。

明昭淡淡瞥一眼：“什么玩意儿？”

赵彭唇边笑意微僵，把掌心里那东西捧高一寸：“玉兔啊，姑姑不是属兔吗？一会儿拜月神，你有玉兔相佐，那便如有福星高照，所许之愿，定然就能愿愿成真了。”

明昭眸底霜色渐融，把那只笨拙的小兔儿接过来，挑剔道：“哪有玉兔长成这副喜庆模样的……狗似的。”

突然就碍眼得很。

赵彭知道她要是肯开金口挑剔，那多半就是满意的意思了，笑开来：“那更好，我只是送只兔儿，姑姑倒还多得只狗儿，汪汪地陪着，可是更赚了。”

明昭无语。

更碍眼了。

祭祀月神的场所设置在御湖中心的小岛上，及至渡口，垂荫里已站着许多人。

伴随通传声，官家和吕皇后并肩从东边的假山园里走来，身边还跟着一位年龄二十上下，明眸善睐、琼姿花貌的妃嫔。

静淑道：“那是钱昭容吧？”

端敏道：“以前是钱昭容，但现在该改叫‘淑妃娘娘’了。”

静淑意外，看端敏一眼，放低声：“她也有喜了？”

端敏淡淡答：“倒还不曾听说，不过，自皇后怀上龙嗣后，一直是淑妃娘娘伺候爹爹的多，晋个位分，也在情理之中。”

静淑闻言却冷哂：“这进宫才多久，膝下一无所出，就当上了娘娘，爹爹偏爱起一个人来，可真是什么都愿给、都敢给啊。”

端敏睨她一眼，暗示她最后那一句话僭越了。静淑讪讪住口，扭头看向别处。

男不拜月，女不拜灶。皇室里祭祀月神的规矩和坊间一致。

官家和吕皇后莅临，众人行礼后，便是皇后带领一众女眷前往湖心岛拜月祈福，官家携皇子、驸马在湖外赏月作诗了。

渡口泊着两艘画舫，一艘是皇后的凤船，一艘是嫔妃、帝女所乘的月船，及至出发，吕皇后蓦然驻足，手抚在隆起的大肚上，对官家道：“臣妾瞧着这湖水，心里总有点发怵，要不今夜这拜月仪式，就由淑妃替臣妾操办了罢？”

众人闻言一怔，官家则更无措般，道：“那怎么行，这携领女眷拜月，从来就是中宫之责，淑妃这……”

他看向身边垂眉低眸的淑妃，欲言又止，改对吕皇后一笑：“太医不是说还有一个多月吗？朕看你今日精气神都挺好，凤船呢，也是宫人们反复查验过的，不会有什么问题。你就只管带着朕的龙子大胆地去向月神祈福，要真有个什么意外，朕亲自游过去救你。”

众人失笑，吕皇后亦笑起来，看向淑妃，道：“那，臣妾能否请淑妃妹妹同乘一船，有个照应，臣妾这心里也安定一些。”

官家自然应承，抓起淑妃一只玉手拍了拍，叮嘱她务必照看好皇后。

淑妃本是一张不笑也像笑的俏丽脸蛋，此刻神色却似有一丝惶然，奈何招架不住官家的盛情相托，只能硬着头皮，和宫女一并扶着吕皇后入了凤船。

不多时，两艘画舫一前一后，朝湖心划去，泠泠水声回荡于灯火辉煌的月夜之中。

官家负手临湖而立，静默看着二船驶远，想着刚刚吕皇后所提的要求，心里始终不大踏实。

分明前两日还在兴致勃勃地操办祭月事宜的，怎么刚刚突然就要打退堂鼓，还特意点名让淑妃来代劳呢？

难不成，还是气他对淑妃偏爱过甚？

官家蹙眉，不及再往深处想，崔全海突然上前两步，紧接着，候立岸上的其他内侍、驸马亦警觉起来。

“官家，皇后的凤船——”

崔全海指着湖心深处，神色惶恐，官家定睛看去，骤然一震。

湖心乐声骤停，嘈杂的惊喊声、喝令声极快笼罩湖面。

容央一行急匆匆赶回岸上时，禁军、内侍已把被救上来的皇后送走，垂荫里人影忙乱，不住有宫人争相议论。

或有人言，刚刚行在前面的凤船不知为何，突然就开始漏水下沉，要不是禁军去救得及时，只怕是要闹出人命。

间或又有人道，皇后虽然被宫女和淑妃护着，没有落水，但瞧刚刚被救上来的那架势，只怕是大大地动了胎气了。

这一句刚道完，便又听得一人大叫：“这，这是……血！这是皇后娘娘的血吗？！”

众人闻言大震，齐刷刷循声看去，只见刚刚停落凤辇的青石板上，赫然有点点血迹混于水渍之中，一径往皇后离开的方向蔓延开去。

容央心头猛然惊跳，那厢，刚给内侍们拉上岸来、浑身湿漉的淑妃亦是面如土色，盯着光晕里那一径的血迹，两眼一黑，晕倒过去

“淑妃娘娘！”

（8）钗头凤

福宁殿外，内侍、宫女忙得不可开交。官家焦头烂额，徘徊庭中，听得殿门被打开时，猛然回头。

太医局院判谭杏春满头大汗地从殿中走来，官家两步一并赶过去：“情况如

何？！”

谭院判道：“皇后娘娘胎气大动，只怕是要早产了！”

官家脸色大变。

便在这时，灯火煌煌的栈窗内开始传来吕皇后的喊叫，官家心惊肉跳，绷紧脸对谭院判道：“集齐太医局所有名医，皇后今夜若有闪失，朕唯尔等是问！”

谭院判头大如斗，临危领命，当下吩咐内侍前去太医局传召今夜当值的所有御医。

然宫中接生一事，归根结底还是由稳婆负责，谭院判因怕横生意外，除原定给皇后接生的稳婆外，又特意请旨派人去传召坊间最深谙此道的稳婆入宫来。

一行准备工作部署完后，殿中皇后的嘶喊声越发瘆人，官家在外等得心焦如焚。这时又有内侍匆匆来报，称是淑妃娘娘被救上岸后，体力不支，昏了过去，伺候身边的宫女跑去太医局请人相看，不想竟扑了个空。

官家又气又急，勒令赶来福宁殿的两名御医赶紧跟着内侍去延福殿诊治淑妃，一番忙罢，终于想起御湖沉船一事之蹊跷来，拂袖怒问。

帝王龙威发作，殿外一众人齐齐伏地而跪，官家目光森冷，把一片脑袋巡视过去：“内侍省负责御湖安防之人何在？”

人群里，一颗脑袋颤巍巍地抬起来，官家怒目瞪去，吓得此人磕头不迭：“官家饶命！今夜娘娘入园前，小的还派人查验过凤船的状况，确实是没有问题的啊！”

却有另一内侍反诘道：“什么叫派人查验？这么说起来，凤船情形具体如何，张内侍竟是不知的？”

“我……”

那人义愤填膺：“今夜无风无浪，御湖也不过三丈之深，若非船有问题，何故突然沉没？皇后娘娘仁心仁德，爱民恤物，不想今夜竟遭小人谋害，还请官家务必给娘娘做主！”

“请官家给皇后娘娘做主！”

大殿外，一众内侍、宫女声泪俱下，叩首请命。官家胸前起伏，厉声道：“凡是相关之人，统统给朕押下去，彻查！”

禁军领命，当下把人群里涉案之人带去审讯，本就嘈杂的福宁殿一时越发混乱。

官家气急攻心，低头按住太阳穴，崔全海悬心道：“官家，皇后娘娘吉人天相，必当逢凶化吉，自古产房禁忌诸多，您是九五之尊，万万冲撞不得，还是移驾文德殿静候佳音！”

崔全海如此劝，本意自是想请官家回殿中躺着休憩一二，然官家听罢，根本不做思考，立刻摆手道：“朕既是九五之尊，便没那么容易被冲撞，你……给朕按按便是。”

人虽然不走，但疲惫还是掩藏不住，官家在庭中石凳上坐下，让崔全海按头揉肩，身体舒缓下来后，越想越后悔愧疚。今夜如果不是他坚持，吕氏本可以避开一劫，他原该深秋时诞生的龙子亦不必于此刻大受惊动。

据说，早产的孩子大多都是羸弱乃至早夭的，这要只是个帝姬倒还罢了，若是个皇子……

官家痛心疾首。

崔全海不住劝慰，但吕皇后的年龄摆在那儿，三十多岁的人，怀这一胎本就磕磕绊绊，眼下给这样一惊，再怎么吉人天相，也必然险象环生，不然怎么稳婆进殿后大半个时辰，依旧不能转圜半点危局？

长夜漫漫，捧着热水进、换成血水出的宫女来来回回，浓郁的月色越把人的焦灼照得无所遁形。官家起来又坐下，坐下又站起，不及等来殿中喜讯，倒是等来了御湖一事的回音。

领命查案的禁军把一个瘦长条内侍押解在官家跟前跪下，复命道："启禀陛下，经查实，是此人趁众人在湖外游玩之际，偷偷在凤船舱底动了手脚。"

官家凤眸中一瞬间寒芒顿生，恨不能把地上那人瞪成灰烬。

"瘦长条"伏跪在地，后背已被鞭得皮开肉绽，颤声道："官家恕罪……小的也是一时财迷心窍，误被奸人所惑，这才把那舱底的木板撬松……原本只是想恐吓一二，不知竟会酿成如此大祸，还请官家……"

"奸人是谁？"

官家森然截断，"瘦长条"战战兢兢，不敢回答。

官家愤然把禁军手中佩剑抽出，一剑劈至"瘦长条"脑门前："朕问你奸人是谁？！"

"瘦长条"色变震恐，吓得险些屁滚尿流，瘫在地上道："淑，淑妃娘娘……"

官家大震，周遭众人亦瞠目结舌。

"淑妃……淑妃跟着皇后一并上的凤船，如果是她命你在船上动手脚，她怎么还敢应承朕和皇后的请求？！"

官家勃然大怒，只觉眼前这人满嘴谎话，胡乱中伤，恨不能杀之而后快。

"瘦长条"却掷地有声道："官家明鉴！真的是淑妃娘娘吩咐小的去办的！小的被褥底下还藏着她跟前的宫女亲自送来的一支金如意，官家若是不信，可派人前去取来！"

正说着，便有禁军匆匆而至，果然是送来了提前去搜到的赃物。

官家把那东西拿过来一看，月照下脸色惨白，崔全海亦是眉头紧皱。

宫中监造的金银玉器都刻有官印，官家手里拿着的这一支，赫然就印着所产年月，而更令人心寒的是，纵使没有官印，官家也清楚地记得，这是去年自己赐给淑妃的那对金如意中的一支。

胸口蓦然寒流激涌，官家紧紧攥着那支金如意，目眦欲裂。

这时又有福宁殿的内侍道：“官家，月船就跟在凤船后面，纵然凤船漏水，淑妃娘娘也完全有获救的时机，但皇后娘娘不一样，身怀六甲，临盆在即，但凡有点闪失，那都很可能是万劫不复！眼下您也看到了，娘娘早产，至今尚未脱险，而淑妃不过是体弱晕厥……”

“够了！朕知道，朕看着的！”

官家怫然喝断，烦躁至极地把那支金如意丢掷地上，颓丧地在石桌前坐下来。

“封锁延福殿，在皇后脱险前，任何人不得进出。”

官家疲惫地宣布命令，禁军应声而去，福宁殿的那名内侍眉心深锁，欲言又止。

便在挣扎之际，殿中突然有人大叫“娘娘”，凝神细听，吕皇后那凄惨的号叫声竟然没了。

殿外众人俱是一凛，官家霍然起身。

殿门蓦地大开，谭院判及其他御医踉跄而出，后面还跟着两位满手是血的稳婆。

官家一颗心如被攥住。

谭院判带头跪下，满头冷汗涔涔，哑声道：“官家，胎儿早产兼寤生，皇后娘娘气血两亏，情势危急，这一劫，恐怕是……”

“你给朕住口！”官家目中血丝贲张，冷然喝令，“今夜保不住皇后，你们的性命也休想留！”

官家拂袖指向福宁殿：“给朕进去，进去！”

谭院判一头磕在地砖上，后面两位稳婆吓得面无人色，生怕因此罹难，相继禀告道：“官家，娘娘这一胎早产，胎儿实在羸弱得紧，半天不肯发力，且又是单足先出，刁钻得很，实在难以分娩哪！”

另一个亦丧着脸倾吐这一胎之难，言辞之间，大有劝官家尽快在皇后和龙嗣之间做出抉择之意。

官家脸色越来越冷，人站在皓月之下，简直如被飞湍瀑流灌顶，满脑轰鸣。

分明一切都还好好的，昨日还有条不紊地操持着拜月仪式，今夜还言笑晏晏地陪他漫步御园，甚至在上船前，都还抚着大肚朝他发点费了心机的小脾气……

怎么一下就……

官家一个趔趄，险些栽倒下去，崔全海忙把他扶住，焦心地劝慰开解。

这时，谭院判道：“官家如果实在难以抉择，还想尽力一搏，老臣……愿给官家举荐一人。”

庭中众人震动，崔全海又急又气，道：“谭院判既有锦囊妙计，何不早些讲来！”

官家目中亦有责备之色。

谭院判仍旧低着头，为难道："此人一非宫中御医，二非京内稳婆，照规矩，绝对不可入皇后凤帏看诊。然今夜之事危急万分，吾等虽为御医，却无给娘娘解难之能，纵然一死，亦无济于事，故臣斗胆荐贤举能，官家如信得过，还请速命禁军前去把此人请来，有他出手，无论皇后还是龙嗣，都或可有救！"

这一番话，实乃震惊四座，官家眸底灰烬尽被点燃，激动道："何人？在何处？"

谭院判欲言又止，最后道："臣之小舅，城西双桂街南山堂堂主，奚长生。"

官家闻言，劫后余生般，大大松一口气："既是你谭院判的舅舅，那医术自当了得，这些年来竟不曾入宫，实是朕有目无睹，以至于沧海遗珠了。来人，速速去南山堂把奚老人家请来！"

禁军立刻应声而去，谭院判伏跪地上，亦长长松一口气，然眉睫间挂着的冷汗依旧不停。

"快马加鞭，最多两炷香内就可把人请到，臣等先和稳婆进去，设法把娘娘稳住。"

谭院判说罢，领着御医、稳婆返回殿内，不多时，昏黄的栈窗内重又响起吕皇后微弱的残喘声。

官家听在耳中，眉又攒起，和那煎熬的哀叫一样，无法停息，不敢停息。

长春殿。

灯火通明的大殿里，欢宴的喜庆、团圆的祥和荡然无存。众人焦灼地等候在各自的位置上，或窃窃私语，或凝眉寡言。不时有内侍、宫女来报，所带来的消息无一不是"不行""尚未""没有"……

殿中众人默默听着，烨烨灯火铺染的眸心底下，浓烈的更浓烈，惨淡的越惨淡。

有人开始急得不住徘徊，仓皇又沉重的脚步里，不知踏着的究竟是何种情绪。

容央仰头把一杯冷酒饮尽，落杯后，褚怿握住她不住发抖的小手。

容央转头，瞳心颤动。

褚怿淡声："愁什么？"

容央蹙紧眉，瓮声道："明知故问。"

褚怿嘴角微动，摩挲着她一个个白嫩又饱满的指腹："是怕生不出来，还是怕生出来？"

容央显然没料到他竟敢这样旁若无人地讲出这种话，差点去捂住他的嘴。

褚怿眼神定定，一丝心虚也无，容央径直对着，心口蓦然就一震。

便在这时，殿外又是急匆匆的脚步声至，报信的内侍入内来，禀告了福宁殿那边的最新情况，众人听罢，自是或惊或疑。

有人立刻就开始问起所请之人乃是何方神圣，然那内侍到底只是围观在外，哪知道具体情形如何，只是听闻禁军相继传令、策马而去时，不住喊着一人名号，于是答道：“南山堂堂主，奚长生。”

筵席后，容央冰凉的小手赫然一缩，失声叫道：“奚长生？！”

众人循声看去。

褚怿看着手里那只颤动的小手，亦是蹙眉，再一看身边人的脸色，眸色更是一深。

飒飒马蹄声踏过黑夜，转眼即至福宁殿前，一名禁军半拉半抱地把奚长生接下马来，及至庭中，匆匆赶来一会的众人瞠目结舌。

官家盯着月照下那挎着药箱，同样也瞠目结舌的白衣少年，眼极快往其身后搜寻：“奚老人何在？”

奚长生战战兢兢，规矩又局促地答：“大概……就在这里。”

官家看回来，眉峰一拧。

奚长生忙颔首跪下：“草民奚长生，拜见官家！”

随后赶来的御医目瞪口呆，官家亦给这一句自报家门惊得上气难接下气。人群中，有御医低声质疑道：“谭院判，你这是在干什么？！”

眼前此人，无论如何去看，都是个乳臭未干、初出茅庐的小郎君，别说因性别之故不能入产房，便是圣上开恩，容他入得，区区小儿，又如何能跟阎王爷抢夺皇后？

本以为他谭院判所荐之人，定当是什么德高望重的在世华佗，弄得众人额手称庆，自以为皇后凤体无恙，自个儿贱命能保，却原来等来等去，竟是等来这等荒谬绝伦之情形！

官家怫然踅身，怒喝道：“谭——杏——春！”

谭院判重重一头磕在地砖上：“臣自知欺上瞒下，其罪当诛！然官家面前之人，的确是臣之小舅，自幼专攻妇、产、稚儿等三科的一代名医奚长生！而今娘娘逆生多时，已成血崩之势，再不施救，顷刻驾鹤西去！臣愿以项上人头作保，恳请官家让奚长生入殿一试！”

庭中众御医闻言，又是震惊，又是茫然，官家亦是半信半疑，举棋不定。倒是那“一代名医”听得窗中微弱惨叫后，耳根蓦然一竖，眼中精光迸集，下一刻，竟是不等传召，拔腿就往殿中冲去。

庭中大乱，内侍、禁军忙去阻拦，奚长生被扣倒在台阶上，愤然扭头道：“病人气息绵薄，胎儿滞留宫内，再不让我进去，便是生下来，也是一个死胎了！”

“死胎”一词入耳，直如平地惊雷，官家神魂俱震，盯着残灯下少年那双锐气逼人的眼，刹那间喉咙竟如被扼住。

“放，放行……”片刻后，官家哑声下令，谭院判扑上前拉开内侍，奚长生手足并用，提着药箱冲入殿中。

长春殿内，如坐针毡的容央蓦地起身往外，褚怿眸底暗影微沉，默然跟去。

殿中众人看在眼里，议论声越发嘈杂。

大殿外，肃肃夜风拂面而来，褚怿跟上夜色里那疾行的小人儿，不拦，亦不作声。

还是雪青提着灯追上来，压低声道："殿下，奚大夫已入宫多时，便是您此刻过去，也来不及了。"

来不及……来不及什么？

雪青没有明言，但这一刻，四人心领神会。

容央脸色绷着，漠然不应，只是疾步穿过幽幽惨惨的甬路。

夜幕浓黑如黏稠的墨，慢慢把圆月吞噬。

福宁殿越来越近，眨眼只于一射之地外，及至甬路拐角，层层宫墙之后蓦然传来欢呼之声。

容央脚下一顿，不敢置信地望过去。

月夜凄寒，明黄色琉璃瓦上如凝着严霜，那一片片欢声自目所不能及的灯火里传来，如一把覆着霜雪的利剑自深渊里捅来。

前往各处报喜的内侍、宫女极快从前方大道上跑过。

容央僵在原地："……生了？"

褚怿黑眸凛凛，抿紧薄唇。

荼白瞪着那欢欣鼓舞之所在，颤声答："生了……"

容央分辨着刚刚听到的祝颂声，确认："小……皇子？"

荼白如鲠在喉。

雪青答："是。"

（9）殿前欢

福宁殿，欢声如雷滚动。

官家从稳婆手里看过那皱成一团、嗷嗷大哭的男婴后，眉欢眼笑，拔腿就欲入殿探视，却被另一个稳婆匆匆拦住："官家且慢，产房中污秽未净，您万万沾染不得！"

官家急切询问："皇后如何？"

稳婆答道："皇后娘娘大富大贵，今夜有惊无险，但终究是体力耗尽，眼下正在昏睡之中……"

官家打断："可有大碍？"

稳婆一怔后，笑道："奚大夫妙手回春，堪比华佗再世，扁鹊重生，娘娘有此等神医襄助，自然是没有大碍的！"

官家大喜，在庭中踱步两圈后，朗声道：“赏！今夜在场之人，统统重赏！”

一庭宫人叩首谢恩，俱也是喜出望外。这时，奚长生洗净双手，自殿中走来，一看众人伏地跪着，忙也跪倒下去。

官家转头一看，忍俊不禁，亲自上前把这俏生生的白衣少年扶起来，赞赏道：“果然英雄出少年，想不到你小小年纪，医术便已如此高超，令朕的御医都望尘莫及哪！”

奚长生眉间惫色明显，闻言惭愧低头：“区区接生之术，不堪入流，怎敢和宫中御医相提并论。”

官家轻蔑一哼，转头瞥过谭院判等人：“医者行医，于四百四病、五劳七伤，本该一视同仁，岂有入流不入流之分？今夜，恰是你这所谓‘不堪入流’之术，救了大鄞的国母和皇子，论功行赏，你当领最大的一份！”

官家说罢，立刻招呼崔全海来，宣布赏赐后，又要下旨赐官。奚长生一个激灵，忙跪下婉拒。

官家不解，奚长生容色黯然，低着头道：“能得官家青眼，草民喜难自胜，铭感五内，然在领赏之前，有一事务必要禀明官家。”

官家眉峰微敛，狐疑道：“何事？”

奚长生欲言又止，最后低声：“兹事体大，恐不宜外传，草民可否请官家……借一步说话？”

庭中众人闻言，面面相觑，心中又惊又疑。官家眉间喜色亦悄然凝固，展眼往皇后所在的那扇窗内看去片刻，绷着脸道：“事关皇后，还是……皇子？”

医者就诊后跟家属密言，所及无外乎患者情况，众人听得官家此问，更是悬心至口，屏气噤声，静听奚长生回答。

然奚长生沉吟之后，仍旧没有直言，只是恳请官家移驾。

崔全海深思少顷，上前劝官家恩准。

官家双唇紧抿，蹙眉环视庭中，沉声道：“那，随朕入偏殿来罢。”

当下便有内侍前去打开偏殿殿门，禁军上前驻守，奚长生起身跟去，众人目光紧随，俱是想问而不敢问，直至殿门关闭半晌后，方低低议论开来。

三位稳婆是最清楚产房状况的，然在众御医相问之下，竟是茫然无从答起，不知皇后或皇子究竟哪方面会存在隐患。

眼看非议之声越来越大，崔全海咳嗽一声，阻止众人缠问，肃然道：“奚大夫于受赏前请奏官家，未必就是因皇后诞子一事，诸位大人既受益于奚大夫，于其隐私，当给予尊重方是。”

这一番话说得巧妙，不动声色把皇家秘辛转为一个少年神医之私人秘密。在场众位御医虽然不算精明，但也是深谙禁庭生存法则之人，如果奚长生今夜密奏于官家的真是什么皇家秘辛，又岂还能容他们在此窥探非议？

众御医幡然憬悟，纷纷作揖谢过，崔全海默然回礼，此后一行人静候庭中，不再多言。

如此焦灼地等待一刻钟后，偏殿殿门终于被推开，官家一袭褚红履袍跨过门槛，檐灯相照之下，眉目沉沉，龙姿寞寞。

崔全海心头一揪，敛容去迎。

察觉其走近，官家低头，手在下颌处抚弄片刻，朝后一偏头道：“送奚大夫出宫吧。”

声音相较进去时，俨然已疲惫得生气寥寥。

崔全海心绪更沉，克制去细看官家的冲动，上前一步去接奚长生，掀眼一看，灯下少年亦是愁眉锁眼，意气全无。

细细一想，似乎打离开产房起，这少年脸上就不曾流露过什么喜色的……

崔全海皱紧眉头，压下心头猜忌，请奚长生随自己离宫。

官家默站檐下，垂着头沉吟片刻，朝庭中伺候于福宁殿的宫女道：“小皇子……何在？”

宫女忙答：“回禀官家，稳婆刚给小皇子浴完身，眼下正抱着在后殿休憩呢。”

官家点头，哑声：“带朕去看看罢。”

浓云消散，彻照禁庭的一轮明月仅剩淡淡冷痕，风一吹，微弱如一盏残灯。

离开福宁殿后，奚长生对崔全海一揖，道：“多谢中贵人相送，后面的路，由禁军护送草民离开即可，中贵人还是回去陪陪官家吧。”

奚长生这一句，更印证了崔全海心中的谶言，毕竟是禁庭中最七窍玲珑之人，便是不懂奚长生的讳语，又怎么可能不懂官家刚刚的那番神情？

崔全海再次谢过奚长生今夜的及时相救，叮嘱禁军几句后，复又请奚长生一会儿在东华门那儿稍候片刻，等内侍前去把官家今夜赏赐的金银取来奉上。

虽然奚长生推辞，但崔全海还是坚持圣命不可违，一再请奚长生收下，待得其点头，这方踅身回福宁殿去了。

倏而夜风渐起，把褚红宫墙上的斑驳月影吹得寥寥落落，奚长生抬头，看一眼虚空里飘然而降的梧桐叶，哀叹一声，宵然启程。及至甬路前，几个薄薄的人影曳在地砖上，奚长生缓缓抬头，愣住。

夜色苍茫，残星寥落，容央袖手站在宫墙下，苍白的脸被溶溶冷月相照，愈显冷如寒霜。奚长生怔然道：“殿下……”

容央衣袂被夜风吹拂，一双人眼中的光芒也仿佛摇摇欲坠。

“还真是你啊。”语气寂寥又冷峭，是截然不同于上次相见时的恼怒。

奚长生心里更慌，不及回应，容央蓦地一笑：“早知道你有这样的本事……”

早知道……

不知是不是月色在变冷、变淡，面前帝姬的笑容越来越给人锥心之感。奚长生脚下不由自主地迈开，似乎想要上前解释，然而对面的人根本不给他任何回应的机会，眸光一敛，拂袖而去，身影虽然小小一个，却竟走出了决绝之感。

奚长生彻底呆愣在原地。

提灯的荼白、雪青慌忙去追，褚怿眉眼沉黑，静静把面前少年深看一眼，转身离去。

嘉仪帝姬的马车驶离宫城时，天边已泛起鱼肚白，深秋的晨雾冷沁沁的，挟在风里，吹得人直打喷嚏。

褚怿伸手把容央面前的那一扇车窗关上，容央固执地又去打开，被褚怿再次关上。

“啪——”

气势显然比她足多了。

容央冷冷的鼻头一酸，情绪立刻就上来了。

眼看那双单薄的小肩膀开始起伏，褚怿放缓语气，开解道：“大夫救人，天经地义。”

容央别开脸，强忍住在眼眶边打转的泪水。

她何尝不知道大夫救人是天经地义的道理，她只是恨，恨本来可以遭此横祸的吕氏被奚长生所救，恨吕氏有惊无险地诞下龙子，恨从此以后，赵彭、自己，乃至褚家的命运都将被大大改写，被一场场或主动、或被动的风波卷入深渊……

如果父亲没有为保住自己而封吕氏做皇后该多好。

如果没有那劳什子的和亲该多好。

如果褚家军不曾被朝中奸臣所害，在金坡关折兵大败，该多好……

然而现实却是，曾经美满平和的局面尽数被打破，从中作梗的罪魁祸首仍旧稳居上位，甚至很快就会借吕氏诞嗣之风风生水起，重新如日中天……

巨大的悲愤、绝望顷刻侵占脑海，容央抹开眼边的泪，情绪越来越激动。

褚怿把人抱过来，容央挣扎，褚怿蹙眉：“跟我闹什么……”

他声音低低的，似有一分恼，又似有一分委屈。然而无论是恼，还是委屈，都令容央此刻的悲酸越发强烈。

褚怿眸光黯下，低下头，额头抵在她额前，静而坚定地看着她：“信命，还是信我？”

容央抽泣着，豆大的泪珠簌簌而下：“都不信！”

褚怿微微停顿：“那信什么？”

容央心灰意冷，破罐破摔："什么都不信了！"

褚怿哑然失笑，偏头，用大拇指揩去她脸颊上的泪水："不是还要为我赴汤蹈火，这就垂头丧气，泪眼婆娑了，还赴蹈什么？"

容央被激中，愤然抬眸看他："你别给我用激将法！"

褚怿淡声："但我激中了。"

褚怿捧着她的脸颊，粗粝的大拇指指腹抚过她眼睑下的泪痕，耐心开导："皇后即便诞下龙子，想要危及赵彭的地位，也仍需步步为营，何况眼下把持朝政大权的人并非范申，而是一贯愿为武将发声的吴大人。官家至今尚未确立储君，原因无外乎两点：其一，官家自认仍值壮年，并不急于立嗣；其二，赵彭年少功薄，暂不具备东宫之能。不过，以这半年来官家给赵彭分派的任务看，他是有把赵彭当作储君来栽培的，不然，殿选、接待契使、监审金坡关等诸多要事，都不必由赵彭出面。更何况……"

容央心头一紧："更何况什么？"

褚怿看着她这副紧张样儿，笑："更何况，你们是先皇后留给官家'唯二'之念想，官家不忍心苛待你，又忍心苛待赵彭吗？"

容央蹙眉："他自幼就没我招爹爹喜欢的。"

褚怿啼笑皆非，心道于男人而言，哪个又能讨喜过你，但话毕竟不能这么讲，遂沉默。

容央定睛看他："你不知道吕氏的手段，她太了解爹爹，也太心狠了。"

为坐上凤位，吕氏可以毅然决然地舍弃贤懿，谁又知道为了日后的太后之位，她能疯狂到什么程度？

"东宫之位，关乎大鄞国运，不是一位皇后、一个谋臣就可以扭转乾坤的。"

褚怿坐直，一夜未合的眼中丝毫困倦也无，全是凛然之气。容央心中微微震动，但依旧是顾虑难消："倘若是十个，抑或二十个谋臣呢？"

褚怿不予遮掩："超过十个，该杀则杀。"

容央一震。

褚怿："同样，如果一定不放心皇后膝下有嫡出皇子，能杀则杀。不过，便是杀光嫡出，也仍有庶出，只要赵彭不是官家心仪的选择，他就永远会有对手，永远要面临争斗。夫人是聪明人，应该明白我话里的意思。"

容央张口结舌，骇然于此刻这样杀伐果决的褚怿，往日就曾听闻他在战场上撞阵冲军，气势逼人，但还从来没有像这样领略过他的锋芒。仔细一想，今日这一谈，似乎是他们在一起后，他第一次正儿八经地跟她谈国事，谈见地，谈他们共同的命运。

容央心头微动，感觉又与他走近了些，认真道："我知道你的意思。"

提防他人，不如强大自己，赵彭要想入主东宫，坐稳储君之位，就必须要有与之相匹配的能力。但是，成长是需要时间，甚至是需要风险的，吕氏如今已经诞下嫡皇子，她既想母凭子贵，扶摇而上，就绝不可能留给赵彭成长的时间。

容央深吸一口气，讲出最深处的忧虑：“我怕吕氏提前对赵彭动手。”

车轮碾过凹凸不平的地砖，震动时，心脏也跟着猛颤，褚怿静静坐着，闻言只是侧头看窗外：“那都是次要的。”

容央愕然抬头，这怎么会是次要的？

褚怿：“欲善其事，必利其器。如果真连禁庭里的一把刀都躲不过，便是做成储君，又有何用。”

容央赧然：“你……也别这么说他。”

褚怿勾唇，眼依旧望着窗外：“这么护短？”

容央看他侧脸，垂眸嘟囔：“要是有人说你不好，我也会护的啊。”

褚怿闻言，果然转过头来，黑眸深深藏笑：“哦，怎么护的？”

容央脸热起来，自然不会把上次撵走奚长生那事讲出来给他嘲笑，就势朝窗边靠去，支颐合眼：“困了，我要睡了。”

褚怿笑，默默看她假寐。容央合眼一会儿，不闻动静，偷偷把眼睛睁开一条小缝。

然而她眼那么大，睫毛那样浓，便是只睁开小小一条缝，于窥伺的褚怿而言，也是十分惊心动魄的动静了。

容央惊觉偷看被抓，忙又把眼睛紧紧闭上。

褚怿咧唇，抱着臂往她小香肩上倒：“借靠一会儿，我也困了。”

容央如被泰山压肩，想推又到底不敢，默默忍耐一会儿，竟感觉越来越重，终于承受不住，反抗：“你故意的，你……你要压死我了！”

（10）卷珠帘

彻夜未眠的福宁殿因皇后诞子一事散尽阴霾。这日午后，吕皇后在潋滟金辉里醒来，睁开眼后听到的第一句话，是剪彤喜极而泣的呼唤，随后便是七慌八乱的脚步声，仿佛一整座大殿的宫女、内侍都围拢了过来，个个喊着娘娘，含着泪水……

吕皇后意识渐渐清明，转头看时，顿想起生产一事之险恶，手往原本隆起的大肚上摸去，赫然大惊。

“娘娘莫慌，小皇子在这儿！”剪彤看她脸色变化，自知其所惊何在，忙去奶妈那儿把酣睡于襁褓里的小皇子抱过来。

吕皇后一眼看过去，眸底骤亮。

“皇子……”

吕皇后激动地摸上那明黄色的襁褓，细看里面那张小小的肉脸，眼里热泪跌落。

剪彤回想昨夜，亦心有余悸，含泪道：“娘娘大难不死，必有后福，而今有小皇子依傍，便是老天开眼，他日再也不必看人眉眼，担惊受怕了。”

吕皇后抹去脸上泪水，反复端详那酣睡的婴孩，哑声道：“这么小……”

剪彤安慰：“毕竟早产一个月，小殿下能平安无事地出来，已是大幸，往后仔细将养着，总能生龙活虎的。”

吕皇后深深吸一口气，试图坐起来，剪彤忙把小皇子交还给奶妈，亲自扶她坐稳。

吕皇后容色苍白，又把奶妈怀里的襁褓深看一眼后，挥手把剪彤以外的众人屏退。

剪彤一看这情形，便知是皇后有话要私下里讲了。

“娘娘。”剪彤用丝帕揩去吕皇后额头上的冷汗，不等她开口，由衷地劝道，“昨夜危急程度，远远超乎你我想象，若非谭院判引荐的名医相救及时，奴婢只怕今生都再难见到娘娘……往后，您可再不能这样冒险了！”

吕皇后回忆昨夜凤船漏水情形，面色凝然道：“并非我冒险，而是……被人算计了。”

剪彤一震：“被人算计？”

吕皇后抿紧干涸的唇，越想脸色越冷，眼珠转动，严肃道：“那个小内侍何在？”

剪彤领会过来，答道：“昨夜官家下令彻查沉船一事，他被禁军带走后，一打即招，当场就给官家处决了。”

吕皇后皱紧眉头：“就处决了？”

剪彤点头：“那时官家正在气头上，他又的确是毁坏凤船之人，自然是没有活路的……”

吕皇后急道：“那淑妃呢？”

剪彤神情沉重，答道：“被官家软禁在延福殿里，暂时还没有处置，不过，应该也快了。”

吕皇后难以置信：“那内侍可曾招供淑妃？”

剪彤颦着眉，缓缓点头。

吕皇后震愕：“那为何还没有处置？！”

许是头一回看她如此失态，剪彤揪心不已，便欲劝慰，殿外突然传来内侍的通传声，竟是官家到了。

两人俱是一惊，吕皇后急忙敛容，喘着气调整心绪，剪彤揩净她脸上的冷汗，又把被褥拉好，转身时，正逢官家阔步入内，忙屈膝行礼。

吕皇后白着一张脸，作势起身，官家立刻上前把她拦住：“都什么样子了，还顾这些虚礼！”

吕皇后形容憔悴，逞强微笑：“官家是君，臣妾见君，哪有不行礼的道理。”

官家又气又心疼，硬压她坐好，拉过她一只手握住，嘘寒问暖道：“刚刚一来，就听宫人说你醒了，怎么样？可有哪里不舒服的？朕叫御医来仔细看看。”

吕皇后默默摇头，低头握住官家的手：“有官家相陪，比看什么名医，吃什么灵丹妙药都管用。”

官家被她逗笑，细看她两眼，到底还是亏虚得很，不过一夜，脸颊都凹下去了。

官家越看越愧疚，笑容消失，抚着她手道：“可看过我们的孩子了？”

吕皇后听他提及这茬，点头时，眼里泪又跌下。官家惊怔，伸手去揩那泪水：“这是怎么了？”

吕皇后别开脸，径自把那泪水抹去，低声道：“臣妾惭愧，不能护好皇儿，刚刚看时，实在是……”

官家神色黯下，抿紧唇沉默片刻，道：“皇儿受惊早产，亦有朕一半的过错。你放心，御湖沉船一事，朕一定彻查到底，给你和皇儿一个交代。”

得他这一句承诺，吕皇后心中松一口气，道：“刚刚臣妾听剪彤说，在凤船舱底动手脚的内侍已被处决，并且……招供了淑妃？”

官家闻言，立刻坐正：“此事内有蹊跷，淑妃恐也是为人所害的。”

吕皇后眉间一蹙，愕然看向官家，与其对视时，又忙把眼睫垂落，压着心中躁乱，道：“不是在那内侍的床褥底下，搜出了淑妃的御赐之物？”

官家道：“正因是御赐之物，所以蹊跷。”

吕皇后心念电转，顺着答：“的确，谁会拿御赐之物去贿赂内侍行凶……这不是明摆着授人以柄吗？淑妃那样聪明的人，自然不会犯这样的错。”

官家叹道：“你太高看她了，她根本不聪明，这一回，明摆着就是被人算计了。”

吕皇后藏在被褥下的那只手暗暗攥紧，官家道：“御赐之物何其多，如果不调出库房卷宗细查，谁又知道那金如意究竟是从哪个宫里流出来的？那东西，自朕去年赏赐给她后，她一次都没戴过，照理说，多半是瞧不上，或者不喜欢的。但只有朕知道，赏赐东西给她那天，她高兴得不成样子，把那对金如意宝贝一样地供在匣子里，抱着睡了整整一夜，后来，又非说要等生辰那天再开匣戴上，且还是要朕亲自戴上去。你说，这样意义非凡的物件，她怎么舍得、又怎么敢拿去贿赂他人行凶呢？”

吕皇后听到最后，脸色已惨白如浆水一般，紧攥于被褥底下的手发起抖来，官家犹自不停，继续道：“照朕推测，多半是歹人误以为那金如意为她不喜，只是一件寻常的首饰，然一旦细查，又确实可以查至她头上，故而偷来栽赃陷害。唉，此人心机实在叵测，既想谋害于你，又想除掉淑妃，实在是歹毒刻薄，其心可诛！”

官家越讲越气，直听得边上剪彤胆战心惊，还是吕皇后足够镇静，哽着喉咙道：“照这么说，淑妃妹妹……的确是无辜蒙冤了。”

官家点头，欣慰地看她一眼：“朕还怕你耿耿于怀，误信谗言，不肯相信淑妃无罪，你能如此体谅，实在令朕感动。”

吕皇后僵硬地笑笑，然胸口怒火已快烧得她窒息，忙借口疲惫，作势休息。

既如此，官家自然不便再叨扰，只是去前一想，又坐下道：“对了，皇儿的名朕已想好，你看看喜不喜欢，如无异议，朕便传召礼官入牒了。”

帝王给皇子赐名，乃是关乎皇子一生宿命的头等大事，吕皇后意料不到官家会给小皇子赐名赐这样早，激动之余，又紧张不已。

官家笑，只当她受宠若惊，垂眸把她那只汗涔涔的手打开，在掌心写下一字后，合拢。

“好生休养。”

官家说罢，把她手放入被褥里，起身离去。

吕皇后直着眼睛，这一次，竟是连目送都不曾目送，吓得剪彤行完礼后，急急赶过来：“娘娘！”

吕皇后一震，绷着脸，把那只被写过御名的手拿出来，慢慢打开。

剪彤忐忑道：“官家给小殿下赐的是什么名？”

吕皇后盯着那掌心，冷然道：“安。”

“安？”剪彤闻言，悬在胸口的一块石头落下，笑道，“小殿下九死一生，官家赐此名，自是盼望殿下一生平安之意。”

吕皇后眼底霜色纹丝不动。

剪彤笑容僵住：“娘娘？”

吕皇后道：“你可知，赵彭之‘彭’乃是何意？”

剪彤茫然。

吕皇后默默道：“‘王命南仲，往城于方。出车彭彭，旂旐央央。天子命我，城彼朔方。赫赫南仲，玁狁于襄……’官家给赵彭期望，是临危受命，征讨外族，凯旋建功，平定六合，于我儿，却只是一个‘安’字。”

安什么？

平安？还是安分之安？

燃烧于胸口的那团怒火蓦然一冲而上，吕皇后浑身剧震，嘴边有鲜血呕出。

剪彤魂飞魄散：“娘娘！”

第九章

联姜灭契

（1）江城子

盛京入秋以后，时日便飞转起来，褚怿忙于军务，容央辗转于京圈各家贵女的花筵，开始用心经营京中有用的人脉，间或，又抽空去兴国寺后山探望明昭帝姬。不知不觉，秋去冬至，大鄞的第一场寒流席卷京城。

这场冷雨整整下了三日，三日后，天气明显寒冷下来，容央吩咐雪青去城东布行金缕衣里取来新做的两件大氅，一件给褚怿，一件给赵彭。

这小半年来，赵彭常去马军司跟褚怿请教骑术，许是被训练得当，这人的个头眨眼就蹿得老快，眼下都超过了褚怿下巴。

大鄞虽然不尚武，但于男子而言，总归还是高些更令人赏心悦目。容央因自己太玲珑，便是长足了也不过到褚怿胸口，故而很是为赵彭的身量担忧过，而今看褚怿培训有方，随便练上一练，就能把人揠苗一样地拔起来，心里自然是满意得很。

官家最近对于褚家和赵彭，似乎也是颇为满意的，前者暂且不提，就拿赵彭来看，那分倚重的意味是越来越明显了。

两个月前，六部之中，赵彭仅分管过礼部的一些事务，而今官家非但把礼部主权慢慢交予他，更开始命其去兵部和枢密院转悠。

自前朝分崩离析后，被大契攥于掌心、迟迟不能收复的幽云十六州一直是中原的切肤之痛。官家践祚之初，大有收复失地的宏愿，只是受挫于屡战屡败，被迫搁浅。

赵彭名字的由来，便是和征伐外族、收复山河相关，而今官家把他派去兵部和枢密院兼职，显然大有把名字上的厚望付诸于实践之意。不少嗅觉灵敏的朝臣很快在私下议论起立储一事，十之八九，是断定赵彭成为储君。

这样的声音传入禁庭后，自然是把刚刚诞下龙子的那一位气得不轻，然而具体是如何个气法，容央终究是不得而知了。只是想想吕氏那样惯会伪装贤淑大度的人，估计就算心里窝火，也仍是要撑起一张微笑脸皮来给官家看，心里就又是鄙薄，又是解气。

总而言之，祸兮福之所倚，吕氏虽然成功生下小皇子，但照目前的形势来看，还不足以撼动赵彭在官家心里的地位。赵彭是聪明人，明白顺势而为、时不我待的道理，只要能把这个机会攥住，假以时日，定然能入主东宫。

想清楚这一茬，容央放下中秋那夜的忧患，不应酬时，隔三岔五就往皇宫里跑，尽量把父女感情也维系得安如磐石。

然，不知是否是福不双至的缘故，在事业上因祸得福、顺风顺水以后，容央惊觉自己在婚姻里的福气、运气正在极快地丧失。

具体的表现之一，则是两个月后的某一个晌午，她的癸水再次不期而至。

这一日，微瑟的冬风拍打窗棂，屋外树叶飒飒飘零，容央捧着一碗热气腾腾的红糖姜茶，坐在床帐里怅然深思。

百思不得其解。

为何？是褚怿不够尽心尽力？

不，不是。他近来虽然很忙，但每天夜里必定到家，不做则罢，一做起来，哪次不是翻天覆地，折腾得满屋里一派狼藉？

那是她嘉仪帝姬本尊不够专心投入？

不，也不可能是。为成功怀上一胎，她把每次欢爱都看得极重，哪怕两腿打战，也仍忍着承受住褚怿那孟浪得越来越没边的行径。

情郎尽心了，自己也努力了，那怎么还是没有好消息呢？

容央绞尽脑汁，头痛欲裂，倏而又想起上次奚长生来看诊时提及的那些个门道，什么癸水日期，什么天气禁忌、晦朔弦望……

一时越发胸闷气短，郁郁难欢。

便在这时，知心人雪青劝道：“殿下若实在苦恼，不妨再传召一次奚长生，此人既能救皇后于水火，可见医术的确了得，那日所言，应该并非杜撰。”

雪青口中的“那日所言”，自然就是容央此刻耿耿于怀的所谓门道。其实，要怪也怪她赵容央那日太过激动，听什么都浅尝辄止，就急匆匆地问起下一茬，以至于最后猴子搬苞谷，什么东西都没搬到。

再请教一次奚长生吗？

想起那少年要给褚怿看诊的请求，再想起那夜于福宁殿外的不欢而散，容央一口郁气憋在胸口。

眼瞅着小殿下的脸越鼓越圆，雪青忙低头，附耳低语片刻。

容央听罢，双眸渐渐亮起来。

癸水干净后的一日大早，晨光穿棂而入，丝丝倾洒于帐外茵褥，瞧着竟是个难得的晴日。

容央低头给褚怿系上鱼袋，后又亲手抚平他官服上的褶皱，状似随意地道："今日回来用午膳吗？"

最近褚怿应酬较多，他不喜欢耽搁至深夜，遂多半把饭局定在中午。

"谢京约了何大人。"褚怿径自把领边盘扣系上，复取来乌纱垂脚幞头，戴上时，又顿住，改拿给容央。

容央正想着他今日果然也有饭局，不会回来，正是传召奚长生的大好时机，突然被他拿幞头往脑门轻轻一戳，愣住。

"想什么？"褚怿背光而立，五官愈显深邃，一双眼鹰隼似的。

容央立刻垂睫，拿浓密的睫毛把眸中局促挡住，抱怨："你在北边时，也是这样三天两头地不着家吗？"

褚怿听得"北边"二字，眼微垂，答："你近日不也请柬成堆？"

呵，倒是反应快，立刻就挞伐起她来了。

容央瞪他一眼，把那乌纱垂脚幞头拿过来，踮起脚给他戴上。

褚怿等她戴好，捏着她下巴吻下去，舌齿并用，反复地啄她丰唇。

再咬下去，一会儿就别想接待奚长生了，容央去推，褚怿被迫分开双唇，额头抵她额头，黑眸里燃着小烛火。

"你就不能不咬？"容央喘气抗议。

褚怿勾唇，果然答："不能。"

容央没好气地朝他胸口一捶，转身走开。褚怿笑，大拇指在唇上一抹，她还没来得及抹唇脂，拇指上残留的仅是水痕。

褚怿把那痕迹搓去，上前："一起去吗？"又补充，"约在广聚轩，你可在隔壁雅间等我。"

别说是今日有事，便是无事，谁又稀罕跟去那隔壁等他应酬？跟屁虫似的。

容央哼哼："不去。"

褚怿沉吟少顷："有约？"

容央走至屏风后的镜台前坐下，拿起梳篦梳理长发："我今日在府里休息。"

屏风后光线敞亮，照得她脸白皙如薄薄初雪，因为本来个头不高，坐下后，如瀑的乌发垂散下来，堪堪要曳至地上，风一吹，青丝微动，丝丝发尖撩过人心房。

褚怿环臂在窗前看着，不作声。

容央继续对镜梳发，大度道："去吧，尽兴地聚，晚些回来不要紧的。"

褚怿嘴角微动，点头后，脚却往她走。

容央疑惑地转头。

褚怿在镜台边止步，依旧抱着臂，弯腰往圆镜中打量。

容央被他看得发怵："……干什么？"

褚怿笑笑，最后又不发一言，直起身去了。

容央一脸蒙。

日上三竿时，奚长生再次踏入帝姬府。

阔别两月，这座恢宏的府邸似又庄重肃穆了些，回廊外花团锦簇的点缀大半凋零，回荡半空的风声亦萧飒不少，就连晴日下的空气嗅入鼻中，都少了先前的黏腻香气。

怀揣着惴惴之心，奚长生被领至嘉仪帝姬跟前。

这一次，不再是相会于上回的湖边小阁，而是一处草木繁茂的庭院。

庭中有座六角亭，亭外垂着薄薄白纱，容央正闲坐于内，意态闲适，气质卓然。

奚长生恭谨地行礼："草民奚长生，参见殿下。"

容央眼波转动，茶白立刻把面对奚长生的那一幕纱幔拉开来系上。微风静静吹过庭中草木，浮动的绿影里，少年依旧是一袭白衣，眉目低垂，眼角一颗红痣愈显冶丽。

容央吩咐："进来。"

雪青把烹好的龙井呈上，鲜嫩清高的茶香缭绕亭内，奚长生默默地看着那一盏茶，局促地站在容央对面，不敢坐下。

容央揭盖，不冷不热地道："怕我吃了你吗？"

少年眉间掠过一丝明显的情绪，像是愠恼，又像是委屈。

容央定神分辨，想想前两次确实是自己错怪于他，而今又是有求于人，一时气场便低弱下来，把茶盏拿起来喝过一口，漫声道："此茶鲜爽甘醇，淡远香清，是我珍藏多时的西湖龙井，你不肯喝，是存心要辜负我的一番心意？"

她撒起娇来时，声音是最甜美的，像蜜罐里抽开来的一丝蜜，没有黏不住、融不化的东西。

奚长生嘴唇翕动，怔怔低头："长生不敢。"

容央瞄他一眼，不作声，至少是换了称呼，不再自称"草民"了。

容央："坐。"

然奚长生依旧不动，容央眉心慢慢蹙起。

奚长生满腹惊疑翻涌，最后深吸一口气，大义凛然地道："殿下……是召我来兴师问罪的吗？"

容央简直疑心听错，啼笑皆非："我召你来兴师问罪，还要特意请你跟我同坐喝茶吗？”

奚长生耿耿于心：“可上次在福宁殿……”

容央一挥手，阻止他翻开旧账，并立刻胡编乱造：“能有缘结识盛京城最年少有为的名医，是我三生之幸，何况奚大夫之前又曾助我完成心愿，今日把你请来，是想亲自向你致谢罢了。”

奚长生听罢，一双眼亮起来：“殿下有喜了？”

容央神色一僵，抿唇后，索性顺势而为，支着颐长长一叹。

奚长生看她这副模样，便知道多半是徒劳无功了，雀跃的一颗心倏又跌落，人也跟着萎靡下去。

既然没有成功受孕，那又请他来致谢什么？多半只是这些天潢贵胄的客套话，归根结底，还是召他来兴师问罪的罢了。

奚长生越想，心里越酸酸的，瓮声道：“可是长生开的药膳方不管用吗？”

容央看他上钩，按捺心中窃喜，道：“哪里不管用，奚大夫仁心仁术，触手生春，用那药膳方子的人不过短短一月，就已经成功怀上一胎，等到明年立秋时，应该就能做母亲了。”

奚长生愕然：“用那药膳的人不是殿下？”

容央摇头：“上次你说我身体没有大碍，我便把那药膳方送我一位朋友去了。她跟我不同，成婚多年，家中夫婿小妾成群，庶出的儿子都已有三个，而她至今一无所出，天天被婆婆催得拜神求佛……我看她实在可怜得很，就命人把那锦囊妙计送给她了。”

她把奚长生所开的方子讲成“锦囊妙计”，自是有心虚吹捧的成分，妄图以此把这一页悄悄揭过，然而对方听完，很是不买账地道：“殿下骗我的吧。”

容央一怔。

奚长生越发肯定：“殿下骗我。”

奚长生沉着脸，默然在小石桌前坐下，拿起茶盏一饮而尽，放落时，脸上表情竟仍是有点不忿的。

容央暗暗大怒，当面拆穿她也就罢了，还摆脸色过来，这是个什么意思！

奚长生对上对面那双炯炯大眼，喉结滚动，继而弱弱转开目光，轻咳一声，道：“那药膳方是我给殿下量身而写的，殿下那位朋友既是多年不孕，显然病症不轻，单用那个方子，不可能在短短一个月内有孕。”

容央张口结舌，也转开目光，气得胸脯起伏。

亭中一时陷入尴尬，雪青、荼白两个在外候着，也不敢贸然打搅，最后还是奚长生把心一横，径直道：“殿下是不是因为我提议要给将军看诊，生我的气，在我走后，把药膳方子扔了？”

容央也懒得遮掩了，呛声道：“是又怎样？”

奚长生被她一吼，心里更酸得发苦，蹙紧眉隐忍着，朝亭外道：“拿纸笔来。”

雪青、荼白一怔，还是前者反应略快，立刻把事先准备妥当的纸笔送进去。

奚长生铺纸落笔，一边写，一边抬袖从眼前擦过。

容央一震，想起上回他在南山堂声泪俱下的一幕，悬着心定睛看去。

果然，这人的眼圈泛红了！

容央五雷轰顶——

干什么！至于吗！

亭中二人目瞪口呆，容央一颗心更是十五个吊桶——七上八下，好不容易等对面人把一纸写完，便欲哄慰则个，奚长生突然站起来，背过身去，仰着头，双肩缓缓起伏。

容央匪夷所思，拈来那一纸药方，检查无误、交给雪青后，硬着头皮走至奚长生身边。

奚长生转开，容央跟过去。

“你别哭了。”容央看着少年那倔强睁大的一双眼，心虚安慰。

奚长生定定望着亭檐：“我没哭。”

容央：“你眼都红了。”

奚长生：“我忍得住。”

容央细而又细地把奚长生那张白净俊美的脸打量一遍，视线慢慢往下，掠过他不算起眼的喉结，再移动上去，由衷质疑道：“你不会……是个小娘子吧？”

奚长生一双眼赫然睁大，眸心怒焰勃然。

容央忙摆手：“胡乱瞎猜，若有冒犯，万望海涵。”

奚长生盯着她，看她分明一副理直气壮的模样，心里更苦。

后退一步，奚长生朝容央作揖道：“如无要事，草民便告退了。”

“别啊。”容央这会儿一点都不气了，对奚长生的耐心突然前所未有地足，指着桌上的纸笔，展颜道，“我还有很多事要向你请教，你坐回去吧。”

奚长生不肯，推诿道：“长生愚钝，所知甚少，还请殿下另请高明。”

容央依旧不气，仍是笑：“我就要请你。”

奚长生无奈。

容央眉眼倨傲，用眼神屏退雪青，坐回石桌前后，一指那小摞宣纸，道：“你先前说的那些助孕的体位……画一下吧。”

奚长生瞠目。

容央默默欣赏他震惊的表情，看他半晌不动，笑着威胁道：“你不画，我就真要把你弄哭了。”

巳时三刻后，天幕云层渐散，暖阳漫射而下，把一座庭院晒得暖融融的。

自盛京入冬后，已是许久没有过这样的晴日了，雪青、茶白候在亭外，沐浴着阳光，惬意地看自家殿下在里面支颐静坐。

殿下真美，哪怕只一个慵懒的侧面，眼波转动间，也自是风华撩人。

奚大夫也真俊，提笔写字的模样，端方清逸，因为红着脸，和殿下相融于一框后，更显郎情真切。

等等，郎情真切？

茶白一震，慌忙甩脑袋，甩开以上的荒唐旖念。

然而再定睛细看，红着脸的又何止是奚长生，支颐看纸的帝姬本尊，何尝不也是羞人答答，腮上飞霞？

茶白大骇。

不……不可能吧！

便在心惊肉跳之际，容央蓦然端坐起来，伸手去拿茶盏，轻咳一声后，扬声吩咐续茶。

亭外的茶壶早见底了，也不知这两人是在里面弄些什么，茶喝了一盏又一盏。

雪青回禀后，让茶白去茶室里重烹一壶。

比起待在这里继续惊心动魄，茶白自然是愿意去外边冷静一下的，当下从善如流。

庭院外侧是回廊绵亘，可直达茶室，茶白踏入廊中，及至拐角处，突然见鬼一般，吓得魄散魂飘。

“驸，驸马……”

廊柱前，褚怿岿然而立，一双眉眼静静地望着廊外某处，不知已看了多久。

奚长生把最后一幅图画完，盯着细看许久，迟迟不肯交画。

容央狐疑兼不满，伸手去抢，奚长生忙压住，一幅春光四泄的画在两人拉扯之下，簌簌抖动，画上人的姿态，简直要活起来。

容央余光瞄得一眼，面红过耳，然而嘴上不能输一点气势：“给我。”

奚长生亦撑着一张快熟的脸，正经严肃：“这个不一定适合。”

容央心道不适合那你还画个什么？再则，做的人是她跟褚怿，适不适合用得上他说？

于是，她抽动嘴角一笑：“这你不用操心，没有什么我们不适合的。”

说罢，她不顾奚长生吞吐解释，索性站起来探身去撵开他手，便在这时，忽听得“砰”一声脆响，似是什么瓷器砸碎在地的声音。

容央一个激灵，循声看去。

六角亭对面，一树苍松绿影如盖，褚怿一袭绯红官袍站立廊内，乌纱幞头下，眉眼黑澈，眸光凛然。

容央神魂俱震，惊叫一声，仓皇站直。

奚长生显然也受惊不轻，攥着那画呆坐亭中，瞠目结舌。

褚怿把亭中二人之失态尽收眼底，下一刻，负手而来。

容央心越发跳得疯狂大乱，一瞥小石桌上的一摞画，更是恨不能一头撞死。

天杀的，不是说中午有应酬要去什么广聚轩，不会回来用膳吗！而今撞上他俩在亭中同坐也就罢了，再要看到这些个东西，可是跳进黄河也洗不清了！

容央手忙脚乱，胡乱把桌上画作抓成一团，吩咐奚长生藏入衣襟里去，然而对面人却像给吓傻了似的，只管盯着褚怿走来，半晌喊不动。

“奚长生！”容央火冒三丈，硬把他拽过来，指着桌上画纸，“立刻把这些东西收拾干净，要是给他知道内情，我杀了你！”

一声喝罢，根本来不及等奚长生回应，褚怿人已信步至庭中，容央忙整衣敛容，袖手出亭去迎。

褚怿步伐缓慢，在那棵苍松下驻足，似刻意给亭中人留足时间。

容央无暇细想，上前后，朝他展颜笑。

褚怿敛眸来看，默不作声，这一笑可真傻。

“你怎么回来了？”容央脸上僵僵的，但依旧要保持笑颜，并上前挽他臂弯。

褚怿任她挽，目光由她脸上转至亭中：“在做什么？”

容央乖乖答：“我最近夜里总是失眠多梦，却不知症结在哪儿，所以请奚长生来给我看看。”

褚怿唇微挑：“说真话。”

容央一愣之下，张口结舌，一双浓睫乱扇，继而半真半假地重复：“真话就是身体不太舒服，所以请他来看看啊……”

褚怿默然，眼盯回她绯红的脸颊，气压明显更低了。

容央手指不自觉攥紧他臂膀，被繁复的绣线硌得微疼，双颊在他静默无声的审视之下，越发滚烫。

急匆匆的脚步声迫至耳边，是奚长生收拾完小石桌后，又激动又慌张地赶过来，随即朝褚怿行礼道：“草民奚长生，城西双桂街南山堂大夫，久闻将军威名，这厢有礼了！”

容央掀眼瞄他，金灿灿的冬阳里，仍然是一张飘着红晕的小俊脸，垂首作揖时，耳根都全是涨红的痕迹。

唉，老天爷，把脸红成这样给褚怿看，是生怕这位大醋坛子不会上纲上线、借题发挥吗？

俨然不知自己红得更惨烈。

容央百爪挠心，默默地叹着气，拼命给奚长生使眼色，示意他退下。

然而奚长生抬头后，眼里只有褚怿一人：“将军？”

褚怿看过去，淡淡回应：“久仰。”

奚长生明显一愣，继而两眼放光：“将军知道我？”

褚怿声音依旧冷淡：“略有耳闻。”

奚长生备受鼓舞，瞧那锃亮的双眸，竟是恨不能当场舞上一曲般。

容央一时又惊又气，又气又慌。

褚怿这一身的冷气快把人冻死了，他还在这儿喜笑颜开的，究竟是成心还是人傻？

容央心焦如焚，使眼色使得快抽筋：“奚大夫若无他事，便请先回罢。你刚刚提点的助眠之法，我会认真一试的。”

奚长生根本无暇顾及，只对褚怿道：“我瞧将军眉心紧蹙，眼睑微青，显然是劳形苦心之态，不知可否有哪里不适？长生愿效犬马之劳。”

褚怿眼神冷漠：“不用，我很好。”

奚长生又道：“那，将军可需要请一个平安脉？您长年累月征战疆场，身上旧伤定然很多，而今入冬，阴雨之夜，恐会旧疾复发，如果疼痛难忍，可……”

“不用。”褚怿漠然截断，再次说，“我很好。”

奚长生望着眼前的青年将军，既钦慕于这不怒自威的肃然风采，又不得不承认，自己在这气场笼罩之下，到底还是羸弱太多，蓦然间又是怅然，又是心潮激荡。

沉默至最后，奚长生深吸一口气，重新拱手一礼，道：“那长生先行告退，他日将军如有需要，敬请吩咐。”

褚怿目光从他脸上撤开：“不送。”

奚长生抿着唇，直身时，偷偷又把褚怿瞄上一眼，这方心满意足地溜回亭中，拿上药箱去了。

容央目送他离开，看他走至回廊入口，倏地转过身来，似后知后觉想起还没跟自己行礼告辞，忙拿半露在袖外的小手猛打手势。

奚长生领悟，点点头，离去。

容央长长松一口气。

褚怿把她这一系列小动作收于眼底，按捺住去扳她脑袋的冲动，静静等候她下一步动作。

果然把人目送完后，容央立刻换上一副天然灿烂的笑颜，看回褚怿道：“你不要吃醋，我跟他没有你想的那种事。”

嗯，倒是够坦然，够爽气。

褚怿语气散漫：“哪种事？”

容央挑眸瞄他一眼，戳他胸口，画起圈圈：“你说是哪种事。”

褚怿一声低笑，把她那只作祟的小手拿住。

容央尝试挣脱了下，蹙眉：“你……别那么用力。”

褚怿眼神锐亮，涌动的情欲底下，依旧藏有锋芒。

容央默默吞下一口唾沫，另一只手攀上来，搂住他后颈，踮脚往他一侧下颌亲，柔软的唇覆上男人冷硬的下颌骨。

褚怿绷直的薄唇微动，下一刻，蓦地单手托起容央，抵去近旁的那棵苍松上。

褚怿偏头，一双眼炯炯地盯着她，暗影落在她脸上。

容央眼巴巴的，浑然是个犯错而不自知的小孩儿：“怎么了？”

褚怿眼神里带了两分无奈，知道她今天是不肯交代实情了，心里到底还是有点气，遂声音仍旧微沉着：“亲。”

容央极快地瞄他一眼，心想这是个什么新鲜的吃醋方式？自己不肯来亲，非要她去亲……

然而她毕竟心虚气弱，知道这会儿不把这大醋坛哄好，后面八成要被他折腾得够呛，于是乖溜溜地抱住他的脖颈，重新去亲，就从他讨厌的、冷冰冰的脸开始吧。

容央亲人不喜欢太用力，她喜欢温柔，喜欢一触而分，喜欢浅尝辄止，用分离来勾人。

褚怿双眸暗下，喉结动着，静默挺立一会儿后，偏开脸，把容央的头按着往下。

容央亲至他颀长的脖颈，唇触到他凸起的喉结，用舌尖慢慢一舔，反抱在他肩上的指尖更深地勾住他。

侍立庭中的雪青、荼白都领着丫鬟们退下了，暖阳普照的小院里，只有松影婆娑，影下二人缠绵悱恻。

褚怿低垂的双眸被浓密的黑睫挡着，把容央的百迭裙扯开后，不忘去解自己领口的盘扣。

容央从后解开他官服的横襕，继而承受住他猛烈的吻，疾风骤雨似的，卷得她整个人如浮萍入海，飘飘荡荡。其实也不算是头一回在屋外颠鸾倒凤了，但这样青天白日的，着实还是头一遭。

容央脸颊通红，抵住树干的后背也开始生疼，转头时，眼锁住那纱幔飘拂的六角亭，渴望之情简直快要溢出。

“悦卿……”

容央开始恳求，小手猫爪似的在褚怿后背挠，换来的却是更激烈的风浪，不及平息，便又冲起，恨不能把人捣碎一般。

容央承受不住，一声“哥哥”脱口而出，然后蹙紧眉喊疼。

褚怿力道小下来，抬头来亲她，唇摩在她唇边：“哪儿疼？”

容央听得他嗓音暗哑又性感，话至口中，倏地又吞回去，手抚过他松垮的衣袍，攥紧。

褚怿看她这欲言又止、痛苦又快乐的小表情，牵唇一笑，那股躁火总算平息了些，转头时，瞟到那座六角亭，纱幔飘然间，亭中景象似真似假，浮现又幻灭。

容央一声惊叫，被按着趴在沁凉的石桌上，膝盖抵着又冷又硬的桌面。

风起，斑驳金辉在纱上簌簌而动，像铺天盖地的金蝴蝶振翼齐飞，容央被吞没在这漫天的金色光辉里，浑浑噩噩。

结束时，褚怿从后靠过来，亲过她汗涔涔的肩颈，大手扳她下巴，迫视她转头。

容央唇重被封上，承受着，也躲避着，成功躲开后，半嗔半怨地看他一眼。

褚怿仍压着她不动：“怎么？”

容央蜷缩着，小小一团，不满道：“你下次，能不能提前说一声？”

褚怿从似懂非懂，到懂而郁闷，瞳眸黑沉。

提前说。

什么意思？

容央哪里知道这人此刻的心思，只是可惜着刚刚奚长生在纸上所画的那些秘籍：“我有点事要做……反正，你提前说一声就是了。”

褚怿看她语焉不详，有意回避，双眸越发深黯。

容央一眼对上，顿感不妙，忙解释：“我今早上翻到两幅有意思的画，想跟你试试……”

褚怿眸底黑影一动不动，盯她片刻，诘问：“跟奚长生一起翻的吗？”

容央：“！！！”

这一日，为应付褚怿，容央实在是殚精竭虑，身心俱疲。

六角亭中的风波过去时，容央全然都没了意识，幸而关于跟奚长生一起翻画的那一茬总算给揭了过去，褚怿虽然不像彻信，但毕竟不再有追究的意思。

这个男人哪，眼力毒，心气又高，事事都想要了然于心，偏又不愿放下身段来追根究底，只愿日后莫要再给他抓住类似今日这样的把柄，不然新账旧账一并算起来，铁定要折去她半条小命。

一睡醒来，已是暮色昏黄时分，褚怿坐在窗边的那把圈椅上，手里拿着一卷书。

容央躺在床榻上，微微暮风吹拂海棠红的织金帐幔，敞开的视野里，窗前男人垂目支颐，神容静敛，素来落拓的眉眼间竟有一分谦谦之气。

容央看得痴，嘴角不自觉往上翘，目光下移，掠过书卷外封上的两颗小篆时，眉心一颦。

暮照烨烨，照过那藏青色底的书籍封面，上面赫然写着“阴符”二字——朝中明文规定禁读的兵书。

“诡诈奇巧，不足以训善，奸雄之志也。”容央念起当年太宗皇帝阅读此书时的评价，严肃道，“你偷看禁书。”

褚怿眉眼不动：“嗯。”

容央就知道他会这样嚣张，撑着床面坐起来，要下地时，低嘶一声。

余晖里，褚怿嘴角微不可察地一扬。

容央恨恨腹诽，把酸痛的双腿挪回被褥里，忍痛坐一会儿后，朝对面的罪魁祸首瞪去。

褚怿翻一页书，若无其事。

容央嚷道：“你不心疼我吗？”

褚怿嘴角弧度更大，知道她这是又开始放鱼钩了，这一次，偏不那么急着去咬：“哪儿不疼了？”

容央看他气定神闲、镇定自若的，心里愈躁：“哪儿都不疼了！”

褚怿依旧只是笑。

容央简直火冒三丈，一鼓作气跳将起来，鞋也不穿，赤足就朝他杀去。

褚怿长臂一探，把那预备揪人的小爪子抓住，拉人入怀。

容央跌去他大腿上，撞及私密处，疼得嗷嗷叫。褚怿嘴角那抹痞笑这方敛了，扔下书，把人横抱至胸前坐稳后，去揭案上那一个盛药膏的小瓷盒。

容央一眼看到那药，就知道他要干什么了，顿时有些羞赧。

褚怿中指指腹上沾着脂膏，挑眸瞄她一眼。

容央四肢僵硬，眼瞪得圆滚滚的，显然就是不想让他为她上药的意思。

褚怿低头，不由分说地为她上药。

摸刀擦血、日晒沙吹的手，头一回这样温柔地涂着脂膏，小心翼翼地擦在那肿痛处，容央搂紧褚怿脖颈，深埋着头，耳根被暮光照得鲜红欲滴。

褚怿嘴角弧度又扬起，被容央捕捉到，瓮声命令：“不许笑。”

褚怿这回不作对了，答“遵命”，擦完一遍后，又去小瓷盒里抹药膏，擦第二遍。

落日余晖静静地横亘在彼此眼前，褚怿的睫毛那样浓密，褚怿的双眸里也都是浓情。容央紧抿的嘴唇慢慢松开，盯着他沉静的眉眼，蓦地道：“如果我们的第一个孩子是男孩，我希望他长得像你。”

褚怿长睫微动着，似笑非笑：“不是不如你？”

容央怔然，半晌，方反应过来他是在拿小半年前两人在侯府里的私房话来呛她。那一夜，是他二人迫于府中催生压力之下的头一回同衾共枕，他不否认褚氏重子嗣，但坚持一切以她的意愿为重。

她怜悯他，拿定心丸给他吃，承诺日后会圆他心愿，并笑称二人的孩子定是这盛京中皮相最美的一位。

她十分肯定自己的容貌，也捎带肯定了下他，他笑称“听着似不如你”，她便理直气壮地答“本来就不如”。

合着那样琐碎的一句话，竟也给他记得这样深切吗？

容央腹诽记仇，诓他道：“小郎君，要长得那么好做什么？”

言外之意，还是要一以贯之，皮相这一点，他是不能僭越自己的。

褚怿笑，反诘：“小郎君长得不够好，能有长得够好的小女郎喜欢吗？”

容央眼睫扇动，这次很快反应过来他是在影射自己以貌取人了，咳一声道：“没说不让长得好，像你这样，够好了。”讲完眼神就飘往别处。

褚怿掀眼朝她脸上看，勾着唇为她整理裙裾。

擦完手，合上小瓷盒盒盖后，褚怿道：“刚刚官家传召，我该入宫了。”

容央一怔，暮时传召入宫？

“什么事？”

褚怿：“还不确定。”

容央越发悻悻然：“那要很晚才回来了。”

是肯定，而非疑问。

褚怿不反驳，那自然就是证实了。

容央嘟嘟嘴，倒不多讲什么，只是径自起身下地，褚怿跟着站起来，去拿小案上的书。

容央先他一步，把那本禁书抢入手里。

褚怿瞄过去。

容央把书藏至身后，扬眉道：“偷看禁书，是会被定罪的，我先替你把赃物藏起来。”

褚怿挑唇：“包庇不是罪？”

容央一震，心道不识好歹，冷哼：“我是帝姬，我跟你不同的。”

褚怿哑然失笑，点头：“是，有劳殿下庇护了。”

容央看他终于服软，这方满意，趁势提点道：“多给官家分忧解难，给大鄞百姓定国安邦，便算是对我的回报了。”

若换作以往，她讲这样的话，他眼里必然是热而暖的，然今日却稍显黯淡，也不正面回应，只静静一笑，把人抱过来亲亲后，便举步去了。

及至府外，百顺已傍车等候，待褚怿上车，立刻便把一封军情送进去，汇报道：“北境急报，大契兴中府沦陷，娄兵已逼至上京临潢府，士气大振，锐不可当，不日或可破城而入了。”

褚怿把信函打开，默然把信上的具体军情看过一遍后，道：“求援的契使进京了？”

百顺应是，又道：“不止契使，大娄国的使臣也入京了。”

褚怿眸色顿变，道：“先去侯府和四叔会合。”

百顺点头，当下吩咐车夫先把车驾去忠义侯府。

褚怿把看完的信塞回函里，胳膊搭在膝盖上，扭头看车窗外。

金乌坠尽，暮空一片衰亡的红。

这个冬天，大概又注定是一个不安宁的冬天了。

（2）东坡引

大契使臣十万火急地奔赴盛京，自然是借两国联姻的名分，前来要求大鄞派遣援军，共抗大娄。

事实上，这样的求援信号早在半个月前就开始陆陆续续、或缓或急地传入宫中，只是始终没有得到官家正面的回应。

照理说，大鄞既以嫡帝姬恭穆和亲大契，两国便该以秦晋之名同舟共济，在大契兵败如山倒之际，大鄞便是不主动扶持，也万没有在对面开口求助后还推三阻四的道理。然两国烽火百年，积怨甚深，个中隔阂并非只靠一次和亲就能够消弭，况邻国交战，大鄞作壁上观，本是最便于坐收渔翁之利的一方，草率站队，应援敌娄，无论最终结果是成是败，于本国而言都是劳民伤财，弊大于利。

当然，除以上两点考量，另一事也是官家始终按兵不动的缘由——娄国使臣的一再造访。

大鄞、大契结盟，受威胁最大者，莫过于正于东北崛起的大娄。大娄一国，本就系靺鞨族人反契而建，和大契仇隙之深，不需赘述。早在建国前，其首领完颜桑律就已把“灭契兴娄”的口号喊得震天，建国后的诸多战事，亦是专门针对此宏愿铺开，是以短短数年之内，就能鲸吞至嫩江一带，建都会宁，使大娄成为大鄞版图上仅次于大契的一大邻国。

这样雄心勃勃、志在大业的首领，当然不可能眼睁睁看大契与大鄞结盟而不做反应。只是，无论是契国的皇帝，还是国朝的官家，都决然想不到完颜桑律对这一场联姻的反应会如此之快，声势会如此之猛。

大娄的铁骑就像一群破笼的困兽，半年之内，横扫千里，所向披靡，把一度在大鄞国军面前叱咤风云的契军硬生生逼退至皇城之下，而今，甚至面临着弃城南逃的耻辱和危机。

一个是相知甚阙、但显然不容小觑的劲敌；一个是积怨百年、如今貌合神离的宿敌。前者求合作，后者要援军。大鄞被夹在其中，既不愿和前者结仇，又不敢和后者反目，更不能的，则是迟迟徘徊于这二者之间不做抉择。

今日，很大概率是大娄、大契这二国使臣最后一次莅临京中，如果大鄞还不给予任何明确的回复，待北境硝烟平息之后，下一片烽烟四起的土地，恐怕就该是大鄞的关城了……

戌时三刻，褚晏、褚怿准时步入文德殿，一袭赭红龙袍的官家已在长案后愁眉多时。

灯如白昼的大殿里，静坐着丞相吴缙、参知政事余敬英、知枢密院事于鉴等三位文官大员。

武将里，除枢密院的代表同知院事何定堃外，镇守东北——与大娄交界处的贺家军之首——辅国大将军贺渊父子亦岿然在列。

褚晏叔侄上前，行过礼后，默然退至贺渊一侧入座。褚晏寒暄："什么时候回来的？"

贺渊淡漠地答："官家召我，该到之时我到便是，至于具体什么时候，还需要向你汇报吗？"

褚晏闻言一哂，也淡答："需要谈不上，但你要认为是，我也愿闻其详。"

贺渊斜睨他一眼，不悦之情溢于眉间，其子贺平远亦浓眉紧蹙，鼻中哼出一丝冷气。

文官那列窃窃私语声休止，吴缙正襟敛容，主持大局道："既然褚家叔侄已至，那便请官家……"

"且慢。"贺渊粗声喝止，不予遮拦道，"今夜所谈，乃是关系社稷存亡之大事，就只我等参会，恐怕不妥吧？"

众人循声看去，吴缙泰然道："今夜殿中所集，皆朝堂肱骨，陛下亲信，不知在贺大将军眼中，还有何不妥之处？"

贺渊冷冷一笑，回应："只怕最不妥的，就是这个'皆'罢？"

吴缙眯眼，贺渊朝龙椅拱手道："外交之事，自六年前起，就一直由范申范大人主理，契人是何脾性，娄人底细如何，契、娄二国之间又有何渊源、宿怨，朝中不会有第二人比他更清楚。今夜，官家既是急召肱骨商议如何在契、娄二国之间抉择，研究我大鄞如何在这一场外战之中自保，就该物尽其用，人尽其才，把最合适之人，放在最合适的地方。既如此，又怎能少了范大人这位得力干将呢？"

贺渊收敛视线，瞄回吴缙："该不会是吴大人忌讳范大人前任首相的身份，故而有意把人屏于局外，以便一家独大，总揽大权罢？"

一语甫毕，殿中众人色变声噤，还是于鉴耿介刚直，不忿道："你既然知道如今的范申再不是什么一国首相，就该明白他何故至此。一个任由下属坑害国军，勾结外敌，以至国朝大败，不得不以帝姬下嫁邻王的罪臣，也配在此危急存亡之时‘尽用尽才’吗？”

贺渊冷笑道：“罪不罪臣，什么时候轮到你于大人来定夺了？若我贺某没记错，范申对于金坡关一案是并不知情的，既不知情，又谈何‘任由’二字？再者，范申就算因监管不力而受罚，也仍是陛下御封的从三品银青光禄大夫，分管和外国使臣对接一事，怎么就不能和我等共同站在这大殿之中，给官家排忧解难，出谋划策呢？”

于鉴反唇相讥：“区区一个从三品散官，硬生生被抬举成外交要员，贺将军这给人鞍前马后、俯首瞻仰的本领，可真是令我等叹服！”

贺渊也不甘示弱道：“不愧是新官上任三把火的御史中丞大人，贺某不过略表一态，就给打压成如蚁附膻的官场小人，这要再聊下去，只怕顷刻就要罪通于天，祸及九族了。”

于鉴横眉，不及反诘，官家喝止道：“不必争吵，范申人已在路上，等等便到。”

贺渊立刻拱手一揖：“官家英明！”

于鉴显然没有料到官家竟已暗中叫来范申，霎时之间，一张脸气得铁青，两鬓胡须都微颤起来。

官家自也知拂了他的颜面，轻咳一声，解释道：“大娄使臣下榻国宾馆后，一直由他主陪，娄人的意思，他多少更清楚些。当然，援契还是联娄，主要还是看你们几个商议的结果，也不是非要等他来才能开议。”

“吴缙。”官家坐直，吩咐道，“开始吧。”

官家亲自安抚，自然是有意在两派之间取平衡，贺渊不敢再冒头，于鉴那边却还是一脸的愤懑。

吴缙知道于鉴那直来直去的脾性，为免他继续就范申一事跟官家争执，平白闹僵局面，用眼神把其劝住后，方把契、娄二国使臣入京面圣的情况逐一道来。

契使所提的要求不消多说，基本是仗着联姻之名，或请求、或要求大鄞尽快出兵。最近一次，因大契局势危急，契使请兵时，甚至把一度藏于幕后的恭穆帝姬赵慧妍都拉至了台前来，俨然一副若大鄞不尽快发兵，就要把这位汉人帝姬如何如何的架势。

官家毕竟是赵慧妍之父，虽然先前气她以卑劣手段谋害容央，但也知道那祸根并不在慧妍本性，而在自己为全私心命其替嫁和亲。

把亲生女儿辜负一次，已是愧怍，若再置其性命于不顾，就算是为国，也实在太过冷酷无情。

但要真为保住这位女儿而立刻答应契使的要求，兴师动众地发兵救契，抗击娄军，别说有战事不利、大军一去不回的可能，就算侥幸大获全胜，于大鄞而言也并无什么实质性的好处。

而大娄这边的情况就很不一样了，先是许金上万，后是承诺分城，所开的条件一次比一次丰富诱人。这一回，更直截摊开地图，划定疆界，应允只要大鄞肯派军助娄灭契，事成之后，便可将幽云十六州归还大鄞，至于两国毗邻后的外交，也只需按照以往同大契的规制来——即大鄞把原本交给大契的岁币转交给大娄即可。

这样慷慨的条件，简直是一支擦得又快又亮的箭，精准无误地击中了官家的心。

过去百年间，为争回丢失的幽云十六州，大鄞不知把多少将士葬送在了契人的铁蹄下。可以说，在官家之前，大鄞没有一位君王不是怀着收复失地、一统山河的大志登基的，但最后，也没有一位君王不是抱着空望西北、羞提幽云的长憾草草收场。

如今的官家已年至四十，是最容易被浇灭，也最容易被点燃的年纪。如果不是这一场外战，他或许再也不会思及所谓收复、所谓故土，他或许会心甘情愿地被失败和岁月浇成一撮灰烬，但这一次，命运给了他一把火，一把烈火。

往前一步，就是多少年来、多少辈人梦而不得的幽云十六州。答应娄国的邀约，就是灭宿敌、收失地、建伟业的千载难逢之机。

至于代价，就眼前而言，也不过是一位自小就没怎么爱过的女儿。

而他赵启晟缺战绩、缺功绩，缺太多的东西留于青史，却唯独不会缺一位女儿了。

座下，吴缙的汇报及至尾声，官家纷杂的思绪也寥寥而止，灯火煌然的大殿一瞬间遁入空寂，无一人敢提前打破这令帝王百思无解的僵局。

官家撩起眼皮，视线径直往一处投去："褚晏、褚怿，你二人怎么看？"

褚氏一族镇守西北三州，是大鄞对抗大契中最精锐的一支部队，也是国朝里和大契结怨最深的一大将门。

从这二人的意愿问起，官家想要的是什么答案，明眼人大致已清。

然而烨烨灯辉里，垂目而坐的青年所给的答案却是："援契，抗娄。"

声如利剑出鞘，杀得一殿人措手不及。

吴缙等人瞠目视来，褚晏亦面沉如水，一铁拳差点就收不住。边上的贺渊父子一愣之后，全然不顾仪态放声冷笑起来。

贺平远径直嗤道："褚悦卿，契人杀你爷爷，杀你爹爹，杀得你褚家阴盛阳衰，你今日居然还要援契？"

枢密院同知院事何定堃握拳咳嗽一声，使着眼色，示意贺平远适可而止，然贺平远哪里还有暇领会，和同样嘲笑不迭的父亲对视一眼后，继续讽道："听闻你今年尚了官家最疼爱，当然了，也是我们大鄞最美丽的帝姬嘉仪殿下，现在该不会是英雄难过美人关，陷在那温柔乡里爬不上来，所以就想把战事甩给我们贺家军，好继续待在京城里享清福罢？不过你尽管放心，就算是联娄灭契，也犯不着你这千尊万贵的驸马爷亲自上阵，北边有贺家军在，抗娄也好，灭契也罢，统统不成问题。"

贺平远放罢豪言，甚得其父贺渊之心，何定堃等人脸色则越发难看，就连官家也眉峰深攒，眸中流露怀疑之色来。

褚家大郎君的天纵将才，殿中众人有目共睹——十二岁披甲从戎，十五岁领兵破阵，区区十八就能屡立奇功，名震边陲……这样的少年猛将，别说是在京中将门，就是放眼整个大鄞，也再难找出第二个。

官家要想在军事上一雪前耻，重振雄威，靠的，就得是这样的将领。

但是……

官家思及关于褚怿在七夕那夜点彻潘楼街整街花灯，只为博容央一笑的种种传言，确认道："悦卿，你当真是因不舍嘉仪而怯战？"

被点大名的褚怿依旧垂眉敛目，一双黑眸匿在暗影里，静静答："自古，君子不立危墙之下罢了。"

此言一出，众人更是震惊，贺氏父子脸上的鄙薄之色简直要开成花来，还是吴缙点破道："驸马的意思是，相比联姻大契，和凶悍的大娄毗邻，其险更增数倍，是为'立于危墙之下'罢？"

褚怿答："是。"

官家面色稍霁，贺渊父子脸一僵后，不屑冷嗤。

何定堃道："娄军悍勇，连大契的铁蹄军都奈何不得，的确不是个好相与的。"

吴缙则道："更重要的是，完颜桑律野心勃勃，其志恐不止在大契。"

贺渊听不下去，驳斥道："诸位眼光倒是长远，撇着燃眉之急不去解决，尽拣着那些无关痛痒的祸事庸人自扰，合着宫外那两拨使臣不需要应对，咱这么坐山观虎斗，就真能独善其身，全然自保吗？"

何定堃蹙眉道："战况定局，关系大鄞日后边防，谈论大娄，怎么能算是庸人自扰？"

贺渊哼道："便是毗邻大娄，凶险百倍，届时也有幽云十六州作为屏障，边境形势，哪还像现在这样易攻难守？再说大娄灭契，倾其所有，必伤元气，就算仍然对我大鄞虎视眈眈，不休整个十年八年，拿什么向我等言战？而十年八年之后，坐拥幽云的我等，又岂还会是今日这般动辄战败、任人宰割的境况？！"

何定堃张口结舌，官家则听得默默点头，如此，更把有反对见解想提的人压住，只是面面相觑，欲言而止。

"褚晏，你的意思呢？"官家最后问及褚晏。

褚晏何尝不知道官家的意图，打一开始从他叔侄问起，就是倾向于联娄灭契，收复失地，奈何褚怿那厮太混账，也不知是没眼力见儿，还是故意搅局，惹得圣心不悦就算了，还偏要把援契的理由讲得那样没头没尾的，平白给忠义侯府招来白眼。

褚晏深吸一口气，答道："契、娄，皆乃国朝外族，皆对我大鄞心怀不轨，无论灭谁，于褚家人而言，都是为国效忠，问心无愧，故忠义侯府不必在这二者之间抉择，一切进退，听命于官家即可。”

君王用兵，要的便是一个赤胆忠心，褚晏这一番话虽然圆滑，但相较于贺渊的锋芒毕露，明显更贴合官家心意。

官家展颜一笑后，点头道：“话虽如此，但该做的决断，终究还是要做的。刚刚悦卿讲，要援助大契，理由是娄军凶悍，宜尽早压制，朕想听听，对于这份提议，你是何看法？”

褚晏道：“悦卿年少，一叶障目罢了。娄国既肯以幽云十六州相许，恳请我等参战，可见也是打得艰难，所谓的凶悍，或许有名过其实之嫌。再者，大娄如今也是个正儿八经的国了，他完颜桑律也不再是什么乱贼土匪，该知道一言九鼎，言出必行，只要他不从中使诈，事成后，能如约把幽云交还我等，便是与之毗邻，又有何惧？”

褚晏言罢，殿中蓦然沉默，官家眯起双眸，琢磨着那句“只要他不从中使诈”，肃然道：“你的意思是……完颜桑律邀朕灭契，有可能是个骗局？”

褚晏笑笑：“兵家不厌诈，战场上的事儿，谁能料个准？赔了夫人又折兵的可能，也不是没有的。当然了，大娄皇帝究竟是何脾气秉性，臣并不知晓，以上猜测，恐也是小人之心度君子之腹了。”

官家默然不语。

贺渊不屑道：“说来说去，不也还是你侄儿那个意思，百般地看大娄不顺眼，就要上赶着跟乞塔人做邻居吗？”

褚晏不应，吴缙那边交头接耳，一时私语声窃窃。

这时地砖上人影移动，一名传话的内侍悄声走来，在官家面前禀道：“启禀官家，银青光禄大夫范申范大人到了。”

官家眸中微亮，道：“传。”

内侍为难道：“范大人说，官家既在殿中和诸位大臣商议要事，就不进来叨扰了，在门外候着就是，等官家和诸大臣议毕，再进来叩拜。”

官家蹙眉，贺渊在座下哀哀一叹：“难怪说落草的凤凰不如鸡哪……”

灯火曳曳，官家眼睑下青影愈重，沉吟片刻后，道：“诸位爱卿可还有其他话要讲？”

殿中寂寂，吴缙道：“乞塔这位老邻居虽然不算忠厚，但毕竟知根知底，而今又有恭穆殿下这一层关系在，相较大娄，更易于相与。所谓两害相权取其轻，故臣赞同驸马的提议，援契，抗娄。”

于鉴道：“臣附议。”

何定堃嘴唇翕动，最后把心一横：“臣，附议。”

官家眉间深锁，看向一人："余敬英，你呢？"

角落中的余敬英一个战栗，忙答："机不可失，时不再来。臣认为，贺大将军所言更有道理。"

官家这方微微点头，两手交握着，把座下众人巡视一遍后，道："各位的意思朕都知道了，如何答复使臣，朕心里已大致有数，若无他事，便请先回罢。"

寂冷宵风吹过殿前石基，檐下灯火飘摇，范申默无声息地候立在廊柱前，宽大袖袍簌簌响动。

他掖紧藏在袖中的一份文书，双眼专注地聚焦于黑影重重的地面，直至殿门开启，一双双官靴从门槛后迈出，身前人影走过。

范申把文书藏深，抬眼。

褚晏霜眉冷目，阔步往前而去，根本看都不看他一眼。

范申嘴角微动，似笑又非笑，目光追踪完毕，再往前时，对上一双幽黑深邃的眼。

褚怿眉目凛凛，傲然在门前驻足，静静盯他一眼后，举步离去。

范申嘴角绷直，眼神转冷。

"范大人，官家传召，请罢。"先前传话那名内侍前来恭请，范申敛回思绪，垂眼把情绪压下，撩袍迈入殿中。

宫门外，一辆辆马车驶入夜幕深处，褚晏先褚怿一步登车，不冷不热地撂下一句："跟我回侯府。"

褚怿眉微蹙，示意车前的百顺照办，默然上车。

车轮滚动，极快驶离宫城，褚晏蓦地把一扇车窗推开，任沁寒夜风钻入厢内。

"这段时间搬回府里来住。"褚晏开口，语气不容置喙。

褚怿不作声。

褚晏抿紧双唇，让步："带着帝姬一块。"

褚怿淡声："不必。"

说罢，却也"嘭"一声，推开了一扇车窗，冷飕飕的风吹在两个男人身上。

百顺坐在车外，侧耳分辨着里面的动静，听得两扇车窗洞开，一阵揪心。

不多时，车里重又响起两人的对话。

褚怿道："查贺渊。"

褚晏道："你当这江山姓褚，由得你想如何便如何？"

褚怿冷着脸，便欲就贺渊大力主张联娄的蹊跷谈开，褚晏毅然道："不管官家最后做的是什么决定，你我都只有一条路，领兵上前线。"

褚怿结舌。

褚晏补充："还有，收起你那看谁都不入眼的臭脾气，别给我招风。"

褚怿瞄他一眼，显然对这个评价不肯苟同，然而看褚晏那严肃又疲惫的脸庞，终究还是把不满吞回腹里，抱臂往后一靠，合眼睡了。

（3）折桂令

翌日上朝，官家公布最终决定，不出众人所料——联娄灭契。

圣旨宣告完毕，全朝震动，有人歌颂英明，抚掌相庆，也有人心有戚戚，相顾无语。

这一日的早朝一共上了足足三个时辰，据说，有一半的时间是官家在吴缙等大臣的反对声中大发雷霆。

然而无论那肃穆庄严的大殿内究竟如何血雨腥风，联娄的决策，终究还是成了大势所趋的定局。

巳时三刻，褚怿在侍卫马军司署衙巡查完，百顺终于能上前去汇报。

褚怿听罢，眉心深蹙："三座关城？"

百顺点头："昨夜范申入宫面圣，带去娄国使臣的文书，称只要我们出兵，大娄皇帝愿在事成前给我们三座关城，聊表诚意。官家一看之后，大喜过望，立刻就决意联娄，并派人扣押了大契的使臣。这一回，无论吴大人他们怎么劝，都再难劝动了。"

官家太想建功立业，原本那幽云十六州就已经够让他心驰神往，现在再抛来三个热气腾腾的香饽饽，摆着不让啃，于他而言，实在太强人所难。

褚怿心中郁郁，解开小臂臂褠，大步往署衙内走。

百顺悬着心跟上去。

"何人领兵？"

及至庭院，褚怿开口。

百顺瞅他脸色，小心地答："贺渊父子。"

褚怿："四叔没请缨？"

百顺道："请了一回，但被贺大将军截去了，说什么跟娄人打交道，是他们贺家军的事……"

褚怿："杀的是契人。"

百顺一凛，显然感觉到了他话里的杀气，喉头一滚，嗫嚅道："但杀人的地盘，还是在贺家军那儿……"

褚怿驻足，一袭官袍被风吹得烈响，转头看来时，脸庞逆光，眉骨处暗影重重。

百顺忙低头。

褚怿眼神深冷，压下心头暗流，再问："褚家军令是什么？"

百顺头依旧低着，声音甚至也低下去："回樊关……待命。"

褚怿绷着脸，立于飒飒风中。

朝廷决议联娄灭契，却放着对大契仇恨最深、了解最多的褚家军不用，这背后的意思，嚼起来，实在是令人齿冷了。

初冬的严风密针一样地扎在身上，不知过去多久，百顺眼皮底下的一双官靴迈开，径直往署衙舍内而去。

百顺一愣，赶紧去追。

出乎意料，这一次，褚怿没有再往下质疑，然而越是如此，百顺心里反倒越不安了。

三日后，有关朝廷联娄灭契的诸多消息在盛京城中炸开。

茶馆酒肆，勾栏瓦舍，无一处不在就这一轰动性的决策议论纷纭。

老百姓的思维和情感历来都是最简单而热烈的，拥护就是拥护，憎恶就是憎恶。

和吴缙等政治要员所看不一样，京中百姓对于这个决策的态度，八成以上是心神大振，欢欣鼓舞。

他们太痛恨大契，甚至比官家赵启晟更渴望借助这次娄契之战彻底把宿敌打败，继而在青史上一雪前耻。是以，他们在一片片激烈的议论声里尽情地宣泄着对大契的仇恨，纵情地憧憬着北方的故土，自然，也就慷慨地称颂着朝廷的英明决策。

中原自古有句箴言，叫“得民心者得天下”。国朝百姓对大契的恨，转化成了对联娄大计的拥护，这一份份拥护，又转化成官家派军援娄的最大动力。

一道道诏令不分昼夜地从紫宸殿、文德殿、垂拱殿中传出，汹汹激流一般，推着国朝的联娄大计飞速前行。

一切反对的大臣被训斥、被疏远、被罢黜，所有在京的契使被羁押、被羞辱、被斩首。

但凡是对联娄一计鼎力支持者，只要请缨，哪怕不是武将，也能破格领兵上阵；反之，就算往昔战绩累累，只要查证此人对联娄之计心存质疑，哪怕任令已下，照旧撤职解任。

褚家被夹在其中，赖于褚晏的虚与委蛇，不属于后者。但基于褚怿当夜在文德殿里的发言，也并不能属于前者

对于调回樊关的军令，官家给出的解释是：驻守三州，稳住后方。

但褚家人知道，那不过是提防忠义侯府在这一史无前例的大战中掠取功名、威高震主的说辞罢了。

盛京的天一日阴过一日，云层低压，冬风四起，眼瞅着便该降下第一场雪了。

午后，贺平远带着军令，率人抵达侍卫马军司，前来向都指挥使褚怿讨要人马。

褚怿从马场上下来，拿过军令和文书，查验无误后，交给李业思去点人。

贺平远环胸，眼神促狭地往四下里看。

马场不同署衙舍内，除两棵参天的刺槐外，只剩清一色的马厩和兵器架，根本无甚看头。

贺平远却看得起劲，一边看，一边夸。

“这京城里的马场就是不一样，那马槽里的草料，都新鲜得快赶上我贺家军的军粮了。”

贺平远身后亲信闻言，应声附和，不忘把语气扬得更讽刺揶揄。

褚怿眉眼不抬：“你贺家军里就没个人吗？”

百顺在后“扑哧”一笑。

贺平远后知后觉，一双眼怒视过来，恨意勃发。褚怿看也不看，把手里卷好的马鞭丢给百顺，转头看场上的李业思点人。

冬风从场上吹来，贺平远心里更火。

“听说这帮人都是你练的？”贺平远深吸一口气，重新开口，森冷视线也开始往场上瞄。

褚怿淡漠答是。

贺平远冷哼：“难怪跟你像，一个个细皮嫩肉的，这要往战场上撵，只怕是会有人哭爹喊娘吧？”

褚怿：“不哭爹喊娘，哭你吗？”

贺平远一噎。

百顺再次“扑哧”一笑。

贺平远亲信忙替主以眼神回击，百顺也很积极地效仿自家郎君，脑袋一转，看也不看。

如此，更把对面一行气得够呛。

一炷香后，李业思下来复命，贺平远上场点人，无误后，打道回府。

临去前，贺平远头一转，朝褚怿道：“奉劝你一句，既然官家不强求，你最好还是踏踏实实地在京城里待着。”

褚怿眉眼不动，等他后半句。

贺平远自以为把人唬住，得意一笑：“帝王家的女人跟坊间那些个小娘子不一样，耐不得寂寞的，你不守，等回来，就该是旁的人守着了。”

话声甫毕，在场众人屏气噤声。

百顺气得变色。

贺平远扬眉：“毕竟是国朝最美的帝姬殿下，琼姿花貌，却要独守空房，哪个男人能忍呢？”

褚怿双眸深黑，勾起薄唇，散漫地笑：“滚吧。”

贺平远也笑，越笑越张狂。

一行人扬长去后，百顺跺着脚，愤然道：“郎君切莫听这小人放屁，帝姬前日还特意为褚家军的事进宫面圣，可见是时时刻刻把您惦记在心里，怎么可能……”

“她进宫干什么？”褚怿截断，眼盯着贺平远离开的方向，不知在想着什么。

百顺一怔后，答：“自然是因官家不让褚家军上战场一事打抱不平啊。”

褚怿沉默了下，不再细问，只举步往署衙舍内走。

百顺跟上，沉吟片刻，小声道：“郎君，算起来，您也有整整六天没跟帝姬碰面了，这再过几天就要启程离京，您要不……抽时间去帝姬府一趟？”

李业思亦跟在后，闻言，立刻开始在脑袋里捋褚怿后面的事务和行程。

大军出征在即，无论是贺家军调兵，还是褚家军这边清点人员、装备，事情都千头万绪，足够人焦头烂额。褚怿那日又应了四爷褚晏的要求，每夜不是在署衙值守，就是回侯府跟其汇报公事，根本没能回一次帝姬府。

这一场大战是不可能在短时间内结束的，褚家军这一走，少不得又是一年半载，甚至更长。帝姬虽然不是不忠之人，但毕竟只是个娇滴滴的小姑娘，这刚刚大婚半年，就要跟夫君同心而离居，分别前再不多聚聚，只怕是要令人家寒心。

李业思思索完，道：“稍后去枢密院交函复命后，将军可顺道回帝姬府一趟，查验军粮的事，挪至晚上也无妨的。”

褚怿没有反驳，显然便是同意了，离开署衙后，径自登上马车。

车驶至半途，褚怿倏道：“直接去帝姬府。”

百顺很是开心，笑嘻嘻道：“其实去枢密院复命和查验军粮的事，都可以交给李将军代劳，这样郎君就能直接在帝姬府里过夜，不用跑东跑西了。”

提及“过夜”，刻意把字咬清，暗示之情溢于言表。

褚怿乜斜他一眼，默然把眼皮垂下。

百顺知道褚怿这是沉吟的姿态，很体贴地从衣襟里取出一包饴糖来，打开在他面前。

褚怿撩眼皮盯了百顺一眼，拈来块糖吃下，继而环胸阖目。

“到了叫我。”

褚怿一侧腮帮鼓着，眉眼却依旧冷峻，睡颜里透着一丝倦态。

百顺小心翼翼地把他身侧那扇车窗关紧，再看一眼他越发粗糙的脸，心疼之余，眉头渐蹙。

这个样子去，也不知帝姬是会心疼，还是会嫌弃……

不不不……

百顺摆头甩开后者。

帝姬那样痴情之人，看到郎君如此惫态，定然心酸心疼都不及的，怎么可能会有半分嫌弃呢？

马车在帝姬府前停稳时，褚怿已差不多补了一觉。

嘴里的饴糖还没融完，褚怿腮帮动着，撩帘下车，便欲拾级踏入阔大的府门，蓦地眼锋一凛，头往右侧大街转去，长街尽头，一抹白影在岔口一闪而没。

褚怿定定看着，没作声。

百顺上来催。春宵一刻值千金哪，都这个时候了，还把时间浪费在这地方，图什么？

褚怿眼神却久久不收，愣是在原地杵了半晌，方敛眸跨入府中。

很快有丫鬟上来相迎，惊喜交集，手足无措。

褚怿阔步穿过长廊，问身边那名丫鬟："刚刚奚长生来过？"

丫鬟明显一颤，继而埋头答："是……前些日子殿下身体不适，奚大夫今日是过来复诊的。"

褚怿不应，脚下生风。

丫鬟跟得步伐全乱。

褚怿声音冷冷的："殿下在哪儿？"

丫鬟吞咽唾沫："殿下……在浴室。"

褚怿脚下停住。

百顺也跟着急刹下来，转头瞅一眼亮堂堂的天色，张口结舌。

褚怿也往那天瞟一眼，继而吞下口中的糖，味同吞蜡。

（4）长亭怨

蒙蒙水雾浓得如一团烟，整座浴室白茫茫一片，容央坐在花瓣漂浮的浴池中，支颐假寐，百无聊赖地排遣着这大把的光阴。

褚怿已经整整六日没有回来了。

据荼白探来的小道消息，褚家军大概在贺家父子出征三日后启程离京，掰着指头一算，也就是下个月初。

褚怿留在京中的时间，最多还有三日。

三日。

而他那日一走，就是整整六日。

霭霭烟雾里蓦然蹿起一撮怒火，容央一脚朝前踹去，身体腾空，"咕"一声沉入水里。

一时手舞足蹈，忙上忙下。

层层叠叠的金菊花瓣被波动的水浪冲开，容央挣扎起来，喘着气抹开脸上的水，定睛看时，蓦地愣住。

氤氲水雾中，有人就着浴池边缘岿然而立，一张刀削斧刻的脸被雾气蒙得看不真切，只那双黑眸依旧烁亮逼人，深如一潭望不到底的水。

容央一震之下，又惊又喜，又喜又气，捂胸往后一靠，板脸道："谁允许你进来的？"

褚怿不应，眸心明显写着一句反诘：需要允许？

容央瞪着黑溜溜的大眼，感受到小心脏在掌心底下咚咚急跃——那是终于把他盼来的狂喜。

然而这狂喜依旧不能被他窥知，容央继续把脸一绷，故作愠恼："出去。"

褚怿直勾勾地看她，片刻，偏头把浴池四周巡视一遍，迈开腿走过来。

容央看到他扎得紧紧的一双马靴，看到他腰下曳动的玉佩流苏，还有他垂在流苏边的手。

指节修长，手背宽大，青筋突起而蜿蜒，像游龙潜入袖中。

褚怿驻足。

容央走神片刻，撩眼去看他。

他今日有点不大一样，眼神有点冷，这会儿离得近，容央看真切了。

心念疾转，容央思忖着，难道是调兵的事不顺利，今日又吃瘪了？

不及开口询问，池边人已率先道："大白天的，洗什么澡？"

口吻依旧是冷冷淡淡的，更无往日一丝调笑之意，倒更像多了两分审讯。

容央一愣之后，心底火苗蹿将上来，整整六日不回来也就算了，这厢一回来就甩脸给人看，究竟是什么意思？

容央蛾眉蹙紧，撤开视线，傲慢道："大鄞有规定，白日里不能沐浴吗？"

褚怿眉峰也蹙紧，目光随着她偏脸，落至她脖颈处。

一池花瓣金灿灿的，愈衬得她肤光胜雪，脖颈至胸前一带，晶莹剔透如玉石一般。

褚怿眸光软下，屈膝在浴池边坐下。

容央余光瞥见，知道他这架势是不打算走了，欲言又止。

褚怿开始脱鞋，然后是外袍，内衣。

容央一颗心更撞得厉害，胡思乱想间，便欲撤走，褚怿转身进来，一把将她拉入怀中。

"啊！"

甫一撞上他胸膛，水花四溅，久违的触感竟像细细麻麻的蚁虫爬上身来，容央忍不住一个战栗。后者倒是镇定自如，娴熟地把人抱着，坚硬的胸膛贴在她光滑的背上，不留缝隙，不着片缕。

容央整张脸从耳根开始爆红，哪怕雾气蒙蒙也遮挡不住。褚怿低着头，欣赏她涨红的脸，乱扇的睫。

容央突然作势挣扎："你……你干不干净？"

整整六日没有回来，又是急急忙忙、披星戴月的，估计是没怎么用心洗过……容央越想，眼睫扇得越慌忙。

褚怿看在眼里，故意答："不大干净。"

容央立刻挣扎得更厉害，也立刻被褚怿压得动弹不得。

"你！"容央愤然抬头。

褚怿对着那气咻咻的小眼神，慢条斯理："干净还洗什么？"

得，把自己撇清不算，还暗示她既然来沐浴，定然也是不大干净的了。

容央更气得瞪眼。

褚怿："眼睛要掉出来了。"

水上花瓣簌簌波动，或黏上肌肤，或随波漂走，容央放弃挣扎，低头去抓面前的花瓣来发泄。褚怿唇微挑，稍稍放开些力道，慢慢道："前日进宫了？"

容央闷声："不要自作多情，不是为你去的。"

褚怿很配合地叹一声："难怪最近糟心事一日比一日多，阿猫阿狗都能骑到我头上来了。"

容央抓花瓣的动作一顿，扭头看他，眼神半是质疑，半是揪心。

褚怿抹去她下颌处的一瓣花，这次的声音，明显变温柔了。

"但不为我去，是对的。"

容央看着他的脸庞，注意力从他英俊依旧的五官，转移至他眉间的疲惫和唇边的胡楂，一颗心蓦然酸胀起来。

前日进宫的情形再次跃然眼前，容央转开头，瓮声道："我是为你去的。"

褚怿没作声。

容央道："爹爹他像是疯了。"

不准许一切和联娄策略背道而驰的行动，不接纳一切有可能对此计造成负面影响的声音，她在文德殿外吹着寒风站了两个多时辰——她以往跟他吵架后去求和时都没有等过那么久，最后等来的不是嘘寒问暖、亏欠呵护，只是一句不容置喙的君令：

"回去劝劝褚怿，安心戍守三州，实在不愿，不如留在京中陪你。"

——不如留在京中陪你。

半年前，他还在那座大殿中向她承诺绝对不会阻挠她的驸马驰骋四方，而半年后，他开始劝她把驸马留下，就留在身边，留在这繁盛的囚牢里——在四境硝烟之际。

那一瞬间，容央说不上来心里究竟是何滋味，只是感觉整个人大概是被殿外的风冻坏了。

彻骨冰凉。

脸颊蓦然一热，是褚怿头低下来，脸贴上她，他手臂也把她揽得更紧一些，开口时，热气呼在她眼前。

“这次外交，关系大鄞日后兴亡，不能模棱两可，朝令夕改。官家既已下定决心联娄灭契，就必须保证上下一心，倾尽全力，偏激一些，未必是坏事。”

容央知道他的意思，也知道他讲这一番话，更多是想抚慰她罢了，她本可以就着这台阶往下走的，但不知为何，还是踅身往上踩了一步：“借机权衡朝中势力，打压褚家军，也是为了上下一心，倾尽全力？”

褚怿登时沉默。

容央一讲完，很快又后悔了，褚怿的沉默更令她的懊悔难以遏制。

“他就是被佞臣所惑，被贼敌所诱，越来越分不清忠奸、辨不明局势了！”

这一骂，一半是懊悔之下的心虚，一半也是恨铁不成钢的肺腑之言，褚怿听罢，啼笑皆非，盯着她气势汹汹的小脸：“是不是也不如你了？”

容央一震，低叱：“你大胆！”

埋怨两句也就算了，毕竟是九五之尊，哪能这样开玩笑的？

褚怿不以为意：“近墨者黑。”

容央打他，打不解气，故意拿花瓣往他脸上、脖颈上、肩膀上放。

褚怿唇边弧度更大，偏开脸，张开双臂抵在池壁上，敞着胸膛任她捉弄，片刻方道：“离开过京城吗？”

容央正兴致冲冲地拿花瓣装扮他，闻言答：“没有。”

褚怿：“随我回三州，敢吗？”

容央一愣，定睛看他。

室中雾气太大，他眸底光芒也太盛，昭昭如日，灼得人心神滚烫。

容央喉头一动，吞下一口唾沫：“你……说什么？”

褚怿眼盯着她：“跟我走吧。”

容央胸口如擂，咚咚地震得耳膜也跟着嗡嗡。

褚怿道：“三州中，樊关城最大，虽不比京中繁华，但衣食住行不成问题。我在城中有府邸，你平日住在那里即可，不必在军中受累。驻地离城中也不远，没有要事，我可以住在府内。”

他一口气道来，不是临时兴起，潦潦草草，而是深思熟虑，有枝有叶，容央一颗心更乱得厉害。

“你们褚家，有过带夫人上前线的先例吗？”

“二婶去过，六婶大婚后，也去过。”

容央静默少顷，道：“她们本就是去前线戍守作战的吧？”

褚怿没有反驳。

容央了然，沸腾的心慢慢冷却下来，转开脸道：“我们赵家，是没有帝姬上前线的先例的。”

褚怿听出这话里的态度了，眸中光芒微弱。

容央拨弄着面前的花瓣，抓来，挠去，没再吱声。

褚怿静了静：“舍得？”

容央：“舍得什么？”

褚怿：“我。”

水声哗然而止，容央看着面前趺趺宕宕的一堆残瓣，又抓起一片撕起来：“舍不得，就能不舍吗？”

褚怿显然没料到她会讲这样理智的话，相形之下，倒是他冲动又狭隘了。心中冰火相交，落寞而烦躁，褚怿重新把容央拉入怀里，低头去吻。

两人身上都湿而热，鼻尖碰上，嘴唇贴上，一发不可收拾。

热气腾腾而起，一条湿漉漉的亵裤被扔上池壁，金灿灿的花瓣沉浮，漂荡，被一层层漾开的水波打翻，汹涌的水声里，压着少女的嘤咛，男人的鼻息。

“我走后，能好好的吗？”褚怿把容央按在身上，闭着眼吻过她下颌。

容央扬起脸，又偏开，张着唇不住地喘。

“不能……”

不能。

不能，却又不愿跟他走，这妖精，是存心要他牵肠挂肚，备受折磨。

褚怿大手收紧，腰挺得更用力。

容央失声，小手开始在他胸膛上推。褚怿抓住她，吻回她的红唇，低低切切：“能不能？”

容央半睁着眼，这回，眼泪都快泛出来了。

“能，能……”

褚怿却还没有罢休，齿在她红肿的唇上细细密密地咬，伴随着水波的涌动问：“会不会想我？”

“会……”

“如何想？”

容央垂头，热汗从眉上砸落，声音都快碎了：“辗转反侧，寤寐思服……”

褚怿终于稍稍满意，挑唇一笑，拿鼻尖点她：“我也一样。”

这一夜，褚怿是留宿在帝姬府的，然而等翌日容央醒来，枕边又已是空空如也，进来伺候的荼白说，褚怿留了话，要容央得闲时，去百味斋给他带一盒蜜糕。

蜜糕贵在新鲜，现做现吃，不宜隔夜，褚怿留这话，便是今夜还会再回来的意思。

容央很满意他把承诺许得这样蕴藉，余味回甘，别有情调。精心拾掇一番后，她立刻吩咐底下人备车出府，及至出发前，荼白却又匆匆忙忙赶来禀告一事。

容央听罢骇然："赵彭要随褚怿去樊关？！"

荼白点头："本是昨夜就给官家恩准了的，只是今早上消息才从宫里头传出来。"

容央又惊又急："他跑去那里干什么？"

荼白答道："自打朝廷要联娄灭契起，三殿下就一直在请缨上前线，只是官家顾及他安危，始终没有点头。这一回，或是看他放弃随贺家军去东北，改跟驸马去三州驻守，情况相对安全，于是勉强应允了。"

容央心焦如焚："他那个样子……"

雪青劝道："三殿下虽然还未及弱冠，但这一年来，处事能力精进不少，何况有驸马护着，这一趟，就是历练历练，不会出什么事情的。"

容央颦眉，依旧心存顾虑。

昨日她之所以拒绝褚怿，不愿跟褚家军一块返回樊关，除了不想被官家疑心自己偏袒褚氏，负气而去外，更是害怕烽火四起时，自己会成为褚怿的软肋和累赘。

吴氏和谢氏去前线，那是以战士的身份去和夫君并肩作战，戍边安国，而她在这种敏感的时候去，除了给褚怿留下耽于私情、公私不分的恶名外，根本起不到任何作用。

而赵彭呢？

他是皇子不假，是可以代表皇室的支持不错，但他也终究还是一个得靠人庇护的少年，一旦前线告急，情形危殆，褚怿必然得花费大量的精力去护他周全。她不愿意看到赵彭有恙，亦不愿意看到褚怿在战场上被分心分神。褚家如今在朝堂上已是处于倍受打压的窘境，三州那边，再不能有什么岔子了。

"殿下，三哥毕竟是将来要成大事的人，总该走出京城，给外面的风雨吹打吹打，驸马像他这个年纪时，都已是身经百战，名震边陲了。"

雪青再次劝导，荼白想想后，也开始点头，并从袖中取出一封信送上："来传话的钱小令说，如果殿下不放心，不妨看看这封信。"

容央把信打开，一看那秀丽颀长、风姿翩翩的小楷，就知道是赵彭的亲笔，待把信读完，简直目瞪口呆。

洋洋洒洒大几页，抒离情也就罢了，结尾处居然还特意强调要眼观四路耳听八方，驱赶一切狐媚之人，替她把夫君看牢……

容央嘴角直抽，骂骂咧咧地把那封信扔回给荼白，却又突然感觉赵彭此行一去，颇有点使命重大的意味了。

于是，她道："牛一样倔的脾气，不撞南墙不肯回头，罢，不管他了，随我去百味斋吧。"

大概是朝中多年没有打过大仗的缘故，这两日的盛京城，往哪儿看都是一派忙忙碌碌的景象。

想想也是，抛去贺家军原有的二十万人不算，贺渊此一去，还调集了五万禁军，十五万厢军，这军令一调动起来，岂不得半座城都跟着震动？

做将士的忙告别，做亲友的忙饯别，国朝百姓又不大兴在自家里闹腾，那最后闹腾起来的自然就还得是这四衢八街，平日里本就生意兴隆的百味斋，一时也就更热闹了。

马车在店门前停稳时，牌匾底下正是人声鼎沸，络绎不绝，荼白暗暗咋舌，劝容央在车中等候，自己下去采买，然而容央却不肯，非要亲手置办，半点都怠慢不得。

荼白无法，只好吩咐护卫上前通传，继而和雪青一并搀容央下车。

帝姬亲临，喧嚣的店铺前立刻静下来，众人瞠目结舌，难以置信地给那行鲜衣绿鬓的少女让开一条大道。

国朝最美丽、官家最疼爱的嘉仪帝姬怎会莅临这挤挤攘攘的一爿市井？

众人惊疑不定，一双眼越发瞪直。

及至当中那位璀璨夺目、气质卓绝的女郎傲然走近，及至那双顾盼生辉、澈似秋水的美目映日流波，众人方幡然回神，急匆匆低下头去，捧着一颗嘭咚乱跳的心暗呼美极。

容央倒是习以为常了，只是入店后，还来不及欣赏一下这间令褚怿念念不忘的店铺，就给两人——确切来说，是一人，攫去了注意力。

内室垂幔前，褚琬拉着林雁玉的袖口，腿往里迈，脸往外偏，一双眼瞪得滚圆滚圆的，俨然一副来不及溜走的架势。反倒是林雁玉，不急不躁地捧着两盒糕点站在那儿，衣容整肃，意态亭亭。

“你怎么会在这里？”

容央袖手立着，眼盯着林雁玉的眼，整个人立刻散发出一股不怒而威的冷意。

后面的褚琬显然是有些怕了，也心知躲不过，脚收回来，梗着脖子应道：“我们……自然是来买东西的。”

容央不作声。

雪青道：“二位也是出身斐然的官家小姐，不知道面见帝姬，是需要行礼的吗？”

褚琬涨红脸，还是林雁玉相对泰然，拉着她屈下膝，规规矩矩地道：“民女林氏，见过帝姬殿下。”

褚琬脸色由红转青，低下头闷声行礼，容央懒得管她，注意力只在林雁玉身上。

如果没有看错，此刻被林雁玉捧在手上的那两盒糕点，正是褚怿素日里最爱吃的蜜糕和献糍糕。

茶白是熟悉那两样糕点的包装的，一眼看过去，立刻也就明白为什么帝姬周身气场会变了。

“林姑娘也喜欢这家铺子里的蜜糕吗？”

茶白扬高声调，虽然是婢女一个，但那双细长黑眉一横起来，气势也是汹汹。

林雁玉那双捧糕点的手不由得蜷了蜷，继而深吸口气，答：“不是。”

茶白：“哦？”

林雁玉应该也并没有撒谎的打算，坦然道：“我是给悦卿哥哥买的。”

话声甫毕，火光四溅。

茶白压着心中的惊诧和恼怒，不及质疑，雪青道：“林姑娘果然体贴，知道驸马爱吃这家店铺的蜜糕，怕他离京后再吃不到，便亲自过来采买一些。听闻刘侍郎家中的六公子这回也是要上战场了，不知他平日里喜欢的又是什么吃食，林姑娘是买了，还是准备一会儿再去买呢？”

两个月前，林雁玉被忠义侯府老太君以干孙女儿的名义许配给了兵部侍郎刘采吉之子，算算日子，下个月便该大婚。只是这回北伐一事声势浩大，这刘家的小公子又正是血气方刚的年纪，一闻消息，二话不说就披了甲，请了缨，把同林雁玉大婚一事全然抛去了九霄云外，活脱脱一匹脱缰的野马，任阖府上下怎么拉也拉不回。

林雁玉对于这桩婚事，本就是有苦难言，很不情愿，被如此相待后，心中郁悒可想而知，这厢再给雪青一个婢女当众讽刺，纵然平素里定力不错，也不禁气红了眼眶。

“我对刘公子如何……也需要劳驾雪青姑娘来过问吗？”林雁玉声音微抖，本就楚楚可怜的一双杏眼给泪水洇湿后，又是怨愤，又是柔弱。

雪青不为所动：“林姑娘对未婚夫婿如何，轮不上奴婢过问，那我们驸马爷的饮食，就轮得上林姑娘过问了吗？”

林雁玉眸中噙泪，尽量保持镇静：“他是驸马，但也是忠义侯府的大郎君，是雁玉的悦卿哥哥，妹妹在哥哥出征前给他准备一些糕点，怎么就轮不上了呢？”

褚琬哼道：“就是，哪怕是大哥哥本人在，恐怕也不愿意只做驸马，而不做褚家人吧？”

林雁玉道：“且今日出门采买，雁玉和琬姐儿乃是奉老太君之命，除糕点外，一会儿还要去成衣铺里取前些时日给悦卿哥哥赶制的狐裘，殿下如果因为两盒糕点就在这里跟雁玉争风吃醋，那稍后……岂不是要定雁玉逾矩僭越之罪，惩而后快了？”

容央面色冷凝，一双小手在袖中越攥越紧。茶白火冒三丈之高，怒叱道：“就凭你，也配跟我们殿下提争风吃醋？褚家大郎君既已尚主，衣食一块，就该由帝姬殿下全权负责，你算是什么东西，也有脸在这里大放厥词，越俎代庖吗？！”

林雁玉绷着发白的脸，昂然道：“殿下准备，是殿下的心意。雁玉代替老太君准备，是忠义侯府上下的心意！殿下钟情之人有那么多人牵挂、照顾，该当欣慰才是，何至于如此心胸狭隘，小肚鸡……”

“啪——”

一记掌掴声响彻店铺，林雁玉捂着脸，偏着头，瞳仁空洞。

褚琬骇然瞠目，上前扶住林雁玉后，朝容央瞪去：“你……你居然，你简直……”

“简直什么？”容央揉着发红的掌心，目不转睛地盯着褚琬，把后者盯得又怒又怕。

“林雁玉。”

容央突然面无表情地喊了一声林雁玉的名字，对上她怨恨的眼神，慢慢道：“我记得最开始，你还是愿意唤我一声‘嫂嫂’的，但不知是从什么时候起，就又变回了‘殿下’。既然在你心里，我不算褚悦卿的夫人，只是这大鄞的帝姬，那今日，我就让你明白，什么叫作‘帝姬’，什么算是‘殿下’。”

容央漠然说罢，转身道：“林氏雁玉出言不逊，当众辱骂于我，其心叵测，其罪难赦，掌掴二十，打。”

守在店外的护卫闻言，立刻应声入内，把林雁玉和褚琬强行分开押下。荼白是最喜欢干这类体力活的，何况打的还是这早就让她牙痒痒的林雁玉，当下自告奋勇，上前开工。

尖锐的惨叫顿时响彻店内，里里外外皆是一派沸腾。

褚琬恨声骂道：“你这泼妇！你敢无缘无故打雁玉姐姐，大哥哥知道后，必定不会轻饶你的！”

容央眼神阴鸷，不需开口，荼白已麻溜地一个转身，扬手给了褚琬一记耳光。

“啊！”

褚琬惊惶失措，捂着火辣辣的脸同林雁玉倒在一起，满脸皆是错愕，抬头时，正对上容央倨傲的目光。

“我等着他不轻饶我。”

（5）丁香结

日暮时分，褚怿从枢密院同知院事何定堃的议事厅中走出来，看一眼天边日头后，脚往枢密院大门走。

百顺跟在后头，一副欲言又止、心焦如焚的窘态。

褚怿：“有屁就放。”

百顺愀然，瞄一眼褚怿脸色，郑重道：“郎君今日，只怕是回不去帝姬府了。”

褚怿不疑有他，只当是马军司那边又有紧急的军务，吩咐：“让李业思先对付着。”

百顺道：“不是军所的事，是侯府……老太太派人来传了话，今日务必要把您带到。”

褚怿转头，眼神困惑。

百顺极忐忑地同他对视一眼，继而迅速把目光转开。褚怿收住脚步，伫立在枢密院大门外的那尊石狮前，眼神如隼。

百顺如芒刺在身，不敢再瞒：“今早在百味斋，帝姬把林雁玉和三房的琬姑娘给打了……”

褚怿眯眼，显然错愕。

百顺深吸一口气，尽量不失偏颇地把帝姬在百味斋掌掴褚家二位小姑一事道来，褚怿听罢，一张本就绷着的脸冷得如浸霜一样。

傍晚的风在两座石狮外呼呼地吹，刮得满地蜷曲的枯叶飒飒飞扬，褚怿抿着唇，伸手按过发胀的眉心，垮着脸踩上马车。

百顺捏着一大把汗，垂头跟上。

从枢密院去忠义侯府，路程只是去帝姬府的一半。

马车照例是在东侧角门停，下车时，褚怿又问了一遍百味斋里的细节。

及至那句嚣张的“我等着他不轻饶我”时，褚怿气也不是，不气也不是，脸绷得生疼：“真这么说的？”

百顺“啊”一声，小心翼翼。

这回换成褚怿欲言又止，脚踩在松叶铺积的青石地砖上，沓沓作响。

也不是一回两回地跟她保证过自己不会对林雁玉起任何心思了，还动辄就给人激成这样，这气性也真是……

褚怿无可奈何，想象起容央在店铺里撂狠话的情形，嘴角又忍不住扯开。

百顺冷不丁听到一声低笑，越发惶然。

褚怿收敛神色，往外示意：“去帝姬府传个话，今天先不过去了。”

昔日里一派祥和的云澜苑上房外，头一回这样愁云惨雾，气氛森然。

青松葳蕤的白阶下，跪着两个熟悉的身影，一个是抽抽噎噎的褚琬，一个是深埋着头的林雁玉。

察觉有人阔步走来，褚琬转头，哭得又红又肿的眼骤然亮得灿灿的：“大哥哥！”

跪在对面的林雁玉一震，眼睛瞪大，却攥紧手把头埋得更低了。

褚怿脚步放缓，往褚琬看去一眼，褚琬眼中泪水滚落，便欲诉苦，守在大门外的丫鬟丹心提醒道：“琬姑娘。”

这一声出来，竟有着不同寻常的力量，褚琬抿紧嘴，不敢再作声，只眼巴巴地望着褚怿，一个劲儿朝对面使眼神。

褚怿目光转开，掠过林雁玉那张一派狼藉的脸，眉压低，抬腿走入上房。

檀香缭绕的内室里，窗户洞开，垂幔飘拂，丝丝冷气钻入肺腑。

文老太君平躺在栈窗对面的坐榻上，两眼望天，意态茕茕。

褚怿上前把那扇窗户关上："今日后厨是没做膳，所以奶奶要躺在这儿喝西北风吗？"

文老太君满脸的颓丧差点就绷不住，细眉一横，转开了脸。

褚怿踅身回来，把榻边的一床毛毯抖开，弯腰给她盖上。

文老太君脸对着墙壁，低哼一声。

褚怿退回窗前那把交椅坐下，静静听候发落。

文老太君那厢静默半晌，方幽幽开口："门外那两个东西，都看着了？"声音低而哑，轻且慢，一半戏谑，一半委屈。

褚怿"嗯"一声，情绪不明。

文老太君很想转脸去看，却又感觉这个动作有损刚刚转脸时造起的气场，生生忍着，尖声尖气："当众冲撞皇家帝姬，乃是重罪，被临街掌掴，更有损家风，辱没门楣，我罚她二人长跪一夜，禁足一月，誊抄《女则》百遍。这个处置结果，你可满意？"

褚怿点点头："可以。"

文老太君蒙蒙地瞪大眼，霍然掀开毛毯，一鼓作气地坐直起来。

褚怿对上那气势汹汹的眼神，不动。

文老太君冷声："你再讲一遍。"

褚怿沉默了下，开口："帝姬是君，我等是臣，臣忤逆君，自然该严惩重办，以儆效尤。"

文老太君怒极反笑："好一个她是君，我们是臣，我看你这褚大郎君当得不怎么样，当驸马，倒是当得称职得很！"

褚怿唇微动，最终却什么也没回。

如此更把文老太君气得火冒三丈，她麻溜地拿过榻边鸠杖，往地上一捶："自从大婚以来，你这胳膊肘就是一日日地往外拐，先是为她不顾褚家香火，执意不肯纳林雁玉做妾，后是为她不顾侯府颜面，满嘴君臣，大义灭亲！他日，是不是祖宗都不想再认，只管趴在她那石榴裙下醉生梦死，连自己姓甚名谁都搞不清了？！"

褚怿下颌绷着，喉结滚动，文老太君的叱骂犹自不停。

"你以为你在这儿表着忠心，至死不渝，那小殿下就真的热泪盈眶，铭感五内了？她要真的对你全心全意，今日这事，就不会丝毫不顾及你褚悦卿的脸面，当众把褚家人羞辱成这副德行！

“还袒护着什么君是君，臣是臣……你既知道她是君，就该知道君心难测，皇家薄情！你看看那名声大噪的静淑帝姬，成婚不过一年，身边的小白脸就换了一个又一个！你又敢保证，你枕边的这一个不会朝秦暮楚，把你作践成下一个吴嵘吗？！”

褚怿遽然掀眼，眸底寒芒迸射。

文老太君冷笑：“怎么，当我是狗吃煎饼，胡扯？你别以为我坐在这屋里，就听不到外面的风声！那细皮嫩肉的小郎中，是叫奚长生，对吧？前两个月，刚在皇后娘娘那儿立了头功，京城里多少贵胄请都请不去，偏隔三岔五趁你不在去叩帝姬府的门，两条腿往里面一迈，动辄就是两三个时辰，要说他俩没点什么，你自己信吗？”

褚怿双眸锐亮如镞，绷紧的下颌处隐约可见肌肉颤动，先前文老太君训斥那么多，都没怎么撼动到他，然此刻这一番嘲讽诘问，却密针一样地扎满了他的心。

许多莫名的细节野草一样在脑海里疯长起来，褚怿压制着，铲除着，沉着声道：“奶奶叫我来，如果是想说这一番话，那就到此为止吧。”

文老太君看他面色铁青，明显是动怒之态，自也知刚刚那段话十分尖刻，有伤他自尊，但不提，又实在如鲠在喉。

“再过两日，便是褚家大军启程之日，你这一去，短则半载，长则数年，帝姬独守京中，谁敢保证没个琵琶别弄的时候？你要是气度恢宏，全不在意，那就当我老太婆今日是在撒骚放屁；你要是还有点褚家儿郎的血性，就趁早把那心收回来，想清楚自己究竟是谁，究竟还要不要做那个赤胆雄心、金刀铁马的褚家大郎君！”

夜风吹卷廊外古松，一片飒飒声冲入耳中，百顺冷不丁打了个寒战，拐过墙角时，蓦地一声惊叫。

褚怿抱着臂倚靠在拐角的廊柱后，身形孑然，眉眼冷冽，轮廓深刻的脸上暗影重重。

“郎君……”百顺显然想不到褚怿会在这里等他，细看他眉间神态，一颗心高高悬起。

两人日暮入府时，褚怿脸虽然也冷，但还不至于这样阴鸷瘆人，他不过是去帝姬府传个话来，最多一个时辰的工夫，怎么郎君一下就多了这么满满一身的……

杀……气？

百顺心惊胆战，不迭甩开“郎君冲冠一怒为红颜，与老太君大战三百回合”的遐想。

褚怿双眸垂着，脚往闻汀小筑的方向走，两步后，倏地驻足：“府里怎么样？”

百顺一时没回神：“啊？”

褚怿眼神顷刻更冷，百顺忙肃然："郎君是问帝姬府吗？"

察觉被瞪，他又忙回禀："帝姬府一切如常，就是您没回去，帝姬一人守着那盒蜜糕，很是失落罢了。"

听及此句，褚怿眸底郁影渐散，一双眼逐渐澄亮起来。

百顺及时捕捉，笑道："郎君这会儿没事了？要不趁着天还不算太晚，赶紧回帝姬府一趟？"

百味斋的事，总归还是要褚怿亲自出面给个交代，不然夜长梦多，帝姬那里难免胡思乱想。

褚怿却仍是往闻汀小筑的方向走，淡声："不必了。"

百顺察言观色，不知郎君何故决心不去，只是看出他身心俱疲，遂也不再多劝，体贴地提着灯上前照亮。

"屋里可还有什么有趣的小东西？"及至闻汀小筑墙外，褚怿突然发问。

百顺道："郎君是说您平日里收藏的玩物吗？上回给帝姬过生辰，拿去了不少，眼下还剩些箭翎、鹁鸽铃、竹猫儿、鲁班锁……不过大都是些破损之物了。"

褚怿沉吟片刻，道："明日一早，去买个新的来。"

百顺一怔。

褚怿补充："鹁鸽铃。"

百顺买来的鹁鸽铃，是次日辰时三刻出现在马军司署衙的书桌上的。

褚怿从马场回来，扔下马鞭，把那用彩绣并蒂莲荷包装着的小物件拿出来玩了片刻，丁零丁零的铃声春雨一样打在心间。

嗯，很是清澈。

褚怿满意地把铃铛放回去，继而荷包放入衣襟里，往外而去。

这回没乘车，是径自骑马去的，骑马会快些。

及至帝姬府，看门的护卫一脸意外，入内后，有丫鬟主动上来禀告：帝姬外出了。

褚怿蹙眉："去哪儿了？"

丫鬟道："去兴国寺探望长帝姬殿下，今日一早就去了。"

褚怿点头，按捺住心头的微微失落，趄身往外，重新策马。

一大早就往明昭长帝姬那儿跑，看来昨天生的气，显然是没有消了，昨夜应该坚持过来一趟的。

褚怿无奈一叹，往西边确认一眼兴国寺的方向，马鞭一抽，绝尘而去。

这一趟，紧赶慢赶，赶到时，日头也还是很高了，今日竟是个好天气，太阳暖融融的，晒得人心脾甜蜜。

褚怿循着上回送容央来的路，策马往角门前的那棵大柳树走，途经寺庙大门前时，想起她上回来时，坐在车里趴着窗往外偷看的情形。

寺庙大门素来是最繁华之处，小吃古玩，样样摊铺俱有，容央爱，但那日爱而不得。

褚怿唇边绽开一丝笑，目光忍不住也学她那日，往四下里瞟，掠过寺庙大门时，咧开的嘴角蓦然僵住。

层层直上的台阶中央，金辉泻如秋水，耀如春华的少女站在那里，静如春树的少年也站在那里。

褚怿目光一瞬间定住，全身如被冰封。

（6）锁窗寒

却说昨日容央回到帝姬府后，回想着褚琬那句“你敢无缘无故打雁玉姐姐，大哥哥知道后，必定不会轻饶你”，一度耿耿于怀。

当日傍晚，又有百顺前来传话，称褚怿下值后径自回了侯府，今夜就不再过来就寝，如此，更把梗于心头的那根刺往深处扎了扎。

在褚怿心里，自己究竟处于一个怎样的位置，容央一直是不明确的。

她可以明确褚怿迷恋她，宠溺她，甚至也开始慢慢地依赖她，但她不能明确这些迷恋、依赖在他的世界里占有多大的比重，是不可或缺，还是不过锦上之花。

她不能明确什么东西是褚怿的底线，怎样的情形会令他动怒，是以，她根本想象不出褚怿在得知百味斋一事后的反应。

她既无法相信褚怿真的会为林雁玉和褚琬对自己心生怨怼，也无法说服自己褚怿能够对此事听之任之，视如无睹。

褚家是何等看重尊荣颜面的一个家庭，他褚大郎君又何时忍气吞声过，她能拿帝姬的身份压住林雁玉和褚琬，却不可能压住一个傲骨嶙嶙的褚悦卿。

这一夜，容央是守着那一盒硬邦邦的蜜糕度过的。

次日起来，府里依旧没有半点褚怿要来的迹象，容央心灰意冷，把新裁的冬裙换上，登车前去兴国寺探望明昭长帝姬。

明昭长帝姬不在。

容央站在小山上，晨风吹响满山枯败的梧叶，她在飒飒秋声里转头，看到褚怿曾经付过的那棵大榕树，一瞬间更难过了。

褚家大军最早明日就要启程，雪青道：“既然都已来到寺中，殿下不如去普贤殿给驸马求个平安符吧？”

上次去普贤殿，还是为金坡关一事给褚家祈福，容央道：“一点儿都不灵的，还求什么。”

却到底是去了。

大抵是各家大军相继出征之故，前来兴国寺礼佛的香客空前之多，容央应付完前来寒暄的各府女眷，拿着平安符往山下走。

及至山脚岔口，碰上奚长生。

今天的日头很不应景，是这盛京城入冬以来最暖最灿的一回，耀眼金辉从云间漫射而下，弄得草不灰黄，树也不再苍青。

只有那少年的白衣清淡依旧，冷静依旧，不至于令人跌入春日回转的错觉之中。

“奚长生！”容央亲自喊他，袖手站在岔口的一棵松树下，用眼神示意他过来行礼。

奚长生本正拉长着脖子瞻仰那座可望而不可即的普贤殿，闻言一震，循声看去后，又是一震。

容央的眼睛眯起来，示意的眼神已经不耐烦了。

奚长生忙敛神过来行礼，继而展开脸笑：“殿下果然在这里！”

这话倒讲得稀罕，容央瞟他：“什么叫‘果然’？”

奚长生笑：“褚家军启程在即，殿下心系将军安危，自然要来寺中祈祷一二，这盛京城中，除去相国寺外，就数这兴国寺的普贤殿最是灵验了。”

容央“呵”一声：“灵个鬼。”

奚长生盯着容央拿在手里的平安符看。

容央扬着脸，默默把那两张平安符揣入袖中。

奚长生这回看得更清楚了，意外：“殿下一求就求了两份？”

容央一眼瞪去。

奚长生顾自点头，解释：“是了，这回三殿下也要离京的……”

容央目中愠色收敛，脸转开：“你来这里又是干什么的？”

奚长生蓦地赧然，讪笑：“本来也是想去普贤殿里拜一拜，不过现在倒不必了。”

容央哼：“普贤殿从来只招待京中贵胄，你这种身份，进得去吗？”

奚长生哑然。

容央：“所以呀，你当日救下皇后和小皇子时，就该及时跟官家请赏，争取能跨进御医局，留在圣人跟前做个大红人，届时，还犯得着在一座破殿面前拉长脖颈，跂踵而望吗？”

奚长生入宫助吕皇后成功诞下龙嗣，于容央而言，多少是个不大不小的疙瘩，这厢因着褚怿之事，情绪上来，话锋一时就有点收不住。

果然，奚长生听罢，脸色微变，然回过来的话却是：“官家有提过，只是我不要罢了。”

容央狐疑。

奚长生正色道：“草民的侄儿就是御医局的院判，我如果想进宫做御医，早就进去了，何必去官家跟前讨赏？”

这个逻辑倒是正确，容央对他做不做御医一事本来并不大感兴趣，这厢倒是给他勾住了。

奚长生解释罢，又行礼，这回乃是告辞，语气里有很明显的不快。

容央跟上去："你学医术，开医馆，却不愿入宫做御医，这是个什么说法？"

奚长生察觉她跟来，停也不是，不停也不是，放缓步子走："家中世代从医，不可不学，但行医并非所爱，故而无意入宫。"

明明开着医馆，并医术卓绝，却还称行医并非所爱……容央扬声："那你爱的是什么？"

奚长生脚步越来越慢，最后在松影苍郁的小径上驻足，回过头来。

晨风吹拂少年的白衣，容央对上他一双深波涌动的眸子，警觉道："干什么看我？"

后面的雪青、荼白亦提着颗心屏气噤声，平日里就总担心奚长生会折服于殿下的盛颜，此刻看来，怕是不假，然这个节骨眼上，殿下是万万不能跟奚长生传出什么绯闻的啊。

雪青、荼白疯狂示意奚长生停止表白。

奚长生一愣。

容央愁眉锁眼，正措辞该如何拒绝对方，冷不丁地，奚长生丢来一抹背影。

容央疑惑。

风中少年越走越大步，容央跟上去。

"奚长生！"

"草民在。"前者微微转头，再点下头，以示敬意，但脚下根本不停。

容央跟得微喘起来，越想越放心不下，想捅破天窗严声警告，因至寺庙大门，周遭香客实在越来越多。

二人俱是容色上佳之人，置身于人海里，本就惹人注目，何况又还是这一个在前走，一个在后追的情形。奚长生很快招架不住那一个个谴责的眼神，停在石阶上道："殿下不要再跟着我了。"

容央冷笑，心道谁稀罕跟着你，却是压着声下令："去我车里一趟，我有话跟你讲。"

奚长生立刻后退一级。

容央横眉："你什么意思？"

奚长生垂眼："给将军知道，恐是不妥的。"

容央"哈"的一声："你这个时候倒是记起我的驸马来了？"

奚长生越听越蒙，也越听越气，率性答道："我一直把将军放在心里的。"

容央一愣。

什么鬼？

古松葳蕤的石阶上，行人络绎，目光流动，奚长生后知后觉刚刚那句话里歧义略大，张口欲解释，一时之间，却又不知该从何处解释起。

两人正大眼瞪着小眼，荼白突然在容央袖口上一拉，瑟瑟道：“殿下……”

容央转头，再顺着荼白的眼神往前望去，对上茫茫人海里一双黑沉沉的眼。

奚长生也跟着转头，看到那人之后，愕然挢舌。

马车掉头，驶离熙熙攘攘的市井，辚辚车轮声荡在两侧车窗底下，容央贴着其中一扇窗坐着，敛目不言。褚怿坐在另一侧窗下，眉眼深冷，一声不吭，仍旧是那个坐姿，那份距离，但车中氛围已全然大变。

这是容央第一次这么近，也这么真切地感受到褚怿的冷，甚至不止于冷，沉默的背后，还有涌动着的随时可能贲张的怒焰。

这是要兴师问罪，给褚家人打抱不平的前兆了吧？

容央抠紧彩绣繁复的袖口，把求来的平安符死死压在袖中，转脸往冬阳浓郁的车窗外看。

景致切换，墙下人影已渐渐少了。

耳后依旧是凝冻一样的沉默，压抑得令人感觉下一刻就要失去气息，容央知道暴风雨来临之前，天一般都是平静的，越平静，越可窥风雨之猛。

那么稍后，他会如何来发作这一场雷霆呢？

车轮在崎岖不平的古道上碾压着，褚怿终于开口，声音戏谑而淡漠。

“喜欢他？”

容央一震，转头。

金灿灿的冬晖就照在他脸上，五官深刻的一张脸，冷得像烈日也化不掉的冰雕。

容央懵然：“什么？”

褚怿：“奚长生。”

容央蹙紧眉，慢慢会意后，一大股冷意钻入后脊：“你在说什么？”

褚怿：“第三回了。”

言简意赅，千钧之重，容央骇然。

褚怿绷着脸，压着眉，在沉默中转开头。

兴国寺前的一幕，犹自长针一样，一厘不差地贯穿在胸口，每呼吸一次，就牵扯其他的刺在心口上刺动。

其实许多事情，许多细节是经不起推敲的，也正是因此，在事实还没有到来之前，他一直不愿意去回忆，去深究。战场上讲“用人不疑，疑人不用”，他想来有情人相处也该如此，爱则不疑，疑则……

也就，不必再爱了。

他应该不算痴情之人，只是在合适的年龄、合适的处境里碰上她，故而无所顾虑地陷了一回。

他不否认她的魅力，不否认这一陷确乎很令他头昏目眩。

他不否认他的动心、醉心，但如果，这份动心和醉心她也可以不予分别地给予他人的话，那么……

“忠义侯府褚怿此生不纳妾，也希望殿下能一意相待，永无二心，如不能……”

“如不能，怎样？”

丝丝金辉横亘在彼此之间，容央眼眶发红，声音发颤，也是第一次，把他回绝得这样任性而果决。

褚怿对上她双眼，眼眶也红起：“不如好聚好散。”

不知道为什么，褚怿讲完这一句话的时候，胸口突然像被那根长刺刺穿了，刺空了，那种巨大的空洞和惶遽骇浪一样从头顶拍打下来，把他拍得脑袋里嗡嗡直响。

有一瞬间，他感觉自己蒙了。

容央还在眼前，她眼中的那颗泪正哆哆嗦嗦地悬于眶边，像把他也推到了一失足则万劫不复的崖前，褚怿深深呼吸，错开目光召唤理智。

不及再开口，容央凛然道：“停车。”

声音很轻，褚怿的心却像被狠攥住，发紧。

“回府。”

褚怿开口，声音哑得自己都不太敢信。

容央瞪着虚空流泪，坚持：“停车。”

褚怿：“回府。”

“停车！”

容央的声音爆发，情绪也爆发，走走停停的马车终于刹在行人寥寥的古墙下，车外一片死寂，车内也一片死寂。

褚怿面色发白，一动不动地坐在窗边。

那么逼仄的车厢，以往躲都躲不开对方，此刻却天各一方，各不相干，各不相让，没有温存，没有调笑，没有静默的、深长的对视，只有沉默，只有沉默中压抑的、漫长的喘息。

“下去。”容央胸脯起伏着，噙着泪决绝地下令。

褚怿绷直的唇颤了一下，继而绷得更紧。

明媚的冬阳洒满车厢，彼此身上都是柔软的、温暖的痕迹，可彼此的心都在颤抖，都在被撕裂，都在被透骨的风冻成一块块硬邦邦的冰。

褚怿霍然掀帘下车，离开的那一刹那，整个车厢骤然轻起来，空起来，如同半个世界被人硬生生撕去，攫去。

容央木然地流着泪，手冰冷，眼神僵凝。

雪青、茶白守在车外，愕然地看着褚怿头也不回地走远，手忙脚乱地赶入车中。

“殿下……”雪青为眼前情形所震，倒抽口气。

容央不动，不应，只是流泪，一行，又一行……

雪青心痛不已，上前用丝帕给容央拭泪，茶白又是伤心，又是气恨，掉头吩咐车夫立刻把车赶回帝姬府。

车在府门前一停，就是整整半个时辰。

容央的哭声从压抑到哽咽，从哽咽到号啕，从号啕到嘶哑……

要风得风、要雨得雨的嘉仪帝姬，从小到大第一次哭得这样久，这样凶，却没人来哄。

褚怿阔步走回忠义侯府，阖府上下忙忙碌碌，忙的是两件事——褚家大军离京、表姑娘林雁玉出阁。

也不知是那刘家人动了什么家法，还是文老太君这边走了哪种关系，前日里还嚷嚷着“不立业、不成家”的刘家小公子，突然脱胎换骨一样，蔫头耷脑地提礼上门来，请求要把婚期提前。

刘小公子是北伐的最后一拨禁军，出征之日定在下旬前后，为争取能于去前在新妇肚皮里留下个种，领着刘小公子登门的刘夫人跟文老太君一合计后，毅然决然地把婚期定为三日后。

为何偏偏是三日呢？

穿梭于小径上的丫鬟指指脸，答：因为三日用来消肿，刚好够。

另几个登时做恍然大悟状，不及搭腔，蓦然间阴风骤至，抬眼看时，魂飞魄散。

“大郎君……”

几个丫鬟仓皇行礼，褚怿一径穿过庭院，恍如不闻。

闻汀小筑外，有面熟的小丫鬟在竹篱底下徘徊，褚怿走过去，被截下，丫鬟的声音恳切又卑微：“自打昨日被惩处后，姑娘就一直卧床不起，这保平安的香囊，她不眠不休地绣了整整一天一夜，本是想着在出征前亲自给大郎君送来，谁知会被嘉仪帝姬……”

丫鬟哽咽，掖掖泪，声音更楚楚：“而今，又是婚期突然提前，姑娘料想，此生多半再难见郎君一面，故只能遣奴婢前来送上香囊，代表多年感慕之情，万愿郎君一切顺遂，戍定边陲，平安以归。”

褚怿目光落在那绣纹繁复的香囊上，金丝挑绣的“平安”二字旁边，是一簇凌霜而盛的腊梅花。

褚怿突然想起来容央今日穿的衣裳上就绣着这样的一簇腊梅花，红得挤挤挨挨的，就点缀在她雪白的袖口上。

她以前的衣裙上从来不绣梅花。

哦，她今日穿的大概是件新衣裳，新衣裳啊……

心又像给什么东西刺了一下，怪，那根刺明明都拔了，褚怿蹙紧眉撤开目光，迈开腿跨入苑内。

小丫鬟捧在手里的香囊被撞落，惊叫一声，捡起来匆匆去追。

褚怿置若罔闻，及至主屋，“嘭”一声摔上屋门。

百顺闻声而来，盯着那扇颤颤巍巍的门，扭头看那一脸骇然的丫鬟。

丫鬟犹自捧着香囊，不知所措。

百顺长叹一声，上前把丫鬟撵走，拾掇好心情后，小心翼翼地走入屋中。

今天的日头是真好，这个点，屋里边最是敞亮暖和。百顺却有一种错觉，越是临近内室，越感觉那暖融融的阳光后有一大片阴霾激涌。床前的帐幔是收起来的，褚怿穿着鞋斜躺在床上，从上至下，都透着一股戾气，一股丧气。

百顺到底是打小就伺候在跟前的，联系昨日一事，很快就猜出多半是跟帝姬相关，心念电转着，低低出声：“郎君……”

褚怿：“滚。”

百顺默默叫委屈，又把脚往前边小挪一步，声音凑近一点：“刚刚四爷派人来传了话，行军的时辰定了，就是明日辰时。”

床中人似静了一静，但一静之后，那冷森森的气压愈厚了。百顺仿佛听到耳畔雷电交加，一场暴雨侵袭在即。

“郎君是跟帝姬闹别扭了吗？”沉吟后，百顺壮着胆相问，脸色由惧转忧。

褚怿眼合着，在听及“闹别扭”一词后，睫羽明显一动。

车中那一幕又在脑海里铺展开来，他的口不择言，她的一声令下……褚怿的心蓦然像给人百般揉搓着，这种程度的不欢而散，算只是“闹别扭”吗？

大婚至今，不是没有过矛盾，但以往无论哪一次，错在谁，基本都是当场就哄了，好了，过去了，从来没有一次是像今天这样，莫名地压抑，莫名地狂躁，莫名地开场和收场。

一切都莫名又荒唐。

褚怿睁开眼盯着重重叠叠的帐顶，回想起自己最后对容央说的那句话——

不如，好聚好散。

默念一次，心揪一次，竟越想，越不知道当时意图了。

是想警告她离奚长生远点，还是真的断定了她的不忠，拿这话来当作了断？

褚怿的呼吸重下去，思绪沉下去。

不，不可能是当真要跟她了断的……

就是气，气她私底下把他一瞒再瞒，气她不肯正面回答，气她在这种时候去见奚长生，穿新衣，前后走，还被他撞上……

褚怿把乱麻一样的思绪调整着，归拢着，一遍遍在脑海里回放容央在车中的表情。

她是难过的，眼中是有泪的，她喊“停车”的时候声音里明显带着哭腔，她喝令他“下车”时，小手都绞在袖口上瑟瑟抖动。

她应该不是真的对奚长生有情，她应该是被他气到了，或者吓到了。她应该不是真心要把他撵走，她的喝令，应该不是对他那句“好聚好散”的回答……

褚怿把手搭在眉骨上，想完后，喊来百顺。

百顺终于盼得回应，激动得差点一脑袋栽上去。

褚怿声音有点疲惫，但较之刚刚，多少是有温度了。

“南山堂，奚长生。”褚怿扔来一串名号。

百顺挠头：“啊？”

褚怿：“叫他来一趟。”

最后一片蜷曲的枯叶从半空飘落下来，帝姬府里的那棵梧桐树，至此是彻底秃了。

光溜溜的枝杪横伸在暮空下，将一片片流云分裂成细碎的浮冰，容央捧着干冷的脸，坐在树下看荼白要悬丝傀儡。

两个木呆呆的小人儿，你一来，我一往，给人拉扯得踉踉跄跄，磕磕绊绊。

雪青把敷热的方帕往容央脸上贴，容央面无表情，任她动作，目光凝在那傀儡脸上，一言不发。

雪青默默叹息，把方帕交还给小丫鬟后，示意其去府外打探消息。

自打驸马爷跟帝姬一闹后，帝姬就再没吭声过，车中一哭就是差不多一个时辰，哭罢，泪也干了。好不容易被二人劝回府里来，却是死活不肯进主屋里去，只是坐在这儿，一坐就是整整一个下午。

冬日毕竟是四时之末，日头一下坡，寒气便夹在风里一层层地袭上来，根本不是披衣捧炉能够招架得住的。雪青看看天色，心知不能再任由帝姬这样苦闷下去，思来想去后，只能再次从驸马这里入手。

这一次，不再提今日之事，而是低声慨叹：“日子可真快，再过几日，便该是冬至了。”

“冬至”二字入耳，初时，尚不能在容央眼中掀起什么波澜，硬是缓了一会儿，那眸心里的暗影方被一簇微光冲散。

冬至，是褚怿的生辰，褚怿母亲云氏的忌日。

雪青把容央爱吃的那碟梅干肉拿过来摆放，至此不再多提任何一句。

容央愣愣坐着，心里凝结的地方开始发出“咔嚓咔嚓”的声音，是严冰逐渐融化的声音。

今年七夕，为给她庆生，褚怿点亮了整整一条街的灯火，预备了足足一条街的礼物。他给她织梦，造境，给她掌声，欢呼。他成全她最渴盼的憧憬和最隐秘的虚荣。

他不吝于向世人展露对她的宠溺，不介意旁人怎么在背后指点他的痴憨和深情。

那时候，她在心里默默发下重誓，一定也要把他的生辰定格成他一生中极温暖的一瞬。

可……现在呢？定格哪一瞬？

——浩浩大军冒风北上的某一瞬？

又定格哪一人？

——今日在车中，冷冰冰向她扔来“好聚好散”的那个人吗？

容央深吸一口气，肿意未消的眼眶边又开始有泪水涌动，忙转开头径自揩了。

其实并不是不明白，而是恰恰明白，因而每每想起那四个字时，心都像是被严冬凝冻。

她可以理解他因为百味斋的事来向她发脾气，也可以理解他因为那一眼，或者之前的那几眼而误会了她跟奚长生之间的关系。

她可以理解他吃醋，他生气，他讲扎人心窝的话，他板着脸对她爱搭不理。

她可以理解的东西有很多，但唯一不理解的是，他能把“散”字讲得那样轻松、轻易。

——她不能理解他今天那一走，可以走得那样潇洒，快意。

——她不能理解，他可以放任她在车中号啕大哭，任由她在这里顾影自怜。

——她不能理解他很可能是真的要跟她一拍两散，往昔恩爱统统作废，从此以后，再跟她赵容央无所关联……

沉默和等待是失望和灰心的沃土，她的渴盼被扎入这片土中，长成了一大棵灰暗的、光秃秃的树。

身后有脚步声逼近，雪青转头，示意走来的丫鬟驻足，上前听过情况后，眉心一蹙。

荼白在前拉着傀儡，留心到这边的情况，亦是神色微变。

两人对视一眼后，雪青趸身返回容央身边，如实禀道：“殿下，侯府那边的行军时辰已经定了，就是明日辰时。”

容央揣在暖炉上的手一颤。

雪青想了想：“还有一事……”

容央眼盯着虚空，双手默默蜷起来。

雪青低声：“驸马把奚长生叫去了。”

奚长生站在高大威武的忠义侯府门外，心潮澎湃。

百顺不解他激动个甚，想着平日里关于他跟帝姬府的传言，垮着脸把人拎至东侧角门入府。

奚长生欢欢喜喜，走得一步三回头。

百顺呛声：“侯府远不如帝姬府赏心悦目，奚大夫不用再看了。”

奚长生脖子转着，答得正儿八经：“帝姬府美则美矣，但气象跟侯府相论，终是差了一层。”

百顺翻白眼：“奚大夫倒是很了解帝姬府的。”

奚长生点头：“帝姬府并不大，精心装潢过的，也就那几处地方，每回去，殿下都要讲解一些，日而久之，自然也就熟了。”

百顺无语。

褚怿等候在闻汀小筑书房里，支颐沉吟，眼前放着一盅茶，茶已半凉了。

奚长生进来后，规规矩矩地行礼，寒暄。

褚怿不多言，点头示意百顺给人看座上茶。

茶送上来后，奚长生捧着，没大喝，仍是一副规矩安分的模样，除去那双眼——车轱辘似的转着，一下又一下地朝褚怿那儿瞄。

褚怿不瞎，掀眼看过去。

奚长生给他一眼瞪住，捧着茶杯坐直，脸登时爆红了。

百顺只当是做贼被抓，在心底喝彩：瞪得好！瞪得好！

褚怿拿起眼皮底下的那杯茶，淡淡喝了一口后，扔到一边，百顺会意，忙过来端走。

屋里没留丫鬟伺候，百顺一走后，氛围立刻肃静起来，褚怿没怎么细看奚长生表情，只是照着自己的思路开口：“帝姬身体怎么样？”

奚长生正默默回味着褚怿刚才的那一眼，闻言愣了一下，方答：“无恙，帝姬……很好的。”

褚怿：“既然很好，那奚大夫平日里都去帝姬府里做什么？”

声音明显更沉了。

奚长生一默之后，哪怕再木，也该明白褚怿把他请来的目的了。

南山堂就扎根在市井，坊间的那些流言蜚语，他并不是全然不知。也恰是因为略有耳闻，今早在兴国寺里，他才有意要和容央拉开距离，谁承想，拉来拉去，会把最尴尬的一幕拉到褚怿眼前。

仔细想想，褚怿在马上的那一眼，确乎是冰冷沉厉、充满敌意的，而并不是他以为的雄姿勃发，不怒自威。

奚长生抿紧嘴，惭愧地站起来，恭谨地向褚怿作揖。

褚怿神情不动。

奚长生站直，垂着双眸，认真道：“将军不必多虑，草民对殿下从来没有过非分之想，不轨之心。”

褚怿不作声。

奚长生飞快瞄他一眼，被逮住后，仓皇垂目，耳根又开始腾腾地红。

百顺把新换的热茶端进来，褚怿拿过来喝了一口，放下道：“坐。”

奚长生哪里还敢坐，低头耷脑地杵在那儿，乍一看竟有点令人生怜了。

褚怿盯着他，自察出“生怜”一意后，眉心收拢。

他记得，容央之所以跟奚长生相识，就是因为多看了一眼奚长生在残阳里的惨态，是以于心不忍，美人救美人。最初，他还嗤之以鼻，就感觉她诡言狡辩，拿行善积德当贪慕男色的幌子，眼下一看，倒还真不算她冠冕堂皇了。

奚长生的这张脸，的确是妖妖楚楚，自生怜人之能哪。

褚怿往椅背上靠去，双手交握，淡声：“还是说说帝姬府吧。”

言外之意，便还是要奚长生一条一条交代清楚，平日里进帝姬府究竟是在干些什么事了。

奚长生进退维谷，一面是对恩人承诺的坚守，一面是对彼此清白的证明，思来想去，终是觉得不能在不征求容央同意的情况下轻易把备孕一事开诚布公讲给褚怿听，迂回地答道：“帝姬身体虽然无恙，但并不意味着不需要大夫，草民每次去，除诊平安脉以外，还会给殿下开一些美容养生的方子，回答殿下在医理方面的困惑。有时，殿下还会问及如何处理战场上留下的旧伤，用哪些药膳调养，可缓解旧伤复发时的疼痛……其实，大多时候，草民都是在给殿下和将军二人服务的……”

褚怿听及“旧伤”一处，眸心情绪明显波动，及至“给殿下和将军二人服务”，又莫名琢磨出了点古怪的意思。

奚长生对上褚怿那似懂非懂、半信不信的眼神，及时刹车，道：“总而言之，草民自和殿下相识以来，从无做过任何逾矩之事！”

褚怿眼神审度，交握的大拇指上下动了动。

奚长生被他审得汗流浃背，情急之下，蓦然灵光乍至，横生一计道：“如果将军要再不信，还是怀疑草民和殿下有什么龌龊的话，那不如……明日出征时，把草民一块带走了罢！”

褚怿霍然扬眉。

奚长生如同任督二脉被瞬间打开，双眸锃亮，跪下去道：“草民奚长生，自愿随将军入伍北上，戍守三州，还请将军恩准！”

百顺候在边上，给奚长生这一跪唬得目瞪口呆，褚怿那边亦没好到哪儿去，人往后躲，一双剑眉打起结来。

“起来。”褚怿沉声，看奚长生半天不动，只能给百顺使眼神。

百顺瘪着嘴，百般不情愿地上去，硬拉，拉得奚长生差点一个趔趄，一双眼里的热情却还不灭，熊熊燃着，恨不能立刻就抱住褚怿的大腿不放。

褚怿的情绪给他搅得乱七八糟，眼移开：“奚大夫医术卓绝，投身行伍，屈才了。”

奚长生继续争取：“不屈才！我做军医，救治伤员，正是报效家国，学以致用！”

褚怿一个头两个大，越听越有点搞不懂奚长生究竟意欲何为。

百顺也听不下去了，把人按在圈椅上：“留在京中救死扶伤，抑或入宫服侍官家，也是报效家国，学以致用，奚大夫何必跟我们去那鸟不拉屎的地方吞风饮雪？再说就您这身板，只怕到了那儿，也就光顾着治您自个儿了！”

奚长生挣脱不得，眼巴巴朝褚怿恳望，褚怿仔细分辨着他的眼神，示意百顺住手。

奚长生重获自由，激动道：“将军同意了？！”

褚怿目光深沉，慢声道：“如果只是想要避嫌，大可不必如此。”

奚长生用力摇头，迭称“不是”。

百顺不解：“那你图什么呀？”

奚长生喘着气，目不转睛把座上的褚怿望着，眼底光芒攒聚。

褚怿盯着他眸心激涌的光。

奚长生坚定答：“‘孰知不向边庭苦，纵死犹闻侠骨香。’将军就当……我图一场梦吧。”

夜幕四垂时，奚长生从忠义侯府里出来，脉脉斜晖已被严冬的夜色逼至角落。

奚长生站在人迹寥落的大道上，任寒风肆吹，吹他意气风发的脸，吹他眼里炽热汹涌的光。

“男儿应是重危行，岂让儒冠误此生——”

奚长生挎着药箱，扬首吟唱，唱罢，一个喷嚏。

“阿嚏——”

奚长生紧张地捂住口鼻，扭头四看，看前来相送的丫鬟已走，这方放下心来，挎紧药箱急匆匆打道回府。

不能病，不能病。

今日以后，可就再不能病了！

闻汀小筑。

百顺给褚怿研着墨，愁眉不展：“郎君，那奚长生一看就是个不禁吹、不耐打的，您当真要把他带回樊关啊？”

虽然这一带，确乎可以省不少心——至少帝姬那边，就不必再有什么上不来台面的传言，但就大局而言，褚家在驻地又不缺军医，拎一个风吹就倒的奚长生去，跟拎一个包袱去有什么区别？

本来三殿下赵彭就已经是一个包袱了，这厢再来一个，届时真打起仗来，不是自讨累受吗？

褚怿仍旧靠坐在书桌后，两只大手交握着，目光深凝，不知是在想着什么。

百顺细看两眼，心知他是没把自己的话听进去了，沉默片刻后，松手站直。

褚怿眼睫终于一动，看他。

百顺示意：“墨研好了，郎君要写什么，请写罢。”

褚怿看那黑黢黢的一方墨砚，再看回面前白茫茫的宣纸，半晌不动。

百顺咳一声：“有些话要是写不出来，还不如，就当面直说了。”

褚怿脸本来就黑，这厢更黑了。

屋外天色冥冥，一日又至尽头，褚怿郁气沉沉，提笔蘸墨书写，写至一半，又蓦地止住，对纸锁眉片刻，“嘭”一声把笔放下。

百顺悬心。

褚怿将纸揉成一团，扔掉后，起身往外。

“备马。”

（7）望远行

最后一盏灯笼点完，空寂寂的主院彻底被灯火包围，容央孤零零地站在这片光里，眼盯着烨烨生辉的主屋，依旧不肯朝里跨进一步。

五个时辰，整整五个时辰了。

以往吵架，都不用去数时辰，他最多一沉默，就会低头来哄、来问，她板脸，他就不会板了，哪怕有情绪，有正事，也愿搁着暂放一边。

他不是擅长辞令的人，也不是温柔耐心的脾性，却屡屡能一击而中，令她云销雨霁，故态萌生。

只有这一次——没有低头，没有哄慰，甚至，都没有解释。

容央扬高头，对着夜空里细细密密的繁星眨了眨眼。荼白生怕她又要哭，揪心道：“殿下，要不奴婢去侯府把驸马爷请来吧？”

容央目光空渺，声音也茫然：“请得来人，请得来心吗？”

若有心，早该来了。既是不愿意来，便是拿刀把人架来又能怎样？再来把那臭脸甩一遍，狠话撂一回吗？

荼白戚戚，不敢再吱声。容央深吸一口冷气，敛回目光，定睛向昔日二人缠缠绵绵的主屋深看一眼，艰难举步。

身后突然传来急切的脚步声，伴随雪青的禀告：“殿下，殿下！驸马……”

仅只“驸马”二字入耳，容央神经蓦然像给一只大手狠狠拉住，转头时，夜中那人挺拔的轮廓已入眸中。

胸口遽然一窒，所有的期盼、委屈、怨恨、茫然……此刻竟都变成了惊惶和震撼。容央六神无主，猛地蹿入屋中，急声吩咐道：“把门关上！”继而前后徘徊，四顾茫然。

荼白跟两个小丫鬟一并抵着门，错愕地盯着自家殿下做贼似的在屋里乱躲，一堆的疑惑不及问，后背抵着的门訇然一动。

三人大惊，回头看时，门上已映着那人高大的影。

巍峨浓重，赫然如山岳倾来一般。

荼白本能地把门抵死，用眼神向容央求助。容央退至屏风那儿，瞪着眼答：“不许放他进来！”

话声甫毕，门“嘭”一声被拍响，三人骇然失声，容央一双眼瞪得更大。

褚怿默立门外，静听屋中动静，听得这句“不许”，准备再拍的手无声搁落在门上。

里外皆静了一静，褚怿把手放下，低声道：“走了。”

容央一震，眼盯着那门上的影，眼睁睁看着它踅身而去。

心脏骤然像被抽空，那种巨大的空寂又一次袭来，容央惊怒交集，悲酸并涌，蓦地冲上前把门推开。

夜色如水，一座庭院草木深深，人迹空杳。

走了。

走了……

一颗又一颗的泪滚烫地、火辣辣地跌落下来，在脸颊上拉开一道道钻心的痛，容央呆呆僵立，百思不解，怔忪半晌后，突然用力把泪抹开。

不可以。

不可以这样！

容央咬紧唇走下台阶，提起襦裙往前追去。

黑暗中，一只大手将她手腕攥住，拽走。

容央惊声，天旋地转间，撞入一个熟悉至极的怀抱。

褚怿躲在花圃后，头低着，单手把容央拉入怀里。漫天星辰点缀在他身后，曳曳欲坠，晶莹泪光倒映在他眼底，熠熠生辉。

容央瞠目：“你……”

褚怿双眸深深，哑声：“嗯，又骗你。”

三更时，万籁俱寂，银辉泄在春光旖旎的内室里，洇开一片欢爱后的黏腻气息。

容央躺在褚怿怀中，缓缓睁开眼，空蒙的瞳仁聚焦后，映出男人袒露的胸膛，紧实凸起的胸肌上，一条扭曲丑陋的疤，一只柔弱无骨的手，手压着疤，抵着胸，一素白，一古铜，两相对比下，放浪迷乱之气愈重。

睡前的片段再度如潮袭来，一幕幕，清晰得声音都还在耳边盘桓，容央赧然地垂低眼，拿开手，恨恨地在心中埋怨。

什么都还没讲清楚，就这样把她给“生吞活剥”了……男人道歉的方式就是这样的吗？

念及夜里被他拽去花圃的那一幕，念及他的霸道和冷酷，容央郁郁难平，伸手在那疤上一戳。

男人没醒，浓黑的长睫紧闭着，似睡得很安稳，很沉。

容央狐疑地看去一眼，想了想后，把手举高，报复性地去偷戳他眉心。

还是没反应。

容央扬眉，双眸微转，视线定格在他斜飞的剑眉上，伸手上去，掐住一撮毛，稍一用力。

“啊！”

褚怿一把将那小手抓下来，银白月照里，一双眸子深黑烁亮，炯炯如夜鹰一般。

容央板着脸，抿紧唇，故作凛然。

褚怿松开她，似笑非笑。

容央给他弄得不上不下，翻到一边去，褚怿抓住她胳膊，拎鸡崽似的一下把她拎回来，容央挣扎：“你放开！”

褚怿：“这时候喊，是不是晚了？”

容央被这样一噎，登时更委屈了。

褚怿面对面看她，看到她蛾眉一蹙，鼻尖一皱，本就红肿的大眼又洇湿，嘴角的笑渐渐消失。

褚怿掌住她的脸，大拇指抹去她眼睑的泪，低低喊她：“萤萤。”

是相唤，也是哄慰。

容央瓮声，也决绝：“我还没有原谅你。”

褚怿哂然，低笑后，点头：“是。”然后一副任凭处置的口吻，“要如何？”

容央不看他，看帐幔上影影绰绰的纹路，长睫挂着泪，扇得人心痒又心疼。

“我不喜欢昨日的褚悦卿。”

半晌，容央下定论。

褚怿默然，静静看她片刻，坦诚回：“我也不喜欢昨日的赵萤萤。”

容央赫然变色。

褚怿眼神不动，不急不躁。容央红着眼，挥拳去打他，打一下，打两下，褚怿把她愤怒的小拳头握紧。

四目相对，泪光闪烁，褚怿直言："但我也放不下。"

容央一震。

褚怿深看她。

不喜欢你结伴他人，言辞回避；不喜欢你放声喝令，咄咄逼人。

不喜欢你明知我在吃醋，在生气，甚至在害怕，在忧心，还狠着心肠不哄不理。

不喜欢你有可能并不爱我，或是，有可能可以不再爱我……

褚怿目光深而长，然后是一分隐痛、一分丧气、一分自嘲的笑，以及自得的庆幸。

容央的眼泪流下来，转开脸，然后又转回来，手往他胸口放，也抓起他的手往自己的胸口放，铿然有力的心撞击在静默的长夜里，撞击彼此的手、彼此的心。

容央突然想明白一事，答："你拿我当鸡肋罢了。"

褚怿啼笑皆非，大手顺势在她那里抓起来："吃过了，有味得很。"

容央脸瞬间爆红，挣开他，踢他。

褚怿笑，任她踢，等她踢完，方道："还气吗？"

容央掖紧被褥，把自己包裹得严丝合缝的，不作声。

褚怿权当是默认了，不急着去弄她，只道："那，给我个承诺吧。"

容央眉微蹙，瞄他一眼："什么承诺？"

褚怿道："生生世世，眼里心里，都只我一人之类。"

容央又惊又窘，想起他在侯府给自己的承诺，嚷嚷："你都只许诺我这一世，凭什么要我的生生世世？"

褚怿淡笑："你的生生世世，自然也是我的生生世世。"

容央直呼狡猾，不肯就范，褚怿也不催，就那么炯炯地、定定地看着她。

容央被他看得心慌，心知不讲，他今夜势必是不会放过自己了，一时又气又急，眼睫乱扇，胡乱想了一通后，泄气道："我……我讲不出口！"

褚怿"嗯"一声，犹自承认："那看来是很肉麻的话。"又泰然道，"不用那么肉麻的。"

容央无语，心道就你那"生生世世""眼里心里"还不够肉麻？立刻就把白眼翻过去。

褚怿笑纳，勾唇："讲吧。"

容央气鼓鼓，深看他月中的脸，看他一双眼在薄薄月光里泛漾星辉，不知为何，突然间又感觉酸涩和难过。

大概是这凉薄的月，让人想起天亮以后的分别了罢。

大概是因为要分别，所以平日里放浪无拘的人，才会突然想在自己的身上绑一根绳吧……

容央忍住悲伤，转开眼道："反正，我不会离开你就是了。"

褚怿静静听着，不打岔。

容央道："反正，不管你什么样，做什么，成大英雄也好，不成也好，打胜仗也罢，不打也罢，是顶天立地的人，或不是这样的人，我……都不会离开你了。"

褚怿目光深凝，最后微笑："不是做不成大英雄的夫人，就要移情别恋了？"

容央讲甜言蜜语还被他抬杠，恼火："你到底听是不听？"

褚怿笑着服软："听。"

容央噘嘴，继续讲，从鸡零狗碎，讲到荦荦大端，从前世今生，谈及来世三生，一会儿丑话在前，一会儿也信誓旦旦……

褚怿认真听，眸底倒映着她眉飞色舞的样子，唇边笑影沉静深长。

一股脑讲完后，容央累了，裹在被褥里道："我也要听好听的话。"

言外之意，便是该到他来承诺，他来蜜语甜言了。

褚怿挑唇，学她："讲不出口。"

容央气极："那……"

蓦地反应过来——讲不出口，那就是很肉麻、很肉麻的话。

心里蓦然间舔了蜜似的，甜滋滋，软丝丝，容央乖乖躺回去，正色道："没关系的，我可以听的。"

意思是你只管讲，我听得下去。

褚怿唇边弧度更大，笑完后，道："那你过来。"

容央狐疑得很，不动。

褚怿转开脸："那就算……"

一个"算"字没落完，容央"嗖"一声蹭过来，撞得褚怿差点掉下床去。

"你这……"

低哑的笑声响在帐中，似是无奈，似是宠溺，似是浓浓的餍足和惬意。

"快讲快讲！"

有人催促，簌簌而动的月帐里，拉拉扯扯，抓抓挠挠。

褚怿抵抗着，低笑着，大手在那两只魔爪前挡。

容央愈振奋，整个儿缠上去，褚怿抱住，心道：傻。

苍天破晓，一束冬阳投映在窗棂间，凛冽的空气里夹着清淡的胭脂香气。

褚怿一袭雪白里衣，抱臂倚在落地罩前，静看镜台前的小美人梳妆。

小美人今日多敷了一层粉，尤其在眼睑下——昨后半夜就没睡成，不敷粉，小美人不肯见人。

耳后有脚步声靠近，是百顺把甲胄、马鞭取来，规规整整地放在外间长案上，继而是丫鬟入内，送来戎服、皮靴。

褚怿敛去眸中笑，转身去案前，由百顺给自己穿上戎服、皮靴，及至披戴甲胄时，褚怿示意停。

其时镜台前窃窃私语，有人在低声抱怨胭脂的颜色不对，褚怿走过去，抹唇脂的荼白退开，容央凑在镜前，嘟着嘴反复审视。

褚怿："美得很。"

容央转头，看到他一身紧飒的戎服，眸光一黯。

褚怿拉起她往外走，及至案前，褚怿驻足，伸开双臂，用眼神示意容央案上的头盔、铠甲。

容央看过去，神情越发沮丧。

褚怿不作声，看着她，铁定要她亲自给自己披甲的架势。

容央眼眶更酸，强忍着走上前，试着一拿后，埋怨："重死了！"

褚怿从后握住她双手，硬把那甲钉连缀、金丝网织的铠甲拿起来，手把手带着她、教着她，给自己穿上。

窸窸窣窣的冷响荡在耳畔，容央低着头，眼泪不住在眶边打转。

铠甲穿完后，褚怿把头盔拿来，放进她怀里。

容央咬紧唇，抱着那冷冰冰的头盔，这一回，不得不抬头了。

柔软的晨光漫射在屋里，像若有似无的网，捆绑在彼此身上。

褚怿眸光沉沉，容央泪光潋潋。

四目相对，默然无言。

褚怿捧起容央的手，低头。

一声号角穿云而上，大军号令声、集结声响在层层墙垣之外，飒飒沓沓的蹄声却踩踏在心房。

容央哽咽垂泪，褚怿温柔伸手，抹去她颊上的泪水。

"送不送？"褚怿问。

容央用力点头。

帝姬府大门外，前来相迎的褚家军已夹道肃立，李业思牵着褚怿的战马影杀等在队伍最前端，号角声响后，再次朝大门里望。

行军时辰是不能误的，况四爷褚晏特意交代过，要提防褚怿因情逗留。

看看天色，最多半个时辰就该出发了，李业思把马缰拿给旁边的士兵，迈步朝府内走。

及至门前，一众侍女鱼贯而出，李业思抬眼，急忙止步。

瑟瑟冬风吹响檐边古树，散下薄薄剪影，褚怿、容央并肩站在台阶上，一个战甲凛凛，一个盛装靡丽。

李业思颔首行礼，身后众士兵齐声呼喝，声遏云霄，气撼山河。

容央心潮澎湃，默默把小手从褚怿手里抽回来。

褚怿唇微动，却到底没说什么，看着府外乌泱泱的一片人，拾级而下。

李业思牵来战马。

容央袖手伫立原地，手越握越紧。

褚怿翻身上马，提着缰绳原地踱一圈后，走至容央跟前，招手。

容央只当是要做最后的告别，垂落双眸，拾掇心情走下去。

褚怿弯腰，一把揽住她腰。

突如其来的天旋地转晃得人神迷目眩，继而是雷动一般的起哄声响彻大街，容央木愣愣地坐在马背上，半晌过去，心脏犹自狂跳不休。

褚怿唇勾着，圈她在怀，不急不慢地策马向前。

铿然铁蹄声紧跟在耳后，展眼往前望，是褚家大军招展的旌旗，还有推窗探头的看客，跂踵摩肩的百姓。

容央被褚怿抱着，穿行在喧嚣人海里，故意道：“你这样，不合规矩的。”

褚怿目光在前，“嗯”一声：“你男人就没规矩过。”

日头渐高，晨曦普照大道，容央嘴角抿着甜甜的、暖暖的笑。

手腕突然一凉，是褚怿把一物系了上去，容央低头，看到他大手后，一串用红绳系着的小铜铃。

“昨日买的，道歉的。”

褚怿说罢，绳已系好，丁零，丁零……

容央看着那抹红，那点青，眼眶红红的，心里热热的。

“昨日求的。”

容央把一个绣着并蒂莲的小荷包塞进褚怿手里去，强调：“不是道歉的。”

褚怿用拇指拨开荷口，看到里面放着的一纸平安符，想起兴国寺，释然一笑。

“能好好的不？”

褚怿最后一次问。

容央还是答不能，答完头扭开，扬起小脸，倔强又倨傲。

褚怿笑，低头贴她耳：“那就想着我。”

第十章

青青子衿

(1) 九张机

褚怿离开盛京的第二天，容央收到一封信。

薄薄的信封上，居中写着“莺莺亲启”四字，字字奔放豪纵，一瞧就知道是何人的手笔。

容央按捺激动，把信从茶白手中拿过来，故作矜持地打开后，手指在信封里掐半天，愣是掐不出个东西。

茶白、雪青两个候在边上，大眼瞪小眼。

容央蹙起眉，把封口撑开往桌案上一倒，一片枇杷叶飘飘然降落下来，除此以外，信封里再无任何东西。

容央盯着那一片孤零零、绿油油的枇杷叶，眉头蹙得更紧：“什么意思？”

茶白、雪青舌挢不下，也聚精会神把那一片叶子盯着，心想八成又是驸马爷要耍浪漫、玩情调了，忙答：“定是寄情于物了！”

容央挑眸，半信半疑。

雪青心念电转，道：“这枇杷树结果，向来都是成双成对的，故民间常用枇杷来比喻夫妇和美。驸马爷给殿下寄来此叶，定是途经枇杷树，心生相思意，盼望能早日戍定关城，回京跟殿下团圆了。”

容央心里熨帖，却把玩着那片绿叶，哼道：“这才去一天，就巴巴地想回来，什么将军哪。”

茶白嘴上抹蜜：“想殿下的时候，只是有情郎，不是将军了。”

容央以叶遮掩下半张脸，美眸弯弯。

窗外日头正暖，冬晖铺陈在棂格间，容央把那片厚大的枇杷叶放在鼻尖轻嗅着，蓦地想到一事，放下枇杷叶道："陪我去外面逛逛。"

两日后，大军在奉应驿馆下榻，夜幕四合时，褚怿从馆前巡查回来，满头大汗的骑兵把一封信奉上。

褚怿垂目，视线定格在那一行娟秀的小楷上，唇微挑，拿信，进门。

百顺想跟进去，给迎面而来的一扇门撞得满眼金星打转。

烛灯烨烨，一顶红缨凤翅兜鍪被搁在案上，褚怿入座，把那封信拿在眼前，静静观赏。

容央的字是很小巧的，跟她的人一样，玲珑可人，光是看着，就令人很想摸一摸。

褚怿也确实动手了，大拇指在"悦卿亲启"那四字上来回抚过。

信封里倏然"咔嚓"一声微响，似什么东西破损，褚怿忙住手，盯着那光影斑驳的信封不再动。

半晌后，褚怿眯眼。

紫泥一揭，褚怿撑开封口，把信往案上一倒。

一片片树叶窸窸窣窣飘落下来，青绿相间，红黄交映，仿如春日下一泓清泉萍浮鱼跃，一泄眼前。

褚怿扯着唇，定睛看着面前的一幕，笑了。

这算是投桃报李，还是……睚眦必报呢？

再次往信封里确认，确乎是有样学样——除一堆树叶，只言片语都没给他寄来。

褚怿苦笑，放下信封，默默拈起一片绿叶来看。

叶是白槐叶，小小的一片，应该就摘自中庭里她最不喜欢的那一大棵白槐。

大婚的第二日，她领他改造府邸，对这棵大白槐是十分不满，并扬言要砍掉来栽种牡丹的，但最终天香园建成，白槐也还在那儿，雪青口中"驸马也许会喜欢"的常青树，也只是换了个地方。

褚怿唇边噙笑，回忆着昔日琐事，品赏完后，把白槐叶翻面放下，目光蓦地一凝。

白槐叶背面，一颗黑漆漆的小楷静静地镶在茎叶间，褚怿重新拿起来，对灯细看，辨认出一颗小字：我。

心潮涌动，褚怿抿住唇畔笑，立刻把面前的一堆树叶逐一翻开，辨认，排序。

半晌后，拼出一行谜底。

是《诗经》里天真大胆的嗔怪。

是烛影中，她拿着那片枇杷叶，温柔又骄矜地命令。

——"纵我不往，子宁不嗣音？"

我不做点什么表示，你就不肯给我写点东西？

褚怿眸心凝光，看着这一句命令笑，越笑眸光越软。

殊不知，那扇把百顺撞去千里外的屋门已经给人推开，来人正目瞪口呆地伫立在暗影里。

待褚怿发现之时，来人已不知呆立多久，两人目光相触，俱是虎躯震颤，心神骤乱。

前者乱的自是走神被窥，至于后者，则是尚不知褚怿那一脸痴汉的笑是为哪般，就又给那瞬间转阴鸷的眼神唬得背脊生寒，茫茫然地杵在那儿，浑然一根被冻住的竹竿般。

还是褚怿敛神得快，极快拿信封把案上树叶盖住，起身行礼。

“竹竿”忙示意不必，上前时，余光瞄到信封边角盖不住的一些破叶子，表情更匪夷。

褚怿不给他再往前细看的机会，走下去道：“三殿下有何贵干？”

赵彭的视线被褚怿寒光凛凛的甲胄挡住，敛眸：“呃……”语塞半晌，方答，“那个，奚长生……呃，就是，他当真是姐夫特请来照顾我的？”

褚怿面不改色，点头。

赵彭受宠若惊，怔忪一瞬后，一把握住褚怿的手。

褚怿默不作声抽开。

赵彭不放，一脸动容：“官家都召不去的当世神医，竟肯屈尊姐夫麾下听候差遣，姐夫声望果然非同一般。此次北行，有奚神医相伴军中，四姐在家里定能心安神泰，不会为你我忧心了！”

褚怿心道不会为你就不会为你，何苦又捎上个我，这巧言令色的本领，跟容央真是如出一辙。

褚怿嘴角微动，默默抽回手来，应：“殿下头次离京，途中或有不适，日后在关城，多少更有磕磕碰碰之时，留个医术精湛的人随侍身边，不止帝姬放心，全军上下亦能安心。”

赵彭一下被他捧至能平定军心的位置，飘然而笑，冷不丁手里一空，低头看时，眼中又一亮。

赵彭盯着褚怿腰间系着的一个并蒂莲织金荷包，展颜道：“这是四姐给姐夫的吧？”

褚怿低头看，小巧精致的织金荷包贴在他金辉凛凛的铁甲上，紧挨着马鞭，不细看，其实也并不打眼。

“嗯。”褚怿点头，眼里是自得的神情。

赵彭眉欢眼笑的，从怀里揣出同样的一个来：“我也有，也是四姐给的。”

褚怿一僵。

赵彭把自个儿那绣着文竹的荷包拉开，露出里面平安符的一角，笑：“兴国寺里求来的平安符，姐夫的也是吧？”

褚怿瞄着那一点东西，闷声：“嗯。”

赵彭喜滋滋地又把荷包口拉上，低头往自个儿腰带上系：“我原本还以为军中不兴佩戴这些，一直藏着没敢戴呢。”

赵彭把荷包系妥，心满意足，欣赏半晌后，抬眼朝褚怿看。

褚怿眼沉沉，错开目光。

赵彭眨眨眼，确认：“……能戴吗？”

褚怿淡声：“能。”

赵彭这才又笑开，心想着回去再把玉佩那些都取出来一并戴上，再次就奚长生一事谢过褚怿后，当下急吼吼去了。

褚怿站在烛影里，看回腰间荷包，半晌，默默走回案前坐下。

案上，信封、树叶依旧缠绵悱恻地躺在那儿，浸着暖融融的烛光。褚怿把树叶一片片收起来，装回信封中，继而铺纸，提笔，一炷香后，由提笔变成叼笔。

褚怿靠在椅背上，对纸沉吟，蓦地想到什么，唇一勾，取笔。

容央的这一封回信，等了足足有十日，十日后的盛京，天地间已是白茫茫一片，容央捧着暖炉坐在窗前，看窗外银装素裹的世界。

荼白打帘而入，跺着脚往手里哈一口气，搓搓手后，立刻把衣襟里的一样什物拿出来。

雪青在耳边禀告，容央定在窗外的目光这方一动，春水破冰似的，顷刻涌动起生机。

荼白偷笑，把那封辗转几地风雪的信函呈上。

容央难捺心中狂喜，腾一下坐直，拿信后，便欲拆开，又挑眸朝二人看。

荼白、雪青会意，抿住笑，乖溜溜撤退。

容央把信放在小案上，先捧脸对着信封上那一行龙飞凤舞的字看一看，摸一摸，继而把信拿起来嗅一嗅墨香，捏一捏厚薄。

上次的那封信，是离别次日就送达的，从气味到温度，都热腾腾，暖乎乎。今日的这一封则显然不一样，穿过风，越过雪，熬过小情人间苦长的日月，来到手中时，已如白云苍狗，捏着，是长路漫浩浩，嗅着，是远山昏杳杳。

容央把信从鼻端拿下来，珍而重之地拆开，在案前铺开一纸密密麻麻的信。

这人写字可真不好认，一颗颗嚣张得像在纸上朝她舞刀弄枪。

容央腹诽，用手指向第一行，一颗颗地念下去：

“莺莺爱妻如晤……”

怀里的暖炉似更旺了，容央重新捧住发热的脸，嘴角往两边扬，眸里盛着粲亮的光。

荼白、雪青二人躲在落地罩外，前一个偷撩开垂帘一缝，窥得里头半分侧影。

后一个虽然眼无福，耳朵却有幸，清清楚楚听得那缠绵娇软的一声“莺莺爱妻”，继而是笑声咯咯，铃音泠泠。

“什么叫‘恐难尽意，莫敢执笔’？懒就懒，讲这样冠冕堂皇……”

又蓦地止声，不知是看到什么，半晌不语。

雪青便也忍不住探头往里看，透过一指宽的帘缝，窥得窗下人捧脸晃脑，跟小时候听歌似的，闭着眼，满脸憨笑。

雪青忍俊不禁，忙掩嘴噤声，这时瞥见荼白一脸痴样，不由得伸手在她脑袋上一敲。

荼白收拢嘴，一摸，竟然差点垂涎了。

雪青把她拉走，轻手轻脚地开门而去，这时帘内重又响起低低笑声，随后是嗔骂“小气”。

阖门后，雪青笑荼白：“看成那样，垂涎三尺的，难不成也是思春了？”

荼白大窘，红着脸道：“胡言乱语！我……我馋殿下的美貌罢了……”说罢脚底抹油，扇着风转头就走。

雪青偷笑，跟上她：“一会儿定是要给殿下铺纸研墨的，你想躲哪儿去？”

荼白：“瞎讲，保准得在里面乐个大半天的。”

（2）青玉案

眨眼又是半个多月过去，年关将近，盛京城里热热闹闹。

小年那天，容央特意去兴国寺后山探望明昭长帝姬，阔别一个多月不见，反复瞧着，姑姑竟像是清减了不少。

拂冬把容央爱吃的芙蓉饼端上来，容央推过去，让明昭先吃一块，嚷嚷着千万不能因为相思成疾，就亏待了自己。

明昭耷拉眼皮把她盯着，也不动，只是“嗯”一声：“是该像你这样，心宽体胖的，越见得肥头大耳了。”

容央捧住自己的“肥头”，愤愤地朝明昭瞪去。

明昭这方一笑，丹唇微勾着，拿起一块芙蓉饼来吃了。

容央松开手：“姑姑这样呛我，那就是承认自己相思成疾咯？”

明昭吃糕的动作微滞，垂着眼睫默然不语，容央哼笑：“大军走的那天，姑姑的车就在御道东边榆柳巷内。四叔打马经过时，一双眼就没离开过巷里边，旁人只道他亲民，连挤在巷中的百姓都要一一回看过，哪里知道，让这位大将军定眼的，乃是他心心念念了十余年的意中人——大鄞才貌双绝的明昭长帝姬呢？”

容央调侃罢，明昭垂着的长睫依旧不抬，闷不吭声地吃着糕，一派高傲又凛然的姿态。

但不同以往，这一回，她不曾反驳，甚至也不呛人了。

容央一时大喜，心知这二人的关系已然有了极大的变化，眼神炯炯道：“看来，姑姑果然是跟四叔珠联璧合、破镜重圆了？”

明昭把糕吃罢，用丝帕揩去指上残糕，不怒，不答。

容央便知道这是默认了。

“那，两位准备什么时候昭告天下，喜结伉俪呀？”

容央一双大眼亮晶晶、笑盈盈，问得大胆又小心。

明昭淡漠道：“不会了。”

容央愕然。

明昭抬眼，一双微挑的明眸冷冽清亮。容央雀跃的一颗心遽然向下沉落，恹恹道：“为……为何啊？”

明昭淡声道：“因为不需要了。”

容央更加茫然，反复琢磨这二人的爱恨纠葛，小声道：“是因为……四叔院里的那几房小妾吗？”

明昭却不应，瞧那神情，也是并没有把那所谓小妾放在眼里的样子。

容央眸微动，壮胆深究：“那是因为府上的老太君吧？”

上次在侯府跟褚蕙闲聊，褚蕙亲口提及过文老太君对褚晏心悦于旧情人一事的不满。容央不傻，知道这“不满”的背后，掺杂着多少明面上不能启齿的忌惮和鄙薄——忌惮那人金枝玉叶，圣宠优渥；鄙薄那人年华已逝，嫁过他人。

容央颦眉，越想越郁闷。明昭静静瞄她一眼，倒是笑了：“我若是非要嫁褚晏不可，她文老太君又能抗旨吗？”

容央一怔，坐直道：“这也不是，那也不是，难不成，是姑姑你自己不愿嫁吗？”

明昭扭头看窗外，答：“我说过，没有必要了。”

容央结舌，越发弄不懂她的心思。

明昭淡淡：“放不下，就缠一起；放下了，就告辞去。他要尽忠，自去替国尽忠；他要尽孝，自去堂前尽孝；他要儿子，自有人给他生养儿子。两不相干，便两不相误。”

容央这回听明白了，悚然又寞然地坐在那儿，消化着明昭这一番惊世骇俗的言论。

——放不下，就缠一起；放下了，就告辞去。

——两不相干，便两不相误。

那换言之，岂不就是偷情吗？

容央眨着眼，也扭头把目光投往窗外，严冬的霜凝结着密密匝匝的梧桐枝，在小山中裂开一条条银光。

要正大，要名分，就必然要退步，要牺牲。

她不要他退步，牺牲，就口称“不必”，就甘愿“不必”了。

容央心酸道：“姑姑难道……就不想要一个只属于你们的孩子吗？”

厚重的积雪把一截枯枝压断，“噗”一声，响在深山里，轰动又空寂。

明昭道：“不想了。”

车轮碾压在积垢的残雪上，嚓嚓地响，灰蒙蒙的景从两侧窗外消逝。

雪青看容央神情郁郁，心知她仍在为明昭长帝姬黯然伤神，有意开解道：“翻年就是蕙姑娘大婚的日子，殿下吩咐金玉堂定制的那套头面也不知做得如何了，一会儿可要顺道去瞧瞧？”

开春后，便是褚蕙跟那程家公子喜结连理之时。半月前，容央吩咐金玉堂的名匠给褚蕙定制一套金镶玉的头面，聊作大婚之礼。

荼白闻言，也附和，又把临行前拂冬姑姑特意装上的一盒糕点打开来，央容央吃一吃。

仍是那一碟芙蓉饼，容央素日里惯爱吃的，然今天却不知是不是受情绪影响，竟横竖看都提不起食欲。

容央摆手，让荼白自吃了，正中其下怀。

“那就去看看吧。”

容央吩咐罢，以手支颐，一大股困倦之意蓦地席卷上来，重重地压在眼皮上。

不多时，眼一阖，人立刻就睡过去了。

城东金玉堂素来繁华，容央被雪青叫醒来时，耳畔已被喧嚣的人声填得满满当当。

金玉堂的刘掌柜携着伙计在车下恭迎，容央缓了缓困意，略略整理衣容后，扶着雪青的手下车，径直穿堂而过，入二楼雅间就坐。

一口香茗品罢，刘掌柜把头面中已经做成的金累丝穿玉慈姑叶耳环、手钏呈送上来，三人一看，俱是眼中生芒。荼白道：“果然是盛京城第一匠坊，这栩栩如生的工艺，都快赶上禁庭里的尚衣局了。”

刘掌柜得这夸赞，笑得合不拢嘴。容央也满意地把锦盒关上，并对荼白道：“你这么眼馋，以后出嫁时，也来这儿挑一份礼。”

荼白吐吐舌道：“我还以为殿下会赏赐给奴婢一套屋里的东西呢。”

容央扬眉：“你野心倒是不小。”

茶白赧然挠腮，雪青打趣她："既然罪名都担了，那你倒不妨大胆些，屋里的要一份，店里的也要一份？"

茶白诚惶诚恐，又蠢蠢欲动，雪青眼尖："我看你呀，是真个春心萌动了。"

容央听她二人拉呱儿，笑也笑，但精神头却总起不来，这才往靠椅上一坐，竟又想睡了。

把锦盒推回给刘掌柜，郑重交代了几句尽快完工之类的话后，容央打道回府，预备登床大睡一场。不想刚一出金玉堂大门，熙来攘往的人潮里，竟碰上忠义侯府里的家丁在一脸焦急地四处打探。

褚家的家仆衣着上皆有标识，一眼就能从人群认出，更何况这两人还是容央在府里见过的，当下不禁多看了两眼，越看越感觉不对劲。

容央示意雪青上前去查探情况。

良久后，雪青返回车中，敛容道："回禀殿下，家丁是在找府上的蕙姑娘。"

容央颦眉："蕙蕙怎么了？"

雪青抿唇，低声道："说是早间被程公子约去赏梅，却不知为何起了口角，蕙姑娘一气之下，把程公子给打了……眼下程家的人在侯府里大发雷霆，嚷嚷着要老太君给个说法。可自打事发后，蕙姑娘就跟人间蒸发了似的，哪儿哪儿都找不着，这不，两边都心急火燎地派人寻着呢。"

容央听罢，匪夷所思，困意都去了一半，茶白更是惊诧不已："蕙姑娘打人？！那……打得如何了？"

雪青道："照小厮说，像是把人都给打残了。"

二人越发悚然。

容央当机立断道："速派些侍卫前去寻人，寻到后，务必护好，不可给程家的人找着！"

雪青下车去传令。

容央捂住胸口，平复后，雪青回到车中来，请示道："殿下可要去一趟侯府？"

自打上回百味斋风波后，容央一直没登过侯府的门，就连林雁玉大婚都不曾露面，究其缘由，多少还是跟文老太君相关。

可老太君毕竟是驸马爷的亲奶奶，侯府也算是帝姬的半个家了，就这么僵着，总归不是个办法，眼下倒是能借着这个机会，缓解一下彼此的关系。

容央却敛眉沉吟，下令道："回帝姬府。"

褚蕙在廊下喝闷酒，喝到第二壶时，月洞门那边飒飒沓沓走来一行人，当首那个衣袂曳着金辉，雪白的狐裘底下一双翘头珠履骤隐骤现，溅开的细碎雪渣都裹挟着焦急。

褚蕙目光上移，呼出一口浊气。

氤氲的雾像碗口大的白花，在脸边一朵朵地卷开，褚蕙对上来人那双烁烁大眼，扶着廊柱站起来，行礼。

容央喘着气站在廊外："你倒是聪明。"

知道跑来躲这里。

褚蕙讪讪一笑，晃晃手里半空的酒壶："不请自来，不问自取，下回去府上，再给嫂嫂赔罪。"

容央无奈一叹，看她似醉非醉，郁郁寡欢，责备的话哪里还讲得出来。

"跟我进屋来。"

容央上前拉褚蕙往屋里走，褚蕙却道："就在这儿吧，吹吹风。"

容央拗不过她，同她并肩站在廊下。

暮风吹打庭中雪枝，花木簇拥的庭院里窸窸窣窣地响，褚蕙往栏杆上一坐，又喝了口酒，容央蹙着眉，绕进廊中去坐下。

雪青把新添过炭火的小暖炉送来，容央揣在怀里，朝外道："说吧，怎么回事？"

褚蕙云淡风轻："话不投机，说急了，就打了一架。"

容央笑也不是，不笑也不是："你倒是还挺抬举人家。"

就程家小公子那身板，要有能跟她打一架的资格，程家人哪里还至于上府里去大吵大闹？要真是"打了一架"，而不是"把人打了"，她又何至于躲在这里喝闷酒，不敢回家？

容央等褚蕙如实招来，等来的却是沉默，定睛看，英眉凤目的少女倚柱坐着，手里一壶酒，仰头喝时，嘴角似乎结着血痂。

容央心里登时"咯噔"一下，起身道："他真的对你动手了？"

褚蕙抿住唇，避开容央探究的目光，笑笑："没事儿。"

知道她忧心，褚蕙又道："也就手劲大点，横竖打不过我，不然，我也不会全须全尾地坐在这儿了。"

容央听得一颗心越发七上八下，知道她这次绝对不会是平白无故地动手，联系上回那程小公子回绝她领兵出征，甚至大放厥词，轻蔑褚家人一事，肃然道："他这次，是不是又羞辱你、羞辱褚家人了？"

褚蕙眼神一瞬间转冷，别开脸，对着茫茫虚空灌酒。容央心知猜对，一大股火气腾地在心里燃将起来，愤然道："他都说什么了？！"

褚蕙想起梅林里，程誉那一声声尖刻冷峭的笑，那一句句狂狷自大的嘲弄，喝尽壶中冷酒，答："没什么，反正人我也打了，气我也撒了，嫂嫂就不必再折辱尊耳了。"

连复述都不再愿意，那想必定是极端不堪入耳的话，容央深吸一口气，暂且压下心头的火，切入正题道：“程家人说程誉残了，眼下在府里闹着，嚷嚷着要老祖宗给个说法。”

褚蕙听及“残了”二字，扯唇冷哂：“纸糊的吗？”

容央却笑不出来，不管起因如何，褚蕙伤人是真，如果程誉当真落下残疾，程家人势必不会善罢甘休。思及那些文官同仇敌忾、鼓唇弄舌的本领，容央道：“这两日你先在这里住着，我……”

身形刚动，容央被褚蕙拦住。

“大哥临行前留了话。”褚蕙看着容央，薄暮里，英气勃发的凤眸里载着微笑，“褚家军班师前，嫂嫂安危，由我来护。是我护你，不是你护我。”

容央一怔。

褚蕙最后晃一晃手里的空酒壶：“就当是酒壮夙人胆吧，程家的事，我担得住。”说罢，把酒壶往栏杆上一放，“走了。”

“等等！”

容央叫住她，隔着栏杆跟她对视少顷，走下去道：“我把你护好了，你往后才能好好护我。”

这回轮到褚蕙一怔。

容央揣紧暖炉，学她洒脱的样子：“走吧。”

（3）鹤冲天

盛京城中累代簪缨的权贵不多，程氏算是其中树大根深的一族，只不过花无百日红，程氏簪缨是簪缨，但较之前两朝的炙手可热，多少还是开始江河日下了。

就拿程誉这一脉来说，父亲程晋奉折腾大半辈子，只捞到个端明殿大学士一职不提，膝下一溜儿的儿子是养一个废一个，挨到五十时，才终于得了程誉这个天资聪颖、百伶百俐的，一家上下，不免众星捧月一般，把这小郎君当祖宗一样地捧着供着。

照理说，就程家人捧程誉的这架势，是不会让他娶褚蕙这样的将门之后的——毕竟当朝崇文，想要在庙堂上大有建树，靠的还得是文臣那边错综复杂的人脉网络。奈何这程小公子自小我行我素，任性惯了，打在端午那天，推开轩窗一眼瞧到底下打马而过的褚蕙起，就跟中邪一样，回家嚷着喊着要娶这一位将女为妻。

程家上下自是软磨硬泡、“好言相劝”了好大一通，然而越劝程小公子心意越坚，眼见的就要食不下咽、相思成疾了，程夫人无法，只得硬着头皮上门提亲。

原本想，将门就将门吧，好歹人家大郎君今年刚尚了主，四舍五入，这二房里的蕙姑娘也算是皇亲国戚，娶得个皇亲国戚，总不差于娶那些个高门贵女。

哪承想，这亲一提，竟会提成今日这情形。

褚家高堂上，文老太君手拄鸠杖，默然而坐，头微微低着，一张脸藏在花白的云鬓底下，瞧不清是什么神色。

倒是下首坐着的一溜女眷脸色各异，或惭愧，或冷漠，或愤怒，或惋惜，然而要论脸上内容最复杂、最激烈的是哪位，还得非那位领着家仆上门来兴师问罪的程夫人不可。

照外面所传，程小公子今日从梅林里爬出来时，一条腿已经给褚蕙打残了，经两个小厮一路颠簸地抬回府去，另一条腿似也不曾保全多少。

程小公子是程家的心肝宝贝，更是程夫人的命根——这夫人乃是二十二岁那年嫁给程晋奉做填房的，折腾至三十来几生下程誉，至今膝下也就只程誉一根独苗，哪时候不是小心翼翼地呵护着，这冷不丁地给人弄成残废，简直是如同被抄家灭顶一般。

这不，一进褚家大堂来，程夫人就开始放声控诉，涕泗横流，直吓得各房女眷手忙脚乱，一窝蜂地簇拥上来，拉的拉，劝的劝，拉得胳膊肘直犯病，劝得嗓子眼直冒烟。

等好不容易把人拉住、劝住了，精疲力竭、口干舌燥地寻茶喝时，才知道，哭诉撒泼哪里是人家的目的。

“我要褚蕙在程家府门前跪上三天三夜，每隔一刻钟，朗声向我儿道歉一遍。三天三夜后，我儿跟褚蕙姻缘作罢，府上另择一位嫡姑娘于大婚当日嫁与我儿为妻！”

一语甫毕，满座皆惊。

程夫人坐在原位，泪痕阑干的脸上一派毅然决然的恨意、冷意。

她的算盘是打得很精的，程誉遭这一难，十之八九是要落下残疾，而残疾后，再想娶一位门当户对的姑娘就绝对不可能了。要侯府换一位嫡姑娘完婚，既是保全程誉的个人幸福、程家的整体声誉，又是对褚蕙最大的惩罚和羞辱。

至于让褚蕙前去府前下跪，那就更是羞辱得淋漓尽致，丝毫情面不留了。

堂中四位太太遽然色变，褚蕙生母吴氏更是脸黑得如陈年锅底。褚蕙性情倔强刚烈，虽然皮相堪称上等，但自及笄后，前来登门提亲的就寥寥无几，能够入吴氏法眼的，更是半个都没。故而当程夫人上门来商议亲事时，可是高兴得吴氏心花怒放，以为二郎在天上终于睁开眼来，知道庇佑女儿姻缘美满了，便是连打带骂，也势必要把褚蕙撵入程家。

却哪里想到……

吴氏脸青如铁，在一片死寂中颤声开口：“我不同意。”

程夫人闻言冷笑：“吴姐姐教女有方，这样一个心狠手辣的悍妇，我程家可是不敢再娶了！”

她把吴氏的“不同意”理解成不同意悔婚，显然不是还认为吴氏舍不得这桩姻缘，而是故意在硌硬讽刺，以消心中之怨了。

吴氏哪里听不明白，手足一阵僵冷，怒火直攻心而烧：“我说，我不同意褚蕙前去程家下跪道歉，不同意任何人、以任何事……如此羞辱我家蕙儿！”

吴氏斩钉截铁，字字铿锵，于颤抖中夹着千钧之分量，堂中众女眷俱是动容，只程夫人哼道：“原来，吴姐姐也是知道心疼自家孩子的人吗？既然如此，那就更该明白我心中之痛！好！既然你不愿你的孩子受此羞辱，那不如，就由你前去代她受过罢！”

众人瞠目，三太太周氏道：“程夫人，令郎伤势如何，大夫尚且未有定论，何况蕙姐儿动手，也是因令郎出言不逊在先，你要赔偿，要道歉，或是要悔婚，我们都认！但若要用这等方式作践羞辱，那便是胡搅蛮缠、咄咄逼人了！”

程氏自打进门来，那就是给人哄着慰着的，得这一句反诘，可算是明白褚家人的真实态度了，当下扬首冷笑一声：“我儿出言不逊？分明是她褚蕙不守妇德，妄论朝事！我儿谨言相劝，谆谆告诫！一个闺中待嫁的小娘子，不收心钻研妇道，谈什么军政家国！一言不合，即横眉怒目，大打出手，又算什么良家闺秀？！”

程家随行而来的丫鬟附和：“就是！我家郎君苦口规劝，她不心存感念，闭阁思过，反倒对我家郎君拳打脚踢，简直狼心狗肺、不可理喻！”

程夫人朝堂上大喝：“文老太君！您是褚家主母，国朝一品诰命，我斗胆请问一句，这等暴躁恶劣之人，当真是您忠义侯府生养出来的嫡姑娘吗？！”

堂中众人耳中如有惊雷滚落，震得头皮发麻，不寒而栗。

主座上，始终纹丝不动的文老太君头微抬，交握在鸠杖上的一双手后，缓缓露出一张苍老冷毅的脸。

“我也斗胆请问一句，”文老太君眼皮耷着不动，森严的声音不疾不徐地从唇间传来，“笑我褚家有勇无谋，毁我儿孙赫赫军功，当真也是谨言相劝，谆谆告诫吗？”

程家人闻言一怔，抬眸看时，蓦地对上文老太君那双寒芒涌动的狭长眸子，霎时之间，竟是心胆俱颤，毛发皆竖。

还是程夫人相较镇定，冷哼道：“这等诛心之语，我儿从未说过！”

人群中，一个褚家丫鬟扬声应道：“只可惜在梅林之内，你家公子的原话却是要诛心得多！”

这丫鬟浓眉大眼，正是打小就伺候在褚蕙身边，今日随她一并入梅林会见程誉的那一个。

程夫人怒视而去：“区区一个贱婢，此处哪里有你插嘴的份？！”

吴氏忍无可忍，拍案而起，便在此时，一人高声喝道：“若是在场之人都没有说话的份，程夫人又有何颜面在我家中大放厥词？！”

众人闻声而震，齐刷刷掉头看去，大堂外，一人红衣飒飒，脚着黑靴踏雪而来，长眉轩然，凤眸凛凛，正是褚蕙。

程夫人勃然变色，又怒又喜：“来人！把此悍妇拿下！”

“谁敢——”

不等程家仆从发动，两道声音同时迸发，一道来自堂中主座上的文老太君，而另一道，则自褚蕙身后而来。

与此同时，一行不知何时抵达的侍卫手压佩刀围住堂前，雪青、荼白扶着身披狐裘的容央款步走过庭院，似血残阳里，端的是盛气凌人，端华冶丽。

在场众人鸦雀静默，半晌，方哗然起身道：“参见殿下——”

程夫人悚然僵在原地，盯着门外那步步逼近的美艳少女，一时之间，竟无法回神。

虽然早闻嘉仪帝姬和褚家大郎君恩爱非常，但日前百味斋一事，更是闹得满京尽人皆知，帝姬跟姑嫂之间的不睦，也自然比所谓夫妇和睦更为人乐道，是以程夫人今日上门来问罪，根本没想到会碰上容央登场。

然而再是不想，这厢也是实打实正面撞上了。

容央入堂，在程氏一丈开外驻足，荼白傲声道：“帝姬面前，不跪不拜，累代簪缨的程家，就是这样的做派吗？”

程夫人遽然回神，虽然惊怒交集，但也只能绷着脸跪拜下去。容央瞧也不瞧一眼，漠然环顾四周，看堂中除寥寥几个褚家女眷外，几乎全是程家家仆，不禁道：“好大的阵仗，程夫人今日登门，是准备把这座府邸都拆个干净吗？”

程夫人哪里听不出来这话背后的立场，心念疾转之下，突然跪上前把容央裙裾一抓，变脸哭诉道：“殿下！我儿无端遭侯府贵女毒手，至今惨卧榻上，生死不明！殿下圣明，还请秉公执法，为妾身做主哪……”

一众女眷见此情形，简直恶心作呕，然而程夫人的哭声却半点不掺虚情假意，哀号得那叫一个掏心掏肺、情真意切。

容央不惊不奇，默默听着，待那哭声声嘶力竭，实在是后继无力了，方悠悠地道：“做主啊，那当然是要做主的，我今日，本就是为做主而来的。”

程夫人心下一寒，面上却笑，自是笑得比哭更诡异瘆人：“那还请殿下持论公允，千万不要偏袒包庇、徇私枉法啊！”

容央把被攥住的裙裾一抽，扬眉道：“那你错了，我从小就是个护短之人，今日来，自然是要偏袒包庇、徇私枉法的了。”

程夫人愕然瞠目，那厢，文老太君听得“护短”二字时，白眉微挑，目光朝这边凝来。

只见容央好整以暇，漫声道：“听闻，我的小姑把令郎打成残废了？”

程夫人双目红肿，哆嗦着嘴唇含恨不语，褚蕙的那丫鬟应道：“程公子羞辱人在先，被姑娘呵斥后，又反手扇了她一个耳光，我家姑娘气不过，就把他撂倒在地踹了几脚，何至于就残废了？！”

容央是亲眼见过褚蕙嘴角的伤口的，闻言眸光更冷一寸，程夫人则扭头威胁：“你这贱婢……一再信口雌黄，就不怕遭天谴吗？！”

六太太谢氏冷道：“遭不遭天谴不知道，但那造业的人遭报应，却是很清楚了。”

众女眷“扑哧”一笑，程夫人怒气冲冲，不及发作，容央围着她绕了一圈，道：“原来只是踹了几脚啊，还以为是打得怎样不可开交。那看来，令郎的身体实在不怎么样，居然连个姑娘家的花拳绣腿都承受不住，如此孱弱，却还屡发狂言，辱人父兄。这幸而是在大婚以前，要是在大婚后，岂不得天天吃我小姑的拳脚，鼻青脸肿、断手断腿了？”

周氏算是这一众女眷里最严肃的了，听及最后，也不由得忍俊不禁，其他人则更恣意放肆，那豪放的，直笑得捧起腹来。

程夫人脸色又青又白，跪在地上恨声道：“殿下……您要是如此偏私，那今日这事，可就没得谈了！”

容央依旧不看她，站定道：“没得谈最好。慢走，不送了。”

一行人灰头土脸地去后，整个大堂霎时敞亮起来，谢氏带头簇拥，拉容央入座，一盏茶、一碟糕地送着，把人夸得豪气干云，直赛及时雨宋江。

容央讪讪笑着，毕竟是多时不来府上了，且文老太君又还在主座那儿坐着，联想起百味斋一事，多少还是有点尴尬。

周氏是这一堆人里面最眼尖的，瞧出容央的局促，又极快朝文老太君瞥去一眼，福至心灵，端了一碟蜜饯过去，道：“围得密不透风的，还要不要人家喘气了？”

谢氏道：“知道密不透风你还围来，怕成心不给人喘气的就是你了。”

众人大笑。

周氏莞尔，把那小碟蜜饯放在容央案边，道：“就来送一点蜜饯，老祖宗今日亲手做的，是悦卿平日里爱吃的小食，殿下也尝尝罢？”

周氏特意提及老太君和褚怿，调和之意不言而喻，容央刚刚已喝了谢氏端来的茶，这蜜饯要不吃，难免就有点存心不给老太君台阶下的意思，当下不便推托，只能拈了一块来塞。

哪想到蜜饯都还没入嘴，就只嗅了一嗅，胃里突然翻江倒海似的，激得她捂嘴一呕。

“呕——”

闹哄哄的人群登时一静。

荼白忙道：“我家殿下不爱吃甜，只爱吃酸，多谢三太太了！”

众人如若不闻，只是直勾勾把容央盯着，周氏强自镇定，扭头朝文老太君看。

文老太君一双细眼炯炯发光，拄着鸠杖慢慢地站起来。

一向沉迷医术的五太太施氏先斩后奏，径自把容央手腕一捉，探指把过脉后，欣喜如狂。

“有了……有了！”

施氏一声报喜，满堂欢声雷动。

容央只感觉脑袋里“嗡”一声长鸣，尚不及缓过神来，耳边又是一声喝令：“小点声，小点声！”

堂中霎时阒静，一众女眷齐齐整整地竖指噤声，面面相觑，片刻后，再齐齐整整地把目光挪至容央脸上来。

容央一怔。

（4）绛都春

因着大喜，阖府上下盛情相留，这一日的晚膳，容央便留在侯府里用了。

是夜，一座府邸灯明如昼，隔着重重墙垣，厅堂里的欢声都还在耳边盘绕起伏，回荡不休。

容央并着一盏灯，坐在古松掩映的小亭里赏夜雪，小手抚在腹上，翘着嘴角静静痴笑。

苦等了小半年的小家伙，可算是乖溜溜地来了，虽然没想到，初次相逢，小家伙就是以这样大的排场登场。

想想傍晚在大堂里的那阵仗，轰动得跟大军凯旋似的，容央忍不住“扑哧”一笑。

意外是意外了点，不过，也不枉她前些时日殚精竭虑、绞尽脑汁，甚至还被褚怿误会移情别恋，平白大闹一场了。

只不知……这小家伙的爹知道后，会是个什么反应呢？

想起褚怿，容央嘴角更往上翘，正幻想着那人得知此事后的种种情形，耳后突然传来拐杖点地之声。

容央转头，小亭外，浓浓月影婆娑，一人身形微佝，拄着鸠杖默然驻足影里，守在亭外的雪青、荼白急忙行礼。

来者自然是文老太君了。

容央敛去笑容，静了静，起身。

“天寒地冻的，殿下要赏景，在屋里隔窗看看便是，守在这儿，回头病着了该如何是好？”

文老太君不进亭中来，留在原地劝告，脸藏在暗影里，瞧不清是什么神色，但声音倒还温和。

容央一时说不上来心里是什么滋味，有点心虚，有点感动，感动之外，也很有点怀疑。

毕竟，谁知道她是心疼自己，还是心疼她那尚未出生的重孙儿呢？

容央这么想，心念一转，故意回道："奶奶是怕我病了，连累小悦卿吧？"

若是换作旁人这么发问，多少有点傲慢无礼，但容央半恼半嗔地道出一声"小悦卿"来，听在耳中便并不是那寻衅的滋味了。

果然，文老太君听罢，并不气恼，反坦然一笑，应："殿下就当是吧。"

容央一怔，心道居然半点粉饰都无，坦率是坦率，可未免也太不给人面子了。

正腹诽，文老太君忽然拄着鸠杖走入亭中来，随行于后的丫鬟丹心提着一小炉炭火，恭敬地放在容央脚畔。那一炉炭火烧得正红，显然是刚刚捯饬过的，甫一往脚边放，就是腾腾热气包裹上来，暖得人身心熨帖，不像是临时起意，倒像是刻意给她准备的。

容央心中一动，越发局促了。

这时，文老太君道："程家就程誉一个能指望得上的货色，这一回，不管他残是不残，程家都绝不会善罢甘休，殿下把自己搅和进来，可是要受累了。"

容央道："难道在奶奶心里，我就不可以为褚家受累吗？"

文老太君神情微怔，流露意外之色。容央知道她意外的是什么，也知道她进来提程家一事是什么意图。反正今日来，也是决定要和解的，容央遂也不藏掖了，谈开道："我知道奶奶气我不准悦卿纳妾，更气我上回在百味斋惩办林雁玉和褚琬，不顾及褚家尊严，但，一码事归一码事。我既然和悦卿大婚，此后跟褚家，便是一荣俱荣、一损俱损。而今程家对褚家百般诋毁，更妄图羞辱褚蕙，我身为长嫂，自然没有坐视不管的道理，更何况自入府以来，真心同我相交的姑嫂，就只褚蕙一个，无论于公于私，我都不可能任由程家对其肆言詈辱，无礼纠缠。别说此次程家只是登门问罪，便是他日状告御前，我也一样会袒护到底的。"

亭中悄然，仅闻风声窣窣，文老太君目不转睛地盯着面前袖手而立的少女，半晌后，低下头了然地笑了。

容央的这一番话，她听明白了。

不准纳妾也好，惩办林雁玉、褚琬也罢，那都是内部矛盾，该争时就要争，该闹时就会闹，甚至该动用身份之便时，也会毫不留情地斥一声"以下犯上"，进而治罪惩处。但程家登门来挑事，就很不一样了。

所谓"我家我骂得，别人骂不得"，程夫人登门来的这一骂，显然就是把矛盾外化，企图将一把火从侯府烧到帝姬府去，公然跟她嘉仪帝姬为敌了。

文老太君道："殿下爱憎分明，老身佩服，但如果偏私袒护，会让殿下声誉受损，甚至……会失去昔日的圣宠，殿下也在所不惜吗？"

容央掀眼，眸中有一丝困惑之色，不解文老太君何故突然蹦出一个“失去圣宠”来，敛神静思，方明白这一句“偏私袒护”，并非只指当下，而是指从此以后。

契娄大战，边境纷乱，贺氏领军北伐，褚氏退守驻地，官家在这两大将门之间的倾向已然不言而喻。如果贺氏顺利灭契，成功替官家夺回幽云失地，定下千秋功业，则褚家处境，将更卑微艰难百倍。

贺氏之盟友，是在金坡关一案中跟褚家结下血仇的范申，而褚家在朝中最大的支柱，仅仅只是累世战果。一旦战果被攫、地位被替，阴险狡诈如范申者，将会如何蜂拥而起，伺机反攻？

而她，又还会如今日这样，哪怕舍弃声誉，舍弃圣眷，舍弃前程，也坚定不移地偏私袒护吗？

容央看着文老太君的眼睛，定定道：“会。”

声音很轻，但，毫不犹疑。

文老太君眸光波动，握紧鸠杖，心中却始终不卸最后一层防备：“褚家在殿下心中，真的有这个分量？”

容央眼神澈亮：“人之交往，不是以利牟利，便是以心换心，褚家在我心中是怎样的分量，难道不是取决于悦卿，取决于奶奶吗？”

文老太君震动，片刻后，哑然笑了。

夜风簌簌吹打松枝，月照融融的小亭里，炉中炭火爆织着火花，文老太君转开头，望着庭院笑。容央等她后话，等她反驳或认可，然而等到最后，除了那意味不明的笑，什么都没有等到。

文老太君拄杖转身，默默走下石阶，眼看就要扬长而去，容央蓦地叫道：“奶奶留步！”

文老太君再次停在那片月影里，却不回头。

容央在亭中道：“有一事，容央斗胆求个答案。”

半晌，文老太君道：“殿下问吧。”

也是半晌，容央道：“奶奶始终不同意四叔和明昭长帝姬的事，也是因为不信任吗？”

月影里，文老太君回头，眼中是显而易见的错愕。

容央笑笑：“如果，尚主不会拖累四叔的仕途，长帝姬也不会在褚家蒙难时袖手旁观，奶奶会同意他们的婚事吗？”

这一句，已然问得十分直白了。容央虽并不清楚十年前褚晏、明昭分手的内情，但就文老太君对褚氏前程的重视程度来看，也很容易推断出她始终抗拒这二人相爱的缘由。

十年前，烽火连天，侯府大郎、二郎、三郎相继战死，褚氏全族重担尽压于褚晏一肩。尚明昭为妻，就要舍去荣誉，放下兵权；重振褚家雄风，就得鸾凤分飞，情人反目。

那一年，褚晏的抉择，想必也是文老太君的抉择罢。哪怕这个抉择的代价，是褚晏十年，甚至至今孑然一人，是明昭长帝姬一气之下，错毁一生……

容央收敛遐思，缓声道："眼下契、娄两国大战，边境正是用人之时，而朝中能领军抗敌的也就褚、贺两大将门，官家或许不会再循旧制，以尚主之名褫夺四叔兵权。再者，长帝姬是官家留在世上唯一一位胞妹，只要她相求，何愁不能保四叔前程无忧？至于……"

"殿下。"

文老太君倏地出声打断，神情端肃凛然。

容央看过去，一怔。

文老太君道："您觉得，官家能容得下两个威震三军的驸马吗？"

容央瞳孔一震。

文老太君言尽于此，不复多说，微微一点头后，踅身而去。

容央伫立原地，望着茫茫的夜色尽头，整个人蓦地被一大股巨大的惶惑笼罩，心脏也如被无形的手攥住般，窒息感盘绕而上。

"殿下。"雪青看她脸色发白，忙过来把人搀住，劝道，"夜深风寒，殿下还是回屋或回府罢。"

容央脑海里思绪纷纷，沿着文老太君最后的那句诘问往下深想，不甘道："爹爹真的容不下吗？"

雪青自知她因何发问，但又哪里敢妄议天子，只能慰道："树大招风，名高引谤，老太君做这决定，或许也是为褚家大局着想罢。"

容央扬首看天，冷蓝的夜空中，一轮银月莹莹辉映云端，漫天清辉浓烈如一场大雪。

褚家大局，又是大局……

十年前，这大局生生剥去了两个人的皮；十年后，竟也还是不肯放过，非要人忍尽痛尽，彻底面目全非吗？

身体突然像给凝住了似的，冷冰冰的无力感蔓延四肢，容央拢紧袖口。

雪青看这架势，哪里还敢任由她在这里逗留，也不多言，跟茶白对视一眼，后者忙提上火炉，一并护着、催着容央往回去了。

（5）苍梧谣

给褚怿报喜的信，是在两日后的一个清晨开始精心打磨的。

茶白候在底下探头探脑，半晌不见容央手里那支羊毫动一下，借着续茶的名头上前去窥视，余光所至，竟是白茫茫如窗外大雪似的一张宣纸。

殿下发这一早上的愣，竟是半颗字都憋不出来的吗？！还以为那报喜的话，该是滔滔如江水一般，一泻千里之远的呢……

茶白百思不解，又十分地恨铁不成钢，重新捧来一盏茶后，忍不住道："殿下要是不知从何写起，不妨也像上回那样，弄一道谜题过去？"

这两人写信腻歪得很，要么缠缠绵绵，没边没际；要么藏藏掖掖，惜字如金。上一回那信，就是把"爱你想你盼你"一类的话拐弯抹角成好艰深的一首诗来，也不知照驸马爷那文学水准，能不能领得奥义。

不过眼下，已然顾不得驸马爷领不领得了，殿下这边赶紧宣泄方是要紧。

茶白提议完，眼巴巴朝容央看，却见后者蛾眉微微一扬，很是轻蔑般地道："不用你操心，下去。"

茶白暗叫委屈，瘪着嘴默默退下，撩眼皮偷看，只见容央手里那杆羊毫摇得正欢。

刚刚还一动不动，这会儿就文思如涌了，要说跟她刚刚的提议没半分关系，只怕是无人会信的了。

茶白瘪着的嘴又翘起来。

哼。

午后，家信寄出，容央整顿心神，准备入宫了。

就在昨日，程家果然把褚蕙打人一事绘声绘色告至御前，大批文官争相上谏，弹劾褚家居功自傲、目中无人，区区一名小娘子就敢嚣张至此，府上郎君素日作风可想而知。

更有甚者，把容央当日反诘程夫人的那一长段照搬下来，公开指摘嘉仪帝姬一心偏私，阿党相为，有失一国帝姬风范，恳请官家有所表示，以慰民心。

对此，茶白、雪青两个自是气得上蹿下跳，侯府那边亦生怕动着容央胎气般，急急忙忙地遣人传了话来。容央本人倒是淡定，因这事也算是意料之中的，入宫面圣后，也不绕圈子，张口就认下所谓"偏私"的罪名来。

官家给她这干干脆脆的一招，反倒无从下手了。

容央是以钻得空子，半反诘、半告状地把那程誉如何如何诋毁褚家、折辱褚蕙、率先动粗之后又自讨苦吃的丑态、蠢态一一道来。

官家哪里不知道她这伎俩，倒也不拆穿，哼一声笑笑，道："所以，你这哪里是来认罪，分明是给人家定罪来了。"

容央也笑，上前给他沏茶，乖巧地道："那，爹爹究竟是要定我那'一心偏私'的罪，还是定程家羞辱国戚、胡搅蛮缠的罪呢？"

官家无奈摇头，喝过那杯茶，道："朕昨日已派御医去过程家，程小公子的伤虽不至于大残，但要想恢复如初，已是奢望，日后行动，定然得受些影响。"

容央不语，心知那“行动受些影响”，便是瘸了的意思了，难怪程家要闹得这样声势浩大。

官家又道：“不过也如你所言，程誉遭这一难，多半也是咎由自取。褚蕙，朕可以不惩治，但登门道歉，还是该去一去，至于婚事嘛……”

容央忙道：“这样瞧不起人的人家，褚家可再不敢许配姑娘过去了。”

官家啼笑皆非：“难怪言官说你偏私，这才大婚多久，朕瞧你那颗心是彻底偏到胳肢窝去了。”

容央抿唇笑，听他承诺不会惩罚褚蕙，心安神定，又回味那句“才大婚多久”，不由得想到自己有孕一事，颊上飞霞。

“有一事，我要跟爹爹讲讲。”

笑过以后，容央低声开口，绕起一绺青丝打着圈，眼底眉梢尽是窃喜神情。

官家却没看她，反而眉峰微拢，沉声道：“朕也有一事，要同你讲一声。”

容央看他神态凝重，心里咯噔一下，道：“那，爹爹先讲吧。”

官家点头，却是思忖了片刻，方道：“大契中京已破，这件事，你可知晓？”

鄞、娄联盟灭契，前者攻燕京，后者踏中京。半月前，大娄二十万雄军踏破中京一事已在盛京城中传得沸沸扬扬，容央又怎会不知？

回应后，官家道：“娄军攻城前夜，大契皇室仓皇西逃，你妹妹慧妍……也趁乱逃走了。”

阔别多时，猛地听到“慧妍”二字，容央神魂震动。

官家道：“这次联娄，契王大怒，本意是想把慧妍杀掉泄愤，幸而被人劝住，说可在攻城时以慧妍做人质用，这才勉强保住她一条性命。契王西逃当夜，皇室一派混乱，慧妍侥幸逃脱，此后，就一直音信杳无。十日前，朕秘密传令于驻守三州的褚家军，命其率亲信越过边界，寻回慧妍。”

容央揪心道：“如何？”

官家微笑，拿起桌案上一封密函示意，道：“褚家军不愧为大鄞的铜墙铁壁，悍勇神兵，现如今，人已寻回，不日便将由人护送回京了。”

容央一颗高悬的心终于落下，而落下之后，又如石沉入海，激起层层骇浪，令人百感交集。

尚不及理清思绪，官家又道：“你就不好奇这护送之人是谁？”

容央睁大眼，一个答案蓦地在心中响起来。

果然官家笑道：“你的驸马，褚悦卿！”

（6）昭君怨

烈日照耀广袤雪地，凝霜的旌旗下，一匹匹战马踢踏踢踏地走过。

营帐里，一人从噩梦中醒来。

服侍的婢女忙去帐外传召军医，而后又盛来热羹，伺候床上人饮下。

空荡荡的营帐里就只她二人，饮羹汤的吞咽声咕咚咕咚，如同一颗颗石头滚入水中。

一气饮尽后，婢女把空碗拿开，一边用丝帕揩着床上人嘴角，一边心疼地道："奴婢刚刚已去传了军医，殿下如果还有哪里不舒服的，一会儿一定要如实相告。这军中的大夫虽然不比宫廷御医，但总是聊胜于无，从樊关到京城还有很长的一段路要走，殿下需得遵照医嘱，仔细将养着才是。"

赵慧妍不语，目光怔怔地凝在虚空里，被褥底下的手却往上移，按在了小腹上。

婢女瞥见这细微的动作，眉间郁悒更是浓重。

不多时，帐外传来飒飒脚步声，循声看去，一道高大威武的身形投映在帐上，显然并不是军医。

婢女惊喜道："褚将军来了！"

听得"褚将军"三字，赵慧妍心神一震，眸里光芒迸射，那神情，竟似一瞬的希冀，兼并一瞬的抗拒。然而帐布一撩，进来的人方脸直鼻，胡子拉碴，一身不修边幅的落拓之气，并不是将军褚怿，而是主帅褚晏。

赵慧妍眸中微光顿熄，绷着的脸上既有失落，也有庆幸。

褚晏进帐来，行过礼后，寒暄道："听闻殿下醒了，臣特来看看。"

赵慧妍垂下眼帘，木头似的坐在床上，依旧不语，婢女忙赔笑道："多谢将军前来探望，殿下已无大碍了。"

褚晏点头，又细看赵慧妍两眼，审度的目光定格在她腹间。

自入帐以来，她捂腹的动作就没变过，再细看其脸庞，蛾眉紧锁，面容苍白，很明显的忍痛之态。

褚晏道："殿下……受伤了吗？"

赵慧妍微震，被褥底下的手本能地撤开，漠然答："没有。"

婢女察言观色，忙解释："昨日颠簸一夜，殿下精疲力竭，想是累着了……"

褚晏了然，缓缓点头。婢女似生怕触怒于他，又迭声道了几句感谢他不畏艰难前往营救的话。

褚晏笑笑，自答不必，最后看一眼赵慧妍木然的脸，转身去了。

一刻钟后，一个细皮嫩肉、文质彬彬的少年挎着药箱走进营帐里，褚晏抱臂等在一杆旌旗后。

再一刻钟，那少年辞别婢女，趄身往回，及至旗杆下时，被一条卷起的马鞭拦下。

少年抬头，欣喜："大将军！"

褚晏咧嘴朝他笑，胡楂里咧开一个大酒窝："大冷的天，就穿这么一点？"一面说，一面亲自替他拢外衣。

奚长生受宠若惊，笑得脸上开花一样，把被他拢过的衣襟牢牢捏着：“我没事，我体质很好的，不输给营里的其他兄弟！”

褚晏在他胸膛上轻轻一捶，笑，继而下巴往营帐里一指，切入正题：“帝姬身体怎样？”

奚长生闻言，笑容收去，道：“除逃亡时所受的一些皮外伤外，并无什么大碍，只是……”

褚晏：“只是怀孕了，但情况并不乐观。”

奚长生奇道：“将军看出来了？”

褚晏回想刚刚在帐中留意到的细节，手摸下巴，竟是一脸愁容。

奚长生忙承诺道：“但将军放心，恭穆帝姬年轻体健，胎象不稳，只是逃亡途中疲累所至。我已给帝姬开了两味安胎药，晨昏换服，卧床休养，数日之后，定能有所恢复。总而言之，无论如何，我都一定会保住帝姬腹中的孩子的！”

褚晏欲言又止，瞧那神情，竟是恨不得奚长生不要去保住般，然而最后到底没这么说，大手在他肩上拍拍，默然走了。

东侧营帐中，一盆炭火噼噼啪啪地燃着，长案前，两人一前一后默立，围看着一张地图。

身形稍矮那人头戴玉冠，肩披狐裘，低头指着地图上的一座城池，道：“贺家二十万大军已围攻燕京六日，所携粮草最多可再补给半个月，而敌方守将固城严守，拒不迎战，始终把燕京城守得固若金汤，照此拉锯下去，大军疲软，拿下这座城，就是难上加难了。”

他对面那人一双剑眉入鬓，双眸深邃，闻言只是抱臂看着，静听不语。

赵彭眉间深锁，目光在群山峻岭、重重关隘间穿梭，蓦地相中极小的一点，指住道：“除非从此处增派一支精锐，突袭燕京城东……”

却又惊觉这个主意太过幼稚，显然忽略了两军对峙的方位，赵彭讪讪止住，屈指抵在唇间，一双黢黑大眼反复扑闪。

沉吟间，倏觉对面目光深长，赵彭抬头，看入褚怿那双曜石似的眸子里，一愣。

“姐夫……怎么了？”

赵彭茫然，生怕是刚刚的提议远比自己所想的幼稚可笑，要大受批评，立刻打起解释的腹稿来。

褚怿却道：“没什么，想你姐了。”

赵彭一怔。

褚怿泰然移开目光，把案上地图掉个头，指住燕京城西侧的一条险道，开始讲解破城之法。

赵彭忙敛回神来，全神贯注认真听讲。却在讲到一半之时，一人突然撩帐而入，两人转头看去，来人甲胄在身，臂夹头盔，一脸严肃正经，正是主帅褚晏。

“帝姬怀孕了。”

褚晏开门见山，半句铺垫也无，扔来这一句后，就近在案前的交椅坐了，抄起一盏茶水便喝，却把那边的两个男人整得惊天动地，一个半晌无法反应，一个一蹦三尺之高，把那没反应的用力一拽，大喜道：“姐夫！你要当爹了！”

褚晏慢慢吞下口中茶，“咕咚”一大声，盯着案边狂喜那两人，指指帐外：“西边那个。”

赵彭笑容凝固。

“咳——”

褚晏合上茶盖，半戏谑半心虚地正襟危坐起来，道：“刚诊出来的，但前些时日疲累过度，情况很不乐观，奚长生正在保。”

赵彭从天上坠入地下，很勉强地反应过来，蹙眉道：“那是契王的种，这时候保下来，日后慧妍在宫中该如何自处？”

褚晏点头，认同赵彭这一份忧虑，这也是他先前愁容满面的原因。

大鄞而今举全国之力联娄灭契，无论成败，都已和乞塔结下血海深仇，恭穆帝姬腹中的这个孩子一旦被生下，势必会成为众矢之的，遗祸无穷。

可是，要命令奚长生趁机把这孩子弄掉吧，又实在有违人道，何况他到底是臣，擅自处决帝姬腹中的一条生命，被追究起来的话，必定也是个不小的罪名。

赵彭道：“我去找慧妍，这个孩子不能要！”说罢，竟毅然往外而去。

褚晏自然不拦，眼下这当口，也只有赵彭适合出面解决此事。

人去后，褚晏重新把茶端起来，揭开茶盖，瞅着那边低头看图的褚怿，卸下了那副严肃的面孔，闲闲道：“看什么，又看不进去。”

褚怿掀眼，冷沉沉斜来一眼。褚晏笑呵呵，喝尽杯中茶，抹嘴道：“倒有一桩好差事，可解一解你这相思之苦。”

褚怿显然对他嘴中蹦出的任何一个字都不再感兴趣了，默不作声地摆弄着地图上的标志，褚晏倒是兴致不减，继续笑：“送恭穆帝姬回京，怎么样？去不去？”

褚怿：“不去。”

一丝犹豫也无。

褚晏纳闷了：“臭崽子，你听清楚没有？”

褚怿眉眼不抬，一副“十分清楚，但就是不去”的姿态。

褚晏气得舔腮帮，坐正讲道理：“官家钦点你送人回京，就是图你去跟容央聚一聚，你这抗旨不遵，是想为难我，还是存心要让你屋里那位抓肝挠肺？”

褚怿站直，眼神不离地图：“燕京一战事态胶着，贺渊难以应付，届时只怕要从樊关调兵。四叔要是想解相思之苦，代我前去便是，我留守驻地，以防万一。”

褚晏语塞，不及回应，褚怿抬眸朝他一看：“不客气。”

褚晏：“？！”

沉吟片刻，褚晏蓦地悟出点什么，勾唇道：“我已经替你去把恭穆帝姬寻回来了，而今还要替你把人送回去。怎么着，人家恭穆帝姬是豺狼还是猛兽，非得你这样避之不及？”

褚怿正儿八经：“寻回帝姬的密旨上并无褚怿大名，不存在替或不替。”

褚晏道：“是，寻个走丢的帝姬，要堂堂一方主帅亲自出马，合着底下的人都白养的呗。”

褚怿锁眉，张开口，终究没吭出半声。

褚晏自知猜对，心道：“臭崽子艳福倒是不浅。”

嘴上不及戏谑，一人突然从外闯入，嚷道：“启禀将军，帝姬小产了！”

西边营帐外，赵彭目瞪口呆地僵立着，身侧帐幔给人撩起又放下，一个个人手忙脚乱地进去，又着急忙慌地出来。

营帐中，倏而有人痛哭，倏而有人大叫，倏而有人训斥喝令，嘈嘈杂杂，吵吵嚷嚷，竟似地狱里鬼哭狼嚎一样。

赵彭扶着那杆冻僵的旌旗站着，思绪却停在刚刚进帐时所见的那一幕——

赵慧妍披头散发地站在床边，手里也不知是抓着什么，只管发疯一样、机械一样朝自己的肚子狠砸……

砸得边上的婢女抱头惨叫，砸得一汩汩血从她雪白的亵裤流淌下来，洇湿毛毡……

赵彭头皮发麻，脑袋里只似落了口洪钟，正六神无主，肩膀突然被人抓住，有人在耳边喊道：“殿下！”

赵彭一震，定睛看去，来人竟是褚晏。

“将军……”赵彭回神，往额头一擦，竟是一头冷汗。

褚晏尚不知赵慧妍是自行解决那腹中胎儿的，只以为赵彭是担心愧疚，安慰道：“军中有医长生在，帝姬不会有事，殿下宽心。”

此时帐中动静渐小，应该是赵慧妍的危急情形稳定下来。赵彭点点头，片刻道：“慧妍经这一难，恐怕得休养一阵方能继续赶路，烦请将军修书一封，如实奏明官家。”

褚晏会意，赵彭又道：“护送之人，可定好了？”

褚晏想起刚刚褚怿那态度，欲言又止。

赵彭道：“要是将军这边不方便调人，就由我亲自送她回一趟京吧。”

褚晏理解赵彭，毕竟是皇室兄妹，就算平日里不够亲，这厢眼看对方死里逃生、再遭大难，不可能半分心酸也无，去往盛京的路上，自是不想再有任何意外了。

褚晏道："殿下放心，臣会派军中精锐护送，确保二位万无一失，平安返京。"

这回应，便是应承赵彭的请求了。赵彭谢过，想想留在京中的容央，也是十分思念，稍一收敛心神后，正逢奚长生撩帐而出，当下跟褚晏一并入内探视去了。

却说褚晏去后，褚怿独自留在帐中，坐看案上地图，心绪沉浮，褚晏的话不时零零碎碎地回荡耳畔——

回京，容央，相思之苦，抓肝挠肺……

褚怿扶额，眉心渐渐拢成一条"川"字。

回……吗？

一口回绝，固然有不想再跟赵慧妍扯上关系的成分在，但更多原因，还是放不下燕京之战。

褚怿目光落回地图。

盛京一别，至今已两个多月，樊关城的雪下了整整两场，从京城而来的信中，亦不止一次地提到了月夜里一层层铺厚、又一层层消融的雪……

修长的指点在地图上，从一座关城划至盛京。

千里绵亘，跨越重山复岭，广川大河。

如果急行军的话，来回用时大概能控制在十日之内，即便燕京一战真有变数，也能尽快赶回。

但是，依赵慧妍眼下的身体状况来看，急行军俨然是天方夜谭，单是回京这一趟，估计就要耗时半个多月。再者，这么火急火燎、不管不顾地赶回去，如果就只是为了见上一面的话，似乎总有点……

褚怿压着眉心，琢磨着那个很不愿意吐出来的词，后知后觉，自己这优柔寡断的样儿，简直像是中邪了。

褚怿别开眼，起身离开长案，便在这时，百顺嬉皮笑脸地撩帐进来，喜滋滋道："郎君，瞧瞧什么来了！"

他手一扬，褚怿立刻瞄准上边拿着的一封信函，是容央写的信到了。

将将平静的心湖"嘭"一声，登时又荡开一片浪花。

褚怿抿住唇，不动声色地把信取来，再示意百顺出去。

百顺心道："又装，装什么装。"到底不敢戳穿，微笑着，乖溜溜地去了。

褚怿坐回原位，立刻把信拆开。

这回也只是薄薄的一张纸，但跟上回不一样，不拿艰深晦涩、文气绉绉的诗来给他猜了，改成了一幅画。

画里，一个尚在襁褓的小男婴捏着一大串糖葫芦，正垂涎三尺地大快朵颐，糖葫芦边上，还要特意备注一个“酸”。

褚怿蹙紧眉，什么意思？

屁大点的婴孩，就吃糖葫芦，还酸，哪有糖葫芦是酸的？

等等，酸的糖葫芦……

褚怿眸光一变，再次看回画上的男婴，目光如炬滚烫。

帐外风雪如晦，烈烈吹翻旌旗，营帐中，阒寂如大海凝结。

褚怿坐在案前，目不转睛地盯着那男婴的眉眼。

是夜，褚晏处理完军务，连晚膳都来不及吃，又开始着手调人护送赵慧妍和赵彭回京一事。

两个千金万贵的殿下在，这护送之责，真真是重于泰山。褚晏思来想去，绞尽脑汁，最后敲定由昭武校尉唐桧和褚怿的得力副将李业思共同率褚家亲信护送二位殿下回京，当下把人寻来，反复交代一路上的注意事宜后，方稍稍放下点心，吩咐传膳。

人刚坐下，热茶都还没喝上一口，褚怿“唰”一声撩帐入内。

褚晏本能地精神一绷，直觉无甚好事。

果然褚怿站定，开口便道：“回京队伍，何时出发？”

褚晏心有戚戚：“干什么？”

褚怿一脸坦然：“不是要我送？”

褚晏脸颊僵硬，搁下那杯茶水，起身踱至褚怿身前，伸手在他胸膛拍拍，然后微笑：“好玩，是吗？”

（7）相见欢

三日后，由褚怿率领的一支精锐护送着恭穆帝姬赵慧妍的车驾离开关城，向都城盛京出发。

一切遵照圣旨执行，原本请缨的赵彭便被留了下来，继续在营中视察历练。眼瞅着浩浩荡荡的一队铁蹄消失在大雪深处，赵彭慨叹道：“姐夫送去也好，比起我，四姐自然是更想看到姐夫的。”

褚晏道，“看着胀气。”

赵彭转头：“？”

啥？

褚晏笑笑：“走了挺好。”

朝阳破云，鎏金一样的光漫射大地，车轮在皑皑积雪上碾压着，像一路压过破碎的瓷器。

赵慧妍靠在车窗前，推开窗户往外看。

雪道逶迤，整齐肃静的骑兵前方，一人银甲凛凛，策马而行，背影挺直如雪峰静立。

此情此景，今夕何夕……

有风卷着凛冽寒气从窗外扑来，婢女抓住那扇窗，小心劝道：“殿下，您现在受不得风吹，关了吧。”

赵慧妍眼神空寂，目光仍凝在那里，却淡漠答：“关吧。”

当日夜间，队伍抵达六十里外的小镇，下榻客栈时，婢女找到百顺传话，恳请行军速度放慢一点。

百顺为难，如实禀明褚怿后，褚怿道：“日行六十里，已是最慢了。”

百顺何尝不知，但……

“或许是恭穆帝姬尚未恢复，这天又冷，实在经不起长途颠簸……”

褚怿敛眉，百顺不敢再往下讲，虽然私心里也希望尽快回京，但瞧车中那位一张惨白如死人一样的脸，又着实狠不下心。

次日，行军速度果然变慢，原定两日的行程，足足多走了一天。

这日午间，在途中用过干粮后，军队继续启程，不多时，百顺又策马找上褚怿，道：“郎君，帝姬传话，好像哪里不大好，要您过去一趟。”

褚怿一脸冷漠，就差将“老子又不是军医”写在脸上。百顺很懂他的心意，赔笑道：“刚刚已召过军医了，但帝姬不见，点名道姓的，只要您。”

褚怿沉眉，那脸自然更冷了。

百顺悬着心静静等待，原以为褚怿势必不会再理，谁料半晌后，影杀低鸣一声，竟还是掉头往后去了。

百顺又惊又奇，急忙跟去。

开春的日头悬在重重山外，残雪覆盖的官道上古树萧索，褚怿一骑穿过横伸的枝杪、招展的旌旗，及至马车窗前并行后，向内道：“殿下有何贵干？”

车窗并不打开，少顷，一道低弱声音从内传来：“此处是何处？”

褚怿展眼往山外看，峭壁之下，云雾缭绕，重峦叠嶂，一条大河盘于岳间，气势滔滔。

褚怿答：“孟津关。”

北滨黄河，南附邙岭，河南境内七大关口之一。

赵慧妍道：“哦，我来过。”

褚怿默然。

孟津关是大鄞赴大契的必经关口，她指的是去年和亲的时候。

赵慧妍道：“唐代诗人韦庄曾有一首诗，是在孟津关写给友人赠别的，将军可知道？”

褚怿道：“知道。”

赵慧妍道：“能请将军念一遍吗？”

车中静默，车外也静默，蹄声、风声一时震耳。

“一介武夫，不记这些。”

褚怿提缰，策马往前。

百顺跟来时，恰看到这一幕，一时有点丈二和尚摸不着头脑。

是夜，大军在孟津关驿馆歇脚，夜深后，百顺给褚怿端来热水，伺候他泡脚时，刚一开口，褚怿道：“就说我病了。”

百顺：“啊？”

褚怿手握着一卷兵书，眼都没抬：“日后再找我，就说我病了。”

百顺似懂非懂，半晌憬悟过来：“哦……”

眨眼数日过去，行军速度渐渐加快，送行队伍直逼盛京。

春分这日午后，途经杞县，正巧赶上县里庙会，热闹得一众士兵眼花缭乱，目不暇接。

褚怿下令休整半日，众人欢欣鼓舞。

百顺眉欢眼笑，屁颠屁颠地跟在褚怿后头，一会儿东边瞅瞅舞狮，一会儿西边瞅瞅摊铺，其间又还要分出一神系在褚怿身上，真真是不亦忙乎。

褚怿卸下军装，一袭春衫行走在人海里，墨发高束，轩眉灿目，端的是风神潇洒，英俊无俦，引得一条街的妇女、少女心驰神往，花枝乱颤。

百顺连道“罪过”，不敢再分神，冲上前殷勤护主。

褚怿驻足在一辆货车前，拿起最顶层货架上的一个彩绘摩睺罗。

身边忽然有人道：“将军不是病了？”

褚怿转头，货车前，赵慧妍领着婢女静静站着，一双杏眼冷清又锐亮，似在洞察，也似在嘲讽。

褚怿道：“是病了。”

赵慧妍微冷一哂：“什么病，好得这样快。”

褚怿道：“还没好。”继而补充，“相思病。”

说罢，他朝货郎扔去一枚碎银，拿着那摩睺罗便走了。

赵慧妍伫立原地，交握在袖中的双手拢紧，空蒙目光掠过车上货架，定格在最顶层空掉的那一格。

褚怿拿走的摩睺罗，是个彩绘的襁褓婴孩。

目中蓦然像被针刺，赵慧妍红着眼眶转开头，身边婢女道：“殿下你瞧这小郎君，神气活现，简直跟真的似的，咱们买一个吧？”

赵慧妍看着茫茫人海，漠声道："买吧。"

一日后，盛京城近在眼前。

自打入得城门后，百顺就一径在那儿探头探脑，褚怿看不惯，但意外地也不讲，只是打马走着，目光也不时在街边打转。

日前倒是有传信回来，讲大概这两日进京，就不知……那人肯不肯屈尊来等、来迎了。

想到那不来的可能，心里竟还有点气，褚怿扯唇笑，笑自个儿也忒矫情了。

要那画上是真的，她的确已有孕在身，不更应该在家里歇着等？

念及那画，一股从未体验过的暖流在胸口蔓延开，褚怿手抹过唇，目光熠熠。

护送任务要等面圣后，把帝姬安然无恙地交到官家手里才算结束，褚怿估算着回府的时辰。这时一名随从策马上前，送来一纸卷着信笺，道："将军，进城时有人送来的，说是让转交给您。"

褚怿垂眼，把信笺拿来，打开后，眸光一亮。

信笺上只寥寥三个字：拱桥巷。

但字是容央的。

褚怿胸口蓦然如擂鼓动，把信笺塞入怀里，对那随从道："皇城门外等我。"说罢，径自翻身下马。

随从一愣，定睛再看时，人已消失在人海了。

人声喧阗，巷道深深。

褚怿越过人海，穿过深巷，一径往信笺上的地点行去，初春盛开的桃花飘零在晨光里。

及至拱桥巷口，水波潋滟，绿柳成荫，三两行人穿梭在桥上、桥下，环目四看，却并无容央人影。

褚怿停在一棵绿柳下，胸前起伏，再次把怀中信笺拿出来确认。

这时手臂被人从后轻轻一戳。

褚怿回头。

春风起，绿柳扬，容央梳着俏皮的双平髻，一袭鹅黄襦裙，歪头站在晨光里，甜甜笑："少爷回来了？"

水底鲤鱼曳尾跃起，"噗咚"一声，荡开丝丝密密的旖旎水纹，潋滟绿波里，垂柳扶堤，行人嬉戏。

眼前，娇憨的女郎弯眸浅笑，红唇上扬，贝齿胜雪，腮畔薄粉似霞。

褚怿低头亲下去。

容央愕然睁大圆眸，齿被撬开，后脑勺被男人宽大有力的手掌箍住，呼吸之间，既是他唇上冰凉的寒意，也是他唇间滚烫的气息。

想躲而不能躲，该躲而不愿躲……

春风的滋味，风尘的滋味，别离的滋味，相聚的滋味……一息之间齐涌而来，像黄昏时，五颜六色的云霞把人笼住。

有压抑的惊呼声、哄笑声从团团云后飘入耳中，是行人的议论。

容央踮高脚，小手紧紧拽他中衣衣领，艰难出声：“唔，有人……”

褚怿唇贴过她脸颊，像火一样烫着、缠着。容央微微激颤，按捺住，待他稍平复后，示意堤边的那艘乌篷船。

褚怿看过去，目色沉沉。

舱内，又是一阵狠亲，水波荡漾，光线晦暗，阴影里，两人唇瓣分开，下颔相抵。

褚怿微喘，大手往下，缓缓摸到她小腹。春衫略薄，那里似有微微的隆起。

“如何？”他问得诚挚，但去头去尾，又不知道究竟是具体问什么。

容央靠在他胸前，小手把他大手压住，狡黠窃笑：“什么如何？”

她也还在喘，幽闭的小舱里，两个人呼吸粗重，上身相偎，手压在一起，掌心发烫。

褚怿也蓦地低笑，下颔抵去她颈间，扎人的胡楂在细嫩光洁的肌肤上摩。

他口不答，就拿这个动作答了。

容央被他弄得发痒，钻心的那种痒，偏开脸躲，嗔：“讨厌！”

褚怿学她：“什么讨厌？”

容央真是……又气又甜。

掌心蓦地被什么东西一硌，微凉的，梆硬的，容央拿过来看，竟然是个彩绘的摩睺罗。

襁褓稚童，眉弯眼笑。

“什么时候生？”

与此同时，褚怿的声音响在耳畔，容央的心如被小心翼翼捂住，腾腾生热。

“秋天吧。”

容央语气倨傲，侧过脸。褚怿笑，五指扣入她指缝，把那摩睺罗夹在彼此掌间。

容央飘飘然的，突然又推他，似有两分薄怒。

褚怿：“干什么？”

容央后知后觉：“你都不惊喜。”

褚怿故作老成：“意料之中的事，为何要惊喜？”

容央眯眸，很有点狐疑地乜斜他，心说：“也不想想我有多努力。”

晨间暖风吹开涟漪上轻盈的落叶、花瓣，时辰不多了，容央哼一声，挪到舱外去，拿起船舷边的木桨，示意舱里人过来干活。

褚怿奉陪，很顺从地上前领命。

木桨一划，水波漾起，把漂浮在上的花叶卷入旋涡，褚怿大剌剌屈膝直坐，闲闲地摇着桨，驾着小小乌篷船穿过桥洞。

这条是京中护城河的分流，顺着水流可抵达皇城外。她精挑细选选定的路线，偷情似的，小心又大胆，狡黠也体贴。

褚怿唇勾起来，眸中柔软。

惠风和畅，流水潺潺，不知谁家墙外飞来桃花瓣瓣，翩然而下。

容央靠舱而坐，静静看对面她阔别三月的驸马。

驸马眉眼锋利，黢黑，分明生着双顾盼多情的桃花眼，眸光里却更多杀伐果决。不过，他这么落拓不言地看过来时，倒是深邃很多，深情很多，深情里，还依稀蕴着一抹"任凭处置"的笑意。

嗯……驸马的皮肤似晒黑了一点，本来这个颜色是很不中看的，但在驸马脸上，却偏是那么英武，那么迷人，被熠熠晨晖一照，粼粼兜鍪一衬，就更显神勇了。

倏而桃瓣飘落，一瓣从他眉间落下，被他浓长的睫毛一挂，停了一息，方簌簌跌下。

那一眨眼，如被光阴定格一般。

天哪……

容央捂住胸口，那里咚咚直跳。

褚怿咧唇，一分得意，两分戏谑。

容央瞬间敛回神智，先发制人："盯着我看什么？"

褚怿很配合她："思之如狂，情难自禁吧。"

容央心满意足，撩着发丝别开眼："油腔滑调，甜言蜜语吧。"

啧，果然半分没变。

褚怿笑声低哑，烫在耳边似的，容央耳圈在春晖照耀下，渐渐绯红。

船穿过又一座桥洞，两侧绿柳垂荫，行人如织，闹市喧嚣声近了。容央俯身，葱削似的指尖掠过青碧春水，倏地道："她怎么样？还好吗？"

褚怿沉默少顷，反应过来问的是赵慧妍。

这个话题有点沉重，并不适合两人眼下这你侬我侬的氛围，但这话题又必然跨不过去。褚怿静了静，如实答："不太好。"

便是不亲自护送，照那又是逃亡、又是堕胎的情形想想，就知道定然不可能会好。只是容央应该尚不知道后者。褚怿唇微抿，再道："她也怀了身孕，但自己打掉了。"

容央骇然回眸，日晖下，瞳心布满震愕。

褚怿则平静道："那孩子不能留。"

光线一黯，小船驶入洞中，容央睁大眼看着对面脸落阴影的褚怿，唇线抿得直而紧。

褚怿向她伸来一只大手，缓缓地，容央握住，被他揽入怀里。

其实，自打那次艮岳的事情发生后，替嫁一事所造成的愧怍大致就从容央心里抹掉了。

可是，朝廷灭契，两国决裂，赵慧妍代她和亲、替她受罪的真相再一次被血淋淋地摆上台面，每等思绪一闲，就又开始来提醒她、折磨她——如果不是赵慧妍，今日被大鄞放弃、被大契残害的人就是她。

那种痛苦会有多么深、多么尖锐，容央不知道，也不敢真正去想。她只是很快发现，那份被抹掉的愧怍和不安又开始蠢蠢欲动，伴随着赵慧妍回京时日的临近，翻江倒海、澎湃汹涌地卷土重来。

——你记着，从今以后，我所有的屈辱，都是替你而受的。

与此同时，拍打在耳边、心间的还有这一句咬牙切齿的话。

容央坦诚地道："我有点害怕。"

褚怿的怀抱略微冷，大抵是那些肩甲、护膊太坚硬的缘故，他自己似也明白，用宽厚温热的手来拢她肩膀，安抚道："有备无患。"

容央听着，却总感觉这不像是安抚，更像提醒和忠告。

"我说我害怕的意思是，比起她回来后可能对我造成的'患'，我更不知道如何去面对她。"容央扬起脸庞，昏昏日影里，妙眸灿亮，抵触和困惑一览无遗。

"她没能嫁的人，我嫁了；她失去了她的孩子，我怀上了你的骨肉；她的婚姻支离破碎，成天下笑柄，我和我的驸马情深意厚，如胶似漆……你说，这种情形，我要怎么做，才有可能少招些憎恶呢？"

褚怿听得想笑，心道这愁的内容，倒真是很令人牙痒，一时间，也不知道该夸她太有先见之明，还是损她太过多情自大。

"嗯，该如何呢？"于是，褚怿难得狡猾地把这皮球踢了回去，想看她怎么答。

容央陷在自己的疑窦里，不跟他计较："我既不能什么都不做，也不能为了什么而刻意去做些什么。知人知面难知心，可我觉得对于我和慧妍来讲，真心与否，反而是最容易识别的事情。所以我想，比起怎么面对，或许我更应该认真地思考一下，我对慧妍到底是怎样的感情吧。

"如果我心疼她，我就掏心掏肺地爱护她、珍惜她；如果我只是害怕她报复我，那我就全面警惕，枕戈待旦吧。"

褚怿怔然。容央环住他颈，眸盯住他："夫君觉得呢？"

这一声"夫君"，娇娇糯糯，唤得人脊骨酥麻，一下就不是那"枕戈待旦"的兵戈味了。褚怿勾唇笑，点头应是，容央眸光倏而促狭地，一点点贴上来。

"不过……她没有在路上吃夫君的豆腐吧？"

褚怿唇勾得更高，微垂的目中春光浮动："夫人以为呢？"

容央腹诽坏蛋，知道她心焦，还不赶快老实地答，小手抚他肩甲，哼哼："我以为夫君这么硬的一个，她也吃不动吧？”

褚怿失笑：“是，也就你牙口好了。”

容央瞪他一眼。

小船泊岸，苦候柳下的荼白、雪青一溜烟迎将上来，褚怿把人交过去，千叮万嘱回府休憩，又于原地看三人登车、侍卫相护着掉头，这方整理仪容，阔步往皇城东华门赶去。水道曲折，无论如何不可能跟周道如砥的御道相比，褚怿赶到时，大部队显然已在巍峨皇城外等候多时。

百顺牵马而立，抓头挠腮，一瞧褚怿回来，感动得直呼“老天爷”。

队伍中间，阔大的马车静默停立，落着春晖的窗扇开有尺余宽，一双眼在内冷漠观察。

褚怿上马，扬手示意，一队蹄声重新响起，车轮徐徐朝城门滚动。

婢女抱怨道：“总算回来了，究竟是什么要紧事，一去去这样久。唉，不知道殿下思念官家和娘娘吗……”

赵慧妍默不作声，在马车驶入皇城刹那，静静闭上双眼。

官家和吕皇后在文德殿内恭候，三人团聚，一片唏嘘。

褚怿不必参与这感天动地的剧场，把人交付完后，请辞离去。

偌大的殿堂之内，该哭的、该叹的因他的离去而越发动情。吕皇后泪淌如线，颤着手抚过赵慧妍苍白憔悴的脸颊，心痛地喊：“吾儿受苦了！”

赵慧妍靠向吕皇后的肩头，羸弱的身形委顿如凋残的蒲柳曳地，吕皇后声音更哽咽，抱住她纤薄得硌手的肩，承诺：“回来便好，回来便好……从此往后，有官家和娘亲庇护着你，世间再无人可欺你辱你，伤害于你了！”

官家坐在一边，也是揪心长叹，他大概是全天下最擅于自省、最擅于对人生愧的君王了。吕氏的吞声饮泪，慧妍的一言不发，都是刺痛他、激醒他良知的良药。

“慧妍还年轻，不要怕。”

官家郑重严肃，缓缓道：“你是大鄞的帝姬，是朕的爱女，有朕相护，无人敢对你不敬……这一次，你想嫁谁，朕都依你。”

殿中的抽泣声一滞，吕皇后泪眸生光，赵慧妍的头转过来，空无一物的眼瞳中，缓缓有浮冰碎裂，微茫浮跃。

“爹爹，此话当真吗？”

官家道：“君无戏言。”

（8）意难忘

夜幕四合的忠义侯府里，一派语笑喧阗。酒过三巡后，文老太君看着底下眉开眼笑的一张张脸，拄着鸠杖翘起嘴角。丹心在旁边伺候着，微笑道："难得大郎君这时候能赶回来，殿下头回怀孕，心里多少有些怕，这时候，最是需要人陪了。"

文老太君闻言，目光不由得转向人群里那对含情脉脉的小夫妻。灯火重重，褚怿玄袍镀金，屈膝坐于案前，正垂着眸、侧着脸，笑着跟容央窃窃私语。

两人也不知是聊到什么，容央突然一小拳砸向褚怿胸口，被他咧唇笑纳。再观容央，则是美目流波、粉腮如霞了。

文老太君眨眨眼，试图把这极黏腻的一幕眨去，偏边上周氏感叹道："悦卿和殿下这恩爱模样，倒是叫人想起大哥大嫂来了。"

这话有点像是故意的，不知是要来抚慰，还是要来戳心。可周氏惯来精明，并不是那莽撞的人，这种时候讲这话，自是有所深意。

文老太君又往那处看去一眼，想起二十多年前，云氏身怀六甲，和大郎褚泰坐在席间低头共耳语的情形，道："你是想劝我，日后不要再逼着悦卿纳妾了罢？"

周氏没回答，只是道："难道母亲不觉得，悦卿的脾性，实在太像大哥了吗？"

忠义侯府大郎褚泰十八岁袭爵忠义侯，二十岁和自小一块长大的青梅竹马云蓉大婚，婚后三年，云蓉方艰难地育下一子褚怿，却因生产时气血两亏，身体大损，此后再无所出。

那时候，纳妾与否是文老太君跟褚泰交锋得最多的问题。褚泰其实并不像而今的褚怿，他对待母亲文老太君一直是很恭谨的，有时候，甚至会恭谨得令人感觉冷漠。当被堂上的母亲以各式各样的理由劝着逼着纳妾时，他从来不试图争执、反抗，他只是沉默、笔直地跪在堂下，等堂上的人发泄完后，再掸掸衣灰站起来，平静地讲出那一句从来没有变过的话："儿子一生有蓉儿一人，足够。"

用那时文老太君的话来讲，他简直就是一块又冷又硬的石头。

靠累累战功换来忠义侯一爵的两朝大将褚训膝下六子，却只有大郎褚泰、四郎褚晏是文老太君所生。面对这块亲生的硬石头，文老太君推推不动，打打不碎，只能丧着张脸，在他如愿地命殒疆场后，拄起鸠杖护着褚怿这一点微弱的香火。

其实，很长一段时间里，文老太君都是后悔的，后悔当初心肠还不够硬，手段还不够狠，不能逼着褚泰再多留下个一儿半女。但在后悔之余，她又总是能很清晰地意识到，像褚泰这样情沉意坚的郎君，就算是她把其他女人扒光了送到他的床上，换来的也只会是他不声不响地踅身而去。

褚怿在关城戍守的十年之中，文老太君修去的家书一定会问及的，就是他的感情，她希望他不要学他的父亲，不要在那边结下什么感天动地的情缘，回来后，又上演一遍当年褚泰和云蓉的鸳鸯戏。

褚怿没有令她失望，十年里，他勤勤恳恳地练兵、打仗，一心一意只在疆场；回来后，也没有在她强调纳妾一事时表达过明显的反对，甚至还默许了她替他操持婚事，让他娶谁，他便娶谁。

他在自己的终身大事上实在是太不上心了，以至于文老太君以为这个孙子一定跟他的父亲不一样，至少，不会是那等陷在情海里不可自拔的痴汉。所以，即便是后来娶林雁玉不成，褚怿阴错阳差地被迫奉旨尚主，文老太君心中也并没有彻底放弃过纳妾的念头。

她以为像褚怿这样冷傲的人，一定很难跟自小养尊处优的嘉仪帝姬相处融洽；她以为像容央那样锦衣玉食的帝姬，一定很难看上褚怿这种皮糙肉厚的糙汉；她以为这一段婚姻，一定会是政治大于感情；她以为就算最开始这二人腻腻歪歪，也终究只会是一时之兴……

可是现在——

从来不理会感情之事的褚怿，开始在他和容央的世界外划出了一条清晰的、不容人僭越的线；原本高高在上，并不把侯府命运放在心上的容央，开始为了捍卫褚氏利益反复出入宫廷……

文老太君想起小年那天，容央在亭子里说的那段话，心潮一阵涌动，复又想起她当夜提及的褚晏、明昭，越发百感交集。

"一个个像投生来还情债似的，也不知道像谁。"文老太君恨声，耷拉着眉眼，面露不豫之色。

周氏忍俊不禁，想起些尘封往事，心道"还不是像你"，但毕竟不敢讲，只是道："自古大有作为之人，向来都是一心一意的。何况悦卿和殿下伉俪情深，于侯府而言并不是坏事，母亲又何必在纳妾一事上耿耿于怀呢？"

文老太君欲言又止，最后看回人影里语笑嫣然的容央。席间光影浮动，小姑娘纤纤的一个，眉眼间、雪腮上都仍是少女的娇憨，但独当一面的时候，又不乏一种斩钉截铁、不容置喙的魄力。

文老太君心念起伏，蓦地叹道："罢了。"

周氏欣慰一笑，以为老太太终于释怀，由衷地道："子嗣这东西，虽然事在人为，但冥冥之中，也是自有天定，母亲能坦然看待，便是再好不过了。"

文老太君眼睛往上瞟，也由衷地道："老四那院里仍然是半点动静也无，要不这回悦卿回樊关，顺道给他捎两个娘子过去吧？"

周氏一怔。

散席后，容央从堂中出来，朝身边的褚怿道："刚刚五婶、六婶交代的话，你可记住了？"

刚刚在席间，施氏、谢氏挤在他俩案前，就"丈夫应该如何在夫人孕期哄其开心、护其周全"洋洋洒洒传授了一大堆，容央感觉十分中肯，就不知褚怿是否也能英雄所见略同。

风吹灯摇，暖金光辉曳过两人衣袂，褚怿低头看身边人一眼，摊开一只手。

容央缓缓地把一只纤纤玉手放上去，褚怿眼盯着她，五指交拢，牵她前行。

容央抿唇笑，提醒道："走到哪里都不能放的，我现在最不能磕着绊着，可记得？"

褚怿心道矫情，唇边却有笑："出恭也不能放吗？"

容央大呼粗鲁，褚怿笑而不语，容央立刻嚷道："说了要顺着我心意，你还跟我抬杠！"

褚怿把她小手牵紧，答："没有抬杠，的确是不想分开。"

他答得太简单，似乎也太认真，容央脸一红，不敢置信：这……这是他的情话吗？

及至回廊入口，褚怿却往东边拐去，并不是闻汀小筑的方向，容央回神，不及询问，褚怿道："去个地方。"

容央狐疑，被他牵着行走在月夜里，不多时，穿过一扇绿藤葱茏的月洞门，容央抬头一看，神色微变。

一轮皓月静静地悬在天幕上，在阒无人声的庭院里铺上银辉，两大棵葳蕤参天的古松后，矗立着一大座重檐歇山式房屋，规格阔大，气氛庄严。

这地方，容央来过，在头回入府时。

这里是褚氏祠堂。

打开厚重的祠堂大门，昏黄又深邃的烛光泻入眼里，恍惚间竟有点刺目。容央下意识眨了眨眼，再睁开时，入目是一盏盏密如繁星的灯烛，一座座长如山脉的牌位，灯烛和牌位交错，又交织，像一片夜空被拉下来，一片山河被拉过来，包裹在祠堂四周。

容央抿住唇，低头沉默，不知道褚怿为什么突然把自己带来这里。

褚怿反手关上门，目光在前，平静地道："不用怕，报个喜。"

容央一怔，抬头看他。褚怿神色淡然，牵着她往前。容央心思转动，倏地要挣脱他的手，半晌挣不动，换来一声低笑。

容央小声提醒："松开。"

褚怿大手不放："不能松，会被夫人骂的。"

容央张口结舌，硬生生被他牵到正前方的灵位前，看他单手从香案底下抽出三炷香，继而示意自己拿火折子给他点火。

容央蹙着眉，硬着头皮给他把香点燃，趁他专心上香时，噌一下把手抽了回来。

褚怿掌心一空，转头看她，容央义正词严："上香就有个上香的样儿。"

褚怿咧唇，看回褚训的牌位，作揖后，双手上香。

容央双手揣入袖里，展眼四看，正走着神，褚怿握住她肩头，把她揽至一片烛火前。

容央定睛一看，两座红木牌位并肩而立：褚泰、云蓉。

容央眼眶蓦地有点发酸。

上一次，褚怿并没有把她带来褚泰和云氏的灵位前。

“说两句不？”褚怿开口，口吻很随意，并不是真要她陈言的意思。

容央却真挚道：“嗯。”

褚怿拿香的动作微顿。

容央趁势拿过他手中的香，示意他来点。褚怿看她一眼后垂睫，默默拨开火折子给她把香点燃。

一缕青烟缭绕而上，容央握着香，朝面前的两座牌位道：“爹爹，娘亲，我们也要做爹爹和娘亲了。”

褚怿正放火折子，闻言眼波一颤。

容央道：“孩子大概是今年入秋时出生，悦卿说，那时候，大鄞的战事应该差不多结束了，他会留在我身边，陪我一起迎接这个小家伙。他说他出生的时候，爹爹就是一直守在娘亲的产房外的，所以他特别努力，想快点见爹娘一面，于是噌一下就出来了……”

褚怿：“……我没说过。”

容央扭头，眨眼：“我替你说了。”

但她的确是在胡诌，她说的的确并不是他的话，只是道听途说，只是……自己的期望罢了。

褚怿沉默，伸指在三炷香上一压，燃尽的火灰跌落下去，容央回神，抬手上香。

褚怿终于道：“我来得并不顺利。”

容央茫然。

褚怿道：“娘亲生我时，是难产。”

容央张着嘴，不及吭声，褚怿又道：“最后也是因我而死的。”

容央一震，这一次，呆呆地望着褚怿，彻底讲不出话了。

云氏生下褚怿那年，是二十岁，离开人世时，二十六岁。

那一年的冬至，大鄞下了入冬以来的第一场雪，车水马龙的盛京城被漫天大雪铺白，也被入夜后流光溢彩的灯火染成斑斓的海。

华灯初上后，褚泰和云氏拉着六岁的褚怿，穿行在一盏盏瑰丽璀璨的花灯里，带他去看他嚷嚷了小半年的南戏。变故究竟是什么时候发生的，褚怿已经不能很明确地表达了，他只记得人潮被舞狮的人冲散时，喧阗的锣鼓声中突然炸开的尖叫声，锋利如一支箭镞穿过耳朵，在大脑轰轰直鸣时，一只铁爪一样的手抓住了自己肩头。

然后是突如其来的一片黑暗，昏迷前一刻，鼻端有浓烈的异香。

那两年大鄞和大契烽火连天，褚家镇守边陲，斩杀了耶律皇族、萧氏大族等一大批大契战将，两国关系一度势如水火。为更准确地刺探敌情，夺取胜利，大鄞的士兵铤而走险，乔装改扮成乞塔牧民跨境生活；而大契的细作、密探亦在不知不觉中深入了国朝心腹——

盛京。

那晚刻意制造混乱，在褚泰眼皮底下掳走了褚怿和云氏的，正是扎根于盛京城中最狡猾、最阴毒的大契细作。

他们的目的，是用妻儿的性命来逼迫褚泰交出三州布防图。

褚怿从昏迷中醒来时，是被云氏紧紧抱在怀里的，四周是破败的墙垣，漏风的窗棂，诡异的黑影，以及黑影里不时传来的令人毛骨悚然的窃笑。

迷香的作用还没有完全消失，他的头在那些笑声里疼得如裂开一般。他止不住地皱眉、发抖、挣扎。云氏抱紧他，把嘴唇贴至他耳边，反复地告诉他：“悦卿乖，不要怕。”

褚泰是在后半夜来的，的确是只身一人，也的确如大契细作所愿，带着一卷举足轻重的地图。密探首领两眼放光，欣喜若狂地把空中抛来的那卷地图接住，打开来一看，却是愕然失色。

褚泰带来的，只是一幅三州地形图。

“把我妻儿放了，军中布防，我即刻画上。”

风雪凛冽，褚泰在首领暴怒的眼神里平静开口。首领怒极反笑，用浑然土生土长的盛京官话答：“一幅屁用没有的地图，就想把妻儿换回去，你当我们是傻子吗？！”

破败的旧庙里随之传来稚童的呼叫、少妇的怒叱。

褚泰被霜雪覆盖的眉在月光中隐忍地微蹙起，道：“那就先放一个吧。”

旧庙中，褚怿被拽出来踢倒后，重新倒回云氏的怀抱。一个魁梧黑衣人进来传话，一双双阴鸷的眼开始在他们身上打量。

云氏的胸脯快速地起伏着，最后一次吻过褚怿的脸，她显然已经听到、也听懂了庙外褚泰和那首领的对答。

褚怿拼死拽紧云氏的衣襟，不肯走。

云氏在黑暗里摸索，含着泪，也含着笑，给褚怿喂去了一块破碎的饴糖。

云氏道：“家里还有一盒蜜糕，悦卿听话，回家吧。”

那是褚怿最后悔的一次听话。

褚怿获救后，密探首领亲自把云氏扣押在庙前，逼迫褚泰就着月光画下他承诺的布防图。

而云氏，则在褚泰提笔落纸的那一刹那，抓过颈边的长剑，毅然地自戕了。

烛火静谧，褚怿被火光照耀的脸也沉默静谧，容央黯然低头，想起褚蕙提及这件往事时讲的那些话，眼眶里一阵发酸。

褚怿眸里倒映着三簇微小的火光，道：“那天是我六岁的生辰。”

容央道：“我知道。”

褚怿意外地看向她，她浓睫漆黑，明澈的眸里涌动着揉碎金辉的泪，泪光里也倒映着那三簇萤火一样的光芒。

“我知道你的生辰是冬至，我知道你为什么不再愿意过它，不再愿意跟人提起它……我知道在褚家人心中，没有什么能比尽忠守义更重要，我也知道在褚家，离别其实是常态，不管是生离，还是死别。我知道你的每一次远行，都有可能不会再回来，我们的每一次告别，都有可能是我们看对方的最后一眼……”

容央鼻头发酸，转开眼，忍住道：“反正，我都知道。”

祠中阒寂，半晌，褚怿低低一笑：“褚蕙跟你讲的？”

容央道：“没有。”

她心里默默道：我自己觉悟高。

褚怿道：“最后那一句，不对。”

容央仰头。

褚怿看着烛火后静立的灵位：“我会和你白头到老，儿孙满堂。”

夜幕浓黑，一排排宫灯如游龙盘卧，灯火如昼的文德殿里，官家愁眉不展伏于案前，再次向吕皇后确认：“慧妍真的铁了心要嫁给他？”

吕皇后点头，朦胧灯影里，眉间亦有郁郁之色。

官家叹息。

吕皇后看他满面愁容，体贴地道：“要不官家先别急着下旨，臣妾回去再劝劝？”

圣旨一下，那人若拒绝，可就是抗旨不遵，当着全天下人的面再一次羞辱慧妍了。官家迭声应是，嘱咐吕皇后一定好生劝劝。

吕皇后应承，道：“夜色已深，官家近日操心北伐之事，人都清减了，今日就早些休息，顺便去臣妾那里看一看安儿吧？”

提及小皇子赵安，官家展开的眉头又隐约堆起一层云翳，但唇边却微微含笑，道：“朕前两日听崔全海说，安儿现在已能坐着了？”

吕皇后笑道：“闹腾得很，何止是坐，一不留神就到处乱爬了。”

官家笑笑，便欲起身，大殿外突然传来一阵仓皇之声，有人高声喝道：“燕京急报！燕京急报！”

官家听得“燕京”二字，心头赫然一凛。

第十一章

金戈铁马

（1）卜算子

平熙六年春，贺家军二十万骑兵败于大契燕京城外，主帅贺渊以身殉国。

蛰伏数月的大契将领率五万铁骑长驱直下，仅用时三日，破贺家军大本营——燕川。

贺渊长子贺平远求援娄军，娄军以“分身乏术”为由相拒，仓促之下，率残兵三万人退守禹城。

北伐战场，一派狼藉。

京中大震，一道道奏章、诏令进进出出，铺天盖地。

不日，褚怿调兵三万赶赴前线，褚晏率六万褚家军北上驰援，三皇子赵彭同往督军。

铿然一声，一杆红缨枪破空而起，枪尖快若流星，震落簌簌春花。廊庑里，茶白在摆稳的小案上铺平宣纸，放齐笔墨，不时朝廊外舞枪的两个少年人侧头。

雪青提着一篮新采的月季过来，示意她专心。

茶白敛神，转回头继续研墨。案前，容央静默坐着，提起那支羊毫沉吟片刻后，落笔写信。

茶白怅然道：“殿下，这一次，褚家人是真要上战场了？”

容央从容构思，尚不及答，庭中舞枪的一名少年道：“贺家父子从京中浩浩荡荡地领着二十万人去攻燕京，结果城没攻下，反把自个儿守了几十年的老巢丢了，四伯和大哥要不上阵，如何能把这屁股擦干净？这屁股要是擦不干净，那咱大鄞可就真是丢脸丢到家了！”

对面人回枪反搠，格开少年杀招，顺势斜出一枪，少年往后纵开，枪尖在地砖上一划过后，旋身反击。

双枪交锋，火花四溅，挟以激荡气流，横扫得满庭花叶飒飒簌动。

茶白却无心观战，闻言只道："那这一仗要是打起来的话，得打上多久哪？"

交锋中，身形较长那个开口："燕川一败，贺家退守禹城，算上从燕京城外逃回来的厢军、禁军，以及建玉、三合、禹城等地的贺家旧部，仅仅十万不到，四叔和大哥带去的援兵，总共也只有九万人，但要想雪耻，除夺回燕川外，还必须赶在娄军结束上京一战前攻下燕京，否则大娄便有机会伺机反悔，不再履约归还幽云十六州。"

"铮"一声，枪杆被撩开，虚空之中一阵嗡鸣，对面人接口道："所以这一战，四伯、大哥只能从快，破釜沉舟，速战速决！"

"破釜沉舟"四字一落，容央握着的笔颤动，在小楷齐整的宣纸上拉开一条极其不和谐的墨痕。雪青正插着玉壶春瓶里的月季，看得这一幕，心头揪起。

上次虽然也是远行，但褚怿只是戍守于三州地界，不必跟契人正面交锋。这一次上燕川去，要跟大契硬碰硬对打不算，所面临的，竟还是需要破釜沉舟的凶险战局，容央心境如何还能平静无波？

雪青抿紧唇，放下花瓶改去给容央重新取纸，容央却只一滞，然后继续挥毫写就，似乎并不介意那一笔因惊而生的意外。

雪青迟疑。

不多时，庭中的一场打斗消停下来，年长那个带头朝廊内作揖，道："接下来给嫂嫂展示'褚家枪法'第三式！"

这两个少年，正是褚怿临行前派来陪伴兼保护容央的褚恒、褚睿，即三房周氏和五房施氏的膝下长子。

容央闻言眉眼不抬，道："天快黑了，今天就到这儿吧。"

褚恒看一眼天色，道："还不急，大哥去前有令，要我二人每日在帝姬府练功两个时辰，一则给嫂嫂解闷，二则给小侄儿启蒙，今日只练了一个时辰不到，恒儿、睿儿还不能走。"

褚睿年纪毕竟尚小，玩心还重，听得容央松口，不免想趁机溜去城中耍一耍，因而拿胳膊肘撞褚恒，小声道："我看嫂嫂有点累了，要不今日就先收了吧？"

褚恒白他一眼："我看是你累了吧。"

褚睿撇眉，继续争取："蕙姐姐今日被二伯母押去相亲，我想知道结果怎么样，难道你就不好奇？"

提及褚蕙被押去相亲一事，褚恒自然也相当好奇，然而作为目前家中的老大，他还是很能分得清主次，回绝道："不差这一时。"

褚睿蔫头耷脑。

却听容央道："相亲场所在何处？"

褚恒看去，原本低头写信的容央挺身坐着，一双灵动大眼熠熠有神。

褚恒忙道："广聚轩。"

容央"哦"一声，道："那地方的杖醋洗手蟹相当正宗，五味杏酪鹅也做得鲜美爽口，早知道他们在那里相亲，我提前去定个雅间，一边吃一边等消息了。"

褚睿垂涎三尺，鼓起勇气道："嫂嫂现在去……倒也不迟的。"

容央抚抚微隆的肚皮，道："可是每天一到这个点，我人就乏了，再者你们大哥叮嘱过，晌午以后尽量不要出门的。"

褚睿福至心灵，领会了，扭头冲褚恒道："六哥，那我俩赶紧过去吧，趁天黑前给嫂嫂送一盘蟹、一盘鹅来！"

褚恒无奈。

两人去后，铿铿锵锵的庭院终于安静下来，容央把写好的两封信分别装好，交给荼白去寄。

春风拂面，容央望着廊外开始抽芽的梧桐树，怅然一叹。

雪青安慰道："驸马爷十四岁就能领兵破阵，驰骋疆场如履平地，而今又有怀化大将军褚四爷相助，就算契人再怎么难缠，燕京再怎么难打，也定能不负众望，班师凯旋，殿下不必担心。"

容央看回她，眨眨明眸："我没有担心。"

雪青一怔。

容央双手交叠放在肚子上，望着墙角那棵比去年更挺拔、繁茂的梧桐树，道："我自然知道我的驸马有多厉害。"

雪青听罢，失笑。

容央道："我只是叹'谗邪害公正，浮云翳白日'。朝廷决定联娄灭契，本就该先派熟悉大契的褚家军出征，可爹爹被范申所惑，执意要贺家跟娄人联盟，如今落得个赔了夫人又折兵的下场。十几万的将士，就那样不明不白地枉死他乡，就算褚家军前去改天换地，也注定不能重返故里，实在是……"

容央戛然而止，把那有点不敬的词吞回去，道："但愿这次赵彭过去，能有点长进，回来以后在朝堂站稳脚跟，不要再让范申那帮人蛊惑圣心了。"

雪青应是，道："官家这次钦点三殿下督军，不少大臣都称有给予厚望之意，想必三殿下回来时，就能掌握实权，在朝中独当一面了。"

容央想起此次前去历练的赵彭，心里郁结稍解。前两日，褚怿刚从前线寄来家书，称奚长生一直服侍于赵彭左右，赵彭也十分安分，除官家所给的督军任务外，并不一头热血地闹着要上前线。

只要赵彭自己不瞎折腾，乖乖地服从军令，容央就不着急。比起忧虑，容央更愿意相信褚怿，相信那夜他在褚氏祠堂里许下的承诺，相信他会平安回来，带着赵彭，带着胜利。

日影西斜时，容央困意缠来，一觉醒来后，窗纸上已映着点点烛火。雪青吩咐传膳，一道道佳肴送上席来，容央定睛看了一圈，疑惑道：“蟹呢？”

雪青道：“打人走后就再没音信，只怕是玩性大，转头就忘了，殿下要想吃，明日我让人去买来。”

容央想想，道：“算了。”

反正也只是个托词，只是不想再听那铿铿锵锵的枪声罢了。

然而第二日，到了褚恒、褚睿来练枪的时辰时，府上依旧不见二人人影。荼白嘟囔道：“莫不是昨儿放人鸽子，今日怕被骂，索性就不来了？”

容央蹙着眉，往院外瞧了一会儿，想着或许是府上有什么事把人绊住了，倒也没太放在心上。

直至又过一日，侯府里传来一个消息——

褚蕙被吴氏押去广聚轩相亲之后，竟然彻底地……人间蒸发了！

容央大震，惊急之下，便欲前往侯府查探清楚，褚恒终于领着褚睿匆匆而来，彼此在廊中相遇。褚恒拦住容央道：“嫂嫂留步！”

容央驻足道：“蕙蕙如何了？”

褚恒道：“还在找，不过已经排除了被人掳走的可能，照二伯母的推测，恐怕是因为逼婚的事，一气之下逃去参军了。”

容央愕然。

褚睿在旁皱眉道：“那日四伯和大哥出征时，蕙姐姐就乔装改扮成士卒偷溜过一次，只是还没出城门就给大哥揪了出来。二伯母也是怕她死心不改，这才忙着逼她出嫁，谁知道……”

容央听罢，五味杂陈。

替父兄在战场上报仇雪恨，以褚家人的身份保家卫国，是褚蕙这十八年来心心念念了千千万万遍的事。然吴氏丧夫、丧子，至今仅剩下褚蕙这一点血脉，全心全意就只盼着褚蕙能留在自己目光所及的地方安安稳稳度过一生，也是世人所能理解的。

容央曾经想过褚蕙会如愿地骑上战马，在她向往多年的疆场上驰骋四方，只是没有想到，褚蕙最后会以这样偏激又决绝的方式离开。

或许，这也是她的“不得已而为之”罢。

容央沉吟罢，道：“那二婶婶如何了？”

褚恒道：“最开始自然是怒不可遏，可一个人闷在院里喝了一夜的酒以后，就再没提过这事了。”

容央莫名心酸。

当下雪青、茶白上来相慰，各自开解一番后，褚恒、褚睿又开始在庭中练起枪来。容央虽然看得心不在焉，但终究没再缠问，这事也就揭过去了。

（2）浣溪沙

春风辗转，时日如梭，半个月后，从前线寄来的家书陆续抵达帝姬府，有褚怿的，有赵彭的，其中一封并未署名，打开来一看，潇洒大气的三行字，落款赫然是褚蕙。

此时褚家大军已跟贺家军在禹城会合，褚怿做先锋，率三千精骑从燕川城东突袭，斩杀镇守城中的大契主将。褚晏随后领六万褚家军围攻主城，前后不过半夜就拿回了燕川城，是时契军溃败之态，比之当日贺家军有过之而无不及。

褚蕙在来信中提及的正是这惊天动地的一战，只是寥寥几笔，并未涉及细节，恐是害怕暴露自己具体所在哪行哪伍，又给吴氏一声令下，揪回家中。

不过，单只这一个落款，也就很令人安心满足了。容央把信收起，挺着渐渐显怀的孕肚去了一趟侯府，跟吴氏坐着聊了一下午后，又给赶来的施氏、谢氏盛情留下，在侯府用了晚膳。

如此日日相盼，及至又一年清明时，盛京终于等来燕京被破、大契被灭的喜讯。只是，一座城的人还来不及挥霍这胜利的喜悦，又一个消息如劈头盖脸打过来的一巴掌，扇得满城上上下下措手不及——

因褚、贺两家军队攻入燕京时，娄军已拿下上京，派来十万铁骑包围于燕京城外，并在褚、贺两家破城之时，迅速给予了助攻，是以大娄坚称燕京之破，乃两国联合而成，并不算大鄞践行合约。故，大娄也不必如合约所言，把幽云十六州分给大鄞。

这一改口，无异于平地一声惊雷。

褚、贺两家大军留守燕京，跟大娄骑兵对峙于咫尺之间，本来尘埃落定的战局再次剑拔弩张。

官家怕战事再起，立刻派范申率使团前往谈判，为表诚意，又下旨召回褚晏、褚怿，北方战场重新交回贺家军。

茶白想起范申，就又想起去年上官岫和谈一事，跺脚：“他去能谈出个什么东西！”

容央坐在窗前，对着庭中斜风细雨的场景蹙眉，亦不明白父亲为什么还要用范申去谈判。

愁肠百结时，雪青慰道：“幸而两战大捷，驸马和三殿下不日就能抵京，同行的或许还有蕙姑娘，届时殿下生产，小公子的爹爹、舅舅、姑姑都在外边候着，那可就热闹了。”

那的确是十分热闹的场面，然容央此刻心里只是满满的疑窦和不安。

褚家军凯旋的队伍，是在四月底进入盛京的，仔细一算，竟然恰巧就是去年容央和褚怿大婚之日。

辰时，微凉的晨风夹着雨后泥土清香，容央盛装走上城墙，前去等候褚怿回京。及至旌旗猎猎的护墙前，却见一人身着镂金百蝶穿花云缎裙，头戴碧玉藤花花累丝珠钗头面，面朝城外袖手而立，旁侧，是垂眉颔首的两个婢女。

容央眉心一蹙，上前道："你来干什么？"

那人闻声转过头来，和风吹拂，一双杏目静如冰水，波澜不起，却不是旁人，正是三个月前回京的恭穆帝姬——赵慧妍。

赵慧妍道："你来干什么？"

容央显然对这一反问意外且不适，荼白亦恼道："我们殿下自然是来等驸马的。"

赵慧妍眼神不变，淡淡道："哦，我也是来等我的驸马的。"

红底金边的旌旗在护墙上临风招展，赵慧妍青丝拂面，目不转睛地看着容央。

容央不禁颦眉："你的驸马？"

荼白、雪青茫然地愣在原地，想到城外浩浩而来的军队，一股寒意猛从心头蹿起。

赵慧妍缓缓道："对，今日凯旋的怀化大将军褚晏，是即将跟我大婚的驸马。姐姐还没听到消息吗？哦，倒是无妨，亲自听我来讲也是一样的，不然下次见面就得改口叫我'婶婶'，姐姐只怕是要尴尬了。"

容央瞳眸睁大，无数神色纷沓而过："你疯了吗？"

赵慧妍道："我不该疯吗？"

护墙上风声飒飒，卷得旌旗翻飞如被撕裂一般，荼白错愕地盯着一脸淡然的赵慧妍，简直不敢相信自己的耳朵。

"褚四爷……"

荼白刚出声，被容央抬手制止，赵慧妍冷峭的目光从荼白转至容央。

容央眉目凛然，道："你该不该疯我不知道，但如果你是想用这种方式报复我，那我劝你趁早收手吧。"

赵慧妍扯唇一笑，道："褚将军不顾生死，翻山越岭把我救回故土，我对他的倾慕之心早已是日月可鉴，姐姐怎么一来就胡言乱语，说什么'报复'呢？"

赵慧妍目光慢慢往下，落至容央隆起的身前，神态不明："难道真是像坊间说的那样，这女郎怀了身孕，人就会变傻吗？"

荼白一凛，下意识地挺身护主，猛被赵慧妍斜了一眼，刹那间竟汗毛倒竖。

容央越过荼白的肩膀，看着护墙前气质大改、戾气满身的赵慧妍，静默不语。

赵慧妍眼底笑意越浓，开始在容央脸上搜捕惶恐、恼怒之色，然而苦苦搜寻一番后，居然一无所获。

春晖下，容央那张脸淡如白水，一双明眸里，仅是清清澈澈的怜悯。

赵慧妍嘴角绷直。

容央道：“他不会跟你成婚的，你适可而止吧。”

赵慧妍冷着脸道：“凭什么？”

容央道：“凭他不爱你。”

赵慧妍冷笑：“我与他大婚，自会奉官家旨意，管他爱是不爱，难不成，他还敢抗旨吗？”

容央声音清脆响亮：“敢啊。”

赵慧妍脸一瞬间绷紧。

容央看她片刻，默默转开眼，护墙外群山绵亘，一片恢宏壮阔的灰色正穿梭于绿影中，朝着城门方向而来。

金戈震耳，号角穿空。

那是褚家叔侄从地狱里拽回来的三万北伐国军。

声声铁蹄仿佛踩踏在心里，震得血脉发烫、眼眶发酸，容央道：“这里风太大，我要下去了。”

赵慧妍目睹她扶着孕肚走下城楼，直着眼，转头看向城外悬旌蔽空的军队。策马行在整个队伍最前端的，是一匹黢黑矫健的战马，战马上所坐之人，是挎剑衣甲的三军主帅，褚晏。

然而赵慧妍的视野里没有此人，她的双眼里只有一片动荡的虚空。

她对着这片虚空森然地道：“他抗不了的。”

容央走下城楼，及至马车前，蓦地腹中一痛。

“殿下！”雪青、荼白看她蹙眉止步，流露隐忍之色，一颗心登时提至喉咙。

容央捂着大肚驻足车前，低着头，伸手示意无碍，原地休息片刻后，那微微的刺痛逐渐消失。

“雪青，你进宫一趟。”容央缓慢出声，目中开始浮动忧虑，“就说我身体不大舒服，请谭院判来看看，顺便伺机打探风声，看赵慧妍所言是否属实。”

雪青心领神会，应是后，拿上令牌疾去。

荼白心慌神乱，不及扶容央上车，容央又吩咐道：“叫个人把消息带去兴国寺。”

荼白愕然：“不是还不确定是真是假吗？”

容央道：“等确定就晚了。”

荼白悚然一凛。

巍峨城墙外，又是一声号角穿云而上，大军逼近城门。

此刻，尚不知命犯红鸾的主帅褚晏正微笑着策马而行，幻想着入城以后，会在某处人海里看到某双美丽的眼睛。

在他身后，是旌旗飞扬的凯旋大军，两行精锐骑兵护着一辆华盖垂绦的马车徐徐前行。车中两人相对而坐，一人面孔白皙俊美，垂眉沉吟；一人仰头靠壁，环目合眼，略黑的脸轮廓如削，五官英挺。

二人正是离京半年有余，自三州督军至燕京前线的三皇子赵彭，及在燕川城率三千精骑大破敌军的定远将军褚怿。

褚怿靠壁假寐着，忽听得“唉”一声沉叹。

眼皮微撩，所见，是对面赵彭耷脑坐着，正愁眉锁眼地看着自个儿的一条手臂，那撸起袖口的小臂上，赫然缠裹着一圈碍眼的白纱布，隐约渗着血。

赵彭愁：“要是叫她看到，该如何是好……”

这个“她”，自然是指容央了。

褚怿唇微动，不及开口，赵彭道：“你也是，小心点，她现在正是不容易的时候，要是瞧着你那样的伤，指不定怎么心疼，万一动了胎气……”

大概是头一回要做舅舅，赵彭实在是紧张得不知如何是好，单是想着那不好的可能，手心都要浸出汗来。相形之下，倒是褚怿这个做准父亲的显得淡定太多。赵彭不满道：“你……你听到没有？”

褚怿想想自己这一身的疤，便是再多两道也不足为奇，但瞧赵彭那郑重其事的神情，又哪里还是能承受住这话的样儿？

于是他答：“听着的。”

赵彭勉强放心，又看一眼小臂上的伤，认认真真地把袖子拉下来遮住，松一口气，继而往车窗外看看，“噫”一声：“快要入城了。”

褚怿不动声色，赵彭盯他，意思是：你还不下车骑马去？

褚怿领会，却继续不动，表示不必。

赵彭忍不住催：“四姐八成是要来迎的，你不风风光光地骑着战马进城，她不就白来了？”

他又道：“还有两个月就要生了，挺着那么大个肚子来，回头望穿秋水也望不到你，一时伤心动了胎气……”

车轮碾过地上滚石，赵彭给震得结舌，褚怿趁势堵他后头的话：“不下去，就守在这儿，不然刺客再在你身上拉一口子，那才真得动了胎气。”

赵彭愕然，张张嘴，反驳不出话了。

就在三日前，一行人下榻奉应驿馆，赵彭突然遇刺，饶是众人反应迅疾，也还是让他在这一过程中受了外伤。

行刺者一共六人，俱是擅于暗器、短兵的专业杀手，其中二人逃脱，四人被生擒，被擒后又即刻服毒自尽，不给对方逼供的机会，秉持职业杀手一贯的操守。

赵彭心念转动，道：“其实，不把我护得这么严实，反而是揪出真凶的机会。”

褚怿知道他所打的算盘，瞄他一眼，道：“看不出来殿下还是好赌之人。”

赵彭道：“只要值得，赌又何妨？”

褚怿便道：“不值得。”

赵彭一怔。

大军慢慢停下，城墙处，传来禁军相迎的喧天鼓乐声，褚怿目光往窗外而去，道：“殿下督军立下大功，官家封赏之心已是天下皆知，何人此时最迫切取你性命，不言而喻。一个显而易见的答案，不值得让人豁出性命。”

赵彭不禁蹙眉，放眼朝堂，有心、有胆还有力在褚家叔侄的眼皮底下派人刺杀他的人，的确也就是那一两个，但是……

“我就想确认，如果真是……那人的话，我便可早做准备。”

褚怿淡声：“难道不确定，殿下就会跟对方共存？”

赵彭抬头。

褚怿对上赵彭双眸：“势不共存者，除即可，无须确定。”

震天钟鼓声中，褚晏悠然策马，及至城门前，倏地注意到城楼上站着一位华服盛装的女子，定看一眼，认出是恭穆帝姬赵慧妍。

“啧啧……”褚晏不由得转头往后边的马车看，唏嘘感慨，“臭崽子净惹情债。”

褚晏是行伍中人，反应力向来一等，脸转回来时，很快发现赵慧妍的目光似乎并不在别处，而是在自己身上。

褚晏抬眸。

杆杆旌旗在彼此眼前猎猎舞动，赵慧妍展颜一笑，眸底秋波盈盈。

褚晏戳戳发麻的头皮，转开眼。

国军回朝，将帅第一件事情是入宫面圣。褚晏入城后，跟前来相迎的禁军会合，两厢寒暄罢，便欲径直打马往东华门去，一宫廷内侍上前来行礼，微笑地呈上一个锦盒。

“此乃恭穆帝姬庆贺将军凯旋的薄礼，请将军笑纳。”

褚晏眉头绞成麻花。

内侍笑着提醒：“将军？”

褚晏转头，再次朝城楼上瞄，赵慧妍正袖手下楼，身后跟着两位侍女，一行人的目光俱是朝这边看。

褚晏心中突然涌起一种毛骨悚然的预感。

“为亲迎将军入城，帝姬一早便在此守候，眼下将军既要入宫，不如顺道把帝姬护送回去罢？”

内侍继续喋喋不休，褚晏脸色几度变幻。沉吟间，赵慧妍已迤迤然走近，却并不上前来打招呼，而是静静看自己一眼后，噙着那抹意味深长的笑，登上了停靠在城墙前的马车。

车窗半开，她在窗后继续朝这边注视而来。

褚晏从脚底麻至四肢，脑海里蓦地出现一个物象——盘绕在树上的、目光眈眈的蛇。

“礼拿走，人我送回去。”

褚晏吩咐完，定睛提缰往前。

队伍中，赵彭隔窗看到前面这一幕，又惊又疑：“慧妍怎么会在这里？”

褚怿正在人海里寻找容央，闻言看过去。

檐前流苏在窗前飘动，窗后，赵慧妍的半边脸庞沉寂冷漠，偏嘴角挑着笑，于落寞中平添一抹诡异来。

自从从大契回来后，她脸上就时常出现这样的神情。

褚怿有一种很强烈的直觉——

赵慧妍变了。

（3）诉衷情

这一日，褚怿并没有在城中看到容央。

入宫后，官家在崇政殿内盛情接待了回京的将帅，并一度把赵彭看了又看，眼神之认真，只差当众把人剥开来一层层细瞧。

吴缙等一众大臣自是盛赞如云，夸气度变化的、夸谈吐长进的，乃至夸体格变强、个头蹿高的，总之无一样不是休声美言，直夸得官家心神熨帖，笑不拢嘴。

一番寒暄后，官家屏退众臣，独留褚家叔侄及赵彭叙话。

容央身怀六甲，再有两个月便将待产，官家自是先问及褚怿今日回城时可曾见了容央。

褚怿答：“日前有写来家书，称若身体无恙，会前来相迎，但今日入城时不曾得以相见，恐是月份渐大，不宜行动了。”

官家点头，道：“上回朕看她时，走路确是有些吃力了，今日你叔侄班师回朝，城中闹腾，莺莺不去最好。这样，你夫妇二人阔别多时，朕就不留你在这儿唠叨了，回去陪着她罢！”

褚怿起身领命，赵彭急道：“我也要去！”

官家失笑：“人家小夫妻重聚，你去瞎凑什么热闹。”却是一挥手，乃是个准许的意思了。

赵彭大喜，朝明显耷眉的褚怿挤眉，理着衣襟往外而去。

褚晏看他二人相继告辞，想想军中事务也已汇报完毕，自然也预备起身，孰料官家却道："褚晏留下，陪朕下一局棋吧。"

二人去后，本就肃穆庄严的大殿愈显凝重。褚晏收敛心神，看内侍崔全海亲自奉上棋盘、棋具，趸身退下时，不动声色朝自己一瞥。

这是极具暗示性的一瞥，褚晏早在御前做侍卫时就领略过这样的示意，虽然时隔多年，但他还是在第一时间读懂了这位故友的提醒。

褚晏嘴角一牵，大剌剌笑起来，摸着下颌走至官家对面坐下，端详着墨线纵横的棋盘道："臣这刚从北边杀回来，气都还没喘匀一口，官家就急着再跟臣杀上一局，这便是赢，恐怕也有点胜之不武罢？"

官家淡笑，不以为然地拈棋，道："你还当是十年前，披起战甲，拔了宝剑，朕也可以跟你在武场上一分高下？老了，朕眼下也就只能跟你在这棋局上切磋切磋了。"

褚晏听他忆昔叹老，许多被尘封心底的往事也不由得起了涟漪，然只是一瞬，褚晏定神道："那官家的棋局可不比大契、大娄的阵地好闯，臣今日要是侥幸赢了，可得讨点奖励。"

官家失笑："你想要什么奖励？"

褚晏道："臣也老大不小了，官家要是不介意，不如就给臣赐个婚吧？"

官家一枚白子夹在指间，抵于半空僵滞不动，抬眸时，对上褚晏一双坦荡的笑眼。

这样虎虎生威的一双笑眼，官家已经多年不曾见得了，原以为这份风采已和当年那个鲜衣怒马的少年一起，伴随着远征的号角彻底离去，却原来，它还是深藏、久存于一簇不熄不灭的心火里。

官家收摄心神，勾唇应："是你太挑，不然，威震三军、文武双全的褚家主帅何至于孤身至今？"

褚晏耸眉答："是很挑，所以很怕自己挑上的人挑不上我。这不，只能仗着今日跟官家下棋的机会，厚着脸皮讨个恩典了。"

他笑得一半认真，一半势在必得；也一半调侃，一半听天由命。官家笑笑，似很淡然地应承了他的请求，继而缓缓落下了那颗白子。

"嗒——"

开局。

日晷悄移，漫射于大殿地砖上的春晖更浓一寸，氤氲青烟后，一对相对而坐的君臣不再言语，只是执棋，下棋。

空荡荡的棋盘慢慢被密密匝匝的黑白吞噬，攻、防、进、退……一步一营，俱默无声息，也锋芒交迸，是陷阱，是绝境，也可以是转折，是希望，是柳暗花明。

然而……及至香炉里最后一根青烟燃尽，褚晏收回紧压于指间、无处可落的黑子。

黑白交错的棋盘上，等待他的只是山穷水尽，断港绝潢。

官家坦然收袖，目光掠过胜负既定的棋局。

褚晏定住心神，自嘲一笑："就说官家的棋局不好闯，看来，今日是臣自取其辱了。"

官家不以为然，把缴在手中的黑子一颗颗放入盒里，道："一局棋罢了，不至于有辱可取，不就是想要个御赐的婚礼吗？你在前线效忠多年，此次又于北伐战场立下大功，还怕朕连一桩婚都舍不得赐给你？"

褚晏扬唇："一码事归一码事，臣只是嚷嚷着以弈胜求赐婚，可不舍得拿战功换姻缘。"

官家也笑："有些姻缘，的确是得以战功相换，不过你既然不舍，朕又还能强买强卖不成？"

褚晏唇畔痞笑一僵，"有些姻缘"四字，蓦地刺痛他内心最敏感之处。

官家倒并不看他，只是顾自道："倒是冥冥之中自有天意，人定的姻缘，终不如天赐的良缘，譬如……你跟朕的小女慧妍，这次不正是因天意而结下一缘？要是此缘不休，能成你二人一生琴瑟，岂不是旷世佳话一段？恰应了那句'踏破铁鞋无觅处，得来全不费功夫'，或是'众里寻他千百度，蓦然回首，那人却在灯火阑珊处'吗？"

玉石撞击的泠泠之声响在空寂的棋局外，褚晏望着那一片死局，眼底笑意彻底僵凝。

自打入城以来就蛰伏于心底的预感终于被现实验证，荒谬绝伦的决策，却被冠以这世间最动人的、浪漫的辞藻。褚晏冷冷一哂，道："官家这是要臣老牛吃嫩草啊。"

官家拨弄着玉盒里的棋子，笑道："你二人都是为国为民的英雄，要是真能结成连理，乃是我大鄞一等一的喜事，世人称颂还来不及，谁敢那样笑话你？"

褚晏彻骨冰凉，微笑道："那照官家这话，是笃定要招我这混不吝入皇家，做个跟悦卿一样的金龟婿了？"

"跟悦卿一样"入耳，官家的脸是显而易见的沉默，他不再笑，甚至不再虚与委蛇，褚晏心中更冷，因为他读懂了这一沉默。

虽然不知道为什么会有这样破天荒的提议，但显然，面前这位看似波澜不惊的君王，是并不愿意大鄞出现第二个像褚怿一样的驸马的。

尤其，这个人依旧姓褚，甚至还是褚家如今的当家人。

褚晏心潮激涌，更深一层也更令人齿寒的预想慢慢浮上心头，但是他不能表露一丝的了然和慌乱，他只能保持微笑："国朝有规矩，尚主就得断官途，褚家有一个悦卿做例外，已经足够让官家难做，臣又哪里忍心再蹚这浑水，平白给官家添堵？恭穆帝姬风华绝代，至勇至义，天下自有万千郎君梦寐以求，官家就还是饶过臣，莫让臣当这天下人口诛笔伐的老牛了罢。”

大殿中许久寂静，官家放落掌中玉棋，道：“可上回慧妍跟朕说，早在大漠患难时，她就已对你倾心不已了。”

褚晏面色骤冷，官家威仪地道：“朕欠她太多，唯有再为她觅得佳婿方能偿还。你尚不曾为人父，或许难以体察这种愧怍，但人心肉长，同为大鄞人，俱是牺牲者，面对她，你心里多少也能有一份心疼。朕不求你跟她情投意合，恩恩爱爱，只要你婚后善待于她，跟她生个一儿半女，让她这后半生有个念想和着落，朕便已心满意足。至于官场上的事……悦卿嘛，早晚是要承爵的，届时他独当一面，你不也正好把肩上的担子卸给他吗？”

褚晏收拢唇线，低着眉眼静静不语。官家无声端详他，心知已该点到为止，颔首一笑：“总之，良缘不可失，朕今日言尽于此，只是恳望，并非逼迫，事成与否，但凭你心意决定。半月后，范申将和贺家军一并抵京，庆贺大典上，朕会逐一封赏，若在此之前你没有异议，朕便在那日替你二人赐婚了。”

（4）芙蓉月

东华门外，一辆华盖缀缨的马车在御道上渐行渐远。车中，赵彭看着窗外熟悉的宫阙城墙，又一想稍后要见的容央，激动之情溢于言表。便欲转头去分享则个，却见对面所坐之人深眉敛目，全然不像个即将回家深拥爱妻的模范丈夫，赵彭不由得敲窗警示。

褚怿抬眸，对上他明显不满的眼神。

赵彭正襟危坐：“我那痴情如尾生的姐夫是被水妖抓走了吗？”

痴汉尾生苦候爱人不至，水涨，不走，最终抱柱而死，实乃情深得惊天动地。褚怿默默在心中嫌弃不吉利，放下支在眉骨边的手，道：“殿下对恭穆帝姬的了解多吗？”

赵彭本就微恼他不把容央放在心上，这厢听他张口就提赵慧妍，瞋目而视。褚怿及时打断他荒谬的遐想：“她今日来得不寻常。”

赵彭欲言又止，想起先前在队伍里隔窗所见的一幕，心中也终于涌起疑窦，道：“你的意思是，她不单纯是为迎接大军凯旋而来的？”

褚怿“嗯”一声。

赵彭蹙眉，顺势想想，确如褚怿所言。如果赵慧妍今日单纯是来迎接大军，那怎么着也得先见他这个同胞哥哥一面，可是在城门口，赵慧妍非但没来相问片语，更是压根儿没他这人般，满心满眼只是领军在前的褚晏，仿佛……

赵彭忆起当时车窗外那些夹着口哨的欢呼声，心里一个“咯噔”：“难道慧妍是专程奔褚大将军而来？她……喜欢上他了？！”

褚晏翻山越岭救下和亲帝姬赵慧妍一事，早已被国人传颂成一段佳话。所谓英雄救美、以身相许，赵慧妍如是因这一恩而对褚晏动了芳心，那一切便都解释得通了。

赵彭越想越心惊，眼睛瞪得圆如铜铃。褚怿倒是泰然，转开眼道：“的确是专程奔四叔而来，但并非出自私情罢了。”

赵彭听得头越大，不明白怎么前者是，后者又非。褚怿道：“官家今日留四叔在殿中对弈，多半也和恭穆帝姬相关。殿下回宫后，可多留意，若是官家贸然赐婚，还请及时劝谏。”

赵彭自然知道褚家再尚主会是个什么尴尬情形，尤其还是褚晏跨着辈分尚慧妍，那关系，简直乱得不能细想，当下迭声答应。

他眼珠一转，又道：“不过……姐夫怎么就那么确定，慧妍想嫁褚晏并非是出自私情哪？”

赵彭记性很好，对赵慧妍曾爱慕过褚怿的事久记于心，这厢听褚怿不承认赵慧妍移情别恋，难免有点小人之心，怀疑他是碍于颜面不肯承认自己失去魅力。

褚怿胳膊抵窗，显然并不把他这一小猜忌放在心上，淡答：“眼神不对。”

赵彭挑眉。

还眼神不对？整这么玄乎。

他又越想越好奇，凑近：“那怎样的眼神算对的？”

褚怿收回静远目光看他一眼，咫尺间，赵彭双眸乌黑澄亮，跟自己日思夜想的那双一样，天真里透着掩藏得并不高明的狡黠。

褚怿默了默，道：“一会儿去府里看吧。”

二人抵达帝姬府时，正赶上谭院判从门口出来，两厢撞上，自然免不了对容央近况的一顿询答。得知容央今日本是赶去了城楼，却因突然腹痛而返回家中，赵彭急得惊叫，跺着脚在大门口前揪住谭院判的一对衣袖，好一顿千叮咛万嘱咐。

等到条条款款、大大小小地交代完毕，扭头去问褚怿还有哪里要补充的不，内侍钱小令上来禀：“驸马爷都进去有一炷香了。”

暮春的浓光铺洒在郁郁葱葱的草木间，较之去年，今年府上的生机又盎然了一些。主院的那棵梧桐树下，依旧是如昔日一样的咋呼场景，红的扎眼，绿的招人，黄的、紫的、蓝的……一簇簇拥来挤去，尽态极妍。

褚怿长腿疾迈，穿过花海，踏上屋前石阶。

紫檀木镶边的湖光山色绢纱屏风后，有女子罗衾盖腿，撑着贵妃榻的扶手迤迤而坐，窗外斜打而来的春晖铺在她纤薄的肩头，把那弱不胜衣的柔美之姿拉成一个极静谧、极朦胧的轮廓。褚怿脚步无声，绕着屏风悄然踱过去，一点点地把那轮廓收起来，封藏于心。

容央心间一动，转头。

有风拂动窗前的花香，栀子的甜在春光里融化，褚怿站在屏外，容央坐在榻上，两人蓦然相视，一瞬之间，半晌无言。

赵彭风风火火地从大门口赶来，及至主院前，给雪青、荼白等一堆人团团拦住。

赵彭自然知道这节骨眼该归屋里那两人你侬我侬，然而想亲眼确认容央情况的心情实在已不能按捺："我不讲话，不吱声，我就看一眼……我隔着缝儿看一眼……"

声声恳求，直听得一众人心酸又感动。

荼白心软，率先把人放行了，赵彭是以悄无声息入得屋中，隔着一大扇绢纱屏风，看到那令自己久久呆立的一幕。

褚怿是蜷躺在榻上的，脸贴着容央隆起的孕肚，容央则靠着扶手而坐，摸摸孕肚，也摸摸孕肚旁褚怿的头。

光线有些昏暗，赵彭看不清褚怿究竟是睡是醒，只是蓦然间像被雷击中，全身是奇异的、麻痒痒的触感。

待得退出来时，褚怿蜷躺在容央身边的形象依旧在脑海里挥之不去，那恬静乖顺的模样，恍惚间，竟也像是容央的一个孩子般……

春风和畅，长天如碧，赵彭负手站在帝姬府外，凝望碧空久久不语。

钱小令道："殿下在想什么？"

赵彭感慨道："你说，是不是男人成了家，就能重新做回小孩了？"

钱小令似懂非懂，笑道："原来殿下想成家了。"

赵彭乜斜他一眼，走下石阶。钱小令追上去，不迭道："其实早在殿下离京前，官家就有意给您定亲了，只是……哎哟，殿下当心脚下，只是那时候……"

赵彭不耐烦地掐断："你脑袋里能不能想点正经事，别一天到晚八卦得跟个老婆子似的……"

钱小令严肃道："这真不是小的八卦，现在京中想跟殿下结亲的人都快排到艮岳去了，小的就是不打听，那消息也是嗖嗖地往耳朵里飞啊。"

赵彭无语凝噎，撩袍在车中坐稳，钱小令斟酌道："殿下可是回宫吗？"

赵彭看窗外，沉吟片刻，道："去宋府，我找一找宋淮然。"

落地罩前，一抹余晖斜倾下来，笼在一方凌乱的长榻上。

褚怿睫羽微动，在碎金似的暮光里睁开眼，眼前是容央隆起的肚，他愣了一下方反应过来——自己回家了。

容央靠在引枕上坐着，正静静地端详他，看他醒了，便打趣他：“老大睡醒了？”

褚怿咧唇，大手放在她肚上摸了摸。

容央道：“刚刚有动过。”

褚怿掌心停在那儿，小心翼翼地寻找。容央哼道：“人家躲着你呢，一来就只知道睡大觉的父亲，人家不乐意见。”

褚怿哑然失笑。

雪青从屏风后绕进来，送上午后的小点心，去前，颔首在容央耳畔低语了几句。容央敛目点头，等人去后，招呼褚怿起来吃蜜饯。

褚怿坐直，道：“探来了什么消息？”

容央一怔，对上他了然的眼神。褚怿道：“今日入宫，官家留四叔对弈，或是打算赐婚了。”

容央脸色微变，端着那一小碟蜜饯沉默着，心知这件事终究瞒不住他，也不该瞒住他，静了一会儿道：“爹爹的确在殿中跟四叔提了尚慧妍的事，但今日并没有下旨，据说，是打算给四叔一些思考的时间，等范申一行回京后再做决定。”

褚怿拢眉：“思考？”

容央也感觉这个“思考的时间”给得古怪，都说夜长梦多，迟则生变，父亲如果执意要圆对慧妍的承诺，立刻下旨赐婚便是，现在捅破窗纱，却不决策，这不是明摆着给人回绝的余地吗？

难道说，其实从一开始，父亲就是被当日那一承诺赶鸭子上架，不得不应承下这一荒诞请求的？

容央心念浮沉，道：“你说，爹爹会不会是想让四叔亲自去拒绝慧妍，这样的话，褚家不至于两次尚主，他也不必背负言而无信的罪名，于公于私，都能互相权衡，两不相欠？”

褚怿低头拈来一颗蜜饯塞入嘴里，鼓着腮帮沉吟不应。把一对亲姐妹嫁给一家亲叔侄，于皇室而言的确不是什么光彩的事，让声望斐然、军权在握的褚晏跟吕后之女联姻，也并不是官家愿意看到的局面。

可是，君者一言九鼎，所言必信，所行必果，官家既是因愧疚而承诺赵慧妍婚姻自主，就定然不能主动去做那棒打鸳鸯的恶人，想要体面地化解这一场僵局，靠的，只能是他人从外部打入。

比如，把烫手的山芋扔给褚晏，让他自行绞尽脑汁，想办法劝赵慧妍悬崖勒马……

褚怿反复掂量着这个主意，找不到什么漏洞，但又总感觉在分量上少了点什么。

容央看他半晌不语，忍不住戳了他腮帮一下。

褚怿含着那块蜜饯回神，容央道：“你不能只是想，而什么都不跟我讲。”

褚怿看着她一脸煞有介事的愠色，无奈地一笑：“夫人太聪慧，所言句句有理，让我无话可说了。”

容央嗔道：“少来。”

褚怿不再打趣，拿走她手上的青花小瓷碟，在她身边坐下，道：“她突然对四叔起意，不像是坊间所传，因为动情。”

容央道：“我知道，她主要是想报复我。”

褚怿不知要不要夸她有自知之明，道：“若是报复，那或恐不止于此。”

容央嗯一声：“自然，做我四婶，那也是做你的四婶，她想报复的除我以外，还有你的一份。”

褚怿啼笑皆非。

容央瞪他：“你别不信。”

褚怿不太懂这里头的弯弯绕绕，只是直觉赵慧妍的目的应该还不止于此。和亲失败的帝姬，能够博得帝王怜悯，重新自主婚姻，是多么难得的翻身良机，可是，赵慧妍不利用这个机会给自己的后半生盘算，而是选择走一步注定举步维艰的险棋。如果目的是报复的话，那她报复的对象，应该不只是一个容央。

“三殿下督军有功，不日或可晋封为王，恭穆帝姬如果在这种时候嫁入侯府，就意味着中宫里的小殿下失去了一个跟军方联姻的机会。”

褚怿不动声色提及吕皇后和小皇子赵安，容央游动的神思蓦地一凛。

褚怿对上她烁亮的双眼：“其实最不愿意官家赐这个婚的人，是吕皇后。”

而赵慧妍想通过此举报复的，也包括她的亲生母亲，吕皇后。

容央瞪大双眸，按下心头震动：“你的意思是，如果慧妍不主动提出嫁给四叔，吕皇后就会用她的婚姻来给赵安铺路？”

褚怿不否认，夺嫡之争，向来如此，每一桩婚姻背后都是一次慎之又慎的交换。赵彭如今要身份有身份，要功劳有功劳，要军权，也自有他褚家赤胆相护，相形之下，吕皇后如何能不急呢？

容央喟然道：她人狠了 ”

褚怿道：“但她是一个突破的口。”

突破赵慧妍设下的这个死局的口。

容央明白他的意思，颦眉：“但我不想去跟她合作，也不想做这样的合作。”

褚怿道：“不用你去，我去。”

容央斜他：“你也不许去。”

褚怿眯眼。

容央避开他的审视，严肃道：“解铃还须系铃人。此事大半因我而起，自然还是得由我去解决，至于办法，我自己心中有数，你就不用乱操心了。”

褚怿显然不能苟同，眼皮耷下来，目光移至她大肚上。

容央意会，把肚皮拍一拍：“他很结实的，不影响。”

褚怿结舌，眼盯回她，欲言又止。

容央知道他是想骂又舍不得骂，抿唇笑，谄媚地勾他衣襟：“毕竟他爹结实嘛，对吧？”

夜里，容央趁褚怿沐浴的工夫，让雪青、荼白把京中家世上等的适婚郎君大概统计了一遍。

赵慧妍夫国被灭，回朝后虽有美誉，但背地里多少还是会被人非议，想要靠婚姻扳回一局，稳固地位，把后半生经营平顺，那所择的必定得是个识大体、明大义，并能独当一面的大家之子。

容央反复细看名单上的姓名，用笔勾出三个名字，吩咐雪青明日派人认真去查。不多时，屏风外传来脚步声，是褚怿披着长发、穿着亵衣进来了。

雪青、荼白收起名册颔首退下，容央拢拢睡袍，剪灭案上一盏烛灯。

光线骤黯一刹那，褚怿走过来，影子笼罩在她脸上，沐浴后的热气和清洌微香也一并包裹起她。

容央睫羽扑扇，褚怿撑着案，低头，薄唇覆压在她红颊上。

容央偏头躲了躲，褚怿低低一笑，不再亲了，把她圈在怀里，静静地看她。

烛灯灭后的小榻上昏昏朦朦，彼此的气息愈浓烈嚣张，容央不敢看他咫尺间锐亮的眼，绞着一绺青丝佯装走神。

褚怿直勾勾看她，笑。

容央盯着窗棂：“笑什么笑？”

褚怿低声：“请夫人看我一眼。”

容央眨眼，颇不情愿地转回头来。褚怿勾唇，重新亲她面颊一下，两下，然后是嘴角……

容央颤起来，小手不由自主抓上他亵衣衣襟。

银辉静静泄在窗下，绵长的喘息声像深流的静水，容央抵着褚怿胸膛，阻止着他更进一步的攻略。褚怿不停，在边缘的那条线上反复征伐。

墙角的烛光在交错的暗影里颤动，一吻毕，褚怿撑紧小案抬起头。容央急喘着，蜷在他脸庞底下睁大眼看他，雪腮红尽，丰唇胜霞。

褚怿乌瞳沉沉。

容央小声：“我……帮你吧。”

烛光里的青年披散着浓黑的长发，衬着那一袭雪白亵衣，是何等的英武，何等的性感。

褚怿一下拿住她双腕，双眸里有烛火烨烨，这便是拒绝的意思了。

容央蓦地有点丧气，撇起眉。

褚怿笑一声，不多言，弯腰抱她去床上。

帐外还燃着灯，容央坐在床褥间，下意识拢紧罩在兜肚外的睡袍，盖着隆起的肚。

褚怿给她脱鞋。

屋中很静，月光静，烛光静，人也很静。容央默默看褚怿伺候自己，看他摆放鞋袜，看他整理被褥，看他转过头来，目光不动声色地落在自己的肚上。

容央突然一凛。

褚怿伸手去揭盖在孕肚上的睡袍，被容央压住。

四目相对，许多暗涌的情绪奔在静默里，容央的脸上第一次出现不安和慌乱。

褚怿坚持拉开了那一角睡袍。

烛灯下，一条条红丝蚯蚓一样盘绕在那鼓圆的大肚上，歪歪扭扭，密密麻麻。容央拿手大概挡了一下，别开眼道："很多人都长的，生完就会好了。"

褚怿不作声。

容央不知道为什么，不敢去看他的表情，只是用手佯装随意地遮挡着："谭院判给我配了药，只要睡前定时涂抹，痕迹就会慢慢好转了。刚刚你在沐浴时，我就已经擦过药了，现在要按时睡觉，你……"

肚皮蓦地一凉，容央回头。褚怿虔诚地吻着自己的大肚，吻着那一条最狰狞的妊娠纹。

容央胸口剧震，脑海里一片空白。

褚怿长睫舒卷，许久后，抬起双眸，微微一笑："动了。"

容央望着他沉静的微笑，眼圈骤然一红，泪水盈眶。

褚怿扣紧她五指，重新低下头，仔细地去探寻那一丝微妙的动静。

容央噙着泪，道："你现在可以跟他说话，他听得到。"

褚怿"嗯"一声，郑重道："少折腾你娘。"

红帐垂曳，夏夜里的帐幔中漏着微绿的光，容央枕着褚怿臂膀，小手往下伸，从衣领探入他胸膛。

褚怿闭着的眼睫微动，唇一挑，由着她。

容央任性又庄重，指腹慢慢划过一条条熟悉的痕迹，最后停在腰腹外侧，久久不动。

"这条是新的。"

容央小声，适可而止，点到即止，收回手，乖巧地伏在褚怿肩头睡下。

褚怿摸着她头，转脸来在她额心一吻。

两人静默相拥，安然入梦。

（5）华胥引

次日辰时，容央准备妥当，领着雪青、茶白出门。

及至府前最后一座庭院，一串熟悉的脚步声极快从花丛后掠过，容央展眼，瞥见百顺的背影在前方一闪而没。很快，大树后走来一人，风神潇洒，玄袍凛凛，手里一杆红缨枪往百顺一扔，人便拦在了容央面前。

容央驻足，微微张嘴，上下打量他——

扎得高高的一头墨发，淌着热汗的一张脸庞，胸前的衣领微敞，衣袖紧束，腰身紧收，分明也是个要做父亲的男人了，这爽朗干练的一身打扮，倒是还很有少年意气哪……

容央捺下心里那点欢喜和嫉妒，绷直唇，扬高眉道："干什么拦在这里，大早上的，不去上朝吗？"

打醒来枕边就没人，容央还以为这人是老实巴交地上朝去了。

褚怿眼盯着她，淡声："官家准了假，在家养伤。"

容央掀眼，眼神狐疑。

昨夜里她也算验过伤了，的确是有一处新的伤口，不过都开始结痂了……再者，要真还处在需要"养"的地步，他又干什么一大早跑来这大门口练枪呀？

容央哼一声，道："那你慢慢养，我要出门了。"

褚怿不动，显然就是等在这里拦人的意思。

容央默了默，严肃道："我有要事。"

褚怿终于让开一步，却在容央惊喜地走过去时，探手在她肩头一揽，拥着人打了转。

容央瞪大眼，知道这架势定是要给他强行拉回屋里去了，忙道："我要去兴国寺见姑姑，此事不能等，再等就来不及了……"

褚怿点头，朝后面跟着的百顺吩咐："去兴国寺请长帝姬。"

容央哑然。

一个时辰后，仪容肃冷的明昭坐在帝姬府天香园里的回廊上。廊中箜篌悠悠，是婢女敛秋在拨弦慰人，纤指起伏，空音跃动，满园夏木扶疏，蝉声低切，一幕幕织金纱幔在阳光里飘荡。

明昭倏而道："音错了。"

敛秋一怔，箜篌音止，容央倒茶的动作也一滞。

"错了吗？"容央看看敛秋，又看回明昭，一派天真懵懂。

敛秋暗暗感激她的佯装懵懂，化解了不少尴尬，惭愧道："的确错了半个音，奴婢失误了。"

容央道："只是半个音的差误，我都没留神，姑姑到底是姑姑，这样上等的天赋，难怪当年一曲箜篌名震京城。"

把人夸完，她又朝敛秋道："无妨，敛秋姑姑继续吧。"

清越琴音重新奏起，铮铮然如风入溪涧，鱼跃浅底，容央把倒好的茶给明昭送过去，明昭在她弯腰前接了。

"爹爹有意给慧妍和四叔赐婚的事，姑姑可知晓了？"

容央细观明昭反应，所得却依旧是往日那般冷淡的一副脸孔。不过，越是这样的冷静，越能说明明昭已在事先获知了消息。

容央心念转动，压低声儿道："四叔去找过姑姑了吧？"

明昭指尖微颤，瓷白的茶盏沿上，一抹丹蔻似鲤鱼跃入深水中。容央眼尖得很，心中立刻有了数，抿唇一笑："难怪姑姑这样镇定自若，想必定是有了应对之法了。"

半晌，明昭淡淡道："没有。"

容央眨眼，张口结舌。明昭也不再打太极，径自道："你有什么主意，直说吧。"

如果不是寻得突破的口，容央不会主动邀请，更不会端端地坐在这里，悠然自得地听着箜篌，倒着香茗。

容央并不介意被明昭一眼看破，转头示意雪青送上一个卷轴，当着明昭的面在小案上打开，指着上面圈出来的三个名字，把自己准备的一则计划原原本本地讲了。

明昭听罢，目光凝在其中一个名字上，不语。

容央道："姑姑相中他了？"

明昭道："挺好一小郎君，放过人家吧。"

雪青、荼白忍俊不禁，给容央乜斜一眼，忙低头憋住。容央拿起笔来把明昭要求放过的那一个名字划掉，叹气道："其实这个人的胜算最大了。"

——观文殿翰开国伯林徐尚之子。

明昭不以为然，道："不要选京中的郎君。"

容央一怔，心领神会后，不由得眼发亮，感叹起明昭的智慧来。明昭拉开卷轴，目光重新在那一行行的名字上睃视，最后指住末尾的一个。

容央看过去，了然，吩咐雪青把人记下，即刻去查。

收起卷轴，容央信心倍增，最后向明昭道："我准备把慧妍约出宫来谈，届时姑姑去吗？"

明昭沉吟片刻，道："约在何处？"

容央道："就入云楼吧。"

入云楼毗江，视野开阔，环境幽静，很适合拿来攻心。明昭点头，道："我在隔壁等你。”

意思便是不露面参与会谈，而是做幕后了。容央领会，一笑应下。

恭穆帝姬赵慧妍是被容央的一封亲笔书信请至入云楼的，坦白讲，这一份邀请她等很久了。

她知道赵容央为什么要把她约出来，她很想知道，这个一度高高在上、恣意自由的嫡姐姐，会以一种怎样的姿态来解决自己执意要嫁入褚家、做她四婶的问题。

是恳求，抑或是威逼？

恳求，那就要低眉顺眼，低三下四，伏低在她崭新华丽的裙裾底下，折着那一身傲骨，讲着足够令她动容、令她满足、令她点头的话；威逼，那就任她恫疑虚喝，气她个歇斯底里，静看她横眉怒目，气急攻心……

这两种情形，无论是哪一种，都令赵慧妍血脉偾张，热血翻涌。

她太渴望看到赵容央的卑微或愤怒了，她太渴望赵容央的无助、赵容央的恐惧，所以，即便侍女冬雪、春雨忧心忡忡，张口闭口这十有八九是一场险象环生的鸿门宴，她也还是衣容端华、准时准点地赴了约。

去时，天幕阴云四合，盛京城正酿着一场积蓄多时的雨。

赵慧妍提裾登楼，拾级而上，及至雅间门外，心脏已在胸口怦然激跃。冬雪上前来推门，随着门的开启，赵慧妍深吸一口气，扬首朝内展望，江风撩动一室帘幔，曳曳翻舞的纱幔底下，茶案俱齐，熏香缭绕，却是空无一人，满室阒寂。

赵慧妍眉心一蹙，蓄势待发的凛冽气场松垮，与此同时，身后脚步声至，赵慧妍转头。雕栏尽头，容央迤迤然袖手而来，峨髻珠钗熠熠生光，衬着一双不描而黛的眉眼，容姿昳丽，气质清绝。

赵慧妍嘴角缓缓绷直。

容央步履悠然，及至赵慧妍跟前，驻足道：“屋里沏了你喜欢的茶，进去吧。”

赵慧妍眸色变暗，听得这句，那股冷气略收了收，转脸步入屋中。

雪青、茶白上前，给两位帝姬拉帘，斟茶。云翳蔽日，暗影浮动，清冽的茶香掺杂在潮湿的风里，一触即散。赵慧妍冷声道：“有什么话，直说吧。”

容央道：“今年最新鲜的方山露芽，一凉就变味，先喝一口吧。”

赵慧妍恍如不闻，容央笑笑，捧起面前那盏茶先自喝了一口，以示无毒。赵慧妍却依旧不动，淡漠道：“还是先说吧。”

容央欲言又止，最后眨眨眼，放下茶盏，道：“那，我就真的说了。”

赵慧妍看她故弄玄虚，一副深沉之态，不由得扯唇一笑。容央倒是坦然，整理思路，开口道：“上次在城楼上，你说爹爹会下旨给你和褚晏大将军赐婚，怎么这几日过去了，还是不闻佳音呢？”

赵慧妍目生冷芒，强自按捺被揶揄的不快，哂笑道：“急什么，姐姐就这么上赶着要叫我一声‘婶婶’吗？”

容央道：“还从来没有想过有朝一日会管妹妹叫‘婶婶’，我的确是很期待的。”

赵慧妍愕然拧眉。

容央眸光澄亮，意态坦然，眉目间无一丝抵触慌乱。赵慧妍胸口蓦地像被一大团棉絮堵塞住，呼吸一时困难。

容央继续道：“上次断言你二人有缘无分，事后想想，是我失言了。四叔虽然不重私情，但忠厚耿介，幽默风趣，是一位值得托付终身的好郎君。褚家人最看重一个‘义’字，对你，也自当由衷钦佩尊敬，你嫁给他，是一个不错的选择。虽然入府后，你我的辈分会乱些，但总归你得偿所愿，也算是苦尽甘来，否终则泰。我想明白了，和亲一事，终究是你有恩于我，如果嫁入侯府能让你称心如意，我会祝福你的。”

赵慧妍目不转睛地紧盯容央，绷着脸道：“一年不见，姐姐撒谎的本领，可是越见高超了。”

容央淡淡看她一眼，诚恳道：“是我自己想通罢了，你替我和亲，所受之罪何止离乡之苦，而今好不容易寻得心爱之人，我要再阻拦，岂非无情无义？不过是改一声称呼罢了，只要你能重拾幸福，这点让步于我而言，不算什么的。”

赵慧妍双眉紧蹙，急切想要从容央脸上搜捕出撒谎、表演的痕迹，然而对面所坐之人神色真诚，泰然自若，任如何审视，都难搜出一丝破绽。

赵慧妍双手在袖中攥紧，胸口骤然如缺氧一般。这不是她想要看到的局面！她要的，是赵容央的卑微，是赵容央的愤怒，是赵容央的歇斯底里、无可奈何……而绝不是眼下这种云淡风轻，坦然大度！

赵慧妍胸脯起伏，森然道：“你以为我的决定，是为了所谓的幸福吗？”

容央颦眉。

赵慧妍冷笑道：“我知道你是在撒谎，是想以退为进，我告诉你，我不会改口的！我就是要嫁给褚晏，嫁给褚悦卿的四叔，做你们的长辈，当你们的四婶，看你们给我行礼，向我低头……”

窗外一声惊雷炸开阴云，落下隆隆回音，赵慧妍眼眶发红，目光坚狠：“我就是要你们恨我、厌我、恶心我，却奈何不得我。”

江风扑响窗棂，轰隆雷声跌在耳畔，惊心动魄。容央望着赵慧妍那双决绝又绝望的眼睛，饶是事先有所预备，心口也还是止不住地一阵激颤，有如冻僵的手臂被沸腾的水浇灌，分明是滚烫的，溅开来的却是撕裂骨肉一样寒。

容央道：“所以，你的决定，只是为了报复我。”

赵慧妍道：“是。”

雷声如霹，暴雨顷刻如泼，雪青忙去关了窗户。雨声闷闷的屋室里帘幔飘飞，容央坐在一片帘前，盯着赵慧妍的那双眼道：“那你就更不该嫁入侯府了。”

赵慧妍深吸一口气，扬首不语，目中一副看戏的嘲讽。

容央淡定道：“你既要报复我，就该有本事长久地气我、辱我、恶心我。可是嫁入侯府，做我的四婶，你又有什么资格来对付我呢？”

赵慧妍眯起双眼，神态傲慢。

容央坦率道：“四叔不爱你，就不会护你；四叔不护你，府上的人就不会敬重你、拥戴你。你嫁给他，的确是能做我名义上的四婶，但区区一位婶婶，又能对我实施怎样的报复？日后承爵忠义侯的，是我的驸马褚悦卿；日后褚家的当家主母，是我嘉仪帝姬赵容央。你一个四房的太太，一无宠爱，二无身份，日后拿什么来跟我斗呢？”

大雨瓢泼，溅打在窗棂外，噼里啪啦如断珠砸地，赵慧妍的脸一瞬间惨白下来、冷凝下来，眸中的红丝像血渐染在雪上。

容央道：“天家的恩宠是最有限的，爹爹因为愧疚而给你承诺，一旦承诺兑现，就意味着愧疚得到弥补，恩宠随时可以消失。皇后是不同意你嫁入褚家的吧？你耗尽了爹爹的愧，又执意与你的亲生母亲作对，届时，你无依无靠，孤立寡与，怎么可能斗得过我呢？”

雨声不绝。

“嫁入褚家，你是永远也斗不过我的。你要是真的恨我，要报复我，就不应该选择这一条毫无前程的路。其实，你的母亲——吕皇后是最会选路的人，她给你选的路，一定是你最能跟我抗衡、跟我相争的一条路，你要是真的想报复，就应该听她的话，用你的婚姻给赵安……”

“你做梦——”

赵慧妍一声暴喝，一张茶案随之被掀翻，众人惊叫，茶白护在容央面前，骇然地盯着赵慧妍，生怕这个濒临疯癫的女人再有过激行为。

容央自也吓了一跳，捂着肚平复半晌后，缓缓推开茶白。

一派狼藉的茶案倒在中间，凌乱的茵褥上，赵慧妍面色铁青，目眦尽裂，通红眼眶边悬着冰冷的泪。容央胸口突然像被什么东西刺中，一种不知名的酸涩堵在喉头。

赵慧妍深深喘息，寒声：“你们做梦。”

风雨如晦，暗影重重。

容央望着对面那张分明年轻，却又那么疲惫、那么死沉的脸，喉头难言的酸涩越发强烈。

褚怿说得对，吕皇后的确是打破僵局的一个突破口，可是这个口，也是一道疤，打开，就是撕开所有血淋淋的骗局。

容央低声道：“其实你最恨的人不是我，而是她吧。”

赵慧妍眶边泪水颤动，绷紧脸，含恨不语。容央垂下目光，不再多言，转头示意雪青送上一纸卷起的信笺。

信笺放在赵慧妍身前。容央道：“我承认我今天来，是想劝你改变主意的。但我劝你改变，不是因为不能接受你嫁入褚家，而是认为实在不必要、不值得。要斗，我们就旗鼓相当、长长久久地斗；要放，我们就大道朝天，各走一边。改天换命的机会，仅此一次，一旦错过，余生再难转圜。究竟是倾尽所有，逞一时之快，还是珍惜机会，妥善图谋……”

容央抿唇，道：“三思而后行吧。”

窗棂外，酣畅的雨声渐渐收歇，容央望着一地泼翻的茶盏，道：“茶就该趁热喝的，你看，现在想喝也喝不到了。”

赵慧妍身躯一震，瞪着地上残缺的、湿漉的瓷片。容央默默敛回目光，转身去了。

“吱——”

门紧锁，一阵疾扑而入的风吹得满室残香七零八落，赵慧妍精心绾梳的鬓发被拂乱，茫然地盯着面前那卷纸笺，僵坐不动。

侍女春雨观她神色，默默心疼，走上前敛裾跪下，征得同意后，抽开捆在纸笺上的丝绳。

冬雪展眼来看。

信笺上写的，是两位郎君的姓名、年龄、家世……条条款款，赫然都是跟婚姻相关的重要信息。

春雨不禁睁大眼睛，倒不仅仅是意外容央会帮赵慧妍物色夫婿，筹谋后路，更是诧然于名单上的头一个人物——

东北贺家军首领贺渊之子，贺平远。

春雨喃声：“这个人……不是皇后娘娘一直想让殿下选的人吗？”

北伐一战，辅国大将军贺渊以身殉国，贺家大军群龙无首，以至于一溃再溃。贺平远临危受命，领朝廷军令后，联合褚家叔侄大败契军，虽然战绩、名声次于前者，但也好歹是一雪前耻，报得大仇，立了战功。

更重要的是，赢得了贺家大军所有军心，成为了贺氏家族一致认可的继承者。

想要跟叱咤风云、蒸蒸日上的嘉仪帝姬赵容央抗衡，联姻贺平远，是目前唯一的、正确的选择。

春雨想起吕皇后提及此人时的果决热切，又想起赵慧妍每次听到时的冷漠决绝，百感交集。春雨抬头看时，见赵慧妍脸上果然又开始流露那种厌恶憎恨之色，忙略过这一名字，念着下一个道：“金陵萧氏，上柱国萧绪之子萧文玉……”

春雨双眼一亮，道："殿下，是金陵城中的玉树公子，萧家二郎君欤！"

春雨出生金陵，自小也长在金陵，提起这位在故里大名鼎鼎的萧二郎君，眼中全是止不住的仰慕亲切。

萧氏一族乃金陵首屈一指的世家大族，上柱国萧绪亦曾是朝中炙手可热的人物，而今虽然致仕多年，但在金陵依旧威望煊赫。萧文玉是其嫡出的次子，继承了他在文学方面的天赋，打六岁起就能一挥而就，头角峥嵘。

金陵比盛京更崇文，更偏爱这些风流潇洒的才子，萧文玉十二岁那年因一首《满庭芳》获封"玉树公子"，自此成为这座古都的一颗璀璨明星，夜夜照在每一位少女的芳心之上。

算一算，萧二郎今年弱冠，正是该谈婚论嫁的年纪了。

春雨越想越激动，恨不能立刻就劝赵慧妍选择萧氏，这时冬雪道："二郎君？"

语气颇为冷峭，春雨反应过来，怕是在质疑萧文玉日后不能继承家业，忙道："萧家大郎君早幺，二公子实际上就是世子，且他为人热忱，颇有侠士之风，很是欣赏有大义之人，如果……殿下愿嫁过去，肯定能令其折服，成就一段良缘的。"

冬雪皱眉道："放着京中那么多名门不入，远嫁去金陵是什么道理？"

春雨道："金陵虽然远些，但繁华不逊于京城，且萧氏一族在金陵城中根深叶茂，二郎君又是日后的当家人，自有能力庇护殿下一生。再者……"

再者，这盛世太平的皇城之中，处处是赵慧妍的伤疤、隐痛，留下，不是眼睁睁看他人高歌笑语，阖家欢聚，就是再度沦为一具政治交易的物品，给他人起高楼、宴宾客。

前前后后，无一不是火坑暗箭，波涛汹涌。

大契的那段日子，已经足够惊险、黑暗和绝望了，与其留在这里重温噩梦，倒不如一走了之，重新来过。

春雨低声道："再者……殿下在这里从来就没有开心过，不是吗？"

冬雪无法反驳，眉眼间布满重重忧虑，转眸去看时，窗外阴云四散，一束微光斜倾入室，照在赵慧妍冷凝的脸上。

那苍白的脸，如也有了一丝血色般。

容央走下入云楼，抬头一看，灿烂金辉自晴空漫射而下，大雨洗刷后的街道又开始熙来攘往，空气里弥漫着夏日清香。

明昭从后走来，也抬头朝天幕看去。

容央道："但愿云销雨霁，彩彻区明。"

明昭眸心映着一片流云，闻言微笑，她是很少有笑的人，这一笑，虽然也微不可察，却如晴光破云一般，令人眼亮心暖。

候在楼外的两辆马车行驶过来，容央收回目光，对明昭道：“四叔这次是带着战功回来的，惦记他的人肯定不止慧妍一个，下一回，我可就不一定能帮上忙了。”

意思是夜长梦多，要是可以，还是尽早确定关系，修成正果罢。

明昭看向容央，认真道：“我以为这次是我在帮你的忙。”

容央无言以对，看着明昭那张淡然的脸，真是恨不能把“嘴硬”俩字写到她脸上去。

明昭很能领会，倒不计较，扬着眉朝敛秋问一声时辰后，道：“走了。”

容央看她潇洒地登上马车，道：“回去记得烧灶香。”

明昭隔窗看来，道：“会求佛祖庇佑你平安顺遂，如期诞下个大胖郎君的。”

说罢，华盖缀缨的马车悠然离去，容央望着窗后那一面渐渐隐没的侧影，哼道：“就没再见过比她更嘴硬的人了。”

明明知道“烧灶香”是祈祷今日之事能成，却偏扯到自己生产一事上来，绕来绕去，不就是不肯当众承认对褚晏的在乎吗？

容央瞄一眼天，道：“也不知道是哪里给四叔瞧上了。”

荼白聚精会神，分析道：“四爷那人落拓不羁，浑然浪子一个，能给长帝姬拴得这样紧，定是十年前爱得极深、舍得极痛的缘故了。”

容央默默斜荼白，惊奇道：“你近日很懂这些啊……”

荼白耳根一红，眨眼道：“呃，近日……话本子看多了。”

容央定睛打量她，狐疑地训了一句“尽是瞎编的东西，日后少看点”，拾级而下。荼白自是点头如捣蒜，上前伺候容央登车。

百顺候在车前，同荼白对视一眼，嘻嘻一笑。

荼白瞪他，当着容央的面，敢怒不敢言。

车帘拉起一角，容央蓦地后知后觉，瞥向车前的百顺：“你怎么在这儿？”

百顺依旧笑：“小的自然是随驸马爷来恭迎殿下回府的了。”

容央眼底一亮，按捺惊喜拉开车帘，果然见得褚怿镇定自若地坐在窗边，支颐朝自己注目。

雨后的阳光透过窗纱落在他脸上，衬得他本就深邃的双眸越发亮了，炯炯如焰一般。容央抿唇敛容，端端地坐稳，故作肃然道：“不是答应了不来观战吗？怎么还是来了？”

褚怿道：“没有观战，来接夫人凯旋罢了。”

说罢，车轮辚辚滚动起来，往家的方向而去。容央瞄他一眼，倏地抱住他胳膊，下颔抵在他臂膀上，挑眸道：“你就那么笃定赢的会是我吗？”

褚怿很享受被她这样缠，唇扬起来：“寡不敌众，她赢不下。”

容央眨眨眼，反应过来什么叫“寡不敌众”后，伸手在他胳膊上一拍。

褚怿唇扬得更高。

容央打完，正儿八经地道：“驸马的伤什么时候彻底养好？”

褚怿也正儿八经地道：“殿下有何贵干？”

容央道：“我想吃老翁做的鱼了。”

指的是去年在云骑桥前的农舍里，老翁做的糖醋鱼，褚怿亲自钓上来的鱼。

褚怿低头看她，容央小声：“你的大胖儿子也很想。”

褚怿一笑，揶揄她：“就那么确定是个儿子了？”

容央不慌不忙：“怎么，你自己种的种，自己心里没数啊？”

褚怿眯眼，容央越把他抱紧，脸颊在他臂膀上蹭蹭，模样又娇又傲。

褚怿给她整得彻底没了脾气，敛眸看向窗外，道：“雨后不宜垂钓，明日吧。”

容央乖乖地应：“好的呀。”

褚怿忍不住又看回她，小姑娘大着肚子，整个人却还粉粉糯糯的，衬着那软甜的声音，简直勾魂了。

褚怿忍住去亲她的冲动，怕一亲就一发不可收拾。容央眼尖得很，捕捉到了他眼里的情欲，狡黠一笑，扬起脸来在他脸颊“吧唧”一口。

褚怿眸心暗下来。

容央扬眉，转开眼道：“先付点定金，明天要多钓点鱼啊。”

褚怿看她半晌，哑声：“管饱。”

午阳灿灿，珠钿翠盖、玉辔红缨的马车行驶在闹市里，人声和心跳声都炙热又甜蜜，容央心满意足地闭上眼睛，便欲小憩一会儿，窗外突然传来一道玉石相撞般、温润又微微清冷的声音：“前面可是嘉仪帝姬凤驾？”

马车闻声而停，少顷，百顺在外禀道：“殿下，是刚下朝的侍御史宋淮然宋大人。”

容央瞌睡顿时醒了，睁开眼，不及回答，宋淮然又道：“褚驸马也在吧？”

褚怿推开车窗，同斜对面同样靠窗而坐的宋淮然打了个照面，两人四目相对，平静坦然。

只是宋淮然看褚怿的眼神更深了一些，审度了一些，看完后，抱拳道：“恭喜二位了。”

褚怿颇有点不知这喜从何而来，转念想想，或是贺他将要做父亲之喜，便回礼谢过。

宋淮然一笑，显然看出他会错意了，但也不揭穿，目光向他身边展去，这一展眼，竟也跟容央对视了。

灿阳照在她雪白的肌肤上，澈黑的美眸上，眼神里有一丝的意外和懵懂，便如林间无意撞至人前的麋鹿般，依旧是那样美丽、动人、天然。

一丝怅惘浮上心头，宋淮然黯然收回目光，放下了竹帘。

两辆车相错而过，容央眨眨眼，认真地道：“宋淮然看着比去年成熟了。”

褚怿淡淡道：“情场失意罢了。”

容央偷偷瞪他。

褚怿挑眉：“错了？”

容央知道这是吃醋的前兆了，要顺毛，哄道：“没有错，美丽高贵、聪慧善良的嘉仪帝姬仅此一个，既被你娶去了，那世上还能有人情场得意吗？”

褚怿乜她，这哄夫君的辞令，可真是天下无双了。

不多时，马车驶入槐荫成行的街道，在巍峨华贵的帝姬府前停下。褚怿扶容央下车，牵她走上石阶，甫一入府，便有丫鬟眉欢眼笑地前来嚷道：

“驸马！殿下！大喜大喜呀！”

这是今日第二拨来报喜的人了，褚怿眉心微拢，容央心头亦疑云升起，驻足道：“什么大喜啊？”

一堆丫鬟簇成一团，七嘴八舌，争相禀道：“刚刚宫里传来消息，今日早朝时，官家下旨，册封三殿下做太子了！”

一道婴孩哭声响在针落可闻的福宁殿里，漆金插屏前，剪彤看看神色僵冷的吕皇后，又看看她怀中被抱得放声啼哭的赵安，着急道：“娘娘……您把小殿下弄疼了！”

吕皇后恍如不闻，一双眼只是盯着虚空走神，剪彤心焦地跪下去：“娘娘！”

这一跪，落地罩外侍立的一众人跟着跪倒，前来传话那名内侍更是额头伏地，战战兢兢。

赵彭被册封为储君了。尽管这一决定早在众人意料之内，但它还是来得太快了，不是从王封起，而是仅凭一次督军之功，径直入主东宫。

吕皇后极力控制着内心的惊恐和不安，努力把那不断向上涌起的愤怒压制成对时局的理解和分析。剪彤看她逐渐冷静下来，忙把襁褓里涕泗交流的赵安抱走，拿给奶娘送去隔间安抚。

“娘娘莫急，三殿下毕竟比咱们小殿下年长那么多，难免会先占些便宜。但官家龙体康健，千秋不老，三殿下便是坐上储君之位，离最后那一步也还远着，只要我们潜心筹谋，耐心等候，何愁不能扭转乾坤？”

吕皇后愁眉不展，心情根本没能因这一番开解缓解半分。官家的确是还在壮年，可是他那龙体，早就不能再用“千秋不老”来夸赞。再者，正是因为赵彭比赵安年长那么多，她才更需要遏制他，提防他不断壮大。

念及此，吕皇后目中寒芒聚拢，剪彤脸色一变，惊心道：“娘娘，您不会还想……”

她蓦地止声，转头屏退落地罩边的宫女内侍，继而严肃地道：“范大人去前交代过，那件事成则矣，不成则绝对不能再提，何况眼下又是在京内，娘娘可万万不能一时冲动，自乱方寸啊！”

吕皇后心焦如焚，却又何尝不懂剪彤话中深意，只是悲愤交集，实在难以咽下这口气罢了！

便在这烦躁之时，隔间又传来聒噪的啼哭声，吕皇后心头火大，不禁喝道：“怎么还在哭？！”

她是极少动怒的，这一声喝，自然吓得隔间的奶娘迭声请罪，继而抱着哭声更大的赵安退离寝殿。

吕皇后扶额攒眉，想想那整日不是吃睡就是啼哭的小儿子，又想想另一位软硬不吃非要嫁入褚家的大女儿，胸口直如被巨石覆压，堵得气都难出。

“娘娘……”剪彤看她这副模样，实在悬心。

吕皇后疲惫地下令：“都出去，让我静会儿。”

不同于福宁殿的水深火热，立储一事昭告天下后，官家小憩的文德殿里，实乃一派祥和。

送走赵彭及宋淮然等几位年轻有为的朝臣后，官家在文德殿里用了午膳，就着一碗清热解渴的冰镇金橘团，跟崔全海有一茬没一茬地东拉西扯。

“彭儿的那封奏章，的确是字字珠玑，一语中的，不单是对守疆士卒的状况摸了个一清二楚，更能深入剖析眼下的驻军、用军之策，陈明利害，针砭时弊，虽然有的地方是略微偏激了些，但文中的那一股气，很是有朕当年的风范哪……”

官家夸赞太子，身边人自然是要恭维。崔全海舌灿莲花，迭声赞完，官家心满意足地往龙椅一靠，颇有点“万事俱备，只欠东风”的口吻道：“现在，就只差褚晏登门来跟朕提亲了。”

崔全海闻言也不怕得罪，讪笑道：“臣看褚大将军怕恭穆帝姬怕得很，打那日一离开崇政殿后，就一直称病躲在家里，连朝都不上。这亲哪，只怕是官家拿刀架着他提，他也不一定肯迈腿呀。”

官家也笑，睨着他道：“少跟朕来这套，朕指的是哪一桩亲事，你这老狐狸比谁都清楚。”

崔全海笑容微敛，显然已明白了官家所指。那一日在崇政殿中，官家设局，一场对弈结束，顺着褚晏请求赐婚的话提了一句“有些姻缘，的确是要拿战功来换”。

这一句话，当时明显地刺痛了褚晏。因为很多年前，本该属于褚晏的那一桩天赐良缘就是因为战功而被帝王没收的。

那是褚晏一生的憾，一生的愧，一生的痛。为这些遗憾、愧疚、痛苦，他可以坚守十年，孑然一身，他对那桩姻缘的不舍，官家看得比谁都清。

真把赵慧妍许配给褚晏?

不是的，作为父亲，他不会愿意把一对女儿嫁给一对叔侄，不会想去触碰容央的利益；作为帝王，他也不会允许一大将门娶走皇室里最尊贵、最重要的两位嫡帝姬。

他只是在赌，或者说在逼。赌褚晏无论如何都不会愿意娶赵慧妍，逼褚晏用如今的战功来换昔日错失的姻缘。

“他跟明昭，也蹉跎有十一年了。”官家屈指叩着桌案，慨叹道，“当年明昭为断他念想，一意孤行下嫁周弘应，婚后受尽屈辱，几度万念俱灰。要说那时他是要撑起褚氏一族，身不由己倒也罢了；如今褚泰之子褚悦卿已名扬内外，朕也承诺过不会因驸马的身份褫夺他的军权，那他褚晏怎么就不能放下担子，考虑考虑自己的终身大事？”

崔全海默然不语，官家道：“人生能有几个十年？你看看，这侄子都要做父亲了，他还在那儿光杆一个，再这么拖下去，明昭就是想给他留个后，也是心有余力难从……”

官家凝着虚空，眸光渐渐冷肃：“十年前他舍不得换的东西，该是时候换了。”

是体谅朝臣，成全眷属，也是弹尽弓藏，收缴军权了。

崔全海百感交集，想起昔日那个炙热飞扬的少年，心中多少还是有些疼惜，他很想劝官家再大度一点、仁慈一点，或者再念旧一点。可是诏书刚下，时局已定，帝王不会接受一个功高震主的外戚，赵彭要想把储君的位置坐稳，褚家就必须要有所牺牲。

夏日炎风吹入大殿，官家端起那碗金橘团就饮，垂幔那端，一内侍自殿门外颔首行来，道：“启禀官家，恭穆帝姬回宫了。”

官家点头，道：“如何，可是到侯府探望褚晏去了？”

内侍道：“恭穆帝姬今日先是去了入云楼，后坐在车里把盛京城逛了个遍，但并不曾下车，也不曾去侯府。”

官家疑云丛生，蹙眉：“她去入云楼干什么？”

内侍道：“是被嘉仪帝姬约去的，同去的还有明昭长帝姬，只是二位帝姬比恭穆帝姬走得早，大概提前一个时辰就各自回了。”

崔全海听罢，心里“咯噔”一声，暗道不妙。果然，官家眸色沉下，搁下那只白釉瓷碗，道：“朕知道了，退下吧。”

闷热的大殿里一刻间阒静下来，冷凝下来，崔全海笑着打破僵局，道：“看来还是褚大将军沉得住气。”

官家哼道：“自己闷在家里不动，靠两个女人给他鞍前马后，算什么大将军！”

官家一听就明白，容央和明昭是去游说赵慧妍改变决定的，虽然事先也有预料，但是亲耳听到自己最偏爱的妹妹和女儿为他褚家人煞费苦心至此，心里还是有气难消。

崔全海劝慰道："既然官家打一开始就没想给恭穆帝姬赐婚，让明昭、嘉仪二位殿下去劝一劝也是好的，省得最后婚赐不成，恭穆帝姬心里难受不是？"

官家把书案一拍："那要是慧妍一下被劝服，跑到朕跟前来说不嫁了，朕还拿什么逼褚晏上缴军权？！"

本来今日册封赵彭做储君，就是拿定主意要从褚家这里收缴一部分军权上来的，现在倒好，极有可能鸡飞蛋打，白白送他褚家一个太子做筹码。

崔全海张口结舌，这一回，是真不知该如何劝了。

（6）长相思

日上中天，一艘小小的渔船停泊在金波潋滟的水面上，暖风吹过岸边蘸水的垂柳，唰唰的绿柳摩挲声里，夹着农舍里嘎嘎的鸭叫。

赵彭一袭纤尘不染的月白色锦袍，惊恐地站在一群仰头乱叫的小黄鸭里。容央戴上帷帽走过来，很鄙夷地朝他瞥一眼，训道："战场都上过的人了，能不能有点出息呢？"

钱小令尽职尽责地驱赶着鸭群，给赵彭搏出一条"生路"赶至容央后面："不是说好的来吃鱼吗？怎么全是这些'瘪嘴怪'？"

容央哪知道今年老翁养起了鸭，赵彭小时候溜御膳房，被挣出笼的大肥鸭扑倒过一次，打那以后就谈鸭色变。容央整理他衣襟，安抚："'瘪嘴怪'多大一只，你多大一只？再者，有它们也不影响你吃鱼，你要实在看不惯，也让老翁杀来下酒就是了。"

赵彭盯着那一堆毛茸茸的小东西，蓦地感觉出一丝残忍来："还那么小……"

容央道："不够吃？没事，那就多杀几只。"

赵彭喉结滚动，心道果然是做了将军夫人，往日的少女慈悲都全被褚怿吃去了。

吃了容央"少女慈悲"的当事人从后走来，手里提着钓具、斗笠，赵彭一把抢过斗笠戴在头上，道："你在这儿休息，我跟姐夫去钓鱼。"

容央立刻拒绝。

赵彭指着她的肚子道："你都这样了，还去船上凑什么热闹？"

容央瞄他一眼："是你去凑热闹吧？"

赵彭佯装听不懂，大步朝河边走，容央气结，褚怿淡笑："一块儿吧。"

容央道："一会儿姑姑要来，找不着人怎么办？"

褚怿揽她往前，道："一时半会儿来不了。"

容央仰头，道："什么叫来不了？"

蓦地捕捉到褚怿眼里的促狭，容央福至心灵，双眸一亮。

这次郊游，明昭既然答应出行，另一人肯定就会伺机而动，所谓“一时半会儿来不了”，多半便是指那人会在半道上对明昭“下手”了。

容央又欣慰，又鄙薄，眯眼道：“你们褚家人怎么这样？”

褚怿道：“哪样？”

容央道：“蛮横。”

褚怿啼笑皆非，道：“我对你，蛮横过？”

从大婚到怀孕，哪一个细节不是极尽尊重的？

容央偏道：“就是蛮横。”

褚怿勾唇，低头贴她耳朵，悄语了一句，容央脸颊蓦地爆红，尚不及反诘，猛地听得赵彭在船上一声大咳，二人循声看去，褚怿笑得更嚣张。

农舍东去三里的一片槐树林内，明昭坐在马车里小憩。

车轮碾压在泥石铺就的土路上，颠颠簸簸，明昭睡得十分疲累，正打算不歇了，唤帘外的敛秋、拂冬进来讲些话，车身倏地一震，继而紧急刹停。

明昭抓紧窗沿，险些朝前扑倒。

“敛秋？”

明昭出声，外面却不知是何情形，竟听不到敛秋、拂冬或是车夫的回应。

明昭精神立刻紧绷起来，正欲上前查看，一人踩上车板，掀帘而入，登时在逼仄的车厢里投下大片暗影。

明昭仰头，眸底情绪几度变化，最后冷声道：“你干什么？”

褚晏屈膝蹲下，放落车帘，一双深棕眸子在暗处愈显深亮，笑时，那酒窝也更显深了。

“打个劫。”

“昨夜慧妍去找爹爹悔婚了。”

燥热的风裹着河水的腥气吹在脸庞上，赵彭坐在渔船一头，扶着船舷说道：“据说把爹爹气得够呛，当面没发作，等人一走，连摔了两杯茶。我就不明白了，慧妍决定不嫁褚四爷，爹爹应该高兴才是，怎么就气成那样？”

微风撩开帷帽前的白纱，容央拉上，遮住微翘的嘴角，心虚地道：“爹爹一向不喜欢出尔反尔，或许是气慧妍善变，有点把婚姻当儿戏吧。”

赵彭想想，也只有这个理由能说得通了。

容央道：“有说改成嫁谁吗？”

赵彭摇头：“没说，只是决定不再入侯府，大概想嫁谁，她自己心里也还没数吧。”

容央双眸微动，点头不语。照赵慧妍那脾性，肯定是不可能转头就从善如流的，便是心里被说动，也多少要摆两天架子，能尽快去官家那里改变主意，就已是很不错了。

耳畔水声哗然，是褚怿起竿收鱼，容央喜上加喜，拿来鱼篓，熟稔地取鱼下钩。赵彭扬着眉瞅着，嘴里啧啧有声。

容央不以为意，顾自忙完，转头看时，褚怿大剌剌晒在烈日底下，一张俊脸俨然被曝晒得红了。容央撩开帽纱，盯着他额头、脖颈的汗，又瞅瞅天上日头，再朝赵彭看去。

赵彭对上她眼神，一股不妙的预感涌上心头。

容央斩钉截铁道：“把斗笠摘下来给你姐夫戴戴。”

赵彭微吸一气，容央蹙眉：“听到没有？”

赵彭扭扭捏捏，瞄一眼帽檐外的炎日，万般不情愿。

褚怿解围道：“不用。”

容央心疼：“你都晒成这样了！”又看赵彭，眼神严肃，很有“别不懂事”的威胁之意。

赵彭喉结滚动，转开眼扣住帽檐，不及摘，褚怿重复道：“不用。”

赵彭立马把手撤开。

容央板住脸。

赵彭道：“姐夫一直就这样的，横戈跃马、槊血满袖的一大悍将，你当是我这等小白脸吗？”

为保留一顶斗笠，竟不惜自贬为“小白脸”，这等“能屈能伸”的品格，也真是万里挑一了。

褚怿勾唇，上好鱼饵，重新抛竿。容央很是恨铁不成钢地剜赵彭一眼，掏出丝帕给褚怿擦汗。擦额头，擦鼻梁，擦下颔……擦得那叫一个情意绵绵。

赵彭心里头直冒酸气，拉低帽檐，暗影里只听得前头二人低低切切——

“你是生来就有点黑，还是后来晒黑的？”

“晒黑的。”

“那我看你身上也不白。”

“跟你比自然不白。”

赵彭咳一声：“军营里训练都是光膀子的！”

容央摸摸肚子：“我要生一个白的。”

赵彭：“不是又黑又白的就好。”

容央白他一眼，把丝帕揣回衣襟里，摘下帷帽来挡住炎日，跟褚怿一块遮阳。

褚怿表示不必，容央偏不肯，靠在他肩头软言软语。

赵彭身上一个劲儿发麻，又咳一声："那个，礼部这两日一直在忙，我派人打听了一下，爹爹像是有意要我成婚了。"

容央跟褚怿讲着小情话，闻言很敷衍地"哦"一声："那你自己想成吗？"

赵彭心道本来是不想的，可看你俩在这儿腻腻歪歪，答不想倒像是辜负你俩了，扯唇道："想倒也想，就是不知道怎么挑。"

挑？

容央挑眉，终于慷慨地看了过来。

赵彭得意地整理衣袖："想嫁的人太多了。"

褚怿嘴角扬起来，给这很"容央式"的苦恼捧了个场："殿下龙章凤彩，芝兰玉树，他日又将御宇四方，福泽天下，朝中对殿下寤寐思服的小娘子，自然是多如过江之鲫的。"

赵彭对这个捧场十分受用，展笑道："话虽然如此，但人选多起来，对我这挑的人来说，总是一份苦恼嘛。"

容央呵呵道："谁不是这样苦恼过来的。再说了，这太子妃的人选能完全由你自己定吗？最终娶谁，还不是要看爹爹的旨意？"

赵彭恼道："那怎么能行？万一他定一个我看不顺眼的，我这后半生还过不过了？"

容央老成地道："看不顺眼又怎样，我最开始看你姐夫也不顺眼啊。"又对褚怿道，"你看我也不顺眼吧。"

褚怿唇微动："没有，打第一眼起就很喜欢。"

容央大眼灿亮起来："那你当初还否认？"

褚怿："口是心非嘛。"

赵彭忍无可忍："这鱼什么时候钓完？！"

二人异口同声："还早。"

赵彭心累。

蝉声大噪的槐树林里，风吹动满地光影，一匹枣红骏马信步走至林外，沿着灌木丛生的河岸逆流而上。

褚晏把明昭圈在怀里，策着马道："喜欢红衣，还是绿衣？"

明昭道："什么意思？"

褚晏道："办婚礼。"

明昭遽然颦眉，转头去看他神色，一丝日光从他眸心掠过，他眨一下眼，笑得静默。

“我觉得你穿绿的好看，我穿红的好看，要不就这么定了吧？”

大鄞这些年时兴男红女绿，婚服不像前朝，新郎官和新娘子都一律的大红喜服。明昭素日里爱穿藏青、黛紫、深绿等色，在褚晏看来，那深如绿潭、美如沉璧的一袭嫁衣，就是给明昭量身打造的。

明昭盯着褚晏的眼睛，按住心里的波澜，转回脸道：“又开始发疯了吗？”

褚晏也不恼，依旧笑：“不是一直疯着的嘛。”

明昭绷唇不语，眼底有隐忍之色，静了片刻才道：“如果是为了避开官家的赐婚，大可不必。”

褚晏不作声，明昭道：“莺莺已劝过赵慧妍，她如识趣，会请求官家收回成命的。”

她很少有这样主动的时候，主动地跟他解释，主动地劝他宽心，语气也不再是倨傲冷峭，平静里，是阔别多年的体贴。

褚晏却道：“小辈们一叶障目，你也跟着自欺欺人吗？”

明昭眉心收拢，褚晏打量着四下天高水阔的风景，漫不经心地提着缰绳：“官家哪里是要招我做女婿？飞鸟尽，弹弓藏；狡兔死，走狗烹。北伐大捷，三殿下受封太子，忠义侯府风光无限，我不交权上去，大鄞最能打的褚家军就是三殿下的囊中物。你觉得，一个还在壮年的帝王，会眼睁睁看着朝中最大的将门被一个初露头角的儿子攥在手里吗？”

悍将

明昭沉默不语。

褚晏所言一针见血，其间个别字句，更是锋利得令人不适。明昭想起那位看似随和，实则敏感又自负的兄长，想起很多年前的那些权衡，那些抉择，脸色一点点变得难看。

褚晏知她烦郁，低头在她颈窝笑笑：“得亏他老人家还念点旧情，缴枪前，愿意把你赔给我。”

明昭笑不出来，偏头避开他的亲近。褚晏眼微沉，静了一会儿后，就着她白皙颀长的颈亲下去。

明昭看着炎日下金波粼粼的河面，金波漾在双眸里，像烈日被揉碎后烫入眸里，烫得人想流泪，想哭泣。

“你不说话，我就当你答应了。”夏日的风吹在脸上，脖上，他炙热的唇上。

明昭倔强地道：“我不答应。”

褚晏停下来，继而苦笑：“你说不答应，那就是答应的意思了。”

明昭用力眨了眨眼，保持平静地开口，可是这次说完一个“我”字，后面的话突然间像细针卡在喉咙。

她那么想不答应，可是为什么讲这一句话时，眼泪会夺眶而出？

明昭绷紧唇不再动，褚晏道：“范申跟贺家军回京时，官家要宴请群臣，论功封赏，我就在那日提吧。”

明昭的眼里依然含着泪。

褚晏虔诚地道：“等大婚后，我们就不住京城了，去洛阳，去庐州，去嘉兴，去所有以前你说想去的地方。”

“莺莺和褚怿……”明昭深吸口气，严肃地提醒。

褚晏笑着打断她的顾虑：“人家都是要当爹当娘的人了。”语气里的歆羡和委屈不言而喻。

明昭心一颤，那悬在眼眶边的泪，猝然落下，落在褚晏的虎口上。

褚晏低头抹去那颗泪，这一回，竟是发自内心地笑了，笑得坦诚，笑得爽朗，笑完大声地哄：“不哭，下一个就是你我了。”

繁星在夏夜的天空里闪烁，炊火升腾的农舍小院里，饭菜香、烤鱼香交涌在鼻端。荼白、雪青招呼着敛秋、拂冬，跟在百顺后头东边跑跑，西边忙忙。褚怿在一堆篝火前烤鱼，边上坐着的是在浓荫里喂鸭的褚晏和明昭。

赵彭坐在饭桌前，目光越过褚怿那堆篝火，反复朝树下那对并肩而坐的人看，越看眉头皱得越紧，最后按捺不住地对容央道：“你觉不觉得……”用眼神朝树下示意，压低声，“有点问题。”

容央正捡着饭桌上的一碟点心吃，闻言看去一眼，淡淡道：“你才看出来有问题？”

赵彭目瞪口呆，夸张地张大嘴，用口型道：“真的啊？！”

容央点点头，又朝刚刚注目的地方瞅去。屋檐底下，百顺蹲在地上杀着鱼，荼白站在旁边，啥也不干，就低着脑袋、翘着嘴角看，也不知是看那被杀的鱼，还是看那杀鱼的人。

“你觉不觉得……”容央也用眼神给赵彭示意，压低声，“有点问题。”

赵彭看去，这回换成了眉毛夸张地耸动起来。容央嫌弃道：“大丈夫泰山崩于前而色不变，麋鹿兴于左而目不瞬，你这又是动嘴又是动眉的，是生怕旁人读不懂你的心思吗？”

赵彭收住表情，闷声道：“难不成做个旁人读不懂的人，就格外高明了？”

容央道：“总比被人一眼看透的好。”

赵彭哼道：“自以为能一眼把人看透的，那才是鼠目寸光。”

容央给他怼得蹙眉，赵彭忙打哈哈：“你我皆是高明人，来，吃糖吃糖。”

夏夜的蝉藏在草丛里低唱，此起彼伏，烟火十足的农舍里传来开席的碰杯声，欢笑声。

酒过三巡，百顺趁兴往篝火前一站，手舞足蹈地讲述起、演绎起那日北伐时的英武神勇。

赵彭上前来拆台，一众女眷前仰后合，枝摇花摆。

墙外垂柳下，两道人影静默而立，盈满星辉的河水流动在脚边。

褚晏道：“容央什么时候生？”

褚怿道：“还有两个月。”

褚晏点点头，往欢声鼎沸的小院里看去一眼，继而望向夜幕笼罩、轮廓朦胧的青山，道：“大契虽灭，外敌尤在，娄人之患，更比契人难以提防。三州那边是大鄞西北的屏障，也是侵入腹地的必破之口，必要时，一定要从严防范。”

褚怿“嗯”一声。褚晏又道：“这些年老五老六守城也守出些门道了，天岩、陵光交给他俩不成问题，但樊关主城还是得有主帅坐镇，北伐时损失的兵马也得尽快补给回来。另外，我看褚恒近日的枪法颇有长进，虽然年纪还小些，但如果你三婶没意见，也可以带去北边历练历练了……

“还有褚蕙那丫头……”

褚晏滔滔不竭，忽然间像极一个啰啰唆唆、喋喋不休的老父亲。褚怿垂着眼静默听着，知道这是嘱托的意思，也是卸任的意思，甚至是，告别的意思。

那日官家在崇政殿里留下的棋局，原来真的不单单是赐婚的含义，褚怿终于理解帝王昨夜的那一怒了。

褚晏讲完，河畔是冗长的沉默，映衬着墙内的欢笑声，霎时更显得局促。

褚晏摸着下颌的胡楂，便欲再开口讲些什么，缓解些什么，褚怿淡然道：“明白了。”

褚晏看褚怿一眼，英气内敛的青年站在斑驳的月影里，朝他一笑：“喝杯满月酒再走吧。”

褚怿不提是谁走，但是褚晏听懂了。是他走，也是他走。

“那容央……”想想褚怿回关城后，京城就剩下容央孤儿寡母，褚晏仍是有点惭愧。

“我带他们一块过去。”褚怿不以为意，淡定而果决。

褚晏反而有点愕然。

褚怿笑笑：“放不下的人，总是要带在身边的。”

褚晏会意过来，也笑：“放不下的人，是该带在身边的。”

（7）阳关曲

夏至那日，北边谈判大捷的喜讯随着范申及贺家军抵京传遍皇城，一时间欢声如雷，上至皇亲国戚，下至贩夫走卒，无不拊操踊跃，歌吟笑呼。

容央因身子越发重了，双脚也开始发起肿来，故没能和褚怿一起入宫赴宴。不过，便是不亲临现场，那庆功盛筵上的诸多“盛况”也不曾错过她的耳朵。

据雪青探回来的消息，那夜的宫宴上，官家可谓是十年难得一见的高兴，直称此次大捷惊天动地，名垂千古。收复幽云十六州，是大鄞开国以来整整六代帝王的夙愿，多少人因之殚精竭虑，多少个家族为之蹈锋饮血，又有多少人长眠于那片始终不能回归的故土底下，多少个家族辗转在那条一直无法安定的边界线上背井离乡、吞风饮雪……放眼而今诸事不顺的大鄞，能在这酷暑当中迎来这样的喜讯，简直是苍天开眼，慨降甘霖。再想想北伐结束时娄人的出尔反尔，胡搅蛮缠，则此次谈判之功，自然是显得煊赫无量，举国称颂了。

难怪官家要在筵席上直呼“不世之功”。

容央坐在水榭里乘凉，想着前去谈判的前任宰相——如今的三品银青光禄大夫范申，心里一时百感交集。

荼白叹出她的心声：“想不到这范大人倒是干成了一件正经事。”

雪青道：“那也是褚家人疆场大捷，挽狂澜于既倒，扶大厦之将倾，他范大人的铁齿铜牙才能有用武之地。”

这话显然比荼白所叹更能纾解人心里的郁气，容央扇着小团扇，道：“大娄的条件是什么？”

荼白一蒙：什么条件？

倒是雪青听明白了，眉心蹙着，道：“岁币翻一倍，还有……十六州三年的赋税全部上缴。”

容央把小团扇往石桌上一丢。

就这，还叫“不世之功”。

岁币翻一倍，那就是大鄞每年要给大娄缴纳六十万两白银、四十万匹绢帛。十六州三年的赋税全部上缴，也就等同于当地的百姓还要给外族人做三年的牛马，大鄞派去的官员也要等到三年以后才能真正地当家做主，眼下去，不过是去当个沐猴而冠的傀儡，给他人做嫁衣。

容央越想越憋屈，拉着脸闷不吭声。荼白怕她气得动了胎气，安慰道：“大鄞地广物博，国民富庶，岁币翻一倍应该不算什么。至于十六州……以往的赋税也是上缴外族的，娄人这条件，也就相当于推迟三年归还十六州，跟不还相比，总是要好的了，殿下万万别太生气。”

容央不语。荼白一个小小的侍女都知道这样开解，那就更不用提那惯会以小见大、借题发挥的一众儒臣了。难怪那场筵席叫“庆功宴”啊，好吧，聊胜于无，有功总是比无功要好的了，只是……

容央回味起荼白的那句“地广物博，国民富庶”，不知为何，突然就想起去年在河边跟褚怿聊起的一个话题来。

那夜他们在农舍外的柳树下聊天，褚怿对着河中倒映的星空走神，他说他在看星星，水里的星星离人更近。她故意怼他，说自己还是更喜欢天上的星星，因为天上的星星虽然远，但却真。他不反驳，只是横空劈来一问——

那如果现在的盛京，就是这水里的星呢？

容央的心里重新回响起这一问，眉头暗暗蹙紧。或许，那时褚怿想问的是——如果现在的大鄞，就是这水里的星吧？

看似光耀粲焕，其实都是假的了。

容央深吸一口气，竟不敢再往下深想。雪青继续在耳边汇报盛宴上的情况：褚家叔侄援战有功，褚晏恢复正从一品骠骑大将军军衔，褚怿破格擢为从二品右金吾卫上将军；贺家军首战大败，损失惨重，但念及贺渊殉国，贺平远以功补过，故封贺平远为正四品忠武将军，代其父镇守东北；范申作为谈判的主帅，赏赐自然蔚为可观，金银珠宝不提，单是官职，就一跃成为跟副相平起平坐的从一品枢密使。

不过，要论这一场筵席上究竟属哪一人最得瞩目，却并非东山复起、春风得意的范申，而是那位在官家赏赐以后慨然出席，以累累战功换取一纸赐婚的骠骑大将军——褚家四爷，褚晏。

“拿战功换明昭殿下？！”雪青汇报毕，荼白直震惊得舌挢不下，一时竟不知道是该鼓掌相庆，还是扼腕叹息。

相形之下，容央反应倒是镇定许多，只是脸依旧拉着，也并不是喜悦之色。

交出军权娶明昭，这一条路，是容央以前就想过的路，是最保险、最便捷的一条路，但也是牺牲最大的一条路。

在为姑姑鸣不平的那些日子里，容央不是没有设想过，甚至期待过褚晏做出这样的取舍，可真当这一天来临时，她心里的滋味竟是比预想中的要难受。

皇家啊皇家，要忠臣们丹心赤忱、世代尽忠的皇家，对待起忠臣来，却往往是不愿讲情分，只愿讲利益的啊。

容央胸前起伏，那种压抑在胸口的窒闷感越发强烈了，荼白看她脸色发白，忙斟来杯杨梅渴水，又问起可要请奚长生来看看。

容央答不必，喝了口凉饮冲散了些恶心之意，便欲回屋小憩一会儿，一丫鬟从水榭外边匆匆赶来，道：“殿下，殿下！圣旨来了！”

日照荧荧的帝姬府外，小厮端着杌凳赶至车下，一年纪三十上下、身着红衫的内侍打头下车，后面跟着下来一人，竟是戴乌纱、佩锦绶、一袭绛紫官袍的褚怿。

及至通传后，二人在青松如盖的台阶前站定，褚怿道：“帝姬临盆在即，稍后的大礼还请中贵人免了。”

内侍笑容可掬，道：“将军放心，官家命臣前来宣旨时就有交代过，嘉仪帝姬不必行大礼。”

褚怿点头，内侍抬头端详府前的漆金牌匾，又道：“不过……将军确定是要在此处宣旨吗？去侯府宣，或许更热闹些呢。”

这是很明显的暗示了，褚怿听得明白，却没有改变主意。内侍是狐疑的，但看人脸色的功夫还是有，当下只是笑笑，并不再提。

不多时，丫鬟簇拥着容央从洞开的大门后走来，褚怿留意到她刻意迈快的步子，眉间一蹙，上前。

容央胳膊给他握住，步伐被迫慢下来，仰脸看他。炎日下，褚怿一双黑眸沉而静，有点清冷，似责怪，也似担忧。容央小声道：“没那么严重。”

褚怿搀她往前，转开目光：“什么不严重？”

传旨的内侍就袖手站在府前的台阶下，容央一时解释不清楚，只得任他。

从庭院到大门也就两丈外，这一璧人却似走了小炷香般，走得像新郎官扶戴着盖头的新娘入礼堂。内侍暗暗笑，待二人上前，从旁侧一小内侍那里取来一卷黄绫圣旨，拔高嗓子道：“右金吾卫上将军褚怿接旨——”

容央眼波微动，有点意外于接旨的并不是自己，而是褚怿。旁侧的人倒是泰然，低头来道了一声“不必行大礼”后，撩袍跪下。当下门里门外的丫鬟小厮、内侍护卫相继行礼，齐刷刷跪了一地。

“朕膺昊天之眷命，敕曰：忠义侯褚泰之子褚怿，少年英武，头角峥嵘，先后于西北、东北杀敌平乱，立下战功，自即日起袭‘忠义侯’一爵，代原骠骑大将军褚晏统帅三州，安民保国。望报德明功，不负皇恩，钦此！”

话声甫毕，窃窃私语声如浪潮打岸，容央惊讶地看向褚怿，沉寂多时的双眸里终于迸发出一丝生机和微笑。

忠义侯——

自父亲褚泰牺牲后，整整十一年，褚怿终于用他的骁勇和热血把这一爵位承袭下来了！

容央展颜，丫鬟小厮、内侍护卫也跟着展颜，会心的笑荡漾在每一个人的脸上，只唯独不在褚怿的脸上。他静默地接了旨，倒不是冷漠，而是实在太平静，平静中，又仿佛有一丝担忧或顾虑。

容央脸上的笑容收敛。

恭送完传旨的内侍后，容央眨眼道：“你怎么像是不开心啊？”

褚怿把卷起来的圣旨交给百顺拿去侯府，回头看她一眼，道：“上朝时，太子殿下透露过了。”

容央抿嘴，道：“是因为四叔吧？”

褚怿不置可否，容央便以为自己猜对了，想想先前荼白安慰自己的方式，竟也只能依葫芦画瓢。

褚晏前脚交权，褚怿后脚承爵，这种安抚伎俩在朝中实在司空见惯。反正侯爵早晚都是要褚怿来袭的，眼下给，抚慰了褚家人人心不算，还能给自己争取一个贤君圣主的美名。

容央慨叹，越想越能明白褚怿为什么高兴不起来了，心有余而力不足地开解着他。褚怿默默听，听她敬业地安慰，看她苦恼地想词，半晌后，绷着的嘴角一松，笑了。

容央松一口气。

褚怿大手撑开在她脑门前，挡去烈日，道："代原骠骑大将军褚晏统帅三州，安民保国的意思，明白吧？"

容央在浓荫里看着他双眼，道："明白啊。"

褚怿等她答。容央便闷声答："就是你要离开京城，回樊关去的意思嘛。"

褚怿静一瞬，道："那你呢？"

容央不自在地别开目光，道："我会照顾好我自己……还有他的。"摸摸肚子示意。

却还是不主动提一句跟着他。

褚怿双眸黯下来，盯着她看了片刻后，转开眼，揽她往府内走。这次走得明显比刚刚快了，容央莫名其妙，正在想要不要发作，耳畔又有声音落下："想我的时候，怎么办？"

容央一怔，这一来就"想我的时候"，倒是很笃定她会为他辗转反侧了。

容央道："你也不是头一回离开，我差不多能习惯了。"

褚怿再次沉默。

容央眼观鼻，鼻观心，明显感觉到身边人气压一瞬间低沉了些，心里一过，大概也能猜到为什么，但偏不主动化解。

褚怿又道："那孩子想我呢？"

容央很快道："那么屁大点的小孩，哪知道什么叫想。"

肩头那只大手的分量明显更重了，容央蹙眉瞪他一眼，褚怿神色不改，道："若我一时间回不来呢？"

这一回，容央脸色是真变了。

"一时间回不来是指多久？"

容央站定在庭院里，那双明亮的大眼终于开始有点严肃认真的神色。褚怿郁结在胸口的气散了点，道："说不准，三年，五年，或者十年……"

"十年？！"

容央愕然。十年的时间，那娃儿都能上房揭瓦了。怎么，他是打算播个种就掉头走人，等一回来便直接摘果子吗？

容央又惊又怒，迫切需要褚怿笑一下，讲一句"逗你的"，然而褚怿偏不笑，依旧正儿八经地道："娄人不好相与，如果碰上战事，难说。"

容央只差跺脚，大声道：“一去去十年不回来，你还要我干什么，我还要你干什么！你干脆在那边重新成一个家算了！”

庭院里的丫鬟小厮给她这一吼，吓得敛容颔首，动都不敢动。褚怿直勾勾看着容央，坦然道：“嗯，那个地方确实需要一个家。”

容央一怔。

庭外吹来的风似乎更燥热了，容央只感觉气血像在往脸上涌着，褚怿握住她肩的手抬起来，在她粉红的脸颊掐了一下，笑：“莺莺成全我吗？”

那被他掐过的肌肤，刹那间更热更烫了。

一定……是刚刚太气了。

容央转开脸，重新往内院走，矜持道：“你这是邀请我跟你一起去樊关吗？”

褚怿跟上，心情慢慢好起来，道：“是。”

容央道：“可是那个地方那么远，跟京城相比，环境那么差，生活那么苦，我不是很想去呢。”

褚怿道：“但那边有骁勇善战的悍将，有你朝思暮想的情郎呢？”

容央心道自恋，白他一眼。

褚怿眯眼。

容央敛回目光，倨傲地道：“那你求我啊。”

褚怿笑，低头在她耳畔求：“我求你。”

容央哼一声：“没诚意。”

褚怿掀眼看她，又低低附加一句，容央脸转开，很严格地道：“还是没诚意。”

褚怿道：“那要怎样算有诚意？”

容央肯定是不会讲的，扔下一句“你自己想”后，扬长去了。

（8）荔枝香

最近，驸马爷除忙活突然剧增的公务，还多了一项每日必须殚精竭虑的任务——哄嘉仪帝姬开心。

哦不，准确地讲，是求嘉仪帝姬顺利生产完后，心甘情愿地带着孩子跟他去樊关。

所谓“君子有成人之美”，阖府上下的丫鬟小厮虽然算不上名义上的君子，但在“成人之美”这一桩美德上，还是发挥了各自极大的智慧及热情。

雪青建议褚怿多抽时间陪伴容央，毕竟分娩的日子也就这两日了。容央嘴上说着不怕，其实越临近那个日子心里越发怵，每次奚长生来看诊，都要揪着人家反复确认一大堆。

茶白建议褚怿重操旧业，把去年给容央筹备生辰礼物的那股魄力拿出来，多给容央制造浪漫，一则缓解容央对分娩一事的恐惧，二则用糖衣炮弹俘获容央的心。

褚怿于是在一日下朝时对百顺开了尊口——如何在这种时候制造浪漫？

百顺二话不说把车赶到了百味斋。

上车来时，百顺把手里的三袋糕点——蜜糕、献糍糕、山楂糕逐一给褚怿看过。褚怿盯着他故作高深的一张笑脸，眼神又冷又鄙薄。百顺哂然道：“郎君，这就是你不懂了。给小娘子们制造浪漫，关键呀，其实并不是弄多大的架势，而是走心！”

褚怿眉峰微微一挑。

百顺得到鼓舞，继续道：“您看，上一回呢，生辰礼物已经闹过大阵仗了，要是再往那路数走，除非把半个盛京城租下来，否则也难再令殿下感动落泪，倒不如，干脆换一种路数。”说罢，又把那三袋纸包的糕点举起来，“这三样点心，郎君可还记得吧？”

褚怿记得，去年第一回讨容央欢心，就是送的这三样。

得到点头后，百顺深感孺子可教也，微笑道：“所谓第几回都不如第一回，今日郎君要是拿着这三样东西回去，就着烛灯跟殿下忆一忆初初大婚的情形，讲讲她那时的模样，说说这糕点的滋味，再聊一聊自己如何一不留神就倾了心，聊完后，拈一块糕点喂过去……保准马到成功，事半功倍！”

百顺说罢，得意地耸了耸眉。褚怿的目光由他转至那三袋糕点，虽然还是一言不发，但眼神显然不那么鄙薄了，在很多方面，他还是一点即通的。

金乌西坠时，马车在帝姬府前停稳，脉脉余晖穿过石狮边的青松，把白墙映照成深浅不一的绯红。褚怿提上那三袋糕点，掀帘下车，刚一踩在青石地砖上，一人蓦地从斜方冲将上来，褚怿举起糕点偏开身，那人“嗷”一声，一个趔趄栽倒在地上。

褚怿定睛看去，眉头一皱。

摔在地上的不是别人，正是挎着药箱、跑得满脸通红的奚长生。

“奚大夫？你这……”坐在车前拉缰绳的百顺倒抽口气，不及慰问完，奚长生抱起摔在一边的药箱爬起来，灰尘都不拍就又要往里冲，刚冲上一级台阶，又猛地意识到什么，转过身对上褚怿的目光。

“要生了……”奚长生喘着大气。

褚怿举着那三袋糕点站在原地，暂时还没有反应过来。

奚长生急得快哭：“殿下要生了！”

产阁外，一堆人忙进忙出，喝令声、惊叫声嗡嗡地响在耳畔。

褚怿被百顺推至阁外的石桌前坐下，满耳只是一个声音——容央压抑的、痛苦的呻吟。

奚长生已进得产阁里去，隔着垂帘在听稳婆汇报情况，并根据情况判断凶吉，看这一胎是否能顺利生下。

容央年纪很轻，又是个比较爱动的性子，因而照奚长生的推测，这一胎应该不算难生。可是，再怎么不算难，分娩前那数个时辰的阵痛总是无法免除的，容央并不是擅于挨痛的人，脸色苍白地躺在床褥里抓着被衾呻吟小半时辰后，泪水就开始一个劲地流。

褚怿守在外，脸庞紧绷。

似血残阳铺在他阴沉的脸上，又从他脸上隐没，那张本就不算和善的脸遁入夜幕里，乍看去，更显得阴鸷瘆人了。

屋里各式各样的声音已轮番来了不下三遍，百顺亦等得心焦，转眼看褚怿脸沉成那个模样，更心急火燎。

灵光闪动间，百顺抓住一端水进去的丫鬟，低声交代道："驸马爷给殿下准备了一份大礼，特别浪漫、特别走心的一份大礼，你进去告诉殿下，叫她务必咬牙挺住，千万要顺利生下孩子，尽快把这大礼收下去！"

丫鬟点头如捣蒜，感动地赶入产阁里。

百顺心里的石头落下一半，回头，褚怿坐在石桌前，正面无表情地吃着一包打开的糕点。

"那个，郎君……"

百顺挪过去，如鲠在喉。褚怿这个吃糖的动作和神态，俨然是心里烦躁得不行了。以往在大战前夕，如遇诸事不顺时，褚怿便是靠不停地在嘴里塞糖来稳定情绪。

吃糖能让褚怿镇静，能让褚怿在慌乱无措时获得安全感，这是糖里的甜味给的，也是云氏临终前的抚慰给的。

百顺看着褚怿一块一块地吃着那包蜜糕，目光却凝在虚空里动也不动，阻止的话卡在喉咙里，再也讲不出来。

蓦然间，一声尖叫划破夜幕，从窗内迸至耳边，褚怿眸光一瞬间聚拢，转头朝产阁看去。

百顺亦心头一震，继而明确地道："是茶白叫的……"

一声尖叫响罢，阁内传来的是铜盆落地、热水四溅的声音，百顺解释道："太紧张，不留神把盆打翻了，不是故意叫的，不是故意叫的……"

褚怿绷紧唇，打开第二袋糕点。

夜幕渐浓，初秋的凉风缠裹在身上，扑打在窗上，吹得阁中那断断续续的喘息声越发七零八落了。

百顺急得满头汗，在院里徘徊来，徘徊去，最后忍不住上前隔着门询问情况，所得的结果却仍是重复了一晚上的"快了快了"。

转头再看褚怿，一袋蜜糕、一袋献糍糕都给他吃完了，现在整个人坐在夜色里，纹丝不动，浑然是个石化的雕像般。

百顺心焦："这生孩子怎么这么难……"

夜色一点点变浓稠，产阁里的动静却一点点变得微弱，一丫鬟推开门，应奚长生所言出来禀报情况，称容央还在阵痛，这会儿痛得彻底疲乏，趁着痛感收歇的当口睡过去了。

她说睡过去，毕竟是顾虑到褚怿的感受，实际上那疼得人求生不能求死不得的，哪里可能睡得过去呢？

可饶是如此，百顺也仍是胆战心惊："那，那这痛得痛多久啊？"

这都折腾快三个时辰了，再痛下去，便是当事人无碍，外头等着的那个都得揪心揪死了。

丫鬟道："这个……稳婆说痛两三个时辰的有，痛上半天甚至一天一夜的也有……总之，每个女人生孩子前，总是得经这一遭的。"

话声甫毕，阁里传来稳婆的召唤，吩咐立刻再打一盆热水，丫鬟"欸"一声，忙去准备。与此同时，一声哀叫在阁里响起，叫完一声，又是一声，一声胜过一声辗转痛苦，竟是容央的声音又回来了，且更大声，也更失控了。

百顺心头一凛。

"要生了……是要生了！快把热水端来！"

"殿下使劲，对，就是这样，再使劲啊！"

百顺心惊肉跳，回头看时，褚怿竟不知何时站起来了，一双眼鹰隼似的盯着那扇烛火昏黄的窗户，一动不动。

百顺又忙跑过去安抚他，拉着他重新坐下，然而产阁里的动静却半分不令人心安，先是稳婆丫鬟们七嘴八舌的号令，后又传来容央撕心裂肺的大喊，到后来，那沙哑的喊声竟还带了哭腔。

"我不生了——"

蓦然间，一声哭喊划破夜幕，利剑一样扎入一人的心窝里。褚怿遽然转头，烛影昏乱，容央沙哑的喊声变成绝望的痛哭，用着最后的力气嘶喊着"太痛了""我不要生了""我不生了"……

褚怿的心脏一瞬间被攥得死紧，攥得畸形，通红的眼眶边已蓄了泪水。

百顺悬着心道："郎君你可别往里面冲啊……这回你就算冲进去也于事无补，里头有神医奚大夫在，自能化险为夷……再者殿下大福大贵，吉人自有天相，今晚一定能平安无恙地把孩子生下来的！"

百顺忧心忡忡，竭尽所能地压住褚怿上涌的冲动。褚怿一声不吭地坐在石凳上，盯着面前最后一袋糕点，动手把包装外的丝绳和油纸拆开，拿了一块糕塞进嘴里。

百顺看过去，脸色一变。

糕点的香气顺着风飘至鼻端，香得新鲜又浓烈，百顺瞪大眼看着那包被褚怿一块块消灭掉的东西，不敢置信。

那是郎君最怕也最恨的山楂糕啊……

产阁里又传来嘈杂的声音，有奚长生等人的鼓舞，也有稳婆的指令、容央的喊叫。褚怿坐在石桌前，不再扭头乱看，只是默不吭声地吃着那一块块红彤彤、酸溜溜的糕，仿佛忘记了它的滋味，忘记了它的口感。他只是吃着，嚼着，吞咽着，冷静着，克制着……

及至油纸见底，褚怿摸空，产阁里骤然传来一声响亮的婴孩啼哭，仿佛尘封的宝剑裂土飞出，光耀千里，刺破穹庐。

下一刻，报喜的声音从阁里传来："生了，殿下生了！"

褚怿盯着狼藉的石桌，抹去唇上的糕渍，静默良久后，笑了。

灯影、人影叠织在一起，重重地覆压在眼皮上，容央虚脱地躺在拉紧的床帐内，依稀听得帐外雪青、荼白在笑："是小郎君……真的是个小郎君！"

悬在胸口的一块石头往下落了落，容央松着气，转头去寻那声音，眼皮却越发重压下来，困倦和疲惫一拥而上，容央脸耷在雕着莲花的黄杨木枕上，彻底陷入昏迷。

秋夜繁星一颗颗地悬在穹庐间，也跟困乏了似的，一眨一眨，明明灭灭。

寂静的产阁里，一人的呼吸声匀长，褚怿坐在帐外，侧着身，静默地看帐中人睡眠。

她睡得很沉，但又像睡得不安稳，细长的蛾眉颦着，苍白的脸颊、嘴唇依然没有恢复多少血色。

褚怿想起她最后那两下负气的哭喊，饶是事后，也仍存着惊悸。身陷重围、背水一战时，也没觉着怎样怕过，但那一刻，他却是真的有点慌了。

他这娇滴滴、泪淋淋的小帝姬啊，万一真的挺不过去，那他该怎么办啊……

褚怿俯身，想抚平她紧蹙的眉心，指腹刚触上去，容央睫毛一动，睁开了眼。

屋里只点着一盏烛灯，昏暗的光线里，容央双眸里泛着懵懂的微芒。褚怿温柔地道："弄醒你了？"

容央意识慢慢恢复，眼里映着他此刻的模样，没有回应。

褚怿看到她眼角似又有泪水洇下来，大拇指抚过去。容央握住他手腕，似委屈、似动容地看着他。两人四目相对，一阵静默。

最后还是褚怿道："还疼吗？"

容央心里一酸，又一暖，点了点头。

那痛实在太难挨，活生生把人撕开一样，生前痛，生时痛，生完了也还是会痛。容央含着泪凝望褚怿，看他准备怎么安慰自己，怎么向自己表达谢意及敬意。他一定要足够体贴，足够温柔，足够深情，不然，就一定对不住她今夜的一腔孤勇。

褚怿把她的眼神读懂了，若是以往，他在读懂她的小心思后总会笑一笑，但是今夜他没有笑，他低头在她眉心轻轻一吻，很郑重地承诺：“以后不生了。”

容央怔然。

夜色里，他的口吻很坚定，并不是哄慰，而是真的在承诺，在下决策。反正他打小也就是个独子，一生只有一个后人，于他而言并不算什么奇事或憾事。

可是容央反倒慌了，有点无措起来。她在大难之后等待他的抚慰，他如不给，她自然很难再有继续为他闯那鬼门关的决心；可他一旦给了，甚至为避免她再受苦难，宁可牺牲、让步，她便会于胆怯后怕、忐忑犹豫中焕发出巨大的勇气和责任感来。

“至少……再生一个吧。”

容央又很郑重地道：“一个小郎君，他太孤单了。”

——一个小郎君，他太孤单了。

这句话歪打正着，在褚怿心里戳了一下。他摒开那些杂思，笑一声道：“生个小莺莺吗？那或可考虑一下。”

容央爱看他笑起来的样子，心情拨云见日，扭头往帐外，道：“小悦卿呢？我还没看过的。”

褚怿道：“奶娘抱去休息了，等天亮再送来吧。”

容央有点遗憾，但也不强求，看回褚怿，笑道：“像你还是像我？”

褚怿想起那皱巴巴的一张脸，如实答道：“都不大像。”

容央蹙眉：“为什么？”

褚怿：“不怎么好看。”

容央一怔，气得打他。褚怿又笑起来，解释：“还没长开，都这样，过两日就好了。”

容央十分严肃：“那你也不许说他不好看！”

一声喝罢，她又朝褚怿摊开一只手，气势汹汹的，精气神明显越发足了。

褚怿盯着那摊得甚开的小手看了片刻，掀眼看她，表示不解。

容央扬眉：“我的礼物呢？”

褚怿后知后觉，表情有一瞬间的局促。

容央眼尖得很，立刻发作起来：“嚯，果然是诓我的是不是？我就说，你这个大忙人，哪里还有闲心给我送礼呢？”又气咻咻，“大骗子，大骗子。”

褚怿抓住她那只手，拢在掌心里，很认真地道歉：“我吃了，对不住。”

容央听得悚然：“吃了？”

那是紧张急躁到了什么程度？！

褚怿唇微扯，解释：“百味斋的三袋糕点，蜜糕，献糍糕，山楂糕。”

容央眨眨眼，总算领悟过来，原来是给她准备了糖糕，这算什么“特别浪漫、特别走心”的礼物？还趁她生产时自己在外面吃了？

容央鄙薄之情昭然脸上，腹诽时，蓦地又想到什么，心头一动：“山楂糕……你也全吃了？”

褚怿对上她促狭的眼神，不否认。

容央果然得意：“你那么紧张吗？”

容央知道，他其实是因为等得紧张才在外面吃糖糕的，褚怿想，那就满足一下她吧，很配合地点头。

“紧张得很。”

容央抿嘴笑，被他握住的那只手摇起来，快乐得很。

“我要给他取个小名。”

容央突然提议，褚怿恭候下文。

容央盯着他，脆生生地宣布：“山楂糕。”

褚怿笑也不是，不笑也不是：“那我会恨他的。”

“贼。”

容央瘪嘴，想了想，又感觉所言有理，退一步：“那就叫蜜糕咯？”

甜甜蜜蜜，欢欢喜喜。

褚怿笑着：“可以。”

（9）三登乐

蜜糕的大名被褚怿取为“攸同”，取《诗经·采菽》中“万福攸同”之意，也是《忠经》里的“忠之与孝，天下攸同”之意。

八月初三这日，是蜜糕的满月礼，择定于忠义侯府举办，一则图个热闹，二则算是褚怿、容央跟京中亲友作别——

朝廷下了旨意，中秋后，褚怿便要带着容央母子一块回樊关了。

大鄞的满月礼十分讲究，打小孩睁眼起，就是一系列烦琐的礼仪，等到给其沐浴，亲朋围观，撒钱水中，各道贺词时，则更是热闹非凡，欢笑声直往云上冲去。

容央因着刚出月子，还不太能在外受风，沐浴礼结束后，便只抱着蜜糕坐在屋里同周氏等几位太太聊天，待客一类的事，全权交由了褚怿去办。

褚家有一阵没有小孩出生了，且蜜糕又是褚怿和容央的长子，受关注的程度可想而知。一屋的女眷如何探头细看的尚且不提，便连褚恒、褚睿一行都提着红缨枪急吼吼地登上门来，嚷嚷着要给小侄儿舞上一枪。

本来，像今天这样宾客如云的日子，侯府的练武场一定是各家小郎君欢聚的场所，然而这两个小主人一听得沐浴礼结束，二话不提就把一众好友撇下，争着要来做头一个给蜜糕展示褚氏枪法的小叔。

六太太谢氏揶揄他俩："那你俩可得舞仔细了，别回头误人子弟！"

褚睿正跟褚恒抢位置，闻言应道："以往隔着肚皮就舞过多次，要误也早误了！"

屋中一阵哄笑，谢氏笑着站起来往蜜糕面前挡："那不敢再看了，悬崖勒马，为时未晚，蜜糕不看了啊！"

却听得"哇"一声大哭，竟是襁褓里的蜜糕号啕起来，泪水流得极凶。二太太吴氏赞叹道："不给看舞枪就哭闹，妥妥的悦卿亲骨肉了！"

谢氏却吓得手忙脚乱，生怕是给自己的大嗓门惊的，忙低头问容央如何。

那厢，褚恒、褚睿给这哭声鼓舞得意气风发，当下褚恒道："先不争了，你我对打一局，届时再分谁先谁后！"

褚睿昂首答应，二人就着堂中嗷嗷的哭声，在庭院里交锋起来。

一边是铿铿锵锵的枪声，一边是襁褓里亲生儿子的哭声，容央直听得头昏脑涨，比谢氏还要手足无措。幸而堂外那舞枪的动静大起来后，蜜糕竟神奇地慢慢收住了哭，一双大眼噙着泪花，扑闪扑闪地循着声音动。

谢氏惊奇地"噫"一声，道："绝了绝了。"

边上周氏道："睁大眼的模样像殿下，爱听舞枪声这点像悦卿，这小郎君，专拣爹娘的长处，可见是绝了。"

当下众人又是一笑，逗弄着蜜糕往堂外的场面瞧。

待褚恒、褚睿二人对打完、展演完，吴氏也起身松一松筋骨，解下腰间的长鞭道："蜜糕既爱看打的，那二叔婆再给你瞧个新鲜的。"

吴氏是江湖出身，除一身轻功冠绝一时，那条长鞭亦舞得神胜蛟龙。众人欢呼鼓舞，掌声雷动，吴氏笑着脚下一点，风也似的展臂掠至庭中，一条长鞭似白练飞出。

吴氏舞罢长鞭，谢氏登台舞剑，容央坐在座上，看着这"你方唱罢我方登场"的热闹场面，却蓦地感到一丝落寞。

以往像这样的场合，这堂中一定会坐着一位时而笑眯眼，时而绞紧眉，夸人时舌灿莲花，骂人时尖刻辛辣的文老太君，可是今日，便是蜜糕满月，她也没有来露过一面。

据底下人说，自打那夜褚晏回府跟文老太君摊牌以后，老太君再没有在众人跟前露面了。那天夜里，褚晏是怎样跟老太君摊牌的？没人知道，只知道褚晏把老太君请去了褚氏祠堂，两人当着列祖列宗的灵位大吵一架，吵完后，褚晏低着头从祠堂里疲惫地走出来，老太君却没再跨出来一步。

褚家四郎是阖府里最孝顺的一个，是文老太君亲生的、最糟心也最贴心的小儿子。褚家四郎是从来不会正面跟文老太君刚上的。可是这一回，褚家四郎跟文老太君闹掰了。

文老太君守着祠堂里的长明灯，次日，宣言：自此以后，褚家再无褚晏这一号人物。

褚晏在离开侯府的前一天，去祠堂外问文老太君如何，丫鬟丹心答：老太君潜心忏悔，吃嘛嘛香，喝嘛嘛爽，早睡早起，身体倍棒。

褚晏点头，踌躇一会儿，还想往里边走，祠堂里果然传来老母亲中气十足的骂："要滚就赶紧滚远一点！"

褚晏于是收回脚，静一静，走了。

有人说，文老太君只是拿乔，想逼褚四爷低头就范；有人说，文老太君不是气褚四爷要尚主，而是气他不但要尚主，还要抛下家业，远走他乡；也有人说，文老太君是真的动怒了，失望了，不想再认这个儿子了。

还有一小部分人悄悄地说，文老太君看起来动怒，其实，也是在成全四爷了。

容央想着这些道听途说，五味杂陈，良久沉默。这时堂外的舞剑声蓦地一止，堂中众人不约而同站起来，容央抬眼看去，纷飞落叶下，一人华服鹤发，拄着鸠杖巍巍而立，竟正是文老太君！

众人又惊又喜，周氏赶紧展颜去迎，庭里的吴氏、谢氏跟着簇拥上前，一面瞅老太太是否还安然康健，一面夸小重孙可爱乖巧。

文老太君面不改色，往堂中静静看一眼后，拄着鸠杖走进来。

及至堂前，她驻足，微一皱眉道："都站着干什么，屁股上长刺了吗？"

众人骇然，倒不是因被多日不见的老太太揶揄屁股长刺，而是在老太太开口讲话时，看到了十分震惊的一幕——

文老太君那一口向来稳健锋利、最让她引以为傲的牙，竟然脱落一颗了！且脱落的，赫然还是门牙！

褚睿瞪大眼："奶奶，您的牙……"

文老太君神情淡淡，不遮不掩地继续开口："牙怎么了，七老八十了，还不准我掉颗牙？"说罢，气定神闲地走到容央跟前来。

容央有点局促，抱着孩子不知说些什么好，文老太君道："你更不要站着了，快坐。"

容央"哦"一声，依言坐下，文老太君从丹心那里取来一个雕金鱼、刻吉语的长命锁，给襁褓里的蜜糕戴上。

蜜糕眨眨一双黑溜溜的大眼，含着口水朝她看。

文老太君也朝他看，蔼然一笑。

"蜜糕长大以后要做大英雄。"

文老太君笑着，对他道："要英勇不屈，卫国保家。有国才有家，知道吗？"

秋风吹过檐外泛黄的椿树，枯干的叶被卷得簌簌而下，在寂静长夜里回旋飘舞。

翠盖丹缨的马车穿过寂寥长街，容央抱着襁褓里酣睡的蜜糕，倚靠在褚怿肩头，回想起今日侯府里的一幕幕，低声道：“奶奶老了。”

这一天，府里的氛围那样喜庆，堂中的欢笑也那样浓烈，可是到头来，容央记得最深刻的居然是文老太君脱掉的牙。

人老先老牙。

往日里一口银牙蹦得贼欢的老太君，那个又固执、又刚硬、又不可一世的老太君，终于也开始裂开了缝，开始虚弱、开始破碎、开始衰老了。

旋舞在车外的落叶把纷纷乱影投映在窗纸上，褚怿揉着容央微凉的手，静静道：“总会老的。”

容央颦着眉，拿胳膊肘撞他。

褚怿不作声，容央被笼罩在一片沉默里，突然也不知道该怎么往下讲。大概他也是在宽慰吧。宽慰自己，宽慰她。这一走就是一载以上，下次再相见，真不知道是何等光景。承认亲人的老去，总比自欺欺人，却猝不及防的好。

容央释然也黯然，道：“朝堂上的事，也都处理得差不多了吗？”

幽云十六州收回来以后，便是各州太守的选调，既然要上缴给大娄三年的赋税，那各州长官多少就得跟大娄的朝廷打些交道，要是选去不妥当的人，只怕会有后患。

另外，范申在此次谈判中立下“大功”，为巩固势力，重新栽培羽翼，估计会在各州幕僚里安插人手，容央担心褚怿和赵彭防备不及，等一走后，赵彭更势单力薄，日后受范申压制。

褚怿明白她的顾虑，安抚道：“放心。”

他们能推测到的，官家多少也能推测到，这样一大片失而复得、足以功垂千古的土地，官家是不会容许任何一方将之作为植党营私的沃土的。

“十六州长官，全由官家亲自敲定，吴缙、范申包括太子所荐之人，无一入选。”

容央有点意外。

褚怿笑笑，蓦地又想到什么，道：“对了，今日宫里下了道旨。”

容央眨眼：“什么？”

“传召上柱国萧绪之子萧文玉入京。”

容央双眼骤亮，坐直起来，差点惊动襁褓里酣然梦里的蜜糕。褚怿乜斜她一眼，靠过来把蜜糕抱过去，动作还有点生疏。

容央帮了点忙，心思全在那旨意上：“那就是要给慧妍和萧文玉赐婚的意思了？”

睡梦里的蜜糕因位置的挪动而瘪了下嘴，两根浅浅的小眉毛皱着，一脸不爽快。褚怿拨他小嘴，严谨地答：“或许。”

容央道：“什么或许，肯定就是！”

褚怿又耷拉眼皮看她，明显一脸“激动什么”的揶揄。

容央认真道：“萧文玉是我举荐给她的。”

她又道：“也是我以为的，应该能真正给她幸福的去处。”

这座囚笼一样的宫城，对赵慧妍这位帝姬来讲，实在是有点太冰冷、太残酷了。它不但囚着她的躯壳，囚着她的灵魂，还要她心甘情愿地把被囚禁的自己打磨成他人上位的阶石。它简直像是要榨干她，哪怕是她阴冷的恨。

容央靠在褚怿的臂膀上，道：“只有爱才能救赎一个人。”

褚怿点评这一感慨：“没头没脑。”

容央又用胳膊肘撞他，后知后觉蜜糕在他怀里，忙探头去看。

“哎呀，都说过不是这样抱的啦……”

不看不要紧，一看又是一大堆问题。容央叽叽喳喳，到处挑刺，褚怿的头慢慢地大起来，两条胳膊给她摆来摆去，半天后，可算定型了。容央瞅着他僵硬的坐姿，捂住嘴“扑哧”一笑。

褚怿没好气地瞪她一眼，低头时，怀里的蜜糕竟不知什么时候醒了，咧着嘴，也正朝他笑。

褚怿嘴角不觉扬起来，脸往车窗偏，也笑了。

马车驶在温柔的秋夜里，车外人烟繁盛，灯火可亲。

长夜深深，裹卷着一地枯叶的秋风吹在夜阑人寂的御花园里，御湖东侧的一幢双层小阁内，银白宫灯燃照着一派春痕的屋室，凝冻着荒唐又残酷的一幕。

赵慧妍衣衫不整、一动不动地坐在床榻上。榻下，是大醉初醒的忠武将军贺平远在手忙脚乱地捡衣服，套裤子。

落地罩外，有福宁殿的宫人在敛容看守，本就不算宽敞的小阁在这诡异氛围的压迫下，愈显得压抑逼仄，针落可闻。

贺平远绷着一张红潮未褪尽的脸，一面窸窸窣窣地穿着衣服，一面回捋着今夜的情况。

官家在御花园里设宴，邀他和贺家军中几位高级将领入席，他因不胜酒力，奉旨随内侍前往御湖东侧的玉清阁里小憩。

怎么一睁眼起来，就成了眼下这副荒诞情形！

贺平远瞳仁深缩，极力想回忆起所有致命的细节，然而大脑全像被严冰冻住一样，除入阁后的那一瞬发昏外，再无一丝记忆。

究竟是怎么回事……奸污帝姬，这样株连九族的大罪，怎么会发生在光天化日的禁庭之中……

真的是自己喝醉犯事了，还是……

贺平远心内悚然，胸口如擂剧动，穿好衣裳后，扭头朝榻上看，赵慧妍歪头靠在帐幔凌乱的床柱上，两眼空空洞洞，身上依然不着片缕。

贺平远触电一样把目光移开，质问的话因刚刚那行尸走肉般的一幕卡在喉咙里。

屋外传来脚步声，守在落地罩两侧的福宁殿宫人齐声行礼："皇后娘娘。"

贺平远一震，转头对上吕皇后的目光。

吕皇后已经在外间等候多时了，进来后，端庄威严，仪态从容，显然改去了刚刚撞上他二人同床时的震怒。

"贺将军知道该怎么办吧？"

贺平远目眦尽裂，心中天人交战，最后咬紧牙跪下去："罪臣……知晓。"

吕皇后点头，道："我已派人向官家禀明你酒力不支，一觉至此方醒，现在，由刘内侍送你出宫。"

贺平远铁青着脸。

吕皇后扬颔："贺将军？"

刺骨的风又从窗棂外吹刮进来，跟吕皇后的呼唤一样，都冷峭得如杀人的刀，贺平远寒声道："罪臣……遵旨。"

吕皇后往边上一瞥，刘内侍应旨上前。

赵慧妍坐在床榻上，吕皇后走过去，捡起她散落在地的衣物。

剪彤捧了一套干净的衣服走上来，吕皇后把捡起的那些放过去，取下一件绡纱金丝木槿纹的雪白里衣。

吕皇后走至床前坐下，给赵慧妍穿衣裳。

赵慧妍打开干裂的嘴唇："别碰我。"

秋风拨动灯盏上的烛苗，吕皇后静静地道："秋夜风冷，你这样，会着凉。"

逼仄的寝阁十分寂静。

赵慧妍道："你为什么要这样对我？"

吕皇后道："你不能嫁给萧文玉，你弟弟不能没有你。"

赵慧妍的眼中流下泪，吕皇后抚摸她的脸颊，抹去她冰冷的泪："慧妍，你听娘亲的，娘亲是不会害你的……"

第十二章

烽火狼烟

（1）八声甘州

三年后。

层林尽红，金风萧飒，成行的大雁掠过樊关城上淡白的天空，一座青瓦如鳞、轩昂巍峨的官舍里，清脆婉转的读信声荡漾在秋叶窸窣的梧桐树下。

早晨刚下过一场雨，水渍浸着厚铺在地的梧桐叶，人踩上去，便只剩下极温柔的细微声响。荼白徘徊树下，捧着赵彭从盛京城里写来的家信，声情并茂地给容央念着：

“自端午以来，太原、真定二府相继爆发旱灾，盛京城中亦焦金流石，酷暑难耐。爹爹迁居艮岳，又因龙体抱恙，故令我在京代理朝政，擢人前往二府赈灾。丞相吴缙请缨，提携侍御史宋淮然领旨前往，不料救粮未至，二府暴乱……”

荼白揪心蹙眉，瞥一眼小石桌前容央的神色，继续道：

“灾情险恶，民生凋敝，太原府代州团练使领兵造反，煽动难民闯入内城烧杀抢掠。不日，镇州云集响应，揭竿而起，两地暴徒所及之处，血流成河，尸如山积。所幸吴缙沉着老练，及时调遣平定、永宁、岢岚三州厢军合力围剿，宋淮然亦临危不乱，劝服二府太守一鼓作气，灭绝后患，勿以招安之策姑息养奸，苟且偷安。六日后，代州大捷，原团练使及麾下暴徒尽数伏诛，镇州闻之，大批暴民散如鸟兽，厢军趁势围剿，一日之内，二府肃清，暴乱得以平定。”

荼白念及此，长长松一口气，再往下念，则是赵彭提及如何彻查暴乱之因，如何惩治贪腐之吏。及至最后，荼白脸上的欣慰崇敬之色蓦地变成震惊欢喜，叫道：“殿下，太子妃娘娘有喜了！”

容央坐在小石桌前翻看一本草药图鉴，闻言终于抬起头来，日光掠过她清波流转的一双美目，那素来澄净灵动的瞳眸中含着笑，笑里，有一丝成熟后的、从容的调侃。

“他终于肯屈尊裙下，承认人家是有本领把他降住的了？”

荼白“扑哧”一笑。

赵彭是于两年前大婚的，娶的是丞相吴缙之女，吴佩月。吴佩月端庄聪慧，是全京城公认的最适合做他太子妃的人选，却也是他坚认的最不可能喜欢、最不愿意接受的那一位。

吴佩月生得不美。

赵彭意气风发，喜爱如他一样璀璨夺目的小娘子，喜爱承事郎家里那一位玲珑烂漫、美丽娇憨的小姑娘。在大婚前的那些家信里，赵彭不止一次地向容央夸赞起那小姑娘的体贴可爱，但是小姑娘再可爱，父亲也只是个承事郎，一个上朝都入不得殿的八品散官。

容央那时跟褚怿打赌，赌赵彭最终会选择哪一个。选小姑娘就是选情，选自己的中意；选吴佩月就是选权，选朝局的中心。

褚怿赌赢了。

容央事后重新翻开赵彭寄来的家信细看，确认那字里行间流露的都是少年真情，因而写下一封回信去质疑。

赵彭回：先谈大局，后讲私情。

他又写着：娶回家摆放着罢了，日后再把小姑娘收入府里做美妾。

容央阴着个脸，万万想不到素来纯良的弟弟竟也有如此贪婪自私的一面，又想那名为佩月的姑娘何其无辜，何其憋屈，当下挥毫泼墨，大骂不已。

赵彭辩解：七情六欲，诚难自欺，若非心甘情愿，万难倾倒于吴氏裙下。

容央诅咒：终有一日作茧自缚。

如今两年过去，未闻有除吴佩月以外的任何小姑娘踏入太子府，倒是那坚称情不可欺、绝不将就之人，屁颠屁颠地写信来夸耀自己要做爹了。

容央心里痛快，大方地道：“去准备份礼，回信时一道送去。”

荼白应声而去。雪青把信收入容央专门用来存放家信的漆戗金八宝檀木匣里。容央看过去，三年来，一封又一封的信来自四方，不知不觉间，竟已铺满整个匣子了。

容央心中感慨，道：“姑姑那边可有来信？”

雪青扣上木匣，道：“自上月里寄来一封后，便不曾收到新的了。”

容央撇眉，低语“也不知道跟四叔和好没有”，道：“去取纸笔来，我写一封去吧。”

秋蝉伏在院脚花圃里，低低嘶叫，光阴流逝间，云日渐明。容央坐在梧桐树下专心地写着信，脸颊铺上叶缝间漏下来的微光，一道稚嫩的童声倏而在手肘边响起来："那个是'褚'字吗？"

容央转头，蜜糕踮着脚趴在石桌前，睁大眼往桌上某处看，一脸的稚气。

容央朝屋里看去一眼，不答反问："你怎么把弟弟一个人扔下，就自己跑出来了？"

今年年初，容央又生了个小郎君，虎头虎脑的，因生产过程十分顺利，褚怿又盼他长大后做个正直平顺之人，便取名为"行直"，小名"定胜糕"——军中打仗前时兴吃的小零嘴，也是容央来樊关后唯一能喜爱上的一样糕点。

蜜糕盯着容央手里的羊毫笔不动，道："弟弟吃完奶又睡了，奶娘不让我吵他。"

容央心想的确是很有必要提防你吵人，看他对纸笔很感兴趣的样子，心念一转道："你认得'褚'字，能写一个吗？"

蜜糕笑盈盈道："能啊。"

容央心头微动，窃喜于自己的聪敏得以传承，另取一张宣纸来，把手里羊毫往墨砚上一蘸，递给他道："那你在这里写……啊！"

容央大叫，蜜糕拿着觊觎已久的羊毫笔杆往外跳开一步，展臂比画起来，气势豪迈地道："一扎眉篡二扎手，三扎肩头四扎肘……贼人，吃我一招！"

一喝令，一比画，墨汁漫天如雨下。

容央衣上、脸上尽数被溅。雪青目瞪口呆，忙突破重围抓住蜜糕，将笔抢夺回来，忧心如惔："大郎君，不能这样玩呀！"

容央慢慢抹开脸上的墨汁，盯着那漆黑的指头，暴怒道："你这小魔王——"

蜜糕扭头一看，心知闯祸，推开雪青脚下抹油。

容央大喝："来人，给我拿下！"

容央沐浴更衣回来以后，天际已余霞成绮，夜色四合。

北边的夜要比盛京来得更早，也更浓，容央走入烛火烨烨的正屋，瞥一眼堂前垂着脑袋面壁思过的小小背影，冷冷地道："他爹呢？"

丫鬟低声回道："刚刚小厮来传了话，侯爷还在军中处理军务，今夜就不回来用膳了。"

容央恨声："又是军务！"

堂前的小小背影微微一颤，容央瞄过去，捕捉到他索索瑟瑟的脚尖，心软下来。

"过来吃饭。"

蜜糕一震，仰头，感动亦狐疑："娘亲不收拾我了？"

声音软糯糯、脆生生的。

容央面无表情地在桌前坐下："小魔王自然是要留给大魔王来收拾的。"

蜜糕小声嘟囔："可是爹爹说，你才是大魔王。"

容央扬起眉毛。

蜜糕忙噤声，蔫头耷脑地爬上圆凳坐下。雪青给他盛好饭，辅佐他拿稳双箸，尽量独立用膳。

蜜糕扒下一口饭，瓮声道："爹爹已经连着三日不回来啦。"

容央教训道："食不言，寝不语。"

蜜糕腮帮鼓鼓的，悻悻然地垂下眼。

樊关军所离主城并不远，如非战时，褚怿一贯吃住皆在官舍。容央夹着菜，想着的确是已经连着几日不回家用膳的褚怿，也悻悻然垂下了眼。

"军所最近很忙吗？"

哄睡了大小郎君后，天幕繁星皎皎，孤灯长明的寝屋外，仍是没有褚怿回来的迹象。

容央袖手等在檐下灯辉里，被照亮的脸庞上带了一丝气恼和落寞。雪青安抚道："上回娄人乔装入城，假贸易之名窃取军情的事闹得不小，驸马或许还在善后呢。"

容央静了静，道："那都是上上个月的事了。"

雪青哑口。

容央凝望着月下幽深而空渺的庭院尽头，蓦然想起赵彭的来信，蹙眉道："难道是京城里出什么事了？"

赵彭每回来信都会分成两封：一封写给自己，略谈朝局，详述家事；另一封则是写给褚怿，针砭时弊，深究朝中大小事宜。

今年是幽云十六州向大娄上缴赋税的最后一年，如无意外，从这个月起，大鄞就能够彻底收回幽云之地。然而，就是在这个敏感的时间段内，褚怿于两月前在樊关抓获了一批潜入城中刺探军情的大娄细作。

平白无故，怎么会有细作潜入？

大娄皇帝显然是不情愿，甚至压根儿没想过如约归还十六州赋税大权的。

容央眉心渐锁，沿着这思绪往下设想，心情不由得越发沉重。

如果仅仅是不愿意归还赋税大权，那尚且还能采用谈判等外交策略尝试解决，如果大娄是想趁此机会发动战争，彻底掠走十六州的话……

以大鄞如今的国力，可否有能力与之一抗？

——灾情险恶，民生凋敝；领兵造反，揭竿而起……

赵彭信上所言又一次响在耳畔，容央尚不及深思，雪青突然道："殿下，是驸马！"

容央展眼，月影婆娑的庭院那头，一人高高大大，举步而来，紧收的一双皮靴映着月光，银丝凛凛生芒。

容央心头一动，提裾迎上前去。

“今日还特意吩咐后厨做了你爱吃的蜜煎豆腐，谁知道你又……”容央还来不及责备，就被褚怿搂入怀里。

梧桐树下，银辉细密，容央鼻尖贴在他衣领上，神色蓦地一变。

他身上有浓烈的酒气，酒气里，还裹着一丝微妙的、若有似无的香——

类似于……廉价的脂粉香。

“燕川有份军情，这两天一直在探，大概明日能成，委屈莺莺了。”褚怿噙笑说罢，揉一揉容央的头，便欲牵她回屋，容央突然伸指在他胸口一戳。

褚怿被戳得往后退了退，垂下眼来，三分不解。

容央对上他深黑而明澈的双眸，深吸一口气，压下猜疑，只道：“你不知道自己很臭吗？”

提的是酒气，也不只是酒气。

褚怿很爽快地点头，仍是笑着，指一指浴室的方向，坦然地去了，并无一丝慌乱的或是掩饰的痕迹。

雪青看容央站在树下半晌不动，侧脸亦冷得不大寻常，不由得道：“殿下，怎么了？”

容央静静地看回褚怿踩过的那一地枯叶，淡道：“没怎么。”

（2）南柯子

次日，酉时，金乌西坠。

褚怿在军所中巡视完毕，脱下甲胄，就着一袭便衣往外而去。

百顺跟随着，精神抖擞地道：“方壸这厮奸猾得很，一张嘴又铁一样硬，这回总算肯松口了，但愿那东西真像他讲的那样，不然，我非要他把这两日喝下的酒全吐出来不可！”

他又道：“还有银子，也得照十倍赔偿！”

褚怿一哂，故意逗他：“歌姬舞姬呢？”

百顺愣了愣，想象起方壸赔来十倍的歌姬舞姬的场面，心知褚怿定是不会收的，那自己要收下，余日不得飞得人冒个丈。

他忙道：“那……那折算成现银就成了。”

褚怿笑。

军所外，两匹快马翻过山岭，往城门而去。

及至入城，正巧赶上十五赶集，大道上摊铺鳞次，人声喧哗。二人放慢马速，提着缰绳穿梭在人潮里，信步往城东珠玉轩走。

百顺频频往后看，蓦地策马上前来，悄悄地道：“郎君，后面好像是帝姬的车。”

褚怿转头。

人海深处，一辆双辕马车缓缓而行，四檐漆丹，窗缀绿绦，精美华贵如此，显然便是全城最尊贵之人——嘉仪帝姬的车驾了。

褚怿双眸微动。

百顺忧心地道：“郎君，该不会你招美人的事被帝姬知道了吧？”

褚怿眯眼，默然转回头来，策马慢行间，嘴角蓦地一扯。

难怪昨夜就感觉怪怪的，洗得那样干净了跟她求爱，也还是被各种理由推辞。合着，病症在这儿呢。

褚怿啼笑皆非，大剌剌地任身后的车跟着。

一炷香后，主仆二人抵达城东名声最大的乐坊珠玉轩，刚一下马，便有熟悉的小厮上前来寒暄伺候。褚怿把马鞭交过去，眼往后展，跟来的马车也正停稳，但车幔垂着，车窗关着，不见有人下来。

褚怿走上前去，敲窗。

窗内静了一静，继而车窗被人从内推开，褚怿低头看进去，对上一双清冷倨傲的大眼。

容央岿然端坐着，淡声道：“好巧。”

褚怿应：“是，很巧。”

容央无视他语气里的戏谑，目光越过他往他身后看，“珠玉轩”三颗漆金小篆刻在牌匾上，映衬着其内飘来的丝竹声，真叫一个旖旎窈窕。

那双美目里凝着的寒气更重了，容央敛眸，道：“侯爷今日是要在这里赴宴吗？”

眼下正是金乌西坠、下值回家用膳的时候，褚怿骑着马不往官舍走，而是跑来这儿，什么用意不言而喻。冠以“赴宴”二字，都还算是给他体面了。

可是对方显然不大领情：“设宴。”

设宴?

容央心头一冷，掀眼。

褚怿一条胳膊搭在车窗外，头低下来，暗影里的双眸黢黑深邃，似笑非笑。容央火气直往上蹿，忍着道：“哦，那可还有虚席？我累了，不想回家了。”

褚怿了然地点头，做了个手势：“请。”

容央果然下车。

百顺在一边看得目瞪口呆，瞧瞧时辰，估计着方悫也快到了，便欲上前提醒一下，突然给人揪住耳朵。

“哎哟！”百顺扭头，对着来人求饶道，“姑奶奶……”

荼白哼一声松开他，低声训斥：“叫你看着驸马爷，你就是这样看的吗！”

百顺来不及解释，荼白狠狠瞪他一眼，跟上容央去了。

珠玉轩二楼尽头的一间雅间内，熏香缭绕，纱幔飘曳。一看就令人骨头发软的美人榻前摆着古筝一具、箜篌一架。窗前的翘头小案上则摆放着做工考究、纹饰繁复的错金博山炉，袅袅云烟正从那镂空里飘出，飘得一个铺红缀绿的屋阁暧昧朦胧。

容央跪坐在屋中长案前，环目把四周摆设检阅过后，不冷不热地看向对面。

对面，褚怿屈起一条腿坐着，神态自若。

坊主在一边如履薄冰，不知如何今日侯府夫人——帝姬殿下会大驾光临，瞧这冷眉冷眼、一声不吭的姿态，明摆着就是来抓现行、闹脾气的。

坊主战战兢兢：“侯爷您还是照昨日……呃，往日……”

好像也不对……

褚怿慷慨地救他一命：“问夫人。”

坊主感恩地看向容央，讪笑：“不知夫人想听些什么曲儿？鄙坊中，明珠姑娘擅长古筝，倩怡姑娘精通箜篌，朗玉的歌喉则是数一数二的润，什么《蝶恋花》《虞美人》……”

容央打断：“头一回来，不懂，还是侯爷点吧。”

坊主识趣地噤声，复把求助的目光投向褚怿。

褚怿看着对面人，笑：“点谁都行吗？”

容央盯着他这一笑，恨不能立刻上去把其撕碎，然而还是忍着，也笑：“嗯。”

褚怿点点头，朝坊主及雪青、荼白两个下令道：“都退下吧。”

三人面面相觑，迟疑片刻后，终是退下了。

容央蹙眉，狐疑地盯着对面人，不知他弄何玄虚。

褚怿扬下颌，示意她往后看。

容央扭头，看到美人榻前那一架凤首箜篌，怔忪片刻后，终于会意，吩咐所有人都退下，只留她一人，那意思便是，点的是她了。

容央恼道：“你要我？”蓦一回头，惊觉他不知何时来了身边，忙要避开，却被他把后腰一拦，拉进怀里。

“我在你眼里就那么不堪？”褚怿低头，嘴唇贴在她耳朵上。

容央耳郭噌一下滚烫起来，扭头要躲，却又躲不开：“你……你现在还不可以碰我！”

褚怿嗤一声笑，有点冷，有点压迫，但声音又还是温柔的：“昨夜为何拒绝我？”

容央心头一惊，挣扎中对上他炙热双眸，张口结舌。

褚怿低低笑着：“小醋精。”

容央恼羞成怒：“分明是你不检点！”

昨夜那一缕廉价的脂粉香，就是今日这屋里的熏香，以及上楼时途经的那些歌姬身上的胭脂香。

容央证据确凿，气势倍增，褚怿笑得更无畏：“不检点，也没见你检验。”

容央真是……本来心里还是很愿意相信是自己误会的，可他眼下这一不解释、二不低头的架势，当真是逼得她不发作都不行了。

“褚悦卿！”

“在。”

褚怿知道她真动怒了，收了笑，道：“燕川，贺家军的地界，有点风声，我探一探。”

容央反诘：“在这里探？！”

褚怿默了默：“掌握军情那人，就好这一口。”

容央冷笑一声：“不是同好？”

褚怿双眸沉定：“我好哪口，你不知道？”

容央默默偏开脸。

褚怿勾唇，心知是哄上了，关键时刻，还是得拿情话来撩拨。

褚怿趁势在容央脸颊香了一口，容央瞪眼，不及呵斥，屋外传来百顺的通传声：“郎君，方悫到隔壁入席了。”

褚怿嘱咐容央：“我去去就来，乖。”

靡靡歌声隔着墙飘在耳畔，褚怿推开门，一股黏腻的脂粉香扑至鼻端。暮光映照的垂幔后，一脸刻刺青的方悫正搂着两个美人浅斟低酌，窗下，坐着纤手拨琵琶的歌姬在曼声转喉。

“哟，侯爷姗姗来迟，自罚三杯啊！”

方悫粗犷的调侃声和美人的娇笑交缠在一起，褚怿上前，目不斜视撩袍入席，示意百顺倒酒。

方悫训斥身边一美人：“你瞧瞧你干什么吃的？侯爷进来也不知道上去伺候？”

美人面露羞怯，嗔：“方爷又不是不知道，侯爷是不准我们这些人近身的。”

方悫笑着：“是，差点儿忘了，人家家里有河东狮守着的。”

百顺在一边默默擦汗，褚怿镇定自若地喝完三杯酒，放下酒盏，道：“东西带来了？”

方悫一听就知道是催他交易了，不大满意地“啧”一声：“急什么？”

褚怿：“急，河东狮在隔壁等着的。”

方悫脸上笑一僵，长满络腮胡的脸从美人后颈上抬起来。褚怿对上他狐疑的眼神，不怒而威。

方悫讪笑两声，心知刚刚那句“河东狮”玩笑开大了，松开美人，道：“果然是模范夫妇，这刺探军情都要形影不离，羡煞旁人哪。”

他又笑：“也是，要我有嘉仪帝姬那样的美人做妻子，可不得时时刻刻往裤腰带上拴着？”

屋中歌乐声戛然而止，三三两两的美人鱼贯退下，方壸收去脸上的放浪之色，把一卷用丝绳捆紧的东西从怀里拿出来，放在案上。

那是一卷微微泛黄的黄麻纸，底部透着用墨线勾勒过的痕迹，乍看像古画，但行军之人一眼就明白，那是舆图——

军中必用的地图。

褚怿看方壸一眼，默不作声地把地图拿起来，打开一看后，眉间阴翳愈深。

纸上，河流、山脉、城址、关隘，以及各点各地的驻军……一应俱全，舆图底端，写着“燕川”二字。这，赫然是一张燕川军事布防图。

褚怿掀眼，眼底寒芒涌动。

方壸哂笑：“怎么样，这东西够格了吧？”

百顺侍立在褚怿身后，看得后背发凉，万没想到这方壸要上交的情报，竟然是关系着燕川全境命脉的军事布防图——要知这东西一旦泄露给娄人，贺家军的腹地就相当于敞开在那批鞑鞨人的铁蹄之下，任由践踏了。

褚怿道：“哪儿来的？”

方壸道：“前阵子在道上走动，搭着半条性命，从一独眼龙手里顺来的。”

“道上”，指的是两国交界一带贩卖情报的黑市。起初，只是极少部分迫于生计的绿林跟契人交易关城外的地形情报、巡防情报，后来大契覆灭，大娄取而代之，鄞、娄两国各不相犯，绿林谈不到生意，黑市也就逐渐销声匿迹。没承想，如今又死灰复燃了。

且一燃，就燃出了燕川军事布防图这样的烛天大火。

褚怿皱眉不语，方壸扯唇：“怎么，不信哪？实话跟侯爷讲，眼下贺家军里的这些东西，在市面上多着呢。”

方壸扯唇讲话时，脸上那块刺青跟着扭动。那是大鄞刺配囚犯后在他们脸上留下的痕迹。

“军中步卒的数量，双梢炮、卧车炮……还有什么神臂弩、霹雳火的构造图，贺平远他各个叔伯的军衔军职，各人麾下的兵马情况……真真假假，五花八门，卖得顶热闹了。”

褚怿脸色越发冷下，百顺胆战心惊，全然无法想象贺家军的军情竟会被泄露到这种程度：“贺家军坐镇东北多年，自贺渊起就雄踞燕川，实力不薄，军情怎么可能走漏至此？”

“那谁知道？要么是他这儿子不中用，给娄人细作抄了家底儿，要么就是……”

方悫嘿笑两声，眼盯着褚怿，“他贺家军里有人反水了呗。”

百顺悚然一震。

褚怿看着方悫那双精明的眼，道：“什么时候开始的？”

方悫想了想，皱眉：“大半年前？呵，不大清楚。去年年底他贺平远不是弄了个‘将计就计，以假乱真’吗？打那以后，东西堆得跟山一样，半伪半真，杂七杂八，他贺家人也没再管过。”

他口中所谓的“将计就计，以假乱真”，是贺平远发现贺家军情报被盗后，特意命人再放了一批虚假的情报、舆图、物资出去，以图混淆视听。

百顺道：“那你又如何能保证你这张布防图是真的？”

方悫道：“是真是假，侯爷亲自拿给他贺平远一验不就知道了吗？”

屋中陷入沉默。

褚、贺两家一西一东，跑上一趟，再快也得小半个月。何况这三年来，贺平远甚少回燕川镇守，眼下只怕还窝在盛京城里花前月下，要拿这图跟他验证，岂不是成心气人？

百顺恼火，便欲呛声，褚怿却把布防图收卷起来，交给他后，对方悫道：“把人画下来。”

方悫一时没听明白：“什么？”

褚怿肃声：“拿布防图入黑市的人。”又补充，“独眼龙。”

方悫闻言把双手抬起来，笑：“侯爷，咱这双手，可不是舞丹青的料啊。”

褚怿脸依旧沉沉的：“你自有办法，我等你三日。”

隔壁雅间，等人等得百无聊赖的容央从长案前起来，转移至美人榻前的凤首箜篌后坐下。

纤指在一排弦上盈盈拨过，跳跃的乐音如春泉自溪涧上流淌下来，容央收手，竖耳分辨隔壁动静。

——没有动静。

自从先前的歌乐声、嬉笑声戛然而止后，那端就像给一口大锅罩住了似的，再无声音传来。

容央狐疑，眼珠一转，起身走至墙边，端庄地把耳朵贴上去。

依稀有很低的谈话声传入耳里，声音低沉，都是男人的嗓音。间或，还有百顺十分愤懑的质疑，什么“贺家军”“怎么可能”……

容央蹙眉听着，想撇开百顺的声音去寻找褚怿的，趴在墙上寻了半天，还是寻不到。

这人说话是用腹语吗？

容央哼一声，走回箜篌后坐下，越等越心烦气躁，想起褚怿临去前讲的那句“去去就来，乖”，心道：再等我就不乖了。

容央展开双臂，环住箜篌，调整心绪后，气势昂扬地弹了一曲铿锵激越的《十面埋伏》表示召唤。召唤罢，复走去墙边贴上耳朵听动静。

这时门被推开，褚怿来了。

容央扭头，对上他黑夜一样寂静的眼，不动声色地袖手站直，道：“这就回来了？”

褚怿低着眼：“都十面埋伏了，还敢不回吗？”

容央哼而不言，等他走近，蓦地看出他脸色有点严肃，那点促狭的小心思不由得收起来，道：“怎么了？”

褚怿搂她在美人榻上坐下，下颌抵在她香肩处，静默片刻后，把方尧刚刚提的事情讲了。

容央愕然变色。

燕川乃是贺家军的心腹之地，更是大鄞抵御外敌南下的重要关城，在大娄归还幽云十六州赋税大权这一敏感又关键的当口，贺家人非但不对外严加防范，反而走漏如此重要的军情，这要是给贼人得逞，那还了得？！

容央胆寒，思及贺家军的当家人——忠武将军贺平远，心中更是百感交集。

三年前离开盛京时，官家下旨传召上柱国萧绪之子萧文玉入京，照容央当时的推测，这势必是把赵慧妍赐婚给萧文玉的前兆，但不知为何，半年后，传至樊关的婚讯就变成了——忠武将军贺平远尚恭穆帝姬赵慧妍为妻。

至于那奉旨入京的萧家玉树公子，则只是在皇城里打了个转后，便领着一份八品文散官的任状，继续回金陵吟风弄月去了。

那时，获悉婚讯的容央还很是震愕，想不通事情为什么会发生这样大的转折。如果贺平远是赵慧妍的首选，那官家就不会下旨传召萧文玉，给赵慧妍、贺平远赐婚的决定也不会下得这样慢。后来想想，“物之反常者为妖”，依照当时的局势，横生波澜的原因恐怕只是——福宁殿中的那一位从中作梗了。

吕皇后想利用赵慧妍联姻贺家，拉拢军方，可赵慧妍偏不遂其意，眼看着萧文玉奉旨入京、褚怿承爵启兴侯，吕皇后再不动手，就必然眼睁睁看着一大军权离自己而去。贪权如她、心狠如她，又如何能甘心呢？

容央思绪纷纷，一面慨叹赵慧妍之不幸，一面又困惑于贺家眼下的境况。照理说，吕皇后既已成功跟贺家军结下姻亲，就该对其用心栽培，助其成为日后辅佐赵安、对抗赵彭的重要势力。可如今两三年过去，贺家军谈不上蒸蒸日上，反倒曝出走漏军情这样的丑闻……究竟是贺平远这一当家人不够争气，还是吕氏故布疑阵，暗藏阴谋秘计？

容央锁眉喃喃："不会……"

再怎么阴险，再怎样的阴谋，也绝对不能贩卖军情，这条危及国祚的底线，吕皇后不可能不清楚。那么，导致这次贺家军情报泄露的原因，便只可能是外敌潜入，或是……

——贺家内部有人叛国了。

容央悚然抬头，对上褚怿那双同样深冷凛冽的眼，心脏遽然剧烈撞动。

"官家知道了吗？"

褚怿摇头，静了一静，缓声："我让方悫画下持图人的肖像，事后会派人去查。至于京城那边……"

布防图肯定是要拿去跟贺平远确认的，若褚怿没有记错，贺平远眼下还在盛京城里待着，要把这事儿查个水落石出，少不得就要回京一趟，但是……

容央看出他的顾虑，出声道："交给赵彭去办吧。"

褚怿敛神。

容央笑笑："朝廷正派人去燕州跟娄人谈十六州的事，万一谈崩，我是说万一啊，擦枪走火的，谁知道这边会不会起战事？总之，你人坐镇在这里，朝里朝外，都多少安心一些，你自己办起事来，也不必瞻前顾后的……"

褚怿静静听着，眸心阴翳被一股暖流冲散，伸手把容央头一揉："想回去吗？"

容央怔住。

褚怿看着她的眼睛。

容央蓦然有点酸涩，欲言又止。平心而论，离开故土亲人三年，要说不想不念，定然是不可能的，但是眼下……

褚怿伸指抚她蹙紧的眉心，哑然一笑："那就等三日再做决定吧。"

容央抬眼。

褚怿道："看看那人是何方神圣，要是了不得，就请殿下带臣回京搬救兵吧。"

容央被他逗笑，又忍住，恢复严肃神态道："少贫嘴。"

褚怿挑唇，向灯火初上的窗外看一眼，后知后觉："饿了。"

容央低哼："自己设宴，还好意思喊饿了。"

却是走下榻去，端了长案上一小碟点心过来，喂给他："喏，先垫着吧。"

三日后，一幅匿名画像被人送至官舍，外署"忠义侯亲启"之字。

正是日薄西山，倦鸟归林之时，扑棱棱的振翼声从树上掠过，褚怿站在庭中，拆开画卷，眼盯着画上人的五官、轮廓，眼底阴云四合。

容央走过来，展眼往画上看，先是蹙眉怔忪一瞬，反应过来后，赫然瞪大了眼。

（3）桂殿秋

南飞的大雁掠过苍白天幕，如泄流云下，一队车马正在官舍前整装。

雪青在板车后把四大口官皮箱点了一遍，又去另一辆车前清点小样的行李。车队前端，荼白、百顺并肩站着，三两小厮在后边挨个检查车轮的负重情况。

从官舍里抬出来的官皮箱一口又一口，荼白看着越来越长的车队，又看一眼官舍大门高悬的牌匾，一种道不明的惆怅蓦然涌上心头。

“怎么总感觉这一走，就不会再回来了似的……”

百顺闻言一怔，伸手在她后脑勺一揉：“瞎想什么呢。”

樊关是褚家军驻地，只要郎君还在，帝姬怎么可能不再来。

荼白欲言又止，瘪瘪嘴：“走得也太突然了。”

前两日还在商量着哪座山里的秋景最浓郁，值得一去，今日就急吼吼地打包行囊打道回京，荼白这心里实在难安定。

百顺道：“就是有些军务要回京跟官家面禀，顺道陪殿下回去小住一段时日，不要瞎想。”

正说着，官舍大门内并肩走来一双人，高大那个手里牵着个小郎君，娇小那个怀里抱着个更小的郎君，荼白、百顺忙敛神迎上去。

巳时三刻，车队出发。

辚辚车轮声响成一片，碾压着地砖上零落的秋叶，容央推开车窗，看着那座灰青色的官舍在视野里慢慢变小、变远……萧风吹拂着她微散的鬓发，褚怿靠过来，探手把窗户关了。

容央转头。

两人视线交汇在日光淡薄的车厢里，褚怿道：“风大。”

容央知道他只是怕自己太感伤，想想这一次回京的缘由，喃声道：“回去以后，风更大。”

此“风”非彼“风”。

车中氛围一时凝肃，褚怿垂睫隐去眸心情绪，道：“一个国破家亡、流落在外的小王爷，成不了多大的气候。”

——昨日方悫送来的那幅画，画中人正是缺了只眼的大契小王爷，耶律齐。

容央犹自心有余悸，嘟囔：“成不了气候，你还那么急着赶回去……”

褚怿哑然片刻，道：“有备无患。”

容央不再言，她知道，他还是想安抚她。

鄞、娄联合覆灭大契，三年过去，竟没留意到耶律皇室逃走了一个成年的小王爷。想那耶律齐当年赴京迎亲时，在大鄞朝堂上乃是何等的乖戾嚣张，而今深怀着对大鄞的灭国之恨，腹中所藏，更不知是何等歹毒凶恶的报复大计。

燕川城的军事布防图啊！

就那么神不知鬼不觉地给他拿到了，这幸而是给褚怿中途劫下，不然的话，后果不堪设想。

容央忧心不减，重新推开车窗，试图让风吹灭心头燃将的火。这一次，褚怿不再拦。

漫天落叶飘舞旋转，萧萧落木后，长街一线，墙垣绵亘，青瓦鄰鄰的官舍已消失在视野里，展目望去，只剩参天古树影影绰绰。

不知道为什么，容央突然有一种很悲凉的预感——

她预感这一走，再想回来，估计就会是很遥远的事情了。

建德六年十月初六，离开盛京整整三年的嘉仪帝姬赵容央重回故里，同行的，还有右金吾卫上将军忠义侯褚怿，及二人的大小郎君。

官家大喜，设宴长春殿。

日跌，距离开宴还有两个时辰，官家留褚怿在文德殿中会议军事，赵彭领上容央及两个小侄儿小憩东宫。

将将西斜的秋日漫射在东宫庭院里，墙角一树丹枫蓬勃热烈，点点如火的霜叶下，赵彭一袭玄底青纹圆领锦袍坐在石桌前，逗弄着襁褓里的褚家小郎君。

“取了个什么名儿？定胜糕？”

小郎君生得比老大更像褚怿，一双眉眼简直像直接从他爹脸上扒下来的，赵彭反复瞅着，啧啧道：“定是他爹取的。”

容央不否认，看赵彭逗得差不多了，吩咐雪青把孩子抱下去。蜜糕还在庭院里闹，也不知上哪儿得了把小小桃木剑，正跟内侍钱小令舞得正欢。

容央不动声色地品着面前的香茗，因褚怿事先交代，暂时还不能跟赵彭提燕川军情及耶律齐一事，想了片刻，改问些家常道：“今日慧妍没入宫来吗？”

跟贺平远大婚后，官家亦给赵慧妍御赐了帝姬府，规格等级，跟容央当年不相上下。

赵彭回道：“哪能不来，还没到时辰罢了，这些年哪……”语气蓦然喟叹起来。

容央撩起眼皮：“这些年怎么了？”

赵彭对上容央眼神，也不遮掩，长长一叹后，道：“贺平远当年跟爹爹请婚，另有缘由。那日，他奉旨入御花园伴君宴饮，席间不胜酒力，便前往湖东玉清阁小憩，谁知正巧碰上慧妍也喝醉在里头……等皇后来时，恰巧撞上他俩在里边翻云覆雨。你说，就这荒唐情形，除给他俩赐婚外，还能够如何收场？唉，当年爹爹也是被气得不轻哪……”

思及当年情景，赵彭尚且心有余悸，想到后来的事，语气更沉重几分：“本来呢，把慧妍这样许给贺平远，爹爹心里就总不大舒服，谁知道他贺平远非但不珍惜，反而也摆出一副吃亏的模样来，大婚以后，一度对慧妍爱搭不理，恶言相向。这慧妍呢，也像是突然变了个性子似的，一气之下，居然在帝姬府上养起了面首……”

容央愕然：“面首？”

赵彭点头，眼里唏嘘之色一览无遗。

大鄞风俗并不比前朝开放，帝姬豢养面首之事在世人看来，其实很是伤风败俗。像赵慧妍这样和亲回来的帝姬，本来就很容易在贞洁方面为人所诟，现在又折腾出面首的事来，可想而知会有多招人口舌。

容央又是惊诧，又是莫名的心酸，沉默片刻，道：“那贺平远呢？”

赵彭一耸眉道：“慧妍都破罐破摔了，那他贺平远还可能继续装孙儿吗？脑袋一转，立刻也在将军府里养起了美妾，整日酒酣耳热、纸醉金迷的，不知道有多快活。”

容央脸色冷凝，想起贺家军情报被泄一事，道：“他就不回燕川？”

赵彭扯唇哂笑：“玩物丧志，他哪还记得什么燕川？”又散漫道，“再加上皇后进言，称他俩大婚后一直没个后人，便想方设法地把他留在京城里边。照我看哪，再这么留下去，他贺家军非得废了。”

“废了”二字，猛地在容央心中投下一颗滚石。飒飒秋风穿庭而过，远处，蜜糕舞剑的嬉笑声、钱小令的恭维声此起彼伏。

赵彭眼盯着容央，压低声音，继续道：“还有，皇后这两年也开始大变了。”

容央眸光一动。

赵彭道：“今年中秋，赵安满四岁，生辰宴上，爹爹御赐长命锁一把，皇后大喜，吩咐赵安在谢恩时给爹爹吟诗一首。谁知赵安痴痴傻傻，竟把一句‘白毛浮绿水’吟成了‘白麻糊绿嘴’。爹爹倒是不责备什么，但底下偷笑的人一大堆，气得皇后一回福宁殿就大发雷霆，拿着戒尺抽得赵安手心肉都绽了。”

容央深深蹙眉。

吕皇后绝对不是动辄大怒，甚至当着宫人的面对子女大打出手的那类人。她一向是温和的、体贴的、大度的，把所有棱角和锋芒小心收拢，像鸟曲腹蛛一样敛而不发的……会变成赵彭口中这样急躁又暴戾，实在是令人咋舌。

容央道：“她对赵安就那么不满意吗？”

赵彭唇轻扯：“何止是不满意？四岁了，还没张口说过一句外人听得懂的话，就那句‘白毛糊绿嘴’，还是宫人追在屁股后头教了半个月的成果。前两年，爹爹尚且还爱去福宁殿里坐坐，现在钱贵妃的小郎君也快两岁了，玉雪可爱的，一声‘爹爹’唤得又亮又甜，哄得他是心花怒放，一得空就往那儿钻。所谓相形见绌哪，有这么一个在那儿对比着，她吕皇后不得气急败坏、性情大改吗？”

钱贵妃，便是最初的钱昭容，后来的淑妃——吕皇后早产赵安那天，被污蔑在凤船上谋害皇后的那一位。

容央心头震动，一则是想不到赵安的资质竟是如此之愚劣，二则也是意外于吕皇后如今的处境。这三年来，容央最担心的便是成功拉拢贺氏的吕皇后会在朝中不断壮大，伺机对赵彭下手，还多次在家信中提醒他注意提防，没承想，事态的发展竟是如此之戏剧性。

“娘亲，舅舅，快来看我！”

蜜糕蓦地舞着小小桃木剑跑过来，要求容央、赵彭前往廊前围观他展示枪法。容央颦眉道：“你拿的是剑！”

赵彭笑不拢嘴，被蜜糕拉着直往廊下去，喜欢得不得了：“管他是枪是剑，只要是咱蜜糕来舞，那就是天下无双，对吧？”

蜜糕哪里知道什么叫“天下无双”，只是点头附和：“对的，对的！”

文德殿内，欢聚的气氛被一卷舆图、一幅画像凝固成霜，崔全海屏气敛声地候在幔前，一双眼低低垂着，双耳静听殿中二人对答。

“去年年底，一名校尉因触犯军规，被平远严惩，事后心生怨怼，把大量军情卖给了潜伏在燕川城外的山匪。平远发现后，及时设法补救，将计就计再放出一批虚假情报，并趁乱收回了所有被盗的军用舆图。这件事，朕去年便知晓了。”

针落可闻的大殿里，官家低缓的声音起伏在耳侧：“至于你手上这张布防图……照朕看，估计就是当时平远有意放出去的。一州的军防机密，哪有那么容易走漏，要是真的，那眼下的燕川城岂不是要给他大娄踏平了？”

官家说罢，轻轻一声笑，目光落至那张独眼龙的画像上时，眉间终于覆上一层暗影。

“耶律齐啊……”官家喃声，语气似冷非冷，“大难不死，算是吉人天相，可惜螳臂当车，不自量力，就凭他一个亡国灭种的漂蓬断梗，如何能撼动大鄞、大娄二国根基？”

褚怿终于再沉默不住，开口道：“耶律齐如要复仇，定不会正面和大鄞、大娄二国对抗，连横分化，各个击破，方是可行之策。”

官家道：“你的意思是，他要联合大娄，来灭我大鄞？”

帝王的反诘声里明显掺上了一丝愠恼和冷峭：“提出要灭他契国的乃是大娄，率先杀入上京，屠他皇城、戮他皇族的也是大娄，而今坐在他故国之上号令天下的也仍是大娄的皇帝！他凭什么放着这寇仇不去对付，反而认贼作父，妄图算计我大鄞？！”

一声喝罢，画卷被拂落在地，官家气急攻心，剧咳起来。崔全海忙上前搀扶，转头欲传召御医，官家推开他坐回龙椅上，长喘不语。

褚怿面沉如水，站直在座前，双脚扎在坚冷的汉白玉砖石上，颇有点跋前疐后的意思。前方，官家森然道："传朕旨意，各州关城加强巡防，一旦发现此人踪迹，就地格杀。"

褚怿领旨，却并不动，官家平复罢，撩起眼皮对上他深沉的双眼。

褚怿道："大娄细作屡次犯境，其意不可不防，另外，贺家军军情走漏一事……"

官家截断："朕已经说过，那是贺家的惑敌之策，怎么你在边关驻防多年，竟连这点都分辨不清吗？"

大殿内赫然肃静，褚怿抿紧唇线，压低眉睫，缄默不语。

官家靠在龙椅椅背上闭眼长叹，像是恨恼，像是疲惫，也像是无奈兼无语。

"收回十六州赋税大权的事已经谈妥了。"沉寂片刻，官家冷淡出声，"大娄对交权一事并无异议，上个月，也派了使臣过来，其间言行谦顺依旧，并无异常。这两年国中经济并不景气，各地时有灾荒，外交上当以和为贵，你这次探亲结束后，好生守着樊关便是，不要再横生事端了。"

褚怿瞳仁收缩，低垂的眼睑处阴翳愈深，思绪停在"横生事端"四字上，一时竟难以回神。

崔全海审时度势，及时相劝道："离开宴还有段时候，帝姬跟两位小郎君正在太子宫里耍着，驸马跟太子也是三年未见了，不如也前去聚聚吧。"

褚怿眉眼不抬，拱手道："臣告退。"

在东宫庭院里陪蜜糕戏耍的容央并没有等来褚怿。

戌时，家宴准时在长春殿拉开帷幕，容央领着大小郎君入席时，褚怿已屈膝坐在筵前，侧影茕茕，一脸落寞。

容央心领神会，把蜜糕跟弟弟交给雪青、荼白，提起裙裾在褚怿身边坐下。

四周灯影烨烨，人影来来往往，宫女把一盏三脆羹鱼贯呈上来后，颔首退下。容央按住褚怿的一杯酒，低声道："急什么，一会儿开席，少不了人拿酒灌你。"

褚怿眼睫微动，依言放开杯盏，容央瞄一眼殿中情形。官家还未入场，捧场的妃嫔，包括端敏、静淑等两位姐姐倒是领着各自的驸马准时地入了席。左下首的筵席是赵慧妍和贺平远的，目下仍是空着，容央趁势对褚怿道："一次失败不要紧，只要有足够的证据，爹爹总能相信的。"

褚怿心里憋着股郁气，闻言把她一揽，抵着她脸颊道："有点生气。"

殿中众目睽睽，容央脸臊红起来，推他，褚怿偏不肯放。

他今日必定是栽跟头了，血气方刚的一个大将军，拿着自认为斩钉截铁的证据去请帝王彻查，然而换来的只是一腔无处可发的愁绪。容央心疼又心酸，终于也不再顾及四周投来的眼神，摸着褚怿的头低哄了几句。

不多时，官家入场，家宴开席，下首的赵慧妍和贺平远自然也来了。

跟赵彭所言不差，赵慧妍和贺平远这对夫妇的关系的确是很难用“和睦”来形容，哪怕是出席皇家家宴，哪怕是就坐在容央、褚怿的下首，这两人自始至终也没想着维持过片刻跟“举案齐眉”相关的形象。

席间，吕皇后倒是有意想化解他俩之间的冷凝气氛，然而不是徒劳无功，就是适得其反，最后还是官家看不下眼，三言两语岔开了话题。

长春殿外，夜风吹打墙外茂盛的桂树，零落的点点金桂在月色里飘着幽香。

蜜糕今日在东宫里玩得太尽兴，眼下是彻底乏了，酣睡得雷打也不带醒。容央吩咐百顺护着奶娘把蜜糕和定胜糕先送回府里休憩，返回时，穿过人迹寥寥的回廊。

“他不来亲近你，那你就不会去讨好他吗——”

一道怨恨的声音蓦地穿过窗棂，传入耳中，随行的雪青、荼白一愣，容央止步，目光循声落至回廊斜对面的一间偏殿里。

月上窗纱，殿中青灯昏黄，窗纸上落着一道熟悉的剪影，正是戴着九龙四凤冠的吕皇后。

容央蛾眉微拢。

偏殿里，一袭石榴红对襟收腰振袖长裙的赵慧妍坐在圈椅上，眉眼低垂，意态冷寥。吕皇后袖手背对着栈窗而立，训着她道：“这都大婚三年了，别说是让你生个一儿半女，就算是在我和官家眼皮底下，他也懒得看你一眼！你说是他绝情、狠心，对你并无情意，那你扪心自问，自嫁入贺家以后，你又可曾对他付出过半点真心？”

吕皇后目中凝霜，冷然地道：“大婚不到一年，就敢公然在帝姬府上养起面首，要不是我拉下脸面向官家求情，又替你向贺平远一再保证，你以为他还愿意每个月回你那府上去住一夜吗？打小我就告诉你要谨言慎行，要知道负重忍辱，徐徐图之！可你看看你现在，半点屈辱不能受，一丝委屈也忍不得，你，你简直……”

“简直就不配做你的女儿，是吗？”

赵慧妍幽幽出声，一双杏眼藏在暗影里，情绪不辨。吕皇后一怔之后，紧绷的脸色慢慢松缓，上前道：“你以为，我很想对你说这些话吗？”

赵慧妍漠然不动。

吕皇后在她面前蹲下，握住她放在膝前的手，仰面看她：“慧妍，如果不是为你的将来考虑，你和我，都不必走到今日这一步。但是木已成舟，除了走下去，你我别无他法。你听母亲的，不要再跟贺平远置气了，回去以后，把帝姬府上的面首遣散，踏踏实实地给贺平远生个孩子。只有有了嫡子，贺家的军权才算真正地握在你我手上。”

提及“军权”二字，吕皇后用力在赵慧妍手上攥了一攥。赵慧妍薄肩微动，一双冷眸撩起来。

吕皇后眼神坚定，便欲再鼓舞，赵慧妍突然甩开她的手，冷漠地走向前方。

“我并不需要把贺家的军权握在手上，我也不会遣散我府上的面首。”赵慧妍站在帘幔下，漫不经心地道，“至于什么嫡子，我更不感兴趣，谁想要，谁自己去生吧。”

吕皇后浑身一震，反应过来后，大怒道：“赵慧妍！”

赵慧妍如若不闻，走过落地罩外战战惶惶的剪彤等人，伸手推开殿门。

萧肃秋风扑面而至，吹扬两鬓发丝，赵慧妍跨过门槛，余光里，一截衣袂消失在墙角。

赵慧妍转头，盯着飘曳宫灯下空空荡荡的回廊，缓缓眯起双眼。

夜阑更深，大街两侧灯火阑珊，车轮碾过大道的声音格外空旷。

车中，一盏青白釉瓷灯上烛火跃动，褚怿靠着厢壁阖目小憩，浓烈的酒气在车厢里浮沉。

车窗开了一小条缝，来吹散酒气的，褚怿鬓角被撩得有些乱，容央靠过来，替他把碎发掖回耳后。

退开时，褚怿握住她手腕，拉人入怀。

容央脸颊贴在他胸膛上，听得到里面铿然又沉闷的心跳声，默了默，道：“我今天偷听到吕皇后和慧妍的谈话了。”

褚怿睫毛深垂，仍是假寐着，容央在他怀里睁着眼，缓缓道：“她逼慧妍主动向贺平远示好，称只要慧妍给贺平远生下嫡子，贺家的军权就能为她所用；可是慧妍不同意，她说她不需要军权，也不需要什么嫡子，她在府里养了她喜爱的面首，并不介意贺平远怎么想、怎么做。”

秋风卷扫落叶的冷响徘徊在窗外，容央眨眨眼，继续道：“赵彭说，当年贺平远尚主，也是身不由己，十分委屈的。他并不爱慧妍，也并不想成为慧妍的驸马，大婚以后，更没有尝试过和慧妍做一对夫妻。慧妍养面首，他就养美妾，吕皇后请命让他多留在京中陪伴慧妍，他就扔开燕川坐在将军府里花天酒地，乐不思蜀。他也并不介意他们怎么想、怎么做。哪怕是赴皇家家宴，是在官家的眼皮底下，他也不会顾及皇家颜面而多看慧妍一眼……”

车声辚辚，灯盏上的烛火哆哆嗦嗦，容央的声音从褚怿怀里冒出来：“你说，如果贺家军中的确是有了叛贼，那这个贼，会是贺平远吗？”

半开的车窗突然被疾卷在风里的落叶拍响，灯火幽微，车厢里一瞬黑暗。褚怿深垂的眼睫终于一动，于复明的光线里睁开眼来。

眼中锐亮逼人，并无一丝醉态。

“贺平远当年为何尚主？”褚怿一语戳入要害。

容央答毕，褚怿眼底浮沉。

容央把头靠去他肩膀上，小手抚在他胸前，慰道：“不要气馁，慢慢查，总会有结果的。官家不信你，还有赵彭信你，吴缙、于鉴、宋淮然这些心有大局的朝臣也会相信你。等得了铁证，大家一起上书，官家便是再犹疑、再懈怠，也架不住群臣齐谏。”

车中悄寂，她哄慰的声音融在烛光里，温柔也有力。褚怿胸口慢慢被她的暖填满，阴霾被她的光驱散，大手覆上她小手，脸偏过来，眼对着她的眼。

容央望着他眼里那潭深水，眉微颦：“怎么了？”

难不成哄慰得不到位？

褚怿却轻声：“不气了。”

容央一怔后，反应过来，啼笑皆非：“好生小的气量呀……”

合着文德殿里的那一气，竟是到这会儿才算消。

褚怿显然并不在意被她称“小气”，下颔蹭在她发顶，目光平静，呼吸匀长。在一起四年了，彼此已有了一种默契，允许对方在低沉落寞时做小气鬼，做小孩。他会哄她，惯她；她也会像母亲哄小孩一样，摸他的头，给他讲温柔的话。褚怿喜欢这样的婚姻，贪恋这样的生活，他不愿意也不会允许这份美满被任何东西打破。

（4）怨王孙

这日以后，褚怿调集京中旧部，彻查贺平远三年来的行踪及人际交往，并于一日下朝后，把赵彭约去了入云楼。

得知贺家军中的军情泄露情况远比朝中所闻要严重，赵彭心神俱震，在看过褚怿提交的卷宗后，脸色一径发青。

——自去年年底，娄人细作就开始反复在各大关城试探，或是乔装成商贾混入城内刺探情报，或是蛊惑绿林打开黑市，明目张胆地收购军情。单只樊关主城，就抓了整整三十人一批次的大娄暗探，这尚且还是在褚怿的眼皮底下，至于十六州，那一大片尚被大娄盘剥的幽云旧地，情况可想而知会多糟糕。

赵彭反复细看卷宗内容，难以置信：“大娄使臣年年入京来访，从无异样。上个月爹爹大寿时，使臣还奉了大娄皇帝的厚礼前来，又是恭贺万岁，又是承诺归权，谦顺热忱，毫无半点不敬之意，怎么可能……”

赵彭对上褚怿深冷眼神，心口一凛。

——还能是什么可能，一面修好，一面磨刀，不过是明修栈道，暗度陈仓罢了！

赵彭震愕地放下卷宗。

褚怿心中亦有疑窦：“这类情况，难道各大关城没有一处上报？”

赵彭立刻摇头：“没有……”

这两年来，官家龙体大不如前，许多事情不再亲力亲为，而是交给他这位储君或范申一派的朝臣全权代理。范申东山复起，记恨于当年在金坡关一案中被褚家扳倒之事，对赵彭这位以褚怿为军事依傍的储君深怀忌惮，屡次在朝堂上分朋树党，插圈弄套，试图打压赵彭、吴缙等人的势力。可以毫不客气地讲，这两年的朝臣除却解决一些基本政务外，剩余的精力，全都耗在党争上了。

赵彭心如擂鼓，沉吟道：“明日……不，今日我去一趟兵部，还有枢密院，查一查可有被压下的奏报。”

朝堂一旦陷入党争，上达圣听的渠道就很容易被人堵塞，如果在褚怿回京前，就有关城上报过大娄细作的轨迹，那么褚怿这份卷宗上所述的内容，就不会再是危言耸听。

褚怿点头，又道：“劳驾殿下转告宋御史，密查贺平远。”

赵彭应声：“明白。”

天高云淡，初冬的微阳漫射在粼粼青瓦间，容央步履匆急，穿过丹楹刻桷的游廊，及至前庭，撞上从外回来的褚怿。

日影莹暖，他阔步而来，眉间落着暖阳，领口的一圈织金云暗纹光泽流转，衬得他英武中更添一分贵气。

“去哪儿？这么急。”褚怿走上来，把她被风拂乱的鬓发理了理。她是刚精心装扮过的，修眉联娟，云髻峨峨，石榴红的对襟褙子底下是一袭流彩暗花云锦纱裙，臂弯间披着绢纱披帛，举手投足间，都是馥郁馨香。

这显然是要出门的阵仗了。

容央也不遮掩，道：“我打算去慧妍府里看看。”

褚怿一怔。

容央道：“今日十五，贺平远会去慧妍那里留宿，我现在去，应该能蹭一餐晚膳，届时在席间探一探他夫妇二人的口风，指不定能得些线索。”

褚怿瞄一眼天边日头，又看回眼前人，倒也不拆穿她八成是沐浴梳妆折腾到这时候，头一点，道：“一块吧。”

他要来，容央自然不拒，贺平远那里总归是他亲自上阵更稳妥，只是……

容央挽着他往前走，叮嘱道：“慧妍和贺平远的感情很不好，一会儿你不要太黏我。”

褚怿知道她这提醒是什么意思，但这措辞委实是有点令人心里不爽快。

“怎么个不黏法？”褚怿故意缠问。

容央一心正事，答得正儿八经：“就是不能当着他们的面对我做太亲密的动作，讲太黏糊的话，还有一双眼一直盯着我看……总之，不能刺激到他俩，具体的，你自己看着办就是了。”

褚怿“嗯”一声表示领会，及至登车，默不作声后退一步。

容央失去依仗，踩杌凳的动作一顿，回头看时，自家驸马负手站在一边，很是标准的“不黏”姿态。

容央脸孔一点点冷下来，撤回脚，走至褚怿跟前，很突然、也很用力地把他胳膊抱入怀里。

褚怿被她抱得往前倾了倾，眼垂下来时，对上她气冲冲的眼神。

容央一字一顿：“现在要黏着！”

赵慧妍的府邸坐落于御道东侧的四二坊，拱辰街，跟容央的帝姬府只差三条大街。一炷香后，马车在一座朱甍碧瓦、气派奢豪的府邸前停稳，下人通传后，容央、褚怿并肩入府。

贺平远已在府中，但并不和赵慧妍在一处，前来引路的丫鬟询问可要分别造访，容央略一思忖后，点头。

既是探口风，那肯定还是私密一些更妥当的。贺平远不在，有些话她也方便对赵慧妍提些。

当下二人在一座垂花门前分开，容央领着雪青、荼白，跟在那小丫鬟身后朝赵慧妍所在的水榭而去。

赵慧妍这府邸大是大，但冷清也是真冷清，人气寥寥不提，楼阁亭台间也是一派的灰白，间或一棵古树点缀，眼下入冬，更显得萧索凋敝。

其实以往在宫里时，赵慧妍的金桂殿还是很值得一观的。她喜欢桂花树，一座小小的庭院里桂树如云，入秋时，小颗小颗的金花密密匝匝地缀在枝头，风一来，馥香和花蕊簌簌而下，她便提着小花篮，玩也似的走在树下，等花入篮。

那时候，她还是很乐于装潢、乐于炫耀自己的居所的，但眼下……

容央目光又在四周环顾一圈。

这些一板一眼的景，齐整得跟朝堂大臣办公的官邸一样，哪里有半点属于她赵慧妍的痕迹哪？

容央默默颦眉，不觉间，水榭已到了。

那是一条古松掩映的水榭，廊外是红鲤游弋的湖水，赵慧妍坐在美人靠上，一条胳膊懒懒散散地搭在栏杆外，掌心微摊，似在抛撒鱼食。

她身边站着一位敛袖颔首的青年，个头很高，着一身藏青色交领直缀，中规中矩的文士打扮，瞧不清脸孔，但气质沉静，想来便是那所谓的“面首”了。

容央入榭，春雨、冬雪两个屈膝行礼，那青年亦敛眸拱手，容央顺势盯他的脸，眉头不由得微蹙。

高颧骨，高鼻梁，长而尖的一张脸，轮廓五官都是很深刻硬朗的那一类，倒是令人意外了，还以为是副斯文白净的面孔呢。

“你退下。”

赵慧妍声音冷淡，屏退那青年后，目光仍是散漫地徘徊在湖水中：“有事吗？”

容央并不介意被她怠慢，拢袖站在廊柱前，道：“有一件事，过来告诉你一声。”

赵慧妍对她的到来不感兴趣，那她便不铺垫了。赵慧妍闻言，眼睛微微一转，乜斜过来，似笑非笑：“什么事，居然还要劳烦嘉仪帝姬亲自登门一趟。”

她语气冷峭，夹枪带棒的，也不虚情假意地称呼她“姐姐”了。容央反倒体验不错，比起从前那些假惺惺的讨好，她更情愿面对这放在台面上的鄙薄憎恶。

“大契的小王爷耶律齐没死，在燕川，这件事你知道吗？”

容央话音甫落，赵慧妍赫然撩起眼皮。

容央目不转睛地盯着她。

赵慧妍脸色冷然。

容央道：“当年娄兵攻城，大契皇室连夜西逃，你侥幸从中逃脱，那时，可曾看到过耶律齐吗？”

赵慧妍眼神一寸寸地冷下去，漠然道：“没有。”

容央转着眼珠想了一想，喃道：“还以为那时候是他护着你的呢。”

赵慧妍搭在栏杆外的那只手遽然收紧，双眸底腾升怒焰。冬雪板脸道：“嘉仪帝姬这是什么话？当初耶律皇族对我们殿下仇恶至极，几次三番要杀她泄愤，耶律齐怎么可能袒护着她？您倒是坐在京中安享太平，可知我们殿下在那戈壁滩上东滚西爬，挨冻受饿，是如何死里逃生的吗？！”

这一番话，斥得既恨又痛，便是荼白火大，也给那最后一句诘问整得中气不足，反击的话一时卡在喉咙里。

容央倒还泰然自若，淡淡瞄冬雪一眼，道：“我记得慧妍从大契带回来的婢女只有春雨一人，你是？”

冬雪一震，边上的春雨垂低眼睫，颤声回道：“回禀殿下，戈壁上的事……是，是奴婢闲时跟冬雪姐姐说的。”

容央不作声，春雨偷偷拉冬雪的衣袖。冬雪回神，抿紧发白的唇，屈膝致歉：“奴婢失言……请殿下恕罪。”

容央不理会，顾自看向廊外小湖，慢声道：“不欠他恩情最好，不然的话，后患无穷。”

赵慧妍绷着的脸没有松缓：“你今日来，就是为了说这些吗？”

容央坦然道：“还没有说完。”

赵慧妍狐疑。

西斜的冬日辉映湖心，金波在一圈圈涟漪里荡漾，容央道："贺家军中出事了，勾结外贼，泄露军情，一旦罪证坐实，祸及三族。你虽为帝姬，但也是贺平远的夫人，夫妻同体，一损俱损。日后多留意一下枕边人吧，有不对劲的地方，及时向爹爹上报，为一个不爱的人承受池鱼之灾，不值当。"

赵慧妍盯着暮照里镇静而认真的容央，暗影里的眼神几度变幻，许久以后，她转开脸，微微一笑："你是在为我担心吗？"

容央静了静，道："不是，我是希望你留心贺平远，一旦发现证据，立刻告发他。"

赵慧妍一愣，继而笑得更厉害，阴影下，眸光更黯淡，声音更冷峭。

"是啊，你厌恶我还来不及……

"谁会担心我啊？"

容央心口一紧，突然间恨起刚刚的自作聪明来。其实那一瞬间，她是想点头承认担心赵慧妍的，但她自以为反其道而行之效果会更好，她自以为赵慧妍不屑于那一句担心，那一份关怀……

"我……"

"你厌恶就对了。"

赵慧妍突然出声，截断容央的话，眼凝着被涟漪卷灭的金辉，道："我也依然是恨你的。"

容央哑然。

暮风徐徐吹入榭中，有零星的枯叶从檐上飘落。

容央道："没关系。如果恨能让你痛快，那你就恨吧。"

一炷香前，府邸西南角的一间阁楼里，气氛冷凝，酒气熏天。

褚怿举步跨入屋内，撩开帘幔，走入酒气呛鼻的内室。暮光从栈窗斜洒而入，铺在一地凌乱的杯盘上，一条长案后，贺平远正举杯酣饮。

领褚怿进来的小丫鬟神色窘迫，伺候他入座后，急匆匆端来新的酒壶杯盏，便欲倒酒，被褚怿挥手屏退。

"咯吱"一声闷响，屋外光线被截，昏沉沉的内室中，褚怿提壶斟酒，淡然就饮。贺平远喝闷酒的动作慢慢停下，眯起双眼，扬着酡红的脸直勾勾往前看。

褚怿一杯喝罢，道："多久没回燕川了？"

贺平远扯唇冷笑，道："你以为你是大理寺卿，问什么，我便要答吗？"

褚怿不以为意，又喝第二杯酒，喝完道："燕川布防图是什么时候丢的？"

贺平远眸光冷下，愠恼而懵懂。

褚怿不知他是装是傻，单刀直入："禹城驻军三万，其中重甲步卒六千，精骑三千。三合易守难攻，往建玉方向二百里内，梯次分布三条防线：一线布防一万八千骑兵，由你六堂叔贺靖统管；二线兵力是周都尉和杨都尉麾下的两支厢军；三线……”

“你在讲什么？”贺平远脸上酒气荡然无存，瞪直眼睛盯着褚怿。

褚怿冷眼瞄过去：“你说我在讲什么？”

暮风撩动室内垂幔，纷纷如雪，褚怿盯着贺平远那张渐渐发白的脸，心念起伏。

贺平远绷直嘴唇，阴森地道：“别以为养些鸡鸣狗盗之徒，就能掌控一切，让你那些狗奴才离我贺家军远一点。”

褚怿反复审度贺平远反应，静了静，道：“褚家人没有去过燕川。”

贺平远冷笑，讽刺而锋利。

褚怿心头反而一沉。

这一笑，不似伪装。

“贺家军……”

“贺家军怎样跟你有关系吗？！”贺平远突然一声暴喝，梗着脖子，目露凶光。

褚怿眉峰一点点压低，眼冷下来。

贺平远阴声：“我贺家军比不过你褚家军，我贺平远也比不过你褚悦卿。不要再盯着我了，我认输了，行了吗？”

褚怿冷脸不言。

贺平远丧着脸，怔怔讲完以后，蓦然失笑，撑着酒案笑如哭丧，笑如痴狂：“什么摅忠报国，披肝沥胆；什么忠臣侍君，有死无二……笑话，笑话！”

褚怿知道他愤愤难平的是什么，开口：“‘报君黄金台上意，提携玉龙为君死。’武臣安邦，本就是分内之责。”

“为君死？”

贺平远低头重复，撑着酒案站起来，摇摇晃晃，戳着自己的胸膛冷笑：“我贺家人没为他死吗？我爹没死在战场上吗？”

贺平远眼睛一点点红起来：“可他给了我们什么？

“他给了我贺平远什么啊？！”

一条长案突然被踢翻，酒壶杯盏哐当当砸碎在地，贺平远目眦尽裂：“同样是得胜回朝，凭什么你一战功成，我就只配当四品武将？同样是尚主，凭什么你娶他的心肝宝贝！娶大鄞最美的赵容央！我就要娶一个给大契皇帝玩弄过的残花败柳啊？！”

话声甫毕，一阵严风卷入室内，重重帘幔飒飒翻飞，赵慧妍和容央定在门口，瞪直着眼，俱像被冷箭穿过。

室中二人一静，贺平远僵站着，眼盯着帘外之人，目中慢慢浮起暴戾之色。

门前，赵慧妍人如冰封，一动不动。

太安静了，这屋里静得像数九寒天，以至于那句“被大契皇帝玩弄过的残花败柳”简直如惊雷入谷，一声声地在脑中回荡不休。

容央深吸一口气，袖着手举步入内，及至贺平远跟前，扬起脸。

贺平远不及反应，被一巴掌掴在脸上。

（5）剪湘云

暮风渐起，脉脉斜晖被夜幕湮去。车厢内，褚怿揉着容央那只微红的小手，不时撩眼皮瞅她神色。

容央敛容坐着，深凝的双眸里仍留着一丝寒气。

掌心还在微微发辣，贺平远那双怒焰勃发的、通红的眼睛也仍旧跃然眼前，如果不是褚怿在场，很难想象那一巴掌下去会打得他如何撒疯暴怒，但……

那一刻，容央显然是顾不得那许多所谓“后果”的了。

掌肉被一只长着厚茧的大拇指抚过，像刻意地压了一下，容央转头，对上褚怿沉静的眼。

“下次不要这样冲动。”

他声音很低，却很有令人不得不服从的气势，容央压下心头的余悸和愤怒，瓮声：“那下次你要替我先动。”

褚怿唇微动，领会后，啼笑皆非，女人之间的情谊，真令人难懂。

容央把被他揉着的手收回来，端坐着道：“贺平远有没有问题？”

褚怿这次答得很快：“没有。”

容央愕然，眼里写满不信。

褚怿正色：“他对布防图走漏一事并不知情。”

贺平远固然嚣张，但并非奸猾之辈，甚至于从为人来讲，他骨子里还是很有武臣的率直憨厚的，满意不满意，知情不知情，大都写在脸上，不会欺诈于人。

褚怿提及燕川具体布防时，贺平远那双醉眼里明显写着震愕，平复下去后，想到的可能也仅是他褚家派斥候前往刺探，以备党争。

这头脑不像是能叛国之人。

“赵慧妍呢？”褚怿蓦地发问，令容央愣了一愣。

水榭中的一幕幕重新掠过脑海，容央凝神道：“一个深居内宅的帝姬，也可以叛国吗？”

这并不仅仅是质疑，也是在探寻，或是确定一种可能性。褚怿道：“有志者，事竟成。没有什么不可以的。”

容央眉心蹙拢，垂眸：“我问她在逃离大契时可有跟耶律齐接触过，她说没有。

如果是真的，那她一个内帏妇人，应该不会有勾结敌国的机会；如果是假的……”

车厢里蓦然沉寂，容央想着那一种可能性，胸腔里突然一刹窒息。

她承认赵慧妍的境遇的确很糟糕，也承认赵家乃至整个皇宫、整个朝堂对赵慧妍都并不公道，她能理解赵慧妍的不甘，乃至怨恨，但如果这些不甘和怨恨变成了叛国、卖国的理由……

她能理解，但，她绝对不能接受——

“我会派人去查耶律齐跟她的过往。”

沉默中，褚怿开口。容央抿紧唇没有回答，这一刻，说不上来心里是什么滋味，只是感觉那里特别冷，很快，手脚也开始冷起来。

褚怿重新把她拢在袖里的手握住，沉声：“查清楚，对谁都好。”

数日后，赵彭从枢密院查出一份被尘封三月的警情。

三月前，峪州军部发来一纸急报，称娄人似乎在进行大规模的军事调动，毗邻峪州的大娄边界，不止一次留下了娄军向南部转运粮草、调拨兵马的痕迹。

南，即是攻入大鄞的方向。

赵彭拿着这一份从旮旯里抽出来的、皱巴巴的急报交给褚怿看时，脸冷得凝霜一样。

“三月前，正是官家派使臣跟大娄交涉幽云赋税大权的时候。为防止外交有纰漏，官家下旨，严禁朝臣妄言边疆事务，胆有违例者，流徙三千里，罚款三千贯。那会儿送入京中的军情并不少，但大多都被三衙三司的人压下去，甚至干脆销毁了，就这一份，还是我领着人亲自去枢密院翻箱倒柜翻出来的。”

褚怿盯着那份急报细看，脸色并不比赵彭好。照他在樊关查获到的情报判断，大娄皇帝的确是有南侵的野心，但尚且停留在刺探军情、运筹谋划的准备阶段。如果早在三个月前，娄军就已经开始向南部大规模地调拨兵马，那岂不是说明，眼下的大鄞关城，随时可能燃起被侵略的烽烟吗？

褚怿把奏报收好，向赵彭确认：“宋御史那边的结果如何？”

赵彭答道：“贺平远这三年很少回燕川，留在京城时，要么是跟往日那些狐朋狗友留宿勾栏，要么就是在府中恋酒迷花，社交方面，并无可疑之处。”

褚怿点头，当机立断：“入宫。”

文德殿中，官家正在听范申汇报月底南郊祭祀一事的操办情况。

大鄞这三年发展得并不大景气，尤其是这一年来，各地不是大旱就是大涝，天灾一起，人祸又至，折腾得朝廷又是唉声叹气，又是乌烟瘴气。唯一可以摆上台面，给史官浓墨重彩地记入史册里的，也就是国朝终于彻彻底底地收复了幽云十六州，故而朝臣提议，利用这次南郊祭祀大典讴功颂德，树碑立传，同时详星拜斗，祈福消灾。

官家首肯。

自古没有哪任君王不在意自己的功绩——尤其是在步入暮年，再难大有作为之时。官家是少年天子，践祚至今三十余年，最伟大的功绩就是在今年把幽云之地完整地纳入了大鄞的版图。在听过范申的颂德方案后，官家踌躇满志，同时又还略感一丝丝瑕疵，便欲亲自提点则个，内侍突然上前来通传：太子赵彭、忠义侯褚怿求见。

官家一怔，想起最近赵彭在三衙三司里折腾的那些事，荡漾在眉间眼梢的笑意悄然收敛。

范申沉吟片刻，垂目道："既是太子携忠义侯求见，想来定是要紧之事，陛下不急的话，容臣回去把祭祀流程修正之后，再来禀报。"

官家道："不必。"言罢，沉着眼往椅背一靠，"宣太子进来。"

内侍微微一愣，心知帝王情绪不佳，不敢逗留，应声传召。

范申候在旁侧，噤声不言。

赵彭入内时，本就因褚怿被冷落而窝着一股火气，及至看到范申，那股火烧得更旺，然还不及发声，官家便道："范大人跟朕还有事商议，你长话短说。"

赵彭张口结舌，攥着那份急报，气得哑声。

官家皱眉："你究竟说是不说？"

赵彭绷着张脸，压下火道："大娄在边境有异动，很可能随时进犯，这是三个月前从峪州发入京中的急报，请父亲过目。"

崔全海上前接下奏报，转呈给官家，官家靠在椅背上坐着，冷眼看着，不动。

赵彭一愣。

官家道："上面写的什么？"

赵彭深吸一口气，道："三月前，娄军大规模向南部署，并在边界举行了不止一次的军事演习，儿臣以为……"

"以为大娄要攻我大鄞，戮我山河？"官家冷然截断。

赵彭一凛。

官家盯着面前这个年轻又莽撞的儿子，恨铁不成钢地道："是不是他褚悦卿说什么，你就信什么，他褚家军要求朝廷做什么，你就要附和什么，嗯？"

赵彭赫然变色："父亲！"

官家疲惫地阖目，强忍着那股郁气，道："三个月前，正是大娄跟朕交涉幽云十六州的关键时期，一旦谈判不顺利，两国难免兵戈相向，这种情形之下，娄军南调十分正常。他褚悦卿不也收拢兵力，调整往日的驻防之策了吗？"

"可是娄军南调以后……"

“大鄞的当务之急不是边患，而是内政！”官家耐心渐失，敲着桌案训斥，“半年前的旱灾、水患死去多少百姓，太原、真定二府的暴乱又祸害了多少苍生，各地经济因此受损多少，赋税繁重多少，这些你自己心里不清楚吗？！”

赵彭一震，被喝得脸色铁青。

官家目光沉厉，严肃道：“不要听风就是雨，张口闭口大娄犯境，褚悦卿所言，终究只是一介武夫的判断，但你——一国储君，心中不能只有战事，而无全局！”

凛风萧飒，褚怿仰头，云翳间，一片片雪花飘然而下，分明入宫时，天际仍铺着一层淡淡日光。

褚怿伫立风里，山岳一样，纹丝不动。不多时，一片片雪绒铺坠双肩，一触即化，滞留的冷却很坚固，一径往骨头里钻。

赵彭从大殿里走出来，风雪斜织，遮掩他低垂眉眼，阴翳脸庞。

褚怿冷毅的下颌线默然收紧。

赵彭上前，在褚怿面前停下，许久后，摇了摇头。

褚怿绷紧下颌，抬眼往大雪后的文德殿看，不知为何，这一幕，竟有种似曾相识的悲怆。

建德六年十一月二十日，官家率群臣于南郊举办盛况空前的祭祀大典。

长天如封，层峦叠雪，旌幡招展的御楼之下，千官星拱而列，画台承鹤，钟鼓在悬。

伴随侍臣直遏云霄的一声“祭拜”，仪态威严、衮衣绣裳的帝王向天行祭祀之礼，公侯助祭，群官跪拜，呼声如雷，撼天动地。

与此同时，一杆军旗从城墙猝然折断，震天铁蹄破城而入。

大国边陲，狼烟四起。

（6）长歌行

大雪封天，一片片烽烟燃烧在流血漂橹、尸横遍野的边脊之上，仿如雷霆从天而降，劈裂了那块在南郊祭祀大典中被隆重树立起来的丰碑。

建德八年十一月二十日，娄军东路军攻破檀州，越过燕山。

十二月初一，娄人东路军抵达燕川，攻克燕川全境。

十二月初二，莫州、新州、妫州、武州、蔚州尽降。

大鄞兵败如山倒，一夜之间，近半关城，全部覆灭。

崇政殿中，伏跪在地的朝官噤如寒蝉，从峪州发来的战报回荡大殿，尖刀破空一样啸过众人双耳。

官家坐在奏折堆叠成山的御案后，攥在镇纸上的手青筋毕露，因累日疲惫而枯槁的脸阴沉得像被严冰凝冻，及至那句“三日后，峪州通判率军投降”落地，他梗直脖颈，一口淤血自口中溅出。

“陛下！”

朝堂大震。

建德六年十二月初四，大鄞皇帝一病不起，朝局大乱，两派官员就战、和问题争论不休。

大娄盘剥幽云十六州赋税三年之久，兼以从大鄞掠取的岁币翻倍，驻扎边疆的军队早已被养得兵强马壮，此次南侵，简直势如猛虎，气吞山河。

反观大鄞，三年来，对幽云之地管辖松散不算，便是相对稳定繁荣的内地，也因此起彼落的天灾人祸而元气大损。朝廷在面对这场突如其来的大战时，一则猝不及防，二则难以抵抗。

主和一派的观点十分明确，以大鄞眼下的实力，根本没有办法跟凶悍的娄军正面交锋，与其平白地损兵折将，不如直接跟大娄明码标价，认输谈和——谈和要花钱，打败仗更要花钱，既然都是要大开国库，前者至少还能保住人命。

主战一派则愤然相讥。

“以地事秦，犹抱薪救火，薪不尽，火不灭。”一味主和，固然能保住人命，但国土被蚕，养虎成患，届时国将不国，人命安有存放之所？

再者，娄人背弃盟约，策马南侵，一夜之间屠戮大鄞数座关城，赵氏王朝却不战而降，此等奇耻大辱，又何异于灭种亡国？

凛冽严风卷涌大殿，赵彭一袭玄黑锦袍站立在繁复瑰丽的藻井之下，凛然开口：“战。”

建德六年十二月初五，丞相吴缙、枢密使范申、忠义侯褚怿调集内地各州厢军，支援各大关城守将。

十二月初十，三路厢军集结完毕，并进至燕京东面的三合一带，与驻守东岸的娄军东路军临河对垒。

十二月十一日，大娄西路军突破金坡关，长驱直下，盘桓于樊关、天岩、陵光三城外。

十二月十二日，忠义侯褚怿在崇政殿内敲定战略，次日，领军北上。

出征前夜——

大雪铺在窗外浓黑的夜里，烛火通明的内室中，炉火正红。

摇床里的小郎君已在襁褓里酣然入梦，大的那个趴在床外，手里握着的拨浪鼓松松垮垮，眼皮耷拉着，也开始迷迷瞪瞪。

容央弯腰，把蜜糕握着的拨浪鼓小心地抽出来，便欲抱他去床上睡，身侧走来一人，浓重的黑影罩下。

褚怿先容央一步，把蜜糕打横抱入怀里。

容央抬头，夫妻二人的视线交汇在一片烛影中。

褚怿瞳仁深黑，跟容央对视一瞬后，放弃把蜜糕抱去床上的想法，改在摇床前的绣墩坐下。

容央也坐下。

两人看看摇床里小的那个，再看看怀抱里大的这个，很默契地、也很落寞地沉默着。

最后还是蜜糕嘤咛了声，似在他爹的大腿上睡得不大舒服，微蹙着眉重寻了个惬意的姿势。

容央探头过去，打破沉默："他长得越来越像你了。"

刚生下来那会儿，小蜜糕生着一双灵动的大眼，任谁看都称像容央。但这两年，那双眉眼一日日地浓黑起来，鼻梁一点点地挺拔起来，嘴唇又小而薄，打侧面看去时，简直是褚怿的缩小版。

容央想，小时候的褚悦卿，大概便是这样罢，只最多没这么顽皮罢了。

褚怿把蜜糕挣乱的衣领拢紧，大手抚过他鬓角，目光也停留在他脸上，道："眼睛还是像你。"

容央目光认真，质疑道："人家眼都闭了。"

褚怿"嗯"一声，淡道："一样。"

又不是不知道她眼睛闭起来时什么模样。

容央哑然。

室中又陷入沉默，夜雪在窗外簌簌而下，窗里，一炉炭火爆织着火星，容央看着被褚怿哄入梦里的蜜糕，突然低声："我的眼睛要小娘子来继承，那才好看。"

褚怿拍在蜜糕肩后的大手一滞。

容央抿着唇，脑袋不动声色地往他靠了靠。这是她向他求欢的意思，褚怿懂，但这一刻，有一种难言的惘然和沉重。

她是怕他回不来了，要他在这里留个念想，留份希望。

褚怿不作声，抽出一只手揽她入怀，低头在她额心亲下去。

容央闭上眼睛，扬起脸，去寻他的唇。

蜜糕迷迷糊糊地从睡梦里醒了一下，醒时，依稀看到两个人影缠在一起，倒入床帐里去。风雪入夜的窸窣声和炭火燃烧的噼啪声交织在耳畔，隐约还有些并不熟悉的声响，蜜糕眼皮重重的，踢了踢厚重的被褥，重新入梦。

熹微拂晓，银装素裹的盛京城中，军队集结的号令声、马蹄声窸窸窣窣。

大街两侧陆续有窗户被推开，一颗颗脑袋探出来，有人裹紧大袄，一边哈着冷气，一边打着哆嗦。

“娄军在三州外屯了三十万人，怎么褚家就领着这点兵上去啊？”

“就这点人，大风一吹就散了，这可咋打？”

凛风吹过，檐上积雪噗噗坠落，有人散漫回：“大军都往东边去了，京中禁军拢共就那么个数，这儿拨一点，那儿拨一点，还能剩几个？”

“东边那帮孬种，除了败就是降，给再多兵也是白搭……”

“朝廷就该让褚家领个三十万大军去，打他娄贼一个屁滚尿流，西边败了，他东边还敢造次吗？”

“也没那么悬，褚家军驻守三州六十多年，十来万人一样把关城守得固若金汤，不然他三十万娄贼至于盘桓城下不敢进攻？忠义侯领着这些援军去，够了，够了！”

“……”

破空而上的号角声回荡在大雪皑皑的京城里，乌泱泱的一万禁军在城外整队。

旌旗招展，马嘶悲戚。

此情此景，陌生又熟悉。

车厢里，很不安分的蜜糕把窗外之景看了又看，似懂又非懂地道：“他们跟我们一起回家吗？”

他认得这城门，往反方向走，定是回樊关。

容央不作声，失神一样地望着窗外。队伍前方，褚怿一身战甲凛凛，提着缰绳在人群里巡查。

蜜糕被冷落，有点不满地噘起小嘴，在容央衣袖上拉了一下。

容央摸了摸他的小脑袋，道：“我们不回家。”

蜜糕一蒙，睁大眼又朝外看：“那爹爹回家吗？”

不知道为什么，窗外并无风，但眼睛却像进了沙，容央眨了眨眼，认真道：“回，爹爹回家。”

蜜糕却急起来了，小小的身板往窗外蹭：“爹爹一个人回家啊？爹爹不要我们了吗？”

容央抱住他，眼眶一点点潮起来。

雪青忙帮忙把蜜糕拉过来，哄慰道：“大郎君乖，驸马爷没有不要你跟殿下，驸马爷是去打仗，打了胜仗，就会回来接你们了……”

嘚嘚蹄声迫近，四周肃然，是褚怿策马而来。

容央下车。

翠纹织锦羽缎狐裘拖曳过印痕凌乱的雪地，容央站定在巍峨城墙前，风吹过她颈前那圈白绒，衬得她的脸越发小、越发白了。

褚怿翻身下马。

“李业思留在京中，有事，他会帮你。”褚怿上前来，开口即是一句交代，言罢，亲手拢紧她的狐裘。

风越来越大，容央在纷乱的发丝前眯了眯眼，褚怿拨开她的乱发，定定地看着她。

容央努力朝他笑：“你不带蜜糕走，他都发脾气了。”

褚怿闻言朝马车看去，车窗处，蜜糕趴在那里，气咻咻地噘着嘴，瞪他。

褚怿唇微动，似乎想说点什么，但最终又没有。

容央踮脚，若无其事地整理他戴在头上的兜鍪，铁制的漆金头盔浸了风霜，触在手里，真冷。

“去吧。”容央整理完，拍拍他胸口。

褚怿看回她，瞳仁深邃，似还有什么话想再说，容央却突然很害怕他讲出口来一样，又在他胸口一拍：“去了！”

褚怿欲言而止，眸底暗流涌动。

容央闪开目光，推他往后，他再不走，她就要忍不住哭了。

悲咽的号角声穿云而上，军队在催他，她也催他。一声声里压着千言万语，但偏偏无从开口，无法表达。

褚怿深看容央最后一眼，毅然踅身而去。

他真的走了，马嘶鸣在眼前，雪泥被铁蹄溅开的声音响在前方。他真的策马而去了，她却又后悔了，忍不住了，她还有那么多的话来不及讲。

“大将军护完这天下后，要记得回来护我哪——”

严风啸过耳际，容央的喊声利箭一样从后方迸射过来，穿透城墙外卷涌的风雪，穿透号角声下整装待发的戎行，刹那间，也穿透褚怿的心脏。

褚怿勒马回头。

大风猎猎，雪地里，容央狐裘飘舞，青丝凌乱，一张小而艳的脸上却绽着笑容，像冰天雪地里倔强盛开的牡丹花。

容央想，她定是哭了，流泪了，因而此刻看褚怿，才会感觉他眼里也是有泪的了。

（7）满江红

建德六年十二月的最后一天，石岭关以北的最后一个大鄞据点崞县失守，东部防线溃败，从各州集结而去的二十万厢军全军尽没。

次年一月，西线亦传来噩耗，三十万娄军铁骑在天岩、陵光二城展开雷霆进攻，褚家五郎褚平、六郎褚定殉国。

一日后，三郎褚清遗孤褚恒在战中阵亡，年仅十八。

这一年冬天，盛京的雪下得特别紧，一场紧跟一场，不准这城中有片刻喘息的余地。午后的云间倒是射下了一束微光，光铺在忠义侯府飘扬的白幡上。灵堂前，三大口棺木齐整地摆放着——这是五郎、六郎以及小九郎褚恒戍边后的第一次回家，也是最后一次回家了。

身着孝衣的褚家人站满堂外，檐前飞扬的白下，又是一片静默的白。容央披着狐裘从垂花门外走来，堂外人潮慢慢分开一条通道，容央一步步走过去。纷纷扬扬的纸钱下，施氏守着她的五郎，谢氏守着她的六郎，周氏守着她唯一的、再也不会醒来的儿子。

文老太君还是拄着那根鸠杖，一声不吭地、垂低头站在灵堂中央。

一缕缕青烟缭绕牌位，一盏盏长明灯微弱又刺眼，香炉里燃烧着麻黄纸钱，风一吹，灰烬掠过烧纸人的眉睫。

一切都那样静，没有哭声，没有喊声，没有别人家守丧时的歇斯底里，呼天抢地，有的只是静默的相守和相送，只是一种近乎于认命的从容。

容央再往前走，被一只手拉住，是同样披麻戴孝的褚蕙，她的脸上也是那样从容和镇静的神情，静得没什么生气。

“没事。”她淡淡开口，不知是在抚慰谁。

容央目光再次投入肃穆的灵堂里，声音发出来时十分艰涩：“……我去上炷香。”

褚蕙沉默，松开她。容央只身入堂。

忠义侯褚训膝下一共六子，而今，除却当年被文老太君撵出府门的褚四爷外，其余五个，都全部变成这一块块的灵位牌了。

施氏、谢氏、周氏都是跪着的，文老太君没有跪，她拄着那根拄了几十年的鸠杖，又佝偻又坚毅地站在那里，等容央上完香后，低声道：“总有难打的仗，打完就好了。”

容央一愣，随后反应过来这也是在安抚她，也是在变相地说“没事”，让她不必害怕。

容央眼眶骤然就红了，转开脸，极力压下那股悲酸。

不能哭的，不应该哭的，可是眼前的一幕幕这样清晰，这样残酷。

文老太君交握在鸠杖上的手微动，下一刻，来到容央跟前。

容央忙要别开脸，文老太君已伸手过来，揩去了她眼角的泪。

“没有我褚家守不住的城，打不赢的仗。殿下要信老身，信你的驸马。”

天幕苍白，堂外大雪一样的白幡飘舞，文老太君深陷在眼窝里的双眼混浊又坚定。

容央扬起脸庞不再让眼泪夺眶，深吸一口气后，点了点头。

离开忠义侯府，李业思送来一份急报，容央心脏本能地一揪。李业思看出她的慌张，低声道：“是恭穆帝姬和耶律齐的消息。”

容央被揪起来的心又跟着一紧。

褚怿临走前，派人去查探了赵慧妍在大契时跟耶律齐的关系，因大娄突然犯境，又是分东、西两线同时进攻，朝廷、军方都手忙脚乱的，以至于这份情报被耽搁了不少时日。

容央绷紧脸孔，做着最坏的打算，道："拣要紧的说吧。"

李业思不知她为何不愿亲自去看，侯府角门外虽然肃穆，但也并非没有闲人。李业思只能上前一步，低声道："恭穆帝姬当年在大契宫中的境遇并不好，契王宠爱贵妃，又因当初求娶的本是……殿下您，故而对替嫁的恭穆帝姬十分冷淡。耶律齐是大契皇帝最疼爱的小儿子，时常出入禁庭，跟恭穆帝姬有过一些私交。当年官家联娄灭契，大契朝臣提议处决恭穆帝姬时，便是耶律齐亲自求的情，称留下帝姬，或可在关键时牵制大鄞……"

侯府墙外，一片积雪被风吹落在地，街前来往的行人踩着厚雪，寒暄声、脚步声窸窸窣窣。容央揣紧袖中的捧炉，道："逃离大契时，她是不是跟耶律齐在一起？"

李业思道："起初是，后来耶律齐重伤，两人便走散了。"

墙外一阵沉寂，少顷后，容央踅身登车，凛然道："去恭穆帝姬府。"

赵慧妍坐在当日贺平远羞辱她的小阁里，举杯就唇，听府上的伶人在屏风前弹琴唱歌。

唱的是南唐后主李煜的《相见欢》。

"林花谢了春红，太匆匆。无奈朝来寒雨晚来风。胭脂泪，相留醉，几时重。自是人生长恨水长东……"

赵慧妍坐的也是当日贺平远所坐的位置，喝的是那男人当日喝过的酒。燕川大败，当家人贺平远难辞其咎，在朝廷罪诏下来的前一夜，自刎于他莺吟蝶舞、花团锦簇的将军府中。

听说，他在拔剑前的那一刻，都还是搂着美妾在哼着歌、喝着酒的。

贺平远死了，曾经可以跟褚家对抗的贺家军没了，这世上又少了一个人来鄙薄她、羞辱她，她的身上也终于少了一块用来斯斗的砝码。

他死得多么正确、多么及时，但是赵慧妍还是觉得，他死得太便宜了。

死是一件那样庄重的事，怎么可以如此轻易，如此不起波澜？

琴声婉转，伶人开始低哼曲调，预备着下一轮悲悲咽咽的高唱，丫鬟突然迈着疾步入内来禀："殿下，嘉仪帝姬……"

还不等禀完，阁门那边訇然一声，凛风从冰天雪地里扑卷进来，赵慧妍眯眼，看到猎猎翻飞的纱幔后一袭狐裘、一脸冷意的赵容央。

赵慧妍握着酒盏，笑。

阁中的歌声被这突如其来的闯入打断，伶人抱着琴，垂低头不敢再吱声。容央一步步走入内室，后面跟着雪青、荼白，以及放不下心的李业思。

“是不是你？”

赵慧妍还来不及开口，容央单刀直入，平日里澄澈的大眼蓦然间锐利得寒芒四射，直直地剜在赵慧妍脸上。

赵慧妍扬起的嘴唇僵了僵，变成一个冷笑：“轮到你发疯了吗？”

内室一寂，伶人、丫鬟，还有赵慧妍那位青衫玉带的面首敛气噤声。

容央盯着赵慧妍嚣张的笑容，刹那间，忠义侯府灵堂前的一幕幕纷至沓来，继而是初入侯府时谢氏爽朗的大笑，诊出喜脉时施氏的欣喜自豪……还有那个在她怀孕时天天领弟弟来府上舞枪给她看的褚恒，那个把大哥的话视如宝典、一心疆场的褚恒，那个为了做头一个给蜜糕展示褚氏枪法的小叔，而执意要跟弟弟争上一回的褚恒……

那个只有十八岁，就成了一块冷冰冰的灵位牌，再也醒不过来、动不起来的褚恒。

容央眼眶泪水涌动，声音却森寒至极：“联络耶律齐偷盗贺家军情，通敌叛国的人，是不是你？”

赵慧妍淡漠的眼瞳有一瞬间的震动，继而避开容央的逼视，懒洋洋放下酒盏，道：“我听不懂你在说什么。”

“铮——”

一声尖啸划破虚空，赵慧妍睁大的双目中剑光闪烁，下一刻，眉心已被一截锋利的剑尖指住。

“殿下——”

阁中众人惊恐失声，容央握着从李业思腰间抽出来的长剑，眉间、眼中、声音里，全是凛冽杀气。

“我警告你，”容央眸光森冷，“胆敢再做一件里通外国、叛祖悖宗的事，我绝不会放过你！”

赵慧妍被迫仰头，苍白的脸上肌肉紧绷，眼底既有震愕，也有惊怒。

“爹爹欠你，吕氏欠你，我欠你，整个赵家、整个朝堂欠你……但是边关的将士不欠你，大鄞的百姓不欠你——”

容央说罢，愤然扔开长剑，赵慧妍往后一瘫，撑在身后的茵褥上。

容央举步往外，狐裘飘扬，及至门前，赵慧妍冷幽幽的声音从后传来：“你凭什么觉得最后是你放过或不放过我？”

容央一顿。

赵慧妍道：“你凭什么以为，边关的将士，大鄞的百姓，可以不欠我呢？”

容央回头，赵慧妍仍是那个瘫坐的姿势，然而脸上已不复刚刚的惨然失色，她冷峭地道："你不要再自以为是了。"

容央傲然站着，不应。

赵慧妍似笑非笑："你的驸马，你的将军，很快就做不了战神了。他护不了这个国，而你，也做不了最尊贵、最幸福的帝姬了。"

容央脸色极冷，高傲而镇定地看着远处的赵慧妍，根本不置一词，扬长而去。

褚悦卿是天底下最能征善战的将领，所率的，是能定风波、平四海、保家卫国的悍军。

褚悦卿没有打不下来的仗，没有护不住的城。

他是她的英雄，是她的将军，别人不信，她要信。

容央步履自信，从容不迫地走出赵慧妍的帝姬府。

但是这一次，老天没有再予她眷顾。

二月初一，西线战败的消息传入京中，褚家军损兵六万，丢失天岩。

六日后，褚家军再败，陵光被娄军占领，忠义侯褚怿率残兵三万，退守孤城樊关。

日央，文德殿。

从病榻上挣扎而起的官家望着内侍捧在手里的战报，一双黯然无光的眸子再次被阴翳填满。

自去年年底大战开始以后，东线溃败，各州士卒一退再退，一降又降。而今，最能打的褚家军也抵挡不住大娄南侵的步伐了。

怎么会这样……

不过是眨眼间的三年，哦不，最多四年。四年前，金坡关一战虽败，但大鄞依然是那个民康物阜、重熙累盛的王朝，他还可以站在金明池的宝津楼上观赏苑中百姓拾翠踏青，尽兴嬉戏，可以在幢幢宫灯下宴请群臣放歌纵酒，高声痛饮……

只是四年啊。

四年前，纵使大契咄咄逼人，但四海之内，尚无一国敢真正对大鄞大动干戈，蚕食鲸吞。东有贺家军抵金，西有褚家军御契，幽云十六州虽然还是累世的遗憾，微茫的夙愿，但至少国泰民安，边关没有战火，内地没有动乱。

事态是从什么时候开始变化，开始偏离他宏伟的设想的？

是他执迷不悟，不肯相信褚怿带回来的军情去及时布防的时候？是他酒酣耳热，把以三年赋税为代价收回幽云十六州盛赞为"不世之功"的时候？是他决议联娄灭契，不顾小女慧妍死活，一心只盼建功留名的时候？还是当年褚怿跪在大雨下的崇政殿外，一意拒绝和亲，请求再战，而他却发下那三道圣旨，首肯帝姬远嫁敌国的时候？

……

脑海里昏昏沉沉，太多太多的声音、画面齐涌上来，像密密匝匝的钢针扎入胸口。

他不敢再想了。

赵彭站在床榻一丈开外的垂幔下，面色严肃，眼神恳切地动着唇。

他在说什么？

哦，褚家军快守不住了，褚怿快守不住了。褚家三州，十五万人，五郎褚平没了，六郎褚定没了，听说还没了个只有十八岁……还是十七岁的小辈？天岩丢了，陵光丢了，现在，只剩下三万残兵跟褚怿在樊关城里强撑着。

城墙外，是大娄兵强马壮的十万铁骑。

再不救，褚家就没了。

官家截住赵彭的话："不打了。"

光影晦暗的寝殿里赫然一静，凝冻一样的静。

官家道："不打了，让他回来吧。"

赵彭震愕。

"明日，朕下罪己诏。"官家声音疲惫，又不容置喙，"大娄南侵，国军溃败，政事荒废，民生凋敝……皆系朕之大过。东部防线已溃，再打下去，除葬送无辜以外，毫无意义。"

赵彭瞠大双目，一颗心跃至喉头："……父亲的意思是要求和吗？"

官家扶着床柱站起来，崔全海急忙上前去扶。

"让出樊关、天岩、陵光三城，大娄停战，朕同意了。"

赵彭悚然大震，一刹之间，只感觉脑中雷声滚落。

"褚家……褚家守了三州六十年——"

半晌，赵彭才艰难开口，喉咙如有铁锈腥味在蔓延。

官家漠声："赵家守了大鄞一百六十年，因为他褚家那一方地，就不守了吗？"

赵彭心惊至极，心寒至极，刹那间红起双眼："忠义侯还在守城，他守了三个月，大娄三十万骑兵拿他没有办法，三十万人给他削成十万人，十万人也还是拿不下樊关城！给他援兵！他可以胜！"

"那若是不能胜呢？！"

官家回头厉喝，本就充着血丝的眼里雷霆大作，整座颓败的大殿如被龙吟哮过。

赵彭浑身僵住。

官家道："朕不能再输了。"

边关的寒夜黑不见底，朔风卷翻鲜血模糊的战旗，一团团的大火燃烧在旗杆上、尸体上、破裂的战车上，以及尚在残喘的、打滚的士卒身上，硝烟弥漫的战场，回荡着一片哀号。

东侧一块石垒前，甲胄肮脏的青年攥紧红缨枪低头坐着，一抹月光照在他头顶，昔日里英俊的脸庞满是血污，仅余一双明眸烁着微芒。鲜血不断从他的乌锤甲里漫出来，跟甲上半干的、发黑的血迹混杂在一块，浓烈的血腥味、焦尸味充斥鼻端。

他大脑里嗡了一下，像是绷紧的弦将要断开，正在这时，一个声音在耳边叫道："侯爷，娄军退了！赶紧回城，不然来……"

那声音蓦地止住，继而更近更大："侯爷！"

褚怿感觉肩膀被人一摇，刹那间攥紧的长枪竟快脱手，他忙定了下神，睁大双眸。

夜浓似墨，火光明灭，模糊山影下，娄军撤退的一片轮廓像潮水隐没。

"回。"一息后，褚怿动了动干裂的嘴唇，撑枪而起。

樊关城墙下，寒夜沉沉，成行火把熊熊燃烧。

火光和月光相融在一处，照得城墙上各式各样的痕迹较之白日更狰狞，前来传旨的黄门内侍触目惊心，但脸上却不显露多少恐惧，仍是一副代表着皇权的、威仪的脸孔，倒是陪同而来的通判哆哆嗦嗦，颤着声道："侯爷他……还没回吗？"

娄军围困樊关城数月，从三十万人打至眼下的八万人，今夜又给褚怿率两千精骑引至南郊，预备打一场突击战。

朝廷没有援军过来，褚家已从十五万大军锐减至两万，两座属城丢了，樊关只能这样一点点地偷袭、突击，一点点地打，一点点地争取。

戍守在城门下的褚家军一早就对那黄门手里的圣旨心存戒备，他们太熟悉或者说是太恐惧朝廷在战乱时发下来的诏令，前有金坡关，后有燕京一战，今日，尚不知是何等危局。

细细想来很奇怪，他们为朝廷出生入死，博取生机，可在最关键的时刻，把他们推入深渊、推至绝境的，也往往是朝廷。

"问你话呢，忠义侯什么时候回来？"

沉吟间，那黄门内侍掐着嗓子扬声诘问，尖冷的声音回荡在火光缭绕的寒夜里。

守将板着脸，回道："该回时，自然会回。"

黄门内侍被怼，眉毛一横，便欲发作，通判忙上前来缓和局面。

这时，一阵轰隆隆的蹄声破空而来，有如块块巨石自天边滚落，城墙上有人叫道："回了！侯爷回了！"

守将蓦地转头，持枪喝令："开城门！"

血迹斑驳、断箭嶙峋的城门在刺耳的声音里缓缓开启，夜幕深处，一人长枪锐亮，甲胄凛冽，领着一队精骑纵马入城。

黄尘飞扬，蹄声震天。

城中众人肃然而立，褚怿翻身下马，阔步而前，两侧火光照亮他威武身形。

黄门内侍蓦一看清他，瞳孔紧缩，心胆俱震。

来人高大如岳，一杆缀着红缨的长枪直指苍天，兜鍪下的脸庞全是凝垢的血，披膊上、束甲上、护臂上、双脚的胫甲上，乃至他走过的黄土上……都全是血。

他整个人仿佛是从血海里走出来的。

只有那一双眼，深黑，深冷。鹰隼一样的锐利，阎王一样的威严。

黄门内侍一瞬间怔住。

“侯爷，官家那边……有，有旨意！”沉默中，通判战战兢兢地提醒。

黄门内侍终于收回一缕魂来，攥紧手头的黄绫圣旨，斟酌地开口道：“……恭贺侯爷凯旋。”

瞧这杀气盈盈的架势，应该是……打赢的吧？

黄门内侍心中七上八下，原本趾高气扬的气场荡然无存，想着一会儿要宣读的内容，脸色越发惨白。

他实在有点招架不住面前这阎王的气势。

但那又如何？他怀里揣的是圣旨，是大鄞之主、一国之君的决策，褚怿就是不服，就是发怒，也只有遵从的道理。

不从，那就是抗旨，忤逆，就是犯上作乱，不忠不义！

这么一想，他心神稍定，清了清嗓子，道：“官家体恤关城将士，怜悯天下苍生，无意再穷兵黩武，月前，已与大娄谈成休战盟约，许樊关、天岩、陵光三城予大娄。至此，战火平息，四境太平，诸位将士即日起可解甲归田，阖家团聚。忠义侯，嘉仪帝姬在京中苦候多时，这也是官家给你的恩典。”

夜风卷过烈火烨烨的城墙，四周是死亡一样的寂静。

火光里，面前的“阎王”没有动。

黄门内侍喉头一滚，再次开口时，声音变得有点艰难：“忠义侯……请接旨罢。”说罢，扬起下颔展开那卷黄绫圣旨，便欲朗声宣读，惊觉四周无一人下跪。

黄门内侍既惊且怒，环目四顾，勃然道：“忠义侯，难道你想抗……”

余音未落，一杆长枪横搠而来，自眉睫前掼下。黄门内侍大叫一声倒在地上，待得睁眼，那卷尊贵的圣旨已给褚怿一杆长枪刺入黄土。

下一刻，枪尖一挑，黄绫圣旨在空中碎成齑粉。

褚怿眼皮下耷：“滚。”

（8）梦还京

朝廷决定求和的消息一夜间传遍大鄞，裹着冬袄缩在家中预备南逃的百姓长长地松了一口气，把一块块铜钱重新从包袱里抠出来，吩咐孩子上街买米。大战时人命贱，别的东西倒是样样地贵起来，哪怕坐在皇城底下，也一样愁吃愁穿，悬心吊胆。

这家的小孩捧着那一把铜钱，小心翼翼地跑去隔壁街上的粮铺，对面恰巧是间规格不大不小的茶馆，一众文士挤在里头高谈阔论，论——大鄞的武将是一代比一代的不行，东边打不过，西边也打不过，朝廷年年从老百姓头上盘剥那么多的赋税，六成以上拿去养兵，结果养的就是这么一帮不中用的东西。

间或也有人反驳，樊关那一场，咬咬牙也还是能守住，可是娄人刁钻哪，眼瞅着一批批的精骑折在他褚家军的城墙下，心疼了，不打算跟他褚家熬了，就派使臣跑去前朝跟官家谈和，拿休战来换他褚家守得跟铁桶一样的城池。

有人鄙薄：“那不休战，东边都要一径地杀入盛京城来了，合着最后他褚家自个儿守着樊关，搁官家在这京城里椎天抢地吗？”

那人也鄙薄：“他大娄要真有能耐从东边一径地杀入京城里来，又还犯得着去跟朝廷谈和吗？”

前头那人一下给他诘住，嘈杂的茶馆里重又七嘴八舌——

“怕是这回又中计了！”

“缓兵之计呀……所谓‘一鼓作气，再而衰，三而竭’，大娄本想东西两线一并侵入京中，奈何在西边给褚家军堵得寸步难前，东路军杀至石岭关，也已折损大半，不跟西路军会合，哪敢轻易渡河啊？”

“哎哟！儒臣误国，儒臣误国！”

他大呼“儒臣”之过，却忘了自己也是个靠文章博功名的儒生，何况这小小的茶馆里又还有大批的儒生也在，当下一堆人面红耳赤，愤然相讥起来——

“那怎又是儒臣之过？要是军方真能打？朝廷也犯不着行此下策呀！”

“留得青山在，不愁没柴烧！”

“两害相权取其轻！不想给大娄灭国，只能暂忍屈辱，保住根本，以图来日再战了！”

“……”

便在这哀声起伏之时，突然有一人火急火燎冲入茶馆，高声宣告道：“最新消息，最新消息！忠义侯在樊关城下对传旨的侍臣大打出手，一杆红缨枪撕毁圣诏，公然抗旨了！”

话声甫毕，有如平地惊雷，馆内一寂之后，爆发哄声。

“撕毁圣诏？公然抗旨？这……这不是要造反吗？！”

“褚家军造反？他忠义侯尚的可是官家最疼爱的嘉仪帝姬，这要造起反来，那还了得呀！”

“都别乱吵！当务之急是那樊关城，主将不奉旨，那三州还割是不割？盟约还签是不签？仗还打是不打啊……”

“打什么狗屁的仗，这再折腾，就该是自家人打自家人了！”

不知是谁头一个爆起粗口来，原本辞采华茂的一众文士一愣之下，茅塞顿开一般，刹那间唾沫横飞。

“这种时候闹内讧，那不是坐等着由人宰割吗？！”

“匹夫之怒，不堪大任，不堪大任哪！”

“……”

残阳似血，禁军守卫的文德殿外，嘉仪帝姬赵容央挺直腰杆跪在地砖上，一双澄净明眸盯着殿内飘拂的垂幔，素来昳丽的脸上凝着前所未有的决绝。

一人突然从后而来，撩袍在身边跪下，容央侧头看去，冷道：“你走开。”

赵彭毅然：“官家不见你，我便跟你一起跪。”

不知从何时起，他们不再称里面的那个人为“爹爹”了。

容央冷然的神色不变：“朝廷决议谈和，你可以跪，但褚悦卿公然抗旨，你不可以跪。走开。”

赵彭自知她话后何意，眸中流露挣扎之色。容央喝令钱小令：“还不带着太子回去！”

钱小令进退两难，赵彭道：“我今日便是要为褚家一跪！”

容央一震，冰冷的眸中洇开湿意，坚忍道：“不许你跪！”说罢，便欲去推开赵彭。

文德殿中终于走来一人，二人定睛看去，神色微变。

崔全海行至二人跟前，低声道：“嘉仪殿下，官家召您入内。”继而又看向赵彭，眼神很深，轻微地摇了摇头，示意不妥。

赵彭胸前起伏，坚持道：“劳烦中贵人转告官家，我有要事启奏。”

崔全海叹息，心知拗不过，应下后，领着容央入殿。

殿中，官家阖着眼皮仰靠在龙椅上，椅背后，是亲自在给官家按摩脑侧的吕皇后。

容央神情一怔，下一刻，脸孔更冷。

行礼后，殿中陷入沉默，半晌，官家淡漠地开口道：“朕不会杀他。”

容央垂着双眸不作声，藏在袖中的双手紧了紧。官家道：“朕可以不治他抗旨之罪，但从此以后，大鄞再无忠义侯褚怿，只有你的驸马都尉，褚悦卿。”

殿中阒静，静得只剩下吕皇后给官家按摩时衣袖摩擦的声音。容央盯着汉白玉地砖上倒映的轮廓，听到自己质问：“官家的意思是，从此往后，大鄞再也不需要安邦定国的守将，只需要悠闲自在的驸马，是吗？”

吕皇后按在官家头上的手指一顿，官家沉重的眼皮缓缓掀起来，对上底下那双熟悉的、陌生的大眼。

“你叫朕什么？”

官家声音低而哑，依稀藏着一丝薄怒，一丝恍惚。

容央道：“官家。”

官家失笑，越笑越凉薄，推开吕皇后的手。侍立殿中的内侍、宫女敛声屏息，垂低头一动不动。官家自嘲地道：“女大不中留……你终究还是成了褚家人了。”

这一句话讲得似没头没脑，又似证据确凿，容央听在耳中，只感觉悲哀又可笑。

“你怪朕褫夺他的爵位，罢黜他的官职，却不怪他在战场上公然挑衅皇权，撕毁朕颁发的圣旨。赵容央，你可还曾记得你的身份？”

容央全身发冷，心口却又像被火烧：“我的身份，是大鄞人，是希望每一寸山河有关城相依，有将领相守的大鄞人。”

官家如听笑话：“你太理想了。你当朕不希望这四境固若金汤、安如磐石吗？”

吕皇后出声劝慰：“嘉仪，官家召回褚怿，本就是为你，你不能这样……”

“你闭嘴。”容央直言不讳，“与其用这份闲心管我，不如去管一管你那位丧心病狂的女儿，看看她都做了什么。”

“赵容央——”

官家横眉呵斥，容央目光冷毅，看回官家道：“爹爹，难道您就不奇怪，为什么娄军能够在一夜间拿下贺家军的燕川城吗？”

官家一怔，不知是为这一声复杂的“爹爹”，还是这一句诛心的诘问。

容央道：“当初悦卿回京上报贺家军军情走漏一事，您不信，坚称是贺平远的惑敌之策，那现在呢？贺平远畏罪自裁，东线却依旧一溃再溃，难道他大娄真是天兵神将，所及之处望风披靡，而我大鄞将士就全是孬种夯货，只能认栽投降吗？”

吕皇后变色道：“嘉仪帝姬这是什么意思？！”

容央亦变色道：“令爱逃离大契时全系小王爷耶律齐相助，而今耶律齐联合大娄向大鄞复仇。您聪睿如此，还能不明白我的意思吗？”

吕皇后惨然失色，不及反诘，官家厉喝道：“你够了！”

容央瞋目不言，岿然不动，官家森然道：“慧妍昔日是曾算计于你，但她心中之恨从何而来，你最是清楚明白！当年若不是她替你和亲，你岂有机会嫁给褚怿，安安稳稳地站在这里对朕、对皇后、对那个曾替你蒙屈受辱的妹妹大相指责？！”

官家愤然拿起一份奏折摔至殿下。

“这就是你所护之人抗旨的结果，你自己看看罢！”

容央被猝然摔在裙裾前的奏折激得一震，弯腰捡起来后，双手竟有一瞬间不受控制地发抖。

吕皇后居高临下，静静观望着，半晌后，终于如愿地看到了赵容央脸上的错愕。

容央盯着奏折上的军情，一刹那间，身如冰封。

跟大娄开战的次年三月，忠义侯褚怿率二万褚家残兵抗旨守城，六日后，弹尽粮绝，关城失守。大娄回绝大鄞朝廷提出的休战意见，破城而下，濒临黄河。

东路军已驻扎在岐州，一旦跟西路军会合，大娄即可渡河南下，向汹汹黄水对岸的盛京城发动最后总攻。

一时间，朝野动荡，人心惶惶，弹劾忠义侯褚怿妄自尊大、贪功误国的奏章堆积成山。

不日，官家下旨，押送战犯褚怿及麾下将领回京候审。

烈日悬在头顶，一条黄土漫漫的官道上，官差押送着一队囚车行过。

这里是太行山最南处的边界，再往前走个三五日，即可改换水路抵达顺昌。从顺昌去盛京，快，则最多只需六日了。

衙役瞄一眼树林上火辣辣的日头，不明白为何四月都还没到，这天就毒辣得像在烧火，不耐烦地啐过一声后，衙役招呼同行的解差停下来休息。

一列囚车停在蝉声起伏的树林里。

“都老实点啊！”

简单交代过后，两个解差跑去林里头方便，剩下的围坐树下，掏出酒囊、干粮来小憩。

有一人瞄了树下最前头的囚车几眼，提醒道：“这地方空得很，还是看牢点好。”

衙役无所谓道：“怕什么，再官大也是个屡战屡败的罪囚，还抗旨……本事没有，脾气倒大！”

衙役显然愤愤难平。先前那人咳一声，道：“两万残兵打八万娄军，能守那么久，也够意思了，再说……”蓦地压低声音，“不是说是守城的时候，给通判摆了一道吗？”

“不是通判，是那传旨的内臣……”又一人探头过来，很是秘密地补充。

“苍天，这事情办得！”得知真相的解差唏嘘不已。

窸窸窣窣的交谈声混入聒噪的蝉声里，褚怿坐在囚车中，缓缓睁开双眸。

眼前是叶缝间漏下的丝丝清光，几绺枯干的发丝贴在干裂的唇上，风一吹，硌着裂纹扬起来。百顺被关押在边上的囚车里，隔着木栏看到这一幕，扭头朝树下道：“拿水来！”

树下的窃语声一止，领头的衙役不耐烦地瞥去一眼，旁边的解差低声劝道：“给吧，便是做不成侯爷，也八成还是驸马爷。打狗还得看主人呢。”

另一人点头，附和：“照刚刚老周那说法，咱还是得小心伺候着，别回头把人逼急了，当真造起反来，那你我……”瘪着嘴，做了个抹脖子的动作。

衙役不屑至极：“一家老小全在官家眼皮底下，他要敢造反，我的头搬下来当凳子坐。”说罢，翻个白眼，把水囊扔给最后附和的这位解差，意思不言而喻。

解差无奈，拿上水囊走过去。

百顺道：“给侯爷。”

解差皱皱眉，其实大伙对这位被押送回京问罪、大名鼎鼎的忠义侯还是很有几分钦佩在的，奈何就如衙役所言，脾气太大、太冲，哪怕是个小厮，讲起话来也颐指气使，次数多了，他们这帮押送的人心里难免窝火。

分明是押战犯，又不是伺候祖宗。

压下那点不忿，解差走至褚怿跟前，把水囊递过去。对方倒是爽快接了，没刁难什么，只是喝完以后，顺手就把水囊抛去了旁边。

旁侧囚车中，百顺麻溜地接住，仰头就是一顿猛喝，喝干后，这才把水囊扔回给解差。

解差吞声忍气，转身想走，发现水囊的囊口空着，转眼一看，盖儿还在褚怿手上。

解差默了默，走上去。

“那个，侯爷……”解差摇摇手上的空水囊，提醒，“盖儿。”

褚怿蓬乱的发丝在鬓角拂动，黑睫压着眸，点点头，举起手里的东西。

解差没多想，凑上前去拿，手伸入木栏的瞬间，瞳孔一震。

树下那堆人正赌着娄军何日突破信德府，会师浚州，南攻盛京，一人押来一个日子，吵得闹闹哄哄。先前去方便的俩解差结伴归来，展眼朝树下囚车一看，色变震恐。

然而不及发声，围坐树下那堆人已应声倒地。

远处二人倒抽一口冷气，双腿骤软，差点又要尿上一泡。

树下，褚怿扔掉佩刀，从衙役那里搜来解铁镣的钥匙，眼也没抬：“想跑就跑。”声音是冲他二人去的。

二人眼睁睁地看着他把铁镣解开，犹如困兽出笼，哪里还敢逗留，回神后，跑得命都不要。

褚怿扔下铁镣，转头，走向后面的几辆囚车。

被囚的是褚家军中跟褚怿一起抗旨守城、最后中计丢城的五位将领，穿着屈辱的囚衣，散着枯干的头发，戴着冰冷的枷锁。但此刻，眼睛里迸射着光，说不上来是欣慰的光，还是辛酸的光。

褚怿把人挨个放出来，依旧是那副冷漠脸孔，只声音果决，是一锤定音的孤勇：“两条路。自己走，跟我走。”

五人闻声而笑。

“褚家军，只认忠义侯。”

（9）山坡羊

四月初三，战犯忠义侯畏罪潜逃的消息传入京中。与此同时，大娄东、西两路军会师于黄河之北，不日将渡河南下。

大鄞皇宫之内，一片哗然。

从战前争到战后的两派朝臣又开始在大殿上唇枪舌剑：一派慷慨陈词，怒叱求和者的窝囊误国；一派冷嘲热讽，痛批主战者的匹夫之勇。

官家坐在高而冷的龙椅上，这一回，不再震愕得呕血捶胸，也不再困顿得痴痴惘惘，他只是平静坐着，木然地坐着，落寞地坐着，等底下众人争乏以后，寥寥开口道："吴缙，你怎么看？"

刚跟一位主和官员争得面红耳赤的吴缙板着脸孔，毅然道："召集各州厢军，入京勤王！"

官家沉默一会儿，又道："范申，你呢？"

范申倒依旧是那副云淡风轻的姿态，道："弃盛京，退守金陵。"

此言一出，四座皆惊。主和一派虽然以他为首，但在他开口以前，尚只想到继续让利求和，而万万不敢直言弃城南遁。

刹那间，一殿俱寂。

吴缙怒极反笑："敌军尚未压境，就惑主弃城南逃，范申，你与卖国求荣的狗贼何异？"

殿中气压更冷，范申仍是纹丝不动，泰然回道："大娄六十万大军会师于黄河北岸，杀入盛京不过俯仰之间，不逃，难道等着做他娄人的俘虏吗？"

一名主和朝臣道："自上月起，屏州、合州、安州多地发生叛乱，厢军忙于镇压，恐难及时入京支援，臣以为，还是范大人所言在理！"

求生的本能像干柴上的烈火，那样迅速，也那样合理地在朝堂上熊熊燃烧起来。

"正是正是，这厢军本就不禁打，眼下忙着平叛，哪里还顾得上入京勤王？"

"入京就是跟娄军打，那些个久疏战阵的东西，能打吗？敢来吗？"

"来也是羊入虎口，倒不如留守内地，稳住后方啊！"

"……"

官家听着底下一句胜一句昂扬的"弃城保国""弃车保帅"……一时间，竟不知是该欣慰，还是该惭愧。

嘈杂中，突然有一道金玉相撞一样的声音传入耳中，清冷又有力。

众人定睛看去，神情微变。

赵彭玄袍深黑，望着龙椅上尊贵又颓败的天子，道："父亲去金陵休养吧。"

殿中一寂。

赵彭道："盛京城，我来守。"

殿中众人不约而同敛声，官家撩起眼皮，一动不动地盯着底下请缨的赵彭。

范申双眸微动，出列道："臣赞成太子殿下的提议。"

很快，又是一位位朝臣朗声："臣附议。"

“微臣附议！”

“……”

云层淡开，炎日漫射入肃穆庄严的大殿，一声声的“附议”回荡其中，有人踌躇满志，有人心灰意绝。

吴缙脸色漠然，站出一步，拱手道：“臣，愿随太子殿下守城。”

御史中丞于鉴：“臣守城。”

侍御史宋淮然：“微臣随太子守城。”

官家眼神复杂，片刻道：“好。”

嘈杂的大殿渐渐肃静下来，不知是震动于这一份大义而静，还是窃喜于这一份愚忠而静。范申按捺着涌动的心潮，提醒道：“忠义侯褚怿畏罪潜逃之事一直悬而未决，离京前，还请陛下定夺。”

官家想到那一位先是抗旨、后是叛逃的孤城守将，那个让爱女一次次和自己针锋相对的驸马，原本无甚波澜的眼瞳里暗流涌过。不及决策，赵彭道：“抗金一事，已足够令父亲焦头烂额，这点琐事，交由我来办就是了。”

范申似笑非笑：“琐事？”

赵彭转头看他一眼，眼神冷锐：“范大人要留下来跟我一起守城吗？”

范申一怔，不解其意。

赵彭道：“既然不留，烦请把官家平安送至金陵便是，京中事务，有我和丞相吴大人在，不劳你操心的。”

范申脸色微青，敛容拱手：“陛下……”

官家开口：“准。”

范申愣了愣，半晌，方反应过来这是准赵彭提议的意思。

一抹暗影笼上眉间，范申抿紧唇线。官家道：“范申负责南下一事，吴缙拟诏，号召各地厢军入京勤王，有多少，是多少。”

二人领旨。

吴缙脸上冷意不褪，心知这“有多少，是多少”，不过是“能来多少，你就用多少”罢了。

官家潦草地交代完这两句，默默地想了一想，似再也想不出什么来，惫声道：“退朝。”

崇政殿外，范申向福宁殿的内侍道：“转告皇后，不必再画蛇添足，带着小殿下跟官家南下就是了。”

大敌压境，国军溃败，盛京已成必陷之城。赵彭留下，固然留名千古，但也是自寻死路了。

内侍了然，应声离去。

范申望一眼琉璃瓦外蔚蓝的晴空，捻须长吁一口浊气，便欲离开，倏又想起刚刚在殿上栽的一个小跟头，慢慢收住步伐。

褚悦卿哪褚悦卿……这人命硬至此，难不成是石头变的吗？

不过，再硬，回来也只是给人做陪葬的命了。

范申想通，阔步而去。

官家弃城南下的决定像一块巨大的巉石，砸破了整座禁庭的平静。

吕皇后是所有后妃中第一个从这份平静里惊醒过来的，当夜，就吩咐福宁殿中的宫人收妥了大小行李，俨然一副随时可以随驾离宫的架势。

她本是卑微出身，发迹后，也一贯以勤俭自持的形象示人，并不太在意那些金银细软，只是收了些官家御赐的珍品，以备日后维系旧情。

剪彤却不这么看，去偏殿检视完后，回来劝道："娘娘，官家虽说是去金陵休养，但实则就是弃城南逃，这逃命的路上不知会有多少变数，何况您又还带着小殿下，金银一类，还是多多益善呀。"

吕皇后沉吟不语，剪彤又道："要是这盛京城真给娄人攻下，您留在这殿里的物件，也是平白给娄贼糟蹋啊……"

吕皇后眉尖一蹙，果然流露愠色，道："那便照你的意思，再收收吧。"

剪彤笑应，去前又想起一事，趄身道："南下的事……娘娘可派人去知会帝姬了？"

一国之君弃城逃亡，便等于是京都不保，这样石破天惊的消息，自然不可能对外泄露。赵慧妍一直独居宫外，又无甚人际往来，如果皇后不通知，恐怕是很难知情的。

吕皇后闻言沉默，剪彤的心跟着一坠。

这沉默只是短短一刻，在这一刻，吕皇后心里掠过许多事。

吕皇后想起最后一次跟赵慧妍交谈时，她脸上那种冷峭的笑，想起她对贺平远之死的淡漠，想起她在长春殿偏殿里不屑又嚣张的忤逆，还有……

那日赵容央在文德殿里的告发。

——令爱逃离大契时全系小王爷耶律齐相助，而今耶律齐联合大娄向大鄞复仇，您聪睿如此，还能不明白我的意思吗？

不知道为什么，吕皇后心里总有个声音在响。

——这，是真的。

放在榻上的手悄然收紧起来，剪彤喊了声"娘娘"，唤回吕皇后的思绪。

定了定神，吕皇后道："一切看官家的旨意。"

剪彤一怔，继而明白了，想开口又不敢开口，心里五味杂陈，转身往外而去。

不想刚至殿外，夜幕里急匆匆赶来一人，提着摇摇晃晃的一盏灯笼道：“官家旨意，请娘娘速速带着小殿下前往宣德门，东西收了多少是多少，切不可再耽误了！”

剪彤悚然一惊：“怎么这么快？”

明明早上还在朝堂上商议此事，范大人那边连详细的南下计划都还没定出来！

内侍道：“斥候来报，今日夜里，黄河上漂着上百来艘大船，恐是娄兵开始渡河了！”

剪彤大震。

内侍催道：“姑姑快别愣着了，赶紧催娘娘动身罢！”

吕皇后坐在殿中，已然听得声音。相较于剪彤的六神无主，她倒是镇定许多，甚至隐隐生出一分庆幸，快些也好，有些事，越快越好，至于慧妍那边……

的确是来不及去知会了。

吕皇后收拢思绪，当下不等剪彤回来禀报，立刻吩咐宫人动身，并亲自去偏殿叫醒赵安。

赵安穿着一袭明黄色绸缎睡袍，躺在帐中睡得口水直流，雷打不动。吕皇后看伺候的宫女唤了半天，屁用没有，心头不由得火起，上前就把赵安的被褥掀开，揪着他衣襟把人拽起来。

床外宫女很识趣地垂下眼，不敢再看。

“唔！”

赵安因突然的猛烈拉拽惊醒过来，睁大眼睛，张嘴急喘，口水流得更凶。吕皇后嫌恶地皱紧眉，便欲发作，蓦地又想到什么，敛去那一脸怒容，温柔地在赵安嘴边揩了揩，哄道：“安儿乖，外边有坏人要进来打人了，快换上衣服，跟娘亲走。”

赵安似懂非懂，只是机械地点头，含糊道：“安儿乖，安儿乖……”

吕皇后扬起的嘴角一僵，灯火照着她的脸，那样温柔，那样悲哀。

宫女看赵安醒来，忙上前伺候他更衣，吕皇后默不作声地退至一边，待一切妥当后，领着众人前往宣德门。

娄军大抵是真的渡河了，宵禁后的深宫第一次这样嘈杂混乱，吕皇后一行在禁军的护卫下离开内廷，抵达宣德门时，灯火烨烨的城门下已是乌泱泱的一大片，一会儿有人发号施令，一会儿有人哭哭啼啼。

四周陆续还有人赶来，官家的銮驾被挤在人群中央，外面围着一层内侍禁军，一层嫔妃宫女，一层懵懵懂懂、叽叽喳喳的皇子帝姬……当真是寂寥又热闹，威严又滑稽。

吕皇后再如何有心理准备，看得这一幕，也不禁忐忑了。

“让开，都让开！皇后娘娘驾到！”剪彤扬声喝令，拨开人群，护着吕皇后和赵安入内。

里头好歹是静些，官家坐在华盖低垂的銮驾上，垂着眼默然不动。崔全海绷着脸左右环顾，一副等人的焦急神色。

吕皇后以为是在盼自己，也急着快些走，便招呼道：“崔内侍！”

崔全海看过来，利落地行礼后，欲言又止。吕皇后一下看出他神情不对，环目一看，四周还并无钱贵妃和她那小皇子的身影，当下明白过来。

吕皇后胸口不由得一窒，保持微笑，道：“十哥还小，不像安儿这样容易招呼，贵妃来晚一些也是人之常情，不急，等等便是。”

崔全海应和一笑，却并不多言什么。吕皇后晓得这内臣并不是很亲近自己，如放在平日，倒也不觉着什么，可今夜突然就憋闷起来，等在这嘈杂的人群里，越等越感觉有一股无名的火在心头烧。

一刻钟后，钱贵妃一行终于到了，大大小小的一堆官皮箱，抬得一众内侍汗流浃背。这还不够，贵妃头上、脖上、手腕上亦戴着满满当当的金银珠宝，浑然个行走的货车一般。

想来也是，库里的珍品太多，装不下，收不及，自然就只能先往身上凑合着戴了。

吕皇后啼笑皆非，脸往官家那儿偏，唇刚动，官家看着钱贵妃，发话道：“东西摘下来，收妥再走。”

钱贵妃梨花带雨，又羞又急。

官家道：“不要怕，朕等你。”

钱贵妃那双含情目里的泪水更汹了。

吕皇后一句嘲讽哽在喉中，脸色铁青。

三更时，残星寥落，暮春的夜风阴恻恻地吹在一座空荡荡的宫城里。官家率领着数量多达六百人的后妃、皇嗣、宫人，在禁军的护卫下从通津门水路出城，声势浩荡地逃离这一座静默的皇城。

夜幕沉沉，水声起伏，汴河上大大小小的船只挤挤攘攘，河岸上等待上船的人群喧嚷纷杂，原本还有点模样的队伍，到这里全乱了。

吕皇后攥着赵安的手，眼睁睁看官家牵着钱贵妃和那玉雪可爱的小皇子登上最大的那艘福船，胸口里的灼烧感越来越强烈。

这时，一个内侍装扮的人挤进来道：“娘娘，官家吩咐，您跟九殿下去那边的船。”

吕皇后冷然敛回目光，看也不看那人，拉着赵安便随着他指引而去，身后跟着的侍从低低埋怨，及至船前，方脸色稍霁，幸而是一艘上得来台面的大船。

众人登船，吕皇后撩开船幔，肃着脸走入舱内，定睛看时，赫然瞪大双眼。

船舱里侧，烛火幽微，一人玉簪螺髻，杏眸盈盈，身着金丝薄烟翠绿纱褙子，绣着细碎金桂的织锦百褶裙逶迤在地板上，映着窗外射入的夜光。

“官家要南下这样重要的事，娘亲怎么都不派人来告诉我？”

赵慧妍坐在角落里，冷冷地望过来，道：“难道是看我没用，便不要我了吗？”

夜风穿廊而过，檐外椿叶飒飒发响，纷乱的灯影照着檐下人的脸庞，一双澄净坚定的眸子里明明灭灭。

屋檐对面，是金冠束发、玄袍凛凛的赵彭，领着钱小令等几位内侍、禁军肃然站着，最后一次逼问道：“你究竟走是不走？”

容央神色平静，仍旧是那一句：“不走。”

赵彭气得偏了偏脸，蹙紧眉，回头道：“好，就算你不走，你不怕，你要留下来等他。那蜜糕呢？小定胜糕呢？褚家就这点血脉了，他要万一一直就这样下落不明……”

赵彭哽声，想到那一种可能，眼眶微红，哑声道：“难道你也不顾及吗？”

风声萧飒，容央眸底光影乱如风里跌跌撞撞的落叶，那“万一”二字，像一把刀扎在心上，扎着那些还在挣扎的希望和念想。

容央正视着赵彭双眼，艰难也坚决地开口道：“没有万一。”

赵彭沉默。

褚怿走的那一天，在她的喊声里点了头。他不是轻易就点头的人，既点，则一定践行至终。

这天下还没有平定，这座风雨飘摇的皇城还不能容人安寝，他不是自甘暴弃、食言而肥的懦夫，他是她定风波、平四海、卫国保家的悍将，是她一念既出、百折不回、万山无阻的大英雄。

容央坚信：“他会回来的。”

赵彭的眼神一点点变得纠结，变得哀痛：“那倘若他回来，这盛京城也守不住呢？”

墙垣外，就是仓皇南逃的赵氏皇族，偌大的一个国，繁华的一座城，这主人讲不要就不要了。成千上万的百姓还躺在睡梦里，还不知道他们朝拜的君王已经弃他们而去，等天一亮，这都城会乱成什么模样？娄军攻城时，又会惨成什么景象？赵彭自己都不敢多想。

他当下唯一能做的，只是尽可能多地保住一个亲人，哪怕这方式是逼她去逃。

赵彭下令：“去后院，把两位小郎君带走。”

容央毅然喝止：“谁敢！”

“你疯了不成？！”赵彭爆发，这一刻，全然不能也不愿意去理解容央的信念。

“褚家没有弃城的孬种。”容央泛红的眼眶边悬着泪，声音平静而果决，“我赵家也不能有。”

赵彭站在风里，一股悲酸从胸口涌上，刹那间竟也有涌泪的冲动。他转过身，望着夜幕上渺茫的繁星，双手负在腰后，沉默不语。

容央逼回眶边的泪，道："给我调一批禁军。"

赵彭尚在平复，闻言不禁震动："你又要干什么？"

容央道："赵慧妍通敌叛国，娄军攻城前，我要去拿下她。"

赵彭愕然："……什么时候的事？"

这段时日以来，他围着娄军的事忙前忙后，竟不知道身边居然藏着个奸细……

容央看一眼残月西斜的位置，道："来不及解释了，你调兵给我，我会把证据拿给你。"

寅时二刻，府邸深处，吕皇后从昏迷中醒来。昏黄的视线里弥漫着潮湿的腐朽气，不是船行在水面上的那种潮，而是房屋封闭多年，无人涉足的那种阴冷气息。

昏迷前的那一幕蓦地迸至脑中，吕皇后一个激灵。

"娘亲醒了？"

一道慵懒的声音传入耳里，吕皇后定睛看去，看到烛火后支颐静坐的赵慧妍，不由得一震："你……"

吕皇后戛然而止，猛地发现全身动弹不得，低头看去，被反绑的手脚上全是粗绳，而自己整个人则是以一种侧躺的姿势仰视着座上那人。

"赵慧妍，你——"

吕皇后勃然大怒，对上那一双冷冷淡淡的眼睛后，猛又有一股森冷的恐惧蹿上心头。

吕皇后立刻环目四顾，宫女、内侍、禁军……所有的亲信全不知所终，就连赵安也不在眼前，很显然，自己是被赵慧妍囚禁了！

盘踞胸口的那股寒意极快蔓延至四肢，吕皇后强压震恐，收敛怒容道："你这是在干什么？"

赵慧妍坐在窗前的圈椅上，脸庞逆着月光："我在做什么，娘亲看不出来吗？"

吕皇后心念疾转，悲声："你若是怨我不及时把消息告知你，就对我如此报复，除两败俱伤，落人笑柄，又有何用？"

赵慧妍知道她埋怨的意思，低低一笑："我本来就不会逃，谈什么两败俱伤？"

吕皇后一愣。

"至于落人笑柄……"赵慧妍红唇微动，双眸扫过来，"我受的耻笑，还少吗？"

吕皇后心头一凛，那种不安的预感越发强烈，不及哄慰，赵慧妍起身，缓步朝她走过来道："你还记得，我第一次被人耻笑是什么时候吗？"

吕皇后怔忪不语。

“是你让我去讨好赵容央的时候。”赵慧妍在她眼前蹲下来，逆着光的双眸又深又黯，“那天，是她九岁的生辰，你让我把自己绣的那个香囊拿出来，说那是特意给她绣的，去玉芙殿给她献上。我的女红并不好，那是我绣成的第一个香囊，绣的是我殿里的桂花，针脚糙糙的，并不好看，但我很喜欢。

“你要我送，我不能不送，我就捧着那个香囊，又不甘心、又不敢不开心地去送了。你说姊妹之间，礼轻情意重，越是这样不打眼的小物件，越能以真情动人。可是你知道，那天在玉芙殿里，大家是用什么眼神看我，赵容央又是用什么眼神看那香囊的吗？”

那日的玉芙殿，贵女云集，哪个手里的礼物不是镶金嵌玉，价值千金。赵慧妍拘谨地把那一个小小香囊送上去时，语笑喧阗的殿里一下就静了。

然后是压得低低的、嗤笑的声音。

“就这玩意儿，她也拿得出手？”

“瞧瞧那针脚，比我家那粗使丫鬟都不如。这是哪家的小姐，府上就没人教教女红吗？”

“人家不是官府小姐，也是帝姬殿下呢。”

“帝姬？噫，这禁庭里还有这样寒碜的帝姬？”

赵容央坐在珠环翠绕的一大堆礼物后，眼盯着那香囊，脸上粲然的笑意也缓缓消失。一眼后，她把香囊接过去，放在了一边。

赵慧妍永远记得：“她只看了那香囊一眼。”

她一针一线绣成，一个个夜里熬成的宝贝，给别人瞥过一眼以后，就丢弃在了再也无人问津的角落。不会有人去问她刺绣时扎破手了没有，不会有人去理会她把那一份属于自己的珍宝送出去时，心里是多么挣扎和难过。

她跟那个笨拙的香囊一样，脸红耳赤地站在众人的嘲笑声里，默默地承受着那些无助，那些羞耻，那些不能发作的愤怒。

而她的母亲呢？

“第二天，官家就来看你了。”

赵慧妍自嘲地一笑。

官家来，嘘寒问暖，不知是从哪里获悉的消息，来对一个连像样的礼物都拿不出手的女儿大发善心。他赏了一大堆物件，又陪在吕氏的身边聊了一大堆家常。走后，吕氏把她抱过来，温柔地抚摸她发顶，兴致极高地道：“母亲给你梳个头吧。”

夜风摇撼着破旧的窗棂，一地烛火曳动，赵慧妍看着地上的吕皇后道：“那是你第一次拿我当垫脚石，对吗？”

吕皇后震愕：“你在胡说什么？！”

赵容央抱着膝盖，歪下头，像看一个在泥坑里挣扎的蚂蚁。吕皇后争辩道：“你把自己亲手绣成的香囊给她，本是一片真情，她不理会便罢，还纵容他人对你嘲笑，孰是孰非，一目了然！不然，官家又何至于心中有愧，亲自来安抚你我？”

“那是她想成全你呀。”赵慧妍声音幽幽的，“你以为她看不出来，那香囊是我绣给自己的吗？”

吕皇后一瞬间哑然。

赵慧妍道：“连她都知道，我是一块被你踩踏的石头啊。”

“慧妍……”吕皇后挣扎着想要坐起来，似乎这样才能解释得更有力量。赵慧妍冷眼看着，看她激动得五官扭曲，看她狼狈地在地上打滚，蓦然失声长笑。

吕皇后感受到一股前所未有的屈辱。

赵慧妍大笑着退开，驻足在梁柱前，再回头看过来时，眼神冰冷。

彻骨寒意瞬间凝冻全身，这一刻，吕皇后彻底无法容忍了，她悚然斥道：“你……你怎么会变成这样！”

赵慧妍轻声道：“没有人比你更清楚，我为什么会变成这样。”

吕皇后义愤难言，下一刻，赵慧妍霍然拉开屋门，一个身形高大的青年押着同样被五花大绑的赵安走进来。吕皇后大惊道：“你要干什么？！”

赵安嘴里塞着棉布，被粗暴地推倒在地上后，呜呜咽咽一通乱叫。赵慧妍如若不闻，从青年手上拿来一条皮鞭，垂眸道：“当年你跟范申勾结，利用和亲一事登上凤位，就是因为确定怀上他了吧？”

吕皇后尚在观察赵安情形，闻言心神一凛，矢口否认。

赵慧妍冷哂：“何必撒谎，我又不是没有在大契待过，这种丢人现眼的事，不用去打听，也自然有人来告诉我的。”

当年褚家军在金坡关一败以后，范申党羽上官岫赴契和谈，达成的休战条件是要大鄞下嫁一位嫡帝姬。朝堂上下谁人不知，那时唯一的嫡帝姬是官家的心头肉，任凭如何都不能割舍，群臣无奈，于是范申想出一计——册封皇后，变庶为嫡，李代桃僵。

那时候，她还苦苦去哀求吕氏，求她不舍，求她怜悯，求她给自己搏一分留下的生机，哪知道，这一出绝美的李代桃僵，就是她亲自参与设计的？

“在谈判席上提出要嫡帝姬和亲的，是他上官岫，不是大契皇帝。”赵慧妍眼波掠向吕皇后，“至于在大鄞提出这个想法的人是谁，应该就不用我说了吧？”

吕皇后倒在地上，脸色惨白，继续否认道：“不是我，我再如何心狠，也绝不可能用自己的亲生骨肉……啊！”

赵慧妍一鞭抽打在赵安身上，吕皇后色变震恐，赵慧妍用威胁的眼神审视着她。

吕皇后心惊胆战，哀求道：“你住手，你现在不能打他，你有什么恨冲着我来，朝着我来打！”

赵慧妍扯唇一笑，继续刚刚的审问：“是不是你？”

吕皇后心焦如焚，绝望地闭上眼睛：“是……可是最先提的人……”

“啪——”

又一声惨叫混在鞭响里，吕皇后愕然失声，拱起上身去看赵安。

赵慧妍道：“官家决定要联娄灭契的时候，你有没有因为想到我，而阻止过他？”

吕皇后又是一震。

赵慧妍再次扬鞭抽打蜷曲在地上的赵安。

那年朝廷决议联娄灭契，是对赵慧妍的又一次践踏。在大契皇宫的一年里，就算日子再不好过，也至少还有个“皇后”的头衔供她生存，但当大鄞决议要灭契的消息传来时，那片广袤又陌生的土地便再也没有她的跻身之处。

赵慧妍一直想不明白，和亲，和亲，那就是和睦之亲，和平之亲，既然是用她来换和平，那又为什么还要主动去点燃战火？

难道他们在决策时，压根儿就没有想到那片烽烟缭绕的土地上，还有一个为他们换来过和平的帝姬吗？

难道她的母亲，就没有在那样荒唐又残忍的时刻，提出过哪怕是一丝的质疑，表达过哪怕是一次的愤怒吗？

赵慧妍眼眶发红。

吕皇后看着满地打滚、嗷嗷大叫的赵安，哪里还顾得上去思索回答，只是喝道：“你快住手！你不能再打他了！”

吕皇后急得淌汗：“慧妍，娘亲知道你心中有恨，知道你受尽了委屈，但你要相信，这些恨这些委屈都是值得的，都会值得的……娄军渡河，盛京城必然守不住，赵彭他留下来就是一个死，到那时候，你弟弟就是储君！还有……还有官家也不行了，这逃亡路上，难保不会发生变故，届时国朝无人，你弟弟就是名正言顺的新君啊！”

赵慧妍神情漠然，踢开滚到面前来的赵安，道：“一个痴痴傻傻的新君吗？”

吕皇后如被雷电劈中：“你说什么？！”

赵慧妍扔掉皮鞭，把一身是血的赵安拖到吕皇后面前，拔掉他嘴里的棉布，道：“我说他痴傻，说错了？”

咫尺间，赵安满脸绽着血痕，口涎直淌，涕泗交流，不住地向吕皇后哭道：“安儿乖，安儿乖……”

吕皇后触目惊心，眼里终于淌下泪来，含着恨瞪向赵慧妍道：“我不许你这么说他！”

赵慧妍扬眉：“哦，为什么？因为痴儿做不成储君，做不成皇帝吗？”

吕皇后目眦欲裂，嘴唇竟发起抖来。赵慧妍重新兴奋，笑着道：“可他就是个傻子啊，你看。”

赵慧妍掐住赵安的一只肩膀，强迫他正视自己，逼问他道：“你乖吗？”

赵安立刻重复那句话：“安儿乖，安儿乖！”

赵慧妍又道：“那你傻吗？”

赵安点头如捣蒜：“安儿傻，安儿傻……”

赵慧妍放声冷笑，看回吕皇后道：“你看，我没有骗你啊。你的儿子是个傻子，我知道，官家知道，贵妃知道，所有人都知道。”

吕皇后精心绾就的云髻蹭在地板上，金钗玉钿散得狼藉，一张脸惨无人色，眼睛红得像有烈火在烧。

“不可能，他们不可能知道……”

赵慧妍耐心地解释道：“怎么不知道，打你把孩子一生下来起，官家就知道了。不然，干什么给他起名叫‘安’呢？”

吕皇后瞳孔一缩，仿佛瞬间被打入炼狱。赵慧妍道：“打一开始起，你的儿子就注定是做不了储君、做不了皇帝的。可是，你为了他，一次次榨取我、踩踏我。先是把我送给契王那个糟老头子，后是把我送去贺平远的床上……”

回忆起三年前的那一夜，赵慧妍眼底蔓延开血丝：“我是帝姬，是皇帝的女儿，却被你当成妓女一样。”

肃杀的风咆哮在窗外，撼得窗棂激响，赵慧妍决绝地盯着吕皇后，压着那些不断上涌的仇恨，最后一次发问道：“母亲，你后悔过吗？”

吕皇后神情僵冷。

后悔过吗？

吕皇后下意识道：“不……”

人生是不可以后悔的。

吕皇后慢慢召回意识，恢复野心，看回赵慧妍道：“痴儿……也一样能当皇帝。”

赵慧妍眼里恨意汹涌，刹那间，所有的残念崩塌。

“当不了的。”

赵慧妍说罢，转身拔出那青年腰间的剑，一剑捅入赵安的胸口。

吕皇后尖声惨叫。

赵慧妍拔剑，鲜血喷溅，赵安的血糊了吕皇后一脸。

一夜俱寂。

赵慧妍剑尖指向吕皇后那张彻底失去表情的脸：“到你了。”

长夜封锁着一座孤城，寥寥寒灯映射在树影婆娑的车窗上，李业思压低的声音从外传来：“殿下，准备妥当了。”

容央盯着窗外那一座静默的府邸，应声后，敛裾下车。

雪青、荼白二人想跟，被容央命令留在巷里，李业思示意不必担心，跟上容央往巷口斜对面的府邸而去，后面紧跟着六名黑衣侍卫。

金柱大门前，两个蔫头耷脑的守卫正昏昏欲眠，耳听得飒沓脚步声迫近，纷纷一个激灵。

“你们是什么人，大半夜的……”

话声未毕，李业思两步一并跨上石阶，一脚踹开了府门。

“哎，你——”

身后跟来的黑衣侍卫上前，干净利落地放倒了门外的守卫。

容央举步入府。

半夜的恭穆帝姬府看似静默，往内一走，方知并不如外表看起来的那么沉寂。八人穿庭深入，四下的游廊抱厦间很快有人影赶来，风风火火，精神奕奕，把八人拦在一座庭院里。

容央驻足，衣袂在夜风里飘扬。

“把赵慧妍叫出来。”

拦在最前的是赵慧妍跟前的侍女冬雪：“嘉仪帝姬，就算你惯来横行霸道，这么夜闯他人私宅，只怕也不合适吧？！”

容央目光往前越去，看也不看她一眼：“合不合适，不由你说了算。想拦我，叫你家主人出来拦。”

冬雪被噎得脸色铁青，容央等了一会儿没有下文，拔腿又往里走，李业思上前护卫。两拨人眼看要开打起来，游廊那头传来一人冷峭的声音：“正想着该去找一找你，你就亲自送上门来，我的好姐姐，你同我是越来越心有灵犀了。”

众人闻声一震，纷纷循声转头，东侧廊内，赵慧妍领着一个高大的青年走过来。檐外没有点灯，他二人穿过游廊，像走出无边的黑暗。

容央认出那青年便是赵慧妍府上的面首，再定睛往赵慧妍看时，瞳仁赫然收紧。

庭中的灯笼和月色照在赵慧妍身上，她一脸未干的血迹，衣裳上下全是喷溅式的鲜血，庭院里的人全部被她这副形容吓住，只有她一人浑然无事，脸上带着微微的笑意。

“娄军就要攻进盛京城来了，姐姐竟然还没逃吗？”

容央一霎沉默住，不仅仅是骇然于赵慧妍眼下的模样，还有她又一次用过往那种亲昵的口吻唤自己“姐姐”。

容央定住心神：“你不也没有逃吗？”

赵慧妍仍是笑：“我为什么要逃？我要留下来迎接他们呀。”

庭中古树临风飒动，地砖上，一条条剪影乱得像从地狱攀上来的手。容央眼神坚冷，道："你终于承认了。"

赵慧妍无所谓地一笑。

"耶律齐以前常说，忠义侯府的褚大郎君是大鄞最有艳福的男人，往后，他也会有艳福了。"

容央板着脸孔，回道："有你不够，还要肖想着其他女人，为这样一个男人卖国，不大值当啊。"

赵慧妍道："不要想着再用言语激我，耶律齐爱肖想谁便肖想谁，我不在乎。"

容央道："不在乎，又还要替他走到这一步？"

赵慧妍冷冷一笑："那是因为我恨你们啊。"

容央胸口一窒。

赵慧妍不屑道："你不要总装作一副大义凛然、悲悯天下的样子。我知道我坏，我恶毒，但如果我生来有你那样的身份，有你那样的爹娘，我会比你更正义，更善良。"

赵慧妍说罢，眼底厌恶一点点凝结，下令道："拿下她。"

话声甫毕，她身后那名青年蓦地如风驰过，眨眼追至容央跟前。李业思抽剑格住，剑气震开，一地树叶簌簌起伏，青年旋身避让，竟也不知使的是什么阴招，突然在李业思小臂上拉开一道血口，继而五指成鹰爪一样向容央探来。容央大震，往后退去，六名黑衣侍卫上前作战。

赵慧妍扬声道："召集府兵，就地格杀赵容央！"

春雨哪里见过这样的阵仗，一时悬心道："殿下，不是要留着嘉仪帝姬给小王爷……"

赵慧妍打断道："死了一样能享受。"

春雨一震，看着赵慧妍杀气腾腾的血脸，登时怛然结舌。

古树参天的庭院里打声激烈，府上的侍卫一批批持刀赶来，把容央一行团团困住。便在这时，一支穿云箭"嗖"一声迸上天幕，绽开条条华彩，正在怡然观战的赵慧妍微笑一怔，眉尖收拢。

下一刻，震天脚步声潮水一样自四面八方涌来，正在激斗的府兵突然给一支箭镞射倒在地，继而是第二箭、第三箭！赵慧妍遽然转头，夜幕幽冷，一批批甲胄齐整的禁军潜伏在墙垣上、屋檐上，人人弓箭在手，已然把整座恭穆帝姬府围了个水泄不通！

赵慧妍愤然失色。

庭中众人不敢再动，李业思把容央牢牢护在身后，手里寒剑淌血。容央胸脯起伏，望着对面的赵慧妍。

"我要活的。"

禁军收网结束时，黑夜尽头破开一丝冷白，像长眠多时的人终于睁开了疲惫的眼。

几盏破败的灯笼燃在地上，械斗后的庭院里残留着血污，一名禁军快步穿过游廊，走至容央跟前，奉上一沓物件道：“启禀殿下，这是在书斋里搜到的信函。”

容央拿过来打开一看，赫然是盛京城里里外外的路线图，以及各座城门的布防情况。

容央攥紧手，冷然道：“再搜。”

禁军领命而去，不多时，又是一人行色匆忙地赶来，在容央耳边颔首低语。

容央听罢，镇静的神情骤然一变。

府邸深处，一座破旧的厢房烛光幽微，容央一行阔步上前，推开屋门，霎时血腥气冲面而来。幽幽惨惨的厢房内，一小一大两具尸体躺在血泊中，小的那个是张口瞪眼的赵安，大的那个，是全身上下皮开肉绽、死不瞑目的吕皇后。

赵慧妍一身是血地站在庭院中的情形再次跃至眼前，容央一震之后，毛骨悚然。

天色亮起来时，赵彭站在盛京城城楼前，看着容央从赵慧妍府里搜来的通敌证据，脸色沉得像一块玄铁。

大至朝廷的各项调兵命令，小至枢密院、兵部的一些小道消息，林林总总、密密麻麻、清清楚楚地写在一张张的信笺上，写的人甚至嚣张到根本没有想去销毁它。

赵彭手背绷起青筋，愤然把那一堆信笺揉搓成团，便要拿过守卫手里的火把，宋淮然喝道：“殿下且慢！”

赵彭一顿。宋淮然垂眉拱手，道：“恭穆帝姬人还在大牢里，您现在拿在手里的，是给她定罪的证据。”

众人敛容，赵彭板着脸，手里一团东西扔也不是，不扔也不是。

“这种卖国狗贼，就该就地正法，还查什么证据，定什么罪！”

他是万万没有想到，这半年来一场场的败仗，一次次的凌辱，竟是拜自己的同胞所赐！

宋淮然无声一叹，提醒他道：“官家还在，恭穆帝姬再如何叛国，也是帝王血脉，先斩后奏，恐会激起圣怒、落人口实的。”

赵彭不屑地冷哼：“人都不知道逃哪儿去了，还管他什么口实！

宋淮然默然，上前从他手里拿走那一团纸。容央开口道：“耶律齐如果率军攻城，或许需要赵慧妍里应外合，这种时候，杀她不如用她。”

赵彭从义愤里醒过神来，蓦地又从宋淮然手里拿回纸团，打开细看，抽出一张盛京城外城、内城的地形图。

盛京毕竟是大鄞都城，虽只一城，面积却相当之大，地形亦相当之复杂。单以外城为例，就有十二个陆城门和八个水门，且城门大多带有三层瓮城，“扭头开门”，想要攻破，并非易事。

当然，前提是娄军没有这一张详细的地图。

赵彭福至心灵，把那张地图收起来，道：“耶律齐应该还没有拿到这张图。”

宋淮然、容央并不多言，只是看向赵彭，缓缓一笑。

午后，斥候来报，连夜渡河的娄军已休整完毕，正向着盛京城的方向挺进，粗略估计，大军数量的确不低于六十万。照每日三十里的行军速度来算，最多五日，便可抵达盛京城外；如果娄军提高行军速度，则三日后，盛京就得面临一场生死之战。

容央问道：“盛京城眼下一共有多少兵力？”

赵彭脸色难看起来，艰难答：“两万禁军。”

城楼上，在场之人全部缄默，赵彭眼往城墙外阔大的天地看，道：“官家离京前，颁发诏令要求各州厢军入京勤王，最近的榷州、顺州如果即刻出发的话，应该能在娄军攻城前赶到。”

榷州、顺州一东一西，乃是盛京城外最近的州府，厢军数量各在五万以上，如果能按时入京，那他们这边就相当于拥有十二万的兵力。

“十二万对六十万……”

有人低喃，既是惊愕，又是喟叹。

赵彭沉眉，思忖着鼓舞道：“十二对六十又如何，想他曹操二十万雄师南下，不也一样败在了五万联军手上吗？”

“不错，还有秦亡后刘项楚汉相争，项羽半日之内以三万之师击溃汉军五十六万之众，打得刘邦屁滚尿流，逃亡路上连亲生小孩都不顾。那一场大战，亦是出其不意，攻其不备，以少胜多！”

“话虽如此，但我们这里既无瑜亮，也无西楚霸王，届时援军不至，敌军攻城，该如何防守啊？”

将将被鼓舞起来的士气一下又萎靡下去，赵彭绷着脸看向容央，想到至今仍然一丝音讯也无的褚怿，心中一横，昂然道：“谁说没有？忠义侯褚怿便是我大鄞的定国之将！官家离京前，已命我发下密旨，传召忠义侯领兵入京。娄军攻城时，忠义侯必到，褚家军必到！”

“褚家军到——”

一声回应破空而至，有如虎啸山林，众人一凛，转身走去城楼里侧，越墙往外一看，猎猎飘舞的军旗底下，一队甲胄齐整，手持鸠杖、缨枪、长剑、皮鞭等各式武器的队伍肃然站在大道上。当首的全是女性，头盔上，尚且戴着白花，腰上，一条白带迎风飘扬。

文老太君道：“忠义侯府文氏，率阖府八十六人，随太子殿下守城！”

（10）兰陵王

时已入夏，南边的荒郊赤日炎炎，官道外成行的绿树被晒得蔫头耷脑，微蜷的树叶底下，夏蝉疲倦地嘶叫着。

黄土干燥的官道上，一只只车轮骨碌碌地滚过，官家坐在重帷黕幕的车里，听得禁军骑着马在外禀道：“日前派去的三拨人都已回来复命，并没有查到皇后娘娘和九皇子的下落。同行的宫人也逐一盘问过了，大家最后一次见到皇后娘娘一行，便是在通津门外登船的那天晚上……”

窗外马蹄声、车轮声嘈杂不堪，吵得人心里也七上八下，官家板着脸，沉吟不语。钱贵妃悚然地道：“该不会皇后当夜没有登船罢？！”

禁军思忖片刻，低声道：“不排除这种可能。”

钱贵妃一震。

那夜众人从盛京城外乘水路离开后，因是各在各的船舱里，故联络一直寥寥，等抵达津渡，下得船来时，已是整整五日以后。

起初，官家还只当各艘船航速不一，或是吕皇后那边半途被什么事情耽搁了，便留在渡口等了半日。其间不乏朝臣来催，称照着日程来算，娄军怕是开始攻打盛京了，南下的速度还是能快些则快些。官家明白，但掉队的毕竟是皇后，何况身边又还带着个嫡出的皇子，虽然那皇子……但总归，还是要等一等，良心上才能过得去。

官家于是坚决地在那渡口上等了大半日，日头落坡后，大娄主帅率兵包围盛京城的军情传来，人群哄声大作。这一回，官家没再一意孤行了。

威严又落魄的一行皇室成员立刻跟着大臣由水路改为陆路继续南下，一眨眼，又是三日过去。

官家皱眉道：“再查。”

福宁殿里里外外那么多仆从护着，不可能全无音信，只要那夜吕皇后按时登上了南下的船，就一定能留下踪迹。

“是！”

禁军领命告退，钱贵妃摸着身边小郎君的头，犹豫地道：“官家，照臣妾看，皇后只怕没有及时登船，如果被陷在盛京城中，便是禁军回去打探也无用啊。”

官家沉默不语，脸色更阴沉难看。钱贵妃心念辗转，道：“不如传道圣旨回盛京城去，让太子殿下抽空去找一找皇后，等他日娄兵退了，大家再回京团聚吧？”

钱贵妃声音娇媚，哪怕是藏着忧虑，也依然能抚慰人心。官家郁气稍解，如实道：“娄军已在攻城，彰儿哪里还有闲心顾得上她，再者……”

再者南下时，京城里的禁军他领走了一半，留下来守城的，估摸也就两万人，榷州、顺州的厢军也不知赶去没有，要万一路上有个变数，那两万人……简直螳臂当车。

思及此，官家胸口一窒，顿时又咳嗽起来。自打年底给大娄南侵一事气倒后，他的肺疾就是眼见地恶化了，这几日舟车劳顿，情形更糟糕不少。

钱贵妃忙给他抚背顺气，顺了半晌仍是不见好转，焦心地往外传召御医。

晌午，车队在一座树林里休息下来，官家喝下御医熬过的汤药后，在车里沉沉睡去。

大家马不停蹄地赶了这么多路，多少都疲乏了，一停下来，懒懒散散地瘫坐一地。

东侧一棵大槐树下，溪水涓涓，钱贵妃领着小皇子蹲在溪边逗弄水里的小虾，宫女上来禀道："娘娘，范大人求见。"

钱贵妃转头，一袭藏蓝色襕衫的范申恭敬地候在树下，衣冠上不少风尘，然而气质依旧泰然从容。

钱贵妃沉默片刻，把小皇子交给宫女，揩净手上水渍走过去。

"难得范大人竟也会有事找我，不知道是什么吩咐？"

以往在盛京时，这范申没少帮衬着吕皇后做过龌龊事，打自己诞下皇子后，行径更是阴险不知多少，钱贵妃对这位老奸巨猾的大臣实在是摆不出好脸色。

范申立刻拱手行了一礼，道："不敢。娘娘面前，微臣岂敢谈'吩咐'二字？不过是有一件小事，想跟娘娘商榷罢了。"

钱贵妃哼一声，也不跟他斡旋，戳破纱窗道："你是看皇后没下落了，就想临阵倒戈，投靠于我吧？"

范申脸色微变。

官家膝下的皇子就那么些个，嫡出的两个眼看是不行了，皇位要想往下传，就只能是从庶出的里面挑。老大早夭不必再提，老二彻底窝囊废一个，往后再数，更是稀稀拉拉，唯一能入官家眼的也就是她生下的老十。况且，在这些皇嗣当中，也只有生下老十的她位分最高。

等到京城沦陷，皇后殁，赵彭、赵安薨，那新的皇后、储君之位，不就是她钱氏母子的吗？

钱贵妃十拿九稳，底气更足，不屑地打量着面前这位权臣，却听得他回答道："国难当头，官家南迁，臣与娘娘本就是一条船上的蚂蚱，并不存在什么投靠不投靠。"

钱贵妃黛眉轻蹙，范申继续道："如果娘娘说的是皇后和九皇子失踪，担心臣日后无所依傍，那倒是替臣多虑了。臣自入仕以来，仰仗之人唯有官家而已。"

钱贵妃恼羞成怒："那你是来跟我谈什么的？！"

范申微微一笑，安抚道："娘娘莫恼，若是能得您信任，自然是范某的荣幸。只是当下兵荒马乱，朝夕难保，尚且还不是思量如何上位的时候。"

钱贵妃脸色顿变。

"如果娘娘想要实现心中所愿，当务之急应是劝官家全心全意保住内地，届时就算盛京失守，南边也仍可开基立业，不然，大宇中倾，社稷不保，娘娘和小皇子就算拥有再尊贵的身份，再深厚的圣宠，也并无用武之地了，不是吗？”

钱贵妃一颗心给他讲得悚然乱跳，一面恨于他的辩口利舌，一面又不得不承认他所言的确在理。

她心心念念的美梦想要实现，可不就得先让官家坐稳金陵吗？

两厢权衡，钱贵妃压下不忿，冷然道：“那你的意思是？”

范申道：“臣有一言准备进谏给官家，到那时，还请娘娘帮衬则个。”

钱贵妃心思一转，道：“知道了。”

官家这一觉睡得很不踏实，梦境里，总是有轰轰隆隆的马蹄声，惊慌失措的喊叫声，一处处硝烟四起的战场尸积成山，便是知道是梦，也仿佛能嗅到那恶心的焦臭气味。其实自打离京以来，他都是在睡这样不踏实的觉，做这样弥漫着焦臭气味的梦，困扰是困扰些，但好处是终究只是在睡梦里。

醒来后，官家揉揉发胀的头，喝下钱贵妃送来的醒神茶。车前，范申照旧先汇报一遍前方的路况，以及接下来的行程。

“明明寿州更快，为何要改走蔡州？”

官家打断范申的提议。范申道：“官家忘了，屏州、合州、安州暴乱，暴民势力蔓延极快，而今寿州也开始有贼人作祟。再者，寿州的厢军已入京勤王，城中正是水深火热，如果我们此行过去，必然凶多吉少。”

官家心如擂鼓，又道：“那楷州呢？”

范申道：“也勤王去了。”

官家一瞬间脸色白了。

“都……勤王去了？”

官家哑声，声音里犹带有一丝难以置信，抑或是忐忑失落。

钱贵妃揪着心道：“这……这官家都还在这儿，他们勤什么王？回头官家要是有个三长两短，他们担待得起吗？！”

范申不语，官家亦陷入沉默。钱贵妃抱住官家臂膀，蹙额道：“官家，前边那么多暴民，这些厢军却只往盛京城去，届时京城守住，我们却被暴民拿下，那该如何是好？这里那么多的朝臣皇嗣，还有像臣妾这样手无寸铁的弱女子，却连一面城墙都没有，这要万一给暴民撞上，那，那岂不是……”

钱贵妃哽咽欲泣，声音细针一样，密密麻麻地扎在官家胸口。

“范申……”官家下意识唤他名字。

“臣在。”范申应声，自知时机成熟，道，“臣有一计，可解当前燃眉之急，确保官家和娘娘、殿下们安然无恙。”

官家瞪直眼睛看过去："讲！"

范申道："日前，已有榷、顺二州厢军入京勤王，兵力少说也是二三十万，加上留在京中的禁军，只要将领得力，定能出奇制胜，守住京城。至于其他赶赴京师的厢军，臣以为，不如就地截下，命令主将护送官家前往金陵。"

官家默然。

范申又道："还有，东南各地向京城运送的粮草、军火，其实也是多此一举。盛京乃一国首府，物资何等丰富，各州这样慌慌忙忙地派送物资过去，帮不上什么忙不算，还会造成乱象，平白扰乱民心。"

钱贵妃骇然："民心一乱，那，那些暴民岂不是更嚣张了？"

官家瞳孔一震，盯着虚空半晌不语。

范申催道："官家，泰州厢军正往这边赶来，再不拦截，便会与我等失之交臂，还请早做决断。"

钱贵妃也催道："官家，下旨吧！"

官家眼神煎熬，最后疲惫地闭上眼睛，低声道："照你所言，拟诏吧。"

范申微笑，拱手告退后，前往车中拟写圣旨。

一刻钟后，两份圣诏问世：一份名曰《止勤王》，自此刻起严禁各地再往京城派军；一份名曰《留粮纲》，勒停各地给京城派送物资的行动。洋洋洒洒，利喙赡辞，实在不负范申儒臣领袖、文坛巨擘之名。

官家过目后，点头认可，钱贵妃亦十分满意，难得地对范申露出个笑容。

范申道："那臣便吩咐禁军传旨去了。"

官家默许。

范申踌躇满志，怀揣着那两份圣旨趸身而去。禁军传旨的速度是远比内侍要快的，最多半日，附近的泰州军就能接到圣旨，连夜赶来。至于其他地区，也要不了多少时日，到那时，各地停止支援盛京，赵彭一行，也就必死无疑了。

是夜，南下的皇室、朝臣就地在林中扎营歇下，预备等泰州军前来会合后，再一道去往蔡州。不想夜半三更之时，山林下突然隆隆作响，有如塌方似的，众人陆续从睡梦中惊醒，仓皇环顾道："这是怎么了？"

"哪里传来的声音？！"

范申掀开帐布往外一看，林间篝火跃动，古树深幽，除开躁动的营帐外，并无什么异常之处。

"报——"

一阵蹄声从耳畔狂驰而过，随后是禁军惊惶的大喊："山下有叛军来袭！"

范申悚然一惊。

刹那间，一座阒静的树林如炸开的油锅，范申极力镇定，退回帐中穿好衣裳，出来下令道："不要慌！叛军自有二司禁军镇压！殿前司都指挥使何在？立刻集合兵力，跟我前去护驾！"

林中禁军共有两万之多，照以前的编制算，殿前司精兵四千人，侍卫马军司和步军司各八千人，因着今夜夜宿荒郊，马军司、步军司的大部队都驻扎在外围及山下，树林里的，全是一贯护卫于禁庭之内的殿前司。

范申一声令下后，躁乱不安的树林里人心稍定，然而细想叛军竟然已经攻打至这座山林里来，不免还是战战兢兢。

官家和衣而起后，亦是一度震愕，想起白日里范申斩钉截铁的结论，更有一股无名火蔓延胸口。

"不是说暴民在泰州吗？！"

范申跪倒在地，请罪道："臣估算有误，请官家降罪！"

钱贵妃云鬓凌乱，花容失色道："眼下哪是什么降罪的时候，赶紧想办法击退叛军要紧呀！"

官家越想越怒火中烧，触发旧疾，捂着胸咳得浑身剧颤，脖颈通红。钱贵妃尽心伺候着，突然失声叫道："哎呀！官家咳血了！快……御医快来啊！"

这一声叫得又悲又急，浑然催魂一样，众人心慌神乱，七嘴八舌吵得沸反盈天。范申头大起来，正思量对策，身后又是一阵蹄声，来者翻身下马，因太过匆急摔倒在地，狼狈地爬起来道："官家！马军司、步军司中计沦陷，叛军已经杀上来了！"

"什么？！"

这一刹那，林里更乱如鸡飞狗跳一样，各式各样的喊叫声、啼哭声，还有官家那越来越惊心动魄的咳嗽声盘桓耳畔，直吵得范申头痛欲裂。

"都不要惊慌！"范申蓦地站起来，环顾四周道，"叛军再凶猛，也绝不会是殿前司四千精甲的对手！况且泰州军已经受旨，此刻正在前来的路上！届时二军前后夹击，岂还有他叛军存活之地！"

范申鼓舞士气，却在这时，那匍匐在地的人道："大人……打上来的叛军，好像就是……泰州军啊！"

范申遽然变色。

一声尖啸破空而至，钱贵妃惨声惊叫，营帐外的一棵古树上，赫然插上一支寒芒流转的羽箭。四周一寂后，蓦地传来一声大叫："快掩护——"

说罢，一大批殿前司禁军提起盾牌聚拢过来，漫天羽箭如骤雨斜织，顷刻间笼罩四下。

箭镞击落在盾牌上的声音密密匝匝，间杂钱贵妃等人惊慌失措的喊叫。范申躲在一块盾牌底下，饶是再如何从容不迫，此刻也不禁心惊胆战。

怎么会是……泰州军呢！

泰州大乱后，分明有一支三万多人的厢军入京勤王，照时间推算，来的这批无论如何都应该是准备入京的厢军才对，怎么可能转念之间，就变成叛军，攻上山来呢！

范申百思不解，便在绞尽脑汁之际，蓦地一个念头闪过脑海。

范申随之僵住。

盾牌外，箭雨收歇，一声声蹄音如闲庭信步，围拢过来，声音回荡在空阒的树林间，散漫，嚣张。

殿前司禁军心有余悸地放下盾牌，范申展眼看去，果然看到了篝火对面，那人冷毅的脸庞。

率领着这批“泰州军”攻上山林里来的，并不是原本的团练使，而是失踪多日的樊关战犯——忠义侯褚怿。

“褚……悦卿！”不等范申开口，官家已震骇出声，咳得一嘴血迹的脸上写满恨意。

林间月光如漏，丝丝清辉照在褚怿脸上，一双黑眸深冷而锐利：“奸佞范申挟天子以令天下，臣救驾来迟。”

“你……”官家更气得一窒。

范申心念急转，心知一旦给褚怿拿下，必然绝无生路，突然恶向胆边生，夺过禁军长剑，拉过官家横剑而去。

电光石火间，一杆长枪破空而来，恰巧在范申挟持官家之时，刺穿他拿剑的那只手臂。

范申一声惨烈大叫，长剑猝然落地。

众人悚然看去，黑夜里，一人策马而出，盔甲上仍浸着新鲜的血迹，笑起来时，唇边一个酒窝又深又圆：“官家，这就是你信赖了多年的大功臣，可看清了？”

官家坐倒在地上，愕然瞪大双目：“……还有你！”

从夜幕里一枪制伏范申、策马而来的这人，正是褚家四郎——褚晏。

“你们……你们褚家！”官家怒火中烧，气血上涌至头皮处。

褚晏在他肺疾发作前道：“褚家忠臣刚刚救君王于水火，分内之责，不必言谢。”

官家气绝。

褚晏看一眼对面的褚怿，叔侄二人下马，不再跟官家多言。

范申被褚晏那一杆长枪扎穿手臂，钉桩一样钉在地上，正疼得龇牙咧嘴，冷不丁褚怿、褚晏走近过来，霎时倒抽一口冷气。

“要杀……便一刀给我个痛快！”

范申负隅顽抗，眼神不住变幻，思量着该如何脱险，褚怿上前，从怀里拿出两份圣旨，在他身边蹲下。

“你写的？”

黄绫圣旨展开，火光映照下，一行行字触目惊心，褚怿看范申一眼，眼神冷凝。

范申怒目而视：“那是官家的旨意……”

褚怿眼神不变，点点头后，拔出范申肩上的那杆长枪。鲜血喷溅，范申惨叫得满地打滚。

在场众人魂飞胆落，瞠目结舌，褚怿三两下把两份圣旨的卷轴削掉，继而再一枪扎入范申另一条臂膀。

“啊——”

又是一声惨号，回音盘桓林间，三声方绝。

褚怿再次蹲下，握着那两张黄绫，道：“谁写的？”

范申痛得面目扭曲：“我，我……”

褚怿垂睫，把那两张黄绫扔在范申嘴巴上，道：“收回去。”

范申涕泗交流，一时没能明白过来。褚怿起身，又要去拔他臂膀上的长枪，范申幡然大悟，张口把那黄绫咬进嘴里，快速吞下，瞪大着眼、猛摇着头示意留情。

褚怿大手握在枪杆上，盯着他。范申心胆俱寒，老泪纵横，努力地吃着那两张黄绫。

然而黄绫毕竟是极上等的丝织品，含也含不化，咬也咬不破，范申艰难吃着，到底吞不下去，一时卡在喉咙里，堵得惨声悲咽。

一声一声，哀怨刺耳，似临终前最后的控诉，也似惨败后首次的哀求。

褚怿眼神淡漠，拔出那一杆长枪，就着范申那张塞满黄绫的嘴刺了进去。

“啊——”

钱贵妃愕然大叫，下一刻，褚怿拔枪，鲜血自范申口中喷涌而出，顷刻浸透黄绫。

官家瘫坐在帐外，魂飞魄散。

褚怿持枪走过去，道：“请官家重新拟旨。”

官家一震，骇然又茫然：“拟……拟什么旨？”

“一，各路地方军必须、立刻入京勤王，士卒、粮草、军火一样不落。二——”

褚怿一顿，眼盯着官家，口吻平静而不容置喙：“娄军撤退后，禅让。”

晨光熹微，战后的山林里一片岑寂，褚怿在溪前把长枪上的血迹洗净，立枪时，拉过枪头绑着的一条红绸。

红绸湿透，上面刺金的一行小篆也已被血迹模糊，依稀能辨认出“平安”二字。

褚晏从后走来，笑道：“非要绑，不绑不给出门。”

褚怿转头，褚晏环胸站在大槐树下，笑得颇有几分炫耀。褚怿唇微挑，把长枪扔给他，复捡起溪边自己的红缨枪，枪尖扎入潺潺流动的溪水里。

丝丝血迹顺流而下。

褚晏握着枪走过来，勾住褚怿肩膀，眼往他枪尖瞄："你没有？"

褚怿默了默，成全他："没有。"

褚晏嘿然："也是，容央不像她，不信这些乌七八糟的。"

褚怿笑："当着人家面时，怕比佛都虔诚吧？"

褚晏被他拆穿，低啧一声。

那日离开家门时，明昭一言不发，就抬头把这一条去寺里求来的红绸系上。新叶镇里没什么礼佛之地，唯一上得来台面的寺庙也又偏又小，她平日里总瞧不上的，那一天，却对这条红绸珍而重之。

小云仙还小，刚刚学会走路，拉着乳娘的手在院里蹒跚打转，还不知道她的爹爹要离开家，要去打一场八成是打不赢的仗。

娄军犯境，北边接二连三地丢城，只不过是一眨眼的工夫，大军就逼至了樊关城下。他单枪匹马，披星戴月地赶，心想着他快一些，大娄破城的速度或许就可以慢一点，偏不巧，安州至合州，合州至泰州，一路地碰上暴民叛乱。

大灾之年，本就有民不聊生之迹，外患一起，造反的势头更是如火如荼。起义的名头五花八门，但遭罪受难的总是那一批。他既瞧见了，便总不能视若无睹，东救一堆人，西灭一把火，等火急火燎地突破这重围时，得，官家把褚家拿命守的最后一座城拱手送人了。

送还不够，他那不可一世的侄儿，也给一道圣诏打成战犯，押入了囚车里，再往后，更是触目惊心。

明昭送他出门时，大概不会想到，他这杆系着红绸的长枪，最后会刺向帝王的禁军吧。

天幕破晓，蓊蓊群山被晨晖照亮，褚晏望着山那头，沉默下去。身后传来脚步声，一位皮肤黝黑、身形瘦长的青年将领走过来，道："官家那边已经安置妥当，圣诏也已由我们的人发去各州，四爷和侯爷可以动身了。"

这青年名叫许徹，褚家旧部，三年前，受枢密院调动前往泰州担任团练使一职。泰州暴乱时，褚晏恰巧经过，当时就想着许徹这里怕是打破僵局的唯一突破口，提着长枪策马而去，没承想，一进门，他那"畏罪潜逃"的侄儿已在座上坐着了。

收敛心神，褚晏点头，道："到奉应后，朝臣关一处，官家跟后妃关一处，不要混一块。"

一混，那帮人又叽叽歪歪。

许徹应是，褚晏看向褚怿："还有什么吩咐？"

褚怿把红缨枪擦干净，走过来，道："官家单独关一处。"

褚晏不由得失笑："这么严格？总归是你亲亲的岳父。"

闹成这场面，本就很不好收拾了，再往狠里整，只怕最后大团圆时，大家脸上都挂不住。

褚怿淡声："龙体有恙，本就该静养的。"

褚晏哑然，认真盯他一眼，竖了个大拇指。

许徽在旁边忍着笑，静了会儿，道："卑职……还有个提议。"

二人看过去。树下清光缕缕，许徽眸光澄澈坚定，道："把泰州军番号改为褚家军。"

（11）破阵子

长风如啸，满山草木飒然曳动，盛京城外，黑压压的军队占领山头。

耶律齐从队伍里策马而出，举起千里镜，用那只幸存的左眼眺望山下。天幕阴沉，一座座巍峨的城楼耸立于外城八个方位，连同那条颇具盛名的护龙河，把盛京城围拢得水泄不通。

斥候在这时来报，盛京城驻军十二万，其中禁军两万，守于内城，厢军十万，守于外城。

"主帅何人？"

一人声音威严，带着金戈之气，乃是大娄国身份尊荣、战功彪炳的上将军索保宗。斥候禀道："忠义侯府老太君，文氏！"

耶律齐一声冷嗤。

"褚家果然是没人了。"耶律齐放下千里镜，向索保宗请缨道，"请上将军给我精骑三千，盛京城外城，我来破。"

队伍肃静，索保宗狐疑道："三千？"

"盛京城里外地形皆已在我心中，三千精骑，足够了。"

三日前，城中用信鸽送来的盛京地形图如期而至，内外城门之概况一目了然，有此等军情在手，还何愁盛京不破。更何况，指挥作战的只是个耄耋老妪，率军守城的也只是那批一触即溃的窝囊厢军。

索保宗想了想，道："阿布罕跟着你。"

耶律齐眉头微皱，显然不大满意对方的不信任，但到底没说什么，头一点，便领兵下山了。

半个时辰后，耶律齐的三千精骑和阿布罕的六十骑兵抵达山下。

盛京城外城共有水门八个，陆城门十二个，其中，多数陆城门皆带有三层瓮城，并且属于"扭头开门"。

所谓瓮城，即一座城门并非只是单门，敌军突入后，会陷入门后一个与城墙同高的围子，暂时陷入囹圄。三层瓮城，即这样的围子共有三个，就算娄军破城而入，也无法一鼓作气杀入城内，反而会被守备于瓮城墙上的守军来一个瓮中捉鳖。而"扭头开门”，乃是指瓮城里的路要转个九十度大弯方能通往外门，极大的弯曲设计能够避免敌方攻城时的大炮直射，同时增大攻城方的难度。

耶律齐既是率三千精骑突围，肯定就不会选择如此麻烦的攻城方式，在众多城门中，挑出防御最薄弱的那一处强攻，方是明智之举。

“哪一个？”阿布罕眯眼打量旷野后绵延起伏的城墙。

耶律齐垂眸看着手里的地图，片刻后，收图道：“就前面这个。”

“呜——”

一声声号角穿云而上，城墙上下，全军戒严。

顷刻间，铁蹄声飒沓而至，阴云笼罩的旷野上，敌军压城，黄沙飞扬，成千上万只燃烧着的弩箭射向城楼。

“防御——”

整齐划一的立盾声响起，一支支火箭击落在盾牌上、城墙上、楼橹上，大鄞士卒艰难抵御，待一波火箭射完后，立刻引弓反杀。

甫一起身，刚刚还在百丈开外的娄军已策马奔至城下。

“怎么这样快！”

“搭云梯了，赶紧把人射下去！”

城墙下，第一波强攻已然开始，云梯、撞杆、鹅车等一大批攻城器械同时上场，士卒在城楼上不住放箭、杀敌，拼死守卫的那扇城门，在娄军鹅车、撞杆的强攻下轰然震动。

咚、咚、咚——

一声比一声快，一声较一声响！

便在这时，一道镇定的声音下令道：“开门。”

刹那间，娄军精骑冲入。

耶律齐匹马当先，独眼放光，领着部下一鼓作气攻入城门内，定睛一看，四面尽是高达十丈以上的城墙——

是瓮城！

耶律齐脸色骤变，喝令部下掉头撤退，然而声音刚落，城门关闭声訇然响起，与此同时，一大片燃烧着的箭雨遮蔽天空。

“隐蔽——”

一声令下，娄军精骑溃散，或躲入墙角，或驰入下一座瓮城之中，自然，更多是猝不及防地死伤于这一大批蛰伏多时的火箭之下。

耶律齐大惊，勒缰掉头，电光石火间，一杆长枪杀来，眨眼迫至他眉睫之处。

耶律齐挥刀闪避，长枪横搠而来，压他上身，卷挟起凛冽杀气，寸寸逼人，直压得他竟难以起身。

四周骑兵大战，陷入一片激斗，耶律齐一踢马鞍腾空翻转避开枪尖，再得落马，那枪尖紧随不怠，顷刻又自下而上挑刺而来，速度之快，堪比紫电！

耶律齐火冒三丈，转刀相格，不想那枪一挑以后，猛地在他提刀刹那盈盈一转，下一刻，竟斜斜穿入他臂弯，迎着面门凛然刺上！

褚氏枪法——

耶律齐大震，仰头避开时，右眼眼罩被揭，那冰冷锋利的枪尖，明显地在他黑漆漆的眼眶里刺了一下。

马嘶声起，耶律齐转头，一行血从瞎掉的那只眼睛里淌下来。天光阴冷，血雾四溅，一人戴着别有白花的头盔，身着系有白带的铠甲，握着一杆象征着褚家标志的红缨枪，英姿飒爽地坐在马上。

日光漫射在她身后，衬得那一双凤眼杀气勃发。

“忠义侯府，褚蕙。”

褚蕙自报家门后，枪尖向耶律齐一指：“受死吧。”

内城朱雀门上，旌旗飘舞，禁军整肃，赵彭也换上了一身甲胄，脚踏战靴，腰佩宝剑，雄姿勃勃地站在城墙前。

不多时，戴楼门方向，一人一骑破尘而来。赵彭身边，挎着药箱的奚长生眼睛一亮，惊喜道：“是褚蕙回来了！”

赵彭心神一震，亲自下城去迎。

城门外，褚蕙下马，手提一人项上人头，放在地上，屈膝向赵彭行礼道：“启禀太子，戴楼门大捷，共斩敌军精骑六千、校尉三人、主将一人，另有八百俘虏，皆已收系城中！”

赵彭胸口热潮涌动，按捺着心情上前扶起褚蕙，继而瞄一眼她身边的东西：“这是……”

褚蕙有一点羞愧：“娄军将领阿布罕的项上人头，本来，是能杀掉领军的耶律齐的，然而此人太过狡诈……”

瓮城困住耶律齐的近三千精骑后，阿布罕一直在外攻城，并未撤退，褚蕙毕竟兵力有限，招架不住这样长时间的强攻。城门破后，阿布罕立刻率军攻入，首先冲住褚蕙，本已重伤难支的耶律齐竟就此抛下战友，趁乱逃脱了。

赵彭初次领军，能够首战告捷，已然大喜，当下并不责备，反而真诚鼓舞。

这时，文老太君拄着鸠杖从后走来，她也是一袭戎装，苍老的面容被头盔包裹，更显严肃。她沉声道：“放走耶律齐，后面的城可就不好守了。”

三人转头，心领神会。耶律齐所拿的盛京地形图乃是他们伪造的假地图，如果今日一役能拿下他，那么娄军大部队就还有上当的可能。现在他栽了大跟头，回去通风报信，娄军必然就不会再踩入地图中的陷阱了。

娄军拢共是六十万，今日折去七千，不过九牛一毛，届时摒弃突围巧取，改成正面攻击的话，他们这寥寥十二万人能抵抗多久呢？

果不其然，当日下午，外城新郑门、万胜门、普济门陆续燃起狼烟。入夜后，斥候来报，娄军开始在护龙河上造桥。

盛京城外墙的护龙河宽有二十余丈，条石垒砌驳岸，坚固陡直，并不易渡。然而，娄军声势浩大地自黄河北岸而来，军中根本不缺渡河工具，想要大规模地在一夜间踏平护龙河，根本不在话下。

大约在亥时二刻，斥候传来急报，娄军已完成造桥，眼下，预估有二十万人正推着云梯、火梯、鹅车、撞杆等一大批攻城器械，开始对护龙河对岸的三座陆城门展开强攻。

前来支援的厢军仅仅十万，平均下来，每一座陆城门的兵力只有八千不到，八千人，要抵挡不少于八万人的攻城之战，简直螳臂当车！

赵彭道："没有警情的城楼，立刻派军前往支援！"

斥候领命而下，烈烈火光照亮长夜，文老太君毅然望着远方的烽火，沉默半晌后，开口道："珊珊、映寒，狗贼今日已领教了我褚家的枪法，却还没领教过江南夜雁的长鞭、武陵谢氏的双剑，你俩可想前去一会？"

火光后，吴氏、谢氏闻声齐笑，其中，刚刚丧夫的谢氏眸光映泪，朗然道："就等您发话了！"

文老太君微微一笑，眼角亦有微光闪烁，下军令道："吴珊珊、谢映寒听令！"

吴氏、谢氏应声撩袍跪下。

"珊珊听令！"

"映寒听令！"

"速前往安肃、通天二门应战，务必斩将刘旗，提娄贼人头来见！"

"是！"

城门大开的号角声冲上夜穹，锋利嘹亮。城墙下，两匹快马并肩驰出，尘土弥漫，两条白绸在夜幕里飒飒飘舞。

及至岔口，吴氏放缓马速，对身边的谢氏道："回头见。"

前方，烽火烛天，厮杀声震天撼地。

谢氏眼圈微红，却仍一笑道："回头见！"

残星寥没，苍天破晓，外城一线的烽火依旧熊熊燃烧着，青烟一缕缕地弥漫天际。

赵彭站在城墙上，这一整夜，完全没有合眼。

身后，是留守京中的朝官、捍卫内城的禁军各司指挥使，以及由文老太君坐镇的忠义侯府全府家将，包括嘉仪帝姬赵容央。

令人振奋的消息一个也没有传来，倒是轰然大作的撞击声、炮火声开始此起彼伏。娄军的炮车改造自大鄞原先威震四方的九牛炮，最大的炮能够释放五十斤的炮弹，射程达到二十丈远，单只一颗，就有击碎城墙楼橹之效，而斥候先前来报，娄军在各座城门前摆放的炮车总量已经破百。

尽管，大鄞这边也在积极应对，下令用糠布袋、湿马粪等覆盖楼橹，以减缓炮火对城墙的冲击，并调动禁军从三司中取出军械，前往支援，但在整个抵抗过程中，大鄞这边还是显得步履维艰，犹如蚍蜉撼树。

天一点点亮起来，又是个云层低压的阴天，天幕上四合的阴云和烽烟相融，黑沉沉的，把一座孤城笼罩得灰冷逼仄，冷风一阵紧跟一阵地卷过半空，满城旌旗猎猎翻舞，藏在云后的日影悄然西斜。

娄军的第一轮攻城，已经持续六个时辰了。

朱雀楼上，赵彭神色紧绷，目不转睛地盯着前方战火绵亘处。大鄞的兵力有限，每个将士的体力更是有限，再这样硬抗下去，原本可以险胜的几分概率，也要给大娄碾碎不可！

赵彭攥紧拳头。

便在这时，一人快马加鞭，穿过御道，驰往内城来道："报——

"安肃门外，娄军撤退！

"安肃门外，娄军撤退！

"安肃门外，娄军撤退！"

一报三声，凛然回荡城下，赵彭睁大眼睛。这时，御道那头又是蹄声飒沓，吴氏一身血迹，提着一个人头策马奔来。

褚家人中，有人高声道："是二伯母回来了！"

霎时人潮齐呼，欢声雷动。赵彭心潮澎湃，按紧佩剑长松一口气。不多时，吴氏登上城楼，把一颗血污斑驳的人头放在地上，屈膝行礼道："启禀太子、主帅，安肃门外娄军已退，此乃将领卓鲁人头！"

文老太君龈然而笑，看着吴氏一身是血，左肩肩胛处尚有鲜血汩汩流下，又板回脸道："快去包扎伤口！"

吴氏疲惫一笑："小伤，不碍事！不知六妹那边……"

话音未毕，城墙下又传来斥候报声："通天门外，娄军撤退——"

众人闻声大喜，赶去墙边一看，果然在斥候身后，一人一马绝尘而来，然而刚至城门前，谢氏突然直直地摔倒马下，手里提着的一颗人头碌碌滚远。

"映寒！"

"六妹！"

“……”

残阳似血，铺染一杆杆招展的赤金旌旗，暂时歇火的盛京城内，硝烟弥漫。

朱雀楼一间房内，谢氏浑身血红地躺在榻上，不省人事。施氏眼里含泪，克制着发抖的手，小心翼翼地脱下她的铠甲，拉开那血淋淋的衣服去处理伤口时，触目惊心。

谢氏的胸口、后背、肩胛、大腿上，满是剑伤、刀伤、火箭射中后灼烧开的伤……

体无完肤，大抵如此！

“先把血止住，要快！”奚长生语气严肃，拉回施氏悲恸的神思。

屋外，夜幕渐垂，橙红的霞光被硝烟浸染，以一种诡异的颜色铺在天尽头。

赵彭一动不动地站在城墙前，仿佛一棵生根的铁树。

“砰——”

一个红木提盒放在护墙上，饭菜香飘来，耳畔随之响起一个圆润又严厉的声音：“吃饭！”

赵彭转头，看到脸色冷凝的容央。

“不饿。”唇色苍白的赵彭收回视线，继续眺望外城。

“娄军还剩五十万人，你是打算在他们攻进来前先把自己饿死，好免受那刀枪之罪吗？”

容央怼得不留情面，赵彭瞪过来。夜色里，对面的人眼圈泛红，分明是哭过的痕迹，但眼神凛然，透着一股百折不挠的坚定。

赵彭反诘的话一滞。

容央转开眼，打开那提盒，像是做示范一样，拿出一碗米饭埋头吃下去。

赵彭从未见过她这样的吃相。

“这才第二天。”容央吞下一大口饭，“他一定会赶来的。”

赵彭心脏像被什么攫住。

容央狼吞虎咽，三下五除二把那一碗米饭吃完，“砰”一声把碗筷放在护墙上。

“只要我不认输，就没人能打垮我。尤其不能让我自己打垮我。”容央盯着一点点黑下去的远方，再次道，“他一定会回来的！”

赵彭视线一下模糊，忙转开头，平复下那股悲酸后，终于也拿起提盒里的一碗米饭，大口吃了下去。

这一夜，外城安静下来，众人难得入了个眠，然而临近下半夜时，又是轰隆隆的攻城声从东城墙方向传来，众人被惊醒后，骇然失色。

“怎么又开始了？”

“他们不需要休息的吗？！”

“他们多的是人，这拨累了，换一拨上便是，哪需要像我们这样休息！”

“……”

赵彭衣甲未脱，听闻动静后，立刻赶往墙边。文老太君也已站在护墙前，用千里镜观察过战况后，立刻发布军令。

不多时，西城墙处的厢军赶入东边支援，禁军亦推出一车车军械奔赴前线。

“不行，照这样强攻下去，大娄杀入内城来，只在早晚之间啊！”

“可除此以外，又还有什么抵抗的办法？那么多的人，那么强悍的炮火，这十万厢军能撑到现在，已算是了不得了！”

正说着，南城墙处又燃起烽烟，随后便是斥候来报，中南熏门、西安上门外，娄军架炮攻城。

不过短短半个时辰，休养不到半夜的盛京城又开始被炮火侵略，一座座城楼火光冲天而起，发布军令的号角声、此起彼伏的喊杀声，大浪一样向着内城冲卷过来。

赵彭呼吸沉重，不断说服自己保持镇定，切不可临阵大乱，正思量对策，东方突然传来地动山摇之声，内城城楼上都能感受到明显的震感。

赵彭变色：“怎么回事？！”

禁军奉上千里镜，赵彭举起望去，镜头里，一座城楼正訇然坍塌。

赵彭心中一凉！

“是……是城楼塌了吗？”

周围开始躁动，有人争相上前眺望，确定地道：“万胜门塌了，是万胜门塌了！”

有官员开始失控：“各地入京支援的厢军还没消息吗？！”

“再不来援军，这盛京城还如何能守下去！”

“都住口——”赵彭一声大喝，嘈杂哄乱的人群登时一静。

赵彭深深呼吸，紧盯着冲入内城来的那一大片黑影，向文老太君道：“老太君，眼下除正面应战以外，可还有应敌之策？”

文老太君神色悲怆：“待娄军临城后，将帅单挑，尚能拖延一时。”

“好。”赵彭深吸一口气，泛红目光环顾四下，“贼军压城，敢出面应战，为我大鄞斩将搴旗者，赐千金，邑万户，子孙后辈，衣食无忧！”

全场禁军肃穆。

赵彭朗声道：“何人敢战！”

一息后，人群中有人昂然应道：

“殿前司副指挥使周骏请旨应战！”

“侍卫马军司都指挥使曹岳请旨应战！”

“步军司三营林定广请旨应战！”

“……”

长夜漫漫，巍峨城楼上，将士应战声响彻天际，同时间，破城而入的娄军像冲破闸口的洪流一样，眨眼包围城下。乌泱泱一大片人，混入黑漆漆的一大片夜幕里，仿佛没有尽头的黑海，只需一瞬，便可吞没一切。

两军开战前，一贯由攻方挑衅，守方如敢应战，则双方将领会在城门前单挑一番。

守方胜，则士气大振，攻方也会酌情推迟攻城；守方败，丢人现眼自不必提，整个军队，也极有可能因此一蹶不振。

城墙下，大鄞下去的禁军一人又一人，哄然大笑声自娄军队伍里爆发出来，刀一样刮在耳中。

“大鄞无人，净丢出这些破烂玩意儿，当是给你爷爷磨刀吗！”

“一个比一个菜！不是说大鄞朝有个忠义侯府，府上六个郎君个个天赋异禀，能征善战？怎么今日一个也瞧不见，莫不成都给我大娄骑军踩成肉泥了吗？”

嘲弄的大笑和尖刻的讽刺不断在城墙下徘徊，众人僵立城上，只感觉全身彻骨冰凉，便煎熬之时，耳畔蓦然传来一个悲愤的少年声音：“谁说褚家无男儿——”

众人一怔，循声看去，一个十二岁左右的少年身着铠甲，持枪走出，吼完一声“忠义侯府褚睿请战”后，人已冲下城去。

赵彭、褚蕙大惊，抢步去拦，文老太君突然喝道：“准战！”

城门再次打开，领头的娄军将领看着这个自火光后策马出来的稚嫩少年，笑得前合后偃。城墙上，文老太君目中含泪，大声传令道：“战！”

号角声起，娄军将领挥刀杀来。

褚蕙痛心地闭上双目。

铿然交锋声响在城下，每一记，都像尖刀剜着心脏。泱泱大鄞，多少年繁华富足，而今，却要靠一个十二岁的少年抗敌雪辱……

赵彭忍无可忍，握紧腰上宝剑，愤然拔出：“全军听令——”

城楼上，众人慷慨应声。

赵彭铿锵：“贼寇来犯，我大鄞人可以身殉国，不可苟且受辱！开城门——”

烽烟四起的朱雀门下，城门洞开，赵彭策马而出，领着两万禁军杀入重围。

这一战，是他骑在马背上、握着宝剑打的第一战，也可能是他这一生的最后一战。

但这有什么关系呢？

他生来是赵家的皇子，就注定有责任、有义务守卫这一座城池，如守不住，大不了与之同生共死！

杀声震天，昏黑的夜里火光缭绕，血雾喷溅。有人在城下嘶喊，有人在城上号叫，有人被杀下战马，有人被撂下城墙……

那间烛光摇曳的屋舍里，施氏跟奚长生一起给谢氏治伤，她也听到了刚刚褚睿的那一声大喊，她豪情壮志的儿子，代表着褚家最后的男儿走上了战场。

血腥气弥漫屋内，谢氏全身伤口依旧在往外冒着血，她疼得连骂娘的力气也没有，最后只能艰难地恳求：“别治了……”

两人只当听不到她讲话。

谢氏再求：“太疼了……不要治了，让我去见六郎吧……”

施氏手上包扎的动作不停，泪水夺眶：“他才不想见你呢！”

滚滚黑烟弥漫内城，羽箭密密匝匝地扎在城墙上、城门上，朱雀楼像一只倔强的刺猬，脆弱又坚定地蜷缩在那里，用着最后的一丝力气，捍卫着属于大鄞的尊严。

褚蕙拼力厮杀，把血淋淋的长枪从敌人的胸口拔出，又踅身踢开趁机杀来的一个，她已经失去了战马。

吴氏拖着受伤又疲惫的身躯，辗转于敌军的刀剑之下，缴着敌人的刀，扼杀着敌人的咽喉，她已经失去了自己的兵器。

赵彭从来没有想过，有朝一日，那么爱整洁、重仪容的他会一身血污地战斗在烽火里，怒发冲冠，面目狰狞。

但，无论如何——

绝不认输，绝不苟活！

苍天破晓，冲杀在前的娄军突然开始动乱。那骚乱像是从后方一层层蔓延过来的。

褚蕙拼尽最后一丝力气，杀掉一名体格剽悍的大娄骑兵，展眼看时，曙光在黑夜尽头亮起来，云层间有一束清光斜照而下，她像是被那光束刺中，恍惚中，竟看到有褚家军旗迎风而来。

躁乱声更大，娄军仓皇四顾。

地震般的蹄声里，褚蕙从恍惚中惊醒，她定睛看着远方那一大片猎猎招展的旗帜，睁大眼道：“是褚家军旗……是我褚家军！”

是我褚家军——

一声喝罢，城下众人神魂俱震，掉头看去，黄沙弥漫中，扛着褚家军旗的大军以压倒般的气势从娄军后方杀来，所及之处，金旗尽落，血肉横飞！

一条血路被从中劈开！

角落里，褚睿倒在血泊中，听得这声大喊，喜极而泣。他扭动着脖子，想要睁开血肉模糊的眼睛去看那一幕。

突然，一个娄军将领从侧方向他杀去。

电光石火间，一道玄影冲出重围，大手缴下一把长刀，从褚睿身畔驰过。

鲜血喷溅，一颗人头落地。

血珠擦着眼睫掠过，褚睿震惊地睁大眼睛，模糊的视线里，褚怿提缰立马，枪上红缨在曙光里飘舞，碎金似的晨曦照在他脸庞上，眉睫深黑，轮廓如雕。

“大，大哥……”

褚睿眼底被光芒映亮。

“撑住。”褚怿扔下一句话，重新杀入敌群。

城墙东侧，文老太君疲惫地打翻一个娄兵，重新拄稳鸠杖时，胸膛震动，嘴角鲜血流溢。

娄军撤退的号令声终于响彻城外，前一刻还气势磅礴的数十万雄狮眨眼间如鸟兽四散。文老太君拄紧杖头，强撑着不让自己倒下，硝烟深处，有人从娄军尸体间策马而来，及至她跟前，持枪下马，屈膝一跪。

文老太君垂眸，看着跪在面前的儿子，很想一杖打下去，举起来后，又望着他，噙着泪笑了。

“宫中喜报，宫中喜报！”

城墙内，一人一骑从皇城方向疾奔而来，持剑战斗的赵彭恍如不闻，直至那人攀登至城楼上，用着昂然之声向外报喜道：“殿下，太子妃娘娘生了！”

赵彭一震，刹那间一股热流冲荡胸口，四肢力劲沛然，杀得面前一个娄贼身首异处。

“郎君还是女郎？！”护卫在他周身的禁军替他高声问道。

那人继续在城墙上回：“是个小女郎！”

杀声震耳，一个娄兵吼叫着挥刀冲来，赵彭愤然砍去一剑，剑锋闪烁，长刀坠地，娄贼血溅三尺。

“女郎好。”

赵彭抹开溅在脸上的血，笑：“女郎像父亲，像我好。”

不想，一刻钟过去后，那人再次原路返回，又用着那热血沸腾的声音喊道：“殿下，太子妃娘娘又生了一个！这回是个小郎君！”

城墙下，欢声雷动，赵彭笑不拢嘴，喃声道：“好，郎君像母亲，像她……好！”

满城黄沙滚滚，娄军溃逃，大鄞援军、禁军、厢军堵截拦杀，这一场大战，竟是折腾至日暮方休。娄军的尸体堆积成山，除成功撤离的十余万人外，剩余的三十万尽数丧命于内城墙下，打城楼上一眼望去，当真是伏尸千里，血流成河。

戌时，城楼鸣角收兵，一人等候在拱形大门下，浸着血迹、沾着尘沙的裙裾在风里飘扬，斜倾的一抹残阳照在她脸上，明眸灿亮。

褚怿领着大军凯旋，走至城前，下马朝等候在大门下的那人走去。

斜晖脉脉，两人在城下相拥。

是夜，东宫。

婴孩啼哭声不绝于耳，铠甲都还来不及卸掉的赵彭站在两架摇床前，这里瞅瞅，那里看看。

吴佩月躺在床榻上，帐幔遮着她笑意深静的脸。

“殿下猜猜，哪一个是小女郎，哪一个是小郎君。”灯火里，吴佩月声音里透着疲惫，但依旧温和端庄，有一种雍容的大气。

赵彭朝脸蛋明显漂亮些的那个指：“这个是女郎，另一个是郎君。”

吴佩月隔着纱幔看到了，道：“错了，这个是郎君，那一个才是女郎。”

赵彭咳嗽一声，复朝那眉眼打皱的小女郎看去一眼，道：“也可以。”

床幔里传来吴佩月愉悦的笑，继而是很坦然地承认：“骗你的，像你的是女郎，像我的是郎君。”

赵彭拿她没办法，低哼：“就会拿我寻开心。”

吴佩月笑意不褪，道：“殿下，你过来。”

赵彭收回目光，走去她床边蹲下。帐幔被撩开，吴佩月苍白的脸上还残留着蒙蒙细汗。她的确不是很动人的美人长相，但她脸型流畅，属于古典的鹅蛋小脸，衬着一双微微上挑的丹凤眼，很有魏晋《洛神赋图》上那些神女的风韵。她其实是十分耐看的。

赵彭想去给她擦汗，后知后觉手上还沾着血污，扭头找不到帕子，便也不管，拿起被褥一截就给她擦。

吴佩月眼神温和，纤白手指抚上他脸庞：“可有受伤？”

赵彭不以为意：“不碍事。”

便是还是有伤，只是不算严重的意思。

吴佩月欲言又止，脸上掠过心疼，语气则欣慰：“殿下是男子汉了。”

赵彭又哼一声：“我早就是男子汉了。”

灯火静谧，寝殿里，夫妇二人低低切切地讲着贴己话，不多时，宫女从外来通传道：“殿下，忠义侯和嘉仪帝姬求见。”

虽然大娄仓皇撤离，但大鄞敌情并未解除，赵彭随时要跟褚怿商议应对之策，故而今夜把他们请入了宫中休憩。

赵彭握着吴佩月的手，闻言，刚想讲的一句话被迫吞回腹中，点头后，看回吴佩月道：“你先睡一觉，他俩要再哭，就让乳娘抱到偏殿里去。”

吴佩月不多言，只微笑：“去吧。”

庭院里，明月朗照，风声窸窣。两人坐在树荫下的小石桌前，气氛宁静。

容央靠在褚怿肩上，摸着他的大手。

“脏。”褚怿想缩手，被容央拉住，柔软的指头擦在他粗粝的厚茧上，擦过那些污血、风沙。

下午在城门跟他相拥时，都来不及好好地看看他、摸摸他，就那么一抱后，他又要忙着公务。眼下也是，一堆的事亟待跟赵彭商议，要不是打着来看小侄儿、小侄女的幌子，她怕是这点甜蜜也偷尝不得，仔细想，有点点生气呢。

“定胜糕会讲话了。”考虑到他大战刚回，容央先默默咽下那点不甘心，打开话匣道，“喊的第一声就是‘爹爹’。”

给他偷偷乐一下。

褚怿果然笑起来：“你教的？”

“我才不教他这个，哪有小郎君一张口不叫娘亲，反而叫爹爹的？”容央表示不满，眉梢间却是餍足暖意，“蜜糕教他的。”

褚怿这回一走就是半年，蜜糕到她跟前来问被她嫌烦了，就改去定胜糕的摇床前一遍一遍地念叨爹爹。蜜糕整天爹爹长，爹爹短，还跟弟弟说爹爹什么时候最严厉，什么时候又待他最贴心。

褚怿噙着笑，满意地评价：“是个好郎君。”

容央哼一声：“我养出来的，自然都是好郎君。”

两人握着手，头抵头低低说笑，寝殿那边的廊室里人影一晃，是赵彭来了。

容央依依不舍地松开褚怿的手。

分开时，褚怿反手在她大拇指上捏了一下，像是个抚慰的暗示。

容央眼波微漾，定神，跟赵彭打完招呼后，道：“我去殿里看看我的小侄儿和小侄女。”

赵彭刚哄着吴佩月睡下，闻言思忖着要不要拦，褚怿倏地拉回容央，道：“一起听吧。”

容央狐疑地转头。

赵彭看褚怿一眼，若有所悟，忙道：“正巧佩月跟孩子都歇下了，那就一块坐在这儿听吧。”

三人坐下，容央尚有点惊疑不定，不明白褚怿为何非要把自己留在这庭院里。照理说，他们君臣二人商议国事，她这个内眷是不应该在场的。

走神间，褚怿已把今日娄军溃败的情况细细地讲了一遍。这一回，褚怿共率援军二十万入京，其中五万人突袭滞留外城的娄军，十五万人从后方杀入内城，剿灭了娄军主力。眼下，逃散的十余万娄军已灰头土脸地撤往黄河南岸的顺昌，看样子，是打算连夜渡河回去了。

赵彭大喜：“太好了！我险些以为……”

险些以为，今日便要交待在那城墙底下了。

想起当时的一腔孤勇，赵彭百感丛生，褚怿看着他，道：“后续还会有厢军入京，以备娄贼再次来犯。不过，大娄这次调集所有兵力强攻盛京，遭此一败后，短期之内，应该不敢再次南下。殿下可在援军入京后，大彰今日之功，鼓舞士气，乘胜追击。”

“那是自然。”赵彭放在石桌上的拳头收紧，道，“北边失去的城，我要一座一座地收回来，绝不再给娄贼撒野的余地！”

褚怿不语，赵彭后知后觉，猛地憬悟过来要不要下令收复失地还不是他的权力，一切尚要看他的父亲——那位南逃的官家的意思。

赵彭一时又是郁悒，又是羞赧，道：“当然，我会先向金陵那边启奏……”

褚怿静了静，道：“不必了。”

赵彭一怔。

褚怿道：“三日前，范申在去往金陵的路上蛊惑官家下旨撤回各地援军，欲弃盛京于不顾，令殿下和全城将士、百姓死于战火。臣当时正领泰州军路过，接到圣诏后，立刻上山，以‘挟天子以令天下’的罪名斩杀了范申，并恳请官家重新拟了两份圣旨。”

惊天动地的一场兵变，却给他三言两语地平静带过，赵彭、容央震骇地听着，一时竟不知该从哪里插话。

还是赵彭率先反应过来，不敢置信地确认道：“撤回各地援军这样的决定……爹爹竟也听他的了？”

褚怿没有遮掩，点头。

赵彭瞪大眼，悲愤地转开了头。

难怪除最近的榷、顺二州外，其他地方的厢军一直迟迟没有身影，原来这背后还有这样的一出戏！

赵彭心寒又心惊，想起那位弃城而逃的父亲，那位在盛京城全军将士舍身保国时继续纵容着奸臣、听信着谗言的帝王，一刹那间，义愤填膺。

褚怿低声一笑。

二人怔怔地看过去。

褚怿道：“当夜，官家重新拟写了两份圣旨，一份，是勒令各地厢军立刻入京勤王。另一份……”

容央不由得道：“另一份是什么？”

褚怿看向赵彭，树荫里，双眸锐亮，声音沉定：“娄军撤退后，官家让位，太子登基。”

赵彭赫然震动。

褚怿道：“明日上朝时，臣会在殿中宣旨，殿下今夜早做准备。”

庭中清辉如泄，玉盘似的一轮明月高悬夜空，褚怿并不等赵彭回答，把旨意传达完后，拉着容央起身，告辞离去。

禁庭岑寂，两排宫灯映照着赭红宫墙，两人并肩走在墙下。

“圣旨是你逼着他下的吧？”

天幕繁星闪闪烁烁，容央倏而出声，声音平淡沉静，听不出具体是什么情绪。

褚怿道："是。"

身边的人一阵沉默。

褚怿想了想，伸手去够她的手，碰到时，她的手果然有点凉。

"挺好的。"这时，她扭头来朝他笑了一下。

褚怿觉得她笑得有一点心酸。

"厢军入京，娄贼从盛京败走，这是朝廷乘胜逐北、收复失地最好的机会。官家畏战，纵然范申伏诛，我等也未必能劝服他……"

"我知道。"容央脆声打断，仍是凝视着他，道，"我信你，一直都相信你。"

褚怿收住脚步，眼睛也凝视向她。

夜风吹拂在两人身畔，她鬓角一缕发丝贴着唇，褚怿情不自禁地把那丝头发拨开，继而，大手抚在她脸颊上。

容央小声地笑，道："你是不是想亲我啊？"

褚怿一怔，继而哑然失笑。

"准吗？"褚怿问。

容央眼珠滴溜溜转，雪青、荼白等人已很识趣地提着灯往后退开了，她便敛回目光来，告诉他："准了。"

褚怿扬唇，低头吻上。

时隔半年的一个吻，带着夜的潮气，疆场上的淡淡血腥气，还有只属于他的、他们的迷醉的气息。

容央呼吸急促，一个激颤，双手忍不住攥紧他胸前的衣甲。

褚怿转头，抵入她齿间，深情掠夺。

春日的最后一个长夜静谧而缠绵。

（12）定风波

建德七年五月的第一日，皇太子赵彭奉圣诏登基，改年号泰定。原官家赵启晟被尊为太上皇，赵彭赐行宫于奉应，供其颐养天年。

践祚当日，新帝赵彭犒赏三军，提拔许徹等二十余名在盛京之战中英勇奋战的青年将领，恢复忠义侯府四爷褚晏骠骑大将军军衔，并责令丞相吴缙严查奸臣范申及其余党、御史中丞于鉴及侍御史宋淮然联合大理寺共同审理恭穆帝姬赵慧妍叛国一案。

不日，所有南逃官员尽数被朝廷罢黜，系范申党羽者，或缉拿问斩，或刺配流放。

随后，奉应行宫发来一封由太上皇亲手所书的家信，言辞恳切，尽在说情。赵彭视如无睹，收起信后，在面前那封请奏处决范申满门的奏章上写下了"批"字。

炎日昭昭，日上三竿的菜市场人潮涌动，里三层外三层的老百姓摩肩接踵地挤着，单衫上渗出一大片汗迹。

有人承受不住，终于嚷道：“哎哟，挤这么凶干什么？斩的又不是范申那狗贼！”

“哎，要我说，就该把那狗贼的尸首弄回来，往那城门上吊他个十天半月，单是处决这一大堆哭哭啼啼的家眷，可真不够解气的……”

“这有什么不解气？眼下是哭哭啼啼，当初仗着范申作威作福的时候可没少得意，我今日便是要替他范申亲眼看着，他范氏一家是怎么死绝的！”

人声喧哗，一长队囚车把人潮分成两拨，那些个身板单薄的顿时被挤得更瘪了。正骂骂咧咧，突然身后又一大股力量涌来，一人被震得差点把早饭喷出来，铁青着脸骂道：“还挤！干什么呢？！”

有人回道：“城口大军出征北伐，去送行的那帮人赶过来了！”

那人顿时骂也不是，不骂也不是，幸而个头还小，便就近朝一个大胖子怀里钻去，恳求庇护。

“老天，赶紧杀吧！这再挤下去，我都得去投胎了！”

“……”

人潮渐汹涌，日头也慢慢攀至中天，刑场上，六十来号人身着囚服，或神情木然，或涕泗交流地跪在地上。

“啪”一声醒木惊响，监斩官喝令声下。

炎炎烈日暴晒刑场。

一刹那间，血流成渠，人头滚得满地。

两日后，奉应行宫。

相较于盛京城里气势磅礴的皇城，太上皇赵启晟的这一座行宫实在简陋得可以用“寒碜”二字来概括。

在御前伺候了二十多年的内侍崔全海安慰他，称赵彭已下令在奉应东郊兴建宫室，给他打造一座像模像样的、足以体现皇家颜面的宫殿，然而太上皇本人似乎并不大信，他依旧整日地躺在床榻上，任由自己一点点地被病气消磨。

身边的旧臣都彻底消失了，有人说他们是回京复命，有人说他们是请辞回乡，也有人说，但凡是被禁军从这里领走的，没有一个人能够善终。

他们都是他一手栽培起来的心腹，都曾跟他在逃亡的途中共患难，共甘苦，但是现在，他们形容狼狈地被自己的儿子派人拖出自己的宫室。而他，这个曾经自以为操纵一切的帝王，连亲自去看一眼、送一程的资格都不再有。

他知道那一扇门背后，等待着他那些心腹的都是怎样的一条路，他还是识破了哪些是谎言，哪些是安抚。帝王清除旧党所用的手段，就当下而言，他还是比他的儿子更懂。

窗外的一棵老槐树下，夏蝉嘶哑地叫着，崔全海从外间走来。

“回信了？”太上皇开口，声音也嘶哑着，他讲话时，眼神并不动，仍是默默地盯着帐顶。

崔全海一脸沮丧，摇了摇头，后发现太上皇并不能看到，心头一梗，回道：“许是政务太忙，明日，应该就会有回音了。”

太上皇在床帐里低低一笑：“不会了……”

从盛京到奉应拢共也就半日的行程，信都寄出去五日有余了，不回，就是很体面的拒绝之意了。

那些狼狈的朝臣，那些无辜的家眷……

他一个都保不住了，他什么都保不住了。

“官……”崔全海差点又把人叫错，黯然改口道，“太上皇。”

“累了，你走吧。”

帐幔里的声音依旧疲惫而嘶哑，跟窗外的蝉声一样，奄奄一息，负隅挣扎。

崔全海胸口一酸。

日头炎热，屋中干燥，缠绵多日的药气黏着人的嗅觉，崔全海踅身去窗前推开半扇窗，让风散去屋中的腐朽气，继而往外走，回来时，端着一盏解暑的杨梅渴水。

崔全海朝帐中唤，没有了回应。

“太上皇？”

崔全海迟疑地把那盏汤水放在桌上，走至床边，掀开帐幔看进去。

暖风习习，腐气不散，崔全海慢慢地跪倒在床榻前，暗影匿去他的脸。

窗外蝉声依旧。窗内，哭声哽咽。

泰定元年五月二十日，太上皇赵启晟驾崩于奉应行宫，赵彭休政三日，以表哀思。

午后，燥热的风吹遍盛京，大理寺地牢前，容央穿着孝服，在大理寺卿和狱卒的陪同下走入地牢。

地牢阴森，哪怕在酷暑五月，也弥漫着黏湿的潮气。狱卒在前通传嘉仪帝姬驾临，两侧牢房寂然，容央穿过狭长的甬道，在最里侧的一间牢房前停下。

一束光从蛛网密布的天窗照射进来，照在赵慧妍苍白憔悴的脸上。一个多月的囹圄生活已经磨去了这位帝姬的贵气，凌乱的髻松散地耷拉在脑后，两鬓发丝黏着干裂的唇，裙裾上，那夜残留下来的血迹已褪成褐黑的污痕。

那是吕皇后和赵安的血，是牢中这人的母亲和弟弟的血。

容央的目光停在那上面，脑海再次掠过吕皇后和赵安的死状，定了定神后，开口道：“他死了。”

赵慧妍靠在墙角坐着，目光冷漠地凝在虚空里，并不动，闻言片刻，方后知后觉地转过头来。

容央对上她微眯的眼睛。

赵慧妍领悟，扯唇一笑，终于死了。

她了然地道："现在，到我了。"

容央沉默，身侧，跟在后头的御前内侍捧着红木漆盘走上来，漆盘里，放着一盏酒。

赵慧妍似笑非笑地看着那一盏酒。

新皇继位，责令大理寺严查恭穆帝姬叛国一案。日前，大理寺卿上交案宗，赵彭看着那一行行的罪名，沉吟一夜后，把"刑场问斩"改为了"御赐毒酒"。

这大概是这位皇弟给予她的一次体恤吧。

赵慧妍冷笑，谁稀罕哪。

谁稀罕死在这阴冷逼仄的地牢里，死成那皇家史册里一段不能见光的秘辛。

狱卒上前打开牢房，容央驻足在牢门前，迟迟不进去。想了想，她望向对面石墙上那扇破败的小天窗，道："你爱过耶律齐吗？"

赵慧妍如同听了个笑话。

容央道："娄军大败，主帅索保宗撤军北逃，耶律齐在逃亡途中被国军抓捕，后自戕而亡。押解他的将领在他的身上搜出了不少物件，其中，有一块由大鄞皇家造作所打造的玉佩。"

容央目光落回墙角里的赵慧妍："那是你当年和亲大契时的陪嫁物。"

赵慧妍收敛神色。

地牢阒寂，尘埃在光线间浮游，往事肮脏也好，干净也罢，也都尽在这明灭之间化为乌有。

容央走上前，把那一块系着金色丝绦的玉佩拿出来，递过去。

赵慧妍垂眼看着，道："还给他吧。"

容央一怔。

赵慧妍嘴角勾起一个嘲讽的弧度："我真的没有喜欢过他，至于他干什么留着这东西，我也并不在意。既是他临死都要揣在身上的，那就拿去跟他陪葬好了。君子不夺人所好的，不是吗？"

容央收拢手，应一声"好"后，如她所愿把玉佩收走。

赵慧妍仰头，顺着牢中光束往上看，看向那一扇日光刺目的天窗。

时辰已经不多了，赵容央东拉西扯，给她拉出来的命也就这点了，赵慧妍道："让我去外面喝吧，这里太冷，我想晒一晒太阳了。"

泰定元年五月二十三日，二十岁的赵慧妍拖着沉重的脚镣，一步步地走出大理寺阴冷的地牢。

她生来就注定戴着一副镣铐生活，到死，也还是挣脱不开这躯壳上的枷锁。

时值盛夏，盛京的炎日烈火一样地灼烧着天空，大理寺地牢外的石地也滚烫，空气里弥漫着干燥的泥土香气。

赵慧妍记得，墙垣东侧有一棵桂花树。

要是个秋天就美了。

赵慧妍站在庭院中央，晒完太阳，拿过内侍捧着的酒。

毒酒喝下去，她用最后一口气对容央道："让赵彭把我的封号撤了。"

来生，再不要生于帝王家。

（13）清平乐

两年后。

旭日东升，朝霞铺满天际，在北伐战场上征伐了整整两年，收复了所有失地的大军班师回朝。

这一日，恰赶上皇家林苑金明池一年一度的开园之日。

辰时，悠扬钟声回荡盛京，林苑放行后，入园探春、庆功的队伍大排长龙。喧嚣声里，大人小孩的歌声缭绕不绝，除歌那一曲热腾腾的童谣——"船里看姣姣"外，还歌起以往从不曾咏过的凯歌，歌那铿锵的战鼓，寥廓的疆场。

"先取山西十二州，别分子将打衙头。回看秦塞低如马，渐见黄河直北流。"

又或是："天威卷地过黄河，万里羌人尽汉歌。莫堰横山倒流水，从教西去作恩波。"

是对凯旋大军的称颂，亦是对这失而复得的太平之世自豪的盛赞，热情的歌咏。

日跌，屋宇寥落的金明池西岸，一堆衣着华贵、玉雪可爱的稚童正在宫人的簇拥下嬉戏玩耍。

垂柳拂堤的湖岸上，六岁的蜜糕歪头打量着蹲在面前摘花的小云仙，黑漆漆的大眼睛定格在她一抿唇就跳跃出来的酒窝上，粉扑扑的肉脸印着个小小的、圆圆的窝，像一团雪，给人用食指戳了一戳。

蜜糕心痒，忍不住也伸手去戳了一戳。

小云仙扭头，垂眼看他戳在自己脸上的手，空气一时僵住。

蜜糕讪讪地收回手来，笑着又往自己脸上戳一下，解释道："你有，我没有。"

小云仙眨眨眼，一言不发，很冷静地转回头继续摘花。

蜜糕抱着膝盖，道："你到底是喜欢我叫你表姨，还是堂姑呀？"

小云仙淡淡道："都可以呀。"

蜜糕认真想了想，道："那，我每逢单日叫你表姨，双日叫你堂姑吧？"

正说着，一串脚步声哒哒哒从后头传来，蜜糕没留神，给一人朝后背一扑，差点一个狗吃屎栽倒在小云仙跟前。

“定胜糕！”蜜糕喝道。

全天下敢这样往他身上扑的除开这个弟弟没别人了！

“嘻嘻。”定胜糕龇开牙，朝他歪头一笑后，扭头又跑开。蜜糕一抓抓不住，想去追，眼珠又朝小云仙那边转。

小云仙继续淡定地、专注地摘着花。

“我去去就回。”蜜糕交代完，拔腿去了。

人去后，小云仙困惑地嘟囔：“去就去呀。”

干什么要特意跟她讲哪？

定胜糕坐在草坪上跟大帝姬赵令颜、大皇子赵维桢一块吃糖，蜜糕从后走来，抢走他手里一块枣泥酥饼。

定胜糕大惊，瞪直眼朝坐在树荫里纳凉的容央求救。

容央淡淡地瞄蜜糕一眼，等他给回应。

蜜糕三两口把那块酥饼吃下，拍着手上渣滓，道：“他刚刚从后头撞我，我来报仇的。”

这点把戏容央倒是很清楚，因而也更不懂：“他平日里没少撞你，怎么今日就要报仇了？”

“小云仙……”蜜糕及时刹住，改口，“小堂姑在那儿啊，他撞着我，我跟着撞了小堂姑怎么办？”

说罢，他竟也不等容央断案，眼往地上的一大堆糕点扫，拿起卖相最好的一盒就要走，临了又犹豫一会儿，从盒里拿出一块给定胜糕喂去。

“喏。”蜜糕朝他扬一扬眉，很雨露均沾的风范，走了。

定胜糕含着那一大块糕点，眨眨泛湿的眼。

吴佩月抱着两岁大的赵令颜笑，对容央道：“我看蜜糕对小云仙很上心哪。”

明昭闻言，眉微动，眼往蜜糕的背影瞄。

容央忙护短道：“长得好看的小娘子他都上心，小云仙没来时，他不一直在这儿逗着令颜吗？”

吴佩月忍俊不禁，道：“那等蜜糕长大以后，这盛京城里的姑娘们可是要遭殃了。”

风流倜傥的褚家郎君，不单对小女郎上心，还见一个爱一个，这得俘获多少芳心、又辜负多少芳心去？

容央也正发愁这一块，张口结舌，半晌郁闷地道：“也不知道像谁。”

明昭淡淡地道：“像你。”

“扑哧——”

草坪对面，一行人穿过游廊，往这边走来。

赵彭将手里的折扇一收，朝湖边垂柳的方向指去，指着那两个小小的背影，道：“朕没说错吧，这蜜糕果然又是跟小女郎黏在一块。姐夫，不是朕危言耸听啊，回回家宴，哪儿有漂亮姑娘蜜糕往哪儿钻，照这趋势发展下去，你这小世子长大后非得负债累累不可。”

所谓“桃花债”也。

褚怿环胸走着，目光定格在垂柳下的那一幕，双眸微眯。

褚晏摸着下巴，“啧”一声：“这是像谁呢？”

他褚家养出来的可都是“新买五尺刀，悬著中梁柱。一日三摩挲，剧于十五女”，眼里有枪无人的钢铁硬汉啊。

褚怿不应，默默走着，眼神渐渐深凝。

容央坐在树荫里，隔着日光跟迎面走来的褚怿四目交接，心头“咯噔”一下。褚怿朝她微微颔首，像是个示意，但又示意得隐晦了些，令人不大明白表达的究竟是什么。

怔忪中，三个男人走近。容央 行起身向赵彭行礼，赵彭一摆手，撩袍在她们面前坐下，褚怿、褚晏则越过古树，往垂柳那边去了。

容央、明昭的目光同时跟过去。

湖风习习，岸上青草簌动，一朵朵黄灿灿的小野菊点缀在绿意里，蜜糕笑着摘下一朵，在小云仙眼前晃晃后，放去她挎在臂弯的小竹篮里。

“一会儿我用这些花给你做个花冠。”蜜糕承诺完，又要去摘花，肩膀上突然压下来一只手。

这一次，力量沛然，来人显然不是那虎头虎脑的定胜糕了。

蜜糕转头，对上一双深黑明亮的眼，这双眼的眼型分明是风流的桃花眼，但不知为何，总是给本人衬出一股鹰眼的气势。

蜜糕脸色唰地变白，张口：“爹爹。”

声音倒还比较稳。

褚怿点头算作回应，拉他站起来。那厢，褚晏也到了小云仙身边去，弯腰把她脑袋揉一揉：“跟小侄儿玩呢？”

小云仙默默回答：“摘花呢。”

褚晏朝褚怿父子大剌剌一笑。

褚怿唇微扯，把蜜糕拉到柳树另一边去，信手折下一条树枝，扔给他：“把枪法练一练。”

蜜糕捧着树枝大惑不解：“今日不是来玩的吗？”

褚怿：“不玩了。”

蜜糕：“？？？”

还能这样？不是，他犯什么事了吗？

褚晏走过来，瞅着小郎君震惊又委屈的表情，看热闹不嫌事大，道：“至于吗，人家就跟小女郎玩一玩，又不是那纨绔公子沉湎声色，不至于就把课业落下了。”

褚怿耷拉着眼，看也不看他一下，褚晏笑呵呵地搭上他肩：“再说了，哪有当爹的两年不回家，一回家就检查功课啊？”

蜜糕心道“就是嘛”，脸上却露出乖巧的笑来：“没事，蕙姑姑刚教会我褚氏枪法前三式，我也早就想要给爹爹看了！”

褚怿、褚晏叔侄二人不约而同，眉梢微微一挑。

蜜糕朗声说罢，一敛容，“唰”一声掠直枝条，竟当真有模有样地展示起褚氏枪法的前三式来，风声猎猎，柳绦飘动。草坪上，小郎君身形矫健，一条树枝或转或刺，或探或搠，耍得虎虎生威，干净利落。

两个大男人在旁边定睛检阅。片刻后，褚晏由衷地称赞：“比你当年厉害啊。”

褚怿沉了大半天的脸也终于云销雨霁，嘴角微挑：“是吗？”

骄傲之情根本藏不住。

褚晏“嘁”一声：“看把你乐得。”

是夜，华灯璀璨。赵彭于宝津楼内宴请群臣，席上，文武百官推杯换盏，欢声鼎沸，一庆北伐大捷，二庆内地安定，赵彭酒过三巡，直乐得两颊红光闪闪。

两年后的大鄞跟两年前相比，终于是天壤之别了。

外有武将戍守边陲，内有文臣治国安民，赵彭的天下，终于不再像他父亲的天下一样，看着光鲜亮丽，实则满目疮痍。他的朝堂，终于可以容纳下一位位粗犷悍勇的武将，文臣不会再对他们嗤之以鼻、打压排挤；百姓也不会再动辄称“凯歌劳还，献捷太庙，其荣亦不及状元登第”；年轻人不再只敢依长辈考取功名，不敢跟爹娘提从戎参军。

没有军人拿命筑起的城墙，哪有那朝堂之上的高谈阔论，学堂之中的书声琅琅。

赵彭百感交集，越想越心潮澎湃，越喝越慷慨激昂。酒到不知第几巡时，赵彭撑案站起来，举着一杯酒向座下的诸位将领一一谢士

“这一杯，朕敬所有大鄞将士，谢你们舍家远行，卫国安民！”说罢，他一饮而尽。

座下，文武百官相视一眼，会心一笑，默契地举杯相敬。

赵彭举起来第二杯酒，道：“这一杯，朕敬在场所有将领，尤其在峪州一役中舍生忘死的许将军，还有忠义侯府的四爷，本来可以云游四方，却还是临危上阵，当然，也宝刀不老的骠骑大将军。”

席间众人笑，褚晏给这小皇帝说得有点脸红，笑着斟酒。

赵彭高声："谢诸位英勇杀敌，雪我大鄞之耻，收我华夏之地！"

众文官举杯，应和圣上道："谢诸位将军雪大鄞之耻，收华夏之地！"

又一轮酣畅痛饮。

最后一杯，赵彭摇了摇发昏的脑袋，仍是一笑："这一杯朕要敬谁，诸位应该很清楚了。"

座下众人纷纷朝位置最显贵的褚怿看去。灯下，当事人一袭绛紫官袍，威武整肃，偏眉睫垂着，薄唇扬着，一副落拓不羁的散漫笑容。

赵彭还在那儿热血沸腾："此次能够横扫娄贼，收复幽云，还要多谢朕的姐夫忠义侯指挥若定，用兵如神！为护这天下，忠义侯几次三番冲锋陷阵，出生入死，实乃呕心沥血，功至无双！"

饶是事先有准备，褚怿也还是给这文绉绉的词儿夸得脸微红，低低一笑，举杯回应："不是护天下，是护容央。"

众人一怔后，哄然大笑。

夜色渐浓，席间歌舞声、欢庆声不绝于耳，劝酒的辞令更是越发地五花八门。

褚怿不大喜欢这样闹腾的场面，看赵彭在那儿喝得晕头转向了，便溜至殿外散酒。

仍是当年的那一座正殿，殿外的走廊尽头，暗影重重。褚怿走进去，小臂搭在栏杆上，背靠着护栏倚着，忽然想到什么，眼往走廊另一头转。

那一年，便是在这里，有个骄傲又放纵的小帝姬贼坏地整蛊一个世家公子，偏巧给他撞上，他想躲也躲不掉，她趾高气扬地走上来，阴阳怪气地训了他一顿。

她一边训，一边脸红，一双大眼睛一下又一下地朝他偷瞄，也不知心里是在想什么，眼睫越眨越快，腮畔的红直往耳根跑。

她那天，穿的恰恰是件绯红的宫裙，臂弯间挽的披帛也是红色，一廊的灯光、月光照在她身上，更衬得她雪腮如霞，美目流波，讲起话来时，皓齿鲜白，丹唇外朗。

那个样子，可真是又嚣张，又娇羞，又漂亮。

褚怿默默回忆着，眸心醉意慢慢深下去。

他想去找他的小帝姬了。

宝津楼外的小虹桥外，清辉如水，树影横斜，蜜糕、定胜糕围在容央身畔，一边朝天上打量，一边拉她裙裾道："到底什么时候开始啊？"

定胜糕越等越心焦："怎么还不开始呢？"

蜜糕试探地道："要是快开始了，我能去叫一下小堂姑吗？"

容央乜斜他一眼，恨铁不成钢道："不要什么事都想着小娘子，你乖乖跟弟弟看一场烟花，不成吗？"

蜜糕嘴硬："那是堂姑嘛。"

容央翻白眼，一翻，婆娑树影后，一人从夜色里走来，官袍飒动，皮靴有力，那挺拔的身形，英武的气质，赫然便是今夜庆功宴上的主角，她的大将军。

容央不由得一怔，御宴这就散了？

褚怿走来，看也不看那两个小的，上前就把她一揽，往小虹桥上走。容央更怔，回神时，已给他揽着薄肩站立在桥上。浓烈的酒气从他身上散发下来，笼罩着她，和他胸膛前微凉的触感一起包裹着她。

容央蒙蒙地眨眨眼。

树下，蜜糕、定胜糕两人给雪青和荼白拉得紧紧的。

母子三人隔空相望，一时都有点茫然。

夜风吹拂在月光朗照的小桥上，褚怿低头，薄唇贴至容央耳郭，摩挲着她，滚烫的气息朝她耳里钻：“今日有人告状，说蜜糕多情，也不知像谁。”

容央立刻道：“反正不像我！”

褚怿一声笑。

容央回过神来，心想着这人原是来算账的了，凛然道：“笑什么，我对待感情，从来都是一心一意，坚贞不渝的，难道不是吗？”

褚怿薄唇勾着，歪头去看她表情：“是吗？”

容央脸颊生热，那双长睫眨得更快：“那当然是啊，你扪心自问，我自跟你大婚以后，可有动过任何对你不忠的心思？”

容央嘴上抹蜜，奉承的话来得极快：“你这样英俊，也这样威武，如今又是四海皆服的大英雄，除你以外，这天下还有人能入我眼吗？”

褚怿双眸更深，容央转过头来，去拉拢他微敞的衣襟，顺势在他胸口一点：“我自然是要把你放在眼里心里，一生一世，生生世世都小心珍藏的。”

褚怿忍不住，“嗤”一声笑了。

一声尖啸冲天而起，下一刻，彼此脸庞被漫天华彩照亮，容央一下看清褚怿咫尺间深邃的、炙热的眼，心尖一颤，双颊越发滚烫如火。

漫天烟火不绝，一簇簇花火绽放又熄灭。

那一年，他在亭上看烟火，她在桥上看烟火。今夜，烟火就是彼此，就在彼此眼前。

蜜糕拉着定胜糕跑上桥来，激动地在褚怿、容央身边转来转去，最后一个站爹爹这边，一个站娘亲那边，一个拉爹爹的衣袖，一个拉娘亲的衣袖。

褚怿笑着在容央脸颊上一点，提醒她回神。

四人仰望天幕，华彩映空，人间灿烂。

盛世如此，不负斯土。

—正文完—

番外一

阮郎归

（1）

褚晏遇到明昭那年，二十岁。

二十岁的褚晏还是忠义侯府里最幸运的郎君：因为兄长有为，守得边陲安定，他不必前往关城吞风饮雪；又因为根正苗红，枪法出众，长得也仪表堂堂，风神潇洒，他很快便在禁军里脱颖而出，成为常伴君侧的殿前侍卫。

开年的第一天，他衣冠齐整，春风满面，挎着殿前司配置下来的佩刀前往文德殿上值。

宫殿华美，气氛威严，官家平日里用来办公的那一方长案后，却坐着一位静如秋水的小娘子。

初春的晨晖铺在小娘子低垂的眉睫上，她专注地写着字，像是乏了，头一歪，支起颐，飞仙髻上插着的金摩羯镶玉步摇一晃，流苏簌动在皓腕上，似山涧春水荡入溪里，荡得他一恍惚，差点忘记收眼。

领他进来的殿前司都指挥使在他后背拍了一下，他急急回神，怔怔地想，这是官家后宫里的哪位娘娘吧？

指挥使却行礼道：“卑职参见长帝姬。”

他心神一震，然后又掀起眼。

这一刻，长案后的人也正挑起眼眸看过来，两人的视线交汇在春晖里。

春风拂帘，一室岑寂。

指挥使又在他后背一拍。

褚晏耳根骤红，颔首行礼：“御前侍卫褚晏，见过……长帝姬。”

不知为何，心里有一丝莫名的窃喜。

春风得意的褚四郎第一天上值并没有很顺利，但这并不妨碍他的心情。

御前侍卫的工作不算忙，褚晏又是个热烈的性子，几回插诨打科后，很快跟同事们熟络起来。交谈间了解到，这位时常出入官家殿阁的小娘子，便是那位大名鼎鼎的明昭长帝姬。

所谓“大名鼎鼎”，除其人容貌绝色以外，还因那一曲名动京师的《湘妃竹》。据说，当明昭长帝姬在禁庭里弹起箜篌时，连林间的鸟、树下的蝉都是静的。

褚晏没听过明昭弹箜篌，也想象不出那等文绉绉、神乎其神的场景，他就是老想起开年那天进文德殿里的那一幕——

小姑娘慵懒地歪着头、支着颐，朝他撩起来的一双眼，美丽又冷清。

据褚晏的观察，明昭大概每隔三日来官家这里请一次安，来时，会坐在官家的御案后品赏他新作的画。喜欢，她蘸墨挥毫，给他题诗一首；不喜欢，她就蛾眉一扬，原封不动地把画放回去。

不知道为什么，褚晏特别喜欢看她后面的那个表情。

他还喜欢有意无意地去跟她视线相碰，比如在殿里，他就偷偷地撩眼看她，等她发现，他就把脸偏朝一边去。

比如在殿外跟其他禁军唠嗑，他突然神动，一转头，就硬是能看到她袖着手从回廊那头走来。他看到她，她也看到他，然后两个人都很识趣地闪开目光。他用余光看她入殿，或是就从某条距离她很近的长廊里走过，走远。

他说不上来这是怎样的一种癖好，就是觉得那一瞬的相触很令他振奋，像一团火掉进酒缸里，烧得噼里啪啦响，烧得他一身血隐秘地沸腾起来。

时日飞转，一眨眼，一个春天就过去了。褚晏在御前当差，按部就班地轮值，他不大喜欢值夜班，原因倒不是要熬整宿——血气方刚的少年郎并不怕熬。他讨厌的是夜里的文德殿太热闹，一热闹，他想看的那个人就不会来。

他看不到她，就更感觉殿里吵，吵得他那么闹腾的一个人都觉得烦躁。

更主要的是，他在禁庭里看不到她，就总是会在梦里梦到她。值完夜班后回家去睡觉，做梦，梦完，他褚四郎的被褥就在大白天里脏了。

褚晏更烦，烦得有一点羞耻了。

终于有一日，官家突然把他招去御案前，要他护送明昭前往艮岳一趟。他受宠若惊，八尺高的一个少年郎木桩似的在那儿定了半晌，反应过来后，“哦”一声，转开涨红的脸等明昭先行。

走出文德殿才反应过来，应官家的话怎么能说“哦”，应该答“是”才对。

褚晏跟在明昭后头，懊恼地摸下巴，脸一下更红了。

明昭来艮岳的藏书阁——八仙馆里找琴谱。

两个侍女敛秋、拂冬，还有一个御前侍卫褚晏跟她一块入馆。八仙馆是全京藏书最多的阁楼，三层格局，层层书架林立，单是存放乐谱的这一块，就占最顶层大半之多。

明昭仰头打量，道："分头找吧。"

褚晏眼神立刻动一下，点头，随便捡个方向去了。

这是个蝉声大噪的盛夏，午后的太阳从栈窗外照射进来，空气里细微的浮尘都一清二楚。褚晏绕开敛秋、拂冬，一径往深处钻，每过一排书架探一下头，最后，在最末的一排书架前，看到了明昭。

栈窗在她身侧，窗户开了半扇，燥热的风混着馆外的茉莉花香气吹进来，拂动她云鬟上的步摇，臂弯间的披帛。

她仰着头，望着一排破旧的古籍，踮脚从上面取下一本泛黄的书，然后用手温柔地抚平封皮上小小的褶皱。

褚晏半个身子藏在书柜后，眼盯着她，看她低头翻开书，看入神时，又开始微微歪头。

褚晏嘴角一动。

蝉声"吱吱"地响在窗外，那样放肆，也那样美好，褚晏一动不动地凝视着明昭，安然地享受着这份偷窥的滋味。突然，疾风吹过，书页唰唰翻动，明昭握紧书，下一刻，转头。

两人视线交汇在炙热的光线中。

褚晏退回去，在两架书柜间局促地转了个身，压下咚咚大作的心跳后，胡乱抠下一本书，厚着脸皮走出去，一径走至明昭跟前。

"是这个吗？"

讲完，他的眼重新盯上她，胸口再次怦然鼓动，脸上晕开热潮。

明昭瞄那书的封皮一眼，又抬眸，对上他双眼。

他的眼睛是深棕色的，被阳光一照后，像天然的琥珀。他盯着她，一点不避讳，一点不藏掖，既像真的在请教，又像小孩做错事后故意来将功弥罪。

欲盖弥彰。

"你说呢？"

明昭淡淡转开眼，然后跟着转开了身。

褚晏因为她的转开心里空了空，低头，并不能看出这书究竟对或不对，不过既然她不拿，那应该就是错的了。

褚晏把书藏去身后，跟着她。

明昭没有撵他。

她似是而非地巡视着身侧密密麻麻的书籍，食指压在那些书的书脊上慢慢地划过，褚晏目光便落在她修长柔嫩的手指上，看那根雪白的手指在阳光里移动，想起小时候念书时被老夫子压着背诵的诗句——

“指如削葱根”。

明昭突然一停。

褚晏也停下。

明昭回头，从褚晏腰侧抠下一本书，他离书架太近，书拿下来时，封皮贴着他精瘦的腰擦过。

褚晏一僵。

明昭不动声色地翻开书，看两眼后，淡定道：“我找到了。”

这年夏天，明昭去八仙馆找书的次数变得频繁了，所要的书也更难找了。

褚晏第二回陪她来找书时，被单独扔去了二楼。

他对这个分配显然很不满。

胡乱在二楼书架前乱逛一气后，褚晏慢慢说服自己，摒开那些小家子气的想法，耐着性子开始给明昭找书。

这回要找的不是琴谱，而是本前朝遗落下来的佛经孤本，光书名就一堆长，叽里呱啦的又绕口。他记得磕磕绊绊，生怕转头就给忘了，闷头扎在一层层书架间，一边念，一边找。

又是个蝉声大噪的午后，栈窗没开，褚晏额头上很快渗出细汗来。他也没想起要去开个窗透点气，全身心扎在那书海里，前所未有的认真细心。

地板上，一双翘头珠履缓缓踏来，一点声音不起，花青色的绢纱裙裾拖曳在金色光辉里，上面绣着的相思草间明间灭。

前方，是那少年郎叽里呱啦的声音，很郁闷又很认真地念着：“哆啰夜耶金刚般若波罗蜜经……”

明昭抬袖掩在唇边，走过去。

褚晏满头大汗，摸着下巴蹲在书架前，突然，余光里出现一抹熟悉至极的倩影。

褚晏转头，明昭站在这一排书架那头，仪容端方，气质脱尘。她眼神依旧是淡淡的，口吻也淡淡的，看他一眼后，便移开，道：“楼上没有。”

褚晏一愣。

明昭四下打量：“这里有吗？”

褚晏下意识地道：“有。”然后想起来补漏洞，“但还没找着。”

明昭重新看向他，静了静，道：“那就一起找吧。”

褚晏再次受宠若惊：“嗯……”

蝉声起伏，两人徘徊在同一条过道里，背对背地找着书。褚晏目光聚焦面前密密麻麻的书脊上，心神却根本无法再集中，耳畔已不再是蝉声，而是心跳。

他十分意外，又十分惊喜，还隐隐有一种莫名的疑惑——疑惑明昭为什么会亲自下来，来到他的面前，还提议要跟他一起找，在同一条过道里找……

额头上的汗更密了，心跳也更快了，褚晏不敢再往下想，咳一声，重新聚精会神："半夜菠萝……呸。"

他的脸一红，忙去偷看惊动身后人不曾，确认没有后，方回头继续搜索："波罗夜耶……不是，夜耶哆啰……"

"哆啰夜耶金刚般若波罗蜜经。"

身后，少女的声音镇定而温柔，褚晏又咳嗽一声，凝神把书名记下后，正色道："谢殿下提醒。"

明昭不再回应，褚晏调动所有神智恢复冷静，如此这般地找了一排后，又转去下一排。

转时，看到明昭握着一本书站在刚刚两人交谈时所在的地方，没有跟他一块往下一排找的意思。

褚晏又一怔，迟疑地转去下一排后，心不在焉地找着。不多时，他从另一头绕回去，慢慢踱至明昭身旁。

"殿下找到了？"他佯装轻松地问。

"没有。"明昭泰然地翻着书，眼神也没有从书上移开，"这本书有点意思，我看一看。"

褚晏："……哦。"

他犹豫着要不要走。

真热，褚晏终于意识过来窗户一扇都没开，忍不住拉了拉衣襟，顺势瞄明昭一眼。她专注地看着书，螓首微垂，玉颈颀长，一小截锁骨露在衣领外，处处都是雪白的，更衬得整个人冰肌玉骨，干干净净了。

褚晏自惭形秽，便欲去把窗户打开，明昭突然抬头，向他看来。

褚晏双脚定住。

"要一起看吗？"明昭看着他的眼睛问道。

褚晏喉头一紧，本能地答："好啊。"

蝉声聒噪在闷热的阁楼外，书香萦绕的小小世界里，是一丝风痕也无的静。褚晏规矩地把双手背去身后，站在明昭身边低下头，跟着她的阅读速度，看着书上的内容。是一本谈魏晋玄学的小书，什么"寂然无体，不可为象"，什么"以无为本，以有为末"……他觉得一点也没意思，一点也看不进去。

他的注意力终于从字里行间剥离出来，再次悄悄地、恣意地落回面前这个少女身上。

他看她乌黑浓密的头发，看她逆光时微微透明的耳郭，看那坠着金镶水晶紫茄耳环的粉红的耳垂，还看她粘着一丝乌发的雪白的颈……

因为没有风，她身上的馨香比任何时候都更浓烈，更真实，萦绕在他鼻端，像梦一样细腻，缱绻。

褚晏压抑下去的疑惑又开始蠢蠢欲动——

她为什么会下来？她为什么会……允许他这样亲密地站在她身边？

她难道就不觉得他大胆、逾矩、造次？

她难道也……

褚晏喉头一滚，反应过来时，话已问出来了。

“我能问殿下一个问题吗？”

明昭那双纤睫明显眨动了一下，但她不转头，仍是注视着书本：“嗯？”

褚晏腮帮咬紧，问得急切又艰难：“殿下……有心仪之人吗？”

空气一静，很明显地一静，尽管外面蝉声还在聒噪，隔着窗，隔着无形的墙。

“褚侍卫有吗？”明昭沉默后，不答反问，把这烫手的山芋转扔回给他。

褚晏这次没再㞞，他盯着她，很确定地道：“我有了。”

阳光炙热，蝉声鼎沸，明昭眨了下眼，静静地答：“哦，我也有了。”

褚晏目光炯炯，半晌，声音更艰难：“那……我能问这个人是谁吗？”

（2）

褚晏这天夜里又做梦了。

梦里，他压着那个仙女一样的小娘子，大手撑在她脸侧，唇贴紧着她的耳朵问：

——他是谁？

小娘子眉头颦蹙，依旧不答，他便发狠地撞着她，反复地求证：

——是不是我，是不是我？

惊醒时，天光蒙蒙，麻雀从窗外扑枝掠过，褚晏一骨碌坐起来，掀开被褥一看，脸又黑了。

小断从外间进来，按点催他起身：“郎君，该起床练功，然后进宫上值了！”

褚晏“嗖”一声把被褥盖好，僵坐在床上不动。

小断进来看到他的表情，一愣后，领悟。

又来！这个月都第几回了！

小断忧心忡忡，闷咳两声，去衣橱里给褚晏取来一套干净的亵衣亵裤，又亲自给他拆下脏污的被褥。

等一通忙活完后，褚四郎已衣冠楚楚、像模像样地站在镜前，很是正气凛然、意气风发的少年样了。

小厮思来想去，搓着手上前规劝。

褚晏看他一眼，显然知道他要讲什么，气定神闲地道：“很正常。”

小厮还是忍不住：“以后那些画……能少看，还是少看点吧。”

褚晏正摸着下巴端详镜中的自己，闻言只当他放了个屁，眼一抬，提上枪往外去了。

明昭最近都没再去八仙馆找书，褚晏很郁闷。

她来文德殿的次数倒是没少，只是跟他眼神交流的次数像是少了。褚晏经常盯她看老久，她却眼珠都不朝他转一下，害得他一天天望夫石一样地杵在大殿里，隔三岔五给巡查的指挥使拍后脑勺。

“你想什么呢？”最后一回，指挥使忍不住这样问他。

他张口就编：“家母近日思念兄长，郁郁成疾，昨夜晚膳都没能吃下，我有点担心。”说得脸不红心不跳。

指挥使半信半疑看他两眼，交代：“官家下午要启程去艮岳行宫，预备在那儿小住一段时日，同行的还有后宫里的各位贵人。这条路虽然近，但也难保没有意外，到时候千万给我精神点。”说罢，又迟疑地收住脚，“但你要是担心令堂，这次不去也……”

褚晏心神一动，立刻：“我不担心了。”

指挥使：“？”

褚晏容光焕发：“卑职的意思是，如果家母知道卑职在这种时候临阵脱逃，忧思肯定会更重的。指挥使放心，这次伴君，我一定只立功，不闯祸！”

指挥使眯眼。

褚晏便朝他笑，日光下，一个酒窝，一口白牙。

少年郎的笑容最是真诚可信，指挥使不由得也笑起来，在他肩膀上一拍，叮嘱两句后，走了。

七月流火，京中天气却并不见转凉，褚晏随官家前往艮岳行宫避暑，当夜得闲后，一个人把这偌大的园林溜达了一遍。

什么珍禽园、挥云厅、揽秀轩、紫石岩、梅岭、雁池……五花八门的景致比禁庭还多一大半，褚晏一圈逛下来，发起了愁。

那么多的地方，他得上哪儿去偶遇明昭？

叉着腰站在草坪上吹了半天夜风后，褚晏福至心灵，展望树影重重的南方。

大概，还是八仙馆了。

一日午后不用轮值，褚晏拾掇整齐，立刻往八仙馆走。抵达时，馆外人影寥寥，果然，愿意在这种闷热天气里来读书的人并不多。

褚晏窃喜，踌躇满志进入馆内，从一层找至最顶层，在最顶层时，被一名内侍拦在了入口。

“明昭长帝姬和周公子在内，褚侍卫如要进去找书，还请稍后再来。”

褚晏脑袋里“嗡”一声，像是炸了个雷：“什么公子？”

内侍给他低沉的声音唬得一震，抬眼瞄到他黑压压的脸，心里更打怵：“就是……礼部周侍郎家的大郎君，周弘应公子。”

褚晏全身气血上涌，那颗热腾腾的心却一下冷得像给冰块冻住，撩眼盯着阁内，戾气盈盈。

明昭把一本书放回书架上，淡漠地对身后人道：“我听完了，你走吧。”

薄光里，一人襕衫藏青，缁冠乌黑，眉眼清俊温柔，泰然自若地站在书架前，微微一笑道：“难得来一次，就让我留下来多陪陪殿下吧。”

明昭低头找书，眸底浮起不豫之色。周弘应看她不语，心想应是默认了，笑着走上前。

明昭立刻后退一步，撩眼，眼神冷而静：“你走吧。”

周弘应一愣。

这时，侍女拂冬走过来低声禀道：“殿下，褚侍卫在外求见。”

室内二人情绪皆是一变，一人惊疑，一人眼底冷意溶解。

“让他进来。”明昭把书放回架上，转身隐去眉梢笑意。

拂冬应声退下传话。

周弘应默立在暗影中，眼往外展，先听得脚步声飒沓，后见一人身着殿前司玄色圆领窄袖长衫，脚踏一双皂靴，按着腰间佩刀一步一步地走进来。

周弘应对上褚晏的眼神。

褚晏朝他笑，很标准的笑里藏刀。

周弘应面沉如水，垂眸思忖一瞬后，转身向明昭道：“那我改日再来给殿下请安。”

明昭没有应，目光沉浸在翻开的书页里，思绪飘在那人的脚步声中。

褚晏跟离开的周弘应错身而过，他发现自己比周弘应高出半个头。这很重要，褚晏气势一下更足起来，头微微一偏，自得地朝明昭走来。

明昭捧着书站在过道里侧，依旧眉眼不动：“什么事？”

两个侍女都不在近处，褚晏径自靠近，手背在后头，弯腰问她：“他是殿下心里边的那个人吗？”

明昭握在书页上的素手一颤，扭头呵斥：“你放肆。”

褚晏背光而立，弯下腰时，一双深棕色的眸子就在咫尺间，暗流汹涌，烈火跃动。

这是他第一次这样近，完全逾矩越轨的近，不在她掌控范围以内的近。

明昭双腮腾地泛红。

褚晏看到了，唇一动，酒窝跃了出来。

明昭小脸绷着，目光转去他可爱又嚣张的酒窝上，纤睫一眨，恢复冷静后，别开了脸。

脸还是红的。

褚晏站直，笑不拢嘴。

他也知道自己很放肆，摸着下巴打量着这间终于只属于他们的书阁，转移话题道：“殿下很爱看书啊。”

明昭不理他，不知道是不是在记刚刚的仇。

褚晏厚着脸皮，继续讲：“我以前本来很不爱看书的，可自从跟殿下来这八仙馆后，突然感觉书中果然是有黄金屋，果然是有颜如玉，现在要是隔一日不闻书香，整个人都浑身不自在了。”

明昭转开身，背向他，褚晏却眼尖地看到了——

她刚刚是想笑的。

褚晏扬眉，心里像开了朵花，烟花“嘭”一声响。

“殿下给我推荐本书读吧。”褚晏背在身后的手指忍不住舞动起来。

明昭淡淡地道：“你要看什么书？”

褚晏道：“看……就是，有没有那种看完以后，就能比较招小娘子喜欢的书？”

明昭乜斜他一眼，他嬉笑：“开个玩笑。”

明昭转去下一排书架，褚晏跟上，道：“殿下就随便推荐一本适合我这种人读的吧。”

明昭信手取下一本递给褚晏，褚晏接过来，看着封皮上的“周礼注释”四字，一点也不心虚，把书夹在腋下。

“还有吗？”

明昭继续找。

空气里弥漫着淡淡的花草香，很干燥，很闷热，但栈窗是打开的，只是外面没有风。阴云低压，一场属于夏日尾声的雷阵雨正在酝酿。

明昭依旧用手指划着书脊，目光流转过去：“你都看过哪些书？”

褚晏乖乖答：“三易三礼，四书五经，十三史……差不多都看过。”

明昭：“你也看那些？”

褚晏笑：“我又不是文盲。”

明昭回头睨他一眼，她的意思是他居然也会拿那些硬邦邦的古籍来啃，他却偏故意理解成她戏谑他没文化。

没文化能做御前侍卫?

蛾眉微挑，明昭转回头去，思量怎么回怼他，天空突然一声闷雷滚落。

明昭一震。

雷声不绝，宛如利爪把天空撕裂，明昭本能地缩起脖子，正要去捂耳朵，“啪”一声响，是书本掉落在地板上的声音，紧跟着一双大手把她双耳捂住。

褚晏靠过来，低头，捂住她的耳。他们的身体贴在一起，心跳声在雷声里震动。

雷声轰轰——

心跳声咚咚——

明昭一瞬间僵住。

窗外光线变暗，阁里越发昏黑，少年郎的身体温暖又坚硬，他低头时，微热的呼吸就缠绕在她鼻端。

明昭极快地眨着眼，她应该要推开他，再次呵斥他，可是她这一刻什么也不想说，什么也不想做。

雷声回荡在他宽厚的大掌外，因为这一层温热的阻隔，所有的恐惧都奔远了，消散了。

慢慢地，雷声也开始停止，取而代之的是淅淅沥沥的大雨声。

明昭碰上褚晏的手，抬眼看他，示意他可以放开了。

褚晏盯着她秋波盈盈的眼睛，没有放手。

明昭去扒拉他的手腕，肌肤相触，褚晏震了震，双手被她拉开一些，他又合拢上。

明昭怔然。

褚晏倏地低头，嘴唇压在她微开的红唇上。

咚——

这一次，心跳声比雷声更激烈。

明昭愕然地瞪大眼，瞪着咫尺间莽撞的、热烈的少年，他是闭着眼的，唇压在她唇上，暂时没有动。他保持着这个姿势，不知多久后，睁开了双眸。

那一双眼如浸入水中的琥珀。

四目相对，时光静止。

褚晏双眸一深，拥紧她，开始认真地亲了。

嘈杂的雨把书阁编织成一个美丽的梦，他跟梦里一样，青涩地、激动地、小心翼翼地亲着他心爱的姑娘。

他的姑娘也和梦里一样，没有躲，没有挣扎，他的姑娘和他抱在一起，一起青涩地吻着对方。

褚晏转头，唇瓣分开的当口，他忍不住道：“是不是我？”

明昭被他这没头没脑的一句问得一蒙，蒙着水雾的双眸秋波盈动，她看他，是动情的眼神，迷醉的眼神。

她没有答，也不必再答。

褚晏笑："是我。"

窗外的大雨里又滚落一声闷雷，褚晏重新吻上去，热切地、缠绵地吻上去。天地间的喧嚣都跟他们不再关联，这逼仄的空间，只有他们亲吻的声音。

敛秋、拂冬从后赶来，明昭是怕雷雨天的，这种时候，她们还是应该陪伴着她。

书阁里的光线被窗外的乌云吞噬，她们走过层层书架，找到人时，看到的是暗光里拥吻的一对人儿……

回到住所，褚晏反复回味着雷雨声里的那个吻，整整大半宿睡不着觉。

他想，他跟明昭应该是好上了。

他大概算了一下，今年他是二十岁，可以成家了。明昭十七岁，肯定不能再往后拖。今天那周什么玩意儿多半是倾慕明昭，想要尚主的，是他的情敌。这样的情敌不知道暗处还有多少个。

他得抓紧了。

等官家一回皇城，他就跑回家去禀明文老太君，然后再想个法子去官家跟前求旨赐婚。

褚晏拿定主意，在后半夜做了一场极美的梦。

老天爷待他真的好，他想着跟明昭大婚，就真的在梦里做成了明昭的新郎。

明昭开始默许褚晏隔三岔五、想方设法地来找她了。

他们大多时候仍是在八仙馆里相会，明昭看书，褚晏往她书上的内容瞄一眼，然后也像模像样地拿一本来翻开。明昭找书，他就背着手跟在她后头，等她手一动，他就抢先一步把她要取的书拿下来，殷勤地送到她手上。

她朝他看，他就朝她笑，笑样痞痞的，脸上那个酒窝又把人衬得乖巧。

自然，在看书、找书以外，两个小年轻的幽会还有更重要的事情要做。那些时候，通常是一些夕阳西下的傍晚，或是秋雨绵绵的午后。他吻着她，小心的，缓慢的，浅尝辄止的，偶尔也疾风骤雨一样，霸道而恣意。

那种时候，多半是他又看到周弘应来找她了。他要当值，不像那个清闲自在的公子哥，一天到晚正事不干，就净想着怎么来撬他墙脚。

他想想就气，也知道这样显得肚量小，很别扭地去跟她求证，问周弘应究竟知不知道自己跟她的关系。

她答"不知道"，他一下就更气了，压她在栈窗上，作势要"惩罚"她。

她“扑哧”一声笑起来，脸庞逆在夕阳里，温柔又促狭。

“不知道他知不知道。”她这么解释，语气里有一分不易察觉的嗔怪。

褚晏心念转动，一点便通，她是在提醒他，这种撵情敌的事不应该由她来出马。

是了，褚晏恍然大悟，他俩还处于“偷情”的阶段，便是要公开关系，也得是他这个郎君先向天下昭告对她的爱意，怎么能让她一个尊贵的帝姬先去跟外人开诚布公呢？

褚晏想通，郁气散了大半，唇贴着她的耳：“他一会儿就会知道了。”

提及“他”，语气仍是恨恨的。

明昭笑。

褚晏把她的笑封上。

残阳被窗纱滤成一层薄薄的金辉，镀在彼此脸庞上，不知道是不是为了安抚他，明昭今日格外热情、大胆。他本来就忍得难受，她一回应，他就更忍不住了。

褚晏把明昭抱去墙下的一条坐榻上。

明昭被他抱在面前，坐在他的腿上，他的腿紧实修长，隔着衣料，也能感觉到肌肉在收紧，还有那一处的嚣张变化。

明昭环紧他脖颈，不由自主地向他靠近，贴紧时，他又微微后仰，像害怕碰着她，又控制不住地想要再碰上她。

明昭睁开眼，夕阳里，面前的少年郎脸庞涨红、脖颈涨红，明亮的琥珀色双眸里也全是蓄压的云雨。

他在忍耐，他忍得难受极了。

明昭抚摸他滚烫的脸颊，掌着他后颈，摆动腰往前蹭上去。

褚晏浑身一震，如同一锅油给烈火浇燃，大手箍起明昭的腰。

两个人都还并不懂得太多，却偏偏在不懂的年纪放纵着大胆的好奇。明昭并不清楚褚晏最后是怎么突然停下的，不知道他究竟是好了，还是仍旧在忍着。

余晖脉脉，褚晏脸埋在明昭颈窝里，许久后，低低地道：“蓁蓁。”

——蓁蓁。

是她的名字。

明昭拂开他鬓角被汗黏住的发丝，唤他：“褚晏。”

褚晏嘻嘻一笑，郑重地、认真地道：“我要娶你。”

夜里，褚晏找到周弘应，直截了当、粗暴简单地把狠话撂下后，很神气地盯他一眼，按着佩刀扬长而去。

此后，褚晏继续忙里偷闲去明昭跟前转悠，看书就在八仙馆，不看书，就以教她骑马的名义，领她去人迹罕至的树林深处漫步。

褚晏特别喜欢骑着马，把明昭拢在身前，深秋的梧桐树林里金灿灿的一片，枯厚的树叶铺得满满一地，马蹄踩上去，咔嚓咔嚓作响。褚晏不知道怎的，突然就想起一件事来，告诉身前人："我还没听你弹过箜篌。"

明昭欣赏着四下的秋景，闻言静了静后，答："箜篌在我屋里。"

褚晏欲言又止，双眸深处突然荡开一层春波。

他觉得，他听懂了。

入夜后，褚晏借口腹痛跟同事换了班，瞅准时机，脚下抹油溜去了明昭的悦仙阁。

明昭刚沐浴完，一袭镂金挑线流彩纱裙拖曳在榻下，袖上绣着的绿竹在烛灯映照下朦胧缥缈，凤首箜篌立在榻上，她微微歪着头，纤指从二十三根琴弦上拂过。

褚晏突然翻窗而入。

明昭一愣。

褚晏很机灵地避开她和箜篌，在坐榻另一头坐下，朝她龇牙一笑。

明昭脸红。

这时，敛秋从屏风外走来，边走边郁闷地道："殿下，门外并无褚侍卫的人影，看这迹象……"

瞧清窗下情景后，她讪讪住口，颔首而下。

明昭看回褚晏，佯装愠恼："有门你不会走，非要翻窗户？"

褚晏心道还能正儿八经走门的？嘴巴很收敛地请教："不该翻窗户？"

明昭道："你是禁军。"

褚晏嘿然一笑："眼下是情夫。"

明昭脸又红了红，转开，但是不呵斥。褚晏很识趣，不逗她了，老实地坐在那一头，看她半晌不动，便伸手在箜篌上一拨。

"叮叮——"

空灵的琴声响在耳畔，因为他拨得用力，余音不绝。明昭回头乜斜他一眼，抬手压住颤动的琴弦。

余音散后，一室寂静，彼此眼神交汇在烛火里，更浓烈深邃。

明昭敛眸，开始弹奏。

褚晏坐在榻那头，看明昭颔首弹奏，听那悠扬清越的箜篌声溪涧水一样流淌在耳际。他平生并不是没去过勾栏瓦舍，不是没听过靡靡之音——大鄞的郎君没有不听音乐的，更何况还是在禁军里当差的少爷。但他发誓，他真的从来、从来没有听到过这样动人的声音。

他竟然也想起了那些书生气的诗，什么"昆山玉碎凤凰叫，芙蓉泣露香兰笑"，什么"欲知写尽相思梦，度水寻云不用桥"……

他也想起了那些文绉绉、神神道道的描述，什么林间的鸟、树下的蝉都会为之一静，什么“东船西舫悄无言”“此夜曲中闻折柳”……

真动人哪，真勾人哪，不愧是名震京师的一曲《湘妃竹》，不愧是惊才绝艳的长帝姬明昭。

可是褚晏又想，今夜勾住他的究竟是这名不虚传的箜篌声，还是面前这个只为他拨响箜篌的姑娘？

一曲罢，余音绕梁，明昭把箜篌松开，催他：“走了。”

褚晏肯定不会走，他怎么舍得走，他扭头看窗外：“今夜的月亮好圆啊。”

明昭被褚晏解开罗带，深吻着压进床帐里的时候，终于明白他讲那月亮好圆是什么意思了。

那是人家祝颂新婚夫妇的祝词：花好月圆。

错金博山炉里熏香氤氲，是明昭最爱的降真香，香气柔和清凉，可是这一夜，她嗅不到角落里那熟悉的暗香了，她鼻端全是郎君炙热的、蓬勃的气息，是他眼睫擦过鼻尖时微微的痒意。

明昭抱住他，问他：“你会吗？”

他抽空抬头，去她耳边回：“我看过。”

认真又幼稚。

明昭啼笑皆非：“府上没有丫鬟教过你？”

她问得很平和，却像是惹恼了他，像是热恋里的小姑娘故意不信任他，故意来试探他。他眉峰蹙起来，用膝盖分开她双腿，撩起来的一双眸子烨烨，赌气般道：“我不要丫鬟教，我要你教。”

明昭盯着他的眼，又想笑，他重新低下头。

帐幔垂落，一件件衣物从内滑落下来，两个人懵懵懂懂、不解人事地紧抱在一处，一半循着本能，一半依葫芦画瓢。

夜半时，明昭从浅眠中醒来，逼仄的帐里全是欢爱后的黏腻气味。她身下还有点痛，肩膀也被褚晏压得酸痛，她不明白他这人怎么这样，睡前不放过她，入睡了还要紧紧地抓住她。

明昭在他眉间用力一戳。

褚晏蹙起眉嘟囔一声，不但没醒，反而又朝她蹭。

明昭被蹭得扬起脸，心道：小狗儿似的。

大概是三更时，褚晏终于被明昭弄醒了，睁开眼，对上的是一双冷冷的、似恼非恼的明眸。

旖旎的残梦和缠绵的残香把褚晏唤醒，他眼往下瞄，被明昭把下巴挑起来。她不准他再放肆了，他嘿嘿一笑。

明昭冷然：“还不走？”

褚晏撒娇：“你明明不想我走。”

明昭脸热，幸而帐中昏黑，她拿他没办法，径自起身，穿上外衫往窗前去。室内仅燃着一盏灯烛，她拢紧衣襟在榻前坐下，莹白长腿袒露在外，映着窗外照射进来的月光。

她里面什么都没穿，全身上下就只这样一件纱衣，他只要定睛细看，就能看到里面朦胧的轮廓。褚晏喉结一滚，一时竟不知道是该担心她着凉，还是担心自己再次丢魂。

明昭坐在窗前看月亮，不久后，褚晏来了。

他拾掇自己倒是挺快，前一刻还光条条、烫滚滚的一个人，眼下就已衣冠齐整，眉眼鲜亮。明昭挪开眼，继续往窗外那轮西沉的圆月看，她想起他坐在对面夸那月亮的样子，道：“人意共怜花月满，花好月圆人有散。欢情去逐远云空，往事过如幽梦断。”

念完诗，她回头去看他，想他的反应，看他懂不懂她在刁难他，在怼他。

褚晏耷拉下眼皮，像是根本没领悟到她的雅兴，蹲下身。明昭视线下移，这才看到他手里捧着一堆衣裳，她的衣裳。

“我可以给你穿衣裳吗？”他扬起脸庞来，双眼明亮。

明昭一怔。

夜风吹拂她膝前的纱裙，春光流泻，褚晏径自剥开她身上的外衫，从最里的兜肚，到最底的绫袜，一样一样地给她穿戴整齐。

“莫思身外，且逗尊前，愿花长好，人长健，月长圆。”

褚晏看回眼前的姑娘，暖暖一笑。

（3）

冬至的前一天，官家终于从艮岳行宫搬回皇城，褚晏迫不及待地跑回忠义侯府去，去时，盛京城正下着入冬以来的第一场雪。

褚晏一面激动，一面又深感惋惜，恨老天没眼力，恨这雪下得不够早，要是早下一天，他便能拉着明昭一块去堆个雪人，哦不，堆两个、三个、四个……堆个一家人其乐融融，堆他和明昭儿女成全。

入侯府时，四下里一派冷清，褚晏脚下生风，顾不上这周遭的异样，一股脑往文老太君所在的云澜苑跑，小厮闻讯来把他拦下，说：“文老太君在正厅。”

大中午的，干什么要跑去正厅？

褚晏给小厮推搡着往正厅去，一路上众人静默，一个挨一个垂着头、敛着眼。

褚晏恍惚听到有人在哭。

文老太君坐在正厅里的紫檀木交椅上，她也垂着头、敛着眼。她跟前站着还只有十一岁的小悦卿，小悦卿穿一身藏蓝短袄，手里还拿着一杆正练着的红缨枪。

褚晏走进去，摸了一下小悦卿的后脑勺。

他知道情况很不对，很不像样，他斟酌应该怎样开口。

文老太君道：“你大哥没了。”

那一天，雪是真的越下越大，大正午的，厅堂外晦暗无光。文老太君把案上的一封信函拿起来，交给褚晏。

她又说了一次：“你大哥，没了。”

十二月初三那天，褚泰的尸首被运回侯府，灵堂设在正厅。那天没下雪，阖府都是白幡。

停灵三日，褚家大郎入土。夜里，褚晏坐在练武场外的水榭中，听到小悦卿在严风里练枪，枪尖划破夜幕，“唰唰”声铿然入耳。

他心里藏着许多的事，他觉得那些事也像被无形的枪尖划破着。

翻年后，他重新去御前任职。元宵那天，官家在大内前观灯，巨型的山棚上花灯如瀑，绢纱灯罩刻画着太平盛世。褚晏站在城墙前，没精打采地看着，一名内侍悄悄从后来，往他手里塞入一团纸。

灯会散后，褚晏照着纸笺上的地址找到明昭。

僻静的宫墙一角，空气里还弥漫着爆竹炸后的火药味，明昭穿着墨绿色夹袄褙子立在夜色里，褚晏看到她，什么也不想管了，上前就抱住她。

明昭愣了一下，终究也没有推，她慢慢地抱紧少年的背。

“再等我一段时间，好不好？”褚晏在她耳边低声恳求，大哥刚走，他实在不知道该怎么去跟文老太君提成婚的事。他突然感觉自己很懦弱，并没有他想象中的勇猛。

明昭握紧他的肩，告诉他：“好。”

她的声音依旧很轻，但是很温柔、很坚定。

那天夜里，他们坐在墙角吃汤圆，拂冬、敛秋守在外，一个比一个提心吊胆，偏墙下那两个泰然自若，一边吃，一边交头低语。

“是你做的吗？”褚晏舀着碗里温热的豆沙馅汤圆，吃得腮帮子特别鼓。

“不是。”明昭捧着瓷碗，有点羞赧地承认，“我不会。”

“那我学，以后我给你做呗。”

褚晏一笑，又笑出了酒窝。

男儿郎的悲欢都是一阵雨，一碗甜滋滋的汤圆下去，褚晏云销雨霁，重获信心。他准备再等半个月就去跟文老太君禀告，婚期可以晚点，但这事得先定下来。

那是庆义十二年的春天。

半个月后，褚晏找准时机在文老太君跟前提了这件事，前一刻还喜笑颜开的老太君嘴角一僵，脸上的笑容凝固起来。

那天春光挺艳的，上房里特别暖，并没有料峭的寒气，文老太君的脸却特别冷，她说：“不可以。”

褚晏大概能猜中她反对的理由，他不慌不忙地解释：“明昭性情很好，并没有帝姬的大架子，日后跟您和嫂嫂们肯定是能和睦相处的。而且，我也不是就想着立刻成婚，只是想请母亲替我把这件事先定下来，那什么……夜长梦多嘛，我怕再等，人家就不愿意跟我了。”

他是文老太君最疼爱的儿子，是最会跟她撒娇的褚四郎，他讲完这一段话，极快瞄座上的老太君一眼，扬唇：“您儿子情敌很多的呀。”

可是文老太君脸上的冷气还是不散，她拄着那根鸠杖，回他：“你一天到晚想的，就是这点事吗？”

褚晏愣了愣，直觉情况并不太好。文老太君径直又问他：“你知道尚主，要付出什么代价吗？”

褚晏张口，斟酌了一下后，答：“都知道。”

他加一个“都”，意思是他其实比她想象中更清楚。大鄞的驸马不能做大官，这是一条不成文的规矩。他褚晏要跟明昭在一块，就必须放弃大半前程——至少，拜将封侯是不能再肖想的。

褚晏道：“我没什么大志向，也没想过日后要如何高官厚禄，荣华富贵，就想跟我喜欢的人过一辈子。反正，忠义侯的爵位肯定轮不上我，三州那边，也还有二哥、三哥，我觉得我留在京城里陪着您，挺好的。”

文老太君笑起来：“是陪我，还是陪她呢？”

褚晏结舌。

文老太君悲极而笑，怒极而笑：“谁不想跟自己喜欢的人在一块儿？你大哥难道不想陪着悦卿？你二哥、三哥难道不想跟你二嫂、三嫂花前月下？还是说，你觉得他们在那边冲锋陷阵，是为了高官厚禄，荣华富贵哪？”

褚晏骇然抬起头。

文老太君一根鸠杖砸过去：“我褚家人上战场，是为了高官吗？！”

“哐当”一声，鸠杖从褚晏脸上砸落，他没有躲，也不敢躲，他脸上火辣辣一片，茫然地僵立在文老太君跟前。

文老太君道：“滚。”

褚晏约明昭在城外私会，幽静的小阁楼里，春风把林间的暗香送入轩窗。明昭一进门就被褚晏拥住，吻住，她都没来得及看清他，就被他压在床榻上。

他从来没有这样狂热地、又近乎于绝望地向她索取过。

欢爱间，褚晏把明昭抱起来，埋首在她耳畔，用着沙哑的声音道：“我一定要娶你。”

像在告诉她，也像在告诉自己。

明昭喘着，跟着他的频率起伏，她感觉到不对，她把褚晏的脸扳过来，终于看到他脸上的伤痕。

“到底怎么了？”明昭捧着他的脸。

褚晏垂着眼，继续去亲她，他没有回答她，他不知道该怎么回答。文老太君的训斥像一根根的刺，把他的梦扎得千疮百孔，可是他还是不想从这梦里走出去，他拼尽全力地想要蜷缩在这个梦里。

他亲着她，再次恳求她道：“你要等我，好不好？”

不知道为什么，明昭有一种想哭的冲动，她回吻着他，抚平他的伤痛，也抚平自己的担忧。

“好。”

褚晏轻啄她嘴角：“我总能有办法的。”

他重新把她压入身下。

那是庆义十二年的春天，树林里开着白茫茫的一大片梨花，冬雪一样，沉甸甸地覆压在嫩绿枝条上，间或也有一两棵桃树倚楼生长，风大时，会把灿烂的桃瓣吹得漫天舞，舞得渐高渐远，七零八落。

明昭回宫面圣，文德殿中，灯火昏黄。官家听完她的话，低垂的一双眼匿在暗影里，喜怒不辨地反问：“你跟褚晏，是不是早有私情了？”

明昭没有遮掩：“是。”

殿中一点声音也无，明昭深吸一口气，道：“请皇兄为我们赐婚吧。”

官家仍是敛着眼，把一封奏折扔在长案上，道：“断了吧。”

明昭攥紧袖口，不回话。

“他不是你的良人。”官家顿了下，重新拿起那封奏折，示意崔全海拿给明昭。大殿里响起微不可察的脚步声，明昭的目光转过去，落在崔全海捧着的、摊开的那封奏折上。

那上面有褚晏的名字，和兰州的地名，还有一个官职，职务是三军统帅，官衔是正三品怀化大将军。

褚家二郎、三郎还在征战，褚晏这个四郎怎么会突然变成统帅呢？还一下从御前侍卫提拔至正三品的大将军，哪有升官升这么快的？

明昭盯着那奏折，不肯去接，不敢去接。

官家道：“攻契一战败了，褚安、褚清殉国，褚家没人了，下一战，只能他上。”

庆义十二年春，距离褚大郎君牺牲不过两个月，褚家二郎在攻契一战中身先士卒，就义于云中山，三郎领兵前往支援，穿越赤溪涧时，逢大雾，被埋伏在四周的贼兵截杀。

十万褚家大军群龙无首，跟大契对峙于云中山下。

明昭站在大殿中，第一次感觉这殿里那么空、那么大，她想起褚晏今日的放纵，想起他在耳边低哑的恳求，她想起他脸上的伤痕，想起他的沉默。

明昭开口，声音艰涩："我，可以等他的。"

官家沉声长叹，他疲惫地往后靠，望着大殿上端繁丽的藻井，说："明昭，他要尚帝姬，就不能做主帅。这不是你愿不愿等他的问题，是他肯不肯为你放弃军权，背叛褚家，置家仇国恨于不顾的问题。"

"放弃""背叛""置家仇国恨于不顾"的分量都太重，把明昭狠狠地压在御案下，压得她无法动弹。

她突然明白为什么古今那么多的文人都喜欢去感慨命运之多舛无常了。

官家累了，起身走出大殿，错身而过时，他几乎是肯定地讲：

"你且看他如何选吧。"

他还没有选，但圣上甚至世人都已经替他断定了，其实静下心来想想，明昭又何尝不能不断定他的选择呢？

可那又算什么选择？

他根本是无法选择罢了。

此后的整整半个月，褚晏再也没来御前任职。明昭还是常去文德殿外徘徊，每次去，都还会怀着一份憧憬，憧憬能够碰上他，看他一眼，如果可以的话，还能够跟他讲一会儿话。

她想告诉他，没关系的，如果必须要断，要舍，那就断吧，舍吧。

她不怨他，也不怨什么君王无情，苍天无眼，她就是希望他能再堂堂正正地来她面前站一会儿，对她笑一下。

他总也有话要跟她讲吧，是致歉，是诀别，又或是再一次的恳求都没有关系，只要他讲，她就愿意听，就会愿意信。

可是，他却没有再来了。

三月初一那天，有人进宫来，造访她的寝殿，这个人从忠义侯府来，但这个人不是她等的褚四郎，而是褚四郎的母亲。

文老太君向她行礼，然后致歉。文老太君是替褚晏来致歉的，来跟她做了断的。她还带来褚晏写的信，那信确乎是他的笔迹，信封上是他亲笔所写的"蓁蓁亲启"，信里是初夜那晚她对月沉吟的那些诗句——

"人意共怜花月满，花好月圆人又散。欢情去逐远云空，往事过如幽梦断。"

他那时候不信她讲的曲终人散，可是现在，他也信了。在她不想信的时候，他来说服她信了。

明昭问：“他为什么不自己来？”

文老太君答：“他无颜再面对殿下。”

明昭不作声，雨声潇潇的寝殿里，文老太君向她跪下，她折着那一身将门傲骨，用着卑微的语气道：“褚家郎君能得殿下倾慕，是我老太婆脸上有光，但褚家男儿不能只做情郎。竖子无礼，昔日冒犯之举，老妇今日给殿下赔罪了。”

窗外春雨晦暗，有雨丝溅湿明昭眼睫，她固执地不去看文老太君，不去接受这个拜礼：“他若觉得自己有罪，就亲自来。”

文老太君不接茬，只道：“殿下忘了他吧。”

大军定在五月出征，四月，明昭长帝姬干了一件惊天动地的事，下嫁礼部周侍郎之子周弘应。

皇家婚礼向来是最严谨复杂的，从纳彩到迎亲，少说也要小半年，但明昭长帝姬的婚礼前后只用时一个月。

她几乎是踩着点赶在大军出征前成婚的，是成给那个人看的，是存心要把那个人逼出来的。

大婚那日，红妆十里，她凤冠霞帔坐在车中，车外是铺天盖地的祝颂声、管乐声。她等他来，她笃定他一定会来。他说过要娶她，要她一定等他，信他，可是现在她不等了，不信了，她要嫁给别人，胡乱地嫁，负气地嫁，他怎么可能不来看一眼，不来骂她？

他是她明艳赤诚的情郎，他不能这样龟缩人后，连一句分别的话都不敢来跟她讲。

鼓乐喧天，挂着红绸的马车穿过人海，在一座府邸前停稳。

车帘被撩起来，有人来接她，是身着喜袍的、她的新郎。

那一天，十八岁的明昭用自己无望的婚姻来赌一场跟恋人的诀别，但是她赌不中，她输了。

押上一生最宝贵的赌注去赌，还输，那就是血本无归，一无所有了。

褚晏跪在烛灯长明的褚家祠堂里抄家训，依稀听到外面有唢呐声传来，那声音应该很热闹，但是离他特别远，远得像从他梦里来的。

他知道那是别人家迎亲的声音，是天下有情人终成眷属的声音。

他于是停下笔，想，那对他而言，可不得跟梦一样？

他想到他的梦，就又想到明昭，他赶紧低头继续抄家训。大军在三日后出发，他要赶在那天前去见明昭一面。

他有许多的话要跟她讲。

他得先跟她道个歉。

褚家儿郎一个挨一个地死去，他没了兄长，不再是昔日还能有人庇佑、随性撒欢的少年郎。他特别想给她一个家，对她说话算话，可是眼下他实在办不到了。

他该去给她骂一顿，给她扇一个巴掌。

道完歉，他又还是想最后再恳求她一次。他得告诉她他真的特别爱她，特别舍不得她，他特别特别希望她还能再等他最后一次。他保证最多三年。三年后，他一定报仇雪耻，戍定边陲，回来解甲交权，只做她的驸马。

褚晏一边想，一边奋笔疾书，次日天刚亮，他把文老太君吩咐的一千八百遍家训抄完了。

丫鬟、小厮守在外，看到他出来，个个忐忑不安。

“我抄完了。”他揉着手腕，气压沉沉地扔下一句话，抬腿就往外走，走到墙外，给文老太君拦在庭院里。

小厮从后急吼吼地追上来，抓住他的胳膊，带着哭腔道：“郎君……晚了！”

褚晏没听明白，他就是感觉到烦。

“我抄完了！”褚晏忍不住冲文老太君吼。

文老太君一动不动地拦在院里，对他道：“她成亲了。”

褚晏眼睛直直地瞪过去。

文老太君道：“你去也没用，她已经是别人的夫人了。”

褚晏瞪直的眼睛发红，他直觉文老太君在骗他，在耍伎俩，可是他想起了昨日的唢呐声。

那唢呐声突然间锋利得令他胆寒。

他站着，喉结滚了几滚，艰难道：“我写给她的信……你交了吗？”

文老太君道：“交了。”

“那就是假的。”褚晏二话不说继续往外，“她不可能背着我嫁人的。”

五郎、六郎上前来把他拦住，他们劝自己这位发疯一样的四哥：“长帝姬真的嫁人了！嫁给周弘应了！”

“就是昨天成的亲！四哥，你去也来不及了！”

“周弘应”这个名字入耳，犹如一击雷劈在褚晏身上，他被五郎、六郎紧抱着，差点一个恍惚栽倒。

“放开他吧。”文老太君突然道，“他要是非得亲眼看到才死心，就让他去看一眼吧。”

褚晏被五郎、六郎放开，踉跄地在原地站稳，他瞪着树下斑驳的剪影，他获得了自由，却反而走不动了。

大军要在两日后出征，那一天，褚四郎一声不吭地走出侯府，整整两天两夜不见踪迹。

阖府人都以为他去周府找明昭了，但是悄悄过去一打听，并没有。

有他的故友上门来给他饯别，得知他失踪，告诉府上人他平日里常去的乐坊酒肆。褚家人一溜烟赶过去，挨家挨户地找，还是没有。

于是那些故友也都忙乱起来，跟着褚家人满大街地找人，生怕这人一个想不开，干出什么傻事，弄出什么意外。

有心焦的甚至跑去内城、外城的河流反复打听，或是策马跑入城郊的荒山野林，当所有人都徒劳而返，眼睁睁看着天一点点亮起来，大军在城楼前一队队集结起来的时候，褚家四郎回来了。

他仍是穿着走时的那一身衣裳，皂靴上沾着泥渍，下巴上长着胡楂。他全须全尾，除一脚的泥泞、一脸的风霜外，并没有什么特别令人揪心的变化。

他甚至不像众人想象得那样颓丧，那样气息奄奄。

他从大门口走进来，仍是生龙活虎的，朝扑上来的小厮道："饿了，给我弄顿饭。"

而后，他径自回了自己的屋里，再出来时，已是披袍擐甲，长枪在手。

小厮给他送上饭菜。

他不再回屋里，就在院里撩袍而坐，穿着铠甲，戴着头盔，狼吞虎咽一样地把那餐饭吃了。

褚四郎的确不拘小节，但褚四郎平生从未这样粗蛮地吃过一餐饭。他当日吃饭的那个样子，就如同前两天两夜都没有进食过一般。

号角吹响，天光大亮，褚四郎把嘴一抹，撑枪而起，头也不回地走了。

大概是四年后，有一回大战完，褚四郎满身是血地回到营帐，听到下属在窃窃私语着什么。他一向对八卦不感兴趣，但是他听到了一个名字，这个名字像一把刀从身后捅来，捅入了褚四郎的心脏。

下属碰到他瞪来的目光，不敢再瞒，主动禀道："大将军……近日听人说，明昭长帝姬和那周弘应像是和离了。"

褚晏坐在毡毯上，长枪险些没攥住。

那人又道："周弘应那厮婚后居然虐待长帝姬，几次三番对其拳脚相加，有一回喝醉以后，竟还当着长帝姬的面跟那侍妾……唉！总之种种恶行，罄竹难书！眼下，已给官家狠狠治罪，流放到燕川去了！"

帐中附和声又起，无不是在痛斥那周弘应的禽兽不如，正骂到兴起时，突然有人做了个噤声的动作。众人一愣，扭头看去，主座上，褚晏红着眼、黑着脸坐着，攥在手里的长枪在嗡鸣。

突然，褚晏霍然而起。

那天夜里，褚四郎单枪匹马横跨北疆，从樊关赶赴燕川，截下一批罪犯的囚车，找到周弘应后，把人从车里拽下来，打得荒野里惨叫震天。

押送的衙役知道他的身份，想拦又不敢去拦，眼睁睁地看着那被刺配的公子哥在他脚底下辗转呻吟。

眼看着那血一大片一大片地流下来，衙役提心吊胆，喊道："褚大将军！不能再打了！再打就打死了啊……"

脚踢拳打声却根本不停。

黑夜里，所有的声音都在放大，哀号的声音，劝阻的声音，肉被打烂、骨头被踢断的声音……

还有男人压抑的、悲愤的声音。

褚晏把人打完，抹开脸上的血，看一眼血泊里一动不动的周弘应后，翻身上马，连夜离去。

与此同时，有女郎从深夜旧梦中惊醒。

梦里，少年郎的声音犹在耳畔。

——蓁蓁，我要娶你。

（4）

——蓁蓁，我要娶你。

旧梦骇人，明昭赫然惊醒，抬头时，脑袋撞上褚晏的下巴。

他闷哼一声，从混沌的梦里醒来，耷拉眼皮对上枕边人的目光后，嘟囔："你吓我一跳……"

帐里月照浓郁，明昭能清晰地看到他眉峰微蹙的样子，他恍惚还是跟弱冠时一样，跟梦里一样，眼睛是热情的深棕色，鼻梁挺拔，讲起话来，唇边会跳出一个深深、圆圆的酒窝……

明昭捧起他的脸，突然间不知究竟今夕何夕，身在何地。

褚晏眼神逐渐清醒，盯着她，蹭了蹭她。

明昭一愣。

褚晏："是这个意思吗？"

他的脸被她珍而重之地捧着，他从她静默的目光里解读出许多缱绻的含义。今夜是他们离开盛京后以夫妻名义同床共枕的第一夜，入睡前的旖旎情形自然不必多说，他本就想得很，只是念着她身体有点虚，所以适可而止罢了。

褚晏蠢蠢欲动。

明昭立刻放开他的脸转过身去，掖紧被衾。

褚晏："？"

窗纱上树影倾斜，时辰应该是后半夜了，褚晏从后抱起明昭，慢慢地贴上去。明昭瑟缩了下，但到底没有再躲。

"你刚刚为什么那样看我？"褚晏醒悟过来，低头在她耳畔问。

明昭依旧不回，像是在装睡，褚晏低声一笑："你梦到我了吧？"

他顾自道："正常，我都不知道梦你多少遍了。"

那样残酷的梦，那样悲哀的过往，他以这样淡然的口吻道来，反而更令人心酸。明昭眼眶终于被泪水洇湿，她拢住他的大手，承认："嗯，我梦到你了。"

褚晏眸光柔软："那，是梦到我的好呢，还是梦到我的坏呢？"

明昭摩挲着他温热的手，摸到他大拇指上粗粝的茧，摸到他虎口下细长的疤。她想起刚刚的那个梦，想起那十年间的梦，她没有回答他，她只是似冷漠地、莫名地道："我不想再做梦了。"

褚晏一愣，听懂后，握紧她微凉的手。

"嗯，我们不做梦了。"他在她脸颊亲了一下，郑重地道，"我们不用做梦了。"

天明后，晨光灿烂，是个暖融融的冬日。

洛阳的冬天并不算冷，褚晏今日准备带明昭去白马寺。

他们的新家安在城郊的一座小院，明昭不爱热闹，小院古朴，依山傍水，晨起时，能听到古寺里传来的悠扬钟声。

白马寺离这里只有一座小山，骑上马，小半个时辰就能到。褚晏不急着赶路，等明昭在屋里梳妆完后，探头进来："夫人今日想吃什么？"

明昭离京前打发了敛秋、拂冬一批嫁妆，让她们自去成家了，这小院里除褚晏和她外，并无下人伺候。

明昭想了想，放下梳篦："还是我来吧。"

褚晏倚在门边，看到她走过来，眉微挑。在他印象里，明昭是十指不沾阳春水的人，从前，她给他送的豆沙汤圆都是御厨做的。

"你什么时候会做饭的？"褚晏跟在明昭背后进了庖厨，看她熟稔地在菜筐里挑选食材，抱住她。

明昭淡道："在兴国寺里学会的。"

褚晏歪头："怎么想起去学这个？"

明昭静了静，道："日子太长了。"

褚晏一怔。

明昭把一把菠菜、一根胡萝卜、一个小青瓜拿给褚晏，褚晏领会，一把接过来。明昭又去米缸里舀一碗粳米，两人一块往外，去井边洗菜淘米。

冬天的井水还是凉，褚晏不让明昭碰，明昭不强争，他不让，她就坐在井边看他洗，看他那双在疆场上杀伐了十多年的手，在水盆里小心翼翼地洗着菜、淘着米。

“你什么时候会的？”她也问他。他的手法虽然不娴熟，但准确，显然并不是头一回做这样的事。

“军营里跟火头军学的。”褚晏淡然答。

明昭没有再往下问。他抬头，在晨光里朝她一笑：“怎么不往下问了？”

明昭静静地看着他，她不问，是因为她知道答案。他以前答应过她以后会学着下厨，会做豆沙汤圆给她吃。他是为她学的，哪怕那时候她已经是别人的妻了。

明昭抬袖擦去褚晏脸庞上溅着的水珠，褚晏笑，顺势拿脸在她手上蹭了一下，明昭也笑起来，“扑哧”一声，又忍住，低训：“那么大个人了。”

“什么就‘那么大个人了’……”褚晏明显有点不大满意，语气怪不平、怪委屈的。

明昭便提醒他：“褚四郎今年三十有三了。”

这年纪，换别人孩子都一大堆了，能不是个大人了吗？

褚晏大剌剌“是”一声，甩干手上水渍，抬眼看她：“还得跟你过六十七年呢。”

明昭一怔后，心里有点酸，又有点暖。

褚晏把洗干净的蔬菜、粳米放进盆里，端起来，招呼道：“走了，我的小姑娘。”

早膳后，两人造访白马寺，在这中原第一古刹中逗留了整整大半日。明昭信佛，爱跟佛教相关的人和物打交道，褚晏却不信，更不爱。眼瞅着太阳落坡，明昭还在那里跟僧人讨论佛经，谈起什么清规戒律，褚晏再忍不住，上前来推着人往外走。

下山时，明昭明显有点恋恋不舍，褚晏便诓：“来日方长。”

过了一会儿，他又补充：“以后这些东西听个大概就行，也别僧人们说什么你都信了。”

明昭知道他在跟什么东西较劲，故意反问：“哪些是大概，哪些是不能信的？”

褚晏在那儿听得一脑袋的雾水，哪里区分得了这么细，闻言就搪塞：“反正你懂我的意思。”

明昭偷偷一笑，偏道：“哦，我没懂。”

褚晏策着马，低头去分辨她的神色，她转开脸不给他看。褚晏便知道她是成心捉弄他了，哼一声，应：“别整那些清心寡欲的，咱俩还得生娃呢，懂了吗？”

他故意应得很大声，抵着她微红的耳根应，在夕照苍茫、暮风萧瑟的山径上放肆地应，林间飞鸟扑簌簌振翼掠起，蹄声飒沓，风声淅瑟。

明昭捂住发烫的耳朵，扭头训他：“你讨厌！”

褚晏一脸痞笑：“可你喜欢。”

大道在前，褚晏却突然转弯，策马驰入一座茂密的树林。残阳被遮天古树隐蔽，视线骤然昏暗下来，明昭紧张道：“你干什么？”

褚晏道：“做点你更喜欢的。”

褚晏抱起明昭转过身来，在马背上拥着她吻下去，他的唇依然很热，他的气息也那样热，一点不似冬日的寒，反而像六月的骄阳炙烤在人身上。

明昭想，她大概是怕冷的，所以每逢这种时候，她总是会情不自禁地靠拢他，接纳他。

哪怕他坏，哪怕他放肆，哪怕他嚣张。

褚晏一笑，把她按在起伏的马背上。

骏马驰过深林，青丝飞扬，衣袂飘舞，明昭望着被树枝割裂的、晃动的暮空，褚晏压下来，在她耳畔求证：“是不是喜欢？”

他口吻兴味浓，一半是自得，一半是撩拨，明昭的脸是比晚霞更瑰丽的绯红色，她张着同样绯红的唇，凝着面前人的脸，只是喘，已讲不出话。

褚晏笑容更深，他下巴抵在她脸颊上，告诉她：“四郎很喜欢。”

明昭抱起他的头，抚摸他滚烫的脸颊，他们四目相对，一丝丝暮光从彼此眼前掠过，似光阴的箭，在飞逝，也在定格。

明昭吻上褚晏的唇。

四郎喜欢，她自然也喜欢，因为她最喜欢的，是四郎。

褚晏和明昭在洛阳住了大半年，次年深秋，两人驾着马车，南下至庐州小镇。明昭还是不爱热闹，只钟情于古树蔽空的小院子，褚晏便在新叶镇里寻得处合乎要求的住所，那里有参天的老槐树，有裹着青草香气的篱笆，有一条从小山上蜿蜒而下的溪流。

更重要的是，那里没有总是叫明昭走神的晨钟暮鼓。这一点，褚晏是最满意的。

“往后我上山打猎，你呢，就在家里晒点草药啊，小鱼干啊，脏活、累活、粗活都放着，等我回来干，知道不？”

褚晏一边拾掇屋子，一边分配日后的家务。明昭坐在镜台前打量妆奁里的首饰，拿起一支足金的金花筒桥梁钗，道：“把它当了。”

她不想他整日地出门，去那荒林里日晒雨淋，还要冒着受伤的风险。

褚晏二话不说把那金钗收进妆奁里去：“你怎么不把我当了？”

明昭：“有人要吗？”

褚晏立刻就要呛，明昭也立刻补：“除我以外。”

褚晏蹦至嘴边的不满变成一个笑：“这不是怕养不起家，最后连你也不要我了嘛。”

明昭微微笑着，改去取另一个四四方方的檀木锦盒，在镜台上打开道：“那我养家，你在家陪我。”

褚晏一怔，定睛看去，那锦盒里竟整整齐齐地放着一卷卷的字画。明昭打开一幅给他看，素白宣纸上，一幅水墨画笔触细腻，意境旷远，是“洛阳八景”之一——马寺钟声。

是去年她在洛阳小院里所画的图，她的意思是要他拿去城里卖了，以此当作生计。

褚晏闷声道：“不要。”

明昭不及答，褚晏已径自把那画收起来，放进锦盒里，郑重地道：“我舍不得。”

他们走过的路，看过的风景，她一笔一笔地描摹下来，记录下来，要他拿去卖掉，他怎么可能舍得?

“那我画新的。”明昭退一步道。

褚晏不听：“我就打猎，你又不让我碰你，我这一身力气没地方撒呢。”

明昭给他固执又粗鄙的话怼得耳后生热，半羞半恼：“我为什么不让你碰，你不知道？”

“我知道。”褚晏嘿然一笑，撑在镜台上，弯腰凑近她，“我要当爹了嘛。”

明昭被他突如其来的靠近弄得眼睫一颤，她微微避开，声音变低：“那你还不在家陪我？”

褚晏眯眼，终于明白过来了，突然间笑得可爱又幼稚：“原来你是舍不得我啊……”

日影西斜，暮照笼罩着窗下二人，明昭抚起小腹，骄矜地转开了绯红的脸。

番外二

帝台春

（1）

赵彭娶了一个自己不爱的女人，这个女人的名字叫吴佩月。

吴佩月的父亲叫吴缙，是当朝手握实权的丞相，是朝堂上唯一一个敢公开支持他赵彭做储君的一品要员。赵彭敬吴缙的耿介忠厚，佩服吴缙的浩气凛然，也感恩吴缙一次次的慷慨相助，但他从来没有想过，他要娶吴缙的女儿。

娶来做什么？

做他联合吴缙对抗政敌的筹码，做他一步步登上帝位的垫脚石。

坦白地讲，赵彭觉得这种做法挺可耻的，然而，他还是照着这种可耻的行径去做了。

他为了娶吴佩月，辜负了自己心心念念的小娘子。大婚那夜，他喝得酩酊大醉，在婚床上鼾声如雷地睡了一夜后，从此再也没有进过吴佩月的房门。

他也知道这样对吴佩月很不公平，很不体贴，但他实在不愿意和一个自己不爱的人同衾共枕。他告诉吴佩月，自己可以给她的东西有很多——身份、荣誉、金银、权力……只要不是他那颗热腾腾的心，要他赵彭拿什么来做补偿他都愿意点头。他要把他的心留着，留来日后给那位被他辜负的小娘子。

那日吴佩月穿着一袭淡紫缀繁花百褶裙，外罩乳云纱对襟褙子，秋风把她委曳在地的广袖吹得簌簌飘舞，她怔然地坐在廊中美人靠上，整个人因那目中的错愕、悲哀而更显单薄。

赵彭知道自己的话很伤人，但他想，比起虚伪的欺骗、刻意的疏远，这样开诚布公对彼此都没有坏处。于是，他继续狠下心，总结道：“我知道我不爱你，你很难过，但我对你，只能是如此了。”

廊外风势渐大，吴佩月终于回神，朝赵彭淡淡笑一笑，道：“没有。”

赵彭一愣。

什么没有？

吴佩月道：“殿下能这样坦诚相待，是对妾身的体贴，妾身不觉得难过。至于那位崔小娘子，殿下寻个时机册封入宫便是。”

赵彭盯着她，既惊且疑，她那双丹凤眼明明前一刻还笼着失落，怎么这一刻又重新光彩熠熠了？

还不承认自己很难过，不承认自己很不想别的女人入宫。

哼，这惺惺作态的本领，果然是众望所归的太子妃，天生的做皇后的料呢。

“我的事不劳你操心。”赵彭冷淡地扔下这一句话，临走前又一顿，忍不住提醒，“还有，既然我已坦诚相待，那么请太子妃日后也不要装模作样，是什么心情，就照什么心情表达，不用强颜欢笑。”

吴佩月怔怔望着他拂袖而去的背影。

近日朝局不稳，范申得势后，又开始把手伸到边关去，褚家那边的军饷差点就给他一口尖牙克扣去三分之一。赵彭是向着褚家，并很想重振武举，一改国朝风尚的，碰着这事，自然要联合吴缙等人忙碌一番。

他是个办事情风风火火的人，一忙起来，整个东宫就跟着动荡。以往一人住时，尚不觉如何，眼下多了个太子妃，情形自然就有所不同了。

譬如，赵彭经常会在发号施令结束后，收到吴佩月那边送来的一碗清心降火羹。

钱小令赞叹道：“难怪古人说要先成家，后立业，这成家后的待遇跟成家前比，还真是很不一样哪。”

赵彭哼一声，瞅着那碗羹汤，心想不过是些邀宠的低级伎俩罢了。

钱小令把瓷碗端过来：“殿下，趁热喝点吧。”

赵彭批阅着文书，不愿意，钱小令殷勤地送往他面前。

赵彭被迫接过，语气不耐烦：“清汤寡水的东西，有什么可喝……嗯，味道还不错。”

时日飞转，婚后的日子就这样相敬如宾地过着，眨眼便是小半年。赵彭自然是如当日对吴佩月所言那样，除日常的照面外，跟她并无其他交集，便是送吃食，她也并不亲自出面，只是叫侍女送来，或钱小令亲自去取。

说来也是怪，吴佩月其貌不扬（在赵彭看来），一张鹅蛋小脸清冷寡淡，送来的吃食也是清清淡淡的，可偏偏一下肚，便能浸润味蕾，唇齿留香。

赵彭默不作声地放下瓷碗，回味着舌尖滋味，半晌道：“当真是太子妃亲自做的？”

侍女回禀道：“是。”

赵彭等半天没等着吹嘘吴佩月如何贤惠、如何手巧的下文，咳一声，兴致寥寥地道：“哦，退下吧。”

钱小令看他静坐一会儿后，揉揉眉心，像是困倦了，便上前来伺候。

揉肩的当口，钱小令道：“殿下准备何时召崔小娘子入宫？”

赵彭一怔：“突然提这个做什么？”

钱小令讪笑：“小的是看殿下乏了，身边却连个伺候的人都没有，心疼了不是。”

赵彭讥讽：“你不是人？”

钱小令低声：“小的说的是那个‘伺候’。”

赵彭一怔。

钱小令看他不吱声，斟酌着又道：“其实说起来，殿下跟太子妃娘娘早晚是要圆房的，毕竟这嫡长子只能由太子妃来生，要是能尽快让太子妃怀上，殿下也就更有理由召崔小娘子入宫了。”

赵彭默然，想起大半年不曾一见的崔小娘子，胸口酸涩。

钱小令的劝谏不是没有道理，可是……

唉，他也不是不愿意去跟吴佩月圆房，而是他私心地想把头一回留给崔小娘子罢了。

那种事，应该是跟自己心心念念的人做才能有滋有味，意义深刻，如果只是为子嗣，为繁衍，那跟他随便找个暖床又有什么区别？

赵彭靠在椅背上，抬手盖住双眼，陷入长长的沉默。

吴佩月最近总是感觉有人在偷偷看她，转头去捕捉时，看到的却是赵彭翩然而去的侧影或背影。

赵彭今年十九岁，身形颀长，容姿昳丽，又喜欢穿一身仙气沛然的襕衫，在廊中负手行走时，很是有一番俊雅脱俗的风姿。

这样俊美又儒雅的少年郎，是很容易俘获少女芳心的。

吴佩月不否认，她心里也同样对赵彭属意，只不过比起那具皮囊，那抹风姿，她更喜欢的是他内心的那份赤诚——是他不愿意给予她的那颗热腾腾的心。

少年郎热腾腾的心，是留给他心中同样热腾腾的少女的，而她——吴佩月，从内到外都冷冷淡淡的一个人，实在是没有任何优势去争夺。

想起当日赵彭在这廊中留下的话，吴佩月自嘲一笑，敛回神继续摆弄棋盘。侍女突然来她耳畔提醒道：“娘娘，太子殿下来了。”

吴佩月抬眸，回廊那端，一人衣袂翩扬地走来，竟然真的是赵彭去而复返了。

吴佩月联系先前被窥伺的感觉，心里浮起疑惑。

行礼后，赵彭目光游移，最后落在那盘棋上：“你……一个人下棋？”

吴佩月淡淡应：“是。”

无趣。

赵彭打量四下，佯装随意地在吴佩月对面坐下来，道：“碰巧朝中无事，我陪你下一局吧。”

吴佩月看着他，浮在心里的那个疑惑更大了。

初春的午后阳光温柔，纱幔低卷的回廊里，赵彭跟吴佩月面对面地下着棋。廊下是一片花圃，小苍兰的馥郁香气随风而上，飘荡在廊中。

赵彭偷偷地打量吴佩月的脸。

大婚那夜，赵彭喝得大醉，完全记不清吴佩月究竟是什么模样的，平日里的相处，他也只是寥寥看一眼，印象里就是看完就忘，没一处能令他回味的内容。

他倾慕的是浓艳一些、张扬一些的长相，眼睛要么够亮，要么够大，笑靥要么极灵动，要么极妩媚。

可吴佩月呢？

眼睛既不大，也不亮，至于笑靥……等等，她嘴角，好像……是有一对小梨窝的？

赵彭定睛。

吴佩月认真地下着棋，眉睫从容地垂下去，尖尖的眉尾往下弯，细细的眼尾向上扫，浓郁的睫毛在眼睑处投下一片青影，随着眨眼的动作，微上微下，恍如蝶翼蛰伏花丛。

她的鼻梁不算挺拔，但是鼻尖秀气，人中不长不短，不深不浅，一双唇小小的、薄薄的，衬着雪肤，更显得红润。

至于那小梨窝……因为她没笑，自是分辨不到的，不过，近距离地这么看她，倒是也没有想象中的那样寡淡了。

至少那双眸子垂下去时，赵彭惊奇地发现，她整个人的气质还是挺有特点的，那是一种……大概类似幽兰的气质？

赵彭正凝神想，吴佩月突然撩起双眸，刹那间，两人视线交汇。

赵彭仓促地闪开目光，毕竟是偷窥，耳根极快涨红，他立刻偏头撑住耳朵，另一只手拈起一颗黑棋准备落盘。

吴佩月欲言又止。

赵彭盯着棋盘，后知后觉地把那颗棋放回去。

他居然已经输了。

赵彭咳嗽一声，调整心神，道：“近日朝中事多，我有点走神。”

他又道："再来一局吧。"

吴佩月双眸微动，顺从道："是。"

一刻钟后——

"你下棋怎么这么厉害？！"赵彭盯着棋盘上的惨状，忍不住惊呼道。

吴佩月道："妾身不厉害，是殿下心里有事，走神罢了。"

赵彭抬眼，似信非信。

吴佩月垂着眼收拾残局："殿下还要再下一局吗？"

赵彭心思辗转，他觉得可以不跟她下，但他不可以一局也赢不了她，当下应道："下。"

一个时辰后，金乌西坠，赵彭一脸铁青、头也不回地走下长廊。

他发誓，他再也不要跟吴佩月下棋了。

夜里，赵彭躺在床榻上辗转反侧，他想起吴佩月，胸口如坠着一块石头。

这些天他一直在观察她，偷看她，反复权衡着利弊，思量着应对的方法。那日钱小令的劝谏给他造成了很大的影响——那话是对的，无论怎样，日后他和吴佩月终究是要生儿育女，他不可能永远不跟她圆房。

吴佩月的父亲是吴缙，他既然都做了对权势的选择，就必须得一以贯之。他不能在自己羽翼未丰时就贸然召崔小娘子入府，他必须要有一个体面的，甚至是吴缙都首肯的理由。

就眼下而言——吴佩月怀孕是最体面、最有效、最顺理成章的理由。

赵彭仰躺在榻上，盯着重纱叠帐，再次回忆吴佩月的脸。

那张脸小小的、淡淡的，平日里也不涂擦什么颜色，他就记得那眉睫很黑，唇瓣很红，肌肤是雪一样的泛着冷光的白……

嗯，其实也不算难看，至少他记得她垂眸时的气韵还颇为动人。他还恍惚记得她有一对小小的梨窝，只是今日下棋时不曾看到罢了。

赵彭翻来覆去地想，心头慢慢涌起一丝旖念。

要不然，他就先跟吴佩月把房圆了？

本来嘛，他是很想把头一回留给崔小娘子的，但转念想想，吴佩月作为他的发妻，合情合理更该享有他的头一回。毕竟她也是那么地在意他、渴望着他，瞧瞧今日下棋的那股狠劲，可不就是暗戳戳地发泄着对他的"不满"吗？

"唉……"赵彭头疼地揉揉眉心——被多个女郎惦记的滋味，也并不好受啊。亏他眼下还只是太子，要是像他父亲那样做了官家，后宫里那么多的美人，不得折腾死他、烦死他吗？

有了后一重对比后，赵彭一下觉得自己此刻的处境也不算艰难了。

不就是去跟吴佩月睡一回吗？那种事情他虽然没做过，但早就看过，灯一灭，衣裳一脱，于漆黑之中滚到一处去，还管她是美是丑，是对是错，弄就是了。

赵彭这样想着，却还是叫钱小令端了烈酒上来，三盏下肚，眼饧耳热后，这方寻吴佩月去了。

吴佩月沐浴完，披散着长及脚踝的一头乌发，斜倚在榻上看一盘残棋，是今日赵彭跟自己厮杀的最后一局棋。

他棋艺的确不怎么样，父亲所言不错，心性浮躁之人，是下不成一局好棋的。只是，赵彭今日的浮躁，究竟是缘于他心性如此，还是别的什么事情呢?

吴佩月抚过那些属于赵彭的黑棋，再一次地想起那些莫名的凝视……

屏风外突然传来嘈杂声，吴佩月思绪被惊，不及定神，一人疾步走入内室，侍立里外的宫人都跪了一地。

赵彭携着一身酒气，大张旗鼓地来到吴佩月面前，他愕然地盯着榻上那位乌丝曳地，纱裙流光的女郎，震惊地眨了眨眼。

他想，喝酒果然没有错，他此刻看她，竟然也感觉她妩媚、她勾人了。

“都退下。”

赵彭哑声喝令，往前一步，吴佩月赶紧下来行礼。

赵彭垂眼，居高临下地凝视她。他第一次看到她长发披散，寝衣单薄，不着任何钗钿，不加任何修饰的模样。

他觉得很怪，她怎么越是没有修饰，反而越叫人挪不开眼了?

赵彭情不自禁地捧起她一绺黑发。她的发应是刚晾干的，浸着微微凉意。赵彭摊开五指插进去，青丝泄入他指缝，丝滑柔软。

赵彭喉结动了一下。

吴佩月心如擂鼓，欠着身僵在他面前，还不能完全弄懂眼下的状况。赵彭似乎也并没有要她弄懂的意思,他径自把玩了一会儿她的头发后,紧跟着道:“给我宽衣。”

吴佩月眸波一颤，这一句下来后，她终于懂了。

许多的疑惑在这一刻迸上心头，撞开了一个她并不太想接受又不得不去接受的答案。

——今夜的赵彭是来找她圆房的，但他的理由，当然不是因为爱慕她。

先前的那些凝视，那些近乎于屈尊的偷窥，归根结底，不过是一种考量罢了。

他来，至多只能说明她通过了他的考量。

吴佩月抿住薄唇，一时竟不知该喜该悲……

钱小令心欢意足地等在寝殿外，寻思着今夜赵彭定是在吴佩月这里歇下了，望一眼天幕繁星后，便欲打道回府，赵彭突然衣冠不整地从殿内走来。

“殿……殿下！”钱小令吃了一惊，迎上去，“怎么这么……”

灯光一照，钱小令看清他黑压压的脸，伸手把那个“快”字按回嘴里。

赵彭戾气盈盈，酒气烈烈，盯着一地乱影沉吟少顷后，阴沉沉地离开了吴佩月的寝殿。

罗帐外，灯火烨烨。

赵彭穿着衣裳、抱着膝盖坐在自己的床榻上，整整半夜，一言不发。

钱小令望着赵彭落寞的侧脸，心如刀绞，他从来没有见过如此沉默、如此受伤的太子殿下。

“殿下，要不再试一次吧？”钱小令忍不住劝他再尝试一次。赵彭蓦地瞪过来，仍是抱着膝的，宛如受惊的、又愤怒的麋鹿。

钱小令心惊兼心痛，跪下道：“殿下毕竟是头一回，什么经验也无，又喝了那么烈的酒……奴婢听闻，这酒喝多后也是会影响……发挥的，您要是……”

“那你还由着我喝？”赵彭蓦地截断，声音阴寒。

钱小令不敢狡辩，他当时只想着喝酒助兴，哪里会想到赵彭竟然出师未捷，呸呸呸……

赵彭对上钱小令同情的目光，暴怒：“不是我的问题，是她——”

是她——

是她什么？

赵彭回忆最后的体验，他本来就误打误撞，稀里糊涂，结果她一挣扎，那一刹那的快感刺激便如疾电打中四肢百骸，令他根本无法招架，无从抵挡，缴械缴得猝不及防。

对，就是她的问题，是她胡乱地动来动去，是她弄得他丢掉节奏，方寸大乱了。

呵，这种事情，果然还是应该跟知心知意之人做才对！

赵彭滚进被褥里，衣裳也不脱。钱小令揪心道：“殿下？”

赵彭蒙着被褥：“滚！”

赵彭次日告了一天假，在东宫里休养。

他先是说服自己安安稳稳地睡了一整个白天，黄昏起床后，又喝了钱小令偷偷去御膳房端来的十全大补汤。

说起汤，赵彭特别怕吴佩月那边又给他弄一碗什么东西过来，然而幸好，并没有。

看来她也不一定明白，昨天是他失误了。

嗯，毕竟她也是头一回，又没个比较，她不懂是正常的。

赵彭想到这里，心里那股郁气散去不少。

大概是那碗十全大补汤奏效快，赵彭在殿中踱了一圈后，精神振奋起来。

他觉得昨天钱小令讲的是对的，他确实很有必要去证实一下，头一回的草草收场，问题并不在他。

赵彭想，吴佩月可真是因祸得福了。

哦不，于她而言也不算是祸，从头到尾就是他伺候她，她指不定快活得现在都还在那儿偷乐呢。

赵彭嗤笑一声，在书案前坐下来，眼往外瞄，等着夜幕降临。

心焦地等待半个时辰后，天终于彻底黑了。

赵彭整理着装，意气风发地往吴佩月那边走去。

吴佩月在外间给赵彭行礼，云髻峨峨，衣裙鲜丽，整个人由里到外都透着端庄的、不容冒犯的、不可亵渎的凛然气息。

赵彭一愣，燃将在体内的火如给冷风吹了一吹，他别扭地往别处看看，道：“你要出去？”

吴佩月依旧敛着眸，声音里有一丝不易察觉的警惕：“没有。”

赵彭蹙眉：“那这么晚了，你穿这么整齐做什么？”

明明昨夜他来时，她都是寝衣松垮，黑发松散的。老实说，她昨夜那个模样比此刻美多了。

赵彭上前，想了想，往她后腰一揽，揽她往里间去。

她的腰真细，然而赵彭还没来得及用掌心去仔细体会，他突然感觉到吴佩月哆嗦了下。

然后，她盈盈一转，逃离他的掌心，改往窗下的坐榻走去，微笑道：“殿下既然有空过来，不如陪妾身下一局棋吧？”

赵彭一愣。

室内灯火如昼，亮堂堂的，一点旖旎氛围也无，坐榻中央的案几上摆着棋盘，瞧那架势，竟像是恭候多时了。

赵彭眉峰微蹙，按捺着心里的古怪，缓缓上前入座。

“你就这么喜欢下棋？”赵彭拈着一颗黑子，盯着吴佩月。

灯光下，她本就古典的眉眼更添风韵了，微微垂着，回道：“妾身不爱热闹，能结缘的除书画以外，也就是这对弈之术了。”

赵彭扬眉：“可是下棋是两个人的游戏。”

吴佩月：“一人也可以自得其乐的。”

赵彭眼神微动：“既然自得其乐，那又为何还要邀我？”

吴佩月探入瓷盒里的纤指一凝，赵彭笑笑，知道她脸皮薄，不再为难，坐直道：“来吧，上回有心事，没能赢你，今日我扳回来。”

吴佩月深看赵彭一眼，欣慰地道：“那殿下请吧。”

赵彭一直认为上次他下棋下不赢吴佩月，是因为他心神不宁，今夜一局下开后，不到一刻钟，他就发现他错了。

吴佩月像是有读心术，把他心里那点筹谋读得一清二楚，他想声东击西，就被她暗度陈仓，他欲左冲右突，她就横拦竖挡。一圈兜下来，赵彭满额大汗，半点局势开拓不起不算，还被吴佩月追杀得狼狈不已，眼看着就是负隅顽抗，奄奄一息了。

赵彭焦头烂额，定睛在棋局上巡视一圈后，把那颗不知落往何处的黑子扔回瓷盒里。

吴佩月抬眸。

赵彭理直气壮地道："我不想下棋了。"

吴佩月静静看他一眼，道："那殿下想做什么？"

赵彭："我想跟你睡。"

吴佩月迎着他一瞬间炙热的注视，悚然。

赵彭拉一拉衣襟，显然不打算再装下去了。他咳嗽一声，眼往别处移，很严肃、很真诚地道："我觉得我昨天做得不够好，我想重新再来一次。"

吴佩月心中翻江倒海，一时竟不知是该骇然于他的露骨，还是感动于他的自省。

昨夜他走后，她孤零零地躺在床上，一身冷汗地疼了大半夜，外伤虽有药膏来纾解，但内心的失望和伤痛却没有任何灵丹妙药来抚慰。她也还只是个十八岁的女郎，也憧憬着美满的、浪漫的初夜，她能理解赵彭不是因为爱来亲近她，但她实在想不到，他会用那样粗暴的方式来跟她圆房。

回忆起那糟糕的体验，吴佩月委屈又后怕，这厢听得他直言他做得不够好，不由得胸口一酸，抱着一丝欣慰问道："殿下觉得自己哪里做得不够好？"

"我觉得我……"赵彭倒也不避讳这个问题，擦擦鼻尖，眨着眼道，"太快了。"

吴佩月："？？？"

赵彭咳嗽一声，看回吴佩月："当然了，也许你已经很满足了，但对我来说，还不够。我觉得我应该更……嗯，总而言之，肯定是要比昨夜更好的。"

吴佩月犹如被雷劈，以一种前所未有的目光打量着自己的这位夫君。

赵彭很快从她的目光里品鉴出一些令他不太自在的含意来，眉心微拢。

"殿下觉得我很满足了？"吴佩月声音微微发抖，因为头一回问出这样大胆的话，雪腮染红。

赵彭张口结舌，会意后，不由得脸色大变："你……"

赵彭恍然大悟，双耳极快涨热。他赶紧偏开脸，回忆着昨夜吴佩月的反应，斟酌地道："你……也不太……满足的？"

他刻意把"太"咬得格外重。

吴佩月匪夷所思。

赵彭蓦地站起来，在榻前徘徊一会儿后，回头朝吴佩月僵硬地笑一笑，道："那岂不正好？你我今夜重来一次，定然能互相满足的。”

吴佩月哑然。

赵彭毕竟心虚，不敢再对上她炯炯的逼视，只是上前欲拉她就寝。

吴佩月大惊道：“殿下！”

赵彭给她喊得虎躯一震。

吴佩月心念电转，示意案上那盘棋，再次微笑：“凡事有头有尾，这棋还没有下完，殿下一直说要赢回我，就这么半途而废，岂不可惜了？”

赵彭很不情愿地往那盘棋瞄一眼，心道你也不必如此奉承我，坦言道：“我说过我不想下棋了。”

吴佩月道：“是不想下棋，还是不想跟我下棋？”

赵彭一愣后，眉峰上挑。

灯影里，吴佩月眸中戏谑、挑衅一览无遗，赵彭澎湃心潮慢慢地冷下去，道：“你什么意思？”

吴佩月仍是那静如清泓的一抹笑：“殿下说上回输给我，是因为心里有事，导致思绪不宁。那今夜一而再再而三地推托，又是因为什么？难道是殿下心虚，自知比不上我，便不肯跟我下完这一局棋了吗？”

“你……”赵彭万万想不到吴佩月竟这般伶牙俐齿。

吴佩月笑：“可我以前常听父亲说，殿下不仅容姿出众，更是位博古通今、才识过人的人物，论之当世，实乃人中龙凤。妾身也一直觉得殿下才华横溢，绝对不可能连一局棋都赢不了我，或许，是殿下怕我难过，所以有意谦让的吗？”

赵彭给她一贬一扬的，折腾得七上八下，张口结舌。他自然也知道吴佩月是在舌灿莲花，逼他就范，可偏偏他怔忪之中，根本辟不出蹊径去反诘，只能被迫顺着她抛来的那根藤条往下爬，咬牙道：“我是挺想谦让谦让你的，可既然你不领情，那我……”

吴佩月再次做手势请他入席。

赵彭两眼发黑，极不情愿地在案前坐下，看回那盘残棋，脑袋又开始嗡嗡作响。

“我已经忘了刚刚的思路了。”他立刻说道。

吴佩月体贴地道：“妾身也是，那我们重新开一局吧。”

赵彭捏着那颗凉沁沁的黑子，眼睁睁看着吴佩月放水放得如泄洪一样，他黑着脸，极屈辱地把后面的棋走下去，沉默间，突然开口道：“你的棋艺是你父亲教的？”

吴缙那老头也是闲得发慌，没事把女儿教得这样厉害做什么？成心来祸害他的吗？

吴佩月声音温柔：“父亲启的蒙，后来是由师兄教的。”

赵彭愣了一愣：“师兄？”

“是。”吴佩月抬眼，对上赵彭狐疑的注视，道，“集英殿修撰沈昀柏是父亲的学生，妾身的师兄。”

赵彭眸光微变，嗤一声道：“你提他官职名字做什么？难不成你提一嘴，我就会给他升官吗？”

吴佩月一愣。

难道不是他眼神探究，示意她如实招来的？

吴佩月颔首致歉，赵彭垂眼下棋，不再跟她搭话了。

深夜，赵彭勉强地赢了三局后，仍是在吴佩月的寝殿里歇下。

烛灯熄灭后，内室里幽幽惨惨，春夜的月照流泻在重纱叠帐外。帐内，两人穿着亵衣并肩躺着，彼此脸上都镀着一层微冷暗光。

赵彭道：“我知道你不想我碰你，我现在也不想碰你了，但既然来了，不歇一夜就走，你会被旁人笑话的。”

吴佩月躺在里侧，本来是合着眼假装入眠的，听得这一句，不由得心尖微颤。

大婚半年有余，他不来她这里过夜的事情，早就不是什么秘辛。她这个有名无实的太子妃，也并不是没被人暗地里耻笑过。

在禁庭生活就是这样，他不宠爱她，纵使她有再尊贵的身份，也难在这里长久地维持该有的体面尊严。

吴佩月心里动容，小声回道：“谢谢殿下。”

赵彭不言。如果光线明亮的话，吴佩月应该能看到他因为心虚而泛红的脸，但天公今夜很眷顾赵彭，窗外云起遮月，帐中更黑暗无光。

赵彭在黑暗里道：“你昨夜，很不舒服吗？”

吴佩月明显吃了一惊，赵彭听到亵衣和罗衾摩挲的窸窣声响，但她回答的声音还算镇定：“殿下……勇猛，妾身毕竟孱弱，是有一些，吃不消。”

赵彭对这个“勇猛”的回答显然十分满意，他突然发现，他这位妻子讲话，还是很能贴合他心意的。

回顾昨夜情形，赵彭承认自己是孟浪了、自私了，诚恳地道：“嗯，日后我会注意的。”

吴佩月静下来，不再作声。伸手不见五指的黑因这沉默而更显逼仄，一逼仄，那些铿然于耳畔的心跳声、呼吸声就更令人局促了。

赵彭思来想去，觉得自己还是应该再讲些什么，他开口：“我……”

“我……”

两个人的声音撞在一块，都是急切的、小心的。赵彭道：“你先说。”

吴佩月的疑惑徘徊在齿间，心念一横，缓缓地吐露出来：“殿下为何突然想到……要跟妾身圆房呢？”

赵彭一凛。

吴佩月等待着。

这段时日以来，他的反常吴佩月看在眼里。昨夜，他虽然把他交付于她，但是她清楚地感受得到，他并不是发自内心、发自于爱的。他那具炙热的身体里，并没有一颗炽热的心。

“我们是夫妻，本来就应该这样，哪有什么为何？”半晌，赵彭生硬地解释。

吴佩月赧然一笑：“殿下是想我快些有孕，好召崔小娘子入宫吧？”

赵彭愕然。

吴佩月不用去看也知道他会吃惊，她想他不但会吃惊，应该还会愤怒。可是她实在按不住这个巨大的困惑，她想求一个真切的答案，求他如他婚后所言的那样坦诚相待，哪怕代价是……他可能会更加讨厌她、永远不再想亲近她。

“其实……”

“是。”

吴佩月的解释被赵彭干脆的承认覆盖，帐中一寂，吴佩月怔忪后，释然地笑笑，道：“殿下有喜欢的人，随时接入宫便可，不必这么麻烦的。”

赵彭闷声：“我说过这是我的事，不用你管。”

言罢，他像是感觉自己太严厉了，又放缓语气道：“在你没有怀孕前，我不会碰任何人，我发誓了的。”

吴佩月忍俊不禁，心道果然还是个青涩的少年郎，哪有拿这种事情来发誓的？他又不喜欢她，也不知道是在执着些什么。

“那要是妾身一直没有身孕，殿下身边也就一直没别人吗？”吴佩月忍不住打趣他。

“你……”赵彭气急道，“你怎么老是跟我唱反调？”

他的气息扑过来，擦着吴佩月的耳郭，吴佩月一震，心口处咚咚跃动。

赵彭也愣了愣，只是这一转头，他嗅到了吴佩月颈窝间幽淡的馨香，那香气真的很淡，是他从未体味过的淡，但也真的撩人，像被风吹颤的小小幽兰擦着心尖，撩开一丝丝酥软的麻。

刹那间，许多不合时宜的画面涌上赵彭脑海，他赶紧转回头去，盯着朦胧的帐顶道：“话不要那么多，睡觉。”

吴佩月知道他是讲不过自己了，笑着应：“是。”

于是帐中重新寂静下来，轩窗外，被云层覆压的月光也重新流泻进来，倏而风起，春夜里树叶摩挲，窸窸窣窣。

吴佩月在惬意的风声里闭上眼睛，将要入眠时，却听得耳畔声音古怪。盖在身上的罗衾似振翼的蝶，一下一下地扇动，扇得规律又隐忍。

吴佩月转头，看到背对着她、微微躬身的赵彭。

——就不该喝那劳什子汤！

赵彭在心里狠狠咒骂，突然，一双温柔的手从后环过来，吴佩月低低地道："殿下，我帮您吧。"

（2）

自从有那两夜的相处后，赵彭惊奇地发现，他跟吴佩月的关系变融洽了。

这种融洽倒不是说两人自此以后就相谈甚欢，事实上赵彭还是很少主动去找吴佩月——毕竟一去又要下棋——而是在偶然间看到吴佩月时，心里很自然地一动，撞开的不再是烦恼、抵触，而是一些柔软的、细腻的亲切感。

就像那夜她帮他时的那种温柔细腻。

赵彭想，或许夫妇间的奥妙就在于此吧，当两个人真正地、彻底地赤诚相待，便是没有相通的心意，那种来自身体的微妙体验也会在彼此的心间搭建起一座桥。他站在桥上看她，和站在桥外看她，是截然不同的心境和体会。

譬如这两日，赵彭就很明显地发现，吴佩月的样貌在他眼里变得越来越动人了。

"殿下？"

御花园里，钱小令叫着往湖心那边走神的赵彭。赵彭一激灵，把视线从吴佩月身上收回来，钱小令示意着他道："就是那个，官家身后左起第二位，就是那集英殿修撰沈昀柏了。"

赵彭定睛看去，御景亭里，一位身着深绿圆领官袍的青年站在人群中，正跟众人一起品鉴着官家手上的画卷。赵彭嗤一声："那么矮。"

钱小令小声道："但模样还是俊的，而且棋艺高超，官家这两日尽找他对弈呢。"

赵彭又嗤一声，声音更响。

便在这时，亭中那青年的目光倏而往外一展，赵彭顺着看过去，脸色顿变。

"他往哪儿看呢……"赵彭脸拉下来，大步往前走去。

这日夜里，赵彭又来找吴佩月了。

盛夏的夜燥热吵闹，窗外，蝉鸣声一大片。赵彭一进来，熟稔地屏退宫人，开口就朝吴佩月道："你那位师兄怎么还没成婚呢？"

吴佩月上前给他宽衣，闻言一怔。

赵彭抬目，眸光炯炯。

吴佩月便垂睫："好事多磨吧。"

赵彭因为她眼神躲避而气压愈低，回味着今日沈昀柏在亭中三番五次偷望她的情形，径直道："他是不是喜欢你？"

吴佩月给他解玉佩的动作微微一顿，继而一边忙碌，一边低声：“嗯。”

赵彭：“！！！”

什么玩意儿？她说“嗯”？！

赵彭一口气憋在喉咙，吴佩月淡然自若地补充道：“但那是很久以前的事了。”

赵彭还是不能接受，把松垮的横襕从她手里拽回来。

吴佩月愕然抬头，烛灯里，他瞳仁乌黑，戾气闪烁。吴佩月叹息道：“殿下是在吃醋吗？”

赵彭眸里火苗更旺。

相处一年，吴佩月也差不多摸清他的脾气了，哄慰道：“妾身承认，是因为殿下说过我们要坦诚相待，就像大婚时，您告诉妾身您对崔小娘子的心意一样。当然了，妾身对师兄从无半点男女之情，便是他当年告白，也当面就回绝了，殿下大可不必放在心上。”

赵彭眼神微烁，似信似疑。

吴佩月笑道：“换个角度想想，妾身出阁前有郎君爱慕，可见并非碌碌之人，殿下应该高兴才是，不是吗？”

赵彭眼皮耷拉下来：“你倒是很自信。”

赵彭认真地看了吴佩月一眼，松开横襕，示意她继续宽衣。吴佩月现在很明白他那目光的含义，无外乎是嫌弃她相貌不够美。

吴佩月认真回道：“春兰秋菊，各有千秋，殿下只是不喜欢妾身这种类型的样貌，不等于妾身不美，不能有自信的资格。”

赵彭哑然。

外袍脱下，赵彭松松衣领，趁吴佩月去挂衣服的当口偷偷打量她。其实她讲得没错，她并不是不美，相反，她有一种越看越动人、越吸引人的气韵，这种韵致，是他从来没有在别人身上领略过的。

小案上放着一盏冰镇杨梅渴水，赵彭走过去，端起来尝一口道：“你当年为什么拒绝他？”

吴佩月回道：“心中无意，自然便拒绝了。”

赵彭道：“那你拒绝过入宫吗？”

吴佩月一愣，案前，赵彭垂目喝着酸梅汁，一副从容淡然的意态。

吴佩月唇微张，如实道：“没有。”

赵彭嘴角微不可察地一扬，放下杯盏，故作困惑：“为何？”

吴佩月站在衣架前，手里还握着赵彭那件月白色织锦襕衫，她低着头，壁台上的灯把她笼罩在一小团微醺的暖光里，螓首微垂，玉颈纤长，耳尖缀着一颗翡翠明明灭灭。

光自她耳郭后打来，在她妙曼的轮廓上镀着一层柔煦的金辉，她像是在画中临水颔首的洛神，纤弱又唯美。

赵彭一时竟看痴了。

“大契迎亲那年，殿下在艮岳马场上跟嘉仪帝姬的驸马学打马球，妾身有幸在场外一睹尊容，此后一直惦念于心，不能相望。妾身……是属意于殿下的，所以并不会拒绝入宫。”

静谧的室中，吴佩月声音低柔又缱绻，像深夜的昙花，一瓣一瓣地开在心间，开得隐秘又磊落。

赵彭脸颊生热，眼凝着她，一时竟不知该如何回应了。

他本来也是想诓她讲些早就倾慕于他之类的话，他还是小肚鸡肠，还是介怀她跟那沈昀柏的往事，亟需从她的认可里获取胜利感。

可等她真讲了，那么认真、那么恳切地讲了，他反而又心慌意乱，甚至是……有些心虚，有些害羞了。

“那……你知不知道，我之前是有喜欢的姑娘的？”赵彭敛回视线，不自在地拨弄着那盏凉爽的酸梅汁。

吴佩月道：“略有耳闻。”

赵彭道：“那你还嫁给我，就不怕自己难过吗？”

吴佩月想了想，道：“是会有一些难过，但如果错过的话，我或许会更难过吧。”

赵彭望向她。

吴佩月也望过来，两人的目光静默地交汇在昏黄的烛光里，吴佩月向他笑了一笑。这一次，赵彭看清了，她嘴角的小梨窝那样美，美得活泼又妩媚。

赵彭眼睫扇动，赧然地收回眼，举了举手里杯盏道：“我把你的酸梅汁喝了。”

吴佩月一怔后，笑道：“嗯。”

是夜，罗帐昏红，赵彭的爱抚温柔缠绵，似潺潺春溪浸润心田。云收雨歇后，窗外夜色深浓，已是三更以后，赵彭揉搓着吴佩月柔顺的长发，似餍足又不餍足地道：“你是不是特别希望我爱上你？”

吴佩月撩起眼睫，咫尺间，赵彭瞳仁漆黑澄亮，一派认真。他是真的在发问，不是戏谑，不是撩拨。

吴佩月小声：“殿下遵循自己心意便是了。”

赵彭哼：“嘴硬。”又补充，“你知不知道你刚刚抱我有多紧？”

吴佩月羞赧：“殿下！”

赵彭笑：“其实你求求我……”

月照朦胧，烛火幽微，赵彭凝着吴佩月这双秋波颤漾、似羞似嗔的眸子，心突然一缩，真正用以戏谑、撩拨的话卡在齿间。

吴佩月眨眨眼，等他后半句。

赵彭突然转身缩进了被褥里。

赵彭发现自己变了。

他先是领略到了吴佩月的美，目光在她身上停留的时间越来越长，后是收下了吴佩月送来的棋谱，开始隔三岔五去跟她切磋棋艺。

再然后，他渐渐不习惯一个人孤枕入眠，无论朝堂忙或不忙，他心情好是不好，他都希望清早醒来时，鼻端能嗅着幽淡的香气，怀里能抱着吴佩月柔软又温暖的身体。

吴佩月还是常给他做吃的。天热的时候有酸梅汁、绿豆汤；入秋后有紫薯糕、桂花酿；等下雪了，她就在寝殿里的小火炉上偷偷烤糍粑，烤熟后，拈一块蘸着她号称秘制的豆酱，哄诱着他尝。

赵彭并不算贪嘴的人，但那些看着清清淡淡、吃着齿颊生香的东西就跟她这个人一样，他一碰，就再难撒得开手了。

来年春时，万物生长，有一日，吴佩月突然心急火燎地赶来找他。赵彭正从外来，跟她相遇在桃花灿烂的庭院里，吴佩月喘着，揪着心道："崔小娘子……要嫁人了。"

赵彭沉默，继而淡淡地"嗯"一声，似有意不看她，踱步至桃花下。

吴佩月愕然道："殿下不去阻拦吗？"

赵彭道："不去。"

吴佩月更困惑。

春风微醺，一两瓣桃花翩然飘扬于虚空里，赵彭信手接住一瓣，想起那位阔别多时的小姑娘，道："就让她嫁给一个一心一意对她的人吧。"他声音低低的，带一丝惭愧，以及一丝羞赧，"我已经没有办法一心一意对她了。"

番外三

如梦令

（1）

奚长生六岁那年在象棚里看皮影戏，看了一场《三英战吕布》，从此神往金戈铁马，刀光剑影。然而大鄞不尚武，只崇文，六岁的奚长生跑回家去告诉爹娘长大后要习武参军，换来的只是更多更厚的医书，以及一日诵三回的奚氏家训。

奚氏杏林世家，不管在朝在野，所行皆回春之术。奚长生既是奚家后嗣，就该继承衣钵，光宗耀祖，哪有放着家业祖训不管不顾，跑去做那下等士卒的？

奚长生年年反抗，年年碰壁，后来灵机一动，从一大堆医籍里捡出几本专述妇科、产科的来，当着爹娘的面啃得废寝忘食。

做爹的还想上去教训，当娘的把他袖口一拉，示意：总归还是不忘祖业，算了。

十八岁那年，奚长生自立门户，在广聚轩斜对面开了家医馆。医馆虽号“南山”，取“寿比南山”的长寿之意，但实则主要还是给妇人排忧解难。什么葵水不调、不孕不育，什么恶心腹痛、早产难产……凡是妇人疑难杂症，奚长生统统手到春回，不在话下。

从事自己不喜欢的行业多少是苦闷的，但奚长生当时想，在前来找他寻医问药的这些妇人中，至少有三成是边关将士的母亲、妻子、女儿，他奚长生虽然当不成兵，上不成战场，但如果能给这些军人的女眷治病去疾，便也算是功德一件，间接圆他定国安邦的梦了。

有道是精诚所至，金石为开，或许是这愚拙又赤诚的一番心意打动了上苍吧，终于有一日，命运的天平开始向奚长生倾斜了。

因为一场医闹，奚长生阴错阳差地结识了忠义侯府大郎君褚怿发妻——嘉仪帝姬，又碰巧嘉仪帝姬备孕无果，忧心忡忡，他有幸入得帝姬府，一来二去，睹得心中偶像——褚大郎君之英武风姿。

褚氏一族镇守边陲，在大鄞乃是妇孺皆知的一大将门，四爷褚晏、大郎君褚怿则是这十年间最为人津津乐道的褚家郎君。奚长生自打怀揣着从军梦以来，就一直对忠义侯府心驰神往，其中褚怿十二岁便披甲上阵的传奇经历，更是烙印一样地烙在他心头。

每每一想，他便热血沸腾，情难自禁。

当然，此情，仅仅是钦慕——哦不，钦佩之情。

因着给嘉仪帝姬看诊的这一份机缘，在朝廷决定联娄灭契的那年深冬，小小神医奚长生终于得偿所愿，裹着一身大袄，挎着一个药箱，以三殿下赵彭专属军医的特殊身份加入了褚家军。

那一年的冬天其实格外冷，从盛京去往樊关，一场场的风雪刮得人眼都难睁开，奚长生却赶路赶得激情澎湃，坐在车中偷偷地开着窗缝，一边搓着眼睫上的霜雪，一边把沿途风光看了又看。

褚家军这次的任务是回三州驻防，随时提防大契的突袭。奚长生跟着大队伍入驻樊关城，在体验了两个多月相对安稳的军旅生活后，北伐战场传来噩耗——由贺家军率领的大军惨败于契军蹄下，主帅贺渊非但拿不下跟娄人约定的燕京，反而把自己的性命以及自家的老巢燕川给丢了。

官家震怒，朝臣惶恐，不日，褚家叔侄临危受命，率领援军火速支援，三殿下赵彭继续督军。

于是，在一个寒风料峭的春夜，奚长生真正地上了战场。

有硝烟弥漫的战场和仅是武装戒备的关城真的很不一样，虽然不在一线，但两军交火后震天的炮火声、嘶喊声从来不曾在奚长生耳畔消失。

待得歇战，双耳暂得休憩时，又是一拨一拨的伤员从前线运来，那些在担架上哀号着、挣扎着的士卒，不是断了手脚，就是被战火烧得面目全非。

赵彭命令奚长生跟其他军医一起前往救治，面对着那些触目惊心的外伤，奚长生双手不住地发着抖，那是他第一次后悔少年时任性的选择。

苍天破晓时，褚家军成功攻下燕川，军营里欢声雷动。入城后，休整不过半日，褚晏、褚怿继续率军北上，在燕京城外跟大契对峙。

奚长生自然不敢掉队，然而万万预料不到的是，在燕京城郊，他跟同行的军医遭遇了敌军的伏杀。

救下奚长生的是一位个头不大、但枪法惊人的少年郎。少年郎穿着褚家甲胄，骑一匹鬃毛红亮的骏马，将一杆银枪从敌军胸膛里拔出来时，微垂的一双凤眸里英气凛冽，周身散发着令人生畏的气场。

然而下一刻，少年郎竖着银枪，转头朝跌坐在地的奚长生看来，那双英姿勃发的凤眸又流转起融融笑意。

少年郎道："小郎君生得好白啊。"声音脆亮，乍一听，竟不似少年郎。

奚长生愕然地睁大眼，隐约从少年郎笑盈盈的声音里领略出一丝调笑之意，苍白的面颊晕开一层薄红。

那时恰恰是残阳似血时分，一抹余晖倾斜在二人之间，少年郎定睛看着奚长生，目光倏而聚焦至他左眼眼尾下——那里生着一颗红痣。雪肤衬红痣，那一刹，少年郎只感觉奚长生更白皙，也更冶丽了。

少年郎眼神愈深，少顷后，手上银枪一转，朝他伸去。

奚长生懵懂。

少年郎一笑："不怕，我拉你起来。"

那日燕京城外暮云四合，一轮金灿灿的落日静默地朝地平线下沉去，奚长生坐在少年郎的马背上，被其勒着马缰环在胸前。暮春的晚风燥热，奚长生惊魂未定的身体也燥热，一颗心咚咚地跳跃在胸膛里，不知是因劫后余生，还是因为别的什么。

"小郎君是军医吗？"耳后传来少年郎的声音，和那春风一样，也是热气腾腾。

奚长生却突然领悟到一件事——从声音的位置判断，少年郎竟是没他高的。

"小郎君？"少年郎又唤他，唇间喷来的气息更近了。

奚长生"啊"一声，忙偏开脸让了让，应一声"是"后，眼眨得飞快。

少年郎"扑哧"一笑："你不用这么紧张。"

奚长生涨红着脸道："我心里并不紧张，只是身体不由得我控制罢了。"

少年郎扬眉。

奚长生握拳抵唇，咳一声道："我叫奚长生，还未请教……小恩公姓名？"

少年郎心道恩公就恩公，干什么加个"小"？

少年郎瘪瘪嘴，应道："口天吴，人云会。"

吴会？吴谐音"无"，搭一个"会"，岂不是什么也不会了？奚长生蹙蹙眉，心道"吴"这姓氏实在不好取名，生生埋汰这位枪法惊人的小恩公了。

褚蕙今日在归队途中救下一个小军医，小军医白白嫩嫩，五官精致，左眼眼尾底下还生着一颗红痣，任凭如何看，也不像这行伍之中该有的人。

褚蕙怀疑这人莫不是跟自己一样，也是个假扮郎君的小娘子，然而她把他拉上马，环着他往前线去时，把他滚动的喉结看得一清二楚。他个头甚至还比她高，肩也比她阔，下颌处还隐约有剃不干净的胡楂。他应该是个货真价实的郎君。

褚蕙这么想，另一个疑惑不禁又浮上心头——这五大三粗的戎行里，怎么会冒出来这样一个嫩生生的小郎君？

三日后，褚、贺两家联军在燕京城外取得首胜，主帅犒赏三军，是夜，大本营中欢声如雷。

褚蕙趁着战友去赴宴的当口，偷偷在帐中洗净身上血污，简单把外伤包扎后，换上干净的戎服走出来。

帐外篝火冲天，幢幢人影里，有人招呼她："小吴，那边有人找！"

褚蕙展眼望去，一杆招展的旌旗下，奚长生挎着个药箱默默站着，火光映在他黢黑的双眸里，令他目光格外真诚、热烈。

褚蕙愣了一愣，上前。

奚长生站在黑暗处，看着褚蕙一步步朝自己走来。她今夜没有穿戴甲胄，一身干练的戎服把整个人衬得格外精神，也格外瘦小。几乎还不等她来到自己跟前，奚长生便已做出了判断——她是真的没有自己高。

但，她也是真的很飒，哪怕此刻没有银枪和战马。

褚蕙一拳打在发蒙的奚长生的肩上，后者一个趔趄，站稳后，怔道："你打我做什么？"

褚蕙道："你盯我做什么？"

奚长生脸上又迅速有红潮涨起，眨着眼别开脸，咳嗽一声。

褚蕙故意探头："你嗓子不好？"

奚长生因为她突然的靠近心头猛撞，他后退一步，板脸道："没有，你……突然打我，我有点不习惯。"

褚蕙抱臂，静静地盯着他笑。

奚长生被褚蕙盯着百般不自在，只能闪开眼看别处，瓮声道："大战刚结束，小恩公你……有没有受伤？"

褚蕙瞄一眼他挎着的药箱，心头暖流涌动，道："一点小伤，不碍事，我都处理好了。"

奚长生听得她到底是受伤的，脑海不由得浮现那些骇人的画面，焦心道："我还是给你看看罢。"

奚长生说罢，便预备动手了，然而褚蕙突然不动声色地向后退一步。奚长生撩眼，夜色里，她凤眸依然笑意流转，然而口吻坚决："真不碍事，你要想报答我，就请我喝一壶酒吧。"

一刻钟后，奚长生去而复返，他仍是挎着药箱，但他不再气定神闲地站着，他气喘吁吁，额头坠着密密麻麻的汗。

褚蕙看他的目光变软，指一指别处。

奚长生朝那黑黢黢的地方看去，一愣："去那儿？"

褚蕙点头："是啊，黑黑的，两个人，才像约会嘛。"

奚长生心想：吴会应该不是故意的吧？

夜阑浓黑，天幕繁星如水。

营帐东侧的一座小山丘上，月华浓郁，人声寥落，奚长生把一壶酒从药箱里取出来，犹豫地道："大将军今日有令，军中不可饮酒的。"

褚蕙哪里管他，伸手就抢过来。

"既不可饮酒，那你还巴巴地给我送来？"褚蕙戏谑他，扬首便喝了一口。

奚长生红着脸，默默想：报恩罢了，懒得跟你计较。

绵柔的琼酿里浸着一丝淡淡苦香，是他药箱里的苦香。药的苦和酒的烈掺杂在一起，从喉咙灌至肺腑，冲荡着身体里的浊气、冷气。

褚蕙揩嘴，朝他一笑："还挺好喝的。"

奚长生没看她，目光垂在脚前的小草上，严肃道："给大将军知道是要罚的，你少喝点。"

褚蕙便把酒壶递给他："那你也来两口？"

奚长生看向那壶嘴，也不知刚刚褚蕙喝时嘴是凑上去的，还是没凑上去的，一时思绪纷纷。褚蕙看他不动，便又要顾自喝，奚长生忙抢过来灌了一口。

"咳咳——"他立刻呛得脸红。

褚蕙忍不住打趣："喝口酒就呛成这样，你怎么跟个女郎似的。"

"我才不是女郎。"奚长生闷声反诘，揩干净嘴角酒渍后，强调，"你有的，我都有。"

褚蕙心道那可不一定。她忍不住又瞄他一眼，小郎君白绸束发，泛红的脸在月照下笼着一层似水光华。夜风吹动他髻上的白绸，鬓角的碎发，白绸、青丝舞动在虚空里，这一抹凌乱，更衬得他昳丽无双。

褚蕙眸里掠过一丝惊艳，随后是迷惘："你不像军中人，你为何会在这里？"

奚长生知道她质疑的是什么，静静地答："我要是从小就能习武，也跟你们一样气质英勇，威猛高大。"

说罢，他又转头："不过你也不高大。"

褚蕙"嘁"一声。

奚长生的目光又在她脸上多停留了一瞬，他觉得这小恩公表达不屑时的神情真是又酷又飒的。他不禁摸了摸自己的脸。

"难道你从小就想参军？"褚蕙突然在耳畔问。

奚长生摸着脸，诚实地"嗯"一声。

褚蕙道："为何？"

奚长生想起自己小时候那个天真又炽热的梦，坦然道："自然是想横戈跃马，驰骋疆场，抗贼军，收失地，报效家国了。"

褚蕙双眸微眯，凝望前方寥廓的群山，但笑不语。

奚长生不服："你笑什么？"

褚蕙语气率真："我笑我们一样啊，我打小也这么想的。"

奚长生一怔。

褚蕙道："只不过我娘亲不准。"

奚长生惊讶道："我娘亲也不准，还有我爹也不准。"

褚蕙道："哦，那我还好，我爹很早就战死了。"

奚长生愕然。

褚蕙歪头，道："我还有两个哥哥，也都打仗死了，我家就剩我一个，我娘亲说什么也不准我再来。我本来想，那就顺着她的心意，留下来陪她吧，可是后来……"

奚长生看到她眸底波动的水光，心里一揪："后来怎么了？"

褚蕙想起被程家小郎君羞辱一事，扯唇笑笑："没怎么，后来不服气，不甘心，就还是跑来了。"

她一笔带过，奚长生却仿佛懂了，他的眸光黯淡下来，转头望向夜雾渺渺的群山。"我也很不服气，很不甘心。"

奚长生也想起了自己的往事，他坚定地道："青年从戎，杀的是侵国贼寇，护的是故国山河，保的是万家安宁，海晏河清，有什么可丢人的？"

褚蕙一震。

边陲的夜风凉凉地吹在他们身上，可那一壶酒下去，他们的身体都热起来了。

奚长生的最后一口酒灌得潇洒豪迈，再没有呛着，再没有彷徨。他甚至很清醒地把喝空的酒壶藏回药箱里，然后转回头来，郑重地向眼前人道："小恩公，从今往后，我陪同你，你陪同我。有我在，你一定全须全尾，百战不殆！"

（2）

自这天起，奚长生开始很认真地研究怎么诊治外伤了。

大鄞还没有彻底拿下燕京城，前线的战火隔三岔五就燃起来，只要硝烟一弥漫，营区就会有一批批伤员被运送回来。

奚长生在面对这些触目惊心的伤势时，双手不再发抖，只是心脏会像被无形的利爪攫住——他害怕在这群呻吟于死亡线上的伤员里看到他的小恩公。

所幸，没有。

安顿好一众伤员后，奚长生洗净手上的血，第一时间就提着药箱去找他的小恩公。他知道小恩公很厉害，但他还是要亲自去看她一场，看她是不是还生龙活虎，是不是又胡乱地包扎了那些所谓的小伤。

两个人还是相聚在那夜的小山丘上。

这一回，褚蕙伤的是胳膊，伤口有些深，绷带缠了一圈又一圈。

奚长生“砰”一声把药箱放下，上前就把那鼓囊囊的绷带拆开来，一边拆一边训：“药也不擦，血也不止，就这样乱缠一气，还缠这么紧，你这条胳膊是不想要了吗？”

褚蕙以往一直拒绝他上手，然而这回实在拒绝不下，蹙紧眉，由着他折腾完后，就要把胳膊往衣袖里揣。奚长生却握着不放，看了一眼又一眼：“你这胳膊细得……”

褚蕙睫羽闪烁，岔开话题：“不该缠紧吗？”

奚长生又开始检查褚蕙身上其他部位，应道：“缠太紧不利于血液循环，严重时甚至会导致伤口恶化。而且不只是伤口，身体任何部位都不能用外物紧缚，有的小娘子女扮男装入军营，怕被人识破，就日日夜夜把胸乳缠压着，长此以往，那地方变小不算，还会有种种恶疾接踵而来，欸……”

奚长生突然摸到褚蕙腋下：“你胸口……啊！”

奚长生惨叫，捂着被打中的手，又震惊又委屈。

褚蕙撇开脸：“话真多。”

奚长生还惦记着刚刚的检查结果：“你胸口受伤了？”

褚蕙：“没有。”

奚长生：“你缠了东西！”

暮风飒飒，吹扬褚蕙的鬓发，小山丘上春草窸窣。奚长生怔怔地盯着褚蕙泛红的耳，吞下一口唾沫。

褚蕙在这时转回脸来，眼烁烁地盯着他：“怎么，你怀疑我是女郎吗？”

奚长生张口结舌。

褚蕙反客为主，抓他的手：“给你检验一下。”

奚长生被她碰到，触电一样，闪得险些踉跄。

褚蕙“扑哧”一笑，却发现，暮光中，奚长生的眼神很明显地变了。

他倒没有再多说什么、多做什么，只是低下头默默收起药箱，临去前，小声在她耳后道：“日后受伤了，只能找我，知道吗？”

褚蕙望着山外落日，闷闷地“嗯”一声，佯装随意地抓了抓滚烫的耳朵。

一个月后，大鄞攻城的最后一战中，褚蕙终于还是没能护好自己，在厮杀中被一支利箭穿透后胸。那箭箭镞上生着倒钩，稳稳地嵌在肉里，离心脏只有毫厘之偏，要拔这箭，就必须解了束胸。褚蕙奄奄一息地被送往军营救治时，想起奚长生的话，用昏迷前的最后一口气喊了他的名字。

“长生，长生……”她焦急得连姓氏都来不及喊了。

醒来时，帐中灯影绰绰，一人坐在榻前，用白绸束紧的发髻微微松散，昔日光彩照人的一张俊脸笼着忧心憔悴。

褚蕙动了动苍白的唇："箭拔了？"

奚长生定定地看着她，不讲话。

褚蕙径自动手去摸，摸完后，蹙紧眉，道："你没帮我把束胸缠回来啊……"

这种时候喊他，叫他，除治伤以外，不就是派这用场的吗？

奚长生被她一本正经的话气得呼吸粗重："我说了，那里是不能乱缠的。"

褚蕙知道，但她望着帐顶，苦恼地道："但我是女郎啊。"

奚长生含泪道："女郎怎么了？女郎就不能堂堂正正地披甲上阵，保家卫国吗？就非得缠着那些东西，扮作男人的样子，才有资格驰骋疆场，建功立业吗？！既然都是上阵杀敌，就不该再有什么贵贱之别，男女之分！日后那东西，你休想再碰了！"

帐中岑寂，奚长生掷地有声，他似乎是第一次这样大声地对她说话，第一次这样斩钉截铁，激动不已。

褚蕙怔怔地望过去。

烛光里，两人视线交汇，奚长生涌动在眸中的泪水夺眶。

褚蕙一惊："你别哭啊……"

奚长生别开脸，声音沉沉："我没哭，是眼睛想哭，我管不着它。"

褚蕙一时笑也不是，不笑也不是。她看着榻边转头抹泪的小郎君，片刻后，终于还是笑了。

"不许笑我。"奚长生严肃地道。

"我不是笑你。"褚蕙也严肃认真地回答，"我是在想，要是日后不扮作男人，给别人知道我这女郎跟一大帮男人同吃同睡过，那我这辈子还能不能嫁出去了？"

奚长生闻言一震。

褚蕙看着他，等他回答。

奚长生的喉结滚了又滚："从军之人不拘小节，不会……在意这些。"

褚蕙目光凝着他不放："可我不喜欢五大三粗的军人，我喜欢白白嫩嫩、斯斯文文的小郎君呢？"

烛火跃动，奚长生的喉结跟着动，橘红烛光把帐里染得昏红，奚长生耳根、脖颈也跟着红。

褚蕙伸手在他衣袖上一拉。

奚长生立刻颤了一下，继而瓮声："那……那你看我，还，还成吗？"

褚蕙眼梢藏着笑："你的脸别得那么远，我看不到啊。"

奚长生沉默少顷，僵硬地转回头来。

褚蕙盯着他爆红的小俊脸，道："你不白了。"

奚长生咬牙。

褚蕙失笑，笑声越来越大，奚长生盯向她颤动的胸脯，恼道："不准笑了！"

番外四

合家欢

（1）

褚怿回京的两个月后，盛京转入酷暑。

某夜，蝉声起伏，烛火昏黄的寝舍里窸窸窣窣。

褚怿把容央抱在窗前的小桌上，低头亲着，正亲得动情时，容央突然伸手在他胸膛上一推。

褚怿垂眸，凝着她，灼烫的气息缠着彼此。容央只是喘气，不作声。褚怿便用鼻尖在她鼻尖上一蹭，又麻又痒。

容央偷笑，把他又往外推一点，严肃地道："从今夜起，你不能再碰我了。"

褚怿瞳眸更黑更沉，双手撑在桌上，头微转："怎么个说法？"

容央被他低哑的声音弄得心尖颤，忍着，不答反问："你自己想想，我会给你什么说法？"

褚怿眼微眯，略一想后，笑起来："来了？"

他算了算，应该是癸水到了。

容央表示不悦："你根本记不住是哪一天。"

要是癸水，那半个月前就该来了。

褚怿定睛分辨她的情绪，终于确认并不是他刚刚所想的那个意思，镇定如他，脸色乱了一瞬。容央哼着，再次戳他胸口："恭喜你，又要当爹啦。"

褚怿把那只小手握住，眼仍定定地盯着她。

容央不快道："盯什么盯，当我骗你吗？"

褚怿哪里敢招她不快，只是有点惊疑，有点郁郁："这么快？"

容央下桌，要往外走，很敷衍地夸他："你厉害嘛。"

褚怿把人拉回来，环在胸前，唤："莺莺。"

容央噘嘴。

褚怿先拣重点哄："没有忘记你的小日子，只是以为是推迟，今日来了。"

容央眼往别处瞄，但嘴角显然憋着笑。她就是爱这样，装模作样地生气，然后等他来哄。

褚怿唇微挑，很熟悉这个路数了。也怪，这么多年，他居然也不腻。

褚怿耐着心，又哄："真怀上了？"

容央"嗯"一声。

褚怿便很诚恳地道："是我的错。"

容央一头雾水，反应过来后，捶他胸口。

褚怿低笑。

容央喜欢他这样既算服软、又算撩拨的笑声，不忍心再折腾他了，夸奖道："不是错，大将军送我一个小娃娃，那是天大的喜事，怎么能算是错呢？"讲着，不由得摸摸小腹，"我还没有小女郎的。"

褚怿仍是笑："女郎像爹，模样会像我。"

容央一下想到越长越像他的蜜糕、定胜糕，立刻反驳："不行，这个得像我。"

褚怿便"嗯"一声："那，祝夫人好运了。"

容央瞪了他一眼。

蜜糕打三年前起就一直念叨着想要个小妹妹，结果容央给他送来个小弟弟，令他很是沮丧了一段时日。

这日午膳时，听得母亲再次有喜，蜜糕黑溜溜的大眼睛一刹烁亮，然而又一刹，光芒熄灭下去。褚怿看他耷拉下眼闷头扒饭，出声："怎么，你母亲有喜，你不开心？"

褚怿大战两年刚回，蜜糕打心底对他还是敬畏多于亲切，闻言忙收敛恹色，讨巧地答："怀孕很辛苦的，孩儿不想娘亲那么辛苦，所以不是很开心。"

褚怿一怔后，神色微动，容央在一边拆穿："他讲甜言蜜语呢。"

容央给褚怿拈一箸蜜煎豆腐，朝他笑一笑后，转头对蜜糕道："你是不是觉得这回还是个小弟弟，不愿意，所以不开心？"

蜜糕微红着脸，倒是很珍惜母亲送来的这个台阶，顺着爬下去，点点头。

容央便诓："这回定是个小妹妹。"

蜜糕眼神怀疑。

在边上扒饭的定胜糕突然把小肉脸从碗里抬起来："我不要小妹妹！"

众人一愣，却见他朝蜜糕扭头，奶声奶气地道："我要哥哥。"

雪青、茶白在后“扑哧”笑，蜜糕脸更红，却是很得意、很老成地替定胜糕揩去嘴角饭粒，教训道：“整天要哥哥，你都是要当哥哥的人了！”

定胜糕朝他扮鬼脸。

褚怿、容央哑然失笑，前者点评：“淘气。”

容央立刻道：“因为像你。”

褚怿啼笑皆非。

是夜，初秋凉风吹卷着梧桐树上微黄的树叶，沙沙声降落下来，似一场温柔的雨。

褚怿等容央沐浴完，上床时，把人搂至胸前来，掀开寝衣去看她的小腹。

容央有点蒙：“干什么突然这样……”

烛灯昏黄，帐中光线并不明亮，但褚怿还是很清楚地看得到那肚皮上一条条淡白的纹。

六年前，容央快生蜜糕时，诓他说这纹是会消失的。她说妇人生育小孩，大多数会生长这种难看的纹，等到小孩落地，纹就会自然而然地消失，她那盈盈一握的小蛮腰，也会慢慢地恢复如初。

可是，这世上哪有不留痕迹的伤痛。就像他上战场，再怎样天赋异禀，再如何无往不胜，回来时，这身躯也会拖着一道道难看的疤痕。

她呢？

她为他生儿育女，用血脉延伸他们的血脉，用生命延续他们的生命，再怎样嚷嚷着没关系，不要紧，老天爷也没有半分感动，赦免她该遭的罪行。

多年前那个娇滴滴、嫩生生，洞房夜一摸到他胸前的疤就想踢他下床的小姑娘啊，而今身上也长上骇人的疤痕了。

褚怿摸着那些纹路，再次想起午膳时蜜糕的那句话来，定定道：“最后一回了。”

容央偏脸去看他。

大概是逆光的缘故，褚怿的双眸格外深邃，也格外黑澈。容央知道他是心疼自己，笑着按住他的手，道：“我现在不害怕了。”

褚怿下颌蹭在她发顶，淡淡地“嗯”了一声：“那就当我怕吧。”

容央扬眉：“那你得保证她是个小女郎，跟我一模一样的那种。”

褚怿失笑：“这如何保证？”

容央不放过他，小声：“你自己弄的，你当然要跟我保证。”

褚怿心道就知道撩拨他，不接这茬，改叮嘱：“那你平日多照照镜子，少看我些。”

容央脸红：“什么意思，你以为我天天……”

蓦地撞上他烁亮眼神，容央结舌，心虚地转身钻往被褥里去，嘟囔：“好自恋的一个人。”

褚怿勾着唇笑，拉落床帐，从背后抱住她，低声反问："好自恋的一个人？"

容央脸颊在黑暗里心安理得地红着，神闲气定："对，就是你了。"

容央这一胎的产期在次年春天。

入冬，盛京城的天空渐渐被阴云铺成冷灰色，蜜糕来屋里探望已经很显怀的容央，每次贴在那肚皮上听一会儿后，都会郑重地问："小妹妹会有这个吗？"说罢，伸着两根指头在嘴角戳了戳。

容央知道他问的是酒窝，很确定地再次答："没有。"

蜜糕不服气："小堂姑都有。"

容央："那是因为小堂姑的爹爹有，而你爹爹没有，你娘亲也没有，所以生不出一个有酒窝的小妹妹。"

蜜糕叹一口气，然后又把脑袋支棱起来："那爹爹为什么没有？"

容央张口，竟然也困惑了。

蜜糕去后，容央等来下值的褚怿，探究："四叔的酒窝是捡谁的？"

褚怿眉心微拢，像是被问起极遥远的事，思忖片刻方道："爷爷吧。"

容央抱住他脱下的官袍，又道："六个郎君里，就只有四叔一人捡着了吗？"

褚怿换上常服，把官袍从她臂弯里拿过来挂上，坦诚答："没大留意。"

褚怿补充："但四叔的确是最像爷爷的，所以奶奶最疼他。"

容央会意。

这夜入睡前，褚怿照例给容央的肚皮涂擦淡纹的玉肌膏，容央一副心事重重的样子，纠结许久后，开口道："能不能给我一幅爷爷的画像？"

褚怿专心地擦着药膏："做什么？"

容央也不藏掖："我想生个有酒窝的小女郎。"

褚怿手上一顿，撩起来的一双眼又黑又沉。

容央吞口唾沫，解释："蜜糕喜欢小酒窝。"

褚怿："那你怎么不要四叔的画像？"

"你讨厌！"容央打他。这点小事都要吃醋，真是的。

褚怿很倔强地应："不给。"

"就看两眼怎么了吗？"

"看也没用。"褚怿把玉肌膏的瓷盖合上，幼稚又威严，"别什么事都依着他。"

容央"嘁"一声，拷问他："难道你没觉着小云仙很可爱？"

褚怿语气平平："尚可。"

容央不服："小酒窝不甜？"

褚怿："不甜。"

"你……"

容央咬牙，哼一声，不搭理了。

立春那天，铺在盛京城中的大雪终于融化，暖融融的春晖照耀在梧桐树上，抽芽的绿叶尖上滴落着水珠。

奚长生照旧挎着药箱，领着稳婆来给容央接生，这一回，蜜糕、定胜糕不再喊他"奚叔叔"，都改口成了"奚姑父"。

"奚姑父，小妹妹出来没有？"

"奚姑父，怎么娘亲还在叫唤，她是不是很疼？"

"奚姑父，你家的小女郎有酒窝不？"

"……"

奚长生头皮发麻，把两个小郎君哄到褚怿跟前去，两个小人却不依，追在他屁股后头跑回来。

褚怿坐在庭院里的小石桌前，板脸："回来！"

打前阵的蜜糕一个哆嗦，恨恨地拉住定胜糕的小手往褚怿那儿走。

爹爹总是一副凶凶的模样，既不像小云仙的爹爹那样幽默，也不像奚姑父这样温柔。唉，定是他还没有小女郎的缘故。老天爷保佑，娘亲一定要生个小妹妹来呀！

褚怿打量着蜜糕："你嘀咕什么？"

蜜糕也板住脸，认真地摇头。

产阁里，容央的呻吟声并未停止，褚怿知道这是最难挨的时刻。他转头朝百顺低声吩咐了一句，百顺一脸惊悚，然而到底不敢忤逆，依言去了，回来时，手里拿着杆专给稚童打造的小银枪。

褚怿对蜜糕道："把所有学会的枪法舞一遍。"

蜜糕一双大眼瞪得眼珠都快砸下来："……爹？"

这种时候……检查枪法……

这是……亲爹吗？

褚怿示意百顺，后者厚着脸皮把小银枪送上去，劝道："大郎君，走一个吧。"

于是那日在母亲分娩的产阁外，蜜糕百思不解地在褚怿跟前把所学到的褚氏枪法舞了一遍又一遍。

最后一遍时，蜜糕也发下重誓，管他这回是不是小妹妹，他再也不要娘亲生小孩了。

酉时，金灿灿的暮照铺满庭院，产阁里终于爆发出一道清脆甜亮的啼哭声。少顷，稳婆抱着一个襁褓婴孩出来报喜道："恭喜侯爷，这回是个千金了！"

蜜糕一招舞毕，握着小银枪累倒在地，闻言又抬起热汗淋漓的脸来，咧开嘴咯咯地笑了。

容央醒来时，褚怿坐在摇床前，低头逗弄着里面的小人儿。

蜜糕、定胜糕出生时，他这样逗弄过，但是这一回，他眼梢的情绪明显是不大一样的。

窗外的最后一抹余晖照在他侧脸上，给那冷硬的轮廓上镀着柔软暖光，他垂下的睫毛很浓密，瞳眸很亮，卧蚕很深，是蓄着笑意的模样。

容央一笑。

褚怿知道她醒了，告诉她："像你。"

容央不信："这时候还皱巴巴的，谁知道像谁呢。"

想当初蜜糕生下来时，不是一大堆人说像她，结果后面越长越偏了。

褚怿笑，起身往她身边来，容央急道："把孩子抱过来呀。"

褚怿本想着仔细瞧瞧她，合着人家心思只在孩子身上。他眉峰微耸，无奈地退回去，把小千金从摇篮里抱出来。

"姿势得重新练练了。"容央不忘批评，接过女儿后，揭开襁褓一看，双眼立刻亮起来。

这一对水汪汪、亮晶晶的大眼睛，可不比蜜糕还更像她吗？

容央激动，按捺住，小心地在女儿两边嘴角戳了一戳。

褚怿："干什么？"

"刚刚奚长生说，虽然你我没有酒窝，但爷爷有，指不定咱女儿也就能有。"

褚怿半天不知道回什么好，想着她跟蜜糕对那东西心心念念的样子，由衷地问："有那么稀罕？"

不就是个窝吗？

容央乜斜他一眼，懒得跟他争辩。

小千金慢慢长大，五官渐渐长开，无论是神态还是相貌，都简直跟容央一模一样。

只不过，那双红彤彤、亮莹莹的小嘴旁的确是没有任何小窝的痕迹，蜜糕天天来守，一想起这茬，就朝小家伙嘴角各自戳上一戳。

容央怜他心意，每夜入睡前，便也帮着戳一戳。

褚怿每回就耷拉着眼看着，等容央戳完，把女儿交给乳娘时，他就主动接过来，转身后，不动声色地把小家伙被戳过的地方抹一抹。

乳娘全程看在眼里，不敢吭声。

如此一日日地过去，转眼到了小千金满月前日。

晌午时，蜜糕又扔下在庭院里玩泥巴的定胜糕，脚下生风地偷跑过来，守在小摇床前朝里面盯。

小妹妹仍是嘿嘿地朝他笑着，然而那粉嫩的笑靥依旧没有任何小窝生长的痕迹。

蜜糕的目光慢慢从怜爱变成惘然，半晌后，颓丧地叹一口气。

——小婴孩要是有酒窝，要么一生下来就有，要么隔个三五天慢慢地显出来，如果一个月还没迹象的，那基本就是没有了。

脑海里，奚姑父的话反复地回响着，蜜糕心如刀割。

定胜糕气咻咻地从外跑进来，满身的泥，虎着脸朝蜜糕控诉道："你又丢我！"

蜜糕坐在摇床前，惆怅地望天："唉！"

定胜糕对他的叹息似懂非懂，看到摇床在动，便上前去，低头，见得襁褓里一张玉雪可爱的小笑脸。

定胜糕也笑起来，把垢着泥的小手伸进去。

蜜糕眼疾手快，擒住他。

后者懵懂地抬眼。

蜜糕讪笑："哥哥陪你玩去。"

入夜，容央在摇床前晃着拨浪鼓，鼓声咚咚，摇篮里的小家伙笑声咯咯。

容央盯着那没有酒窝的笑靥，低低一叹。

褚怿穿着亵衣走进来，听到这声叹气，疑惑："叹什么？"

容央欲言又止，知道这事情是没法跟他"共苦"的，改道："明日就要办宴了，却连个小名都定不下来，不知道的，还以为我们这做爹娘的不上心呢。"

褚怿笑："是你瞧不上。"

大名、小名，他都不知道提议多少个了。

容央坚持："那本来就该严着些，不能胡乱取的。"

有两块糕就够了，再来一块，当她是百味斋吗？

褚怿来到摇床前，弯下腰，逗弄襁褓里的小家伙。

他刚沐浴过，一头半干的青丝披散下来，滑入摇床里，里面的小人儿扬手抓住，张开嘴，笑得得意又明媚。

真甜。

褚怿开口："甜甜。"

容央一怔后，反应过来："小名甜甜？"立刻又质疑，"酒窝都没有，甜……甜吗？"

褚怿于是更坚定了，又喊一声："甜甜！"

容央恍然大悟，扯他衣袖："你故意跟我作对是不是？"

褚怿勾着甜甜的小手，转头道："不是跟夫人作对，是恰恰想到夫人，所以觉得甜。"

容央默默涨红了脸颊，且在他似笑非笑的注视下，越涨越红。

褚怿笑着，去她耳边问："甜吧？"

容央憬悟这双关之意后，心口一刹怦怦乱撞，“嘁”一声扭头走开，却是偷偷捂住胸口，骄傲地想：讨厌。

（2）

清明前夜，潇潇春雨拍打窗棂，容央在屋中给褚怿准备明日祭祀时要穿戴的衣物。

前些年大鄞战火连连，拉垮了国朝经济，赵彭继位后便一直提倡开源节流，今年的祭祀他也不准备大办，只是叫内臣来赐新火时，提醒容央抽空去皇陵给先皇上一炷香。

先皇故去已快三年，容央在深夜里梦到父亲，梦到的总是小时候言笑晏晏的情形。那个高高在上、掌握着天下生杀大权的男人哪，抱着她坐上龙椅时，脸上只是慈爱的，甚至有些憨厚的笑。

他给了她本来不该有的幸福的童年，骄傲的资本，甚至是后来这一段阴错阳差、逢凶化吉的人生。

容央知道他并不算一位好的君王，也知道在最后，他也不再视她如至宝。但不知道为什么，每次在梦里重逢他时，他都仍是当年那个慈爱的、憨厚的模样，会摸着她的小脑袋，哄她不要想娘亲。

容央想，或许比起世人的怨怼，她终究是感恩他、怀念他的，只是这些话，她不知道该怎么跟旁人讲，哪怕是枕边人褚怿，哪怕是同胞赵彭。

夜雨从屋檐上、古树上打下来，不倦地叩着青石地、雕花窗，淅淅沥沥。明日，怕是要走一条泥泞的路了。容央把邈远的思绪收回来，转身去橱柜前选褚怿的配饰，打开木匣，一块熟悉的玉佩映入眼帘。

——上等的圆形羊脂玉，外饰一圈忍冬纹，簇拥着两颗浮雕小篆，底下缀着银色流苏。

是当年忠义侯送给云氏的定情之物，是他们留给褚怿的遗物。

容央抚上那两颗熟悉至极的小篆，想起初次见这玉佩时的想法，赧然一笑。她那时竟想着，褚怿日后会把这块玉佩送给她。

褚怿送过她很多的礼物，多得一间厢房都快塞不下，但他并没有表示过，要把这一块玉佩送给她。

其实，不送是对的吧。那是他父母对彼此的承诺，对他的牵挂啊。

雨声潺潺，褚怿在外哄过小甜甜，穿过落地罩走进来，看到在橱柜前走神的容央。

放缓脚步走上去，他看到她打开的紫檀木雕花小匣子，里面放的是他日常佩戴的玉器。

褚怿一眼就知道她是在对哪一件玉走神，无声笑了一下，上前道：“想要？”

容央一惊，放回玉佩。

褚怿从后环住她，把玉佩重新拿起来。容央移开目光："没有。"

褚怿语气一贯挑逗："那就不给了。"

容央默默翻一个白眼，拆穿他："本来就没想给，装模作样。"

褚怿笑，拉她转过来，抵在橱柜前。玉佩在他手上，他学着当年的样子，用玉佩一侧贴上她脸颊。

颊上一沁，容央怔然地眨了眨眼。

褚怿垂着眼看她："当年的确是舍不得给，但后来有想给过。"

容央眼波微动："那为什么不给？"

褚怿沉默一瞬，坦言："感觉不大吉利。"

容央困惑，心思转动后，惊诧道："你不会是出征前想给的吧？"

褚怿不否认。

容央忙把玉佩拿下来，道："那确实是很不吉利的。"

褚怿把她一惊一乍的小神情尽收眼底，没忍住，低声笑开，拉起她手把玉佩牢牢握住。

"眼下应该很吉利了。"

容央却坚持不肯收："爹爹给娘亲的定情之物，你送我算怎么回事？你要跟我定情，自去弄一个来定。"又补充，"像样的一个。"

意思是以前虽然有很多礼物，但拿来当定情的话，还是不大像样的。

褚怿挑唇："不是有两幅画，还说日后要传给孩子？"

容央："那不行了，现在三个孩子，你怎么传呢？"

褚怿哑口无言。

容央扬起脸来，眼烁烁地盯着他："你要重新想了。"

褚怿不肯吃这个亏，回："那夫人准备拿什么跟我定情？"

容央心道还兴有来有回的吗？她转念想想，或许当年云氏也是给忠义侯回过礼的，便先应下道："你等着便是了。"

次日，天空放晴，外面虽然积着漉漉雨水，但并不影响出行。

甜甜尚在襁褓，不宜前往祭祀，二人便只领了蜜糕、定胜糕乘车外出。

先去的是褚家建在城东醴泉山上的家墓。

春日浓艳，柔风和煦，被夜雨冲刷后的青山明净清爽，草地间弥漫着淡淡清香。墓园外，一架架马车整齐地停着，老妪稚童相聚车下，丫鬟小厮在车后下着祭祀用的物品。

"太奶奶！"

蜜糕刚抱着定胜糕下得马车，就激动地朝墓园口扑去，那厢正跟小云仙聊得眉欢眼笑的文老太君循声转头，睁大眼道："当心——"

话声甫毕，跑在后头的定胜糕已"吧唧"一声栽倒在地上，蹭得一脸松软的泥。

下一刻，号啕哭声响彻深山。

褚怿把定胜糕捞起来，放回车厢里，一面看荼白给他收拾残局，一面命令："不准哭。"

定胜糕含着两大包泪，抽抽噎噎。

褚怿盯着那张跟自个儿简直一模一样的小脸，又打量着那一身的泥，无奈地叹气。

"明日起，跟着你大哥一起练功。"

定胜糕一震，可怜巴巴："不要。"

褚怿蹙眉："你都快五岁了。"

整天就跟泥巴打交道。

定胜糕绞紧小眉毛欲反驳，荼白忙哄道："小郎君乖，跟大郎君一起练了功，就再不会摔倒吃痛了。听话，别舔嘴了，泥都要给你吃光了……"

褚怿别开眼。

车外，鸟语花香，一派明丽风光。蜜糕笑嘻嘻地站在小云仙跟前，由着文老太君看了又看，摸了又摸后，小声对小云仙道："今日是单日，我该叫你小表姨了。"

小云仙捣鼓着一捧五颜六色的野花，闻言不置可否，只眨着琥珀般的眼道："爹爹跟我说，你家也有小女郎了？"

蜜糕点头，道："娘亲跟我说，你家也快有小郎君了？"

小云仙也点点头。

蜜糕便往嘴角戳："那你家小郎君是不是也有这个？我觉得郎君长这个不怎么好看，要不，把你家小郎君的这个分给我家的小女郎吧？"

小云仙十分惊讶地睁大眼，不及回答，有人从后把她抱起来，嘿笑着道："干什么呢，人都还没出来，就想着打主意了？还要分我们的小酒窝？"

褚晏看回怀里的小云仙，轩眉鲜目，唇一扬，两靥深圆："郎君长酒窝不好看？"

小云仙认真地端详父亲，笑道："好看。"说罢，环住褚晏脖颈，朝底下的蜜糕道，"不分给你们了。"

蜜糕无奈。

明昭身怀六甲，跟小甜甜一样都不宜入园祭祀，故今日并没到场。褚晏在这边逗着蜜糕，不多时，褚怿、容央领着拾掇过的定胜糕走上来。文老太君一脸慈爱地看着："虎头虎脑的，可爱。"

定胜糕刚给褚怿训过，这厢得夸，满意地红红脸，乖乖地唤："太奶奶。"

文老太君笑眯眼："模样真像悦卿，日后要起枪来，肯定跟爹爹一样威风。眼下可学着了？”

定胜糕眼睛往别处瞟。

褚怿给他解围：“入门了。”

定胜糕的眼珠滴溜溜地转着，仰头对上父亲的眼神。

嘻嘻，也没那么严厉嘛。

定胜糕冰释前嫌，上前抓住褚怿垂在腿侧的大手，昂头：“爹爹拉我进去吧。”

容央笑他：“你不要你哥哥拉了？”

定胜糕都不必去看那一边的情形，了然地应：“哥哥不会再理我的了。”

那边很快传来蜜糕雀跃的声音：“要什么花？我来帮你摘呀！”

雀鸟成群结队地从林间掠过，墓园外，稚童的欢笑声叽叽喳喳，墓园里，一棵棵青松被山风拂过，惬意而挺拔。

容央是头一回跟褚怿一起来这里祭祀，怕自家的老大、老二太吵闹，不成体统，褚怿却难得地放下严父的架子，由着那两块“糕点”去。

“闹些挺好，这地方本就够冷清了。”

褚怿这一辈里，还活在世上的郎君除他以外，就只剩两个。一个是十五岁的褚睿，那年在盛京守城，他请缨下城入战，差点被娄人打死。这三年来，他时时刻刻记着那天的凶险、羞辱，一得空就泡在练武场上，而今，倒也长成一个端方持重、气宇轩昂的小大人了。

另一个便是谢氏膝下的褚英，三年前尚只六岁，脾气大大咧咧的，跟谢氏一样，是个敞亮的人。他还有个小一岁多的妹妹，模样、性情都像六郎褚定。

蜜糕、定胜糕还有小云仙追在这三人后面，这里定定眼睛，那里探探脑袋，分明是两辈人，瞧着则都是一帮孩子。

首先要祭拜的是老侯爷褚训。文老太君亲自点燃香烛，摆放祭品，褚晏跟嫂嫂、弟妹们一块在边上帮着忙。

擘钱在春晖里飘舞，坟上的灵幡簌簌拂动，青烟缭绕起来后，褚睿招来五个小家伙，做了个噤声的手势，安静地候在墓碑外围。

文老太君领着众人一起祭拜、磕头。礼毕，小云仙把一捧粉白相间的田旋花放在碑前，软糯糯地道：“爷爷，送给您。”

蜜糕、定胜糕也有样学样，跑上来，前一个送一捧小野菊，后一个送一捧青草，都道：“太爷爷，送给您。”

容央上前要把那捧青草拿走，被褚怿按回来。周氏打趣道：“我记得小时候悦卿也这么干过吧？”

人群里响起“扑哧”笑声，褚晏扬声道：“他岂止是送草，连泥都捧了一块过去，非要种在上边。”

谢氏从褚英、褚琼那里接来一半野果，扭头附和道：“要不然怎么叫虎父无犬子？”

众人笑声更大。

褚英、褚琼把剩一半的野果送往墓碑前去，容央促狭地瞄着褚怿，后者泰然自若：“做什么？”

容央恍然的口气：“难怪定胜糕爱玩泥呢。”

褚怿低声争辩：“我那是种草，跟他不一样的。”

容央仍是笑，不理他的辩解：“反正就是从你这儿来的了。”

祭拜完老侯爷褚训后，各房便各去各的墓碑前了。褚怿的父母是合葬的，两块墓碑紧紧地挨在一块，前面种着云氏最爱的银杏树，鲜嫩的绿叶密密匝匝地缀在枝头。

容央领着定胜糕摘来些小野花，献在二人碑前，褚怿坐在燃烧的香烛前，静静地烧着擘钱。偌大的墓园里纸钱纷飞，灰烬浮游，葳蕤青松下，倾诉声低低切切。

“爷爷奶奶真能听到吗？”

磕头后，定胜糕狐疑地盯着两块墓碑，表情纠结，像是不知道该不该说，或该先跟谁说。

蜜糕老成地解释道：“所谓心诚则灵，你要是诚心地讲，那爷爷奶奶肯定是能听到的。”

容央欣慰地点头。

定胜糕认真思索，最后还是决定先去爷爷那儿，扭头告诉他们：“我要小声地讲。”

容央和蜜糕懂他的意思，很配合他，相继把耳朵捂上，只有褚怿半晌不知道动，容央拿胳膊肘撞他。

褚怿被迫也捂住耳，看着定胜糕趴在褚泰的墓碑前低语了两句，继而又很快地跑去云氏墓碑前，小嘴贴在碑侧，窃窃私语。

讲完后，正巧褚晏抱着小云仙过来，瞧着这一家人的模样，耸眉道：“这是干什么呢？”

蜜糕一听到这个声音，立刻扭头，果然看到褚晏怀中娴静可爱的小云仙，大眼睛骤亮。

褚晏放下小云仙，道：“过来看看我大哥大嫂。”

褚怿拿起一捧擘钱递给他。褚晏在墓碑前蹲下来，一片片地烧着，跟褚怿有一搭没一搭地聊。

容央不打扰他们叔侄二人，转去照看三个小孩，抬头时，蓦地瞥到老侯爷褚训那里空空荡荡，葳蕤挺直的一棵苍松下，只有文老太君一人静默地坐在墓前。

墓园里春晖浓郁，四处青烟升腾，灰烬飘浮，文老太君弓着越来越薄、越来越驼的背，仍是拄着那根鸠杖，安静地向那座墓碑笑，间或也沉吟一下，然后松开眉头，絮絮叨叨。

撒上半空的擘钱被风一卷，从那头飞到这头，擦过老侯爷灰青的碑，擦过老太君苍白的发。

她真的很老了，也像那棵参天的苍松一样，在风霜雨雪里待得太久，随时可以走，随地都能留。

容央黯然而立，目光流转间，整座墓园的情景、声音一幕幕烙入脑海——

谢氏带着两个小孩坐在六郎褚定的墓前，滔滔不绝地讲着话；褚睿陪着施氏在静静地烧纸钱；周氏茕茕一人，守着丈夫褚清、小儿褚恒的墓；旁侧是庶出的两位郎君，他们的母亲，也守着他们的英灵；吴氏面前的是一位丈夫、两个儿子，三人墓前祭祀过的痕迹是褚蕙昨日留下的，今日吴氏又把香火续上去，于是那冷清的碑前也热闹起来，热腾起来，像他们的音容笑貌跃然眼前……

一缕缕烟曲折缠绕，一片片擘钱飘舞笼罩，墓园里这样寂静，也这样喧嚣。

容央对蜜糕、定胜糕道："去看看你们的小叔吧。"

定胜糕道："哪个小叔呀？"

蜜糕道："是要枪给我看的那个吗？"

容央欣慰道："蜜糕还记得？"

蜜糕朗声道："那当然啊！"

午后，容央一行从褚氏家墓离开，前往皇陵。

大鄞皇陵建在外城西郊，里面埋葬着开朝以来的世代君王、后妃、宗室，那里比褚家墓园更热闹，也更安静，因为那里不允许任何恣意的笑声、欢闹。

蜜糕肃着脸，全程盯着定胜糕。两人并不是头一回陪容央来皇陵里祭祀，但这一回，蜜糕总感觉母亲待的时间格外长。

先皇赵启晟和齐皇后也是合葬一穴，他们的墓碑也挨得很近，像一个坚不可摧的誓言，比褚泰、云氏的更恢宏，更庄严。但有时候吧，越是看起来声势浩大的东西，越色厉内荏，虚有其表。

褚怿陪同容央上香，他话本不多，只是静静地陪在她身畔。容央有很多话，但也依旧不知该如何讲。

她站在陵墓前沉吟了很久，最后只是对里面的父母道："我也生了小女郎，小女郎特别像我，特别可爱，难怪以前你们会喜欢。"

她在心里道：谢谢了，爹爹，娘亲。

离开皇陵时，已快夕阳西下，容央还是坚持去了一趟皇陵外的夷山。

余霞成绮，一条条缀在灿金的天幕上，江澄似练，倒映着红日苍山。

车沿着江水而上，抵达山脚一座树影掩映的坟冢，容央领着蜜糕、定胜糕下车，茶白、雪青上前安置祭品。

定胜糕绕着坟冢前的桂花树转了一圈，仰头看了又看，找到去年所划的位置，发现自己竟更矮了。

蜜糕探头打量着墓碑上的字，终于忍不住道：“里面的人是谁，娘亲为何每年都要来祭拜？”

容央道：“碑上有名字呀。”

蜜糕理解，也看得懂，但他道：“可就算有名字，我也不知道他是谁，是一个怎样的人呀。”

容央望向那碑，暮风习习，斑驳树影打在石碑上，一行刻字晦暗，简短。

容央静了静，道：“是一个小姑娘。”

蜜糕精神奕奕起来，又很快蔫下去：“小姑娘怎么会在那里面？她那么早就过世了吗？”

容央答：“嗯。”

蜜糕更奇怪：“为什么呀？”

容央道：“因为，很辛苦吧。”

蜜糕似懂非懂。

容央建议他：“去给小姑娘摘一捧花吧。”

蜜糕从善如流，并把对着桂花树瘪嘴的定胜糕也一块拉去，很快，两人捧着一大把野花过来，有金灿灿的小菊花、白绒绒的荠菜花、楚楚生姿的紫云英、叶比花大的牛繁缕……

蜜糕把一大捧花放在碑前，道：“以后不要这么辛苦啦。”

（3）

泰定四年的中秋夜，赵彭准备莅临忠义侯府。

自打府上两位大将军平定边陲后，褚家就成了朝中最得圣宠的家族——不单指将门一脉。新君赵彭不同于以往的任何一位帝王，他对本朝的武臣不轻视、不猜忌，既用则信，既信则诚心。

戌时，秋日的暮色渐浓，一辆玉辔红缨、镶金嵌宝的双辕马车从皇城中驶出，穿过人潮，向忠义侯府的方向行去。车厢里，金冠束发的赵彭反复整理着身上的赭红圆领华服，不大放心地道：“朕这样穿，真的没问题吗？”

吴佩月抱着赵令颜、赵维桢坐在旁边，云髻上玉钿点缀，妆容素雅，闻言一笑：“官家玉质金相，神采轩昂，穿成怎样都玉树临风，能有什么问题？”

赵彭嘴角扬起满意的笑，却道：“你这样看，那自然没有什么问题，但朕今夜悄悄去侯府做客，应该算是微服私访，穿得这样华贵，不免有些太扎眼了。”

吴佩月心道又不是没给你准备朴素的衣袍，可你自己瞧不上，硬要捡这金丝熠熠的穿。她仍是笑道：“便是明珠蒙尘，也难掩光泽，官家这样出众的相貌，也不是一两件寻常衣物就能遮盖的。”

赵彭越听越心神熨帖，抓过吴佩月的手来，暮照朦胧的车厢里，两人含情相视，赵彭道：“幸而皇后是皇后。”

吴佩月似懂非懂：“官家何意？”

赵彭笑：“你要不是皇后，而是你爹那样的朝臣，那朕八成就要成昏君了。”

吴佩月默默把手抽回来，也笑：“官家这是拐弯抹角骂臣妾巧言惑君？”

赵彭一愣：“呃，不是，那个，朕……”

小令颜、小维桢坐在二人中间捡着小案上的枣糕吃，赵彭把两人扒拉过来，挨去吴佩月身边坐下，道：“朕夸你知心解语呢。”

他声音小小的，像生怕给人听见。吴佩月难得碰到他这样主动的时候，便故意道：“什么？”

赵彭盯着她，无奈地把人抱入怀，贴着她耳朵又讲了一遍。

吴佩月被残阳照耀的面颊微红，嘴角尖尖的梨窝一刹而逝。蓦地想到什么，吴佩月又敛容道：“说到知心解语，余尚书家中的小娘子可都等候小半年了，官家准备何时召人家入宫？”

赵彭神情一变，不快道：“朝臣这样催朕也就罢了，怎么连你也开始替朕操这份心了？”

吴佩月道：“替官家操持后宫，本就是臣妾分内之事。”

赵彭拉下脸，闷闷不语。

做储君时，赵彭并没有册封良娣；登基后，后宫也仍然只有皇后吴佩月一人。前两年，大鄞忙着攘外安内，赵彭搪塞这事的理由十分充分，可今年以来，国朝内外安定，风调雨顺，赵彭再面对那帮催着他扩充后宫的朝臣时，就有点心有余而力不足了。

“这么上赶着让自家夫君纳妾，你也算是大鄞第一人了。”赵彭恹恹不乐，低声嘲弄。

吴佩月欲言又止，黯然地垂下眼睫。

赵彭低头，捕捉到了她的黯然，用力把她往怀里一按。

吴佩月低吟一声，不解地抬头。

赵彭眼神烁亮：“夸你呢，怎么不笑了？”

吴佩月张口结舌。

赵彭就喜欢看她这吃瘪的样子，得意地道：“看来皇后并不是真心实意地要朕纳妾啊。”

吴佩月解释：“不是，我……”

赵彭勾唇：“知道，你想做好皇后，但很可惜，朕看你心胸还不够宽广，并不能坦然地容朕去宠爱他人。这种情形之下，朕要是强行召人入宫，皇后只怕是要妒火攻心、走火入魔的。”

“官家！”吴佩月急声争辩。

赵彭不理，继续道：“所以照朕看，为保后宫安定，还是等皇后多修炼几年，朕再考虑这些事吧。”

吴佩月哭笑不得，认真劝道：“前朝后宫，自古以来就是互相掣肘的，选妃的事，哪里能尽由你我之意？上回因为变法，余尚书就跟家父闹了不愉快，官家又不肯拉下脸面去说和，若再不传召余家人入宫，朝堂上必然风言风语，苛责官家厚此薄彼，一心偏袒吴家，甚至……”

“甚至说朕为情所困，置家国天下、社稷江山于不顾，是吗？”赵彭语气陡然转冷，讥诮道，“合着朕把百官家里的姑娘编着号一个个睡过去，这朝堂就能风平浪静，安定团结了？”

吴佩月一震。

赵彭冷哂：“恶心。”

吴佩月：“官家……”

赵彭：“朕生气了，叫朕‘彭彭’。”

吴佩月抱住赵彭，温柔地抚着他后背，低声唤“彭彭”，无奈又羞愧地哄。平心而论，她自然也不愿意看到赵彭去宠爱他人，可是生于这帝王家，他们真的能挣脱那块无形的枷锁吗？

赵彭脸上愠色在她的安抚下慢慢消散，语气缓和下来：“朕的朝堂，不需要靠后宫来掣肘。你是大鄞百姓的国母，是朕的发妻，你的价值，不需要靠把朕礼让给其他女人的大度来体现。”

吴佩月心潮涌动，赵彭突然抓起她的手，按在心口处。

掌心下的震动铿然稳健，吴佩月不解其意。

赵彭：“心跳没有慌乱，朕说的是真话，不是情话。”

吴佩月“扑哧”一声，应和他：“知道了。”又柔声补充，“彭彭。”

车声辚辚，穿梭过喧闹的人海，暮帐另一头，亦有一驾马车急匆匆朝着忠义侯府的方向赶去。

褚蕙打开车窗往外探头，天幕云霞涌聚，街道上的屋舍鳞次栉比，收摊回家的小贩越来越多。

褚蕙着急地催车夫快些，奚长生把一岁大的女儿抱在怀里哄，安抚道："不用急，来得及的。"

褚蕙回头看他，道："要不是你半道上硬要回府，我至于这么急吗？"

今夜二人前往忠义侯府赴中秋宴，本是提前一个时辰出行，怎么着都不可能晚的，谁知道半道上，两人的女儿小红豆突然哭闹起来。奚长生定睛检查，方发现小红豆爱攥在手里的摩睺罗不在，当下料定是落在家里了，立刻就吩咐车夫掉头，到家后，亲自下车去寻取。

这一来二去，耽误了不少时辰。

奚长生拿着彩绘的小狗摩睺罗逗小红豆，闻言慢条斯理地答："今夜席上人多，小红豆怕生，恐怕会闹起来，要是这小狗狗也不在她手里，肯定得闹得更凶了。"

褚蕙闷闷一叹，道："你就惯着她吧！"

奚长生心道这怎么能叫惯？可看褚蕙一脸不乐，他只有咽下反诘，改哄道："我也惯着你的。"

褚蕙冷不丁被他一句情话哄慰过来，脸微热，转开头看窗外，不理他。

奚长生抱着小红豆挪到她边上去。

肩膀被人轻轻地撞了两下，褚蕙回头，不耐烦道："干什么？"

奚长生示意怀里的小红豆，道："你抱抱她吧。"

褚蕙有点奇怪，平时这人恨不得把小红豆黏在身上，她讨要都讨要不来，怎么眼下倒肯主动央她来抱了？

褚蕙狐疑，不动。奚长生眨着那双冶丽的眼睛，又央道："抱抱嘛。"

褚蕙心软，想了想，恐是他急匆匆跑回家里去找摩睺罗，找累了，便把小红豆抱过来。

奚长生顺势挨她更紧，然后扬起手臂，揽住她的肩。

抱着小红豆的褚蕙突然被他揽入怀里，她顿时瞪大了眼。

车窗外，行人来来往往，声音嘈杂，一声声比疾滚的车轮更震动耳膜，褚蕙不自在地道："把窗户关上。"

奚长生很惬意地揽着妻女，望着窗外暮色，道："风景这么美。"

褚蕙又羞又气，"啪"一声，径自把窗户拉下来。

车里光线陡暗，奚长生默默看回褚蕙，褚蕙也看着他，双眸炯炯有神。

奚长生突然懂了。

他喉结滚动，默契地低下头，在褚蕙眉心轻轻一吻。

褚蕙唇微挑，勾住奚长生的小指，扬起脸去回应他。两张唇正要相贴时，突然被一只彩绘的小狗摩睺罗隔开来，小红豆黑眼珠滴溜溜转着，盯着爹娘。

奚长生心念电转，立刻把小红豆抱去一边，然后重新就着褚蕙的唇亲下去。

“嘭——”

一声巨响后，马嘶齐鸣，忠义侯府外，两辆相对着疾行而来的马车撞在一块。

却说今日设下家宴的忠义侯府里，正是张灯结彩，语笑喧阗。

苍茫暮照笼罩着彩灯横溢的采星阁，一堆小孩聚在阁外草地上关扑。阁上，褚怿、容央并肩而立，前者扶着栏杆，看着底下道：“猜猜这一扑中否？”

容央摇着小团扇，朝蓄势待发的蜜糕瞄去，一眼就瞄到他掌心里垒得成小山状的铜钱，蹙眉道：“这么贪心！”

能扑中就怪了！

褚怿只道：“快猜。”

容央在蜜糕掷铜钱的前一刻懒洋洋应：“最多中一半……”

“哗——”一声长响，铜盆里，十枚铜钱齐刷刷被扑成反面，霎时稚童欢呼，丫鬟喝彩。容央把小团扇挡在鼻尖，诧然地盯着底下那一幕：“……的话，那肯定不配做我儿啊。”

褚怿扬唇。

容央难以置信地挨近他：“他怎么这么厉害？”

褚怿故意高深，仍是那个字：“猜。”

容央乜斜他，偏不就范。褚怿笑，低头贴她耳。讲完后，容央不服：“那你不教教我？真是的，什么时候教的啊？”

褚怿看回底下，拣重点答：“也需要天赋。”

容央拿小团扇拍他。

褚怿笑着，转头对上她气咻咻的小眼神，不哄。

容央急得用小团扇又在他胸膛上打了两下。

褚怿还是不哄。

容央恼道：“你还不哄我！”

褚怿应：“我突然想起一事，觉得这回应该是夫人哄我。”

容央一头雾水——

怎么可能？！

褚怿示意容央自己想。容央看他眼神烁烁，不由得心虚，以扇遮脸苦想半天，终于想起多年前的一个七夕夜，褚怿在人潮里托起她的小手，手把手领着她关扑的情形。

容央质疑道：“那也叫教？”

褚怿点头，道：“所以，需要天赋。”

容央气得瞪褚怿，褚怿心安理得地应：“是不是该哄哄我？”

容央拒绝："哪有女郎哄郎君的？没有，都是郎君哄女郎，夫婿哄夫人。"说着转头，指着阁里的两个人，"你看。"

褚怿看过去。

褚晏、明昭坐在对面栏杆前的一条美人榻上，榻前的长案上摆着瓜果点心，明昭摸着隆起的大肚，朝案上微微一示意，褚晏立刻领会，剥开一颗荔枝喂给她。

明昭却转脸避开，不知是讲了什么，褚晏忙"哦哦"两声，一边摸着明昭的头安抚，一边重新去拈葡萄。

容央朝褚怿耸耸眉。

褚怿眯眼。

暮风吹拂着檐外的彩绸，褚晏把那颗荔枝吞下，重新剥了颗葡萄给明昭喂去。葡萄酸酸甜甜，是明昭钟爱的口味，褚晏看到她笑，也很惬意地笑起来，目光转回果盘里，又一亮："林檎果要不要来一个？"

明昭点头，褚晏干劲十足，挑了个最圆最红的林檎果削起来，削完后，一小块一小块地切给她。

明昭餍足地吃着，倏地想起什么，道："小云仙也爱吃这果子。"

褚晏点头："嗯。"

明昭沉默了下，道："给她削一个，也切成一块块的，让丫鬟用果碟装了，给她送下去。"

褚晏道："那下面一帮娃儿，她能吃着几块？"

明昭道："那就多削两个。"

侍立在后的丫鬟低声窃笑，褚晏欲言又止，对明昭挤出两个酒窝："好。"

明昭看出他的委屈来了，忍俊不禁，拉拉他的衣袖。

褚晏看过来，眼神幽怨。

明昭温声："拿一个来，我跟你一起削。"

夜幕取代残阳的那一刻，采星阁檐外的花灯一盏盏燃亮起来，稚童的欢呼声中，突然传来小厮急吼吼的通传——

"不好了，不好了！"

阁中众人一震，探头时，只听得小厮嚷道："官家的车……跟蕙姑娘的车在门外撞上了！"

忠义侯府前厅，文老太君领着一家老小匆匆赶来，看到庭院中所站的那一位少年天子时，犹自不敢相信。

今夜可是中秋，宫中送来赏赐不算，官家赵彭竟还带着皇后和两位小殿下亲自莅临，这份荣宠，简直是前无古人！

文老太君心潮澎湃，行礼时差点激动得昏过去，赵彭忙上前虚扶一把，又云顺道来看看容央、明昭，大家不必拘礼云云。

容央惦记着撞车一事，等寒暄完后，立刻来相问情形。吴佩月解释道："一点小磕碰，大家都没大碍，殿下不必担心。"

容央打量他二人，的确是安然无恙，又看小令颜、小维桢都喜笑颜开的，心放回肚子里，转念想到还有褚蕙和奚长生，又转头去找。

褚蕙、奚长生站在影壁前，在容央目光投来的瞬间，不约而同地转开脸。

容央狐疑。

褚怿也微微蹙眉："怎么了？"

褚蕙低着头，握拳抵在嘴唇上："没怎么。"

奚长生也同样的姿势，回："没大碍。"

众人只是盯着他俩，不作声，不挪眼。

影壁前的二人僵持片刻，终于放弃抵抗，放下手，把脸抬起来。

灯下，两人嘴唇赫然都破着，血淋淋一道口，像刚被啃过。

容央怔然："你们这是……"

褚蕙讪笑道："不小心就……碰上了。"

容央大概懂了，也讪笑道："倒是碰得……挺准哈。"

酉时三刻，热腾腾的中秋夜开席。

侯府请来了戏班子在厅堂外唱戏，从文老太君最喜爱的南戏唱到蜜糕、小云仙一溜稚童最钟情的皮影戏，从传说里的《夸父逐日》唱到最时兴的《踢架儿》《鲍老》，最后再来一出欢声鼎沸的《合家聚》。

于是，堂外热闹哄哄，堂内也热闹哄哄，吴氏抱着小红豆不肯撒手，一会儿说眉眼像奚长生，一会儿说脸形、嘴巴像褚蕙。

蜜糕特意跑来小红豆面前，这里看看，那里看看。褚蕙不解道："你看什么？"

蜜糕肯定地道："确实是没有。"

褚蕙云里雾里。

奚长生却领会了，颇不满意蜜糕那失望的语气，道："有也不一定就好看。"

蜜糕不信："怎么可能？小堂姑那么好看。"

定胜糕从后走来，手里抓着一块蜜糕，戳戳他大哥道："哥，我吃你了。"说罢，张嘴往那块糕咬一大口。

蜜糕无语，吴氏等人捧腹大笑，褚蕙、奚长生也想笑，可刚一张口就低嘶一声，僵着脸捂住嘴巴。

谢氏在一边照顾着褚英、褚琼，打趣道："蜜糕，你就这么喜欢长酒窝的小娘子呀？"

蜜糕不避讳地应道："是啊。"

谢氏道："那好办，以后找媳妇，就照着这标准去找。我告诉你，你去跟你太奶奶提一提，她能给你找一百个出来。"

蜜糕两眼放光。

谢氏使着眼神，怂恿他去。定胜糕看先前那一大口还是不能吸引来大哥的注意力，又戳戳他，道："哥，我再吃你一口，哥……"

一眨眼，蜜糕就没踪影了。

厅堂里，人头攒动，觥筹交错，文老太君坐在赵彭的左下首，满心欢喜地听着戏，看着一大家人举杯欢饮，衣袖突然被人从后拉了拉。

文老太君转头，双眼又眯成一条缝："哎哟，我的小重孙！"

蜜糕笑嘻嘻地接过文老太君送来的月饼，吃下一口后，方甜甜地唤道："太奶奶。"

"欸！"文老太君大声应，笑眯眯，"小重孙找我有事情？"

蜜糕佩服她的火眼金睛，郑重地道："是有一点小事情。"

文老太君豪爽地道："讲！"

蜜糕心如擂鼓，舔一舔嘴唇上的糕屑，悄悄道："我……能有一百个长着酒窝的小娘子吗？"

这一次，轮到文老太君两眼放光，抓住蜜糕的小手，欣慰地拍道："好！好！"

蜜糕似懂非懂，他问的"能不能"，老太君一个劲儿喊"好"算什么回复？是答应了，还是没有？

文老太君很快看出他的懵懂来，越发握紧他的小手，承诺道："你放心，只要你愿意，别说是一百个，一千个太奶奶都能给你寻来！这么着，从你十五岁开始，太奶奶就把那长酒窝的小娘子送到你身边来，怎么样？"

"十五啊？"蜜糕沮丧道，"我现在就想要。"

"现在就……"文老太君悚然一惊，蹙眉道，"你也太急了。"

堂外锣鼓声哐哐响起，皮影戏退场，最后的登台是老少皆宜的杂技。鼎沸的欢声、掌声中，一条长竿竖在堂外，艺人紧跟着攀竿而上，双手各执一盏灯笼，微微一抖，两条红绸从灯笼后飘落下来，一条写着"三五良宵"，一条写着"花好月圆"，引得堂中不迭喝彩。

喝高的赵彭全然卸下了帝王的架子，歪歪地握着一盏酒，抓着褚怿说道："你是不知道那些催朕纳妾的朝臣啊。朕跟崔知礼闹分歧，他们就催着朕去纳崔知礼的妹妹；朕不理会余敬英，好，他们就逼着朕去纳余敬英的女儿……这什么道理啊！"

赵彭气不打一处来，褚怿跟他碰个杯，道："朝堂上关系复杂，想要人心齐，并不是件容易的事，把朝臣的女眷收入后宫，意在收买人心。"

赵彭皱眉："收买？那朕也就是在卖的了？他们卖的是女眷，是人心，那朕卖的是……”

赵彭戛然而止，想到那个词，面色铁青。褚怿忙又跟他碰一个杯，纠正道：“天下都是官家的，不存在买卖，不存在。”

“不对……”赵彭摆手，脸红红的，“姐夫，你讲的是对的。”

褚怿仰头喝下杯中酒，想象赵彭后续的发展，头一点点大起来。果然，赵彭闷下那一杯酒后，大彻大悟一般，严肃地道：“朕不能卖！”

褚怿继续给他倒酒。

赵彭道：“姐夫，你可能不懂，或许对他人而言，三妻四妾乃是男人一生之大幸，但对朕来说，太累了，太累了……”

赵彭戳着自己的胸膛：“心累。这心不大，只能容下一人。朕如此，朕的皇姐也如此。这，就是朕跟她最大的共同点。”

褚怿瞄他一眼。

赵彭毅然喊道：“痴情！”

“那就先给我五十个嘛！十个也成啊！”

筵席对面，蜜糕的央求声传过来，褚怿一边眼皮不安地跳了跳，蹙着眉望过去，赵彭又把他拉回来，举起杯中酒。

“来，为朕跟皇姐的痴情干杯！”

今夜的这一场家宴硬是喝到亥时三刻方算罢休。

送走酩酊大醉的赵彭后，闹哄哄的忠义侯府终于安静下来。文老太君领着一堆稚童去采星阁赏月，容央本来也打算跟去的，却被褚怿半途截下。

草木繁茂的小庭院里月光如瀑，褚怿把容央拉在白墙下站着，浓烈的酒气压得人都快喘不过气来。

偏巧又没有风，四周静悄悄的，他呼吸间，气息更无孔不入地往她鼻端钻。容央胸脯微微起伏，望着他点漆一样的双眸，道：“不是回屋里醒酒去了？”

褚怿微笑，道：“不打算醒了。”

容央眼往别处瞄：“那你要做什么？”

黑漆漆的，把人抵在这里，都当爹的人了，还玩什么小情侣的浪漫呢。

褚怿像是读懂了她的小心思，低低一笑。他这样一笑，容央便更肯定他要使坏了，一边故作淡然地绾发，一边红着耳尖。

褚怿手撑在墙上，低头凝着她，气息向她迫近。

容央心想他大概是要亲下来了，玉颈伸直，脸更往别处偏，然而等半天却没等到下文。

沉吟片刻，容央朝他掀眼。

褚怿眸底有笑，笑得又痞又坏，容央气道："到底要做什么！"

褚怿道："给个礼物。"

容央一怔，继而想到什么，正经起来。

褚怿道："眼睛闭上。"

容央按捺着雀跃的心情，闭上眼睛。

褚怿手伸向她红彤彤的耳。

耳尖蓦地一热，是被他捏住，容央下意识地要动，褚怿低声："别动。"

黑暗中，所有的知觉都在放大，容央僵站着，耳环被他摘去，金钩从耳洞里拉出去的触感，陌生又熟悉。

这触感是……

时光像被打翻的银河，倾覆而下，一幕情景蓦地跃至脑海里——

红烛烨熠，红绸交错，头戴金冠的新郎官低着头，给端坐镜前的新娘摘取耳环……

容央心口"嘭"地一撞。

"一直不知道送什么，想到第一次亲你时，摘了你的耳环，那就送一对耳环吧。"

容央睁开眼，月光下，褚怿英俊依旧，这一笑，不再坏，不再痞，只是温柔深情。

褚怿："定情。"

容央眼眶一热，往双耳摸，入手沁凉，继而温热，是玉，上面有很细微的纹路，不知道是图案，还是别的什么。

容央感动又羞赧，小声道："好不好看哦？"

褚怿眯眼："你也会愁这个？"

容央："我是说你送的耳环！"

褚怿："既是给你戴，如何能不好看？"

狡猾！

容央腹诽，太想回屋里看一看这耳环的样子，褚怿却向她摊开手来，一副讨要东西的架势。

容央知道这是要回礼，哼一声，道："生怕我不回应你吗？"

褚怿点头："怕。"

容央气也不是，不气也不是，有样学样地道："眼睛闭上。"

褚怿本来只是试探地一问，没想到她还真的准备，并且也真的带着，他心里很暖，闭上眼睛。

容央满意地看着他，蓦地踮起脚环住他的脖颈，仰头亲上去，唇瓣相贴，气息相缠。

褚怿双眸微睁，容央学他当年的样子，转头时，在他薄唇上轻轻一咬。褚怿眼瞳骤深，长腿一动，压着她亲回去。

夜风吹在葳蕤茂盛的树木间，各式各样的摩挲声浪潮一样，一下一下地拍打在耳畔。容央被褚怿亲得都上气不接下气，转开脸时，唇瓣擦开，银丝拉扯，气息急出。褚怿犹自不停，一点点地啄她嘴角，啄她雪颊，啄她滚烫耳尖……

容央在他胸前拉了一下。

褚怿后知后觉脖颈上系了个东西，这方停下来，低头去看。

一条红缨所系的吊坠被容央攥在手里，她慢慢地摊开手，露出掌心里的玉雕同心锁。月华流泻，赭红的玉锁红光流转，褚怿心神一动，重新抬眸："要锁住我？"

容央小声："怎么，锁不住吗？"

褚怿笑，把她的小手拉下来往自己的心口放，他低头道："不是早就锁住了吗？"

容央一怔。

褚怿笑着亲回去，枝叶簌动，月照朦胧。

番外五

庆生词

秋，樊关城。

暮云四合，褚怿策马从军营出来，问等在大门外的百顺：“如何？”

百顺手里牵着一匹马，乃是刚从城里过来的，听得褚怿提问，赔笑道：“在筹备着了，郎君莫急，有道是好事多磨，咱们头一回在樊关城里给帝姬庆生，有的是事情要商量，哪能那么快呢？”

褚怿瞄他一眼，不置可否，策马往前走。

再过半个月便是七夕，今年，是褚怿陪伴容央度过的第三个生辰日，也是第一次在樊关城里给她庆祝生辰。

三年前，二人新婚宴尔，褚怿为博美人一笑，在潘楼街里准备了上百件礼物，点了一条街的花灯，最后还拿自己当生辰礼，提着盏灯等在长街尽头，让容央前来领取。

据说，那是盛京城里顶轰动的一场庆生仪式，事后，关于他褚大郎君如何宠妻、如何浪漫的话题足足在各大酒肆里传了大半个月，就连侍卫马军司里的同僚都开始议论他“百炼钢化为绕指柔”。褚怿自认不是什么浪漫的人，也并没有做一个浪漫的人的打算，可那回给容央庆生，却是很甘愿地使出了浑身解数，做了回用尽各种方式来讨她欢心的驸马。

俯首称臣的好处自然不用多说，可问题就是“珠玉在前，木椟在后”，有那样盛大、高调的庆生仪式在前头做标杆，褚怿以后再想给容央庆生，可就是一件足够他愁上十天半月的难事了。

这不，来樊关城的头一个生辰宴，就难得他几天没展眉了。

花开两朵，各表一枝。

却说在樊关城最气派的一座府邸里，容央正以手支颐，坐在庭院里的梧桐树下，询问身边的丫鬟："你们说，他这次会给我准备什么生辰礼？"

茶白正牵着快满周岁的蜜糕在树下蹒跚学步，闻言想也不想，便道："驸马给殿下的必定是这樊关城里最好的东西！"

容央耸眉，想着这除了风沙便是烈日的樊关城，眼神里颇有一些恹恹，看向雪青："你说。"

雪青笑道："这次是殿下头一回在异乡过生辰，驸马向来体贴，七夕那天，或许会跟前年一样，给殿下一个极大的惊喜呢。"

容央想到三年前那个轰动盛京的七夕，眸底亮起来，偏又撇嘴道："那都是什么时候的事了？他现在这样忙，又都是当爹的人了，哪里还有那份闲心？像去年，不就是送了块硬邦邦的玉？"

男人嘛，不都是图一时新鲜？那时候自己刚跟他大婚，他为讨我芳心，自然要多献殷勤。可现在两人都在一块三年多了，孩子都快周岁大，他又整日扎在军营里忙，怎么还可能花心思给我准备类似当年的那种盛大仪式？

雪青宽慰道："那不一样。去年殿下过生辰的时候都快临盆了，边关局势又危急，府上没办生辰宴，驸马才精挑细选了一块玉佩相送。今年呢，可是殿下头一回在樊关城里过生辰，驸马一定会有所表示的。"

容央哼一声，摆弄着石桌上的花篮，故作大度道："我也不是非要他向我表示什么，反正都成亲那么久了，他有多疼爱我，我又不是不知道。不过呢……"

身后正有人走来，容央全然不觉，一边插着花，一边说着还是有必要收一收生辰礼的理由。

来人示意雪青噤声，等容央把那句"只要是发自内心送的礼物，哪怕就是一块石头，我也会视如珍宝"说完后，从石桌上捡起一束凤仙花。

"当真？"

容央一震，转头，惊见褚怿一身胡服站在树荫里："你……"

褚怿故意没看她，把手里那束凤仙花插进快成形的花篮里，问："想要多少块石头？"

容央脸颊一瞬涨红，又气恼又羞赧，责备道："你从哪里冒出来的？谁要你碰我的花的？"

褚怿嘴角微勾："说石头呢。"

容央抱起花篮走开："莫名其妙。"

雪青偷笑，忙招呼丫鬟们传膳，那边被茶白牵着的蜜糕见着褚怿回来，奶声奶气地喊着"爹爹"。

褚怿收回目送容央的目光，走过去抱起蜜糕，走入主屋。

入秋了，关城的白昼一天短过一天，用完晚膳，夜幕黑压压地覆下来，风卷得院角那棵梧桐树飒然有声。

奶娘抱着玩累的蜜糕离开，容央前往浴室沐浴，穿着绫罗寝衣走出来时，看见褚怿正站在镜台前，低头拨弄她开着的妆奁。

容央正要出声，心头忽而闪过一个念头——用膳前，褚怿在庭院里拿送石头的事情来揶揄她，莫非现在是在检查她的首饰，看她有没有什么缺的？

上回是送玉佩，这回便想着送首饰。哼，男人哪，果然是得手了便不会再用心对待的。

容央撇嘴，走上来“啪”一声关掉妆奁盒。

褚怿掀眼，见得容央眼波扫来一记不满，走向床榻，兀自脱下鞋袜，上床安置了。

从头到尾，一句话都没讲。

褚怿挑眉，搓搓指腹，一边脱外袍一边走过来，上床后，伸手便揽被窝里的人。

容央表示抗拒，褚怿干脆上腿，底下把人压着，上面捏起容央的下巴：“生什么气？”

容央感受到他的力量，没敢再硬碰硬，眼往上瞄：“谁生气了？”

褚怿黑亮的双眸里隐约透着一点笑：“没生气，拿白眼看我？”

容央心虚，白眼却翻得更厉害：“有吗？”

褚怿啼笑皆非，伸手在那双莹莹大眼上一抹，让她看向自己。

屋里仍燃着一盏烛灯，光隔着纱幔渗进来，在彼此脸庞上镀着一圈昏黄柔光，褚怿凝视着眼前这双百看不厌、清澈又明媚的大眼睛，低声道：“想要什么？”

容央被他忽然放温柔的声音弄得一酥，哼道：“不是说了，只要是你诚心送的，便是一块石头，我都视如珍宝。”

褚怿听出来这语气里仍有些酸意，反问道：“我哪次没有诚心过？”

容央语塞，嘴硬道：“那你看着送便是了，何必来问我？”

褚怿哑然，知道她是不肯讲了，报复似的在她唇瓣上狠亲了一下。

容央心尖一颤：“你！”

褚怿撤开，撑着头欣赏她惊慌的模样，容央作势要往床里侧转，被褥底下的细腰被褚怿修长有力的腿压住。

容央一下脸红过耳，瞪回来。

“樊关不比盛京繁华，有些场面难及昔日盛大，但我会用心准备的。”褚怿承诺，语气平淡而诚恳。

容央心头微动，见褚怿竟是在用心准备给她庆生，先前那些不忿、委屈不由得消散了大半。

“过一个生辰罢了，要那么盛大做什么？”容央语气软下来，想起什么，很快又倨傲道，“我可是要过一辈子生辰的，难不成，你要一辈子都弄那些盛大的场面给我？”

褚怿知道这是在下套了，扯唇：“那不然，算了？”

容央瞪大眼，就差把“你敢”写在脸上。

褚怿笑，大手在她脑袋上挠了两下，容央额头有些细碎的绒发，被他一挠，绒发乱糟糟的，小脸更显娇憨无辜。

褚怿没忍住，低头又吻她丰软的唇瓣。

容央锁骨一拱，脸庞被熟悉又炙热的气息填满，耳根很快热起来，别开脸时，被褚怿寻着机会吻向脖颈，那股酥麻一下灵蛇似的，蹿至四肢百骸。

褚怿亲人时还是很喜欢用咬的，容央沉溺在那刺激又缠绵的温存里，很快反应过来什么，伸手推他胸膛。

“……怎么又来？”

最近军营里并不忙，褚怿基本都是歇在官舍里的，不说夜里，今早上他走时两人就刚来过。

褚怿闻言抬头，小臂撑着床面，凑近她耳郭。

“我有多疼爱你，你不是心里有数？”

容央一震，脸颊爆红。

七月初六那天，樊关城里下了一场秋雨，雨势并不大，夹着风飘了大半日后，天空在傍晚时放晴。

容央正在主屋的罗汉床上逗着蜜糕玩摩睺罗，茶白忽然从外赶来，急匆匆道：“殿下，快收拾收拾，驸马在府外等您呢！”

“等我？”容央一脸疑惑。

茶白拿走她手里的拨浪鼓，笑道：“可不是，备着马车，应该是要带殿下去哪里玩耍。”

容央更莫名其妙，眼看就是用晚膳的时辰了，这人不进家门，反要领着自己去外面玩耍，算是什么事儿？

茶白却不给她多思考的时间，叫奶妈来抱蜜糕，半推半拉着容央走至镜台前，略微拾掇后，便朝着府外去了。

褚怿果然是等在马车里的，身上仍是那袭戎服，本就俊朗的脸被铠甲映衬得更加英武。容央看在他这样赏心悦目的份上，不发脾气，就着靠窗的位置坐下来，道：“平白无故的，往外面跑什么？”

褚怿淡淡道：“赴宴。”

容央一愣，后悔道："你怎么不早说？！"

先前荼白催得紧，又只说是褚怿在外等她，她便穿戴着今日那身行头出来了，眼下听闻是要外出赴宴，立刻朝着车帘外道："停车，回府，我要更衣！"

在外面驾车的竟是百顺："郎君，这……"

"往前走。"褚怿下令，转头对上容央愠恼的眼神，"更衣，想去见谁？"

"什么见谁？我不能这样去赴宴。"

容央没工夫跟他贫嘴，说着便要起来，被褚怿一把拉入怀里。

"没旁人，就你我。"褚怿解释，有些无奈，又有些气闷，合着见旁人她就要精心打扮，见他便可以随便应付？

容央坐在褚怿大腿上，这才反应过来他是带她出来约会，眨眼道："哦，那就算了。"

马车驶出樊关城，穿过一大片茂盛的杨树林后，在一条宽阔的大河前停下来。夜幕四垂，树影掩映的河流泛着微微波光，水势平缓，容央知道这是樊关城外赫赫有名的清江，见岸边泊着一艘船，船头依稀还放着抛竿、鱼篓等物，心头"咯噔"一下。

"你不会又让我来陪你钓鱼吧？"

褚怿嘴角微动，拉着容央下车，果然是朝着那艘船走。

容央心里一万个不愿意。

褚怿察觉，揶揄道："又要用抱的？"

容央一愣，随后想起三年前第一次被他诓去盛京城外钓鱼，她走得如临刑场，便被他打横地抱进了怀里，然而现在不是回味浪漫的时候。

容央磨磨蹭蹭："天都黑了，钓什么鱼？蜜糕还在家里呢，一会儿见不着我，肯定又要大哭了。"

褚怿不理，手往她腰后一抄，横抱起她走至河边。

登船后，褚怿径直钻入船舱，容央在他怀里展眼，竟见船舱里案几、屏风、坐榻一应俱全，船窗前还摆放着一瓶绿叶点缀的凤仙花，风吹来时，幽香袭人。

这船，显然不是当年的那一艘小破船。

容央心头蓦然闪过一个念头，抬头看褚怿，褚怿没接招，垂着眼把她放在坐榻上，便要走，手指突然被容央勾住。

容央勾的是小指，偷偷摩挲着，仰脸凝视褚怿。

褚怿眉微动："看什么？"

容央嘴角有笑："你，是不是有什么事情瞒着我？"

褚怿眯眼。

容央提示："比如……一些惊喜之类的。"

褚怿哂笑："今日初六。"

容央一怔。

是了，差点忘了明日才是她的生辰日。

容央恹恹地松开人，百无聊赖地靠在坐榻扶手上。褚怿本是要去舱外的，见她这蔫头耷脑的模样，便没再走，就着榻边坐下来。

容央闷声：“你不去外面钓鱼，杵在这里做什么？我很快就会饿的。”

褚怿点头，往外喊“百顺”。

容央转头，竟见百顺捧着漆盘进来，笑呵呵地在案儿上放下一盘盘珍馐。原来，褚怿是早有准备的。

替她夹了一块肉鲊后，褚怿道：“先垫着，一会儿吃鱼。”

容央瞄一眼，略有不甘地握起双箸。

褚怿在她脑袋上一揉，笑一声后，走向舱外。

不多时，船离开河岸，飘行在夜雾茫茫的大江上，偶有清风从船窗外吹来，撩得瓶里的凤仙花簌簌而动，散开馥郁幽香。

容央捧着碗筷吃了一会儿，差不多垫饱以后，另拿起一个碗，夹了一大堆菜肴。

外面夜色浓黑，船头燃着一盏油灯，褚怿坐在旁边，手里握着一根抛竿，背影静默得似山一样。

容央上前挨着他坐下，夹起一块香喷喷的肉鲊。

“啊——”容央示意褚怿张口。

褚怿哑然失笑，看她一眼，低下头来用嘴接了那一块肉鲊，容央又从碗里夹起一箸米饭喂给他。

“为什么突然带我来钓鱼？”

“很久没来了。”

“是很久没来，还是很久没跟我来？”

褚怿低笑：“夫人觉得呢？”

容央嘴角上翘，又夹起一块莼菜笋喂给他。说实话，打从有蜜糕起，两人各忙各的，已经有很长一段时间没有这样相处过了。

夜色静谧，天幕压着云层，没有多少月光，容央便就着船头那一盏渔火，给褚怿喂完饭，又帮着他一块收拾钓上来的鱼。

褚怿会钓鱼，更会烤鱼，船头置有炉火、烤架以及各种佐料，二人默契地配合着，吃烤鱼时，容央忽然“扑哧”一笑。

“笑什么？”褚怿发问。

容央回首往事，感慨道：“那天你在老伯家的院子里烤鱼，烤完拿给我吃，我还不要。”

褚怿挑唇，那天在农舍里，她高傲地拒绝他送的烤鱼，事后又眼巴巴地来讨要，